Jan Becker

Aufgewühltes Wasser

Band 2: Die Welle

Aufgewühltes Wasser

Band 2: Die Welle

Jan Becker

2014

Carola Hartmann Miles-Verlag Berlin

CIP-Kurztitelaufnahme der Deutschen Nationalbibliothek:
Jan Becker, Aufgewühltes Wasser. Band 2: Die Welle, Berlin 2014

ISBN 978-3-937885-81-0

Herstellung und Verlag: Books on Demand GmbH, Norderstedt

Titelbild: Gunnar Bachstein

© Carola Hartmann Miles-Verlag,
(www.miles-verlag.jimdo.com; email: miles-verlag@t-online.de)

ISBN 978-3-937885-81-0

Meiner Elisabeth,
den Mitstreitern
Manfred K., Ulrich C.
und Gunnar B. gewidmet
sowie all denen, die sich in diesem Tatsachenroman wiederfinden.

Band 2: Die Welle

Inhalt

Nur Fliegen ist schöner 10

Die Entscheidung 87

Der himmlische Alltag 134

Verheiratet und der Düsentrieb 243

Die Luft wird dichter 378

Auf zu neuen Ufern 437

Der zwölfte Tag auf dem Atlantik

08. 12. 2006

Heute Mittag scharte sich die gesamte Crew um den Navigationstisch. Die GPS-Anzeige war zugedeckt worden, und der Skipper demonstrierte altes Handwerk. Mit Sextant und Tabellen wurde die Mittagsbreite bestimmt. Ergebnis: 13 Grad 15 Minuten Nord. Gegen den Satellitennavigator gecheckt nur um 12 Meilen daneben. Die Länge vom GPS abgelesen ergab dazu exakt eine Position auf Länge 50 Grad West. Von Mittag zu Mittag gemessen, bedeutete das, seit Ablegen Teneriffa eine Tagesstrecke, also ein Durchschnittsetmal, von 136 Seemeilen erreicht und eine Durchschnittsgeschwindigkeit von 5,66 Knoten gefahren zu haben. Gesamte zurückgelegte Strecke heute Mittag 1972 Seemeilen. Für die *Esperanza*, die keine Rennjacht war, bisher eine schnelle Fahrt, aber wir werden noch durch windarme Gebiete segeln.

Da in den letzten Tagen einigen Besatzungsmitgliedern die Länge der Fahrt offensichtlich aufs Gemüt geschlagen war, führte die Aussicht auf das baldige Ende zu angeregten Gesprächen. Unser Navigator Karl Lange sinnierte über das permanente „Auf-See-Sein" und beschrieb auf trockene Weise, dass ihm am meisten stören würde, nur immer einen Strich am Horizont zu sehen und rundherum keinen Baum und keinen Strauch. Allerdings schlagartig ohne Vorwarnung aus dieser Einöde der Natur in großstädtisches Verkehrsgewühl versetzt zu werden müsste zu einem Herzschlag führen.

Umso stärker verbanden uns mit dem Rest der Welt die abendlichen Vorträge von Hannes, die auf Wunsch seiner Zuhörer immer länger wurden und weit in die Nacht hineinreichten. Ausgeruht und körperlich wenig gefordert, hatten wir sowieso geringes Schlafbedürfnis. Reparaturarbeiten fielen nur wenige an. Überdrüssig des Kartenspielens und der Schachpartien, wartete die Crew von Tag zu Tag sehnsüchtiger auf das Auftreten von Hannes.

Die Sonne war gerade rechts voraus in der Kimm versunken, da stand der Showmaster bereits wie bei einem Kasperletheater am Ruder und leitete den heutigen Abend ein mit dem Sprüchlein: „Seid ihr auch alle da?"

„Ja!" rief die erwartungsvolle Menge. Es schallte über den Atlantik bis nach Barbados.

„Na dann wollen wir mal anfangen, heute geht es in die Luft, und die Überschrift lautet:

Nur Fliegen ist schöner

1

Das Lehrgangsende und das Abschlusszeugnis der Technischen Marineschule muss nicht sehr auffällig gewesen sein. Nichts davon ist mir im Gedächtnis geblieben. Dafür umso deutlicher die flugmedizinischen Untersuchungen, denen sich befehlsgemäß alle von uns zu unterziehen hatten, egal, ob sie überhaupt Lust zur Fliegerei hatten oder nicht. Für viele ein unverständlicher Vorgang, verrückt sogar, schließlich hatte man sich bei der Marine beworben, um zur See zu fahren.

Mit Bussen in größeren und kleineren Gruppen zu ärztlichen Untersuchungen in die unterschiedlichsten Krankenhäuser und Institute gekarrt, verfielen manche auf die Idee, wie widerspenstige Wehrpflichtige Übelkeit, Kopfschmerzen oder andere Gebrechen vorzutäuschen. Das half allerdings den Simulanten wenig.

Ich erwartete gar nichts, schon gar nicht als fliegertauglich befunden zu werden Als Junge nicht der Gesündeste, immer viel zu schlank, in letzter Zeit durch die Bordverpflegung viel zu dick, ließ ich die Prozedur geduldig über mich ergehen.

In Hamburg fiel die letzte Entscheidung, und zwar in einer Unterdruckkammer, wo auch die zivile Luftfahrt ihr Personal testete. In einer großen weißen Röhre wurden die Prüflinge, begleitet von Ärzten, simuliert hochgefahren in eine Flughöhe von 24.000 Fuß, vor Mund und Nase Sauerstoffmasken, darauf hingewiesen, im Unterdruck könnten sich Blähungen bemerkbar machen, weiche Gewebe anschwellen oder gar ein hohler Weißheitszahn platzen.

Hallo, das waren ja Aussichten.

Erst gar nicht wahrgenommen, aber dann doch zunehmend als viel versprechende An- und Aussicht registriert, saß gegenüber auf dem Schemel eine Stewardess der Lufthansa in ihrer adretten Uniform, das Gesicht verunstaltet durch die draufgeschnallte Sauerstoffmaske, aber was verführerisch anschwoll, war ihr Busen. Je weiter der Zeiger der Höhenuhr nach oben krabbelte, desto mehr weitete sich der Jackettausschnitt. Aha, das war also die von den Ärzten angekündigte Gewebeerweiterung. Jeder von uns Männern hatte schon gehofft, am eigenen Leibe an empfindlicher Stelle eine Vergrößerung feststellen zu können. Aber da herrschte Ruhe.

Fasziniert bannte dagegen die gegenüber eintretende Entwicklung den Blick. Die Revers der jungen Dame klafften auseinander. Zwei Kugeln entstiegen der Bluse, breiteten sich aus. Ein wunderbarer Anblick. Sie merkte es wohl, lief rot an, wagte aber nicht, die neben ihr sitzende Ärztin darauf hinzuweisen. Ich konnte den Blick nicht von ihr lassen. Neben mir hob der eine oder andere bereits den Hintern, ich auch, um zu entlüften. Mein Nebenmann, ein Spanier, gerade den Allerwertesten hebend, musste sich wohl verkalkuliert haben, riss plötzlich die Maske vom Mund und rief: "Oiga, Oiga, materia, materia!" Es duftete auch danach.

Als ich mich nach dieser Ablenkung wieder meinem hübschen Gegenüber zuwandte, beugte sich gerade die Ärztin über den aufgeblähten Busen der Stewardess, fummelte ihr den BH auf und versperrte mit einem darauf gelegten Handtuch wie mit einem Lätzchen die Verfolgung der weiteren Entwicklung. Alles wieder im Lot.

Als die 24.000-Fuß-Höhe erreicht war, mussten die Sauerstoffmasken abgenommen werden. Jeder bekam vor sich hingestellt eine Platte mit vielen Löchern, dazu ein Kästchen mit unterschiedlich großen Metallkugeln. Die galt es, durch die jeweilig passenden Löcher durchfallen zu lassen.

Das Spielchen ließ nach kürzester Zeit die Symptome der Höhenkrankheit erkennen, die bei jedem anders auftraten. Anfangs fielen die Kugeln jeweils nach den Größen ausgewählt auch durch die entsprechenden Löcher. Dann schwand nach und nach die Beurteilungsfähigkeit. Die dicke Kugel passte ums Verrecken nicht durch das kleinste Loch, auch wenn der Prüfling mit der Faust draufhaute. Schließlich fand die Hand die Kugeln nicht mehr oder dem Verzweifelten war die Bedeutung des Testspielchens entfallen. Kurz vor eintretender Bewusstlosigkeit half der Arzt mit der Sauerstoffmaske. Ein kurzer Schnaufer, und schon war die Welt wieder in Ordnung. Im Laufe des Konzentrationsverfalls ging bei mir das Sichtfeld verloren. Verengt zu einem Tunnel erschien die Umgebung in einem bläulichen Licht. Außerdem schmerzten Hand- und Fußgelenke. Bläschenbildung, meinten die Ärzte. Wertvolle Hinweise auf den Sauerstoffmangel.

Dann kam der Höhepunkt des Druckkammerfluges. Simuliert wurde der totale Druckabfall. Ein Donnerschlag, aus den Lungen schien die Atemluft herausgerissen zu werden und gleich darauf drückte Sauerstoff mit Druck aus der Maske dagegen, rundherum dichter Nebel. Ein Erlebnis, das die Untersuchungen abschloss.

Innen und außen und mehr als ein Dutzend Mal vermessen, begutachtet und durchgecheckt, Blut abgezapft, in den Hintern geguckt, die Zähne abgeklopft, geröntgt, unter den Füßen gekitzelt und die Augen getestet, fiel die Meute, nach Kiel in die Kaserne zurückgekarrt, todmüde ins Bett. Zwei Tage danach Musterung, Verkündung der Befunde.

Eine eigentümliche Spannung lag in der Luft. Bis jetzt hofften die meisten, als Fluguntaugliche weiterhin zur See fahren zu können, nun sollte sich das Blatt wenden.

„Leutnant zur See Färber. Fliegertauglich I a. Sie sind mit sofortiger Wirkung zur weiteren Ausbildung zum Kommando der Marineflieger versetzt." Waaas, ich? U-Boote ade, Vallery, dein Dampfer ist wohl mein letzter gewesen.

Die anderen genannten Namen nahm ich kaum noch wahr.

Abends in der Offiziermesse herrschte ein riesiges Palaver. Die einen schrieen: „Bin ich denn verrückt. Erst Bordausbildung und jetzt etwas ganz anderes!" Andere glaubten bereits eine Lösung des Enkommens gefunden zu haben: „Denen werde ich es zeigen. Ich falle durch alle Fliegerprüfungen durch, und das so lange, bis ich wieder ein Schiff unter dem Arsch habe."

Gar mancher ertränkte an diesem Abend seinen Frust.

Hanno Hagebutt und ich, beide in Zukunft Fliegerkameraden, versuchten die Aufregung zu analysieren. Die ganze Crew war gesundheitlich getestet worden, und nur wenigen war bescheinigt worden, kerngesund die höchste Note der Fliegertauglichkeit erhalten zu haben. Das war kein Verdienst, sondern ein Geschenk. Warum also nicht mit Freude das Angebot annehmen und auszukosten.

Ob letztlich alle die Schulung durchstehen würden, war abzuwarten.

Dazu Hanno: „Stell dir vor, Fliegen ist wie Rennwagen fahren. Der Steuerzahler zahlt dir das Vergnügen, du kriegst ne Fliegerzulage und noch Gehalt obendrauf. Ist doch was – oder?"

Nicht nur das leuchtete ein, auch die berufliche Zukunft sah rosig aus. Von fast 60 Getesteten wurden nur 20 als für die fliegerische Schulung als geeignet in die Ausbildung geschickt. Wo und wie die stattfinden würde, darüber klärte das Kommando der Marineflieger auf.

Ein älterer Offizier, die Haare glatt an den Kopf gekämmt, getrennt durch einen strichförmigen Scheitel, musterte uns mit dunklen listigen Augen und erzählte näselnd, was mit uns geschehen würde:

„Wie Sie wissen, haben wir von Ihrer Crew bereits einige in den USA und in England in der Ausbildung. Mit Ihnen wird anders verfahren. Sie werden nach den Richtlinien der Luftwaffe bei zivilen Flugschulen ausgebildet, zumindest was den ersten Teil des Auswahlverfahrens betrifft, das so genannte Screening. Gruppe eins reist in die Nähe von Bonn, den Ort lassen Sie sich im Geschäftszimmer sagen, und die Gruppe zwei wird in Koblenz-Karthause von meinem Kriegskameraden Schieferfeld ins Gebet genommen.

Das war's, meine Herren, viel Glück, abtreten."

Mit Köfferchen und Kartons in abgeschabtem Zivil traf sich auf dem noch immer fürchterlich zerstörten Bahnhof Kiel die Gruppe zwei zur Abfahrt mit dem Zug in Richtung Koblenz.

Ein neuer Lebensabschnitt begann.

Wir waren 13, ein illustrer Herrenclub mit nur vagen Vorstellungen über das, was kommen würde. Untergebracht in einem Vorort von Koblenz bei zwei Familien, die hoch über dem Rhein Ferienwohnungen an Flugschüler vermieteten.

Ein bereits von Kiel aus bestellter Dienst-VW-Bully zuckelte unsere Sechser-Wohngemeinschaft die steile Straße nach Karthause hinauf. Über Nacht hatte es geschneit, eigentlich die dämlichste Zeit, mit einem Flugtraining zu beginnen. Bei der Zuweisung der Zimmer unter dem Dach kroch einem die Kälte schaudernd über die Haut. Es gab einen Kanonenofen, dazu täglich vier Briketts und eine Handvoll Holzscheite, das reichte, um von den Wänden die Eiskristalle heruntertropfen zu lassen. Das draußen an der Tür von uns nach einigen Tagen angebrachte Schild *Luftwaffentestzentrum für arktische Vereisung* rührte den Hausvermieter nicht. Er mied den Kontakt mit uns, wir mit ihm.

Umso mehr muss er sich wohl Gedanken gemacht haben, wie aus seinem verschlossenen Holzverschlag ständig Brennmaterial verschwand. Nickel, der Kampfkarpfen, mein Kollege von W 5 und jetziger Zimmernachbar, zog mit seinen Bärenkräften des öfteren zwei Bretter der Hütte auseinander, blockierte sie und konnte so ans Heizbare gelangen. Er bewahrte uns in diesem Winter vor dem Erfrieren.

Zu erreichen war das edle Domizil über eine an der Stirnseite des Hauses angebrachte eiserne Stiege, die lebensgefährlich an dem zweistöckigen Haus emporrankte und nur über einen dürftigen Handlauf verfügte. Das schmalbrüstige Haus lag hoch oben an einem Hang. Eine aus Ziegelsteinen gemauerte Treppe mit 30 Stufen führte den Berg hinauf. Zu beiden Seiten der Stufen begleitete eine nachlässig aus Ziegelsteinen gefügte mannshohe Mauer den Weg.

Man fühlte sich bedrückt wie in einem allzu engen Schacht. Diese aufreizende Konstruktion reizte besonders Nickel, von Tag zu Tag mehr.

Wir bewohnten einen Leuchtturm, von dem man bei gutem Wetter auf der östliche Rheinseite die Festung Ehrenbreitstein sehen konnte.

Neugierig auf die Fliegerschule und für Marineoffiziere völlig neue Metier, zog es die kleine Gruppe gleich am Tag der Ankunft zum Flugfeld, versteht sich, in Uniform. Die Gardinen der Häuser bewegten sich. Wer hatte in dieser Gegend schon blaue Uniformen mit goldenen Knöpfen gesehen? Über das Flugfeld fegte der Wind einen Schneeschleier. Kein Flugzeug weit und breit zu sehen, nur eine gewölbte Halle und ein lang gestrecktes flaches Gebäude. Heute ist das Gelände ein Wohngebiet, kaum jemand weiß dass einst hier Flugschüler von der Küste Blut und Wasser geschwitzt haben. Nun ja, ganz so schlimm ist es nicht gewesen, aber lustig war es auch nicht immer.

Schieferfeld, der Chef des Ganzen, empfing seine Flugschüler mit markigen Worten und stellte seine Mitstreiter vor. Seine Frau, zuständig für das Büro und den theoretischen Unterricht, lächelte übertrieben herzlich. Fluglehrer Traub, ein älterer, hektisch wirkender Mensch mit wildem Haarputz und einem viel zu dicken Mohairschal um den Hals muffte einige Begrüßungsformeln, und zuletzt hob Herr Engelback die Hand, ein junger Kölner, der offensichtlich gerade eben noch pünktlich von einem vorkarnevalistischen Saufgelage eingetroffen war. Mit dem sollten wir noch viel Spaß haben.

Schieferfeld entsprach dem, was der Kapitän in Kiel erwähnt hatte. Er war ein kleiner, drahtiger ehemaliger Jagdflieger, mit dem man sich vertrauensvoll in die Lüfte begeben konnte.

Mutter Schieferfeld, ein leicht rundliches Gemisch aus verblichenem Sex Appeal und harter Geschäftsfrau, verteilte allerhand Pläne, Handbücher, Unterlagen, und aus dem Fenster weisend zeigte sie auf eine Kneipe am Rande des Flugfeldes, wo für uns alle drei Tagesmahlzeiten gebucht worden seien.

Auf die mickerige Unterkunft angesprochen, meinte sie lediglich: „Das ist Sache eures Dienstherrn, seht zu, wie ihr damit klar kommt."

Anschließend wurden Fliegerkombis angepasst, und ab in die Halle zur Besichtigung der Flugzeuge. Beim Übertreten der Schwelle wurde mir deutlich: Hier endete die Seefahrt. Schieferfeld führte die Truppe an die Flugobjekte. Mein Gott, mit diesen tuchbespannten gelb angemalten Drahtdrachen soll ein Mensch fliegen können? Der Chefpilot erhob die Stimme: „Das sind unsere drei Piper L-4, Schulterdecker, starres Fahrwerk, leicht zu händeln, meine Herren, wenn das Wetter entsprechend ist, geht es morgen gleich los." Sagte es und verschwand. Was nutzte das Betrachten des dürftigen Cockpits und der Instrumente. Keine Ahnung, was sie bedeuteten. Früher hätte ich ein Flugzeug als viel stabiler eingeschätzt, hier wackelte, knisterte und knackte alles schon beim Anfassen. Drinnen dünnes Gestänge und vorn ein Propeller wie zwei Wagenspeichen eines Pferdefuhrwerks. Nicht sehr überzeugend!

Den ersten Abend verbrachten wir geschlossen in der von Frau Schieferfeld empfohlenen Kneipe, um die Verpflegung zu testen. Beim Eintreten entsetzte Gesichter der dort hockenden Stammrunde. Die Karten fielen auf den Tisch. Auffällig eilig war einer von ihnen hinter dem Tresen in Deckung gegangen. „Wat, schon wieder ne Razzia?"

Hinter dem großen Glas mit Soleiern tauchte der zuvor weggesprungene Wirt wieder auf, leicht verkniffenen lächelnd: „Nä, Leute, dat sind meine Mariners."

„Gommen Se, Gommen Se!" Einladend winkte er uns herbei, wies den größten Tisch zu, wischte mit seinem Taschentusch darüber, machte einen schleimigen devoten Diener und rannte zum Tresen. „Ne Runde Bier, wa, aufs Haus, zum Einstand. Wat zu essen auf de Schnelle jeht noch. Eier rührt euch, ha, ha, mit Schinken oder so?"

Später hockte der Wirt mit am Tisch, ein schmieriger Geselle, der mit jedem kumpeln wollte. Seine Rühreier waren nicht die übelsten, und nach mehreren Bieren aßen ihm die Mariner das Soleierglas leer.

Die Kneipe oder das Vorortlokal glich eher einer Wartehalle. Der Wirt, immer mit einer schmuddeligen Schürze vor seinem Bierbauch, stand mal hinter dem Zapfhahn, dann wieder vor der schmurgelnden Bratpfanne in der Küche.

Erstaunlich, dass so viele Leute, und zwar nur Männer, an den Tischen hockten. Jedes Mal, wenn die Kneipentür aufging, flogen die Köpfe herum und alle stierten dorthin.

Warum das? Auf was warteten die? Die Antwort ließ nicht lange auf sich warten. Die Tür schwang auf, und das „Karthäuser Lieschen", so hieß übrigens auch die Kneipe, wälzte herein. Was für ein Auftritt der Wirtsmatrone. Bei ihrem Anblick schien der Wirt einzuknicken und säuselte einen unterwürfigen Willkommensgruß.

Den Türrahmen füllte eine Gestalt aus, die herrisch in die Runde schaute. Eine Mischung aus Großem Kurfürst, aufgedonnerter barocker Kurtisane und verblichener Sexbombe. Letzteres muss wohl für viele der Anwesenden das besonders Reizvolle gewesen sein, denn nur einige Tage später wussten wir Neuankömmlinge alle, dass sie, besonders zur lockeren Karnevalszeit, den einen oder anderen Gast schon mal zum Fummeln an sich herangelassen hatte. Ich glaubte die Mutter meines Vetters Horst aus Beckum wiederzuerkennen, zumindest was die Ausmaße der Dame betraf. Ansonsten schien sie der Inbegriff einer Kölner Schlachtersfrau zu sein — oder war sie eher als Chefin eines ganz besonderen Etablissements einzuordnen?

Goldene Haare leuchteten aufgetürmt auf, mit steinchenbesetztem Reif zusammengehalten, ein paar Schneeflocken wirbelten umher, als sie vorbeiwiegte. Hochhackige, mit Plastikrosen besetzte Sandaletten klackten über den Linoleumfußboden. Ihr Mantel setzte der geschmackvollen Erscheinung die Krone auf. Feuerrot mit einem wuscheligen Kragen aus schwarzen Affenhaaren, Reiherfedern oder ähnlichem. Alle starrten das wortlos dahinrauschende Farbwunder von Karthause an, bis hinter ihr die Küchentür ins Schloss fiel.

Das entstandene Schweigen brach der wieder zum Leben erwachte Wirt mit der Bemerkung: „Aber kochen kann se!"

„Wollt ihr noch´n Bier?" Nee, keiner wollte mehr, die erste Nacht im Eiskeller stand bevor. Wie gut, dass nach ein paar Tagen der Nickel zu den gekauften auch anderswoher beschaffte Briketts auf die sparsame Glut legen konnte.

Morgens schnell frisch gemacht, dann im Eiltempo zum Frühstücken zur Kneipe. Wer stand da hinter dem Tresen? Nicht wiederzuerkennen: die ungeschminkte Wirtin. Noch auffälliger dick als gestern, ein Trumm von Weib, eine richtige Mama mit einem Busen hängend wie Satteltaschen, mehrere Halswürste und Oberarme, dick und glatt wie eine Python. Im Zweikampf hätte die jeden von uns erdrückt.

Aber ihr Kaffee und das Frühstück konnten sich sehen lassen. Kritik wäre wohl auch lebensgefährlich gewesen.

Im Flughafengebäude brannte Licht. Der erste Tag eines Seemanns auf dem Lande weit von der See entfernt zur Ausbildung als Pilot nahm seinen Lauf.

Schneeregen klatschte an die Scheiben. Aus der Mosel hoch zog dichter Nebel über den Acker. Das Flugfeld war nämlich eine holperige Wiese.Tagelang blieb das Sauwetter, nicht befliegbar. Irgendwann ging der Stoff für den theoretischen Unterricht aus. Um nicht tatenlos herumzuhängen und den Kaffeeautomaten leerzutrinken, erließ Schieferfeld die Weisung: „Wenn ihr morgens drüben die Ehrenbreitstein nicht sehen könnt, könnt ihr gleich zu Hause bleiben!" Damit war dem Lasterleben Tür und Tor geöffnet.

Schieferfeld, der Chef der zivilen Flugschule, beanspruchte nicht, Ersatz für einen militärischen Vorgesetzten zu sein. Er sollte uns in einem 25-stündigen Programm auf der Piper L 4 zum Soloflug bringen. Dafür wurde er vom Verteidigungsministerium bezahlt, und dem allein galt sein Interesse. Zum Abschluss unseres Lebens in der Diaspora würde mit dem Besuch eines Luftwaffenoffiziers der Überprüfungsflug abgenommen werden. Der wiederum entschied über die weitere Verwendung des Flugschülers.

Wir fühlten uns alleingelassen. Zu sehr schon abhängig geworden von militärisch geregeltem Leben, wirkte die ungewohnte fremde Umgebung feindlich. Weit weg von der Marine, in einer nur andeutungsweise zu heizenden Bude ähnlich einer studentischen Wohngemeinschaft in einem grauen Haus unfreundlicher Vermieter, in der wettermäßig zum Fliegen schlechtesten Jahreszeit, dazu in der Gruppe zusammen mit einigen, die sich strafversetzt zur fliegerischen Ausbildung fühlten, wie konnte das gut gehen.

Hanno Hagebutt und ich hatten wieder zusammengefunden, so dass hier schon mal gegenseitiges Mutmachen stattfand. Zur Gefrierkellergemeinschaft gehörten neben dem Berliner Kampfkarpfen Nickel der Bauernsohn Ulrich Schlieper aus Niedersachsen, Eckehard, der Förstersohn aus der Paderborner Gegend, ein Schrank von Mensch, dessen Unterarme so kräftig ausgebildet waren, das er darüber keine Hemdmanschette zuknöpfen konnte, und nicht zuletzt der quirlige Bondo, der Balte aus dem ehemaligen deutschen Osten, der kalten Heimat, wie er gern sagte.

Bondos Aufgabe war es, morgens kurz aufzustehen, um zum Fenster hinaus sehend die Festung Ehrenbreitstein auszumachen. Verkündete er: „Is nich", blieb alles still im Raum bis 10 Uhr, dann Katzenwäsche, Räuberzivil angezogen und zur schmierigen Kneipe zum Frühstück „Eier Rührt Euch." Höflicherweise beim Schieferfeld vorbeigeschaut, aufgewärmt, Interesse gezeigt und den Kaffeecontainer leer getrunken. So lange herumgehangen, bis es in der Kneipe gegenüber Mittagessen gab. Danach, vom Bier leicht angeduhnt, auf dem Heimweg Gartenzwerge mit Steinen beworfen, zurück in die Gefrierkammer zum ausgedehnten Mittagsschläfchen.

Ein aufreibendes Leben!

So gekräftigt zog die Wohngemeinschaft mit dem Aufleuchten der Straßenlaternen den Berg hinab ins Koblenzer Nachtleben. Auf halber Höhe lag ein finsterer Bau am Wege. Ein Frauengefängnis, daneben eine Kneipe, wohl gedacht als Erholungsstätte für Freigänger dieser Einrichtung, dementsprechend das Publikum. Uns schreckte das nicht, denn die weibliche Bedienung überstrahlte den zunächst miesen Eindruck des Lokals.

Wenn das Mädchen mit dem Tablett wiegend durch den Raum schritt, mit den Augen blitzte, kess lächelte, dann musste man einfach irgendetwas bei ihr bestellen, damit sie an den Tisch kam und man ihre Nähe spürte. Wenn sie sich herabbeugte und die Gläser abstellte, entströmte ihrem wohl noch jungfräulichen Busenschlitz ein zarter Hauch von Sandelholz, der den verqualmten Kneipenmief vergessen ließ.

16

Wohl jeder von uns wäre wohl gern mit dieser Duftpflanze ins Bett gestiegen. Jeder in der Runde fand ein paar anmachende oder frotzelnde Worte, die sie geschickt und erstaunlich geistreich zu parieren verstand. Im Lauf der Zeit zu Stammkunden geworden, erfuhr die lüsterne Meute, das es des Wirtes Töchterlein war, die in den Semesterferien hier aushalf. Während er am Tresen die Gläser füllte, ließ ihr Vater keinen Blick von seinem besten Stück. Uns hatte er besonders auf dem Kieker.

Beinahe hätte er uns eines Tages rausgeschmissen. Dabei war der Anlass völlig harmlos. Dem ruhigen Uli, der gern zum Bier einen Klaren trank, war eingefallen, ein typisch nordisches Getränk zu bestellen, einen „Bommi mit Pflaume". Eine Bedienung in Kiel hätte dazu genickt, nicht aber unsere Schöne.

Sie warf ihren Kopf empört in den Nacken, machte eine finstere Miene, lief rot an und eilte zum Tresen, sprach erregt mit ihrem Vater und zeigte auf den Uli, der die Welt nicht mehr verstand.

Der Wirt brauste heran, baute sich vor dem Tisch wie ein Strafgewitter auf und brüllte: „Verlassen Sie sofort mein Lokal. Ich verbiete Ihnen, meiner Tochter derartig schweinische Anträge zu machen. Raus hier, raus hier!"

Zu dem wütenden Wirt gesellten sich schnell andere, die zwar nicht wussten, warum es ging, die jedoch hofften, mit der Parteinahme für das Mädchen vielleicht zu einem Freibier zu gelangen. Zu allem Überfluss fing die Bedienung an zu weinen und schluchzte herzzerreißend. Bondo war aufgestanden und überragte den Wirt um Haupteslänge, hob die Hand beschwichtigend: „Was ist denn geschehen? Der Kleine hier", dabei zeigte er auf den zusammengesunkenen Uli, „hat ein bei uns in der Marine ganz berühmtes Getränk bestellt, Bommerlunder mit eingelegter Pflaume. Kennen Sie das nicht? Sollten Sie als Neuerung in Ihre Getränkeliste aufnehmen. Das ist im Norden der absolute Renner. Einen Bommi haben Sie doch sicher, wenn Sie eine Dose mit Pflaumen oder Mirabellen im Keller haben, zeige ich Ihnen, wie das Ding zelebriert wird."

Der Wirt, ganz still geworden, horchte interessiert auf. Das Schluchzen im Hintergrund versiegte. Erst eine Pflaumendose und dann noch weitere wurden an dem Abend gefunden. Bondo stand hinter dem Tresen und mixte die Getränke. Erst schmeckte dem Wirt die ihm unbekannte Kreation, dann bestellte das gesamte Lokal. Die Marine hatte für den Abend den Laden übernommen.

Aus „Koblenz bei Nacht" wurde an diesem Abend nichts mehr.

Zu guter Letzt konnte ich die auf Fehmarn kennen gelernte Spezialität vorstellen, den so genannten Jämmerling, den Bommi mit der Sardelle über dem Rand,. Ebenfalls später auf der Getränkeliste zu finden und zu den wilden Karnevalstagen ein für den Wirt einträgliches Geschäft. Zum Abschied gab die schöne Wirtstochter dem Uli ein Küsschen, von uns höchst beneidet.

Wann immer abends der Weg hinunter nach Koblenz führte, wurde auf halber Strecke am Frauengefängnis im Lokal „Zum fröhlichen Knast" eine „Bommi-mit-Pflaume-Pause" eingelegt.

Mitte Dezember warteten vor der Flughalle mehrere in graue Fliegkombis gehüllte Mariner frierend auf den ersten Flug. Von einem knallend blauen Himmel schien die Sonne. Keine einzige Wolke zu sehen. Drüben von der anderen Rheinseite funkelten die Fenster im grellen Licht. Der große Tag des ersten Fluges schien gekommen. Der Windsack zeigte schlaff in die richtige Richtung. Kein Seitenwind.

Da rückten die drei Fluglehrer heran. Schieferfeld mit pelzbesetzter Jacke und Reitstiefeln, neben ihm in einem gewöhnlichen graugestreiften Straßenanzug der polterige Traub, heute bei der Kälte den blauen Mohairschal noch fester um den Hals geschlungen, und der jüngste, der fast mit uns gleichaltrige Fluglehrer Engelback.

Erst einmal als Arbeitskommando eingeteilt mussten die Flugschüler den Landestreifen auf der schneebedeckten Wiese abgehen und Unrat einsammeln sowie die Begrenzungsschilder ausrichten.

Am Start und Landpunkt wurden rechts und links Fähnchen gesetzt.

Im Wechsel von einer halben Stunde stand einer von uns in der klirrenden Kälte in sicherer Entfernung vom Landepunkt mit zwei Fähnchen in der Hand, einem roten und einem grünen. Damit war dem landenden Flugzeug zuzuwinken.

Rot: Durchstarten. Grün: Frei zur Landung.

Im Anflug schrie dann der vorne sitzende Flugschüler den Motorenlärm übertönend dem hinter ihm sitzenden Fluglehrer zu: „Check the flag, the flag is green" oder manchmal auch „red".

Ja, künftige NATO-Piloten lernten keine der fliegerischen Ausdrücke in Deutsch, alles musste englisch sein. Frau Schieferfeld lehrte uns die ersten Begriffe der künftigen Fachsprache mit scharfem deutschem Akzent. Die vergrabenen Schulkenntnisse in dieser Fremdsprache zerrte jeder, so gut es ging, wieder ans Tageslicht, aber Shakespeare und englische Gedichtkenntnisse halfen da wenig.

Wann immer eines der drei Schulflugzeuge landete und vor die Halle gerollt kam, fiel die wartende Meute über den aus dem Cockpit herauskletternden Erstflieger her und befragte ihn über seine Eindrücke und Erlebnisse. Die einen schwärmten euphorisch, andere winkten ab: „Stinkelangweilig!"

Letztere waren die, die von Anfang an geschworen hatten, keine Flieger werden zu wollen, und alles dransetzten, sich abzuqualifizieren. Diese kleine Gruppe wirkte störend. Von Schieferfeld mit entsprechendem Zeugnis versehen, saß sie bald im Zug zurück nach Kiel. Hanno und ich dagegen wollten die Fliegerei meistern und fieberten dem Erstflug entgegen.

Unvergesslich, es war der 12. Dezember, Uhrzeit kurz nach 12 Uhr. Schieferfeld winkte mich heran. „Sie sind dran!" Da stand ein Hannes Färber vor der gelben

Piper L-4 und sollte zum ersten Mal in seinem Leben den Boden unter den Füßen verlieren.

„Los Mann, steigen Sie vorn ein!"

Das meinte der wirklich. Also hinein in die Plexiglashütte.

Theoretisch auf alles vorbereitet, alle Instrumente erklärt, jeder Handgriff zum Starten mehrfach geübt – und doch zitterten die Hände, als von draußen die Aufforderung kam, die Magneten zu schalten. Schieferfeld riss mit den Händen den Propeller, lässig „die Latte" genannt, an. Sie federte zurück, noch einmal mit Wucht zugegriffen, und plötzlich rappelte der Motor los, der Propeller schwirrte vor den Augen. Hinter mir kroch Schieferfeld ins Cockpit, knackend fiel das kleine Türchen ins Schloss. Draußen grinsten die Kameraden, die die Bremsblöcke wegzogen. Mein Gott, auf was hatte ich mich da eingelassen? Eine Mischung aus Bedenken, wohl auch Schiss und unbändiger Freude rüttelte an meinem Adrenalinpegel. Rumpelnd rollte die L-4 los, ich artig, wie befohlen, die Hände vor dem Sicherheitsschloss gefaltet. Der hart gefrorene Boden schlug durch das Fahrwerk bis in die Knochen. Wippend wiegten über mir die Tragflächen des Schulterdeckers.

Knirschend blieb der Vogel im Winkel von 90 Grad am Startpunkt stehen. „Noch mal Magnete checken", brüllte der Fluglehrer von hinten." Das Motorengeräusch veränderte sich jedes Mal. Es klang so schwach, eher wie das eines Miniautos, gar nicht wie das eines Flugzeugs. „Alles klar zum Take-off!"

Der erwartungsfrohe Flugschüler nickte, hob den Daumen. Schieferstein ratterte mit dem Vogel in einem Bogen in die Startposition. Voraus das kurze Band der Startbahn, am Ende ein grauer Strich, dahinter fiel das Gelände als Felswand zur Mosel ab, unten lag Winningen. Schieferstein gab Gas. Noch ehe ich mir ausmalen konnte, über diese Feldwand in die Mosel zu stürzen, wackelte der Vogel kurz, schlagartig wurden die Geräusche geringer. Unter uns sackte die Landschaft zurück, als wenn sie vom Flugzeug abgefallen wäre. Was? Schon in der Luft? Schwupp, unter uns die erste Moselschleife, leichte Linkskurve. Die Straßen glichen Lakritzbändern, voraus verschneite Höhen. Faszinierend, wie gut die Sicht und wie deutlich am Boden Einzelheiten zu entdecken waren. Der Höhenmesser zeigte 500 Fuß.

Die L-4 schnurrte dahin. Schön, so durch die Luft kutschiert zu werden. Trotz der ungewohnten Umgebung kroch ein wohlig wärmendes Gefühl durch den Körper. Hinter sich den ehemaligen Jagdflieger zu wissen, flößte Vertrauen ein. Die Welt losgelöst vom Boden erstmalig von oben unten vorbeigleiten zu sehen ließ die Angst schwinden. Erstaunlich, wie die Piper, dieser segeltuchbespannte Drachen, mit seinem schwach dröhnenden Motor das Fliegen meisterte. Nicht lautlos elegant wie ein kreisender Bussard über den Wiesen, sondern von den Menschen als Flugprothese erfunden mit Knacken und Knistern, aber immerhin, er flog. Aus dem Lateinunterricht kam mir die Geschichte von Dädalus und Ikarus in den Sinn und die des Schneiders von Ulm. Das hier war doch bequemer als mit Muskelkraft in die Lüfte getragen zu werden.

Als Passagier über Burg Drachenfels und die Weinhänge der Nahe ohne körperliche Anstrengung geflogen zu werden und das ohne zu bezahlen, ja vom Staat sogar noch Geld dafür zu bekommen musste als Privileg gewertet werden, um das mancher da unten auf der Erde Hannes Färber sicherlich beneiden würde.

Wenn die Neidumer Nachbarn, die Eltern und das Jretchen in Kiel wüssten, wo ich mich gerade zurzeit befand, die würden staunen.

Hinein in diese Gedanken brach die Ernüchterung, als von hinten die Order kam: „Nun übernehmen Sie mal, schön sutje am Knüppel und schön koordiniert mit dem Seitenruder. Höhenmesser beachten und am Wendezeiger den Ball brav in der Mitte halten. You have it, machen Sie weiter, ich muss jetzt mein mitgebrachtes Brötchen essen."

Schieferfeld wartete auf keine Antwort, sondern rührte hinten an seinem Knüppel. Diese Bewegung übertrug sich auf den Steuerknüppel zwischen meinen Beinen. Wie gelähmt muss ich wohl dagesessen haben. Das Stück Rohr schaute mich an, schien rotglühend zu sein. Noch nie je geflogen, sollte ich jetzt, der totale Laie, eines von Schieferfelds kostbaren Flugzeugen ganz allein durch die Luft bewegen. Wenn es auf dem Boden gewesen wäre, aber hier irgendwo zwischen Himmel und Erde?

Der Höhenmesser zeigte bereits eine nach unten krebsende Nadel, die rechte Tragfläche rutschte leicht ab. Der Fluglehrer, der Lump, hatte wirklich nicht mehr die Hände im Getriebe, das Rascheln hinter dem schwitzenden Flugschüler offenbarte, dass tatsächlich das zweite Frühstück diesen Mann beschäftigte. Mein Gott, unverantwortlich in dieser mir höchst gefährlichen Situation. Niemand steuerte das Flugzeug mehr. Sollte ich jetzt wirklich zugreifen oder kneifen und aufheulen: „Ich kann nicht!"?

Heiße und kalte Wellen rasten den Rücken rauf und runter. Es würgte in der Kehle. Der einsame, verlassene Steuerknüppel schien den Verunsicherten bittend anzuschauen.

Wir sahen uns beide prüfend an. Sekunden wurden zu Minuten. Nicht sonderlich aufmunternd unterbrach der Wahnsinnsmensch seine Esstätigkeit und rief: „Nun machen Sie schon, mehr als auf die Fresse fallen können wir nicht!"

Zögernd die rechte Hand ausgestreckt, langsam herantastend und dann entschlossen diesen Scheißknüppel gepackt, bisschen nach links bewegt, und siehe da, die rechts hängende Tragfläche hob sich an, der schiefe Horizont wurde wieder gerade.

„Sie dürfen auch den Gashebel anfassen!"

„Achten Sie mal auf den künstlichen Horizont auf ihrem Instrument und halten Sie das künstliche Flugzeug im Fadenkreuz. Bewegen Sie den Knüppel, bewegt sich entsprechend das Instrument."

Alles trostreiche Worte. Aber wie das Gesagte in die Tat umsetzen?

Was der da hinten alles auf einmal verlangte! Vorne schwirrten und vibrierten weiße Zeiger auf schwarzen runden Uhren. Natürlich am Boden gelernt, wofür die Dinger gut waren, aber hier? Da draußen der Propellerquirl und rundherum nur Unsicherheit, da schien das Gehirn gelähmt zu sein. Zuviel der neuen Eindrücke! Mensch, war mir heiß! Mühsam und fast nur an angedeutet gelang das vom Lehrer Gewünschte, sogar zuletzt eine Kurve mit den Füßen im Seitenruder, allerdings dabei mit starkem Höhenverlust. Beides auf einmal zu koordinieren ging dabei ziemlich in die Hose, doch Schieferfeld schien mit seinem Schüler fürs erste zufrieden zu sein, denn er hatte nicht in den Knüppel gegriffen und seine Brötchen nicht beiseite gelegt.

Der Fluglehrer übernahm wieder, welch eine Erleichterung!

Da unten lag bereits Karthause, die weiße Fläche mit der Landebahn, umstanden von den Siedlerhäusern. Im Anflug mit gedrosseltem Motor glitt die brave Piper über die Kneipe auf den Landepunkt zu. Da stand, deutlich zu erkennen, der frierende Nickel und winkte mit der grünen Flagge.

Glücklich über den überstandenen ersten Flug meines Lebens brüllte ich viel zu laut wie gelernt: „Check the flag, the flag is green."

Zurückgerumpelt in die Halle überkam mich, nachdem der Motor still geworden war, ein unbeschreibliches Glücksgefühl. Im Flugvorbereitungsraum zelebrierte Schieferfeld so etwas wie eine Abschlussbesprechung, „Debriefing" genannt, erwähnte dieses und jenes, aber hingehört habe ich nicht wirklich. Das Erlebte musste erst einmal Stück für Stück verkraftet aber auch gefeiert werden.

Es traf sich gut, dass sich an diesem Abend unsere Gang, die harmonische Wohngemeinschaft, zu einem gepflegten Essen unten in Koblenz im dortigen französischen Offizierkasino verabredet hatte. Der Tipp kam von dem jungen Fluglehrer Engelback, der uns dort mit seiner Freundin erwartete. In der Koblenzer Umgebung waren immer noch französische Truppenteile stationiert, die als ehemalige Besatzungsmacht ein Casino mit Gesellschaftsräumen und einem vorzüglichen Restaurant unterhielten. Wohl auf deutsche Kosten, denn die Preise für die Mahlzeiten mussten subventioniert sein, sie waren lächerlich gering. Für uns stets Ausgehungerte und Schwachverdiener der richtige Treffpunkt.

Engelback, der als gebürtiger Elsässer perfekt Französisch sprach, verstand es, uns Marinern dort als Dauergästen Eintritt zu verschaffen. Fast jeden Abend trafen wir uns seitdem im „Club Français" zum Essen. Escargots, in Knoblauchbutter schwimmende Schnecken, als Vorspeise, saftige Steaks mit Bergen von Pommes frites mit Salaten zum Hauptgang, dazu eine Flasche moussierender Wein, als Dessert die unterschiedlichsten Käsesorten, und danach an der Bar ein Cognac oder auch zwei. Und um alle neidisch zu machen, außer dem Cognac alles zu einem Preis von fünf DM. Die gute Verpflegung und die Verführung, mit hochprozentigen Getränken das Leben zu genießen, erhöhten bald sichtbar das Fluggewicht.

Bei der Wetterlage wurde ohnehin wenig geflogen. Man brauchte also nicht sonderlich darauf Acht zu geben, ob man mit schwerem Kopf am nächsten Morgen im „Briefingraum" auf den Fluglehrer wartete. Engelback, manchmal schon lästig wie eine Stallfliege, bemühte sich immer, bei unseren abendlichen Streifzügen dabei zu sein. Er becherte stets am meisten.

Eines Tages flog er mit Hanno Hagebutt. Beide starteten, vom Abend zuvor gezeichnet und mit einer beachtlichen Dunstfahne, zu einem Überlandflug mit Zwischenlandung irgendwo in der Nähe von Speyer.

Hanno erzählte uns andächtig Zuhörenden später, dass Engelback über der Eifel die Orientierung verloren hätte. Sie seien daraufhin im Tiefstflug an einer Bahnstation so lange und immer tiefer vorbeigeflogen, bis man das Ortschild identifizieren konnte, womit die Navigation wieder ins Lot gebracht war. Dann ging die Reise weiter durch die Obstplantagen in der Rheinebene, so lange, bis ein Baumzweig die Piper an der Tragfläche erwischte und beide tüchtig durchschüttelte. Irgendwo auf einer holperigen einsamen Landstraße gelandet, hat Engelback den Zweig aus der angerissenen Segeltuchbespannung der Tragfläche herausgezogen. Lustig sei es dann weiter gegangen. Abends zurück in Karthause mit dem letzten Tropfen Sprit im Tank haben dann die beiden Fast-Bruchpiloten in der Halle klammheimlich mit gelbem Tesaband die Einstichstellen des Baumastes geflickt.

Engelback glaubte uns gegenüber den großen Mann herauskehren zu müssen, ein Rheinländer, eine Frohnatur, stets mit vollmundigen Sprüchen unterwegs, ein Mann ohne Skrupel und wohl auch übersteigertem Selbstbewusstsein. Anfangs habe ich ihn bewundert. Er flog wie der Teufel, liebte seine sanfte Freundin und fuhr einen großräumigen Opel. Toll!

Mehr und mehr aber schätzte ich es, von Schieferfeld ausgebildet zu werden. Wir verstanden uns blendend, und indem meine Selbstsicherheit wuchs, zeigte er mir gewagtere Flugmanöver, die sein Schüler nachzufliegen hatte. Das machte Spaß, auch wenn es manchmal arg danebenging. Aber nie griff er in den Steuerknüppel, sondern ließ mich allein das Vermurkste wieder geradebiegen. Nie dass er schimpfte oder einen verunsicherte, wie der gute Nickel über seinen Fluglehrer, den wuscheligen Traub, beklagte. „Ein Arsch ist das, kaum zu fassen! Keine Sekunde hält der in der Luft das Maul.".

Wer beim Landepunkt einer Piper mit der Flagge zuwinken musste, wusste bereits Minuten zuvor, dass der Traub im Anflug war. Durch das Propellerschnurren des anschwebenden Flugzeugs drangen von weitem hörbar die im hohen Diskant geschrieenen Anweisungen dieses Hektikers. Traub brüllte aus Leibeskräften, so laut, dass man es am Boden wie Schimpfkanonaden empfand oder gar glauben musste, gleich würde die Piper abstürzen, zu Boden krachen und verbrennen. Dabei vermittelte Traub dem Schüler lediglich die Handgriffe zur Landung. Ein verrückter Kerl!

Nach dem Weihnachtsurlaub lag etwa noch die Hälfte des fliegerischen Auswahllehrgangs vor uns und damit zwei wichtige Ereignisse, der erste Soloflug und der von einem Major der Luftwaffe abzunehmende alles entscheidende Überprüfungsflug.

Selbst wenn man auf mehrere Tausend Flugstunden zurückblickt, so bleibt der erste Alleinflug der Höhepunkt eines Pilotenlebens. Um nicht vom Adrenalin der Ängste und Bedenken zuvor erdrückt zu werden, beginnt der entscheidende Tag nicht mit einem Hinweis des Fluglehrers: „Heute, mein Lieber, sind Sie fällig!"

Es geschieht völlig überraschend, so wie bei dem Me 109-Piloten Fluglehrer Schieferfeld. Kurz vor der Halle nach einigen Platzrunden abgestoppt, kletterte Schieferfeld aus dem hinteren Sitz, ich wollte den Motor abstellen, er winkte von draußen ab, riss meine Einstiegsluke auf, klopfte mir auf die Schulter und grinste: „Drei Platzrunden mit Durchstarten, auf geht's, Hals und Beinbruch!"

Wohl irgendwann erhofft und nun doch unerwartet. Warum gerade jetzt? Ist das nicht viel zu früh? Glühend heiß schoss das Blut durch die Adern. Ganz allein hockte ich vor den Instrumenten. Draußen quirlte der Propeller. Schieferfeld zeigte auf die Landebahn. Das bedeutete: Nun mach mal. Zaghaft den Gashebel bewegt, der Vogel rollte, humpelte. Wie mechanisch stellte ich den Vogel auf den Startpunkt, ließ den Motor kommen, los von den Bremsen, und ab ging es. Stimmt die Speed, die Geschwindigkeit, ja, Ok, reicht zum Abheben. Knüppel langsam zurück, noch ein Hopser und Hannes Färber war in der Luft und das ganz allein, wirklich ganz allein, mutterseelenallein. Schneller als sonst, weil das Gewicht des zweiten Mannes fehlte, stieg die Piper höher und höher. Wie hoch sollte es eigentlich gehen, ach ja, 500 Fuß. Die erreicht, die Power, das Gas, zurück, austrimmen und leichte Linkskurve einleiten. Was mahnte Schieferfeld stets: „Am Wendezeiger den Ball sauber in der Mitte halten." Also etwas Druck mit dem Fuß aufs linke Seitenruder, gleichzeitig den Knüppel sachte ebenfalls nach links. Donnerwetter, mamma mia! Der Vogel parierte, selbst ohne den Chefpiloten im hinteren Sitz.

Den „Downwind" erreicht, so hieß im fliegerischen NATO-Neudeutsch die Abwind-, die Gegenstrecke zur Landebahn, die linke Flügelspitze wie gelernt an der Flughafenstraße entlang gezogen und voraus den Kirchturm von Winningen anvisiert.

So lag der „Erst-Solo-Flieger" schulmäßig genau auf Kurs. Nach der fast zum Platzen gereizten Hochkonzentration löste sich jetzt im Geradeausflug die scheue Verkrampfung und machte einer stolz geschwellten Brust Platz. „Hannes Färber, du schwebst durch die Lüfte - als Solist!"

Ich muss es laut gerufen, vor Freude geschrieen haben. Ein erhebendes Gefühl, ein Flugzeug hörte auf mein Kommando. Wenn Vallery von seiner langsamen W 8 mich hier oben sehen könnte. „Leute, ihr da unten, seht mich an, ein Mensch, losgelöst von der Erde."

Wieder kamen mir die antiken Flugkünstler in den Sinn. War ich Ikarus? Der Ikarus bastelte Flügel an seinen Körper, die heutige Technik verhalf ihm zu einem Lycoming–Motor. Damit flog der Flugbegeisterte an dem Fluglehrer Dädalus vorbei und stieg hinauf in die Sonne. Die Sonnenhitze schmolz das Wachs seiner Flügel. Ikarus stürzte wie ein Stein vom Himmel und zerschellte in Karthause gleich neben der Kneipe. Blödsinniger Gedanke!

Unter dem Rumpf verschwand die Kirche von Winnigen. Das verlangte, in einer Kurve auf die Landebahn zuzusteuern, Höhe verlieren. Gas zurück. Bloß nicht zu viel.

Flächen gerade, Ostkurs? Ja stimmt! Wie klein die Landebahn erschien. War die immer so kurz? Aus der Mosel voraus wuchs die steile Westwand dem Hügel von Karthause entgegen, dahinter und da oben drauf lag der Landestreifen, dem ich entgegenschaukelte. Über den Rand des Felsens hinweg raste der Boden auf die Piper zu. Tiefer und tiefer. Gas weg. Ach ja, hatte ich die grüne Flagge gesehen? Nee, egal, runter mit dem Bock. Hoppel, hoppel, die Räder berührten den Boden, nicht lange gezögert gleich wieder Power rein, Hebel nach vorn. Der Motor heulte auf. Kurzes Wackeln und schon wieder in der Luft. Fantastisch, das ging ja wie geschmiert!

Dieses Mal unbekümmerter und weniger ängstlich erlebte ich die zweite Runde gelassener – oder doch nicht? Auf dem Downwind vernahmen die Ohren bisher nie gehörte Geräusche. Knirschen und Knacken, Rauschen und Vibrieren. Zitterten die Instrumente nicht zu stark, war das Motorengeräusch normal? Da wühlten Geräusche um einen herum, die vorher nie zu hören gewesen waren.

Dieses Mal erschreckte die im Landeanflug zu überfliegende Felswand schon weit weniger, und beim dritten Anflug schien sie gar nicht mehr da zu sein.

Neben dem Landpunkt entdeckte ich aus dem Augenwinkel einen Schneemann. Stand der vorhin schon da? Wohl als Ersatzmann für den Einwinker. Und was hatten die Spaßvögel ihm in den weißen Leib gerammt. Breitarmig zeigte er eine grüne und eine rote Flagge Was sollte das nun bedeuten? Landen ja oder nein? Verrückt machen gilt nicht, also landen und vor die Halle rollen.

Da wartete schon die Beifall klatschende Meute. Eins riesiges Glücksgefühl schwappte durch den Körper. Trotz der Eiseskälte, der Atem dampfte, mir war mollig warm. „Leute, ich hab es geschafft!"

Mit Hannes Färber war zum ersten Mal ein Mensch unserer Familie als Pilot geflogen und das tatsächlich ganz allein. Unfassbar! In meinem Flugbuch zu Hause

im Bücherschrank ist die einzig rot angestrichene Eintragung zu finden „1. Soloflug
12. Febr. 1958."

Es gab später noch andere Soloflüge auf den verschiedensten Flugzeugtypen,
aber nie wieder einen mit dem überwältigenden Eindruck des allerersten. Motor
abgestellt. Schieferfeld war der erste Gratulant, machte mir die Klappe auf und rief:
"Los, aussteigen, Färber, und hinten nach alter Fliegertradition das Leitwerk anpin-
keln!"

Ich hätte sowie so aufs Klo gemusst, mit einem Male von der bisherigen Anspannung befreit, kam das zwar eigentümliche aber willkommene Angebot gerade
recht. Unter Gelächter und dummen Bemerkungen wie „Der beizt ja die ganze Farbe ab" erledigte ich den ersten Schritt zur Aufnahme in die Familie der Piloten,
Danach musste ich mich bücken, und jeder der Umherstehenden hatte dem Neuge-
backenen einen kräftigen Klaps auf den Hintern zu geben. Fast alle unserer Gruppe
gingen an diesem Tag Solo.

Wer das hinter sich gebracht hatte, wurde im Büro von Frau Schieferfeld mit
einem Glas Sekt begrüßt. Bei einem blieb es nicht. Wann immer die Tür aufklappte
und der nächste Solist eintrat, flog der nächste Korken. Neben Frau Schieferfeld
saß mir gegenüber die Freundin von Fluglehrer Engelback. Diese Mal allein ohne
ihren Beschützer. Der empfing draußen die Solisten. Dass der Engelback an dieser
Frau hing, unverständlich. Oder klebte sie an ihm?

Dieses unscheinbare Mäuschen folgte ihm meist schweigend, sprach, wenn die
beiden zusammenhockten, auffallend selten mit ihm, hörte dafür andächtig zu, bewegte sich sparsam, lächelte versonnen und zeigte sonst keine weitere Gefühlsre-
gung. Als Fluglehrer Engelback uns im französischen Club einführte, war mir dieses
eigentümliche Verhalten des Mädchens bereits aufgefallen. Heute würde man diese
Unterkühltheit, ja abweisende, fast menschenfeindlich wirkende Reserviertheit als
autistisch bezeichnen.

Eingehüllt in ein viel zu langes braunes Wollkleid, wirkte das Mädchen unan-
sehnlich, trug eine viel zu große Brille und hätte sich auch die Haare mal wieder
waschen sollen.

Abgelenkt von Hanno Hagebutt, der als letzter Solist strahlend durch die Tür
hereinfiel, durch die allgemeine Aufgeregtheit, die gestiegene Stimmung und den
köpfenden Sekt, verlor ich die von mir als autistische Kirchenmaus Eingeschätzte
aus dem Blickfeld.

Zur weiteren Feier verlegte die Truppe hinüber zum „Karthäuschen", zum
Wirt mit dem schmierigen Löffel und seiner mächtigen Germania, der Wirtin
„Wundermild". Auf besonderen Wunsch des Chefpiloten mussten die Absolventen
zur Würdigung des besonderen Tages kurz zurück in ihre eisigen Privatunterkünfte
und in Uniform wieder in der Kneipe erscheinen.

Wie von Schieferfeld gewünscht, trudelte die Marine uniformiert nach und nach in die Kneipe. Wer die obligatorischen fetttriefenden Bratkartoffeln mit Spiegeleiern als Grundlage gegessen hatte, hielt länger durch. Sekt gab es nicht mehr, dafür umso mehr Bier und Schnaps. Umwickelt mit der von der Decke gerissenen Karnevalsdekoration lag man sich bereits am frühen Nachmittag bacchantisch lallend in den Armen und sang mit dem augenverdrehenden Schieferfeld alte Luftwaffenkampflieder, gemischt mit Marinesongs vom „Hamborger Veermaster" bis zum „Denn wir fahren, denn wir fahren gegen Engeland". Oder, nicht mehr ernst zu nehmen: „Es zittern die morschen Knochen..."

Nebenan auf einer Bank lag ausgestreckt Engelback und schnarchte. Er nahm an der weiteren Veranstaltung nicht mehr teil.

Hanno und ich erinnerten uns an die schönen Saufgelage bei uns zu Hause in Neidum in Egons Hafenkneipe. Wer hätte damals gedacht, dass wir beide eines Tages als Solisten den Himmel über Koblenz unsicher machen würden. Aus dem Lautsprecher überdröhnten Schunkellieder die absterbenden Kampflieder, Hanno und ich eingehakt mit anderen schwankten dazu im Takt: „Warum ist es am Rhein so schön, warum ist es am Rhein so schön, weil die Mädchen so lustig und die Burschen......." Ja, wo sah man hier Mädchen, wenn überhaupt etwas Weibliches. Die pralle Schieferfeld war gar nicht mitgekommen, und wo steckte das Engelbacksche Wollknäuel, die Kirchenmaus?

Grau und zurückhaltend fiel sie kaum auf, aber da, wo sie erschien, schwebte ein besonderes Parfüm durch den Raum. Vorhin noch wahrgenommen, fehlte jetzt dieser Duft. Bis vor kurzem saß sie doch noch wie gehabt ganz still neben Nickel?

Nickel, sonst nicht zu übersehen, ließ sich durch den Zigarettenqualm und den nach Zwiebeln riechenden dunstigen Küchenmief auch nicht ausmachen. Neugierig geworden stand ich auf, an Hanno gewandt: „Muss mal an die frische Luft." Er folgte. „Ich auch."

Eiskalt jagte vor der Tür der Ostwind Schneefetzen vorbei. Niemand störte unsere Pinkelei an der Hecke. Die früh hereingebrochene Finsternis verschleierte alles. In das Pfeifen des Windes mischte sich ein wettermäßig fremdartiges und rhythmisches Geräusch hinein, ein gewisses Knarren, das eindeutig von dem vor der Kneipentür parkenden Engelback-Opel herrührte. Bei genauerem Hinsehen wiegten die Kotflügel. Interessant, interessant.

Wir beide, neugierig geworden, schlichen an das Fahrzeug heran. Die Fenster, von innen beschlagen, ließen nur eine Ahnung zu. Tatsächlich, da drinnen, am Blondschopf zu erkennen, kämpfte Nickel, und wer streckte da neben seiner breiten Brust die Beine zur Wagendecke? Ohne Zweifel, da japste das Wollknäuel.

Nichts wie weg und wieder hinein in den warmen Bierdunst, noch eins bestellt und dabei die Blicke unverwandt auf die Eingangstür gerichtet. Die beiden mussten ja irgendwann wieder reinkommen. Hanno schüttelte den Kopf, als ich ihm die

Frage stellte: „Hättest du das gedacht, die stille Annegret, am Tage gefühlstot wie der Friedhof von Chicago und mit hereinbrechender Dunkelheit scharf wie eine persische Streitaxt?"

Abgelenkt von dem zum Höhepunkt gipfelnden Gelage, entdeckten wir Nickel erst später. Die Annegret, offenbar durch den Hintereingang hineingeschlüpft, turtelte am Tresen mit der Wirtin.

Der nächste Morgen begann grausam. Mir ging es furchtbar schlecht. Uli und ich liehen uns gegenseitig die Klobrille zum Festhalten aus. Erstmalig dankten wir den Eisblumen an den Fenstern für die kühlende Wirkung. Die Stirn an die Scheiben pressen erbrachte einen Hauch von Schmerzlinderung. Wer nicht kotzte oder klagte, schnarchte wie besessen. Die gesamte Wohngemeinschaft lag danieder. An Flugdienst dachte niemand. Sicherlich erwartete der gute Schieferfeld das auch gar nicht. Gegen Mittag regten sich die ersten Lebensgeister. Auf der Bettkante hockend, hielt einer dem anderen vor, wie schlecht er sich gestern Abend in und vor der Kneipe und auf dem Nach-Hause-Weg benommen hatte. Niemand wollte wahrhaben, was da zum Besten gegeben wurde.

„Kann gar nicht sein, ich war doch stocknüchtern." Was mich betraf, so fehlte da, um ehrlich zu sein, ein Stück Erinnerung. Wie ich die steile Treppe hinauf ins Bett, in unseren Gefrierschrank gefunden hatte? Keine Ahnung.

„Du bist ganz schön knülle gewesen", warf Nickel dem Hanno vor. „Was du nicht sagst", konterte der: „Du hast die Freundin von Engelback geknüllt."

„Was du alles weißt, hättest wohl selbst gern die Kleine gefickt."

An den Türrahmen gelehnt, horchte Uli zu und räusperte sich: „Vielleicht in den Kissen auf der Rückbank des Opels vor der Kneipe?" „Ja, und?" Nickel staunte über Ulis Detailkenntnisse.

„Herzlichen Glückwunsch, mein Lieber, wir sind nicht nur Crewkameraden, sondern seit gestern sogar Lochschwager."

„Was soll das heißen?" Nickel guckte wütend den Uli an.

Uli machte eine abwehrende Handbewegung: „Ich hab sie gestern auch im Opel gebürstet." Nickel heulte auf: „Vor mir oder nach mir?" „Mann, spielt das jetzt noch eine Rolle?"

Bondo, der lange Balte mit dem Gemüt eines Schlachterhundes, glaubte vermittelnd eingreifen zu müssen: „Briederchen, Briederchen, nehmt mich auf in Eurer Mitte, ich bin in euerm Bund der Dritte." Was sollte das heißen? Alle starrten Bondo an.

„Nun ja Freunde, wenn ihr alle gerade dabei seid zu beichten. Für einen Rosenkranz bekenn ich mich schuldig. Ich hab das Vögelchen auch gevögelt, wohl als letzter. Wollt ihr wissen wo, nix im Opel, in der Küche auf dem Tisch, als die Wirtin Wundermild bereits gegangen war."

Bevor es zu weiteren Enthüllungen kam, dröhnten an der Haustür wuchtige Schläge Eckehard, unser Förstersohn, hatte bisher kein einziges Wort gesagt. Er schlurfte an die Tür, drehte den Schlüssel herum und machte auf, schützte die müden Augen mit der Hand gegen das eindringende grelle Sonnenlicht.

Wer stand da? Der Hauswirt, rot angelaufen im Gesicht, kriegte vor Wut kaum ein Wort heraus, pumpte wie ein Maikäfer und brüllte los: „Eine Schweinerei, eine Schweinerei, ich schmeiß Sie alle raus. Wer hat meine Mauer nieder gemacht, den zeig ich an, den zeig ich an!" Eckehard ließ ihn austoben und fragte betont höflich: „Welche Mauer, wenn ich fragen darf."

Verunsichert von der ruhigen Art des Fragenden, zügelte unser Vermieter seine Empörung: „Die beiden Seitenmauern des Treppenaufgangs von der Straße hoch bis oben hin liegen im Garten, völlig auseinandergebrochen, nur noch ein Schutthaufen."

Eckhard fiel eine plausible Erklärung ein: „Das müssen Vandalen gewesen sein. Gestern Nacht so um eins oder zwei, als wir nach Hause kamen, zog johlend vor uns eine Gruppe durch die Siedlung. Der Schaden muss besichtigt werden."

Ergriffen von so viel Anteilnahme, ließt der eben noch Tobende ein versöhnliches Lächeln über sein Gesicht huschen, machte auf der Hacke kehrt und eilte die steile Eisentreppe hinunter. Mit laut geäußerten Bedauernskundgebungen schnell in die Klamotten geschlüpft, trappelten die völlig zu Unrecht Beschuldigten hinter ihm her. Vorneweg Eckehard.

Wie von Annegret versprochen, holte ein kleiner Bus die beiden Marinegruppen um 19 Uhr in ihren Wohnunterkünften ab. Zweimal musste der Fahrer stoppen. Kostümierte Kinder hatten ein Seil über die Straße gespannt und verlangten Wegezoll, den unser Chauffeur lachend entrichtete, in dem er Bonbons mit vollen Händen aus dem Fenster warf. Die Uferstraße entlang moselaufwärts führte die Fahrt, vorbei an bunt dekorierten Häusern und sich in den Armen liegenden singenden Menschen. Das war also der Höhepunkt der rheinischen Fröhlichkeit, eben Karneval. Für einen sturen Norddeutschen kaum nachvollziehbar, aber großartig, so etwas zum ersten Mal erleben zu können.

Von der Mosel abgebogen, folgte der Bus jetzt einem schmalen Weg vorbei an größeren Fabrikhallen. Nicht ohne Stolz in der Stimme wies der Fahrer auf das Gelände und verkündete: „Dat allet jehört de Annegret ihren Vadder, dem Kamellen-Tönnes."

Kamellen, ach ja, schon mal gehört. Dass waren die Bonbons, die bei den Karnevalsumzügen von den Narren in die Menge geworfen wurden.

„Dat Mädsche is ne dolle Partie will ich Se sagen und de Vadder ein fein Kerl, aber de Fluglehrer mit dem de Annegret sich heut verloben tut, dat is ne Flunkie. Dat jeht nit jut!" Angeekelt schüttelte der Mann den Kopf und zeigte nach vorn auf ein flaches, hell erleuchtetes Haus. „Dat is unsre Kantine, da wird dat heut rund jehn."

„Aussteigen, meine Herren, wir sind da."

Wo waren wir gelandet? Ganz anderes hatten wir erwartet, ein kleines Gasthaus oder ähnliches vielleicht, aber nicht einen Großbetrieb, eine Bonbonfabrik. Und wie passte die Annegret da hinein, das zwielichtige Wesen, mal mausgraues Wollknäuel, mal unersättlicher männermordender Vampir?

Mit der unauffälligen Marinegruppe strömten maskierte Gestalten auf den mit Luftballons und farbigen Papierschlangen dekorierten Eingang zu. Wagenschläge klappten, hohe Hacken klapperten über das Pflaster, fröhliches Gelächter überall.

Drinnen eine große Halle, wie ein Theatersaal, fantastisch! Aus den Mänteln herausgeschält, die an einer Garderobe einem knapp angezogenen Bunny-Häschen in die Hand gedrückt wurden, fiel die kleine Karthäuser-Gesellschaft in ihrer zusammengesuchten Verkleidung auffällig ab gegenüber den fantasievollen Kostümen der anderen Gäste. Irrsinnige Hüte, Dekolletes bis zum Bauchnabel oder bis zum Kinn hochgeschnürte Kleider, Badenixen, Ritterfräulein, Hexen, goldübersäte Generalfeldmarschalluniformen, aufgepeppte Fracks, Seeräuber und Cowboys. Es gab nichts, was es nicht gab und dazu eine riesige Stimmung.

Alles überdröhnend spielte eine Kapelle, Schunkellieder wechselten mit Rockmusik. Zur Sondierung der Gegebenheiten und des Angebots führte der Weg als erstes zur Getränkequelle. Davon gab es gleich mehrere, zwei Biertresen, einen Schnapskeller, eine Weintheke und eine Cocktailbar.

Überall genippt und dabei die lieben Kameraden verloren. Nun fehlte zwar der schützende Schulterschluss, aber dadurch war auch die Freiheit gewonnen, unbeobachtet auf Jagd zu gehen. Ich gefiel mir als Bacchus ganz gut. Das Sackleinenkostüm juckte zwar ein wenig auf der Haut, aber da ich drunter nur ein Höschen trug, schwitzte ich nicht. Zu gern wäre ich in die Nähe des Gastgebers geraten. Der ließ sich jedoch in dem Getümmel nicht ausmachen. Und wo steckte das Verlobungspaar?

Ein wenig Mut angetrunken, wagte Bacchus das erste Tänzchen, dann das nächste und noch viele mehr. Die Damen ließen sich gefügig führen, aber hinter ihren Masken ließen sie sich nicht schauen. Man wusste nie, ob man ein bildhübsches Wesen oder eine Schreckschraube im Arm hielt, aber gerade das übte einen ungeheuren Reiz aus. Glaubte man eine Schöne erwischt zu haben, vermochte weder der Flirt an der Cocktailbar, am kalten Büfett noch zu später Stunde in den dunklen Nebenräumen beim Fummeln das Geheimnis der Identität lüften. Einige Damen wurden mir zu schmusig. Erstaunlich, die Maskierung schien alle Weiber hier aus dem Ruder laufen zu lassen. So angesäuselt wie ich war, gelang es mir nicht, die Karnevalsstimmung richtig einzuschätzen. Wo setzte eine ausgelassene Rheinländerin das Stoppzeichen? Dabei immer die Frage im Hinterkopf, ob nicht gleich hinter dem sich herausfordernd andrückenden Busen keulenschwingend der zornige Ehemann auftauchen könnte. Wie weit gingen die Freiheiten während der tollen Tage?

Zum einen nicht zu wissen, wen man vor sich hatte und zum anderen die Gefahr im Nacken zu spüren, beim Schmusen ertappt zu werden, verlieh dem Maskenball einen ganz besonderen, prickelnden Reiz, der im Laufe der Nacht durch die alkoholunterstützte Enthemmtheit den sexistisch gesonnenen Wurmfortsatz tüchtig auf Trab brachte.

Die Beleuchtung schwand dahin, die Musik klang weicher, sehnsüchtiger, die Tanzpaare krochen ineinander und in allen Ecken wurde gekuschelt. Sollte das hier nicht die Verlobungsfeier von Engelback und Annegret sein?

Bisher gab es dafür kein Anzeichen, niemand schien auf eine derartige Ankündigung zu warten. Längst war es zu spät dazu.

Im kleinen privaten Kreis war das bestimmt längst geschehen.

Wer hätte in der bescheiden auftretenden grauen Kirchenmaus eine wohlhabende Bonbonfabrikantentochter vermutet? Ob Engelback hinter ihren Piepen her war? Sicherlich, denn für die große Liebe schien sie schon äußerlich nicht gemacht zu sein – oder vielleicht doch? Die Solistenfeier kam mir in den Sinn. Meine drei Mitbewohner haben tagelang versonnen gelächelt. Vielleicht verfügte das Mädchen über verborgene Werte.

Komisch, dass mir mitten im Trubel diese Gedanken durchs leicht angedröhnte Hirn schossen. Schnell vergessen. Je später der Abend, desto wohliger fühlte man sich hier. Jeder sprach freundlich mit jedem. Es ging zu wie in einer großen Familie. Niemand fragte, was machst du oder wo kommst du her. Eingeladen zu sein, nichts bezahlen zu müssen, am Büffet selbst nach Mitternacht noch schlemmen zu können, und dazu die freien Getränke, das sollte das mickerige Leutnantsgehalt von 600 DM genüsslich wahrnehmen.

Die anderen Flugschüler, die hin und wieder augenzwinkernd ins Blickfeld gerieten, zeigten den Daumen nach oben. Thumbs up! Allen gefiel es bei Annegret. Super, dass sie uns eingeladen hatte. Je länger der Abend, desto küssiger die Damen. Ein tolles Karnevalsfest. Mal tanzte ich mit der einen, dann mit der anderen Maske, wunderbare, bestimmt auch sehr teure Kostüme darunter. Durch die Sehschlitze der Masken entdeckte man fröhliche Augen, Mal lächelte ein faltiger Mund, mal saftige volle Lippen.

Ein Harlekin, besser eine Harlekine in einem bläulich schillernden Clownskostüm mit einem kessen spitzen Hütchen, das Gesicht von einer Art venezianischen Maske abgedeckt, hatte besonders eng mit mir getanzt. Wie tat das gut!

Brav erzogen brachte ich sie nach dem ersten Mal an den Tisch zurück. Die geheimnisvolle Verkleidung und ihre vollen, still vor sich hinlächelnden Lippen zogen mich danach wieder zu ihr hin. Wenn die Musik die ersten Takte anspielte, stand ich bereits an ihrem Tisch. Schon flatterte sie heran. Es fielen nur wenige Worte, aber ihre Körpersprache sagte vieles. In der Kellerbar, in dem bläulichen Licht, das alles Weiße der Kleidung phosphoreszierend aufleuchten und die Konturen der anderen Gäste verschwimmen ließ, schien der Vorhof aller Freuden gefunden zu sein. Eng aneinandergeschmiegt tanzend, rieb sie im Kreise malend ihren Leib an dem meinen, meine Hände glitten herab zu ihrem strammen Po und drückten ihn fester an. Sie musste eigentlich deutlich spüren, wie meine Erregung stieg.

Schweigendes figürliches Abtasten wurde beiderseits intensiver. Hinter der starren weißen Maske blitzten Augen. Wenn sie nur dieses saublöde Ding abmachen würde. Ich hätte es zu gern getan, aber dann wäre wohl alle Spannung sogleich dahin gewesen. Ihr Mund kam näher. Spielte eigentlich die Musik noch? Sie ließ mich an ihrem Ohr knabbern, zart und verlangend tat ich es. Wonniger Parfümduft gepaart mit dem Hauch frischen weiblichen Schweißgeruchs heizten weiter an.

Dieses Parfüm, ein wenig süßlich und doch sportlich - wo hatte ich das schon einmal wahrgenommen? Bei der Katja oder dem Jreetchen in Kiel? Nein, das passte weder zu der einen noch der anderen? Und doch musste es meine Nase schon einmal gestreift haben. Aber wo? Aus den Gedanken und von der Wärme ihres Halses fast abrupt weggerissen, drehte der liebliche Harlekin mir ihren Kopf zu, griff den meinen mit beiden Händen und presste ihre Lippen auf meinen Mund. Wir fraßen uns vor Begierde fast auf.

Wieder mit einem Ruck ließ sie ab, nahm meine Hand und zog mit mir ab. Was hatte sie vor? Raus aus der Bar. Gegenüber steuerte sie auf eine Tür zu im Halbdunkel, zauberte von irgendwoher einen Schlüssel hervor. Schloss auf, rein in einen kahlen, neonerleuchteten Gang, das Licht tat weh. Mich hinterherziehend trabte sie los, blieb nach einigen Schritten wieder vor einer Tür stehen, machte sie auf, küsste mich flüchtig und zog einen Vorhang beiseite. Hinter uns fiel das Schloss zu. Straßenlaternen warfen ihr spärliches Licht durch kleine Fenster, gerade so viel, um festzustellen, wo ich gelandet war. In einer Garage! Ein Auto füllte den Raum.

Neben mir riss die Harlekine den Wagenschlag auf. Auf den Rücksitzen lagen eine Reihe von Kissen, militärisch ausgerichtet, oben mit Omas Kissenkarateschlag säuberlich eingeknickt. In diese Kissenparade sprang mit einer halben Drehung das wallende Clownskostüm, raffte den glänzenden Stoff hastig bis zur Brust hoch. Lange schlanke Beine glitten auseinander.

Ohne weitere Aufforderung und selbst in finsterster Dunkelheit hätte ich mein Ziel gefunden. Ruckzuck ging das sackartige Bacchusgewand zu Boden und hinein in die Kissenschlacht.

Das Weib war unersättlich. Sie ließ alles mit sich geschehen, aber an die Maske kam ich nicht heran. Während einer Verschnaufpause suchte mein Blick die Umgebung ab.

Oh Schreck! Waas? Großes Staunen! Auf dem Lenkrad prangte der Blitz eines Opels, und der Duft, natürlich, das konnte nur das Parfüm der Kirchenmaus sein. Kein Zweifel, ich vögelte Engelbacks Verlobte. Viel zu erregt, um weiter zu denken, vielleicht auch besessen von der Wahnvorstellung, als Konkurrent aufzutreten, ohne selbst an der Bonbon-Annegret interessiert zu sein, viel zu betrunken und dennoch voller Begierde, muss ich wohl auf ihr herumgewütet haben, bis wir erleichtert und erschöpft in den Kissen auf der Opelrückbank nebeneinander saßen. Niemand sprach ein Wort. Unter der immer noch korrekt sitzenden Maske kaum hörbares Stöhnen. Sollte jetzt die Maske fallen? Warum? Was würde es bringen? Sie wollte nicht entdeckt werden. Mir genügte das Vergnügen, ihr offenbar auch.

Ob sie ahnte, entdeckt worden zu sein? Meine Hand ruhte in ihrem feuchten Schritt. War sie eingeschlafen? Durch die beschlagenen Scheiben fiel das müde Licht der Straßenlaternen. Vorn am Armaturenbrett tickte eine Uhr. Halb drei. Erst ein Wispern, dann deutlicher: „Geh jetzt, bitte geh!"

Ohne Widerspruch kroch ich von ihrer Seite, konnte erst von innen den Türgriff nicht finden. Vor dem Auto lag das Bacchuskostüm. Schnell hineingeschlüpft und hinaus aus der Garage in das blendende Licht des leuchtenden Korridors.

Zurück im wohltuenden Halbdunkel der Festhalle, fand ich Ritter Nickel mit seiner eingebeulten Papprüstung am Biertresen. Er lallte ganz erheblich: „Haste Eckehard und die andern gesehen, wolln wir nich noch n Zug durch die Gemeinde machen oder so, wat meinste?"

Hanno, umarmt von zwei kreischenden Lolitas, rückte heran. Bald saß auch Bondo mit einer Carmen daneben. Uli hob etwas Rundliches mit einer gekröllten Goldperücke auf den Barschemel, und Eckehard zupfte an den Weinblättern meiner Verkleidung, an ihm kroch ein zweibeiniges Schlangenkostüm rauf und runter: „Na, immer noch solo?" Ach, wenn der wüsste.

Nickels Vorschlag, eine andere Lokalität aufzusuchen, wurde von den Damen begeistert begrüßt. Vor dem festlich geschmückten Eingang von Annegrets Bonbonkantine torkelten bunte Narrenkappen in wartende Taxis. Zu schön, wenn wir dafür Geld gehabt hätten, es war nämlich schneidend kalt. Autos kamen und fuhren. Ob unser leicht bekleidetes Gefolge den langen Fußweg zurück in die Stadt mitmachen würde? Vielleicht gab es einen freundlichen Menschen, der uns in seinem Wagen mitnehmen würde?

Noch hatte ich den Gedanken nicht vollendet, da blieb Eckehard vor einem überdimensionalen silbernen Cadillac stehen, einem riesigen Gefährt, rüttelte an der Tür, die sprang auf, er ließ sich hinter das Lenkrad fallen, fummelte herum, und der Motor sprang an. Juchzend und in die Hände klatschend fielen die Mädchen wie die Heuschrecken über den Amischlitten her und kletterten hinein in die Polster. Hanno und ich vorne rein zu Eckehard: „Bist du wahnsinnig?" Er wiegte den Kopf: „Wenn der Kerl den Schlüssel stecken lässt – oder wollt ihr zu Fuß gehen?" Das beendete die Diskussion. Der Chauffeur räkelte sich: „Na meine Süßen, wie gefällt euch meine Neuanschaffung, gestern erst aus den USA eingeflogen."

Ohrenbetäubendes Gekreische von den Rücksitzen machte ihn zum Größten. Die Fahrt endete auf der anderen Rheinseite in einem südlichen Vorort von Koblenz. Nur Erinnerungssplitter sind von dem Verlauf der weiteren Nacht vorhanden. In einer fürchterlich unaufgeräumten Küche sehe ich Hanno und mich ich als freiwillige Aufwäscher und dabei aus sündteuren hochstieligen Gläsern Schampus trinken. Von den ausgeflippten Mädchen fehlt im Gedächtnis jede Spur. Dann irgendwann später in einer rotlichtigen Bar sehe ich Bondo den Balten laut lachend an einem Draht rütteln, der am Tisch vorbeiführte. Jedes Mal, wenn über uns die Beine der halbnackten Seiltänzerin erschienen, riss Bondo wieder am Seil, bis die Dame schließlich die Balance verlor. Der Barbesuch muss wohl mit einem Rausschmiss geendet haben. Plötzlich umwehte eisiger Wind die Nasen. Wo Eckehard den Amischlitten hatte stehen lasen, wusste am nächsten Tag niemand mehr. Nach mühseligem Dahinschleppen bis unterhalb von Karthause befahl Nickel, auf einer Mauer auszuruhen. Er selbst montierte am Straßenrand von einer Baustelle das rotweiße Trassierband ab und spannte es über die Straße. Da stand er schwankend im Lichtschein der Laterne, breitbeinig, in zerknautschter Ritterrüstung und verlangte mit gewaltiger Räubergebärde von den Fahrern der wenigen vorbeifahrenden Autos Wegezoll. Die meisten fanden das lustig und zahlten. Wer zögerte, dem drohte er mit dem naheliegenden Frauengefängnis. So weit war die Meute bereits gelangt. Als ein paar Mark zusammen waren, ging es weiter bergan. In der Kneipe am Gefängnis brannte noch Licht. Also nichts wie rein. Drinnen Leere. Der Wirt wischte die Tischplatten, aber für einige Biere und Bommis mit Pflaume war er noch anzusprechen.

Als nächstes und letztes sieht die Karnevalresterinnerung den Eckehard vor unserem Domizil oben auf dem Treppenabsatz der steilen Gartentreppe stehen, die Arme weit ausgestreckt zeigt er auf die umgekippten Steinwälle und lallt: „Ist es nicht herrlich, die Mauern von Jericho umgelegt zu haben?"

Am nächsten Tag trödelten die Saufbrüder erst spät zum Abendbrot in der Flugplatzkneipe ein. Da ging es schon wieder hoch her. Die eifrigen Flieger saßen anfangs noch ein wenig leidend in der Ecke und folgten dem Treiben der Pappnasen mit innerem Abstand. Zwar schmeckte das Bier schon wieder, aber so richtig gut ging es keinem. Die gestrige Nacht rumorte noch im Gedärm. Erst zu später Stunde lief die Marine wieder zu Hochtouren auf. Von der Wirtin Wundermild zu „Einmal Eier rührt euch für die Herren" auf Kosten des Hauses an den Stammtisch gebeten, hörte sie dies rührselige Karnevalsgeschichten erzählen. Da nicht wie sonst Schmieri, wie der Wirt heimlich genannt wurde, im Lokal herumwuselte, fiel irgendwann die Frage, wo ihr Mann denn sei? „Ach der, den hat jestern de Polizei abjeholt, Emil hat wohl irgendwat jedreht, aber der gommt wieder, dat ist oft so."

Andere zuhörende Gäste nickten dazu. Emil fehlte des Öfteren aus unerklärlichen Gründen.

Das beeindruckte die Kundschaft nicht, auch schien es wert zu sein, als Gesprächsstoff zu dienen. Bis kurz vor Mitternacht schäumte die Fröhlichkeit hoch, bis plötzlich mitten im Satz die redselige Wirtin auf die Uhr schauend aufsprang, hastig auf einem Zettel Rechnungen schrieb und austeilte. Rundherum trat Stille ein.

Wir Norddeutschen sahen uns fragend an: Was ist nun los?

Wirtin Wundermilds bisher lächelndes Gesicht nahm ernste Züge an. In pastoralem Ton verkündete sie zur mitternächtlichen Stunde den Beginn des Aschermittwochs. Fast segnend wie ein Priester hätte sie auch sagen können: „Geht, ihr seid entlassen. Ite missa est!" Mit Tränen in den Augen verabschiedete sie jeden von uns an der Tür mit Handschlag und ermahnte jeden: „Geht zur Frühmesse und denkt an das Aschekreuzchen!"

Unerwartet früh an die frische Luft gesetzt, fiel uns der Heimweg schwer. Es fehlte die nötige Bettschwere. Gestern überall Gelächter, fröhliche Menschen, Papierschlangen an den Gartenpforten und bunte Luftballons an den Gartenzäunen. Mit Glockenschlag 12 alles verschwunden. Friedhofsstille über Koblenz. Unter den Füßen knirschte als einzig wahrnehmbares Geräusch der Schnee. Uli, als einziger heute in Uniform erschienen, meinte, die traurig Dahinziehenden aufmuntern zu müssen.

Zum Flugplatz hin lag ein steiler Rodelberg, am Tag von vielen Kindern belagert, jetzt glänzte das Eis in der klirrenden Kälte verlassen im Licht der Straßenlaternen. Uli marschierte bis auf die Kuppe, und was machte er da? Legte sich auf den Bauch, Kopf hoch, fasste mit den Händen die Fußgelenke, ein kleiner Ruck und auf den Uniformknöpfen, die wie Schlittenkufen wirkten, schoss ein nach hinten durchgebogener Marineleutnant auf dem Bauch über die glatte Fläche zu Tal. Zuerst sprachloses Staunen der wenigen Zuschauer, dann anhaltender Beifall für die ungewöhnliche Darbietung. Am nächsten Abend zu später Stunde trat unsere kleine Gruppe nach einigen ermunternden Getränken einheitlich in Uniform zur Knopf-Schlittenfahrt an. Was Uli konnte, konnte jeder in der Wohngemeinschaft, schon aus Solidarität.

Noch Tage nach dem Aschermittwoch zogen in auffällig geknickter Haltung Menschen an uns auf dem Weg zum Flugdienst vorbei, die gestern oder vorgestern dumme Witze gerissen oder lauthals Alaaf gesungen hatten. Jetzt hatten sie ein sündenbewusstes Gesicht aufgesetzt, und die Stirn zierte ein aufgetupftes Aschekreuzchen.

Die in ihrer übersprudelnden Fröhlichkeit in den letzten Tagen zur Hochform aufgelaufene Kneipenwirtin servierte das Frühstück widerwillig und wortkarg. Dunkelgekleidet, ohne die üblichen zu knallig angemalten Lippen sah sie aus wie eine fette Fledermaus, die zum Zeichen der Reue über vorangegangene Fleischesgelüste büßend eine Leichenbittermiene trug. Die Kneipe, unser zweites zu Hause, lag im kahlen Dunkel. Von den farbigen Girlanden, von der Karnevalsdekoration keine Spur mehr. Wo war sie geblieben?

Nur das Gemisch aus Bierdunst und Zigarettenmief erinnerte an das schlagartig verschwundene Treiben. Wohin waren die lärmenden Kumpanen des offenbar eingelochten Schmiri geflüchtet? Von den Wänden der kahlen Kneipe glaubte man immer noch zu hören: „Nu gomme de drei gleine Mösches, wolle wir se reinlasse?" - „Ja Ja, lass se gommen", hatten alle dem Redner am Stammtisch zugerufen. Und dann tat sich die Kneipentür auf. Drei wild kostümierte Gestalten polterten herein. Der eine legte gleich los: „Isch bin de Tünnes und da hat min Fro gesäht, du Tünnes, nä ..."

Wenn auch nicht alles verstanden, so dröhnte es noch im Kopf, aber nur da hallte es nach, aber seit Aschermittwoch nicht mehr in der Realität. Karneval? Vergessen! Endgültig aus und vorbei!

2

Nach den tollen flugfreien Tagen bei Schieferfeld und Co im Vorbereitungsraum sitzend, ernüchterte die Mitteilung, dass in den nächsten Tagen von Köln der Checkpilot eintreffen würde Der Major, er sei ein ganz scharfer Hund, verkündete wenig motivierend Meister Schieferfeld, würde nichts Fehlerhaftes durchgehen lassen.

Hanno und ich schauten uns betroffen und verunsichert an. Jetzt würde die Entscheidung fallen, ob es mit der Fliegerei weiter gehen würde. Seit Schiefersteins Ankündigung bestimmte ein gewisses Fracksausen gepaart mit mönchischer Enthaltsamkeit die Stunden bis zu dem alles entscheidenden Checkflug.

Dann war es endlich soweit.

Bleichgesichtig mit dicken Pullovern unter der grauen Kombination stand in der zugigen Flughalle im Halbkreis versammelt ein kleines Grüppchen zur Aburteilung vor dem Scharfrichter. Major Quarz, wie sein Name, glatt, kalt und unnahbar, erinnerte mich in seiner Luftwaffenuniform an meinen Vater zu Adolfs Zeiten. Pausbäckig, Haare hoch geschoren. Es juckte, ihn mit „Heil Hitler" zu begrüßen. Fast dieselben Abzeichen auf den Spiegeln der Revers, allerdings kein Gekordel mehr auf den Schulterstücken, statt des martialischen Hoheitsadlers eine dünne silberne Schwinge als Zeichen des Flugzeugführers. Die zu erlangen, stand uns ein langer Weg bevor. Ihn betreten zu dürfen, schickte sich jetzt der Herr Major an, das Urteil zu fällen. Der Enkel Hermann Görings gefiel sich in seiner Rolle, Herr der Lüfte zu sein. Statt die Prüfungsangst zu nehmen, steigerte er sie durch abfällige Bemerkungen wie: „Na, zur Auswahl bei der Luftwaffe hat's wohl nicht gereicht, vielleicht reicht's ja für die Marinefliegerei. Über See ist die Fliegerei bekanntlich leichter, das stehen keine Bäume im Weg, ha, ha, ha."

Man hätte diesem Ekel in den Hintern treten sollen, aber von ihm hing alles ab. Das wusste dieser arrogante Pinsel nur zu gut und kostete seine Prüferfunktion voll aus.

Quarz blickte mit zugekniffenen Augen in die Runde. Er suchte das erste Opfer. Zeigte auf, Nickel winkte ab, ließ den Blick weiter schweifen, grinste dabei, zeigte auf Uli. Als der vortrat, winkte Quarz wieder ab. Er genoss die Unsicherheit, die Verlegenheit seiner Probanten, seiner ihm ausgelieferten Schlachtlämmer. „Wohl Schiss die Herren, keiner, der freiwillig mit mir in die Kiste will?“

Hanno, der in seiner Nähe stand, besaß die Courage und stellte die Gegenfrage: „Haben Sie mich angesprochen? Ich bin der Leutnant zur See Hanno Hagebutt!“

Der Major zuckte, drehte auf der Hacke um und zeigte auf die Piper, deren Motor Schieferfeld bereits gestartet hatte: „Gut, dann sind Sie der Erste, auf geht's!“

Hanno vorn rein. Major hinten, Klappe zu, die Piper rumpelte davon. Drinnen gestikulierte der Herr Major. Die Zurückgebliebenen sahen schweigend und angespannt hinterher. Quarz schien das Ganze wie eine Stippvisite, als kleine Dienstreise von Bonn nach Koblenz zu sehen, hatte gar nicht erst eine Fliegerkombi angezogen.

Um bei einem Checkflug einen Flugschüler durchfallen zu lassen, bedurfte es des Umziehens nicht. Ein paar Notizen auf einem Schreibblock, und schon war über die weitere Karriere entschieden.

Über der Karthause schwebte ein gelbes Etwas. Darüber wölbte ein klarer windstiller Februartag den hellblauen Himmel. Vorzügliche Flugbedingungen. Alle Augen folgten den Flugfiguren. Was da oben ablief war geübt und bekannt, aber wie war die Quarz'sche Beurteilung?

Die langsam dahintickende Zeit nagte an den Nerven. Wenn man diesen alles entscheidenden Prüfungsflug nur schon hinter sich hätte. Zigarettenrauchen half da wenig, auch das ziellose Herumlaufen nicht. Mehrere Platzrunden beendeten den Flug. Auf dem Downwind, dem Gegenstück zur Landerichtung, brummte Hanno jetzt über der Mosel. Alle Blicke verfolgten jede Kurve, jede Bewegung wurde mitempfunden. Über Winningen das linke Seitenruder treten, nicht zu viel, den Knüppel sanft nach links, Ausrichten auf die Landebahn, vor der Moselschleife mit dem Sinkflug beginnen. Gas weniger, Hebel zurück. Flächen gerade, Kopf und Herz weit voraus. Hanno musste erleichtert sein, vor ihm Karthause, nur noch über die steile Felswand hinweg, die anfangs so viel Respekt eingeflößt hatte. Die Sonne umspielte das anschwebende Flugzeug. Prima Hanno, das sah gut aus! Doch, was war das?

Die Büsche am Rand zur Felswand hin wuchsen plötzlich viel zu hoch, dahinter versank die Piper, weg war sie, um gleich darauf mit gequält aufheulendem Motorengeräusch, die Nase hochgereckt, wieder zu erscheinen. Mein Gott, Hanno, wolltest du in die Wand fliegen? Mit einem Satz kam der Vogel aus der Tiefe hochgeschossen, setzte gekonnt auf der Landebahn auf, um wieder durchzustarten. Der nächste Landeanflug verlief perfekt.

Quarz rollte mit schneidiger Wende vor die Halle, Hanno sprang mit hochrotem Kopf heraus. Der Major blieb sitzen und brüllte durch den Motorenlärm: „Der nächste Patient bitte!"

Uli rannte zu ihm. Hanno, von Neugierigen umringt und befragt, japste vor Erregung: „Nee, nee, nix durchgefallen, ich glaub, ich war gar nicht so schlecht, na ja, bis auf den ersten Landeanflug."

Der Prüfling fuchtelte mit den Armen erklärend in der Luft herum und redete hastig weiter: „Ich konzentriert auf die Geschwindigkeit, auf den Höhenmesser, aber vergessen nach draußen zu checken. Was sagt da der Quarz hinter mir und das mit ganz ruhiger Stimme: „Wie wär es, wenn sie mal rausgucken würden." Ich den Kopf hoch und voraus die Wand, oben die Büsche, Gas rein, Knüppel nicht zu hart an den Bauch und hupf über die Kante und weiter. Beim zweiten Anflug hat er mich sogar gelobt, Leute, der ist gar nicht so scharf."

Letzteres ging mir runter wie Honig. Fast lässig bin ich eingestiegen, allerdings mit Schmetterlingsgefühlen im Bauch. Wie dann der Prüfflug verlief, habe ich vergessen, aber eines nicht. Ganz harmlosim Geradeausflug, natürlich angespannt, ja keinen Fehler zu machen, höre ich den Menschen plötzlich fragen: „Welche Höhe fliegen Sie?" Die Nadel stand exakt auf 500 Fuß, die Platzdruckhöhe, das so genannte QNH, von der Wetterstelle vorher eingeholt, war korrekt. Was also sollte die Frage? 500 Fuß, das war genau die verlangte Höhe!

Von hinten kroch mir die Frage in den Nacken: „Und wie viel Meter sind 500 Fuß?" Sollte das auch noch beantwortet werden, wo bereits die Instrumente jede Aufmerksamkeit verlangten? Höhe und Kurs halten, Fläche gerade und jetzt auch noch rechnen. Das Hirn pochte, nur nicht ablenken lassen. Und jetzt die quälende Frage. Ein Meter, ach ja das macht drei Fuß. Ein Fuß ist ein bisschen mehr als 30 cm. Also 500 durch drei. 5 durch 3 ist gleich 1, da hätten wir schon mal 100 Meter. Mitten hinein in den Denksport störte von hinten die giftige Bemerkung: „Haben Sie meine Frage verstanden". „Ja, habe ich", und weiter von hinten gestichelt quarzte es: „Und warum krieg ich keine Antwort? Übrigens, Sie sollen weiter geradeaus fliegen und nicht rumgurken und dabei Höhe verlieren. Checken Sie den Altimeter, den Höhenmesser. Wohl völlig von der Rolle, oder?"

Ach du Scheiße, er hatte ja recht.

Beim Wiederhinaufmogeln auf die Höhe tickerten mir Zahlen durch den Kopf. Quarz brachte meinen Verstand zum Stillstand. War die Hose schon gestrichen voll, ging, wie Schieferfeld gern zu sagen pflegte, dem Prüfling der Arsch auf Grundeis?

Warum sabbelte der Störenfried auf dem achteren Sitz dazwischen? Hatte ich, von meiner Prüfungsangst fast gehemmt, nicht genug zu tun? Der Bursche wollte mich aus dem Konzept bringen, ganz klar, psychologische Taktik eines Fahrlehrers, wie auf der Straße, so auch in der Luft. Einfach entnervt rechts anhalten? Ach nee, wir waren ja in 500 Fuß Höhe. Oder schon nicht mehr. Eigentlich müsste man dem

Ekel, dessen Atem meinen schweißnassen Nacken anblies, in der aufkommenden Verzweiflung wütend zurufen: „Übernehmen Sie den Knüppel, ich will nicht mehr?" Vor mir drehte sich alles. Der Höhenmesser federte rauf und runter. Und die Speed, die Geschwindigkeit brauchte ein bisschen mehr Gas. Hebel ein wenig nach vorn. Auf dem Instrumentenbrett schwirrten, von runden Ringen eingefasst, auf schwarzem Grund weiße Zeiger, im Kopf totale Leere wie ein ausgeblasenes Osterei. Mit wurde schlecht. Es kreiselte. Nein, verdammt nochmal, es musste doch wohl möglich sein, 500 Fuß in Meter umzurechnen. Mensch, nimm dich zusammen, tritt dir selbst in den Hintern, streng den restlichen verworrenen Grips an. Ruhe! ganz ruhig! Also noch einmal von vorn:

5 durch drei, soweit war ich doch schon mal ist gleich 1, das sind 100 Meter. Fünf weniger drei bleiben 2. 20 durch drei. Ja Himmel sakra,

6 mal drei gleich 18, wieder 2 übrig, 20 durch 6, wieder 18. Wie viel waren das nun? Irgendwo am Anfang stand die 1, dahinter die beiden Sechser. Welch ein Aha-Erlebnis! Wie aus einem Vulkan brüllte ich heraus. „Aufgerundet 165 Meter Herr Major!"

Darauf mit unterlegter Gehässigkeit die Stimme von hinten: „Das wurde aber Zeit!" Mein Gott, war das eine Erleichterung. An den Beinen tropfte das Wasser herunter.

Quarz schien sich innerlich zu wälzen: „Wenn sie mal Jet fliegen wollen, müsste das alles schneller kommen. Mein Lieber, das war ja eine entsetzlich schwere Geburt. Der Kandidat hat 99 Punkte. Wohl heute auf den Kopf gefallen oder gestern zu tief ins Glas geguckt?"

Beschämt, bei einer derartig schlichten Rechnung so weggetreten gewesen zu sein, durchstöberte ich die Regale meines offenbar löchrigern Gehirns auf der Suche nach einer Gegenfrage, die schließlich gegen Ende des Fluges über die Lippen kam: „Ist denn in den Jets die Höhenanzeige in Metern angegeben, so dass man immer umrechnen muss?" „Blödsinnige Frage", kam es von hinten, „natürlich nicht."

„Und warum muss hier in der Piper umgekehrt die Fußanzeige in Meter umgerechnet werden?"

Ich spürte wohltuend, wie eine Hand auf meine Schulter klopfte und versöhnlich der Satz fiel: „Nur um Sie fickerig zu machen; um Sie zu ärgern Leutnant Färber! Ein bisschen mehr Ruhe, dann wird's schon werden. Machen Sie mir zum Abschluss ein paar gute Landungen, dann haben Sie es geschafft. Bisher war das Gebotene nicht übel."

Nach dieser Aussage fiel aus 500 Fuß Höhe ein Stein von meinem Herzen irgendwo in die Mosel-Weinhänge.

Der Abend nach den Prüfungsflügen wurde, wie nicht anders zu erwarten, ein gewolltes Besäufnis. Hatten wir Tage zuvor am Aschermittwoch jeglichen Gelüsten abgeschworen, so brandete jetzt doch wieder Fröhlichkeit über Karthause. Die

Fluglehrer unter Führung von Frau Schieferfeld servierten Hackbrötchen mit Zwiebeln drauf, dazu Bier, ein Gemisch, das am nächsten Tag jeden Unbeteiligten vor dem Mundgeruch ähnlich dem eines magenkranken Hundes zurückschrecken ließ. Jungfluglehrer Engelback spendierte eine Sektlage nach der andern, hielt dabei eng umschlungen seine Frischverlobte Annegret, die Bonbonfabrikantentochter, allen Herumstehenden bekannt als die Frau mit den zwei Gesichtern, die sowohl als hässlicher, unscheinbarer Blaustrumpf mit der Gestik einer berührungsunwilligen Mimose auftrat als auch nach zwei Gläsern Schampus sich in eine geile Schmusekatze zu verwandeln vermochte, die vom Poppen nicht genug kriegen konnte.

„Mensch Nickel, komm, nimm das Grinsen aus deinem Gesicht. Woran denkst du?" Uli wollte es genau wissen.

Der Berliner, mit dem Zeigerfinger in die Runde deutend: „Gebt zu, ihr seid alle froh, dass Engelback gewonnen hat. Der arme Kerl, was dem noch bevorsteht, Oh. oh."

Sagte es, hob die Hand mit dem Bierglas und rief viel zu laut durch den Raum: „Ein dreifaches Hoch auf das Paar, einen guten Start und many happy landings."

Die Flugschüler prosteten den beiden zu und dachten wie Nickel.

Als am nächsten Morgen der olivfarbene Bundeswehrbus vorgefahren und das Gepäck verstaut war, zögerte Eckehard einzusteigen, drehte sich um, stieg theatralisch langsam die Betonstufen der steilen Gartentreppe hinauf und hinunter die Arme weit ausgebreitet, wie immer die Manschetten nicht geschlossen, weil über seine starken Handgelenke kein Hemd zu schließen war. Bei jedem Schritt machten die Hände eine Drückbewegung nach außen in Richtung auf die zusammengebrochene Mauer, zwischen deren zerbröselten Ziegelsteinen die ersten Schneeglöckchen am Hang blühten.

Oben aus einem der Fenster des grauen Hauses, das jedem von uns Mietern als Eiskammer im Gedächtnis geblieben ist, sah bekümmert der Hauswirt und verstand wohl wie wir im Bus die eindeutige Geste des bärenstarken Förstersohnes aus der Gegend von Paderborn. „Ich hab dir das angetan, weil du uns die ganze Zeit hast frieren lassen."

Von den 13 zivil geschulten Fluganwärtern überlebten acht das Prüfungsverfahren des gestrengen Major Quarz. Um Uli, Bondo und Nickel trauerten wir, dass sie vom Fliegen abgelöst worden waren. Jedoch keiner von den Durchgefallenen war wirklich traurig, denn bei den schwimmenden Verbänden winkte die vielleicht steilere Karriere. Wer sich als Glücksvogel schätzte, war unser Kleinster aus der anderen Wohngemeinschaft. Deo verliebte sich Hals über Kopf auf der Rückfahrt in ein Mädchen, das ihm im Zugabteil gegenüber saß. Ein halbes Jahr später läuteten bei Deo die Hochzeitsglocken.

Zurück in Kiel beim Kommando der Marineflieger stand eine Gruppe Übernächtigter wartend vor der Tür des Personaloffiziers. Dessen erste Reaktion hätte freudiger ausfallen können.

„Waas, Sie sind schon von Koblenz zurück? Mit Ihnen haben wir noch gar nicht gerechnet. Der sich anschließende Lehrgang bei der Luftwaffe beginnt in Kaufbeuren erst im Juni."

3

Zweieinhalb Monate Leerlauf. Zu zweit, zu dritt in kleinen Grüppchen schickte uns der Personaloffizier in dieser Zeit zum Kennenlernen der Marineflieger zu den verschiedensten Dienststellen. Kontrollieren, ob alle immer dort erschienen, tat niemand.

Das fast vergessene Jreetchen in Kiel bei den Methodisten kam mir wieder in den Sinn. Sie gab es noch, und obwohl lange nicht gesehen, durfte ich gleich wieder in ihr warmes Bettchen hüpfen. Die Abende und Nächte bei ihr machten die dienstlich angeordnete und bezahlte Freizeit angenehmer als in dem sterilen Zimmer des Holtenauer Offizierheims. Jreetchen schwieg wie immer, fragte nicht nach meinen Erlebnissen, nach dem wohin und woher. Sie liebte mich so wie ich war und wann ich kam, ganz problemlos. Es war, als wären wir nie getrennt gewesen.

Wenn die Lust überhand nahm, mal wieder beim Dienstherrn vorbeizuschauen, erfragte ich beim Personaloffizier mit diensteifriger Gebärde, ob und wo etwa zu tun sei. Die anderen verhielten sich ähnlich. Als Höhepunkt der Gammelzeit in Kiel und als Ausnahme bescherte mir das Glück die Teilnahme an einen Flug mit einer Grumman Albatros, einem Seenotflugboot. Dieser Vogel entsprach damals noch den herkömmlichen Vorstellungen von einem Marineflugzeug, auf das besonders die älteren Offiziere sehr stolz waren, denn das war Weltkrieg II-Technik, die sie beherrschten. Wir Jüngeren dagegen belächelten den schwerfälligen Vogel als amphibisches Fossil.

Auf dem Seefliegerhorst gleich unterhalb des Stabsgebäudes rumpelten die schiffsartigen Schulterdecker auf ihren Rädern die Rampe hinunter in die Kieler Förde und suchten wie Enten zum Start das freie Wasser. Hinter den beiden Piloten auf einem Klappsitz eingeklemmt, durfte der Leutnant Färber seinen ersten Einsatzflug über See erleben. Beim Start brüllten die beiden Sternmotoren auf, der Rumpf dröhnte, schneller und schneller klatschte die Albatros auf die Wellen, bis sie endlich mit ein, zwei Hopsern abhob und das irre Geräusch gedrosselt wurde. Voraus nur blaues Wasser, ganz anders als die bisher gewohnten Weinhänge von Winningen oder die Eifel. Die Ostseeküste, im Süden Fehmarn, drüben die dänischen Inseln, alles flog schnell vorbei. In zwei Stunden hakten die beiden Piloten eine Strecke ab, für die Kaleu Vallery und seine W 8 eine Woche gebraucht hätten. Ob die braven

Seeleute da unten irgendwo im Seegang auf und nieder hüpften? Und wie gemütlich es dagegen in der Albatros zuging!

Wohlige Wärme fächelte durchs Cockpit, dazu der Duft und gleich darauf der Qualm dicker Zigarren. Die beiden Herren, sich wohlig in den Pilotensitzen räkelnd, pafften schwere Havannas und genossen aus Thermoskannen ihren mitgebrachten Tee.

„Wollen sie auch was? Dahinten liegen ein paar Becher." „Nein danke", war meine Antwort.

Bisher war in der Fliegerei der Eindruck vermittelt worden, Piloten müssten jung und kerngesund sein, Sehfähigkeit 120%, sportlich und durchtrainiert. Und was sah ich hier? Zwei ältere Herren, graumeliert, höhere Dienstgrade, beide Brillenträger, beide Doppelkinn und füllig, die lässig in den Sitzen lagen und den Flug offenbar als willkommene Abwechslung zu liegen gebliebener Büroarbeit empfanden. Kaum, dass sie mal nach draußen guckten. Sie erzählten sich Witze, lachten, bliesen Ringe in die Luft und sprachen lästernd über Offizierkollegen, deren Namen mir nichts sagten. Nach gelungener Landung und herzlichem Dank dauerte es nur zwei Tage, bis die beiden Herren mir wieder ins Blickfeld gerieten. Wie ich auf den gerahmten Fotos im Eingang zum Stabsgebäude erkannte, war ich vom Kommandeur der Marineflieger persönlich und seinem Chef des Stabes durch die Luft kutschiert worden. Beide hohe Tiere, Kapitäne zur See. Für einen Leutnant gottgleiche Offiziere in lichten Höhen. Alle Achtung, deren Zigarrenqualm hatte ich im Cockpit der Albatros einatmen dürfen, welche Ehre.

Der Personalabteilung zugeordnet und da dem Presseoffizier unterstellt, musste Leutnant Färber täglich in den Zeitungen anstreichen, was über die Marine berichtet worden war. In Rot das Negative. Mit Grün das Positive. Wenn ich mich recht erinnere, hatte ich zumeist den roten Stift zur Hand. Viele Kommentare und Artikel der damaligen Presse waren ablehnend bissig und gehässig. Besonders die Kieler Presse ließ ihre Blauen Jungs spüren, nicht sonderlich erwünscht zu sein. Die 85%-ige Kriegszerstörung der Stadt saß wohl manchen Redakteuren noch in den Knochen.

Heute ist der Ton anders, mehr so als wohlwollendes Desinteresse zu empfinden. Das Gefühl, von einem großen Teil der Bevölkerung nicht gelitten zu sein, führte uns jüngere Offiziere eher enger zusammen und zur Isolierung von den zum Beispiel mich plötzlich ablehnenden Klassenkameraden. Aus Ghettodenken wurde ein Ghettoverhalten. Wenn überhaupt, interessierte nur die Außenpolitik und hier die militärpolitische Seite, das Parteiengezänk im Bundestag fand bei Gesprächen im O-Heim kaum Beachtung. Wenn Wahl war, ging man hin, und da Militär stets konservativ ist, wählte man CDU. Damit war die Politik abgehakt.

Die Arbeit beim Presseoffizier machte Spaß. Seit Tagen herrschte große Aufregung auf den Fluren. Der neue Flottenchef würde zu seinem ersten Besuch kommen, um die Spitzenkräfte der Seeluftstreitkräfte kennen zu lernen. Im großen Saal des Offizierheims sollte die Begrüßung stattfinden, hierarchisch säuberlich getrennt und aufgestellt nach Dienstgraden, endeten die Leutnante als unterste Chargen natürlich ganz, ganz hinten. Danach würde gemäß Plan im festlich gedeckten Frühstücksraum „geluncht" werden, der Herr Admiral mit handverlesenen Stabsoffizieren. An der mit Anker und Fliegerschwinge geschmückten Menükarte hatte der Presseoffizier tagelang gearbeitet. Sie enthielt allerdings nicht mehr und nicht weniger als eine angereicherte Truppenverpflegung.

Im Offizierheim, kurz O-Heim genannt, einem elegante, innen mit Holzpaneelen getäfelten Bau aus Hermann Görings Zeiten, allerdings neuerdings bestuhlt mit billigen Stahlrohrmöbeln, wirbelte ein „Flottenchef-Besuchs-Komitee" unter Einbeziehung des Küchenpersonals seit Tagen aufgeregt durch alle Räume. Aus einer Gärtnerei waren Zitronenbäumchen als Eingangsdekoration angefahren worden. Im extra staubgesaugten, blumengeschmückten Frühstückszimmer kämpfte man mit steif gestärkten Betttüchern, die als Tischdecken aufgelegt wurden. Einer der dienstbaren Geister fluchte im Vorbeieilen: „Sehen Sie sich das mal an. Einige haben Löcher, und in manchen sind mitgewaschene krusselige Sackhaare eingeplättet!"

Am Abend vor dem großen Tag übte das Festkomitee mit allen zur Veranstaltung Hinbefohlenen die Aufstellung im großen Saal. Ganz vorne diejenigen, die dem Admiral die Hand schütteln durften.

Hin und her wurde geschoben, dass auch ja der höhere Dienstgrad weiter vorn stand als der niedrigere. Wir Leutnante, ohnehin die Grünschnäbel in der Menge, betrachteten gelassen das Geschiebe von den hintersten Plätzen, auf den Fensterbänken sitzend. Schließlich, erschöpft von der langweiligen Aufstellungsübung, fanden sich einige in der Kaffeebar ein, von der aus man durch eine Klappe in die Küche sehen konnte. Außerdem stand die Tür zum Frühstücksraum offen. Dort und in der Küche übte der Koch mit Mannschaftsdienstgraden das Servieren für den morgigen Tag. Uns Zuschauern aus dem Hintergrund bot sich folgendes Schauspiel. Die Lords, in der Küche in Reihe angetreten, hielten dem Koch einen Teller hin, in den er mit einer Kelle Wasser goss. Mit den so gefüllten Tellern trabte die Truppe auf Kommando durch die Schwingtür in den Frühstücksraum, um den am Tisch Wartenden von rechts den Teller vorzusetzen. „Mensch Junge, du hast schon wieder geschwappt, also noch einmal! Mensch Meyer, Sie haben den Daumen schon wieder in der Suppe!" Der Koch hatte seine Mühe mit den ungeübten Hilfskellnern.

Zu oft wiederholt, verlor das Geschehen neben der Bar an Interesse. Der Verlauf des morgigen Tages bestimmte die Unterhaltung, bis plötzlich aus dem Frühstücksraum lautes Gerufe durcheinandergewürfelter Zahlenkolonnen herüberhallte. Neugierig geworden und durch die angelehnte Tür hineinschauend, beobachteten wir die Bemühungen des Kochs, bereits in der zweiten Servierphase, seinen Leuten beizubringen, die Fleischplatte anzureichen, simuliert belegt mit Brotscheiben. Da schien etwas schief zu laufen.

Schwierigkeit bereitete offenbar dem ungeschulten Hilfspersonal, von der Küche gemeinsam ohne zu stolpern an den Tisch zu eilen und dazu die Frage zu beantworten, wie lange man dem Gast die Fleischplatte vor die Nase hält. Der Koch wusste Rat: „Jungs, zählt bis 10, dann wird der, den ihr bedient, die Gabel schon wieder aufs Tablett gelegt haben!" Das wurde lauthals geübt.

Einerseits wollte der Kommandeur seinen Admiral stilvoll empfangen, was der auch erwartete, andererseits gab es für die Durchführung derartiger gesellschaftlicher Anlässe nur einen Reptilienfond, also so gut wie kein Geld. Kellner oder Stewards, bei Heer und Luftwaffe Ordonnanzen genannt, hatte die Bundeswehr nach dem Krieg nicht mehr als Laufbahn eingeführt, im Gegensatz zu allen anderen NATO-Partnern. Bis heute ist das so. Mit Geschichtchen über Fiaskos und Peinlichkeiten mit kurzfristig für diesen Zweck angeheuerten groben, ungeschickten Seeleuten ließen sich viele Seiten füllen.

Der große Besuchstag nahte. Am Mast vor dem Stabsgebäude flatterte eine nagelneue Flagge, an den scharf gebügelten Knickfalten zu erkennen. Im obersten Stockwerk waren alle Fenster aufgerissen. Auf mit Kissen ausgelegten Fensterbänken ruhten mit verschränkten Armen die Damen der Telefonvermittlung. Sie gickerten so laut, dass sie zur Ordnung gerufen werden mussten. Lachen störte das Zeremoniell, denn mit steinernen Gesichtern waren zwei Posten unter Gewehr neben dem Eingang aufgezogen.

Seit einer Stunde stand das Offizierkorps der Marineflieger im großen Saal und wartete. Wann kommt er denn nun endlich?

Die Spannung stieg. Je länger es dauerte, je länger die Verzögerung, desto aufgeregter rannten die Organisatoren der Veranstaltung zwischen Hauptportal, Eingangshalle und Rednerpult hin und her, dazwischen der Kommandeur, sichtlich leicht verwirrt über die Verspätung seines hohen Gastes. Murrend, fast schon gelangweilt warteten die anderen Offiziere wie ergebene Schafe auf den Stühlen und harrten der Dinge, die da kommen sollten. Hanno und ich hatten es uns hinten auf einer Fensterbank gemütlich gemacht, überblickten aus sicherem Abstand das vorne hektischer werdende Gerenne, bis mein Nachbar mich am Ärmel zupfte: „Sieh mal da draußen." Er wies mit dem Zeigerfinger auf den Parkplatz im Hinterhof des O-Heims. Dort, von wo aus die Küche beliefert wurde, parkte eine Wagenkolonne. Marineoffiziere standen abwartend und diskutierend herum. Dazwischen gemächlich auf- und abgehend ein kleinerer drahtiger Mann, dessen Ärmel der blauen Uniform in Gold getaucht zu sein schienen. So viel Kolbenringe! Ein ganz dicker und drüber zwei. Das ist ein Vizeadmiral, mein Gott, da wartete der Flottenchef!

Irgendjemand musste ihn auf den falschen Parkplatz geführt haben. „Sollten wir nach vorn unsere Feststellung durchsagen? Noch einmal nach draußen geblickt.

Die Wagen standen noch da, aber sonst war Leere. Wohin mochte der Admiral verschwunden sein?

Gerade, als der Kommandeur mit seinem ihm umschwirrenden Stab zum wiederholten Male in der Eingangshalle nach dem Admiral Ausschau hielt, öffneten sich leise, fast geisterhaft die Flügeltüren des Frühstückraumes.

Da alle im Saal gebannt auf den Haupteingang konzentriert waren, dauerte es eine ganze Weile, bis die Menge mit großen Schrecken begriff, dass, von der Seite eingetreten, der Flottenchef im Raume stand. Er hatte seinen Weg durch die Küche gefunden.

Die schlagartig im Saal eingetretene ehrwürdige Friedhofsstille empfand jeder als krassen Gegensatz zu dem aus der Einganghalle herübertönenden Palaver des Begrüßungskomitees. Das brach abrupt ab, als einer der Herren, durch Geräusper aufmerksam geworden, den Kommandeur in die richtige Richtung wies.

Was dann geschah, war bühnenreif für eine Komödie.

Im Foyer polterten umfallende Stühle, heftiges Getrappel brandete von außen auf die Saaltür zu, durch die vorneweg der Kommandeur, fast sich im Türrahmen festkeilend, mit seinen herbeieilenden Stabsoffizieren hereinstolperte. Er wurde bis vor den Admiral geschwemmt, bremste ab. Aufs höchste erregt, seinen Admiral an völlig anderer Stelle begrüßen zu müssen, brachte ihn die unerwartete Situation so durcheinander, dass ihm die Stimme versagte. Der Mund bewegte sich, aber nichts kam heraus.

Der Flottenchef wartete geduldig.

Admiral Johnsen war eine untersetzte sportliche Erscheinung, wirkte ein wenig unterkühlt, glich eher einem eleganten britischen Gentleman. Im Krieg als Chef der Zerstörerflottille hoch dekoriert, gehörte er zu den wenigen Kriegmarineoffizieren, denen man nachsagte, mit Hitler nicht sonderlich gut Freund gewesen zu sein. Jetzt in der Bundesmarine versuchte er, als Flottenchef demokratische Gepflogenheiten einzuführen.

Da stand nun der Kleine mit goldenen Kolbenringen bis an die Ellenbogen, kerzengerade und stumm, den Blick unverwandt gerichtet auf den ihm hingeschobenen und ihn um zwei Köpfe überragenden, nach Luft ringenden Marinefliegerkommandeur.

Irgendein altes, bisher verklemmtes Relais muss im Kopf des kriegsgedienten Fliegeroffiziers plötzlich umgefallen sein, denn er schlug krachend die Hacken zusammen, riss den rechten Arm hoch zum nationalsozialistischen Gruß und schrie wie wundgeschossen: „Heil Hitler, Herr Admiral. Kapitän zur See Graul. Ich melde Ihnen die Offiziere des Kommandos der Marineflieger angetreten!"

Der Flottenchef schreckte zurück, fuchtelte mit den Armen in die Luft und rief mit schneidender Stimme: „Mensch Mann, nehmen Sie den Arm herunter!"

War das peinlich, war das peinlich! Feixendes Grinsen bei den jüngeren Dienstgraden, Betroffenheit bei den Älteren. Die folgenden Reden und was das Protokoll sonst noch zu bieten hatte, sind dem Gedächtnis entschwunden. Es muss nichts sonderlich Aufregendes gewesen sein. Ja doch, eine Erinnerung an diesen Tag ist geblieben. Wie bereits angedeutet, sah das Besuchsprogramm ein feierliches Essen zu Ehren des Flottenchefs in dem festlich geschmückten Frühstücksraum vor, den der Herr Admiral ja schon bei seiner protokollwidrigen Ankunft zufällig in Augenschein hatte nehmen können.

Wir Subalternen waren in einem anderen Saal abgespeist worden und hockten anschließend an der Kaffeebar. Wie am Abend zuvor fiel der Blick durch die angelehnte Tür auf die Tafel im Frühstückszimmer. Gelächter und humorvolle Trinksprüche zeugten davon, dass das danebengegangene Begrüßungszeremoniell vergessen zu sein schien. Man wartete offensichtlich auf den Hauptgang. Nebenan aus der Küche klirrten Teller, durch die Luke hinter dem Bartresen zu sehen standen aufgereiht mit gestärktem Kragen frischgekämmte Matrosen mit dampfenden Fleischplatten auf den vorgestreckten Unterarmen, dabei nochmals von dem Küchenbullen ermahnt, die Tabletts von links anzureichen und so lange zu halten, - inzwischen bis etwa 10 zu zählen -, um dem Gast Zeit zu lassen, sich zu bedienen. Das nun Folgende war nicht einzusehen, aber bis in den Barraum zu hören. Kaum herausgeschwärmt, hinter den Gästen Aufstellung genommen und das Fleischtablett hingehalten, fing jeder der Hilfsstewards an, mit lauter Stimme zu zählen. Der erste war bereits bis drei, da fing der Nächste an. In Lautstärke versuchte jeder den anderen zu übertrumpfen. Bald brüllte ein vielstimmiger Chor durcheinander: „Fünf, sechs“, ein anderer: „Drei, vier, wieder ein anderer: „Acht, neun, zehn!“

Geschockt von der neuerlichen Serviermethode blieb die illustre Gesellschaft sprachlos, saß wohl wie gelähmt, bis der Küchenchef hereinstürmte und die Darbietung mit dem Aufschrei stoppte: „Aufhören, aufhören!“ Die Zählorgie erstarb sofort, das Servierkommando ergriff die Flucht in die Küche. Wieder aufgewärmt und schweigend soll später das Fleisch noch einmal vorgelegt worden sein. Wir uns darüber Amüsierenden hatten das O-Heim längst verlassen. An diesem Abend hätte wohl niemand in der Haut des Kommandeurs der Marineflieger stecken mögen. Am nächsten Morgen zaghaft von uns Jüngeren nach der Bewertung des Admiralsbesuchs befragt, errötete die sich um Fassung bemühende Vorzimmerdame und pfiff erregt durch die Zähne: „Verheerend, eine Blamage, ein wahrer Schiss in den Ofen!“

Genug des Einblicks in den Stabsdienst und begierig darauf, endlich einmal die Flugzeuge zu sehen und anzufassen, die wir vielleicht nach durchstandener Ausbildung fliegen würden, brachte uns ein VW-Bulli zu einem Flugplatz mitten in Schleswig-Holstein.

Am Rande eines Geestdörfchens, noch ohne Wache und nicht umzäunt, lagen zwischen Tannen versteckt neu gebaute flache Kasernengebäude. Morgens legte ein Bäcker die Brötchentüte auf die Fensterbank und wer gerne Milch trank, dem stellte der Bauer Thamms die Flasche daneben. In einem Gemeinschaftsgebäude, die Bürgermeisterei genannt, gab es die Truppenverpflegung oder in einer Cafeteria bis tief in die Nacht Frikadellen, Soleier oder dick panierte Koteletts. Wer nicht davon satt wurde, brutzelte in einer Pantry der Unterkunft selbst Spiegeleier mit Speck. Unter den Betten lagerte das dazugehörige Bier.

Zur großen Freude trafen die Neuankömmlinge auf Crewkameraden, die bereits von Wilhelmshaven aus zur fliegerischen Ausbildung in den USA waren und jetzt als von uns bewunderte Piloten, entweder den einsitzigen Jet, die Sea Hawk oder den dreisitzigen U-Boot-Jäger Fairy Gannet flogen, beides britische Trägerflugzeuge. Was konnten die Kameraden erzählen, was hatten die schon alles fliegerisch erlebt. Ihr Fliegerkauderwelsch bestand aus weniger deutschen, sondern mehr aus amerikanischen Sprachbrocken. Ergriffen hingen die Fliegeraspiranten an den Lippen der Experten, den Königen der Lüfte, wenn sie wild gestikulierend mit den Händen ihre waghalsigen Flugfiguren vorführten: „Ich kam von hier und er direkt aus der Sonne!" Das Staunen nahm kein Ende. Donnerwetter, alle Achtung, jeder von ihnen ein Fliegerass!

Zur Zeit des Flugdienstes waren wir unnütz, sahen uns im Wege stehend. Die Tage strichen dahin, wettermäßig maienhaft, dienstlich jedoch ohne jegliche Herausforderung. Nirgendwo konnte man uns gebrauchen. Die ungelernten Pilotenaspiranten durften überall schnuppern, überall aber mit dem warnenden Hinweis „Bitte nichts anfassen!" wie bei Kleinkindern.

Das nagte an den Nerven. Bei den Einsatzbesprechungen der Fliegenden Staffeln durfte man noch dabei sein, danach waren wir abgemeldet. Wehmütig betrachtet, kletterten die Fliegerkameraden in die Cockpits, rollten in Richtung Startbahn, hoben donnernd ab oder schwebten zur Landung herein.

Währenddessen strolchte eine kleine Gruppe ziellos über den Flugplatz oder lag in der Sonne, so dicht wie erlaubt dort, wo die landenden Maschinen aufsetzten. Auf dem Rücken in der Sonne liegend, an einem Grashalm kauend dem Wind lauschend, - indessen schlich die Zeit dahin -, wechselte am blauen Himmel Lerchengezwitscher mit dem sonoren Turbinengeräusch landender Sea Hawks, von sehnsüchtigen Augen neidisch verfolgt.

Ein Tag verging wie der andere.

Abends und bis oft tief in die Nacht mit den Fliegerkameraden im Unterkunftsbereich vereint, gab es keinen Unterschied zwischen Piloten und Nichtpiloten.

Alleingelassen von den älteren Offizieren, die, wie frech gelästert wurde, in der nahen Stadt bei ihren Muttis am warmen Schenkel ruhten, hatte sich eine spezielle Art von nachdienstlicher Erholung für unverheiratete Jungoffiziere etabliert.

Wie die älteren nicht ortsverheirateten Offiziere ihre Freizeit gestalteten, blieb lange Zeit geheimnisvoll. Besonders einer der scharfen, ja fast bissigen Staffelkapitäne namens Melanchthon mied den Kontakt mit seinen jungen Piloten. Schon seinem Namen haftete etwas unnahbar Elitäres an. Seine Wutausbrüche und seine oft beleidigende Art brachten dem introvertierten Unnahbaren den Spitznamen „Tasmanischer Teufel" ein. Wohin er abends mit seinen Gleichaltrigen verschwand, interessierte auch niemanden.

In der Woche des Flugdienstes blieb der Alkohollevel niedrig. Dagegen gehörte das Wochenende ganz und gar den Reizen des freudigen Lebens. Verschlagen zwischen Tannen und Heidekraut träumte die Kasernenanlage in ländlicher Einsamkeit durch den Tag. Schlich jedoch die Dunkelheit über den Horizont, erwachte der Ort zu eifrigem Treiben. Wer von den ausgeruhten Piloten einen Wagen sein Eigen nannte, lud ihn voll und startete ins Nachtleben in einer der nahen Städte. Eine andere häuslichere Gruppe fand sich im Wohnzimmer des Bauern Thamms ein und unternahm etwas Ähnliches wie das, was die heutige Jugend „Schädelfluten" nennt, oft bis zum Morgengrauen.

Das Gehöft Thamms, des Lieferanten der morgendlichen Milch, lag nicht weit entfernt zwischen den militärischen Unterkünften und dem Zaun des Flugplatzes.

Darüber ins Gespräch gekommenen, hatte der Bauer seinen Kunden eines Tages angeboten: „Kümmt doch mol vorbie!" Und das war im Laufe der Zeit fest gefügtes Wochenendritual geworden.

Auf breiten durchgesessenen Sofas in „de gode Stuv" konnte man glauben, zu Hause zu sein. Das tat vielen von uns sehr gut. Mutter Thamms servierte Schmalzbrote, und die Gäste kamen nie ohne Gastgeschenke, die allerdings im Laufe der Nacht durch die Kehlen verschwanden, aber für den Bauern blieb immer etwas übrig. Je später der Abend, desto wilder wurden die Geschichten. Die Pilotenkameraden spannen von Kunstflugfiguren, demonstrierten das waghalsige Manöver, natürlich nur mit den Händen dargestellt, wie man als Sandwich fliegen könnte. Das sah so aus: Einer flog gerade aus, ganz normal, der andere in Rückenlage genau über dem Cockpit des Untermannes. Gleich am nächsten Tag sollte das probiert werden - verrückt!

Einer übertrumpfte den anderen, aber auch wir Fluganwärter wussten unsere geringen bisherigen Flugerfahrungen herrlich dramatisch übertrieben vor dem staunenden Bauernehepaar als großartige Leistung hinzustellen. Zwei ältere Piloten glänzten viel belacht mit ihrer gemeinsamen Leidensgeschichte vom Verlust des Flugzeugführerscheins. Sie waren, wie es hieß, wegen fliegerischer Unzucht bestraft worden. Im Geschwader und auch später nannte man die beiden die „Hühnerjäger“. Warum? Das ist schnell erzählt.

Auf einem Flug mit einer kleinen zweisitzigen Propellermaschine hatte einer aus Langeweile im Tiefflug den Gashebel ganz nach hinten gerissen und dem anderen gesagt, er sollte mal so tun, als ob er notlanden würde. Der andere ließ sich nicht verblüffen, suchte und fand schnell zwischen Wiesen einen baumfreien Feldweg. Da ließ sich ungehindert mit ausgefahrenem Fahrwerk ein Landeanflug simulieren, tausendmal geübt. Er wusste ja, dass sein Nebenmann kurz vor dem Boden den Gashebel wieder nach vorn legen würde. Das Flugzeug segelte dem Feldweg entgegen, tiefer und tiefer, der Propeller drehte müde im Leerlauf.

„Na, nun? Wird’s bald? Mensch hau das Gas rein!“

„Nee ein bisschen noch, komm dreh nicht durch!

Links und recht wurden die Kühe größer. „Also wirklich, nun mach schon!“

Der Herr Kollege grinste, schob kurz vor der Bodenberührung den Hebel nach vorn, wohl zu hastig, denn der Motor machte blubb, blubb und der Propeller stand, aber auch der Feldweg wurde kürzer und kürzer und am Ende wuchs eine Scheune aus dem Boden, größer und größer auf die beiden zukommend.

„Verdammt noch mal, so eine Scheiße!“

Ein paar Hopser. Die Landung? Kein Problem, aber trotz heftigen Bremsens kam die Kiste nicht zum Stehen. „Das Scheunentor, das Scheunentor! Mensch, das Scheunentor!“ Wie ein sich aufblähender schwarzer Ballon kam es auf die Unglücklichen zugerast.

Dann nur noch Dunkelheit. Links und rechts ein Krachen, Knirschen, Bersten, Fluchen und abrupt – nicht Stille, sondern ein ganz anderes Geräusch. Rund um die beiden, die benommen in den Gurten hängend das Kabinendach zurückschoben, tobten kreischende Hühner. Flaum und Federn flogen durch die Luft, Stroh wirbelte herum.

Mühsam, schweigsam und betroffen, aber unverletzt schälten sich die Bruchpiloten aus dem Cockpit.

Regungslos und mit offenem Mund stand im Rahmen des Scheunentors der Bauer. Zu beiden Seiten von ihm lagen gleichmäßig verteilt die Flügel des Flugzeugs, durch die Scheunentorpfosten sauber vom Rumpf abgetrennt. Das Übrige stand wie ein geparktes landwirtschaftliches Nutzfahrzeug tief in der Scheune in einem Hühnerstall zwischen langen Legebatterien.

Das Ganze hatte natürlich ein zivilrechtliches Nachspiel, aber darüber sprach man nicht.

Die lustigen Wochenendabende bei Bauer Thamms fanden manchmal in unglaublicher Art und Weise auf den Stuben im Unterkunftsbereich ihre Fortsetzung; denn nach der fliegerischen Ausbildung in den USA lag bei manchem unserer fliegerischen Vorbilder ein Colt im Spind, versteht sich mit entsprechender Munition.

Angeduhnt und übermütig klappten die Cowboys die Fenster auf, stellten die leeren Bierflaschen aufs Fensterbrett, und von der Bettkante begann ein fröhliches Scheibenschießen. Erst ein Anruf, möglicherweise von einem schlaftrunkenen Vorgesetzten, beendete das zweifellos nicht ungefährliche Spielchen. Heute in der Truppe nicht mehr vorstellbar.

Die Einladungen von Bauer Thamms waren nicht ganz uneigennützig. Als Bürgermeister der kleinen Gemeinde quälte ihn ein Problem. Auf seinem Grundstück standen nämlich die Reste einer früheren Margarinefabrik, deren hoher Ziegelschornstein, schon sehr wacklig, den Flugverkehr behinderte. Eines Abends präsentierte Thamms die behördliche Weisung, das Ding abreißen zu lassen oder daneben einen gleich hohen Mast mit einem roten Warnlicht an der Spitze zu setzen. Die Gemeinde sollte Abbruch oder Mastbau bezahlen. Sowohl das eine als auch das andere erschien ihm zu kostspielig. Dazu seine listige Frage, ob nicht seine Fliegerfreunde den Schornstein im Flug umstoßen könnten. So mal eben parallel zur Landebahn im Tiefflug kurz neben dem Zaun vorbeifliegen, das Ding anstoßen oder so, sieht doch keiner, oder könnt ihr das nicht?

Der Thammsche Wunsch geisterte in den folgenden Tagen durch beide Jetstaffeln. Nüchtern betrachtet müsste das möglich sein. Der Marinejagdbomber Sea Hawk, in der britischen Marine für Trägerlandungen mit einem stabilen Fanghaken ausgestattet, konnte diesen so weit nach unten klappen, dass der Rumpf selbst den Schornstein ungefährdet überfliegen konnte. Wie aber würde sich das Flugzeug selbst verhalten, wenn der Haken auf die Steine traf, wie fest saßen die Ziegelsteine?

Hühnerjäger gab es schon, die hatten überlebt. Schornsteinjäger? Das war die große Frage.

Der im Geschwader als Berater tätige britische Marineoffizier wurde von der Gruppe Thamms zu Rate gezogen. Seine Äußerung dazu soll gewesen sein: „It may work.“

Seitdem flog fast jedes heimkehrende Flugzeug noch eine zusätzliche Runde über das flugplatznahe Gehöft und zielte mit dem wie ein Stachel nach unten zeigenden Fanghaken auf den Schornstein.

Während die anderen flogen, wählten wir zum Liegen in der Sonne verurteilten Nichtsnutze den Ruheplatz nahe genug, aber in sicherem Abstand von dem besagten Schornstein.

Zögerlich oder übervorsichtig zog manche Sea Hawk mit dem Haken dicht an dem Objekt vorbei, aber treffen tat niemand, bis, nachdem einer der Jets schon längst vorbei war, der Schornstein, wohl von dem Abwind des Düsentriebwerks getroffen, anfing zu wanken, schließlich kippte und in einer Staubwolke polternd zusammenfiel. Hurra hurra, geschafft!

Walter Winter hieß der Sieger. Nach der Landung trugen ihn seine Staffelkameraden auf dem Thamms-Gehöft auf den Schultern mehrfach um den Trümmerhaufen. Thamms spendierte Sekt und Lachsbrötchen zur Feier des Tages.

Stunden später untersuchte ein Technikerteam im Auftrag von Kaleu Melanchthon die von Winter geflogene Sea Hawk. Es galt Farb- oder Steinreste an dem Fanghaken zu finden. Sie fanden nichts.

Melanchthon hätte ihn sicherlich für einige Tage vom Fliegen gesperrt, gegroundet nannte man das im Fliegerdeutsch. Stattdessen befahl er Winter in der Einsatzbesprechung, mit ihm in engster Formation einen Tiefflug über die westlichen Marschen durchzuführen.

„Wenn Sie so gut im Tiefflug sind, dann zeigen sie mir das mal. Sie fliegen als Nr. Zwo, und immer hauteng dranbleiben. Auf geht's!"

Diese Flüge kannte jeder, da war nichts Ungewöhnliches dran, nur dass Melanchthon wirklich flog wie ein tasmanischer Teufel, extrem tief und, wie er selbst andeutete, in 90 Grad Schräglage, eng und mit hohem Druck. Ich sehe die beiden noch im leicht nebligen Wetter zu zweit starten. Nach einer Stunde kehrte Melanchthon zurück - allein. Der spätere Unfalluntersuchungsbericht ließ ahnen, was geschehen war. In einer Kurve sei Winter in den „jetwash", in den Düsenstrahl des Vordermannes geraten, sei davon herumgerissen worden und an einem Beton-Telegrafenmast zerschellt.

Schweigen lastete tagelang über dem Flugplatz, noch friedhofsähnlicher geriet die Stimmung, als die Reste des Flugzeuges von einem Tieflader vor der Halle 37 abgeladen wurden.

Melanchthon wirkte bei der Trauerfeier in der kleinen Dorfkirche wie versteinert, war danach noch reservierter. Er blieb zeitlebens ein einsamer Wolf. Dienstlich brachte es der fachlich tüchtige Offizier im NATO-Hauptquartier bis zum bisher höchsten Flaggoffizier der Bundesmarine, zum Admiral mit drei Streifen. Ob er aber jemals glücklich gewesen ist?

Der Flugdienst ging weiter. Neben den beiden Jetstaffeln lebte die Gannet-, die U-Bootjagdstaffel. Zwischen Jet und Prop existierte eine gewisse Animosität. Unterschwellig, aber spürbar.

Die Piloten des einsitzigen eleganten Jets fühlten sich wie Formel-I-Rennfahrer. Sie betrachteten die dreiköpfige Besatzung des plumperen Turboprop-U-Bootjägers als Arbeitscrew eines landwirtschaftlichen Nutzfahrzeuges. Die wiederum, weil sie den Jetleuten die höhere Fliegerzulage neideten, hielten wenig von den ihrer Meinung nach versnobten Herrenreitern.

Einmal bot sich die Gelegenheit, in einer Gannet mitzufliegen, zum ersten Mal ausgestattet mit Helm und Sauerstoffmaske, festgezurrt im hinteren Cockpit auf dem Sitz des Funkers, der mit dem Rücken zur Flugrichtung saß.

Dummerweise hatte ich dem Piloten vor dem Start auf die Frage, welchen Flugzeugtyp ich nach erfolgreicher Ausbildung fliegen möchte, gesagt: „Jet natürlich, die Sea Hawk!"

Dementsprechend fiel der Flug aus. Kurve links, Kurve rechts, rauf und runter. Mal drückte es den Magen in die Kehle mal auf die Knie. Ich war des Öfteren dicht davor, den Helm abzunehmen und ihn vollzukotzen. Dazu hin und wieder von vorn die süffisante Frage: „Na wie geht's dahinten?"

Was hätte man darauf antworten können? Ich rang mir ein „Beeindruckend, sehr beeindruckend" ab.

Achtern mitfliegend beim Blick über das Seiten- und Höhenruder die Landschaft durchschaukelt, wackelte vor mir im Cockpit ein biegsames Rohr mit einem Trichter hin und her. Was mochte das sein? Wenn man die Hand auf den Trichter hielt, sog ein Unterdruck die Handinnenfläche fest auf den Trichterrand.

Nach der Landung, nach einigen lobenden Worten des geheuchelte Danks, denn der Pilot hatte mir die Gannet mehr als unangenehm vorgeführt, wollte ich doch wissen, was es mit dem Trichterrohr auf sich hatte. Brüllendes Gelächter bei den Gannet-Leuten. „Dat is ne Piss-Röhre, hättste dran riechen sollen, hättste es gewusst." Einer von den Älteren nahm mich beiseite und erklärte die Handhabung des fliegenden Pissoirs. „Die Gannet fliegt drei bis vier Stunden, und wenn du mal pinkeln musst, was machste dann? Holst den Kleinen ans Tageslicht und strullst in den Trichter. Aber allergrößte Vorsicht, wenn du das Spitzerl zu tief hineinsteckst, saugt der Unterdruck den Kleinen fest und du sitzt bis zur Landung fest. Kannst dir vorstellen, wie weh das tut und wie der Kleine nachher aussieht, ganz blau im Gesicht. Einige haben diese schmerzhafte Erfahrung gemacht."

Die Schaukelei in diesem klobigen Vogel genügte mir. Auf die andere Erfahrung konnte ich gern verzichten.

An einem langen hellen Juniabend im Norden endete ein Fußballspiel Fliegende Staffeln gegen Technische Staffel nach Elfmeterschießen erst im letzten Büchsenlicht. Geduscht und wieder frisch, bot mir der Staffelchef der Techniker die Mitfahrt in seinem Wagen in die Unterkunft an. Er war bester Stimmung, denn seine Leute hatten die hochnäsigen Piloten geschlagen.

„Wolln wir nicht noch einen zur Brust nehmen? Auf dem Weg in den Kasernenbereich kommen wir an der TB vorbei, doller Laden, kennen Sie den?" Ich musste den Kopf schütteln: „Nee, kenn ich nicht." Er lachte, schlug mit der Hand aufs Lenkrad und prustete: „Sie kennen die Tittenbar nicht? Mann, das ist Melanchthons Edelpuff, da vergeudet er seine Kraft, deswegen ist er im Dienst immer so muffig."

Von der Hauptstraße abbiegend, holperte der Wagen zwischen mit Heide bewachsenen Knicks auf einem sandigen Weg bis vor eine unscheinbare Baracke. Ein paar Autos und ein olivfarbener Dienstwagen parkten davor. Vor der Tür gab es noch folgende Instruktion: „Die Blonde heißt Helena und die Dunkle nennt sich Carmen. Melanchthon, wenn er da ist, steht auf Carmen, also Finger weg von der. Könnte Ärger geben."

Die Augen, an das Dunkel und den Qualm gewöhnt, erkannten in dem mager erleuchteten Raum die Gesichter nur schemenhaft. Deutlich jedoch zu erkennen Melanchthon. Ganz dicht saß er an dem Tisch, auf dem die Blonde in der letzten Phase ihres Striptease gerade den Tanga im Rhythmus der Musik durch den Po zog.

Auf dem Tisch vor Melanchthon kniete Helena nieder und bot ihm ihre wackelnden Titten zum Abküssen an. Und was geschah? Er, der im Dienst pudertrockene unnahbare Knochen, federte charmant lächelnd vom Stuhl hoch, ergriff den Busen mit beiden Händen und schleckte das schweißtriefende Weib ab. Dann verschwand er mit der Blonden hinter dem Vorhang, grinste noch einmal zurück. Klatschen und Gejohle begleiteten ihn.

Ja, wer saß denn sonst noch da? Keiner von den Jüngeren, aber fast geschlossen alle älteren Offiziere der Geschwaderführung. Mein Nebenmann kannte sich hier aus, klatschte besonders heftig, bleckte die Zähne und erklärte, wie das hier so vor sich ging: „Wer einer der beiden Mäuse ein schönes Sümmchen auf den Tisch legt, kann sie nach dem Tänzchen vögeln."

Das also war das Dorado der so genannten Nicht-Ortsverheirateten, die ihre Frauen nur am Wochenende sahen. Mir missfiel die Gegenwart der Vorgesetzten. Es war, als wäre ich in ihren Intimbereich vorgedrungen. Mich ekelte außerdem die Vorstellung, gleich nach Melanchthon die eine oder die andere Nutte zu vögeln. Lochschwager von dem werden, der den Kameraden Winter an einem Betonmast abgestreift hatte, nein das wollte ich nicht.

Ich muss wohl so lange gemosert haben, bis mein Gastgeber nach einem Bier und dem gar nicht mal üblen Striptease der Carmen in den Unterkunftsbereich fuhr.

Die Verbreitung dieser Neuigkeit in lustiger Runde bei Bauer Thamms führte letztlich dazu, dass Bauer Thamms seine Gäste nach und nach an die Tittenbar verlor. Die Älteren wurden verdrängt, und eine Nachfolgegeneration übernahm den Puff.

4

Am 1. Juni 1960 nahte endlich die Erlösung, die Kommandierung zur weiteren fliegerischen Ausbildung bei der Luftwaffe in Kaufbeuren. Schluss mit dem Lotterleben!

Eine kleine neugierige Gruppe schnupperte zum ersten Mal bayrische Luft. Niemand von uns hatte bisher in seinem Leben die Alpen gesehen.

Es dauerte seine Zeit, mit all den neuen Eindrücken fertig zu werden. Bier kannte man im Norden auch, aber was waren Knödel, Geschwollene und Presssack? Eingeteilt in Klassen wie in der Schule begann die Theorie. In den Bankreihen fand ein buntes Gemisch von Flugschülern zusammen. Unteroffiziere, Offiziere, davon ein Major und ein Oberstleutnant der Luftwaffe, beide Jagdflieger des letzten Krieges, und die Mariners, wir und die aus anderen Marinefliegerlehrgängen.

Im Flugdienst kamen drei Schüler auf einen Lehrer. Stabsunteroffizier Weißenbach, Feldwebel Kulmer und der Leutnant Färber. Dienstgrade zählten nicht, Leistung war gefragt.

Es ging gleich zur Sache. Erster Flugtag über Bayern. Da stand es, das neue zu fliegende Flugzeug, eine Havard Mark T 6, im letzten Krieg bei den Amis gegen die Japaner als Bomber eingesetzt, hoch wie eine Lokomotive, auch so plump, mit dem Piperchen nicht zu vergleichen, nur dass sie auch gelb angepönt war. Beeindruckend war der riesige Sternmotor, und dahinter saßen wie in einem gläsernen Gitterkäfig Flugschüler und Lehrer, sahen aus wie Menschen im Aspik. Fluglehrer Oberleutnant Obermeier erklärte jedes Knöpfchen draußen um die T 6 herum und im ersten Cockpit, in das er den Flugschüler mit dem Fallschirm hineingesetzt hatte, jeden Zeiger und dessen Bedeutung, Wirkung sowie Handhabung. Er redete wie ein Wasserfall, ein Mischmasch aus Englisch und Deutsch. Übrigens waren einige Fluglehrer britische Offiziere, die überhaupt kein Deutsch verstanden. Hanno hatte Flightlieutenant Duncan, ich dagegen den sabbelnden Obermeier.

Donnernd hob die T 6 ab. Fahrwerk rein, Motor zurückgedrosselt, Landeklappen rein. Mit kraftvollem Getöse stieg der Donnerbock in den bayrischen Himmel, im Süden die schneebedeckten Spitzen der Berge. Herrlich, wunderschön.

Eine näselnde knarzende Stimme im Kopfhörer weckte aus der touristischen Betrachtung der Umgebung. „Wir sind jetzt auf 6000 Fuß, ich zeige Ihnen mal, was der Bock so alles kann und was sie am Ende mir vorfliegen müssen. Zuerst etwas Pikantes, den Spin, das Trudeln." Schon mal von Schieferfeld gehört, hätte bei der Piper zum Absturz geführt. Na, das fängt ja gut an! Ein wenig Schiss kroch die Kehle hoch.

Obermeier zog die T 6 hoch, die Geschwindigkeitsanzeige fiel rapide, der Propeller malte Kreise in den blauen Himmel. Das Flugzeug hing wie abgestorben in der Luft, der Druck auf den Sitz schwand dahin, jetzt nahm er noch das Gas weg, dann ein scharfer Tritt ins Seitenruder. Wie ein Klotz fiel das Flugzeug vornüber, stellte sich auf den Kopf, fing an zu kreiseln, spiralförmig begannen die Felder, die Straßen, die Häuser sich unter uns zu drehen, schneller und schneller, dann ein scharfer Ruck zur anderen Seite, der Knüppel rückte nach vorn. Mit einem Ruck hörte die Kreisbewegung auf. Wo war der Horizont? Stürzten wir auf die Erde zu? Der Throttle, der Gashebel, bewegte sich nach vorn, der Motor dröhnte auf. Langsam fing Obermeier die Maschine ab, bis der Horizont wieder als gerader Strich durch das Cockpit zog.

Und das sollte ich lernen? Wir lernten noch ganz andere Manöver.

Obermeier, der im Flug unentwegt redete, war nur zur zum Klapphalten zu bringen, wenn ich den Looping fliegen durfte. Wurde die

T 6 in größerer Höhe auf den Kopf gestellt, fing der Bock beim Fahrtaufnehmen an wie ein Stuka zu heulen. Zuvor plätscherte der Redefluss noch aus dem hinteren Cockpit, aber wenn die Speed erreicht war und ich am Knüppel gezogen die Maschine stramm in den Himmel zog, fiel der gute Obermeier hinter mir durch die ihn in den Sitz pressende Fliehkraft, kurz „G" genannt, jedes Mal in kurze Ohnmacht. Oben angelangt und im Rückenflug hing er in den Gurten und wurde wieder wach.

Kunstflug war nicht unbedingt Bestandteil des Schulprogramms, aber Figuren wie der Immelmann mit Ausrollen aus dem Looping, gerissene Rollen oder die gesteuerte Fassrolle gehörten einfach dazu. Den schwerfälligen Bock zu beherrschen machte von Flug zu Flug mehr Spaß. Ein besonderer Leckerbissen waren die Formationsflüge. Je dichter zusammen, desto kribbelnder, fast berührten sich die Tragflächen.

Während des Fluges gab es nur die Paarung Fluglehrer und Flugschüler. Am Boden vereint hockte der gesamte Lehrgang in einem Schulgebäude und büffelte Technik, Meteorologie, Navigation und Gesetzeskunde. Wie an Bord der W 8 mit den Unteroffizieranwärtern exerziert, hatte die Luftwaffe für die Prüfungen das amerikanische „Multiple choice"-System übernommen. Wie schon erwähnt, nahmen zwei Stabsoffiziere an unserem Lehrgang teil. Sie hätten es nicht nötig gehabt, aber weil beide in einer höheren Kommandobehörde für die Aufstellung der fliegerischen Lehrprogramme verantwortlich tätig waren, wollten sie an sich selbst testen, ob die Ausbildungsrichtlinien in Ordnung waren.

Die beiden genossen deshalb höchsten Respekt, fühlten sich auch ganz wohl zwischen uns Youngstern. Der Major hätte in einer bayrischen Kneipe hinter den Tresen gepasst. Rundes stets lachendes Gesicht. Mit ein bisschen Glatze und dem Bäuchlein in der zu engen Fliegerkombination wirkte der Gutmütige unerschütterlich und väterlich. Schneidig und elegant dagegen trat der schlanke Oberstleutnant auf. Jagdflieger zum Ende des Krieges in dem ersten deutschen Düsenflugzeug, der Me 263, nötigten seine Erzählungen uns allergrößte Hochachtung ab. Jetzt fühlte er sich als Gleicher unter Gleichen, nahm uns in der Freizeit mit zum Golfspielen, eine völlig neue Erfahrung und eine Sportart, die zu der Zeit kaum jemand in Deutschland kannte.

Wann immer der Lehrgang in Schwierigkeiten geriet oder Sonderwünsche anmeldete, die beiden bogen alles hin. Als Gegenleistung half jeder von uns den Alten bei dem Multiple choice, denn Englisch sprachen sie beide so gut wie gar nicht. Und das führte zu lustigen Situationen und Missverständnissen.

Theorie, in der NATO-Sprache „Academics" genannt, wurde im Schulgebäude gelehrt und mit Zensuren bedacht. Man saß wieder auf der Schulbank. Bei einer entscheidenden Prüfung an getrennten Tischen schwitzte ein paar Meter neben mir der Major Gabriel. Mit hochrotem Kopf rutschte er auf seinem Stuhl hin und her und suchte mit fragendem Blick Hilfe bei der Nachbarschaft. Der aufsichtsführende Hauptfeldwebel sah sich in Verlegenheit gebracht. Um nicht den höheren Dienstgrad zur Ordnung rufen zu müssen., geriet die Bildzeitung immer höher vor sein Gesicht, bis er schließlich mit der Entschuldigung, mal auf die Toilette zu müssen, kurz vor die Tür ging. Gabriels und mein Blick trafen sich. Der zum schüchternern Pennäler mutierte Stabsoffizier zischelte herüber: „Färber, Frage 10, ist das A oder B?" „A, Herr Major."

„Nee, muss doch wohl C sein, aber ich versteh die englische Frage nicht." Zu ihm rübergewispert: „Kreuzen Sie A an, das stimmt!"

Rundherum heftiges Kopfnicken bei allen, die er im Kreis verzweifelt herumblickend anschaute. Er kritzelte, hob den Kopf und laut aufstöhnend kam es ihm über die Lippen: „Mensch Färber, wenn Sie mich reingelegt haben." Hat er aber nicht so gemeint.

Viel größere Probleme als bei den englischsprachigen Tests musste Major Gabriel bei seinem englischen Fluglehrer überwinden. Er verstand kein Englisch, der Brite kein Deutsch. Warum man die beiden schon körperlich so unterschiedlichen Typen zusammengesteckt hatte, ließ sich nicht ergründen. Da trafen zwei verschiedene Welten aufeinander. Den kleinen, fast schmächtigen Royal-Airforce-Offizier schien jeden Morgen die Furcht zu plagen, von der mächtigen Pranke seines ihn um Haupteslänge überragenden deutschen Flugschülers Gabriel beim Handschlag erdrückt zu werden. Engländer lieben bekanntlich das häufige Händeschütteln nicht, Gabriel jedoch betrieb es mit übermäßiger Herzlichkeit.

Eines Morgens erschien Herr Major nicht zur Flugvorbereitung. Der kleine Flightofficer Longleat zeigte eine besorgte Miene „What happened?" Da stürzte polternd der Major durch die Tür, eine seiner Hamsterbäckchen sichtlich gerötet. Longleat eilte ihm dienstbeflissen entgehen, doch Gabriel kehrte ihn mit einer Handbewegung abwehrend bei Seite, lief weiter, bis er hüstelnd, keuchend und völlig außer Atem vor seinen ihn mitleidvoll anstarrenden deutschen Fliegerkameraden zum Stehen kam. Was gar Schreckliches war geschehen?

„Komm gerade von Zahnarzt, oben rechts raus, damit kann ich doch nicht fliegen, wie sag ich das dem Longleat?" Kleine Pause, dann er forschend in die Runde gefragt: „Was heißt auf Englisch Angst haben vor?"

„To be afraid of", rief man ihm zu.

„Nochmal, wie heißt das?" „To be afraid of."

„Aha." Nach dieser Bemerkung trat Gabriel hoch aufgerichtet vor den mit offenem Mund dastehenden Engländer, pochte dem Verdutzten mit dem Zeigerfinger auf die Brust, sah ihm dabei tief in die Augen und verkündete überlaut und fast bedrohlich betont: „You", schnaufte einmal tief, zeigte jetzt auf seine eigene Brust und fuhr fort: „Me to be afraid of, ja ja, that is so!"

Longleat, besorgt, unmittelbar vor einer Kriegserklärung oder einer angedrohten Prügelei zu stehen, wich entsetzt zurück, als der Major noch obendrein mit einer wilden Geste Daumen und Zeigerfinger in den Mund steckte und schwungvoll demonstrierte, wie ihm der Zahn gezogen worden sei. Erst die Aufklärung der ihn Umstehenden und das aufbrausende Gelächter versöhnte den Briten mit seinem sprachgewandten deutschen Major.

Kurz vor der zweiten Ausbildungsphase, die in Landsberg mit der Blindflugschulung fortgesetzt werden sollte, bescherte Petrus dem Bayernland einen der herrlichsten Sommer.

Wer bisher das fliegerische Programm schulisch überlebt hatte, flog mit der lauten gelben T 6, sich als Profi fühlend, in ausgedehnten Soloflügen über Land.

Sonniger weißblauer Himmel, warmes weitsichtiges Flugwetter bis zu den Alpen und küssige Abende mit lauen Nächten machten Lust, übermütig zu werden und Helden zu zeugen. Aber danach stand zumindest in der kleinen Marinegruppe niemandem der Sinn.

Der Ehrgeiz, das Flugprogramm erfolgreich zu absolvieren, unterdrückte andere Gelüste. Zu schön war die Phase, allein in die Luft zu steigen, mit dem vertrauten Donnerbock fliegerische Erfahrungen zu sammeln, eigenständig Kunstflugfiguren zu erproben oder zum Ende des Flugdienstes in der Luft abzusprechen, von einem Treffpunkt aus im engen Formationsflug zum Beispiel über den Forgensee bei Füssen zu fliegen. Zu viert wurde das geübt, sah aus wie ein Rhombus, fliegerisch „Diamant-Formation" genannt.

Vorn Nr. 1, links und rechts einer und hinter dem ersten die Nr. 4.

Nolle, zu uns gestoßen aus einer anderen zivilen Piper-Schulung, Eckehard, Hanno und ich, zu einem Team geworden, durften am letzten Tag vor Publikum im Tiefflug über dem Flugplatz sogar vor Publikum zeigen, was gelernt worden war.

Bei der ausgelassenen Erfolgsfeier im O-Heim hieß die Parole „Fly Navy". Die Herren der Luftwaffe waren darüber nicht belustigt, not amused. Die Konzentration auf den Flugbetrieb unterdrückte nicht nur die Libido, sondern auch das Verlangen, tief ins Glas zu schauen. Letzteres währte nur bis zum Wochenende; denn am Freitagabend hieß es in der Bar des O-Heimes „Happy hour", alle Getränke zum halben Preis.

Obermeier, als Fluglehrer eher ein Ekel, fand im O-Heim ganz andere Töne. Die Getränke zum halben Preis ermunterten zum Schnellsaufen, dementsprechend war die Wirkung.

Die Abende endeten früh aber heftig, am frühesten endete Obermeier, der sich offenbar seinen Frust mit den Flugschülern jeden Freitag betäubte. Er fand manche Nachahmer und Mithelfer bei der Ausführung ausgefallener Scherze, die nur Betrunkenen einfallen können. Die Einganghalle des Heimes zierte ein großes beleuchtetes Aquarium, besetzt mit harmlosen kleinen Goldfischen. Im vorgeschrittenen Stadium zog das lustiger und lauter gewordene Völkchen aus der Bar vors Aquarium. Jedes Wochenende derselbe Vorgang. Irgendwoher hergeholt schwang jemand einen Käscher und ging in dem Aquarium den Goldfischen an den Kragen.

„Wer möchte diesen kleinen, zum ersten, zum zweiten und zum dritten?"Wer die Hand hob, bekam das zappelnde Tierchen an der Schwanzflosse gereicht, machte den Mund auf und ließ sich das Fischchen in den Hals fallen, heruntergespült mit einem Schluck Whisky. Austern schlucken hieß der viel beklatschte lukullische Genuss. Als das Aquarium nichts mehr hergab, rundherum die Fliesen am Boden im Wasser schwammen, jeder klitschnass war und mancher bis zur Höchstmarke geladen hatte, endete das Spielchen eines Abends damit, dass der uns strafend von der Wand aus großem Bild betrachtende Verteidigungsminister Strauss befragt wurde, ob er nicht auch ein Bad nehmen möchte.

Da Josef nichts dazu sagte und weiterhin fett grinste, halfen ihm eifrige Hände, von der Wand ins Aquarium zu steigen, ohne seine Zustimmung abzuwarten.

Morgens soll er ertrunken, aufgerollt und im aufgeplatzten Bildrahmen aufgefunden worden sein. „Majestätsbeleidigung", haben am nächsten Morgen einige der ersten Frühstücksgäste wutentbrannt aufgeheult, Strafverfolgung forderten die Urbayern, aber die Täter konnten nicht ermittelt werden. Natürlich verdächtigte man die „Preißen". Aber um nicht als artfremde Marineflieger von den fehlfarbenen bläulichen Luftwaffenhanseln als mögliche Beschuldigte an den Pranger gestellt werden zu können, schien es ratsam, von den weiteren Freitagabendexzessen Abstand zu halten.

Unser Flyingteam kaufte bei Neckermann aus dem Katalog Fahrräder und radelte seitdem an Wochenenden mit Südkurs auf die Berge zu, Lieblingsziel wurde Füssen und das österreichische Reutte. Auf der Route lag der Forgensee. Dort wurde an der Nordspitze in einem kleinen Restaurant Pause gemacht, der Wirt servierte herrlich knusprige Hähnchen und dazu frisch gezapftes Bier. Nolle fällte das einhellig benickte Urteil: „Ist doch viel besser so als das Zudröhnen im O-Heim!"

Uns leicht als Fremdlinge ausmachend, umschlich uns der Wirt mit Neugierde. Als er die Details erfuhr, schlug er die Hände über dem Kopf zusammen, eilte in die Küche und holte die gesamte Familie an unseren Tisch, die anderen Gäste kamen gleich hinzu.

„Schaut, des san Preißen und Mariners gleich dazua und fliergn tuns aa. Die da manchmal in den Gelben übern See komma sind, das sind diese Buam, Respekt Respekt."

Bestaunt und etwas verlegen verabschiedeten sich die Mariners und versprachen, an einem der nächsten Wochenenden mal übers Haus zu donnern. „Dann habens Hähnerl frei" rief er uns hinterher.

Weil es auch nachts sommerlich warm blieb, kam eine teure Unterkunft in Füssen nicht in Betracht. Außerhalb direkt am See bot ein Heuschober den wiederholt aufgesuchten Unterschlupf. Dort versteckten wir unsere Decken und Sonstiges im Heu, dann ging die Radtour unbeschwert zu den verschiedensten Sehenswürdigkeiten und Naturschönheiten, abends in eine Kneipe und zurück durch im Nebel liegende Wiesen zu unserer Hütte.

Wenn man morgens im eiskalten Wasser des Forgensees stand, mit einem Brett in Brusthöhe, darauf die Rasierutensilien, verflog die letzte Müdigkeit. Jedes Wochenende bescherte neue, oft überraschende Erlebnisse. Bei einem Ausflug nach Reutte endete die Fahrt in einem ungarischen Lokal.

Vor kurzem habe ich es meiner Frau zeigen wollen. Es gab die Ungarn nicht mehr. Selbst das Gebäude und der Weingarten waren verschwunden, abgerissen, jetzt ein Parkplatz. Ortkundige, befragt, schüttelten den Kopf. An die Wirtsleute, die Mizzi Nenni, lieber tituliert als Frau Kammersängerin und Ferri Batschi, den Herrn Konzertdirektor, konnte sich niemand erinnern. Vergessen, vergangen. Selbst Reutte war nicht mehr der verträumte Ort von damals. Kein Wunder. Mehr als 40 Jahre lagen dazwischen.

Doch die Erinnerung ist geblieben.

Als russische Panzer im Oktober 1956 den Studentenaufstand gegen die eigene kommunistische Regierung in Ungarn überrollten, waren Mizzi und Ferri mit ihren bildhübschen Töchtern aus Budapest ins rettende Österreich geflohen. In Reutte servierten sie jetzt Tokajer und Gulaschsuppe, und was uns außerdem anzog: Jeden Sonnabend um 16 Uhr spielte eine kleine Kapelle zum Tanztee, und...... alle Schönheiten von Reutte eilten herbei.

Darüber befand die Vierergruppe schnell: Bleibt Geheimtipp, in Kaufbeuren wird nichts davon erzählt. Ehrenwort!

Bei den Ortsschönheiten kam niemand von uns zu kurz. Einige ortsansässige Konkurrenten grummelten anfangs mit der Bemerkung, die eingedrungenen Gockel abzuwehren, auf hochdeutsch formuliert: „Unsere Hühner können wir selber treten.“

Die Chefin, die Mizzi Nenni, kam immer zum richtigen Zeitpunkt, um beschwichtigende Worte zu finden. Das wirkte ausgleichend und ließ Missstimmungen gar nicht erst aufkommen.

Ihr Lokal war ein Ort der Fröhlichkeit und der Begegnung mit unkomplizierten und gut aufgelegten Gleichaltrigen, zweifellos, wenn man wollte, auch ein Heiratsmarkt. Obwohl gar nicht weit von der Grenze entfernt, glaubte man hier auf einen völlig anderen Menschenschlag zu stoßen. Anders als in Bayern und völlig anders als bei uns im hohen Norden. Freundlichkeit gegenüber Fremden oder gar Ausländern galt hier nicht als Charakterfehler. Schon fast zu zutraulich kamen die Frauen auf einen zu, nie einem Techtelmechtel, einem Flirt abgeneigt. Das führte bei den Flugschülern zur Abkehr von der bisherigen selbst auferlegten fliegerklösterlichen Zurückhaltung. Hanno wurde als erster rückfällig. Keinen Blick mehr ließ er von den Ungarnmädchen. Fast wäre er uns in Reutte verloren gegangen, aber die Wahl zwischen zweien muss ihn furchtbar verunsichert haben. Mal probierte er es mit der einen, dann mit der anderen, letztlich ohne Erfolg. Meinen Schwarm umgab ein ganz besonderes Flair, etwas Geheimnisvolles. Da mich üppige Busen magnetisch anzogen, gefiel mir ihr Dirndlkleid, das zwei sich aufbäumende Halbkugeln zur Schau trug, eingebettet in weiße Rüschen wie in einen Balkonkasten.

Die verträumte Amelie hatte etwas gemeinsam mit dem Kieler Jreetchen. Sie lächelte viel, aber redete wenig. Sie liebte die langsamen, schmusigen Tänze, lag in meinen Armen, als wenn sie vor Glück weggetreten sei. Nach einigen Tänzen klagte sie über Schwindelgefühle, wollte sich hinlegen.

In einer Laube auf einer Gartenbank lag sie mit ihrem Kopf in meinem Schoß, die Beine hochgelegt. Die Augen geschlossen, atmete sie tief, ihr schöner Busen wogte auf und ab. Was war mit dem Mädchen los, irgendetwas stimmte da nicht, aber was?

Wenn sie so still dalag, tastete mein Blick hungrig über ihren Körper. Aber irgendetwas bremste die letzte Neugierde. Es blieb bei der Betrachtung: ihre Hände schlank, sehr gepflegt, die Fingernägel lackiert in der Farbe ihres Lippenstifts. Der Mund, die Augen, das ganze Gesicht sorgfältigst geschminkt, die Haare ein wenig zu künstlich blond. Ein Bauerntrampel war das nicht, ein Mädchen der High Society auch nicht, so etwas Ähnliches wie am Marineflugplatz in der Tittenbar? Nein letzteres auf keinen Fall, nicht vorstellbar.

Ich streichelte sanft ihre Wangen. Sie genoss es und flüsterte: „Is des schee." Ja nun, für den Dialekt konnte sie nichts, aber wie sie es sagte, ließ auf baldiges größeres für beide Seiten Schönes hoffen. Von Mal zu Mal fiel der Abschied schwerer.

Heim begleitete ich die Amelie, links das Fahrrad und recht sie im Arm, zu einem Frisörladen, hier wohnte sie, und wie sie verriet, war sie da angestellt. Aha, daher das Make-up.

Mizzi Nenni, der mein von Wochenende zu Wochenende gesteigertes Bemühen um die Amelie nicht entgangen war, nahm mich beiseite, als das Mädchen eines Sonnabends nicht zum Tanztee erschien und ich es verzweifelt suchte.

Ihre Stimme im Singsang mit hartem östlichen Dialekt ähnelte der von Marika Rökk, die mein Vater als ungarisches Tanzwunder verehrte, - kennt heute kein Mensch mehr!

Tante Mizzi tat mütterlich und besorgt.

„Buab, die Amelie wird nicht mehr kommen. Sie ist krank, psychisch krank. War bisher in Abständen in einer Nervenheilanstalt, ist jetzt wieder in Innsbruck. Kommt oben von der Alm von einem verwahrlosten Bauernhof. Verwandte in der Nachbarschaft haben sie als Frisöse in die Lehrer genommen und sie bei sich beherbergt, sonst würde sie immer noch von ihrem Vater, dem Trunkenbold vergewaltigt und geschlagen werden. Das Mädchen braucht Mitleid und Liebe, aber nicht deine, sondern ärztliche. Such dir was anderes, lass die Finger von Amelie, du machst dich und sie unglücklich."

Mizzi strich mir über den Kopf und ging.

Auf der Rückfahrt nach Kaufbeuren als wortkarger, wohl verliebter Gockel gehänselt, kam mir das Jreetchen wieder in den Sinn. Amelie und sie hatten eines gemeinsam, ein furchtbares sexuelles Erlebnis. Und an solche Frauen musste ich geraten.

Noch in derselben Nacht füllten viele Zeilen einen langen Brief an die Adresse der fast vergessenen Kieler Freundin. Es war wohl mehr ein Erlebnisbericht, kein Wort von der Amelie, kein Wort von Sehnsucht oder Heimweh nach dem warmen Bettchen oben in der Mansarde. Aber sie muss es wohl so verstanden haben, denn bald kam eine Antwort, die mich auf der Toilette, in der einen Hand ein Foto vom Jreetchen und in der anderen Hand - na wenn schon - lang aufgestauten Druck ablassen ließ.

Bei den gemeinsamen Fahrradtouren nach Füssen blieb es, aber den Abstecher nach Reutte verkniff ich mir.

Eckehard und ich erforschten die Gegend um denn Forgensee, besuchten die Burg Neuschwanstein, stöberten durch Füssen und endeten eines Nachts vor einer Bar. Vorausgegangen war eine stundenlange Bergtour zu sechst. Wir vier plus die beiden ungarischen Mädchen, die der gute Hanno zur Besteigung des ortsnahen Säuling überreden konnte. Unerfahren, aber mutig gelang es, ohne Schwierigkeiten den Gipfel zu erklimmen.

Was für eine fantastische Sicht vom Gipfelkreuz aus über 2000 m Höhe, aber was für ein strapaziöser Angang, wo man als Flieger das einfacher hätte haben können. Unten angelangt, mehr tot als lebendig, bekanntlich schmerzt der Abstieg mehr als der Aufstieg, schwor ich mir, Derartiges in Zukunft anderen zu überlassen. Hanno und Nolle sahen sich verpflichtet, anschließend die beiden Mädchen in stockdunkler Nacht zurück nach Reutte zu begleiten. Zu einem derartigen Kraftakt wäre ich nicht mehr fähig gewesen.

Zum einen zu wach, um zum Heuschober zum Schlafen zu radeln, aber zu müde, um noch Gewaltiges zu unternehmen, versteckten Eckehard und ich unsere Räder hinter einem Busch und schlenderten durch das nächtlich stille Füssen. In einer dunklen Nebenstraße blinkte eine blaue Neon-Reklame auf. In schwungvollen Lettern lud „Die blaue Maus" zu einem „viel versprechenden Amüsement in einem gepflegten Ambiente" ein. So der Text neben dem Foto einer leicht bekleideten lächelnden Dame in dem erleuchteten Schaukasten neben der Eingangstür.

„Na, was meinste, soll'n wir da rein?"

60

„Blödsinn", knurrte Eckehard, „sieh mal an dir runter, was du für Klamotten anhast, da fliegen wir gleich wieder raus. Und scheißteuer wird der Laden auch sein."

Von Kopf bis Fuß passte nichts, um das verheißungsvolle Etablissement zu betreten. Um den Hals ein rotes Taschentuch als Schweißlappen geknotet, buntes Flanellhemd, darüber eine nylonglänzende ballonartige Pilotenjacke, derbe Kniebundhose, nackte Waden und die von Wollsocken geschützten Füße steckten in geliehenen abgeschabten klotzigen Bergsteigerschuhen. Sonnenverbrannt, staubig und sicherlich nicht wohl riechend betrachteten wir einander. „Nee, wir radeln ins Heu."

Gerade im Begriff, auf der Hacke kehrt zu machen, rauschte ein großer schwarz glänzender Mercedes heran, vor uns flogen die Schläge auf, tief dekolletierte gickernde Frauen mittleren Alters stolperten heraus, gefolgt von laut lachenden, sicherlich nicht mehr nüchternen Herren in Smokings. Die extrem gegensätzliche Aufmachung der nächtlich sich Begegnenden muss auf die Frauen gewirkt haben wie eine zur Belustigung bestellte Sondereinlage.

Aufkreischend fielen sie über uns her, schlangen die Arme uns um den Hals. „Bussi, Bussi, sind die nicht süß!"

Die Smokingträger warteten im Hintergrund auf das Abflauen des Begeisterungsturms, aber die Damen ließen nicht locker. „Emil, lade die doch ein, die nehmen wir mit zu Rosi." Eingehakt, geschoben und gedrängt landeten Eckehard und ich vor dem Bartresen der „Blauen Maus". Rundherum diffuses, sanftes Licht, samtene violette Vorhänge, von schwarzen Wandpanelen leuchteten puffrosafarbene Rokokolämpchen, Gläser glitzerten vor Spiegelwänden, davor ein reichhaltiges Flaschenarrangement, schwüle Musik. Erwartungsvolle erstaunte Gesichter zumeist dunkelgekleideter Gäste musterten verunsichert unseren auffälligen Aufzug. Aber da von Emil eingeladen, immer noch umklammert von Emils Gefährtinnen, kam kein Einwand, auch nicht von Rosi, der Barfrau, aus deren abgrundtief

U-förmig ausgeschnittenen Kleid zwei weiße Berge bei jeder Bewegung miteinander kämpften, wer als erster heraushüpfen sollte. Wo waren wir hingeraten?

Die anfängliche Einschätzung, in einem billigen Amüsierbetrieb gelandet zu sein, konnte als völlig falsch abgetan werden. Nach den Leuten und der Garderobe zu urteilen, vergnügte sich hier die Oberschicht der Stadt, die Einflussreichen, Wohlhabenden, eine elitäre Gesellschaft. Dazwischen zwei Flugschüler, völlig fehl am Platz und dazu in einer verschwitzten Bergsteigerkleidung, die auf alle Gäste als provozierende Beleidigung wirken musste.

Von dem besagten Emil, seinen Begleitern und deren Frauen, die von den anderen mit großem Hallo begrüßt worden waren, auf die Barhocker komplimentiert und mit reichlich Schampus versorgt, galt es nun auf die zahlreichen Fragen zu antworten, wo wir denn herkämen und vor allem was wir beruflich so machten. Weitere festlich Gekleidete drängten heran. Wer es wagte, so wie wir herumzulaufen, der musste etwas Besonderes darstellen, über viel Geld verfügen oder gar ein Star sein. Ich hätte am liebsten die Flucht ergriffen. Eckehard dagegen zeigte eiserne Nerven, blitzte mich verschmitzt an, hob das Glas und tönte laut: „Mein lieber Reventlow, is doch ne tolle Gesellschaft hier."

Und an die ihn Umstehenden gerichtet verriet er mein Geheimnis: „Wissen Sie, das ist der Graf von Reventlow. Ich bin nur sein Sekretär. Darf ich mich vorstellen: Schwarzenberg, Ferdinand Freiherr von Schwarzenberg." Ein kleiner Dicker im dunkler Anzug flitzte um den Bartresen herum, machte vor mir eine tiefe Verbeugung, hielt eine Flasche hoch und hüstelte: „Angenehm, angenehm, Huber, bin hier der Besitzer des Hauses, heiße Sie herzlich willkommen, darf ich Ihnen beiden einen Champagner spendieren." Leutselig dazu meine Geste: „Aber natürlich, nur zu , nur zu!"

Schließlich umringten uns alle Gäste und lauschten neugierig. Je fantastischer die Antworten auf die gestellten Fragen ausfielen, desto spendabler die Zuhörer.

„Ja, der Vater, der alte Reventlow, lebt auf einem der größten Güter Norddeutschlands, aber wegen seiner angeschlagenen Gesundheit sei die Familie zumeist in Italien in Abano zur Kur. Da kommen wir übrigens gerade her und sind zufälligerweise hier durchgekommen. Unser Hotel? Na, wie heißt das doch?" Ein Zuruf aus dem Hintergrund half weiter: „Die Post." „Richtig ja. die Post."

Fliegen, ja fliegen tut der Graf auch, wusste sein Sekretär, der Ferdinand zu berichten. Und was dieses Wissensgebiet betraf, wussten wir Flugschüler bis in Detail überzeugend die kompliziertesten Fragen zu beantworten.

„Apropos Fliegen, lieber Ferdinand, haben Sie schon mal auf die Uhr geschaut. Morgen oder ist es schon heute, ha ha, um 10 sollen wir mit dem Privatjet der Familie von München nach Berlin gebracht werden. Wir sollten hier Schluss machen." Vom Barhocker gerutscht und um Verständnis bittend in die Runde geblickt, servierte ich die Abschlusslüge: „Wissen Sie, dort hat uns mein Onkel Christoph eingeladen, dem gehört nämlich das Hotel Kempinski. Da ist eine große Feier angesagt, die Verlobung meines Vetters mit der Prinzessin Barbara von Preußen."

Alle hatten Verständnis für den eiligen Abgang, einer der Herren sprang sogar ans Klavier und spielte „Mussi denn, mussi denn zum Städele hinaus, Städele hinaus und du mein Schatz bleibst hier."

Lächeln nach allen Seiten, Kusshändchen verteilt, winke, winke und nichts wie weg durch den Samtvorhang vor die Tür. Draußen an der frischen Luft sind wir beiden erst einmal gerannt, gute hundert Meter, und uns dann in die Arme gefallen.

Getaumelt und in den Rinnstein gesetzt, gelacht, gelacht bis die Tränen kullerten. Dass diese feine Gesellschaft uns so auf den Leim gekrochen war, unvorstellbar. Es muss wohl das Sprichwort zutreffen: Die Welt will betrogen sein. Waren wir so gute Schauspieler oder waren die anderen blöd, verbohrt oder einfach von unserer Frechheit überfahren worden? Auf jeden Fall war es ein gelungener Abend mit Null-Kosten. Im Heuschober angekommen, Nolle und Hanno geweckt und erzählt.

Die beiden haben uns kein Wort geglaubt.

Die Zeit in Kaufbeuren ging bald zu Ende. Zur festen Einrichtung war es geworden, zum Wochenschluss mit dem Tiefflug über dem Forgensee und der Hähnchenkneipe von Pankratz Hintermoser bereits das Bier für den Sonnabendnachmittag zu bestellen. Auch der letzte Flugtag sollte ein Überlandflug nach vorgegebener Route werden, aber das Wetter durchkreuzte das Vergnügen.

Der nicht ungewöhnliche vorzeitige Abbruch des Fluges wäre schnell in Vergessenheit geraten, wenn ihn nicht der Major Gabriel genutzt hätte, noch einmal seine Sprachgewandtheit im Englischen unter Beweis zu stellen.

Wer sich des viel belachten Englisch des während unserer Kaufbeurenzeit gewählten Bundespräsidenten Heinrich Lübke erinnerte, der musste annehmen, dass der gute Gabriel ihm nacheiferte. Zugegeben, der junge Pilotennachwuchs verhunzte mit Englischbrocken die eigene Sprache, aber man wusste immer noch, was man sagte. Dafür bot das vor kurzem in der Schule gelernte Englisch eine gute Grundlage, während Gabriels Schulenglisch wohl mehr als 20 Jahre zurücklag. Sein Mitstreiter, der Oberstleutnant, hatte nach dem Krieg in Argentinien gelebt, und deshalb weniger Probleme, mit Fremdsprachen klar zu kommen.

Gabriel erfand eine eigene Fremdsprache: „Putten Sie mir doch mal the book to me!" „Das ist mir viel too much und Matsch kann ich not gebrauchen."

Oder wenn er den Meteorologen bei der Flugvorbereitung erstaunt fragte: „Wat, wir haben einen leichten haze (Dunst) in the area? Was soll ich mit einem leichten Hasen in der Luft anfangen?"

Am Boden halfen alle dem sympathischen Mann gern, Schwierigkeiten auszugleichen, saß er aber allein im Cockpit, geriet der gute Mann in fremdsprachliches Dickicht. So auch bei seinem letzten Flugunternehmen, nach dem er wieder zum Kommando der Schulen zurückging. Minutenlang belegte er eine im bayrischen Äther von vielen mitgehörte Frequenz und belustigte eine ganze Region.

Jeder Flug kennt von Start bis Landung fest gefügte Gespräche, die zwischen dem Piloten und der Bodenstelle über Funk hin- und herwechseln.

Major Gabriel, im Flugdienst stets darauf bedacht, uns Jungen als Vorbild zu dienen, fühlte sich immer noch als Jagdflieger seines einst von ihm verehrten Hermann Göring. Wenn die Schar der Flugschüler aufs Flugfeld zu den Maschinen trottete, rollte Herr Major bereits winkend vorbei in Richtung Startbahn.

Fliegerisch eifrig und spitzenmäßig, stand er dagegen mit dem Englischen so aufreizend auf Kriegsfuß, dass er den Eindruck machte, die Sprache des ehemaligen Feindes nur widerwillig über die Lippen zu bringen. Seinen britischen Fluglehrer hielt er sich auf Distanz.

Auf einem Klippbord, das er sich beim Einsteigen ins Cockpit auf den Oberschenkel schnallte, standen aufgelistet alle Standardphrasen, die vorkommen konnten.

So begann der geplante Überlandflug. Wie nicht anders erwartet, die erste T 6, die über den Taxiway rollte, den Zufahrtsweg zum Start, war die von Major Gabriel.

Brav vorgelesen, hatte der Kontrollturm ihm die Anfrage bestätigt: „Alpha alpha six five seven, ready to taxi!"

Mindestens 10 bis 12 weitere Schulmaschinen zuckelten nach entsprechender Freigabe hinter ihm her und warteten auf der so genannten „Number one position" auf die Startfreigabe.

Das tiefe Brummen so vieler Maschinen dröhnte beeindruckend.

Es schien ein schöner Tag und erinnerungsreicher letzter Flug über Kaufbeuren und Umgebung zu werden.

Es knackte im Kopfhörer und die markante Stimme unseres Majors legte los. Man hörte förmlich wie er sein Sprüchlein ablas: „Kaufbeuren Tower, this is Alpha, Alpha number one." Ein Seufzer beendete den Anruf.

Jetzt rührte sich der Kontrollturm und überraschte mit einer nicht erwarteten Meldung: „All aircraft approaching number one be advised, flying has been cancelled due to heavy thunderstorms in the area, return to your dispersals!" Oje! ein Gewitter hatte sich im Fluggebiet aufgebaut, und damit war das Fliegen abgesagt worden. Also zurück zum Abstellplatz.

Alle Flugschüler folgten der Anweisung. Eine Kette von T 6 kehrte wie Wespen in Formation zur Ausgangsposition zurück, sie stellten die Motoren ab, blieben aber in Funkkontakt, denn einsam und allein kämpfte Major Gabriel weiter um die Flugfreigabe. Diese Unterhaltung wollte keiner missen.

Ganz allein vor der Startbahn stand ein einsames gelbes Flugzeug, die Nase des bulligen Sternmotors in den Wind gedreht, röhrendes Propellergeräusch wehte über das Flugfeld.

Von den Alpen zog bedrohlich eine schwarze Wetterwand heran, ein Gewitter.

„Kaufbeurern Tower, this Alpha, alpha six five seven in number one, ready für take-off."

Der Kontrollturm, der Tower: "Got your message" Danach folgte wieder die Wetterwarnung und die Aufforderung zum Abstellplatz zurückzurollen. Kleine Pause.

„Kaufbeuren Tower, I am wirklich ready für den take-off. Why not you give me?"

"Aircraft calling return to your dispersal!"

Die Aufforderung, zum Abstellplatz zu rollen, gefiel Herrn Major offenbar nicht. „Wenn Sie meinen, dann ist mein dispersal ready for take-off."

Der Tower musste längst wissen, mit wessen Kauderwelsch und hartem Akzent er es zu tun hatte, aber er trieb das Spielchen als letzte dienstliche Maßnahme des Tages weiter.

„Alpha, Alpha six five seven, your dispersal is not your take-off-point."

Langsam tat uns Zuhörern der arme Gabriel leid, jetzt brachte er Start, den take-off und den Abstellplatz, den dispersal durcheinander.

„Kaufbeuren Tower", – Wut klang in der Stimme – „Alpha alpha six five seven ist seit langem schon ready for take-off, verdammt noch mal!"

Mit einem Male eine deutsche Stimme vom Tower, ungewöhnlich im Flugdienst: „Sehr geehrter Herr Major Gabriel, wegen eines herannahenden Gewitters fällt der Flug heute aus."

Schweigen im Äther. Was würde jetzt kommen? Alle, die den Sprechfunkverkehr mithörten, lauschten auf die Reaktion.

Knistern im Kopfhörer, ein Räuspern und fast knurrend kam: „Kaufbeuren Tower, this is Alpha alpha six five seven, ready for take-off!"

„Herr Major, es gibt heute keinen take-off mehr."

„Warum denn nicht, ich bin doch ready for take-off."

„Weil ein thunderstorm, ein Gewitter Ihnen den Flug versauen wird."

„Ihr mit Euerm Sonderstorm. Macht euch doch keinen Fleck ins Hemd bei einem Gewitter. Früher sind wir gerade bei Scheißwetter geflogen, da kamen die Amis die Feiglinge gar nicht erst aus ihren Löchern."

„Sehr geehrter Herr Major Michael, Sie fliegen eine Schulmaschine des Typs T 6 und keine Me 109. Wir befinden uns nicht mehr im Krieg. Kehren Sie bitte heute ausnahmsweise zu Ihrem Abstellplatz zurück und beenden Sie den Flugdienst."

„So ein Schwachsinn, aber wenn Sie meinen, dann machen Sie mal Feierabend."

„Ja gerne, aber erst, wenn Sie diese Frequenz freigeben."

„Na denn goodbye Kaufbeuren Tower und Tschüss."

Aus allen noch besetzten Schulmaschinen wurde dem vorbeirollenden Major freudig zugewinkt. Sein hochroter runder Kopf mit dem verschobenen Kopfhörer leuchtete aus dem Cockpit.

Abends im O-Heim stand Major Gabriel im Mittelpunkt des lustigen Abschlussabends. Die englischen Fluglehrer verließen früh die Runde. „Hoch auf dem gelben Wagen" und andere Gesänge mögen ihnen missfallen haben. Außerdem wollten sie höflicherweise die beiden kriegsgedienten Piloten nicht durch ihre Anwesenheit daran hindern, heldenhafte Fliegergeschichten zu erzählen, die immer fantastischer wurden, je länger der Abend sich hinzog.

Im Luftkampf rangen Me 109 mit der britischen Spitfire oder einer amerikanischen Mustang. Es war die Zeit, als sich die jungen Piloten der Bundeswehr ihre fliegerischen Vorbilder in amerikanischen Filmen suchten, wie „Die Brücken von To-ko-ri" mit den Hauptdarstellern William Holden und Grace Kelly oder „Verdammt in alle Ewigkeit", einem Antikriegsfilm mit Burt Lancaster und Frank Sinatra, der mit der Darstellung des Überfalls der japanischen Luftwaffe auf Pearl Harbor auch die Schattenseiten der militärischen Fliegerei aufzeigte.

Auf deutscher Seite gab es darüber weder Filme noch objektive Literatur.

Als die Zungen mit hochprozentiger Hilfe lockerer geworden waren, erfuhren angehende Flugzeugführer zum ersten Mal, wie es in der deutschen Luftwaffe zugegangen war. Politisches und Unpolitisches, Menschliches und Unmenschliches, Bewundernswertes und Kopfschütteln Erweckendes. An diesem Abend fanden die beiden Altvorderen dankbare Zuhörer.

Für den Oberstleutnant Rasmus und für den Major Gabriel war es das Ende des Hineinschnupperns in die Fliegerei der Neuzeit. Sie kehrten zu ihren Schreibtischen in den höheren Stäben zurück.

Für uns kleiner gewordene Gruppe ging die Ausbildung weiter.

Mehr als ein Viertel des Lehrgangs fiel den wachsenden Anforderungen zum Opfer und wurde vom Fliegen abgelöst.

Im Herbst begann die Blindflugschulung in Landsberg, erst auf der ans Herz gewachsenen T6 und danach zum ersten Mal auf einem Jettrainer der französischen Fouga Magister.

5

Als Flugzeug glich die Fouga mit ihrem V-Leitwerk einer Schwalbe. Zwei schwache Düsentriebwerke und schlanke Tragflächen hoben sie in die Luft wie ein Segelflugzeug. Als Schulmaschine verfügte sie über keine Schleudersitze Das Besondere an dem „Can Can Girl" war ihr Geruch. Sie roch im Cockpit ganz anders als die amerikanische T 6. Alle Gummierungen hätten aus parfümierten Kondomen sein können.

Was die Französin damals in die Medien brachte, war ein spektakulärer Beinaheflugunfall, den ich kurz rekapitulieren will:

Zum Erstflug und zur Einweisung auf den Schulflugzeugtyp stiegen Fluglehrer und Flugschüler, ein blasser Stabsunteroffizier, in den blauen bayrischen Himmel. Wie üblich demonstrierte der Lehrer dem Neuling, was das Flugzeug so alles konnte, Loopings, Rollen und natürlich auch das Trudeln.

Aber oh Schreck, aus dem Trudeln wurde ein flaches Drehen, ums Verrecken war die Fouga nicht zu stabilisieren. In schneller werdenden Kreisen raste sie der Erde entgegen.

„Bail out, bail out, steig aus, steig aus" soll der Lehrer seinem Schüler zugerufen haben, doch der saß wie versteinert, nicht mehr ansprechbar, den sicheren Tod vor Augen regungslos im vorderen Cockpit. Darauf sprengte der Lehrer das Dach weg und sprang mit dem Fallschirm aus dem Flugzeug, unter ihm verschwand trudelnd die Fouga. Doch welch Wunder, die nach Verlust der Cockpitkanzel veränderte Luftanströmung riss die Fouga aus der Trudelbewegung in die Waagerechte.

Plötzlich bemerkte der Flugschüler, dass er sich im Geradeausflug befand. Erwacht aus seiner Benommenheit und feststellend, ohne Fluglehrer und ohne Flugerfahrung mit diesem Flugzeug allein am Himmel zu hängen, wagte er mit der Bodenstelle Kontakt aufzunehmen. Begleitet von einem Rauschen, von dem Fahrtwind, der nach abgesprengtem Dach ins Cockpit fegte, hörte der Kontrollturm plötzlich Folgendes:

„Landsberg Tower, I am a Fouga, I am all by my own.“

Die Flugsicherungsexperten, von Flugschülern manches gewohnt, müssen wie elektrisiert reagiert haben. „Aircraft calling, who is the pilot?“

Zwar gehalten, den Sprechfunkverkehr grundsätzlich in Englisch zu führen, war die Meldung so ungewöhnlich, dass der Kontrollturm auf Deutsch wiederholte: „Rufendes Flugzeug, wer ist der Pilot?“

„Hier ist kein Pilot, ich bin ganz allein.“

„Was heißt allein, was ist ihr Rufzeichen?“

Wieder dieses eigentümliche Rauschen. „Hier ist die Alpha Alpha 664.“ „Bitte Ihre Meldung noch einmal! Was ist los?“

Schüchtern, fast quäkend kam zurück: „Ich bin ganz allein hier oben, mein Lehrer ist weg.“

„Waas, wo ist er denn?“

„Rausgesprungen.“

„Und wo sind sie?“

„Ich sitzt noch drin.“

„Nein, sicher, das nicht, wir wollen wissen, wo Sie sich befinden.“

„Keine Ahnung, irgendwo über Bayern in der Luft. Auf dem Höhenmesser lese ich 6000 Fuß“

Während am Boden die Telefone heiß liefen, der neben einem Gasthof sicher mit dem Fallschirm gelandete Fluglehrer hatte sich gemeldet, führte der Kontrollturm die Fouga und den auf diesem Flugzeugtyp völlig unerfahrenen Flugschüler sicher nach Landsberg zurück. Der übrige Flugverkehr ruhte. Alle Augen starrten dem anschwebenden Flugzeug erwartungsvoll entgegen. Ein paar Hupfer und alle Zuschauer klatschten.

Für die nächste Woche war der Stabsunteroffizier der Gesprächsstoff und er selbst der Größte.

So schön Landberg als Ort in Erinnerung geblieben ist, die Bindflugschulung nervte, war anstrengend, erforderte viel Konzentration und ließ wenig Muße zur Aushäusigkeit. Nolle kaufte sich von seiner mühsam zusammengesparten Fliegerzulage als erster von uns ein Auto, einen grasgrünen Skoda.

Damit verschwand er nach dem Flugdienst so schnell er konnte aus dem Kasernentor.

Einmal musste er sich wegen rasanten Fahrens beim Kommandeur melden. Zurück von dem Anschiss, berichtete er Erstaunliches: Nicht der Fahrstil bereitete das Ärgernis. Herr Oberst verbat sich, in seinem Dienstwagen von einem Leutnant überholt und angegrinst zu werden.

Nolle verstand die Welt nicht mehr, wohl keiner von uns tat das, aber was er zu diesem Zeitpunkt nicht wusste, war Folgendes: Seine neueste Errungenschaft, die bisher geheim gehaltene süße Freundin, war die Tochter von Herrn Oberst, der offenbar Marineleutnante wegen ihres schlechten Rufes nicht sonderlich mochte. Von wegen in jedem Hafen eine andere oder so. Dieses Vorurteil muss dem Luftwaffenmann wohl den Sinn gestreift haben. Sein Töchterchen sah das anders.

Mit Hanno ließ sich auch nicht mehr viel Außerdienstliches anzufangen. Ein Faschingsball wurde ihm zum lebenslangen Verhängnis. Er verliebte sich in eine blonde Suleika, die mir übrigens auch sehr gefiel. Aber Hanno machte das Rennen. Nach dem Flugdienst entschwand er frisch geduscht hastig den dienstlichen Gefilden. Und das noch schneller, als der Verliebte eines Abends die Schlüssel eines eben erworbenen gebrauchten Ford 15 M auf den Tisch warf. „Man gönnt sich ja sonst nichts, der hat übrigens eine Weltkugel auf dem Kühler!“ Jeder durfte die bei der Probefahrt mal streicheln.

Das triste Winterhalbjahr bot bis ins Frühjahr 1961 wenig Abwechselung. Mal als Zuschauer bei einen Eishockeyspiel, mal bei einem Ausflug in eines der nahen Wintersportgebiete bekam man zu spüren, dass das Gehalt doch sehr mager war.

Da die beiden bisherigen engsten Weggefährten zurzeit mit roten Ohren hinter wehenden Röcken herjagten - in Bayern durften die Mädchen damals in den Schulen keine Jeans oder Ähnliches tragen - fielen sie bis auf weiteres für andersgeartete Unternehmungen aus.

Mehr aus Langeweile als getrieben von einem Bedürfnis schrieb ich einige Zeilen an das fast vergessene Jreetchen in Kiel. Meine Briefe müssen wohl viel Sehnsüchtiges enthalten haben, denn als Antwort schwappte ein Wasserfall der Gefühle von Nord nach Süd.

Sie möchte im Frühsommer gern in Bayern Urlaub machen, in einer kleinen Pension in der Nähe von Landsberg. Inzwischen Chefsekretärin geworden, könnte sie von ihrer Firma aus alles organisieren, und wir zwei beide würden viel Spaß miteinander haben. Warum eigentlich nicht? Meine beiden Kumpels waren gut versorgt, warum sollte ich ein verlockendes Angebotenes nicht wahrnehmen.

Bei diesem Gedanken kam mein lang ausgeruhter Spargel richtig in Fahrt.

Am Tag, als das bisher auf dem Flugplatz Landberg stationierte amerikanische Element abrückte und mit einem Volksfest Abschied nahm, schlenderten Jreetchen und ich Händchen haltend durch die von Amis aufgebaute Budenreihe. An einem

Stand duftete es nach Hamburgern und Cheeseburgern. Ein paar Zelte weiter brieten lachende farbige GIs riesige Steaks, „German Beer" floss in Strömen, Country-Musik schallte über den Platz. Bombenstimmung herrschte. Der Bürgermeister lobte die deutsch-amerikanische Freundschaft. Höchste Militärs lagen sich in den Armen. Ein herrliches Fest.

Jreetchen staunte: „Und alles Essen und Trinken ist kostenlos?"

Letzteres wirkte wie ein Magnet auf die Bevölkerung. Menschenschlangen belagerten den 20 Meter langen Barbecue-Grill und die Fast-Food-Zelte. Das Übrige, Informationsstände über das Leben in Amerika, Darstellungen über Land und Leute jenseits des Atlantiks interessierte niemanden, nur der Bratgeruch wirkte anziehend.

Manche Lederhosenträger liefen durch die Menge mit auffällig prallen, schweren Taschen, gefüllt mit von den Amerikanern verschenkten Köstlichkeiten. Verschwanden damit hinter den Zeltwänden, wo Muttis hockten, die das Mitgebrachte schnell in größere Koffer verpackten, davontrugen oder in Handkarren an den freundlich winkenden Wachen am Kasernentor vorbeifuhren.

Der nächste Tag offenbarte die missverstandene Gastfreundlichkeit.

Einige Gäste hatten offenbar im ersten Anlauf den Steakstand übersehen und waren nur mit Hamburgern am Sammelplatz eingetroffen. Als andere stattdessen gehamsterte Steaks vorweisen konnten, sind die Enttäuschten wohl erneut zu den Ständen geeilt und haben im zweiten Anlauf das Billigere gegen das Höherwertige ausgetauscht. Am nächsten Morgen fand das Aufräumkommando an unterschiedlichsten Stellen des Festgeländes Berge von verrotteten Hamburgern und Frikadellen.

Das literweise konsumierte Freibier verpasste der Fress- und Fleischsammelorgie den letzten Stoß. Das wohlgemeinte Volksfest lief den Organisatoren aus dem Ruder und musste letztlich vorzeitig abgebrochen werden.

Zu dem Zeitpunkt saßen Jreetchen und ich am Lech in einem lauschigen Gartenlokal und versuchten den Faden da aufzunehmen, wo wir ihn vor langer Zeit hatten fallen lassen.

Ihr Ostpreußisch klang nicht mehr so derb, ihre Linien schwangen runder. Sie wirkte fraulicher, fast mütterlich, unverändert leuchteten die großen Augen, die mich feucht verschwimmend musterten mit der eindeutig spürbaren Frage: „Ob er mich noch liebt?" Die Unterhaltung plätscherte dahin, eigentlich nur Belangloses in der Erwartung, wer wohl als erster sagen würde: „Ach lass uns doch ins Bett."

Zufällig berührte ich unter dem Tisch ihr Bein, sie ergriff sofort meine Hand und führte sie zu ihrem Schoß: „Lass uns gehen."

Vor der Pension auf der Bank saßen die Wirtsleute. „Ah, da kommens, das Ehepaar Färber." Jreetchen lächelte mir zu, sie hatte uns als Verheiratete eintragen lassen.

Jreetchen blieb 14 Tage und ich bei ihr, jede Nacht bis morgens zum Dienstbeginn. Nach dem Frühstück – wie ein Ehepaar – mit Küsschen verabschiedet, radelte der Flugschüler gleich bis vor den Spind, wo die Fliegerkombination wartete.

Sie erholte sich, ich musste fliegen.

Wir beide müssen wie ausgehungert gewesen sein. Jreetchen kannte keine Tabus, wir übten die verrücktesten Stellungen. Anschmiegsam wie nie zu vor zog sie alle Register der Verführung, lobte ihren Besteiger, jammerte, keuchte, lachte, kicherte, übernahm die Initiative oder gab sich aufopfernd hin. Schweißüberströmt klatschten die Körper aneinander, um danach ermattet und glücklich in die Kissen zu sinken. Jreetchen verstand es geschickt, ihre fülliger gewordene Formen als Idealkörper schmackhaft zu machen. Sie war zu einer Frau gereift, in die man hineingreifen konnte, was ich mit Wollust tat. Eine herrliche Zufriedenheit und seliges Wohlgefühl bestimmten die sommerlichen Tage und Nächte unseres Zusammenseins.

Nicht mehr eingelullt in ihren Armen liegend, dafür im Cockpit die Instrumente und ihre Anzeige verfolgend, durchzuckte mich immer häufiger die Frage: „Was mag das Jreetchen getrieben haben, mir nach der langen Zeit der Trennung so hochintensiv ihre Liebe zu bekunden?" Ihre Eintragung ins Gästebuch der Pension als Ehepaar übte einen gewissen Reiz aus.

Aber war es nicht eher ein Zeichen für ein bewusst angestrebtes Ziel? Am letzten Morgen von Jreetchens Bayernurlaub lag ich schon lange wach neben ihr. Das Sonnenlicht, gefiltert durch das Weinlaub vor den Fenstern, spielte in ihrem blonden Haar.

Ein entspanntes Lächeln lag auf ihren Zügen, die langen Wimpern hielten die Augen verschlossen wie zwei Klappen. Diese träumerischen großen Augen, die anfingen wie zwei abgrundtiefe Seen zu glänzen, wenn sie dem Höhepunkt zueilte, lenkten jetzt nicht mehr ab. Wenn auch ausgeruht, wirkte ihr Gesicht leer, um den Mund und aus den Augenwinkeln fächerten feine Fältchen. Bisher hatte ich es nicht wahr haben wollen, aber bei ruhiger Betrachtung wurde klar: Neben mir lag eine weitaus ältere Frau.

Hannos und Nolles 18-jährige Freundinnen erschienen dagegen wie vernaschbares Marzipan, mit einer Haut samtweich zum Reinbeißen und figürlich knackig frisch. Meine Kielerin wirkte dagegen wie eine mütterlich besorgte ältere Schwester. Wurde ich bereits von Jreetchen in die Richtung gesteuert, letztlich mit ihr eine bleibende Verbindung einzugehen? Es war ihre Idee gewesen, zu mir nach Landsberg zu kommen, sie hatte die Pension gebucht, uns als Ehepaar eingetragen und mir sexuell alles erlaubt und gegeben, und das in einer zuvor nie erlebten Intensität.

Mit einem Male kehrte das Bewusstsein ein, zwar eine angenehme körperbetonte Zeit mit dieser Frau verbracht zu haben. Aber ob das so weitergehen sollte?

70

Wenn Jreetchen auch nicht viel sprach, die wenigen Worte, die sie von sich gab, beinhalteten sie nicht Hinweise, die darauf abzielten, mit mir einen gemeinsamen Weg zu planen, alles für mich zu tun, mich zu umsorgen und als Chefsekretärin mein Leben zu verwalten.

Erlebnisreiche Urlaube wie diesen würden wir verbringen, als Ersatz für einen Kindersegen. Wollte ich das?

Besonders letzteres berührte mich zutiefst, denn die fürchterlichen Vergewaltigungs- und Kriegserlebnisse dieses ostpreußischen Mädchens klopften an mein Mitleidsgefühl.

Jreetchen wusste, dass diese Saite anzuzupfen bei mir Wirkung zeigen würde. Die immerhin fast 10 Jahre ältere Frau deshalb aus Mitleid zu heiraten und in eine Ehe hineinzugehen, der ein Kindersegen versagt blieb, nein, mehr und mehr krochen Abwehrgefühle durch meine Seele.

Nachdenklich tasteten meine Blicke über ihren entblößten weißen Busen, der vom ruhigen Atem bewegt auf und nieder wogte. Sie sah im Schlaf so glücklich und zufrieden aus, während in mir Zweifel und Schuldgefühle nagten. Sollte ich hier und an dieser Stelle zum Abschluss der Ferien mit ihr Schluss machen oder mich nach ihrer Abfahrt tot stellen, mich schleichend davonstehlen, wie es die Katja aus Beckum gemacht hatte?

Vierzehn Tage gingen ins Land. Stundenlang ist an dem Brief herumgefeilt worden, der Mülleimer quoll über von zerknülltem Papier, bis ich schweren Herzens und doch erleichtert den mühsam zusammengebastelten Abschiedsbrief in den Postkasten warf.

Hanno und Nolle erfuhren davon nichts, aber Eckehard. In einem Bierzelt auf der Landsberger Festwiese von einem Urbayern angepöbelt, hatte er seinem Widersacher einen Bierkrug über den Kopf gezogen. Mit hineingezogen in die sich daraus entwickelnde Rauferei, endete ich mit ihm, von der Polizei abgeführt, zur Ausnüchterung in einer Zelle eines festungsähnlichen Gebäudes.

Da habe ich ihm meinen Seelenschmerz und meine Befreiung gebeichtet. So ging die Nacht in dem kalten Gemäuer schneller vorbei. Bei der morgendlichen Entlassung bereicherte der Beamte seine Besserungsermahnungen durch die Mitteilung, dass ein paar Zellen weiter Adolf Hitler 1924 eingesessen und dort sein Buch „Mein Kampf" geschrieben hatte.

Unser Kampf bestand darin, den Abschluss der Blindflugschulung zu schaffen.

Im Frühjahr 1961 war es so weit. Das wiederum kleiner gewordene Häuflein verlegte nach Fürstenfeldbruck, nach „Fürsty", zum Jettraining.

6

Das letzte Kapitel der fliegerischen Ausbildung wurde eingeläutet. In Fürstenfeldbruck im Dunstkreis von München atmete man Großstadtluft. An Wochenenden zur Erkundung z.B. von Schwabing magisch angezogen, strebten viele dorthin, allein, um einmal dort den aufsteigenden Rockstar Peter Krauss zu treffen. Alles in Fürsty war größer, weitläufiger, die Kasernenanlage, die Flugzeughangars und andere Hallen höher als alles, was wir bisher erlebt hatten.

Hier erhielten die künftigen Piloten den letzten Schliff vor Verleihung des Flugzeugführerabzeichens, der heiß begehrten Schwinge, die nur demjenigen an die Brust geheftet wurde, der diese letzte Hürde der Ausbildung überwand.

Die jetzt geflogene so genannte T 33, ein zweisitziger Düsentrainer, nötigte anfänglich ungeheuren Respekt ab. Trieb die dicke plumpe

T 6 ein klotziger Sternmotor an, so sang im Leib der T 33 eine Turbine, die den Vogel doppelt so schnell wie die Propellermaschine durch den Himmel jagte. Zum ersten Mal kein Propeller vor der Nase, sondern freie Sicht, auf dem Kopf wie eine Formel-I-Rennfahrer ein Helm mit Sonnenvisier und vor Nase und Mund eine Sauerstoffmaske. Aus 30.000 Fuß konnte man die Landschaft dahingleiten sehen - fantastisch!

Um Jetpilot zu werden und sich als Ritter der Lüfte fühlen zu dürfen, musste man bei jedem Flug Höchstleistung bringen, um ja kein „U" zu kassieren. Ein „U" stand für „Unsatisfied", im Deutschen ein „Mangelhaft". Drei derartige Beurteilungen hintereinander bedeuteten das Aus, Schluss mit dem Fliegen, Kofferpacken und Versetzung zu irgendeiner ungewünschten Einheit, vielleicht zu einem Bordkommando bei der Marine oder an Land hinter einen Schreibtisch.

Wie ein Damoklesschwert hing bei jedem Flug das Angstgespenst über den Köpfen, fliegerisch abgelöst und nach Hause geschickt zu werden.

Für die Ausbildung eines Flugzeugführers legte Vater Staat schon damals über eine Million auf den Tisch, kein Wunder, dass die Auswahlkriterien hoch lagen. In der Woche wagte niemand außer einem Bier in der eleganten Offiziermesse dumm aufzufallen. Pauken der völlig in Englisch gebotenen Theorie füllte die Abendstunden. Daneben galt es das schnelle Flugzeug in der Praxis zu beherrschen, in den Griff zu bekommen. Akrobatische Flugfiguren und langweilige, aber höchst präzis zu fliegende Blindflugverfahren wechselten einander ab.

Wie bei der T 6 reizte mich das Fliegen in der Formation im engsten Verband. Fast Tragfläche an Tragfläche zu fliegen, dabei den Nebenmann fest im Auge zu behalten machte ungeheuerlichen Spaß. Bei einem Formationsflug, der durch dicke Wolken führte, zeigte sich die Überlebensnotwendigkeit, bei Mindestsichtverhältnissen dicht zusammen zu bleiben. Von einer italienischen Fliegerschule wollten an einem Wochenende vier Flugzeuge zu uns nach Fürsty kommen. Sie gerieten über den Alpen in dicke Wolken; ungeübt im Formationsflug, verließen drei Schüler das Leitflugzeug und versuchten, allein durchzukommen. Wohl auch als mediterrane Schönwetterflieger im Blindflug unerfahren, zerschellten zwei von ihnen in den österreichischen Alpen. Das Unglück erschütterte uns, aber spornte auch an, besser zu sein.

Zur Belohnung gegen Ende des Lehrgangs stand ein Überlandflug nach Griechenland auf dem Programm. Die gesamte Flugvorbereitung lag in den Händen der Flugschüler.

Sowohl zusammen auf der „Bude" mit getrennten Schlafzimmern, und das in einer Kaserne, als auch gemeinsam als die Schüler des Hauptfeldwebel Henniger fühlten wir drei Marinepeople Hanno, Nolle und ich uns unzertrennlich. Jetzt einen Flug nach Italien und Griechenland zu planen und durchzuführen war schon kribbelnd. Der Fluglehrer flog zwar als die Nummer Eins und führte den Verband von vier Flugzeugen an, aber den Papierkrieg zuvor hatten seine Schüler zu führen.

Karten wurden gewälzt: Welche Lufträume durften nicht durchflogen werden, auf welchen Routen musste man sich bewegen, welche Frequenzen waren zu schalten, welche Boden- und Leitstellen verlangten Anmeldungen, bis zu welchen Plätzen langte der Treibstoff, reichte die Länge der anzufliegenden Landebahnen?

Die erste Schwierigkeit war ein politische. Deutsche Militärflugzeuge durften das neutrale Österreich und die Schweiz nicht überfliegen. Also führte die Navigation durchs Rhonetal ins Mittelmeer. Unser Team entschied sich für Pisa als ersten Landeplatz auf der Route.

Tief unten leuchtete das Blau des Mittelmeeres. Im Süden, das musste Korsika sein. Gute Sicht, kein Wölkchen weit und breit. Flughöhe 29.000 Fuß, Außentemperatur 52 Grad Celsius. Ich hing in lockerem Abstand an der Nummer 1. Die beiden anderen, ein paar 100 Meter querab, zogen weißgraue Contrails, Kondensstreifen, hinter sich her. Bisher ein herrlicher Flug. Gleichmäßig sang die Turbine. Hin und wieder die ruhige Stimme des Fluglehrers im Kopfhörer, wenn er der Bodenstelle unsere nächste Position meldete. Voraus als scharfe Grenze zum dunklen Wasser trat immer deutlicher gelblichbraun die italienische Küste ins Blickfeld. Die Nadel auf dem ADF, dem Funkpeiler, zeigte gemäß der gewählten Frequenz voraus auf den Flugplatz bei Pisa.

Super! gute Navigation, guter Kurs. Bei dieser Sicht müsste der Anflug ein Klacks sein.

„Roma control, Roma control, this is Fürsty flight usw., usw."

Der Fluglehrer meldete uns bei der für den oberen Luftraum zuständigen Leitstelle ab, bat um das Verlassen der Höhe und Kontaktaufnahme mit dem Flughafen Pisa.

„Ok, bye bye." Power weniger und Sinkflug.

Nach Umschalten auf die Pisafrequenz zog schlagartig italienisches Leben in die bisher ruhigen Cockpits ein. Heftiger Sprechfunkverkehr zeugte von einem viel beschäftigten Kontrollturm.

Im Kopfhörer ein Wirrwarr von Stimmen, hektische Meldungen, dazwischen schrilles Gelächter, Knistern und Knacken, bellte da nicht ein Hund? Kein Wort zu verstehen. Ein wildes Sprachengewirr, kein Wort Englisch.

Hieß es nicht im Unterricht: Die NATO-Sprache ist Englisch und im Luftverkehr gibt es nur diese Sprache.

Wann immer für Sekunden in das wasserfallartige Gequatsche einzubrechen war, hakte die „Fürsty Flight" ein und versuchte denen da unten klar zu machen, dass vier Jets im Anflug seien. Größere Verkehrsflugzeuge links und rechts in den verschiedensten Höhen kreuzten unseren Sinkflug. Das schwarze Band der Landebahn rückte näher. Immer noch kein Kontakt mit Pisa.

Hauptfeld Henniger, unser bisher geduldiger Fluglehrer, meldete mit Zorn in der Stimme, dass „Fürsty Flight" den Platz in Sicht habe.

Wir kamen ja nicht als Überraschungsgäste, sondern exakt zu dem Zeitpunkt, den die Herren Flugsicherungsbeamten dem ihnen vorliegenden Flugplan entnehmen konnten – oder hatten die den verschlampt?

Von unten keine Reaktion, dann dazwischen Nolles Stimme, dass ein Warnlicht angegangen sei, sein Brennstoff ging zur Neige. Kacke, auch das noch!

Erlösend die hohe Fistelstimme, jemand da unten musste unseren Anflug auf dem Radar entdeckt haben. Statt einer vernünftigen Landeanweisung jedoch schrie der Kontroller: „Io non parlo inglese, io non parlo inglese!"

Wenig hilfreich. Auf 5000 Fuß gesunken winkte Henniger seine Schüler in eine Formation rechts von ihm, um über dem Platz eine weite Linksschleife zu fliegen.

Zweimal demonstrierten vier Jets so ihre Absicht zu landen und wegen Brennstoffmangels auch landen zu müssen. Nichts geschah. Aus den Kopfhörern quoll unverständliches Kauderwelsch, aber nichts, was darauf schließen ließ, „Fürsty Flight" zu meinen.

Henniger wurde deutlich, brüllte auf Deutsch: „Ja verdammt noch mal, wollt ihr uns hier oben verhungern lassen!" und zu uns: „Jungs, hinter mir bleiben, Abstand gute 500 Fuß, wir machen in 1000 Fuß über den Kontrollturm einen Vorbeiflug!"

Auf den Taxiwegen und der Startbahn befanden sich dicke Verkehrsmaschinen in Bewegung. Voraus stieg gerade eine in den Himmel. Es bedurfte schon einer Landeerlaubnis, um die der gute Henniger mit bemüht fester Stimme aber doch fast flehentlich bat. Nicht ihm allein troff der Schweiß den Rücken runter. Zum ersten Mal, dass mir beim Fliegen mulmig wurde.

Da eine Stimme, wie die eines Engels: „You Fürsty, wait no inglese, Inglisch comes!"

Ein schabendes Geräusch ließ vermuten, dass das Mikrofon übergeben worden war an jemanden, der des englischen Sprechverkehrs mächtig war. Endlich! Welche Erleichterung!

Eine am offenen Mikrofon lang diskutierte zunächst unverständliche und dann mit einschmeichelndem singenden Akzent gesprochenen Mitteilung schwang durch den italienischen Äther, die wohl nur im levantinischen Luftraum möglich war und ist und deshalb unvergessen blieb: „Fürsty Flight, you land where you want, Pisa is all yours!"

Ein von weither geholter Englischexperte stoppte nach Anweisung des Kontrollturms den gesamten Flugbetrieb, um uns Störer endlich aus dem Verkehr zu ziehen.

Danach setzte auf der Frequenz ein temperamentvoller südländischer Wortschwall ein, mit dem offenbar alle anderen Flugzeuge hektisch und überlaut angewiesen wurden, uns vier einfliegenden Germanen aus dem Weg zu gehen. Wenn es nur so gewesen wäre.

Verkehrmaschinen rollten, starteten und landeten weiter. Wie sollen wir uns da einfädeln?

Wie gelernt in auseinander gezogener Kette führte Henniger seine Zöglinge hinter sich her, um die Landerichtung und vor allem eine Lücke in dem Luftraum über dem Platz auszuspähen. Normalerweise wäre das der Job des Kontrollturms gewesen, aber von dem kam keine Information mehr, die Englischkenntnisse waren erschöpft. Bloß nicht noch einmal nachfragen.

Über dem Platz mit einem zackigen Break, in einer steil eingeleitete Kurve die Sturzflugbremsen ausgefahren, das Gas weg, Landeklappen gesetzt, Fahrwerk raus und geradeaus auf den Landepunkt zugeschwebt. Perfekt! Auf zur ersten Landung auf einem ausländischen Flugplatz.

Nolle durfte hinter Henniger wegen seines geringen Brennstoffs als Nummer zwei landen, Hanno war voraus als Nummer drei bereits von der Landebahn abgerollt und ich rutschte auf dem Final, dem Endanflug gleitend herunter, richtig glücklich, dass trotz des Durcheinanders alles so prächtig abgelaufen war. Eine Flasche Chianti als Belohnung müsste drin sein.

Ob die Bodenstelle es registrierte oder nicht, das fällige Sprüchlein vor der Landung wurde aufgesagt: „Pisa Tower, Alpha Alpha two two four, long final three greens." Damit war alles gesagt.

Auf dem langen Endanflug, den Platz voraus, die drei grünen Lichter noch mal gecheckt, bestätigten das ausgefahrene Fahrwerk. Wie nicht anders erwartet, kam vom Tower keine Antwort. Aus dem undisziplinierten Stimmengewirr des Sprechfunkverkehrs wäre ohnehin nichts herauszuhören gewesen. Also weiter. Wie mit offenen Armen breitete sich die Landebahn aus. Geschwindigkeit noch weiter zurück und lässig ausschweben.

Im Winkel von 90 Grad zur Landerichtung und dicht vor dem Aufsetzpunkt wartete eine große Passagiermaschine, eine Boing, meine Landung ab, wie sich das gehört.

Nein, nein. Sie stand nicht, sie rollte weiter, beschleunigte sogar, wurde rasant größer, verschwand unter mir.

Mein Gott, ich landete genau in den Riesenvogel hinein. Wie vom Instinkt geleitet, nur nicht zu hastig, bewegte sich der Gashebel nach vorn. Die weit nach unten gedrosselte Turbine nahm nur zögerlich die Power an, viel zu langsam. Den Knüppel langsam angezogen.

Wo steckte die Boeing? Unter mir, hinter mir? Wann würde es krachen? Fahrwerk rein, Mechanisch arbeiteten die Hände. Taumelnd krochen in Augenhöhe Gebäude und Masten vorbei. Im Kopfhörer wildes Gebrülle. Mühsam aber stetig kletterte die Nadel auf dem Geschwindigkeitsmesser nach oben

Erst jetzt spürte ich den kalten Schweiß im Nacken, fröstelnde Schauer fuhren den Rücken rauf und runter. Verdammt, das war knapp gewesen. Welches Arschloch der Towerboys mag der Boeing den Start freigegeben haben? Die müssen mich als vierten im Anflug doch gesehen haben.

Wieder auf 1000 Fuß hochgekrabbelt und nach einer Linkskurve gegenüber dem Kontrollturm folgte dem angsterfüllten Zittern die kalte Wut. Die Idee, den Kontrollturm zu schocken, ihn wie ein Kamikaze anzufliegen durchzuckte mein Gehirn, schließlich hätten die mich beinahe gekillt.

Statt gleich den nächsten Anflug einzuleiten, drückte ich die T 33 an, schob den Gashebel, den Throttle, nach vorn bis die Speed bei 300 Knoten stand, peilte den Kontrollturm an und jagte hautnah in Fensterhöhe an meinen Freunden vorbei, zog den Knüppel an, bis der Druck richtig weh tat. Vorbeigerast, den Vogel auf den Schwanz gestellt, eine Rolle gedreht, noch eine und noch eine, auf den Rücken gelegt, angezogen, umgedreht in normale Fluglage und dann wieder friedlich in den vorgeschriebenen Anflug gegangen.

Die Boeing war verschwunden, längst gestartet. Totenstille auf der Frequenz, der italienische Sprechfunk sagte nichts mehr. Schweigen im Walde, bis ein kurzes Räuspern erkennen ließ, dass die Leitung nicht völlig tot war.

Die Jungs da unten mussten ein schlechtes Gewissen haben und sagten lediglich: „You ok you land!"

Am Ende Runway, der Rollbahn wartete ein Jeep mit der Aufschrift „Follow me." Wenigstens das war bekannt. Nolle, Hanno und Henniger standen vor ihren Jets und winkten.

Henniger hätte mich tadeln müssen, stattdessen klatschte er zustimmend in die Hände.

„In meinem Bericht, werden ich empfehlen, bei Auslandsflügen Pisa nicht mehr zu berücksichtigen, Saubande elende, diese Itaker." Und dann versöhnlicher: „Bei der Flugabfertigung, bei Base Operations, werden wir sicherlich erfahren, ob die überhaupt unseren Flugplan bekommen haben."

Erbarmungslos brannte die Sonne, der Beton flimmerte. Das Technikerpersonal, das unsere Flugzeuge wahrgenommen hatte, und der Betankungswagen waren längst verschwunden. Wir hockten mit unserem kleinen Reisegepäck im Schatten der Tragflächen und warteten auf die Abholung. Endlich nach einer halben Stunde rollte ein Jeep heran, wortlos kletterten alle rein, Henniger vorn. Der italienische Fahrer lächelte und wartete offensichtlich auf einen Fahrbefehl. Henniger nickte ihm zu und murmelte: „Base Operations, please." Dort bei der Flugabfertigung wollten wir uns für den morgigen Weiterflug anmelden. Der junge Schönling fuhr hoch, kriegte große Augen, starrte jeden von uns musternd an, schüttelte den Kopf, verstand nicht. Henniger wiederholte: „Base Operations." Wieder heftiges Kopfschütteln. Henniger noch einmal, mit den Händen gestikulierend und dabei das englische Wort italienisiert: „Baase Operatione, prego!" Der Fahrer schrie fast auf: „Operazione, operazione!" Trat ins Gas, preschte los, raste über das Flugfeld, quietschend durch die Kurven. Musste das sein, diese Italiener, dieses Temperament! Der junge Fahrer verwandelte seinen Jeep in einen Sportwagen, glaubte auf einer Rennpiste zu sein, jagte an Hallen und Flugzeugen vorbei auf ein Tor zu, hupte wie verrückt, Wachsoldaten sprangen zur Seite, und weiter ging's, bis die wilde Fahrt mit kreischenden Bremsen vor einem weißen Gebäude in einer Staubwolke endete. Oben am Giebel prangte ein großes Rotes Kreuz. Der schweißüberströmte Rennfahrer, erschöpft aber wieder lächelnd, zeigte siegreich nach oben und keuchte: „Operazione, Operazione!"

Abends bei Wein und edlem Essen in einer Trattoria, auf einer von einem Rebenstock überwucherten Veranda, voraus das Meer und die rötlich untergehende Sonne am Strand von Viareggio, vergaßen die Flugschüler von Fürsty die Mühen des Tages und genossen die sympathische Seite Italiens.

Am nächsten Morgen, noch bevor die Sonne ihren Ofen anheizte, hingen die vier T 33 bereits wieder am azurblauen Himmel auf dem Flug nach Griechenland.

Bei glühender Hitze auf dem Athener Flugplatz Elevsis gelandet, führte die Taxifahrt durch tosenden Verkehr in ein Hotel mitten in der Stadt. Der abendliche Besuch des Hafenviertels von Piräus ließ uns durch drei dunkle Gassen schlendern. In der einen boten Fischhändler ihre Ware an, in der nächsten summten Myriaden von Fliegen um an Wänden hängende übel riechende Fleischstücke, und in der dritten drängelten weiße Uniformen amerikanischer Marinesoldaten eines vor Piräus liegenden Flugzeugträgers durch dicht stehende Reihen busenwippender Mädchen.

Erstaunlich, was der Mensch als angehender Jetpilot schnell hintereinander erleben konnte!

In einer billigen Kneipe aßen wir kross geröstete kleine Sardinen und tranken dazu reichlich geharzten Retsinawein. Trotzdem war im Hotel an Schlafen und Nachtruhe nicht zu denken. Moderne Aircondition gab es damals selbst in guten Hotels nicht. Das unsrige zählte ohnehin nicht zu den besseren. Ob man die Fenster offen oder geschlossen hielt, es änderte nichts daran, die ungewohnte brütende Julihitze ertragen zu müssen. Splitternackt auf dem Bett zu liegen, in kurzen Abständen unter die Dusche zu springen und danach im einfallenden Licht der Straßenlaterne den Dampf vom Körper aufsteigen zu sehen war zwar lustig, brachte aber keine Kühlung. Das wäre noch zu verkraften gewesen, wenn nicht von draußen, ungeachtet, dass Mitternacht längst vorbei war, vorbeirasende hupende Autos, Gelächter, kreischende Weiber, lautes Palavern, Verkaufsgeschrei von Händlern, Polizeisirenen, scheppernde blecherne Geräusche, Gehämmer und Gekrache ohne Unterlass auch nicht für eine Minute die erlösende Chance geboten hätte, in bleiernen Schlaf zu versinken.

Die feucht glänzenden Glieder ausgestreckt, das farblich wechselnde Lichterspiel von Neonreklamen verfolgend, das von außen hereinfiel und von der Decke reflektiert wurde, warteten geschundene Leiber auf den erlösenden Morgen. Als noch gegen drei Uhr vor dem Hotel eine heimkehrende Gesellschaft nicht aufgab, lautstark zu diskutieren, sehe ich immer noch Nolle neben mir aus dem Doppelbett fluchend und völlig außer sich hochspringen, auf den Balkon eilen und mit allem, was seine Berliner Schnauze hergab, die da unten anbrüllen: „Könnt ihr Scheißgriechen nicht endlich mal das Maul halten, Saubande elende?"

Zur frühestmöglichen Stunde saßen die vier aus Fürsty am Frühstückstisch. Obwohl todmüde, stand Sightseeing auf dem Programm. An der Rezeption war von einem ölig wirkenden Menschen, an dessen rechter Hand am kleinen Finger auffällig ein riesig langer Fingernagel nach griechischer Sitte verkündete, zur erlesenen Klasse der nicht körperlich arbeitenden Bevölkerung zu zählen, zu erfahren, dass ein Ausflug frühmorgens hinauf zur Akropolis ratsam sein, weil später der Smog über Athen jegliche Sicht auf die Umgebung und das Meer verhindern würde.

Ein vorzüglicher Tipp, wie sich bald herausstellte. Oberhalb der Stadt, abgehoben von der noch dunklen Stadt, schien der Parthenon, der Tempel der Athene, weiß und erhaben über dem Häusermeer zu schweben. Erinnerungen an den langweiligen Lateinunterricht wurden wach. Viel schöner als im zerfledderten Lehrbuch mit dem Perikles vorn drauf strahlten die antiken Bauten auf der Akropolis im sanften Morgenlicht. Ach ja, der alte Perikles, der hatte damals, Hanno konnte mit den genauen Zahlen glänzen, sicherlich im Reiseführer vorher nachgeguckt, von 447 bis 432 v. Chr. dem Architekten seine Bauideen diktiert. Jetzt aber betraten faule Lateinschüler diesen heiligen Ort. So viel hatten sie über ihn pauken müssen und dennoch schlechte Noten geschrieben.

Welch Privileg, als angehender Pilot auf Kosten des Steuerzahlers hierher geflogen zu sein, während meine ehemaligen Klassenkameraden, obwohl Einserschüler, jetzt zu Hause saßen und nicht die Antike anfassen konnten. Von der Seite des Ostgiebels bot sich ein herrlicher Blick über die Dächer der Stadt bis hin zum in der Sonne blinkenden Meer. Keiner sagte ein Wort, jeder genoss die frühe Stille. Wie entrückt aus dem tosenden nächtlichen Lärm spürte man auf diesem Berg die Nähe der Götter. Damals muss es den alten Griechen wohl noch deutlicher durch Herz und Sinn gegangen sein.

Aber dass die früheren Hellenen nichts mit den heutigen Griechen gemeinsam hatten, das sollte sich bald zeigen. Aus der Tiefe der Stadt kroch die Vermarktung der Antike an die Kehle. Mit leichtem Seewind wehte Benzingestank heran, vertrieb den harzigen Duft der aus dem Felsengrund wuchernden Macchie und Zypressen. Zivilisationsmief hüllte die ehrwürdigen Säulen ein. Dem folgte anschwellendes Gebrumm. Ein Bus nach dem anderen kroch den Hügel hinauf. Vorbei war´s mit der göttlichen Ruhe.

Vom Parkplatz brandete die touristische Welle mit Geschrei heran. Es wimmelte. Waren es Ameisen oder eine Schafsherde, von Hütehunden, ihren „Guides" gejagt?

Einige rannten den Lahmeren voraus, die Kamera in Vorhalte und im Anschlag, um die noch menschenleere Akropolis bildlich einzufangen. Auf allen Fotos wird man uns später entdeckt haben.

Lässig zurückgelehnt an einer Säule sitzend und die nackten Füße auf jahrhundertealten kühlenden Steinstufen abgelegt, über die einst die berühmten griechischen Philosophen Sokrates und Platon ins Heiligtum gelangt sind, fühlte man sich auf Grund der fast verschollenen Schulkenntnisse entrückt, vielleicht sogar abgehoben von den nun anstürmenden Touris.

Früh um fünf sind wir durch die vordere Toranlage der Akropolis, durch die Propyläen, über zerborstene Säulen geklettert und antike Gesteintrümmer gestolpert und haben unseren Paukern verziehen, uns mit der griechischen Geschichte gequält zu haben.

Wenn auch teilweise zerstört, wirkte das Parthenon als das Sehenswürdigste und Gewaltigste, was Athen zu bieten hatte. Wer immer diese Stadt besucht, muss den heiligen Berg hinauf und das alte Griechenland bestaunen.

Einige Fotografen winkten und machten eine Geste, die zu verstehen war als „Verschwinden Sie da oben, Sie stören auf dem Bild."

Eine Frechheit! Wir Frühaufsteher fühlten uns eher den antiken Gestalten zugehörig als dem dort aus der Stadt heranbrandenden Mob. Eingeschlagen in weiße Tuniken, Lorbeer ums Haupt gewunden, mit dem Ölbaumzweig frische Luft heranwedelnd, lagerten auf kühlem Marmor im Schatten der mächtigen Säulen die selbsternanten Edelgriechen Sokrates, Phidias, Platon und Perikles.

„Ihr touristischen Würstchen da unten, was verlangt ihr Sterblichen von uns?"

Warum den Platz räumen? Zu schön, zum einen die Aussicht über die Stadt zu genießen und zum anderen die einzelnen Gruppen zu beobachten, die unterhalb der Säulen in Position gebracht wurden.

Englische, wohl mehr texanische Laute brodelten aus der Menge, die von hinten angetrieben und vorn von einem wild gestikulierenden griechischen Stadtführer abgebremst wurde.

Schnell, schnell musste es gehen, schließlich wollte man „total Europe" in 13 Tagen „machen". Wo immer der Guide mit seinem Stöckchen hinzeigte, folgten die Kameras und das Klicken der Auslöser. Hin und her in gleichmäßigem Schwenk. Gesichter sah man nicht, dafür große matt leuchtende Objektive und darüber bei den Frauen weiße mit Blumen bestückte weitkrempige Hüte. Die Männer fielen auf durch ihre farbenfreudigen knalligen Hemden, aus denen mächtige Bäuche die Hosenschnallen überlagerten. Den fülligen Amerikanerinnen quollen aus viel zu kurzen Höschen fette sonnenverbrannte rosa Schenkel, die hochhackig über den unebenen Boden stocherten.

Abrupt unterbrach plötzlich eine Kommandostimme die Erklärungen. „Friends, that´s it, group number two please!"

Der strohbehütete Grieche ließ sein Stöckchen sinken, militärisch kehrtgewendet trottete das Häuflein einheitlich nach hinten, die dahinter bisher teilnahmslos auf den Boden guckende andere Gruppe, zu Interesse aufgefordert, wachte auf und eilte nach vorn. Wieder dasselbe Geleier des Griechen, wieder dieselbe Fotosession. Erstaunlich, wie die abgelöste, in den Hintergrund abgewanderte Gruppe jetzt hilflos herumstand und auf die nächsten Hinweise wartete. Niemand zeigte Lust, das vielfältige kulturhistorische Angebot zu fotografieren, anzuschauen, oder die Pause zu nutzen, auf eigene Initiative die sehenswerte Umgebung zu erkunden.

Ganz anders die daneben schnatternde japanische Abteilung. Da galt die Aufmerksamkeit allerdings weniger den Erzählungen ihres Führers, sondern jeder wollte vom anderen vor dem Parthenon fotografiert werden.

Mehr und mehr Gruppen traten einander auf die Füße. Um uns herum Gewurle, jetzt krochen, stolperten und hetzten wie kopflos Menschen aller Sprachen um die Säulen, durch die Trümmer und in den Parthenon hinein. Höchste Zeit, den Ort der frühen Andacht zu verlassen. Wie in Bayern auf den Ludwig-Schlössern erlebt, erdrück-ten die Menschenmassen die Schönheit dieser Sehenswürdigkeit.

Zwischen den mittlerweile unüberschaubaren Reisegesellschaften, die in Massen den Berg hinaufbrodelten, rannten mit ihren Bauchläden lauthals Waren anbietende Händler herum.

Frisch geschnittene Melonen, Tee aus zerbeulten Kannen, Gipsskulpturen der Antike, natürlich echt, mindestens 2000 Jahre alt, Muscheln, Vasen aus Stroh, Zuckerwatte und Ansichtskarten.

Wie schön, dass wir die Akropolis zu taufrischer Stunde in Stille erleben durften. Das ist übrigens auch der einzige positive Eindruck von Athen geblieben. Alles andere war so scheußlich, dass ich nie wieder die Lust verspürt habe, in Griechenland Urlaub zumachen.

Nach einem Abschiedsblick über die Stadt, die mit der aufgekommenen Hitze von einer bräunliche Dunstglocke überdeckt war, die die Sicht auf das Meer blockierte, machten wir vier uns auf den Weg durch das lärmende Getöse in Richtung Hotel. Morgen sollte es zurückgehen nach Fürsty. Einhelliges Urteil: Tolle Abwechslung, mal was anderes, aber drei Tage reichten.

In einer kleinen bergab führenden Gasse blieb der Blick an einem ganz besonderen Geschäft hängen. Vor kleinen Arbeitstischen hockten mehrere junge Leute auf Schemeln, die aus den Rückseiten großer Muscheln – oder war es eine Art Porzellanschnecken? – zierliche Gebilde herausfeilten und schnitzten. Gern ließen sie uns zuschauen. Aus der harten Schale, auf einen Block festgeklebt, entstanden auf rosigem Grund aus der oberen Kalkschicht weiße Frauengesichter und Büsten. Letztlich aus dem Arbeitsstück oval herausgeschnitten, lagen in der Vitrine des dahinter liegenden Ladens wunderschöne Gemmen, zwar wohl eher im Geschmack des Halsschmucks unserer Großmütter, aber so fein und künstlerisch gefertigt, dass es juckte, so etwas Schönes, vor allem Handgearbeitetes, dessen Produktion man selbst miterlebt hatte, als gediegenes Erinnerungsstück mit nach Hause zu nehmen.

Unser das Interesse von den draußen sitzenden Arbeitern ablenkend, lotste der Ladenbesitzer die neugierig Gewordenen von der Gasse ins Geschäft vor die Auslagen in den verschlossen Tischvitrinen. Ja, wirklich, eine Gemme war schöner als die andere. Mir gefiel eine zwar zierliche, aber in Silber eingefasste. Die Frage nach dem Silberwert ergab die Antwort: „Der Stempel ist nur innen zu sehen, aber Sterlingsilber ist es, wirklich, garantiert, gar kein Zweifel.“

Der Mann sprach erstaunlich gut deutsch. Das erleichterte das Kaufgespräch.

„Sie haben gut gewählt. Diese Gemme ist tatsächlich eins unserer bestgelungenen Stücke, sehr empfehlenswert. Ist sie nicht wunderbar, sie stellt die Göttin Athene dar.“

Was? 80 Mark wollte er dafür haben? Ja, deutsches Geld nehme er auch, kein Problem, aber bitte cash.

Mit schwirrte der Kopf, ein Wahnsinnspreis, das waren zum Vergleich fast drei Hotelübernachtungen.

Nee, bei aller Liebe, schon war ich abwinkend draußen auf der Straße. Der Blick blieb an den Händen der Künstler hängen, die vor der Tür eifrig an den Muscheln schnitzten. Hier konnte das Kunstwerk gefertigt worden sein. Kein „Made in Taiwan“.

Hinter mir die Stimme des Ladenbesitzers: „Geben Sie mir 70! Ok?“ Noch einmal rein und in der Auslage die reizvolle Gemme sehnsüchtig betrachtet. Ok, morgen in aller Frühe würde ich noch einmal vorbeikommen. Schließlich musste ich mir das Geld beim Fluglehrer und den anderen erst einmal zusammenleihen.

Der Resttag wurde vertrödelt, entweder vor dem Hotel in der Cafeteria oder in den Betten. In der glühenden Hitze verpuffte jede Lust, weitere Ausflüge durch

Athen zu unternehmen. Die Akropolis hatte uns geschafft, und mich bewegte unentwegt der Gedanke: Soll ich diese Gemme kaufen oder nicht?

Am nächsten Morgen – Fluglehrer Henniger hüpfte bereits von einem Bein auf das andere: „Na endlich Mensch, wir wollen los, das Taxi wartet schon" – Koffer und Fliegerkombination hinten ins Taxi geworfen und den anderen strahlend ein rosa Päckchen hingehalten: „Das ist es, Freunde!"

Zu frühestmöglicher Zeit hatte es mich zu dem Gemmenladen hingedrängt. Hin und her des hatte ich mich nachts im Bett herumgewälzt und über den Preis nachgedacht, dann war die Entscheidung gereift, für diese original griechische Handarbeit den mir viel zu hoch erscheinenden Preis zu zahlen.

Alle hatten zusammengelegt. Von der nächsten Fliegerzulage würde ich es ihnen zurückzahlen.

Wer in Neidum konnte so etwas vorweisen. Endlich mal ein schönes Geschenk für Mutter, gedacht für den nächsten Heimaturlaub.

Auf dem Flughafen Elevsis rauschte das Taxi zum Gebäude der Flugvorbereitung. Henniger drängte: „Wir müssen los. Mit jeder Minute wird es heißer. Mit steigender Temperatur brauchen die Jets eine längere Take-off Strecke. Bei dieser idiotischen Hitze kann es glatt passieren, dass wir den Start abbrechen müssen. Seht zu, den Flugplan loszuwerden, und dann ab in die Kisten. Ich fahr weiter zu den Stellplätzen und check die Betankung."

Am Abfertigungstresen war kein Betrieb, also hätte es schnell gehen können, aber weit gefehlt. Niemand interessierte sich für die frühe Kundschaft. Dabei zeigte die riesige Uhr in der Halle 09:30, aber Kaffeetrinken bestimmte das Geschehen. Überall wurde geschlürft.

Hübsche dunkle Augen unter wallenden Haaren klimperten herüber, wohl nur aus beruflicher Höflichkeit, dunkelgekleidete Herren wühlten eifrig in Papieren, aber niemand schien sich mit unserem Flugplan befassen zu wollen. Hochbeinige Stewardessen stolzierten vorbei, winkten den Schreibtischen zu, Bussi, Bussi, man wedelte mit Kussmund zurück. Gewichtige goldbetresste Flugkapitäne drängten uns beiseite, legten wortlos ein paar Formulare auf den Tisch, die eilends abgeholt wurden. Dazwischen wie verloren oder gar unsichtbar für die anderen warteten drei mausgraue Fliegerkombinationen. Verdammt noch mal, hielten die uns für das Reinigungskommando?

Alle Bemühungen, den Flugplan einzureichen, scheiterten an der Arroganz des Personals. Wir waren ihnen offenbar nicht goldbetresst genug. Man ließ uns warten. Hanno fiel die Lösung ein. Hier musste Brachialgewalt angewendet werden, Bescheidenheit schien falsch am Platze, großmännische Posen waren gefragt, um sich Aufmerksamkeit zu verschaffen. Also aus den Taschen die Flughelme mit den Sauerstoffmasken geholt und laut auf den Tresen geknallt, dazu mit der flachen Hand klatschend auf den Tisch geschlagen, mit dem Flugplan gewinkt und laut gemeinsam irgendetwas gebrüllt.

Von den Schreibtischen sprangen gleich vier Beamte auf und starrten auf die Lärmquelle.

Zwei stürzten nach vorn und radebrechten mit uns in Englisch. Fünf Minuten später jagte ein Jeep mit den T 33-Besatzungen über die Piste. Unter einer Tragfläche im Schatten japste Henniger: „Ihr seid wohl verrückt geworden, mich in dieser Gluthitze schmoren zu lassen.“

Nur mit Handschuhen war alles Metallische anzufassen, man hätte sich sonst verbrannt. Erst als die Triebwerke liefen und das Kühlsystem arbeitete, wurde das Pilotendasein wieder erträglich. Auf einer Sonderfrequenz gab Henniger die Anweisungen für den Abflug. Wichtigster Hinweis galt der langen Rollstrecke, langsam steigen, lange die Klappen fahren und beim Take off viel Zwischenraum schaffen zwischen den einzelnen Maschinen. „Lasst euch von dem Griechentower nicht hetzen!“

Auf der Elevsis-Frequenz schnattertern auf diesem Platz mehr Leute als zuvor in Pisa. So unverständlich die Schriftzeichen, so wenig einzuordnen waren die griechischen Laute, gemischt mit englischen und französischen Brocken. Wie sollte man da sein eigenes Rufzeichen heraushören. Jedes Mal, wenn die kleinste Lücke im Stimmengewirr auftrat, klotzte Henniger geduldig hinein, bis nach gut einer viertel Stunde offensichtlich wir gemeint waren, den gastlichen Ort endlich verlassen zu dürfen.

Ich war Nummer zwei. Vor mir zog Henniger ab, hinter dem Jet verwirbelte die Luft, die in der Windstille als flimmernde Dunstwolke stehen blieb. Nummer zwei wartete geduldig, obwohl der Tower kreischend hetzte: „Expedite, expedite“, was soviel wie „Beeil dich“ heißt. Noch hatte Henniger nicht abgehoben. Weit die Startbahn hinunter glänzte endlich aus der zitternden heißen Luft heraus die Sonne auf dem langsam aufsteigenden Rumpf der T 33. Jetzt ich.

Auf geht’s. Gas rein, Hebel bis zum Anschlag, langsam auf 100%, Bremsen halten. Als die Turbine satt lief Füße weg von den Bremsen. Mit einem Ruck sprang die T 33 an. Los! Athen ade!

Rumpelnd wie ein lahmer Gaul ächzte der Metallvogel über die Bahn. Streckenschilder zogen vorbei, Scheiße, viel zu langsam, immer noch keine Take-offspeed und schon die Hälfte der Gesamtstrecke passiert.

Die ockerfarbenen Berge voraus, bisher nicht beachtet, wurden zur Wand, krochen näher heran, die Befeuerungslichter am Ende des Betonstreifens wuchsen wie ein Zaun aus dem Boden.

Den Start abbrechen? Ja? nein? Nein, Henniger hatte es doch auch geschafft. Die Rollgeräusche klangen weniger hart. Kein Instrument wirkte glühender als die

Geschwindigkeitsanzeige. Jedes Millimeterchen, das die Nadel nach oben zuckte, löste Freude aus.

Na also, zart den Knüppel angelüftet, noch ein Bumms eines der Reifen auf dem griechischen Beton, und endlich das erlösende Gefühl, vom Boden weg zu sein. Der Fluss des Angstschweißes versiegte. Fahrwerk rein. Das brachte wieder ein paar Knoten mehr.

Ich war viel zu tief. Ein paar Blechhütten und einige Masten huschten in den Augenwinkeln eben unterhalb des Cockpits vorbei.

Kaum war der Adrenalinspiegel gesunken, erwuchs voraus das nächste Problem. Die verfluchte Bergkette, die leicht ansteigernd gleich am Ende der Startbahn in den Himmel wuchs, mehr eigentlich eine unbedeutende Hügelreihe, hatte vor drei Tagen beim Landen gar keinen Eindruck gemacht, jetzt um so mehr.

Wie eine Hürde, die es zu überwinden galt, kroch das Hindernis dem Flugzeug entgegen. Schwerfällig gewann es Höhe zu, immer am unteren Rande der Steiggeschwindigkeit. Mit den Fingerspitzen die Klappen Stück für Stück angezupft und hineingemolken – würde es reichen, den Kamm zu überfliegen? Gott, war mir heiß!

Henniger, der alte Fuchs, ja, der kannte die Grenzen der T 33, aber ich als unerfahrener Flugschüler? Nur nicht zu stark am Knüppel ziehen, nur keine Fahrt verlieren, sachte steigen. Die Gratlinie der Felsen voraus wurde deutlicher, zeigte die Zähne, wuchs immer noch. Hüpften da nicht Ziegen durchs Gebüsch? Ah, zwischen den Hügeln fiel eine Senke ab, breit genug, um hindurchzugleiten. Sanft in die Kurve legen, bloß nicht zu viel. Ich ertappte mich dabei, den Steuerknüppel nur noch zart mit Daumen und Zeigefinger zu führen. Trotz des anhaltend mulmigen Gefühls in der Magengegend musste ich darüber lächeln. Der Witz mit der ältlichen Braut kam mir in den Sinn. Die Mutter hatte ihr für die Hochzeitnacht in den Koffer einen Glacéhandschuh gelegt. Auf beigefügtem Zettel stand geschrieben: „You might have to touch that beastly thing!“

Nur noch ein paar hundert Fuß des vorsichtigen Steigens, dann folgte der Senke ein Tal. Das karstige Gestein, das so bedrohlich nahe gewesen war, wich zurück. Geschafft!

Wir beide, das hitzelahme Triebwerk und ich, hatten uns den Berghang erfolgreich hinaufgehungert.

Was immer bisher auf der Elevsisfrequenz geredet worden war, vielleicht an mich gerichtet, war verloren. Zu hoch die Anspannung, zugegeben auch Angst. Jetzt aufatmend, durchzuckte mich der Gedanke, wie es wohl den beiden hinter mir ergangen sein mochte.

Über Korinth in 20.000 Fuß fand „Fürsty-Flight“ nach mancher Warteschleife wieder zueinander, und weiter ging's mit Zwischenlandung in Frankreich, in Toulouse, und von da bis zur abendlichen Landung im bayrischen Zuhause.

Durchgeschwitzt und erschöpft, aber glücklich, wieder daheim zu sein, ließen wir bis in die Nacht manches Bier durch die durstigen Kehlen fließen. Was gab es nicht alles zu erzählen über Pisa und den Hitzestart in Athen. Nee, das war nicht ohne gewesen, selbst Henniger schien beeindruckt.

Was bedeutet schon Zeit auf dem weiten Atlantik?

Seit über zwei Stunden hatte Hannes Färber hinter der Steuersäule der in nächtlicher Fahrt dahinschaukelnden Esperanza gestanden und seine ihm gespannt zuhörenden Mitsegler in Piloten verwandelt. Rundherum blauschwarzes Wasser, mal ein Schaumkopf, sonst Unendlichkeit. Voraus segelte der Mond und lockte mit der baldigen Ankunft unter Palmen und an weißen Stränden.

Der zwölfte Tag der Reise ging zu Ende.

Das Bordleben hatte sich eingeschliffen. Statt über das eine oder andere mit seinem Nachbarn zu streiten, versuchte jeder den anderen mit Haar- und Bartlänge zu übertrumpfen, zumeist aber beherrschte über den Tag die Diskussion das, was Hannes abends zuvor vorgetragen hatte.

Zusammen auf engstem Raum, freiwillig gezwungen, länger miteinander auszukommen auf einem ständig schwankendem Schiff, von dem niemand entfliehen konnte, es sei denn, er würde über Bord springen, konnte keiner vermeiden, sein bisheriges Leben vor den anderen auszubreiten.

Hannes leistete die Vorgabe. Nach seinen Vorträgen kroch man nicht gleich in die Koje, sondern jeder diskutierte mit dem Nachbarn oder suchte den ihm vertrautesten Partner zum intimeren Gespräch.

Mehr und mehr wuchs die Besatzung zusammen. Die abendliche Zusammenkunft im Cockpit war nicht nur eine lieb gewordene Gewohnheit geworden, auch zwischenmenschliche und psychologische Probleme fanden ihre Brücken.

Niemand saß als Bücherwurm in der Ecke oder gelangweilt an Deck herum, alle freuten sich auf die Neuigkeiten und Veränderungen im Leben des ältesten Mitseglers, die er willig und ohne Scheu im Lichte der Steuersäule am Ende des Tages preisgab.

Bevor Hannes die Runde in Richtung Koje verließ, wurde ihm stets sein Lieblingsgetränk, ein Gin Tonic, serviert. Dazu bedurfte es keiner Aufforderung mehr, der Skipper verwöhnte ihn, Hannes schmunzelte, schwieg, trank und verschwand mit Gute-Nacht-Gruß unter Deck.

Sicherlich wusste er schon, womit er uns morgen Abend unterhalten würde.

Der dreizehnte Tag auf dem Atlantik

09. 12. 2006

Mit dem Sonnenaufgang schlief der Wind ein. Zum ersten Mal fiel die schnelle Entscheidung, die Maschine nicht nur zum Aufladen der Batterien, sondern auch zur Fortbewegung laufen zu lassen.

Keiner an Bord hätte Verständnis dafür gehabt, in der Flaute dahinzudümpeln, zumal die See unruhig blieb und der Wind wohl für längere Zeit abgeschaltet hatte.

Gegen Abend war ein weißlicher Punkt an Backbord voraus in Sicht gekommen, der sich dann, vor dem Bug größer werdend, als griechischer Tanker entpuppte, Kurs Nordost.

Der Versuch ihn anzusprechen schlug auf allen möglichen Sprechfunkfrequenzen fehl, auch Winken brachte nichts, obwohl er keine halbe Meile an uns vorbeizog.

Vielleicht hatte er gestern die Erzählung von Hannes über Athen mitgehört?

Bordroutine wie üblich.

Obwohl niemand darüber sprach, warteten alle sehnsüchtig auf das erste Anzeichen von Land. Manchmal wurde das Gefühl übermächtig, ein winziges Pünktchen mitten in einer endlosen menschenleeren Wasserwüste zu sein, den Gewalten preisgegeben.

Das abendliche Zusammenrücken im Cockpit bedeutete, einen Tag geschafft zu haben und mit Hannes Hilfe einen weiteren Zeitabschnitt mit genüsslichem Zuhören zum Abschluss zu bringen. Kaum blinkerte das Sternbild des Großen Wagens mit dem untrüglichen Nordstern über der Esperanza, da rief die versammelte Besatzung schon nach ihm:

„Was gibt's denn heute? Er lächelt und sagte:

„Da die Maschine unter uns schnurrt, bleibt es zunächst beim Technischen, aber es gibt auch etwas fürs Herz. Nennen wir das Thema der heutigen Nacht:

Die Entscheidung

7

Die hochwohllöbliche Entscheidung des Schulkommandeurs war, den heimgekehrten Auslandsfliegern vierzehn Tage Urlaub zu gewähren. Kaum vernommen, saßen Hanno und ich in seinem alten Ford und fuhren Richtung Norden.

Herrlich, endlich mal wieder Ebbe und Flut zu genießen, die alten Kneipen aufzusuchen und nicht zuletzt Mutter die wunderschöne Gemme in die Hand zu drücken. Was als ganz Besonderes während der vierzehn Tage in Schleswig-Holstein geschehen sollte, offenbarte ich Hanno erst kurz vor dem Aussteigen vor dem Elternhaus. Er möchte mich doch bitte in den nächsten Tagen nach Kiel begleiten, um dort bei der Fordvertretung den seit Wochen bestellten Ford 12 M abzuholen. Hanno staunte: „Wirklich, haste die Piepen zusammen? Klar komm ich mit.“

Zu Hause gab es liebevolle Umarmung unter Tränen von Mutter und Schulterklopfen vom Vater. Bis in die Nacht sprudelten meine Erzählungen. Mutter schwelgte in Glückseligkeit über den heimgekehrten Sohn, und als die Gemme zum Vorschein kam, ließ sich der Tränenfluss der Dankbarkeit kaum noch stoppen. Was allerdings betrübte, die Silbereinfassung war gesprungen. Mit dem Trost, das am Morgen beim Juwelier Jepsen reparieren zu lassen, trat wieder Ruhe ein. Ablenkend davon wirkte auf die Eltern der Bericht über das Fliegen und die Erlebnisse in Athen. Mehrfach von den Nachbarn aufgefordert, musste der arme Hannes seine Erlebnisse an jeder Gartenpforte wiederholen. So weit weg war bisher niemand in der Deichstraße gewesen. Kopfschüttelnd und bewundernd wurde festgestellt, was der Jugend doch heutzutage alles geboten wird.

Ja, Hanno und ich fühlten uns als Helden im Heimatrevier.

Pilot und außerdem im fernen Ausland gewesen zu sein, das war schon was, darauf konnte man sich etwas einbilden. Stärker als ich zwar genoss Vater die Anerkennung seines tüchtigen Sohnes als persönlichen Erfolg. Henningsen nebenan soll gesagt haben: „Wer hätte je gedacht, dass aus dem frechen, spitteligen Hannes mal ein Kerl werden würde.“

Genug des Lobes und des traditionellen Gulaschessens bei Muttern mit dem dazu eingeladenen Hanno. Endlich zog der Tag herauf, an dem Hannes Färber sein erstes Auto erwerben sollte. Mit den über Jahre mühsam gesparten, gesammelten 100 Markscheinen, als Bündel zu 6.000 Mark geschnürt, fuhren Hanno und ich mit roten Ohren nach Kiel. War das aufregend! So viel Geld in der Hand zu halten. 6.000 Mark ! Man stelle sich das vor: 10 Monatsgehälter eines Flugschülers im Range eines Leutnants für ein Auto. Verrückt!

Kiel war nicht schöner geworden. Der Bahnhof zeigte immer noch erhebliche Bombenschäden, und auch sonst wirkte die Stadt trist. Erst irrten wir ein wenig herum, dann kam die Idee, das Stammcafé aus der Zeit der marinetechnischen Ausbildung aufzusuchen. Noch zu früh, um in der Fordvertretung zu erscheinen, lud ich meinen Geldbewacher Hanno zur Einstimmung auf den bevorstehenden Event zur heißen Schokolade und einem Stück Stachelbeertorte ein.

Gerade waren wir beim Schlemmen, da baute sich am Tisch eine hünenhafte Gestalt auf und tönte von oben herab: „Na, was machen die Herren Piloten denn hier am frühen Morgen, wohl das Flugzeug versäumt, ha ha?"

Friedrich stand da in voller Uniform, der längste Mensch unserer Offiziercrew. Zur Auswahluntersuchung für die Fliegerei und auch bei den U-Booten ist er erst gar nicht aufgefordert worden. Friedrich erreichte die für die Zeit unserer Jugend ungewöhnliche lichte Höhe von zwei Metern und glich im Größenvergleich mit anderen einem Leuchtturm. Mit dem schlaksigen Jungen hatte die Marine sich eine Sonderkondition eingehandelt. Mit seinem Vater als Admiral im Rücken stand seiner Karriere trotz der Körpergröße nichts im Wege, nein, viele seiner Vorgesetzten schmückten sich sogar mit dem langen Kerl.

Nach der langen Trennung, wir jetzt bei der Fliegerei und er bei den Zerstörern, traf man sich nun zufällig. Da gab es viel zu erzählen.

Ob er auch eine Stachelbeertorte haben wollte? - „Ja gerne!"

Unterschwellig spürte man in Friedrichs Stimme sein Bedauern, nicht bei der Fliegerei gelandet zu sein, eigentlich nicht wegen des Fliegens, sondern mehr wegen der Fliegerzulage, die höher zu sein schien als die Bordzulage. Er druckste lange mit der ihn offenbar quälenden Frage herum, wie hoch monatlich diese beneidete Fliegerzulage wohl sein möge. Hanno und ich wechselten Blicke. Dem geldgeilen Friedrich musste ein Stopper vorgesetzt werden.

Ich holte aus der Tasche das riesige Geldbündel hervor, wedelte damit die Bedienung herbei und rief: „Bitte zahlen!" Friedrich stierte mit gierigem Blick auf die Scheine, sein Mund öffnete sich zu einem staunenden „Ohhhh, Wat, mit sooo viel Geld lauft ihr herum?" Beim Begleichen der Rechnung mit vernünftigem Trinkgeld fiel auf diese Frage meine beiläufige Bemerkung: „Das ist die Fliegerzulage der letzten drei Monate!"

Und Hanno setzte noch einen drauf: „Wir fliegen jetzt Düse, das bringt doppelt so viel wie Propellerfliegen. Ist mehr als das Leutnantsgehalt. Kannste kaum noch alles ausgeben. Soll nach abgeschlossener Ausbildung bei der Versetzung ins Einsatzgeschwader noch einmal angehoben werden."

Friedrich verschlug es die Stimme. Er hockte eingeklemmt in seinem viel zu engen Stuhl, wurde puterrot im Gesicht, bäumte sich aus der Sitzlage hoch in den turmhohen Stand. Plötzlich hatte er es eilig.

„Denn man alles Gute!", und zurückschauend: „Was macht ihr denn heute in Kiel?" Unsere gemeinsame Antwort: „Autokaufen!"

Friedrich drehte ab und machte einen großen Satz, legte noch einen Schritt zu, als Hanno hinter ihm nachrief: „Bei der Mercedesvertretung."

Der himmelblaue Ford 12 M mit weißer Bauchbinde eben unter den Türgriffen, etwa 30 cm breit, war der letzte Schrei des Geschmacks der Ford-Autoindustrie. Besonders daheim in der Deichstraße erregte das Gefährt allergrößte Neugierde. Zuerst wurde Mutter, dann Vater und, mit viel Hilfe hinein gehoben, Oma Hedwig vom stolzen Wageneigentümer um den Häuserblock kutschiert. Oma Schmieder juchzte in den höchsten Tönen, wenn ihr Enkel das Auto in die Kurven zog. Plattdeutsch kommentierte sie das erstmals in ihrem Leben vergönnte Vergnügen mit der immer wiederkehrenden Bemerkung: "Dat ick dat noch mol beleben dörf, Junge is dat scheun", strahlte mich liebevoll an und hielt sich an mir fest.

Ach liebe Großmutter, wenn ich heut daran zurückdenke. In Gedanken sehe ich dich vor mir. Viel zu wenig Zeit habe ich für dich übrig gehabt. Sie hatte bei ihrer Tochter, meiner Mutter, trotz des grantigen, oft aushäusigen Vaters beim täglichen Kartoffelschälen endlich die sie befriedigende und, wie sie schmunzelnd sagte, altersgerechte Beschäftigung gefunden. Immer lächelnd und fröhlich freute sie sich über jeden Tag, den sie schmerzfrei leben durfte. Von allem Neuen oder Modernen wollte sie nichts wissen. Sie glich einem Überbleibsel aus karger Kriegszeit, ging stets in weiten, bodenlangen schwarzen Kleidern, am Hals mit einem weißen Krägelchen eingefasst, die ergrauten Haare stramm als Nackenknoten gebunden. Die Tätigkeit ihres Sohnes, der die Geschicke von Neidum als Bürgermeister lenkte, hinterfragte sie nie, wohl weil mein Vater keine Gelegenheit ausließ, den erfolgreichen Schwager madig zu machen. Oma ging jeder Diskussion um Politik durch kluges Schweigen aus dem Wege. Dass ihr Enkel mit einem Flugzeug in die Lüfte steigen konnte, fand sie gar nicht gut. Luft hat keine Balken, und überhaupt, wie kann ein Mensch mit so einem Unsinn Geld verdienen, und das auch noch als Militärpilot. Haben nicht Bomberpiloten alles kaputt gemacht, Hamburg oder noch viel schlimmer Dresden. Wenn die das Fliegen nicht erlernt hätten, wäre das alles nicht passiert.

Oma Schmieders Philosophie kannte Wahrheiten, aber ich sah mich als Piloten eines anderen Deutschlands, als jemand, der im Ernstfall beitragen könnte, derartiges abzuwehren.

Erst viele, viele Jahre später, als die gute alte Hedwig längst nicht mehr lebte, hat mich ihre schlichte Beurteilung nachdenklich werden lassen. Wenn auch mit kritischen Augen die sie umgebenden neuzeitlichen Ereignisse beäugend, ließ sie sich nicht lange bitten, um im blauweißen Ford an den neidischen Nachbarn vorbei schwungvoll um die Ecken gefahren zu werden. Als Dank dafür durfte ich, oder besser musste ich einen Becher ihrer frischen Ziegenmilch trinken. Hinten im Garten hatte Vater seiner Schwiegermutter einen lang gehegten Wunsch erfüllt. In einem Holzhäuschen lebte eine Ziege, die die gute Oma allein pflegte, fütterte, molk und deren Milch sie mit Genuss trank. „Hannes, das hält jung!"

Wie Mutter am ersten Abend versprochen, landete die Gemme mit der zerbrochenen Silbereinfassung beim Juwelier auf dem Samttuch des Glastisches.

„Schau'n Sie mal, Herr Jepsen, was ich meiner Mutter aus Griechenland mitgebracht habe. Ist doch ein Prachtstück. Habe selbst gesehen, wie die Jungs daran gearbeitet haben."

Der alte Jepsen zwängte ein Vergrößerungsglas ans Auge und betrachtete lange das wertvolle Schmuckstück, erst den Silberkranz und dann die Gemme. Wiegte den Kopf, trat von einem Bein aufs andere, sah wieder das Objekt an. Vielleicht hatte er so etwas Wertvolles noch nie gesehen, ein Original, gefertigt aus einer Muschelschale des fernen Mittelmeeres.

Jepsen legte die Gemme behutsam auf das Samttuch, daneben das Vergrößerungsglas, atmete tief durch und wollte etwas sagen, aber ich kam ihm zuvor. „Was wird die Reparatur kosten?

Er schüttelte den Kopf und setzte wieder an: "Mein lieber Herr Färber, ich zeige Ihnen mal was", dabei zog er aus einer Schublade ein Feile und fing damit an, auf dem Rücken der Gemme zu schaben.

War der Kerl verrückt geworden, die Gemme einfach so zu beschädigen. „Hören Sie auf, Mann!"

„Herr Färber, die Gemme ist aus billigem Kunststoff, und der angebliche Silberkranz ist aus noch billigerem Weißblech. Man hat Sie bei ihrem Griechenlandbesuch schlichtweg übers Ohr gehauen."

Nicht zu beschreiben, wie es plötzlich in mir kochte. Ins gedankliche Blickfeld geriet der schmierig lächelnde Händler, ich hätte ihn würgen können.

Jepsen und ich schwiegen uns lange an, er zuckte die Schultern und sagte schließlich: „Selbst ein Experte kann diesen Fälschern auf den Leim kriechen, wissen Sie was, ich löte den Kranz, und damit ist die Sache erledigt. Ich rede nicht darüber, und Sie sagen Ihrer Mutter nichts."

Dabei blieb es. Mutter hat die Gemme bis zu ihrem Tod an allen Festtagskleidern getragen und dabei jede Gelegenheit genutzt, ihren Sohn Hannes lobend zu erwähnen, der ihr dieses schöne und teure Schmuckstück schenkte.

Der Urlaub hinter den Deichen verflog mit einfühlsamen Übungsfahrten in dem neuen Wagen. Mit weichem Wolllappen wurde jeder Dreckspritzer entfernt. Ein rohes Ei hätte nicht sorgfältiger angefasst werden können. Ausgestattet mit unvorstellbaren 60 Pferdestärken, brachte das Gefährt eine Spitze von 120 Stundenkilometern, natürlich nicht zu vergleichen mit den 300 Knoten der T 33, aber immerhin, auf der Straße eine irrsinnige Geschwindigkeit.

Warnend hatte der Autohändler auf die genaue Einhaltung der Inspektionskilometer und vor allem auf das schonende Einfahren des Motors hingewiesen. Hanno brauchte bei seinem „Gebrauchten" darauf keine Rücksicht nehmen. Also fuhren wir getrennt zurück nach Bayern.

Vorsichtig mit der dreigängigen Lenkradschaltung hantierend, lenkte Pilot Färber das erste eigene Auto seines Lebens gefühlvoll südwärts über Autobahnen und Landstraßen, bis er erschöpft, aber glücklich in Fürsty vor der Unterkunft landete.

Nolle, Hanno, ich und Fluglehrer Henniger, wir vier hatten nach dem Auslandsflug als einzige in Urlaub fahren können. Bei den anderen war die Ausbildung weiter gelaufen.

Das große Hallo, mit dem wir auf der „Flightline" die Zurückgebliebenen begrüßen wollten, blieb im Halse stecken. Gedrückte Stimmung schlug den Urlaubern entgegen. Was war geschehen? Wo steckten die anderen Marinekollegen? Bodo der Balte, Eckehard, Ungerer der Bayer, wo unser kleiner Deo und der lustige Bauernlümmel Uli Schlieper?

Das brutale Auswahlverfahren hatte sie ausgemerzt. Nach mehreren „Unsatisfied" in der Phase der Instrumentenfliegerei waren sie nach Hause geschickt worden. Mit anderen Worten: „Schluss mit der Fliegerei und ab zur Flotte."

Die Hennigertruppe schaute in die gelichtete Runde, auch die Zahl der Luftwaffenkameraden zeigte Abstriche. Von der einst in Karthause eingeschworenen 13-köpfigen Gang gab es tatsächlich nur noch drei Hanseln als Restbestand. Trauer und Zufriedenheit hielten einander die Balance.

Grund genug, am Abend in der Offiziermesse am Tresen zu versacken. Na denn prost!

Neben bekannten Gesichtern hockten bisher nicht gesehene Marineuniformen auf den Barhockern, einige sogar mit Oberleutnantstreifen.

Sicherlich gerade eingetroffen von dem Flugplatz daheim oder aus Kiel. Pilotenanwärter, die in Fürsty zur Fliegertauglichkeitsprüfung geschickt worden waren, oder einfach nur Besuch? Keiner von ihnen trug die goldene Schwinge, was sie als Flugzeugführer ausgewiesen hätte. Wer waren diese Unbekannten? An diesem Abend gelang es nicht, die Frage zu klären. Zu sehr mit sich selbst beschäftigt, behandelten sie uns wie Luft.

Eine arrogante Bande.

Der nächste Tag brachte die Antwort.

Dieselben Gesichter, wie wir in Fliegerkombis gesteckt, hasteten durch die Gänge. Ein neuer Lehrgang hatte begonnen. Außer in Koblenz-Karthause ließ die Marine auf einem kleinen zivilen Flugplatz in Memmingen Auswahlschulung betreiben. Und was von davon auf dem Weg über Kaufbeuren und Landsberg übrig geblieben war, begann jetzt im Unterrichtsraum nebenan mit der Jetschulung. Auffällig viele Ältere vom ehemaligen Seegrenzschutz und einige Kriegsgediente.

Das kommende Wochenende, am Freitagabend eingeläutet mit „Happy Hour", bot die Gelegenheit, mit den Neuen näher bekannt zu werden. Nach dem soundsovielten Bier schmolz das Eis. Neugierde und Respekt wuchsen, als sie erfuhren, dass

wir drei die Fliegerschwinge schon in Reichweite sahen und bald ins Einsatzgeschwader abwandern würden.

Die Verbrüderung der Neuankömmlinge mit uns nahm im Laufe des Abends
fast herzliche Formen an. Um zu zeigen, wie Marinemenschen fernab von der Küste
zusammenhielten, bemühte sich besonders der Platzhirsch der Neuen, die Eigen-
ständigkeit der unerschrockenen Seefahrer vor den Luftwaffenhanseln, wie er die
anderen spöttisch titulierte, großspurig hervorzukehren.

Ein unangenehmer Vertreter, dieser Bursche! Je stärker der Alkohol die Sinne
verwirrte, desto lauter schallten wilde Gesänge durch den ehemaligen Hermann-
Göring-Bau. Gesänge, die zum einen jeden versteckten Nazi zum Mitjohlen animierten und zum anderen diejenigen erfreuten, die gern unter die Gürtellinie griffen.

„...denn wir fahren, denn wir fahren gegen Engeland....“ oder „ da sprach der
Nonnen zwanzig, zwanzig, von Königsberg bis Danzig kenn jeden zweiten Schwanz
ich.....“

Am lautesten grölte Kloppke, der Platzhirsch.

Die Wogen gingen hoch. Hanno erzählte von seinen Erlebnissen mit den hübschen Ungarinnen in Reutte. Die Happy Hour dauerte, wie der Name sagt, nur eine
Stunde. Als nun das Bier doppelt so viel kosten sollte, übernahm der Platzhirsch das
Kommando und röhrte los: „Leute, hier wird’s jetzt zu teuer, wir schießen an Land,
da ist mehr los, unser Freund hier, der Hanno, wird uns zu höheren Freuden führen.
Auf geht’s, ihr Männer, wer will mit, den Gulaschladen mit den scharfen Weibern
reißen wir gleich mal auf, der Hanno, unser Kumpel, hat ein Auto, los Hanno
schmeiß den Riemen auf die Orgel!“

Was für ein herrisches Auftreten, aber Hanno, selbst nicht mehr nüchtern, ließ
sich überreden. Ich wollte ihn nicht allein lassen und kletterte neben ihm auf den
durchgehenden Frontsitz, neben mir einer der Neuen. Nolle winkte gleich ab und
verschwand um die nächste Ecke. Auf den Rücksitzen quetschten vier Leutchen
ihre Hintern in die Polster. Hanno trat aufs Gas, und ab ging es nach Reutte. Anfängliche Kriegsgesänge ebbten ab, bleierne Ruhe trat ein. Nach ein paar Kilometern kämpfte der Fahrer bereits mit der Müdigkeit. Ich stieß ihn ständig an und versuchte Hanno von dem Trip abzubringen. Ich stieß ihn an:„Mensch, filz nicht ein!“

„Quatsch, war noch nie so nüchtern.“

Ich rückte dem Fahrer auf die Pelle und flüsterte ihm zu: „So was Blödes, nach
dem Saufen Auto zu fahren, es ist 21 Uhr, und das sind mehr als 160 km bis Reutte.
Zu weit und zu aufwendig, nur um die glutäugigen Zicken zu sehen, lass uns um-
kehren, Mizzi Nenni hat den Laden längst dicht, wenn wir dort ankommen.“

Hanno war nicht zu belehren. Der Platzhirsch, ein breitschultriger pockennar-
biger von der Marine übernommener Seegrenzschützler, der seine Clique wie ein
feudaler barocker Fürst dirigierte, schnarchte hinten aus tiefster Seele, die anderen
taumelten im Sitzen wie leblose Säcke hin und her.

92

Einsam rumpelte ein alter Ford in die aufziehende Nacht auf immer dunkler werdenden Straßen. Mal eierte Hanno über Baumwurzeln an der linken Straßenseite, mal an der rechten.

Stundenlang, eine Ewigkeit dauerte die Fahrt. Endlich, es muss gegen ein Uhr gewesen sein, quietschten die Bremsen vor dem Restaurant, drinnen brannte noch Licht.

„Na also“, stellte der Platzhirsch fest, den Schlaf mit lautem Gähnen beendigend. „Ist doch noch was los, nichts wie hinein!“

Die Tür war angelehnt. Mizzi Nenni fuhr herum als die Meute ins Lokal eindrang und herrschte die späten Gäste an: „Geschlooosen is, meine Herren, geschloosen.“ Als sie Hanno und mich erkannte, hellte das Gesicht auf, sie lächelte, zerfloss in Güte, breitete die Arme aus und flötete: „Meine Buberln, da sanns wieda eimal, hob eich soo lange nit gsähn.“

Nach kurzer Umarmung kehrte sie zur Geschäftsordnung zurück: „Ihr Lieben, ich kann euch nichts mehr vorsetzen, die Küche ist geschlossen. Legt mir auf den Tresen einen 50iger hin, dafür könnt ihr aus der Vitrine nehmen, was ihr wollt, das sind alles gute ungarische Weine. Bleibt so lang ihr wollt. Macht das Licht aus und werft, wenn ihr geht, die Tür ins Schloss. Kommt nächstes Mal früher. Bussi, Bussi, ich muss ins Bett, habe einen langen Tag gehabt.“

„Wie geht’s denn den Töchtern?

„Sind seit letztem Jahr in Innsbruck in der Ausbildung, gute Nacht.“

Weg war sie. Kaum dass die Tür sanft hinter ihr schloss, eilte der Platzhirsch hinter den Tresen, stöberte durch die Regale, suchte nach den teuersten Weinen, reichte jedem eine Flasche und meinte bösartig grinsend: „Wenn sie uns ihre Töchter verweigert, machen wir dafür ihren Weinbestand nieder.“

Widerlich dieses Gehabe! Seine ihm hörige Gefolgschaft ließ die Korken fliegen und setzte die Flaschen an den Hals. Das war kein Trinken mehr, sondern gieriges Saufen, mutete an wie Druckbetankung. Das Auftreten seiner rüden Mitfahrer ließ Hanno wieder nüchtern werden. Katzenjammer setzte ein, er nippte am Glas und fluchte leise vor sich hin: „Verdammte Kacke, dass ich mich habe bequatschen lassen. Bin todmüde. Wenn die sich weiter so aufführen, können wir beide uns hier nie wieder sehen lassen.“

Es sollte schlimmer kommen.

Einer kam auf die Idee, nach Essbarem zu suchen. Mit staksigen Schritten herumtorkelnd wanderte er mit glasigen Augen herum, fand den Eingang zur Küche, und eine tastende Hand schaltete das grelle Neonlicht an. Alles blitzblank, alle Schränke verschlossen, Rütteln an den Griffen half nichts.

Mitten auf dem Tisch stand eine große Wanne, mit einem Leinentuch überzogen. Neugierig riss er das Tuch beiseite: Im Lichtschein glänzte, die Wanne bis fast an den Rand füllend, eine duftende Gulaschsuppe. „Leute, kommt her“, krakeelte der Kücheneindringling. Auf die Beute stierend, ohne auch nur eine Sekunde zu erwägen, einen Löffel zu suchen oder einen Teller zu finden, wurden die Ärmel hochgekrempelt, mit beiden Händen in die Wanne gelangt und nach Fleischstückchen gegründelt. Im Handumdrehen wühlten alle in der Wanne herum, rote Spritzer flogen hin und her, besudelten den Tisch, den Fußboden, die Gesichter, die Kleidung. Wie hungrige Schweine am Trog drängelte die Meute um die Wanne und kämpfte um die dicksten Gulaschhappen. Das war kein Essen mehr, sondern tierisches Fressen. Ich schäme mich heute noch, daran teilgenommen zu haben. Damit das Herunterschlingen besser flutschte, wanderte eine Weinflasche durch die Runde, glitschig und beferkelt mit roter Soße.

Nach bald erreichter Sättigung, begann rülpsend der Rückzug vom verwüsteten Schlachtfeld zurück an den Tresen, wo noch einige Flaschen lagen oder standen. Hannos und meine immer wiederkehrenden Bemühungen, endlich die Stätte des unheimlichen Besäufnisses zu verlassen, fielen auf taube Ohren. Erst das lallende Machtwort des Platzhirsches scheuchte seine Kumpanen auf die Straße.

Wie gut, dass die im Hinterhaus schlafenden Wirtsleute erst am nächsten Morgen die Schweinerei vorfinden würden. Mit der deprimierenden Erkenntnis, nie wieder hierher zurückkehren zu können, begann die nächtliche Rückkehr. Wie bei der Herfahrt winkte der österreichische Zoll die Säuferkutsche mit müder Handbewegung durch. Zweimaliges Anhalten als Pinkelpause bot dem einen und anderen Gelegenheit, laut röhrend den Magen zu leeren.

Der Zeiger der Uhr über dem Wachhabenden am Kasernentor flippte gerade auf halb sieben. In Fürsty lief die Sonnabendroutine. Das schloss ein, im Offizierheim durch einen Nebeneingang die kleine Kantine zu erreichen, wo jeden Morgen das Pilotenfrühstück serviert wurde, eine Pflichtveranstaltung für jeden Flugzeugführer, weil ohne Einnahme eines gediegenen Frühstücks die Aufmerksamkeitsverteilung beim Fliegen wegen zu geringen Blutzuckergehalts reduziert ist.

Eine amerikanische Flugzeugbesatzung wurde gerade bedient, als die Übernächtigten johlend an die Tische fielen. Der Koch servierte den Amis „Bacon and egg".

„Kriegen wir auch! Haben selbst was mitgebracht." Zwei unserer Mitfahrer reichten mehrere Stiegen mit Eiern und obendrein einen halben Schinken durch die Küchenluke. Bisher hatten Hanno und ich nichts davon bemerkt.

„Wo habt ihr das Zeug her?" Großes Gelächter der Befragten: „Österreichisch-ungarische Qualität. Haben wir mitgehen lassen. Lag da in der Kneipenküche herum."

Wenn ich mich recht erinnere, stolperten Hanno und ich grußlos aus der Tür. Das war zu viel. Zwei auf den Rücksitzen zerquetschte Eier entdeckt machten das Maß voll. Hanno heulte vor Wut: „Diese Arschlöcher, nie wieder will ich diese Schweinekerle sehen."

94

In einem kleinen Waldlokal an der Amper auf dem Weg zum Ammersee erzählten wir Nolle bei Stachelbeertorte und heißer Schokolade von der nächtlichen Geisterfahrt. Zum Ende der Ausbildungszeit in Fürsty entdeckt, wurde dieses versteckte Lokal für uns drei der Treffpunkt, um nicht mehr in der Offiziermesse mit den rauen Gesellen des Nachbarlehrgangs zusammentreffen zu müssen.

Was war ich dankbar, nicht mit meinem neuen Wagen zu dieser Wahnsinnsfahrt verleitet worden zu sein. Wenn Hanno nach Dienst, was immer häufiger geschah, nach Landsberg abdüste, um seine Freundin zu sehen, unternahm ein nagelneuer, hochpolierter himmelblauer Ford mit weißer Bauchbinde genüssliche Fahrten durch die Landschaft. Nolle wollte nie mit, der Junge zeigte neuerdings geizige Züge. Blieb auf der Bude, um ja kein Geld auszugeben, Einladungen zum Drink oder zum Mitfahren schlug er aus, um nicht in die Gefahr zu geraten, eine Gegenleistung erbringen zu müssen.

Auf der Flightline beim Flugdienst und auch sonst blieben wir ein Team. Zwei Monate noch, im August sollte Schluss sein. Plötzlich rückte das Ende im schönen Bayern schnell heran, und so vieles hatte man nicht gesehen.

München zum Beispiel. Um ehrlich zu sein, meine Fahrpraxis schien mir nicht ausreichend zu sein, dem Großstadtverkehr gerecht zu werden. Hanno mit seinem alten Dampfer zeigte da weniger Hemmungen. An einem Wochenende promenierte er mit uns, dem überredeten Nolle und mir, die Leopoldstraße rauf und runter, als vor uns herfahrend ein offener VW-Käfer hin- und herschaukelte, voll beladen mit kreischenden hübschen Mädchen, und wer saß am Lenker? Das Idol dieser Zeit, Peter Krauss.

Dieser Zufall, die sommerliche Temperatur, ein prickelndes Gefühl, Großstadtluft, und irgendwie italienisches Flair, die vielen Lichter, es wurde gelacht, Kneipen und Tanzdielen in Schwabing. Ach ihr Preißen, was habt ihr versäumt! Also nachholen!

Parken? Kein Problem damals, ohne Parkgebühren und überall viel Platz. Dann begann der nächtliche Zug durch die Gemeinde.

Bierchen hier, Bierchen da. Lokal rein und wieder raus, kleiner Imbiss zwischendrin. „Wein, mein Herr?" „Nein danke, Bier!" „Hier ist Weinzwang." Nolle entsetzt: „Ich bin Sportler, ich möchte eine Cola." „Mein Herr, Sie müssen hier Wein trinken." „Sie wollen mich zum Weintrinken verleiten, kommt nicht in Frage." Der Kellner mit säuerlicher werdenden Miene: „Dann bitte ich Sie, unser Haus zu verlassen." Der Verweigerer gab nicht auf und zeigte auf uns.

Wir hatten bereits des lieben Friedens wegen jeder einen Schoppen Wein bestellt.

„Dann bringen sie mir ein Weinglas und ein Wasser, dann sieht es so aus, als ob wir alle drei Wein trinken, reicht Ihnen das?"

„Nein!"

„Aber ein leeres Weinglas werden Sie mir doch bringen?"

„Nein, kein leeres."

„Gut, wenn es bei Ihnen nur ums Weintrinken geht, dann nippe ich mal am Glas meiner Freunde."

Den Wein heruntergestürzt, um Nolle nicht noch mehr auflaufen zu lassen, einen horrenden Preis für das säuerliche Gesöff gezahlt und mit fliegenden Fahnen auf die Straße gestützt.

„Nolle, du bist unmöglich!"

Der Laden ist mir in so schlechter Erinnerung geblieben, dass ich ihn bei späteren Besuchen in München nie wieder betreten habe. Wer kennt das Künstlerhaus und wer P1?

Der Streifzug durch die Szene endete im Morgengrauen mit der Erkenntnis, mit keinem Fremden gesprochen zu haben, die Mädchen waren alle besetzt. Wir sind nur umhergerannt, haben uns irgendwo hingehockt, gegessen, getrunken und waren auf der Suche, aber wonach? Die immer schneller werdende Hetzerei versaute mir die Lust auf München.

Tags darauf lag München weit zurück.

Die Krönung und den Abschluss der Ausbildung stellten die Tiefflüge in einem Gebiet nordwestlich vom Flugplatz dar. Alle ohne Fluglehrer. Abends zusammen mit den engsten Freunden oder während der Flugvorbereitung kursierten Tipps, Erfahrungen und Vorschläge, wo man besonders tief und spektakulär vorbeirasen konnte.

Niemals an derselben Stelle zweimal vorbeifliegen, am besten gleich nach dem Vorbeiflug eine Rolle drehen, dann kann unten kein Polizist die Seitennummer erkennen.

Mit den fürchterlichsten Strafen, Rausschmiss aus der Ausbildung und einem Gerichtsverfahren drohten die Fluglehrer, sollte jemandem nachgewiesen werden, „wilde Sau" am Himmel gespielt zu haben. Nun ja, es galt aufzupassen, eben nicht erwischt werden.

Gerade das Verbotene reizte, und wer als junger Mensch konnte sich davor verschließen, das auszukosten?

Wenn jemand vom Solotieflugmit roten Ohren und verklärtem Lächeln aus dem Cockpit stieg, grinsten als erste die Techniker, nickten einander zu und suchten besonders aufmerksam den Rumpf und die Flächen des Flugzeuges nach Baumwipfelratschern ab.

Niemand fragte im Kameradenkreis, ob er einen verbotenen Tiefflug absolviert habe, sondern nur, wo er denn gewesen sei.

Schweigen auch darüber schien angebracht.

Selten genug, dass ich Post erhielt, kein Wunder, meine Korrespondenz war nach dem Abschiedsbrief an Jreetchen fast auf Null zurückgegangen. Doch welche

Überraschung: Auf dem Tisch lag eine mehrseitige, schreibmaschinengeschriebene Einladung nach Tauberbischofsheim. Meines Vaters Waffen-SS-Vetter, der stramme Sigismund, wollte mich sehen. Lange im Kopf herumgekramt, um den guten Mann unterzubringen, dann fiel der Groschen. Das war der liebe Onkel aus Kindheitstagen, der meinem Vater den Floh ins Ohr gesetzt hatte, nach dem glorreichen Sieg Adolf Hitlers als Rittergutsbesitzer in die Ukraine überzusiedeln. Nun schrieb er begeistert, dass Vater ihm berichtet hätte, was aus mir geworden sei, ein fliegender Mariner, und das in Bayern. Er und die Tante Kunigunde möchten mich herzlich einladen. Von Tübingen hätte er seine Anwaltskanzlei nach Tauberbischofsheim verlegt, ob ich nicht einmal vorbeikommen möchte, vielleicht an einem der nächsten Wochenenden?

Lag nicht Tauberbischofsheim in der Nähe der Tiefflugstrecke?

Nicht schlecht, schließlich stand der neue Wagen vor der Tür. Die Kilometer wurden ausgekoppelt, die Entfernung war gar nicht so groß. „Ja, das nächste Wochenende würde ich gern kommen!"

Warum nicht in ein Städtchen fahren, das aus der Luft gesehen recht hübsch lag. Mit einem Schlenker von der Tiefflugroute abweichend, sah ich an einem Freitagvormittag die Tauber von ferne blitzen, ein in der Sonne sich spiegelndes Flüsschen, das dicht am alten Stadtkern vorbeiführte, eingebettet in grüne Wiesen.

Deutlich zu erkennen die Stadtmauer im Osten und gegenüber der Tauber ein Neubauviertel. Nach der Beschreibung von Onkel Sigismund musste dort irgendwo die Familie wohnen, wo ich morgen sein würde.

Eine prima Gelegenheit, den Wochenendbesuch anzukündigen. Die T 33 sanft ausholend in die Kurve gelegt, im weiten Bogen nach Norden abgeschwenkt und angedrückt, voraus gecheckt, ob keine Stromleitungsmasten im Wege standen. Rundherum kroch die Landschaft dichter heran. Noch ein bisschen tiefer. Alles clear, die Airspeed kletterte auf 320, 340 Knoten, das reichte.

Beiderseits der Tauber, weit genug von den Flügelspitzen entfernt, flitzten die Kronen von Bäumen vorbei, voraus zeigte das Flüsschen wie ein Pfeil auf eine geschwungene steinerne Brücke, ein rotes Auto fuhr gerade hinüber. Rechts im Augenwinkel vorbeihuschend lag die Stadtmauer. Noch ein bisschen tiefer, wenn schon, denn schon, wie vom Jagdfieber gepackt, den Knüppel fest gepackt, den Verstand längst abgegeben, raste gegen jede Regel verstoßend ein grauer Jet nur wenige Meter über das Autodach, hinter sich mit einer Lärmschleppe die Stille erschlagend. Kurz danach leuchtete rechts vom Cockpit kurz das hellgrüne Viereck eines Freibades auf. Viele dunkle Punkte im Wasser zeugten von Vollbesetzung. Was müssen die Badenden erschrocken gewesen sein, schoss es dem Hannes Färber durch den Kopf, als er die T 33 Rollen drehend fort vom Ort der fliegerischen Unzucht nach oben steigen ließ.

„Schweinerei, eine saumäßige Belästigung der Bevölkerung", mag jeder nachträglich sagen. Berechtigt! Doch wer es nicht selbst gemacht, nicht erlebt hat, kennt nicht den Rausch des Fliegens.

Mit einem Mal singt das Blut. Plötzlich beherrscht von der stolzen Erkenntnis, mit eigener Hand gewaltige Triebwerkskräfte steuern zu können, ein technisches Wunderwerk auf den kleinsten Handdruck reagieren zu lassen, ein tonnenschweres Flugzeug wie eine Vogelfeder zu handhaben, es einem untertan, hörig zu machen. Druck steigt bis an die klopfende Halsschlagader. Weg sind alle Bedenken. Das ist keine Abgebrühtheit, sondern eine Mischung aus Glück und Angst, begleitet von Adrenalinausstößen. Macht ausübendes machiavellisches Gefühl rollt wie Wellen durch den Körper, wenn der nahe Boden dicht unter einem vorbeifliegt.

Ein Orgasmus ist nichts dagegen. Verrückt im Moment des Geschehens, aber danach gefolgt von flauem, schuldhaftem Gefühl in der Magengegend, hervorgerufen durch die Sorge: „Hoffentlich hat niemand die Seitennummer erkannt."

Diese Flüge, bereut und gescholten, erzielten einen immer höheren Wertschätzung, je näher das Ende der Ausbildung heranrückte. Längst befriedigte der Wochenendbetrieb in Fürsty nicht mehr. Die Neulinge blieben, die Alten strebten hinaus in die Umgebung oder verbummelten das Wochenende mit Schlafen, Lesen und vor dem Fernseher, was damals noch als eine erstrebenswerte Freizeitbeschäftigung galt.

An Sonnabenden starteten die letzten Auslandsflüge unseres Lehrgangs. Wer dazu eingeteilt war, musste nüchtern bleiben. Die anderen strebten an die Bar zur freitäglichen Happy hour in der Offiziermesse. Da ging keiner von uns dreien mehr hin, seit der bitteren Erfahrung in Reutte mit den Saufbrüdern vom Nachbarkurs. Hanno zog es wieder nach Landsberg an den Busen seiner Geliebten, ich beneidete ihn. Nolle der Sparsame genehmigte sich eine Cola, wollte in der Sonne braten und abends im Fernsehraum die Ratesendung „Welches Schweinderl hätten Sie denn gern?" mit Robert Lemke sehen.

Während mein Berliner Flugkollege mit Begeisterung im Lesezimmer des Offizierheims vor der Glotze hockte, trieb es mich hinaus zum Cafe Brameshuber oder an den Stadtrand zu der grazilen Wirtin des Waldlokals, wo ich anfangs mit Nolle zum Stachelbeertortennessen gewesen war. Die Frau ähnelte der Edith Piaf, sprach mit verräucherter, fast verruchter Stimme, zählte mindestens 20 Jahre mehr, wirkte aber anziehend wie ein Magnet.

Selbst nach dem vierten halben Liter kam man ihr nicht näher, und schöner wurde sie auch nicht.

Als Topgericht des Lokals sind die Russischen Eier in Erinnerung geblieben, gekocht, vier Stück an der Zahl, aufrecht stehend in weißcremigem Fleischsalat und mit unechtem Kaviar garniert, eigentlich seit der Marineschule gehasst, aber bei „Edith Piaf" immer wieder mit verlangendem Blick auf die Wirtin heruntergekaut.

98

Fernsehen, zu der Zeit schwarzweiß, ausgestrahlt von nur einem staatlichen Sender, brachte Krimiserien, die zum Straßenfeger wurden. Sportsendungen und Ähnliches verführten mich, dann und wann neben Nolle zu sitzen. Seitdem ich bei dem letzten Urlaub zu Hause miterlebt hatte, wie Vater den angeschafften Fernsehapparat für sich mit Beschlag belegte, selbstherrlich darüber verfügte, wann eingeschaltet und wann abgeschaltet wurde, und Muttern keine Chance bot, einen Programmwunsch zu äußern, hasste ich dieses Ding.

Großmutter glaubte bis zu ihrem Tode, dass die Menschen auf dem Bildschirm ins Wohnzimmer schauen und genau darauf achten würden, ob sie ihr Gebiss im Munde hat. Am meisten langweilten mich die Nachrichten. Im Bundestag und in den zumeist bundeswehrfeindlichen Medien wogte der Streit über das innere Gefüge der neuen Streitkräfte hin und her.

Uns junger Generation sagten die bei den Fernsehinterviews zu Worte kommenden Generäle wie Speidel und Heusinger nichts. Wo kamen sie her? Wo waren sie im Dritten Reich gewesen?

Niemand gab darüber Auskunft, mit einer Ausnahme, und das war kein anderer als Kloppke. Wer hätte das vermutet. Er wusste über alles Politische Bescheid. Wenn der Platzhirsch im Fernsehraum residierte, gab es immer Stunk.

Er kommentierte jedes Fernsehinterview, jede politische Bemerkung. Erstaunlicherweise verfügte der Bursche, was die Politiker betraf, über ein enormes Insiderwissen, kannte persönliche Daten, die er eigentlich gar nicht wissen konnte. Flunkerte, log er gar oder prahlte er bloß? Auf jeden Fall ging es lautstark zu. Alle linken Politiker bezeichnete er als Kommunistenschweine, an der Riege um Adenauer dagegen ließ er keine Kritik aufkommen. Wer in dieser Richtung eine Bemerkung machte, dem drohte er mit Prügeln.

Wenn es mich tatsächlich mal zum Fernsehen trieb und ich dabei durch den Türspalt den sich im Sessel räkelnden Kloppke ausmachte, nahm ich schnell Reißaus und ließ den Abend anders ausklingen.

Lange Zeit blieb rätselhaft, warum keiner der Vorgesetzten das Großmaul zur Rede stellte oder ihn, wie viele innigst hofften, vor versammelter Mannschaft einmal gehörig anschiss.

Viel zu sehr waren wir mit der Fliegerei befasst; da blieb das politische Geschehen unbeachtet, interessierte herzlich wenig, und was bei Generals und Admirals ausgetüftelt wurde, schon gar nicht.

Beim Suchen nach militärischen Vorbildern tappten wir Flugschüler ins Leere, sind alle Nazis, alle Kriegsverbrecher gewesen, hieß es. Das leuchtete zwar nicht ein, aber Nachfragen im nächsten Bereich der Vorgesetzten verursachten eher peinliche Verlegenheit.

Also besser nichts mehr fragen, Desinteresse machte sich breit.

Doch das schwand schlagartig, als Toni Weißenberg, Flugschüler von der Nachbargruppe und mir seit Kaufbeuren gut bekannt, mir eine Broschüre über die Fliegerasse des letzten Weltkrieges in die Hand drückte. Eine unglaubliche Lektüre!

Beim Vergleich unserer mickerigen Anfänger-Flugkünste mit den fliegerischen Leistungen dieser Kriegsgeneration wurde ich immer kleiner, je länger ich las. Mögen zuletzt die Luftsiege der Jagdflieger auch mehr aus Verzweiflung und Wut über das eigene Regime erzielt worden sein, so lösten sie doch Anerkennung, Stauen und Bewunderung aus. Wie müssen diese Männer ihre Maschinen beherrscht haben, schließlich sind die unterlegenen Gegner sicherlich nicht nur Deppen gewesen. Fluglehrer und Staffeloffiziere, selbst der Staffelchef Major Kubicki, von dem hinter vorgehaltener Hand gemunkelt wurde, er wäre 1945 zuletzt im Elite-Jagdverband 44 die zweistrahlige Me 262 geflogen, erwähnten mit keinem Wort Ereignisse aus ihrer Vergangenheit.

Tonis Fliegerassbiographien gingen von Hand zu Hand. Mit einem Male waren besonders die den Krieg überlebenden Jagdflieger wie Adolf Galland, Walter Krupinski und Johannes Steinhoff in aller Munde. Unvorstellbar, der Krupinski hatte insgesamt 477 Abschüsse, ja wirklich, das war kein Druckfehler, der Mann erzielte 477 Luftsiege. Mich interessierte besonders die Karriere des Obersts Johannes Steinhoff.

Den Steinhoff gab es wirklich noch. 1955 in den Militärdienst wieder eingetreten und seit 1956 als Brigadegeneral stellvertretender Stabschef der Bundesluftwaffe, war er federführend verantwortlich für die Ausbildungsrichtlinien, nach denen wir hier in Fürsty flogen.

Die Neugierde wuchs. Wie verlief die fliegerische Karriere dieses hochdekorierten Mannes? Seine Biographie zeigte im Anfang mir verwandte Züge. Die Schule als langweilig empfindend und nach abgebrochenem Studium als Offizieranwärter in die Marine eingetreten, ließ er sich zwei Jahre später zur Luftwaffe versetzen. In mir als Marineflieger war in letzter Zeit die Flugbegeisterung so sehr gewachsen, dass das anfänglich erträumte Leben in einem dunklen U-Boot oder an Bord von Schiffen als undenkbar in weite Ferne gerückt war. Steinhoff wurde mir zum Vorbild.

Sein fliegerisches Können, gekrönt mit 176 Luftsiegen, nötigte Hochachtung ab, sein fliegerisches Ende einige Wochen vor Kriegsende dagegen höchstes Mitleid. Bei einem Start geriet seine Me 262 in einen schlecht zugeschütteten Bombenkrater und explodierte. Mit fürchterlichen Brandwunden besonders im Gesicht überlebte das Fliegerass. War er mir bisher nur aus dem Buch als junger Offizier bekannt, so erschütterte mich sein jetziges Aussehen, als ich mein Vorbild über ein Jahrzehnt später erstmalig im Fernsehen sah. Anderen Fliegerkameraden ging es ähnlich. Ein Raunen ging durch die Menge. Was für Kapriolen musste der Bursche am Himmel gedreht haben, um seinen Gegnern erfolgreich auf die Hacken getreten zu sein! Ob man das nachvollziehen könnte, es zumindest versuchen?

Tags darauf vereinbarten Toni und ich, uns auf einer Geheimfrequenz zu einer bestimmten Uhrzeit über dem Ammersee in 10.000 Fuß zu treffen, um etwas zu veranstalten, was bisher von uns nicht erprobt, nicht schulisch gelernt und sicherlich streng verboten war. Thema: Luftkampf mit unserer dicken T 33.

Kristallklare Luft über Bayern. Berge am Horizont, unten glänzte der Ammersee. Aha, da drüben ein dunkler Schatten, eindeutig eine

T 33. Frequenz gewählt, Ansprache ganz knapp, wie abgesprochen keine Callsigns, keine Seitennummern, nur Buchstabe des Vornamens gesagt. Es knisterte im Kopfhörer: „H, got you, get me!" Da packte einen schon das Jagdfieber: „Ok T, let's do it!"

Toni zog die Linkskurve immer enger, drehte plötzlich eine Rolle nach rechts, stellte die Flügelflächen wieder gerade und stieg steil nach oben. Aha, der Schweinehund wollte damit die Speed wegbringen, um hinter mich zu fallen. Ich dasselbe Manöver. Hochgerissen, Rückenlage und durchgezogen bis es schwarz vor Augen wurde, ausgerollt. Hinter mir musste er sein. Im Rückspiegel tanzte ein Schatten. Verdammt!

Der Junge flog gut, ich musste besser sein. Rein in die Steilkurve und ins Seitenruder getreten Sofort jojote die Maschine nach oben, gleich darauf ins untere Ruder getreten und dasselbe noch einmal. Die Geschwindigkeitsanzeige sackte ab, der Kreis wurde enger. Flächen gerade, und da schoss Toni auch schon vorbei.

Tolles Manöver, um jemanden abzuschütteln. Sollte man sich merken. Beim nächsten Mal wurde daraus ein Trudeln, aber schnell wieder abgefangen.

Nur für Sekunden gelang es, hinter den Schwanz des anderen zu geraten, oft von dem Düsenstrom des nahen Gegners durchgeschüttelt. Eine simulierte längere Schussposition zu halten schien schier unmöglich, aber wir waren ja blutige Anfänger. So ging das Spielchen, bis die Zeit ermahnte, unauffällig und getrennt wieder heimzukehren und ins Flugbuch neben der geflogenen Zeit einzutragen: „Navigationsflug".

Unsere private Nachflugbesprechung auf einer Bank draußen vor dem Flugabfertigungsgebäude verlief heftig, erklärte schließlich jeden zum Sieger, endete mit einer Umarmung, und ab ins Wochenende. Jeder von uns beiden dachte beim Auseinandergehen an Steinhoff.

Die Zeit in Fürsty ging ihrem Ende entgegen.

Im Fliegen sicherer geworden, nicht mehr besorgt, wegen mangelnder Leistung nach Hause geschickt zu werden, sehnte sich jeder danach, so früh wie möglich zu erfahren, zu welchem Einsatzverband er versetzt werden würde.

Nach der Ausbildung auf „Düse" gab es für uns drei Marineleute keine Auswahl. Wir würden zum 1. Marinefliegergeschwader nach Schleswig-Jagel versetzt werden, gar nicht weit von meiner Heimatstadt Neidum entfernt. Die Gegend kannte ich gut und freute mich darauf, heimzukehren.

Innerlich begann das Abschiednehmen von Bayern, zog man sozusagen Stück um Stück die Zeltpflöcke aus dem Boden, fuhr hier und da noch einmal hin, meistens allein, und sagte adieu.

Typisches Anzeichen dafür war das Auseinanderstreben der Freizeitinteressen zum Ende der Ausbildung. Das enge dienstliche Zusammenglucken war einem über. Jeder brauchte irgendwann die Erholung und den Abstand vom anderen. Seit der größeren Mobilität nach Anschaffung des Wagens ging jeder unserer kleinen Clique am Wochenende seine eigenen Wege.

Da passte mein Wochenendbesuch beim Onkel Sigismund in Tauberbischofsheim bestens ins Programm. Bevor Toni und ich über dem Ammersee heimlich „wilde Sau" gespielt hatten, war davor der befehlsgemäße Navigationsflug im Tieffluggebiet durchgeführt worden, der mich versehentlich tief über ein Schwimmbad führte.

Tags darauf fuhr ein blauweißer Ford entlang der so genannten Romantischen Straße in Richtung Tauberbischofsheim. Dort mit großem Hallo empfangen, durchs Haus geführt, entsprechend bewundernde Laute ausgestoßen, den herrlichen Ausblick von der Terrasse als gut befunden und der wirklich hübschen Tante Kunigunde artige Komplimente gemacht; danach begann ein geruhsamer Nachmittag bei Kaffee und Kuchen.

Es gab viel zu erzählen. Unten im Tal leuchtete die Tauber, lag die Stadtmauer und deutlich daneben das Freibad. Die Bäume entlang des kleinen Flusses, oh Schreck! Wie waren die klein und niedrig und neulich so dicht neben mir in Cockpithöhe vorbeigezischt!

Natürlich wollten die lieben Verwandten viel über meine Fliegerei wissen. Ich habe mit tollsten Stories zur Unterhaltung beigetragen, aber mit keinem Wort die Tieflüge erwähnt.

Highlight des Besuchs und unvergesslich blieb die Abendveranstaltung bei den Rotariern. Onkel Sigismund stellte mich stolz den älteren Herren vor und protzte vor ihnen mit seinem fliegenden Marineoffizier.

Bei einem gepflegten Essen machte mich mein Nachbar auf einen Herrn am Nebentisch aufmerksam. „Sehen Sie den dort, der mit den auffallenden Narben im Gesicht und der Sonnenbrille: Das ist der Redner des heutigen Abends, das ist der Brigadegeneral Johannes Steinhoff." Ob ich den kenne.

Bisher hatte ich ihn nicht bemerkt, ja auch gar nicht vermutet, den Mann hier zu treffen. Mir blieb die Luft weg, heiß und kalt lief ein Schauer den Rücken herunter. Im Dunstkreis dieses von mir bewunderten Mannes der Fliegerei durfte ich kleiner Leutnant den Abend verbringen. Phantastisch, ein irrer Zufall. Ich war auf Wunsch meines Onkels in Uniform erschienen, was ohnehin erhebliches Aufsehen erregte und mir auf viele Fragen viele Antworten abverlangte. Ob ich die Chance haben würde, mit einem General und dazu dem Idol meiner Fliegerei auch nur ein Wort zu sprechen?

Was der in hellen Zivilanzug gekleidete General den Rotariern in seiner Rede vortrug, ist nicht haften geblieben, aber als einer der Zuhörer als erste der anschließenden Fragen den Vortragenden um Stellungnahme bat zu Tiefflügen der heutigen Luftwaffe im allgemeinen und im besonderen zu der einer gerade gestern erfolgten unverschämten Belästigung der Freibadbesucher durch einen im Tiefstflug vorbeirasenden Jet, da spitzte ich die Ohren.

Beifallklatschen und wütendes Gemurmel unterstützte die Frage.

Wo war ich hingeraten? Wenn die wüssten! Nur gut, dass ich dem Onkel Sigismund noch nicht gebeichtet hatte, der hätte sicher gequatscht. Das könnte interessant werden.

Was würde der General sagen, das große Fliegerass, das übergroße Vorbild? Was daraufhin aus dem Munde des altgedienten, erfahrenen Jagdfliegers kam, habe ich nie vergessen.

Die Frage erschütterte den Mann nicht im Geringsten. Ohnehin war das Mienenspiel des Generals kaum zu deuten. Die dunkle Brille deckte seine schweren Verletzungen ab, das Gesicht glich einer Maske, aber die sympathische Stimme lenkte von diesen Äußerlichkeiten ab. Er räusperte sich: „Meine Herren, die Antwort ist die. Die Verbände sind angewiesen, nur auf festgelegten Tiefflugrouten unter 300 m zu fliegen, Wohnbereiche dabei grundsätzlich auszuklammern. Wie Sie wissen, liegt nicht weit von Ihnen westlich der Stadt eine derartige Route. Ich gehe mal davon aus, dass der Pilot sich verflogen hat. Dazu noch eine weitere Frage?“

Der hohe Gast blickte in die Runde. „Ja, da dahinten, bitte schön.“

„Wenn wir den Täter kriegen, würden Sie ihn bestrafen?“

Ein Lächeln huschte über das narbige Gesicht: „Sicher, wenn Sie ihn kriegen, das ist die Voraussetzung.“

Damit verschwand das Thema. Die anschließenden Getränke im Jägerzimmer des Hotels lösten die Zungen. Jemand klopfte mir auf die Schulter und meinte leutselig: „Habe gehört, einen Mariner hat es von der Küste hierher verschlagen. Mit Ihnen als Seemann kann uns so etwas wie mit der Luftwaffe nicht passieren, Tieffliegen und so. Die schwimmen ja nur. War wirklich furchtbar gestern. War selbst im Freibad. Der Höllenlärm und das bedrohlich nahe Flugzeug haben die Leute zu Tode erschreckt. Viele haben geschrieen.“

Ich drohte in den Boden zu versinken, Scham und Ekel vor mir selbst würgten in der Kehle auf der Suche nach einer passablen Erklärung meines Hierseins. Kaum dazu Luft geholt, fiel Onkel Gismund mit wissender Miene ins Gespräch: „Nein, nein mein Lieber, die Marine schwimmt nicht nur. Der Herr Leutnant, mein Neffe, gehört nämlich zum fliegenden Personal der Marine, macht gerade seine Ausbildung in Fürstenfeldbruck.“

Bisher als jugendliches Mitbringsel von den alten Herren freundlich in ihrem Kreise für diesen Abend am Rande akzeptiert, brachte mich die letzte Bemerkung schlagartig in den Mittelpunkt des Interesses Wende. Plötzlich drängten graue Häupter heran.

„Erzählen Sie mal, wie das heute da zugeht!"

Immer mit dem Gedanken im Hinterkopf ja nicht auf das Thema Tieffliegen zu kommen, plauderte ich über die Erlebnisse von Pisa, vom schwierigen Start in Athen, über Düsentriebwerke, Formationsfliegen und mehr. Mit beiden Händen flog ich meinen Zuhörern die Manöver vor, die ausgestreckte linke Hand war das eine Flugzeug die rechte deutete an, wie das andere in der Kurve lag.

Letzteres muss die Aufmerksamkeit des weitab ins Gespräch vertieften Generals Steinhoff geweckt haben. Mit einem Male stand er neben mir, gestikulierte mit den Händen wie ich und ich hörte ihn sagen: „Hier flog ich und der andere kam aus der Sonne."

Rundherum Gelächter und seine neugierige Frage: „Wer sind Sie?"

Wie in der Grundausbildung gelernt, stramme Haltung angenommen und in Meldeform ohne Rücksicht auf die Umgebung tönte es durch den Saal: „Herr General, ich melde. Leutnant zur See Färber, Flugzeugführerschule „B", Lehrgang CC 60 A."

Das durch die Narben entstellte wächsern erscheinende Gesicht mit den fast schwarzen Sonnenbrillengläsern war auf mich fixiert. Seine schmalen Lippen öffnen sich und heraus kam die als Feststellung formulierte knappe Frage: „Also kennen Sie mich."

Er erwartete offensichtlich noch eine weitere Auskunft. Fasziniert vor diesem Mann stehend, fiel mir eine ehrlich gemeinte Höflichkeitsfloskel ein, und ich sagte, ihm direkt auf die verdeckten Augen schauend: „Herr General, jeder der fliegt, kennt Sie. Oberst Johannes Steinhoff. Jagdverband 44, 176 Luftsiege."

Stille rundherum Alle Blicke ruhten auf uns beiden. Zwei Fliegergenerationen standen voreinander wie Vater und Sohn, die das dasselbe Handwerk betrieben, der eine als erfahrener Meister, der andere als Lehrling.

Dem General gefiel meine letzte Bemerkung. Er wertete sie wohl in der Hinsicht, dass Bundeswehrneulinge wie ich die alten Asse nicht vergessen hatten. Er dachte nach: „Dann haben Sie als Staffelchef den Major Kubicki?"

„Jawoll, Herr General." Er schmunzelte: „Bei dem sind Sie gut aufgehoben, ist ein guter Mann, wir kennen uns aus ernsten Zeiten. Und wo stecken Sie in der Ausbildung?"

„Ende August geht's ins Geschwader."

„Dann sind sie ja bald fertig mit der Ausbildung?"

„Jawoll, Herr General, wenn ich nicht vorher irgendwelchen Mist baue."

104

"Befürchten Sie das oder haben Sie schon", folgte als süffisante Frage. Wusste er mehr, aber von wem?

Ich muss wohl rot geworden sein, gezittert oder einfach nur dumm geguckt haben. Er spürte wohl meine Verlegenheit, zog mich am Arm aus der Menge heraus und flüsterte: „Nun werden Sie mal ein bisschen lockerer, Leutnant Färber. Wir beide gehen jetzt an den Tresen und ich spendiere Ihnen ein Bier." Bisher hatte ich noch nie dieselbe Luft geatmet wie ein General, schon gar nicht in der Nähe derartiger Dienstgrade ein Bier getrunken. Bisher kannte ich Admirale und Generale nur als ferne Wesen auf olympischen Höhen, weitab von ihrem Fußvolk.

Nun stand ich neben dem berühmten General Steinhoff, den meine Dienstgrade lediglich vom Hörensagen und aus Zeitungen kannten. Und ich durfte ihm jetzt sogar zuprosten. Das würde mir niemand in Fürsty glauben. Seine nahe Stimme riss mich aus den Gedanken. „Was hat Sie denn heute Abend in diese Gesellschaft verschlagen, sie stammen doch nicht aus der Gegend?"

„Bin als Gast meines Onkels eingeladen worden, habe ihn seit Jahren nicht gesehen und bin von Fürsty zum Wochenendurlaub nach Tauberbischofsheim gefahren."

„Wenn der Lehrgang dem Ende zugeht, dann befinden sie sich sicherlich in der Phase der letzten Soloflüge, also auch Tiefflüge, dann kennen Sie auch diese Gegend."

Wie ein glühendes Eisen drang diese versteckte Frage bis tief ins Innere. War alle Freundlichkeit nur eine Finte gewesen, sollte ich ans Messer geliefert werden? Stand ich hier im Verhör?

Aber die Art und Weise, wie er zu Beginn des Abends den Frager, was den Tiefflug betraf, kühl und kurz abgefertigt hatte, ließ diese Falle nicht vermuten. In der Spiegelung der dunklen Brillengläser des Generals sah ich zweimal den Leutnant Färber. Der große Steinhoff schwieg, musterte mich und wartete auf eine Antwort. Jetzt Ausflüchte zu suchen, damit würde ich mich um Kopf und Kragen reden. Der Frontalangriff mit offenem Visier versprach mehr. Also los, das Herz in die Hand genommen.

„Ich habe meinen Onkel gestern schon besucht, bin abgewichen von der Tiefflugroute, habe gegen einen Befehl verstoßen und bin über die Tauber gerast. Ich habe es genossen, Herr General. Später im Abflug habe ich es bereut."

Kurze Pause. Der Mund von Johannes Steinhoff öffnete sich und was kam heraus? Kein scharfes Wort, keine Abkanzelung, sondern die Frage: „Weiß Ihr Onkel davon?" „Nein!"

Daraufhin der General: „Dann halten Sie den Mund auch weiterhin, überlegen Sie, wo sie in Zukunft tief fliegen, können das ja bald über See viel besser und ungestörter tun. Im Ernstfall, den Gott verhüten möge, wird nur der überleben, der den extremen Tiefflug beherrscht. Üben, Üben, aber vorher überlegen wo. So mein

Lieber, letzteres behalten Sie für sich. Ihnen wünsche ich weiterhin Hals- und Beinbruch, grüßen Sie den Helmut, den Kubicki von mir, nicht vergessen!"

Klopfte mir im Weggehen auf die Schulter und ist mir seitdem nie wieder persönlich begegnet.

Alles in Tauberbischofsheim Erlebte verschwand in der Vertiefung vor dem
Erlebnis, mit einem der Fliegerasse des letzten Weltkrieges gesprochen zu haben,
ich der kleine Hannes Färber. Der Major Kubicki wird staunen. So war es denn
auch.

Gleich am Montag nach dem Wetterbriefing, der Wettervorhersage des Meteorologen, habe mich nach vorn gedrängt, bin rein zufällig mit dem Staffelchef im
Türrahmen zusammengetroffen und rief ihm für alle hörbar zu: „Übrigens Herr
Major, ich soll den Helmut Kubicki herzlich grüßen vom General Steinhoff. Wir
beide haben gestern in Tauberbischofsheim zusammen ein Bier getrunken."

Kubicki bremste seinen eiligen Lauf ab, blieb wie angewurzelt stehen und starrte mich an, schüttelte ungläubig den Kopf. Was er wohl gedacht haben mag? Lächelte kurz, machte eine winkende Handbewegung, wohl als Dankeschön gedacht
und stürzte hastig in sein Dienstzimmer.

Vielleicht hat er gleich in meinen Personalunterlagen nachgesucht, was seinen
Flugschüler mit dem General Steinhoff verband. Nichts wird er gefunden haben.
Aber die Wirkung meines Grußes wirkte noch lange nach. Vorher ist der Major als
Chef des Lehrgangs selten erschienen, seitdem kreuzte er häufiger zwischen seinen
Flugschülern auf und suchte mit mir den Blickkontakt. Es sollte sich bald als vor-
teilhaft erweisen, bei seinem Vorgesetzten einen Stein im Brett zu haben.

Als ich eines Morgens kurz vor Flugbeginn nach meinem schönen Auto sah,
fand ich es an einem völlig anderen Platz, über und über mit Dreck bespritzt und
hinten links mit einem Platten. Zurück gerannt, den Schlüssel aus meinem Spind
geholt und wieder mit Riesensätzen die Treppe hinunter zu dem Unfassbaren.
Schlag aufgerissen und gecheckt. Mal sehen, was drinnen zu finden war, irgendein
Indiz für das Unerklärliche zu finden. Wie sahen die Polster aus? Auf der Rückbank
dunkle Striemen und Flecke, bei genauem Hinsehen war das Blut. An der Rückseite
der vorderen Sitze klebte Erde, Moos und schmieriger Dreck, offensichtlich Waldboden. Welcher Schweinehund hatte mein geliebtes, mühsam erspartes Auto vergewaltigt?

Als ich auf der Flightline bei der Flugvorbereitung wütend von dem Vorfall erzählt, winkte mich Nolle in eine Ecke: „Ich kann dir sagen, wer das war, der Platzhirsch vom Nachbarlehrgang, der Kloppke. Gestern saß ich allein auf der Bude, als
er hereinkam und nach dem Schlüssel fragte. Du hättest ihm das erlaubt, hat er ge-
tönt. Was sollte ich dazu sagen? Ich habe ihm den Wagenschlüssel gegeben."

„Und wie ist der wieder in die Schublade gelangt?"

Mein Mitbewohner zuckte mit den Schultern: „Keine Ahnung."

Die letzten Worte erreichten kaum noch meine Ohren. Nach kurzem Laufschritt flog die Tür nebenan auf, ich bebte vor Zorn. Da saß die Kloppke-Gang gelassen auf den Stühlen und amüsierte sich köstlich, als ich den Platzhirsch anbrüllte, was er sich wohl dabei gedacht habe, ohne zu fragen mit meinem Wagen abzuhauen, einen Platten zu fahren und obendrein die Sauerei auf den Polstern zu hinterlassen. „Die Rechnung für die Reinigung und für die Reparatur wird dir Saufkopf morgen auf den Tisch flattern."

Der Platzhirsch reckte sich zu gewalttätiger Größe, die anderen blieben still sitzen.

„Hört euch dieses pampige Würstchen an, er will uns drohen. Muss wohl noch lernen, unter Kameraden zu teilen. Nolle oder wie dein Bettfuzzi heißt hat mir den Schlüssel sogar aufgedrängt. Irmchen, die Kleine vom Tresen im O-Heim, und ich sind in den Wald gefahren, und da haben wir deine jungfräuliche Kutsche erst mal tüchtig eingevögelt." Er schüttelte sich vor Lachen. „Dass die Kleine gerade ihre Tage hatte, konnte ich doch nicht wissen. So das reicht, und nun raus. Wenn du mir die Rechnung präsentierst", mit fletschenden Zähnen zeigte der Platzhirsch seine geballte riesige Faust, „dann hau ich dir welche ans Maul, und wenn wir später im Geschwader fliegen, mach ich dir das Leben zur Hölle."

Rundherum Gelächter, aber auch Betretenheit. Bedröbbelt bin ich gegangen. Auf dem Korridor überholte Kubicki den traurig Dahinschlendernden.

„Schlechte Nachrichten?" fragte er scherzend.

„Nein Herr Major , aber Ärger mit einem ganz bestimmten Kameraden."

„Raus mit der Sprache, was ist los?"

„Nee, ich will nicht, ich mag niemanden anschwärzen."

„Weibersachen?"

Er bemerkte meinen Unwillen, auf dem Korridor zu sprechen. „Los, kommen sie mit rein in mein Zimmer!"

An den Wänden Fliegerfotos, eines davon zeigte den schmalgesichtigen jungen Oberst Steinhoff mit Käppi und umgehängtem Ritterkreuz. Kubicki sah die Richtung meines Blicks. „Ich weiß, Sie kennen den Mann, war übrigens mal mein Chef, aber das ist lange her, heute ist vieles so verwirrend anders, aber darüber haben wir hier nicht zu diskutieren. Also was bedrückt Sie?

Es lohnte nicht drum herumzureden. Außerdem kannte meine Wut auf Kloppke keine Grenzen und so brach es dann aus mir heraus: „Ich komme ständig in Konflikte mit meinem Marinekameraden Kloppke, der nimmt sich Sachen heraus, die nicht gutzuheißen sind, mein mühsam erspartes neues Auto hat er ohne zu fragen entliehen, anschließend versaut abgestellt, 'nen Platten hat er auch gefahren, dazu gerade eben zur Rede gestellt, hat er mir Prügel angedroht." Auf meine Anklage hin hatte ich auf eine wütende Reaktion von Kubicki gehofft. Weit gefehlt, er schien eher verlegen zu sein und suchte nach einer Antwort, die mehr einem Trost gleichkam: „Ach wissen Sie, wir haben mit diesem Mann so manchen Ärger, aber was ihr Auto betrifft, bemühen Sie sich, gütlich mit Kloppke eine Einigung zu finden. Jetzt daraus eine Staatsaktion zu machen, verläuft sicherlich wie das Hornberger Schießen."

Und schon war ich wieder auf dem Korridor. Hinter mir durch den Türspalt schauend, rief der Major mich noch einmal zurück: „Übrigens, Färber, in der nächsten Woche wird die Schule von politischer Prominenz besucht, achten Sie mal darauf, wer dabei ist und wer wen begleitet. Vielleicht gibt das Ihnen, was Ihren Intimfeind Kloppke betrifft, einige Aufschlüsse."

Sagte es, machte dabei einen gequälten, traurigen Eindruck und schloss sanft die Tür.

Was sollte das heißen? Ich schüttelte darüber kurz den Kopf, harkte den Ärger ab, konzentrierte mich wieder auf die Fliegerei und vermied, ganz anders als der Major es empfohlen hatte, jeglichen Kontakt mit dem großmäuligen Kloppke. Was der sich bloß einbildete? Fliegerisch, so erzählten Flugschüler aus seiner Flight, sei er immer dicht vor der Ablösung. Andere wären schon längst nach Hause geschickt worden.

Eine Woche später wehten im gesamten Fliegerhorst Flaggen. Vor dem Stabsgebäude trafen frisch bepflanzte Blumenkübel ein. Die Fluglehrer starteten zu einem Formationsflug, der genau über die Anlage donnerte, als elegant gekleideten Herren vor dem Dienstgebäude des Schulkommandeurs die Wagenschläge ihrer schwarz glänzenden Mercedeskarossen aufgerissen wurden. Wir, das gemeine Fußvolk, warteten indessen stundenlang in der Flugvorbereitung, durften die Räume nicht verlassen, denn der oberste Besucher hätte den Wunsch geäußert, mit dem einen oder anderen Flugschüler zu sprechen. Alle rätselten, wem wohl die hohe Ehre zuteil werden würde. Brüllendes Gelächter, als jemand meinte, das Privileg stünde sicherlich nur dem Kloppke zu.

Wo steckte der überhaupt? Hatte ihn schon jemand heute gesehen? Ach was, der hockt auf dem Klo. Das Gealber erstarb schlagartig, als der Major Kubicki plötzlich zwischen den Flugschülern stand und mit unbeweglicher Miene verkündete: „In 10 Minuten wird der Staatsekretär Kloppke hier sein, begleitet von seinem Neffen, unserem Leutnant zur See Kloppke." Bei der Erwähnung meines Lieblings trafen sich Kubickis und meine Blicke. Ich nickte ihm zu, ich hatte verstanden.

Viel später wagte die Nachkriegsliteratur zu erwähnen, dass Adenauer sich den von ihm zum Staatsekretär berufenen Juristen Kloppke als rechte Hand in Sachen Personalbesetzung hielt, obwohl dieser Mann nachweislich im Dritten Reich führend an der Ausarbeitung der Ausrottungs-, der so genannten Rasse- und Blutgesetze beteiligt war. Erst 1963 mit Adenauers Ende verschwand auch Hans Kloppke aus der Regierung, seinem Neffen aber hatte er längst den Weg nach oben geebnet.

Aus dem Besuch des Staatssekretärs auf der Flightline mit seinem famosen Neffen im Gefolge wurde übrigens nichts, die Zeit sei zu kurz gewesen, hieß es. Uns sollte es recht sein.

Die Fliegerei nahm ihren gewohnten Gang, in einem Monat würde es heißen „Good bye Fürsty." Alle Prüfungsflüge bestanden, die Angst war verflogen, bei dem einen oder anderen Check durchzufallen. Jetzt kletterte man locker flockig ins Cockpit und durfte mit den noch verfügbaren Reststunden beliebig große Löcher in die bayrischen Wolken reißen.

Die Entscheidung für meinen beruflichen Weg hatte ich längst gefällt: Fliegen!

8

Eine weitaus größere Entscheidung brachte jedoch ein Ereignis des nächsten Wochenendes.

Toni Weißenbach kam eines Morgens an, druckste herum und kam schließlich mit der Frage heraus, ob ich nicht Lust hätte, mit ihm in die Berge zu fahren zum Wandern, ich hätte doch ein Auto, in der Nähe von Bernau am Chiemsee gäbe es eine preisgünstige Pension, da könnte er für mich ein Zimmer bestellen. Warum eigentlich nicht. Zugestimmt aber weiter nach dem wirklichen Grund seiner Anfrage gebohrt: Seine Freundin machte da unten Urlaub, und mit dem Wagen könnten wir zusammen schneller überall hinkommen. Das leuchtete ein. Rosi aus Hamburg war nur für einige Tage in Bernau. Der Sonnabend stand wie angedroht im Zeichen des Wanderns. Bergauf, bergab, vorneweg die Rosi und immer wieder ihre wertschätzende Bekundung über die Landschaft: „Ach, wie ist das hier schön, ach, wie ist das hier schön, ischa staark!"

Ich hasste das Wandern. Warum hatte ich mich bloß auf dieses anstrengende Wochenende eingelassen. Toni muffte ebenfalls, er dachte das gleiche wie ich, im Fluge ließ sich das alles weniger schweißtreibend ertragen.

Abends saßen wir völlig kaputt am Chiemsee auf der Terrasse eines der Strandcafés, ein wunderschöner Abend, leicht fächelte der Sommerwind in den Bäumen und darüber wölbte sich der Sternenhimmel. Romantisch, romantisch! Eine schmusige Nacht zog herauf. Rosi, das blonde Gift, lag hineingekuschelt in Tonis Armen. In dem Lokal ging es hoch her, es wurde eifrig getanzt, eine Kapelle spielte. Alle waren vergnügt. Nur ich als drittes Rad am Wagen kam mir blöd und überflüssig vor.

Am Ende des Bieres drückte ich beiden stumm die Hand, stand auf und wünschte Gute Nacht und „Toni, du zahlst meine Zeche!" Erleichtert über meine Rücksichtnahme stimmten beide grinsend zu. „Dann Tschüß bis morgen oder übermorgen!"

Durch den Tanzsaal bis hin zur Bar hingeschlendert hockte ich mich auf einen der Hocker und spähte in die Menge. Ob da etwas für mich dabei sein könnte? Aber es sah schlecht aus.

Als ich während einer Tanzpause gerade mit der Überlegung beschäftigt war, ob ich es nicht mal wagen sollte, die Kleine im Dirndl da drüben aufzufordern, ertönte ein wie kleine Glocken klingelndes Lachen vor der offen stehenden Terrassentür. Niemand im Saal achtete darauf, mich aber faszinierte dieser hell perlende Ton.

Wozu gehörte der?

Meine Aufmerksamkeit war geweckt. Eine kleine Gesellschaft trat ein. Vorneweg ein Ehepaar, elegant und lässig, dahinter ein junger Mann und, woran meine Augen sich festsaugten, ein Mädchen, eher als junge Dame zu bezeichnen, braungebrannt mit strahlendem Lächeln und schick gekleidet in ein safrangelbes Kleid, das matte und glänzende Streifen durchzogen. Ja, Millimeter für Millimeter habe ich den auffälligen Gast abgetastet. Jede Bewegung verfolgend wartete ich ab, bis die Herrschaften ihren Platz gefunden hatten. Wie zufällig schlich ich langsam an deren Tisch vorbei und versuchte, alle Sensoren auf Empfang gestellt, mehr Informationen über dieses mir Mädchen zu sammeln, vielleicht ihr in die Augen zu schauen, ihr Interesse für mich zu wecken. Nichts von alledem gelang.

Die Familie, mit sich selbst beschäftigt, plauderte lustig drauf los. Und immer wieder ertönte das glockenhelle Lachen. Auf dem Barhocker zurück, wartete ich auf den Beginn des nächsten Tanzes. Von der Terrassentür aus war der Weg weniger weit zu meinem Zielpunkt, also schnell vor dem nächsten Tanz dorthin. Nur Tanzen bot die Möglichkeit, ihr näher zu kommen.

Die Kapelle setzte an. Ein langsamer Walzer. Hätte nicht besser sein können. Schleichende wiegende Bewegungen und dabei ein wenig Unterhaltung, das musste es doch bringen.

In der Marineschule vom Tanzlehrer gelernt, erst mal ran an die Dame, aber vom Papa die Erlaubnis einholen, mit der Tochter tanzen zu dürfen. Heute wahrscheinlich allgemein belächelt, aber zu der Zeit absolut gewünscht und üblich, wenn man nicht gleich als Prolet abstempelt werden wollte. Ich schnellte — oder war es doch mehr ein verhaltenes Heranschleichen? — an den Zieltisch. Der Vater erkannte gleich meine Absicht, Augenkontakt hergestellt, die junge Dame ahnte noch nichts.

Als nächstes mein Sprüchlein aufgesagt. Fragende Augen schauten mich aus der Runde an, wohl weil mein Akzent nicht in die bayrische Umgebung passte. Aber ein Augenpaar strahlte gleich auf, bernsteinfarben und leuchtend. Allgemeines Lächeln und Zunicken. Sie stand auf, reichte mir bis zur Schulter. Wir gingen auf die Tanzfläche, mein Herz klopfte wie lange nicht mehr.

Die ersten Walzerschritte, klappte ja prima, sie lächelte wieder und sagte: „Kommen Sie von draußen, Sie riechen so gut nach frischer Luft.“ Alles Gesprochene glich einem Abtasten, wer der andere wohl sein könnte.

110

Viel zu schnell waren die drei Tänze vorbei. Auf dem Weg zurück zum Familientisch wagte ich zu fragen, ob ich zum nächsten Tanz wieder vorbeikommen dürfte. Sie nickte. Bei den weiteren Malen schwand das gegenseitige Fremdeln. Einmal sogar reizte eine meiner Erzählungen sie zu dem glockenhellen Lachen. Wirklich einmalig diese Lache!

Jedes Mal zurückgekehrt auf meinen Barhocker, war ich bemüht, den besagten Tisch möglichst unauffällig zu beobachten. Sichtschutz bot eine Säule. Ja, sie tuschelten miteinander, besonders der offenbar jüngere Bruder versuchte mich an der Bar auszumachen. Ihr Freund war es nicht, das hatte sie mir beim Tanzen schon gesagt, er verfolgte mich mit seinen Blicken. Einer verrückten Eingebung folgend, verbeugte ich mich beim nächsten Mal vor der Mutter und bat sie um den Tanz, natürlich mit um Einwilligung heischendem Blick auf den Ehemann, der sich sogar darüber freute, dass seine Frau bewegt wurde. Mehr als ich beabsichtigte, vermutete er wohl darin eine taktische Maßnahme, Sympathien an seinem Tisch zu gewinnen.

Sie musste um die Vierzig sein, gleichgroß mit mir, stahlblaue Augen, gepflegt geschminkt, tolle Frisur. Ihre schlanke Hand, geziert mit einem Smaragdring, eingefasst von Diamanten, und Finger mit makellosen langen dezent lackierten Fingernägeln, ja ihre ganze Erscheinung verrieten, dass ich an ein Edelwild der bayrischen Gesellschaft geraten war. Sie kannte auch keine Hemmungen, mich nach einigen höflichen Anfangsfloskeln direkt auszufragen, wo ich denn herkäme und was mich beruflich in diese Gegend verschlagen hätte. Was es da zu berichten gab, fand ihr Interesse, offensichtlich ein Unterhaltungsstoff ganz anderer Art als sie es bisher gewohnt war. Artig wurde sie nach dem Tanz zurückgebracht, der weitere Abend ihrer Tochter verlief an meiner Seite. Zuletzt hockten wir an der Bar, erzählten und lachten, tranken harmlose Cocktails, vergaßen die Umgebung.

Plötzlich stand der Vater neben uns und mahnte zur Heimkehr. Sagte kurz: „Verabschiede dich und komm!" Winkte mir kurz freundlich zu und wandte sich ab. Das schreckte ab wie ein kalter Wasserguss. Wir schauten uns fragend an. Wollten wir uns wiedersehen? Namen waren nicht gefallen, keine Adressen, keine Telefonnummern ausgetauscht, nichts, um sich wieder zu finden.

Jetzt plötzlich das abrupte Auseinandergehen.

„Er ist immer so, ich muss immer mitkommen, egal wie schön es ist."

Sie reichte mir die Hand, rutschte vom Barhocker, in den schönen Bernsteinaugen schwammen Tränen.

Das safrangelbe Kleid wippte, die Schultern wiegten, der kleine Popo rollte, und in weißen hochhackigen Schuhen schritten braune schlanke Beine vor mir dahin und davon.

Wie von einem Magneten angezogen und doch in schüchterner Distanz folgte ich ihr wie ein Schatten, ich klebte förmlich an ihr. So würde sie mir nicht davonkommen, in mir brannte plötzlich eine Flamme. Hatte ich mich in dieses Mädchen verliebt? Es war kein Gefühl des körperlichen Begehrens, es zog mich einfach nur zu ihr hin. Ihre Nähe machte mich fröhlich. Ihr perlendes Lachen hallte nach. Ein irrsinniger, bisher nie gekannter Wunsch flammte auf. So stellte ich mir die Mutter meiner Kinder vor. Dabei wusste ich nichts von diesem Wesen.

Unterhalb der Terrasse lief bereits der Motor des gelben Citroen, als ich die traurig vor mir Dahingehende am Arm ergriff, sie unterhakte und die Treppen herabführte bis ans Auto. Erstaunt sahen sie und die Mutter, die wieder aus dem Wagen gestiegen war, mich mit fragendem Blick an. Der Vater drehte das Fenster herunter.

Erwartungsvolle Stille trat ein.

Wenn ich den Kontakt nicht abreißen lassen wollte, dann musste jetzt und hier die Entscheidung fallen, an diesem lauen Augustabend, und das Statement, das ich nun abgab, sollte ich mein ganzes Leben nicht bereuen.

Ich wollte das Mädchen nicht einfach so gehen lassen. Deshalb fielen mir wohl Worte ein, die mir heute noch gefallen.

Zu dem Vater hingebeugt, kam es mir über die Lippen: „Ich hatte noch nicht die Möglichkeit, mich Ihnen vorzustellen. Ich bin der Leutnant zur See Johannes Färber und wäre dankbar, wenn sie mir die Chance geben würden, mich heute Abend etwas länger mit Ihrer Tochter zu unterhalten. Sagen Sie mir eine Zeit und ich werde Ihre Tochter wohlbehalten bei Ihnen abliefern, mein Wagen steht da hinten gleich um die Ecke."

Über das Gesicht des bisher missmutig dreinschauenden Familienoberhauptes glitt so etwas wie ein glättender Schein und mit Kommandostimme erscholl aus dem Wageninneren, viel zu laut für den lauschigen Abend: „Herr Leutnant, 23 Uhr, keine Minute später, ist das klar!"

Ich muss wohl leise „Jawoll" gesagt haben, deutlicher jedoch übertönt vom Zuruf der Mutter: „Elisabeth geh', geh schnell, sonst überlegt sich der Alte das anders!" Dabei lachte sie.

Neben mir ein Jauchzer. Der Wagen fuhr an und verschwand in der Dunkelheit. Wir waren allein. Saßen kurze Zeit im Saal, tanzten ein zwei Runden und zogen dann vor, auf der Promenade am See spazieren zu gehen. Die Themen jagten sich, eins folgte dem anderen, jeder war neugierig auf die Geschichten des anderen.

Unsere Namen waren bei der Verabschiedung ihrer Eltern bereits gefallen, was aber nicht gleich zum vertraulichen Du führte. Es blieb bei Hannes und Sie und Elisabeth und Sie.

Um ja pünktlich zu sein und das Versprechen einzuhalten, mahnte Elisabeth, bald loszufahren, der Weg ins heimische Nest führe über kurvenreiche Straßen und zuletzt einen holperigen Feldweg. Und so war es denn auch. Zuletzt in totaler Finsternis neben einem riesigen Bauernhof haltend, stiegen wir einen Kiesweg den Hang hinauf zu einem erleuchteten Haus.

Elisabeth hielt mich an der Hand wie selbstverständlich, für mich ein beglückendes Gefühl. Sie zeigte nach oben: „Unser Ferienhaus, zu dem wir von München aus oft herfahren. Schön hier, aber auf die Dauer langweilig, heute dagegen für mich ein ereignisreicher Tag. Für Sie auch?"

Trotz der Dunkelheit sah ich ihre Augen dicht vor mir glänzen, sie strahlte Freude aus, ich hätte sie küssen mögen, aber nein, nichts übereilen, nichts verderben, gut Ding will Weile haben, und so fiel mir das Sätzchen ein: „Ja für mich auch, besonders, wenn Sie mir zusagen, dass wir uns morgen treffen können. Darf ich Sie abholen und wann?" Spontan folgte ihre Antwort: „So nachmittags um vier, und wie wär's mit Schwimmen im Strandbad?"

„Ja, gute Idee, aber bis zur Haustür bringe ich Sie noch."

Mir lag viel daran, bei den Eltern eine gute Figur zu machen, irgendjemand da drinnen sollte mich zumindest wahrnehmen, wenn ich das Töchterchen ablieferte. Der schlaksige Bruder öffnete, sah mich und murmelte etwas wie: „Ach, der Herr Leutnant."

Mit „Bis Morgen und gute Nacht" überfuhr sie die Bemerkung.

Im Weggehen und hörbar durch den Türspalt, aber nicht mehr für meine Ohren bestimmt, stellte er seiner Schwester die neugierige Frage: „Hat er dich wenigstens geküsst?"

Ich hörte ein scharfes „Blödmann", begleitet von einem Klatschen und dem Ausruf „Au".

Aha, die sanft erscheinende Elisabeth konnte auch beherzt zulangen.

Der nächste Tag zog sich bis zu dem vereinbarten Abholtermin zäh dahin. Endlich war es so weit. Selbst am Tag bedurfte es einiger navigatorischer Kenntnisse, um zu dem Ferienhaus zu finden. Mein Schwarm wartete bereits unten am Gartentor. Knackig sah sie aus, ihr rundliches Gesicht zart wie ein Pfirsich und herrlich gebräunt. Aus dem Schwimmen wurde nicht viel. Einmal ins Becken gesprungen, viel erzählt, herumgealbert und von meiner Seite die fast unverhüllte Figur meiner Angebeteten genauer in Augenschein genommen. Das Urteil: Ja, die konnte sich sehen lassen. Vielleicht hätte der Busen ausgeprägter sein können, aber der wuchs sicherlich noch.

Irgendwo hatte ich gelesen, man sollte als Mann erst einmal die Mutter anschauen. So wie die in ihren Dimensionen aussieht, wo wird in dem Alter die Tochter sein. Zweite Regel: Geh mit deiner Freundin ins Schwimmbad. Da ist sie ungeschminkt und kann figürlich nichts verbergen. Als Drittes lade sie ein zu einem gepflegten Essen. Aus der Art, wie sie sich am Tisch benimmt, kann man Schlüsse auf ihr Zuhause ziehen.

Die Bewertung von Punkt eins und zwei erbrachte Topnoten. Zum Abschluss des Tages und unseres ersten Treffens übernahm unerwartet Elisabeth die Führung. Sie lud mich ein in ein hoch über dem See gelegenes Restaurant. Auf dem Parkplatz glitzerten dicke Limousinen, das Lokal selbst machte einen teuren Eindruck. Ich zögerte. Sie aber nahm mich an die Hand und steuerte zielsicher um die Ecke auf einen Tisch zu, und wer saß da?

Die heilige Familie. Der flegelige Bruder von gestern, daneben die Frau Mutter mit einer langen Zigarettenspitze in der schlanken Hand, und mit einladender Geste freute sich Elisabeths Vater, mich überrascht zu haben. Offenbar sollte jetzt ich getestet werden.

Wir kannten uns erst seit Stunden und waren schon so weit gediehen?

Die Chemie zwischen Elisabeth und mir schien außergewöhnlich gut übereinzustimmen. Sendeten wir sogar auf ein und derselben Frequenz? Zuneigung auf den ersten Blick?

Wer das sofort festgestellt zu haben meinte, war der Bruder. Nachdem kürzlich die ältere Schwester geheiratet hatte, ahnte er den nächsten Verlust, den seiner Lieblingsschwester. Das muss ihn gequält haben. In mir sah er den Bösen, der in die Familie eindrang. Deshalb die anfängliche Ablehnung. Im Laufe des Abends half das eine und andere Gläschen Wein, das Eis zu schmelzen. Wenn auch mit Vorsicht das fremde Terrain betretend, so konnte sich ein Hannes Färber zunehmend sicher sein, von der Familie akzeptiert zu werden. Einstimmig beschloss die Familie beim Abschied, mich am nächsten Wochenende wieder sehen zu wollen. Beim Bauern neben dem Ferienhaus wäre ein Zimmer reserviert.

Am nächsten Morgen um fünf Uhr vor der Pension im bleiernen Licht des Sonnenaufgangs küsste Toni herzzerreißend sein blondes Gift, das ihn im knappen Hemdchen bis an den Wagenschlag gefolgt war. Ab ging es mit uns Flugschülern nach Fürsty, Dienstbeginn acht Uhr.

Toni fragte während der Fahrt nicht nach dem Wohlergehen und ich fragte ihn nicht nach seinem Liebesleben. Nur der Motor summte.

Einige Flüge waren noch in großer Höhe von Funkfeuer zu Funkfeuer abzufliegen, in der Fliegersprache „Round Robins" genannt. Herrschten gute Sichtflugbedingungen, war es erlaubt, nach der erfüllten Aufgabe die Restflugzeit anders zu nutzen.

Oh, welche Vorschriften konnte man da außer Acht lassen! So oft und so dicht wie möglich an die Bergkette heran zu fliegen, nicht zu hoch, aber auch nicht zu tief. Erholsames Sightseeing, einfach schön, schiere Lustflüge waren das.

Seit dem letzten Wochenende nagte die Neugierde, wo in der Nähe des Chiemsees ein rotdachiges Bauernhaus und daneben auf einer Anhöhe vor einem Tannenwäldchen ein weißes kleineres Haus mit glänzenden schwarzen Dachziegeln liegen könnte. Trotz aller Kurverei nicht zu finden. Beim nächsten Besuch der Elisabeth würde ich mir markante Merkmale der Landschaft merken müssen. Die Abende auf der Bude, meistens allein, gingen dahin mit emsigem Lesen des Münchener Telfonverzeichnisses.

Nolle saß wie so oft im O-Heim vor der Glotze und Hanno liebte in Landsberg.

Wer waren die Leute aus München? Von mir kannten sie Namen und berufliche Tätigkeit, ich hatte alles ausgeplaudert. Ich hingegen wusste von der neuen Bekanntschaft lediglich den Vornamen Elisabeth und den ihres Bruders Uwe.

Einen Hinweis gab das Zeichen des Äskulaps rechts unten auf der Frontscheibe des Citroens. Also musste der Vater Arzt sein. Hatte Elisabeth nicht erwähnt, in der Ausbildung zur medizinisch-technischen Assistentin zu sein? Außerdem stand an der Gartenpforte auf dem Messingschild der Name „Dr. Reimann". Nach langem Suchen fand ich im Telefonbuch *Dr. Claus Reimann, Frauenarzt*.

Den gut aussehenden, väterlich wirkenden Mann mit seinen zarten Händen konnte man sich in diesem Beruf vorstellen. Dazu gehörte sicherlich eine gut gehende Praxis in einem der Edelviertel Münchens. Seine schmuckbehängte Ehefrau und das Ferienhaus in hervorragender Lage mit Blick auf die Berge ließen auf eine wohlhabende Familie schließen. Als Korpsbruder einer schlagenden Verbindung – die kleine Narbe, die Zier schräg unter der Nase zeugte davon – spielte er bestimmt in der Münchener High Society eine nicht unbedeutende Rolle.

Und dessen Tochter hatte ich kennen gelernt und mich, noch viel schlimmer, Hals über Kopf in das Mädchen verliebt. Nach langer Zeit mal wieder, aber ganz anders, tiefer, solider und nachdenklich machend. Wie aber passten wir zusammen?

Unsere Eltern lebten auf verschiedenen Sternen. Hier mein poltriger Vater und da der elegante Frauenarzt. Über was könnten sich meine zwar liebe, aber biedere, füllige Mutter mit ihrem unvorteilhaften Nackenknoten und die schlanke, nach Parfüm duftende wellaformfrisierte Mutter der Elisabeth unterhalten?

Die einen lebten zwischen Schrebergärten in einer kleinen Hafenstadt und die anderen umwehte großstädtisches Flair. Wo war Elisabeth aufgewachsen und wo ich?

War es nicht mit der Katja aus Beckum dasselbe gewesen? Letztlich hatte sich das Gefälle als zu steil erwiesen, um den Niveauausgleich zu schaffen. Heißt es nicht im Volksmund, man heiratet die Eltern mit? Dieser Gedanke ließ aufschrecken. Schweißnass klebte das Betttuch am Körper.

Unsere Bekanntschaft zählte nur aufgewühlte Augenblicke, alle meine Sinne drehten sich um das sympathische, fröhliche Mädchen, als wenn wir uns bereits seit Wochen kannten.

Ich muss verrückt gewesen sein, sie zum Tanz aufzufordern. Bei klarem Tageslicht überschwemmten nüchterne Überlegungen das heiße Verlangen: Junge, lass die Finger davon, bald bist du wieder in Norddeutschland und da haben die Mütter auch schöne Töchter.

Aber was tat Hannes Färber? Er stand zur vereinbarten Zeit mit einem Blumenstrauß für die Dame des Hauses vor der Gartenpforte mit dem Namensschild „Dr. Reimann".

Ich überraschte mich selbst. Meine bisherige Forschheit ersetzte jetzt eine gewisse Scheu, einen Schritt zu früh zumachen. Elisabeth anzufassen war wie feines Meißner Porzellan in die Hand zu nehmen. Also allergrößte Vorsicht!

Sie strahlte, als sie mich sah, es brannte in uns beiden, aber immer noch per Sie tasteten wir uns ab. Wir einander, die Eltern mich, und ich sie. Das abwechslungsreiche Wochenende verging im Fluge. Die Nächte verbrachte ich unruhig träumend in einer Kammer nebenan im Bauernhaus. Morgens weckte Geklapper von Milchkannen, säuerlicher Mistgeruch wehte durch das mit Geranien fast zugewachsene Fenster herein. Die Bauersleute bereiteten mir ein großartiges Frühstück. Die Bäuerin mit Kopftuch hockte mit am Tisch und konnte nicht genug fragen, so plagte sie die Neugierde:

„Waas, Sie komma aus Preißen, bei der Bundeswehr sans a und flieagn tuns a, na gibt's des a. Na, wegn der Elisabeth sans da. Jaja i woaß, sie megn das Madl, ja sie is a liabs Madl un schee is sie a, die Reimann Tochter, gäj."

Des Dialekts nicht mächtig und nicht sonderlich begeistert von den morgendlichen Befragungen, erlebte ich die Spaziergänge und Ausflüge mit der Elisabeth als umso erfreulicher. Versehentliche oder vorsätzliche Körperberührungen und längere Blickkontakte schienen beiderseits nicht ohne Wirkung zu bleiben. Abends von den Eltern irgendwo in einer der knuffigen bayrischen Dorfwirtschaft zum deftigen Essen eingeladen und danach im Ferienhaus beim Wein erzählte jeder von sich.

Es wurde viel gelacht. Vertrautheit kam auf und dazu die Einladung, unter der Woche mal in München vorbeizukommen in die Tenghuberstraße 24 und natürlich auch zum nächsten Wochenende wieder zum Nächtigen beim Bauer Hochleitner.

Der Chef, so nannte Frau Reimann ihren Wolfi, würde bereits am nächsten Freitag aus der Praxis geflohen sein und am frühen Nachmittag von der Terrasse aus den Bergblick genießen. Da sollte ich mal kommen, die Frauen kämen später, aber so ein Männerplausch hätte doch auch was.

Ein Männergespräch - warum eigentlich nicht?

München, von unserer Schwabing-Sauftour vor einigen Wochen noch als versnobte Gegend in schlechter Erinnerung, zeigte an der Seite Elisabeths ganz andere Farben. Der erste Abend mit ihr endete in einer Bar wieder in demselben Schwabing, das Hanno, Nolle und ich auf der Suche nach etwas Bestimmtem eine Nacht lang durchhetzt hatten. Mit dem gesuchten Bestimmten ganz dicht neben mir befand ich mich mit Elisabeth in einer anderen Welt. Das schummerige Licht brachte uns beim Tanzen näher. Melodien, die mir heute als Oldies so manches in Erinnerung rufen, träufelten Sehnsuchtsgefühle in die Seele.

116

Zaghaft berührte meine Wange ihre Stirn, sie war ja so viel kleiner als ich. Übrigens ein Vorteil, bei kleinen Frauen liegen die schönen Stellen dichter zusammen. Indem mir das durch den Kopf schoss, drückte ich Elisabeth ein wenig fester an mich, noch ein bisschen mehr. Es gab keine Gegenwehr, eher ein Entgegenkommen. Den Versuch, beim langsamen Walzer das Bein ein wenig in ihren Schritt zu drücken, beantwortete die Tanzpartnerin entsprechend. Meine rechte Hand glitt auf ihrem Kleid herunter, langsam, langsam, erst an den Poansatz, dann tiefer bis sie mich fest die Rundung fassen ließ.

Noch fester das schweigende Mädchen herangepresst, unsere Blicke trafen sich, ruhten fragend ineinander, rundherum bewegten sich andere Menschen, die wir nicht mehr wahrnahmen. Sie rieb ihren Leib an den meinen. Bei ihrer Größe geschah das genau an der empfindlichsten Stelle, und es blieb nicht aus, dass der Kleine wuchs und wuchs.

Ich hielt Elisabeth fest. Wie würde sie auf meine Erregung reagieren? Statt auf Distanz zu gehen, klammerte sie fester, lächelte mir aufmunternd zu, drückte sich noch dichter heran, sah mir fest in die Augen, als wollte sie sagen: Nur zu!

Noch bevor der Tanz zu Ende ging, erschütterte mich ein Zittern, ich blieb stehen, ein Schauer jagte den andere, es lief warm am Bein herunter. Sie hielt mich fest, streichelte mir den Rücken, hob den Kopf und flüsterte mit feuchten Augen: „Hannes, das war ein schöner Tanz." Vor der Haustür haben wir uns im Wagen hingebungsvoll geküsst. Als sie ausstieg und in Richtung Haustür davonschritt, wiegte ihr runder Popo verheißungsvoll in dem aufreizenden Emilio-Schuberth-Kleid. Sie winkte, bevor die Tür zufiel. Meine Gedanken kreisten längst um das ungewöhnlich Begehrenswerte. Dieses Kleid oder welches auch immer werde ich dir bei der nächstbesten Gelegenheit ausziehen. Nicht noch einmal wird es mir in die Hose gehen.

Vielleicht schon am kommenden Freitag?

Es war Freitag, früher Nachmittag. In der Sauerstoffmaske hörte ich meinen eigenen Atem, Das Triebwerk dröhnte. „Fürsty, cancel my flightplan. Call you back in about 20 minutes."

"This is Fürsty, Roger 85." Damit hatte ich mich beim Tower abgemeldet und konnte mit der Restflugzeit das anstellen, worauf ich mich den ganzen Tag schon gefreut hatte.

Power raus und im sanften Gleitflug ging es hinab auf den Chiemsee zu. Beim letzten Besuch bei den Reimanns hatte meine Aufmerksamkeit unter anderem auch der Landschaft gegolten. Im Vergleich mit der Landkarte exakt zu lokalisieren, musste der Dr. Reimann heute auf seiner Terrasse liegend anzutreffen sein. Da unten, gut aus 5000 Fuß Höhe zuerkennen, glitten bunte Punkte auf der Salzburger Autobahn dahin, winzige Spielzeugautos. Südlich davon in graugrünem Dunst verschwindend erhoben die Alpen ihre Gipfel. Nördlich der Autobahn lag der tiefe bewaldete Einschnitt mit dem Bach, danach, ansteigend in Wiesen übergehend, schlängelte als helles Band die Straße hinauf zur Anhöhe, dem Bauernhof, daneben auf der Kuppe das Tannenwäldchen und eben unterhalb das Reimannsche Ferienhaus. Auf der Terrasse im Liegestuhl lag jemand, das konnte nur Elisabeths Vater sein.

Mittlerweile auf 2.000 Fuß heruntergegangen, konnte ich den Hausherrn zwar nicht in die Augen sehen, aber deutlich ausmachen, dass er es war, der in der Badehose ausgestreckt vor dem Haus auf einer gelbweißgestreiften Liege in der Sonne lag. Aus dem kracherten München heraus musste es für den vielbeschäftigten Mann da unten himmlische Ruhe das Höchste sein. Na warte, die werde ich stören!

Hinter der Kuppe nach Norden hin fiel das Gelände leicht ab, wurde beinahe eben, größere Ortschaften lagen einem Tiefflug nicht im Wege, auch keine Hochspannungsleitungen. Auf Gegenkurs eingeschwenkt und angedrückt, raste ein röhrendes graues Etwas in Baumwipfelhöhe auf die Tannengruppe zu, die wie ein Finger auf mich zeigte. Gleich dahinter lag das Haus. Tiefer, noch mal richtig anheizen, die Geschwindigkeitsanzeige kletterte. Hinter den voraus explosionsartig größer werdenden Tannen lag genüsslich vor sich hindösend Elisabeths Vater, den es zu beeindrucken galt. Noch vernahm er Vogelgezwitscher und sah Schmetterlinge durch die Blumen taumeln. Damit würde es in Bruchteilen von Sekunden vorbei sein. Ein Höllenlärm nahte in Dachfirsthöhe. Ein Schatten verdeckte die Sonne. Unter den Flügelflächen huschte Schwarzes und Gelbweißes vorbei.

Ich den Knüppel an den Bauch gezogen, Nase hoch, um die Längsachse Rollen gedreht und schwupp wieder in 2.000 Fuß Höhe nach links gekurvt. Unten lag wie unberührt das Ferienhaus, aber auf der Liege lag niemand mehr. Hatte ich den Guten weggepustet oder gar zu Tode erschreckt? Gleich mal nachsehen!

Beim letzten Besuch war mir aufgefallen, dass zwischen den Apfelbäumen entlang der einsamen Höhenstraße und der Ferienhausterrasse eine breite trogähnliche Wiesenmulde verlief, die vom tiefer gelegenen Dorf bis vor das Reimannsche Haus und weiter bis zum Hochleitnerhof führte, eine ideale Tiefflugstrecke. Das ermunterte, beim Dorf in die Senke zu gleiten, flach über dem Boden unterhalb der Terrasse vorbeizuflutschen und nach dem Wohlergehen des Herrn Reinmann Ausschau zu halten.

Angedacht und gleich ausgeführt. Dieses Mal im Langsamflug. Polizei war nirgendwo zu sehen. Über dem Dorf das Fahrwerk ausgefahren, Landeklappen gesetzt, Gas rein, die T 33 sorgfältig an die Speed gehängt und schön tief und schön langsam in Augenhöhe an dem mit einem Handtuch winkenden Sonnenlieger vorbeigeschwebt. Danach nichts wie weg.

Mit Freude über den gelungenen Coup, bei Elisabeths Alten sicherlich Eindruck gemacht zu haben, allerdings wieder gemischt mit dem herangekrochenen mulmigen Gefühl, dass vielleicht doch jemand die Seitennummer der T 33 notiert

118

und gemeldet haben könnte, ging der Flug zuende. Daheim in Fürsty die Fliegerkombination eiligst in den Spind gehängt, Shorts und Hawaihemd angezogen, in den
bereits fürs Wochenende vorbereiteten Wagen gesprungen raste der Liebeshungrige
in Richtung Chiemsee - mit Stau am Irschenberg.

Ob Elisabeth schon da sein würde? Nein, sie war es nicht.

Vater Reimann empfing mich mit offenen Armen und sprudelte Begeisterung,
mein Vorbeiflug hatte seine Wirkung nicht verfehlt. Unter einem Sonnenschirm auf
der Terrasse begann ein ungezwungenes Gespräch. Vom Hausherrn viel zu stark
gebraut wurde Kaffee geschlürft, dazu gereicht gab es Konfekt. Reimann lachte,
erzählte witzelte, sprach über das Wetter, darüber, wie ich ihn erschreckt hätte, aber
ich hörte nur halb hin. Meine Blicke wanderten ständig den Gartenweg hinunter
und die Frage quälte, warum die Frauen nicht schon längst eingetroffen waren.

Mein Gegenüber musste wohl meine wachsende Unruhe gespürt haben, denn
mit einem Male nahm das Gespräch eine andere Richtung. Es zielte auf Elisabeth
und mich. Hatte er nicht beim Abschied letztes Mal angedeutet, dass wir ein Männergespräch führen würden oder sollten. Nach mehreren Höflichkeitskurven kam er
nun zur Sache.

Es begann wie ein Gewitterschlag aus heiterem Himmel. Unerwartet und unbegreiflich stellte er die unverblümte Frage. Ob ich seine Tochter liebe. Sein bisher
lockeres, ungezwungenes Verhalten war einem geduckten Lauern gewichen. War das
hier eine polizeiliche Vernehmung?

Wir waren allein, niemand hörte uns zu. Niemand würde das Gesagte beeiden
können. Warum also um den Brei herumreden.

Entweder führte die von ihm heraufbeschworene abgekühlte Situation zu einer
Unterhaltung mit einem herzlichen Aufeinanderzugehen oder zu einer endgültigen
Trennung. Letzterer Gedanke drang mir wie ein Dolch schmerzhaft durch die Seele.

Was sollte diese als brutal empfundene direkte Frage und das zu diesem Zeitpunkt? Schließlich wusste er, dass ich seine Tochter erst wenige Stunden kannte.
Viel zu früh gestellt? Warum?

Wollte er sich schützend vor sie stellen oder mir den Weg verbauen, mich auf
charmante Art und Weise loswerden? In mir fing es an zu brodeln. Da wurde mir
klar, ja, ich liebte dieses Mädchen. Mit fragendem Lächeln sah ich sie in Gedanken
vor mir stehen, im Hintergrund schemenhaft ihren Vater.

In dem Tanzlokal muss mich der Blitz getroffen haben. Seitdem drängte es
mich mit jeder Faser meines körperlichen Empfindens zu Elisabeth hin und seit
unserem ersten Kuss vor der Haustür umso mehr. Ständig kreisten meine Sinne um
sie, beim Aufstehen, beim Essen, nachts, am Tag, beim Fliegen, beim Autofahren,
einfach überall, selbst, wenn ich auf dem Klo saß.

Nichts Besseres, nichts mich mehr Einfangendes war mir seit Monaten, vielleicht seit Jahren begegnet. Ich war wild entschlossen, an dem schicksalhaften Geschenk festzuhalten, selbst dann, wenn der Alte jetzt dazwischen funken würde.

Der Fragende wartete mit ernst gewordener Miene auf die Antwort.

Gut, er sollte sie zu hören bekommen:

„Ja, ich liebe Ihre Tochter, und wenn Sie es wissen möchten: Wenn wir uns näher gekommen sind, werde ich Elisabeth fragen, ob sie mich heiraten möchte."

Ich muss verrückt gewesen sein, diesen Satz abzusondern, der in letzter Konsequenz eine lebenslange Entscheidung beinhaltete. Aber alles, was aus meinem Munde gekommen war, war ehrlich und tief empfunden. Diese Aussage stand nun wie ein Berg zwischen uns beiden. Er stellte die indiskrete Frage, ich gab die Antwort. Wie würde der Vater darauf reagieren?

Eine lange Pause trat ein. In den Rosen summten Bienen, in der Ferne muhte eine Kuh, die Sommerluft flimmerte über den Bergen.

Reimann wirkte traurig, war in seinem Gartenstuhl zusammengesunken und kaum vernehmlich hörte ich ihn sagen: „Dieses Statement habe ich erwartet. Ich bin ja nicht blind, und was Elisabeth betrifft, so habe ich meine Tochter lange nicht mehr so fröhlich gesehen." Nach langer, mit einem Seufzer beendeten Pause fuhr er leise fort: „Aber bevor Ihre gegenseitige Zuneigung sich vertieft, möchte ich Ihnen, junger Mann, etwas sagen." Er setzte sich dabei steil auf und musterte mich: „Sie werden erfahren haben, dass ich Frauenarzt bin. Das, was ich Ihnen hier unter vier Augen eröffne, darf ich eigentlich nicht, aber ich tue es trotzdem. Ich möchte Sie darauf aufmerksam machen, dass Elisabeth keine Kinder haben wird. Sie ist nicht krank, aber, ohne ins Detail gehen zu wollen, sie ist innerlich nicht dazu geschaffen."

Komisch, an Kinder hatte ich bisher gar nicht gedacht. Eher an ein unheilbares Leiden, an Krebs oder ähnlich Fürchterliches. Was er mir da eröffnete, entsetzte mich nicht.

Der Berg des Schweigens wuchs zwischen uns. Kurz bevor er zu hoch wurde und die Sicht versperrte, hörte ich mich reden. Es muss entspannt geklungen haben: „Ach Herr Dr. Reimann, lassen Sie mich mal machen."

Dieser Satz, viel, viel später der Elisabeth offenbart, ist in unserer Ehe Leitspruch geworden: „Lass uns mal machen!"

Dem besorgten Vater huschte ein Lächeln über das grau gewordene Gesicht. Die mir gemachte Eröffnung muss ihn tagelang zuvor gequält haben. Das Glück Elisabeths, seiner Lieblingstochter, lag ihm, wie ich bald erkannte, besonders am Herzen. Mein kurzer Satz nahm ihm den niederdrückenden Stein von der Brust.

Wie ein Tuch warf er die Anspannung ab, sprang auf, rannte ins Haus, kam mit einer Sektflasche zurück, setzte sie vor mir auf die Erde, lief wieder über die Terrasse, jetzt mit zwei Gläsern in der Hand, machte sich über den Korken her, plopp, weg war er, und schäumend sprudelte der edle Stoff, er drückte mir ein Glas in die Hand, hob das seine, und sichtlich erleichtert strahlte der nicht mehr besorgte Vater: „Dann macht man, ihr beiden, ich heiße übrigens Wolf und du heißt Hannes, das hat mir Elisabeth schon erzählt."

Wir stießen an. Kling, klang! Erfrischend rann das prickelnde Nass durch die trockene Kehle. Gegen das frühe Du hatte ich nichts einzuwenden, aber im Hinterkopf begann es an zu ticken. Hatte ich hier und heute mit dem Gesagten von hinten herum bereits um die Hand seiner Tochter angehalten, sozusagen einen Heiratsantrag gemacht? Und wenn schon.

Von der Straße unten hallte das Schlagen einer Wagentür herauf, und dass geliebte gickernde Lachen vertrieb alle Bedenken.

Begrüßung, Bussi hier, Bussi da. Die Mama verhielt sich mir gegenüber auffallend steif und reserviert. Sie kannte den Inhalt des Männergesprächs und musste wohl erst ihren Mann gesprochen haben, um entsprechend des Ausgangs Freundlichkeit oder Ablehnung zeigen zu können. Um ihr dazu Zeit zu lassen, zog mich Elisabeth gleich davon.

„Lass uns ein wenig bummeln gehen, die Luft ist hier draußen so herrlich und in München war es grausam schwül."

Der Spaziergang fand seine Unterbrechung in einem Schober, voll gepackt mit duftendem Heu. Das weiche Sitzen wurde langsam zum Liegen, zum Anschmiegen.

Mit kurzem Schwung war sie plötzlich über mir und schaute mich an: „Ich bin kurzsichtig und kann dir viel besser in die Augen sehen, wenn ich ganz dicht dran bin." Sie kroch auf mich, ihre Bernsteinaugen verschwammen, näher und näher, bis unsere Lippen zueinander fanden. Meine Hände schoben ihr Dirndl hoch, immer weiter, sie tat nichts dagegen, ihre Haut war stramm, pfirsichfarben, knackig jung, 18 Lenze zählte das Mädchen und duftete so frisch.

In der Ferne hörten die Berge auf, sich rhythmisch auf und nieder zu bewegen als wir erschöpft voneinander ließen. Schmunzelnd und mir tief in die Augen blickend zog sie zwischen den nackten Beinen aus ihrem Schoß einen Strohhalm hervor, hielt ihn mir hin, ich ließ ihn mir über den Mund streicheln und hörte sie flüstern: „Ob der mit dabei gewesen ist?"

Die folgenden Wochen vergingen wie im Traum. Jeden Abend Treffpunkt München, meistens in Schwabinger Lokalen, einmal gerieten wir in ein Clique, die sich um den Filmstar Ruth Leuwerik und Dieter Borsche scharte. Zu später Stunde vor dem Abschiedskuss beschlugen im Wagen vor der Haustür die Scheiben, weil der ereignisreiche Tag nach einem besonderen Höhepunkt verlangte. Einmal klopfte die fürsorgliche Polizeistreife ans Fenster: Ob wir denn kein Bettchen hätten.

An einem Wochenende lud ich Elisabeth ein zum seit langem in den Medien angekündigten ersten Flugtag der Nachkriegsluftwaffe auf dem Fliegerhort Fürsty.

Ein internationales Aufgebot donnerte über die Tausende von Zuschauern. Am spektakulärsten zeigte die italienische Kunstflugstaffel, die „Jetti tonanti", was man mit Düsenjägern anzustellen vermochte. Zu viert holten sie alles aus ihren Maschinen heraus, rasten nach einem Loop in Bodennähe über die staunende Menge hinweg, jeweils im Winkel von 90 Grad versetzt aufeinander zu und verfehlten sich gewollt nur um Haaresbreite.

Für mich als Höhepunkt und zu Gast bei dieser Flugvorführung startete eine Staffel der Marineflieger, ich winkte, als sie zum Start vorbeirollten, sie sahen meine Uniform, die sich deutlich vom fehlfarbenen Luftwaffenhellblau abhob, und winkten zurück.

Ein stolzes Gefühl kroch in mir hoch, bald würde ich an der Seite dieser Burschen fliegen.

Als die „Fliegenden Fische" der Marine mit ihren graugrünen „Sea Hawks" in engster Formation zu fünft wie ein Diamant am Himmel ihre Kunststückchen boten, drückte Elisabeth meine Hand. Gerade als heulend die Formation über unsere Köpfe fegte, rief sie in den Krach hinein: „Sind das die Dinger, die du bald fliegen wirst?" Ich brüllte zurück: „Ja mein Schatz, ich kann es gar nicht erwarten!"

Weggetragen von meiner Freude und Begeisterung folgte der entscheidende Satzteil: „Und wenn du mit mir nach Norden ziehen möchtest, bist du herzlich willkommen!"

Plötzlich waren die dichtgedrängten Zuschauer ringsum verschwunden, selbst der Fluglärm drang nicht mehr ins Bewusstsein. Nur wir beide standen voreinander, sie ganz still mit sanftem Blick. Sie wartete auf die Vervollständigung des begonnenen Satzes, und ich hörte mich sprechen: „Hättest du Lust mich zu heiraten, willst du meine Frau werden?"

Jetzt war es endlich heraus, was für ein schwieriger Satz, eine Frage mit Bleigewichten. Sie drückte sich wie schutzsuchend an meine Brust, hob den Kopf, Tränen kullerten aus ihren schönen Augen und flüsternd hörte ich Elisabeth sagen: „Ja, mein Schatz!"

Über uns pfiffen die Triebwerke tief fliegender Jets hinweg. Menschen schrieen A und O, sie hätten was auch immer schreien können, wir beide schwebten weit darüber und hörten nichts mehr. Im „Müffi", so bezeichnete Elisabeth mein von Zigaretten verräuchertes Edelgefährt, kuschelten wir erst einmal vor der Abfahrt auf der durchgehenden Frontbank – ja so etwas gab es damals in einem Ford 12 M!

Nach einigen Minuten der Schmuserei richtete ich Elisabeth auf, schaute sie streng an und erklärte, dass jetzt Nägel mit Köpfen gemacht würden. „Was soll das denn heißen?"

„Wir fahren jetzt in die Höhle des Löwen, zu deinen Eltern, und da werde ich das wiederholen, was ich dir eben gesagt habe. Alles klar?" Elisabeth nickte, ihre Augen leuchteten.

Der Motor brummte laut auf.

„Ich weiß, dass deine Eltern an diesem Wochenende zu Hause sind, also sagen wir es ihnen!"

„Jetzt gleich, wirklich?" Ihre Stimme zitterte.

„Jawoll jetzt gleich!"

Offensichtlich fühlte ich mich in der Uniform unverschämt stark, zumindest stärker als im sommerlichen Hawaihemd und barfuß. Ein mit Schlips und Kragen vorgetragener Heiratsantrag musste bei den Reimanns nicht ohne Wirkung bleiben, müsste eigentlich als seriös gemeint gut ankommen.

Auf dem Weg nach München kamen uns endlose Wagenkolonnen entgegen, die offenbar zum Flugtag wollten. Die von den meisten Medien seit Tagen betriebene Hetze gegen die, so wörtlich, „kriegerischen Flugvorführungen und Verherrlichung von Waffen" bewirkte keine Abscheu, sondern genau das Gegenteil. Aus ganz Bayern eilten neugierige Leute nach Fürsty und standen im Stau, wir aber glitten unbehindert in die Innenstadt. Quietschend stoppte der Müffi im Innenhof der Tenghuberstraße. Mit Eilschritten ging es in den Lift. „Bitte 4. Stock drücken", flüsterte Elisabeth. Ich bohrte den Knopf bis zum Anschlag. Rumpelnd fuhr der enge Fahrstuhl an. Wir hielten uns schweigend an den Händen, die Spannung stieg, ein flaues Gefühl in der Magengegend machte sich breit, es drückte am Hals. Schlug das Herz schneller?

„Liebster, weißt Du, dass deine Hände ganz feucht sind?" Sie lächete fragend. „Noch kannst du zurück."

Der Lift knackte, stand. Über der Tür flimmerte die Zahl 4 – angekommen. „Nein, heute oder nie mein Schatz!"

Da fiel mir der Satz ein, mit dem ich den guten Reimann auf der Terrasse des Ferienhauses imponieren konnte und den wiederholte ich jetzt laut: „Lass uns mal machen!"

Die stets beherrscht und reserviert auftretende Mutter machte die Tür auf, musterte uns, besonders mich in der Uniform, lachte gekünstelt auf und rief, sich ins Zimmer wendend: „Wolfi, der Tiefflieger besucht uns."

Nicht sonderlich witzig. Ich hängte ich meine Mütze kommentarlos an den nächsten Garderobenhaken und wartete. Hereingebeten ins Wohnzimmer, vom Flugtag erzählt, ein Gläschen nach dem anderen getrunken, zusammen Abendbrot gegessen, wieder aufs Sofa gesetzt, Seemannsgeschichten zum Besten gegeben, bis sich die Balken bogen. Aber verdammt noch mal, das war alles Füllmasse, es bot sich keine Gelegenheit, in der Unterhaltung einen Schlenker zu finden, um ernsthaft einen Heiratsantrag loszuwerden.

Elisabeth sah mich an, mal auffordernd, mal strafend, wippte mit den Schuhen oder schaute Hilfe suchend zur Decke. Der einzige, der meine Not registrierte, war der Bruder, der mich mit seiner Feixerei so wütend machte, dass ich, es war wohl kurz vor Mitternacht, aufsprang und pastoral um Ruhe bat.

Mutter und Vater Reimann blickten mich freundlich an. In die eingetretene Stille hinein, krähte das freche Bruderbürschchen: „Herr Leutnant will uns mitteilen, dass er euer Töchterchen entführen will, ha ha, ich lach mich tot." Ich hätte den Kerl treten können, aber seine dumme Bemerkung bot mir die Chance, endlich auf das eigentliche, auf mein Thema des Abends zu kommen. In kitschigen Filmen gesehen, von schmalzigen Radiosendungen gehört und auch in auf Toiletten liegen gelassenen Loreheftchen gelesen, kam mir stotternd und dann fester werdend der entscheidende Satz aus dem Munde. Von den Wänden schien er zurückzudröhnen, ganz allein stand ich vor Menschen, die ich erst seit Wochen kannte, und legte ein mein Leben umgestaltendes Statement ab.

„Sehr geehrte Frau Reimann, lieber Dr. Reimann, ich bitte Sie um die Hand Ihrer Tochter Elisabeth, wir möchten heiraten."

Endlich war es raus. Der Boden wackelte, der Himmel taumelte, aber an meinem Arm hatte sich Elisabeth festgekrallt und ergänzte die alte Formel: „Ja, ich liebe meinen Hannes!"

Ich erinnere nur noch, dass man mich morgens um drei mit dem Auto nicht mehr fahren lassen wollte, aber wer scherte sich damals schon darum. Zum Abschied an der Haustür klopfte mir der künftige Schwiegervater auf die Schulter und augenzwinkernd entließ er mich mit der Aufforderung: „Meiner Frau wegen würde ich dir empfehlen, morgen im nüchternen Zustand das ganze zu wiederholen, so um die Kaffeezeit um vier."

Ich grinste ihn an: „Kein Problem, wird gemacht."

Wie der Flugtag weiter über die Bühne gegangen war, las ich am Montag in der Zeitung und hörte die Berichte von Nolle und Hanno. Über das, was mir widerfahren war, schwieg ich mich aus. Sie würden es früh genug erfahren.

Mich beschäftigte ganz etwas anderes und zwar die Frage, wie ich meinen Antrag bei Mutter Reimann am stilvollsten wiederholen könnte. Übrigens sah die Frau gestern blendend aus, toll frisiert, mit verwirrend makellosen Beinen, sie musste noch sehr jung sein, bestimmt hatte sie ebenso früh geheiratet wie Elisabeths ältere Schwester Sigrid. Die hatte gerade ein Jahr zuvor mit 18 geheiratet. Da schockte es die Eltern nicht, dass jetzt jemand daherkam, um die ein Jahr jüngere Elisabeth dem traurig gewordenen Jüngsten, dem Bruder, zu entführen.

Über München spannte sich der typisch weißblaue Himmel. Es galt die letzten warmen Sommertage des August in den Biergärten zu verbringen. Dementsprechend gering war der Verkehr, nur vor dem Blumengeschäft am Hauptbahnhof unterbrach ein weißblauer Ford die sonntägliche Stille.

Der Motor erstarb, und dem Wagen entstieg mit staksigen Beinen eine ganz in weiß gekleidete Gestalt, ging in den Blumenladen, kam mit einem Riesenstrauß roter

Rosen wieder heraus, bettete diese vorsichtig in den Kofferraum, stieg flott in den Wagen ein und weg war er. Hannes Färber sah aus wie ein Operettenstar.

Das Auto mit dem fremdartigen Nummernschild, offenbar aus Norddeutschland, darin ein eigentümlich uniformierter Mensch, jagte in Richtung Katharinenplatz und parkte dort. Es muss so gegen 16 Uhr gewesen sein. Vor den Cafés sitzend, genossen viele Damen in der nachmittäglichen Sonne cremebeladene Torten, als ihre Aufmerksamkeit auf ein bisher in München nie dagewesenes Ereignis gelenkt wurde.

In schneeweißer Marinetropenuniform marschierte ein schlanker braungebrannter Leutnant zur See, in der weißbehandschuhten Hand blutrote Rosen schwingend, im Eilschritt an ihnen vorbei. Er lächelte über die Zurufe. Einige klatschten. Eine ältere Damen schmolz dahin und rief: „Ach das Buberl ganz in weiß!"

Ein breitbeinig fast im Wege sitzender offenbar amerikanischer Tourist hielt den dahinstolzierenden Hannes Färber für einen Landsmann und brüllte über den Platz: „Hey ye look, our Navy in Bavaria. Officer and Gentleman!"

Die Aufforderung der Reimanns, den Heiratsantrag noch einmal vorzutragen, hatte mich auf die verrückte Idee gebracht, in dieser weißen Galauniform nicht nur die Ernsthaftigkeit meines Anliegens zu unterstreichen, sondern fernab von der See den Bayern zu imponieren. Ja, Eitelkeit war mit im Spiel.

Die Wirkung blieb nicht aus. Wie einem Filmstar öffnete sich vor mir der Weg bis in die Tenghuberstraße. Die Leute blieben sprachlos stehen und staunten. Anfangs fiel das Spießrutenlaufen durch die Gasse der zusammenlaufenden Menschen schwer, Blei hing an den Beinen. Mit jedem weiteren Schritt wurde es jedoch leichter, denn alle, die mir begegneten, reagierten freundlich und winkten. Ja zuletzt grüßte ich nach allen Seiten und wedelte mit dem Rosenstrauß. So darin bestätigt, den richtigen Aufzug gewählt zu haben, stand ich vor der Tür, klingelte. Wer würde aufmachen? Schnell das Papier von den Rosen weggerissen. Strauß in Vorhalte. Drinnen Getrappel. Das war nicht Elisabeth. Der Bruder öffnete, riss die Augen auf, blieb unbeweglich stehen, sagte „Wow" und nichts mehr.

„Wer ist es denn?" rief aus dem Zimmer eine Stimme. Das war Dr. Reimann.

Gedehnt und fast tonlos kam dem Kleinen über die Lippen: „Etwas großes Weißes mit was Rotem." Im Hintergrund rauschte es, dazu tick tick tick tick das Staccato von Stöckelschuhen. Ich hörte ein Rauschen, und wie ein Blitz um die Ecke sprang mir Elisabeth in die Arme. Sie stutzte kurz: „ Mein Gott, hast du dich fein gemacht!"

Mir fiel nichts anderes ein als: „Was tut man nicht alles, damit deine Eltern endlich Ja sagen!"

Spät abends zurück in Fürsty dröhnte der Kopf. Morgen würde ich meine Eltern anrufen und ihnen mitteilen: Sie ist 18, wird Ende September 19, dann werden wir uns verloben, ihre Eltern, nette, vernünftige Leute, und ich kommen zu euch nach Neidum, da werden wir feiern. sie ist katholisch, etwa 165 groß, bildhübsch und die Frau meines Lebens.

Mein Vater, wie immer brummig und kurz angebunden, hüstelte ins Telefon, war wohl verärgert über den frühen Anruf. Zugegeben, mein Anruf morgens um halb sieben war unangenehm früh, aber ich musste zum Fliegen und hielt es doch nicht länger aus, die frohe Botschaft zu Hause verbreiten zu lassen.

„Du bist es, was ist los, bist du krank?"

Was für ein abweisender Ton. Typisch mein Alter, hart und verknöchert. „Nein, viel schlimmer, ich habe mich in ein tolles Mädchen verliebt und werde heiraten. Nur das wollte ich euch mitteilen." Stille auf der anderen Seite, dann ein Räuspern oder war es Schluchzen, eine weinerliche Stimme antwortete: „Ach mein Junge, das ist schön, erzähl mal, wie ist sie denn?"

Diese butterweiche, versöhnliche Art kannte ich nicht an ihm. Er ließ mich senden, hörte mir andächtig zu – zum ersten Mal in meinem Leben. Die Gelegenheit nutzend lief alles was mich bewegte wie ein Wasserfall durch die Leitung. Mutter hörte sich dasselbe noch einmal an, sie jubelte, lachte, weinte und rief zuletzt: „Gott segne euch beide, grüß deine Kleine und ihre Eltern ganz herzlich von uns." Bevor der Hörer auf der Gabel einklickte, hörte ich meine Mutter laut rufen: „Endlich habe ich eine Tochter!"

Wenn auch seitdem auf silbernen Wolken fliegend, bemühte ich mich beim Flugdienst, den realen Bedingungen ins Auge zu sehen. Saß ich im Cockpit, war Elisabeth vergessen.

Und doch entflohen manchmal die Gedanken nach München. So bei einem der letzten Nachtflüge hoch über Bayern. Kristallklare aber mondlose Nacht mit fantastischen Sichtweiten umgab die Kanzel, mattgrün leuchteten die Instrumente, kaum zu erkennen, weit heruntergedimmt, um das Lichterphänomen da draußen nicht zu stören. Denn aus über 30.000 Fuß Höhe gesehen glichen die Städte Haufen funkelnder Brillianten, die geballt in der Mitte sich häuften und nach außen hin wie ein Spinnengewebe leuchtende Fäden in die Umgebung streckten.

Das waren die Scheinwerfer der vielen Autos, die auf den Straßen helle Streifen zogen. Aus der Schwärze der Tiefe leuchteten kleine und größere flimmernde Lichthaufen. München versprühte das strahlendste Licht. Eines davon musste das Fenster von Elisabeth sein. Aus 10 km Höhe glaubte ich sie zu erkennen. Nein, natürlich nicht wirklich.

Über dem Cockpit das funkelnde Sternenmeer und unten die Lichter der Zivilisation, dazu die Gedanken ganz woanders, da konnte einem ganz schwummerig werden. Wo war oben, wo war unten?

Die Fluglehrer hatten jedem erklärt, dass dieses Unsicherheitsgefühl nachts auftreten könnte, sie nannten es „Vertigo" aus dem Englischen, der Schwindelanfall, der mich jetzt ganz fürchterlich packte. Verdammt, waren das voraus oder oben oder unten nun die Sterne oder die Lichter von München? Flog ich auf dem Rücken oder in Schräglage? Mensch, reiß dich zusammen! Weg mit allen abschweifenden Gedanken. Fest die Instrumente in den Blick genommen, Kopf geschüttelt, und alles war wieder klar.

Trotzdem blieb dieser Nachtflug in Erinnerung, schon allein aus dem Grunde, weil ich von oben aus großer Höhe in Elisabeths Zimmer gucken konnte.

Nolle und Hanno verschwanden fast aus dem Gesichtskreis. Man sah sich beim Frühstück, beim Fliegen, aber nach Dienstschluss gar nicht mehr. Ob die beiden noch mit ihren Mädchen zusammen waren? Keine Ahnung. Interessierte auch nicht. Jeden Abend brachte mich der Müffi nach München und jedes Wochenende durch den Stau am Irschenberg an den Chiemsee. Ich brauchte nicht mehr beim Hohenleitner zu übernachten, sondern durfte im Souterrain des Ferienhauses im Zimmer neben dem Brüderchen schlafen.

Obwohl der seine abweisende Haltung mir gegenüber aufgegeben hatte, ja sogar die Tuchfühlung mit mir suchte, spielte er des Nachts die Rolle des Wachhundes. Vielleicht sogar von seinen Eltern dazu beauftragt, darauf zu achten, dass Elisabeth und ich in den eigenen vier Wänden vor der offiziellen Verlobung nicht zueinander fanden.

Dabei wussten alle Familienmitglieder der ansonsten weltoffenen Reimanns, dass Elisabeth und ich auf diesem Gebiet keine Gelegenheit ausließen und höchst erfinderisch waren.

Der Arzt fürchtete Geschwätz in der Nachbarschaft, wohl auch um seinen Ruf, schließlich gab es damals noch den Paragraphen der Kuppelei, über den besonders die katholische Geistlichkeit wachte, die mir als Protestanten, als es ums Heiraten ging, noch manchen Knüppel zwischen die Beine werfen sollte.

Im Bewusstsein, nur noch zwei, drei Wochen füreinander zu haben, bevor der Zug in Richtung Norden abfuhr, verlief das gegenseitige Kennenlernen in hochkomprimierter Form. Auf endlosen Spaziergängen erzählte ich über meine Kindheit und meine Eltern, Elisabeth über ihr bisheriges Leben.

Ihrem Vater war sie sehr zugetan, der hatte die Familie vor den Bombennächten der letzten Kriegswochen aufs Land gebracht, wo sie fünf Jahre eine unbeschwerte Kindheit verbrachte.

Die Veränderungen nach dem Kriegsende erreichten den Bauernhof nicht. Elisabeths Erinnerungen waren lediglich, dass ein farbiger Soldat ihr auf dem Schulweg aus einem Jeep heraus einen Kaugummi gegeben hätte. Lange hätten die Bauernkinder gerätselt, ob man das Durchgekaute auch herunterschlucken dürfte. Erstaunlich früh aus russischer Gefangenschaft zurückgekehrt, durfte der Vater jahrelang nicht praktizieren. Aus der ländlichen Idylle wieder in München, ging es mit der Familie steil bergauf. Insbesondere die Mutter entwickelte erhöhten Nachholbedarf an den schönen Dingen des Lebens. Ihre Kinder spielten dabei eine untergeordnete Rolle, dem materiellen und gesellschaftlichen Zuwachs galt ihr erstes Interesse. Dr. Reimann schaffte heran, die gnädige Frau gab es mit vollen Händen aus. Die Erziehung der Kinder lief nebenbei. Wer nicht spurte, wurde bestraft mit Stubenarrest, langem Knien auf Holzscheiten oder verschwand in einem Internat.

Vater Reimann spürte Liebesentzug und fand, was er suchte, bei älteren Frauen.

Mit dem Bau des Ferienhauses in der Nähe des Chiemsees hatte die Familie wieder zusammengefunden. Das lag erst zwei Jahre zurück, als Elisabeth und ich uns trafen. Der Haussegen war gerade wieder ins Lot geraten, als der norddeutsche in Bayern fliegende Marinemensch unerwartet frischen Schwung in den Laden brachte.

Von allen Seiten schmerzlich empfunden, nahte unaufhaltsam der Abschied. Als zwei Jahr zuvor die Marine den Leutnant Färber zur fliegerischen Ausbildung erst nach Koblenz und dann bis an die Alpen versetzt hatte, als es noch keine Touristenflüge gab, die Eisenbahn noch dampfte und Busse nur bis in die Vororte verkehrten, da lag Bayern weiter entfernt als heute Australien. Als Hannes Mitte der 50er Jahre noch jeden Pfennig zurücklegen musste, um zu Beginn der Sommerferien an dem jährlich stattfindenden Schulfest in dem 20 km entfernten Waldlokal „Marschgarten" teilnehmen zu können, tummelte sich Elisabeth mit den Geschwistern am Strand der Adria.

Auch hier drängte die Entscheidung. Würde die verwöhnte Grostadtpflanze in dem kargeren Norden gedeihen? Durch Neidums Straßen wehte kein warmer Föhn, sondern peitschte im Winterhalbjahr gefrierender Regen über das Holperpflaster.

Die Zeit meines Aufenthalts in Bayern raste dem Ende entgegen. Zum Abschluss überreichte Staffelchef Kubicki den von höchster Stelle unterzeichneten Flugzeugführerschein und die kleine an der Uniform zu befestigende Schwinge.

Mensch, was war die klein, gemessen am Schweiß, an der ständigen Furcht, den Lehrgang nicht zu bestehen, und sonstigen Aufregungen. Wie unscheinbar wirkte das Stückchen Stoff, das beurkundete, in der Bundeswehr für eineinhalb Millionen DM zum Piloten ausgebildet worden zu sein.

Mit hochrotem Kopf und stolz geschwellter Brust ging jeder nach vorn, nahm die heiß ersehnte, hart erkämpfte Urkunde mit dem anerkennenden Schulterklaps des Majors entgegen. Mit dem von ihm angehefteten Flugzeugführerabzeichen und der Instrumentenflugberechtigung, in der Fliegersprache bekannt als das international anerkannte Zertifikat „White Card", in der feuchten Hand ging man wie betrunken vor Glück durch die klatschende Menge.

Nachmittags gab es einen Empfang beim Kommandeur, bereits mit der mit heißer Nadel an die Ausgehuniform schnell angenähten Schwinge. Nicht genug der Freude, verteilte der Oberst dieses Mal große beigefarbene Urkunden, goldumrandet mit einem goldenen Adler vorn drauf. Vom Verteidigungsminister höchstpersönlich unterschrieben stand in großen Lettern, dass auch der Leutnant zur See Johannes Färber zum Oberleutnant befördert worden sei.

Was für ein Tag!

Das sich anschließende Besäufnis soll bis zum Morgengrauen gegangen sein. Ich aber verschwand nach dem ersten Sekt, rief Elisabeth an. Wir trafen uns in der elterlichen Wohnung. Vater Reimann machte extra meinetwegen seine Praxis dicht, freute sich als ehemaliger Major der Artillerie besonders über die Beförderung, Elisabeth dagegen zeigte gemischte Freude und Gefühle. Sie wusste, die schönen Stunden der Zweisamkeit gingen endgültig dem Ende entgegen, zumindest würde es nicht wie bisher so weitergehen.

Bald würde ich nach Schleswig-Holstein verschwunden sein. Als eingefleischte Bayerin mit allerdings sächsischen Blut ihrer vor Jahrzehnten eingewanderten Eltern kannte sie den Süden, die Schweiz und Italien, nach Norden hin war sie nur einmal bis nach Hannover gekommen, machte dort Bekanntschaft mit steifen, unterkühlten Menschen, und das Wetter soll auch miserabel gewesen sein. Nicht sonderlich vielversprechend!

Nun würde ihr Hannes dorthin entschwinden und noch viele Kilometer weiter. Ob sie mit sich Zwiesprache hielt, mir eines Tages in die Ungewissheit folgen zu wollen?

Still und Händchen haltend, erst nach einem Essen in einem Edellokal und später im Wohnzimmer sitzend, wurden Zukunftspläne geschmiedet.

Als Top 1 der Tagesordnung wurde der Verlobungstermin festgelegt.

Die Einigung fiel auf den 15. Oktober, also zwei Monate bis dahin.

Ort der Austragung: Neidum bei meinen Eltern.

Vorbereitung wie das Drucken der Karten: Familie Reimann.

Durchführung vor Ort: Oberleutnant zur See Färber.

Was im Einzelnen während der letzten Tage geschah, ist dem Gedächtnis entschwunden. Es muss furchtbar turbulent und abwechslungsreich gewesen sein.

9

Die Abwicklung auf der militärischen Seite, wenn auch mit viel Papier und Unterschriften verbunden, geschah relativ reibungslos, Rückgabe der Fliegerkombinationen, des Helms, der Sauerstoffmaske, der Lehrbücher usw. Die Fliegeruhren durfte man behalten, als stolzes Zeichen des frischgebackenen Piloten. Mit der zivilen Verwaltungsseite jedoch gab es Zoff. Der Standortverwaltungsbeamte, zuständig für die finanzielle Abwicklung der Fahrten zu den jeweiligen Dienstorten, bestand darauf, dass die Tickets für die Bahnfahrt genutzt wurden. Eine Berechnung für die Fahrten mit eigenen PKW ließe sich, wie er verkündete, haushaltsmäßig nach den Richtlinien der Titel- und Kapitelwirtschaft des Bundes nicht durchführen.

Dieses vorsintflutliche System aus den Zeiten Bismarcks hat jeder Bundeswehrangehörige während der gesamten Dienstzeit als unangemessen, zeitfremd und undemokratisch empfunden, einfach idiotisch. Erstmalig mit diesem archaischen Abrechnungsverfahren konfrontiert, blieb nichts anderes übrig, als den Wagen voll zu packen, auf dem Flugplatz stehen zu lassen, mit dem Zug abzufahren und bei nächst bester Möglichkeit mit dem Zug von Schleswig wieder nach München zurückzukehren, um den eigenen Wagen abzuholen, natürlich auf eigene Rechnung. Hanno und ich ärgerten uns zwar, sahen aber in der nochmaligen Hin- und Herfahrerei die Möglichkeit, bald wieder bei unseren Liebsten zu sein. Der Weggang von Fürsty glich einem Aufbruch zu neuen Ufern. Ob Elisabeth und ich noch einmal die Ruhe und Muße fanden, uns zu knuscheln, keine Ahnung. Der Abschied auf dem Bahnsteig war, wie es sich für Verliebte gehört, tränenreich.

Als das Winken aus dem Fenster nichts mehr brachte, fielen die Abreisenden in die muffigen Sitze des Abteils, guckten trübsinnig aneinander vorbei und träumten vom Vergangenem, bis der in die Ruhe hineinplatzende bayrisch sprechende Schaffner das Schweigen brach. „Grüas Gott, die Herren!"

Wir bereits innerlich auf den Norden eingestellt, antworteten fast im Chor: „Guten Tag!"

Der Schnauzbärtige erschrak, musterte unseren zivilen Aufzug, sah an den Tickets, dass wir Bundeswehrangehörige waren, erkannte uns als Ausländer und meinte: „Haben meine Landsleut euch vertrieben? Jo, jo, koane Liab ko brennen so heiß wie die Liab zwischen Bayern und Preiß!"

Das vertrieb schlagartig die Trauer. Fröhlichkeit kam auf. Schön war es gewesen! Ich musste an die begütertern ehemaligen Klassenkameraden denken, denen die Eltern gleich welches Studium finanzierten, die in Reichweite des Hotels Mama studierten, nur immer den eigenen Kirchturm sahen und von all dem, was wir erlebten, nicht die geringste Ahnung hatten. Abhängig von Papas Stütze drückten die sich in der Uni die Hintern platt. Ich musste mir zwar die Knöpfe ohne Mutters Hilfe annähen, Strümpfe selber stopfen und waschen, flog aber dafür unangebunden wie ein Vogel durch die Lüfte.

Nun, büffeln und Prüfungen bestehen, das galt auch für uns, aber waren wir nicht besser dran, sportlicher und freier? Auf Kosten des Staates hatte man uns ausgebildet und uns millionenteure Düsenjäger an die Hand gegeben, wir konnten uns fühlen wie Rennfahrer bei Ferrari, privilegiert. Bayern galt als abgehakt, jetzt ging es mit der Fliegerei erst richtig los.

Nolle zog aus der Jackentasche einen kleinen Flachmann und ließ ihn kreisen, gefüllt mit dem Stoff der Region, die wir gerade verließen, nämlich einem scharfen Enzian.

Aus dem Speisewagen folgte die Nachfüllung. „Übrigens, ich habe gleich einen Kasten Bier bestellt, der kommt gleich." Hanno fing damit an.

Der Lustigkeitspegel stieg, je weiter der Zug die drei Musketiere vom Land des Oachkoatzelschwoafs, des Presssacks, der Geschwollenen und der Maßkrüge entfernte.

Nolle und Hanno erzählten von dem Abend in der Offiziermesse, als die Beförderung und das Ende an der Flugzeugführerschule „B" gefeiert wurde Ich hatte ja davon nichts mitbekommen, weil etwas viel Schöneres in München auf mich wartete. Zu später Stunde sei der berüchtigte Kloppke, mein Intimfeind, aufgekreuzt mit einem Fahrrad, sternhagelvoll soll er gewesen sein, andere übrigens auch. Auf dem Bartresen, der wie ein großes Oval mitten im Saal stand, hätte er seine Saufkumpane ermuntert, ihm nachzueifern, Fahrrad zu fahren, ein Sechstagerennen zu veranstalten, nach der Devise: Wer am längsten dort oben im Sattel bleibt, hat gewonnen. Kloppke sei dabei furchtbar auf sein großes Maul gefallen, hätte wie ein abgestochenes Schwein furchtbar geblutet. Auch das Fahrrad sei im Arsch gewesen. Der Berliner, ein Freund derber Worte, erzählte, lachte und lachte, ihm liefen die Tränen über die Wangen. Dass ich dagegen immer stiller wurde, bemerkten die beiden Fröhlichen erst später. „Was ist los?"

Jetzt wusste ich, weshalb ich beim Zusammenpacken mein Fahrrad nicht gefunden hatte. Kloppke, dieser Schweinehund hatte meinen Drahtesel geklaut und vernichtet, na warte, irgendwann in der Marinefliegerei würden wir uns wieder sehen!

Dass der betrunkene Haufen im Morgengrauen das Klavier mit dem Spieler auf die Terrasse des Offizierheimes gezogen, mit Brennspiritus übergossen, angezündet und anschließend den Brand mit Bier gelöscht hatte, erreichte meine Gehörgänge nur als leises Gesäusel, ich träumte von Elisabeth.

Weiter nordwärts ratterte der Zug in den anbrechenden Abend.

Eingewiegt vom Schaukeln, Rauschen und Geklopfe der Räder über die Bahnschwellen und leicht beduselt vom Bier, zogen Wolken, Flugzeuge, weißblaue Fahnen und immer wieder die Schönste aller Frauen, meine Elisabeth, durch die oft unterbrochenen Träume dieser langen Nachtfahrt."

Nacht war es auch für die Zuhörer im Cockpit geworden. Mit den letzten Worten hatte Hannes sein Vortragspult verlassen und mit dem in die Dunkelheit hinein Gesagten versiegte das Geräusch des in die Träume eingeschlichenen Gerumpels des dahinfahrenden Zuges, das Rauschen des Heckwassers erinnerte an die Gegenwart.

Wieder fühlbar vibrierte unter dem Cockpit die Maschine der „Esperanza". Rundherum blauschwarze Nacht, kein Stern zu sehen und immer noch kein Wind. In den letzten Stunden hatten Wolken den Himmel zugezogen. Ob es Regen geben wird?

Die Zuhörer räkelten sich, einige gähnten. Vom Geschichtenerzähler in einem Zugabteil in die Schläfrigkeit geredet, sehnte sich jeder jetzt plötzlich nach der Koje.

Danke Hannes für deinen heutigen Vortrag, ein weiterer Tag auf dem Atlantik wäre geschafft.

Ob in dem Abteil noch ein Bier übrig geblieben ist? Bevor die Freiwache unter Deck verschwindet, sollten wir es trinken.

Na denn prost bis Morgen!

Der vierzehnte Tag auf dem Atlantik

10. 12. 2006

Kaum war Hannes gestern abgetreten, öffneten sich die Schleusen des Himmels.

Es goss in Strömen, ein Tropengewitter mit Blitz und Donner schüttete Kübel mit willkommenem Süßwasser über das versalzene Schiff.

Als zu Tagesbeginn die Wasserfälle immer noch über die *Esperanza* platschten, hüpften nackte johlende Gestalten über Deck. Alles wurde eingeseift, geschrubbt und mit Petrus Hilfe sauber gespült.

Immer noch kein Wind. Letzte Nacht und den heutigen Tag durchmotort.

Die Dünung ist geblieben, sie schiebt von achtern und bricht klatschend unter dem Heck.

Geschwindigkeit sechs Knoten. Kurs 260 Grad.

Tagsüber feucht und heiß. Ab Mittag kein Regen mehr.

Windhutzen über den geöffneten Luken bringen etwas Kühlung unter Deck. Dick mit Sonnenschutzcreme beschmiert, wird nur noch am Tage nackedei herumgelaufen.

Zum Abend hin das Erlebnis eines durch die abschwächende Gewitterlage farblich besonderen Sonnenuntergangs. Schwarze linsenförmige, darüber kumulusauftürmende Wolken kriechen voraus über den Horizont, von unten rotgelb angestrahlt. Im schwindenden Zwielicht tanzt rotes Gefunkel über die Wellenspitzen.

Das sanfte Nachglühen der Sonne und danach die blaugraue Färbung des Wassers lassen das Gefühl eines nie wieder beginnenden Tages aufkommen. Rundherum Stille, nur im Rigg knarrt ein Block, gleichmäßig rauscht der Bug durch die See. Das Motorengeräusch bleibt zurück. Einsamkeit und Verlorenheit.

Die gesamte Besatzung sitzt regungslos an Deck und starrt in das dahinsiechende Licht.

Allen ist die Sehnsucht nach festem Boden und nach Rückkehr in die gewohnte Alltäglichkeit anzumerken.

So ging wieder ein Tag auf dem Atlantik dahin.

Hannes von Tag zu Tag mehr gefragt, aufkommende Trübseligkeit zu vertreiben, stand bereits am Steuerstand und wartete auf seine Zuhörer, die dankbar zu seinen Füßen ihre Plätze bezogen. Es bedurfte schon seit langem keiner Aufforderung mehr, mit Einbruch der Dunkelheit im Cockpit einen Logenplatz einzunehmen.

Durch den aufkommenden Dunst flimmerten die ersten Sterne und Hannes begann mit seinem Vortrag. Überschrift des heutigen Themas:

Der himmlische Alltag

10

„Am Bahnhof von einem muffigen Fahrer mit einem VW-Bus abgeholt, führte die Fahrt auf das Flugplatzgelände. Als wir zuletzt als auf die weitere Ausbildung wartende Flugschüler hier eingefallen waren, hatte man uns das Gefühl vermittelt, den Betrieb zu stören. Jetzt, mit der verdienten Schwinge auf der Brust, rauschten drei flügge gewordene Jungadler mit den allergrößten Erwartungen heran. Der VW holperte, einige Baustellen umgehend, an einer Halle vorbei, zwei Sea Hawks standen mit beigeklappten Flächen davor, ansonsten Ruhe, außer einigen Kiebitzen in der Luft kein Flugbetrieb, trotz stahlendblauen Himmels kein Düsengetöse – komisch!

Am Platzrand vor einigen mickerigen Baracken bremste der VW ab. Ende der Reise. Der Fahrer wies auf eine der Hütten und sagte: „Die ist für die Umschüler", half noch beim Auspacken und brauste davon.

Der Wind bog das verwilderte Gras, irgendwo trillerte eine Lerche. Die Barackentür knarrte. Den Türrahmen füllte ein breit grinsendes Gesicht.

„Mensch, den kennen wir doch!" Es war einer unserer Crewkameraden, der bereits von Wilhelmshaven aus zur Ausbildung bei der US Navy nach Pensacola geschickt worden war. Den hatten wir als angehende Flugschüler bei dem kurzen Aufenthalt vor zwei Jahren in Jagel nicht angetroffen. Jetzt zählten wir dazu.

Mit einladender Handbewegung zeigte er in die Baracke: „Für euch haben wir noch Platz. Nichts wie hinein in den Hühnerpuff!"

Ein Mief aus modrigem Holz und Tabakqualm nebelte den Eitretenden entgegen.

Nur kurz die Skatkarten aus der Hand legend, widmete man uns für einige Sekunden ein wenig Aufmerksamkeit. Kurz vorgestellt, das war´s auch schon. Die Neuankömmlinge befanden sich im Umschulungszentrum für das Kampfmuster Sea Hawk, untergebracht in einer heruntergekommenen Baracke, Restbestand eines von den Engländern nach dem Krieg genutzten Schuppens.

Seit den letzten zwei Jahren schien es auf dem Marineflugplatz keine größeren Veränderungen gegeben zu haben. Während wir fernab in Bayern uns fliegerisch den Hintern aufrissen, täglich das Tor zum Himmel aufstießen und jetzt hoch motiviert zu den Sternen greifen wollten, überraschte die Helden Trostlosigkeit. Große Ernüchterung setzte ein.

Draußen auf dem Vorfeld warteten einladend zum Flug mehrere Maschinen, die anderen standen hinten geschlossenen Hangartüren. Im Stabsgebäude warteten unbeschäftigt gelangweilte Piloten, auf den Stühlen verteilt die Fliegerhelme und die Ausrüstung, und am Platzrand wie am Ende der Welt hockten die Umschüler in einer morschen Baracke.

Fehlende Ersatzteile, nur über den logistischen Beschaffungsapparat der Luftwaffe zu bestellen, brauchten Wochen bis zum Eintreffen.

Der geringe Klarstand der Flugzeuge und dazu das Herbstwetter mit Perioden ohne Sichtflugbedingungen verschleppten die Umschulung. In der Baracke herrschte drangvolle Enge. Umschüler aus den USA, aus England und wir aus der deutschen Ausbildung umdrängten morgens wie bettelnde Hunde die von der Einsatzbesprechung zurückkehrenden Fluglehrer, um zu erfahren, wer denn heute das große Los ziehen würde.

Natürlich kam niemand zu kurz, aber der triste Tagesablauf wurde frustrierender je länger der miese Klarstand uns am Boden festnagelte. Die üble Behausung drückte ebenfalls auf die Stimmung.

Zwei der älteren erfahrenen Flugzeugführer mit der schimmernden metallenen US- Pilotenschwinge auf der Brust verteilten kleine Heftchen, das Flughandbuch der Sea Hawk zum Selbststudium. Der Inhalt, typisch britisch kurz und bündig gehalten, auf das Wesentliche gerichtet, unterschied sich wohltuend von den bis ins Detail gehenden Beschreibungen der amerikanischen T 33.

Statt Karten oder Fußball zu spielen oder vor der Baracke in der Sonne zu dösen, durfte man stundenlang im Cockpit setzen und mit Hilfe des Flughandbuches bis aufs Starten mit allen Hebeln und Schaltern spielen.

Hin und wieder erschien der Oberwerkmeister, ein knorriger Stabsbootsmann, in der Baracke und vermittelte technische Kenntnisse.

Höhere Offiziere des Geschwaders blieben lange Zeit außer Sichtweite, abends in der Offiziermesse saßen sie in Igelstellung und diskutierten. Unter ihnen, besonders lautstark und daran wiedererkannt, Melanchthon, einer der Staffelchefs. Ob er noch immer wie vor zwei Jahren abends in der Tittenbar der Blonden den Busen abschleckte?

Die Alten widmeten uns, ihrem Nachwuchs, keine Minute der Aufmerksamkeit. Offiziell hatte uns Neulinge bisher niemand begrüßt und willkommen geheißen. Ist übrigens auch nie nachgeholt worden. Die vielen Häuptlinge waren so sehr miteinander beschäftigt, dass die Fliegerei die geringste Beachtung fand. Da wir in ihre Probleme, die ja auch unsere sein sollten, nicht eingeweiht waren, sickerte erst langsam bis zur Umschulungsbaracke durch, dass es der offenbar noch provisorischen Geschwaderführung um Organisationsfragen ging. Das Geschwader war eigentlich gar keins, sondern bestand aus zwei Fliegenden Gruppen, die eine umfasste die Seahawks und die andere die U-Bootjäger, die Gannets.

Stabsoffiziere dachten darauf herum, welche Bezeichnung und welche Namensgebung analog zur Luftwaffe einigermaßen erkennen lassen sollte, was wer wo und warum bewerkstelligen sollte.

Wer heute in die Geschichte der in den Jahren von 1958 bis 2006 entstandenen vier Marinefliegergeschwader, zurückblickt, davon zwei Jet-Geschwader, kann das Bezeichnungswirrwarr um 1960 nur schwerlich nachvollziehen.

Gerade als Hanno, Nolle und ich aus den geordneten Schulverhältnissen der Luftwaffenausbildung auf dem Flugplatz Jagel eintrafen, erreichte das marineeigentümliche Organisationschaos stratosphärische Höhen. Es gab zwei Marinefliegergruppen und dazu auf demselben Platz zwei Kommandeure, würdige ältere Herren, der eine trug stets einen weißen Seidenschal lässig um den Hals geworfen. Wer von beiden auf dem Platz das Sagen hatte, wusste so genau niemand. Aus diesen Gruppen sollten Geschwader gebildet werden, aber dafür gab es noch zu wenig Flugzeuge, die Verteilung der obersten Dienstposten jedoch schien geregelt. Zu viele Häuptlinge, nur wenige Indianer!

Nur ganz kurz ein Beispiel für die Unverständlichkeiten:

Aus der 1. Marineaufklärungsstaffel der 2. Marinefliegergruppe entstand die 2. Staffel des Marinefliegergeschwaders 1. Diese Umbenennung war noch zu begreifen, die andere weniger. Die anfangs

2. Marinemehrzweckstaffel, mal als Jagdbomber-, mal als Aufklärungs- und zwischendurch als Umschulungsstaffel firmiert, wurde gleich zweimal umgetauft. Ende Juni 1961 zur 1. Staffel des Marinefliegergeschwaders 2, davor und zu meiner Zeit als Umschüler aber hieß sie die 1. Marinemehrzweckstaffel des Marinefliegergeschwaders 1.

Zudem plagte die Führung die Korrektur eines Schönheitsfehlers, der nicht wirklich einer war.

Die für ein Jetgeschwader artfremden Turboprop-U-Bootjäger Typ Fairy Gannet galt es aus dem Verband herauszuschälen. Gelitten waren die Propellerkameraden von ihren manchmal hochnäsigen Jetjockeys ohnehin nicht. Es ging ums Image, wer der schnellere war!

Erst im Februar 1962 wurden sie als Grundstock des Marinefliegergeschwaders 2 auf den von den Engländern freigegebenen Flugplatz Westerland/Sylt und später von dort als Marinefliegergeschwader 3 nach Nordholz bei Cuxhaven verlegt; so gelang es den Marinefliegern, reinrassige Geschwader zu schaffen.

Einen jungen Umschüler störte dieses Durcheinander nicht. Abgesondert von den Problemen der Altvorderen galt das Interesse nur einem Ziel, schnell fertig zu werden mit der Umschulung, um entweder in die Jagdbomber- oder die Aufklärungsstaffel versetzt zu werden.

Unser Abgesetztsein an den Platzrand und die schleppende Umschulung zerrte an den Nerven. Fliegerisch war die Sea Hawk leicht zu handhaben, ihre Flugeigenschaften ähnelten der T 33. Da der Vogel ein Einsitzer war, begleitete der Fluglehrer den Solisten in einer Fouga Magister, bekannt vom Instrumententraining aus

Landsberg. Nach zwei Flügen mit Begleitung flügge zu werden bedeutete viel. Das bis zum Hinüberwechseln zu einer der Einsatzstaffeln zu absolvierende Einweisungsprogramm geschah nicht mehr unter Fluglehreraufsicht, sondern erfahrene Kameraden, aus den Einsatzstaffeln kommend, nahmen die Neuen unter ihre Fittiche.

Da flog man Seite an Seite mit den unterschiedlichsten Typen. Väterliche, Großschnauzige, Nörgler, aber auch gefährliche, ihr Können überschätzende Hasardeure, die selbst auf dem Vogel noch nicht lange zu Hause waren.

Jeder Flug, vielleicht mal einer in der Woche, stellte ein Highlight dar, das Wochenende jedoch, immer heiß ersehnt, stand in noch höherem Kurs und zwar mit Kurs auf München.

Wann immer freitags die Flug- oder sonstige Diensteinteilung ein vorzeitiges Entkommen ermöglichte, flog die Fliegerkombination in den Spind, Freizeithemd an, rein in die Jeans und hinein in den „Müffi", der mit Sprit aufgetankt hinter der Baracke auf den Einsatz wartete. Auf der Rückbank lag das gepackte Wochenendköfferchen, daneben der Schlafsack, falls man unterwegs hängen bleiben sollte, und auf ging's in Richtung München.

Außerhalb des Flugplatzgeländes gleich neben der Wache stand ein einsames Telefonhäuschen. Dort kurz gehalten, München angerufen: „Ich komme. Morgen so um acht Uhr bin ich da!"

Fuß aufs Gaspedal, und schon schnurrte der M 12 mit seinen 60 PS und 120 km/h Spitze über das damals nicht immer glatte Pflaster. Bis Hamburg führte noch keine Autobahn, von dort auch nicht wie heute über die Rhön, sondern an Frankfurt vorbei, wo morgens um drei Uhr der erschöpfte Fahrer auf einem Parkplatz zu einem Kurzschläfchen zusammensackte, ein wenig pennte, wieder hochschreckte und weiterfuhr.

In einer Raststätte in der Nähe von Leipheim neben Fernfahrern im Toilettenraum rasiert, gewaschen und ein frisches Hemd angezogen, eine Krawatte umgebunden, ja, so viel Kultur musste sein, im Wagen zur Stärkung eine Tafel Schokolade gefuttert und auf zum Endspurt angesetzt bis zur Tenghuberstraße. Dort durchgewackelt, zugedröhnt und kaputt in den Fahrstuhl gefallen.

Von der in Tränen aufgelösten Elisabeth abgeküsst, übermüdet gleich ins Bett gefallen, nach zwei Stunden bleiernen Schlafes wieder auf den Beinen, gehörten uns beiden die Nachmittagsstunden und die viel zu kurze Nacht, die in höchst komprimierter Form alles beinhaltete, was Liebende miteinander verbindet.

Der Sonntagnachmittag in der Runde der ganzen Familie stand bereits im Zeichen des Aufbruchs, denn ich musste am Montag in den frühen Morgenstunden vor dem Fliegen noch etwas Schlaf finden, um einigermaßen ausgeruht ins Cockpit steigen zu können, was meistens nicht der Fall war.

Nach dem Großstadtgewimmel saß man tags darauf wieder in der muffigen Baracke. Als Benjamine der Umschüler nötigten uns die älteren Kameraden, umschichtig zu Dienstbeginn als erste in unserem feuchten Schuppen zu erscheinen, um den Ölofen zu heizen. Für einen Marineoffizier in weißem Hemd keine erbauliche Aufgabe. Gestern vom mondänen Flair Münchens umgeben, saß man nur Stunden später auf dem schleswig-holsteinischen Geestrücken wieder am Steiß der Welt und litt unter der Atmosphäre eines Feldflughafens. Draußen moderne Technik, hier Kaiser-Wilhelm-Zeit.

Woher meine Lizzi und ich die Kraft nahmen, diesen irrsinnigen Wochenendrhythmus über längere Zeit zu durchstehen überrascht mich noch heute. Vielleicht, weil näher und näher die Verlobungsfeierlichkeit in Neidum heranrückte. Die Spannung stieg von Besuch zu Besuch. Mal in Neidum, mal in München gingen die Fragen beider Elternteile mehr und mehr ans Eingemachte.

Beide Seiten kannten einander nicht, hatten einander bisher nie gesehen, auch nicht miteinander korrespondiert. Alles sollte nun die erste Begegnung entscheiden.

Elisabeth und ich standen gar nicht mehr im Mittelpunkt des Geschehens, es ging darum, ob die alten Reimanns und Färbers miteinander sympathisieren würden. Meine rustikale, standortverwachsene Familie kannte Bayern und München nur vom Hörensagen. Elisabeths vielgereiste Eltern tendierten nach Italien, den Norden hielten sie für eine unwirtliche Gegend, identifizierten meine Heimat mit der grausigen, windgepeitschten Geschichte des Schimmelreiters von Theodor Storm. Auch wenn der gute Reimann ulkte, so schien er ein Quäntchen zu zweifeln, ob seine Lieblingstochter im baumlosen Marschland heimisch werden könnte. Meinen schwärmerischen Erzählungen traute er nicht.

Je näher der Oktober rückte, desto steiler stiegen Erwartungen und Neugierde. Endlich rückte der große Tag heran.

Als Treffpunkt war die Raststätte Stillhorn südlich von Hamburg ausgemacht worden. Dort würde ich auf das Eintreffen der Münchener Delegation warten.

Vater und Mutter Färber saßen derweil in Neidum auf glühenden Kohlen, meinten alles zum Besten gerichtet zu haben. Beim Friseur gewesen, Haus und Hof geputzt, selbst den Sonntagsstaat aufgemotzt, Oma Schmieder ein neues Kleid gekauft und für die Reimanns im ersten Hotel der Stadt eine Zimmerflucht bestellt.

Vater wollte sich nicht lumpen lassen. Über ihn wunderte ich mich ohnehin seit längerem. Seitdem er wusste, dass ich heiraten würde, war er wie ausgewechselt, freundlich und großzügig, selbst seiner Frau gegenüber.

Die Wolken über Hamburg wichen der wärmenden Herbstsonne. Wie im Radio angekündigt, brachte ein Hochdruckgebiet stabiles ruhiges Wetter. Mindestens für eine Woche würde in ganz Schleswig-Holstein der goldene Oktober ausbrechen.

Petrus lächelte dem am Wegrand neben seinem Auto sitzenden verliebten Jüngling zu.

138

Wagen um Wagen hielt vor der Raststätte, aber immer noch war es kein gelber Citroen mit Münchner Kennzeichen. Stunde um Stunde schleppte dahin. Die verrücktesten Hirngespinste geisterten durch die Seele oder drückten auf den Magen.

Viel später verriet mir Elisabeth ihre Gedanken während der Fahrt.

In eine unbekannte Gegend vorzudringen, in der sie nur einen Menschen kannte, bereitete ihr Unbehagen. Mit jedem Kilometer, der sie weiter von München wegbrachte, glaubte sie den Mut zu verlieren, schließlich hätte sie geheult und schluchzend in Mutters Armen gelegen.

„Mein liebes Kind, du wolltest dich verloben und dazu noch mit einem Preußen. Wir gucken uns die Eltern und den Laden da oben an, und wenn es dir nicht gefällt, schmeißen wir die Verlobungskarten in den nächsten Gully und sind wieder auf und davon."

Vater Reimann soll dazu genickt haben. Damit waren die Rückzugspläne geschmiedet und die Tränen getrocknet.

Trotzdem habe ich ein Zittern gespürt, als ich sie nach langem Warten endlich in die Arme schließen konnte.

Danach lief alles wie ein Traum. Strahlendes Wetter begleitete die kleine Karawane, die ich, mit Elisabeth vorausfahrend, die mehr auf meinem Schoß lag als neben mir saß, auf Umwegen durch die hügelige, seenreiche und bewaldete schleswigholsteinische Schweiz kutschierte, allein um den Reimanns ihre Vorurteile von wegen flach wie ein Teller zu nehmen.

Spät trafen wir in der Deichstraße 10 ein. Noch wie heute sehe ich, wie, die so unterschiedlichen Parteien zunächst angespannt und vorsichtig aufeinander zugingen. Da breitete meine Mutter plötzlich ihre Arme aus, lief auf Vater Reimann zu und drückte ihn an ihre Brust. Lachen und Weinen mit einem Male überall. Händeschütteln, Schulterklopfen. Wenn überhaupt irgendwo Eis zum Aufweichen gewesen wäre, so hätte niemand es bei dem schnellen Wegschmelzen bemerkt.

Die Chemie stimmte sofort. Die Reimanns und vor allem Elisabeth fühlten sich zu meiner großen Freude in wärmender Umgebung herzlich aufgenommen. Die Tage vergingen im Flug. Das den Münchnern unbekannte Wattenmeer glänzte im Sonnenschein. Auf dem Deich standen noch einige Strandkörbe. Hineingesetzt ließen wir die Reimann-Eltern, von der ungewohnten herben jodhaltigen Luft übermannt, darin schlafen und zogen allein durch die Altstadt, wo ich Elisabeth die Stätten meiner nicht immer ruhmreichen Jugenderinnerungen zeigte.

Am Hafen kamen wir an einem altbekannten Fischer vorbei, der uns nachrief: „Minsch, Hannes wat hest du denn dor för een söten Deern an Arm, de hol man fast!" Ich winkte zurück: „Dat mook ik oog."

Elisabeth überrascht: „Was ist das für ein Kauderwelsch, und was habt ihr gesagt? „Jo min Deern, dat is plattdüütsch, das wirst du hier oben auch noch lernen, er meinte, was du für ein süßes Mädchen bist, und dass ich dich festhalten soll."

Über Letzteres bestand gar kein Zweifel. Rundherum lief es bestens, auch bei den Eltern. Mutter bestand darauf, die Bayern zu bekochen und ihnen die Köstlichkeiten der Region vorzusetzen. Zur Bekräftigung ihrer Argumente für die Nahrhaftigkeit von Ziegenmilch zerrte Oma Schmieder eines Tages zur allgemeinen Belustigung ihre Emma ins Esszimmer.

Den Reimanns gefiel unsere fast ländliche Ungezwungenheit, so anders als in der großstädtischen Etagenwohnung. Ihm mehr als ihr, ihm sogar so sehr, dass er meiner Mutter beim Abschied mit Tränen in den Augen versprach, bald wiederzukommen, um sich hier an der See von dem Stress der Großstadt zu erholen.

In Wagenkolonne führte die Fahrt zu dem bekanntesten und teuersten Waldlokal der Gegend. Vater Reimann bestand darauf, die Verlobungsfeier mit allerfeinster Umrahmung auf seine Rechnung auszurichten. Auf der Fahrt dorthin ging es vorbei am Hof des Bauern Clausen, dann an dem adeligen Gut, wo ich als junger Bursche geschuftet hatte. Ob Clausen, der Gutsherr, und seine alten Nazis noch lebten? Was wohl aus Georg geworden ist und den Landarbeiterinnen, die zur jeder Pause hinterm Knick die Röcke hochklappten? Was für abschweifende Gedanken? Weg damit!

Ich war auf dem Weg zu meiner Verlobungsfeier. Die Ringe blitzten beim Aufstecken, Elisabeths Ring passte in den meinen, so schlank waren ihre Finger. Befrackte Ober huschten hinter den Stühlen herum, reichten im gedämpften Kerzenschein der dreiarmigen silbernen Tischleuchter die herrlichsten Köstlichkeiten, dazu Weine, von denen ich noch nie etwas gehört hatte, und zuletzt einen Nachtisch, der so schön angerichtet war, dass man ihn kaum anzurühren wagte. Meine Mutter hob mit zitternder Hand die teuren Kristallgläser, aber mein Vater tat, als ob er ständig so speisen würde. Dass ein so nobles Restaurant in der Nähe von Neidum existieren konnte? Ob neuerdings auch Millionäre in dieser Gegend lebten?

Zu Hause gab es die Fortsetzung, in weit schlichterer Umgebung, aber nicht weniger herzlich. Vater druckste lange herum, bis es zu seinem großen Auftritt kam. Zuvor meinte Mutter dazu die Einleitung machen zu müssen. Leider träufelte sie unbewusst einen Wermutstropfen ins Glas der Freude.

An die beiden frisch Verlobten gewandt und mit feierlichem Ton sagte sie: „Da ihr sicherlich bald Kinderchen haben werdet, hat Vater eine Überraschung für euch!"

Ich spürte wie Elisabeths Hand in der meinen zuckte. Vater Reimann wurde blass und sah mich strafend an. Was er sich fragte, war ihm deutlich von der Stirn abzulesen: Hatte Hannes versäumt, seine Eltern einzuweihen, dass Elisabeth niemals Kinder bekommen würde?

Mutters nächste Frage lenkte ab und forderte von mir eine Antwort. „Wo wollt ihr denn wohnen?"

„Sicherlich wie meine verheirateten Kameraden in Schleswig, in dem neu er-
bauten Bundeswehrghetto.“

„Ach was, da hat dein Vater einen ganz anderen Vorschlag.“ Sie winkte ab.
Nun stand mein Alter stand auf, überstrahlte alles und tat überaus wichtig. „Ihr
Lieben, jetzt kommt meine Überraschung. Im Norden der Stadt läuft im nächsten
Jahr, wahrscheinlich ab Juli abgeschlossen, ein so genanntes Demonstrativbaupro-
gramm der hiesigen Baugenossenschaft.

Unsere beiden Kinder Rudolf und Hannes sind von mir seit ihrer Geburt dort
als Mitglieder angemeldet. Zusammen mit dem Anteil von Rudolf, der aus Kanada
nie wieder zurückkehren wird, bietet sich für das junge Paar dort die Möglichkeit,
preisgünstig einzusteigen, allerdings verlangt die Gesellschaft vor Baubeginn eine
Anzahlung von 10.000,-- DM.“

Wollten wir das? Elisabeth und ich sahen uns an.

Hirnrissig, wer von uns konnte 10.000 DM aus dem Ärmel schütteln. Ich
schon gar nicht; verglichen mit dem Einkommen jener Zeit, ich verdiente monatlich
noch nicht einmal DM 1000 Brutto, war das eine gewaltige Summe. Bezogen auf die
heutige Zeit vielleicht etwa 80.000 Euro. Wahnsinn , ein blödsinniger Vorschlag.

Vater wurde gelobt, es sei ja alles gut gemeint, aber wohl kaum zu realisieren.
Außerdem wären von Neidum zum Flugplatz täglich 30 km zurückzulegen.

Morgens beim Frühstück sprudelten die wildesten Ideen. Vaters Vorschlag hatte offenbar jeden in der Nacht erheblich beschäftigt. Die Reimanneltern boten
schließlich eine Lösung an, die uns junges Paar nicht nur überraschte, sondern auch
überglücklich einander in die Arme fallen ließ.

Die 10.000 DM, als zinsloses Darlehn gegeben, sollten wir, beginnend mit dem
Tod eines der Eltern, monatlich mit 100 DM an den Hinterbliebenen zurückzahlen.
außerdem würden die Reimanns die Einrichtung der Wohnung übernehmen mit
allen Möbeln, Pött und Pann. Ich wusste von anderen jung verheirateten Kameraden, die in Schleswig zwar mietgünstig eine Bundeswehrwohnung bezogen hatten,
aber auf Matratzen am Boden nächtigten, aus Kisten als ersten Möbeln lebten und
erst nach Jahren einen vernünftigen Hausstand zusammengespart hatten.

Was für eine Freude. Die Phase der anfangsehelichen Apfelsinenkistenmöbel-
anbaukultur würde uns erspart bleiben. Jubel, Jubel!

Mein Vater erhielt den Auftrag, gleich nach Abreise der Bayern bei der Woh-
nungsbaugesellschaft den vertraglichen Nagel ins Brett zu schlagen, Vater Reimann
würde das Finanzielle erledigen, und wir beide fanden noch einmal die Gelegenheit,
uns in unserem Müffi hinter dem Deich dem Schönsten lustvoll hinzugeben, was
nur noch durch das Fliegen übertroffen wird, sagt man.

Was für ein Start. Verlobt, Ring am Finger, große Liebe, tolle Eltern, super
Mädchen, erstes Aufeinandertreffen der Familien ohne Probleme.

11

Mit Spitzenlaune schnurrte der Müffi zum Dienst. Was war ich gut drauf! So lang war die Strecke von Neidum zum Flugplatz gar nicht. Außerdem, in Nähe der Eltern zu wohnen würde Elisabeth die Eingewöhnung in den nördlichen Breiten sicherlich erleichtern. Sie verstanden sich ja blendend, und wenn erst einmal der Nachwuchs kommen würde, wäre eine Oma in der Nähe nur von Vorteil. Ich bezweifelte Dr. Reimanns Diagnose. Elisabeth sah so fruchtbar aus und wir arbeiteten daran. „Lasst uns mal machen!" Die Technik in Jagel meldete erstmalig fantastischen Klarstand, zehn Sea Hawks einsatzbereit. Wetter weiter Hochdrucklage, der Wetterfrosch nickte zuversichtlich.

Drei Tage später röhrte es hinter dem Schleudersitz.

„Romeo Bravo 372 ready for Take off!"

Ich hatte bereits 12 Stunden auf dem Vogel hinter mir und war einigermaßen heimisch im Cockpit. Das Triebwerk beschleunigte, ein kraftvolles, Vertrauen erweckendes Geräusch. Bremse los. Ein Ruck und der Dampfer nahm Speed auf.

Bei 120 Knoten Nase hoch, schwupp in der Luft, Fahrwerk rein, es bumste leicht unter dem Rumpf, dünne Regenstreifen zogen am Glas des Canopy entlang. Ein Kiebitz flatterte wie ein Putzlappen vorbei. Linkskurve, weiter steigen.

Formationsflug stand auf dem Programm.

Da hinten links etwas höher der Leitbulle, die Führermaschine. Nichts wie ran. Knöpfchen gedrückt: „Lead, got you in sight, closing in!" Eine raue Stimme antwortete. „Roger!"

Bei der Einsatzbesprechung waren Jacob und ich ausgepickt worden, mit einem der Älteren zu fliegen. Wir sollten uns dicht an ihn halten, nicht zu dicht aber auch nicht zu weit, ansonsten würde er uns die Route zeigen über Sylt, Helgoland, Brunsbüttel und zurück. Ein schlichter Navigationsflug zu dritt und dabei Üben des Formationsfliegens. Das Ganze in 1000 Fuß Höhe. Damit das Dreiergespann in der Luft ungestört miteinander sprechen konnte, wurden eine Radiofrequenz und eine Bezeichnung ausgemacht, die noch dazu witzig sein sollte, man einigte sich auf „Chicken Flight". Das war es dann auch schon mit der Flugunterweisung, bisschen dünn, aber wenn der Formationsführer das als ausreichend empfand, dann nichts wie los. Der Gute flog selbst erst seit einigen Wochen im Geschwader, und über Jacobs fliegerische Leistungen wusste ich herzlich wenig. Er kam aus der englischen Ausbildung, unser Leader aus der amerikanischen und ich aus der deutschen. Eine tolle Mischung!

Da kam schon Jacob herangeschaukelt. Als Nummer drei sollte er links und ich als Nummer zwei rechts vom Leader, von „Chicken One", bleiben. Kaum war ich einigermaßen in Position, da knisterte es im Kopfhörer: „Chickens over channel twelve!"

Bei der Sea Hawk war es ein Plage, das weit hinten links angebrachte Radio zu bedienen. Als noch auf dem Typ Ungeübter mit quälerischer Handverrenkung zu schalten und dabei den Knüppel ruhig zu halten, um nicht aus der Formation herauszukippen, bedurfte schon eines Balanceaktes. Wie nicht anders zu erwarten, eierten wir beide in ziemlicher Entfernung von unserem Oberchicken herum, bis „Chicken two" und „three" keuchend auf der Frequenz ihre Ankunftsmeldung absetzten.

Danach wollte der Leader uns nicht mehr in dichter Position neben sich haben. War zwar angenehmer, weiter weg zu sein, brachte aber für die abgesprochene Ausbildung im Formationsflug wenig. Drei Sea Hawk-Schatten huschten über das in der Sonne liegende Marschland, der anfängliche Regenschauer blieb zurück. Von der abgesprochenen Flughöhe von 1000 Fuß waren noch 100 Fuß übrig geblieben. 30 Meter über Grund. Ganz schön tief! Der Meister wollte uns offenbar beweisen, wie tief er sich wagte.

„Chicken one" fest im Blick, brauchte niemand Gedanken an die Navigation zu verschwenden. So lange uns beiden der Leader nicht verloren ging, würde dieser uns sicher nach Schleswig zurückbringen. Also kein erhöhter Adrenalinausstoß, einfach nur dranbleiben.

Kurz vor der Küste wagte ich den Blick nach vorn: Die Szene bot den Tieffliegern ein eigentümliches Bild. Nicht die sonnenbestrahlte schimmernde Nordsee tauchte voraus auf, sondern eine weiße Wand, eine Wolkenbank, die fast bis an den Boden reichte.

In Fürsty holte die Nummer eins bei unsichtiger werdendem Wetter ihre Schäfchen in engster Formation zusammen, hier passierte nichts. Chickenleader und Jacob, weit von ihm entfernt, droschen auf die Wand zu. Mir wurde mulmig, und ich konnte nicht umhin, den Mund aufzumachen: „Chicken one from two, what ist your intention? – Was haben Sie vor?"

Da wir die Frequenz für uns drei allein hatten, lachte der kurz auf, hielt mich für feige und gackerte auf Deutsch: „Wohl Hose voll, die Briten nennen das chicken, come on, keine feige Sau sein, nichts wie durch und über Helgoland sammeln. Bis dahin shut up!"

Schwupp hatte ihn die weiße Wand geschluckt.

Dieser Strammsack verduftete im Nichts, und schwupp war ich auch drin. Rundherum dunkler werdende Milchsuppe. Keine Ahnung, wo ich war. Der Bursche hatte uns allein gelassen, einfach in das Scheißwetter hineinfliegen lassen, ohne Vorwarnung.

Der Höhenmesser kletterte, die Speed stimmte, schön gerade und weiter auf Westkurs bleiben, schierer Instrumentflug, war nicht so geplant und auch mit der Flugsicherung nicht abgesprochen. 3000 Fuß wanderten durch, keine Sicht, dichte graue Wolken. Ob auch andere Flugzeuge hier herumkurvten? Wo mögen die beiden anderen chicken sein?

Über dem Cockpit hellte es auf, plötzlich hinausgepoppt in gleißendes Licht, schnell das Visier des Helms heruntergeklappt, wie in einer hügeligen Schneelandschaft wuchsen Berge duftig aufquellender Kumuluswolken in den stahlblauen Himmel.

Dazu fiel mir die Redewendung einer der Bedienungen in der Flugplatzkantine ein. Wenn sie etwas als ungewöhnlich schön empfand, jubelte sie: „Das ist ja so was von schön!" Herrlich, durch die schneeweißen Wolkentupfer zu gleiten, dazu konnte man das Lied summen: „Nur über den Wolken kann die Freiheit grenzenlos sein." Die schleichende Beklemmung, aus den Wolken nicht mehr herauszufinden oder mit anderen Jets oder Verkehrsflugzeugen zu kollidieren, verschwand bei diesem Naturschauspiel, das nur Fliegern vergönnt ist. Sekunden danach jedoch setzten die Bedenken wieder ein. Weiter westwärts würde mich der Flug in Richtung England bringen, aber dafür dürfte der Sprit nicht reichen, also irgendwie musste es zurückgehen.

„Sammeln über Helgoland" hatte er gesagt. Aber wo lag die Insel? Uns Neulinge nach ein paar Flugstunden in diesem Gebiet und mit dem neuen, noch nicht allzu vertrauten Flugzeugtyp allein zu lassen, wer konnte das verstehen. Ein starkes Stück! Einfach abgestreift hatte er Jacob und mich und bisher auf der Frequenz kein weiteres Wort gesagt.

Wieder unter Sichtflugbedingungen erst einmal aus der rechten Beintasche die Funkfeuerkarte herausgefingert. Nicht nur die Instrumentierung der Sea Hawk für Blind- und Instrumentenflug war nach heutigen Maßstäben mäßig, auch der Radiokompass zeigte Schwächen. Positionsbestimmungen gelangen damit meistens nur im Glücksfall. Und das Glück stellte sich nicht ein, der „Direction Finder" wollte Helgoland nicht finden.

Mitten hinein in diese schweißtreibende Tätigkeit schreckte die raue Stimme unseres Oberchickens auf: „All chickens return to Base individually".

Ah, es gab ihn noch! Wunder, oh Wunder, ihm musste endlich aufgefallen sein, dass er uns verloren hatte. Welche Erleuchtung, aber statt einer sinnvollen Anweisung nun diese wenig hilfreiche Bemerkung: „Seht zu, wie ihr allein nach Hause zurückkehrt!" Mit dieser originellen Empfehlung beruhigte er wohl sein schlechtes Gewissen. Großartig! Es knackte auf der Frequenz – und abgeschaltet.

Wut und wohl auch Angst brodelten als teuflische Mischung. Das Blut klopfte in der Halsschlagader, es würgte in der Kehle und in der Sauerstoffmaske hörte ich mich schnaufen.

„Junge bleib cool, es gibt Schlimmeres, reiß dich zusammen!"

Als erstes musste die Insel Helgoland gefunden werden, um einen Abflugpunkt zu haben. Einfach auf blauen Dunst umzukehren schien nicht ratsam. Die Tankanzeige tippte auf das untere Viertel. Restflugzeit gute halbe Stunde. Erst mal die Power runter. Mit 250 Knoten Airspeed würde der Verbrauch am ökonomischsten sein! Perlen rieselten von der Stirn. Wo war ich bloß?

War da nicht eben unter dem rechten Flügel ein dunkles Loch, sofort scharfe Kurve eingeleitet, am Knüppel gezogen, bis mir fast schwarz vor Augen wurde, kopfüber in das Wolkenloch hinein, Gas raus und hinab.

Ein paar Wolkenschlieren durchstoßen – und hurra, da unten schimmerte Wasser. Auf 5000 Fuß wieder in die Horizontale und in einem großen Kreis den Horizont abgesucht, fiel der Blick auf die leere, weite Nordsee, nur Wasser, leicht gekräuselt, keine Küste, kein Schiff, keine Insel, nichts, und darüber nur ein einsam kreisender Metallvogel. Sakra, wo war ich? – Egal, erst einmal Gegenkurs.

Im Blickwinkel über der rechten Flügelspitze eben noch erfasst, schien ein dunkler kleiner Block auf der Kimm zu liegen. Kein Zweifel, da konnte nur Helgoland sein. Halleluja! Entfernung 10 Seemeilen, oder so ungefähr.

Die Küste musste genau voraus sein. Das Wattenmeer und die Halligen kannte ich vom Segeln. Hätte ich die erst mal ausgemacht, würde die Navigation von da aus zurück ein Klacks sein. Uhrzeit nehmen, einheitliche Speed fliegen, dazu die Richtung und fertig. Der Druck am Hals ließ nach. Genugtuung über die bisherige Leistung machte richtig fröhlich. Sollte ich versuchen, Jacob zu rufen. Wo mochte der herumgurken? Ob der schon in der Baracke saß?

Ich kannte ihn viel zu wenig, vielleicht sollten wir nach diesem misslungenen Formationsflug zusammen ein Bier trinken. Er kam aus dem Schwarzwald. Was ihn zur Marinefliegerei verschlagen hatte, wusste er selbst nicht so genau.

„Chicken three from two, over." Stille im Äther, keine Antwort. „Chicken three from two, what is your position?"

Mehrere Versuche führten zu nichts. Ich gab's auf, denn voraus erschien dasselbe Phänomen wie beim Hinflug, wieder diese vermaledeite Wand und darüber quellende Wolkenberge.

Wieder da hinein und aufsteigen? Nee, wo sollte das hinführen und außerdem zitterte die Tankanzeige bereits erheblich im untersten Bereich. Verflucht noch mal, wieder dieselbe Wettersituation.

Die langsam durchfeuchtenden Handschuhe klebten am Knüppel und Gashebel. Auf die Towerfrequenz zurückzugehen kam mir nicht in den Sinn. Wie hilfreich und beruhigend wäre das gewesen. Offenbar mit dieser Situation überfordert, noch zu unsicher, zu dämlich oder schlichtweg zu dümmlich stolz, zuzugeben, nicht mehr genau zu wissen, was zu tun sei. Alles kam davon zusammen, wie viel später realisiert.

Klugscheißer hätten natürlich ganz überlegen gehandelt. Mein Verstand stand still, wie gelähmt, nur die angstgeweiteten Augen flogen weit vor dem Flugzeug und suchten flehentlich nach bekannten Anhaltspunkten.

Im Tiefflug lag das Heil. Fetzen von flachen Stratuswolken jagten vorbei. Da die ersten Deiche. Flaches Land dahinter, die Wolkenuntergrenze sank weiter. Höhe über Grund keine 20 Meter mehr, aber dafür gute Sicht. An Kirchtürmen vorbei, über davongaloppierende Kühe und Hochspannungen hinweg. Der Kompasskurs zeigte 090 Grad, Richtung Ostsee, aber der Blick fiel immer weniger auf die Instrumente. Die Zeit zu nehmen, Distanzen auszurechnen, dazu kam es nicht mehr. Nüchternes Denken fand nicht mehr statt. Das Hirn drohte langsam im Adrenalin zu ersaufen. Sekunden dehnten sich zu Ewigkeiten. Schnell abwechselnd heiß und kalt wallte es durch den Körper. Wenn es doch nur irgendetwas gäbe, ein Zeichen, eine Landmarke, eine bekannte Ortschaft, die navigatorisch hilfreich wäre.

Tiefer und tiefer sank voraus die Wolkendecke, instinktiv drückte der Knüppel nach vorn. Auf den Dächern sah ich deutlich die Rippen der Dachpfannen. Schornsteine flogen vorbei. Nur wenige Meter über den Boden raste ein Schatten durch milchiges Grau.

Saß in dem Flugzeug noch jemand, der wusste, was er tat, oder hatte die Angst bereits das Hirn getötet und den Körper gelähmt?

Nein, ich biss mir auf die Lippen, spürte wie das Blut über das Kinn lief. Ja, es war noch Leben drin. Nicht aufgeben, weiter, wenn nur keine Hochspannung in die Quere kommt.

Die Landschaft unter dem dahinrasenden Jet schwieg, sie war hügeliger als sonst. Gespenstische Fragen fingen an zu martern. Zweifel nagten. Flog ich nördlich im Gebiet über Dänemark oder südlich des Nord-Ostsee-Kanals bereits im Lauenburgischen auf die DDR zu?

Das war vor kurzem sogar einem unserer großen Asse aus der Kunstflugstaffel zugestoßen. Bei einem Rückflug von Spanien war er östlich von Bebra drüben gewesen. Von einer russischen MIG angeschossen, musste die Sea Hawk auf dem Flugplatz Ahlhorn notlanden. Sollte mir das jetzt genau so ergehen? Wo geisterte ich nun wirklich herum?

Die Flugzeit müsste längst abgelaufen sein. Jeden Moment konnte das rote Licht aufleuchten und das Triebwerk aufgeben. Was war dann die Procedure? Hochziehen und über dem Kopf die breite Schlinge mit beiden Händen reißen und mit dem Schleudersitz aussteigen. Sollte der Flug wirklich so enden?

Plötzlich, wie von Geisterhand beiseite geschoben, verschwand der Dunstschleier, strahlender Sonnenschein, blauer Himmel, und da, nur einige Meilen entfernt, die Dächer einer Stadt, ein mächtiger Kirchturm ragte daraus hervor und rundherum eine weit gefächerte Seenplatte.

Ein Blitz durchzuckte das müde strapazierter Hirn: Das konnte nur Ratzeburg sein. Flach über dem Boden, nur ein wenig angestiegen, um weiter sehen zu können. Der Kirchturm wurde größer. Im selben Moment huschten unter dem Rumpf hellgraue Bänder hindurch. Waren das Straßen? Nein, da standen Flugzeuge drauf, graugrüne, tatsächlich Sea Hawks. Zwei Schatten über mir, von rechts gekommen, flitzten vorbei. In Augenhöhe den Kontrollturm passiert. Die werden mich anscheißen, aber was soll´s.

Mein Gott, sei Dank, dass ich Schwächling nach Hause gefunden habe. Aller Krampf fiel ab wie eine schwere Panzerung. Ich donnerte gerade im Tiefstflug wider alle Regel quer über den Flugplatz Jagel und durch den Flugverkehr.

Ganz klar das voraus war der Schleswiger Dom, nix mit Ratzeburg. Ein Stein rollte vom Herzen und eine Erkenntnis, die wie mit einem erfrischenden Wasserguss abgekühlt die Seele hüpfen ließ.

Jetzt gelang es federleicht, auf die Towerfrequenz zu gehen, sich anzumelden, hochzuziehen, in das Anflugverfahren einzufädeln und zu landen. „Romeo Bravo 372, cleared for landing!" rief der Kontrollturm. Was für ein Zufall – oder war es göttliche Fügung – direkt an den Heimatflugplatz geführt worden zu sein. Oh Hannes, du musst noch viel lernen!

Wie balsamisch gut tat der geschundenen Seele die Stimme des Tower-Controllers. Ich hätte ihn küssen können, aber noch mehr meinen Schutzengel, der mich ohne mein Zutun direkt nach Jagel zurückführte. Ein Wunder!

Im Dom zu Schleswig würde ich eine Kerze am Altar zünden.

Wieder sicheren Boden unter dem Fahrwerk, beachtete ich das flackernde Warnlicht der Tankanzeige nicht mehr. Vielmehr zog der Abstellplatz, auf dem die Techniker mich einwinkten, alle Aufmerksamkeit auf sich. Da stand vor einem olivfarbenen PKW der Kommodore des Geschwaders. Wartete der auf mich?

Welche Ehre. Den hatte ich bisher nur einmal weit entfernt bei einer Musterung und in einem Nebenraum abends in der Offiziermesse gesehen, jetzt empfing er mich persönlich, ja winkte sogar, doch das sah nicht sehr fröhlich aus. Was hatte der ungewöhnliche Besuch zu bedeuten?

Klitschnass geschwitzt, den Helm in der Hand, stieg ich mit weichen Knien die Treppe aus dem Cockpit herab und blieb zunächst stehen.

Im Laufschritt eilte der grauhaarige Vierstreifer auf mich zu, nahm meinen Arm und mit feuchten Augen kam es ihm fast flüsternd über die Lippen: „Gut, Färber, dass sie da sind! Ach ist das schön! Wo haben Sie bloß gesteckt?" Was sollte diese Fragerei?

Er packte mich an beiden Schultern, sah mich an, und abgehackt fielen die Worte: „Jacob Kübler ist nicht zurückgekommen. Er ist bei Wilster abgestürzt. Gerade vor einer viertel Stunde traf bei uns die polizeiliche Meldung ein. Er ist tot, ein furchtbares Unglück!"

Ich riss mich los, es kreiselte im Hirn, kotzübel war mir. Das war zu viel. Mensch Jakob, ich wollte mit dir doch heute Abend ein Bier trinken.

Mit Gummibeinen in die Baracke zurückgekehrt, zwischen betroffen schweigenden Kameraden umgezogen, das Fahrrad des Staffelfeldwebels gegriffen und schnell zum Telefonhäuschen an der Wache geradelt. Der Kommodore hatte mir am Flugzeug beim Wegfahrern zugerufen: „Informieren Sie sofort Ihre Angehörigen, die Presse ist sonst schneller!" Elisabeths Mutter, allein zu Haus, war entsetzt, aber glücklich über den Anruf.

Meine Mutter heulte gleich los und bejammerte den armen Jakob, den sie gar nicht kannte.

Drei Tage später folgten Angehörige und Staffelkameraden mit Beklemmung der Trauerveranstaltung in der kleinen Kirche des nahe liegenden Johannisklosters. Vorn stand Jacobs Sarg, mit dem Flaggentuch der Bundesrepublik zugedeckt, flankiert von zwei dreiarmigen Leuchtern, und darauf vor einem riesigen Bukett weißer Lilien lag einsam und verlassen seine Marinemütze.

Wir wussten, in dem Sarg lag so gut wie nichts von ihm. Tief hineingebohrt in den Deich bei Wilster wird er von dem hinter dem Cockpit liegenden Triebwerk zermatscht worden sein.

Wer später den Unfalluntersuchungsbericht las, fand die Bestätigung. Von Jacob fand man unter den Trümmern zu unterst im Erdloch lediglich ein Ohr, flach und breit geklopft wie ein Wiener Schnitzel, vielfach durchlöchert und angebrannt.

So groß die Trauer über den Verlust von Jakob war, so erleichtert reagierten die Piloten in der Messe an der Bar, als bekannt wurde, dass kein technischer Fehler den armen Kerl gekillt hatte, sondern seine eigene Schusseligkeit. So zumindest tönte großmäulig „Chicken One", der jedes Mitverschulden an dem Unfall weit von sich wies. Ich hätte ihm mein Glas Bier über den Kopf kippen sollen.

Aus der Alkoholbetäubung an dem Unfallabend erwachte am nächsten Morgen die einhellige Feststellung: „Keinem von uns wäre das passiert!"

Zwar gelogen, aber zur Selbstberuhigung half es, von der Angst zu befreien, selbst einmal der Versager zu sein.

Mir jedoch ist in vielen der folgenden Nächte fröstelnd die Erinnerung an diesen Flug über den Rücken gekrochen.

Auf der T 33 hatte ich mich bereits wie ein King gefühlt, sicher und als ein ausgebuffter Flugzeugführer, und auf der Sea Hawk, diesem sympathischen Flugzeug? Wie ein erbärmlicher Anfänger! Nie zuvor, nicht einmal beim ersten unvergesslichen Soloflug als Fluganwärter auf der mickerigen Piper, ist es mir so schlecht ergangen wie mit dem „Chicken One", der Jacob und mich unvorbereitet in die Wetterfront einfliegen ließ und sich dann abgesetzt hat.

Warum er deshalb nie von höherer Stelle zur Rede gestellt worden ist, ist mir heute noch schleierhaft. Meine Gegenwart mied er seitdem, andere, die meine Story kannten, fanden Ausflüchte, bei Einteilungen zu Formationsflügen nicht an seiner Seite fliegen zu müssen.

Mit einigem Bammel kletterte ein Oberleutnant Färber einige Tage später wieder in die Maschine. Minuten später schwanden die Angstgefühle, befreit vom

Druck des inneren Schweinehunds glitt die Sea Hawk mit mir durch die Wolkenbänke, und siehe da, der Alltag des Fliegens machte wieder Spaß.

Eine Woche nach Jacobs Beisetzung heulten die Sirenen der Flugplatzfeuerwehr. Alle stürzten aus der Baracke. Am Ende der Landebahn oder noch weiter entfernt stand ein Rauchpilz in der Luft, nicht weit davon schlugen Flammen empor.

Was war geschehen?

Schnell sickerte die furchtbare Neuigkeit durch. Zwei Sea Hawks hatten einander beim Landeanflug gerammt und waren als Feuerball zu Boden gestürzt. Wieder blickte das Geschwader, in der Klosterkirche versammelt, auf zwei Särge. In den ersten Kirchenbänken schluchzten blutjunge Witwen, die eine hochschwanger.

Uns bot sich erneut die Möglichkeit, das Fell zweier Kameraden zu versaufen und wiederum erleichtert festzustellen, dass es sich hier um einen Pilotenfehler, um menschliches Versagen gehandelt haben musste. Das tröstete ungemein und wurde mit vielen Bieren und Schnäpsen ertränkt.

Die Wochenenden danach in München ließen das Erlebte schnell vergessen. Vater Reimann stellte zwar einige unangenehme Fragen zu den Ereignissen im Norden, die selbst in der Süddeutschen Zeitung breit ausgewalzt worden waren, aber es gelang mir, die Dinge zu relativieren, und Elisabeth glaubte mir jedes Wort.

12

Anfang August, es goss in Strömen, an Fliegen war seit Tagen wettermäßig nicht zu denken, bestellte der Kommodore den Hanno, Nolle, zwei weitere der 2. Staffel und mich zu sich: „Meine Herren, am 1. September fliegen Sie für ein dreiviertel Jahr in die USA und zwar zur Waffenausbildung auf der F 84 F. Ort: die Luke Air Forcebase bei Phönix in Arizona."

Wow, Donnerschlag, was für eine Überraschung, aus dem grauen Schleswig-Holstein raus und hinein in das Wüstenklima und gleißende Licht Arizonas und überhaupt nach Amerika, in das Land der Träume, das Land der unbegrenzten Möglichkeiten, ja, die berüchtigte F 84 F zu fliegen. Super! Freude über Freude. Wir lagen uns in den Armen. Der Kommodore lächelte versonnen und rief in die jubelnde Gruppe: „Und nun raus, meine Herren, freuen Sie sich draußen weiter!"

Aber durch die anfängliche Begeisterung zog plötzlich ein Faden von Traurigkeit. Ach liebste Elisabeth, Amerika ist so weit entfernt, und ein halbes Jahr erscheint so endlos lang zu sein.

Hanno dachte wehmütig an Landsberg und ich an München, nur Nolle hüpfte strahlend herum und brüllte: „Amerika, Amerika, here we come!"

Abends, dieses Mal vom Offizierheim aus mit schwerer Zunge angerufen, erfuhr der künftige Schwiegervater die Neuigkeit. Er war zwar überrascht, äußerte aber Zufriedenheit über die mir gebotene berufliche Möglichkeit. Er würde Elisabeth schonend auf die längere Trennung vorbereiten und stellte gleichzeitig in Aussicht, für das noch verbleibende Wochenende eine Zusammenkunft zu arrangieren. Und das sah wie folgt aus: Da die Familie seit längerem geplant hatte, Freunde in Berlin zu besuchen, schickte er mir ein Ticket für einen Flug Hamburg-Berlin. Abgeholt am Flugplatz Tempelhof würde ich dann zur Überraschung Elisabeths in der Wohnung der Freunde plötzlich auftauchen.

Den Müffi in Hamburg am Flugplatz Fuhlsbüttel abgestellt und nach Berlin geflogen. Dort steckte man den aufgeregten Verlobten in ein Nebenzimmer der Freunde und eröffnete der traurigen Elisabeth, dass hinter der Tür eine Überraschung auf sie warten würde.

Es hätte nicht schöner sein können.

Wir lagen uns in den Armen, alle rundherum flennten und tupften Tränen von den Wangen. Auf Silberwolken fliegend, tanzte ein Paar im Tanzpalast Resi zu farbigen, mit Musik unterlegten Wasserspielen, genoss in vollen Zügen eng umschlungen das unerwartet und sehnsuchtsvoll gewünschte Zusammensein.

Eine unendlich lang empfundene Trennung stand bevor, jede Sekunde, in der wir einander nicht festhielten, wäre Vergeudung gewesen. Der Ausflug in das Berliner Nachtleben endete spät. Obwohl des heuchlerischen Anstandes wegen im Hotel zwei Stockwerk voneinander in getrennten Zimmern untergebracht, war ich nach dem braven Dankeschön bei den Eltern zwei Minuten später am Pfirsichpopo der Geliebten. Wir strapazierten uns bis ins Morgengrauen. Ich musste mich unvergesslich machen.

Am Frühstückstisch bot Vater Reimann uns an, vorbei am Brandenburger Tor auf der DDR-Prachtstraße „Unter den Linden" den Osten zu besuchen. Niemand ahnte damals, dass eine Woche später, am 13. August 1961, für fast 40 Jahre eine schreckliche Mauer einen solchen Besuch verhindern würde.

Kurz vor dem „Checkpoint Charly" plagten mich Gewissensbisse. Wir stoppten, blieben im Wagen sitzen und diskutierten. Elisabeth schob alle Bedenken beiseite, ich zögerte. Vater Reimann sagte nichts dazu. War nicht einer meiner Kameraden von der USA-Ausbildung gestrichen worden, nur weil der Geburtsort Zwickau war? Die Amis da vorn am Übergang in die DDR könnten mir Schwierigkeiten bereiten, und dann wäre die Fliegerei in Arizona futsch.

„Nee, ihr Lieben, da mach ich nicht mit." Es wäre zwar ein prickelndes Vergnügen gewesen, als Klassenfeind des Kommunismus bis zum Roten Rathaus vorzudringen, aber das Risiko schien größer. „Bitte, liebe Lizzi, versteh das."

Noch einmal einen Blick auf das Brandenburger Tor und zurück am schwer bewachten Ehrenmal der Roten Armee vorbei. Hoch oben von ihrer Säule lachte die „Goldene Else" auf uns herab. Die Beklemmung war vergessen. Kein Ausflug in den Osten.

Der Abschied am nächsten Tag tat furchtbar weh. Aus Elisabeths Augen kullerten Tränen.

Beim Verlassen der Hotelhalle fielen mir, nur nebenbei bemerkt, drei an der Rezeption stehende Männer auf, einer mit einem Schlapphut, die neugierig zu uns herübersahen. Sie glichen einer Mischung von Taxi-Fahrern und Sicherheitsbeamten.

Vater Reimann bemerkte sie auch, und mir zuflüsternd witzelte er: „Bestimmt Geheime Staatspolizei.“

An der Passagierbarriere des Flughafens blieb an Vater Reimanns Seite mein tapfer lächelndes Glück zurück. Er hatte feuchtere Augen als sie. Ich wusste Elisabeth bei ihm in guten Händen.

„Good bye mein Schatz, ich bin bald wieder bei dir!“ Winke, winke.

Nach kurzem Flug auf dem Hamburger Parkplatz den Müffi gefunden und ab nach Norden.

Nach einem glitzernden Großstadtaufenthalt zurück in die militärische Kasernenunterkunft. Ein tolles Kontrastprogramm. Es goss aus Kübeln, wehte dazu kalt aus Nordwest. Der Scheibenwischer schlierte über das Glas.

Im Rückspiegel tanzten die Lichter eines dicht folgenden Wagens, wollte wohl in dieselbe Richtung. Nichts Besonders, es herrschte Feierabendverkehr, der weiter aus Hamburg heraus dünner wurde. Komisch jedoch, die beiden runden Scheinwerfer hinter dem Müffi blieben auf den Hacken haften. Eine Verfolgungsjagd? Wohl zu viele Krimis in letzter Zeit gelesen! Aber mal sehen, was passiert, wenn ich gleich einen Haken schlage, nur mal so zum Spaß. Noch im Stadtteil Stellingen ohne anzuzeigen scharf ins Lenkrad gegriffen, der Wagen schwang in eine Nebenstraße ein. Blick nach hinten: Weg war er, also bloß Fantasien, ganz klar.

Wieder nach vorn konzentriert, um aus dem engen Straßengewirr des Viertels herauszufinden – da blendete es wieder im Rückspiegel. War er das wieder? Ja, tatsächlich!

Vorn tauchte das Verbotsschild einer Einbahnstraße auf. Mal sehen, was jetzt geschieht. Mit dem Müffi wider alle Regel mit voller Fahrt hinein in die dunkle Gasse, und nun?

Die Lichter folgten mit Abstand, aber folgten. Rechts ein Parklücke, scharf gebremst und kurz gehalten, das Fenster heruntergedreht und nach hinten freundlich gewinkt, dass der Bursche doch vorbeifahren möge. Zögernd näher kommend und dann mit Vollgas aufheulend schoss ein VW-Käfer vorbei, ob der Fahrer einen dunklen Schlapphut trug, ließ sich wegen der nassen Scheiben nicht ausmachen. Er stierte geradeaus und raste weiter. Irgendetwas stimmte hier nicht. Aber auf der weiteren Fahrt blieb ich allein, wahrscheinlich lag eine Verwechselung vor, ein Zufall. Schnell vergaß ich den Vorgang, und in Gedanken wieder bei Elisabeth entschied ich mich, in Neidum zu übernachten und erst am nächsten Tag zum Dienst in die Flugplatzbaracke zu fahren.

Es gab so viel Neues zu berichten, die Eltern würden neugierig sein. Schließlich war zum ersten Mal ein Familienmitglied mit einer Verkehrsmaschine geflogen, und dann der Abschied von der baldigen Schwiegertochter. „Junge, haste was zu erzählen? Erzähl!"

Mit offenen Armen empfangen, von der Mutter mit Köstlichkeiten genudelt und vom Vater neugierig ausgehorcht. Erst spät ging das Licht aus. Der frühe Aufbruch nach Schleswig fiel entsprechend schwer.

Beim Abschiedskuss an der Gartenpforte fielen beiläufig ein paar Worte, die während der Fahrt das Gehirn materten. Wie hatte Mutter gesagt: Gestern sei angerufen worden, wann ich wieder in Neidum sein würde, und dann ihre Bemerkung: „Gegenüber auf der anderen Straßenseite hat tagsüber ein unbekanntes Auto geparkt, ein grauer VW-Käfer, und immer hat da einer dringesessen. Irgendwann war er dann plötzlich verschwunden."

Was für eine Frage, wo ich sein sollte, in der Baracke wusste jeder, dass ich in Berlin sein würde, und im Abmeldebuch des Staffelbüros stand es schwarz auf weiß.

In der Baracke tat man sehr geschäftig. Erster Blick auf die Tafel, nein, Färber war zum Fliegen nicht eingeteilt. Stattdessen stand da zu lesen: „Melden im Vorz Kdr ASAP!"

ASAP stand für „As soon as possible" und das zusammen mit der weiteren Abkürzung hieß „So schnell wie möglich im Vorzimmer des Kommodore melden!"

Das Fahrrad gegriffen, um den Platz geradelt und bei der Vorzimmerdame gemeldet, die mir zuflötete: „Sie werden schon erwartet!" Mein Gott, was hatte ich ausgefressen?

Kopf, klopf. „Herein!"

Hinter dem Schreibtisch, saß leicht vorgebeugt der Boss und blickte erwartungsvoll: „Los, los kommen Sie rein, Färber!"

„Oberleutnant Färber meldet sich wie befohlen zur..." er unterbrach mich unwirsch: „Hören Sie auf, setzen Sie sich hin und bitte eine schnelle Antwort: Kennen Sie eine Frau mit Namen Grete Waitschies?" „Jawoll, Herr Kapitän, war bis etwa vor einem Jahr meine Freundin."

Er hüstelte und beugte sich noch weiter vor: „Gleich wird der MAD, der militärische Abschirmdienst hier sein und Sie wegen dieser Dame befragen. Und nun mal ganz ehrlich, haben sie zu der immer noch eine Verbindung?"

„Nein, Herr Kapitän, ich bin seit drei Wochen mit Fräulein Elisabeth Reimann verlobt und habe seit langem keinen Kontakt mehr mit Frau Waitschies. Was ist denn los mit der?"

Der Alte fiel erleichtert rückwärts in seinen Sessel, schlug die Hände zusammen und fragte weiter: „Sie wissen nicht, was geschehen ist?"

„Nein, keine Ahnung. Ich war übers Wochenende mit meiner Verlobten und meinen künftigen Schwiegereltern in Berlin.“

„Ja, ja, weiß ich, das haben mir die MAD-Leute schon berichtet. Die werden gleich hier sein und Sie zu einer delikaten Angelegenheit befragen. Ich habe Sie herbestellt, um zuerst zu erfahren, ob einer meiner Leute in Schwierigkeiten geraten ist.“ Er seufzte: „Ach herrlich Färber, dass Sie mich nicht enttäuscht haben!“, und mir fiel ein Stein vom Herzen.

Da klopfte es auch schon, die Tür ging auf und drei Herren standen im Türrahmen. Keiner Schuld bewusst, muss wohl mein Grinsen die Herren verunsichert haben. Typische kalte, überhebliche Sicherheitsbeamtengesichter, lange Mäntel und der eine, was hielt er in der Hand: einen dunklen Schlapphut. Ah, meine Freunde von der Rezeption des Berliner Hotels. Was für ein unerhofftes Wiedersehen!

Und doch bohrte die Frage, was brachte das harmlose Jreetchen mit den weinerlichen Kulleraugen und mich zusammen mit dem MAD?

Die Vernehmung dauerte nur wenige Minuten.

Die steinernen Gesichter lebten auf. Als schnell deutlich wurde, dass ihre Vermutung absolut nicht zutraf, schlugen die Herren einen freundlicheren Ton an und begannen, den Sachverhalt zu erklären. Und was begründete die Vermutung?

Ein lockeres Gespräch bahnte sich an: „Wären Sie am Checkpoint Charly in dem gelben Citroen in Richtung DDR weitergefahren, hätten wir Ihnen den Weg abgeschnitten. Abends zuvor saßen wir im Resi bereits hinter Ihnen. Im Hotel sind Sie nachts die Stufen hochgetigert. Beim Rückflug waren wir mit im Flugzeug, und in Hamburg haben Sie uns einen Streich gespielt. Aber Sie wären uns nicht entkommen. Und jetzt die Antwort auf Ihre Frage, warum dieser Aufwand?“

Hatte ich die Frage gestellt? Nein bisher nicht, aber die Antwort eines der süffisant grinsenden Herren, der mich mit seinen Blicken auszuziehen schien, überraschte doch sehr.

„Besagte Dame muss Sie sehr ins Herz geschlossen haben. Sie sind ja ein toller Hecht. Die muss ja in Sie verknallt gewesen sein, denn ihre Rachegelüste als Verschmähte haben uns auf ihre Spur gesetzt, Herr Oberleutnant. Wissen Sie, was die angestellt hat? Sie wissen doch sicherlich, wo die beruflich tätig war?“

Der Kerl grinste noch breiter.

Was konnte ich dazu sagen: „Nein und letzteres ja, Sie ist oder war Sekretärin in einer Kieler Export-Importfirma.“

„Sie war es und ist gefeuert worden. Weshalb, werden Sie fragen. Als der Firmenchef feststellen musste, dass seine saubere Sekretärin 10.000 DM unterschlagen hatte, ist Frau Waitschies nichts Besseres eingefallen als zu behaupten, sie hätte diese Summe einem gewissen Oberleutnant Färber zugesteckt, damit er mit ihr nach Ostberlin entkommt. Da ließ die Polizei bei uns das Telefon klingeln und bescherte dem MAD einen Wochenendaufenthalt in Berlin. Na, Sie wissen ja schon, wo wir überall in Ihrer Nähe waren.

Auch die Auskünfte des Geschwaders passten prächtig dazu.

Ihre Exgeliebte gab am Freitag an, das Geld für Sie geklaut zu haben, und Sie flogen am Sonnabend nach Berlin. Das ist die Story, mein Lieber, deshalb sind wir hier."

Der Abschied voneinander fiel beiden Parteien leicht.

Dieses Ereignis der besonderen Art beherrschte tagelang die Gespräche in der Baracke und abends an der Bar im Offizierheim. Das Gerücht, der Färber sei möglicherweise ein Spitzel oder gar Spion der DDR, hätte mir beinahe die Reise in die USA versaut. Erst ein Anschlag am schwarzen Brett mit der Verkündung meiner Unschuld und eine Verlautbarung des Kommodore brachten wieder Ruhe in den Laden. Warum diese Aufregung?

Bei der Aufstellung der ersten Marinefliegergruppe vor zwei Jahren in England war tatsächlich ein technischer Offizier als Spion der DDR entlarvt worden. Und nun kam mein Fall, der die Erinnerung wieder hochscheuchte.

Anderes überrollte das Ereignis schnell. Mit Hochdruck-Heißdampf liefen die Vorbereitungen für die Abreise in die USA. Dutzende von Dienststellen waren abzuklappern.

Formulare, Aktenzeichen, Stempel hier, Stempel da. Khaki-Uniformen empfangen für das heiße Klima in Arizona, einen klobigen Aluminiumkoffer, den so genannten Zinksarg, mit all den Klamotten packen, die man als Junggeselle besaß.

Die Aktentasche drohte bald zu platzen, vollgestopft mit Papieren aller Art: Visum, Pässe, Flugtickets und von den amerikanischen Einwanderungsbehörden abverlangte Fragebögen, auf denen die verrücktesten Fragen zu beantworten waren, wie zum Beispiel: Sind Sie homosexuell veranlagt, gehören Sie einer kommunistischen Gruppierung an, sind Sie Nazi, haben Sie noch ihren Blinddarm oder sind Sie schwanger, wie oft haben Sie Geschlechtsverkehr, leiden Sie unter Syphilis? Selbst über Schweißfüße und Haarschuppen musste Auskunft gegeben werden. Bis in ungeahnte intime Winkel menschlicher Geheimnisse versuchte die bürokratische amerikanische Neugier vorzudringen. Alles ließen sich locker abhaken, nur eine Frage nicht, zunächst nicht. Da stand geschrieben: „Are you kaukasian?"

Was war das? Englische Wörterbücher schwiegen darüber! Was war ein Kaukasier? Ein Mensch aus dem Kaukasus? Ja, aber das Gebiet lag in der Sowjetunion. Wie konnte ein amerikanischer Fragebogen einen normal gewachsenen NATO-Westdeutschen für einen Kaukasier halten?

Die älteren Fliegerkameraden, die vor vier Jahren gleich zu Beginn der Bundeswehr in den USA bei der Navy ausgebildet worden waren, schüttelten auf Nachfrage den Kopf. Bei ihrer damaligen Einreise hatten die Amis diese Frage nicht gestellt.

154

Im Geschwader gab es den englischen Commander Black, ein fliegerisches Ass der Royal Navy, als Sea Hawk-Berater tätig. Selbst der wusste keinen Rat. Er hielt seine amerikanischen Freunde ohnehin für „silly", für blöd.

Was tun? Die Frage durfte nicht unbeantwortet bleiben.

In Hamburg gab es ein Generalkonsulat der USA. Da saßen Amis, die wohl wissen sollten, was ein „kaukasian" sein könnte. Wo ist das Telefon?

Langes Feilschen, wer von uns anrufen sollte, führte zu nichts, denn so gut konnte zum Anfang der Fliegerei niemand fließend englisch. Schließlich erbarmte sich die Vorzimmerdame des Kommodore.

Wir hockten gespannt neben ihr, durften das laut gestellte Telefongespräch mit verfolgen. Erst an mehreren Deutsch sprechenden Vermittlungsstellen vorbei, die genau erklärt haben wollten, wer am anderen Ende der Leitung war und warum man einen amerikanischen Konsularbeamten sprechen wollte, gelang es, das Geheimnetz der Wichtigtuer zu durchdringen. Nach langem Hin und Her dröhnte breites gutturales Südstaatenenglisch ans Ohr.

„What yee want? Whaaat, a kaukasian, what kind of people they are?" Alles Weitere ging unter in schallendem Gelächter. Der Kerl schlug sich offenbar auf die Knie vor Vergnügen, hielt den Anrufer für einen ausgemachten Trottel. Die Vorzimmerdame lief rot an, blieb aber unterkühlt.

Der Ami fand zum normalen Ton zurück: „You don't know what a kaukasian is, ha, ha." Dann folgte die kaum begreifliche Erklärung: „If you are no spig and no nigger, than you are white, that makes a kaukasian!"

Damit war das Gespräch zu Ende. Der Flegel legte grußlos auf und wir sahen uns sprachlos an. Was ein „Nigger" als schlimmes Schimpfwort für Farbige war, ließ sich deuten, und nach längerem Herumfragen folgte die Erklärung für die Bezeichnung „spig" als eine niederträchtig abwertende Bezeichnung für Mexikaner, Spanischblütige, Mestizen, indianisch Aussehende und sonstiges dunkelhaariges Volk.

Das Ergebnis des aufschlussreichen Telefongesprächs bereitete uns vor auf eine Welt, die Menschen nach Hautfarbe sortierte und offenbar die Weißen, die Kaukasier, in der Führungsrolle sah. Hatten wir Deutschen den Rassismus nicht gerade abgelegt?

Dass all dieses in den USA das gesellschaftliche Leben prägte, ließ der Fragebogen zwar ahnen, aber in seiner brutalen Realität sollten wir deutsche Kaukasier die Rassenunterschiede bald nach unserer Ankunft in dem gelobten Land erfahren.

Dazwischen lagen nur noch wenige Tage.

Wenn spät nachts endlich Ruhe einkehrte und die Gedanken wieder frei fliegen konnten, glitten sie zum Fenster hinaus, stiegen auf Höhe, gingen auf Südkurs und flogen in die Arme von Elisabeth, die in München sicherlich auch an mich dachte.

Die letzten Nächte fanden mich im schrägen Licht einer Bürolampe schreibend am Tisch sitzen. Meine Sehnsüchte und Wünsche füllten Seite um Seite, meine dichterische Ader pulste wieder, Sonette, Verse und Prosa wechselten einander ab. Kurz vor dem Abflug in Frankfurt würde ich damit den Postkasten füllen. Was da entstand, waren heiße Liebesbriefe.

Noch heute, wenn es zwischen Elisabeth und mir mal knarzt, holt sie aus einem besonderen Kästchen meine Briefe hervor, liest sie mit Andacht, bekommt feuchte Augen und sieht mich wieder liebevoll an.

Das eine oder andere Gedicht hat sie mir manchmal ohne Kommentar zum Lesen gegeben. Als mittlerweile nicht mehr jugendlicher Liebhaber habe ich gestaunt, mit wie wenig dichterischer Begabung ein vom Testosteron geschüttelter Jüngling herzbluttriefende Minnegesänge zu Papier bringen vermochte.

Das soll ich selbst einmal geschrieben haben? Kaum zu glauben!

Davon eine Kostprobe. Seelenschmerz, Verlassenheit, Sehnsucht und manches mehr schwingen durch jede Zeile. Ich hätte damals die Elisabeth mit in die USA nehmen sollen.

Ohne dich im November

Ich geh auf den Straßen
durch holprige Gassen,
die still und verlassen,
so traurig, kalt und regenfeucht sind.
Am Mantel zerrt der Novemberwind.
Er dringt in meine Gedanken
Die Blätter hasten im Sturmwind dahin.
vor dem Deich kocht das Meer.
Weit über die Wellen gleitet mein Sinn,
wenn ich doch bei dir wär.
Sturmflut im November.
Ich vermiss dich so sehr
Im Dunkel der Nacht
bin ich um den Schlaf gebracht.
Wie oft hab ich an dich gedacht
mit sehnsüchtig quälenden Schmerzen
von brennenden Kerzen im Herzen.
du bist so fern geliebtes Kind.
Draußen heult der Novemberwind.

Kurz vor der Abreise in die USA besuchte ich meine Eltern in Neidum, schlenderte spätabends durch die menschenleere Stadt. Das Licht der im Sturm wackelnden Straßenlaternen spiegelte sich auf dem regennassen Pflaster und über den Deich peitschte der Novembersturm. Das muss mich wohl inspiriert haben zu den traurigen Zeilen.

13

Von Traurigkeit jedoch war keine Spur mehr, als es in Frankfurt die Stiege hinaufging in die viermotorige Convair der amerikanischen Airline TWA. Von Tausenden neuen Eindrücken fast erschlagen, betrachteten wir sechs das Flugzeug und das Geschehen um uns herum als das Eintrittsportal in eine neue Welt. Welchem jungen Mann wurde damals in den 60ern auf Staatskosten ein Flug in das Land der Träume, der großen Möglichkeiten geboten?

Wer konnte sich leisten, nach Amerika zu fliegen? Nur Geschäftsleute, meist ältere Herren in dunklen gestreiften Anzügen mit ihren zumeist kosmetisch aufgedonnerten Sekretärinnen, die in hochhackigen Schuhen vorbeiwiegten. Nirgendwo waren Touristen in Rollkragen-Pullovern, Jeans und Joggingschuhen zu entdecken. Deutsche Laute gingen unter im amerikanischen Slang. Überall nur beautiful people. An Schlafen war zunächst nicht zu denken, immer wieder beugte sich, gekleidet in bunte Uniformkostümchen, eine der bildhübschen Stewardessen über den Sitz, klapperte mit den aufgeklebten Maikäferwimpern und empfahl „tea or coffee".

Nach 11 Stunden erreichte die Propellermaschine New York. Todmüde und von der Skyline der Stadt kaum etwas wahrnehmend, wurden wir durch Panzertüren hineingeschleust in ein bunkerähnliches Gebäude. Dort bemühte sich ein Vielzahl zumeist stiernackiger, in schwarz gekleideter Sicherheitsbeamte in einem großen weißen, von Neonröhren bläulich erhellten Raum um unsere Personalien. Alles, was zu Hause auf den Fragebögen ausgefüllt worden war, schien für die Katz gewesen zu sein. Hier begann das Ganze noch einmal von vorn.

Wie gut, dass der Begriff „kaukasian" geläufig war. Zu guter Letzt nach Stunden des Interviews wurden Fingerabdrücke abgenommen und danach die erschöpfte Gruppe über den Flugplatz zu einer ebenso großen Verkehrsmaschine gekarrt, die nach 10 Stunden Flugzeit in Tucson/Arizona landete.

Was waren wir kaputt!

Tags darauf schlug die Bürokratie des Flugbetriebs zu. Papier; Papier. Das Witzigste war neben den abgenommenen Fingerabdrücken die Aufforderung nach dem Abdruck beider Füße. Warum? Der Arzt erklärte: „Wenn einer von euch auf die Fresse fällt, finden wir meistens als einzige Überbleibsel in den Stiefeln die abgerissenen Füße."

Drei Tage später begannen die Typ- und die Waffenausbildung. Die Bemerkung des Arztes? Längst vergessen. Würde für keinen von uns zutreffen!

In meiner Kellerbar hängt ein verblichenes Foto. Es zeigt einen jungen Piloten, lässig in der einen Hand den Fliegerhelm, die rechte an den metallisch schimmernden Rumpf einer F 84 F gelehnt, mit Fliegerbrille, rotem Käppi und grünlicher Kombination, eingezwängt in eine Druckschürze. Darüber spannt sich der zu erahnende hitzeschwangere wolkenlose Himmel Arizonas. Auf einem Wappen in Rhombusform fletscht neben dem heroischen Bild, eingerahmt von vier roten Blitzen, ein Pantherkopf die Zähne. So fühlten sich die jungen Helden nach den ersten Flügen auf der T 33 und anschließend auf der F 84 F. Von den amerikanischen Fluglehrern heiß gemacht, dass auf der "Luke Airforce Base" die besten Piloten der Welt ausgebildet würden, schwoll uns der Kamm, und alle glaubten, wilde Panther zu sein. Der Panther zierte das Staffelabzeichen für die 4512th Combat Crew Training Squadron, eine Staffel nur zur Ausbildung deutscher Piloten, geführt von einem amerikanischen Major, der seine deutschen Vorfahren nicht verleugnen konnte, denn er hieß Karl Wilhelm Feuerriegel, ausgesprochen und verhunzt klang der Nachname so ähnlich wie „Fjurrill". Über dem Eingang des Staffelgebäudes, flach gebaut und vor allen Fenstern klotzige Aircondition-Kästen, prangte ein Schild mit dem Namen unseres Vereins „Kraut-Field".

Nach amerikanischen Vorstellungen aßen wir Deutsche alle Sauerkraut und trugen alle einen Sepplhut und Lederhosen. Uns Germans hat es nicht gestört.

Die „Luke Airforce Base", damals eine gute halbe Stunde Autofahrzeit westlich der Landeshauptstadt Phoenix gelegen, wurde für ein halbes Jahr Heimat und Ausgangspunkt ungewöhnlicher Erlebnisse.

Als erstes in der neuen Welt fiel auf: Hier ist alles größer, weiter, bunter und schneller, aber das Leben auch knallhart reglementiert.

Die fliegerische Ausbildung zwang die Woche in ein eisernes Korsett. Um vier Uhr klingelte der Wecker. Pilotenfrühstück gab es in einer Cafeteria, danach hinein in den wartenden Shuttlebus und ab um den Platz herum bis zur Flightline, dort kurzes Briefing, Flugvorbereitung, und kurz darauf summte unter einem das Treibwerk. Abgehoben von der Piste tauchte voraus im bleiernen Grau des ersten Morgenlichts die Weite der Arizona-Wüste auf.

Warum so früh heraus aus den Betten?

Selbst im November brannte die Sonne erbarmungslos. Die Jets konnte man um die Mittagszeit nicht anfassen, selbst mit Handschuhen nicht. Zum Jux brieten sich die Techniker auf den Flügelflächen Spiegeleier. Vom Brot nur noch die Rinde übrig lassen, die aufs heiße Metall legen, Ei aufschlagen, in das Viereck laufen lassen, brutzel, brutzel, und in ein paar Minuten konnte das Flieger-Ei serviert werden. Zwischen 10 und 16 Uhr ruhte der Flugbetrieb. Aber zu einer Siesta irgendwohin zu entkommen, gab es keine Gelegenheit. Raus aus dem Cockpit und durchgeschwitzt saß man gleich wieder auf der Schulbank. In viel zu stark gekühlten Räumen lief die Schulung weiter. Fröstelnd hockte jeder über der Fachliteratur und bereitete sich auf den ersten Soloflug mit der F 84 F vor. Da es keine Doppelsitzer F 84 gab, musste dieser mir gewaltig erscheinende Jagdbomber in der Luft allein bezwungen werden. Eines Morgens war es so weit.

Kaum konnte ich Good morning sagen, da zeigte Major Fjurrill auf mich: "Today is your turn, good luck!" Kurze Hitzeschauer über dem Rücken, dann das stolze Gefühl: Jetzt geht's los.

Dieses Mal, ich ganz allein im offenen Jeep, raste der Fahrer über das Feld vorbei an 200 Flugzeugen wie zur Abnahme einer Parade und hielt am äußersten Ende. Da stand sie, breitbeinig, die Nase mit dem großen ovalen Ansaugschacht farblich rot umrandet. Meine F 84 F! Seitennummer und gleichzeitig Callsign: FS 888, unvergesslich!

Sorgsam, wie hundert Mal zuvor geübt, mit einer Checkliste in der Hand das Flugzeug umrundet, der Bock ließ sich von mir anfassen, jetzt sollte er mich kennen lernen, und ich ihn.

Dann kam der große Moment, das Hineinklettern in das Cockpit, das etwa drei Meter hoch lag. Ein Laie wäre verzweifelt beim Anblick des engen Cockpits mit den dicht nebeneinander gedrängten Anzeigen, Knöpfchen und Skalen der unterschiedlichsten Instrumente. Nicht so der Oberleutnant Färber.

Nicht, weil er glaubte, stark zu sein, sondern weil er wieder das Prickeln des ersten Alleinfluges auf einem neuen Flugzeugtyps spürte und meinte, bestens vorbereitet zu sein.

Also Anlassen. Der Techniker, der ihn angeschnallt und die Sicherheitspins vom Schleudersitz abgenommen hatte, nahm die Leiter weg und winkte von unten.

Nach ein paar Handgriffen röhrte das Triebwerk. In die Instrumente kam Leben, grüne Lichtlein leuchteten auf, der künstliche Horizont schaukelte in Position. Kurzer Anruf beim Tower. Es konnte losgehen. Daumenzeichen an den Techniker. „Bremsklötze weg!" Gas rein, und gute 11 Tonnen fingen an über die Betonpiste zu rumpeln. Auf der „Number One", dem Halterpunkt kurz vor Beginn der Startbahn, standen andere Solisten und warteten auf die Startfreigabe. Einer winkte mir zu, aber das Winken sah so dramatisch aus, vielleicht einer der Türken oder Venezolaner von einer der anderen ausländischen Trainingstaffeln. Der gestikulierte und zeigte nach oben. Ich musste schmunzeln Ja, ja nach oben in die Luft wollten wir alle, vielleicht war das einer der euphorischen Südländer, der es nicht abwarten konnte.

Aber der Amigo gab nicht auf, klopfte jetzt sogar auf seinen Helm.

Was wollte er mir mitteilen? Zufällig blickte ich nach oben und oh Schreck. Das Canopy, das Kabinendach stand noch weit offen. Ich hatte vergessen es zu schließen. Glühendheiß schoss das Blut durch die Adern. Nicht auszudenken, in diesem Zustand, nein nicht auszumalen, so in die Lüfte gestiegen zu sein. Vor Erregung flatterten die Hände, die Hitze zitterte vor den Augen. „Mensch, Färber reiß dich zusammen!" Wo sitzt bloß der lausige Verschließhebel für das Dach? Alles gelernt, jedes technische Detail immer wieder eingepaukt, aber offenbar das Einfachste vom Einfachen, das Selbstverständlichste, das Türzumachen nicht.

Jetzt rief auch noch der Tower und forderte zum Weiterrollen auf. Das bedeutete nach draußen gucken und gleichzeitig im Cockpit nach diesem elenden Scheißhebel zu suchen. Oben rechts gleich neben dem Rahmen der Frontscheibe blieb der immer irrer werdende Suchblick an einem frech nach oben gereckten kleinen Pinnökel hängen. Ob der das ist? Mal dran ziehen?

Krachend fiel das Conopy herunter und gleichzeitig setzte die automatische Aircondition ein, die wohltuend das angeheizte Nervensystem des fast gescheiterten Solisten niederkühlte. Bei Generalproben geht meistens etwas schief, also konnte es nur besser werden. Und so war es dann auch.

Freigegeben zum Start beschleunigte die F 84 F auf 145 Knoten, mit leichtem Zug am Knüppel hob ein Oberleutnant Färber allein ab in den amerikanischen Himmel, voraus im Dunst der Superstition Mountain, in der unendlichen Ferne bläulich erscheinende Bergketten. Zurück blieben die Palmen und Dächer des Häusermeeres von Phoenix. Fernab von jedem Verkehr und jeder Behausung verlockte die ockerfarbene Steinwüste zum Tiefflug. Eine sagenhafte schöne, unberührte Landschaft flog vorbei, mal flach wie ein Brett, dann wieder wild zerklüftet. Gar nicht, wie weit von oben festgestellt, einheitlich gelblich eingefärbt, sondern in allen beigen, weißen bis violetten Schattierungen.

Außer verdorrtem Buschwerk sah man keine Vegetation, vielleicht mal eine zerzauste Palme.

Aber was standen da für senkrecht stehende Gebilde? Dunkelgrün, dick wie Telegrafenpfähle, oft oben verzweigt wie Kandelaberleuchter, die als mehrere Meter hohe Skulpturen das triste Bild der Steinwüste belebten. Nach der Landung klärte man mich auf, es handelte sich um jahrhundertealte Saguarokakteen.

Tausende neue Eindrücke und der mit vollem Schwung begonnene Flugdienst hatten mich abends so erschöpft, dass außer einer kurzen Ankunftsmeldung zunächst fürs Briefeschreiben einfach die Kraft fehlte. Erst nach 14 Tagen erhielt Elisabeth meinen ersten Erfahrungsbericht und die Bezeugung meiner sich vertiefenden Zuneigung zu ihr.

Nach gut einer Woche an das Klima gewöhnt, reagierte der regengewohnte schleswig-holsteinische Körper wieder normal. Wettermäßig hätten die Gegensätze gar nicht krasser sein können. Morgens vor Sonnenaufgang pendelte das Thermometer um den Gefrierpunkt, um mittags 40 Grad anzuzeigen. Entweder wehte kein Lüftchen, oder als braune Walze fegte ein Sandsturm heran, der durch alle Fensterritzen und Türschlösser drang und über alles einen feinen gelblichen Staubteppich legte. Meistens sengte die Sonne steil von oben, aber die Hitze war nicht drückend. Das lag an der geringen Luftfeuchte, die im Sommer bis auf null Prozent sank.

160

Das weite, von Bergen umgebene Becken mit dem Mittelpunkt Phoenix konnte mit Recht die Bezeichnung „Sun Valley" führen, das Sonnental.

Von Zuhause waren wir gewohnt, dass tief hängende Wolken hintereinander durchziehender Tiefdruckgebiete das Fliegen häufig unmöglich machten. Hier dagegen fiel so gut wie nie eine Flugstunde aus. Deshalb war auch unsere Waffenausbildung in dieses vom Wetter begünstigte Gebiet gelegt worden, hier konnte man zeitlich planen, und das, was die Amis auf der „Luke Airforce Base" organisatorisch durchzogen, war bewundernswert. Flugstunden wurden am Fließband gefertigt und Einsatzpiloten als Massenware produziert. Jeden Monat kamen insgesamt um die 7000 Flugstunden zusammen.

Während der Woche bot sich keine Verschnaufpause. Umso sehnsüchtiger erwartet und dann bis in Letzte ausgekostet wurde das Wochenende, an den Freitagnachmittagen in der Offiziermesse mit der „Happy hour" eingeläutet.

Vielleicht hätte ich manches längst vergessen, aber da ich nach kurzer Eingewöhnung meine Erlebnisse in wöchentlichem Rhythmus nach München meldete, sind die Erinnerungen nicht in der Versenkung verschwunden, sondern bereiten beim Lesen der von Elisabeth sorgfältig aufgehobenen Briefe immer wieder Fröhlichkeit.

Zum Beispiel die zuvor erwähnte „Happy Hour".

Nach 17 Uhr herrschte großes Gedränge an dem langen Bartresen. Es galt, den im Laufe der Woche abgesunkenen Alkoholspiegel möglichst schnell wieder anzuheben. Die „Happy Hour"- günstigen Preise ermunterten zur Druckbetankung.

Bevorzugtes Getränk, welches morgens am nächsten Tag in Verbindung mit einer Wasserberührung beim Zähneputzen den Betrunkenheitsgrad wieder ansteigen ließ, war „Bourbon Seven Up", ein Schuss Mais-Whiskey, abgefüllt in ein großes Glas mit viel klirrendem Eis, das Ganze verquirlt mit dem süßen Seven Up. Ein herrlich erfrischendes Gesöff, aber hinterhältig. Dementsprechend flott stieg die Stimmung. Noch bevor die Sonne glutrot hinter dem Flugplatz in der Wüste verschwand, stürmten die Muttis in die Bar und holten ihre lallenden Ehehälften nach Hause, wenn diese nicht schon aus erst später entdeckten Gründen längst die Party verlassen hatten. Mancher sonst unter der Woche stramm und überlegen auftretende Fluglehrer, gern mit dem Titel "Instructor" angesprochen, gab dabei eine lächerliche Figur ab. Wir aber, ungebunden und von niemandem erwartet, konnten bleiben bis zum Anschlag, bis der Barkeeper das Licht löschte oder man selbst die Lademarke erreicht hatte.

Einmal saßen Nolle, Hanno und ich zur späten Stunde, viele waren schon davongetorkelt, an einem kleinen Tischchen nicht weit von den Barhockern entfernt. Zwei dort sitzende Gestalten beäugten einander bereits seit längerer Zeit, fanden aber nicht zu einem Gespräch.

Hin und wieder tauchte im Hintergrund der Barkeeper auf, wischte über den Tresen und stellte wortlos jedem der Herren ein frisch gefülltes Glas vor die Nase. Was machte die beiden so interessant?

Die Art und Weise, wie sie versuchten miteinander ins Gespräch zu kommen, und vor allem die Unterschiedlichkeit der Typen erweckte Aufmerksamkeit. Der eine, ein US-Oberst, die ordenübersäte Uniformjacke weit aufgeknöpft, mit bulligem, vom Saufen angeschwollenen, von rötlichen Adern durchfurchtem Gesicht und einem hervorquellenden Stiernacken, der nach oben gerade verlängert als kleiner Kopf mit kurz geschorener, widerborstiger Haarbürste endete, saß auf drei Metern Entfernung einem zierlichen Japaner gegenüber.

Während der Ami, ein riesiger Kerl, wie ein Ringer der Meisterklasse aussah, glich der Japaner in seinem eleganten grauen Anzug eher einem Florettfechter.

Altersmäßig hätten beide wohl unsere Väter sein können, also Kriegsteilnehmer. Und darauf lief die vorsichtig angetastete Unterhaltung hinaus.

Der US-Oberst hob sein Glas, prostete dem Japaner Aufmerksamkeit heischend zu, der aber blickte abwartend an ihm vorbei. Dem Amerikaner, mit glasigen Augen sein Gegenüber musternd, gefiel offenbar die Reserviertheit des graumelierten Japaners nicht, er beugte sich vor und polterte im bärigen Bass los: „Hey, you, I am John.“

Zwei listige zu Sehschlitzen zusammengezogene dunkle Augen stachen auf den dicken Ami ein und eine Fistelstimme antwortete in makellosem Englisch: „And my name is Yoshihiro Yamamoto, how do you do.”

Ein Name, der jedem Amerikaner hätte das Blut in den Adern gefrieren lassen müssen, nicht aber unserem alkoholisierten Oberst.

Yamamoto, Yamamoto? War das nicht der japanische Admiral, der in Pearl Harbor fast die ganze amerikanische Pazifikflotte versenkte? Nun, der war es sicher nicht, aber vielleicht ein Verwandter.

Dieser Yamamoto outete sich als Pilot, wie sich bald herausstellte, als ein „Refresher“, der wie viele Ausländer als ehemaliger Kriegsteilnehmer in den USA auf modernen Jets eine fliegerische Kurzeinweisung erhielt. So trafen hier auf der Luke Airbase 15 Jahre nach dem Krieg japanische und deutsche Fliegerasse wieder auf ihre ehemaligen Gegner, die Amerikaner.

Wir als deren Nachfolgegeneration spitzten die Ohren, saßen ganz still und folgten fasziniert dem schwerfällig beginnenden Dialog der unterschiedlichen Kulturen.

Von dem berühmten japanischen Namen nicht beeindruckt, suchte der dicke Oberst mit der nächsten Frage dichter an das Geheimnis des fremden Gastes heranzukommen.

Den Gesten des US-Kriegspiloten war leicht zu entnehmen, dass ihm die Gegenwart eines ehemaligen Kriegsgegners mentale Schwierigkeiten bereitete, was der eisig dreinschauende Japaner wohl längst bemerkte und genoss.

Der Oberst versuchte es aufs Neue: „Are you a pilot? Did you take part in the Pacific war?"

Damit war es heraus. Dem Ami lag daran zu erfahren, ob der "Japs" vielleicht sogar auf ihn oder Seinesgleichen im Pazifikkrieg geschossen haben könnte.

Die japanischen Augen schlitzten noch enger, das glatte Gesicht arbeitete und aus dem schmalen Munde schoss wie ein Pfeil die kurze Bemerkung: „Yes Sir!"

Der Pfeil traf. Die klotzige Uniformgestalt glich mit einem Male mehr einem auf das Hinterteil gesetzter Bison, der gleich den Kopf ducken würde, um mit den Hörnern die ihm gegenüber gelangweilt hingerekelte Gazelle aufzuspießen.

"I flew Mustang and shot down 15 of you!"- 15 von euch habe ich umgelegt.

Der Oberst glaubte, damit Eindruck geschunden zu haben, prustete, lachte schallend und schlug mit seiner fleischigen Hand auf den Tresen, dass sein Glas hüpfte.

Der Japaner zeigte keine Wirkung, nur die Augen flackerten und dann pfiff wie eine durch die Luft sirrende Samuraiklinge im hohen Diskant die fernöstliche Antwort durch den Raum: „I flew Zeros – das war ein japanischer Jäger – shot down 52 of you and killed them all." Ich habe 52 von euch abgeschossen und sie alle getötet.

Der dicke Oberst schluckte, schien zu erstarren, während der Japaner geschmeidig vom Barhocker glitt, einen Schritt auf seinen Gesprächspartner zutrat, dabei noch kleiner und zierlicher wirkte als zuvor.

Mit einer Verbeugung verabschiedete sich der fernöstliche Jägerpilot lächelnd von seinem früheren Kriegsgegner und schoss auf den Bison die ihn tief verletzende Salve ab: „And I would do it again!"- Ich würde es wieder tun, drehte ab, die Schritte hallten durch den leeren Raum, minutenlang schlug die Pendeltür der Bar quietschend hin und her.

Zurück blieb Stille. Der Oberst saß wie gefroren auf seinem Hocker. Wir schlichen an ihm vorbei hinaus in die abendliche Hitze und liefen hinüber zu den Unterkünften.

Von dem freitäglichen Gläserheben nicht mehr sicher auf den Beinen, empfahl sich schnelles Laufen aus der Kühle der Offiziermesse in die airconditionierten Räume der „Bachelor Officer Quarters", kurz BOQ genannt. Bei langsamem Gehen bestand die Gefahr, von der Wärme noch stärker alkoholisiert zu werden.

Die BOQs waren zweistöckige Baracken, extra für Unverheiratete gebaut, für Junggesellen, die zu dritt in einer Wohnung untergebracht waren. Warum zu dritt?

Nach langem Rätseln wuchs die Erkenntnis, dass die Amis sich dabei etwas gedacht hatten. Bei drei Männern auf einer Bude besteht weniger die Gefahr, dass sich homosexuelle Paarungen ergeben.

Was meine sexuellen Neigungen betraf, so litten die bei dem intensiven und strapaziösen Flugdienst ganz erheblich, aber es blieb so viel an Sehnsucht übrig, dass sie in meinen wöchentlichen Briefen als verbales Knuscheln, Küssen und als höchst intimes Wortgeplänkel über den Ozean nach München flogen. Elisabeth im Gegenzug fand die entsprechenden liebkosenden Worte, um mich nicht aushäusig werden zu lassen.

Hanno dachte an Landsberg, ich an München, nur unser dritter im Bunde litt an Entzug und wurde immer unruhiger. Seine Vorliebe für eiskaltes amerikanisches Bier füllte unseren gemeinsamen Kühlschrank, der als riesengroßes und imponierendes Möbelstück den Gemeinschaftsraum zierte. Piet kam aus der englischen Ausbildung, war gleich zwei Tage nach unserer Ankunft losgezogen und hatte eine Meile vom Flugplatz entfernt bei dem Autohändler „Dick the Dealer" das Uraltmodell eines protzigen Cadillacs gekauft, himmelblau mit hochragenden Heckflossen. Nach kurzer Zeit lahmte der Motor, das Ding qualmte, lief offensichtlich nur auf ein paar Töpfen. Da ließ sich nicht viel machen, die Zylinder waren ausgeschlagen, und nur das Nachfüllen von Sägespänen in den Ölsumpf dämpfte für ein paar Tage das einem Cadillac nicht angemessene Motorengeräusch. Piet störte es nicht, von „Dick the Dealer" beim Kauf übers Ohr balbiert worden zu sein, er nannte es „angeschissen, dumm gelaufen." Er brauchte die große Kiste nur im Nahverkehr, um in Phoenix im „German Club", die amerikanischen Hühner, wie er sagte, aufzureißen. „Tolle Chicks, scharf auf die Germans, wollt ihr nicht mal mit?"

An einem lauen Dezemberabend, der Duft von blühenden Apfelsinenbäumen und der Dunggestank einer nahen Farm wehten zu den BOQs herüber, kletterte die deutsche Marineequipe in Piets röhrenden Schlitten. Auf ging es zum German Club.

Nicht in der Stadt, auch nicht am Stadtrand gelegen, sondern auf einem steinigen Acker, nur von ein paar Palmen und Kakteen umrahmt, fuhren wir auf ein Original Schwarzwaldhaus zu.

„Na, was sagt ihr?", fragte Piet.

Das ist nur in Amerika möglich, so formulierte sich das Staunen, angestrahlt von vielen Scheinwerfern. „Die Amis sind verrückt!"

Von einem reichen Deutsch-Amerikaner bei St. Märgen aufgekauft, war dieses Bauernhaus Stück für Stück abgebaut, über See und Land hierher verschleppt und wieder aufgebaut worden.

Leicht benommen von dem unerwartet Gebotenen zogen wir hinter Piet her, der dem Boss des Hauses gleich darauf schulterklopfend in den Armen lag. Wir passten in unseren Jeans und bunten Hemden gar nicht in die Umgebung. Rundherum Frauen in Tracht, in Dirndl mit tief dekolletierten Blusen, langen bunten Schürzen. Einige trugen flache Hüte, darauf rote tennisballgroße flauschige Pompons. Dickbäuchige ältere Herren in Dreiviertel-Lederhosen, mit Wadenstrümpfen und mit Sepplhut standen vor einer typisch deutschen Kneipe und prosteten uns mit Halbliter-Bierkrügen zu.

Eben noch im Wüstengelände Arizonas, jetzt im tiefsten Bayern. Wenn draußen das ungewöhnliche Schwarzwälderhaus aufgefallen war, so überraschte jetzt drinnen die Oktoberfestatmosphäre, bestens kopiert. Aus dem mit grünen Girlanden geschmückten Saal tönte Umpa-Umpa-Musik.

Der Empfangschef ließ von Piet ab und stürzte auf seine neuen deutschen Gäste zu, strahlend schob er uns vor sich her, brüllte irgendetwas Unverständliches durch den Saal. Schlagartig hörte die Kapelle auf zu spielen, Hunderte Augen starrten uns an.

In die eingetretene Stille hallte seine Ansage: „Ladies and Gentlemen, wir haben neue deutsche Freunde directly from Germany, beautiful people, beautiful people!"

Also so beautiful fühlten wir uns nicht, aber wenn er das meinte.

Donnernder Beifall setzte ein, im Hintergrund kreischten Mädchenstimmen.

Der Abend wurde anstrengend. Die Kapelle spielte unaufhörlich Polka, und alle Welt im Saal glaubte, wir Germanen seien die Weltmeister im Polkatanzen. Keiner von uns hatte je Polka getanzt. Von Tisch zu Tisch weiter gereicht, musste jeder erzählen, wo wir herkamen. Einigen Älteren standen die Tränen in den Augen, wenn zufällig Ortsnamen der vor Jahrzehnten verlassenen alten Heimat fielen. Erstaunlich, wie viele von den Alten die deutsche Sprache nicht verlernt hatten. Die Jüngeren dagegen beherrschten nur noch einige Brocken.

Bier floss in Strömen. Lang vermisstes Graubrot gab es und dazu, man sollte es nicht glauben, knackig gebratene Nürnberger Würstl. Was haben wir zugelangt.

Das wiederholte Prost blieb nicht ohne Wirkung. Gesättigt und angeduhnt saßen wir mit einem Male in einer Runde zusammen mit den von Piet angepriesenen Chicks.

Schnell stellte sich heraus, wir sechs Deutsche waren nicht die ersten vor Ort. Lehrgänge vor uns hatten hier Station gemacht. Der „German Club" entpuppte sich als Heiratsmarkt für junge Amerikanerinnen, die auf eine Mitnahme nach Europa warteten und bei mehreren bisher vergeblichen Versuchen schon mehr als ihre Jungfräulichkeit verloren hatten.

Man sah manchen der Chicks an, das waren Wanderpokale.

Nolle, schon aus Gründen seiner Sparsamkeit, Hanno und ich, zu Hause in Deutschland in festen Händen, blieben resistent, aber die in England ausgebildeten Kameraden rückten den unechten Schwarzwaldröcken auf die Pelle. Piet vorneweg, der schien hier bereits sein Rehlein ausgewählt zu haben, und der bisher als harmlos eingeschätzte kleine Kari, unser Harzer Roller, fummelte an einem mächtig strammen Weib herum, dunkelhaarig, mexikanisch-indio-mäßig aussehend, mit rundem Gesicht und feurig leuchtenden Augen. Auf der Fahrt zurück zum Flugplatz berichtete Kari, dass er sich unsterblich verliebt hätte. Alle lachten und feixten: „Versuch die mal zu vögeln, dann wirst du merken, dass die dich gar nicht ran lässt." Piet gab vor, den prozeduralen Vorgang zu kennen, wie und nach welchen Regeln ein gut erzogenes amerikanisches Mädchen aufs Kreuz gelegt wird.

„Wenn du wirklich glaubst, die Frau deines Lebens gefunden zu haben, musst du nach einem in diesem Land festgelegten Anmach-Schema vorgehen. Erst nach vielen dates, und sie weiß, dass du es weißt, daraus schließt sie, dass auch du die Spielregeln kennst, gelangst du an ihre Muschi. Aber nicht, wie der gierige Kari dann glaubt, Schwänzchen rein und ab geht die Post, oh nein, nur Fummeln, Schätzchen, ist drin. Die Amis nennen das „petting". Das Jungfernhäutchen wird erst in der Hochzeitsnacht durchstochen. Ja, und da kommt für viele Chicks die große Enttäuschung.

Eine amerikanische Frau, die gleich am ersten Abend mit dir ins Bett geht, ist meistens verheiratet oder sie war es."

Piet gab sich erfahren und schlug unserem Verliebten vor: „Lieber Kari, mach beim nächsten Mal den Test, wenn du das mexikanische Blut aufkochst".

Damit waren die Abendfahrt und das Thema beendet, aber nicht für den schweigsam gewordenen Kari. Während des Flugdienstes blieb alles beim Alten, er war stets da, wo wir waren, aber nach Feierabend hörte man draußen seinen Buick anspringen und die dem Wagen folgende Staubwolke wies, dass er in Richtung „downtown" unterwegs war.

Nach Wochen heimischer geworden, mit den amerikanischen Lebensverhältnissen vertrauter und angepasst, hing das deutsche „Sixpack" nicht mehr so eng zusammen. Individuelle Wünsche bestimmten die Freizeitgestaltung. Piet und Kari gingen ihre eigenen Wege, und bei Nolle trat immer deutlicher seine bisher nur andeutungsweise erkennbare Eigentümlichkeit zu Tage. Er war ein Geizkragen. Mit ihm konnte man nichts mehr anfangen.

„Willst du mit nach Phoenix?"

„Nee, ich spar mein Geld lieber und geh ins Horstkino", damit meinte Nolle das Kino auf dem Flugplatz, Eintritt nur 25 Cent, preiswert, aber dafür stank es da drinnen nach Popkorn und Babywindeln, weil die amerikanischen Frauen ihre Kleinstkinder überall mit hinschleppten.

Wir alle hatten gleich nach unserer Ankunft in Luke einen fahrbaren Untersatz erstanden, entweder allein wie Piet oder Karis deutscher BOQ-Zimmerkollege, der schweigsame Antik – er liebte Antiquitäten – oder gemeinsam wie Hanno und ich, nur Nolle nicht.

„Warum nicht, Nolle? hier bist du ohne Auto verloren. Mensch, sieh dir diesen einmaligen Teil der Welt an, vielleicht kommst du nie wieder hierher!"

Darauf pflegte er mit seinem Standardsatz zu erwidern „Nee, ich spar mein Geld lieber, und sehen kann ich diese Gegend jeden Tag aus der Luft."

166

Nolles Freizeitgestaltung fand statt zwischen Piets Auto, in dem er gerne auf dem Parkplatz drin saß und Musik hörte, der Cafeteria, wo er den billigsten Hamburger verschlang, und dem besagten Babykino. Nur einmal gelang es uns, ihn mit hinaus in die Wüste zu schleppen und mit den in einem Waffengeschäft gekauften Revolvern auf Schlangen zu schießen.

Über diesen einmaligen Ausflug in den amerikanischen Westen soll Nolle heute noch seinen Enkelkindern die wildesten Geschichten erzählen.

Ein Dollar stand damals für DM 4,20. Oh ja, das war schon verführerisch, aber wie besessen das großzügig gezahlte Auslandsgeld und die in Dollar gezahlte Fliegerzulage jeden Monat in die Heimat zu überweisen und gänzlich darauf zu verzichten, Land und Leute kennen zu lernen, das blieb Nolle allein vorbehalten. Selbst beim fliegerischen Dienst pflegte Nolle seine Geizmacke. Drohte jemand für eine Umlage einige Dollars einzusammeln, kehrte er erst, wenn alles vorbei war, vom Klo zurück.

Als der Staffelchef entschied, dass die Germans die F 84 F im Griff hätten, stellte er kurz vor Weihnachten für die weitere Waffenausbildung Teams zusammen, die als „Battleformation" zu viert eine Einheit bildeten. Ich fand mich bei meinem Fluglehrer der so genannten „Leopard-flight" zugeteilt.

Die bestand bis zum Ende des Lehrgangs aus Captain Hughes und seinen mit ihm unverbrüchlich Tragfläche an Tragfläche fliegenden „Wingmen" Hanno, dem uns noch fremden Antik und mir.

Teamchef Hughes, ausgesprochen fast wie „juice", obwohl nicht saftig, als Mensch eher ein knochentrockener Cowboy, hieß bei uns Deutschen nur „Hagges". Er lachte darüber, er mochte uns und wir ihn. Zusammen mit ihm erlebten wir beeindruckende, aber auch – vorsichtig ausgedrückt – einige grenzwertige Flüge.

Hanno und ich hatten in der Cafeteria von einem windigen Burschen einen uralten Ford Sedan gekauft, einen riesigen Panzer noch mit Gangsschaltung, der 22 Liter auf 100 Kilometer fraß, Papiere dazu gab es nicht, deshalb rutschten nur wenige Dollar über den Tisch.

Außerhalb der Basis konnte man nicht wagen, mit dem Monstrum zu fahren, aber auf den Fahrten im weitläufigen militärischen Gelände nutzen wir ihn als unser gemeinsames Taxi.

Etwa 100 km südwestlich von Phoenix lagen in der in der einsamen, unwirtlichen Yuma-Wüste die Luft-Boden-Schießplätze und das Trainingsgebiet, genannt Gila Bend, daran anschließend für Luft-Luft-Schießverfahren ein Gebiet von der Größe Schleswig-Holsteins, das ausschließlich den Flugzeugen der „Luke Airforce Base" vorbehalten war.

Ein gigantisch großes unbewohntes Gebiet. Nur einige Highways, die wie Lakritzbänder durch die bergig bizarre ockerfarbene Wüste schlängelten, verhinderten den Eindruck, über einer Mondlandschaft zu fliegen.

Eine Gegend, die dazu verführte, in Bodennähe über Stock und Stein zu rasen, eine Spezialität von Hagges, der seine drei Germans neben ihm in lockerer Formation aufmunterte, dasselbe zu tun. Es war ein irres Gefühl, so tief zu fliegen. Einmal blinzelten voraus, auf einem Highway noch meilenweit entfernt, spiegelnd im gleißenden Sonnenlicht die Scheiben eines Trucks, der eine weißliche Staubwolke hinter sich herzog. Hagges drehte auf die Straße ein, ging herunter bis auf eben über die Straßendecke, wir etwas höher neben ihm. Aus dem Kopfhörer kam seine kurze Anweisung: „Target, we get him!"

Wollte er den Truck aufspießen, als Zielübung?

Man stelle sich das vor. Seit Stunden zuckelt ein Fernfahrer dahin auf einsamer Straße, die links und rechts nur Eintönigkeit bietet, gelangweilt und gähnend. Voraus immer dasselbe Bild und blendende Sonne. Mit den müden Augen erst gar nicht wahrgenommen, taucht plötzlich, explosivartig größer werdend, ein silberner Pfeil mit zwei Flügeln in Augenhöhe auf, rast heran und donnert als schwarzer Schatten übers Dach.

Höher ziehend, wir mit ihm, lachte Hagges ins Mikrofon: "Ha ha, he and we had our fun!" Ob er da unten das wirklich so lustig gefunden hat? Einen Herzschlag hätte er kriegen können.

Die Staubwolke zog weiter, vielleicht hatte der Fahrer gar nichts mitbekommen oder – wahrscheinlicher – er war, da er diese Gegend kannte, mit den Mätzchen seiner fliegenden Landsleute vertraut.

An einem Bombenabwurfgebiet auf der Gila Bend Range führte eine viel befahrene Straße vorbei. Von Hagges geführt, flogen wir im Tiefflug an das Zielgebiet heran, zogen steil hoch, legten den Vogel aufs Kreuz, zogen durch bis fast auf den Kopf gestellt, rollten in Normallage, die Zielringe am Boden anvisierend, Waffenschalter an, 420 Knoten erreicht und bei Auslösehöhe 1250 Fuß das Bömbchen losgepickelt, sanft angezogen nach links abgedreht und wieder auf Höhe gestiegen.

Die Linkskurve führte über die befahrene Straße. Die verminderte Geschwindigkeit verlangte, das Flugzeug auszutrimmen. Dafür gab es am Knüppel ein Knöpfen, gleich zweimal klick klick gemacht. Unter dem Bauch rumpelte es.

Was war das? Ach du dickes Gesicht, das war der falsche Knopf!

Statt der Trimmwarze hatte der Daumen den Bombenauslöser erwischt. Sollte ich das melden oder besser die Klappe halten? Besser wohl abwarten. Gleich würde sicherlich die Bodenstation kommen und mich anmotzen. Die Herren da unten saßen in einem Bunker und vermaßen höchst genau jeden Bombenabwurf. Hatte Hagges meinen Fehler bemerkt, und vor allem: Wo waren die Dinger hingefallen?

Zwar waren sie klein, aber von der Sprengkraft einer Handgranate. Jedes da unten getroffene Auto würde zerrissen werden. Welche Vorstellung, was für ein Desaster!

168

Es blieb still, ruhig und gelassen kamen vom Boden, von der Range Control, die Anweisungen für den nächsten Zielanflug. Als ich dran war, bemerkte ich knapp neben der Straße zwei weißliche Rauchpilze, an denen ungerührt der Verkehr vorbeizog. Nach meiner späteren Beichte meinte Hagges, Verluste müsste man einkalkulieren – „Losses have to be expected!"

Bei dem Massenflugbetrieb blieben Schäden und Unfälle nicht aus. Wie oft fielen beim Endanflug über der Ortschaft Buckeye Zusatztanks oder gar Übungsbomben in die Vorgärten oder durchschlugen Dächer. Draußen in der Yuma-Wüste blinkten beim Überfliegen hier und da die Reste abgestürzter Fugzeuge auf. Im Kraut-Field erzählte der deutsche Verbindungsoffizier schaurige Geschichten von der Anfangszeit der Ausbildung in Luke. Allein im Herbst des Jahres 1957 seien 20 F 84 F abgestürzt.

Doch das sei Schnee von gestern. Na , wenn das man stimmte!

Gemessen an den vielen produzierten Flugstunden hielten sich die Horrorereignisse in Grenzen. Einige glücklich ausgegangene profilierten zu Schmunzelgeschichten, besonders wenn sie ausländische Piloten betrafen.

So zum Beispiel die benachbarte Ausbildungsstaffel, wo Pakistani, Inder, Türken, Venezolaner und andere Exoten die amerikanischen Fluglehrer vor ungeahnte Probleme stellten. Abgesehen davon, dass die daheim verfeindeten Pakistani und Inder nicht in einem Lehrraum zusammen unterrichtet werden wollten und sich weigerten, in ein und demselben Team zu fliegen, verglichen sie jedoch argwöhnisch die Schießergebnisse, um daheim, wenn es gegeneinander gehen sollte, den jetzigen Staffelkameraden, aber künftigen Gegner im Luftkampf einschätzen zu können.

Die amerikanischen Lehrer, zumeist gradlinige, erfahrene und ehrliche Burschen, aber zumeist in ihren Kenntnissen über fremde Kulturen limitiert, gerieten oft in arge Verlegenheit.

So machte eines Abends folgende Story die Runde.

Eine Vierer-Flight, ein Ami und drei Türken waren zum Luft-Boden-Schießen nach Gila Bend unterwegs. Nach einer Stunde landete der Fluglehrer wieder in Luke - allein! Was war geschehen?

Plötzlich sei einer der türkischen Piloten aus der Formation ausgebrochen, hoch gestiegen und abgedreht. Seinem Leader hätte er in Englisch gemeldet: „Trouble, trouble" und dann nur noch türkisch geredet. Darauf hin seien die anderen beiden ebenfalls nach links und rechts davon gezogen. Dem allein gelassenen Fluglehrer gelang es nicht zu erfragen, was für ein trouble seine ihm Anvertrauten quälten. In seinem Kopfhörer schnatterten in höchstem Diskant verschiedene Stimmen in einer undefinierbaren Sprache durcheinander. Minutenlang soll das so gegangen sein, bis er selbst verzweifelte und gebrüllt haben soll: „Turkish Pilot bail out!" – „Türkischer Pilot – Aussteigen!"

Die schlagartig im Kopfhörer eingetretene Ruhe machte den Fluglehrer stutzig. Nach ein, zwei Kurven über der Wüste entdeckte er drei Fallschirme, die als helle Punkte aus dem Blau des Arizonahimmels zur Erde nieder schwebten. Alle drei waren ausgestiegen.

Die türkische militärische Erziehung, jedem Befehl eines Vorgesetzten blindlings und offenbar ohne nachzudenken zu gehorchen, bewies hier ihre Qualität.

Übrigens ergab die spätere Unfalluntersuchung, dass der „Trouble-Türke" verbotenerweise zur Erfrischung einen Joghurt mit ins Cockpit genommen hatte, und der Becher war ihm im Flug heruntergefallen und zerplatzt. Die Folge: Auf halbem Weg nach Gila Bend lagen verstreut drei ausgebrannte Wracks.

Unser Viererteam erlebte ebenfalls eine haarsträubende Situation. Zurückgekehrt vom Kanonenschießen auch auf Ziele der Gila Bend Range, standen wir vier neben der F 84 F, aus der gerade Hanno ausgestiegen war, und diskutierten über die Treffergebnisse, als plötzlich die Kanonen des Flugzeug loshämmerten.

Aus den vier Mündungen oberhalb des Lufteinsaugschachtes jagten rauchend und fauchend Feuerschweife heraus und verschwanden in dem vor dem Flugzeug stehenden Shuttlebus, in den wir Minuten später eingestiegen wären.

Es war nur ein kurzer Feuerstoß, dann Schweigen, nur das Klirren der Scheiben hallte nach, die durchlöcherte Busseite knisterte, und bläulicher Qualm stieg auf. Mit Feuerlöschern konnten die Techniker einen Brand verhindern. Nachweislich hatte ein Kurzschluss die Kanonen ausgelöst. Niemand kam zu Schaden, hätte aber leicht ins Auge gehen können!

In dem riesigen militärischen Bereich herrschte unentwegt Hektik wie an einem Weltflughafen. In der Luft dröhnte ständig Düsenlärm, und auf den Straßen rauschte der Verkehr. Selten sah man Fußgänger, es existierten auch keine Gehwege, weil Amerikaner selbst den kürzesten Weg offenbar nicht zu Fuß bewältigen können. Um in diesem Massenbetrieb und in dem Gewurle nicht die Übersicht zu verlieren und da wir ohnehin nur für ein paar Monate hier sein würden, konzentrierte sich das Leben auf das Wesentliche und letztlich auf den kleinsten Lebenskreis, und den stellte das Viererteam dar.

Die Luftwaffenkameraden, obwohl in derselben Staffel wie wir Marineleute, saßen zwar im selben Raum, flogen dasselbe Programm auf demselben Flugzeugtyp, wollten aber lieber unter sich bleiben. Meistens hockten sie zusammen in Igelstellung und flochten bereits an den Seilen, an denen sie einander hilfreich als Seilschaft auf den Karrieregipfel zu hieven gedachten. Sie verteilte bereits den Kuchen der späteren Führungspositionen untereinander. Gar manchem hat es genützt.

Uns sechs Marinehansel, auch wenn wir in vieler Hinsicht sehr unterschiedlich waren, interessierte dagegen vor allem die Fliegerei. In Amerika sein zu dürfen, jeden Tag etwas Neues, oft Überraschendes zu erleben, ließ gar keinen Raum, an die berufliche Zukunft zu denken.

170

Bei Fluglehrer Hagges fühlte man sich gut aufgehoben. Als Leader der „Leopard-flight" machte er uns, seine Leoparden, vor jedem Einsatz scharf und forderte Topleistung. Das gute dienstliche Verhältnis nahm bald freundschaftliche Formen an.

Gemeinsam kam es zu Wochenendausflügen z. B. in den Grand Canyon, zu Indianerreservaten und, unvergesslich, im Frühjahr abseits der Straßen in die Wüste, um die erstaunliche Blütenpracht nach den ersten Regenfällen zu bewundern. Oder wir luden unseren Fluglehrer ein nach Phoenix in ein deutsch-amerikanisches Lokal, genannt „Der Steiner", wo es Sauerkraut, „braties", gut schmeckende Bratwürste und vor allem, man sollte es nicht glauben, richtiges Schwarzbrot gab. Hagges vermochte mit dem harten Bäckereiprodukt nicht viel anzufangen, wir aber, des weißen amerikanischen Gummibrotes überdrüssig, haben dem Wirt mit Heißhunger jedes Mal alle Körbchen leer gefuttert.

Hagges lebte mit Frau und zwei Kindern gleich außerhalb des Sicherheitsbereiches in einem der schmucklosen „Married Quarters". Als wir dort zu einer Barbecue-Party eingeladen waren und Mrs. Hagges uns überaus freundlich begrüßt, stutzte sie über das eigentümliche Englisch ihrer Gäste: „How funny!"

Schließlich von der Neugier überwältigt, wagte sie nachzufragen, aus welchem Teil der USA die Germans kämen. Sie vermutete Germany im Norden an der kanadischen Grenze. Dass der große Atlantik dazwischen lag würde, vermochte sie nicht zu glauben. Ihr 14-jähriger Sohn wusste das besser: Im lokalen Phoenix-Fernsehen, damals existierte im Valley of the Sun nur eine TV-Station, liefen ständig als Programmfüller alte Propagandafilme gegen das Dritte Reich, die dem Jungen und allen andern auch ein unzeitgemäßes Deutschlandbild vorgaukelten. Kein Wunder, dass er bei dem Wort Germans unbemerkt davonschlich.

Kurz darauf flog krachend die Zimmertür auf. Zitternd in beiden Händen Spielzeugpistolen haltend, richtete er diese auf die vermeintlichen SS-Leute und schrie mit bebender Stimme: „Nazis, Nazis, I gaana shoot ye, I gaana shoot you!!"

Ehe Vater Hagges reagieren konnte, stürmte der Junge auf den verdutzten Hanno zu und schlug ihm die Waffe über den Kopf.

Die anschließende Aufklärung währte Stunden und muss wohl als Märchenerzählung empfunden worden sein. Fragen zum letzten Weltkrieg in Europa zeugten von totaler Unkenntnis.

Mrs. Hagges, die an einem College als Dozentin lehrte und zwar in den Fächern Handarbeit und Religion, konnte zu dem Thema Krieg eine als dramatisch empfundene erschütternde Einschränkung ihres Lebensstandards beitragen. Zwei Monate lang hatte es in Arizona kein Ice Cream gegeben.

Am Tag nach der interessanten Party bei den Hagges fand ich mich zwischen anderen Fliegerkameraden der in Luke trainierten multinationalen Staffeln sitzend. Eine kommunale Einrichtung, vergleichbar mit einer Institution wie hierzulande die

Industrie- und Handelskammer, hatte Vertreter der verschieden Nationen eingeladen, um über das Thema vorzutragen, wie man in den verschiedenen Ländern seine Freizeit gestaltet.

Wusste ich, welche Möglichkeiten es in Deutschland gab, war ich außer nach Bayern als junger Bursch schon mal von Neidum irgendwo hingereist? Ja richtig, mit dem Airliner zu meiner Elisabeth nach Berlin. Daran erinnert zu werden schmerzte.

War ich kompetent genug, um vor diesem erlauchten, hoch dotierten, sicherlich akademisch gebildeten Gremium den Mund aufzumachen?

Major Feuerriegel, der mich hinbefohlen hatte, meinte: „You make it!" Abende zuvor hingesetzt und nachgedacht. Sicherlich würden Fragen über die politische Lage in Deutschland kommen. War Adenauer noch Kanzler? Wie stand es mit dem „Kalten Krieg"? Was war los in Berlin? Wie ging es mit der DDR? Immer nur mit dem Fliegen befasst, musste ich feststellen, herzlich wenig über das aktuelle politische Geschehen daheim zu wissen.

Über „recreation" sollte ich sprechen, wie man Ferien in Germany macht, über Freizeitspaß. Was wollten die hören? Hanno schlug vor: „Erzähl was über Bayern, denk an den German Club in Phoenix. Sepplhut, Krachlederne und Biersaufen. Germany ist für die Amis das Hofbräuhaus und sonst nichts, von Politik will keine Sau was hören, ich wette, dass hier im Süden die wenigsten ihren eigenen Präsidenten kennen, frag mal Mrs. Hagges, ob sie weiß, wer z.B. Dwight D. Eisenhower ist."

Zu gern hätte ich bei meinem Vortrag eine Landkarte an die Wand gehängt, aber von Europa oder anderen Teilen der Welt konnte selbst Karis amerikanische Freundin in ihrem College derartiges nicht finden. Also musste eine grobe mit Kreide auf eine Wandtafel gezeichnete Skizze aushelfen. Die fand großen Beifall, bei der Vorstellung Bayerns wurde heftig geklatscht. Aha das kam an. Ermuntert, das Ganze ausschmückend ein wenig zu übertreiben, stellte ich mich als begeisterten Sauerkrautesser vor. Das löste Freude und Sympathiekundgebung aus. Na, wer sagts denn.

Die fröhliche Stimmung ausnutzend, glaubte ich, neben Bayern auch Berlin erwähnen zu müssen. Ich verglich die Teilung, die Mauer zwischen Ost und West, mit der Central Ave in New York und erklärte, dass es leichter sei, auf den Mond zu gelangen, als die Central Ave zu überqueren, um den Bruder auf der anderen Seite besuchen zu können. Die Beschreibung „Inner German Boarder", von Winston Churchill „Iron Curtain" genannt und weltweit als Bezeichnung bekannt, begleitete ein mir nicht begreifliches Gelächter. Das Lachen wirkte befremdend, vielleicht hatten sich ein paar lustige Sprachfehler eingeschlichen.

Unmittelbar nach dem Vortag und bevor der Mister President der Vereinigung zum Essen einlud, fand ich mich umringt von neugierigen Fragern: Was es denn mit dem iron curtain auf sich hätte? Einer meinte, er hätte den Witz nicht verstanden, ich sollte noch einmal erklären, was DDR sei und warum mitten durch eine Stadt, ja durch ein ganzes Land eine Trennlinie gezogen worden sei. Unbelievable! Unglaublich!

Wollten die mich auf die Schippe nehmen, irgendwie aufs politische Glatteis führen? Mich rettete die kürzlich erlebte die Naivität von Mrs. Hagges, die Germany an der kanadischen Grenze angesiedelt sah, vor dem Glauben an eine böse Absicht der Fragenden. Nach und nach wuchs die Erkenntnis, dass die anwesenden Damen und Herren, die sicherlich das gesellschaftliche Leben der damals 430.000 Einwohner zählenden Großstadt Phoenix bestimmten, kein Fünkchen Ahnung von dem hatten, was außerhalb der Bergketten des Valley of the Sun vorging.

Kein Wunder, denn es gab nur zwei Zeitungen und eine TV- Station, die nur lokale Themen wie Sport, Kirche und Klatsch behandelte sowie mit alten Filmen und soap operas die Sendestunden füllte. Die Menschen lebten tatsächlich in einem Tal der Unwissenden.

Der Abend endete mit einem großen Dinner. Gefrierkaltes Bier in Dosen wurde gereicht, wem das noch zu warm war, konnte das Glas mit Eiswürfeln abfüllen. Der Salat knackig und frisch, hieß „Cesar's Salad", sehr schmackhaft angerichtet. Gefolgt von dem Hauptgericht. Da gingen einem die Augen über und das Wasser lief im Mund zusammen. Ein riesiges T-Bone-Steak überragte den Tellerrand nach allen Seiten. Dazu gab es eine ebenso große gekochte Kartoffel, genannt Idaho potato, in der Mitte aufgeschlitzt, aufgeklappt und gefüllt mit einer süßsauren Dressingsauce.

Was für eine fantastische Abwechselung verglichen mit dem Einheitsfraß auf dem Flugplatz.

Alle schienen Hunger zu haben, die Unterhaltung ebbte ab. Rechts und links die beiden bunt uniformierten Frauen, die eine von der Polizei, die andere Oberstleutnant bei der Home Guard, schnippelten mit den dolchähnlichen Messer an ihren Steaks herum, und auch ich widmete mich schweigsam dem vorzüglich gegrillten Fleischstück.

Teller klirrten, Gläser klangen und Besteck klapperte, plötzlich nahmen diese Geräusche ab, schließlich war es ganz still. Ich blickte auf und sah erstaunte Augen auf mich, nein mehr auf meine Hände gerichtet, links die Gabel, rechts das Messer haltend.

Was war daran so besonders, so auffällig?

Die Oberstleutnantin brach das Schweigen und fragte: „Sir, how do you manage fork and knife the same time?"

Die Faszination ging davon aus, dass ein Mensch zur selben Zeit Messer und Gabel bedienen konnte, ohne dabei Schaden zu nehmen. Was war der erstaunliche Unterschied in der Handhabung des Geräts? Die Amis stachen mit der Gabel ins Fleisch, schnitzten mit dem Dolch ein Stück herunter, legten das Messer auf den Tellerrand ab, dann übergab die linke Hand der rechten die Gabel, die piekte das

Fleischstückchen auf, während die linke, jetzt entlastete Hand zur Ruhestellung unter den Tisch auf den Schoß absank und der Gabel in der rechten Hand die Arbeit überließ, den Mund zu finden.

Über dem Teller wirbelten die Hände hin und her, ständig Messer und Gabel austauschend, dabei zog meine vereinfachte beidhändige Handhabung des Werkzeugs die Blicke auf sich.

Wären die Amerikaner nicht unkonventionelle Leute, so hätten sie nicht gefragt, wie die ihnen bisher unbekannte Koordination der Essmethode zu beherrschen sei. Nicht um sie zu erlernen, „just for fun" drängten Neugierige an den Tisch. Um mich herum versammelten sich mehr und mehr Zuschauer, hatten ihr Besteck mitgebracht, fuchtelten damit lachend in der Luft herum, während ich den Herumsitzenden den „German Way" der fremdartigen Tischsitte immer wieder aufs Neue demonstrieren durfte.

Der „American way of life" war eben anders, aber nicht weniger interessant. Dazu gehörte in den südlichen Breiten am Wochenende das Hinausfahren in die Wüste, um auf einem der vielen staatlich angelegten Freizeitplätze zu grillen und sich zu betrinken. Alkohol war auf diesen Plätzen erlaubt. Allerdings nur da. Wer außerhalb der abgesteckten „Recreation area" mit dem Stoff in der Hand angetroffen wurde, selbst mit einer angebrochenen Flasche im Auto, wurde brutal von der Polizei für mindestens für drei Tage eingelocht. Ohne Verhandlung, einfach so und danach mit einem freundschaftlichen Klaps entlassen.

Auf dem Flugplatzgelände zog abends wie ein Magnet ein Kaufhaus an, BX genannt, was als Abkürzung für Base Exchange stand. Vielleicht bedeutete die unverständliche Bezeichnung, dass alle im militärischen Bereich angebotenen Waren preisgünstiger waren als anderswo. Dem verlockenden Angebot, wie ein Cowboy eingekleidet zu sein, erlag fast jeder von uns, außer Nolle, der sein Geld sparen musste. In Antiks bulligem Dodge führte die Fahrt oft hinaus zu einem idyllischen Grillplatz, im Kofferraum Säcke mit Grillkohle und die Kühltasche voll gepackt mit riesigen Steaklappen, Bier und Whisky.

Weit und breit kein Mensch zu sehen, blutrot sank in der Ferne die Sonne in den Wüstenstaub. Zikaden sangen in der warmen Nacht, Nachtfalter leuchteten kurz auf, bevor sie im Grillfeuer verschmorten. Auf dem Rost brutzelten Steaks der feinsten Qualität, vom Schlachter als „Kansas premium beef" angepriesen. Über dem windstillen Platz waberte ein herrlicher Duft.

Drei Cowboys lagerten auf Matten um die Glut. Damit es nicht zu langweilig wurde, stapelte jeder die Bierdosenpyramide auf dem gemauerten Tisch ein Stückchen höher. Das Essen, auf Papptellern serviert, zog sich hin. Aber irgendwann waren alle satt, und mit dem Erreichen eines gewissen Promillelevels begann das Wettschießen.

174

Im Scheinwerferlicht des dicht herangeparkten Autos leuchtete die Bierdosenpyramide als Zielscheibe. Das Folgende stelle man sich so vor, ähnlich wie in einem Western:

Lässig, den Gegner fest im Auge, treten drei Gestalten aus dem dunklen Hintergrund hervor. Drei Mal John Wayne, breitbeinig stehend, die schräg angestellten Hacken der vorn spitz zulaufenden, übrigens schweinisch teuren Cowboystiefel in den Sand gebohrt, den Stetson, den breitkrempigen Hut, in den Nacken geschoben und die rechte Hand bereit zum Griff nach dem Colt, der am rechten Oberschenkel durchgeladen in der aufgelaschten Pistolentasche auf den Einsatzbefehl wartet.

„Alles klar?“ Gemeinsames Nicken, einer schreit: „Feuer!“

Es blitzt und donnert. Bierdosen zerfetzten, springen hoch. Querschläger, von den Steinen abgelenkt, pfeifen und jaulen durch die Nacht. Ein Höllenspektakel, bis die Magazine leer geschossen sind.

Dann Stille, an einer fernen Felswand echoen die Schüsse. Es riecht nach verbranntem Pulver, durchlöcherte Bierdosen knistern.

Heutige Jugendliche würden die Vorstellung als geil bezeichnen, wir empfanden das Ganze als dufte.

Was da als Kinoszene zelebriert wurde, kollidierte mit keinem Gesetz. In Phoenix verkauften drei Geschäfte Waffen aller Art. Man hätte auch eine Panzerfaust oder ein im Krieg erbeutetes Maschinengewehr MG 42 erwerben und damit die Bierdosen vernichten können. Natürlich gab es Erwerbseinschränkungen. Der Kunde musste nachweisen, über 18 Jahre alt zu sein, und nur ein weißer Mann hatte das Recht, Waffen und Munition zu erwerben. Außerdem verlangte die Polizei, die Schießeisen im Auto sichtbar anzubringen. So hing vor manchem Rückfenster ein Karabiner, und vorn auf der Ablage glänzte ein Revolver.

Die Schießerei hat uns einen Mordsspaß gemacht. Am helllichten Tag auf einer der einsamen Landstraßen unterwegs, links und recht nur Felsgestein, kein Baum kein Strauch, vielleicht nach Meilen ein verdorrter Busch oder ein hoher Kaktus, da verlockte ein plötzlich auftauchendes Straßenschild dazu, im Vorbeifahrern aus dem Fenster heraus draufzuhalten. Die durchsiebten Schilder zeugten von zielsicheren Vorgängern.

Während der ausgedehnten Fahrten in die fremdartige Umgebung entstanden viele Dias. Was ist da nicht alles fotografiert worden und hat später zu Hause die Familie mit nicht enden wollenden Vorträgen gepeinigt. Wenn auch heute im Müll, so sind einige Bilder im Gedächtnis geblieben.

Was die Amerikaner auszeichnete, war und ist ihre Hilfsbereitschaft.

Bei jedem Halt am Straßenrand, weil gerade an dieser Stelle ein großartiges Motiv einzufangen war, stoppte jeder folgende Fahrer und fragte, ob man Hilfe brauche.

„Nein, vielen Dank, ich möchte nur hier fotografieren." Daraufhin Kopfschütteln und der Hinweis: „Aber doch nicht hier, beim nächsten Viewpoint müsst ihr
das tun!"

Nicht die offiziell anerkannte Fotografierstelle anzufahren und gar noch an der
Straße zu Fuß entlang zu laufen erregte öffentlichen Argwohn. So etwas machte
kein etablierter amerikanischer Staatsbürger, sondern nur Landstreicher, Unange-
passte, Verdächtige und Neger.

Der Viewpoint war ein ausgeschilderter Parkplatz, wie eine Bastion von einer
kniehohen Mauer umgeben. Darauf gaben an verschiedenen Stellen angebrachte
Pfeile Hinweise auf die eine oder andere Sehenswürdigkeit, versehen mit den Angaben der zu verwendenden Belichtungszeiten und Objektiveinstellungen.

So blieb es nicht aus, dass amerikanische Familien, wenn sie nach der Rückkehr
von einer Urlaubsreise in ihrem Land die Fotos verglichen, identische Bilder produziert hatten. Wo blieb da die Individualität und vor allem wo blieb da die freie Entscheidung in einem angeblich freien Land. Gut, das waren nur Empfehlungen, aber
wer da aus der Reihe tanzte, zog die Aufmerksamkeit der argwöhnischen Obrigkeit
auf sich. Wer mit seiner Kleinen irgendwo auf einem Parkplatz beim Knutschen
erwischt wurde, wanderte gleich in den Kasten. Auf die Bumserei in den vielen an
den Ausfallstraßen der Städte liegenden zumeist schmuddeligen Motels, mehr als
Stundenhotels zu bezeichnen, hatte die Polizei dagegen gesetzlich keinen Zugriff.
Entsprechend blühte die Nachfrage; stets ausgebucht. Kari, unser in die US-
Mexikanerin Verliebter, sammelte dort seine ersten außerehelichen Erfahrungen.

Im Vertrauen auf unsere Verschwiegenheit berichtete er, wie amerikanische
Liebesspiele eingeleitet wurden. „Sie stellt zuerst die Nachtischlampe auf den Bo-
den, dann wirft sie in einen kleinen Münzschlitz eines kleinen Kastens neben dem
Bett einen Quarter, ein 25 Cent-Stück, hinein, und danach geht die Post ab."

Im Bett war wohl ein Schüttelgerät eingebaut, denn minutenlang vibrierte und
schaukelte das ganze Bett, was äußerst animierend war, letztlich beide in lustvolle
Höhen trieb und veranlasste, ihre Körperflüssigkeiten auszutauschen.

Neben den Motels boten die zahlreichen Auto-Freilichtkinos ungestörte Gelegenheit zu aushäusiger, staatlich nicht verfolgter Lustbarkeit.

Wer wie ich des Öfteren aus dem Wagen auf der großen Leinwand zwei Filme
hintereinander anschaute und in der Pause nach vorn an die Bude eilte, um noch ein
Ice Cream zu erwischen, musste beim langsamen Rückweg höflich den Blick zügeln
bei der Betrachtung nackt verschlungener Leiber, die auf Vorder- oder Rücksitzen
einander bearbeitend die Wagenfedern zum Schwingen brachten.

Wöchentlich erfuhr Elisabeth daheim von den Erlebnissen und Erfahrungen
ihres Verlobten in der neuen Welt. Natürlich wurde nicht alles berichtet, aber je
mehr ich unter der Trennung litt und je häufiger sie mir schrieb, immer wieder von
Liebesschauern überflutet zu werden, desto tiefer und tiefer drangen unsere Zeilen

in intime Zonen ein, zuletzt so weit, dass mit geschriebenen heißen Liebkosungen unter Handanlegung ihre erträumte Gegenwart zum Orgasmus führte.

Das tat gut, beruhigte und machte es unnötig, im Deutschen Club eine der Chicks aufzutun, die anschließend wie eine Klette an einem hingen.

Auf einer der Fahrten zur Weihnachtszeit glitzerte voraus in der Sonne etwas Hohes, Silbriges. Was mochte das sein? Gleich einer Fata Morgana wuchs bei glühender Hitze aus der staubigen gelblichen Umgebung ein Tannenbaum auf einer Kreuzung aus dem Boden, ein künstlicher, riesig groß. Die metallisch blitzenden Zweige, üppig mit weißem Schaum besprüht, gaukelten Schnee vor, aus dem fußballgroße rote Kugeln leuchteten. Am Straßenrand wies ein quadratmetergroßes Pappschild in Herzform auf das Ereignis hin: „Merry Xmas".

Hanno und ich schauten uns erstaunt an. Richtig, in 14 Tagen würde Heiligabend sein, völlig vergessen! Umgeben von Wüstensand gediehen keine adventlichen Gefühle.

Die weitere Unterhaltung erstarb. Heimweh?

Fluglehrer Hagges wusste Abhilfe. Freunde von ihm führten am kalifornischen Golf tief in Mexiko ein Strandhotel, da sollten wir mal hinfahren und Christmas feiern. Der Flugbetrieb würde ohnehin über die Weihnachtszeit bis zum 3. Januar eingestellt sein.

14

Antik verfügte über das verlässlichste Auto. Wollen wir zu dritt nach Mexiko? Ja. Na dann nichts wie weg. Kurz entschlossen den Dodge beladen und ab in Richtung Süden.

Vor der Kühlerhaube flimmerte die Hitze. Voraus verschwand das Lakritzband der Straße über lange Bodenwellen schwingend am dunstigen Horizont. Glühend brannte die Sonne steil von oben auf die vorbeifliegende Landschaft. Graubraun, verdurstet. Buschwerk wechselte mit kahlen Felspartien. Seit zwei Jahren plagte die Dürre.

Uns dagegen berührte das nicht. Seit Stunden führte die Fahrt durch die flache, menschenleere Einöde südlich von Tucson. Der große Dodge brummte vertrauenserweckend, die Aircondition lief, und aus dem Radio tönte Musik von „Tijuana Brass" als gute Einstimmung auf den Urlaub südlich der Grenze im 1000 km entfernten Mazatlan, einem kleinen Städtchen nördlich von dem berühmten Badeort Acapulco.

Die Hotelbuchung in dem zwar mexikanischen, aber von einem Amerikaner geführten Hotel war uns von Hagges zugesichert worden, und so wuchs die Freude auf Weihnachten und den Jahreswechsel unter Palmen und Bananenstauden in ungewohnt tropischer Umgebung am Strande des Pazifiks.

Die Nähe der Grenzstadt Nogales kündeten wie überall in den USA haushohe Reklametafeln an, einige so groß wie halbe Fußballfelder, die, je näher man menschlichen Behausungen kam, dichter standen und bald gleich einer Wand die Aussicht versperrten.

Riesige Coca-Cola-Flaschen am Straßenrand konkurrierten mit eisenbahnwaggongroßen Automodellen und baumkronengroßen Cheeseburgern, die von bizarren Gerüsten in den Himmel ragten.

Wenige Bungalows, dafür mehr und mehr militärische Einrichtungen, Baracken, Uniformen und Polizeikutschen links und rechts der Einfahrtsstraße bestimmten das Bild des amerikanischen Stadtteils. Auffällig langsam zockelten nur wenige Autos auf die Grenze zu. Spürbar bis ins Wageninnere, vibrierte in der Luft eine abweisende, ja fast feindliche Stimmung. Die Spannung stieg mit jedem Meter, die der Grenzübertritt nach Mexiko heranrückte. Betonklötze, Panzersperren und Stacheldrahtballen auf übermannshohen doppelten Maschendrahtzäunen engten die schmale Gasse ein, die hinüberführte. Misstrauisch beäugt und mit herrischer Geste von mit Maschinenpistolen behängten Nationalgardisten herangewinkt, fühlten wir aufsteigende Beklommenheit. Die Szene wirkte nicht nur kriegerisch, sondern schon hochexplosiv.

Taten wir etwas Unrechtmäßiges, die USA zu verlassen? War hier kurz zuvor etwas Ungewöhnliches vorgefallen, ein Überfall, eine Schießerei? Kurz angehalten, Gesichtskontrolle, aha Weiße, ein kurzer Wink und die Aufforderung: „Go!"

Nach ein paar Metern – Mexiko. Ein eingerissenes Spruchband mit dem Willkommensgruß „Bienvenida!" - Willkommen, an zwei fast durchgerosteten Pfählen über die Straße gespannt, sonst nichts, nur gähnende Leere.

Kein Zoll, keine Polizei, dafür brüchige Holzgebäude mit eingefallenen Wellblechdächern und leeren Fensterhöhlen. Telefonleitungen hingen zerrissen von den Masten und ich, der ich kurz zuvor Antik abgelöst hatte, musste den Dodge mühsam um tiefe Schlaglöcher herummanövrieren.

Was für ein Gegensatz, nur ein paar hundert Meter voneinander entfernt: Auf der einen Seite verteidigungsbereiter Wohlstand und hier himmelschreiende Armut.

Hagges Beschreibung der Lebensverhältnisse kam in den Sinn. Sicherlich schwelgte er in Vorurteilen, als er sein Fliegerteam vor dieser Reise warnte. Selbst bisher nie in Mexiko gewesen, wusste er genau, nie und nimmer in diesem Kakerlakenland Urlaub machen zu wollen, bei den Spigs, den Gaunern und Halsabschneidern, die des Nachts in Heerscharen über die Grenze wechselten und alles in den USA klauten, was nicht niet- und nagelfest war.

„Jungs, da kann euch Onkel Sam nicht rausholen, da seid ihr vogelfrei!"

Bisher jedoch lief alles glatt. Wir passierten die letzten Holzschuppen und waren guter Hoffnung, unbehelligt weiterfahren zu können, da verbarrikadierte urplötzlich ein unüberwindliches Hindernis den Weg. Erst nach der Kurve einzusehen, sperrte ein "spanischer Reiter", eine Stacheldrahtbarriere, die Straße ab. Ein Uniformierter lotste den Verkehr mit einer roten Kelle auf einen tiefer gelegenen Parkplatz. Da ging es zu wie auf einem Flohmarkt. Rund um die eben über die Grenze eingefahrenen Autos lagen auf Tischen ausgebreitet die Habseligkeiten der Urlauber. Emsige Zöllner, alles aus Koffern und Taschen herausholend, wühlten und beschnüffelten jede Kleinigkeit, durchsuchten die Wagen, tasteten die Leute ab, fluchten und schimpften dabei. Fassungslos standen die Betroffenen daneben, einige Frauen weinten.

Es bedurfte keines langen Nachdenkens, was hier geschah. Die Grenzer übten Rache an harmlosen Urlaubern für die Überheblichkeit ihrer nördlichen Nachbarn.

Abgestoppt, Fenster heruntergekurbelt, die drei Pässe in Vorhalte. Da stürmte auch schon ein Trupp Uniformierter auf den Dodge zu.

Antik und Hanno auf den Rücksitzen und ich mit Händen am Lenker warteten auf die Attacke. Der erste, hellhäutiger als die anderen, nach den bunten Epauletten zu urteilen der Häuptling, die ihm folgenden Gestalten waren eindeutig Indios.

Von weitem schrieen sie durcheinander: „Pasaporte, Licencia, Pasaporte, Licencia!"

Der Häuptling, zum Zeichen, nun in seiner Gewalt zu sein, schob demonstrativ am Gürtel die Pistole nach vorn, trat ans Fahrerfenster und griff nach den Pässen, klappte sie auf und blätterte andächtig jede Seite durch, vor und zurück, betrachte schließlich kopfschüttelnd den Einband und sah mich fragend an.

Nun kam meine große Stunde, hatte ich doch vorher brav einige spanische Sätze gelernt: „Buenos dias Senor, somos Alemanes" – Wir sind Deutsche.

Schlagartig verebbte das Geschnatter der den Wagen belagernden Indios. Die dunklen Augen des Häuptlings leuchteten auf, er hob den Arm, wedelte mit den Pässen, sprang von einem Bein auf das andere und rief über den Platz seinen mit den Amerikanern beschäftigten Kollegen zu: „Venga, venga chicos, aqui son Alemanes, no gringos."

Was immer er da rief, wir verstanden zumindest, dass Alemanes höchst willkommen waren, im Gegensatz zu den Amis, die sie geringschätzig Gringos nannten.

Blitzschnell trat ein Szenenwechsel ein. Bisher griesgrämig und muffig dreinschauende Beamte sprangen auf den Dodge zu, lachten, betätschelten den Wagen, einige kletterten hinein, ergriffen unsere Hände und klopften den Alemanes auf die Schultern. Große Freude, das Highlight des Tages, Deutsche zu Besuch in Mexiko. Was war an uns so begeisternd?

Aber die Licencia wollte der Häuptling dennoch sehen.

Das war damals ein grauer Lappen, abgewetzt mit Photo und sonstigen Angaben, nichts Ungewöhnliches, aber was den Häuptling erstarren ließ, war der Aufdruck auf dem Deckblatt. Um ihn herum wurde es still. Seine Leute hingen ihm an den Lippen als er buchstabierte. Letztlich das ganze Wort heil herausbringend, blickte er mit ehrfurchtsvollem Blick auf, drohte vor Hochachtung fast zusammenzuknicken, wandte sich der Menge zu, um erst leiser, dann lauter und zuletzt brüllend zu rufen: „Fuhrer schein, Fuhrer schein, Fuhrer schein."

Danach staunendes Schweigen. Er drückte mir Verdutzten mit einem tiefen Diener Pässe und Führerschein in die Hand, gab ein paar kurze Kommandos. Daraufhin rannte seine Truppe zusammen und nahm vor dem Dodge aufgereiht stramme Haltung an.

Noch ein schrilles Kommando.

Da flogen die linken Hände an die Koppelschlösser, die rechten Arme zum Gruß hochgereckt und die Hände mit langen Fingern ausgestreckt, öffneten sich die Münder der mexikanischen Grenzbeamten, und im Chor mit hellen Stimmen hallte über den Platz, so laut, das die in der Nähe stehenden Amerikaner zusammenzuckten:

„eil itler, eil itler, eil itler!"

Wie hypnotisiert verfolgten drei Augenpaare das seltsame Schauspiel. Dem Spektakel wäre vor fast zwei Jahrzehnten noch ernsthafte Realität beigemessen worden, jetzt verbreitete es Peinlichkeit, wirkte auf die Gehuldigten aber auch belustigend.

Hanno witzelte: „Offensichtlich lebt Hitler noch, ist nach dem Krieg nach Mexiko entkommen und jetzt hier der Führer des Grenzkontrollwesens!" Die Ovationen wollten nicht aufhören. Angezogen von der Schreierei liefen einige amerikanische Touristen herbei, nahmen neben der Truppe Aufstellung, hoben tatsächlich den Arm zum „Deutschen Gruß", was allerdings mehr einem Winken glich. Sie wollten nicht fehlen bei der Begrüßung zwar unbekannter, aber vermeintlich prominenter Gäste.

Blicke untereinander im Dodge signalisierten die Absicht, so schnell wie möglich wegzukommen. Das Zeremoniell endete in Gelächter. Der Häuptling eilte strahlend auf uns zu, kam ans Fenster und flüsterte: „You my friend give me some bucks, and you may drive, no control." Dabei guckte er absichernd und listig in die Runde.

Aha, mit ein paar Dollars in der Faust würde er seine Freunde aus Alemania ohne Gepäckkontrolle fahren lassen.

Er erhielt mehr als erwartet. Nur weg hier. Im Rückspiegel blieben winkende Gestalten zurück. Hatte der eine oder andere nicht schon wieder den rechten Arm zum faschistischen Gruß ausgestreckt? Verrückt!

Lange noch blieb die Begebenheit Gesprächsstoff und half, der aufkommenden Langeweile bei der Fahrt durch ausgetrocknetes und ödes Land zu begegnen. Wie eine napoleonische Heerstraße führte die holperige Teerstraße als endloses gerade verlaufendes Band bis zum Horizont, manchmal als Hitzespiegel flimmernd. Nie sah man eine Stadt, vielleicht mal in der Ferne eine Hacienda. In einem Motel nahe einer Tankstelle wurde übernachtet, gefrühstückt, und weiter brummte der Dodge.

Auffällig häufig lagen am Straßenrand Kadaver von überfahrenen Tieren, Rindern oder Eseln, die in der Nacht von durchrasenden Lastzügen, die vor nichts hielten, geblendet und niedergemacht worden waren. Am nächsten Tag hüpfte die Gesundheitspolizei, langhalsige krächzende Geier, an den gedeckten Tisch. Über der Straße kreisende Aasfresser machten auf das nächste Hindernis aufmerksam und boten uns Touristen ein wenig Abwechselung.

Manchmal tauchte in der Einsamkeit am Wegesrand ein unter schützendem Sombrero in der Hocke sitzendes müdes Gesicht auf, das um Mitnahme flehte. Nicht anhalten, niemanden mitnehmen, hatte Hagges uns eingeschärft. Hinter den Büschen lauert eine ganze Bande, die euch abmurkst und euern Wagen in Flammen aufgehen lässt. An der Warnung schien etwas Wahres dran zu sein, denn Wracks aller Art säumten den Straßenrand, einige bis zur Unkenntlichkeit verbrannt.

Stunde um Stunde tropfte dahin. In der Dämmerung kurz vor Mazatlan endlich etwas Aufregendes. Weithin sichtbar ragte eine Brückenkonstruktion aus der Ebene. Näher kommend erkannten wir ein blinkendes Schienenband parallel zur Straße.

Straße und Eisenbahn überquerten gemeinsam einen Fluss, der auf der Karte mächtig breit, ganzjährig Wasser führend dargestellt war.

Der uns seit langem vorausfahrende Laster machte plötzlich vor der Brücke einen Schlenker, überfuhr die Geleise, verschwand in einer Staubwolke, rollte einen Hang hinab und rumpelte auf das darunter liegende ausgetrocknete Flussbett zu. Wir hinterher. Während wir zwischen Findlingen und Sandbänken den Weg suchten, drangen plötzlich heulende und pfeifende Geräusche ans Ohr, gleich danach ergänzt durch donnerndes Gepolter. Ein Zug preschte über die Brücke. Nirgends zuvor ein Hinweisschild, keine Warnlampe. Man hätte wohl den Fahrplan kennen sollen. Aber wer hielt sich in diesem Land schon an Fahrpläne. Nur gut, dem Laster gefolgt zu sein. Mitten auf der schmalen Brücke vom mexikanischen Nord-Süd-Express auf die Hörner genommen, hätten wir keinen Kommentar mehr abgeben können.

Mexikanische Nächte sind schwärzer als die in der damaligen DDR, in Dunkel-Deutschland. Keine Lichtreklame, keine Straßenlaterne verkündete, dass wir bereits durch Mazatlans Außenbezirke fuhren; stattdessen brennende Müllhalden, deren Gestank bis ins Wageninnere drang. Vom Licht der Autoscheinwerfer gestreift, säumten ineinander geschachtelte Hütten die Straße, die am mager beleuchteten Stadtkern vorbei zum Meer führte.

In das Gemisch der Gerüche wedelte Salzluft durch die heruntergekurbelten Fenster. War da nicht auch schon Brandung zu hören? Das musste der Pazifik sein. Endlich!

Plötzlich erschien eine parkähnliche Landschaft. Durch ein weißes Tor, begleitet von Palmen und leise im Wind knisternden Bananenstauden, führte eine gepflegte Auffahrt vor das Ziel der Träume, zu unserem Hotel. Alles hell erleuchtet. In der Bar neben der Rezeption großer Lärm. Eindeutig amerikanische Touristen. Rundherum üppiger Luxus.

Zur Begrüßung gab es einen Drink, aber, von der glutäugigen, steilbusigen Rezeptionsdame mit bedauerndem Augenaufschlag mitgeteilt, kein Zimmer. Wie bitte? Wir seien zu früh gekommen, und zwar um einen Tag. Aber das sei kein Problem. Nur einige Kilometer entfernt direkt an der Lagune, idyllisch gelegen, stünde in einem Motel für diese Nacht eine Ausweichmöglichkeit zur Verfügung.

Ein kurzer Anruf, der Chef dort sei bereits informiert.

Wieder raus aus der Hotelanlage, folgte der Dodge auf sandigen Wegen einem Schild mit der Aufschrift „Motel Buena Vista". Im Scheinwerferlicht tauchte ein Flachbau auf, die Jalousien heruntergelassen, einige hingen schräg auf halber Höhe fest. Das sah nicht sehr einladend aus. Eine aufblinkende Taschenlampe winkte, eine dunkle Gestalt im ärmellosen T-Shirt wartete auf die späten Gäste, zeigte auf einen Parkplatz vor der Moteltür, kam an den Wagen heran, drückte dem aussteigenden Hanno mit einige murmelnden Worten einen Schlüssel in die Hand, und schwupp war er in der Dunkelheit verschwunden.

Rundherum blauschwarze Nacht, kein Lichtlein weit und breit, von See her krächzende Laute, ein Windzug raschelte durch Palmenwedel, aus dem nahen Unterholz leuchteten im Licht des Wagenscheinwerfers kleine Punkte auf, sicherlich Ratten, die uns aufgeschreckt beäugten. Wahrscheinlich waren hier seit langem keine Gäste mehr untergebracht worden.

Nun kam der große Moment, die Beantwortung der Frage, wo werden wir endlich unsere müden Häupter betten?

Als die Tür aufklappte, schwappte ein eigentümlicher Mief aus dem Motel. Ein Modergeruch, gemischt mit dem eines strengen Desinfektionsmittels, aber überlagert mit einer Duftnote süßlich tierischer Art, undefinierbar. Den Schalter gefunden, gedreht, eine müde Funzel hellte auf, und was war das? Wie von Geisterhand bewegt zuckte knisternd eine Bewegung durch den Raum. Übermüdet?

Halluzination? An einer schäbigen Küchenzeile vorbei gelangte man ins Schlafzimmer mit drei einladenden Kingsize-Betten, genau das, was der Körper nach langer, zermürbender Fahrt brauchte. Angefasst, aufgeschlagen, sie waren klamm und kalt, egal, nicht lange diskutiert, Klamotten runter, hinein, Gute Nacht! Licht aus!

Kaum eingedämmert, da kitzelte was an den Lippen, an der Nase, an den Ohren. Hingefasst, nichts festgestellt, umgedreht zum nächsten Einschlafversuch. Jetzt kribbelte es an den Füßen, irgendetwas kroch auf dem rechten Arm hoch.

Fluchend sprang nebenan Hanno aus dem Bett, knipste die Nachttischlampe an und wieder dieses Phänomen: Ein brauner Vorhang rutschte von den Wänden, von den Bettlaken herab, es knisterte und knackte. Am Boden hüpften, krochen und flatterten fingerlange Kakerlaken, Ungeziefer von bisher nicht erlebter Größe, das vor dem Licht zu fliehen versuchte.

Mit Gummilatschen drauf geschlagen, plattgedrückt, zertreten. Betten, Möbel, Wände und Betten verfärbten sich mit glitschigen stinkenden Flecken. Nee, hier bleiben wir nicht!

Fluchtartig griffen wir die Sachen und verließen das miese Motel, fanden bis zum Morgengrauen einen unbequemen, aber kakerlakenfreien Ruheplatz im Dodge.

Schweigsam, gerädert von den Schlafversuchen im Dodge, warteten kurz nach Sonnenaufgang drei Kakerlakenjäger ausgestreckt in der kühlen Hotelhalle in tiefen Sesseln, ungestört von den vorbeiflutenden Frühstücksgästen.

Was für ein Unterschied zu dem verdreckten Motel! Ganz anders hier das amerikanisch geführte Hotel, alles blitzsauber, fast schon steril, luftig, hell, gut riechend, großer Balkon mit Blick auf den Pazifik, einfach traumhaft. Doch wir waren zu müde, um diesen ersten positiven Eindruck zu genießen. Die Vorhänge fielen zu, und erst einmal wurde 24 Stunden in einem Stück fest geschlafen.

In damals modischen buntfarbenen Hawaihemden und kurzen Hosen begann tags darauf der Weihnachtsurlaub in Mexiko, stets als Unternehmen zu dritt, immer gemeinsam. Zum Erstaunen der amerikanischen Gäste badeten die drei Germans in den Fluten des Pazifiks. Einige Frauen, die sich in den Strandsand wagten, schrien jedes Mal auf, wenn wir in die Wellen sprangen. „How dangerous, how dangerous!"

Vor dem Hotel lag ein makelloser Strand, mit Stacheldraht abgesperrt, um aufdringlichen Bettlern den Zugang zu verwehren. Das grünlich auf flachem Sand auslaufende saubere Meerwasser rauschte in leichter Brandung heran, es war warm und hätte nicht einladender sein können, aber die Amerikaner zogen die verchlorten Swimmingpools vor. Dort herrschte großes Gedränge, der unmittelbar davor liegende Strand blieb unberührt. Warum sind die überhaupt ans Meer gefahren?

Trotz der Hitze liefen die Frauen erstaunlich hoch geknöpft und verhüllt herum. Selbst kleinste Mädchen trugen züchtige BHs oder ganzteilige Badeanzüge. Halbwüchsige, wallend ondulierte Blondinen erröteten, wenn man ihre knapp erkennbaren nackten Körperteile mit den Augen streifte. Die in US-Filmen gezeigte Freizügigkeit gab es hier nicht, kesse Typen wie die Marilyn Monroe oder Bikinifrauen wären hier wohl verhaftet worden. Das gelebte öffentliche Amerika zeigte auch in Mexiko prüde Zurückhaltung.

Mexikanische Hotelgäste gab es nicht. Wer helle sonnenverbrannte Haut zeigte, war Ami, wer dunkelhäutig daherkam, zählte zum Personal. Wir Germanen – das hatte sich schnell herum gesprochen – konnten schwer eingeordnet werden, firmierten als undefinierbare Exoten, nur gut, dass keiner von uns negroid aussah.

Abends an der Bar belagert, immer wieder beantworten müssen, wo Germany denn läge – das ließ uns besonders den Heiligen Abend auf dem Zimmer verbringen. Eine eigentümliche Stimmung lag in der Luft. Traurigkeit und Sehnsucht nach Tannenduft und der Nähe der Geliebten trieb die Tränen unter die Augenlider. Vom Balkon aus verfolgten wir lange den Sonnenuntergang, während die Gedanken Tausende von Meilen fortirrten.

„Ach, liebe Leute, so ist das nun mal, man kann nicht alles haben. Wo ist der Sekt?" Zum Singen reichte es zwar nicht, aber zu einigen tieferen Gesprächen, beleuchtet von mehreren auf dem Couchtisch flackernden Kerzen, die in der tropischen Hitze ihre Häupter nach unten bogen.

Am nächsten Morgen stolperten trunkene Gestalten des Öfteren vom Bett zum Klo und zurück. Erst spät nachmittags kam wieder Leben in die Bude.

Was für ein tristes Weihnachtsfest, obwohl doch rundherum alles so bunt dekoriert war, allerdings mehr an Fasching, an Karneval erinnernd. In der Hotelhalle spielte eine von riesigen Sombreros behütete Combo pausenlos „Jingle bells", und das im Samba-Rhythmus. Vor einem weiß beschäumten Plastiktannenbaum, mit spiegelnden Sternchen und elektrisch augenzwinkernden roten Nikoläusen behängt, klatschten vergnügte Gäste zum Takt der Musik. Ältere Damen sangen dazu herzzerreißend, und aus der Bar tönte männliches Gegröle. Nichts wie weg hier!

Die Rezeption empfahl einen Besuch des Weihnachtsmarktes und der Kirche in der Stadt. Das klang verlockend, ließ heimatliche Gefühle aufkommen.

„Aber bitte die coche, das Auto, hier lassen!" „Warum das?"

Ja, ein Gast hätte seinen Wagen auf dem Parkplatz in der Stadt auf Apfelsinenkisten stehend wiedergefunden, die Räder fehlten. Ein anderer, der glaubte pfiffiger zu sein, bezahlte einen Polizisten als Wache und erlaubte ihm, in dem Auto seine Siesta zu halten. Aber auch da fehlten später die Räder, der Polizist hätte angeblich nichts gemerkt.

„Nehmen sie Pablo, der steht vor dem Tor mit seinem Taxi", sagte der Türboy. Der Taxifahrer hieß übrigens Juan, nur die Amerikaner pflegten alle „spigs" mit Pablo anzusprechen.

Pablo, Entschuldigung: Juan, ein Mestize, beschützt von einem ausgefransten Strohhut, unrasiert, mit eingefallenen Wangen, zeigte lächelnd seinen ihm verbliebenen Zahn, sprang, als er uns sah, aus seinem verbeulten Amischlitten, breitete die Arme aus und rief von weitem: „You are my friends, you are my friends, I show you nice girls."

Die ihm entgegen Kommenden bereits als Freunde zu begrüßen und gleich obendrein süße kleine Mädchen ganz eindeutig zum Vögeln anzubieten machte den Burschen verdächtig. Vielleicht kannte er es nicht anders, wenn Hotelgäste ausnahmsweise nach einem Taxi verlangten. Ausflüge unternahmen die amerikanischen Hotelgäste nur mit Bussen.

Um ihn gleich für uns einzunehmen und auf die Sympathieschiene zu setzen, erklärten wir ihm: „Somos Alemanes", ergänzt um den Zusatz „no gringos"; das bewirkte wahre Wunder. Juan sprach ein mörderisch verhunztes Englisch. Da das unsrige nur um ein Jota besser war, bedurfte die Verständigung eines gewissen Anlaufes. Er blieb seinen neuen „friends" die gesamte Zeit erhalten, wartete jeden Morgen vor dem Tor, unterdrückte seinen Begrüßungsspruch, verlangte keine Wucherpreise und zeigte uns seine Heimat aus einem Blickwinkel, wie ihn sicherlich kein US-Tourist zuvor zu sehen bekommen hatte.

Nie wieder haben frische Austern, bespritzt mit Zitrone und mit einer besonderen Salsa beträufelt, herrlicher geschmeckt als hier, umgeben von Fischernetzen und Müllkästen am Hafen.

Die Erfahrung des ersten Ausflugs in die Umgebung lehrte uns, dass es angebracht war, unsere auffällige, saubere und uns als amerikanische Touristen kennzeichnende Freizeitkleidung im Hotel zu lassen und stattdessen zerbeulte Jeans und schmuddelige T-Shirts anzuziehen. Juan würdigte das, indem er mit Daumen nach oben zeigte. Mit Juan schnell einig geworden, sollte die erste Fahrt uns zum Marktplatz bringen. Vorbei ging es zunächst an verfallenen Hütten durch Pfützen und an einigen im Weg stehenden Ziegen, doch bald wurde die Umgebung stadtähnlicher mit höheren, auch schmucken Gebäuden und jeder Menge Menschen auf der Straße, die alle wie wir in Richtung der großen Kirche strebten.

Weihnachten in einer mexikanischen Stadt – das war ein unerwartetes, aber auch nachdenklich machendes Erlebnis. Nie zuvor müssen hellhäutige, blonde Menschen hier gewesen sein. Wer kannte schon Mazatlan?

Schmutzige bettelnde Hände reckten sich hoch. Dass Juan sie abdrängte, löste eine Kanonade von Schimpfworten aus und dunkle Augen schossen giftige Pfeile ab. Sobald es dergestalt laut um uns wurde, beschwichtigte Juan die Menge mit den Wunderworten: „No gringos, no gringos!" Schlagartig hellten sich die Gesichter auf, und es wurde sogar in die Hände geklatscht.

Ein Weihnachtsmarkt mit tannenzweiggeschmückten Verkaufsbuden, Glühweinständen und Bratwurstgeruch war in der tropischen Hitze nicht zu erwarten, aber was hier das Weihnachtliche bestimmte, sprengte alle Vorstellungen.

Tausende kleine Zelte bedeckten den Marktplatz, dazwischen wurlte es von dunkelhaarigen Köpfen. An verschiedenen Stellen stieg Rauch auf. Ein Mief aus Kochdunst und Latrine lagerte über dem Platz. Vor den Feuerstellen hockten Indios, sie alle waren zu Fuß in tagelangen Märschen aus den Bergen zu den Festtagen in die Stadt geströmt. Wer die Kirchenmauern zuerst erreichte, sparte eine Zeltwand und konnte dort seine Schutzplane anhängen.

Die turmlose Kirche, ein Hallenbau mit rissigen Mauern wohl aus der Zeit der spanischen Eroberungskriege, stand schimmelig grau im Mittelpunkt der Feierlichkeiten. Nur wo und was feierte dieses Bergvolk eigentlich? Der Trubel glich einem großen Trödelmarkt, eher einem Volksfest; nach der Vielzahl von Ziegen und ausgemergelten Rindern konnte es auch eine Tierauktion sein.

Aus dem gleißenden Sonnenlicht durch das weit geöffnete Portal der Kirche in das mystische Dunkel der Kirche tretend, ließen wir unsere Geruchsnerven den neuen Standort testen.

Ein Duftgemenge von Schweiß, Weihrauch und Urin umwedelte die Eintretenden. Kein Wunder, da vorn pinkelten gerade zwei Burschen unterhalb eines Kruzifixes an eine Säule – wer kann höher? – und kauten dabei genüsslich an einem Brot.

Niemand nahm daran Anstoß. Eingekeilt zwischen bunt gekleideten Indiofrauen und halbnackten Kindern trieben wir wie weggeschwemmt mit dem lärmenden Menschenstrom durch die Kirchenschiffe. Erst nach längerer Gewöhnung an das Dunkel sah man voraus ein hoch gehaltenes Kreuz, das von Girlanden umwunden von Ministranten getragen wurde. Vorbei an zahlreichen Seitenaltären zog die lärmende Prozession.

Alle redeten durcheinander. Jeder Seitenaltar glich einem Verkaufsladen. In dem einen drückte Maria das Jesuskind an die Brust, am Zeigefinger des ausgestreckten segnenden Arms der Skulptur jedoch hing ein rosa BH von stattlicher Größe. Der darunter kniende Josef bot in seinen Händen bestickte Damenunterwäsche an.

Davor pries ein Verkäufer lauthals seine Waren an, nur überschrieen von einem Händler, der in der benachbarten Nische für seinen Laden in der Kreuzigungsgruppe von Golgatha warb. An den Gekreuzigten und den davor postierten römischen Kriegsknechten geknotet strebten viele lustige Luftballons in die Höhe. „Muy barato, muy barato!" Sehr billig, sehr billig. Jeder Vorsprung, jeder Sockel, jede der christlichen Figuren musste herhalten für das Geschäft. Der überlebensgroße Evangelist Matthäus balancierte auf dem ihm eigenen Buch einen Stapel von Mickeymouse-Heftchen, und bei genauerem Hinsehen entdeckte man zu seinen Füßen eine Kollektion von Pornobildern. Aus einer auf den Rücken gebundenen Kupferkanne bot ein freundlicher Amigo für einen Peso kaltes Wasser im Pappbecher an. Bauchladenhändler verkauften Zigaretten und Zigarren, die während der Prozession geraucht wurden und so den süßlichen Modergestank der Kirche ein wenig unterdrückten.

Wer mehr Geld besaß, erwarb eine eiskalte Coca-Cola gleich neben der Gruft der Heiligen Barbara. An der schmiedeeisernen Grabespforte hing der Werbespruch. „Coca Cola es mejor". Coca Cola ist besser.

Dichter an den Altarraum herangeraten, hörten wir monoton an- und abschwellende Töne durch das Rufen, Lachen und Schreien dringen. Hinter einer fast mannshohen Absperrung mit dem Gesicht zum Hauptaltar hin sang, sich immer wieder verbeugend, ein Geistlicher wie aufgezogen und ohne Unterbrechung eine nicht verständliche Litanei, wohl in spanifiziertem Latein. Keiner der Vorbeiziehenden nahm davon Notiz, dafür aber umso mehr von der dreiköpfigen Machiatti-

186

Kapelle, die gleich daneben, von Gitarre und Laute begleitet, fröhliche Lieder daher-
schmalzte.

Juan erklärte: „Corazon, you understand." Sie sangen von Liebeslust und -leid.

Beim Anblick des bis zur hohen Decke reichenden Altarbildes der Mutter Gottes, umrahmt von weißem Marmor, kunstvoll geschwungenem Stuck, getragen von
mit Gold überzogenen Säulen, fiel offenbar nur uns auf, wie sehr die Kirche ihren
protzigen Pomp hinter Gittern vor dem Zugriff des sich durch die Kirche wälzen-
den Stromes der Hungerleider konservierte.

Tonnenschwere riesige vielarmige Silberleuchter zeugten vom einstigen Reichtum des Landes. Edle Teppiche lagen vor dem Altar. Die glänzende Frische der von
vielen Kerzen angestrahlten mit Blumendekors verzierten Wände ließ darauf schließen, dass das höherliegende Hochheiligtum erst kürzlich renoviert worden war.
Links und rechts die Reihen des prachtvoll filigran geschnitzten Gestühls mit rotem
Plüsch bezogen. Die übrige Kirche dagegen schien man von Seiten des Klerus aufgegeben zu haben, breitgetretener, übel riechender Müll faulte in den Ecken. Ein
kleines Kind kackte hinter einem Pfeiler, und von spakig feuchten Wänden pellte die
Farbe. Das störte niemanden. In der zur Markthalle degradierten Kirche feierte ein
unbekümmertes Völkchen das Weihnachtsfest und genoss die Kühle des alten Gemäuers. Bänke gab es nicht, palavernde Gruppen saßen auf dem Steinfußboden,
feilschten, aßen, rauchten und produzierten Abfall, der gleich liegen blieb. Fasziniert
von der Vielfalt unchristlichen Treibens und dem Getöse in einem Gotteshaus, fiel
uns zunächst gar nicht auf, dass plötzlich gleich einer auslaufenden Welle der Lärm
erstarb.

Juan wies mit dem Finger auf das Portal.

Hereinlaufende Polizei erzwang eine Gasse, die eng stehende Menge mit Gewalt und scharfen Kommandotönen auseinandertreibend. Ein Geistlicher in brokat-
schwerem Amtsgewand folgte mit wichtigen Schritten der Staatsmacht.

Licht blendete in die Markthalle. In leuchtendem Weiß betrat eine Braut die
Szene, das Gesicht mit einem Schleier verhängt, eine meterlange Schleppe über den
dreckigen Boden hinter sich herziehend, an ihrer Seite ein Schönling, sicherlich Don
Carlos persönlich im Frack und mit weißer Weste, die blauschwarzen Haare kunstvoll mit Brillantine in Form gebracht. Voraus tänzelten ganz in Rosa gekleidete
Blumenstreumädchen, und hinter dem Paar folgten in elegantem Schwarz schwitzende ältere Herren und hochhackig stolzierende, bleich gepuderte Damen, von
breitkrempigen Blumentopfgebilden behütet.

Was für ein Gegensatz! Hier trat mexikanischer Reichtum vor den Traualtar,
von beiden Seiten der zu durchschreitenden Armutsgasse begleitet von aufjuchzen-
den Weibern, aber auch schweigend betrachtet von hohlwangigen, in Sackleinen
gekleideten Kindern, die wohl an eine wundersame weihnachtliche Erscheinung
glaubten.

Wir hatten genug von dem wuseligen Durcheinander, den vielen Menschen, den Düften und der Festtagsbegegnung der besonderen Art, Juan fuhr uns auf Wunsch durch die Stadt auf der Suche nach einem Silbergeschäft. Mit der in diesen Breiten schlagartig hereinbrechenden Dunkelheit fielen die Temperaturen, und damit bevölkerten sich die Straßen. Das über den Tag schläfrig dahindäm mernde Städtchen erwachte explosiv zu geschäftigen Leben. Wer gerade die Jalousien seines Ladens hochkurbelte, musste allerdings feststellen, dass nun auch die bisher Müdesten vorbei in Richtung Kirche und Marktplatz liefen.

Vor seinem wie ein Safe mit doppelten Stahltüren gesicherten Geschäft wartete ein gut gekleideter Señor auf Kundschaft, neben ihm ein stiernackiger Gorilla, der Wächter des Silbergeschäfts.

Juan kannte den Inhaber natürlich, winkte und machte eine sparsame Handbewegung in Richtung auf uns zu, als wir gerade ausstiegen. Das sollte wohl so viel bedeuten wie:

„Ich bringe kaufwillige Touristen!"

Anstatt dass er, wie erwartet, freudig lächelnd die Kundschaft begrüßte, sicherlich die ersten seit Tagen, passierte Folgendes:

Der Silbermensch starrte uns an, drehte uns den Rücken zu, sprang in einem geschlossenen Sprung durch die Doppeltür, schlug sie von innen zu, und sein Gorilla bezog davor eine drohende Stellung. In der rechten Hand schwang er einen mächtigen Knüppel, den er genüsslich immer wieder in die linke riesige Pfote fallen ließ. Dabei knurrte er unverständliches Zeug.

Da geschah, wie schon häufig erlebt, dass Juan mit dem Wort „Alemanes" selbst in diesem Fall die Stimmung kippte, die Ladentür öffnete sich wieder, und der jetzt einladend lächelnde Señor Gomez konnte es gar nicht erwarteten, seine deutschen Freunde überschwänglich zu begrüßen.

Wären Gringos zu ihm gekommen, hätte er den Laden bestimmt nicht wieder geöffnet.

Der Ladeninhaber konnte zufrieden sein mit dem, was seine Alemanes bei ihm kauften, aber viel mehr interessierte ihn, woher wir kamen. Sein Bruder lebte in Kuba und hätte dort viel mit Deutschen zu tun. Das seien Techniker aus Halle und Dresden.

Wie ihm nun klar machen, dass diese Deutschen als DDRler nicht unsere Freunde waren, die Gringos dagegen doch, weil sie uns beibrachten, in einem Ernstfall den deutschen Landsleuten mit der anderen Feldpostnummer Bomben aufs Haupt zu werfen?

Gott sei Dank vermied die beiderseitige Sprachverwirrung die Aufklärung.

Alemanes, no gringos! Selbst beim Abendessen, zu dem wir von der bereits im Geschäft hinzugekommenen hübschen rundlichen Ehefrau eingeladen waren, bestimmte dieser Unterschied die mit Händen, Füßen und Kritzeleien auf Papier lebhaft geführte Unterhaltung. Auch die beiden Töchter nahmen am Tisch Platz. Zwei Teenager, mit knackigen Popos und steilen Hörnchen, betäubend glutäugige Schönheiten, die uns, ich meinte festzustellen, begehrlich musterten. Verdammt noch mal, nicht nur das Herz pochte, sondern auch die engen Jeans begannen im Schrittbereich abwürgend zu kneifen.

Nach dem Essen spaltete das Interesse die Gesellschaft. Hanno, Antik und die beiden delikaten Sahneschnittchen zog es nach außen auf die Terrasse, stets im Blick der alles beobachtenden Mama. Ich dagegen fühlte mich wohl bei einer dicken Havanna und exzellentem Rotwein und versuchte von den beiden Gomez zu erfahren, warum das Verhältnis zu den Gringos so auffallend feindlich sei.

Diese Frage glich einem Stich ins Wespennest.

Wie durch einen gebrochenen Damm fluteten Vorwürfe gegen die USA und schaurige Geschichten über den Fragesteller hinweg, zwar sprachlich nur teilweise verstanden, aber der daraus zu folgernde Schluss war, dass die US-Großindustrie Mexiko ausbeutete, Bodenschätze wie z. B. Silber auf eigene Rechnung vermarktete und die Gewinne auf die Konten der US-Banken gingen. Von korrupten mexikanischen Regierungsvertretern ins Land geholt, zahlten die ausländischen Firmen dem Land nur lausige Pachtgebühren und ortsübliche Hungerlöhne, nichts würden sie versteuern und säßen überall am längeren Hebel.

Gomez schwärmte für den kubanischen Staatschef Fidel Castro. Der hätte es den amerikanischen Kapitalisten gezeigt. Er, der Revolutionär, der Máximo Líder, befreite sein Land davon, das Bordell der USA zu sein, in dem eine kleine Oberschicht Reichtümer auf Kosten der verarmten Landbevölkerung erwirtschaftete. Viele Mexikaner würden die Gringos hassen und eine Entwicklung wie in Kuba herbeisehnen. Mir schwirrte der Kopf. Zu Hause hatte die USA-freundliche Adenauer-Regierung von Kuba immer nur als einem Schurkenstaat gesprochen, hier klang das ganz anders.

Der Versuch, am nächsten Tag am Hotelstrand mit Hanno und Antik über das mich aufwühlende Gespräch zu sprechen, verlief buchstäblich im Sande. Die beiden grinsten, heute sollte die Abendfahrt mit Juan, der übrigens gestern die ganze Zeit mit seinem Taxi vor dem Haus der Gomez gewartet hatte, dahin führen, wo wir am ersten Urlaubstag garantiert nicht hin wollten, zu den „nice girls".

Nee, nicht zum Bumsen, wer sind wir denn, nur mal so zum Gucken, oder was?

Bedenken, Bedenken! Unseren Liebsten zu Hause untreu werden? Hanno und Antik wischten die Grübelei beiseite. Mein Gott, einmal woanders herumzustochern kann doch nicht gleich mit der ewigen Verdammnis bestraft werden. Kannst ja gleich im nächsten Brief deine Untat beichten. Besser man hält den Mund. Wer schweigt, sündigt nicht!

Antik meinte, zu viel Zurückhaltung könnte zur Verkümmerung führen. Einmal wieder die Anlage durchpusten und den Pleuel bis zum Anschlag bringen, kann dem seelischen Motor nur gut tun. Oder stell dir vor, du kommst nach Hause und darfst, ohne zwischendurch geübt zu haben, nach monatelanger Enthaltsamkeit endlich wieder ran, dann drehste durch. Deine Kleine wartet auf Volldampf, und du bist schon fertig bevor du rankommst, dir gelingt nur ein Pelznieser. Wat für ne Enttäuschung für euch beide.

Nach soviel gegenseitiger Aufmunterung und einleuchtender Argumentation spülte aufkommende Lust alle Skrupel beiseite. Eine vergnügliche Fahrt mit unerwarteten Erlebnissen begann, die erst spät in der Nacht zum Hotel zurückführte.

Nicht weit vom Hafen entfernt ragte ein Berg aus der Ebene, mehr ein Hügel, aus dem an verschiedenen Stellen Rauch herauswehte. Wie oft waren wir in den letzten Tagen achtlos daran vorbei gefahren, hatten aber bisher niemals genauer hingeschaut. Erst als Juan so nebenbei erwähnte, dass er in dem Berg wohnen würde, wuchs die Neugierde. Hatte er gesagt „in" dem Berg?

Aus der sandigen, mit Dornbüschen übersäten Ebene hervorragend, umrahmten herumliegende Autowracks den hohen Tuffsteinfelsen. Dazwischen brannten Müllberge. Darauf steuerte Juan zu und hielt unter einem Wellblechdach. Es war eine Benzinstation, wo unser Taxi aus zerbeulten Fässern den Tank nachfüllen ließ, natürlich auf unsere Kosten. Der Tankwart hielt gleich seine Hand hin.

Die Pause bot die Möglichkeit, den Berg genauer in Augenschein zu nehmen. Von den parallel zur Straße verlaufenden Stromleitungen schwirrte es in Tausenden von Drähten, die, von den Masten abgehend und von abenteuerlichsten Stützen gehalten, den Berg hinaufzogen und vor schwarzen Löchern endeten. Die Felswände glichen einem Schweizer Käse, durchbohrt von Eingängen der verschiedensten Größe. Aus allen Höhlungen führten dunkle, feucht glänzende Streifen auf dem hellen Gestein nach unten, und bis hinauf zur Spitze wimmelt es von durcheinander kriechenden bunten Punkten, die weiter unten als Menschen erkennbar waren.

Was krabbelten die da herum, was suchten die?

Juan wusste die Antwort: „Wir wohnen da, gute Wohnlage, immer windig, nix zahlen, Strom geklaut, leider Wasser immer hinaufschleppen, aber dafür läuft Scheiße den Berg runter."

Ein dementsprechender Gestank umwaberte in der brütenden Hitze die eigentümliche Gegend. Hier hausten die Ärmsten der Armen, und offenbar gab es viele davon.

„Wo wohnen denn die Reichen?"

„Werde ich euch zeigen!"

Nach einigen Meilen führte von der Hauptstraße weg eine gepflegte Teerstraße hinauf auf ein Plateau. Hoch über dem Meer wehte ein kühleres Lüftchen durch die Fenster.

Ein breites weißes Tor mit dem abweisenden Schild „Privado" hielt Juan nicht ab, weiterzufahren. Abgehende Stichstraßen zeigten auf hohe Mauern. Weiß gekalkt, fensterlosen überdimensionalen Würfeln gleich, lagen viereckige steinerne Gebilde in der Landschaft, die mittelalterlichen Festungen glichen, die hohen Schutzwände gekrönt von Stacheldrahtrollen oder in der Sonne blinkenden einbetonierten Glasscherben. Wir wollten doch das Wohnviertel der Reichen sehen, nicht die Gefängnisse. Wie von Geisterhand öffnete sich in einer der hohen Festungsmauern ein eisernes Tor. Heraus glitt ein schwarzglänzender Mercedes 600 mit zugezogenen Gardinen. Waas, hier in Mazatlan die Adenauersche Staatskarosse, oder war es die von der hochgestochenen Hochzeitsgesellschaft von vor einigen Tagen in der Kirche?

Bis obenhin verriegelt, lebte die hiesige High Society in eigens angelegten Hochsicherheitstrakten, nur die Wipfel der Zypressen und der Hausfirst schauten heraus.

„Ihr solltet die gekachelten Brunnen, Swimmingpools und blumenreichen Gärten da drinnen sehen", erklärte Juan, ohne dabei den Eindruck zu machen, darauf neidisch zu sein. Aber eine bissige Bemerkung konnte er nicht unterdrücken: „Das sind die, die mit den Gringos Geschäfte machen!"

Im Tal die Höhlenmenschen und hier in klösterlicher Abgeschiedenheit das andere Extrem.

Gab es auch eine Mittelschicht?

Dazu fiel Juan nichts ein. Die wenigen Geschäftsleute wie die Familie des Silberwarenhändlers Gomez oder der Eigentümer des kleinen Restaurants am Hafen gehörten wohl zu dieser kleinen Gruppierung. Unter den purpurfarbenen Blüten einer die Tische an einer Pergola überrankenden Bougainvillea endete der erste Teil der informativen Tagesfahrt. Im Anblick der versinkenden Sonne, bei kühlem Wein und viel zu würzigen Tapas fand die Unterhaltung zum eigentlichen Thema des Tageziels zurück. "Do you want to see nice girls?"

Durch den Schutz der heraufkriechenden Nacht empfanden wir es als unauffälliger, dem Taxifahrer den Auftrag zu erteilen, seine Angebote auf den Tisch zu legen.

Juan schnalzte mit der Zunge. Seine Schwestern oben in der Höhle des Tuffsteinfelsens würden uns größte Freuden bereiten, dann gäbe es noch die preisgünstigen Professionals am südlichen Stadtrand und die kostspieligen süßen Kleinen oben auf dem Plateau, wo auch die Reichen mal einen wegstecken würden.

Die Professionals ließen eine gewisse gesundheitliche Sicherheit vermuten. Ok, Juan, fahr uns dahin!

Mittlerweile deckte schwarze Nacht das bevorstehende Unternehmen. Juans alter Kasten polterte durch immer größer werdende Schlaglöcher, die Wellblechhütten am Wegrand verkümmerten zu Kriechställen, die Straßenlaternen leuchteten spärlicher, und die Pfützen nahmen Teichgrößen an.

Die Fahrt endete auf einem hell erleuchteten Platz, umstanden von Palmen. Von Scheinwerfern angestrahlt, stand auf Stelzen eine Baracke, zu der eine schmale Treppe hinaufführte. Darunter grunzten Schweine in einer stinkenden Brühe im Schlamm. Einige geparkte Autos zeugten davon, dass noch weitere Herren professionelle Bedienung erwarteten.

Die wackelige Treppe hoch gelangte man in einen müde erleuchteten Raum. Juan trat als erster ein und winkte hinüber zum Tresen. Das Ganze glich mehr einer heruntergekommenen Landkneipe als einem Puff. Neben dem Bierausschank auf erhöhtem Sessel kontrollierte eine füllige Matrone eine Durchgangstür, zugehängt mit einer Wolldecke. Aha, dahinter lag das Land der Freuden! Quietschten da nicht Bettmatratzen?

Der Rundblick ließ Ekel aufkommen. Mein Kleiner, eben noch erregt, ging auf Nullstellung. Wenn die Mädchen genau so schmuddelig aussahen wie die an den Tischen herumlungernde Kundschaft, dann lieber weg von hier. Juan bemerkte das Zögern und mahnte zum Abwarten. Wie schon bei anderen von ihm vorgeschlagenen Unternehmungen, wartete man hier bereits auf unser Kommen. Ein kleiner Junge zeigte auf einen Tisch gleich neben dem Wolldeckeneingang, bestimmt von Juan gegen Provision wann auch immer ausgehandelt. Hatte er auch bereits die Mädchen bestellt?

Was waren wir im Vergleich zu unserem Taxifahrer unbedarft! Aber ganz so blauäugig wie am Anfang waren wir nicht mehr, etwas Dazugelerntes gab es schon.

Antik, das schlaue Bürschchen, bemerkte, dass Juan am Tresen bereits Bier bestellte. Er blitzschnell zu ihm hin. Das mexikanische Bier, kräftiger als das schlabberige Dosendünngesöff der USA, stand auf einem Regal hinter dem Ausschanktisch in Halbliterflaschen mit Kronenkorken. Was war daran so ungewöhnlich?

Bereist anderen Orts festgestellt, dass Gringos, die Bier aus Flaschen nicht kannten, den Gerstensaft aus einer anderen Kollektion erhielten als die Einheimischen. Der Wirt griff ins obere Regal, stellte drei Flaschen zwischen Antik und Juan auf den Tisch. Flugs versuchte er, die Kronen zu entfernen, doch Antik kam ihm zuvor, hob eine Flasche hoch und wies auf den bereits beschädigten Kronenkorken hin. „Nee, nicht mit uns Alemanes. Bitte die Biere von unten aus der Kiste!"

Der schmierige Wirt grinste verlegen, sah Juan an, der zuckte mit den Schultern. Antik kam mit vier verschlossenen Bierflaschen zu uns Wartenden an den Tisch und öffnete mit seinem Taschenmesser schweigend die Korken. Juan sah ihm zu, in seinen Augen flackerte Erkenntnis und Anerkennung. „Prost, salud!"

In ein paar Tagen in Mexiko hatten wir gelernt, dass es offenbar bei allen Geschäften als Sport galt, den Kunden übers Ohr zu hauen. Nichtsahnende Touristen nahm man aus wie Fische. Selbst auf der Bank beim Wechseln der Dollars stimmte beim späteren Nachrechnen die Summe nicht. Sicherlich sind auch die Preise in dem seriös wirkenden Silberladen kräftig überhöht gewesen. Warum sollte es im Puff anders sein?

Die Biere für Nichteinheimische waren zu einem Drittel mit Wasser gepantscht und der Kronenkorken anschließend wieder draufgehämmert. Sogar die im Hotel angeblich frisch gepressten Orangensäfte wurden unter dem Tresen mit schnellem Handgriff zum Wasserhahn tüchtig verdünnt.

Das fing ja gut an. Mal sehen, welche Schönheiten gleich durch die Vorhangstür den Raum der sexuell Ausgehungerten betreten würden. Wir sahen uns schon jetzt absolut fehlgeleitet, aber die Neugier klebte uns an die Stühle.

Nach anfänglichem Erstaunen interessierte sich keiner der Gäste mehr für uns Ausländer. Der Lärmpegel stieg und wohl auch die Erwartung, als die Matrone, der Wachhund an der Tür, den Vorhang beiseite schob. Drei Kerle traten in den Raum, der eine fummelte seinen Hosenschlitz zu, der andere, ein junger Bursche schlich schnell mit schuldigem Blick dem Ausgang zu, nur der letzte strahlte zufrieden, als er den Gürtel fester zog. Dahinter fiel der Vorhang wieder zu. Aber es dauerte nicht lange, bis die Matrone mit einem kleinen Glöckchen bimmelte. Erinnerte ein wenig an Heiligabend: „Und jetzt, liebe Kinder, kommt der Weihnachtsmann!“ Danach erfolgte die Ernüchterung. Was da als die von unserem Fahrer empfohlenen „Professionals“ vor dem Tresen Aufstellung nahm, spottete jeder Beschreibung und Vorstellung, wurde von den Herumsitzenden jedoch begeistert beklatscht.

Juan trafen strafende Augenpaare. Er reagierte sofort mit schuldig fragendem Blick: „Nix guttt, nix gutt?“

Drei stark geschminkte verfallene Ruinen tänzelten von Tisch zu Tisch, kamen auch zu uns. Der einen lagen die dunklen Augen tief eingefallen im Kopf, die Wangen wie ausgehöhlt, scharfe Falten im Gesicht, das Kleid schlabberte am busenlosen mageren Körper. Die andere, nicht weniger zahnlos, ebenso hohlbrüstig, schob ein rundes Bäuchlein vor sich her. Krank oder schwanger? Der Dritten, einem Indiomädchen sicherlich nicht älter als dreizehn oder vierzehn, folgte eine Wolke von Schweißgeruch.

Zur Fähnrichszeit in Flensburg waren mir zu später Stunde und nicht mehr ganz nüchtern die Nutten im Puffviertel dagegen bildschön vorgekommen, aber das hier machte nicht nur stocknüchtern, da ekelte man sich bereits, die Bierflasche anzufassen.

Die Damen flanierten einmal auf ihrem „Catwalk“ durchs Lokal, verschwanden wieder hinter dem Wolldeckenvorhang.

Alle Augen blickten jetzt erwartungsvoll auf die Matrone, einige Herren saßen nicht mehr ganz fest auf ihren Stühlen, hatten Startstellung eingenommen. Mit dem vorhin gehörten Glöckchen in der über den Kopf gehobenen Hand rutschte die

Puffmutter von ihrem Hocker, klingelte, und gleich einer Büffelherde stürmte ein Dutzend Kerle nach vorn.

Der Barackenboden dröhnte. Bis auf die ersten drei, die das Glöckchen berührten, durfte der Rest sich wieder setzen. Gelächter und Klatschen begleiteten die Enttäuschten bei ihrer Rückkehr an die Tische. Doch was geschah da vorn bei den drei Auserwählten?

Die Alte, die den Puffeingang bewachte, nahm den Freiern nach großem aushandelndem Palaver Geld ab, verschloss es in einer Blechkassette, die sie unter ihrem Thronsessel versteckt hielt, und holte dann aus einer Tasche einen Lappen heraus.

Es bedurfte offenbar keiner besonderen Aufforderung an die Kunden, was nun geschah. Der erste öffnete den Hosenschlitz, fummelte den erregten Freudenspender heraus und legte ihn der Matrone auf die mit dem Lappen hingehaltene Hand. Sie begutachtete das stramme Ding, alle schauten amüsiert zu, wischte ein wenig daran herum, nickte, und frei war der Weg hinter den Vorhang. Der Nächste bitte!

Juan meinte, das sei die staatlich vorgeschriebene Gesundheitskontrolle, schließlich seien wir ja bei den „Professionals".

Hanno, sonst immer gut für eine treffende lästerliche Bemerkung, sprang auf, rannte zum Ausgang, polterte die Treppe hinab, ich erschrocken hinter ihm her. Da stand er bereits gebeugt zwischen den ihn erschreckt angrunzenden Schweinen und spuckte sich die Seele aus dem Leib. Mir war nicht anders zumute. Antik kam kopfschüttelnd dazu.

Keine zwei Minuten später gab Juan Vollgas. Nichts wie weg von dieser unheimlichen Stätte.

Das Taxi rüttelte durch die Nacht, mindestens eine Viertelstunde herrschte eisiges Schweigen. Die Schweinwerfer tasteten die Kurven aus. Voraus leuchte ein Schild auf: Nach Mazatlan 10 km, nach Hermosillo 450 km. Juan drehte nach Mazatlan ab. Ein Gefühl von Verlorenheit und Einsamkeit beschlich die von dem Ausflug Enttäuschten, gleichzeitig aber bohrte bei jedem im Hinterkopf die Frage, wie es gewesen wäre, wenn wir uns zuerst die Amateure angesehen hätten.

Unser Taxidriver dachte wohl dasselbe, und so kam seine Frage nicht unerwartet, ob nicht doch noch nur so zum Vergleich ein kurzer Trip zu den „Amateurs" noch drin wäre.

Ok, let's go, wenn schon mal daneben getreten, dann gleich den Sexausflug in einer Nacht abhaken.

Juan trat ins Gas, schwenkte nach ein paar Kilometern von der Küstenstraße ab bergauf in Richtung des Hochplateaus. Weit und breit kein Licht, nur die Autoscheinwerfer tasteten ins Leere über eine sandige Piste, die ins Niemandsland führte. Von einem aufgeblähten Eselskadaver am Straßenrand hüpften schwerfällig einige

Aasgeier ins Gebüsch, sonst nur Steine und Unendlichkeit. Durchgerüttelt und wieder still geworden warteten die Fahrgäste auf die Zielansprache.

Endlich! Voraus erst verirrte Lichter, dann hielt Juan vor einer wie eine Burg angeleuchteten hohen Mauer, die ein größeres Areal zu umspannen schien. Davor der Parkplatz, erleuchtet wie vom Flutlicht eines Fußballplatzes. Einige Autos standen herum. Große Limousinen, dazwischen ein kleiner Bus. Juans Kutsche wirkte dagegen erbärmlich. Was stand an dem Bus? Nicht zu glauben. „Miramar". Das musste der Bus unseres Hotels sein.

Den hier zu sehen machte irgendwie Mut.

Juan wies auf das dunkle Portal und den Türklopfer. Er zeigte auf seine Armbanduhr, und mit den Fingern die Zahl drei. Er würde draußen im Wagen schlafen und drei Stunden auf uns warten.

Na, denn man los. Längst waren wir bemerkt und sicherlich als finanzkräftige Touristen eingeschätzt, denn vor uns klappte die Hälfte eines rundbogigen Portals auf, über dem in grüner Leuchtschrift zu lesen war „El Paradiso". Ein gepflegt gekleideter Mexikaner wies den Weg über einen Vorhof zu einer Art Rezeption. Einige hübsche Damen, gekleidet wie Stewardessen einer Fluglinie, verhandelten gerade mit einer Gruppe von Amerikanern.

Dazwischen bewegte sich ein hagerer, hoch aufgeschossener blonder Mann, der mal Spanisch, dann wieder Englisch sprach und der aufgeregten Männergesellschaft die Bedingungen des Hauses zu erklären versuchte. Offensichtlich der Manager der Puffanlage.

Den näher Herangetretenen und neugierig Zuhörenden klang das Englisch des auffällig großen Mannes fremdartig und hart. Noch dichter heranrückend und mit den Amis seinen Erklärungen zuhörend, zupfte mich plötzlich Antik am Arm und flüsterte: „Sieh mal auf sein nametag, auf das Namensschildchen an der Brust, lies mal den Namen!"

Unter dem Hauslogo „El paradiso" stand „Hermann Kolditz". Völlig klar, so konnte nur ein Deutscher heißen, und so klang auch sein Englisch. Hanno, mit hinzugezogen und darauf aufmerksam gemacht, erwuchs gleich die Frage: „Wie mag der wohl hierher gekommen sein?"

Kolditz wäre kein guter Gastgeber gewesen, wenn er uns nicht als Neulinge in seinem Etablissement erkannt hätte. So löste er sich von seinen Amerikanern, die gerade von einem jungen Mädchen durch eine Tür eingelassen wurden. Auf uns zuschlendernd mit freundlicher Geste ertönte seine Begrüßungsformel: „Welcome to the club, how do you do, my name is Hermann."

Als wir in der richtigen Einschätzung, einen ausgewanderten Deutschen vor uns zu haben, ganz locker auf Deutsch sagten: „Hallo Herr Kolditz" und dabei unsere Namen nannten, erstarrte er und sein Gesicht versteinerte.

Aus dem anfänglichen Willkommenslächeln war eine abweisende Mimik geworden. Er sah aus wie ein Ertappter, der nicht zu fliehen wagte. Zusammengekniffene Augen musterten uns, aber Kolditz fasste sich schnell. Erst holperig, dann in perfektem Deutsch, schoss er die Frage ab: „Was macht ihr jungen Spunde hier, wo kommt ihr her?"

Ein Wort gab das andere, Händeschütteln, schließlich verlegte er das weitere Gespräch an die Bar des Nebenhauses. Er schien ihn zu beruhigen, auf unternehmungsfreudige Landsleute gestoßen zu sein.

Was hatte er sonst für Leute erwartet? Dass wir uns in den USA in der Pilotenausbildung befanden, löste seine letzte Zurückhaltung, und er fing an, über seine Vergangenheit zu plaudern. Bei einigen von ihm gespendeten Tequilas wurde es richtig gemütlich.

„Mensch, ihr seid Offiziere, Leutnante? In eurem Alter war ich schon längst Oberleutnant, und wollt ihr wissen wo? Bei der Leibstandarte Adolf Hitler. Zuletzt im Stab des SS-Brigadeführers Otto Mumm. Von den Russen in Berlin am Tage des Untergangs des Dritten Reiches eingesackt, auf einem Zugtransport in die Ukraine ausgebüchst, über Bulgarien an den Bosporus und von da als Heizer auf einem chilenischen Frachter in Panama angekommen, in Mexiko bei mir bekannten SS-Kameraden wieder auf die Füße gestellt und seit einigen Jahren hier als erkannte Marktlücke diesen Edelpuff aufgebaut. Ihr werdet sehen, das Feinste vom Feinen, was dieses Land zu bieten hat, ihr seid meine Gäste, könnt bis morgen früh kostenlos bleiben – und meine Herren, jetzt kommt mein Geschenk."

Die Erleichterung, uns als harmlose, seine Vergangenheit nicht hinterfragende Landsleute ausgemacht zu haben, veranlasste ihn zu einer spendablen Geste. Er sprach mit der Bardame, die daraufhin verschwand und kurz darauf mit einem Schwarm gickernder, blutjunger, bildhübscher Señoritas den Raum füllte. „Sucht euch eine aus!"

Ich weiß nicht mehr, auf welche Damen Hannos und Antiks Wahl fielen, aber Kolditz muss gemerkt haben, dass ich ganz fasziniert auf eine Indioschönheit fixiert war. Er winkte sie heran. Mit einem zustimmenden Lächeln aus feuchtglänzenden schwarzen Kirschenaugen federte in den Hüften wiegend eine mich zittern machende Granate heran.

Nur noch aus der Ferne hörte ich Kolditz sprechen:„Sie heißt Amancay, das heißt so viel wie wilde gelbe Narzisse. Ist erst seit kurzem hier, kommt aus Peru."

Der großzügige SS-Lustbarkeitsbeschaffer verschwand danach aus meinem Blickfeld. Was jetzt geschah, glich einem Märchen aus „Tausend und einer Nacht".

Hinter uns beiden fiel eine Tür ins Schloss. Hand in Hand standen zwei Menschen im Garten Eden. Verglichen mit der Professionells-Baracke und dem kargen ausgedörrten Umland erblühte hier das Paradies. Die Bezeichnung „El Paradiso" schien sogar untertrieben. Weich fächelte im Dunkel der Nacht durch die Wipfel hoher Palmen warmer Wüstenwind. Eine nicht zu überschauende Gartenanlage prangte in üppiger Blumenpracht, dazwischen Teiche, in denen Seerosen blühten. Springbrunnen plätscherten. In jadegrünen erleuchteten Swimmingpools planschte eine lustige Gesellschaft. Weiter zurückliegend unter Torbögen, halb verdeckt von Bananenstauden, klirrten Gläser. Barbusige Schönheiten servierten einer viel zu laut lachenden Männergruppe bunte Drinks. Das waren wohl die Amis von vorhin.

Amancay zog mich hinüber in den dunkleren Teil des Gartens. Auf einer Bank spürte ich nach langer Pause endlich mal wieder, wie schön es ist, einer Frau an die Schenkel zu fassen und geküsst zu werden. Sie legte ihren Kopf an meine Brust, sie duftete nach einem orchideenartigen Parfüm, verwirrend und anheizend. Sie kuschelte sich an mich heran, als wären wir uns seit langem bekannt und unsterblich ineinander verliebt.

Sie gab mir das Gefühl einer ganz normalen Bekanntschaft, einer Zufallsbekanntschaft, schon dadurch, dass sie den Freier küsste, was europäische Nutten aus Gründen des Berufsethos nicht tun und was ihnen von ihren Zuhältern strengstens untersagt ist. Das galt bei Herrn Kolditz nicht.

Amancay öffnete ihr Herz, sie tat, als ob sie den Prinzen ihres Lebens gefunden hätte. So muss es im Paradies gewesen sein. Der Apfel der Versuchung schmeckte süßer und süßer. Es bedurfte keiner Phantasie, sich auszumalen, wohin das Spiel führen würde. Diese frischen Rundungen, diese makellose Haut, die duftenden blauschwarzen Haare und diese guttural fordernden Begierdetöne versprachen den Himmel auf Erden, endlich mein Genital, das schier zu platzen drohte, in ihre heißfeuchte Grube zu versenken. Ein Erdbeben dröhnte, die Sinne taumelten. Plötzlich verschwand aus dem Gedächtnis alles bisher Gewesene. Elisabeth war ausgelöscht.

Die vom Leibwächter des Führers ausgesuchten knackigen Mädchen dürften nicht älter als 15 Jahre gewesen sein, fielen nicht durch extravagante Kleidung oder geile Anmache auf, sondern machten sich begehrenswert durch ihre jugendliche Natürlichkeit. Die Kolditz-Mädchentruppe stammte aus einer sorgfältigen Auswahl taufrischer junger Blütenknospen und figürlicher Raritäten.

Besonderen Wert legte man in diesem Hause auf von den Kunden höchst geschätzte weibliche Attribute Wert wie wohlgeformte Brüste und rundliche Hintern, nicht zu viel aber auch nicht zu wenig.

So ließ auch bei Amancay ein höchst reizvolles eventtaugliches Dekolleté den erregten Hannes auf höchste Freuden hoffen. Viele Worte fielen nicht, in welcher Sprache hätte es auch geschehen können. Schmeichelnde verlangende Laute, gemischt mit einigen englischen Brocken, mahnten allerdings, nicht zu schnell nach dem Weg ins Hochheiligtum zu fragen. Nach einiger Schmuserei taumelten wir von der unbequemen Bank in Richtung auf eine der vielen Türen in der hohen Mauer zu.

Dahinter lag Amancays dienstliches Zuhause, aber es vermittelte nicht den Eindruck eines billigen Stundenhotels. Wenn auch das breite rotseidene Bett alles versprach, so legte eine eigentümliche, eher abwehrende Atmosphäre der bereits hochgefahrenen Lust eine Bremse an. Ein zur weiteren Einrichtung wenig passender Marienaltar von beeindruckender Größe mit zwei brennenden Kerzen zu beiden Seiten der Pietà verlieh dem Raum kirchlich einflößende Ehrfurcht. Und als die göttliche Amancay vor dem Altar ihre Hüllen abgleiten ließ, mit betenden Hände davor auf die Knie niedersank, mir dabei ihren makellosen bronzenen Körper zuwandte, da glitt mir der Verstand völlig zwischen die Beine. Was machte das Mädchen da? Bat sie die Gottesmutter um Vergebung, mit mir gleich ins Bett gehen zu müssen, oder glaubte sie, gleich von einem Aleman sexuell hingerichtet zu werden?

Ihr gleichzutun, zog ich mich splitternackend aus. Mein Spargel war erschreckt zurückgesunken. Schweigen, Stille. Von draußen drang das Zirpen der Zikaden in den Raum, von weiter her schwülstige Musik. Plötzlich sprang sie auf, stand vor mir, breitete die Arme aus, machte damit eine Schwimmbewegung und deutete auf die Tür. So landeten wir Händchen haltend im nächsten Swimmingpool. Den hatten wir für uns ganz allein.

Aus dem bisher stillen Perumädchen wurde im Wasser ein Wirbelwind. Nachdem die Glutäugige vor dem Altar erst einmal die Absolution erfleht hatte, die Sündenvergebung für das Bevorstehende, spielte sie jetzt auf allen Registern der weiblichen Verführungskünste. Sie rutschte auf mir herum, griff mir begierig zwischen die Schenkel, lechzte nach wilden Küssen, schubberte mit den aufsprießenden Brustknöpfchen über meine Brust, umklammerte meinen Leib mit ihren Armen., ließ wieder los und schwang sich auf den Beckenrand.

Zurückgelehnt und die Beine lasziv leicht angewinkelt, wippte sie mich einladend heran. Als ich heranschwamm, glitt ihr Schritt auseinander. Sie öffnete ihr Tor. Auf der sanften Erhebung des Venushügels der wilden gelben Narzisse kräuselte sich blauschwarzer Flaum. Durch Palmenblätter gefiltert, fiel das Licht einer Laterne auf die glänzende Haut, sie saß fast im Spagat. Ihre Hände steuerten meinen Kopf in ihren nassen Schoß, der frisch und mädchenhaft duftete. Fordernd drückten die Hände ihn tiefer, bis meine Lippen auf ihren samtzarten Schamlippen endeten und meine gierige Zunge nach dem G-Punkt suchten. Halt suchend an ihrem strammen Po, immer noch im Swimmingpool, glaubte ich in kochendem Wasser zu stehen. Sie schmeckte nach mehr, doch stieß sie mich lachend zurück, sprang auf, und popowackelnd rannte die aufreizende Kleine zu ihrer Tür, winkte, und weg war sie. Ich hinterher hinein in den halbdunklen Raum. Die Kerzen vor dem Altar brannten nicht mehr. Das lag das Geschöpf in den rosa Kissen, von ihrem Körper dampfte Feuchtigkeit auf. Viel später erinnerten mich in Galerien und Museen Gemälde barocker Künstler an den vor mir liegenden Akt. Amancay, du könntest die Frau meines Lebens sein. Hinein in diese verwirrenden Gedanken hörte ich sie flüstern.

Zum ersten Mal seit unserem Zusammensein kamen Worte über ihre Lippen, leicht rauchig bittend: „Come closer, my friend!“

Nun würde sie sicherlich die romantische Stimmung trüben mit einem Griff in eine unter dem Kissen versteckte Pappschachtel, ein Kondom entnehmen und mir sorgfältig über den erregten Schniedelwutz ziehen.

Nein, sie zog aus einem Eisbecher einen Piccolo hervor, gab ihn mir zum Aufdrehen und hielt uns zwei Gläser zum Auffüllen hin: „I love you chico!“ Die geleerten Gläser rollten über den Teppich.

Was danach geschah, war so himmlisch und entrückt, dass es in meinem Herzen verschlossen blieb und bleibt.

Amancay liebte nicht, wie man es in einem derartigen Haus als geschäftstüchtig hätte loben können, sondern sie vergaß sich als Liebende und hinterließ bei mir tagelang tief empfundenen Trennungsschmerz und eine nagende Sehnsucht nach ihr. Das um so mehr, als Juan, nach drei Stunden von uns aufgeweckt, während der Heimfahrt berichtete, dass Kolditz seine meist von armen Bauerneltern aufgekauften Töchter rigoros auswechselte und danach an zweitklassige Etablissements weiterverhökerte, wenn sie sie seiner Meinung nach nicht mehr den höchsten Ansprüchen gerecht wurden. Die SS-Methode der Aussonderung lebte in Mexiko fort.

Die Sonne ging bereits auf, als Juan seine drei Nachtschwärmer vor dem im tiefen Schlaf dämmernden Hotel absetzte. Schweigsam schlichen wir über die Flure ins Zimmer, aber danach war es mit der Rücksichtnahme vorbei. Nacheinander verschwand jeder in der Dusche, ließ das Wasser rauschen, um das schlechte Gewissen abzuduschen. Schon Juanas neugierige Frage: „Girls good, fucky good?“ war unbeantwortet geblieben. Wohl weniger die Gedanken an Zuhause plagten, sondern vielmehr Antiks dumme Bemerkung, ohne Pimmeltüte seiner Freude freien Lauf gelassen zu haben, machte allen plötzlich ungeheuerlich zu schaffen.

Da bedurfte es der genauesten Betrachtung eines gewissen Gliedes.

Antik wusste um die beste Medikation. „Hier, ich habe unser marineeigentümliches Allroundmittel Kolibri dabei, das beißt zwar und brennt, aber was im Feuerzeug brennt oder als reinigendes Fleckenmittel, als Gesichtswasser und zur Wundendesinfizierung taugt, muss auch im Genitalbereich hilfreich sein.“

Die Flasche wurde geleert, verdammt hat das Zeug gebrannt.

Während des bereits heraufgezogenen Tages blieben die Vorhänge geschlossen. Der Genesungsschlaf dauerte bis in die Abendstunden.

Zwei Tage noch bis zum Jahreswechsel.

Hanno und Antik strebten mit Juan wieder in die Stadt, angeblich zum Silbergeschäft, noch ein paar Geschenke für daheim einzukaufen, aber mehr wohl, wie beide schmunzelnd zugaben, um die beiden hübschen Töchter des Geschäftsinhabers zu sehen.

Mir hatte der letzte große Nachtausflug gereicht. Um wieder Ordnung in mein Geschlechtsleben zu bringen, bot der breite Strand vor dem Hotel Gelegenheit, in der Sonne zu liegen, an Zuhause zudenken und letztlich einen langen, längst fälligen Brief an Elisabeth zu schreiben. Abends an der Bar fanden wir drei wieder zusammen und beratschlagten über die Gestaltung des bevorstehenden Silvesterabends. Die Alternative war, allein auf der Zimmerterrasse zu feiern oder zusammen mit den Amis in der Lounge. Üppig bunte Dekoration füllte bereits die Rezeption und die übrigen Räume. Nein, diesen Rummel wollten wir nicht. Hanno und Antik würden kurz vor Sonnenuntergang noch einmal in die Stadt fahren, um im Hafen ein paar knackfrische Austern zu kaufen, Tapas und andere kleinere Fressschweinereien besorgen, und ich würde versuchen, mit Knabberzeug, Sekt, Gläsern und mit ein paar Kerzen eine heimisch atmosphärische Stimmung auf unserer Loggia zustande zu bringen.

Man hätte natürlich auch an dem großen Dinner in dem Hotelfestzelt teilnehmen können. Vom Zimmerbalkon einzusehen, schoben den ganzen Tag über die Hotelboys Tische und Stühle hin und her, Girlanden wurden geknüpft, eine Gärtnerei brachte Zierstauden und große Blumengebinde, Teller klapperten, Gläser klirrten, eine festliche Stimmung wuchs, alle freuten sich auf den Silvesterabend.

Sollten wir nicht doch da unten mitmachen? Nach Mitternacht vielleicht oder eben kurz vor dem angekündigten Feuerwerk.

Es blieb dabei, wir wollten erst einmal nur zu dritt feiern und unter uns bleiben. Juan kam vorbei und holte am Abend meine beiden Zimmerkollegen ab, ich machte mich wie abgesprochen an meinen Teil der Vorbereitungen. Nicht nur als Fliegercrew waren wir zusammengewachsen als ein gutes Team, das blendend miteinander auskam, sondern auch als verlässliche Freunde; jeder konnte dem andern voll vertrauen, in Gefahrensituationen, aber auch beim Feiern. Alle Dinge wurden gemeinsam angegangen.

Die Hollywoodschaukel quietschte. Bis zur Rückkehr meiner lieben Kameraden genoss ich das leichte Schaukeln mit einem Gin Tonic in der Hand. Ein herrlich kühlendes Getränk bei der tropischen Wärme, die trotz der sanft heranfächelnden Seebrise das Thermometer nicht unter 30 Grad abfallen ließ.

Die letzten Worte kamen Hannes nur krächzend über die Lippen, er fasste sich an den Hals, mimte den Erstickenden und rief seinen Mitseglern zu: „Leute ist die Luft trocken!"

Die Geste rührte selbst Brodersen, den Skipper. Den Wink hatte er begriffen. Er stand auf, kletterte unter Deck und kam mit dem eben erwähnten Getränk zurück, reichte es dem Vortragenden und meinte leutselig: „Eine kleine Pause sei ihm gewährt, um die Stimme wieder zu ölen!"

Hannes genoss das kühle Getränk, nippte erst, trank es dann hastig in mehreren Zügen aus, drückte Brodersen das Glas in die Hand und fuhr fort.

„In der Wärme fingen die aufgestellten Kerzen an sich zu verbiegen. Im Westen blitzte noch einmal die Sonne unter einer Wolkenbank auf, ein bunter Streifen verglomm und das Meer nahm schwarze Farbe an, die Hotelbeleuchtung flammte auf, hell gekleidete Gestalten huschten unten über die Terrasse, eine lärmende Gesellschaft lief zusammen und wartete auf das gemeinsame Silvesteressen.

Verdammt noch mal, wo blieben meine Kumpels?

Die Zeiger der Armbanduhr krochen auf 21 Uhr, immer noch nichts. Ob Juan die beiden in den Graben gefahren hatte, ob die alte Klapperkiste irgendwo zusammengebrochen auf der Landstraße stand? Vielleicht prügelten sie sich gerade in der dunklen Hafengegend mit aufdringlichen Bettlern. Weiß der Teufel, wo die Burschen fest saßen. Die verrücktesten Gedanken plagten mich. Je später es wurde, desto schlimmer die Verdächtigungen.

Schalen von hastig gefutterten Pistazien knirschten unter den Füßen. Jedes Geräusch brachte mich auf die Beine. Auf den Flur hinausgeschaut oder über die Brüstung des Balkons, nichts, die Nachtschwärmer blieben verschollen. Wen sollte man anrufen? Die Hotelrezeption? - sinnlos, die feierten mit den Gästen. Die Polizei? Ach, die mexikanische Polizei, vergiss es, die Gauchos mussten erst bestochen werden, um vor die Tür zu gehen.

Was fühlte ich mich beschissen einsam, so weit weg von Elisabeth, von Zuhause, hier tief in Mexiko. Nur der Ventilator summte, dessen Geräusch bedrohlich näher zu kommen schien.

Der Gin schmeckte nicht mehr. Die aus Langeweile aus dem Kühlschrank geholte Sektflasche, entkorkt in wohl letzter hoffnungsvoller Erwartung, dass gleich zwei polternde Gestalten mit großem Hallo durch die Tür einfallen würden, blieb unberührt stehen. Als um 23 Uhr die Kerze ihrem Ende entgegenbrannte, wandelte sich die Angst um die beiden in langsam aufsteigende Wut. Eine bange und unfassbare Ahnung begann die Kehle mit der Frage zu würgen: „Ob die Scheißkerle mich versetzt haben und das sogar bewusst?" Aber warum, waren wir nicht ein Herz und eine Seele?

Kurz vor Mitternacht krachte hinter mir die Zimmertür ins Schloss, genug des Alleinseins. Die angeschickerte Gesellschaft in der Hotelbar nahm den späten Gast auf wie einen Altbekannten. Mit John und Joe angestoßen oder mit anderen beautiful people. Hieß sie Evelyn oder Marilyn, die auf den Bruderschaftskuss bestand und einem das Gesicht mit Lippenstift verschmierte? Germany, yes, lovely country und ich „likte" Amerika. Mit Ah und Oh bejubelt, flimmerte und krachte das Feuerwerk durch den trüben Sinn. „Happy New Year, Happy New Year!" Was war daran schon happy? Darauf noch ein paar drinks, viel zu viel Eis in der bunten Plörre. An irgendetwas weichem Parfümiertem geschmust und zuletzt noch einen Whisky für den torkelnden Abgang ins Bett. Danach muss wohl der Faden gerissen sein.

Licht fiel durch die Vorhänge, der Schädel brummte. Zweifaches Schnarchen dröhnte durch den Raum. Da lagen die beiden Vermissten wie leblos und doch laut tönend in ihren Betten. Gott sei Dank, sie schienen wohlbehalten zu sein, aber eure Geschichte werdet ihr mir noch erzählen müssen.

Ich war sauer, ließ um 10 Uhr die Dusche störend rauschen, prustete laut und machte bewusst Lärm, schlug die Türen. Die beiden reagierten nicht, sägten weiter.

Das Frühstück in der bis auf wenige Frühaufsteher spärlich bevölkerter Lounge blieb im Halse stecken. Mit jedem Biss in das labberige Weißbrot reifte die enttäuschende Gewissheit, von meinen Kumpels ganz eindeutig vorsätzlich von ihrem Silvestervergnügen ausgeschlossen worden zu sein. Und wieder die Frage: Weshalb, warum?

Nicht, dass ich auf Antik eifersüchtig gewesen wäre, den kannte ich ohnehin nur oberflächlich, aber mit Hanno verband mich eine langjährige Freundschaft, angefangen in der Schulbank. Nie hatten wir Geheimnisse voreinander. Sicherlich gab es Tiefpunkte, wenn er fast kindisch darauf bedacht war, seinen Vorteil zu suchen, sei es eingeladen bei Mutter Färber aus der Terrine die größte Roulade herauszufischen oder beim Tanztee auf der Marineschule alles dranzusetzen, mir das Mädchen auszuspannen.

War ich nicht auf dem Maskenball zuerst an seiner Suleika hängen geblieben, die jetzt seine Verlobte war. Das Bestreben, mir als dem um einen Kopf Größeren etwas wegzuschnappen, belachte ich heimlich als Napoleon–Syndrom. Ach Hanno, das war ja alles lustig und verzeihlich, aber was ihr und du besonders euch heute Nacht geleistet habt, sprengt den geduldeten Rahmen. Das war schofelig und gemein.

Eine Träne kullerte auf den Teller. Als wenn plötzlich ein tiefer Graben zwischen uns aufbrach, das Ende, die Aufkündigung einer langjährigen Männerfreundschaft. Was ist schon eine Freundschaft wert, die erst intimste Geheimnisse austauscht und plötzlich zeigt, dass auf ein gegebenes Wort kein Verlass mehr ist? Wenn das Vertrauen missbraucht wird, was bleibt?

War ich überempfindlich? Ohne bisher erfahren zu haben, warum mir die beiden den Silvesterabend versaut hatten, stürzte in mir eine Mauer ein, ein Riss klaffte in der Wand, ein seelischer Bruch. Sollte ich diesen Bruch erkennen als Strafe dafür, dass ich für ein paar Stunden Elisabeth zu Gunsten der wollüstigen Amancay aus meinem Gedächtnis gestrichen hatte?

Das sollte wohl alles so kommen, diese schmerzhafte, aber irgendwie beruhigende Erkenntnis war wie ein kühlendes Pflaster auf meiner Seele. Trotzdem brannte die Glut der Wut noch heiß genug, um Hanno zur Rede zu stellen. Hanno hatte egoistisch auf meinen Gefühle herumgetrampelt, ich sah mich an den Rand manövriert, ausgenützt und alleingelassen. Immer deutlicher trat es vor Augen: Die Liebe zu einer Frau und gleichzeitig eine tiefe Freundschaft zu einem Mann zu empfinden musste wohl an einem Punkt zur Kollision führen, und die geschah an diesem Neujahrstag.

Ein neuer Anfang? Ja doch! Ich war auch gar nicht mehr traurig, eher zufrieden, eine offenbar abgenutzte Verpflichtung abgestreift zu haben.

Zurück im Zimmer, wo zwei müde Gestalten zerzaust vom anscheinend aufreibenden Nachtleben in den Balkonstühlen hingen, wurde ich mit großem Hallo empfangen.

Erst wollte ich meine lieben Kameraden begrüßen mit: „Guten Morgen, ein frohes neues Jahr, ihr Arschlöcher!", aber über die Lippen kam etwas anderes. Ich hörte mich gekünstelt fröhlich fragen: „Wo sind denn die Austern und die Tapas, die ihr mitbringen wolltet, hatten wir nicht den Plan, gemeinsam ins Neue Jahr zu rutschen? Aber da ihr es vorgezogen habt, mich auszuschließen, braucht ihr sie nicht mehr zu besorgen. Ich wünsche eine gutes Neues Jahr", und an Hanno gewandt: „Und dir, lieber Hanno, möchte ich mitteilen. Wir werden sicherlich noch viele Jahre zusammen sein, aber eines verspreche ich dir, und Antik ist Zeuge, wir beide werden nie wieder etwas gemeinsam unternehmen und schon gar nicht eine Silvesternacht feiern." Dabei ist es bis heute geblieben. Jahrzehnte sind inzwischen verstrichen, beruflich sind wir uns immer nahe geblieben, aber auf Silvesterfeiern nie wieder zusammengetroffen. Das galt auch für das, was uns als Jugendliche zusammengebracht hatte, das Segeln; nie wieder hat es eine Neuauflage einer gemeinsamen Segeltour gegeben.

Natürlich war man bemüht, mich zu beschwichtigen. Es gab plausible Argumente, warum alles so bedauerlich schief gelaufen war, sie überzeugten mich nicht. Später, viel später kam die Wahrheit heraus. Hanno und Antik hatten bei ihrem nochmaligen Besuch im Silbergeschäft eine Chance gewittert, den beiden Töchter des Inhabers in der Silvesternacht etwas Gutes antun zu können.

Da wäre ich als drittes Rad zu viel gewesen. Aber die wohlerzogenen Damen hatten die Erwartungsvollen nach einem höflichen Pläuschchen bald zur elterlichen Haustür hinauskomplimentiert. Enttäuscht, aber angeheizt und bereits im Saft stehend, musste Juan sie zur Kolditzschen Freudenhacienda fahren, wo Hanno nichts Besseres einfiel als die von mir so gepriesene Amancay zu vögeln. Er musste das haben, was ich hatte, typisch Hanno. Aber kein großzügiger Kolditz erwartete die beiden, sondern eine barsche Rezeptionsdame, die Hanno und Antik für das Vergnügen je 80 Dollar abknöpfte. Zumindest eine Genugtuung für den Daheimgebliebenen.

Die Rückfahrt durch die ausgedörrte, hitzeflimmernde und eintönige mexikanische Pampa nach Arizona verlief wortkarg, zumal am allerletzten Tag Montezumas gefürchtete Rache zuschlug. Es gab keine Möglichkeit, an ein Medikament zu gelangen. Da half nur eins. Jeder saß mit nacktem Hintern auf einem Frotteetuch und wenn der Schrei erschallte: „Stopp!", half nur schnelles Bremsen, die Wagentür aufzureißen und den Allerwertesten hinauszuschwenken, um das schiere Wasser laufen zu lassen. Nach einigen hundert Kilometern kletterten drei erschöpfte Alemanes vor einer einsam am Straßenrand gelegenen Wellblechraststätte, deren riesiges Coca-Cola-Reklamesschild Meilen vorher aus der Ebene ragte, aus dem Dodge, knapp die wunden Blößen bedeckt. Hier gab es, wie nicht anders zu erwarten, Coca-Cola, Mexikos liebstes Getränk, und salziges Gebäck, als Empfehlung gegen das leibliche Unwohlsein. Es half nur begrenzt. Die Quälerei ging weiter.

Waren wir auf der Anreise durch das Flussbett gefahren, so führte dieses Mal der Weg über die überquerende Eisenbahnbrücke. Voraus schaukelten Laster über die holperigen Bohlen, die, lose zwischen die Schienen gelegt, hin und her rutschten, ein Brückengeländer gab es nicht. Unterdurch schäumten bräunliche Wassermassen. Es musste in den letzten Tagen irgendwo fürchterlich geregnet haben.

Bis in die Nachtstunden blieb die Flussüberquerung das einzige Highlight. In der Dunkelheit weiterzufahren, dagegen sprachen die vielen Autowracks am Straßenrand. Ausgebrannt, vielleicht vorher ausgeplündert? Die einzige größere Stadt, in der sich ein sicheres Hotel mit stacheldrahtumzäuntem Parkplatz finden ließ, war nach 500 mühsam gefahrenen Kilometern Hermosillo. Ins erste Hotel hinein, Schlüssel an der Rezeption geholt, Hanno und ich bekamen das einzige Doppelzimmer, Antik nur eine Dachkammer, wie er am nächsten Morgen erzählte. Todmüde, die Klamotten vor dem Bett fallen lassen, Licht aus und ab auf die knisternden Matratzen. Der starke Duft eines Desinfektionsmittels störte nicht, beruhigte eher, denn das bedeutete, nicht von Kakerlaken geplagt zu werden.

Ein Geräusch auf dem Flur ließ mich aufschrecken, dann wieder Ruhe, wie spät? Die Armbanduhr zeigte 09:30 Uhr. War es schon morgens? Nein, es war noch stockdunkel, vielleicht stehen geblieben! Weiter schlafen, jetzt prustete Hanno nebenan und fragte in die Finsternis: „Hannes, biste wach? Meine Uhr steht auf 10." Er fummelte nach einem Schalter. Licht flammte auf, Uhrenvergleich. Beide liefen korrekt. Es war eben nach 10, aber warum diese blauschwarze Dunkelheit. Nicht der geringste Lichtschein fiel durch die zugezogenen Vorhänge. Diese aufreißend starrte man gegen eine Wand, auf die ein Fenster gemalt war. Was für ein Hotelzimmer!

„Nein, bitte kein Frühstück." Nur weg aus dem Loch. Salzgebäck und Cola begleiteten bis zur amerikanischen Grenze. Sofort erkennend, was die müden Gestalten plagte, hielten gleich zwei Ärzte der dortigen Polizeistation Pillen in den Händen, lachten höhnisch und konnten sich nicht beruhigen, wie blöd wir doch wohl waren, in Mexiko Urlaub zu machen, bei den dreckigen Spigs. Seht ihr, die Scheißerei plagt euch!

Zu dieser Abwertung erfuhren sie keine Bestätigung. Die Tabletten halfen erstaunlich schnell, aber die beim Abschied hinterhergerufene Bemerkung: „Spiggirlfuckers better see the doctor at home!" verunsicherte wieder. Ob die kleinen Mädchen tatsächlich alle mit Syphilis oder ähnlichem verseucht waren? Wann würde man es am eigenen Leib spüren, angesteckt worden zu sein? Ich müsste den Hanno im Auge behalten, schließlich hatte er ja meine Amancay ebenfalls oder so oder auch. Antik drohte eins einzufangen, als er Hanno und mein betroffenes Gesicht wahrnahm und dazu bemerkte: „Na ihr Lochschwager!"

Ich hätte ihn prügeln können. Trotz des Dämpfers kam nach dem Grenzübertritt Fröhlichkeit auf. Nicht allein, weil die Hose wieder fest am Leibe saß, sondern wohl auch, weil die Umgebung bekannter wurde. Komisch, wir fühlten uns plötzlich sicherer, waren froh, wieder in den USA zu sein.

15

Zu Hause zu sein bedeutete, durch das Tor des Flugplatzes „Luke Airforce Base" zu fahren. Da lagen die BOQs, unsere Unterkünfte, Bier aus dem Kühlschrank geholt und damit draußen auf die Treppe gesetzt. „Junge, Junge war das ein Urlaub!" Ab morgen würde es wieder rund gehen, aber anders. Nicht auf Rädern, sondern auf Flügeln.

Wie gehabt, vier Uhr aufstehen, Pilotenfrühstück mit Steaks und Eiern in der Cafeteria, danach ab zur Flightline. Der nächste Ausbildungsabschnitt sollte beginnen. Auf dem Programm stand „Air to Air", das hieß Luftschießen in großer Höhe gegen ein fliegendes Ziel.

Aber erst einmal servierte William in der Bar der Offiziermesse zum Abschlaffen nach der langen Reise einen superkühlen Bourbon-Sevenup. Danach ab in die Heia.

Der Morgen war kalt. Ungewöhnlich, auf den Pfützen Eis zu sehen und rundherum Palmen. Bei der Flugbesprechung berichtete der Wetterfrosch, dass es im Grand Cañon geschneit hätte, keine Seltenheit in dieser Gegend. Über dem Südwesten Arizonas würde es wolkenlos sein, also beste Bedingungen fürs erste Luftschießen. Große Erwartungen begegneten im Unterrichtsraum der ersten Unterweisung des neuen Ausbildungsabschnitts. „Air to Air Briefing" war auf der Tafel zu lesen. „Air to Air" klang harmloser als die deutsche Bezeichnung „Luftkampf" für ein Schießen auf eine von einem Flugzeug an langem Draht geschleppte Zielscheibe. Wer aber nutzte in der modernen Fliegerei überhaupt deutsche Ausdrücke, niemand, die gab es schlichtweg nicht. Nach dem Krieg hatte es bisher in Deutschland keine Rüstungsindustrie gegeben, die Düsenflugzeuge in Serie herstellte, also fehlte es auch an der entsprechenden Terminologie. Die Fliegersprache war englisch. Selbst unsere Umgangssprache lebte von englischen Brocken. Keiner der Piloten sagte: „Mach mal das Licht aus", sondern man hörte: „Switch mal das light off!"

Vor dem Start erklärte nicht der Fluglehrer, sondern der Instruktor seinem Dreierteam die Einzelheiten der neuen Ausbildungsphase. Instruktor, und das ein bisschen englisch nasal als „Instrakta" ausgesprochen, klang gehobener und schien geeigneter zu sein für die nun beginnende höhere Schule der Jetfliegerei, für das Air to Air.

Wenn ich je wieder auf mein Vorbild, auf das Fliegerass, den von mir verehrten General Steinhoff treffen würde, ja ja, da könnte ich ihm erzählen, wie der Hannes Färber über der Wüste Arizonas die flatternde Zielscheibe zersiebt hat. Doch Vollmundigkeit war noch nicht angebracht. Unsere amerikanische Nummer Eins, der „Instrakta" verstand es, seine drei Boys, seine „Leopards", heiß zu machen. An einem Modell und auf der Wandtafel dargestellt und mit beiden Händen in der Luft herumfuchtelnd wurde das Angriffsverfahren durchgeflogen.

„Da unten, 4000 Fuß tiefer, seht ihr die Zielmaschine fliegen mit dem in sicherem Abstand achteraus geschleppten Banner, sieht aus wie bei geflogenen Reklamesprüchen, nur was darauf zu lesen sein wird, habt ihr mit euren Bordkanonen zu schreiben. Jeder von euch hat anders gefärbte Geschosse, nach der Landung der Zielmaschine wird das Banner nach den farbigen Durchschlägen gecheckt. Mal sehen, wer heute beim ersten Mal Shotgun Nr. 1 wird. Immer dran denken. Von oben seitlich und querab vom Banner wie von einer Hühnerstange, der „perch", lasst ihr euch nach unten auf das Ziel fallen. Erst mit einer Linkskurve einleiten, auf halber Strecke schön das Banner im Auge behaltend in die Rechtkurve übergehen, Kanone scharf machen und am Knüppel den Trigger suchen. Innen auf die Frontscheibe projiziert die „gunsight", das radargesteuerte Visier, auf schräg gestellter Reflexionsscheibe das erfasste Ziel in einem gelblichen Kreis. Jetzt nur nicht zu stark ziehen, sonst bricht der Kontakt, dicht ran, feuern und hops über das Banner. Danach wieder hoch auf die „perch", und der nächste bitte. Jungs, so leicht ist das! Easy, easy. Come on, let´s go! Und ein kleiner Tipp noch. Wenn der Kompressor anfängt, den Druckanzug um Bauch und Waden aufzublasen, damit euch das Blut nicht aus dem Gehirn läuft, dann habt ihr für den Anflug die richtige „pressure", den exakten Druck auf der Pfanne."

Musste wohl das Leichsteste von der Welt sein. Ob das alles eintreffen und auf Anhieb gelingen würde? Zweifel schienen angebracht. Aber erst mal ran an den Feind.

Die Sonne brannte auf weit unten dahinziehende bläuliche Gebirgsketten und ockerfarbene Sandflächen, darüber leuchtete blau der Arizonahimmel. Vier F 84 F flogen in lockerer Formation dahin.

Außer den bekannten Geräuschen erwartungsvolle Stille. Mindestens eine halbe Stunde verstrich in nachdenklichem Schweigen, bis plötzlich die Meldungs des Leaders an das Schleppflugzeug aufschreckte. Links voraus, weit unten zog eine glänzend schimmernde T 33 dahin. Dahinter flatterte klein wie ein Betttuch in respektvoller Entfernung das gezogene Banner. Es wirkte unscheinbar, ja winzig, und das sollte man treffen?

Nun galt es, das am Boden Gesagte umzusetzen.

Nach rechts neben die Nummer Eins gestaffelt wurde aufgereiht. Jeder zeigte jedem den Daumen. Ok, ready! und schon kippte der erste ab. „Leopard one in!"

Meine Hände in den Handschuhen glitschten. Das Herz pochte im Halse. Als heutige Nummer Drei bot sich mir die Möglichkeit, die Kunststücke meiner beiden Vorderleute zu verfolgen. Das sah gut aus. Gerade zog Nummer Zwei am Banner vorbei, deutlich schimmerten die Flügelflächen in der Rechtkurve nach oben in der Sonne. Das war, wie abgesprochen, der Zeitpunkt für den Nächsten. Also los, auf geht's. Fest das flatternde Banner im Auge, kurzer Blick auf die Airspeed. Der Zeiger rückte vor auf 400 Knoten, über die Visierscheibe glitt zitternd der gelbe Ring, aha, jetzt nichts wie ran, ok, Ziel erfasst, aber was war das? Verdammt, das Banner rutschte ebenfalls schnell nach rechts und flupp, weg war der gelbe Ring. Schon huschte das Banner vorbei. Zum Schießen reichte die Zeit gar nicht. Was für eine miserable Leistung!

Gas rein, Rechtskurve und wieder hoch auf die Perch. Warte, du dämliches Banner, beim nächsten Mal krieg ich dich! Der gute Vorsatz jedoch brachte keine Besserung. Konzentrierte man sich auf das Visier, vergaß man, die Kanone scharf zu machen. Tat man das, war die Kurve vor dem Ziel zu spät eingeleitet. Und immer wieder dasselbe. Zu spitz oder zu flach hinter das Banner zu geraten bedeutete, das Schleppflugzeug im Visier zu haben, und wer hätte schon gern den armen Kerl da vorn in seiner T 33 abgeknipst.

Der letzte Anflug musste gelingen. Höchste Konzentration! Die einzeln hintereinander ablaufenden Vorgänge vor sich hinbrabbelnd, stürzte ein aufgeregter Hannes in die Tiefe: „Banner, Banner, Trigger, Trigger, jetzt müsste es doch zu schaffen sein."

Wieder schien das Banner zu beschleunigen und versuchte wie eine Fledermaus abzuducken. „Nein, du entkommst mir nicht, nicht schon wieder."

Ziehen, ziehen am Knüppel, mehr, mehr. Die Druckschürze krallte in den Unterleib und um die Beine, vor den Augen klappte eine Wand auf und verfärbte sich ins Schwarze. Eine kurze Erschütterung brachte wieder helles Licht. Der Horizont hüpfte in Stufen nach oben und verschwand. Das nächste Bild zeigte kreiselnde sandfarbene Gesteinswüste. Die Maschine stand Kopf. Instinktiv den Knüppel nach vorn gedrückt und Landeklappen raus, um nicht vom Himmel zu fallen. Von den eben noch 400 Knoten zählte der Geschwindigkeitsmesser nur noch schlappe 200. Was war geschehen? Um das Banner mit aller Gewalt noch einzufangen, hatte ich den Vogel schlichtweg überzogen. Das führte zum Abriss der Luftströmung auf den Flügeln, fliegerisch als „Stall" bezeichnet. In Bodennähe eine todbringende Unfallhäufigkeit, viele hundert Mal mit der F 84 geschehen, in dieser Höhe zwar nicht kritisch, aber peinlich genug, weil der Leader gleich hämisch seinen Kommentar zu dieser Fehlleistung absonderte und alle, die gerade die Frequenz geschaltet hatten, mit dem Satz belustigte: "Hey, my German friend, was machst du da unten, komm hoch, du fauler Sack!" Ja, das klang verzeihend, beschämte aber zugleich. Es dauerte Minuten, wieder Geschwindigkeit aufzubauen, um von mehreren hundert Fuß unterhalb an der Schleppmaschine vorbei - der Kerl winkte mit beiden Händen - wieder auf die Perch, auf die Hühnerstange, zu gelangen. Ich durfte noch einmal. Erstmals gelang, wenn auch wieder aus einem miesen Winkel, immerhin ein kurzer Feuerstoß, um am Boden zwei Löcher auf der Fläche des Banners für mich zu registrieren. Hanno hatte sieben, Antik auch nur zwei. Unser Leader, der unvergleichliche Oberleutnant Hughes, genannt Hagges, war natürlich mit 20 Hits der „lucky boy".

Die Manöverkritik, das so genannte Debriefing dieses Unternehmens, ging bis ans Eingemachte, ob es aber am nächsten Tag Qualitätssteigerung bringen würde? Fraglich, fraglich.

Recht schweigsam begann der nächste Morgen, jeder wusste vom andern, was im Köpfchen vor sich ging. Jeder wollte Topgun werden. Nur nicht krampfen, locker, locker bleiben.

Im Schießgebiet traf die Leopard-Flight zu früh ein. Eine Viererformation der klobig wirkenden F 100 von der National Guard flog Angriffe auf das Banner, rauf und runter, während wir, in sicherem Abstand dahinterhängend, von der Perch aus die Flugkünste unserer amerikanischen Kollegen begutachten konnten.

Wenn man die da so umkurven sah, na, so großartig waren die auch nicht. Wieder kippte eine voraus von der Hühnerstange ab und stieß auf das Banner hinab, alle Augen folgten der F 100.

Doch was war das? Von links, von hinten kommend jagte noch eine F 100 heran, offensichtlich war die, die gerade auf dem Weg zum Banner war, zu früh unterwegs.

Keiner hatte es bisher gemerkt. Mir stockte der Atem. Was tun? Irgendjemand von den Amis musste die Situation erfasst haben und brüllte in den Äther: „ F 100 break off target; break off target!" „F 100 weg vom Ziel!" Wie gebannt starrten wir als hilflose Zuschauer auf das nicht mehr Abzuwendende. Zwei Silberpfeile verschwanden ineinander. Das Banner einhüllend stand plötzlich rund wie eine Apfelsine ein glühender Ball am Himmel, der schnell zerplatzte und sich in eine schwarze Wolke verfärbte, aus der Metallteile, Rauchfahnen ziehend, in skurrilen Drehbewegungen zur Erde taumelten und als aufspritzende Sandfontänen in die Wüste schlugen. Wie weggeweht sackte das Bild schnell achteraus, die Luft war wieder jungfräulich rein, als wäre nichts geschehen. Frech flatterte da unten die Zielscheibe am in der Sonne glitzernden Draht.

Die beiden Jungs von der US National Guard, die gerade im Detonationsblitz verdampft waren, in Nichts sich aufgelöst hatten, waren genau so jung wie wir. Die beiden restlichen verließen mit einer knappen Meldung die Frequenz und übergaben der Leopard-Flight den Luftraum.

Erwartungsvolles Knistern lag in der Luft. Würden wir aufgrund des Unfalls auch zurückfliegen, aus Pietätsgründen vielleicht oder um als Augenzeugen zur Verfügung zu stehen? Gespannt, was der Leader sagen oder machen würde, wagte niemand zu sprechen. Minuten schlichen dahin. 4000 Fuß tiefer und parallel zu uns zog unbekümmert das Schleppflugzeug seine Bahn. Komm, Instrakta, sag was! Da, er wackelte mit den Flächen, das bedeutete, rechts von ihm aufzuschließen und dass es weitergehen würde.

Heute als Nummer Zwei war meine Ausgangsposition besser als die am Tage zuvor. Als Nummer Eins abkippte, sagte er nicht wie gewohnt „Leopard one in", sondern ich hörte in den Ohrmuscheln meines Jethelms die durch knirschende Zähne zischenden Laute: „I kill that bastard!" Wen beabsichtigte er umzubringen? Als wenn er dem Banner die Schuld an dem Unfall zuschrieb und jetzt die fliegende Zielscheibe mit aller Gewalt vernichten wollte.

Wie eine Welle muss seine Reaktion in mein Cockpit geschlagen sein. Ich fühlte mich ihm in seinen Gefühlen verwandt. Heiße Wut stieg auf und der Wille, mich an irgendetwas für den Tod zweier Fliegerkameraden zu rächen. Da unten wackelte, von der Explosion offensichtlich unbeeindruckt, das Banner freudig mit dem Schwanz. Na warte!

Ohne abzuwarten, dass mein Leader am Ziel vorbeizog, riss ich den Knüppel in die Ecke und folgte ich meinem Vordermann, als ob es galt, gemeinsam einen Feind zu bekämpfen. Ein irres Fieber kribbelte im Leib, fraß wie Feuer in der Seele, brannte in den Eingeweiden. Saß ich in einer F 84 F? Nein, ich benötigte plötzlich diese plumpe fliegende Prothese nicht mehr, das Hilfsgerät des fluguntauglichen Menschen, nein, ich war selbst zum stählernen Vogel geworden, die gespreizten Krallen auf das Ziel gerichtet, das sich grünlich verfärbte und immer deutlicher die Gestalt eines sowjetischen Mig-Jägers annahm. Ja, am Rumpf leuchtete der rote Stern.

Die Hände glitten vom Knüppel und vom Gashebel, die Arme drangen nach außen, spreizten sich zu Flügeln, die Hände glitten in die Tragflächen, die Finger griffen zu den Flügelenden und senkten den Falken in den Sturzflug. Keine Instrumente störten mehr, keine Zeiger, Uhren oder Knöpfe, verschwunden, nur Augen, die der sicheren Beute folgten. Kopfüber, selbst zum stählernen Raubvogel geworden, jagte todbringender Wille in die Tiefe, angetrieben vom zur Turbine gewandelten Herzen. Heißes Hydrauliköl und Kerosin pumpten durch Adern und Venen. Die Mig, das Banner, der Gegner, die Beute, raste riesengroß werdend heran.

Die Augen des herabstoßenden Vogels packten das Zielobjekt, hypnotisierten es. Es schien zu erstarren und zog gebündelte glühende Pfeile auf sich. Es roch nach Pulver.

Ein scharfes Klicken und ein spürbares Zucken zerrissen den Trancezustand. Langsam aufwachend fand ich meine Hände wieder und erkannte vor mir die Instrumentierung. Ich muss von Sinnen gewesen sein. Im Hochziehen brachte die Stimme des Instrakta Hagges die Wirklichkeit zurück: „Let´s go home, leopards. Number two shot down the target.”

Das Banner von mir abgeschossen? Da, ja, es segelte zu Boden. Wie machte das den Schützen nach so vielen Misserfolgen stolz. Da berührte nicht nach der Rückkehr der Anschiss, den rechten Zusatztank verbeult zu haben. Die Balancierstange des Banners muss wohl dagegen geschlagen sein. Bis zum Abend brachte ein Hubschrauber die Scheibe aus der Wüste. Laut zählte Hagges die Treffer, die heißersehnten Hits. 37 % der verfeuerten Munition hatten das Ziel nicht verfehlt und es buchstäblich vom Himmel geholt.

Ein toller Erfolg, der allerdings in dieser Güte nie wiederkehrte.

Hanno und ich wetteiferten seitdem um die Anzahl der Hits. Mal gewann er, mal ich. Wie wir uns bis dahin gegenseitig die Frauen ausgespannt hatten, so konkurrierten wir jetzt darum, wer die meisten Scheibentreffer erzielte. Der morgendlichen Kälte und des Tages der brennenden Hitze wegen, war es tatsächlich am besten, im Cockpit zu fliegen oder in den Unterkünften in den BOQs sich aufzuhalten. In der F 84 F und in den Zimmern sorgte die Aircondition für ein angenehmes Klima. Die anstrengende Fliegerei zwang zur frühen Bettruhe. Da zog sich jeder gern auf sein Zimmer zurück, las, schrieb oder hing seinen Gedanken nach.

Wie auch in Fürsty so verbrachten auch hier gegen Ende des Lehrgangs selbst die unzertrennlichsten Freunde die Abende getrennt voneinander.

Von grünlichen Wänden umgeben, übers Dach donnerte der Nachtflugbetrieb, von nebenan dröhnte Musik oder das Gebrüll der Skatbrüder herüber – das gab´s auch – : Da bedurfte es schon höchster Konzentration, die Gedanken über den Atlantik bis nach München fliegen zu lassen und der lieben Elisabeth tiefgründelnde Briefe zu schreiben. Ehrlich, mich plagte nach all den Monaten die Sehnsucht, endlich wieder mit ihr zu schlafen. Oft erwischte ich mich beim Schreiben dabei, erst unbewusst, dann mit fester Absicht meinen Kleinen bis zum Höhepunkt zu massieren. Ach, das tat gut, und der Briefinhalt fiel dann auch entsprechend aus, und ihre Antwort darauf machte mich noch wahnsinniger.
Ich entdeckte meine dichterische Ader wieder und schrieb so manches Verslein, davon eine kleine Kostprobe, die deutlich erkennen ließ, dass ich von Arizona, Sonne und Sand erst einmal genug hatte.

Klimawechsel
Flimmernde Hitze,
heißer, gelblicher Sand,
keine Wolke am Himmel.

Palmen am Wegesrand,
Dornen, Stacheln und Schweiß.
Ich brauch das nicht mehr.
Klatschender Regen,
blaugraue Wolkenwand,
der Himmel verhangen,
Blumen am Wegesrand,
saftig grüne Wiesen.
Das hätt ich jetzt gern.
Du lächelst mir zu
in tropischer Nacht,
von deinen Küssen
bin ich aufgewacht.
Wo bist du? Mich fröstelt.
Ich brauch dich so sehr.

Der Weg zum Postkasten führte im Flugplatzgelände an einem Kino vorbei. Manchmal bin ich, von der Reklame hineingesogen, mitten in der Vorstellung aufgestanden und gegangen. Warum? Die Handlung erschien überdreht, zu blöde, man zeigte seichte Lovestories, und nur zu oft vertrieb mich die Erschütterung über die unsachliche Behandlung geschichtlicher Themen.

Da standen Filme auf dem Programm, die aus der Kriegskiste stammte, alte Hetz- und Propagandastreifen. Einer, der als Serie sowohl auf den Fernsehschirmen des einzigen Phoenix-Fernsehsenders als auch im Flugplatzkino die Germans lächerlich machte, hieß „Rat Patrol". Ein strammer US-Leutnant und sein bulliger Sergeant rollten die gesamte Westfront auf und jagten halbnackte SS-Weiber vor sich her. Weitab von der geschichtlichen Wahrheit, albern und verletzend. Man erschrak, dass 15 Jahre nach Kriegsschluss immer noch derartiger Blödsinn über die Leinwand flimmerte. Am nächsten Tag von einigen dürftig gebildeten amerikanischern Fliegerkameraden daraufhin angesprochen, hatte ich Aufklärungsarbeit zu leisten.

Es gab aber auch dämliche Bemerkungen, besonders von Seiten höherer amerikanischer Dienstgrade. Selbst Hagges, der mit seinen German boys seit Monaten zusammen war zeigte sich eines Tages auffällig reserviert. Nach langem Bohren berichtete er, mit seiner Frau in dem besagten Kino ein „Anti-German movie" gesehen zu haben. Zur Völkerverständigung trug das abgedroschene Propagandamaterial nicht bei.

In einer Ecke des riesigen Flugplatzareals, wo zumeist nur Farbige lebten, fand ich durch Zufall eine Cafeteria, in der es besonders gut schmeckende Burger gab, und davon wie bei „Heinz Saucen" mindestens 57 verschiedene Modelle oder Geschmacksarten.

Mittlerweile war ich des Englischen, des amerikanischen Englischen ein wenig kundiger geworden, aber gegenüber dem dortigen Slang versagten ich anfangs doch.

Ein farbiger Koch, noch nie hatte ich einen so kohlrabenschwarzen Menschen gesehen, lächelte seinen Kunden mit rollenden freundlichen Augen an, ein faszinierend weißes Gebiss öffnete sich strahlend, und über die wulstigen purpurnen Lippen drangen Laute an meine Ohren, die einzuordnen Mühe kostete. Sprach der Englisch?

„Wanna want Sa?"

Er fragte, bei mir nach kurzem Nachdenken identifiziert: „What do you want, Sir?"

Hinter ihm an der Wand prangte die lange Liste des üppigen Angebots. An oberster Stelle stand geschrieben: „Cheeseburger de luxe".

Das hörte sich gut an, und war, da sprachlich mit französisch verziert, sicherlich etwas Schmackhaftes und dem Preis nach wohl ein Burger der Extraklasse. Hunger verspürte ich auch, also bestellt und sauber formuliert lautete die Bestellung: „I want a cheeseburger de luxe", mit der Betonung wie im Französischen „de lyks".

Bisher nebenbei die Hackfleischeinlagen der Burger auf der fetttriefenden Bratplatte hin- und herwendend, hielt er wie abgebremst inne, starrte mich an, beugte sich vor und fragte erstaunt: „Whaaat?

„I want a cheeseburger de lyks."

"Don´t have, no nattin."

Warum schüttelte er den Kopf und erklärte, diesen Cheeseburger nicht zu haben. Nach mehreren unterschiedlichen Betonungsmodulationen meinerseits, die alle nichts brachten, blieb nichts anderes übrig, als mit dem Finger auf die oberste Zeile zu zeigen. Da zündete ihm ein Lichtlein. Bis zu den Ohren klappte sein Mund auf und er rief, die Hände über der weißen Kochmütze zusammenschlagend, durch die Cafeteria: „Gatya, gatya a tschiesböga de laks, de laks, de laaaks." Er tanzte vor Freude.

Ich hab es verstanden, ein Cheeseburger de Luxe. Das wäre dazu die slangfreie Übersetzung.

Nun diese Hürde war geschafft. Die Nächste folgte.

Hinter einer Glasscheibe befanden sich Schälchen, jeweils gefüllt mit Tomatenscheiben, grünem Salat, gehakten Zwiebeln, Gürkchen sowie unterschiedliche Saucen und Dressings.

Nun, das wusste ich, da konnte man die Zugaben wählen.

Joe, seinen Namen erfuhr ich später, beugte sich wieder vor und aus seinem Munde kam die kurze Frage, die ich akustisch verstand als: "Ätin on?"

Seine Handbewegung, die über alle Schälchen zeigte, half mir über die Sprachbarriere. Ich nickte. Er meinte: "Everything on" – von jedem Schälchen etwas auf den Cheeseburger.

Wurde vor meinen Augen zubereitet, unten als Grundfläche die eine weiche Brötchenhälfte, turmhoch alles andere draufgestapelt und abgedeckelt mit der anderen Brötchenhälfte, doch dann brachte mich Joe wieder zu Fall mit der nun wirklich letzten Sprachstrapaze.

Er fragte und es klang wie: „Här o t´go?"

Abermals half nur Zeichensprache.

Ach, er versuchte herauszufinden, ob der Cheeseburger in der Cafeteria oder außerhalb gegessen, also mitgenommen werden sollte.

Joes „Burgeria" blieb mein Geheimtipp, meine weißen amerikanischen Fliegerasse wären hier ohnehin nicht über die Schwelle getreten. Bei Joe verkehrten nur Spigs, Mulatten und Nigger. Letztere sahen mich nicht sonderlich freundlich an, wenn ich mit Joe verhandelte. Nach häufigeren Besuchen gab es freundlichere, sogar lächelnde Blicke. Die Stammgäste kannte man. Machte mal jemand eine dumme Bemerkung, klärte Joe sie auf: „He comes from Germany, he is my German friend!" Das reinigte die Luft.

Ich weiß nicht, wie heute in Arizona das Verhältnis zwischen Schwarz und Weiß beurteilt wird.

Uns hatte kein Amerikaner bei der Ankunft daraufhin angesprochen oder uns Verhaltenshinweise gegeben. Jedoch schnell erkannten wir die Regel: Mit Schwarzen hat man keinen Kontakt. Selbst wer dunkelhaarig war und mit Kirschenaugen um sich sah, wurde skeptisch angeblickt. Unter den US-Fliegerkameraden gab es niemanden, der aus dieser rassistisch verpönten Ecke kam, nur blonde Helden. Da zuckte man als Deutscher schon zusammen. War nicht unsere jüngste Geschichte gerade damit gegen die Wand gefahren?

Eines Tage geschah etwas Ungewöhnliches, zumindest für die Amerikaner. Im Nachbar-BOQ, das war das Unterkunftsgebäude der F 86 Sabre flight, zog ein neuer Lehrgang ein. Der gerade verabschiedete Lehrgang, hauptsächlich aus Norwegern bestehend, war ohne Abschied verschwunden, sang- und klanglos in die Heimat abgeflogen.

Am Wochenende zogen Neue ein, aber was waren das, alles Schwarze. Beim genaueren Hinsehen schlanke hochgewachsene Typen mit schmalen Gesichtern und Nasen, keine negroiden Menschen, eher europäisch aussehend, aber mit krausen dunklen Löckchen.

Wir ließen sie zunächst allein mit ihrem Einzugsgut wühlen, um am nächsten Tag die Neugierde zu stillen. Woher kamen die Burschen? Schwarze als Piloten?

Der Sonntag begann mit kirchlicher Musik.

Nein, dieses Mal klang es nicht so, als ob die kleine Kirche in der Nähe zum Gottesdienst rief. Auf den Stufen des Nachbar-BOQ saß eine schweigende dunkle Schar um einen Plattenspieler und hörte Bachmusik. War das nicht die Toccata? Orgelmusik schwang über den Rasen. Wie magnetisch angezogen sind wir zu den Neuen hinübergeschlendert, sie kamen uns entgegen, man begrüßte sich, im Hintergrund Bachs Chromatische Fantasie und Fuge. Die Jungs kamen aus Äthiopien und fragten nach unserer Nationalität.

Nicht nur deutsche Barockmusik zur sonntäglichen Morgenstunde überraschte uns, sondern alles, was daran anschloss.

Einige sprachen fließend Deutsch, der eine hatte in Deutschland bei MAN gearbeitet, ein anderer sprach von seinem Vater, der als Arzt zusammen mit deutschen Medizinern im Krankenhaus von Addis Abbeba tätig war. Gepflegtes Queen's English, französische Wortfetzen gemischt mit deutschen Sprachbrocken flogen umher. Schnell war festzustellen, mit dieser Gruppe war Elitäres in die BOQs eingezogen. Offensichtlich alles Söhne von hochgestellten Persönlichkeiten, die mit dem Herrscher ihres Landes, dem Kaiser Haile Selassie, enge Beziehungen unterhielten. Als Absolventen verschiedener Studiengänge entweder an der Sorbonne in Paris, in Heidelberg, Oxford oder Cambridge ermöglichte Äthiopien seinen Edelsöhnen anschließend eine Pilotenausbildung.

Das erinnerte an preußische Zeiten, als unter König Wilhelm ein Junker bei der Kavallerie gedient haben musste, um gesellschaftsfähig zu sein. Nun, im modernen Äthiopien musste man Jet fliegen. Übrigens, die gut aussehenden Jungs erklärten uns, dass ihre Familien die US-Ausbildung selbst finanzierten. Jedes weitere Zusammentreffen mit diesen Menschen brachte neue Überraschungen. Während die liebe Frau unseres Fluglehrers Hagges Deutschland an der kanadischen Grenze angesiedelt sah, wussten unsere dunkelhäutigen Nachbarn viele erstaunliche Details über die Bundesrepublik und die DDR, Adenauer war ihnen ein Begriff ebenso wie Schiller, selbst der Maler Nolde und der Philosoph Kant. Sie beschämten uns mit der Kenntnis aller Strophen des Liedes „Am Brunnen vor dem Tore".

Die Nachbarschaft mit Deutschen als Vertretern der weißen Rasse muss diesen fröhlichen und gebildeten Wüstensöhnen allerdings einen falschen Eindruck vermittelt haben. Wie ihre amerikanischen Gastgeber mit Dunkelhäutigen umgingen, stellten sie bald schmerzlich am eigenen Leibe fest.

Bei der Schulung in ihrer Staffel sollen einige Fluglehrer abgelehnt haben, „Nigger" auszubilden. Keiner der höheren Vorgesetzten fand Worte dazu, hier aufklärend zu wirken und darauf hinzuweisen, dass es sich um eine ganz andere Volksgruppe handelte, nicht zu vergleichen mit den Afroschwarzen im eigenen Lande.

Obwohl als Leutnante in der Offiziermesse als zahlende Mitglieder offiziell herzlich willkommen geheißen, störten unschöne Situationen das Zusammensein, wenn nach der „Happy Hour" der Alkohollevel die Hirne erreicht hatte. So erhielt in meinem Beisein William, der Bartender, von einem US-Major die lautstarke Anweisung den „fucken black Bastards“ keinen Drink zu servieren. Unsere kleine deutsche Gruppe, die eher Bewunderung empfand und die Äthiopier als eine Bereicherung des langweilig gewordenen Betriebes sah, übernahm die „Blauhelm-Funktion“ als Schutztruppe für die Afrikaner. Da sie in den Restaurants und Läden der Stadt geschnitten wurden, besuchten wir mit ihnen die von den Amerikanern geduldeten Mexikanerkneipen oder kehrten bei Mister Steiner ein, wo wir unsere farbigen Freunde mit Sauerkraut und Bratwurst begeisterten. Auf dem Flugplatz machte ich sie mit Joes Burgeria bekannt. Auch wenn ihnen da die Umgebung nicht gefiel, dort ließ man sie unbehelligt, und bedient wurden sie auch.

Außerhalb des Flugplatzgeländes ohne weiße Begleitung die Gegend zu erkunden konnte lebensbedrohlich werden. So kam einer der Äthiopier eines Abends mit angstgeweiteten Augen ins BOQ, wo wir gemischt bei einem Bier zusammensaßen. Stotternd fing er an, über das eben Erlebte zu berichten.

Südlich von Phoenix sei er mit seinem Wagen an den Rand einer Tankstelle gefahren, weil er pinkeln musste. Erleichtert sah er das Zeichen „Gents“ und ging durch die Tür. Kaum drin, sei die Tür aufgeflogen und hinter ihm stand der Tankstellenmensch mit wutverzerrtem Gesicht, in der rechten Hand die auf den Erschreckten gerichtete Pistole. Ihm würde das Gebrüll dieses Kerls noch in den Ohren schmerzen.

Wenn auch in breitem Slang der Südstaatler, so verstand er: „Du fucken Nigger, ich sehe aus dir einen Tropfen fallen und du bist ein toter Mann, das ist hier nicht für euch Dreckschweine, you motherfucker, hier pissen nur Weiße!“

Fluchtartig sei er zu seinem Auto gerannt, während hinter ihm der weiße Mann in die Luft ballerte und dabei fürchterlich lachte.

Der Lehrgang ging mit Riesenschritten dem Ende entgegen. Seitdem die Äthiopier neben uns wohnten, war zwar Abwechselung in das Pilotenschülerdasein gekommen, aber die Sehnsucht nach der Heimat, nach Regen und grünen Wiesen wuchs mit jedem weiteren Tag. Gerechterweise muss gesagt sein, dass mit Beginn Februar so etwas Ähnliches wie eine sanfte Regenzeit einsetzte. Erstaunlich, was ein Schauer über der Steinwüste bewirkte. Weite Flächen zeigten plötzlich unterschiedlichste Farben. Blüten sprossen nach einem Himmelsguss aus unscheinbaren und verdorrten Pflanzen. Kakteen, die bisher unbeachtet wie Steine im Sand lagen, platzten auf. Wenn auch nur für eine Nacht, entfalteten sie Blumenrosetten, die betäubenden Duft ausströmten.

Da erfreulicherweise des Nachts die Temperatur erheblich absackte, ersetzte das offene Fenster die störend surrende Aircondition, mit dem Nachteil, dass die unterschiedlichsten Düfte eindrangen.

„Luke Airforce Base“ ist auch als Nasenerlebnis in Erinnerung geblieben. Gerüche aller Art verquirlten miteinander: Kerosin, Blumendüfte, Flugbenzin, Cheeseburger, Popcorn, Gestank von der nahen Rinderfarm, Kinderwindelmief, Bier- und Whiskydunst.

Es muss Ende Februar gewesen sein, zu Hause war längst der Karneval, der Fasching über die Bühne gegangen, als mit wichtigem Gesicht der Staffelchef, der Major Feuerriegel, wie schon mal gesagt, amerikanisch ausgesprochen „Fjurrill“, vor seine Germans trat und verkündete dass wir alle mal „Mardi Gras“ feiern sollten.

Piet, als Kölner unser einziger Karnevalsjeck klatschte gleich vor Begeisterung in die Hände, er wusste sofort, worum es ging: „Ja ja, Fjurrill meinte Fasching, klar warum nicht, ich besorge aus dem German Club Dekoration und Klamotten.“ Da die norddeutsche Abteilung nicht den geringsten Funken Bereitschaft zeigte, sich an dieser kopierten Lustbarkeit zu beteiligen, begannen die Vorbereitungen nur zögerlich. Nach der stumpfen Devise, was befohlen, wird geritten, taten wir unseren amerikanischen Freunden den Gefallen. Was dabei herauskam, war ein Umzug zusammen mit den anderen multinationalen Staffeln. Auf Tiefladern darstellend, was die Amis von den jeweiligen Ländern erwarteten, zogen die Karnevalswagen mit ihren Nationalflaggen vorneweg an der laut johlenden Menge vorbei. Wie sah der deutsche Beitrag aus? Was erwartete man?

Bayrisch sollte es sein, und aus einem Lautsprecher dröhnte Jodelmusik.

Woran hatten die Germans in ihrer kostbaren Freizeit stundenlang gebastelt? An einem aus Holz und Styropor bestehenden fast fünf Meter hohen grauen Bierkrug, verziert mit dem Löwenbräuemblem. An einem Tisch davor schunkelten, annähernd bayrisch verkleidet mit Tirolerhütchen, bei glühender Hitze Norddeutsche, die aus Maßkrügen dienstlich gespendetes Bier trinken durften. Zur Belustigung klettert immer einer die Leiter bis an den Bierkrugrand hoch und fiel durch aufgeblähten künstlichen Schaum ins Kruginnere. Unten von einer dicken Luftmatratze aufgefangen, kroch man durch eine kleine Klappe wieder nach außen und nahm wieder am Kneipentisch Platz.

Das Bier-Ereignis ließ uns Deutsche wieder näher zusammenrücken. Das ständige Fliegen in kleinen Gruppen, die um den Instruktor eine Kampfgemeinschaft bildete, hatte dazugeführt, dass alle anderen als Fremdlinge betrachtete wurden. Piet, Kari und Nolle sah ich jeden Tag, aber mehr Worte als „Wie geht’s“ haben wir wochenlang nicht miteinander gesprochen, es ging nur immer um die Leopard-Flight mit Instrakta Hagges, Hanno und Antik. Seit dem Silvesterabend ging ich mehr meine eigenen Wege. Diesem Spaltungstrend galt es zu begegnen. Bald waren auch die anderen zur Einsicht gekommen, dass wir sechs Navy-Germans wieder mehr gemeinsam unternehmen sollten, schließlich würden wir zu Hause alle in demselben Geschwader fliegen.

Jetzt, wo das Ende der US-Ausbildung deutlich heranrückte, fanden wir wieder zu Wochenendausflügen zueinander, schon allein deswegen, weil in unserer Runde für derartige langtourige Unternehmen nur noch ein vertrauenerweckendes Auto existierte, und das war Antiks verlässlicher Dodge. Piets Cadillac hatte längst seinen Geist aufgegeben, Nolle der Sparsame besaß kein Auto, und unser Ford taugte nur als Flugplatztaxi. Zum Starten kurzgeschlossen und zum Stillstand abgewürgt, weil der vermaledeite Zündschlüssel unauffindbar blieb, lief die Lebenserwartung dieses fahrbaren Untersatzes ohnehin gegen Null.

Und Karis Auto. Der verliebte Gockel ließ nur seine Verlobte mitfahren.

Ohne Nolle, weil ihn die Beteiligung an den Benzinkosten quälte, reichte der Platz im Dodge für längere Fahrten. Es galt nachzuholen, was vielleicht bisher versäumt worden war, mehr vom großen Amerika zu sehen. Dabei ging es nicht um den intensiveren Kontakt zu den zwar immer freundlichen, hilfsbereiten, aber höchst oberflächlichen Amis, die hatten wir irgendwie alle nach sechs Monaten satt. Es faszinierte die fantastische Landschaft. Das musste man der so genannten Neuen Welt lassen, sie ist gesegnet mit unglaublich schönen Sehenswürdigkeiten der Natur, unberührten Landstrichen, Wüsten, Gebirgen, Prärie und Wäldern vom Yellowstone Nationalpark bis hinüber zu den Everglades, von den idyllischen Fischerhäfen in Maine bis zu den kalifornischen Stränden.

Die verbleibende Zeit beschränkte die Ausflüge auf das Gebiet des Südwestens der USA.

Im Norden reizte der „Versteinerte Wald", der „petrified forest". Vor Jahrmillionen in der Tiefe versunkene, zusammengepresste, kristallin gewordene Baumstämme, durch Erdumwälzungen wieder an die Oberfläche getreten, übersäten das Gelände mit zu Glas gewordenem Holz in den verschiedensten Farben und Formen.

Der Grand Canyon lockte noch einmal. Den Colorado River in der tief eingesägten Schlucht zu sehen war beeindruckend. Aber wie unterschiedlich beurteilte der Tourist dieses geologische Phänomen. Ein Besucherbuch, ausgelegt in einer über den Abgrund hinausragenden Aussichtsplattform, gab Aufschluss darüber.

Jenny Smith aus San Francisco, überwältigt von dem Gesehenen, füllte eine Seite der Rubrik Bemerkungen mit der Lobpreisung Gottes. Sie pries den Schöpfer als allmächtigen Beherrscher der Naturgewalten, dessen Größe sie an dieser Stelle habe erkennen dürfen.

Erschien dieser Kommentar zu emotional, zu schwülstig, so wirkte der folgende flach. Einem Tom Baker aus New York war das Naturwunder lediglich die kurze Notiz wert: "What a bloody hole!"

An anderer Stelle in den Grand Canyon hinabzuschauen, vereitelte die Aufsicht führende Polizei.

An den Aussichtspunkten, den offiziellen „Viewpoints", zelebrierten im Karl-May-Stil gekleidete Hopi-Indianer zu dröhnenden Trommeln und monotonem Singsang ihre rituellen Tänze. Nach Beifall und Inkasso zogen die wilden Hopis nach der Vorstellung hinter den nächsten Felsen, zogen Jeans an, legten Federschmuck und die langhaarigen Perücken ab und fuhren mit großkalibrigen Wagen nach Las Vegas zu ihren Villen zurück. Von wegen arme Indianer, die unter erbärmlichen Verhältnisse in ihren Reservaten dahinsiechten. Alles Beschiss, selbst die dort für Elisabeth gekauften, angeblich von armen Indianerfrauen handgefertigten Moccasins trugen, viel zu spät entdeckt, den Stempel „Made in Taiwan".

Die Erkundungsfahrten durchs Land über endlose gerade Highways, aber auch „off road" durch die Wüste, endeten zumeist zu mitternächtlicher Stunde.

Dabei stießen wir abseits auf die Geisterstadt Jerome. Vor einem Jahrhundert war sie von allen Bewohnern über Nacht aufgegeben worden, weil die bis dahin reiche Kupfermine erschöpft war. Von den Häuserwänden echote das Motorengeräusch des Dodge, ansonsten bedrückende Stille, alles tot. Nur die Hitze flimmerte über den Dächern. Bedingt durch das trockene Klima zeigten die Häuser, die Saloons, das Rathaus und die Straßen keine Spuren des Verfalls. Dicker Staub deckte die unversehrte Vergangenheit. Aus einem geöffneten Fenster wehten Gardinen, ein Karren stand vor einem Laden, darin die vollständig erhaltene Geschäftseinrichtung, nur die Regale leer. Der Ort wirkte, als ob die Bewohner alle schliefen oder gemeinsam zu einem Ausflug weggefahren waren.

Eine ganz andere fürchterliche Ahnung beschlich uns. Wäre es heute, könnte hohe Radioaktivität der nicht weit entfernt stattfindenden Atomversuche in der Wüste Nevada Jerome leer geräumt haben.

Wer dachte in den 60er Jahren schon an das Desaster von Tschernobyl? Der Gedanke an ein mögliches modernes Vernichtungsszenario beschäftigte uns während der Heimfahrt. Jerome veranlasste zu längerem Nachdenken.

Die amerikanischen Kollegen mit diesen Gedanken zu befassen, lohnte nicht.

Es gab aber auch unbeschwerte und lustige Wochenenderlebnisse. In Flagstaff sollten, seit Wochen im Phoenix TV angekündigt, wieder die Meisterschaften im Rodeo ausgetragen werden. Nur Top-Cowboys würden mit ihren Lassos die wildesten Kälber in Sekundenschnelle einfangen und die bockigsten Bullen reiten.

Als der große Tag da war, hockten vier Germans unmittelbar hinter dem Gatter der wilden Tiere in der ersten Reihe. Nicht als Ausländer zu erkennen, denn man trug die entsprechende Landestracht. Natürlich verfügte längst jeder über Cowboy-Klamotten. Ich glänzte mit meinen roten 120-Dollar-Stiefeln. Darüber enge weiße Jeans, gehalten von einem enorm breiten Gürtel mit handgroßem Schloss vor dem Bauch, als Stierkopf mit nach den Seiten ausschwingenden silberglänzenden metallenen Stierhörnern. Am Hals baumelte als Pseudokrawatte ein schwarzes geknotetes Band mit türkisfarbenem Stein. Das dazugehörige Hemd zeigte übrigens so irre Farben, dass Elisabeth mir später nur zugestand, den „bunten Lappen" zur Gartenarbeit anzuziehen. Nicht zu vergessen, als richtiger Cowboy trug man einen sandfarbenen Stetson, einen breitkrempigen Hut. Zum Flagstaff Rodeo passte es. In der

Arena rissen die Cowboys, angefeuert vom Gejohle der Menge, die widerspenstigen Kälber in den Dreck. Sagenhaft, wie zielsicher die mit dem Lasso werfen konnten.

Spektakulärer und erstaunlicher ging es bei den Bullenritten zur Sache. Bejubelt wurden diejenigen, die sich bei dem Gehopse am längsten im Sattel hielten.

Bemerkenswert nur, dass im Gatter, wenn die Reiter die Bullen bestiegen, die Tiere lammfromm hin- und hertrotteten, erst wenn das Tor aufklappte, stürmte das bisher zahme Wesen in die Arena, sprang wie verrückt hinten hoch, schlug um sich, geriet in rasende Drehbewegungen, bockte und muhte klagend, bis der Reiter im hohen Bogen abgeworfen war. Noch ein paar Sprünge, dann trat schlagartig Ruhe ein, und das brave Haustier trabte friedlich dem Ausgang zu. Was wir als unerfahrene deutsche Cowboys nicht wussten, der Bulle trug unter dem Hodensack eine ferngesteuerte Batterie, die ihm heftige elektrische Schläger versetzte, zumindest so lange, bis er seinen Reiter losgeworden war.

Auf dem Rückweg von dem Volksvergnügen steuerte Antik seinen Dodge runter vom Highway auf einen Grillplatz. Auf diesen Einrichtungen haben wir Deutsche in der Einsamkeit gern unsere Ruhe gesucht, am Feuer sitzend, dazu ein paar Bierchen. Jeder dieser Plätze hatte seinen besonderen Reiz oder auch seine besondere Unzulänglichkeit. Aus dem Kühlschrank im Kofferraum zauberte Antik mehrere Steaks, echte Wiener Würstchen und einen Kasten Bier. Tolle Idee! Der laue Abend, windstill war es auch, lud zu einem deutschen Heimatabend ein. Das aufdringliche Zirpen der Zikaden, die Kakteen im Hintergrund und vor allem unsere Cowboy-Aufmachung ließen jedoch kaum heimatliche Gefühle aufkommen, selbst das mühsame Singen von Volksliedern verebbte schnell, weil niemand die Texte erinnerte. Dafür schmeckten am lodernden Feuer die Steaks und das gekühlte Bier.

Der Dodge war nicht eben mal so irgendwo in der Einöde weitab von jeglicher menschlichen Behausung keine 100 m vom Highway in die Wildnis gefahren, sondern auf einem hochoffiziellen Grillplatz gelandet. Kilometer vorher wiesen große Schilder am Straßenrand auf die polizeilich erlaubte Gelegenheit hin, hier ein Feuerchen zu zünden und sich zu erholen. Diese staatlich anerkannte „Recreation Area", umzäunt mit mannshohem Maschendrahtzaum, zu betreten durch ein Gattertor, dessen Öffnung durch Münzenfütterung eines Automaten erfolgte, ließ wenig Raum für die Sehnsucht nach Lagerfeuerromantik in der freien Natur.

Auf dem über Felsbrocken gesetzten Grillrost schmurgelten Duft verbreitende Steaks. Holz und Holzkohle, verpackt in Aluminiumpäckchen, ließen sich gegen einige Dollars aus einem quietschgelben riesigen Automaten ziehen.

Eine hohe Tafel verkündete die Richtlinien des Platzes für die Nutzung des Platzes. Wie in den Handbüchern der F 84 F wurde auch hier der selbstverständlichste Handgriff vor geschrieben:

„Wenn Holzkohle unter Grillrost, dann anzünden!" oder

„Fleisch auflegen wenn Kohle heiß!"

"Steaks häufig wenden!"

Über diese geistige Unterstützung konnte man lächeln und ein wenig anders verfahren, aber absolut zu beachten war die Warnung: „Kein Alkohol außerhalb der Umzäunung!"

Der weiten Steinwüste rundherum wäre es bis zum Horizont egal gewesen, ob jemand neben einer Kaktee sitzend ein Bier getrunken hätte, aber das sah die amerikanische Justiz kleinlicher.

Stellte die Polizei Trunkenheit am Steuer fest, so kam der Fahrer in Arizona glimpflicher davon, als wenn er auf der Straße mit einer „beer can" in der Hand aufgegriffen wurde. Selbst wenn stocknüchtern, wanderte der Gesetzesbrecher für mindestens drei Tage ins Kittchen. Clevere Amerikaner entgingen dem mit einem Trick, sie wickelten eine Tüte um den Becher. Erkennen durfte man die Flüssigkeit nicht. Hier in der einsamen Pampa und innerhalb des abgegrenzten Gebietes konnte man vor den Gesetzeshütern sicher sein. Dachten wir. Aber die Ruhe währte nicht lange, denn immer langsamer werdend rollte das voll aufgeblendete Licht eines Autos heran, fuhr vor das Gatter, und aus dem Wagen heraus überflutete plötzlich gleißende Helligkeit die lustige Gesellschaft, Mann für Mann abtastend. Nur nicht den Arm heben, nicht winken, keine Bewegung!

Was da störend herankarrte, war die Sorte von Straßensheriffs, machtbesessene Cops, die mit ihren Revolvern nicht zimperlich umgingen. Für die war jeder Bürger erst einmal potentiell straffällig. Das hatten wir schnell begriffen. In die nächtliche Stille hineintönend, schmerzte ein aufheulendes Megaphon und die brüllende Stimme: „Einer von euch bis acht Schritte an den Wagen kommen, aber die Hände über dem Kopf!"

Piet, der das verheerendste Englisch sprach, machte sich auf die Beine und stakste mit erhobenen Händen auf das Polizeiauto zu.

Eine bullige Gestalt sprang aus dem Wagen, die rechte Hand halb geöffnet über dem 45-er Colt, der an den Oberschenkel gehalftert war. Oberhalb des Stiernackens des „Officers", so wollten die Cops gern genannt werden, thronte ein khakifarbener, beitkrempiger Stetson wie Piet einen trug. Das hätte eigentlich versöhnend wirken müssen, aber nein.

Piet spielte seine Rolle gut. Sein Verhalten entsprach ganz und gar den Erwartungen der vor ihm aufgebauten Staatsgewalt. Er nahm Demutshaltung an wie ein ertappter Verbrecher, und nach seinem Cowboy-Aufzug betrachtete ihn der Polizist sicherlich als Viehdieb. Im Umgang mit der US-Polizei lehrte die Erfahrung, dass jeder, von der Allmächtigkeit eines Ordnungshüters gestellt und befragt, als Gesetzesbrecher gilt.

Rundherum herrschte friedhofsähnliche Stille, die Wüste schlief, nur das Lagerfeuer knisterte, wir schwiegen und verfolgten gespannt Piets Auftritt. Fokussiert im Kegel des Scheinwerfers ließ ihn die Staatsgewalt bis auf etwa 10 Meter herankommen, dann stoppte ihn der Polizeilautsprecher mit der Frage, wo wir herkämen. Piet nannte laut: „Flagstaff Rodeo." Da das verdächtig fremdländisch vorgetragen worden war und keineswegs in die Slangsprache des Polizisten hineinpasste, hallte durch die Nacht das Unverständnis: „Whaaat, no, what state are you from?" Die Frage versuchte Piet ihm zu erklären mit: „We are German Cowboys von der Luke Airforce Base!"

Wir lachten. Der Stiernacken brüllte daraufhin zu uns gewandt durchs Megaphon. „You fuckers shut up!" - Die Übersetzung erübrigt sich! Piets kerniges deutsches Englisch muss ihn schließlich verunsichert haben; mit dieser Auskunft offensichtlich überfordert, sprang der Kerl in sein Auto, schaltete unnötigerweise die Sirene ein, das rotierende Warnlicht dazu, und raste von dannen.

Den Spuk schnell vergessend, blieben die „German Cowboys" bis zum letzten Tropfen Bier und bis zum letzten Steak. Danach alles schön aufgeräumt und das Gatter brav geschlossen. Antik gab Gas. Rundherum absolute Finsternis. Nach Luke waren es noch 50 Meilen, in den USA keine Entfernung!

Nach einer Fahrzeit von vielleicht 5 Minuten stoppten plötzlich, voraus mitten auf der Straße aufflammend, zwei riesige voll aufgeblendete Scheinwerferaugen die Weiterfahrt.

Unser Freund von vorhin, der an dieser Stelle mindestens eine Stunde lang über die Begegnung mit German Cowboys nachgedacht haben musste, ohne zu einer Klärung zu kommen, wollte es jetzt offenbar noch einmal wissen.

Antik stieg freiwillig aus und ging auf den breitbeinig stehenden Burschen zu, der in der erhobenen Hand mit etwas Blinkendem wedelte. Kaum dass Antik ihn erreichte, flippte der das Blinkende in die Luft, zeigte auf den Boden und ließ Antik danach suchen.

Aha, es ging um den Alkoholtest!

Irgendwie mussten die German Cowboys doch in die Zelle zu bekommen sein. Aber Antik hatte unverschämtes Glück. Er beugte sich und siehe da, das klitzekleine 10-Cent-Stück war genau vor seiner rechten Fußspitze gelandet. Aufgehoben und dem „Officer" unter die Nase gehalten – dem fiel nichts Besseres ein als zu sagen: „Piss off!" Auch nicht sehr höflich.

Um nicht wieder dumm aufzufallen, beschränkten wir die weiteren Ausflüge auf die Zeit des Tages. Auf einer dieser Fahrten tauchte nach stundenlangem Dahinschlängeln durch Schluchten und über leere, sonnenverbrannte Flächen zwischen zwei Felswänden ein flaches größeres Haus auf. Es lag da wie verloren.

Davor kein Auto, kein Mensch, nur flimmernde Hitze. Aus dem klimatisierten Auto heraus, und nach ein paar Schritten durch die große Tür wieder in der Kühle, umgab uns die Atmosphäre eines fast heimatlichen, längst vergessenen „Tante-Emma-Ladens". Dass es in den technisch fortschrittlichen USA so etwa noch gab, erstaunlich. Kaum waren wir eingetreten und hatten staunend den Laden betrachtet, kam schon der Ladenchef herbei und fragte nach den Wünschen.

Er strahlte, überfiel seine Kundschaft mit einem Wortschwall und bot kostenlos Kaffee an. Vielleicht waren wir zufällig hereingeschneite Gäste in dieser Einöde seine ersten Kunden seit Stunden, vielleicht seit Tagen. Was aber war das Ungewöhnliche an diesem Laden?

Nicht allein die Lage in einer gottverlassenen Gegend, sondern auch die Organisation des „Tante-Emma-Ladens" erweckte unsere Neugierde. Nicht zwischen Regalwänden wie bei einem Supermarkt, sondern wie in einem alten Laden wartete man vor einem Verkaufstresen, der sich hier von einer Wand zur andern durch einen hallenähnlichen Raum erstreckte, auf Bedienung. Nur dass sich hier viele „Tante-Emma-Läden" aneinanderreihten, jeweils vom nächsten abgetrennt durch eine Klapptür. Ganz rechts gab es Lederwaren, vom Pferdesattel über Schuhe bis zum Geldbeutel. Dort erschien der freundliche Ladenchef, auf dem Kopf eine Lederballonmütze, und bediente in einem umgehängten Lederschurz, wie bei uns früher die Schuster.

Jeder fand irgendeine Kleinigkeit, denn es war die Zeit gekommen, kleine Gastgeschenke für die baldige Rückkehr zu sammeln. Gleich nebenan prangte über dem Tresen das Schild „Drugstore". Dahinter lagerten in den Regalen Seifen, Waschmittel, Aspirin, viel Unbekanntes und Rattengift. Hanno blieb stehen und klopfte auf die Tischklingel, um Aspirin zu erstehen. Gleich darauf federte die Tür vom Ledergeschäft auf, herein rauschte der Verkäufer von eben, winkte kurz, verschwand nach achtern und erschien wieder, jetzt mit einer Kopfbedeckung wie ein Hotelkoch und in einem hochgeschlossenen weißen Kittel. Das gab ihm das Aussehen eines Apothekers. Die Neugierde wuchs, ob er wohl auch für die nächste Abteilung zuständig sein würde. Das war nämlich der eigentliche „Tante-Emma-Laden". Der Kauf von in paar Äpfeln reizte, dazu für den abendlichen Gin Tonic einige frische Zitronen und ein Kilo gesalzene Pistazien. Alles wurde einzeln auf einer Waage abgewogen und in braune Papiertüten verpackt; das weckte Kindheitserinnerungen. Und wer verkaufte die Waren? Der Apotheker von nebenan, jetzt bekleidet mit einem Strohhut, in einem bunten Hemd, vor dem Bauch eine flachsfarbene Schürze.

Die benachbarte Eisenwarenhandlung ließen wir aus und traten vor einen kioskähnlichen glasumrahmten Verschlag, dekoriert mit einem Posthorn, darunter eine enge Luke oder besser Durchreiche. Das war die Post als letzte Station der Ladenkette.

„Diese zwei Ansichtskarten mit Briefmarken bitte."

Die Schaltertrennwand ratterte nach oben, und wer schaute lächelnd heraus, ein längst bekanntes Gesicht. Gekleidet in eine feuerrote Uniform mit Silberknöpfen, auf der Brust das Emblem „US-Mail", auf dem Kopf eine ebenso roten Schirmmütze, bediente der Chef aller Geschäfte seine erstaunten Kunden.

Ein Einmannbetrieb, umgeben von einer gewaltig anmutenden Warenauswahl, weitab von jeglicher menschlichen Behausung, mindestens 100 Kilometer entfernt von der nächsten Tankstelle, die wir auf dem Wege passierten. Wer verirrte sich schon hierher, und wie konnte der Laden existieren?

Diese Frage kam des Öfteren in den Sinn, wenn plötzlich und unerwartet nach stundenlanger Fahrt durch die Wüste Schilder auftauchten, die Töpferwaren, Indianerschmuck oder Essbares anboten.

Einmal verlockte die Werbung für ein saftiges Steak zur Einkehr. „Turn off right next!" stand auf dem nicht zu übersehenden Schild.

Abgebogen vom Highway und hineingefahren in eine staubige Senke, parkten wir vor einem grauen bunkerähnlichen Bau. Hanno, Antik und ich betrachten den fensterlosen Kasten argwöhnisch. Wir schienen nicht die einzigen Gäste des angeblichen Restaurants zu sein. Drei weitere PKW parkten vor der Eingangstür, die mehr einem Panzerschott als einer Tür zu einer Gaststätte glich, auch fensterlos. Daneben rauschte aus der Wand die Aircondition. Während draußen nur der Wind säuselte, deutete dieser Zivilisationslärm auf ein Innenleben hin. Auffällig, dass es keine Türklinke gab, dafür einen Klopfer. Also klopfen. Da öffnete sich eine Klappe, und heraus scholl die barsche Aufforderung, die Pässe oder sonstige Ausweispapiere zu zeigen. Zum Steakessen sich ausweisen zu müssen, was für ein Blödsinn! Die Gäste hatten den Nachweis zu erbringen, über 18 zu sein. Warum? Natürlich, in einem Esslokal wird ja Bier ausgeschenkt!

Als die Tür aufknarrte, ging wohl jedem das Licht auf, wo wir gelandet waren, wohl schon dadurch, dass ungewöhnliche Dunkelheit eher auf einen Barbetrieb hindeutete.

Es dauerte eine Weile, bis die Augen, eben noch vom gleißenden Sonnenlicht geblendet, die mager bläulichweiß ausgeleuchtete Umgebung einzuordnen vermochten.

Vom Strahl einer Taschenlampe an einen Tisch unterhalb einer Bühne geführt, übergab man uns die Speisekarte. Es gab wirklich supergroße leckere Steaks und dazu als Beigabe auf der Bühne einen scharfen Striptease. Nicht nur, dass die gut gebauten Damen ihre mit gespreizten Fingern ausgezogenen schwarzen Strümpfe verführerisch zwischen den Schenkeln durchgleiten ließen, viel aufregender war die an den Brüsten aufgepfropften und an einem kurzen Bändchen montierten Federtroddeln, die im Rhythmus der Musik entweder rechtsherum oder linksherum rotierten. Das ähnelte auffällig den drehenden Propellern größerer Transportmaschinen, alles drauf abgesehen, an unserem Tisch zu landen. Kaum hatten wir die Steaks verschlungen, nahten drei Zweimotorige. Die mit den stärksten Motoren bremste auf meinen Oberschenkeln ab und begann gleich nach der Landung nach dem Flugbenzinzapfen zum Neuauftanken zu suchen. Im Hintergrund lief bei anderen Gästen dasselbe Spielchen, nur war man da schon weiter vorgedrungen. Ein Kerl hüpfte mit nacktem Hintern vorbei auf einen Vorhang zu, gefolgt von einer kreischenden Blondine. Gleich darauf machte ungehemmtes Wollustgestöhne den Bunker eindeutig zu einem Wüstenpuff. Es sollte doch ein Restaurant. sein. Es brauchte allerlei Überredungskünste, um an die Rechnung zu gelangen und mit Schweißperlen auf der Stirn, von hinten durch wilde Flüche beschleunigt, durchs Panzerschott wieder in die Freiheit zu gelangen.

Donnerschlag, wo waren wir da hingeraten. Ob andere harmlos aussehende Budiken am Wegesrand ähnliche Lustbarkeiten zu offerieren hatten?

Fluglehrer Hagges, nach einer freitäglichen Happy Hour in der Offiziermesse abgefüllt, gestand nach intensiver Befragung, dass die Ordnungsbehörden diese Art des Sexualregulativs duldeten und dass im weiten Umkreis um Phönix viele dieser wunderschönen Ausflugsziele zur Ablenkung von der hauseigenen bigotten Prüderie zu finden seien.

Mit einem Male wurde klar, warum nach Flugdienst und Happy Hour nur wenige, meistens Flugschüler und Veteranen, im Offizierclub zurückblieben, während die anderen mit großem Hallo in einem Militärbus das Gelände verließen. Die wurden nicht, wie angenommen, aus Gründen der dienstlichen Fürsorge, weil sie sturztrunken waren, zu ihren Familien in die „Married Quarters" gekarrt, sondern zu einem der Wüstenpuffs zum Freitagabendvergnügen.

Was brachte die in scharf gebügelten, gut sitzenden Uniformen und mit blitzend polierten Schuhen ordentlich und sittsam auftretenden Offiziere dazu, zum Wochenende aushäusig sich zu besaufen und herumzuhuren?

Die allgemeine puritanisch anmutende Reserviertheit gegenüber allem Geschlechtlichen und folglich die Existenz staatlich nicht behinderter Lustbarkeitsmöglichkeiten, erst im letzten Monat der US-Ausbildung entdeckt, machte nachdenklich, erklärte aber auch vieles. Irgendwelche religiösen Fanatiker müssen in der kurzen bisherigen Geschichte der USA frühzeitig Erfolg damit gehabt haben, den Menschen glaubhaft zumachen, dass die Freude am kleinen Unterschied zwischen Männlein und Weiblein und an menschlicher Nacktheit teuflische Charakterzüge aufzeige. Verwirrend dagegen, dass in den Spinden der Piloten aufgeilende Pinup-Girls auf großen Postern prangten und das Wort „sexy" aus dem amerikanischen Wortschatz stammt.

Im Dienst lachten die verheirateten US-Kameraden über die zotigsten Witze, während im BX, im Kaufhaus des Flugplatzes, in Gegenwart der Ehefrauen die Männer pastoral einherschritten, stets einen Meter hinter der besseren Ehehälfte. Die Frauen führten das Wort, und er antwortete immer zustimmend: „Yes honey, yes of course, honey!" Ein Flegel, wer nicht devot und zurückhaltend daherkam. So zurückhaltend, dass Hannos höfliche Gefälligkeit, einer Dame in den Mantel zu helfen, ihm mit einer Ohrfeige belohnt wurde, begleitet von dem Gekeife, sie hätte ihn schließlich nicht darum gebeten, eine derartige Anmache verbitte sie sich.

Kamen Ehefrauen, begleitet von ihren halbwüchsigen oder auch mit uns gleichaltrigen Töchtern ins Offizierheim, was sehr selten vorkam, so wechselte schlagartig die ansonsten ungezwungene Stimmung ins Klösterliche. Und das, obwohl die jungen Mädchen, kess und herausfordernd ihre Geschlechtsreife herauskehrend und bis zur Unkenntlichkeit geschminkt, mit den Popöchen rollten, aber wehe, man hätte genauer hingesehen. Flirten in der Annahme, in den Armen einer Frau versinken zu können, ohne ihr gleich in die Hände zu fallen, das gab es in den USA nicht. Wer ein Mädchen anfasste, fiel gleich in die Klauen der Mutter, die den jungen Mann so lange bearbeitete, bis sie das Paar in den Hafen der Ehe bugsiert hatte. Nur weggucken half.

Kari, unser Harzer Roller, konnte davon ein Lied singen. Die hochoffizielle Verlobung und, in den USA obligatorisch, das Geschenk des wertvollen Diamantringes, genannt der „Rock", der Stein, der das Eheversprechen besiegelte, hatte den künftigen Schwiegereltern nicht genügt. So musste Kari vor dem Abflug nach Deutschland vor den Traualtar, und Piet durfte als Trauzeuge dazu nicken.

Die amerikanischen Männer schienen die führende Rolle der Frauen akzeptiert zu haben. Aber das offenbar nur in der heiligen Ehe. Zu anders gearteter Form liefen sie auf, wenn ihre besseren Hälften nicht anwesend waren. Und dazu boten die Wüstenpuffs die unterschiedlichsten Möglichkeiten, dem ehelich gebremsten Leben freien Lauf zu lassen.

Man sagte den Ehefrauen im Staate Arizona nach, 80 % Prozent des Vermögens zu verwalten, sie gestalteten das Fernsehprogramm, besaßen die Mehrheit der Aktien und diktierten das Geschehen in Kirche und Schulen. Mochte das starke Geschlecht als Western- und Kriegshelden über die TV-Schirme flimmern, in Realität ähnelten die lieben Jungs eingeknickten Weicheiern.

Das Gesellschaftsleben war weiblich dominiert, frömmelnd, wohl auch unehrlich puritanisch. Wie lächerlich ging man mit der Nacktheit um, fast orientalisch darauf bedacht, nicht zu viel Fleisch zu zeigen. Im mexikanischen Mazatlan am Hotelpool war uns ja bereits die erste Lektion amerikanischer Prüderie erteilt worden, hier jedoch kam es noch dicker.

Wer als Europäer in Luke im Freibad, das seit dem 1. April die Tore öffnete, die große Tafel der zahlreichen Verhaltensmaßregeln durchstudierte, musste glauben, einen Nonnenkonvent zu betreten. Da las man bizarre Regeln, wie z.B. „Wenn in Badekleidung, ist weiterer körperlicher Kontakt außer der Begrüßung nicht gestattet". Dagegen verstieß der 12-jährige Sohn einer unserer Fluglehrer. Der Waghalsige hatte vor allen Leuten eine Gleichaltrige geküsst. Die Polizei, vom Bademeister gerufen, führte den Kleinen wie einen Schwerverbrecher in Handschellen ab. Sein Vater durfte ihn erst nach drei Tagen in der Zelle besuchen, und ein Schnellgericht verurteilte den reuigen Erziehungsberechtigten zu einer Geldstrafe von 500 Dollar. Zum Schutz vor pädophilen Lüstlingen hatten selbst Kleinkinder Ganzbadeanzüge zu tragen und weibliche Säuglinge Bikinis. Die Frauen schwammen in einem für sie reservierten Teil des Beckens. Böse Blicke verwiesen annähernde Männlichkeit auf ihre Grenzen.

Ein aufrührender Verstoß, der als undenkbar nicht als Verbotsregel auf der Tafel verzeichnet war, wurde behördlich schwer geahndet und war für viele Tage das Gespräch in der gesamten Region. Um was ging es?

Der pubertierende Filius eines Majors erkletterte das Drei-Meter-Brett und pinkelte von dort im hohen Bogen ins Schwimmbecken. Es galt eine Wette unter Gleichaltrigen zu gewinnen, wie sein Verteidiger später vor Gericht um Milde bittend vortrug. Aufkreischende Schreie entsetzter Frauen riefen die Ordnungshüter herbei, die den Flegel unter wüsten Beschimpfungen abholten.

Der Zuhörerraum soll während der Gerichtsverhandlung wegen Überfüllung vorzeitig geschlossen worden sein. Das öffentliche Interesse schlug hohe Wellen. Die „Arizona Gazette" und der örtliche Fernsehsender berichteten tagelang über das schockierende Ereignis. Dabei befasste sich das Hohe Gericht nicht mit der Verunreinigung des Wassers. Um dem Chlor die Chance der garantierten Wasserreinigung zu geben, blieb das Bad 14 Tage lang geschlossen.

Dem Gericht ging es bei der Festlegung des Strafmaßes um die sexuelle Belästigung. Dass der Junge der Weiblichkeit aus vielen Metern Entfernung und kaum erkennbar seinen kleinen Schniedelwutz präsentierte, war das eigentlich Verwerfliche. Papa musste viel bezahlen und schließlich, weil die Familie seitdem von den Nachbarn geschnitten wurde, aus den „Married Quarters" ausziehen.

Nolle, der immer Vorsichtige, stolperte als erster von uns Deutschen über die Kleiderordnung des Freibades. Seine tangaähnliche Badehose erregte Ärgernis. Mag sein stramm verpacktes Gemächte bei den kichernden Damen errötende Begehrlichkeit erregt haben, so verlangte der Bademeister sofort nach einer knielangen, nicht körperbetonenden Boxershorts. Nolle, aus dem Bad verwiesen, weil er dieses Garderobeoberteil nicht gleich zur Hand hatte, erhielt einen schriftlichen Verweis, der sinngemäß die Bedrohung beinhaltete, bei nochmaligem Verstoß wegen Erregung öffentlichen Ärgernisses eine Eintragung im Pass zu erhalten.

Damit wäre der harmlose Nolle als potentieller Vergewaltiger abgestempelt worden und hätte als so genannte „persona non grata" nie wieder amerikanischen Boden betreten dürfen.

Wir erklärten uns mit ihm solidarisch und haben das Freibad nie wieder betreten. Wer hätte garantieren können, dass nicht der eine oder andere irgendwann über einen der 24 zumeist blödsinnigen Verbotsparagraphen gestolpert wäre.

Kein Wunder, dass die Freudenhäuser in der Wüste guten Zulauf von der eingeklemmten Männerwelt fanden. Wir waren durch Zufall darauf aufmerksam ge-

226

worden, wie es aber wirklich dort zuging, diesen Einblick zu gewinnen boten uns die amerikanischen Vorgesetzten am Abend vor dem Abflug als Geschenk für den erfolgreich abgeschlossenen Lehrgang.

Doch darüber später!

Flugblätter unter dem Scheibenwischer und seit mehreren Wochen immer wiederkehrende Reklame im Fernsehen warben für ein neu entstehendes Wohnviertel, das im Blickfeld der Landekurve mit erstaunlicher Schnelligkeit wuchs. Es hieß, hier entstünde eine Altenresidenz, das sonnigste Plätzchen für Pensionäre, genannt „Sun City". Auf die roterdige Steinwüste vor Phoenix legte man ein schachbrettartiges Muster von Straßen, Hubschrauber flogen ausgewachsene Palmen heran, die, von Kränen aufgerichtet und eingepflanzt, täglich das Bild der Großbaustelle veränderten. Über Nacht wuchsen weitere Einfamilienhäuser aus dem Boden, groß und klein, mit und ohne Swimmingpool. Diese rapide Veränderung machte neugierig. Schließlich würde ich daheim bald mit Elisabeth ein Haus, eine Wohnung suchen. Eine Vielzahl unterschiedlichster Musterhäuser lud zur Besichtigung ein. Man hätte auch aus dem Katalog bestellen können. Dazu die Möbel, die Bilder an den Wänden und für den Glasschrank die Bücher, die als schmückende Buchrücken in Meterware gleich dazugehörten, denn, so lächelte der Verkäufer, wer würde denn heute noch richtige Bücher lesen. Die farbenprächtigen Küchen, von zumeist barocker Verschnörkelung bis zur Kitschigkeit, strotzten von neuesten zivilisatorischen Errungenschaften und neuster Technik, nicht mit daheim zu vergleichen.

Hier waren die Amis fortschrittlicher als Mutter mit ihrem Gasherd und Tellerabwaschen per Hand. Es fehlte an nichts, selbst das Geschirr gehörte dazu und alle Pött und Pann. Man hätte nur seine Garderobe und das Bettzeug mitbringen müssen Die Häuser, die Gardinen hingen schon, komplett vorgefertigt und eingerichtet, noch der Länge nach in zwei Hälften getrennt, wurden von Tiefladern herangekarrt, landeten, von einem Kran eingeschwenkt, auf einer Betonfläche, wurden verschraubt, draußen herum rollten schwitzende Farbige eine Feldsteinmauer aus hohl klingendem Plastik um das Grundstück – und bitte, fertig zum Einzug, Bauzeit höchstens zwei Stunden! USA war eben anders, ganz anders. In allen Lebensbereichen überraschte diese Welt ihre Gäste immer wieder aufs Neue.

16

Alarm, Alarm, Alarm!

Die auf dem Dach des BOQ angebrachte Sirene hätte Tote wecken können. Da Haus bebte.

Feuer? Nein, der auf- und abschwellende Ton, als Zeichnung innen an der Haustür zu deuten, verlangte das sofortige Erscheinen im Staffelgebäude. Also schnell in die Klamotten, hinaus in die Nacht, zu dritt ins Auto gesprungen und ab.

Wir waren nicht die einzigen, die morgens um drei durch die Gegend karrten. Von allen Seiten rollten Scheinwerfer heran.

Ein hell erleuchteter Briefingraum empfing die aus dem Schlaf Gerissenen. Alle Fluglehrer, selbst der Staffelchef Fjurrill, unser Major Feuerriegel, erwarteten die Angehörigen von „Kraut-Field". Frisch rasiert sahen sie aus, gefrühstückt und offenbar weitaus früher und liebevoller geweckt.

„Taken by surprise!" Als Weckübung war es ihnen gelungen, uns zu überraschen. Aber was stand da auf der großen Tafel?

Übersetzt dem Sinn nach hieß es: „Ab heute Kampf gegen Kuba."

„Platz nehmen!" Über den Köpfen surrten die Propeller der Aircondition, die glatten Plastikstühle konnten das Bett nicht ersetzen. Major Fjurrill verlas eine vorgefertigte Rede, er las Wort für Wort vom Papier ab. Es handelte sich um Politisches, es ging um Kuba. Ein gewisser Schurke, der Fidel Castro, ein schlimmer Kommunist, der mit der Sowjetunion paktierte, hätte alle amerikanischen Gesellschaften aus Kuba hinausgeworfen und ihnen das Kapital weggenommen. In Havanna seien alle US-Hotels enteignet worden. Damit sei jetzt Schluss, und mit dem heutigen Tage sei nun landesweit die Luftwaffe und Marine in erhöhte Alarmbereitschaft versetzt worden. Für die Luke Airforce Base gelte, dass alle ausländischen Piloten auf den Ernstfall vorzubereiten sind.

Piet, der vor mir saß, drehte sich um und flüsterte: „Die Amis spinnen, uns hat der Castro doch nichts getan, die soll'n ihren Scheiß alleine machen."

Hanno meinte: „Wart erst mal ab."

Aus dem Weihnachtsurlaub in Mazatlan und den Gespräche mit dem dortigen Silberhändler Gomez hatte wir in Erinnerung, Castro hätte die Amis rausgeworfen, weil sie Kuba ausgebeutet und Havanna zum größten US-Freudenhaus umgestaltet hatten. Wer sagte die Wahrheit?

Bei den amerikanischen Kollegen löste die Rede Fjurrills Begeisterung aus. Als er mit strengen Blick endete, die rechte Hand auf die Brust legte und ergriffen sagte: „God bless America!", dröhnte es im Raum vom frenetischen Beifall, Fußgetrampel und Zustimmungsrufen: „It's time to stop these bastards!"

Flugdienst für den Tag war abgesagt worden. Nachmittags um 16 Uhr würde es die nächsten Unterweisungen geben, wieder im Staffelgebäude. Bis dahin gab es einige Seiten zu lesen.

Verhaltensmaßregeln: Keine Postsendungen mehr. Kein Landgang. Nachts Jalousien schließen, Autos nur mit Standlicht fahren, kein Alkohol. Koffer packen für eine Verlegung auf mögliche Flugplätze in Florida oder in die Nähe von New Orleans, also dichter an Kuba ran. Die machten wirklich Ernst.

Irgendwo in den Unterlagen müsste doch die Nummer unserer Botschaft in Washington zu finden sein. Dort könnte zu erfahren sein, was hier gespielt wurde, Kampfgeschrei oder Manöver. Nolle fand sie. Enttäuscht standen wir gemeinsam

228

vor der nächsten Telefonzelle, gesperrt. Also raus aus dem Flugplatzgelände. Vor dem geschlossenen, zusätzlich mit Stacheldraht abgesicherten Tor patrouillierten Wachen unter Gewehr. Keine Chance hinauszukommen. Eine gespenstische Stille lag über dem Flugfeld, die Zikaden, sonst nie zu hören, zirpten laut hinein in die flirrende, vom heißen Asphalt aufsteigende Hitze. Man hatte uns von der Welt abgeschnitten.

Im kühlen BOQ raus aus der Fliegerkombination; als erstes flog der „Supporter" vom Leibe, ein widerliches Teil, das bei jedem Schritt zwischen den Beinen schmerzte.

Was ein Supporter ist? Das ist ein medizinisch anempfohlener Unterstützer gewisser Geschlechtsteile, eine Extra-Unterhose in Doppelripp, auf Deutsch ein „Sackhalter". Ein Kleidungsstück der besonderen Art, der Hitze wegen anzulegen. Selbst bei Aussparung der heißesten Tageszeit war die Fliegerei wegen der immer höher kletternden Temperaturen anstrengender geworden, obwohl man wegen der geringen Luftfeuchte gar nicht mal so sehr schwitzte. Trinken, Trinken und hin und wieder etwas Salziges hielten den Körper in Schwung. Das leuchtete ein, aber was bewirkte der „Supporter"?

Zur Aufklärung besuchte der Fliegerarzt „Kraut-Field". Alle folgten ihm in den Briefingraum. Aus einem Köfferchen heraus kramte er etwas kleines, weißes Beuteliges heraus und hielt es hoch. Das also war der Sackhalter. Und wofür war das Gerät gut? Es sei ab sofort beim Fliegen anzulegen, denn mit zunehmender Wärme würde der Hodensack ausleiern, nach unten bammeln und könnte vom Fallschirmgurtzeug abgequetscht werden. Oh nein! Her mit dem Ding. Wer wollte schon seine Bällchen in Gefahr bringen.

Ich habe Elisabeth das bezaubernde kleine Männerdessous mitgebracht. Tagelang hat sie sich nicht beherrschen können, gickernd oder lauthals lachend, wenn ich, das Ding umgeschnallt, herumgesprungen bin.

Gegenwärtig jedoch war niemandem zum Lachen, die Äthiopier von nebenan waren über Nacht verschwunden, für die Venezolaner, Inder, Pakistani und andere Nicht-NATO-Auszubildende galten keinerlei Beschränkungen, deren Flugdienst lief weiter, nur dass sie das Gelände nicht verlassen durften.

Tag für Tag stieg die Spannung. Morgens und abends erschienen in der Staffel die unterschiedlichsten Vortragenden, Offiziere und Zivilisten, umgeben von einem Schleier der Geheimhaltung. Sie zeigten Filme und projizierten Bilder an die Wand, die den Verfall des kubanischen Lebens unter der kommunistischen Führung darstellten, zeigten Grausamkeiten an der Bevölkerung, das Leiden der Exilkubaner und die von der Volkswut zerstörten Villen der US-Millionäre, die all ihr Hab und Gut auf Kuba hatten zurücklassen müssen.

Am zweiten Tag verschärfte sich der Ton der Vorträge. Mit einem Bedrohungsszenario wollte man uns heißmachen. Wo würden die kubanischen Streitkräfte in den USA landen? Verfügten die Kubaner über sowjetische Nuklearwaffen, die Washington erreichen konnten? Würde Mexiko heimlich Hilfestellung leisten, Kubaner über die Grenzen Neu Mexikos und Arizonas ins Land einzuschleusen? Dass die Gringos in Mexiko nicht beliebt waren, hatten wir dort während unseres Urlaubs deutlich feststellen können.

Bald klang alles so wahrscheinlich, dass es keinen Zweifel mehr gab, ja, die USA und wir mit im Boot oder besser im Flugzeug würden demnächst, vielleicht in Stunden, die Kubaner in die Pfanne hauen.

Das psychologisch geschickt eingefädelte Hochfahren erfuhr Unterstützung durch Nachtalarme. Die Bewaffnung der F 84 F beschränkte sich zwar auf Kanone und Raketen, aber das galt ausreichend als „Antipersonaleffekt" gegen weiche Ziele, sprich Bodentruppen. Bis kurz vor dem Anlassen der Triebwerke hockten wir in den Cockpits, bis jemand aus einem herangerasten Jeep den Einsatz abwinkte.

Mal sollten wir nur in die Luft gehen und über einem Funkfeuer Runden drehen, weil Spione in Luke Flugzeuge sprengen wollten, dann wurde aus dem Grenzpatrouillefliegen südlich von Tucson nichts. Eigentlich alles sinnvolle Einsätze, die aufgrund des immer deutlicher gezeigten Feindbilds ihre aufputschende Wirkung nicht verfehlten. Längst nahm jeder von uns das Geschehen für bare Münze hin. Neuerdings flogen Flugblätter herum. In der Cafeteria, beim Pilotenfrühstück, in der Staffel und im Offizierheim. Inhalt: Kubanische Hetze gegen den Präsidenten und gegen das amerikanische Volk. Fidel Castro nahm den Mund zu voll. Wie lange wollte die USA noch warten, um dem größenwahnsinnigen Maximo Lider aufs Maul zu schlagen?

Mitgerissen von der aufbrandenden Wut wuchs auch in uns das Verlangen, dass endlich etwas geschehen müsste. Niemand hinterfragte mehr, was die Geheimdienstler dem fliegenden Personal morgens und abends an Informationen servierten.

Ich glaube, es ist in der vierten Nacht gewesen sein, dass sich die Airforce-Staffeln, die National Guard, die norwegische, die dänische Staffel und wir, das „Kraut-Field", in 15- minütiger Alarmbereitschaft befanden. Auf den Betten in voller Fliegermontur mit angelegter Druckschürze dahindämmernd, krochen den Piloten die Stunden dahin. Das Warten zehrte an den Nerven.

Heulten da nicht Sirenen? Aufgeschreckt und in die Nacht hinaushorchend: Es musste drüben im Viertel der US-Piloten sein. Draußen Fahrgeräusche vorbeijagender Autos. Vor dem BOQ rannte man sich fast über den Haufen. Da brüllte über unseren Köpfen die Sirene. Antik lief mit halb angezogener Kombination vorbei auf seinen bereitstehenden Dodge zu, in Sekundenschnelle hüpfte die Leopard Flight zu ihm in den Wagen, und mit quietschenden Reifern preschte das Gefährt durchs Morgengrauen.

Die lähmende Stille des tagelangen Wartens verwandelte sich in gespannten Tatendrang. Es kribbelte im Körper, endlich Aktion. Auf der „Ramp", wo die Flugzeuge standen, starteten die ersten Triebwerke. Der Lärm nahm zu. Die ersten F 84 und F 100 röhrten in den morgendlich grauen Himmel. Im Briefingraum begeistertes Gejohle: „Leute, es geht endlich los". Aber wohin würde die Reise gehen?

Wie schon von den Oberverdachtschöpfern des Geheimdiensts angenommen, hatte Mexiko den Kubanern tatsächlich ermöglicht, im Gebiet der Yumawüste südwestlich von Phoenix die Grenze zu überschreiten.

Auf einem Luftbild, gestern von einem Aufklärer mitgebracht, war ein Flugplatz nahe der Grenze zu sehen, aus geringer Höhe fotografiert, auf dem Fahrzeuge und Menschen zu erkennen waren. Dazu einige Hubschrauber und, nicht zu glauben, mehrere größere Transportmaschinen mit tatsächlich kubanischen Hoheitsabzeichen. Auf die entsetzte Frage, wie so etwas trotz der scharf bewachten Grenze möglich sein könnte, wusste die Führung eine überzeugende Antwort: Dieser alte Flugplatz sei seit Jahren nicht mehr in Betrieb und verlassen. Um zu testen, ob die Kubaner wirklich mit mexikanischer Hilfe hier in der Nähe des kalifornischen Golfs eindringen würden, seien zuvor alle US-Grenzwachen in diesem Gebiet abgezogen worden, und auch die Luftüberwachung habe bis jetzt keine Gegenmaßnahmen unternommen. Man wollte den Gegner glauben machen, bisher nicht entdeckt worden zu sein. Prompt sind die dummen Spigs in diese Falle hineingelaufen. Tatsächlich haben die es gewagt, auf US-Territorium vorzudringen, die Größenwahnsinnigen. Nun ist das Maß voll, und jetzt wird zurückgeschlagen.

Das klang überzeugend und machte heiß und fröstelnd zugleich. Schauer der Erregung liefen einem über den Körper. Ganz klar, da wollte jeder dabei sein. Eingebunden in die vielen Briefings, Filmvorführungen, Nachtalarme und abgelenkt vom normalen Leben durch immer neue Gerüchte und Nachrichten um die „Kubakrise", blieb uns keine Zeit, die Gedanken auf andere Dinge zu lenken. Die zunächst erwogene Absicht, bei der Botschaft in Washington Verhaltensmaßregeln zu erfragen, scheiterte an den gesperrten Telefonen. War auch fallen gelassen worden, denn aus Antiks kleinem Radio kamen Nachrichten und Meldungen, dass der vor drei Monaten gewählte neue Präsident John F. Kennedy feurige Reden gegen Kuba hielt. In Joes Cheeseburgerladen lag immer die aktuelle „Arizona Gazette" aus, die von einem bevorstehenden Schlag gegen Kuba schrieb. Der anfängliche Verdacht, hier würde nur ein Manöver oder eine Alarmübung ablaufen, bestand nicht mehr. Das war Krieg.

Die Spannung stieg. Deutschland Tausende Meilen entfernt, Kuba so nah, und wir hingen in diesem Schlamassel mit drin.

Zum Briefeschreiben fehlte die Ruhe und Konzentration. Zum Nachdenken bleib keine Zeit. Jetzt hatte selbst Kari seine Liebste jenseits des Flugplatzzaunes vergessen.

Das Hinausfahren zur Staffel bot ein gigantisches Bild. Überall rumpelten Jets in Richtung Startbahn. Über dem Platz kreisten bereits die ersten sich sammelnden

Formationen. Das „Kraut Field" flog im dritten Block. In der Luft wabberte der Duft von Kerosin, ein herrlich anmachender Geruch.

18 German Boys brachten sechs Vierer-Formationen auf die Beine, jeweils geführt von ihren Fluglehrern. Wir sechs Marineflieger bestanden darauf, dass unsere beiden „Navy Teams" als „Fourship-formation" angesprochen wurden. Fluglehrer Hagges wichtigstes Anliegen lautete: „Immer dicht zusammenbleiben". Im Kampfgebiet würde ein vorgeschobener Posten die letzten Zielanweisungen geben. Rufzeichen „Ithazuke tower".

Jeder checkte seine eigene F 84 F, Routinesache. Ungewöhnlich war jedoch die Waffenbeladung. Prüfende Hände glitten über zwei Raketenbehälter, die neben den Zusatztanks hingen. Sie glichen überdimensionalen Revolvermagazinen. Das machte einen starken Eindruck. Hagges drängte seine Leopards zur Eile. Das Kabinendach klappte krachend zu, Hebel nach vor, Instrumente geprüft. Soweit alles klar, aber das zuckende Sicherungslicht des Schleudersitzes irritierte. Immer wieder flackerte das rote Warnlicht auf.

Im Kopfhörer störte Hagges Frage: „Leopard three, what´s wrong?"

Sollte ich ihm mitteilen, dass meine einzige Lebensversicherung in diesem Jet mir drohte, im Ernstfall nicht einspringen zu wollen? Verrückt, sofort hätte er gesagt: „Bleib am Boden!" Und das genau jetzt. Seit Tagen und zuletzt fast blind vor Eifer hatte ich diesem Einsatz entgegengefiebert. Und nun aussteigen? Kam nicht in Frage, scheiß auf den Schleudersitz, wird schon gut gehen. Das Warnlicht gab es nicht. Einfach ignorieren.

Ich log und winkte hinüber zum Leader. „Alles OK!"

Ein denkwürdiger Tag nahm seinen Lauf. Das Kalenderblatt zeigte den 17. April 1961.

In Zweier-Formationen stieg die Leopard-Flight in den rötlich gefärbten Morgenhimmel. Ruckzuck in leichter Linkskurve herangestaffelt war unser Team komplett. Hagges zog hinter den vielen dunklen Punkten her, die vor uns auf Südwestkurs lagen.

Faszinierend, so viele Jets am Himmel. Was für eine geballte Kampfkraft. Die Spigs werden sich wundern. Spigs, wie leicht seit kurzem auch mir dieses Schimpfwort über die Lippen ging. Erstaunlich. Die Überzeugungsarbeit der Geheimdienstler, unterstützt von den Fluglehrern, war nach kürzester Zeit erfolgreich. Sie heizten den jungen unverbildeten Fliegercrews gewaltig ein. Unmerklich machten die sicherlich psychologisch geschulten Spezialisten mit CIA-Hintergrund ihr Umfeld scharf für den Waffengang. Niemand zweifelte mehr an der Notwendigkeit, den Kubanern das Handwerk zu legen, und dass gerade wir dazu berufen waren.

„Es ist eine Ehre, für Amerika zu kämpfen!" Jeden Morgen schrieb Fjurrill höchst persönlich, angetan mit seiner besten Uniform, einen dieser Sprüche auf die Wandtafel und alle stimmten ihm Beifall klatschend zu. Wir Deutsche im „Kraut

Field" brannten lichterloh und konnten es kaum abwarten, zusammen mit unseren amerikanischen Freunden in diese kriegerische Auseinandersetzung zu ziehen.

Obwohl der Himmel voller Flugzeuge hing, umgab tiefes Schweigen diesen Morgen. Mal ein Klicken oder ein fernes unverständliches Kommando im Kopfhörer, dazu im Rücken das brave Summen des Triebwerks. Jeder mochte wohl im Stillen die letzte Unterweisung noch einmal durchdacht haben.

In 10 Meilen Entfernung würde das Leopard-Team nach rechts gestaffelt im Tiefstflug bis an eine Bergkette heranfliegen, hinter der der feindlich besetzte Flugplatz lag. Im Hochziehen würde jeder das Ziel erkennen können. Mit Gegenwehr sei zu rechnen. Deshalb im Sturzflug wahllos die Bordkanone einsetzen, um die Gegenwehr einzuschüchtern, aber mit den Raketen ein bestimmtes Ziel angreifen. Danach unten bleiben, nach Osten abdrehen und Kurs Heimat.

Die Yumawüste schimmerte gelblich, angestrahlt von der im Rücken flach stehenden Sonne. Ein friedliches Land blieb hinter den darüber hinwegrasenden Maschinen zurück. Eine auf Jagd dressierte Meute jagte dahin. Keine Straße störte die Natur, nirgendwo das Anzeichen einer menschlichen Ansiedlung. In kurzen Abständen an den Ithazuke Tower abgegebene Meldungen deuteten darauf hin, dass vor uns fliegende Jets an das Ziel heranrückten. Wo mag in dieser Mondlandschaft Mister Ithazuke sein Zuhause haben? Darüber weiter nachzudenken unterbrach Hagges mit dem kurzen Befehl: „Get low!" und drückte seine F 84 F tief über den Boden, so nah über Grund, dass am Unterrumpf die Sandfarbe der Wüste widerspiegelte. Die Maschinen tanzten in den Abgasturbulenzen der Vorderleute. Dunkle Rauchschwaden wehten über der Wüste. Dicht aufgeschlossen schossen mehrere Vierer-Formationen auf eine aus der Ebene herauswachsende purpurfarbene Bergkette zu.

„Itha, Leopard in."

„Roger" antwortete eine heisere Stimme.

Das war das Zeichen für den Angriff.

Jenseits der Berge blähte sich ein schnell aufwachsender weißer Rauchpilz in die Luft. Links quoll schwarzer Qualm über die Bergspitzen. Die vorderen Kameraden müssen bereits tüchtig zugeschlagen haben. Vor uns stieg wie hochgerissen eine Formation in die Höhe, kippte ab und verschwand hinter den Bergen.

Hagges brüllte in sein Mikrophon: „Leopards attack!"

Flach über den Boden dahinjagend, preschten die Raubkatzen dahin, hinter den Bergen das Wild witternd. Da war es wieder, dieses berauschende Gefühl, das heiß bis in die Schläfen pochte und die Nackenhaare aufkräuselte. Ein Glutstoß fuhr durch den Körper, ballte alle Sinne und Kräfte vor dem entscheidenden Beute machenden Sprung.

Am Knüppel ziehen, die Druckschürze blies auf, über mir der blaue Himmel. Steigen! Steigen! Waffenschalter an, Rückenlage, durchziehen, Power rein. Am Rande wahrgenommen, pendelte die Anzeige der Airspeed um 420 Knoten.

Nichts hinderte mehr, nichts, kein Blech, keine Instrumente, frei durch den Luftraum, kopfüber stürzte ein Raubtier in die Tiefe. Die gierigen Augen suchten, die Nase schwankte im Sturzflug, die Kanonen feuerten. Fuhren da nicht Lkws auf dem Taxiway? Leuchtspurfäden flogen vorbei. Da, ja, da war es wie auf dem Aufklärungsfoto, das große Transportflugzeug mit den kubanischen Hoheitsabzeichen. Geduckt, von Angst ergriffen blickte es stumm nach oben, wusste es doch, gleich vom todbringenden Griff zerfleischt zu werden. Das Blut kochte, es raste durch die Adern, der Orgasmus des Vernichtens ließ das wütend angreifende Raubtier aufschreien. Lange feuerrote Schweife langten nach dem Opfer. Die Raketen fraßen durch den Rumpf des Ziels, zogen eine aufspritzende Spur.

Das faszinierte und bannte. Wie hypnotisiert verfolgten die Augen das Schauspiel, ließen nicht los. Doch plötzlich war alles so groß, so nah.

Es muss der Schutzengel gewesen sein, der mich den Knüppel am Bauch spüren ließ. Mit einem Male wieder Mensch, zu Tode erschrocken und entsetzt fürchtend, in Wirklichkeit nicht flugtauglich zu sein, öffnete mir eine wohlmeinende Kraft die Augen dafür, viel zu tief und viel zu dicht über dem Ziel zu sein.

Zu stark angezogen graute es vor den Augen, voraus der Horizont zuckte, wackelte, die F 84 F taumelte, sackte durch. Was jetzt in Bruchteilen von Sekunden ablief, muss so gewesen sein, wie es erzählt wird, denn der schlagartig einsetzende Adrenalinstoß erwürgte jegliches Denken. Nur dem Flugdrill, dem hundertfachen Üben aller Gefahrenzustände konnte zugeschrieben werden, dass wie automatisch die Landeklappen rausfuhren, die Maschine, mechanisch angedrückt, immer noch viel zu langsam, zwischen brennenden LKWs und schwarzen Rauchsäulen hindurch, vorbei an viel zu hoch erscheinenden Hallen über der Wüste mühsam wieder an Höhe gewann. Als letztes eben noch im Augenwinkel gesehen, ragten aus einem dunklen Loch brennende Trümmer hervor, ein silberner Flügel, darauf auf schwarzem Grund ein weißer Stern. Abgestürzt. Mein Gott, das hätte ich sein können, das kann nur einer von uns gewesen sein. Wieder in sicherer Höhe und einigermaßen im Klaren, was beinahe geschehen wäre, packte mich das Zittern, ich fror, bemerkte meinen klitschnassen Körper, die Zähne klapperten.

Auf dem Heimflug führte ich eine intensive Unterhaltung mit dem mich frech anleuchtenden Warnlicht des Schleudersitzes: „Junge Junge, wenn ich dich gebraucht hätte. Beinahe wäre es so weit gewesen. Vielen Dank, lieber Schutzengel, ich verspreche dir, ich werde dich nie wieder provozieren.“

Die Erinnerung gibt nicht mehr her, wie der Oberleutnant Färber nach Luke zurückgefunden hat, aber mancher kam kreideweiß und erschöpft zurück in den

Briefingraum. Jeden Heimkehrer begrüßte Major Fjurrill mit Handschlag: „Well done, my son!"

Zwei F 84 F gingen verloren. Beide Piloten tödlich verunglückt. Die eine Unfallstelle hatte ich gesehen. Gott sei Dank kamen alle vom „Kraut Field" zurück.

Für den Nachmittag war das große Debriefing angesagt, die Nachbesprechung, und wie langsam durchsickerte, würde es die Nachbesprechung des Manövers sein.

Was, das Ganze war nur eine Übung, kein ernsthafter Einsatz gegen die Spigs?

Nicht Erleichterung, sondern Wut brandete auf. Viele der amerikanischen Piloten fluchten, weil sie sich an der Nase herumgeführt fühlten. Wir dagegen waren erleichtert, staunten aber, wie geschickt die Amis eine Übung so realistisch hatten aufziehen können, dass bis zuletzt tatsächlich der Eindruck bestand, in eine kriegerische Handlung eingebunden zu sein. Das Debriefing brachte die große Auflösung.

Für den Lehrgang des „Kraut-Field" war es der letzte Flugtag und das Kuba-Manöver die abschließende Übung des Waffenlehrgangs in den USA gewesen.

Ein Granatenabschluss, über den lange noch diskutiert wurde.

Niemand von uns Marinefliegern ahnte zu der Zeit, dass uns ein Jahr später die echte Kuba-Krise als Höhepunkt des Kalten Krieges an den Abgrund des III. Weltkrieges führen sollte.

Die Besprechung des Manövers, als Vortragende wieder einige der mutmaßlichen CIA-Leute dabei, erging sich in Lobhudeleien über den Erfolg, ließ aber auch erkennen, warum das Szenario so überzeugend realitätsnah gewirkt hat, schließlich standen die USA und Kuba seit mehr als einem Jahr mit außenpolitischen Drohgebärden voreinander.

Wie anfangs erwähnt, lief das seit Monaten vorbereitete und mit 120 Flugzeugen durchgeführte Manöver am 17. April 1961 über die Bühne. Kurz vor dem Ende der Nachbesprechung, jeder sehnte sich nach der angekündigten Happy Hour, trat etwas Ungewöhnliches ein. Neben dem Vortragspodium klappte eine Tür auf, und mit hochrotem Gesicht rannte ein Sergeant auf den in der ersten Reihe sitzenden Kommandeur zu, flüsterte ihm etwas ins Ohr, worauf der aufsprang, nach links und rechts mit den Staffelchefs tuschelte und danach mit hastigen Schritten hinter dem Sergeant hinauslief. Die Tür fiel zu. Schweigen im Saal.

Die verrücktesten Spekulationen brandeten auf. Es dauernde aber nur einige Minuten, bis wieder die Tür aufging. Mehrere Soldaten trugen ein Fernsehgerät herein, stellten es auf das Rednerpult, fummelten daran herum, bis ein Bild über den Schirm flimmerte.

Der eben herausgelaufene Oberst war zurückgekehrt, zeigte auf den TV und sagte: „Meine Herrn, eine Sondermeldung, bitte Ruhe!"

Und was wurde da verkündet? Den Zuhörern blieb der Mund offen stehen. Auf der Insel Kuba in der Schweinebucht führten, so hieß es, exilkubanische Truppen, unterstützt von den USA, eine Invasion durch. Auf die Stellungen der Roten fielen angeblich seit den Morgenstunden Bomben.

Die Bilder zeigten US-Bomber älterer Bauart in Aktion.

Ärgerliche Zwischenrufe aus den hinteren Reihen, ob das eine Fortsetzung des heutigen Manöver sei, erstarben, als kurz darauf Mister President auf dem Bildschirm erschien und seinen „Fellow Americans" erklärte, dass es sich hier und am heutigen Tage um einen militärischen Angriff der USA auf das Regime des Fidel Castro handle. Und das am 17. April 1961. Was für ein Zufall. Der richtige Angriff auf Kuba und unser Manöverangriff auf Kuba erfolgten am selben Tag. Alles, was an diesem Tag sonst noch geschah, ist im Nebel der Erinnerung verschwunden. Der Offiziermesse sollen in dieser Nacht die Getränke ausgegangen sein, etliche Autos seien von der Polizei aus den Gräben gezogen worden sein. Keiner von uns erinnerte, wie und wann die Herren in die Betten fanden. Der nächste Tag allerdings tat weh. Das muss offenbar am Alkohol gelegen haben oder daran, wie Piet glaubte, dass sein letzter Whisky faul war.

17

Das Kuba-Manöver trat schnell in den Hintergrund, denn alle Sinne waren auf die Heimreise gerichtet. Antik, das Schlitzohr, verkaufte mit großem Gewinn seinen Dodge an einen der neuen, eben aus Deutschland eingetroffenen Lehrgangsteilnehmer. Piets Cadillac dagegen, äußerlich wunderschön, aber fahrtechnisch abgewirtschaftet, musste gegen Gebühr abgeschleppt werden und landete unter der Schrottpresse. Hannos und mein gemeinsamer Ford mit seinem bullernden, Benzin saufenden Motor, fand wegen des unauffindbaren Zündschlüssels und wegen des Verlusts der Wagenpapiere keinen Käufer. Was tun mit der Kutsche?

Nach einem lustigen Abend in der Offiziermesse gedieh der Einfall, dem braven Auto einen ehrenvollen Abgang zu verschaffen. Die deutsche Equipe, alle sechs, zuvor umgezogen und noch einmal zum Abschied stilvoll als Cowboys verkleidet, geleiteten den Auszumusternden auf sandigen Pisten in die stille Wüste, um im Schutze der Nacht das Gefährt hinzurichten. Nach Demontage der Nummernschilder floss Benzin über die Polster, Flammen stiegen auf, und mit den mitgebrachten Schießeisen wurde so lange drauf gefeuert, bis die Munition ausgegangen war. Klagend trötete die Hupe auf, bis auch sie verschied und Mister Ford auf den Felgen zusammensinkend ausbrannte. Am nächsten Morgen gab es eine kurze Wrackbesichtigung. Der Anblick schmerzte. Die Sprungfedern der Sitze füllten das Innere, überall gesplittertes Glas, ausgeglüht. Bräunlich, grauweiß und aschfarben lag die Autoleiche in der Arizona-Wüste. Good bye! Am Montag sollte es heimgehen über Tucson, New York in Richtung Frankfurt. Zuvor aber zum Wochenende zielte die Freude auf das bereits mehrfach angekündigte Staffelfest. Hagges und die anderen Fluglehrer dachten an eine, wie sie sagten, gediegene Farewell-Party als

Abschiedsgeschenk für die braven Germans. Wo das Fest stattfinden und was geboten würde, blieb lange ein Geheimnis. Meilenweit führte die Fahrt auf dem nördlichen Highway in Richtung der Bergzüge des „Superstition Mountain", dem Dorado immer noch eifriger Goldsucher. Gold suchen würden wir sicherlich nicht, aber was könnte die Überraschung sein und wo fuhren wir hin? Die Fluglehrer grinsten. Ihnen gefielen unsere ratlosen und fragenden Gesichter.

Nun, dass nichts an Verpflegung, Getränken oder Ähnlichem mitgenommen worden war, fand seine Erklärung. Am Zielort gab es offenbar alles. Aber was sollte hinten auf der letzten Bank die Kiste mit frischen grünen Gurken, größeren und kleineren Kalibers?

Eingedöst während der langen Fahrt, kam Leben in die Truppe, als der Bus vom Highway abbog und sich eine Bergstraße hochmühte. Nach kurzer Fahrzeit hielten wir innerhalb eines umzäunten Geländes vor einer Baracke, eindeutig etwas Militärisches, davor geparkt eine Mehrzahl schicker Autos und ein Militärlaster.

Hier sollte die Party steigen?

Beim Aussteigen wehte herrlicher Bratenduft herüber, hinter dem Gebäude kräuselte weißlicher Qualm in der Luft. Mit dem Licht der untergehenden Sonne wich die Hitze, von den nahen Bergen wehte eine erfrischende Kühle.

Warum fuhren wir nur wegen des Barbecues so weit hinaus in die Wildnis?

Der zuvor angereiste Major Fjurrill, heute freizeitlich bekleidet mit einem bunten Hemd und knielangen Shorts, begrüßte seine eingetroffenen Gäste. Unter einem Wellblechdach als Anbau an der Baracke - es war eine aufgegebene Funkfeuerstation - brutzelten auf einem langen Grill großlappige Steaks, gewendet und köstlich zubereitet von Farbigen, die auch das Bier ausschenkten. Unter ihnen entdeckte ich den Cheeseburger-Joe. Er grüßte nur knapp und verstohlen, als er mir breit lächelnd das wohl größte aller Steaks auf den Pappteller zelebrierte, dabei vor sich hinredend, damit niemand hören sollte, was er mir mitteilen wollte. Seinem Gemurmel entnahm ich so etwas wie: „Passen Sie auf, Sir, das hier wird noch schlimm enden, das wird eine scharfe Girls' Night."

Joe erzählte wohl Märchen. Weit und breit sah man keine Girls, nur Kerle, die an Steaks herumkauten, Budweiser und Schlitz-Beer aus „Cans" in die Kehlen kippten, dazu scharfen Tequila, der seine Wirkung nicht verfehlte. Hagges, als Fluglehrer freundlich aber distanziert und als Familienvater neben seiner dominierenden Ehefrau eher gehemmt wirkend, war völlig aus dem Häuschen, wie verwandelt, tanzte, sprang herum, nahm jeden von uns in seine Arme und strahlte. Zu seinen „Leopards" gewandt rief er immer wieder: "Ihr werdet euch über die Überraschung freuen, surprise, surprise!" Auch die anderen amerikanischen Staffelangehörigen wussten offensichtlich mehr, schienen das Programm der Veranstaltung zu kennen. Sie wirkten wie aufgedreht. Da wurde gelacht, Witze gerissen. Besondere Aufmerksamkeit fand ein Katalog, umgeben von einer Traube Wissbegieriger, ein Pornoheft mit nackten Weibern. Neben dieser Aufgeilerei wurde gesoffen und gesoffen, als wenn es darum ging, die Bestände so schnell wie möglich zu leeren.

Hagges zeigte seinem Team das heißumkämpfte Heft und fragte beiläufig: „Na, welches Mäuschen passt denn zu euch?"

Nichts Böses ahnend bohrte ich meinen Zeigefinger auf die aufgeblasenen Brüste einer üppigen Blondine. Das war die Nummer acht. Hanno feixte und wies auf die Sieben, und so wanderte die Bestellung lachend die Reihe weiter.

Als alle Steaks verputzt waren, ging es darum, mit Hand anzulegen, die Grills von der Kohle zu befreien und die Glut zu löschen. Mit Windeseile packten die Köche das schmutzige Geschirr, den Müll und leere Flaschen auf den vorgefahrenen Laster.

Warum plötzlich diese Hektik, war die Party schlagartig zu Ende? Dafür hätten wir doch nicht zwei Stunden durch die Wüste fahren müssen, um unter freiem Himmel den Magen voll zu schlagen und übermäßig zu trinken?

Wer weiß, welche Vorschrift da wieder zum Tragen kam.

Als erstes rückte das Grillpersonal ab. Joe sah mich und winkte mit nach oben gezeigtem Daumen herüber. Auf dem Laster verschwand er mit seinen Kollegen, andere fuhren mit ihren eigenen PKWs aus dem Militärgelände.

Zurück blieben wir, die „Helden von Kraut-Field", wie der mühsam auf ein Fass gekletterte, seiner Worte nicht mehr ganz sichere Staffelchef Fjurrill seine Getreuen ansprach.

Trotz der fleischernen Grundlage duselte es mir ganz gehörig im Kopf, besonders diese elende Tequila-Becherei zeigte Wirkung. Fjurrills langweilig gelallte Ansprache endete mit einem aufschreckenden Schrei, der, aus allen herumstehenden Amikehlen wiederholt, weit über die Wüste hallte: „Feuer Frei!"

Das muss das entscheidende Stichwort für den weiteren Teil des Abends gewesen sein. Zum Nachdenken, was das bedeuten könnte, blieb keine Zeit. Die bisher unbeachtete Eingangstür der Baracke polterte auf, und im höchsten Diskant quiekend schwappte eine Welle langhaariger barbusiger Damen aus dem Gebäude, nur mit knappen Tangas bekleidet. Plötzlich hüpften Titten aller Größen herum. Eine dicht vor mir schrie: „Who is number eight, wer ist die Nummer acht?"

Hagges, neben mir stehend, brüllte: „Here" und zeigte auf mich. Sekunden später sprang mich ein weißfleischiges wasserstoffsuperoxydblondiertes Wesen an, die grell geschminkten Lider hingen auf fächergroßen künstlichen Wimpern, die fast hörbar auf- und niederwedelten, darunter ein süßes Stupsnäschen und ein blutrot aufgedonnerter Kussmund. Die Blondine duftete nach betäubendem Parfüm, gar nicht mal so übel, der meinen Körper reibende Bauch übertrug angenehme Wärme, meine Hände glitten wie automatisch über ihren apfelartigen Po. Was für steile Brüste bäumten sich vor meiner Brust auf.

238

Sie schaute mich gierig an, ja, sie fand das Gegenstück zur Nummer acht sympathisch. Nach so langer Enthaltsamkeit versagte bei so scharfem Angebot jegliche Bremse, klar, dass eine Nutte mich drückte, aber der Dampf in den Lenden machte die Umgebung vergessen, mein Spargel wuchs und wuchs. Rundherum großes Geknutsche. Das bisher laute Palaver ebbte ab. Die ersten zogen mit ihren Mäusen im Arm in die Baracke. Jeder war versorgt, jeder Splint hatte seine Öse gefunden. Drinnen bläuliches Licht, alles Weiße fluoreszierte, angenehme Kühle im Raum und ein warmes williges Girl auf dem Schoß, wer hätte das gedacht. Die Überraschung war gelungen. Ich befand mich in Kraut-Fields eigenem Wüstenpuff. Hätte man eigentlich sich denken können, dass so etwas existierte.

Das hormonmäßig ausgebremste Amerika, hier weit weg von jeder Prüderie, juchzte in allen Räumen, ungestört von strafenden Blicken der Moralbewahrer. Wenn nicht hier, wo sonst konnten junge Männer ihrer Manneskraft freien Lauf lassen, ohne gleich vor den Traualtar geschleppt zu werden? Mitten in dem großen, spärlich ausgeleuchteten Raum vergewaltigten nackte Frauen auf einer Bühne eine aufrecht stehende Stahlstange, wohl der Vorläufer heutiger Table-dance-Veranstaltungen. Daneben, auf dem Boden und auf den Tischen, keuchten emsige Vögler. Das animierte so sehr, dass man selbst alle Hemmungen fallen ließ. Meine Blondine, eine von Major Fjurrill und seinen Männern für das Vergnügen Bezahlte, schien es zu genießen, dass ich ihr mein Genital um die Ohren schlug und dann in sie versenkte, bis alle Kraft aus mir in sie hineinströmte. Niemand achtete mehr auf den Nachbarn. Niemand empfand Scheu, sich direkt neben dem anderen, wer er auch immer war, dem wollüstigen Treiben hinzugeben.

An einer Bar sammelten die Paare nackt umschlungen neue Kräfte. Eine ältere, offensichtlich ausgemusterte Dame bediente ihre Kunden als Barkeeperin. Sie mischte jedes gewünschte Gesöff zusammen. Davor, im Halbdunkel kaum zu erkennen, auf dem Rücken liegende erschöpfte Gestalten oder zum Himmel gestreckte in V-Haltung gestreckte Beine mit dazwischen heftig auf- und niederfedernden nackte Hintern. Einige Kameraden bearbeiteten ihre Auserwählten halb auf die Tische gelegt. So muss es in Sodom und Gomorrha zugegangen sein oder auf einem mittelalterlichen Ritterfest. Der Laden brummte. Den eigentlichen Höhepunkt des Bumsfestes erlebten allerdings nur noch wenige. Auf einer Matte im Schoße meiner Blondine liegend, sah ich leicht verschwommen Hagges mit der rätselhaften Gurkenkiste zur Bühne laufen. Beifall und Gelächter begleiteten sein Tun. Was nun geschah, habe ich nie wieder erlebt, auch nie den Wunsch verspürt, diesen Zirkusakt noch einmal zu sehen. Ohne Ankündigung lagen mit einem Male einige Damen rücklings auf der Bühne und spreizten bereitwillig die Beine fast bis zum Spagat, von einem auf sie gerichteten Scheinwerfer aufreizend ausgeleuchtet. Willig ließen sie sich von Hagges kapitale Gurken in die Scheide stecken, die nach leichtem Klatsch auf den Unterleib unterschiedlich weit über zumeist mehrere Meter in die grölende Menge flogen. Wer einen dieser grünen Naturdildos auffing, durfte das Spielchen wiederholen.

Von Sandras Abschussrampe flogen die Geschosse am gezieltesten. Geschmeidig geworden durch die mehrfache vorherige Benutzung, genügte eine kurzer Druck auf die rosa Fläche unterhalb des Bauchknöpfchen, und schwupp! fröhlich begrüßt hüpfte wieder eine Salatgurke in die ausgebreiteten Hände der Zuschauer. Was wohl später mit den Gurken geschehen ist? Ob Hagges sie mit nach Hause genommen und seiner biederen Frau auf den Tisch gelegt hat?

Irgendwann schwand die Lust an der geilen Nacktheit und mit ihr die Nutten aus dem alkoholisiert eingeengten Gesichtskreis. Weg waren sie, meine Blondine auch, wie vom Boden verschwunden. War ich eingeschlafen? Aufgerüttelt und hochgeschreckt torkelten die Helden vom Kraut Field in den Bus. Zunehmend kroch Schuldbewusstsein durch die Windungen des betrunkenen Kopfes. Selbstvorwürfe marterten die Seele. Mein Gott, in einer Woche wirst du mit Elisabeth schlafen. Konntest es wohl nicht abwarten? Tröstlich wiederum beruhigte der Gedanke, dass die erste sexuelle Begegnung mit Elisabeth, wenn ich heute nicht mitgemacht hätte, für sie möglicherweise enttäuschend gewesen wäre.

Mir kam die Bemerkung von Antik in den Sinn, als er mich in Mazatlan ermunterte, die Fahrt zu den Freudenmädchen mitzumachen. So verkehrt war seine Wortschöpfung „Pelznieserchen" nicht. Folglich konnte das heutige Vergnügen mit einem Manöver verglichen werden, einer Übung mit dem Nutzen eines Druckminderungsverfahrens. Das müsste eigentlich verzeihlich sein.

Weiterhin beunruhigend blieb die Frage, ob man sich bei der Hure nicht etwas geholt haben könnte. In diese verwirrenden Sorgen hinein weckte kurz vor der Einfahrt zum Flugplatz Fjurrills Stimme die teilweise Schlafenden. Wenn auch lallend, so doch überzeugend tröstete der Staffelchef seine Schäflein mit einigen Worten, die dahin zielten, dass der Fliegerarzt Tage zuvor die zur Feier eingeladenen Girls untersucht habe; zum anderen vergatterte er jeden, dass es Ehrensache sei, zu niemandem ein Wort über den heutigen „event" zu verlieren. Mit dem Aussteigen aus dem Bus sei die heutige Tour d´amour vergessen.

„Meine Herren, diese Fahrt hat nicht stattgefunden." Ob das klar sei.

Die Busbesatzung brüllte im Chor: „Yes Sir!"

Nach fast 50 Jahren dürfte der Erzähler von seiner Schweigepflicht entbunden sein.

Gute Nacht. Das Wochenende reichte zum Ausschlafen und zum Packen der letzten Kleinigkeiten. Dabei kam, oh Wunder, der seit Monaten vermisste Wagenschlüssel des Ford Sedan zum Vorschein. Er steckte in der Tasche meines Bademantels. Zu nichts mehr nutze, übernahm ihn Hanno als Souvenir.

Am Montagmorgen rollte der Bus nach kurzem Abschied im Kraut Field noch einmal durchs Tor der „Luke Airforce Base" zum Abflug in Richtung Tucson.

240

Eine aufregende Zeit endete.

Good bye Amerika, du Land der angeblich unbegrenzten Möglichkeiten.

Hannes beugte sich vor, schaute in die Runde und verkündete:

„Good night Gentlemen, Abflug in die Koje.

Das Abendprogramm ist beendet, es wird abgeschaltet, es sei denn der Skipper macht mir einen ich hoffe doch wohlverdienten Gin Tonic!"

Der fünfzehnte Tag auf dem Atlantik

11. 12 . 2006

Entfernung zum Ziel zur Mittagszeit 725 NM.

Wenn der Wind weiterhin durchhält, müsste die *Esperanza* in fünf Tagen die Leinen in Barbados im Hafen festmachen, können.

Die Verkündigung dieser Aussicht hob die Stimmung an Bord ganz enorm.

Nachdem Hannes letzte Nacht bis in die Morgenstunden unglaubliche Stories von sich gegeben hat, sind die Sehnsüchte der Besatzung tüchtig angeheizt worden.

Allgemeine Tendenz: Es reicht jetzt auf See, wir wollen nach Hause!

Je tiefer die Fahrt in tropische Gewässer führt, desto fantastischer werden die Sonnenuntergänge. Als farbige Kulisse animieren sie Hannes zu immer bunter werdenden Vorträgen, die das aufkommende Gefühl des Alleingelassenseins und der Langweiligkeit dämpfen. Die bis tief in die Nacht ausgedehnten Erzählungen haben eine besänftigende psychologische Wirkung.

Die nach den vielen Seetagen über Tag wegen oft Geringfügigkeiten gewachsene Gereiztheit verpufft, wenn unser Senior in die Bütt steigt.

Natürlich zerren manchmal Geräusche an den Nerven, die tagelang wegen ihrer rhythmischen Wiederholung sogar Wutausbrüche auslösten. So das Poltern der Restmenge Wasser in den Tanks.

Nach der Reststreckenkalkulation und Überprüfung des Vorrats an Trinkwasserflaschen sind heute kurz vor Dunkelheit die Tanks gelenzt worden.

Seitdem herrscht göttliche Ruhe. Das Aufatmen war laut zu hören. Seitdem ist wieder das knarrende Rigg und achteraus das Rauschen des Kielwassers zu hören.

Erwartungsvoll sitzt die Crew versammelt um den Steuerstand.

Während wir Seemeile um Seemeile in amerikanische Gewässer vordringen, wird Hannes ab heute nur noch von Rückkehr und von Zuhause erzählen.

Seine Einleitung jedoch ist jedoch wenig ermunternd, fast enttäuschend:

„Leute, ich werde euch langweilen mit Geschichten, die ihr alle kennt und am eigenen Leibe erfahren habt. Mag sein, ein wenig anders, deshalb die Überschrift des heutigen Abends:

Verheiratet und der Düsentrieb

18

Ankunft auf dem Flughafen Frankfurt am Main, Ortszeit fünf Uhr morgens, der Himmel traurig regnerisch.

Erster Eindruck: Hier ist alles viel dunkler. Niemand läuft wie in den USA bunt gekleidet herum, keine der Frauen hat hellblaue Haare oder auf den Hütchen bunte Blumen und trägt am Leibe grellfarbene Flatterkleider. Sittsame dunkle Kostüme huschen vorbei, Herren in grauen und brauen Anzügen tun geschäftig. Man hat das Gefühl, in der Empfangshalle einer großen Bank zu sein.

Ich haste an all dem vorbei und suche eine Telefonzelle.

Wie wunderbar, ihre Stimme zu hören. „Schatz, ich komme so schnell ich kann."

Zuerst jedoch wollte der Dienstherr seine Piloten sehen.

Zu sechst warteten die Ankömmlinge bei der Vorzimmerdame. Hineingebeten und auf dem Kommodoresofa wie die Hühner auf der Stange aufgereiht, glaubten die Heimkehrer umfassend über die amerikanische Ausbildung und wie es uns ergangen sei berichten zu sollen. Irrtum. Der Alte hatte keine Zeit und beließ es bei einer formellen Begrüßung „Willkommen wieder zurück im Geschwader." Er fragte lediglich, wie es denn gelaufen sei.

„War's gut?" Allgemeines Nicken. „Na denn." Kurze Pause, sein Blick schweifte über ein Papier, was ihn bemüßigte, seinen kargen Redeschwall wieder aufbranden zu lassen:

„Sie drei", er zeigte auf Hanno, Kari und mich, „melden sich in der Aufklärungsstaffel, die andern drei in der Mehrzweckstaffel. Das ist Ihr neues Zuhause, Sie wissen ja, wo die Staffeln zu finden sind. Das wär's, meine Herren."

Der Vierstreifer machte eine lässige Handbewegung, die zum Abgang aufforderte.

„Er hätte auch ein Quäntchen freundlicher sein können", knurrte Hanno.

Wieder draußen auf dem Flur marschierten sechs mal eineinhalb Millionen DM verursachte Ausbildungskosten, kopfschüttelnd über die wenig aufmunternde Begrüßung, ihrer künftigen Verwendung entgegen. Freundlicheres hätten wir erwartet.

Der Empfang beim Chef der Aufklärungsstaffel dagegen bereitete Freude. Hinter einem unaufgeräumten Schreibtisch, erhob sich eingehüllt in Zigarettenqualm ein untersetzter Korvettenkapitän älterer Bauart, der gleich an einen Schrank eilte, Gläser und Flasche auf den Tisch stellte und uns mit einem Willkommensdrink als neue Staffelkameraden begrüßte.

Wir sollten ihn als fliegendes Urvieh kennen lernen, ein Überbleibsel aus dem letzten Krieg. Er flog zu Görings Zeiten als Fernaufklärer zwischen Spitzbergen und

Nordnorwegen. Die Einsamkeit dort oben musste ihn wohl eine ungezwungene Lebensweise gelehrt haben.

Ustinow entpuppte sich als gradliniger Mann, der nach dem Prinzip verfuhr, Regeln sind gemacht für Leute, denen selbst nichts Vernünftiges einfällt. Mit ihm, bekannt als Kettenraucher, der damit schon beim Wachwerden anfing und abends nie zu Bett fand, ohne eine Flasche Cognac geleert zu haben, begann eine wunderbare Zeit zwischen Himmel und Erde.

Seine augenzwinkernde Bemerkung „Nun nehmen Sie erst einmal den verlängerten Wochenendurlaub und lassen Sie Ihren Dampf ab" entsprach zwar nicht den Vorstellungen, der verdiente Jahresurlaub wäre angemessener gewesen, aber selbst die Chance, gleich weg zu können, fegte die Amerikaheimkehrer buchstäblich vom Platz. Ohne vorheriges Einreichen des Urlaubsgesuchs und die Gepäckschlepperei in die Staffelunterkunft ging es natürlich nicht. Danach stob die Meute auseinander. Hanno direkt zu seiner Süßen nach Landsberg, ich zuerst nach Neidum, wo die Eltern auf die ausführliche Berichterstattung warteten. Sie hörten andächtig zu, nur die Oma Hedwig nervte, sie störte, weil sie meinen Alten immer wieder an der Jacke zog und laut rief. „Nun sag´s dem Jungen doch, nun sag´s ihm endlich."

„Ja, was denn Oma?"

„Nun das mit dem Haus", krähte die aufgeregte alte Dame.

„Was für ein Haus, um was geht es hier?", fragte ich.

Vater stand auf, winkte mir zu:

„Komm, ich zeig´ es dir, spann deinen Wagen an, wir fahren zu einer ganz bestimmten Stelle."

Er griente übers ganze Gesicht. Ich folgte apathisch seinen Navigationsanweisungen. Das brachte uns in den Nordteil der Stadt in ein Baugebiet. Jetzt ging mir das Licht auf. War nicht bei der Verlobung von einem Demonstrativbauprogramm der hiesigen Baugenossenschaft die Rede gewesen?

Im Schein der untergehenden Sonne standen Bauwagen vor Erdhügeln, Paletten mit Ziegelsteinen türmten sich neben Betonmischmaschinen. Dahinter lag die Zeile mehrerer aneinandergeketteter Reihenhäuser, die ersten bereits bis zum ersten Stock hochgemauert.

„Hier könnt ihr im nächsten Frühjahr einziehen, es ist das dritte Haus von rechts", hörte ich meinen Vater sagen, und mir völlig Überraschten kam es tonlos über die Lippen: „Seit wann läuft die Sache, weiß auch Elisabeth davon?"

„Na klar, wir und alle Reimanns, schließlich hat dein künftiger Schwiegervater bereits die erste Rate überwiesen. Elisabeth durfte es dir nicht schreiben, es sollte heute und hier die Überraschung sein."

Und die war gelungen.

Zum ersten Mal, dass ich meinen Vater in den Arm nahm und drückte, ich spürte, wie er schluchzte. Auch mir standen die Tränen in den Augen.

Auf der Fahrt zurück zur Deichstraße 10 und verstärkt beim Glas Wein wuchs die Stimmung. So musste nebenan bei Henningsen spät um halb elf das Telefon für mein Gejubel herhalten. Es wurde ein unverschämt langes Gespräch, das mit der Ankündigung endete, gleich am Folgetag in aller Frühe aufzubrechen. Kurs direkt zum Ferienhaus am Chiemsee. Die gesamte heilige Familie würde dort auf den Amerikaner warten.

Durch frühsommerliche Nebelfelder jagte seit drei Uhr ein blauweißer Ford ohne Pause nach Süden durch die Republik, erst wieder aufgehalten von den weichen Armen der lang vermissten Elisabeth, die im Ferienhaus am Chiemsee bereits sehnsüchtig auf ihren Hannes wartete.

Nein, nebenan beim Bauern Hochleitner brauchte ich diese Nacht nicht zu schlafen, auch wenn die katholische bayrische Etikette das vorsah. Dass die Reimann-Eltern ebenfalls in ihrem Hause genächtigt hatten, kam mir erst am nächsten Morgen beim späten gemeinsamen Frühstück zu Bewusstsein. Großes Hallo und große Freude.

Verschlafen, erschöpft und glücklich, alle noch im Schlafanzug, berieten Bayern und Preußen über die Gründung einer neuen Färber-Familie. In den vielen über den Atlantik gewanderten Briefen waren viele Fragen bereits beantwortet worden. Zwischen den Eltern hatte manches Telefonat kleinere Probleme geklärt. Die erforderlichen Familienpapiere lagen in München beim Standesamt in der Mandelgasse auf dem Tisch.

Selbst der Termin der standesamtlichen Trauung stand fest.

Eine Stimme in mir signalisierte: „Hannes, hier kommst du nicht mehr raus, dein Leben wird jetzt in andere Bahnen gelenkt!“

Wollte ich etwas anderes? Nein!

Wann immer das Wort „junge Familie“ fiel, zuckte Vater Reimann zusammen. Ich bemerkte Tränen in seinen Augen und erinnerte seine Worte über die Zweifel an der Gebärfähigkeit seiner Lieblingstochter Elisabeth. Ihre Mutter schien der Sachverhalt weniger zu berühren. Sie wirkte eher unterkühlt und gefasst; offenbar nahm sie die Diagnose, die sie sicherlich genau von ihrem medizinisch versierten Ehemann erklärt bekommen hatte, nicht sonderlich ernst.

Ich auch nicht.

Mehrere Wochenenden, verbunden mit der freitäglichen Hin- und sonntäglichen Rückraserei zwischen Flugplatz und vorehelichem Beischlaf in Bayern, sei es auf dem Wanderweg hinauf zur Kampenwand, in Heuschobern am Chiemsee oder im elterlichen Gästezimmer, zielten darauf ab, dem Gynäkologen den Gegenbeweis zu liefern. Eine paar Tage vor Abeise zur standesamtlichen Trauung kurz vor dem Start zu einem Navigationsflug, kam der Spieß, der Staffelfeldwebel aus der Tür seiner Verwaltungsbaracke herausgerannt und drückte mir ein Telegramm in die Hand. „Gerade reingekommen“, keuchte er.

Hastig aufgerissen, was stand da, der Boden fing an zu beben: „Bin schwanger, Bussis Elisabeth."

Aufgesprungen und laut gejubelt: „Ich werde Vater!" Den aufgeführten Freudentanz unterbrach Kari mit der trockenen Bemerkung: „Mensch, du bist doch gar nicht verheiratet!" Sein katholisches Entsetzen konnte ich befrieden mit dem Ausruf: „Na und, das wird am Wochenende nachgeholt."

Händeabklatschen und Gratulationen meiner Staffelkameraden wurden am Abend mit einigen freudig gespendeten Drinks belohnt.

Nach der Rückkehr aus Amerika nahm der fliegerische Dienst stramme Formen an. Lustbarkeiten nach Dienstschluss wie Touren zu Kneipen in der Umgebung wurden rarer. Jeder wollte morgens ausgeschlafen sein, denn der gewachsene Klarstand der Maschinen bescherte mehr Flugstunden. Mindestens einmal in der Woche kurvten auch nachts Sea Hawks über Schleswig-Holstein.

Nachtfliegen über See bot besondere Reize. Im dicht bevölkerten Bayern hatten die großen Städte unter einem wie Diamantenhaufen geleuchtet, und selbst die vielen flimmernden Ortschaften gaben für die Navigation beruhigende Hilfen. Ganz anders im Norden. Schon bei der Flugvorbereitung am Boden geschützt mit Rotlichtbrillen, bereitete man sich auf die Dunkelheit vor, die nach dem Start die Außenwelt in schwarze Einsamkeit hüllte, nur die grünlichtigen Armaturen zeigten Ort, Richtung, Höhe und was sonst dazu gehörte.

Anders als bei der selbständigen Teilstreitkraft Luftwaffe flogen Marineflieger als integrierter Bestandteil der Flotte weite Strecken über See, des Tags bei unsichtigem Horizont und in mondlosen Nächten in hochkonzentriertem Blindflug.

Wie einfach war es dagegen in Arizona bei blauem Himmel gewesen. Im Sonnenschein reichte die ungehinderte Sicht über die Wüste bis zum fernen Horizont. Dementsprechend nervös gingen die „Newcomer" an den ersten Nachtflug heran. Vom Einsatzoffizier erklärt, sollte die Route ganz einfach und schlicht vom Start in Richtung Sylt führen, dann hinüber nach Helgoland, zur Elbmündung, danach über Land zur Ostsee, und von Schleimünde aus sollte Schleswig/Jagel angeflogen werden.

Easy, ganz easy sei da alles, es stünden zwar über Land hier und da einige Gewitter und im Seegebiet der Nordsee sei mit Schauern zu rechnen. „Auf der Rückroute in der westlichen Ostsee gibt's halt einige Nebelbänke. Aber wie gesagt, easy, ganz easy", meinte im breitesten Bayrisch der nach Norden verschlagene Einsatzoffizier.

„Der erste meldet halt über jedem Wendepunkt das Wetter, wie's is, gell, eben nur so zur Information. I bin auf'm Tower und pass auf und ihr bleibt auf der Frequenz."

Kari startete als erster in die mondlose Sommernacht.

In Abstand von fünf Minuten folgte der Nächste. Insgesamt flogen 10 Sea Hawks, nicht nur wir kürzlich aus den USA Hinzugestoßenen, sondern auch erfahrenere Kameraden.

Am ersten Wendepunkt angelangt, knisterte im Kopfhörer Karis Stimme: „Schleswig Tower, this is RB 373, Position Sylt, heavy rain and turbulence, low visibilty."

Na, das war ja eine schöne Bescherung, gleich beim ersten Nachtflug voraus ein dickes Gewitter, Regen, Turbulenzen und schlechte Sicht.

Der Zweite, der über Sylt kurvte, sah sich bemüßigt, ebenfalls das Wetter zu kommentieren, obwohl doch nur Kari dazu etwas sagen sollte. Der Wettbericht fiel noch schlechter aus. Dann plötzlich krähte Kari, wegen der Entfernung leicht gestört, in den Äther, dass auf Helgoland das Funkfeuer ausgefallen sei und er die Insel wegen der dichten Wolken nicht gefunden hätte. Zu allem Überfluss rief ein Dritter dazwischen, wie miserabel die Sichtverhältnisse nach dem Start seien. Je mehr Flugzeuge über Land und See dahinjagten, desto undisziplinierter wurde der Sprechfunkverkehr. Jeder glaubte, einen Beitrag zum Wettergeschehen leisten zu müssen, was natürlich alle Beteiligten nervöser und fickeriger machte. Als einer hysterisch lachend von sich gab: „Ich fliege hier in einem schwarzen Bärenarsch herum", da muss endlich unserem Einsatzoffizier auf dem Tower der Kragen geplatzt sein. In höchstem Diskant schrie er in die schleswig-holsteinische Nacht: „All Aircraft from Jagel, wherever you are return to base immediately!"

Ein Wahnsinnsbefehl, denn wenn alle Flugzeuge von ihrer jeweiligen Position zurückgekehrt wären, hätten sie strahlenförmig über dem Flugfeld zusammentreffen müssen.

Niemand wählte diese gefahrenschwangere Rückkehr, alle sind ihre Route brav abgeflogen.

Über diesen Nachtflug gab es viele Diskussionen und über den Einsatzoffizier auch. Unser Bayer, bisher als ausgebuffter Einsatzpilot und Beherrscher der Lüfte geachtet, fiel in der Wertschätzung meilenweit achteraus. Die Erkenntnis wuchs, dass auch die älteren Füchse nur mit Wasser kochten. Das diente der Kräftigung des eigenen Selbstbewusstseins.

Bewunderung dagegen fand das erstmalig vom Kommando der Marineflieger im Frühjahr 1961 aufgestellte Kunstflugteam. Ausgewählt wurden fünf der besten Flugzeugführer. Während des Flugtags in Fürsty hatte ich sie meiner Liebsten zeigen können.

Die trägerfähige Sea Hawk eignete sich gut für den Kunstflug. Sie reagierte prompt auf Steuereingaben, war wendig und gab den Piloten selbst im engsten Formationsflug ausreichend Schubreserven.

Noch vor unserer Ankunft im Geschwader hatte das Team seine Kunstflugfähigkeit im Mai 1961 den schwimmenden Einheiten in der Nordsee vorgestellt.

Abends an der Bar des Offizierheims hörte man die Künstler der Lüfte die tollsten Geschichten erzählen.

Dem Flottenchef sei, auf der Brücke des Zerstörers stehend, vom Jetstrahl die Mütze vom Kopf gepustet worden, so tief sei die Formation über das Schiff gedonnert. Demonstrierend mit den Händen erklärte der „Leader" immer wieder gern, wie die Show abgelaufen sei:

Angeflogen von der Seite nur eine Handbreit über der Wasseroberfläche, kurz vor der Bordwand hochgezogen, stiegen die vier steil in den Himmel, Nr. 4 rückte dabei hinter die Nr. 1. In der Höhe zerplatzte die Viererformation und teilte sich kleeblattartig in einem Looping und kam aus vier Himmelsrichtungen von oben auf den Flottenchef herabgeschossen, verteilt in der Höhe, vielfach zuvor geübt, so genau über dem Schiff, dass man in der Zeit einer tausendstel Sekunde durch alle vier Flugzeuge vertikal eine Nadel bis in den Kopf des staunenden Herrn Admirals hätte stechen können. So etwas Verrücktes hatte die Flotte noch nicht erlebt. Obendrein, schier unglaublich, flog der fünfte Mann, der als Soloflieger bei den akrobatischen Vorführungen die Pausen ausfüllte, im Rückenflug in Masthöhe über das Schiff.

Die Schar der selbst fliegenden Zuhörer beklatschte ihre Vorbilder.

Mit diesen Kunststücken, die im August zusammen mit anderen Nationen auf einem Großflugtag in Schleswig/Jagel vorgeführt werden sollten, glaubte die hohe Führung in Bonn das noch schwache Ansehen der Bundeswehr in der Öffentlichkeit zu verbessern.

Die Marineflieger selbst hatten darüber hinaus um Sympathien in den Reihen der seefahrenden Marine, von den Fliegern abwertend „Fishheads" genannt, zu kämpfen. In Seemanövern galt es, viele der stockkonservativen kriegsgedienten Marineoffiziere von der Notwendigkeit zu überzeugen, im Ernstfall dem Flottenchef neben Kriegsschiffen auch eigene Kampfflugzeuge unmittelbar an die Hand zu geben.

Das Kunstflugteam leistete dabei vorzügliche Überzeugungsarbeit.

Wieder mal die Experten über dem Flugplatz ihre Rollen drehen und den Solisten in Rückenlage atemberaubend flach über dem Boden unter den Vieren hindurchjagen zu sehen veranlasste Hanno zu dem Vorschlag, ob wir zu zweit nicht mal versuchen sollten, einen „Sandwich" zu fliegen. Einer oben, einer unten, so fast Bauch an Bauch.

„Nee, Hanno, nicht mit mir. Ich im Rückenflug und du fast auf mir drauf, ich sehe dich doch gar nicht. Da ist ja schlimmer als ein Enten-Begattungsakt. Mensch Junge, ich habe doch bald Familie!"

Ende Juni schrieb Elisabeth unter den Augen des Standesbeamten in der Münchener Mandelgasse ihren neuen Namen Färber, ein wenig unsicher, aber mit strahlenden Augen. Nicht nur die Eheringe, ihr kleiner passte genau in den meinigen, verbanden uns, sondern auch die Gewissheit, bald Eltern zu werden. Gynäkologe Dr. Reimann war widerlegt worden, er freute sich unbändig über seine Fehldiagnose. So sehr, dass er seinem Schwiegersohn versicherte, nachdrücklicher als zur Verlobung angedeutet, unser bald beziehbares Heim in Neidum nachwuchsgerecht mit allem auszustatten. Was für ein wunderbarer Anfang!

Als wohlerzogene Tochter eines in seinem Wohnbezirk bekannten katholischen Arztes saß die gute Elisabeth nach der standesamtlichen Trauung auf der harten Bank des für Schwabing zuständigen Pfarramtes, um den Brautunterricht über sich ergehen zu lassen. Keine kirchliche Trauung ohne die vorherige Unterweisung der Geistlichkeit. Dagegen war im Prinzip nichts einzuwenden, erfreulicherweise konnte ich aus dienstlichen Gründen daran nicht teilnehmen. So saß die junge Braut allein vor den für den Bezirk Schwabing zuständigen Benediktinermönchen, die alle Qualifikation mitbrachten, Ratschläge zu erteilen, wie ein künftiger Familienbetrieb zu führen sei.

Für Elisabeth sollte die kirchliche Trauung nicht nur des weißen Kleides wegen oder aus Tradition oder gar gesellschaftlicher Verpflichtung vor dem Traualtar stattfinden, es war uns beiden ein Bedürfnis, uns außer dem Gesetz nach vor dem Standesbeamten auch vor dem Traualtar das Jawort zu geben.

Als nun die junge Ehefrau bekennen musste, einen Nichtkatholiken geheiratet zu haben, und das von der Kirche absegnen lassen wollte, setzten die Mönche alles dran, ihr das auszureden und malten das Horrorszenario einer Mischehe an die Wand. Als sie außerdem erwähnte, dass ich gerade aus Amerika gekommen und dort zu Gottesdiensten der Methodisten und Baptisten gegangen sei, hätte der protokollführende Benediktiner heftig geschrieben.

Nur wenn Elisabeth mindestens sieben Kinder bekommen und diese streng im katholischen Glauben erziehen würde, könnte der Herrgott ihrer verwirrten Seele gnädig sein.

Versehen mit dem Heftchen „Ist er auch katholisch?" stand sie anschließend leicht geschockt vor der hinter ihr ins Schloss gefallenen Pfarramtstür. Nach diesem Erlebnis und der Lektüre des Heftchens, das mittelalterliche Eheverhaltensweisen beschrieb, stand die Entscheidung fest, sich nicht in Schwabing, sondern in der als weltoffener bekannten Kirche in Bogenhausen trauen zu lassen.

Darüber ging ein weiterer Monat ins Land, bis wir beide am Abend vor dem großen Ereignis den Geistlichen der kleinen barocken Kirche im Münchener Stadtteil Bogenhausen aufsuchten, um letzte Details der Trauung zu besprechen. Wir saßen gemeinsam vor dem Schreibtisch des uns freundlich begrüßenden Pfarrers. Er musterte besonders mich von oben bis unten.

Er blickte in die vor ihm liegenden Papiere, schien etwa zu suchen, schüttelte schließlich den Kopf und lächelnd entfuhr es ihm erleichtert: „Sie sind ja gar kein Neger!"

Ich staunte, Elisabeth lachte hell auf. „Was sollte ich sein?"

„Ja ja, die Brüder von Schwabing haben mir geschrieben, Sie sind ein amerikanischer Neger!"

Der aufregende nächste Tag ist im Gedächtnis wie von einer Dunstwolke verhüllt. Gut, dass es Photos gibt, die uns beide vor dem Traualtar zeigen, vor der Kirche durch ein Spalier unbekannter Leute im Gleichschritt gehend. Elisabeth in einem bezaubernden, lichtweißen kurzen Brautkleid, ich in Uniform mit weißen Handschuhen. Der Schwager fuhr uns in seinem Wagen zum Hochzeitsessen im Seehaus in den Englischen Garten.

Dort warteten viele Gäste aus dem Bekanntenkreis der Reimanns, außer meinen Eltern niemand aus dem Norden, neben der engeren Verwandtschaft nur Fremde. Sie drückten uns die Hände, Küsschen hier und Küsschen da, hatten lobende Worte und gaben lehrreiche Empfehlungen für den weiteren Lebensweg. Obwohl als Hauptpersonen in den Mittelpunkt gestellt, hätten wir die üppig gedeckte Tafel nach dem großartigen Essen lieber gleich irgendwohin in die Zweisamkeit verlassen.

Was es zu essen gegeben hat, das besagt in einem Album die eingeklebte Menükarte. Was an Reden gehalten wurde, ist wie Schall und Rauch vorbeigeflogen. Wir hörten nicht zu, schwebten über der Gesellschaft auf einer rosa Wolke, hielten uns an den Händen und lebten in Trance.

Nach altem Brauch entführte man die Braut, mit Unterstützung wohlwollender Gäste fand der Bräutigam sie nach einer Irrfahrt durch München in der Bar des sündteuren Hotels Bayrischer Hof unversehrt wieder. Die Entführer bestanden auf eine stattliche Zahl massiver Drinks als Auslösung. Das war ganz lustig, minderte jedoch das Erinnerungsvermögen beträchtlich. Ob wir beide in der Hochzeitsnacht miteinander geschlafen haben, weiß ich auch nicht mehr. Elisabeth behauptet auch heute noch, ich hätte, statt gleich ins Bett zu der Angetrauten zu fallen, als erste eheliche Maßnahme im Waschbecken meine Strümpfe gewaschen.

Was lag näher, als nach der Hochzeit nach Wien zu reisen. Im neunten Bezirk hatte die Schwägerin ein kleines schnuckeliges Hotel für uns gebucht. Mit ausgebreiteten Armen, als wären wir ihre Kinder, empfing die Frau Hoteldirektorin, wie sie gern angesprochen wurde, die „Hochzeiter". Jeden Morgen zelebrierte draußen in einer von Rosen überwucherten Laube Wiener Charme und Schmäh das Frühstück und empfahl: „Nehmt den Fiaker, des is gemütlicher." Abend gab sie uns eine kleine Flasche Rot- und Weißwein mit aufs Zimmer, stets mit der Weisung: „Trinkts net so schnell, sonst klappt´s noher net!"

Der Fiaker bewährte sich in jeder Weise. An der frischen Luft, voraus Pferdegetrappel, bei herrlichstem Sonnenschein zu den verschiedensten Sehenswürdigkeiten Wiens gefahren zu werden war herrlich; meistens endete die Fahrt in einem Weinlokal und das am häufigsten in Grinzing. Eines Abends auf dem Weg zurück in die Stadt, wir waren vom Heurigen bereits leicht schwindelig, hielt der Fiaker plötzlich hinter einem Auto mit Hannoveraner Kennzeichen. Zwischen dem Fahrer und einem lässig an das Fahrzeug gelehnten Polizisten lief ein einseitiges Wortgefecht. Der im Wagen Sitzende schimpfte, der Wiener Polizist dagegen, die Jacke aufgeknöpft, hörte dem Deutschen lächelnd zu und versuchte ihn mit beschwichtigenden Handbewegungen zu beruhigen. In der einen Hand hob er immer wieder etwas Längliches hoch. Der Kutscher bugsierte unser Gefährt näher an die Diskutierenden heran, schaute sich zu uns um und flüsterte kichernd: „Des müssen's mit anhörn!"

Der Hannoveraner: „Ich habe in Grinzing nur ein Gläschen getrunken, mehr nicht. Ich bin stocknüchtern, ich blase nicht in ihr verdammtes Röhrchen!"

Nach mehreren gleichbleibend freundlichen, aber erfolglosen Überredungsversuchen brachte der Polizist den deutschen Grinzinggast letztlich dazu, nach dem Röhrchen zu greifen, indem er entwaffnend sagte: „Wissen's, wenn Sie net neinblasen wollen, dann tu ich's und dann san's ihren Führerschein los."

Wien blieb unvergesslich, erst zur Silbernen Hochzeit fanden wir wieder dorthin zurück, die Frau Hoteldirektorin gab es leider nicht mehr.

Zurück am Chiemsee, blieben nur noch wenige Tage bis zur Abfahrt in den Norden. Erst später ist mir bewusst geworden, welch gewaltigen Schritt aus ihrem bisherigen Leben heraus die 19-jährige Elisabeth wagte, weg von dem lebhaften großstädtischen Flair in ein verschlafenes Nordseenest, weg von der Verwandtschaft und ihren Freunden hinauf in den temperamentkühlen, unbekannten Norden und das mit einem Mann, den sie zwar über die Zeit gesehen zwar schon länger kannte, mit dem sie aber wegen des USA-Aufenthaltes und der wenigen Wochenendbesuche in der Summe bisher nur drei Wochen zusammen gewesen war.

Der Tag der Tränen rückte heran. Am letzten Nachmittag, wir beide ganz allein auf einer Restaurantterrasse hoch über dem Simssee, glitt ihr feuchter Blick über die grünen Wiesen bis zu der im Abendlicht rötlich aufleuchtenden Kampenwand. Schweigend drückte ich ihre Hand, sie lächelte ein wenig.

„Mein Schatz, du bist ein tapferes Mädchen, wir drei werden da oben schon klar kommen. Lass uns mal machen."

Der letzte Satz, dem Schwiegervater zum Abschied wiederholt, flößte ihm Vertrauen ein. Er heulte trotzdem, Mutter dagegen zeigte eiserne Beherrschung.

Meine Eltern blieben noch einige Tage, sie wurden verwöhnt. Die beiden, nie zuvor aus Schleswig-Holstein herausgekommen, sahen in Bayern zum ersten Mal Berge, hohe steile Felsen und trafen auf Menschen, die teilweise ein für sie unverständliches Deutsch sprachen.

Elisabeth und ich fühlten uns abgenabelt. Sie von ihren, ich von meinen Eltern. Ihr klopfte das Herz, und die nie ausgesprochene Frage mag sie gequält habe, wie der Alltag mit uns beiden da oben sich gestalten würde; ehrlich gesagt, ich hatte da auch diese plötzlich aufkommende Frage. Schnell weg mit diesem Angstgespenst! Mit jedem abgefahrenen Kilometer nahmen die gute Laune und die Zuversicht zu. Wir werden es schon schaffen!

In der Deichstraße 10 warteten Oma Hedwig und ihre Ziege auf die Frischvermählten. Meine beiden Alten kamen später und ließen uns bewusst in Ruhe, um uns für die hoffentlich nur kurze Zeit des Unterschlüpfens Eingewöhnungszeit zu geben.

Bis zur Fertigstellung unseres kleinen Reihenhauses schliefen wir im Wohnzimmer. Elisabeth staute tapfer ihre zahlreich mitgebrachte Garderobe in den begrenzten Raum des Flurschranks. Als erstes verabschiedete sie sich von den hochhackigen Schuhen, die so schön ihre Waden formten. Auf dem Neidumer Holperpflaster knickte sie dauernd um. Ein bodenlanger Regenmantel mit Kapuze ersetzte bald die leichtere bayrische Wetterkleidung. Nach den ersten Stürmen lagen ihre zierlichen Regenschirme zerbrochen im Müllkasten.

Plötzlich über Nacht nicht mehr berufstätig, für einen eigenen Haushalt noch nicht verantwortlich, versank Elisabeth in gähnende Langeweile.

Meine wohlmeinenden Eltern stülpten übertriebene Fürsorge gleich einer Käseglocke über die werdende Mutter und ließen ihr kaum eigenen Bewegungs- und Entscheidungsraum. Abends in meinen Armen kullerten die Tränen. Selbst schwiegermütterlich wohlgemeinte Aussprüche am Frühstückstisch wie: „Wünsche wohl geruht zu haben!" reizten zum Widerspruch.

Am Tage schlenderte Elisabeth ziellos durch die Stadt und versuchte, lächelnde Gesichter zu finden. Abend klagte sie mir ihr Leid. Was sollte ich ihr empfehlen?

Da ich täglich nach Jagel zum Flugplatz musste, dort an den Vorbereitungen für den bevorstehenden Großflugtag beteiligt, blieb mir nur wenig Zeit, tröstend auf das trauriger werdende Mädchen einzuwirken.

Ablenkung bot der Spätsommer bei ausgedehnten Spaziergängen. Im Segelclub fand ich alte Freunde, die uns bei sanftem Wind zu einer Fahrt hinaus ins Wattenmeer einluden oder zu einem Tanzvergnügen ins Seglerheim. Fast täglich sah uns die Baustelle, da ging es nur langsam voran. Den versprochenen Einzug zum 1. Oktober sollte man vergessen, wie einer der Zimmerleute abwinkend sagte. Aber durch den Bau, durch die einzelnen Zimmer zu gehen und uns Gedanken zu machen, wie das Haus eingerichtet aussehen könnte, erhellte die Gemüter. Lange Listen entstanden, Kataloge wurden gewälzt, Adressen von Geschäften gesucht und Zeichnungen angefertigt.

Eines Tages, wieder am Bau, winkte von der anderen Reihenhausseite eine junge Frau herüber und rief: „Hallo Nachbarn!" Aus dieser Begegnung entstand eine lebenslange Freundschaft. Sie eine Eingeborene und er aus der nächsten Nachbarschaft von Neidum öffneten der aus München Zugereisten das Tor zu dem Teil der hiesigen Gesellschaft, die weniger norddeutsch verklemmt war. Ein inniger werdendes Band verband die Frauen, beide schwanger, und ich war glücklich, dass Elisabeth gleichgesinnte und vor allem gleichaltrige Freunde gefunden hatte.

Durch Heidrun und Werner wuchs der Bekanntenkreis und bescherte der auch mir als Eingesessenem neue Kontakte.

Gelegenheit, unsere neuen Freunde in meine Berufswelt einzuführen, bot am 27. August 1961 der Großflugtag der Marineflieger. Wie oft war ich in den letzten Wochen erst spät vom Flugplatz in die elterliche Wohnung zu Elisabeth zurückgekehrt, weil die Organisation dieses Ereignisses, das übrigens nie wiederholt wurde, alle Freizeit in Anspruch nahm.

Privilegiert durfte ich mit den Eltern und Freunden auf der Haupttribüne Platz nehmen.

Ich war zwar nicht selbst Angehöriger des Kunstflugteams, kannte sie aber alle persönlich, wusste, wer in welcher Sea Hawk saß. So wurde ich zum umlagerten Kommentator der Flugfiguren. Phantastisch, was da geboten wurde. Ausländische Teams konkurrierten mit dem unseren. Zum ersten Mal sah ich das in den nächsten Jahren zu erwartende Nachfolgemodell der englischen Sea Hawk in der Luft, die amerikanische F 104, den Starfighter, ein utopisch anmutendes Flugzeug, mehr einem fliegenden Geschoss mit Stummelflügel ähnelnd, imponierend schnell und mörderisch laut.

Es dröhnte und donnerte den ganzen Tag. Begeistert von der Vielfalt der gelungenen Flugvorführungen fragte ich abends zu Hause die Mutter, was ihr am besten gefallen hätte. Sie strahlte und meinte, es sei die Erbsensuppe gewesen.

Am nächsten Tag berichteten die Medien, dass fast 200.000 Zuschauer zu diesem „Tag der offenen Tür" gekommen seien. Ein Zeichen dafür, dass die Marineflieger in der Öffentlichkeit angekommen waren.

Die noch tagelang währenden Berichte der Medien über die als sensationell empfundenen Flugvorführungen halfen auch uns beiden, auf der Straße angesprochen zu werden. Der Bekanntenkreis wuchs langsam aber ständig, und Elisabeth fühlte sich nicht mehr so verlassen und fremd in ihrer neuen Umgebung.

Auf einer Veranstaltung trafen wir auf das Ellelein, eine der vielen Nachbarstöchter, das ich auf Drängen meiner und ihrer Eltern hätte heiraten sollen. Das war die damals aus den USA zurückgekehrte fürchterlich Geschminkte, jetzt verheiratet mit dem bekanntesten Gemüsehändler am Orte. "Oh, ihr müsst uns mal besuchen.‚

Da wir ständig bemüht waren, Boden zu fassen, wurde der Besuch nicht lange aufgeschoben. Nach der Besichtigung der großen Villa, die das Ellelein stolz vorführte, zielte die Unterhaltung des Hausherrn während des anschließend Kaffee- und Kuchenzeremoniells darauf ab, abzutasten, wer von beiden Ehepaaren den höheren Lebensstandard erreicht hatte. Der Offizier oder der Gemüsegroßhändler.

Nun, was konnte ein Oberleutnant da schon bieten. Jetflieger und Ritter der Lüfter zu sein gegen Grüne Bohnen im Tonnengebinde.

„Sehen Sie das mal so, fliegen ist ja ne tolle Sache, aber damit kann man doch keinen Handel treiben. Im Gegensatz zu Ihnen habe ich immer was zu bieten. Zum Beispiel da drüben die Stereoanlage, eingetauscht gegen Erbsen und Wurzeln."

Er schüttelte sich vor Lachen und das Protzen nahm kein Ende.

„Habe natürlich auch gute Verbindungen im Lande, die sind Bargeld wert, mein Lieber. Schau'n Sie mal den Afghanteppich vor Ihnen an, schönes Stück, garantiert echt, herrliche Farben. Fragen Sie mal in Neidum, wer so etwas Wertvolles in seinem Wohnzimmer liegen hat, und wollen Sie wissen, was ich dafür bezahlt habe? Mal eben läppische 1.000 DM, das ist doch geschenkt bei dieser Größe drei mal 2,40 Meter, so ein Preis geht natürlich nur unter Geschäftsfreunden. Da drüben liegt das identische Stück, auch günstig gekriegt. Dieser hier geht wieder weg, was soll ich mit zwei von derselben Sorte, da kommt was anderes her, was Persisches oder so."

Als er nicht aufhörte über den Teppich und seine Großartigkeit zu prahlen, trafen sich Elisabeths und meine Blicke. Derselbe Gedanke beseelte uns. Hatten wir nicht tags zuvor über einen Teppich in unserem künftigen Wohnzimmer gesprochen? Selbst ein preisgünstiger nicht echter Teppich oder ähnlich Flauschiges sollte weit mehr als 1.000 DM kosten, und hier wollte das Großmaul den einen Afghan zurückgeben?

Mochten wir beide diesen wirklich schönen Teppich? Hände gedrückt, ja der gefiel uns, und das besonders zu dem erwähnten Preis.

Das bisher einseitig geführte Gespräch beendete ein Gläschen Sekt. „Wie Sie sehen, meine Lieben, bei mir bekommen Sie etwas Edles. Na dann Prost."

Ellelein saß still und schweigsam in ihrer Sofaecke, lächelte ergeben und nickte zustimmend bei jedem Satz ihres redseligen Göttergatten.

Ja, sie hatte es gut getroffen, würde meine Mutter dazu sagen.

Die Schluckpause gab mir die Chance, auch einige Sätze anzubringen. Zuvor jedoch hatte Elisabeth aus ihrem Täschchen das Scheckheft herausgezogen und mir heimlich zugesteckt, das ich jetzt mit ausholender Geste auf den Tisch legte, um einen Kugelschreiber bat und den Gemüsegroßhändler ins Visier nahm.

„Ich nehme Ihnen gern die Arbeit ab, den überflüssigen Teppich los zu werden. Was hat der Sie gekostet? Sie sagten DM 1.000? Die bekommen Sie auch von mir!"

Ich schrieb bereits. Mein Gegenüber schaute verdutzt mit fragender Miene sein Ellelein an. Der fiel auch nichts ein. Also schrieb der Kugelschreiber die Summe von DM 1.000,-- auf den Scheck, der mit leichter Handbewegung ins Blickfeld des sprachlosen Gemüsegroßhändlers segelte. Bevor der wirklich wieder zu Worten fand, rückten Elisabeth und ich den Tisch beiseite, falteten den Afghanen zusammen, verabschiedeten uns artig mit Dank für den ach so wunderbaren Nachmittag und schon fiel die Kofferklappe über dem günstigen Kauf zu. Ellelein und ihr Mann standen in der Tür und winkten spärlich. Der besagte Teppich, jahrzehntelang das schönste Stück unserer Teppiche im Wohnzimmer, landete zunächst auf dem Dachboden der Deichstraße 10 neben den Hochzeitsgeschenken und bereits eingekauftem Haushaltsgeräten. Wenn doch nun endlich das Reihenhäuschen beziehbar wäre! Aber das zog sich hin.

Einen Tag nach unserm Besuch beim Gemüsegroßhändler war meine Mutter auf dem Marktplatz von Elleleins Vater angesprochen worden, der sich leicht verstört darüber äußerte, dass sein ansonsten so geschäftstüchtiger Schwiegersohn vom Hannes aufs Kreuz gelegt worden war. Die Färbers erzählen die Story heute noch gern.

Elisabeths Bauch wuchs. Abends vor dem Einschlafen durfte ich daran horchen. Es war schon erstaunlich, wie darin der Kleine strampelte. Für mich kein Zweifel, es würde ein Junge werden. Wie sollte er heißen? Christian, und wenn es ein Mädchen wird? Ja, das war mir egal, den von mir vorgeschlagenen friesischen Namen Swantje lehnte Elisabeth mit Heftigkeit ab.

„Die bayrische Verwandtschaft kann mit diesem Namen gar nichts anfangen, die werden das arme Kind Schweinchen nennen. Kommt gar nicht in Frage!"

Ich verschonte sie mit Diskussionen über wenig ergiebige Themen. Sie hatte es schwer genug. Die neue Umgebung war für eine Bayrin arg gewöhnungsbedürftig, aber es fanden sich schnell weitere junge Paare, die ähnliche Schwierigkeiten zu meistern hatten. Auf vielen der Parties stieß ich auf alte Bekannte, mit denen sich auch Elisabeth anfreundete. Nur so gelang es, das stürmische regennasse Herbstwetter zu ertragen. Bei jeder Fete wurden die Tische beiseite gerückt, Schallplatten aufgelegt und wild getanzt, oft auch viel zu viel getrunken. Auf einer größeren Fete im Stadtlokal traf ich auf die geile Gisela, so hieß sie ihr Leben lang, damals das Traumziel aller Knaben, jetzt ein wenig verschrumpelt, aber immer noch heiß. Mit großem Hallo fiel sie über uns her. „Weißt du noch, wie wir bei Annegret in der Gartenlaube geknutscht haben." Natürlich erinnerte ich mich. Elisabeth lachte darüber.

Die Fliegerei nahm routinemäßige Formen an. Während der Herbstmanöver gab es Tage und Nächte, die uns länger trennten. Oft habe ich Elisabeth in den Zug nach München gesetzt; wenn Schwiegervater großzügig war, schickte er ein Flugticket Hamburg-München-Hamburg. Das half gegen Heimweh.

Jeder Verheiratete nicht am Ort Lebende verfügte in den Wohnblöcken neben der Offiziermesse über ein spartanisch eingerichtetes Zimmer, oft genutzt nach Nachtflügen, sei es am Himmel oder an der Bar.

Die schönsten Abende waren die, wenn ältere Herren von dem vorgesetzten Kommando mit uns jungen Piloten am Biertresen den Schulterschluss suchten, um im Fliegen ausgebildet zu werden. Wie das und was war daran so witzig? Nun, die ältere Kriegsgeneration erteilte von der höheren Ebene aus die Rahmenbefehle und sonstige Weisungen, nur von der modernen Jetfliegerei hatten die alten Hasen herzlich wenig Ahnung. Dementsprechend unverständlich blieb manches Papier der Kommandobehörde.

In Gespräche mit zumeist zivil gekleideten höheren Dienstgraden einbezogen zu werden, ließ den Jungadlern die Brust schwellen. Gar viele Storys hätten einer sachlichen Überprüfung nicht Stand gehalten. Manche der Gäste verschwanden zwischendurch aufs Klo und machten da ihre Notizen, die als Grundlage für Befehle dienten, die später als hohe Weisungen des Kommandos der Marineflieger aufs Geschwader herabsegelten. Die teilweise erschreckende fachliche Unkenntnis einiger der älteren Offiziere reizte die jungen Piloten, unglaubliche Fliegergeschichten zu erzählen und den Staunenden einen Bären aufzubinden.

Eines Abends, schon leicht angeschickert, demonstrierte Hanno mit den Händen wieder seine Lieblingsvorstellung vom Sandwichfliegen. Mit ernster Miene legte er den hochrangigen Zuhörern ans Herz, ein derartig gefährliches taktisches Manöver niemals in einer Ausbildungsvorschrift festzulegen. Empfehlenswert sei es, das Geschwader anzuweisen, diese Flugfigur grundsätzlich zu verbieten.

Zur Erklärung sei hier gesagt: Eine derartige Flugfigur gibt es gar nicht und mit Taktik hat das Ganze überhaupt nichts zu tun

Aber was wurde daraus?

Tage später verlas der Staffelchef beherrscht schmunzelnd bei der morgendlichen Einsatzbesprechung ein Fernschreiben des in Kiel ansässigen Kommandos der Marineflieger, in dem es hieß: „Aus gegebener Veranlassung wird darauf hingewiesen, dass in der Einsatzausbildung die Sandwichformation nicht geflogen werden darf!"

Brüllendes Gelächter brandete auf. Die den Ursprung kannten, wälzten sich und mussten zur Ordnung gerufen werden.

Ustinow, unser Staffelchef, wedelte mit dem Papier, schüttelte den Kopf und meinte in seiner derben Weise: „Wo soll das hinführen? Die da oben haben ein Rad ab. Die alten Adler sind fluguntauglich geworden. Wir sollten da mal ein paar Jüngere ansiedeln."

Mit dieser leichtfertig dahin gesprochenen Bemerkung brockte er uns jungen Piloten etwas Abschreckendes ein, denn die Geschwaderführung setzte diese nicht ernst gemeinte Empfehlung in die Tat um. Mindestens für die Zeit von drei Wochen verbrachte seitdem, nach dem Zufallsprinzip auserwählt, ein junger Pilot bei der Kommandobehörde in Kiel damit zu, der oberen Befehlsgewalt als Interpret der englischen Fachliteratur und des deutsch-englischen Pilotenkauderwelsch zu dienen. Weg vom Geschwader zu sein bedeutete, nicht fliegen zu können.

Dass die modernen Terminologien und die englische Fliegersprache der Kriegsgeneration Schwierigkeiten bereitete, hatten wir bereits in Bayern bei der

Luftwaffe erlebt. Wer erinnerte sich nicht gern an den Major Michael und sein Wortgeplänkel mit dem Kaufbeuren Tower vor dem Start.

Bei der 13 Jahre nach Kriegsende aufgestellten Marinefliegerei, deren Offiziere der ersten Stunde alle aus Hermann Görings untergegangener Luftwaffe stammten, quälten gleich zwei Probleme. Zum einen die Integration in die schwimmende Marine und zum anderen der Mangel an Know how sowohl der Fachsprache als auch der über diese Generation hinweggegangenen Entwicklung der Rüstungstechnologie.

Das Flughandbuch der Sea Hawk nicht lesen zu können, veranlasste einen Marinestabsoffizier in Bonn zu der Wahnsinnstat, das schmale Heftchen vom Übersetzungsdienst ins Deutsche übertragen zu lassen. Die Damen und Herren dieser Institution, selbst des Fliegens unkundig und tätigkeitsspezifisch absolute Laien, interpretierten nicht das Handbuch, sondern übersetzten es Wort für Wort. Abgesehen davon, dass es fast zum Umfang einer Gutenbergbibel gedieh, blieb der Inhalt unverständlich. Unerklärliche Wortschöpfungen verwirrten. Das unhandliche Buch, im Cockpit nicht unterzubringen, mit einer Auflage von 1000 Stück gedruckt, verschimmelte anschließend auf den Regalen eines Depots.

Wir blieben unseren handlichen abgegriffenen Pilot´s Notes der Royal Navy treu und sind prächtig damit ausgekommen.

Das Zusammentreffen der Offiziere der Kommandobehörde mit Angehörigen des nachgeordneten Geschwaders fand auch Anerkennung. Wollte man es mit der Industrie vergleichen, so stieg hier die Chefetage herab in die Niederungen des Betriebs und sprach mit den Arbeitern an den Drehbänken.

Wir als die junge Fliegergeneration haben das damals mehr von der amüsanten Seite gesehen.

Als kleines Beispiel, wie im Zusammenwirken der Älteren und Jüngeren Wortspiele mit englischen technischen Ausdrücken dazu beitrugen, einen Abend lustig zu gestalten, soll eine unvergessliche Diskussion über die Bezeichnung Hubschrauber dienen.

Den Anlass dazu bot die Einführung und Vorstellung des ersten größeren Marinehubschraubers vor der Admiralität in Kiel. Dazu wurden auch wir Jetjockeys eingeladen und in Bussen hingekarrt.

Auf dem Flugplatz in Kiel-Holtenau wehten die Flaggen der NATO-Staaten im Kreis um den silbern schimmernden Hubschrauber, das Musikcorps spielte schmetternde Weisen. Uns ließ man Stunden zuvor zusammen mit anderen als Bildrahmen um das blumengeschmückte Rednerpult Aufstellung nehmen. Nach und nach erschienen auf der Tribüne die Ehrengäste. Das hohe zivile Kiel und die goldbetresste Admiralität nahmen Platz, der Kommodore des Hubschraubergeschwaders erkletterte das Rednerpodium, fummelte am Mikrophon herum, breitete Papiere vor sich aus und dann ging es endlich los.

Der Arme dort oben allein hinter dem Mikrophon hüstelte, schien furchtbar nervös zu sein. Mit zittriger Stimme las er die Begrüßungliste der Honoratioren herunter. Prustete, kleine Pause.

Verzweifelt versuchte der Redner auf der Tribüne den höchsten Dienstgrad, den Flottenchef, auszumachen, der freundlicherweise den Arm hob, um sich erkennen zu geben. Eine ungewöhnliche Geste, wohl gedacht, dem Redner die Nervosität zu nehmen. Aber das rundherum einsetzende hörbare Gemurmel verursachte das Gegenteil. Verunsichert hob der Redner seine Stimme übermäßig laut und sonderte einen Satz ab, der minutenlang von allen Zuhörern verlangte, Beherrschung zu bewahren.

Vibrierend hallte über den Platz: „Herr Admiral, meine Damen und Herren, ich darf Ihnen an dieser Stelle den neuen Hubzeiger aufschrauben. Jawohl, da drüben steht der Schrauber."

Was hatte er gesagt? Hubzeiger aufschrauben?

Man hätte in den Boden versinken mögen. Was anschließend vom Rednerpult herabrieselte, hat wohl niemand mehr richtig wahrgenommen.

Nach der großartigen Vorstellung des Hubschraubers drängten die Festgäste in das uns wohlbekannte Offizierheim. Damals als kleinlaute Leutnante eher schüchtern, bar jeder fliegerischen Erfahrung, fühlten wir uns jetzt als Flugzeugführer mit der goldenen Schwinge an der Brust furchtbar stark als Herren der Lüfte. Admirale wurden höflich gegrüßt, aber niemand versank mehr in Ehrfurcht vor höchsten Dienstgraden. Zu Gast bei der Hubschrauberei galt es sich zusammenzureißen und keine dummen Bemerkungen über die langsameren „Helokameraden" zu machen. Heute, wo es von goldbetressten „Sesselpupsern" nur so wimmelte, fanden Jet- und Helopiloten abseits im Kaminzimmer zur gemeinsamen Lustbarkeit zusammen. Hier wurde gelacht und gewitzelt, während es in den anderen Räumen gedämpfter zuging. Dort suchten hohe mit höheren Gehaltsstufen ins Gespräch zu kommen, weniger der Kontaktpflege wegen, sondern zum Zwecke karrieregünstiger Profilierungen.

Wir Jüngere jagten noch nicht nach höheren Weihen und genossen das reichhaltige Buffet und das Freibier. Die Unterhaltung in englisch-deutsch verhunzter Fliegersprache galt natürlich dem neu angeschafften Fluggerät.

Es blieb nicht aus, dass dann und wann bekannte Gesichter der Kommandobehörde hereinschauten. Sie kamen und gingen, bis einer, der länger zugehört hatte, sich „outete" als der für die Übersetzung von Technischen Dienstvorschriften zuständige Referent aus dem Marineführungsstab. Ob wir denn zufrieden waren mit dem deutschsprachigen Handbuch für die Sea Hawk?

Diese Frage zu vorgerückter Stunde an die vom Alkoholgenuss enthemmte Runde zu richten, glich dem Stich in ein Bienennest.

Schorsch, der Chef der Kunstflugstaffel, sonst immer zurückhaltend, kam allen zu erwartenden Vorwürfen zuvor und bremste alle aus mit einem unerwartet unterkühlten Ausspruch: „Herr Kapitän, wir sind hochgradig erfreut über die Übersetzung, nur sie ist zu voluminös und passt als Handbuch nicht ins Cockpit. Und außerdem sind da Wortgebilde drin, die ich vom Deutschen nicht in die englisch geführte Fliegersprache zurückübersetzen kann. Wenn ich also etwas aus dem Buch wissen möchte, muss ich zuerst landen, zurückgehen in die Staffel, das dicke Handbuch vom Regal holen, lange nach der Antwort suchen, und dann wieder starten. Ist das nicht praktisch?“

Schorsch und der Referent aus Bonn blickten einander an wie die Schlange und das Kaninchen. Rundherum Schweigen, bis fast tonlos, aber leicht gereizt der Herr der Übersetzungen nachhakte: „Sie halten wohl nichts davon?“

Schorsch, unser Fliegerass, konnte sich das erlauben und äußerte, begleitet von beifälligem Gemurmel: „Nee, Herr Kapitän, das ist Müll, unnötig vergeudeter Aufwand. Sparen Sie sich die Zeit, für den heute vorgestellten Hubschrauber denselben Blödsinn zu machen, oder haben Sie da auch schon gesammelte Werke auf Ihrem Schreibtisch?“

Der Gute trug es mit Fassung und blieb. Die weitere Unterhaltung stürzte sich jetzt auf die Unterschiede sprachlicher Pragmatik, teilweise führten die Beiträge ins Alberne.

Einer meinte, wenn wir Deutschen mit einem Substantiv eine Funktion erklären wollen, dann wird in die Bezeichnung möglichst alles hineingequetscht, was das Ding tut. Das endet schließlich in einem extrem langen Wort und das macht deutsche Bücher schwergewichtig.

Ganz anders im Englischen. Umfasste nicht die Kriegserklärung an das Dritte Reich nur die zwei Worte: Total Germany?

„Sehen Sie mal, Herr Kapitän, da gibt es neuerdings zum Eierköpfen eine scharfkantige eingepasste Haube, die über das Ei gestülpt wird. Daran befindet sich eine kleine Stange an der man eine Stahlkugel hochschieben kann. Diese hat, auf die Haube fallen gelassen, für das Ei die Wirkung einer Zirkumzision, einer Beschneidung.

Was denken Sie, welche Bezeichnung deutsche Sprachgelehrte dieser Frühstückseiguillotine zugedacht haben?

Kommt übrigens aus der Neuen Welt und heißt „Clack“, denn es klingt wie klack, wenn die Stahlkugel auf die Metallhaube über dem Ei fällt.

Vor kurzem wurde das Ding auf einer Messe angeboten mit natürlich der gründlich durchdachten deutschen Bezeichnung, die alles beinhaltet, was beim Eiaufschlagen geschieht: ‚Eierschalensollbruchstellenverursachergerät‘.“

Da ließ sich noch etwas draufsetzen. Irgendjemand brachte das Thema zurück auf die Hubschrauberei und mahnte, nicht mehr ganz nüchtern und sachlich, die

Überdenkung des Begriffes Hubschrauber an. „Leute, die Bezeichnung Hubschrauber wird der Sprache der Dichter und Denker nicht gerecht."

Großes Staunen und die Frage: „Warum nicht?"

„Nun, der Helo, wie ihn die Angelsachsen nennen, wird, was die deutsche Benennung betrifft, nicht allen seinen Fähigkeiten gerecht. Die Sprachforscher des Verteidigungsministeriums müssten da gründlicher schürfen. Also was macht ein derartiges Fluggerät?

Es schraubt sich in die Höhe und hebt dabei ab. Aber bevor es schraubt und hubt, rollt es erst einmal zum Startpunkt. Demnach wäre die präzise deutschsprachige Würdigung dieses Vorganges umgesetzt in eine korrekte Bezeichnung „Rollschraubhuber".

Ist doch logisch.

In Schwierigkeiten geraten die Sprachforscher allerdings, wenn der Rollschraubhuber vom Flug zurückkehrt und zur Landung ansetzt. Dann laufen die Vorgänge umgekehrt ab. Korrekt deutsch formuliert, müsste der Kontrollturm dann das Fluggerät nicht als Rollhubschrauber XY 234, sondern als Sinkschraubroller XY 234 ansprechen."

Wann immer der Abend und wie albern er auch endete, die Bezeichnung Hubschrauber ist bis heute geblieben, aber an einer deutscher Übersetzung englischsprachiger technischer Vorschriften oder anderer Dokumentationen hat nie wieder jemand gearbeitet.

Erstmals die Wintermonate im fliegenden Einsatzverband zu erleben drängte lustige Abende wie den in Kiel an den Rand. Das mieser werdende Wetter verlangte höchste Konzentration, vor allem Ausgeruhtsein. Nach dem Flugdienst strebte man nach Hause. Außerdem hatte die über die Piloten hereingebrochene Heiratswelle manche Junggesellenflausen abflauen lassen. Viele der Staffelkameraden lebten in Schleswig in einem Bundeswehrghetto. Ihre zumeist blutjungen Frauen bekamen während der ersten Ehejahre Kinder. Wochenenden standen im Zeichen der Familie. Keine der Kameradenfrauen ging einem zusätzlichen Beruf nach.

Wenn der Ehemann nach anstrengenden Flügen oder nach Manövern nach Hause kam, fand er ein warmes Nest vor, eine ausgeglichene Frau und ein gepflegtes Zuhause.

Heute, wo Paare aus vielerlei Gründen gar nicht oder sehr spät heiraten, lieber Hunde als Kinder großziehen oder erst als Spätgebärende im Großmutteralter ihr Bäuchlein vor sich hertragen, ist dieses Geborgenheitsbedürfnis offenbar beiderseits nicht mehr gefragt.

Ich habe es immer genossen, einen Partner, eine Geliebte, eine Kampfgefährtin an meiner Seite zu wissen, immer eine Brust zu finden, an der ich meine Wut über die Ungerechtigkeiten dieser Welt ausheulen konnte.

260

Für einen ausgebildeten Flugzeugführer, sozusagen mit dem Meisterbrief in der Hand, mit gesichertem Einkommen und obendrein einer stattlichen Fliegerzulage war der Sprung ins Eheleben relativ gut abgefedert.

Ein nie ausgesprochener Angstgedanke allerdings kreiste ständig über den hübschen Köpfen unserer Frauen: Wird er von dem heutigen Flug zurückkehren?

Keine Versicherung schloss eine Lebensversicherung mit einem Jetpiloten ab. Begründung: Höchste Gefahrenklasse!

Die uns Piloten von den an Bord fahrenden Marinekameraden wegen der „unverschämten" Höhe geneideten Gefahrenzulage hatte wohl ihre Berechtigung. Es verging kein Vierteljahr, dass nicht von einem Acker der Schrott einer abgestürzten Sea Hawk abgeholt und neben der Halle 36 für die Unfalluntersuchung aufgebahrt wurde. Während meiner paar Jahre im Geschwader verunglückten 14 Kameraden tödlich.

Mit einer Fouga Magister, die dem Geschwader als zweisitzige Maschine für den Instrumentencheckflug zur Verfügung stand, stürzten gleich zwei werdende Väter bei einem Tiefflug über See ins Wasser. Gleich darauf fiel unser Sunnyboy, der fröhliche Kunz, wie ein Stein vom Himmel. An unterster Stelle des Kraters fand der Bergungstrupp sein von der Wucht des Triebwerks zermalmtes Feuerzeug, mit dem er mir kurz vorher noch Feuer für die Zigarette angeboten hatte. Die Zahl der verwitweten junge Mütter und Schwangeren mehrte sich. Jeder Abschiedskuss morgens an der Tür konnte der letzte sein. Aber die Piloten dachten daran nicht.

Was erschütterte, war eines Morgens die Mitteilung, die wie ein Lauffeuer dahinpreschte, dass die Frauen zweier Kameraden Kinder mit verstümmelten Gliedmaßen zur Welt brachten. Einem der Babys wuchsen die Hände aus der Schulter und dem anderen fehlten die Unterschenkel. Schrecklich. Waren wir Erzeuger verstrahlt worden, war der Atemsauerstoff vergiftet gewesen, verursachten Kerosindämpfe Verkümmerungen der Chromosomen, des Erbguts?

Fragen über Fragen und große Bestürzung.

In den nächsten Tagen berichteten die Medien über dass Unfassbare. Überall in der Republik kamen Kinder mit Fehlbildungen zur Welt. Nach mehreren Tagen der Ungewissheit glaubte man den Verursacher gefunden zu haben. Ein Beruhigungsmittel mit dem Namen Contergan, ein Medikament gegen typische morgendliche Schwangerschaftsübelkeit.

Ich habe Elisabeths Schubläden durchgewühlt, gesucht und gesucht. Was ist los mit dir, wollte meine Liebste wissen.

„Hast du in den letzten Monaten irgendein Schlaf- oder Beruhigungsmittel genommen, vielleicht sogar das Teufelszeug Contergan, von dem jetzt alle sprechen?"

„Weiß ich nicht, eigentlich nehme ich überhaupt keine Tabletten, ich rauche nicht, gehe jeden Tag zur Schwangerschaftsgymnastik, mir geht es wunderbar. Kann sein, dass ich während der ersten drei Monate, als mir immer kotzübel war, vom Frauenarzt etwas verschrieben bekommen habe.“

Sie wiegte ihren prallen Bauch in beiden Händen und lächelte: „In einem Monat bin ich dran, mach dir keine Sorgen, mein Schatz!“

Doch ich saß schon im Wagen und stürmte Minuten später an der Sprechstundenhilfe vorbei ins Arztzimmer des mir bekannten Gynäkologen.

Ich sehe noch heute sein entsetztes Gesicht, er war aufgesprungen dachte an einen Überfall. Die Wogen der Erregung glätteten sich, als er belegen konnte, dass er weder Elisabeth Beruhigungsmittel verordnet hatte noch in seiner Praxis Präparate der Contergan-Firma verwendete. Was für eine Erleichterung. Aber der fachlich bewanderte Schwiegervater nötigte uns nach Kiel zu einem ihm bekannten Frauenarzt, einem Kollegen. Es ging dem Besorgten um weitere Sicherheit. Da es zu der Zeit weder Fruchtwasser- noch Ultraschalluntersuchungen gab, blieb es bei der bereits vorhandenen Erkenntnis, dass der Nachwuchs in Steißlage zur Welt kommen würde.

Trotzdem ebbte die Aufregung nicht ab. Im Kameradenkreis und in der Nachbarschaft zirkulierten wilde Geschichten von körpergeschädigten Neugeburten. Die Zeitungen brachten entsetzliche Bilder.

Jüngere Piloten reichten Urlaub ein, um ihre schwangeren Frauen zu beruhigen, es herrschte gedrückte Stimmung. Der einzige, der das Maul aufriss und dumme Witze absonderte, war der wie aus dem Nichts aufgetauchte Junggeselle Kloppke. Von Fürstenfeldbruck vielen von uns bekannt als Wüstling und Prahlhans.

Hatte er nicht in Fürsty meinen Wagen geklaut, damit einen Platten gefahren und später mein Fahrrad ruiniert? Die Turtelei in meinem Auto und anderswo mit der Bedienung des O-Heims, so erfuhr es ganz Jagel durch das bewusst gebrochene Postgeheimnis, war Kloppke Vater eines unehelich gezeugten „Schlitzmatrosen“ geworden, wie die Barfrau ihm telegrafierte. Darüber amüsierten sich besonders die von ihm Gepeinigten, also auch ich.

Mit diesem Menschen galt es jetzt auszukommen. Was sofort auffiel: Er trug an der Uniform keine Schwinge. Das befriedigte. „Abgelöst vom Fliegen wegen mangelnder Leistung“ musste in seiner Personalbeurteilung stehen. Major Kubicki, zuvor Staffelkapitän der Ausbildungsstaffel, wird dem großspurigen Staatssekretärneffen irgendwann ein Bein gestellt haben. Oberleutnant zur See Kloppke lief im Geschwader als neuer Chef der Flugsicherung herum.

Diese zweifellos wichtige Tätigkeit schien ihn nicht zu befriedigen, es wurmte ihn, nicht das Flugzeugführerzertifikat vorweisen zu können.

Wo immer er in Gegenwart ihm Bekannter aus Fürsty mit gehässigen Äußerungen Unrat säen wollte, ließen ihn die Piloten stehen. Deshalb klammerte er sich an die kriegsgediente Generation, vor allem an den Geschwaderkommodore, den weißhaarigen Herrn mit dem stets weißen Schal um den Hals. Dieser, ehemals großes Fliegerass der Hermann-Göring-Luftwaffe, gab sich unnahbar. Als Oberstleutnant und Kommodore des Kampfgeschwaders 26 hatte er mit seinen Leuten einst vor Malta einen britischen Geleitzug unter Wasser getreten und dafür das Ritterkreuz geerntet.

Wir blutjungen, kriegsungeprüften, heldentatenlosen Gestalten wagten nicht, in den Dunstkreis des auf Distanz bedachten Kapitäns Klempner zu treten. Kloppke dagegen gelang es bald, bildhaft gesagt, ihm auf den Schoß zu rutschen. Wenn wir nach gemeinsamem Mittagessen an der Bar einen Sherry schlürften, pflegten die beiden abseits an einem Tisch große Politik zu machen.

Kloppke verfügte offenbar über die Begabung, Vorgesetzte einzuwickeln. So sickerte durch, dass er aus der Notwendigkeit, das Flugsicherungspersonals besser auszulasten, den Kommodore dafür begeistern konnte, mehr Nachtflüge anzusetzen. Und zwar mit unangekündigten Alarmstarts, um das fliegende Personal so richtig in Schwung zu bringen, zeitlich am besten dann, wenn die Herren Flugzeugführer sich daheim am warmen Schenkel ihrer Frauen im tiefen Schlaf befanden, im Herbst und Winter, wenn es die Betroffenen am meisten ärgerte, am liebsten um drei oder vier Uhr morgens.

Das Contergan-Elend prägte das Winterhalbjahr 1961/62, junge Väter warteten erregt auf den Gängen vor den Kreißsälen oder verhandelten mit Rechtsanwälten. Wenn in der Staffel das Telefon schrillte, jagten gleich zwei oder drei der Kameraden zum Hörer.

Wut und Verzweiflung überschatteten das bisher so lockere Pilotendasein. Jeder von uns Jungen war direkt oder indirekt von dem medizinischen Desaster betroffen. Niemand frotzelte mehr, machte dumme Witze. Die morgendliche Flugeinsatzbesprechung lief geschäftsmäßig ab, still und ohne freundliche Zwischentöne. Die Älteren, deren Frauen nicht betroffen waren, glaubten uns aufmuntern oder ablenken zu müssen mit der Überhäufung von Tätigkeiten und Aufgaben. Maßnahmen, die jeder zu einem anderen Zeitpunkt verstanden hätte, aber nicht zum gegenwärtigen, wo viele Geschwaderangehörige übernächtigt, verängstigt, gereizt und nicht gut drauf waren.

Hinter allen Unannehmlichkeiten schien der Ungeist Koppke zu stecken. Kapitän Klempner soll gesagt haben, im Krieg hätte darauf auch keiner Rücksicht genommen. Befanden wir uns im Krieg?

So blieb nicht aus, dass mitten in einer der dunklen Herbstnächte das Unvermeidliche eintraf. Der Wind rüttelte seit Stunden schlafstörend an den Fensterläden, als plötzlich Schritte durchs Zimmer polterten, was mich hochschnellen ließ. Das Licht einer Taschenlampe flackerte suchend durch den Raum, traf uns, und ein Schrei hallte durch das bisher stille Haus: „Herr Oberleutnant, Alarm, Alarm, Alarm!" Neben mir fuhr Elisabeth hoch aus tiefstem Schlaf, keuchte und rief: „Was ist los, was ist los?"

Das Licht der Taschenkampe erlosch, Schritte hasteten über den Flur, klappernd fiel der Schirmständer um, die Haustür krachte ins Schloss, draußen heulte ein Motor auf, das Geräusch verschwand, nur der Wind schüttelte wieder gleichmäßig die Fensterläden.

Ein Spuk? Überall brannte jetzt Licht. Mutter lehnte im Nachthemd, barfuß und mit wirren Haaren mit fragendem Gesicht am Türrahmen. Von oben, über das Treppengeländer gebeugt blickte still Oma Hedwig herunter, nur Vaters Gesäge im Hintergrund hatte nicht gelitten. Wer war das? Wie kam dieser Mensch ins Haus und stand gleich mitten im Wohnzimmer, wo wir auf der Couch seit Wochen nächtigten?

Oma hatte vergessen, die Haustür abzuschließen. Gleich gegenüber der Tür lag das Wohnzimmer, in das der eifrige Unglücksbote hineinstolperte, offenbar genau so erschrocken wie wir.

Ein Telefon oder gar Handy wäre schön gewesen, um in Jagel im Gefechtsstand nachzufragen, was an der Geschichte wahr sei. Außer Nachbar Henningsen besaß niemand in der Deichstraße ein Telefon. Hätte ich den morgens um drei hochschrecken dürfen? Nein, durfte ich nicht, auch wäre ich nicht auf die Idee gekommen, im Geschwader anzurufen. Den Sinn und Zweck einer Anordnung der Obrigkeit zu hinterfragen kam nicht in Betracht. Wir lebten in der Überzeugung: Was befohlen wird, wird durchgeführt. Fragen werden später gestellt.

Also rein in die Klamotten, Elisabeth ein Küsschen gegeben, und einsam durch die Nacht ging es bis vor den Schlagbaum der hell erleuchteten Wache Davor Gedrängel hin- und hermanövrierender Autos. Ausgestiegen, eingestiegen. Bekannte Gesichter unter den Vorbeilaufenden. Warum fuhr niemand hinein in das Flugplatzgelände? Alle, die aus der Tür des Wachgebäudes herauskamen, brausten mit ihren Wagen wieder davon.

Ein Unteroffizier führte die Strichliste. Hinter jeden Namen der Piloten kritzelte er gewissenhaft die Ankunftszeit und damit war das Ganze erledigt. „Das war's, Herr Oberleutnant!"

Hämisch grinsend lehnte im Hintergrund, das Abzeichen des Wachoffiziers an der Brust, Kloppke an einem Spind und machte dumme Bemerkungen wie: „Na wohl nicht schnell genug den Arsch aus der Pofe herausgekriegt" oder „Is nicht angenehm, beim Fickerchen unterbrochen zu werden, Coitus interruptus, ha ha."

Kloppke, sicherlich rein zufällig für diese Nacht als Offizier vom Dienst eingeteilt, wurde den Verdacht nie los, irgendwie an dieser Alarminszenierung beteiligt gewesen zu sein. Alle wussten, dass er als fliegerisch Gescheiterter den Piloten nur Übles wünschte und dass er beim Kommodore einen Stein im Brett hatte.

Der Ruf, ein hinterhältiger Schweinehund zu sein, haftete an diesem Marineoffizier bis zum Ende seiner Tage.

Wem die Heimfahrt zu lang erschien, so wie mir, der verbrachte den Rest der Nacht in der dienstlichen Unterkunft. Beim Pilotenfrühstück in der Kantine traf man sich wieder und bekakelte das nächtliche Theater. Alle stimmten zu: Wenn schon so früh geweckt, dann hätten wir auch fliegen sollen.

Dass Kloppke seine Finger am Alarmauslöser gehabt hat, konnte ihm niemand nachweisen. Jedoch seitdem schnitt man ihn. Kaum wahrgenommen, fehlte er eines Tages bei der morgendlichen Einsatzbesprechung, wo auch Vertreter des Flugsicherungspersonals anwesend waren.

Weit vor seinen Jahrgangskameraden zum Kapitänleutnant befördert, hatte man ihn nach Bonn in den Führungsstab versetzt, nicht weit entfernt vom Stuhl seines Onkels, des sicherlich hilfreichen Staatssekretärs. Uns sollte es recht sein.

Kurz vor Weihnachten verlegte die Staffel mit dem technischen Tross nach Valkenburg, auf den Flugplatz der niederländischen Marine, die denselben Einsatztyp flog wie wir.

Auf der Nordseeinsel Texel unterhielten die Niederländer ein Bombenabwurfgebiet, das jedes Jahr zu dieser Zeit das eiserne Kreuz vom Himmel herunterstürzen sah. Untergebracht bei Familien im nahen Katwijk, gab es Kuchen bereits zum Frühstück, und abends wurde der neue Modetanz Twist mit den Meisjes geübt. In der Offiziermesse spendierte die deutsche Seite die von der Botschaft in Den Haag genehmigten zollfreien Rationen an geistigen Getränken und Rauchwaren, während die holländische Küche allabendlich die feinsten Genüsse auffuhr.

Spezialität: Indonesische Gerichte. Unbekannte Gewürze, falsch dimensioniert, ließen den Schweiß von der Stirn rinnen oder drohten mit Erstickungstod.

Verglichen mit der einheitlichen heimischen Truppenverpflegung glaubten wir in einem asiatischen Urlaubsland zu sein. Jeden Mittwoch stand in allen holländischen Militäreinrichtungen zu Mittag „Indonesische Reistafel" auf dem Speiseplan. Wie oft sind von Jagel aus die Navigationsflüge so eingerichtet worden, zum Mittagessen in Valkenburg zu landen.

Seit Tagen war der Schießabschnitt abgeschlossen, aber miserables Wetter verhinderte den Heimflug. Den werdenden Vater packte das Unbehagen. Zwar wusste ich Elisabeth in ihrem fortgeschrittenen Stadium bei meiner Mutter, ihrem Arzt und der fülligen vertrauenerweckenden Hebamme in fürsorglichen Händen, doch die Verzögerung der Heimkehr zerrte erheblich an den Nerven. Der Tross wartete auf den Abfahrtsbefehl, der zeitlich so angelegt war, dass die Fahrzeugkolonne eine Stunde nach Mitternacht die Grenze passieren sollte. Warum? Tipp von den Holländern: Dann sind die Zollbeamten am müdesten. In den leeren Munitionskästen lagerten jetzt die Weihnachtsgeschenke. Zollfreie Waren aller Art, flüssig und fest, teuer und lecker, alles galt es zu schmuggeln. Jede Kiste trug einen Pilotennamen, schändlich, wenn man erwischt werden würde.

Die Holländer, geschichtlich berühmt als Schmuggler, kannten alle Tricks. Zu gern erzählten sie abends im Offizierheim über Erfolge und Misserfolge bei Zollhintergehungen.

So die: Jedes Mal, wenn von langer Überseefahrt ihr Flugzeugträger „Karel Doorman" in den Heimathafen Den Helder einlief, galt es, die an Bord gehorteten Zigarettenbestände vor der Zollkommission zu verstecken. Die Zöllner, manche selbst ehemalige Marineangehörige, und die Besatzung lieferten sich jedes Mal ein Katz- und Mausspiel.

Einmal glaubten die Karel-Doormänner, den Zoll ausgetrickst zu haben, als alle Zigaretten in individuell gekennzeichneten Päckchen in einem großen Netz in den zur Einfahrt nicht aktivierten Schornstein des Schiffes gehängt wurden. Abertausende Zigaretten warteten darauf, anschließend unverzollt an Land zu kommen.

Stundenlang kroch der Zoll durch alle Winkel des Flugzeugträgers und fand nichts, bis der Chef der „Schwarzen Gang", wie die Besatzung den Zoll beschimpfte, den Kommandanten bat, noch einmal Dampf aufzumachen und den Schornstein durchzublasen.

Der, nicht eingeweiht, gab dem Leitenden Ingenieuroffizier den Befehl, bemerkte wohl dessen verkniffenes Gesicht, aber hätte er der Zollbehörde ihren Wunsch verweigern können?

Ein paar Minuten später wehte leichter Westwind eine Wolke weißlichen Geflatters, das einen eigentümlich aromatischen Duft hinter sich her zog, über die Stadt, von vielen traurigen Augen an Deck des Flugzeugträgers verfolgt.

In der Hoffnung, dass die deutschen Grenzer nicht so schlau sein würden, richtete sich unsere Erwartung mehr auf den Befehl: „Ab nach Hause!" und blickte jeden Morgen gespannt auf den Staffelkapitän und seinen Einsatzoffizier.

Letzterer war ein toller Hecht, kam aus der US-Ausbildung, ein blonder Strammsack, immer vorne weg, soff in vorgerückter Stunde Sekt aus Damenschuhen, die er den juchzenden Frauen von den Füßen zog, oder trank literweise Bier aus seinen schweißigen Fliegerstiefeln. Ein wahres Tier! Wann würde es endlich nach Hause gehen?

Erster Advent. Draußen heulte ein mörderischer Weststurm. Tiefhängende regenpeitschende Wolken machten die wenigen Tagesstunden zur grauen Nacht. Selbst die Möwen gingen zu Fuß, an Fliegen war nicht zu denken.

Eine ganze Woche hielt das Wetter uns am Boden. Es gab kein Museum in der Umgebung mehr, das nicht besucht worden war. Alle alten holländischen Meister und Maler kannte man bereits beim Vornamen, alle indonesischen Restaurants in Den Haag waren abgegessen und alle Meisjes betanzt. Vom Zolllager im Valkenburger Offizierheim angeliefert, lag bereits das Beste vom Besten im Kühlschrank und wartete auf den Einsatzbefehl zur Durchführung der alljährlichen Abschiedsfeier.

Bei dem Sauwetter geriet einer der anliefernden VW-Busse in eine überflutete Gracht. Bis auf die Zigaretten blieb die übrige Ladung vom Wasser verschont. Aufgeregt kam der holländische Fahrer hereingestürmt mit dem Aufschrei, der so zu verstehen war wie: „De Büs is in de water cherate bij der Wassernaarse Slag!"

Am Freitag fiel die Entscheidung des Staffelkapitäns: „Jungs, heute wird gefeiert. Morgen soll es wettermäßig noch schlechter werden als heute. Also heute ist der Tag des Herrn, wie gehabt, wir geben als Gastgeschenk ein gepflegtes Dinner, und anschließend wird die Sau rausgelassen."

Hanno, Kari und ich erlebten das Zeremoniell zum ersten Mal. Auf den Tischen standen silberne Leuchter. Das Besteck war ausgelegt wie in einem erstklassigen Restaurant, Teller auf silbernen Untertellern und dazu Stoffservietten. Trotz der winterlichen Jahreszeit Tulpen in Silbervasen auf der blauen Samttischdecke. Bevor der holländische Kommodore zu Tisch bat, wurde an der Bar Sekt gereicht.

Was bei der Bundeswehr nie eingeführt wurde, bewies hier seine Lebensqualität und die ungebrochene Tradition der Holländer, die Laufbahn für Stewards nie aufgegeben zu haben.

Kippten bei festlichen Anlässen in deutschen Offizierheimen kurzfristig von der Küche angeheuerte ungelernte Matrosen ihren Gästen Rotwein über den Kopf und Saucen in den Schoß, so steuert hier ein so genannter Hoffmeester seine gelernten Fachkräfte, dass man sich sicher und wirklich wohl fühlen konnte.

Im Vergleich mit den bisher erlebten lockeren holländischen Gewohnheiten begann der Abend steif, aber stilvoll. Im festlich dekorierten Saal wurde nur gemurmelt. Wir, die als Gastgeber auftraten, hatten unsere Uniformen mit einer Fliege aufgemotzt, die Holländer hatten ihre Galauniform angelegt. Bei uns war eine Gesellschaftsuniform zu der Zeit noch nicht eingeführt. Von einer bevorstehenden Bewilligung einer schlabberigen Smokingjacke wurde zwar gemunkelt, aber hier und heute glichen wir eher den Kellnern.

Damit sollte offenbar deutsches demokratisches Gefühl demonstriert werden. Begriff zwar keiner von uns, aber daran sollte der Abend nicht scheitern.

Die deutsche Seite brachte einen Toast aus auf die holländische Königin und die Holländer auf den deutschen Bundespräsidenten. Kurze witzige Ansprachen folgten zwischen den Gängen, dazu üppig Wein. Weißwein zum Fisch und Rotwein zu einem vorzüglichen Fleischgericht. Wir hatten gut eingekauft und die Holländer alles fantastisch zubereitet.

Nach dem Dessert sangen die Holländer eine Art Gebetssong. Danach bimmelte der Kommodore die vor ihm stehende Glocke und erhob sich, was so viel bedeutete wie: Hiermit ist der offizielle Teil beendet, und jetzt könnt ihr euch daneben benehmen.

Das Bett rüttelte. Die Bettdecke wurde weggerissen. Es polterte, krachte, grelle Töne drangen schmerzhaft an die Ohren: „Reise, Reise, ihr faulen Säcke, aufstehen. es geht nach Hause, beeilt euch, dass ihr in die Puschen kommt."

Vom aufgerissenen Fenster drang winterliche Luft herein. Hanno saß mir gegenüber auf der Bettkante, halb bewusstlos und mit zerzausten Haaren. Glasige Augen folgten träge dem Wirbel, der durchs Zimmer hüpfte. Vom Klo um die Ecke echoten würgende Kotzgeräusche. Der Staffelkapitän rannte durch Katwijk, weckte sein Volk und mahnte zum schnellen Aufbruch. „Seht, strahlend blauer Himmel, das bleibt nicht lange, lasst eure Koffer stehen, unsere Techniker sammelt die Dinger ein, die fahren heute Nacht."

Das durchs Fenster hereinfallende gleißende Sonnenlicht schmerzte in den übernächtigten Augen. Der Kopf brummte. Die Glieder waren taub. Die Zunge klebte am Gaumen. Es kreiselte vor den Augen.

Wann sind wir eigentlich letzte Nacht hier angekommen? Wer hat meine Uniform so gut aufgehängt? Überhaupt nicht dran zu denken, in diesem Zustand zu fliegen, ich kann kaum geradeaus gehen, um die Dusche zu finden. Wer hebt mich ins Cockpit?

Frühstück? Nein, ekelhaft, das fällt mir gleich wieder aus dem Gesicht, mir ist übel. Wenn doch bloß der Kopf nicht so brummen würde!

Der VW-Bus, der durch Katwijk fuhr, sammelte die Schnapsleichen ein und brachte seine schweigende Ladung zur Flugabfertigung. Bereits in der Fliegerkombination, griff jeder den Helm und die übrige Ausrüstung wie automatisch aus den Händen des zuständigen Unteroffiziers, der still und dämlich vor sich hingrinste. Eine Wolke von Alkoholdunst waberte durch den Raum.

Der Alte ist verrückt, wenn er uns fliegen lässt!

Er ließ und gab jedem vor dem Start einen wohlmeinenden Tipp auf den Weg: „Tüchtig 100% Sauerstoff atmen, wir bleiben in lockerer Formation, immer an der Küste lang und dann im Sprung über die Elbe, na ihr kennt die Strecke."

Das mit dem 100%-igen Sauerstoff half erstaunlich, zumindest brachte es die Sinne dahin, im Cockpit die erforderlichen Handgriffe zu absolvieren. Es half gegen den schielenden Blick und verbesserte die Geradeaussicht.

Ich geriet in die Viererformation des Einsatzoffiziers, unseres Strammsacks, der, soweit mein Erinnerungsvermögen zurückkehrte, gestern auf dem Tisch Krakowiak tanzte. Heute erschien er mit einem auffällig bandagierten Fuß. Blutverschmierte Zehen ragten aus der Mullbinde hervor. Er muss wohl bei seiner Lieblingssportart, dem Stiefelwettsaufen, anschließend in Scherben getreten sein.

Im Auto benebelt die Richtung zu verlieren mag schädigend sein, aber man kann ja anhalten und verschnaufen. Aber in dem Zustand in der Luft herumzuschaukeln, in der dritten Dimension herumzueiern vermittelt ständig einen Fahrstuhleffekt. Auf und nieder, immer wieder und dann noch dazu nach links und recht schwingen zu können, lustig, lustig.

Voraus tanzten viele größere und kleinere Flugzeuge, alles liebe Kameraden, alle furchtbar müde und alle zwar hochkonzentriert, aber etwas beeinträchtigt.

Voraus Jagel in Sicht forderte Strammsack engste Formation, um über dem Heimatflugplatz einen guten Eindruck zu machen.

„Request low pass."

Vor dem Landen in Augenhöhe am Tower vorbeizubraten gehörte nach Auslandsflügen dazu. In weiter Schleife zu Strammsack aufgeschlossen, drückte dieser immer tiefer herunter. Entsetzte Schafe rannten davon. Knapp über das Dach eines Bauernhofes hinweg und das mit dem Fahrstuhlgefühl im Bauch, der Tower wuchs wie eine Kirche vor uns auf.

Strammsack, du tickst nicht mehr sauber! Ob der noch wusste, dass wir an ihm dran hingen?

Der Tower, jetzt direkt voraus, keine paar hundert Meter mehr, machte die Entscheidung leicht, Hochziehen und weg, ab zur Landung. Strammsack raste alleine weiter. Das Weiße in den Augen des Towerpersonals sehend, muss er in letzter Sekunde seinen Vogel dicht vor den Fenstern im Messerflug vorbeigerissen haben. Die spätere Untersuchung der Sea Hawk ergab, dass zahlreiche Nieten aus den Flügelflächen herausgepoppt waren. Die Nadel auf dem entsprechenden Belastungsgerät zeigte 6,5 G. Einem nüchternen Piloten wäre schwarz vor Augen geworden.

Der Bursche galt als Hasardeur, was seinen Ruf nicht schädigte. Er verstand sich zu verkaufen, war liebenswert und ein guter Kumpel. Strammsack brüstete sich mit seinen fliegerischen Untaten und kam damit überall prächtig an. Er war der Größte. Seine Maschine verbogen zu haben hätte jeden anderen die fliegerische Karriere gekostet, nicht ihn. Ihm polierte es das Image auf. Besonders die Altvorderen mochten den blonden Lausebengel. Bei seinen Mitfliegern hielt sich die Sympathie in Grenzen.

„Komm, sei kein Feigling, wir fliegen unter der Kanalbrücke bei Michaelisdonn durch. Das merkt keine Sau."

Er gehörte zu den Typen, die im Friedensflugbetrieb eher zur Verbreitung von Unruhe neigten, im Ernstfall dagegen hätte er jedem Gegner in der Luft das Handwerk gelegt. Wohl um ihn zu schonen, blieb Strammsack nur kurze Zeit im Geschwader. Weggelobt zu höheren Ehren, sah man ihn in späteren Jahren im Verteidigungsministerium als Admiral.

Weitaus irdischer würgten die Ereignisse der letzten Nacht in meiner Kehle. Von dem Bodenpersonal eingewinkt, das Kabinendach aufgefahren und die Sauerstoffmaske vom Gesicht geklappt, die Turbine drehte singend in Richtung Stillstand. War das ein beschissener Flug!

Die Kombi klebte am Leibe, aber was für ein befreiendes Wohlgefühl, wieder festen Boden unter den Füßen zu spüren. Mancher wird sich geschworen haben: „Nie wieder vor einem Flug zu tief ins Glas zu schauen!" Zur Entschuldigung sei gefragt: „Wer hätte gedacht, dass gerade an diesem Tag das Sauwetter eine Pause einlegen würde?"

Warum huschten heute so viele Techniker um meinen Vogel herum? Alle Augen auf mich gerichtet schienen sagen zu wollen: „Nun hau doch endlich ab und steig in den wartenden VW-Bully ein." Der Blick zurück bestätigte den Verdacht. An den Zusatztanks wurde bereits geschraubt und am Rumpf die Inspektionsklappen entriegelt. In Valkenburg hatte das dortige Bodenpersonal alle Maschinen präpariert. In allen Hohlräumen steckten Zollwaren, die jetzt ans Tageslicht traten. Aha, deshalb roch es während des Fluges so intensiv nach Kaffee.

Zurück in den Armen von Elisabeth und die mit dem Tross geschmuggelten Köstlichkeiten ihr als vorweihnachtliche Überraschung in den Schoß gelegt – das machte manche Träne über die Trennung kurz vor der Geburt unseres ersten Kindes vergessen.

Erstmals in ihrem Leben saß Elisabeth fern ihrer bayrischen Heimat und ohne ihre Eltern unter einem norddeutschen Tannenbaum, während der Sturm ums Haus heulte.

Was sie empfand und erlebte, spiegelte sich in ihren Briefen: „Liebe Mutti, mir geht es sehr gut. Nun bin ich schon zwei Wochen drüber, bin prall wie ein Medizinball, in dem tüchtig getrampelt wird. Es wird alles gut. Alle sind sehr lieb zu mir, wenn nur nicht der Wind immer so laut wäre. Manchmal schneit es, aber komisch, der Schnee fällt nicht von oben, sondern kommt von der Seite angefegt."

19

Eines Nachts im Januar griff Elisabeth nach meiner Hand: Es geht los! Mit auflaufender Flut drängt es an der Küste den Nachwuchs ans Licht. Die Wehen setzten ein, aber sie lächelte. Unvorstellbar für mich, ich werde Vater.

Nachbar Henningsen hatte angeboten, dass wir jeder Zeit sein Telefon benutzen durften. Jetzt war es soweit. Ich Sturm geklingelt, er die Tür aufgerissen, ich zittrig nach dem Hörer gegriffen und die Hebamme angerufen. Die brachte mich erst mal zur Ruhe und stellte dann einige Fragen, die ich richtig zu beantworten glaubte.

Sie fiel mir Aufgeregten sanftmütig ins Wort und sagte: „Gut, dann bringen Sie die werdende Mutter vorsichtig in die Klink, ich werde auch da sein."

Mutter hatte sie gesagt zu meinem zierlichen Spatz. Ja, sie war in den neun Monaten rundlicher geworden, aber das würde schnell vergessen sein. Als Mütter kannte ich zumeist nur mollige, breithüftige Frauen, so wie die Oma Hedwig und meine Mutter. Irre die Vorstellung, die elegante langbeinige hübsche Schwalbe von

Schwabing einen Kinderwagen über die holperigen Straßen von Neidum schieben zu sehen. Nun würde es bald so weit sein.

Hatte nicht Vater Reimann bezweifelt, dass es überhaupt bei seiner Tochter klappen würde? Jetzt wurde der Beweis angetreten. Hoffentlich ging alles gut.

Durchs Hirn zuckten Gedanken über Contergan-Verstümmelungen und die beunruhigende Gewissheit, dass es eine Steißlage sei.

Nie hat mich ein Flug so nervös, so unsicher gemacht wie die Fahrt in die Klinik. Hinter mir hörte ich Elisabeth stöhnen. Mit verklemmtem Lächeln legte ich ihr den Mantel über die Schultern, griff die seit Wochen bereitstehende Tasche und schob meinen Schatz oder besser beide Schätze vorsichtig über das Glatteis zum Wagen.

Der zigarettenverräucherte Müffi muckte in letzter Zeit beim Starten. Daher begleitete ein Stoßgebet das Schlüsselumdrehen: „Ach verlass uns jetzt nicht, spring an du liebes Auto!" Der Motor heulte auf. Oja, die Klinik kannten wir. Wie oft waren wir daran vorbeispaziert. Sie lag nicht weit entfernt hinter dem Deich mit Blick aus den oberen Fenstern hinaus übers Wattenmeer. Viel zu laut klopfte ich an die Tür, eine resolute riss Schwester die Tür auf, mit dem zweiten Griff nahm sie mir die Tasche ab, zog Elisabeth herein und drängte mich hinaus. „Sie sind hier nicht mehr gefragt, gehen Sie nach Hause, wir rufen Sie an."

Kaum dass ich meinem Muschelchen noch zuwinken konnte, bumms fiel mir die Tür fast auf die Nase, und ich stand draußen wie vor einem Gefängnistor. Zum einen innerlich beruhigt, die werdende Mutter in fachkundigen Händen wissen, zum andern verärgert über den Klinikdrachen, fuhr ich wie leicht betäubt durch den grauen Morgen in die Deichstraße 10.

Drei Tage lang kämpfte Elisabeth mit den Wehen. Telefonate mit der Klinik, zumeist vom Personal angenommen, brachten nur spärliche Erkenntnisse. Gedrängt von den auf Kohlen sitzenden Münchnern, genervt von der ständig nachfragenden Oma Hedwig, gepeinigt von Mutters besorgtem Gesicht, vom Vater und den neugierigen Nachbarn, schlenderte ich ziellos auf dem Deich herum, den Blick fest auf das weiße Gebäude mit den braungefassten Fenstern gerichtet. Da irgendwo in einem der Zimmer versuchte das mir liebste Wesen ein Kind zur Welt zu bringen. Das kann nur ein Junge sein, der seiner Mutter derartige Schwierigkeiten bereitet, jetzt schon ein Flegel. Der Gedanke, den kleinen Lümmel bald im Arm halten zu dürfen, dämpfte die Wut, nicht bei der Geburt dabei sein zu dürfen. Beim Zeugungsakt durfte ich mitmachen und nach der Geburt würde der Herr Papa als Ernährer und Erzieher gefragt sein, aber jetzt beim schmerzhaftesten Moment hatte man mich ausgesperrt.

Die Gesichtszüge des mich ausschließenden Klinikdrachens sind mir unvergesslich geblieben. Diese Schwester Rabiata sah einen strafend an, als wenn sie sagen wollte: „Das ist wieder so ein Kerl, der einem Mädchen die Figur versaut hat uns die Arbeit machen lässt. Anschließend legt er sich aufs Sofa und überlässt alles Weitere der Mutter." Ich hätte das Weib würgen können.

Am dritten Tag dieser blödsinnigen Aussperrung, wieder mitten in der schlaflosen Nacht, hämmerten wilde Schläge gegen die Haustür. Zitternd vor Kälte trat der alte Henningsen von einem Bein aufs andere, barfuß und nur mit einem dünnen Schlafanzug bekleidet. Er japste: „Dat is een Jung, dat is een Jung!" Wenn ihn etwas aufregte, sprach er nur plattdeutsch.

Ich habe den Alten, der mir sonst gar nicht so sympathisch war, an die Brust gedrückt und ins Wohnzimmer geschoben, ihm meinen Morgenmantel übergehängt, einen Cognac eingeschenkt und Rotz und Wasser geheult. Was für eine Freude, ein Junge, hab ich doch geahnt! Ach, ein Mädchen wäre genau so freudig begrüßt worden.

Mutter weinte, Oma weinte, Henningsen schnäuzte in eine Papierserviette und Vater rollten ein paar Tränen über die Wangen.

Henningsen drückte mir beim Abschied die Hand: „Dor kann ick man gratuleeren, ober de Fru an dat Telefon hett seggt, Se künn erst klock tein komen. Tüss og" und weg war er in der Dunkelheit.

Flüchtig gefrühstückt und danach mit dem Wagen durch Neidum geirrt, um mitten im Winter in dem kleinen Städtchen ein paar Rosen zu erwerben. Alle Blumenhändler schüttelten den Kopf, der letzte meinte: „In Heide kriegen sie vielleicht welche!"

Egal wie weit das war, vor Zehn durfte ich sowieso nicht in der Klinik erscheinen, also ab nach Heide. Mit Schweißperlen auf der Stirn auch dort lange vergeblich von einem Blumengeschäft zum anderen jagend, fand der Verzweifelte am Blumenladen des Bahnhofs die letzten 12 tiefroten Rosen. Der Händler spürte, dass ich die Langgesuchten um jeden Preis erwerben wollte und verlangte für jeden Stängel sechs DM.

Wucher, Wucher! Idiotisch teuer, aber was tut ein glücklicher Vater nicht alles, wenn es darum geht, seine Frau nach dieser Leistung auf Rosen zu betten. Zehn Rosen reichten dafür zwar nicht, aber der kleine Wurm würde sicherlich darauf Platz finden. Was für Ideen! „Bitte frostsicher einpacken!"

Auf der Fahrt zurück sah der Himmel viel heller aus. Gesungen habe ich, bis die Bremsen vor der Klinik quietschten. Schwester Rabiata wies mir, ohne ein Wort des Glückwunsches oder Ähnliches zu sagen, den Weg hinauf in den ersten Stock. Dort in einem Verandazimmer mit dem Blick über das Meer strahlte aufrecht in den Kissen sitzend das blühende Leben. Diesen Kuss und diese Umarmung habe ich mein Leben lang nicht vergessen.

Ich legte ihr die Rosen in die Arme und sie mir ein kleines Bündel mit verknautschtem puppenkleinem Gesicht.

„Es ist dein Sohn Christian."

Ich habe das zarte Geschöpf nicht lange in den Händen zu halten gewagt, zu zerbrechlich erschien es mir wie feines chinesisches Porzellan. Die zierlichen Finger der kleinen Hand griffen um meinen Daumen. So einen kleinen Menschen hatte ich noch nie gesehen. Plötzlich durchzuckte mich ein Blitz. Wo war der andere Arm, die Hand, die anderen Finger?

Elisabeth, die jede meiner Bewegungen verfolgte, bemerkte meine aufwallende Erregung, als ich nach dem anderen Ärmchen suchte und es auch gleich fand, ich hatte es an meine Brust gepresst.

„Mein Schatz, an dem Kleinen ist alles dran, selbst der kleine Unterschied.“

Die Glückseligkeit währte nicht lange, da stand der Klinikdrachen wieder neben mir: „Ihre Frau braucht Ruhe, morgen sind Sie zur selben Zeit wieder willkommen!“

Dieses maskuline Weib fertigte mich ab wie ein Feldwebel während der Grundausbildung. Es blieb knapp Zeit, Elisabeth einen Abschiedskuss zu geben und den Kleinen noch einmal anzufassen, und schon stand ich wieder draußen in der winterlichen Kälte. Aber die Freude über diesen Tag wärmte von innen, und zu Hause in lustiger Gesellschaft wurde es noch wärmer. Wie eine Katzenklappe ging die Haustür auf und zu. Immer mehr Nachbarn drängten herein mit Blumen und Geschenken, Flaschen mit den unterschiedlichsten Prozentangaben bedeckten Kommoden und Tische. Zuletzt war ich in der Menge untergegangen, längst nicht mehr der Mittelpunkt. Sektflaschen kreisten und wurden nicht leer. Henningsen saß in einer Ecke und paffte eine dicke Zigarre. Ihm stibitzte ich den Schlüsselbund aus der Tasche und schlich in sein Haus. Siedend heiß war mir eingefallen, den Schwiegereltern die Glücksbotschaft noch nicht mitgeteilt zu haben. Vater Reimann war am Telefon. Jubeln und Weinen war eins, doch dann kam die Pause und darauf die bange Frage: „Hast du den Kleinen ausgepackt gesehen?“ Nun, ich gab ihm dieselbe Antwort wie sie mir Elisabeth gegeben hatte. Aus dem Hörer quoll sein Aufatmen: „Ach Junge dank dem Herrgott, grüß meine Kleine, besorg mir die Telefonnummer der Klinik und besauf dich.“

Alles, was der Gute mir empfahl, wurde am selben Tag in derselben Reihenfolge durchgeführt.

Nach Elisabeths Rückkehr aus der Klink und Einkehr in den Alltagstrott gestaltete sich das Leben anders als bisher. Nachts schrie der Kleine häufig, Elisabeth musste viermal hoch zum Stillen. Ich schlich morgens oft müde und übernächtigt hinaus zum Flugdienst. Die Deichstraße 10 bedrängte uns durch ihre Enge. So blieb nicht aus, dass es zu Reibereien kam, zwischen uns, der älteren und der noch älteren Generation. Nicht nur, dass das elterliche Haus zu klein für uns geworden war, die veralteten sanitären Verhältnisse mit dem Bad und der großen Zinkbadewanne im Keller reizten Elisabeth zu Wutausbrüchen. Jetzt im feuchtkalten Winter und in einem Haus mit nicht heizbaren Fluren meinte die junge Mutter es mit dem Säugling nicht mehr aushalten zu können. „Wann kommen wir endlich hier heraus?"

Fast den ganzen Januar hindurch troff Regen von den Dächern, Nebel waberte durch die Straßen, die Sonne schien vom Himmel verschwunden zu sein. Ein Sturm jagte den anderen.

„In Bayern liegen die verschneiten Berge jetzt im gleißenden Sonnenlicht, und darüber wölbt sich ein knallblauer Himmel. Wo bin ich bloß hingeraten?"

Ihre Aussprüche taten weh, und Mutter versuchte alles, ihr die Traurigkeit zu nehmen. Ich natürlich auch, aber der Vater des kleinen Christian verschwand morgens in der Dunkelheit, und spät abends in der Dunkelheit kam er wieder. Den kleinen Christian sah ich nur schlafend oder hörte ihn nachts schreien.

Das Wetter gebärdete sich so miserabel, dass die Wetterfrösche seit Wochen bei der morgendlichen Flugbesprechung abwinkten. An Fliegen war nicht zu denken. Melanchthon, mit Jahresbeginn vom Staffelkapitän aufgestiegen zum Kommandeur der Fliegenden Gruppe und damit Herr und Gebieter des gesamten fliegenden Personals, wurde von Tag zu Tag ungeduldiger und damit grantiger, wenn der Wetterfrosch vor den gelangweilt gähnenden Piloten seinen Sermon herunterleierte. Eines Tages wurde seine Missstimmung eruptiv.

Wieder mal setzte der Meteorologe an und erklärte die Großwetterlage: „Nun, meine Herren, über den Pyrenäen hat sich ein schwaches Hoch gebildet, das das Genuatief vor sich herschieben und von Süden gegen die Alpen drücken wird."

Sein Zeigestock schabte über die Leinwand, er legte eine neue Folie auf den Projektor, malte mit dem Fettstift quietschend Kreise über das Seegebiet östlich von England.

Niemand hörte ihm wirklich zu. Das schläfrige Desinteresse horchte höchstens auf den Regen, der gegen die dunklen Scheiben klatschte. Hier und da störte ein Hüsteln die lähmende Monotonie des Vortrags.

Die aufgelegte Folie rutschte herunter und segelte auf den Fußboden, das Licht des Projektors flackerte, als der stets gütig dreinblickende, etwas dickliche Meteorologe sich nach der Folie bückte und an den Apparat stieß. Keuchend kam er wieder hoch und begann sein Wetterbriefing noch einmal von vorn: „ Ah, wo war ich stehen geblieben, ach ja, über dem Mittelmeer scheint die Sonne, aber von England rückt eine weiteres Tief heran mit heftigen Schauern und die werden ..."

Plötzlich bebte die Luft, die Wände schienen auseinanderzubrechen. Der Raum war zum Bersten gefüllt mit Lärm, mit Brüllen, Kreischen, Donnern und Aufheulen. Selbst diejenigen die tief entschlafen waren, jagten hoch, stierten erschreckt nach vorn, wo Melanchthon aufgesprungen war, wild um sich ruderte, aus seinem Mund quollen nie gehörte Töne, die schließlich verständliche Laute formten, dabei rannte er zum nächsten Fenster, riss es auf und schrie:

„Himmel Arsch und Zwirn, ich will nicht wissen, was in den Pyrenäen oder im Mittelmeer vom Himmel fällt, ich will verdammt noch mal von Ihnen hören, was und hier und an dieser Stelle für ein Wetter beschert wird, wenn Sie das nicht sagen können, packen Sie Ihre sieben Sachen und gehen nach draußen, da regnet es seit Stunden!" Im Mai endlich lag die gute Nachricht auf dem Tisch: „Sie können in ihr Reihenhaus einziehen." Endlich ins eigene Nest schlüpfen, die eigenen Wände um sich haben und dabei hinter der geschlossenen Tür ganz allein zu dritt sein, als eigenständige Familie. Welche Freude!

Die Mitteilung, in einem Monat einziehen zu können, wirkte elektrisierend. Die elegante Schwiegermutter verließ ihre Münchner Welt und rauschte heran, nahm meine unbeholfene Mutter unter den Arm, und mit einer von Elisabeth aufgestellten Liste zogen die beiden los zum Einkauf der Hauseinrichtung. Elisabeths ein Jahr ältere Schwester Sigrid hatte, gerade 18, im letzten Sommer geheiratet. Die Reimanns kannten sich daher aus, wie Töchter auszustaffieren waren. Und dass die Eltern es taten, war unser großes unerwartetes Glück. Ich hätte mit meinem Verdienst viele Jahre dafür sparen müssen. Vater Reimanns Begeisterung für den kleinen Christian öffnete weit sein Portemonnaie. Elisabeth und ich hielten ihn nicht zurück.

Auf dem Dachboden der Deichstraße lagerten seit langem die Hochzeitsgeschenke, manche davon grässlich, kaum geeignet für einen modernen Haushalt. Einzig der so genannte Ellelein-Teppich war gelungene eigene Erwerbung.

Großvater Reimanns Großzügigkeit zu bremsen wäre nicht klug gewesen. Bis auf wenige Sachen, die nach unserem Geschmack wirklich nicht ins Haus passten, ließen wir ihn gewähren. Wer hatte schon das Glück, so umfassend unterstützt zu werden Als es ans Möbelkaufen ging, reiste er selbst heran. Fliegerkameraden hatten mir empfohlen, Möbel in Dänemark zu kaufen. Sie seien da viel preisgünstiger. Anfang der 60er Jahre galten Teakholzmöbel als das Nonplusultra. Modern, Vollholz, pflegeleicht. Betritt man heutzutage ein Wohnzimmer von Familien, die der damaligen Wohnkultur treu geblieben sind, so sieht man sich sehr oft von Teakholz umgeben und weiß exakt, wann geheiratet wurde.

Elisabeth fieberte der Fahrt nach Dänemark entgegen. Vater Reimann und wir beide fuhren in seinem Wagen zu Herrn Johannsen ins dänische Graasten, gleich hinter Flensburg.

Lediglich der Küchentisch mit dem Mittelsockel, damit Christians Stühlchen ungehindert an die Tischkante geklemmt werden konnte, und die dazugehörige Sitzecke blieben vom Teakwahn verschont. Überall im Reihenhaus roch es nach Teaköl, rundherum sanft geschwungenes und doch aus heutiger Sicht ein wenig stelziges Mobiliar. Bei den Ehebetten angefangen, von der Kommode über die Stühle zu den Tischen, dem Sofa, den Regalen mit dem Schallplattenapparat und den Schränken, es glänzte mattbraun das modische Holz, selbst die Brotbrettchen waren aus Teakholz, ein persönliches Geschenk von Herrn Johannsen: „Dass Sie auch immer satt werden!

„Es fehlt euch nur noch das Teakholzbrett vor dem Kopf", meinte ein Ulkvogel.

Am 1. Mai trug ich Elisabeth mit dem Kleinen im Arm über die Schwelle unseres ersten eigenen Zuhauses. Zwar war eine vieljährig belastende Tilgung zu zahlen, aber mein krisenfester Beruf trug das.

Eine herrliche unbeschwerte Zeit begann. Elisabeth und der kleine schnell heranwachsende Nachwuchs füllten das Haus mit Leben. Klein Christian fegte die Hipp-Gläser vom Tisch und spukte der Mama den Spinat ins Gesicht, aber dafür brüllte er nachts nicht mehr so viel. Wenn ich abends nach Hause kam, nahm mich meine Frau, meine Geliebte, glücklich in die Arme und lud mich an einen liebevoll gedeckten Abendbrottisch. Elisabeths anfängliche Kochkünste beschränkten sich auf Kotelett, Hühnchen und Hawaiitoast, eine glühendheiße, die Lippen verbrennende Köstlichkeit. Hawaiitoast? Was war das? Toast ist klar. Aber was legte man darauf?

Unter einer Scheibe Käse verbarg sich eine dicke Scheibe Tomate, der Lippenverbrenner, darüber zwei gekreuzte Streifen Schinken und darauf eine saftige Ananasscheibe. Bei Parties gab es diese heiße Köstlichkeit zur mitternächtlichen Stunde, gelöscht mit Whisky on the rocks, dem Modegetränk unserer Zeit. Gefeiert wurde viel. Rundherum waren zumeist nur junge Paare eingezogen, bald wimmelte es von Kindern. Nachbar Jensen pflanzte vom Bauernhof seiner Eltern mitgebrachte Büsche und kleine Bäume um die Reihenhauszeile. Eine Blutbuche mit heute mächtigem Stamm und stattlicher Höhe erinnert an damalige lustige Zeiten, die auch ihre Schattenzeiten hatten. Als Folge mancher aus den Fugen geratenen Festivität ging so manche frischgebackene Ehe in die Brüche.

Wir brauchten dieses Bäumchen-Wechsel-Spielchen nicht. Wir verführten uns selbst. Da ihre hochhackigen pfennigabsatzbewehrten Schuhe nicht für Neidums Pflaster taugten, stolzierte Elisabeth mit diesen Dingern in der Wohnung herum, nur mit einem Ledergürtel bekleidet, langbeinig und mit dem Pfirsichpopo aufreizend wackelnd die Treppe hoch in Richtung Schlafzimmer. Wer konnte da widerstehen und warum sollten wir zögern, die Grundlage für Kind Nummer zwei zu legen? Viele überraschende Varianten ihrer Verführungskunst einerseits und ihre Rolle als Mutter und Kameradin andererseits machten uns glücklich und unanfechtbar.

Statt uns um die Nachfolgegeneration der Neidumer Gesellschaft zu kümmern, manche davon waren ehemalige langweilige Klassenkameraden, hielten wir uns mehr an das Ehepaar, das uns ganz zu Anfang während der Bauphase so freundlich zugewinkt hatte. Mit ihr ging Elisabeth zum Turnen in den Sportverein, gemeinsam

276

lernten wir Tango und Boogie-Woogie tanzen, und mit ihm verbrachte ich manche Stunde in seiner Werkstatt, wo er seinem Hobby nachging, der Tischlerei.

Die gleichaltrigen Ehepaare aus der Marinefliegerei trafen wir seltener, auf Festen oder bei gelegentlichen Besuchen. An Wochenenden, wenn die unverheirateten Staffelkameraden das Land unsicher machten, konnte es auch geschehen, dass es morgens um drei klingelte und ein paar noch Durstige um eine kleine Labung baten. Ich saß dann als verschlafener Nüchterner zwischen johlenden Angetrunkenen und durfte meine Whiskybestände auf den Tisch stellen. Wie die Banditen danach unversehrt ihre militärische Unterkunft erreicht haben, ist mir schleierhaft geblieben. Wem die Beine völlig versagten, der blieb auch mal im Wohnzimmer auf dem Teppich liegen und übernachtete unter einer Wolldecke.

Da Neidum nie weit ab vom Flugweg lag, flog ich wann immer es sich einrichten ließ übers Dach, sah den Kinderwagen auf der Terrasse oder Elisabeth, wie sie gerade Windeln zum Trocknen auf die Leine hängte.

Endlich ein gediegenes eigenes Zuhause zu haben ließ dienstliche Unannehmlichkeiten leichter ertragen, aber auch fröhliche Ereignisse ausgelassener feiern.

Der erste Sommer auf der eigenen Terrasse ließ späte Abende zu. Mutter holte oft morgens den kleinen Christian, der dann in der Deichstraße strampelnd im Körbchen unter dem Schatten spendenden Kirschbaum mit blanken Augen die windbewegten Blätter über ihm zu zählen schien.

An die vielen trüben, regnerischen Tage und oft Wochen der Wintermonate dagegen konnte sich Elisabeth nur schwer gewöhnen. Auf einer Abendgesellschaft stieß sie zufällig auf eine Urbayerin, die gar nicht weit entfernt von uns wohnte und auch mit einem Marineoffizier, einem gebürtigen Bayern, verheiratet war. Ach war das schön für sie und für mich. Wann immer der Regen gegen die Fenster klatschte, fanden die beiden Frauen zueinander und ratschten. Der Bekanntenkreis wuchs und damit auch die Abwechslung.

Das erste Weihnachten im eigenen Heim mit den angereisten Schwiegereltern und natürlich auch den Färbereltern verlief in Frieden und mit Freude. Die Opas konkurrierten miteinander, wer dem Christian unbesudelt den Spinat einzulöffeln vermochte.

Das neue Jahr begann mit bisher nicht erlebten Stürmen. Elisabeth meinte, das sei wohl immer so wild, aber es sollte noch schlimmer kommen. Da die Fliegerei so gut wie am Boden lag, war Melanchthon, dem Kommandeur der Fliegenden Gruppe, eingefallen, seine Piloten auf Kurzlehrgänge der schwimmenden Marine zu schicken. So landeten Hanno und ich bei der Seetaktischen Lehrgruppe in Wilhelmshaven.

Der Lehrgang war sehr interessant, obwohl ich nicht mehr erinnern kann, was wir dort lernen sollten. Wilhelmshaven hatte sein Novosibirsk-Image nicht verändert, so versprachen abendliche Züge durch die Kneipen der Gemeinde keine Bereicherung. Also verschliefen wir als Zimmernachbarn die Nacht vom 16. auf den 17. Februar 1962.

Warum die Erinnerung gerade an dieses Datum?

Zwar hin und wieder aufgeweckt von Motorengeräuschen und lauten Rufen unterhalb der Fenster unserer Zimmer, vermischt mit klappernden Geräuschen der Fensterläden und prasselndem Regen an den Scheiben, verbrachten Hanno und ich die Nacht mit der Bettdecke über den Ohren höchst friedlich. Der nächste Tag war ein Sonnabend, also dienstfrei.

Da der Lehrgang Mitte der folgenden Woche enden sollte, hatten Hanno und ich darauf verzichtet, übers Wochenende nach Hause zu fahren. Die Bahnfahrt hätte die meiste Zeit aufgefressen, andere waren aber offensichtlich gefahren. Wir blieben in der Kaserne, hockten zusammen, lasen und horchten auf den heulenden Sturm.

Hanno ulkte: „Jetzt auf See und dann kein Schiff und in jeder Hand ein Koffer!" Mittags auf dem Weg zur Kantine riss der Sturm einem fast die Tür aus der Hand. Jeder weitere dumme Witz erstarb auf den Lippen. Das war mehr als ein Sturm, es blies mit bisher ungekannter Stärke. Riss an den Klamotten, hemmte jeden Schritt. Drüben lag ein Baum flach auf dem Boden, ein größeres Blech schepperte über das Pflaster. Wir hielten uns aneinander fest. Sieh mal da hinten das Schulgebäude. Die Sparren des Dachstuhls glichen einem bloßgelegten Gerippe, von dem die Dachpfannen wie Hautfetzen davonflogen.

In der Kantine wischte ein Mädchen die letzten Krümel vom Tisch. Sie starrte uns an, als wir sie fragten: „Was ist hier los, wo sind die andern?" „Ja wissen Sie das nicht, seit heute Nacht sind alle weg zum Katastropheneinsatz am Deich. In Hamburg saufen die Menschen ab. Einige Elbdeiche sind gebrochen. Seit hundert Jahren hat es keine so eine hohe Sturmflut gegeben. Und das Radio, bevor es den Geist aufgab, meldete Orkanstärke von 200 Kilometer in der Stunde!"

„Wo kann man hier telefonieren?" Siedend heiß dachte ich an Elisabeth. Unser Wohnviertel lag nur zwei Kilometer vom Deich entfernt. Wenn auch auf einer Anhöhe, aber so hoch auch wieder nicht. Hoffentlich ist sie zu Hause geblieben.

Das Mädchen schüttelte den Kopf und sagte: „Die Telefone sind schon lange tot!"

Die bange Ungewissheit dauerte bis zum Sonntagabend. Das Fernsehen zeigte entsetzliche Bilder, die Telefone schwiegen immer noch. Der Lehrgruppenkommandeur hatte Einsehen und ließ uns fahren. Über viele Umwege mit langen Wartezeiten dauerte die Heimkehr acht Stunden, normal wären drei Stunden gewesen. Die Zugfahrt führte über Lüneburg, Lübeck, Kiel nach Neumünster und von dort weiter mit dem Bus bis Neidum, weil durch das überflutete Hamburg nichts mehr hindurch ging.

Elisabeth hing mir schluchzend am Hals. Ich war auf ein längeres Gejammer vorbereitet, aber nein, sie wischte sich die Tränen aus den Augen, ein Lächeln huschte über ihr Gesicht, sie fing an zu strahlen, hob die rechte Faust und prahlte: „Eine Münchnerin hat dem stärksten Sturm seit hundert Jahren standgehalten, wenn man damit nicht norddeutsch wird!"

<h2 style="text-align:center">20</h2>

Der Flugdienst wurde immer interessanter und nahm den Tageslauf so sehr in Anspruch, dass die politischen Geschehnisse und Themen nur am Rande interessierten. In letzter Zeit konzentrierte sich die Aufmerksamkeit weniger auf die Waffen- und Taktikausbildung, sondern verstärkt auf Aufklärungsaufträge. In der Nordsee, im Skagerrak, Kattegatt und der Ostsee galt es, sowjetische Schiffe aufzuspüren und zu fotografieren.

Zwischen den USA und der Sowjetunion knirschte es. Was in der US-Ausbildung noch als Übung galt, schien sich jetzt zur wirklichen Kubakrise zuzuspitzen. Erste Luftbilder der Amerikaner, bei unserer Flugvorbesprechung an die Wand projiziert, zeigten, aus großer Höhe aufgenommen, den heimlichen Aufbau russischer Flugkörperstellungen auf der Fidel-Castro-Insel. Und das dicht vor der amerikanischen Küste. Kein Wunder, dass Onkel Sam Unruhe zeigte und seine NATO-Partner auf die Suche nach überseeischen Zulieferern auf den Weg schickte. Der unbestätigte Verdacht lautete, dass die Bauteile als versteckte Ladungen an Bord sowjetischen Frachter aus den Ostseehäfen über den Atlantik gelangten. Wann immer aus unbekannten Quellen, sicherlich denen der CIA, die Nachricht im Geschwadergefechtstand auflief, dass ein sowjetisches Schiff aus dem östlichen Teil der Ostsee westliche Kurse steuerte, waren wir gefragt. Zu zweit im Tiefstflug preschte dann eine „Mission" über die Wellen, um den Iwan zu finden. Schlechte Sichtverhältnisse, tief hängende Wolkenbänke und ungenaue Positionsvorgaben forderten Jagdinstinkt und Spürnase. Das machte die Suche spannend.

Seit Tagen fummelte ein Technikerteam in der Halle an einer abseits abgestellten Sea Hawk herum. Das erregte meine Neugier. In die Schwanzsektion wurde eine Kamera eingebaut. Fotografie hatte mich schon immer interessiert, und mit Genehmigung des Staffelchefs durfte ich an den Installationsarbeiten teilnehmen.

An der rechten Seite hinten fand eine Kamera mit einer relativ kurzen Brennweite Platz, die in einem Schrägwinkel nach unten montiert, scharfe Bilder lieferte. Es gab auch die Version einer langen Brennweite. Doch für die taktische Nahaufklärung lieferte die kürzere Brennweite die besten Aufnahmen. Probleme erwuchsen mit der Zieleinrichtung.

Heutige Automatiken gab es nicht. Handarbeit und Erfindergeist waren gefragt. Mit einem Fettstift wurde innen an das Glas des Kabinendachs ein Kreuz gezeichnet, jeder Pilot musste sich sein Zielvisier selbst erfliegen. Das mutet primitiv an, war es auch, aber nicht störanfällig. Die anfängliche Auswertung von Übungsfotos führte zu vielen Rückfragen: „Herr Oberleutnant, sie wollten ein Schiff fotografiert haben, aber wir sehen nur Seehunde!"

Vor der Elbemündung lag, von einem Sturm auf die Sandbänke geschoben und seit Jahren dahinrostend, ein Frachter, die *Ondo*. Daran wurde geübt, bis eine kleine Schar von Experten mit der Kamera, dem Auslöser im Cockpit für Einzel- und Reihenfotos sowie dem individuellen Punkt für das Visierkreuzchen am Glas des Canopy, des Kanzeldachs, bestens vertraut war. Jeder versucht den anderen zu übertrumpfen. Dieser gesunde Wettstreit führte letztlich zu Aufnahmen, wie sie die Führungsspitze noch nie gesehen hatte.

Auf einem dieser Aufklärungsflüge suchten Kari und ich östlich von Bornholm, bei unangenehmem Dreckwetter von einer Nebelbank in die nächste hineintauchend, nach einem ganz bestimmten Ziel, einem sowjetischen Raketenkreuzer der so genannten „Kynda"-Klasse, dem westlichen Geheimdienst als Foto noch nicht vorliegend. Wir sollten nun diesen Neubau fotografieren, der sich möglicherweise im Seegebiet zwischen Gotland und der baltischen Küste auf einer Werftprobebefahrt befand. Ein Auftrag, der den Ehrgeiz anstachelte. Bei dem herrschenden Sauwetter jedoch ein fast unmöglich durchzuführendes Unternehmen. Kari und ich flogen in Sichtweite voneinander und ließen die Blicke schweifen. Tiefhängende Wolken und Regenschauern ließen den Mut sinken. Plötzlich unerwartet voraus Sonnenschein über tiefblauer See. Mit einem Schlag riss der graue Wolkenvorhang auf. Was für eine gute Sicht von Petrus geboten wurde. Jetzt weit auseinandergestaffelt und höher gestiegen, entschieden wir uns für eine Route auf die baltische Küste zu. Unter uns mal ein Fischer, ansonsten nur weite See. Verdammt, irgendwo hier musste der Dampfer doch zu finden sein. Aber nichts. Dreimal über die Funke geklickt hieß: „Lass uns heim, der Sprit wird knapp!" Im Abdrehen blitzte etwas querab in der Sonne. Die Reflexion von einer Glasscheibe oder ähnlichem? Was war das? Nichts wie hin.

Im Näherkommen stieg die Gewissheit, das war das Ziel der Begierde, die Kynda, eindeutig nach den zuvor gesehenen Zeichnungen im Gefechtsstand, die Silhouette passte. Kari zog als erster seine Fotokreise und schoss Aufnahmen vom Deck des Schiffes. Ich wollte probieren, im Langsamflug in immer demselben Abstand und in derselben Höhe parallel an dem Raketenkreuzer vorbei Reihenfotos zu machen, angefangen genau am Bug, alle zwei Sekunden weiter bis zum Heck, dann wieder von vorn, etwas später als bei der Bugspitze begonnen und beim dritten Mal noch weiter verzögert. Unten an Bord verfolgten viele Augen unser Verhalten. Niemand reagierte feindlich, keiner drohte. Auffallend nur der Koch in seinem weißen Dress, der ein Handtuch schwenkte.

Die Auswertung brachte uns großes Lob ein. Aus den Reihenfotos zusammengebastelt entstand ein fast verzerrungsfreies meterlanges Porträtfoto des bisher unbekannten Kriegsschiffes, der Koch war auf dem Bild allerdings zwei Mal zu sehen.

Die Auswertung von Fotos brachte auch sonst manche überraschende Einzelheit, die während des schnellen Überfliegens nicht aufgefallen war. Einmal sollte im Niedersächsischen ein schwer zu findender kleiner, von Wald umstandener See aus dem Tiefstflug übungshalber fotografiert werden. Die kleine dunkle Pfütze anzufliegen verlangte messerscharfe Navigation. Zwei Sea Hawks im Abstand von einer viertel Stunde waren darauf angesetzt. Die anschließende Auswertung zeigte im Ufergras zwei nackte Liebende in Aktion. Auf der zweiten Aufnahme lagen die beiden ausgestreckt erschöpft nebeneinander. Beim Überflug hatte keiner der Piloten das Glück am See bemerkt. Beide Aufnahmen hingen als Foto des Monats am Staffelbord und erfreuten jeden Vorbeigehenden mit der Überschrift:

„Ich bin geschafft!"

Der Sommer ging dahin mit unterschiedlichsten Flugaufträgen, Luft-Luft-Schießen auf ein Schleppbanner westlich der Insel Sylt wie in den USA gelernt, Ostseeflüge, Navigations- und Nachtflüge, Formationstraining und Sturzflugübungen auf eine vor der Küste verankerte Zielscheibe als Vorbereitung für den alljährlich im Herbst stattfindenden Waffenabschnitt in Valkenburg,

Hieß es, heute trainiert das Kunstflugteam, verzichtete jeder gern auf einen Flug. Beneidet und gespannt folgten die staunenden Blicke den über dem Platz gezeigten akrobatischen Flugfiguren. Tragfläche an Tragfläche flogen sie. Wir waren stolz auf unsere Asse. Seit ihrem ersten Auftreten im letzten Jahr flatterten Einladungen zu Flugtagen von vielen Nationen auf den Tisch. Die „Fliegenden Fische" genossen internationale Anerkennung, was die eigene Flotte uns sicherlich neidete. Fishheads waren eben so!

Schlagartig ging die Karriere dieses für die Marinefliegerei so werbewirksamen Magneten zu Ende, als der Absturz von vier in Formation fliegenden F-104-Starfightern das Verteidigungsministerium veranlasste, die „Acrobaticteams" der Bundeswehr aufzulösen. Am 19. Juli 1962 flogen die „Fliegenden Fische" über ihrem Heimatfliegerhorst Schleswig-Jagel vor tränennassen Augen ihrer Staffelkameraden die letzte Vorführung.

Der Starfighterabsturz wirbelte gewaltig Staub auf. Die Seeluftstreitkräfte sollten diesen Vogel als Nachfolgemodell der Sea Hawk in den nächsten Jahren bekommen, einen Hochleistungsabfangjäger, der mehr einer Rakete glich als einem Flugzeug, superschnell bis zu zwei Mach, Überschall, für große Höhen konzipiert und keineswegs tauglich für bodennahe Einsätze. Und das Ding sollte unsere brave Sea Hawk ablösen? Unverständlich, gerade die Marine brauchte für Einsätze über See so etwa wie ein landwirtschaftliches Nutzfahrzeug und keinen Ferrari. Wir fliegenden Akteure träumten von einem ganz anderen Flugzeug, von der neu entwickelten britischen „Buccaneer", einem zweistrahligen Zweisitzer, einem fast schallschnellen Arbeitspferd, etwas plump, aber den Marineaufgaben wie auf den Leib geschneidert. Der Starfighter dagegen wirkte wie ein Fluggerät von einem anderer Stern.

Was sollte daraus werden?

Erst später drang die Erkenntnis durch, dass die USA die anderen NATO-Partner, vorsichtig ausgedrückt, mit Zuwendungen besonderer Art veranlasste, dieses Flugzeug zu kaufen, den Deutschen jedoch diesen Vogel als versteckte Reparationsleistung buchstäblich aufs Auge drückte. Es gab politisch keine Chance, dem Geschäft zu entkommen. Der Zwang bestand durch das so genannte Offset-Agreement, das die Bundeswehr bis 1976 rüstungsmäßig dahingehend fesselte, die Leistung von Wiedergutmachungsgeldern entweder in Cash an die USA zu überweisen oder durch die Abnahme von zumeist Rüstungsgütern. Heer und Marine haben darunter lange gelitten. Der älteste Schrott wurde angelandet. Material aus dem letzten Weltkrieg musste abgenommen werden oder eben militärpolitisch fehlentwickeltes Gerät, das der Ami selbst nicht verwenden konnte.

Mit Einführung des Starfighters ging es den fliegenden Verbänden an den Kragen. Der Starfighter, für Milliarden Dollars in der amerikanischen Luftfahrtindustrie entwickelt und geplant für den Einsatz im Koreakrieg, der 1953 endete, fand in den USA kein Betätigungsfeld. Um den wirtschaftlichen Flop abzuwenden, verkaufte das allmächtige US-Management den für sie lästigen Vogel, begleitet von Knebelverträgen und mit Maximalgewinnen, an die gefügigen Bündnispartner.

Nach dem spektakulären Absturz ließ in Flugzeugführerkreisen der Gedanke an das utopisch anmutende Fluggerät niemanden mehr los. Warum war es dem erfahrenen amerikanischen Formationsführer nicht gelungen, sein Team aus einem in großer Höhe angesetzten läppischen Looping herauszubringen? Wieso waren sie gemeinsam zu viert unangespitzt in den Boden gerast? Irgendetwas musste doch mit dem Gerät nicht stimmen?

Noch brauchte niemand weiter darüber zu grübeln, schließlich flog die Marine ja immer noch die gutmütige Sea Hawk.

Mit Schweißperlen auf der Stirn stand eines Morgens, wir waren mitten in der Flugvorbesprechung, nennen wir es ab jetzt „Briefing", der Wachoffizier im Türrahmen. Melanchthon, seit kurzem vom Staffelkapitän zum Kommandeur der Fliegenden Gruppe aufgestiegen, herrschte den Aufgeregten in der ihm eigentümlichen Art an: „Was wollen Sie, Mann, Sie stören!"

„Herr Kapitän, draußen vor dem Tor sind Kolonnen von Baufahrzeugen aufgefahren, Kräne, Betonmischer, Sattelschlepper, Bagger und sonstiges Gerät. Die wollen ins Platzgelände, der Bauführer sagt, er hätte den Auftrag, für die U-Jagdstaffel Hallen und Anlagen zu bauen, aber die Gannets sind doch schon vor Monaten auf den Platz Westerland/Sylt verlegt worden. Was soll das?"

Einige lachten. Die Trennung der beiden Geschwader hatte man schon längst vergessen.

Melanchthon zuckte kurz und befahl dem Wachoffizier: „Sagen Sie den Leuten, das sei ein Irrtum, sie sollen abrücken. Hier gibt es nichts für eine U-Jagdstaffel zu bauen, und damit basta!"

Gut gebrüllt, Löwe, aber es kam ganz anders. Was dann geschah, berührte uns Piloten nicht, die Bürokratiemühle jedoch geriet in knarrende Bewegung. Umsonst, wie sich bald herausstellte. Nach einigen Tagen der Ruhe begann in einer Ecke des Pflugplatzes heftige Bauaktivität.

Melanchthons schnodderiger Empfehlung war niemand gefolgt.

Nachdem der Kommodore alarmiert worden war, müssen die Telefondrähte zwischen hohen und höchsten Dienststellen und Behörden bis nach Bonn hin geglüht haben. Jedoch ließ sich das Projekt nicht umsteuern auf den Flugplatz, an dem es dringend erforderlich gewesen wäre. So entstand am falschen Platz ein vor vielen Jahre bewilligter und festgeschriebener wertvoller Bau, zu spezifisch auf die Belange der U-Jagd zugeschnitten und von einem Jetgeschwader nicht zu nutzen.

Als alles fertig war, hingen die Schlüssel des Millionenbaus in einem Schränkchen bei der Standortverwaltung. Die Hallen mit eingerichteten Werkstätten, gekachelten Wasserbecken mit Torpedotestanlagen verkamen als Lagerräume für alte Möbel, Rasenmäher und Gerümpel.

Ach wie gut, dass wir junges Volk uns nur dem Fliegen zu widmen brauchten und nicht dieser gefürchteten Bürokratie. Niemand von uns ahnte, dass letztendlich jeder von uns hinter einem Schreibtisch enden würde, der eine früher, der andere später.

Noch jedoch genossen die jungen Ikarusse die ungehinderte Bewegung in der dritten Dimension und mit wachsender Erfahrung den gekonnten Umgang mit der fliegerischen Prothese. Keine Büroarbeit hinderte den täglichen Flügelschlag.

Wenn über Schleswig-Holstein im Sommer die Gewittertürme in den blauen Himmel quollen, trafen Hanno und ich uns zum „Skilaufen" auf den weichen Wolkenpisten.

Hinabgestürzt in einen Wolkenschacht, durch einen Tunnel gerast, über die Spitzentupfer der Kumuli gehüpft, um einen weißen Turm herum oder durch ihn hindurch auf einer schwarzen Piste in den Turbulenzen durchgeschüttelt, um gleich darauf ins blendende Sonnenlicht zu tauchen, dabei den Vogel auf den Schwanz gestellt nach oben ins unendliche Blau ausschießen zu lassen und wieder abzukippen. Ein unbeschreibliches Gefühl des Glücks durchspülte die Seele. Als „cool oder geil" würde man das heute beschreiben. Dämliche, unzureichende Bezeichnungen für das Erlebte!

Heimlich habe ich, Jahre später in einem muffigen Büro sitzend, eine Träne zerdrückt, wenn ich das Lied von Reinhard May hörte, in dem er von der grenzenlosen Freiheit über den Wolken schwärmte.

Ja, der May muss wohl einer von uns gewesen sein.

Aber auch weniger Frohes wurde geboten. Der so genannte Kalte Krieg zwischen Ost und West, längst zur langweilenden Alltäglichkeit in den Medien geworden und nur noch am Rande verfolgt, klopfte plötzlich an die eigene Tür.

21

Die Routine brach ein, als eines Morgens zivil gekleidete kahlköpfige Gestalten während der Flugvorbesprechung vor die Truppe traten und, von Lichtbildern unterstützt, in breitem Texasamerikanisch ein fürchterliches Kriegsszenario auf die Leinwand zauberten.

Ungläubig schauten wir einander an und fragten einander: „Sind wir in einem Horrorfilm?" Die CIA-Beamten zeigten uns Abschussrampen sowjetischer Mittelstreckenraketen auf Kuba, von Aufklärungsflugzeugen aufgenommen. Die daraufhin vom US-Präsidenten Kennedy verfügte Seeblockade schien sich auszuwirken. Sowjetische Frachter drehten ab und kehrten zurück. Das bedeutete, sie waren oder würden unterwegs sein mit Ostkursen durch die dänischen Meerengen in Richtung Ostsee und Leningrad.

Das zu überprüfen sollte nun unsere Aufgabe sein, nun, das taten wir ja nun schon seit längerem. Bisher fühlten wir uns fernab von kriegerischem Geschehen. Jetzt aber fiel aus dem Munde des Wortführers der Ami-Gruppe ein unglaublicher Satz, der korrekt übersetzt lautete: „Wenn ein Schiff egal welcher Nation mit eindeutig Teilen von Flugkörpern an Deck nicht, wie abgemacht, mit östlichen, sondern mit westlichen Kursen angetroffen wird, ist zunächst als Warnung eine Bombe vor den Bug zu werfen. Wenn das Schiff nicht reagiert und nicht abdreht, ist es zu versenken. Gentlemen, diese Weisung ist mit Ihrem Verteidigungsminister abgesprochen." Das war's. „Good luck, auf Wiedersehen."

Das Staccato der Schuhe der abrückenden Amerikaner hallte durch den Raum, die Tür schloss sich, und schweigend zurück blieb die überraschte Pilotenschar.

Kommodore Klempner, von niemandem bisher wahrgenommen, weil er hinten in der Ecke saß, erhob sich räuspernd und sagte mit zitternder Stimme Worte, die ich inhaltlich erst später begriffen habe. Selbst heute nach der Wende 1989 glaube ich, dass sein Statement immer noch zutreffend ist: „Meine Herren, Gott gebe, dass wir nicht so handeln müssen, aber seien Sie sich dessen bewusst, wir sind und bleiben ausführende Organe der Amerikaner und werden wohl die Souveränität eines mündigen Staates nie wieder erlangen!"

Im Hinausgehen zeigte er auf eine Kladde auf dem Tisch neben der Tür und ermahnte jeden: „Mit Ihrer Unterschrift verpflichten Sie sich zum Schweigen über alles, was hier an dieser Stelle heute gesagt worden ist."

14 Tage später lagen wir in Zelten auf dem dänischen Flugplatz Tirstrup in der Nähe von Aarhus. Für unsere Lieben daheim hatte das Herbstmanöver begonnen, in Wirklichkeit standen hinter Tarnmatten und hohen Kiefern Sea Hawks, beladen mit je zwei 250-lbs (Pfund)-Sprengbomben, alle vier Bordkanonen munitioniert.

Mitten im Frieden warteten wir, für mehrere Tage, vielleicht Wochen isoliert, mit eigener Feldküche ohne Kontakt zu wem auch immer, auf den Einsatzbefehl über Funk. Jeden Tag flog eine Aufklärungsmaschine über das Skagerrak und Kattegatt, um den auf Westkurs steuernden Todeskandidaten zu finden.

Wir und der blieben verschont. Niemand zu Hause erfuhr, wie dicht wir damals an einem Krieg vorbeigeschliddert sind. Ende Oktober erklärte sich der sowjetische Parteichef Nikita S. Chruschtschow mit den Forderungen Kennedys einverstanden und versprach den Abbau der Raketen auf Kuba.

Als alles vorüber und glimpflich abgelaufen war, stellte sich heraus, dass die Jets der Marineflieger die einzigen gewesen wären, die ihre Aufgabe hätten erfüllen können. Die Marine mit ihren damals überalterten amerikanischen Leihzerstörern und die Schnellboote mit Weltkrieg II-Torpedos wären nicht einsatzbereit gewesen. Der Flottenchef hätte sich einzig und allein auf die paar wenigen Piloten seiner Seeluftstreitkräfte verlassen können.

Diese Erkenntnis polierte unser Image gewaltig auf, und wir genossen es.

Die Frage, ob die glücklich überstandene Kuba-Krise oder andere Bedrohungsanalysen den Entschluss der hohen Führung begründeten, uns flugzeugträgerfähig zu machen, ist stets nur mit Schulterzucken beantwortet worden. Vielleicht sollten wir auch nur lernen, auf kurzen Pisten starten und landen zu können.

Die Nutzbarkeit einer stationären Katapultstart- und Fanganlage für Kurzstart- und Kurzlandeverfahren war in den USA getestet und für die Sea Hawk als geeignet befunden worden.

Unter der Leitung eines US-Piloten begann das Training. Zuerst ging es darum, mit Minimalgeschwindigkeit, aber mit fast voller Power die Flugzeugnase hochgehalten, den Vogel kurz vor dem überzogenen Flugzustand auf den Landepunkt herunterzuzirkeln. Dabei schulte man den Chamäleonblick, ein Auge ins Cockpit auf die Geschwindigkeitsanzeige gerichtet und das andere nach draußen und unten auf den Landespiegel, auf dem der Gleitwinkel durch Lichter angezeigt wurde. Zu hoch oder zu tief signalisierte ein rotes beziehungsweise ein grünes Licht, ein goldenes, Meatball genannt, zeigte den korrekten Anflugwinkel. Die Briten flogen die Sea Hawk als Trägermaschine, warum konnten wir das nicht auch schaffen. Dann kam der große Tag, wo die Landung mit heruntergeklappten Fanghaken in einem Fangseil enden sollte.

Am Ende der Startbahn überspannte ein massives Stahlseil mit Vorlaufketten auf Gummipuffern die Abfangvorrichtung. Gute deutsche Wertarbeit, vom Arsenal ausgeklügelt und konstruiert. Von den mit diesen Konstruktionen erfahrenen Engländern hatte man nicht viel übernommen, das neu erfundene deutsche System galt als das bessere.

Der erste Test sah vor, eine Sea Hawk mit höchster Landegeschwindigkeit am Boden hineinrollen und abfangen zu lassen.

Der Staffelkapitän schlenderte durch den Raum und fragte lässig: „Na, wer von euch möchte den ersten Versuch machen?" Alle Arme flogen hoch, Kari bekam den Zuschlag.

Er trottete von dannen. Wir mischten uns unter die vielen Ingenieure des Arsenals und andere Schaulustige. Zu beiden Seiten am Ende der Startbahn in sicherem Abstand wimmelte es von Dienstgraden aller Art. Heeresgrau und Taubenblau der Luftwaffengeneralität wechselte mit dem Zivil hoher Beamter aus dem Verteidigungsministerium.

Kari trat vor großem Publikum auf.

Wir umlagerten unseren Kommodere, dessen weißer Schal im Winde flatterte. Die Spannung stieg. Am anderen Ende röhrte das Triebwerk einer Sea Hawk. Es ging los.

Irgendwie stimmte die Windrichtung nicht. Für den Versuch wäre es geeigneter gewesen, wenn der Wind dem Flugzeug auf die Nase geblasen hätte. Mit 110 Knoten sollte Kari in das Fangseil hineinrollen. Da kam er auch schon.

Wäre er von einem Flug zurückgekommen, wären die Tanks leer gewesen, jetzt aber wird man ihm sicherlich eine vollgetankte Maschine gegeben haben.

Mensch Junge, der Bock wird viel zu schwer sein und dazu noch der starke Schiebewind! Wilde Angstgedanken zuckten durch den Kopf. Die Lippen ahnungsvoll zusammengepresst, klebten wir mit den Augen an der heranrauschenden Sea Hawk. Die hohen Herren dagegen, von keiner fliegerischen Kenntnis getrübt, klatschten bereits mit fröhlichen Mienen Beifall.

Korrekt mitten auf der Linie zog Kari vorbei, er winkte. Ich hörte Nolle neben mir mit bebenden Lippen flüstern: „Der ist zu schnell, der ist viel zu schnell!"

Der Haken fasste, das Seil spannte sich und zog an, polternd folgten die Ketten, einige der Gummipuffer flogen durch die Luft, und dann ein fürchterlich Schlag, gefolgt von einem sirrenden Geräusch. Das gerissene Seil schnellte durch die Luft, schlug in das Flugzeug, aus dem mit explosionsartigem Druck ein glühender Feuerball aufstieg. Trümmerteile segelten durch die Luft. Entsetzensschreie überall. Brennend, gefolgt von einer blauschwarzen Wolke wie bei einer Napalmbombe, rutschte ein weißbläulich fackelndes Wrack vorbei in die Wiese.

Mein Gott Kari, das kann er nicht überlebt haben und deine Nancy ist im neunten Monat schwanger. Ich musste mich auf die Beine rappeln, irgendetwas hatte mich umgeworfen.

Kommodore Klempner presste seine Hände vors Gesicht, wankte und stützte sich auf einem von uns ab. Die Feuerwehr raste heran und übersprühte den armseligen Rest mit Schaum.

Das glühende Wrack knisterte in das Schweigen hinein.

Da, plötzlich Jubelschreie, frenetisches Händeklatschen.

Durch den sich langsam verziehenden Qualm lief jemand in einer roten Fliegerkombination über die Wiese mit dem Helm in der Hand auf uns zu, kam näher und näher.

Kari! Menschenskind der Kari! Ein Wunder, ein Wunder!

Keuchend blieb er vor Kommodore Klempner stehen, reckte sich, sein schwarzverschmiertes Gesicht lächelte, hob die Hand zum militärischen Gruß und meldete knapp: „Herr Kapitän, Versuch missglückt!"

Klempner zog den schon Aufgegebenen mit beiden Armen an seine die Brust und fragte stotternd: „Wie sind Sie da herausgekommen?"

Kari fiel nichts Besseres ein als zu antworten: "Zu Fuß, Herr Kapitän, zu Fuß!"

Der alte Haudegen weinte, ich glaube, viele haben geheult.

Die anfangs so erwartungsvolle Gesellschaft verschwand fast geräuschlos. Wagenschläge klappten, und weg waren sie. Brandgeruch lag in der Luft, der Wind süselte immer noch aus der falschen Richtung. Über dem rauchenden Trümmerskelett des eben noch stolz vorbeigeglittenen Metallvogels trillerten die Lerchen.

Abends beim Geburtstagsfeiern musste unser Held immer wieder erzählen, wie er aus dem Cockpit rausgekommen war: „Also, das war so, ich hörte den Donnerschlag, sah eine Feuerwalze am Cockpit vorbeiziehen. Als dann die schwarze Wand folgte, das Dach aufgerissen, rausgesprungen und nur gerannt. Als mir nichts folgte, kehrt gemacht, euch gesehen und den Rest kennt ihr ja."

„Kari, du Blödmann, tu nicht so bescheiden, you are a hero!"

Der unglücklich verlaufene Event stoppte alle weiteren Versuche mit dem Kurzlandeverfahren.

Die Jahreszeiten reihten sich aneinander wie die Flüge. Der Flugdienst und ebenso das Nachhausefahren ins warme Nest wurden zur gut geübten Routine. Immer wieder gelang Elisabeth die Überraschung, feinste italienische Kost abwechselnd mit der bayrischen und tags darauf deftigen Grünkohl zu servieren. Sagenhaft, wie schnell sie das lernte.

Überraschungen, Ärgernisse und freudige Ereignisse wechselten einander ab. Spannte mich die Fliegerei zu sehr ein und verlangte längere Aushäusigkeit, nutze Elisabeth die Gelegenheit, Münchner Luft zu schnuppern. Sie griff die Tragetasche mit dem kleinen Christian, und ich fuhr die beiden zum Bahnhof oder zum Hamburger Flughafen. In Bayern erholte sie sich von den ehelichen Strapazen. Nein, so werteten wir beide die kurze Trennung nicht. Ich wusste sie bei ihren Eltern in guten Händen und konnte mal wieder unbeschwert länger am Bartresen hängen und am Himmel weitere Kreise ziehen.

Überlandflüge zu zweit, als Navigationsflüge im Programm, boten vielerlei Abwechselung. Kommodore Klempner hatte angeordnet, dass nicht immer nur gut befreundete Kumpels zusammen flogen, sondern dass Paarungen kreuz und quer aus beiden Staffeln zu diesen Flügen starten sollten. Erstaunlich, was da für unterschiedliche Charaktere miteinander auskommen mussten. Die Überlandflüge mit Ernesto, wie er eigentlich hieß, habe ich vergessen, versprachen immer ereignisreich zu sein. Er gehörte zu den Erfahrenen; in haarigen Wettersituationen eine aufmunternde flapsige Bemerkung zwischen den Cockpits auszutauschen vermittelte Gelassenheit und Selbstvertrauen. Über dem dänischen Aalborg unmittelbar vor der Landung gerieten wir in ein bockiges Gewitter. Es zu umfliegen, dazu hätte der Brennstoff nicht mehr gereicht, also nichts wie durch. Voraus ein blauschwarzer Vorhang, eher eine Wand, fast eine Mauer, die im Wege stand. Blitze zuckten und schienen nach uns zu greifen, ein mulmiges Gefühl im Hosenboden entzündend.

Obwohl Sprechfunkverkehr in Deutsch gegen die Regel war und der dänische Flugplatz mithören konnte, fing Ernesto an auf Deutsch zu plaudern, als wären wir in einer Kneipe. Um mich bei der extrem schlechten Sicht nicht zu verlieren, fiel ihm das Sprüchlein ein: "Junge komm dichter an Mutters Brust, jetzt geht's in einen schwarzen dänischen Bärenarsch, mal testen, ob der noch jungfräulich ist."

Nach der Landung in Aalborg bei heftigstem Gewitterregen wollten wir in einer Cafeteria das Sauwetter abwarten, um nach sorgfältigst überwachtem Auftanken nach Jagel zurückzukehren. Die aufreißenden Wolkenmassen und das erste Blau versprachen einen angenehmen Heimflug. Doch daraus wurde nichts.

Vorweg ist eine Spezialität der Sea Hawk zu erwähnen. Anders als bei den von der Luftwaffe geflogenen amerikanischen Jets wurde das schwerfällig anspringende Radialtriebwerk in Bewegung gesetzt, indem es mit einer Kartusche angeschossen wurde. Im Cockpit durch den Piloten ausgelöst, donnerte mit leichtem Knall eine Rauchfontäne hinter dem Kabinendach aus dem Rumpf. Wer das nicht kannte oder wusste, zuckte zunächst zusammen, aber dann folgte das brave antörnende Geräusch der auf Umdrehung kommenden Turbine.

Auf fremden Plätzen setzten wir die Startkatuschen selbst ein, das bot die Möglichkeit, das umstehende Wartungspersonal und die allgegenwärtigen Feuerwehr auf die Besonderheit des Startvorgangs hinzuweisen. Niemand sollte glauben, das Flugzeug würde gleich explodieren. Ernesto stand mir mit seinem Vogel gegenüber, hob die Hand aus dem geöffneten Cockpit zum Zeichen anzulassen.

Ich drückte den Auslöseknopf, das bekannte klickdiklick klickediklick ertönte, gefolgt von dem Knall und Fauchen der hinter dem geöffneten Cockpitdach herausschießenden Rauchfontäne. Dasselbe geschah bei Ernesto.

Während ich mein Augenmerk wieder auf die anspringenden Instrumente lenkte, erschreckte mich ein wilder Schrei im Kopfhörer. Das war Ernestos Stimme: „Verdammte Scheiße, seid ihr wahnsinnig!"

Den Blick hinüber zur anderen Sea Hawk lenkend, sah ich diese gerade unter einem Schaumberg verschwinden, aus dem zwei wild fuchtelnde Arme herausragten. Noch leckten aus der Löschkanone des daneben stehenden Feuerwehrwagens die letzten Schaumfetzen. Alle vorherigen Erklärungen hatten bei den Dänen nichts gefruchtet. Sie hatten Ernesto eingeseift, der weiß verschmiert mit erhobenen Händen die Leiter herunter aus dem Cockpit rutschte. Eine Mischung aus schaumgebadeter Venus und einem plumpen Eisbären. Wer glaubte, damit sei das Versehen beendet gewesen und belacht worden, täuschte sich. Das Wartungspersonal preschte heran, ergriff Ernesto und zerrte ihn im Laufschritt bis auf 100 m davon hinter einen Erdwall, während das Feuerlöschfahrzeug mit aufheulendem Motor im Rückwärtsgang davonjagte, jeder Sekunde offenbar eine Explosion erwartend.

Mich als stillen Zuschauer des Schauspiels hatte man vergessen, nur 20 Meter entfernt von dem als höchst gefährlich eingestuften Ereignis röhrte brav das Triebwerk meines Vogels im Leerlauf vor sich hin.

Erst nach Minuten kam Ernesto frei, beschwichtigte seine aufgeregten Retter, die hinter ihm mit entschuldigenden Gesten herschlichen, als er zu seiner weißgekalkten Sea Hawk zurückging. Zwei Tage lang durften wir Gäste des dänischen Staates sein. Ernesto belagerte stundenlang die Dusche, zuvor hatte er dem Wachoffizier seine Fliegerkombination zur chemischen Reinigung in die Hand gedrückt. Während die Technik auf eigene Rechnung im Flugzeug die verklebte Elektrik und Elektronik mühsam vom erhärteten Schaum befreite, genossen wir Tuborg Bier und Aalborg Aquavit.

Es machte Spaß, an Ernestos Seite zu fliegen. Sei es in der Luft oder am Boden, immer geschah etwas Besonderes. Er gehörte zu den Älteren, war verheiratet, verlor aber nie ein Wort über seine Familie, bis ich in Erfahrung brachte, dass ihn abends zu Hause ein schwer behindertes Kind erwartete.

Dass Ernesto dennoch stets gut drauf war, scherzen konnte und unbeschwert wirkte, muss wohl seiner Frau zugeschrieben werden. Nur einmal habe ich die beiden in Schleswig Hand in Hand auf dem Wochenmarkt gesehen. Sie bildhübsch, strahlte, wirkte unbekümmert, und das muss wohl auf Ernesto immer wieder ausgleichend und erheiternd gewirkt haben.

Am folgenden Tag schlenderte ein dänischer Offizier an unsern Frühstückstisch heran und meinte, alles sein nun klar, wir könnten wieder abhauen. Tak und Auf Wiedersehen!

Ernesto meldete daraufhin die Einsatzbereitschaft nach Hause und heimste gleich dabei einen Einsatzauftrag ein.

Da wir nun schon mal im Norden Dänemarks zwei Tage bezahlten Urlaub gemacht hatten, lautete der Flugauftrag: Aufklären und Fotografieren eines russischen Atom-U-Bootes am Westausgang des Skagerraks! Das war so richtig nach meinem Geschmack. Ernesto dagegen maulte und zeigte aus dem Fenster. Tiefhängende Wolken jagten vorbei, bei dieser Sicht ein U-Boot, wahrscheinlich halb getaucht fahrend, auf der weiten Fläche des Skagerraks auszumachen, ohne eine auch nur vage Positionsangabe, glich wieder einmal dem Suchen einer Nähnadel in einem Heuhaufen.

Erst gegen Abend klarte das Wetter auf. Also los!

Ernesto führte. In Sichtweite voneinander zogen zwei Sea Hawks in unterschiedlichen Höhen ihre Bahnen zwischen Norwegen und Dänemark. Die Augen schmerzten vom angespannten Suchen, die See blieb leer und langweilig. Im abnehmenden Tageslicht ergrauten die weißen Wellentupfer. Rötlich aufleuchtend zwischen zwei dunklen Wolkenbänken sackte die Sonne ins Meer. Das war´s denn wohl.

Ernesto empfand das ebenso. Sein Anruf erlöste von der schweigsamen Routine:

„Crab two, time to leave, join up!“

Ernestos Rufzeichen war „Crab“. Er liebte diese schmackhaften Schalentiere, und wenn wir zusammen flogen, war ich seine „Krabbe zwo“. Zu ihm aufzuschließen beendete die „Mission“.

Zurück nach Aalborg!

Die Lichtverhältnisse reichten nicht mehr aus, um nach dem vermaledeiten Iwan zu suchen. Ernesto zog vor mir in einem weiten Bogen nach Osten. Hinter uns legte die untergehende Sonne in letztem Aufleuchten einen Lichtteppich über das Skagerrak und – wer und was, wie von einem Scheinwerfer angestrahlt, schäumte da genau recht voraus durch die See. Kein anderer als Genosse U-Boot.

Spasiba, spasiba liebe Sonne für die unerwartete Hilfe!

Glück muss man haben! Hatten wir den Aufklärungsflug innerlich abgehakt, so trafen wir jetzt auf dem Rückflug direkt auf das Zielobjekt und dazu noch mit perfekter Ausleuchtung durch die Himmelsregie. Petrus servierte den Kameraden mit der roten Feldpostnummer bei bestem Photolicht auf dem Präsentierteller.

Die später ausgewerteten Photos zeigten das damals im Westen noch unbekannte sowjetische Atom-U-Boot der G-Klasse. Ein Supererfolg!

Die Freude darüber währte jedoch nicht lange. Der Heimflug zum Flugplatz Aalborg verlief ätzend. Als in der Ferne die Lichter des Flugplatzes bereits in Sicht kamen, saß mit einem Male in einer Linkskurve der Steuerknüppel fest. Ich riss und riss, keine Bewegung, langsam drohte der Vogel abzukippen.

290

Ins Seitenruder getreten, gelang es ruckweise wieder in die Waagerechte zu gelangen. Mit der Hydraulik schien etwas nicht zu stimmen. Von der Mitte nach rechts spielte die Steuerung mit, nach links passierte nichts, fest wie eingefroren. Im Halse kroch das Gefühl hoch, einem technischen Fehler ausgeliefert zu sein, dessen weitere Entwicklung nicht vorhersehbar war. Gut, bisher ließ sich die Maschine mit sanften Rechtkurven fliegen, aber vielleicht könnte im Landanflug der Knüppel völlig unbeweglich werden.

Die große Frage: Versuchen zu landen oder hochziehen auf größere Höhe, Schleudersitz ziehen und aussteigen?

Ernestos Anruf drang in meine Überlegungen: „Was gurkst du da herum? Hackst den Vogel hin und her."

Als ich ihm meinen „trouble" meldete knurrte er: „Ich bin selbst am Ende meines Sprits, das rote Licht brennt schon, es reicht mal eben bis Aalborg. Schöne Scheiße, bleib dran!"

Auf einer anderen Frequenz bekakelten wir unser weiteres Vorgehen. Ich konnte unmöglich mit ihm in enger Formation landen, denn meine gehackten unkoordinierten Steuerausschläge gefährdeten uns beide. Ernesto würde also in einem langen Sinkflug zuerst landen und ich danach aus einer weit angelegten Rechtskurve.

Zurück auf der Aalborg Frequenz und die Lichter des Platzes voraus folgte die Anmeldung: „Aalborg Tower Crab flight on long final!"

"This is Aalborg Tower. Crab flight got you on my scope, cleared for landing."

Crab flight flimmerte da unten auf dem Radarschirm, nichts stand einer routinemäßigen Landung im Wege

Ernesto marschierte geradeaus und ich trennte mich, wie vereinbart, von ihm in einer vorsichtig eingeleiteten Rechtskurve. Hinaus in die dänische Dunkelheit, schön brav den Knüppel immer zart leicht nach rechts. Lichter unter mir flammten auf, kleine Dörfer, Bauernhöfe, verschwanden wieder, bis voraus die schön ausgeleuchtete Landebahn von Aalborg einladend näher rückte. Ernesto müsste eigentlich gleich unten sein.

Ja, da kam schon der Tower: „Crab, turn off next intersection!"

Klar, er sollte bei der nächsten Abwegung die Landebahn für mich freimachen.

Fahrwerk raus, Klappen gesetzt, heiß war mir doch, nur den Knüppel nicht zu stark rühren und nicht über die Mittelposition nach links, wie gut, dass kein Seitenwind vom Kurs wegschob, genau voraus die Platzbeleuchtung. Alles bestens, ob Ernesto und ich uns nach dem ereignisreichen Tag ein kühles Helles, ein Tuborg genehmigen würden? In Gedanken saß ich schon mit ihm am Biertresen.

Im Rundblick noch einmal vor der Landung die Instrumente gecheckt und wieder rausgeguckt. Oh Schreck, was war das?

Schwarze Nacht, keine Landebahn mehr, keine Lichter.

War ich blind geworden, lag ich plötzlich auf dem Rücken, war ohne mein Zutun die Steuerung völlig ausgefallen? Ging es nach unten oder nach oben. Druck verspürte ich nicht, hastiger Blick auf die Instrumente, sie zeigten ideale Werte. Was war geschehen? Am Höhenmesser lief gerade die 300 Fußmarke durch. Aber wo war die Landbahn von Aalborg geblieben?

Die Frage schoss durch den Kopf: Durchstarten oder den Tower anbrüllen.

Ich muss es wohl herausgeschrieen haben: "Aalborg get your lights on, Crab two on close final". Unendliches Schweigen, in Wirklichkeit verstrichen sicherlich nur Bruchteile von Sekunden bis ein Stöhnen an meine Ohren drang, das dänisch klang:

„Oh, herre Gud, vi kommer, unskyld."

Los Leute, was heißt Entschuldigung, macht eure Funzeln an! Immer noch Schwärze voraus.

Wie mechanisch schob die Hand den Gashebel nach vorn, im Augenwinkel sichtbar durchlief die Nadel den Hunderterstrich, keine 30 m mehr über dem Boden.

Die Turbine kam bereits auf Touren, da schlug es wie ein Blitz von vorne zu, der jüngste Tag, das rettende Lichtermeer. Die Richtung stimmte. Gas raus. Unter den Tragflächen verschwanden die letzten Schwellenlichter und die ersten Landebahnbegrenzungsleuchten zogen vorbei.

Nie zuvor hatte ich so deutlich auf das Aufsetzen des Fahrwerks geachtet. Ein sattes „Blopp" ließ die Maschine leicht erzittern, begleitet von einem Stoßseufzer.

Die trockene Bemerkung des Towers und nochmalige Entschuldigung für das vorzeitige Lichtausknipsen, dieses Mal in fließendem Englisch, erzeugte leichtes Frösteln: „Ich dachte Sie wären schon unten gewesen. Nach Ihnen war für uns Dienstschluss."

Nicht auszudenken, wenn die Burschen mich nicht gehört hätten. Bis Ernesto den Verein eingefangen hätte, wäre mir über Norddänemark der Stoff ausgegangen. Auf Martin Baker, den Schleudersitz, hätte ich mich verlassen können, aber die Vorstellung, in finsterer Nacht am Fallschirm hängend von einem Gartenzaun aufgespießt zu werden, ließ mich beim späteren Duschen das andächtig betrachten, was Elisabeth so gerne hatte und was unversehrt geblieben war.

Bei Tageslicht besehen, bedeckte rote Hydraulikflüssigkeit den hinteren Teil des Flugzeugs. Ein Hydraulikzylinder zeigte Risse.

Das gestrige Ereignis durchgehend, mussten Ernesto und ich bekennen, das Missverständnis zwischen Crab Flight und dem Aalborg Tower selbst verschuldet zu haben. Letzterer glaubte, dass wir zwei in Formation landen würden, hatte wohl auch nach der Landung nicht bemerkt, dass nur ein Flugzeug da unten rollte. Dass wir uns im Landeanflug trennen würden und warum, hätten wir wohl sagen müssen.

Um nicht nachträglich zu Hause einen Anschiss zu kassieren, vereinbarten wir beide eisernes Schweigen über das Aalborg-Unternehmen. Die mitgebrachten Photos von dem U-Boot lenkten ab und veranlassten zu keinen weiteren Fragen.

Ernesto konnte am nächsten Tag nach Jagel zurückfliegen. Für mich sah es nach einem verlängerten Aufenthalt in Dänemark aus.

Elisabeth freute sich über meinen Anruf, zu Hause sei alles in Ordnung. Christian würde bei den Eltern in der Deichstraße im Kinderwagen von den Eltern beschützt unter dem Kirschbaum stehen, und sie sei mit ihrer Freundin fast jeden Tag am Strand. Sie klagte nicht, dass ich noch nicht zurückkommen konnte, sondern meinte, ich sollte ihr eine Flasche Aalborg Aquavit mitbringen, den würde sie gern mal testen, ob der besser wäre als ein Enzian.

Nie bezog ich sie in fliegerische Schwierigkeiten mit ein oder belästigte sie mit dienstlichen Dingen. Zu Hause angekommen, fiel die Marine von mir ab, und wir lebten in unserer kleinen Welt. Viele Kameraden hielten es so, aber es gab auch andere, deren neugierige Weiber liefen mit angespitzten Ohren durch die Gegend, ereiferten sich an Personalfragen, die sie nichts angingen, und versuchten dienstlich gehütete Geheimnisse zu erschnüffeln.

Wie schön, dass wir so weit abseits wohnten; wenn überhaupt, überfielen uns an Wochenenden jüngere Staffelangehörige, die nach einem Cola Rum wieder das Weite suchten. Die Schludertanten lebten zumeist in dem Schleswiger Bundeswehrghetto, einem Stadtteil mit dem alles erklärenden Namen Hühnerhäuser.

In Aalborg schwebte eines unserer kleinen Verbindungsflugzeuge ein, eine Do 27 mit einem Spezialisten an Bord, geflogen von einem älteren Korvettenkapitän, dem Chef der Technischen Gruppe persönlich, der mit diesem Überlandflug freudig ein paar Flugstunden zur Erhaltung seiner Fluglizenz beisteuern konnte.

Jetjockeys verachteten diesen Propellervogel, nicht weil er so langsam war, sondern wegen seiner Macken. Mit Seitenwind souverän gelandet, konnte es geschehen, dass der Bock beim Ausrollen plötzlich um 90 Grad ausbrach und auf die Seite fiel, meistens mit Beschädigung der Tragfläche. Wer wollte schon dem stundenlangen Verhör der Unfallkommission ausgeliefert sein. Angeraten war, das Miststück als Jetpilot zu meiden.

Die kurze Inspektion meiner Sea Hawk veranlasste die Technik, den Vogel zurückzulassen und den Hydraulikschaden von einem später einzufliegenden Team beheben zu lassen.

Ein schöner sonniger Nachmittag begleitete den gemütlich langsamen Flug. Wenn der Vogel nur nicht so lärmen würde, man musste die Kopfhörer fest auf die Ohren drücken.

Kornfelder glitten vorbei, als bunte Punkte dazwischen Bauernhöfe, dann wieder Seen, Badende im Wasser, deutlich aus niedriger Flughöhe zu sehen, und dazu ein weiter Horizont. Die Landschaft wiederholte sich, es wurde langweilig, Müdigkeit kam auf, aber zum Eindämmern fehle die Ruhe, das harte Propellergeräusch störte.

Der Techniker und ich saßen hinten auf der harten Bank und dösten schweigend, vorn hochkonzentriert der Pilot, er sprach mit uns kein Wort, fingerte mal hier, mal da am Instrumentenbrett herum. Er schien nervös zu sein. Was spannte den Mann so an? Das Wetter konnte es nicht sein und der harmlos dahinknatternde Flug der Do auch nicht.

Mein Nachbar sah mich grinsend an und deutete nach vorn. Das eifrige und fast ängstliche Gehabe da vorn fing an die Passagiere zu amüsieren. Anstatt den Flug zu genießen, rührte der Gute im Cockpit herum, als gelte es, einen angezeigten schwerwiegenden Fehler in der Maschinerie eines Großraumflugzeuges zu finden.

Der Flug schien ewig zu dauern, und unsere Aufmerksamkeit suchte nach Ablenkung, mal die an der Decke in einer losen Fassung mitdrehende Schraube, die leise surrte, oder die verbeulte blanke Platte zu den Füßen, die ein wenig lose zu sein schien. Beim Drauftreten knackte es. Der Techniker, darauf hingewiesen, trat heftiger drauf. Ein sirrender Ton schwang durch die Kabine, es klang wie das Zupfen an einem gespannten Draht, fast wie das Anschlagen einer Harfensaite, mehr noch wie ein metallisches „Blinck" im hohen Ton.

Das harmlose Spielchen hatte einen unerwarteten Erfolg.

Vorn flog der Kopf herum: „Haben Sie das gehört, das stimmt was nicht. Dieses Geräusch, schon zum zweiten Mal, irgendwas stimmt nicht, hören Sie mit rein und passen Sie mit auf, ob das Geräusch wieder kommt!"

Der Chefpilot und seine Passagiere mit den Kopfhörern in der Hand ließen die Ohren in alle Richtungen rotieren. Nichts zu hören – oder doch? Gute Gelegenheit, die Aufregung zu erhöhen. Wieder ein Tritt und damit der eigentümliche Laut, erst in unregelmäßigen Abständen und dann rhythmischer in kürzer werdenden Intervallen. Es machte Spaß. Blinck — Blinck – Blinck.

Im Cockpit lief der Schweiß.

Unter der Do zog bekanntes Gelände vorbei. Von Schleswig trennten uns nur noch ein paar Meilen. Aufmunternde Worte nach vorn halfen wenig. „Herr Kapitän, Sie schaffen das schon!" Er nickte hastig. Vom Kopfhörer hochgeschoben, standen seine Haare steil nach oben wie ein Rasierpinsel, er starrte nur nach vorn.

Mit einem Mal trat Schweigen ein. Der Propeller schlug noch zwei Umdrehungen. Blopp, blopp und stand dann fest wie eine Gartenzaunlatte. Wildes Gerühre im Cockpit und die Anweisung, die Gurte nachzuziehen.

„Ich lande da unten auf der Wiese."

Na denn mal los. Über einen Knick, ein paar Pferde, danach tief über zwei Kühe hinweg schwebten wir ein, und das machte die Do glänzend. Ein Jet hätte da größere Probleme gehabt. Die Landung vom Chefpiloten verlief harmlos, locker und gekonnt. Vor einem Graben fand die Reise ihr Ende.

Lobende Worte der Passagiere für die gelungene Außenlandung. Sein Lächeln wirkte betrübt als er bekannte: „Ich habe in Aalborg vergessen, nachzutanken!“

Das kostete den armen Kerl den Flugzeugführerschein, und für den Schaden musste er auch noch aufkommen. Der Bauer verlangte eine Erstattung für den angeblichen Flurschaden und für die Verängstigung des Milchviehs. Außerdem belangte man ihn für den an der Do 27 entstandenen Schaden. Nachts hatten Pferde das leinenbespannte Seitenruder des zurückgelassenen Flugzeugs abgefressen.

Zwei Tage später standen Ernesto und ich wieder gemeinsam am Start. Ein Überlandflug nach Neuburg an der Donau mit ihm im Verband mit vier Sea Hawks ist in Erinnerung geblieben. Von diesem Flugplatz der Luftwaffe ging die Kunde, dort sei die fliegende Kavallerie ansässig. Keine schwerfälligen Jagdbomber, sondern Jäger, also die ganz schnellen. Alle Piloten galten als Asse.

Wir waren auf dem Wege zu den Feinsten und dem Feinsten, was die Luftwaffe zu bieten hatte, und das wollten sich vier schlichte Marinepiloten mal anschauen.

Außerdem lief gerade in Neuburg eine Einweisung in das neue Waffensystem Starfighter F 104 durch amerikanische Flugzeugführer, mit dem in naher Zukunft auch beide Jetgeschwader der Marine ausgerüstet sein würden. Diesen Vogel einmal aus nächster Nähe zu betrachten, anzufassen reizte sehr. In Fliegerkreisen erzählte man sich fantastische Geschichten über Schnelligkeit und sonstige wundersame Leistungen des „Airsuperiorityfighters“, dieses Hochleistungsjägers.

Schon beim ersten Funkkontakt mit Neuburg vermittelte das nachgemachte Texas-Englisch des unüberhörbar bayrischen Tower-Controllers den Eindruck, dass wir auf eine arrogante Truppe stoßen würden. Anstatt uns auf kürzestem Wege von der Landebahn zum Abfertigungsgebäude zu führen, ließ der Tower die Marine um den ganzen Platz herumeiern, weil angeblich andere Maschinen zum Start rollten.

Der Platz lag ruhig in der Mittagssonne, nur weit am Horizont blitzte das Metall zweier Starfighter, eng zusammengestellt und umgeben von einer riesigen Menschenmenge. Anstatt die Sea Hawks in die Nähe zu führen, schließlich waren wir zu der Vorführung offiziell eingeladen worden, gedachte der Tower die ihm wohl mickerig erscheinenden Marineflugzeuge irgendwo abseits in der Walachei abzustellen. Aber da kannte der Texas-Bayer unseren friesischen Ernesto nicht. Vom Tower unsinnigerweise wieder auf die Startbahn zurückgeführt, blieb Ernesto querab von einem abgehenden Taxiway stehen, der an den Stellplätzen der beiden sich gegenüber stehenden Starfighter vorbeiführte. Ernesto, was führst du im Schilde?

Er bog in die enge Gasse ein, viel zu schmal, um unbeschadet zwischen den Starfightern hindurchzukommen. Wir folgten ihm und wussten längst, was Ernesto beabsichtigte, schließlich war die Sea Hawk ein trägergestütztes Flugzeug, das beim Verfrachten hinunter in die Hangardecks die Flügel nach oben klappen konnte, aber das kannte die Menge nicht, die jetzt fluchtartig von den Starfightern weg ins frei Feld flüchtete.

Da kam auch Ernesto Stimme: „Navy standby wings!"

Dazwischen brüllte der Tower in überschlagendem Diskant, vergaß plötzlich jegliche englische Sprachkenntnisse und schrie: „Sans wahnsinnig, des gibt a crash, bleibns stehn, Sakrament, Kruzifix Stopp stopp!"

Aus sicherer Entfernung voraus ruderte abwehrend ein grauhaariger, goldbetresster Luftwaffengeneral wild mit Händen und Armen, aber Ernesto und wir in seinem Gefolge krochen dröhnend näher an die verlassenen Starfighter heran. Jetzt flüchtete auch die Generalität. Als zwischendurch dem Towerkontroller die Luft ausging, kam Ernestos Befehl: „Navy wings up!"

Wie zum Gruß an die Staunenden auf Seiten, einige lagen zur Sicherung von Leib und Leben ausgestreckt im Gras, klappten wie von Geisterhand bewegt über den Sea Hawk-Rümpfen die Tragflächenspitzen zusammen. Jovial aus dem Cockpit winkend zogen wir in immer noch reichlichem Abstand an den Starfightern vorbei. Nie zuvor war ich dichter als jetzt an die neue Jetgeneration herangekommen. Im Vorbeirollen hingen unsere Blicke an den utopisch fremdartigen raketenähnlichen Silbervögeln, die aussahen wie Fluggeräte ferner Galaxien. Dagegen wirkten die Sea Hawks wie Flugdrachen, eben mal eine Generation weiter als die Geräte von Otto Lilienthal. Aber ich liebte meine Hawk, wir kannten uns. Wie oft hatte sie mir fliegerische Unachtsamkeit und Flüchtigkeitsfehler nicht übel genommen.

In den Bremsklötzen angekommen, leistete sich Ernesto bei der Abmeldung am Tower die Bemerkung: „Meine Herren, nicht nur das Fliegen will gelernt sein, auch das Rollen am Boden. Die Marine kann beides!"

Einmal im Jahr musste jeder Pilot antreten, seine Befähigung im Instrumentenfliegen unter Beweis zu stellen. Für diesen Zweck unterhielt das Geschwader zwei zweisitzige Fouga Magister, einen leichten französischen Düsenvogel, den ich schon während der Ausbildung in Landsberg/Lech kennen gelernt hatte. Der gefürchtetste Prüfer oder Checker hieß Kapitänleutnant Grase, ein bulliger Typ, voller Gift und Galle. Mit ihm im Blindflug die verschiedensten Verfahren zu fliegen, diese stets hämisch kommentiert, zerrte an den Nerven, und danach wieder auf der Schulbank unter seiner strengen Kontrolle den mehrseitigen Test zu überstehen war nicht ohne Anspannung. Niemand mochte den zynischen Kerl, mancher wünschte ihn zur Hölle. Dass er zwei Jahre später in den USA mit einem Starfighter tödlich abstürzte, ging allen im Geschwader jedoch nahe.

Als letzte der zu überwindenden Stufen zur neuerlichen Bestätigung der Fliegertauglichkeit kam auf jeden die Untersuchung beim Flugmedizinischen Institut in Fürsty zu. Das geschah stets um den Geburtstag. So trafen sich über mehrere Jahre immer dieselben Ritter der Lüfte aus den unterschiedlichsten Geschwadern am Abend vor den Untersuchungen stets an demselben Treffpunkt, an der Bar des Offizierheims und erzählten von Mal zu Mal buntere Geschichten.

Wer befürchtete, die Leberwerte oder die Sehschärfe beanstandet zu bekommen, erschien in Fürsty nach langer Enthaltsamkeit, trank wochenlang keinen Alkohol und aß jeden Morgen eine Mohrrübe, wegen des für die Augen segensreichen Vitamins „A".

Das galt als sehr wirksam. Wer hat schon einmal einen Hasen mit Brille gesehen.

Das Zusammentreffen mit den Kameraden vom letzten Mal machte allerdings selbst die gewissenhafteste Vorbereitung auf den Gesundheitscheck über Nacht zunichte.

Man freute sich, dass man noch flog und lebte. Dabei geriet die Feier aus den Fugen. Einer unserer Älteren aus dem Kunstflugteam versuchte wieder zu beweisen, dass er mit dem Fahrrad auf dem ovalen, schmalen Bartresen im Slalom um die Biergläser fahren konnte. Dieses Jahr fiel er kopfüber in das Gläserwaschbecken. Der herbeigerufenen Arzt, davon gab es genug auf dem Gelände, nähte ihm gleich vor Ort die Stirnwunde. Nolle zerschnitt sich die Hand an einem gesprungenen Bierglas, und ich konnte mir am nächsten Tag nicht erklären, warum die Uniformhose am Knie ein kreisrundes Brandloch aufwies. Als der immer noch lustige Haufen am nächsten Morgen vor dem Labor zur Abgabe der Pinkelprobe anstand, zeigte ein Luftwaffenhauptmann auf meine verbrannte Hose und meinte: „Dat Loch haste dir am Klavier geholt, das wir auf der Terrasse angesteckt haben. Hat lichterloh gebrannt, aber du hast weiter gespielt. Wirklich gut, Mann, echte Klasse!"

Nicht ein Funken der Erinnerung blitzte auf. Ich und Klavier gespielt? Noch nie hatte ich ein Klavier angefasst. Geige ja – aber ein Klavier?

Der muss mich im Suff verwechselt haben, aber das Brandloch war Realität. Die dicht stehende Reihe näherte sich der Urinprobeabgabeluke, wo das frisch gefüllte, sich warm in die Hand schmiegender Sektglas einer blutjungen Assistentin zu überreichen war.

Wie vor einem Automaten und routinemäßig wanderten die vollgestrullten Gläser über den Tisch. „Name?" flötete es von innen. „Oberleutnant Breitner!" „Danke, der Nächste bitte!"

Kurz vor der Abgabe seines Gläschens dreht sich ein kleiner gedrungener Hauptfeldwebel vor mir von der Luke weg, riss einer Piccoloflasche den Kronenkorken weg und füllte listig grinsend sein Gläschen mit perlendem Sekt, sah dabei uns an und sagte: „Das hab ich mir schon immer vorgenommen."

Wieder flötete es zart durch die Luke: „Der Nächste bitte!"

Wer dicht genug stand, schaute dem Witzbold über die Schulter. Kurz bevor er das Glas dem jungen Mädchen in die Hand drückte, zog er es zurück.

„Ach, beinahe hätte ich es vergessen, mein Saft ist mir zu schad, heut trink ich ihn selbst", setzte das Glas an und kippte den Inhalt in sich hinein. Die Assistentin schrie auf, sprang vom Stuhl hoch, schaute fassungslos, verfärbte sich puterrot und japste nach Luft, während rundherum lautes Gelächter losbrach.

Einer rief: „Schwester, ein zweites Pinkelglas für den Patienten, bevor der Sekt durchläuft!" Jetzt lachte man auch hinter der Durchreiche.

Mit dem befriedigenden Ergebnis, wieder Jet-Ia-tauglich zu sein – und das bedeutete damals eine steuerfreie Fliegerzulage von DM 360 DM auf die Hand zu bekommen –, viel beneidet von den Flottenkameraden, fand ich mich bei den Reimanns in deren Landhaus am Chiemsee ein, wo Elisabeth und Klein-Christian schon sehnsüchtig warteten. Vater Reimann hatte den beiden für den Flug Hamburg-München und zurück ein Ticket geschenkt.

Erst nach dem frühen Tod von Elisabeths Eltern ist uns bewusst geworden, wie großzügig sie uns sowohl finanziell den Start ins Eheleben erleichtert als auch die ersten Jahre danach gesponsort haben. Oft fragen wir uns heute, ob wir damals unsere Dankbarkeit nicht noch herzlicher hätten zeigen sollen. Uns ging es gold. Wenn ich daran denke, wie Kari mit seiner amerikanischen Nancy anfing. Ihm half nur der Humor, wenn er von seinen Jaffa-Anbaumöbeln sprach.

Mehrere Jahre, wegen der Fürsty-Untersuchung immer zur Osterzeit, traf die Familie in dörflich bayrischer Idylle bei den Schwiegereltern ein. Der Nachwuchs wurde vorgeführt und Jahresbeichte gehalten. Oft musste die Übernachtungsmöglichkeit beim Bauern nebenan mit einbezogen werden. Ich ging zu gern dorthin. Ein rotweiß gewürfelter Bettbezug, Ein hochbeiniges knarrendes Bett, rundherum gekalkte Wände mit einem Marienbild, Geranien, die zum Fenster hereinwuchsen, morgens der Blick auf die Kampenwand und unten die scheppernden Milchkannen. Geruhsam, friedlich, einfach herrlich! Wenn mich Elisabeth zum Frühstück mit Küsschen abholte, fragte die vorbeischlurfende Bäuerin erst mich besorgt: „Sans immer noch bei den gefährlichen Fliegern?", und zu Elisabeth gewandt: „Madl, ist er denn immer noch guat zu dir?"

Ja, hier hatte alles mit uns beiden angefangen, und dort unten in dem Heuschober zum Bach hin, meinte Elisabeth, hätten wir unseren Christian zusammengebastelt. Das hatte doch so gut geklappt, ob wir es nicht dort noch einmal versuchen sollten?

Wie heißt es: „Halb zog sie ihn, halb sank er hin." Es war wie immer mit ihr wunderschön, und das Heu duftete wie beim ersten Mal.

Zu einem gediegenen Erlebnis wurde jedes Mal die Einladung des alten Reimann, im Dorf als Mitfinanzier der zu reparierenden Kirchkuppel bereits hoch angesehen, zu einer Vorführung eines Bauerntheaterstücks des hiesigen Gebirgstrachtenvereins. Da gab´s keine Touristen, nur Einheimische in Tracht und „den Preißen, den da vom Reimann".

Man blieb unter sich, erst wurde getanzt, geschuhplattlert zu schmetternder Blasmusik, danach hockte man sich auf die Bänke, die in der Tenne des Wirtshauses

298

vor die Bühne gerückt waren. Eine Maß Bier auf die Knie gestellt und das Geschehen des Theaterstücks mitverfolgt, oft aufgeregt und lautstark kommentiert, die Schauspieler gelobt oder beschimpft, je nach Gefallen.

Zünftig ging es zu und das in einem Dialekt, den koa Preiß gar nie nicht verstand. Elisabeth genoss die heimatliche Atmosphäre und die bayrischen Laute. Ich freute mich mit ihr, denn mittlerweile waren uns der äußerste Norden und der südlichste Süden zur gemeinsamen Heimat geworden.

Bei der Rückkehr nach Jagel warteten Neuigkeiten. Testpilot Zenner war eine fliegerische Glanzleistung gelungen. In 30.000 Fuß Höhe über Schleswig-Holstein war ihm bei einem Werkstattflug das Triebwerk und damit jegliche Hydraulik und elektrische Unterstützung der Systeme ausgefallen. Nur die unabhängigen Fluganzeigeinstrumente spielten noch mit. Ansonsten war der Vogel tot, aber der Pilot lebte und setzte allen Ehrgeiz dran, wohlbehalten runterzukommen.

Zurück im Geschwader musste er immer wieder erzählen, schon aus Lernbegierde wollte jeder wissen, wie man ein derartiges „Emergency" überstehen konnte. Wir lauschten ehrfurchtsvoll:

„Ohne Ankündigung und ohne mein Zutun, einfach so im Geradeausflug, buff, war alles aus. Erste Reaktion: Gleitflug und wieder starten. Ein paar Versuche, es blieb dabei: Nichts.

Gott sei Dank herrliche Sicht, unter mir der Flugplatz Leck.

Der Knüppel gehorchte widerwillig, das Fahrwerk mechanisch auszufahren kostete viel Zeit und viel Kraft. Was jedoch die Perlen auf die Stirn trieb, war das Auszirkeln der weiten Kurven, um mit einem tot dahingleitenden Jet den Platz so zu erreichen, dass zuletzt Anflughöhe und Geschwindigkeit zur Landung genau hinpassten.

Und vor allem, wie konnte der Tower Leck wissen, dass sich plötzlich aus dem Nichts ein fremdes Flugzeug unangemeldet in den Flugbetrieb einmischte.

Anrufen konnte ich nicht, der Sprechfunk machte keinen Mucks mehr. Unten den Platz mit den Augen als letzte Rettung ansaugend, musste ich feststellen, dass dort gerade die vormittägliche Startphase lief. Eine Phantom-Formation nach der anderen startete, und da musste ich dazwischen, eine Alternative gab es nicht. Vorher in sicherer Höhe mit dem „Nylon letdown" aussteigen war immer noch drin, aber warum, der waidwunde Bock ließ sich ja noch fliegen? Dichter und dichter rückte das Flugfeld heran.

Mühsam gelang die letzte entscheidende Kurve, noch ein bisschen zu hoch, Seitenruder treten, schräg abslippen, bisschen andrücken, die Instrumente zitterten. Würden die auch noch ausfallen, wäre alles zu spät. Durchhalten! Genau voraus die Landebahn. Es gab nur diese eine Landung. Flacher und flacher glitt die rettende Bahn auf mich zu, rundherum friedhofsähnliche Stille. Der Mittelstreifen und die schwarzen Tupfer der vielen Radabdrücke auf dem Aufsetzpunkt sogen mich an. Da musste ich hin.

Alles frei? Nein! Links auf der so genannten Nr. 1 kurz vor der Startbahn beschleunigten gerade zwei der plumpen Phantomjet und bogen keine 100 m vor mir auf den Startpunkt ein. Dahinter landen? Unmöglich! Darüber hinwegkommen? Wie? Die Geschwindigkeit reichte kaum noch. Egal, den Bock behutsam hochgenommen, knapp über die Cockpits der beiden Phantoms hinweg und runter, wie ein Sack fiel die Sea Hawk runter. Eine weiche Landung war das nicht, und gleich darauf die bange Frage: Was machen die Burschen hinter mir?

Die Piloten hinter mir müssen über sich einen Schatten gesehen haben und, kurz bevor sie den Nachbrenner zündeten, den Hebel haben zurückreißen können, sonst wären sie in mich hineingerast.

Was die fluchend von sich gaben, blieb mir erspart zu hören, aber akzeptiert hätte ich jedes unflätige Schimpfwort. Nur ein paar Sekunden später und über dem Platz hätte ein Feuerball gestanden.

Ich bin abgeschlafft im Cockpit sitzen geblieben, habe mechanisch das Kabinendach hochgeleiert, den Helm abgenommen und gewartet, bis rundherum wild fuchtelnd erst die Feuerwehrmänner und dann einige ruhigere Herren zu mir kamen.

Stimmen zu hören bedeutete, angekommen zu sein.“

Zenner genoss seitdem im Geschwader allergrößte Hochachtung.

NATO-Manöver brachten viel Unruhe, wie schon zu Kaisers Zeiten. Die Kameraden an Bord der Flotteneinheiten fuhren oft tagelang bei schlechtestem Wetter mit bleichen Gesichtern zur See, wir dagegen flogen morgens frisch rasiert mal eben locker an ihnen vorbei. Da wuchsen keine Freundschaften.

Als Manöverziel galt es, den im Morgengrauen über See heranrückenden Feind, damals dargestellt durch die amerikanischen Leihzerstörer der Fletcher-Klasse, uralte zerbeulte Dampfer aus dem letzten Krieg, mit Schnellbooten und Marinejagdbombern zeitgleich anzugreifen und ihm den theoretischen Garaus zu machen.

Das Spielchen fand in der nördlichen Nordsee statt, tagelang fuhr der Dreierverband vom Sturm geschüttelt hin und her, mancher Seemann mag sich bereits die Seele aus dem Leib gekotzt haben, das Wetter hielt die Schnellboote in Helgoland fest, wir dagegen saßen in der verqualmten Baracke und spielten Skat.

Dann und wann wurde der eine oder andere aufgerufen, mit einem Aufklärungsflug nachzuschauen, was die Marinekameraden draußen auf See trieben.

Kaserniert zu sein bei striktem Alkoholverbot, nicht fliegen zu können und vor allem das Warten auf den großen Einsatz zerrten an den Nerven. Nur der abendliche Telefonkontakt mit den Lieben daheim hielt die Truppe aufrecht.

Endlich schrillte die Alarmglocke. Kari bekam den Auftrag vorauszufliegen. Die Technik hatte seinem Vogel einen Radartopf untergehängt. Er sollte den Feindverband orten und die Position melden.

Inzwischen formierte sich über Jagel die Angriffsformation. Mehr und mehr Flugzeuge stiegen auf und ordneten sich ein. Nie zuvor und nie wieder danach haben 16 Jagdbomber der Marine ein und dasselbe Ziel angeflogen. Zwei dicht gestaffelte Viererformationen strebten, von Süden, von Helgoland kommend, dem Ziel entgegen, die anderen acht zogen von Sylt aus in nordwestlicher Richtung übers Meer davon.

Kari, mehrmals vom Verbandsführer angerufen, meldete „Kontakt null." Er wusste offenbar selbst nicht, wo er flog; vielleicht war er auch ungeübt mit dem Radar umzugehen. So blieb seine Unterstützung eben bei null. Was blieb, war verbissenes Suchen. Es herrschte typisches Nordseewetter. Aufgerissene Wolken, Untergrenze 3000 Fuß und weite klare Sicht. Irgendwo mussten die drei Zerstörer, der Stolz der Marine, doch zu finden sein, die als die „Roten" den Gegner darstellten.

Es knisterte im Kopfhörer. Das war Melanchthons Stimme. Er hatte sich nicht nehmen lassen als Kommandeur selbst das Unternehmen anzuführen. „Targets ahead!"

Schlagartig wuchs die Spannung.

Tatsächlich kamen uns, etwa Kurs 090 Grad, drei Schaumstreifen entgegen, davor die schmalen grauen Silhouetten der Fletcher. Von den Schnellbooten, die gemeinsam mit uns angreifen sollten, keine Spur, also allein ran an den Feind. Wo aber waren die anderen acht Sea Hawks geblieben?

Die Ziele blieben rechts. Nach links gestaffelt wie die Perlen an der Schnur, jagten acht Sea Hawks keine 10 Meter über dem Wasser heran. Jeder achtete auf den rechten Nebenmann und folgte jeder Bewegung. Der erste zog steil hoch, drehte auf den Rücken, der nächste und so weiter. Im Herabstürzen zum simulierten Bombenangriff, einen der Zerstörer im Visier, schossen plötzlich grünliche Schatten links und rechts vorbei. Was war das?

Im Abflug setzte großes Palaver ein. Melanchthon forderte barsch Radiodisziplin und Schweigen, aber den wenigen Wortfetzen war zu entnehmen, dass von der anderen Seite exakt zur selben Zeit, auf die Sekunde genau, die anderen acht sich auf die Zerstörer gestützt hatten und so 16 Flugzeuge wie ineinander greifende Fächer aneinander vorbeigerast waren. Es hätte das größte Unglück geschehen können.

Erstmalig wurde erwogen, beim Royal Fleet Air Arm in die Schule zugehen. Die britische Marine flog ein knallhartes Ausbildungssystem.

Bei der Manöverbesprechung Tage später im Flottenkommando begegnete der Flottenchef unserm Melanchthon mit spürbar größter Hochachtung. Der Admiral lobte den hohen Ausbildungsstand seiner Seeluftstreitkräfte und das hervorragende Timing des exakt durchgeführten Angriffs.

„Einem derartig präzisen Angriff aus der Luft werden selbst zukünftige moderne Kriegsschiffe nicht gewachsen sein. Loben Sie ihre Männer. Das macht Hoffnung, dass wir im Ernstfall auch einem übermächtigen Gegner gewachsen sein werden."

Dabei klopfte er Melanchthon auf die Schulter und winkte danach leutselig den hinteren Reihen zu, wo wir Fliegerasse lässig saßen, die goldenen Schwingen auf der Brust und an den Füßen die aus den USA mitgebrachten Cowboystiefel, die wir angezogen hatten, um uns von unseren schwimmenden Kameraden zu unterscheiden.

Wenn der Gute gewusst hätte, dass dieser einmalige, fliegerisch höchst gefährliche „event" vielmehr dem Zufall zuzusprechen war. Doch Melanchthon wusste die richtige Antwort: „Herr Admiral, auf Ihre Seeluftstreitkräfte können Sie sich verlassen, wir sind immer auf den Punkt zur Stelle, wir sind Ihr stärkster Arm."

Der Hinweis auf den stärksten Arm rief bei den schwimmenden höheren Dienstgraden missbilligendes Grummeln hervor. Uns Piloten gefiel die spitze Bemerkung unseres Kommandeurs, obwohl er uns nach dem besagten Flug furchtbar zusammengeschissen hatte, von wegen idiotischer Planung und miserablem Timing.

Die Erfolgsmeldung drang bis ins Verteidigungsministerium und erreichte auch diejenigen Politiker, die für die Mittelbereitstellung der Seeluftstreitkräfte zuständig zeichneten.

Da schwoll jedem von uns der Kamm. Jeder, der die Irrsinnsattacke mitgeflogen war, fühlte sich als Profi. Schließlich zählten Kari, Nolle, Hanno und ich zu den erfahrenen Einsatzpiloten und hielten uns für fast so gut wie die Asse des Kunstflugteams.

An unserer Seite flog bereits der Nachwuchs. Unsere erfahrene Vertrautheit mit dem Flugapparat und die tägliche Routine verführten allerdings nicht selten zu grenzwertigen Flugmanövern, meistens zu zweit, wo einer den anderen zu übertrumpfen gedachte.

„Hast du schon mal ne Brücke unterflogen oder Inselhüpfen gemacht?"

Ich doch nicht, ist doch strikt verboten, will ich meinen Flugzeugführerschein verlieren? Alle reagierten so.

Die abseits von neugierigen Polizisten gelegene Brücke über den Nord-Ostsee-Kanal bei Hochdonn zählte zu den Testobjekten ebenso wie das Aufschrecken der Nackedeis in der Brandung vor Sylt. Lustig, wie die weißen Popos zum Ufer hüpften, wenn man über sie hinwegfauchte.

Von einem dieser übermütigen, frechen Flüge zurück, hörten wir den technischen Wart, während er sich ins Cockpit beugte, um den Sicherheitspinn des Schleudersitzes einzustecken, mit bebender Stimme wispern, dass sein Chef, der Oberleutnant Richter, vor einer halben Stunde abgestürzt sei.

Richter war wie Zenner Test- und Werkstattpilot.

Die Unfalluntersuchung ergab, dass der Schleudersitz im Fluge ausgerastet war, das Cockpit durchschlagen hatte und mit Richter im Kabinendach stecken geblieben war. Er hatte keine Chance. Ein kurioser Unfall, ein technischer Fehler, der uns allen einen furchtbaren Schrecken einjagte, denn bisher, wenn der Tod nachweislich durch menschliches Versagen eingetreten war, beruhigte die leise vor einen hingemurmelte Formel: „Das kann mir doch nicht passieren!" Ein derartiger Unfall wirkte heilsam und dämpfte die fliegerische Unzucht. Während alle wieder brav zu den Regeln zurückkehrten, geschah etwas Außergewöhnliches.

Hanno und ich kehrten gerade von einem Aufklärungsflug über See zurück und meldeten uns auf der Towerfrequenz. Ein Stimmengewirr überschwemmte die Ohrmuscheln. Da wurde auf Deutsch palavert, ohne jegliche Sprechfunkdisziplin durcheinander geschrieen. Niemand reagierte auf unsere Meldung.

Hanno versuchte es noch einmal: "Schleswig Tower …" Weiter kam er nicht, denn mit sich überschlagener Stimme unterbrach ihn die Bodenstelle mit der Anweisung: „Aircraft calling, stay away from base, we have a problem", und danach setzte auf der Frequenz wieder wildes Sprechdurcheinander ein.

Was hatte der Durchgedrehte da unten gefordert? Wir sollten uns vom Platz fernhalten, er hätte ein Problem.

Zu zweit auf Höhe steigend und über dem Platz kurvend, tasteten wir mit den Augen das Geschehen unter uns ab und lauschten in das Sprechgewirr, versuchten daraus ein Verslein zu machen, warum die Landung verwehrt wurde. Unglaublich, was dabei herauskam. Ein Techniker, ein junger Hauptgefreiter ohne Erfahrung, war mit einer Sea Hawk zum Startpunkt gerollt, hatte das Dach geschlossen, Gas gegeben, war gestartet und eierte jetzt in niedriger Höhe über Schleswig-Holstein hin und her. Ein Verrückter, ein Selbstmörder?

Ohne Helm und somit ohne Funkverbindung nicht ansprechbar. Der Flugsicherung waren die Hände gebunden. Wie kriegte man diesen Menschen heil wieder herunter? Und selbst wenn er abstürzen würde – wohin?

Die vom Kommodore herbeigerufene Polizei und Staatsanwaltschaft eilten in Windeseile herbei, wussten aber selbst keinen Rat.

Einer unserer älteren Fliegerasse startete. Vom Radar an den potentiellen Bruchpiloten herangeführt, spielte er eine Mischrolle aus Psychologen und väterlichem Sozialhelfer. Seine spätere Erzählung trieb einem nachträglich die Schweißperlen auf die Stirn.

Wie dicht konnte ein erfahrener Pilot an einen vielleicht geistig Gestörten heranfliegen, vielleicht würde er als Kamikaze auf einen zudrehen. Wie könnte er reagieren?

Da flog die Sea Hawk, alles sah ganz normal aus, nur dass ein Blondschopf ohne den üblichen weißen Helm im Cockpit saß. Mit fachgerecht eingefahrenem

Fahrwerk, korrekter Geschwindigkeit und in stabiler Höhe ließ sich der jugendliche Ausreißer über der Marsch stellen, fröhlich seinem Samariter zuwinkend.

Vorsichtig dichter heranfliegend, versuchte der mit Handzeichen Anweisungen zu geben, und siehe da, es klappte.

Im Landeanflug auf und nieder, aber das Fahrwerk sicher ausgefahren, vielleicht zu schnell aufgesetzt und die Landung mit ein paar Hopsern garniert, rollte der Hauptgefreite auf der Rollbahn aus, umringt von der herangerasten Feuerwehr, Feldjägern und Polizei. Im Hintergrund johlten seine Kameraden und das technische Wartungspersonal und beklatschten den in einem Polizeiwagen vorbeifahrenden selbstgekürten Jetpiloten.

Was dem jungen Mann im anschließenden Prozess alles an Vergehen vorgeworfen und angelastet worden war und vor allem, was die Medien daraus zelebrierten, reichte als Unterhaltungsstoff für mehrere Wochen.

Was uns Piloten betraf, genoss der Bursche Hochachtung, denn wie sich herausstellte, galt der Hauptgefreite zwar als qualifizierter Segelflieger, aber einen komplizierten Donnerbock zu fliegen, das war schon etwas anderes, noch dazu ohne Schulung. Als Techniker hatte er die Unterlagen studiert. Theoretisch alle Daten der Maschine im Kopf, brannte er darauf, seine Dienstzeit bei den Seeluftstreitkräften mit etwas Ungewöhnlichem abzuschließen, mit dem Fliegen des Flugzeuges, dass er über Monate nur am Boden hatte technisch vorbereiten dürfen. Gar manchen Hohn kippten die Medien über die Piloten aus, bemäkelten die offensichtlich zu teure Ausbildung, wo es doch so leicht sei, einen Jet zu fliegen. Auch die Kameraden von der Flotte höhnten: „Mensch, der hat euch vorgeführt, seht ihr, eine Sea Hawk kann doch jeder Affe fliegen."

Vielleicht hätte man diesem Naturtalent eine echte Chance geben sollen, eine solide Ausbildung, aber als Vorbestraftem blieb dem wagemutigen Hauptgefreiten bei unserer verknöcherten Bürokratie nur die Möglichkeit, das Publikum seiner Stammkneipe zu begeistern.

22

Das Fliegerleben war zu einer fast monotonen Routine geworden. Irgendetwas Neues sollte der Geschwaderführung einfallen, und siehe da, Wochen, nachdem uns der Hauptgefreite vorgeführt hatte, bestellte Melanchthon Kari, Nolle, Ernesto und mich in sein Dienstzimmer.

Für ein halbes Jahr sollten wir vier zur Taktik- und Waffeneinsatzausbildung nach England kommandiert werden, erst nach Portsmouth an die Waffenschule HMS Excellent und danach zum Fliegen hoch oben in Schottland zur Royal Naval Airbase Lossiemouth, genannt HMS Fulmar.

Donnerwetter, das war ein Bonbon, eine willkommene Abwechselung zum alltäglichen Trott. Wie neidisch war ich auf Hanno gewesen, als er mit drei anderen Kameraden aus der Nachbarstaffel im letzten Frühjahr dorthin durfte.

Elisabeth zeigte zunächst eine traurige Miene, als ihr diese Neuigkeit eröffnet wurde. Aber wir vereinbarten, dass sie im Sommer für zwei Monate nachkommen sollte, denn Mutter bot an, den kleinen Christian zu versorgen. Mit dieser Lösung nahmen wir beide beruhigt voneinander Abschied. Wie es bei der Royal Navy in England zuging, erzählten gern die Kameraden, die dort ihre fliegerische Ausbildung erfahren hatten. Sie schwärmten von den Tommies, fliegerisch ginge es da ganz anders zur Sache, schärfer als bei den Amerikanern.

Um auf der Insel beweglich zu sein, auch des Gepäcks wegen, nahm ich den erst vor vier Wochen neu erstandenen Wagen mit. Dem alten, unserem Kennenlernauto, hatten am Abend, bevor er beim Fordhändler in Zahlung gegeben wurde, unbekannt gebliebene Banausen den Lack an den Türen mit Glassplittern bis aufs Metall aufgeritzt. Ärgerlich!

Die Anreise über Land und mit der Fähre verlief ohne Höhepunkte, fast langweilig. Drüben verlangten der ungewohnte Linksverkehr und außerhalb der Städte die engen Straßen mit den bis an den Straßenrand reichenden hohen Hecken höchste Aufmerksamkeit. Das Überholen war gewöhnungsbedürftig, die Verkehrsinseln dagegen, die „Roundabouts", waren sympathischer als bei uns die Ampeln.

Der erste Eindruck beim Hineinfahrer nach Portsmouth war nicht der beste. Die Stadt wirkte schmuddelig, die Außenbezirke wenig einladend. Lange einheitliche Häuserreihen säumten die Straßen, alle Häuser mit Erkern, unterschiedlichst angestrichen in gewagtesten Farben wie Salatgrün oder Purpur, davor kleinste Vorgärten, in denen sich Müll häufte. Es regnete, eine graue Dunstwolke hüllte den Hafen ein. Die Waffenschule HMS Excellent, nicht weit entfernt von der im Dock aufgebockten ehrwürdigen *HMS Victory*, schien ebenso alt zu sein wie Nelsons Flaggschiff.

Schmale Gänge, dickes kaltes Gemäuer; die Zimmer, eher als Buden zu bezeichnen, ähnelten Bordkammern alter Segelschiffe, wohl gedacht als Seemannslogis. Typisch britisch, ein Seemann sollte an Land gar nicht erst Komfort kennen lernen. Das Auspacken des Gepäcks gelang wegen der Enge nur auf dem Gang vor der Tür. Da Elisabeth mit leichter Ausrüstung Wochen später nachkommen würde, drohte einer der Koffer mit ihren Utensilien, dessen Inhalt ich als erstes in einer der Schubladen unter dem Bett zu verstauen beabsichtigte, auseinanderzuplatzen. Federnd sprang der Deckel gerade in dem Moment auf, als einige nicht sehr englisch aussehende Fähnriche fast über mich stolperten, Iraner oder Pakistani. Aus dem eben geöffneten Koffer poppte ein sich aufblähender rosaweißer Petty-Coat hervor, der gleich einige BHs und zarte Höschen mitriss.

Entsetzt dreinschauende schwarze Augen staunten und blieben fragend an mir hängen, schweiften wieder ab und musterten die weiblichen Dessous. Kopfschüttelnd trotteten sie davon. Kein Wort begleitete die Szene, was hätte man auch dazu sagen können:

„Mein Gott, für wen hielten die mich."

Wann immer wir uns danach begegneten, wichen sie mir aus.

Das Einziehen in den vielleicht sechs Quadratmeter großen Offizierwohnkarton, anders war die Kammer nicht zu bezeichnen, gelang nur mit Schwierigkeit. Licht gab es genug, denn die gesamte Stirnseite füllte ein Schiebefenster aus, deren Unterteil nach oben zu bewegen war, einem aber immer auf die Finger fiel, vielleicht wäre ein Bulleye wie an Bord passender gewesen. Die Koje, als Hochbett über mehrere Schubladen gebaut, reichte von Wand zu Wand.

Die ausgehändigten Lehrgangsunterlagen, waffenmathematische Tabellen, dazu damals noch der Rechenschieber, Hefte und Nachschlagewerke passten gar nicht auf oder in den klitzekleinen Arbeits- und Schreibtisch, sondern landeten als Turm auf dem schmalen Eckschrank. Die Enge schmerzte weniger, aber die Kälte, der Frühsommer war der englischen Küste bisher fern geblieben. Ausnahmsweise hatte die Schulleitung Wolldecken mit dem Emblem Ihrer Majestät ausgeben lassen.

Am ersten Abend lernte ich meinen Zimmernachbarn kennen, einen argentinischen Leutnant. Bei einem Pint, einem Glas Bier, das mir bis zum oberen Rand schaumlos gefüllt vom Barkeeper schwungvoll zugeschoben worden war, klagte er mir, kaum dass er sich vorgestellt hatte, sein Leid. Der Arme jammerte über die verdammte Kälte des von ihm verfluchten feuchten Gemäuers, Gracias a Dios gäbe es ja den Heizblower auf den Zimmern, den er jede Nacht laufen lasse, längst wäre er sonst schon gestorben.

Was sollte ich dazu sagen, mich sollte es nicht stören, wenn er glaubte, so überleben zu können. Ich schlief trotz der Kühle lieber bei geöffnetem Fenster. Nach der Wärmequelle hatte ich noch gar nicht gesucht. Kaum war ich in der ersten Nacht in der Koje eingedämmert, da brach plötzlich ein Höllenlärm los, einröhrendes Triebwerk schien in der Wand installiert zu sein, ein Strahl muffiger Warmluft blies aus einem Schacht gleich neben der Tür in den Raum, die Fensterjalousetten flatterten und schepperten metallisch zu dem fauchenden Gebläse. Wo war bloß der Schalter, um das Ding abzustellen? Nicht zu finden!

Morgens wachte ich zerschlagen auf, hatte fast nicht geschlafen, das Fenster nachts bis zum Anschlag aufzureißen hatte keine Erleichterung gebracht, nicht einmal mit auf die Ohren gedrückten Kissen. Der Brüller brüllte immer noch. Irgendwann am nächsten Tag lief mir der Latino über den Weg. Freundlichst auf den Heizapparat angesprochen, zeigte er mir auf seiner Bude den Schalter für die Höllenmaschine, ja, und wo war bei mir Schalter? Den gab es nicht. Es existierte nur einer, und darüber verfügte mein Nachbar.

Nach dem Dienst unternahm ich, statt zum Essen zu gehen, in meiner Kammer die Suche nach einer Leitung oder einem Zugang zu dem Wärmeschacht. Es musste doch eine Möglichkeit geben, das Ding strommäßig unterbrechen zu können. Nichts, ich schien meinem Argentinier hilflos ausgeliefert zu sein. Er bestimmte den Gang der Sonne. Aber auf dem Flur stand hoch über beiden Türen eine kleine Klappe offen. In das alte Gemäuer hineingemeißelt verlief von einem Sicherungskasten nach unten ein Kabel, ganz offensichtlich zu dem für beide Zimmer bestimmten Gebläse. Die Sicherung war federleicht ziehen und wieder einzudrücken.

Ok, mal sehen, wie die nächste Nacht wärmemäßig verlaufen würde.

Oberleutnant Färber grübelte abends noch über mathematischen Fromeln und schwer verständlichen englischen Erklärungen, als auf dem Flur Getrappel zu hören war, die Nachbartür klappte auf und zu und schon heulte der Wärmespender auf. Nach ein paar Minuten schlich ich hinaus auf den Flur. Hochrecken, Klappe auf, Sicherung ziehen - und siehe da, himmlische Ruhe trat ein, wunderbar. Drüben Gefluche und das Klacken eines häufig bewegten Schalter.

Nichts da, mein Lieber, ab jetzt bin ich der Maschinist.

Zwei Monate lang jeden Abend Sicherung raus, morgens wieder rein, diese Übung wurde Teil meines Frühsports. Selbst der Hausmeister konnte meinem argentinischen Freund nicht erklären, warum die Anlage nachts immer versagte. Ich habe es ihm am letzten Tag des Lehrgangs nach einigen Whiskys verraten. Er war nicht mehr fähig grob zu werden, aber nie wieder habe ich so viele spanische Flüche in Reihefolge gehört. Für alle Ewigkeit hatten bei ihm die Alemanes verschissen, mierda mierda.

Die Zeit in Portsmouth verlief in vielem anders als vorgestellt. Schule ja, der Lehrgang sicherlich sehr wichtig, aber Zeit verschlingend. Wie viel lieber hätten wir vier aus Jagel mehr von Land und Leuten kennen gelernt. Nur ein oder zweimal sind wir am Wochenende ausgeflogen, haben ein paar Schlösser besucht, in einigen ländlichen Pubs englische Küche probiert und sind als Pflichtprogramm auf der *HMS Victory* herumgekrochen.

Das britische Schulprogramm im Collegestil ließ wenig Zeit zum Aufatmen. Mathematik als wesentlichster Bestandteil des Lehrstoffs machte besonders mir zu schaffen. Schon in der Schule war ich keine Koryphäe in naturwissenschaftlichen Fächern gewesen. Ich musste mich zwingen, mit viel zeitlichem Aufwand das Versäumte und jetzt hochgradig Gefragte nachzuholen, noch dazu in einer Fremdsprache.

Aber Wunder, oh Wunder, jetzt, wo es galt, beruflichen Nutzen daraus zu ziehen, entwickelte ich zu mathematischern Formeln ein schon fast freundschaftliches Verhältnis.

Den Abschluss des die grauen Gehirnzellen strapazierenden Lehrgangs zelebrierten die Herren Offiziere des Schulkollegiums auf sportliche, typisch britische Art und Weise.

Die Aushändigung der Zeugnisse geschah in dem klosterähnlichen Esssaal. Bisher nie beachtet, verlief in etwa fünf Metern Höhe unter dem hohen nach oben offenen First ein Balken von Wand zu Wand. An beiden Seiten standen heute Leitern. Jeder Lehrgangsteilnehmer hatte in luftiger Höhe über diese Bohle durch den Saal zu kriechen, um auf der anderen Seite die Leiter herabzusteigen und unten das Lehrgangszertifikat unter Beifall der Herumstehenden in Empfang zu nehmen. In der abschließenden launigen Ansprache erwähnte der Schulkommandeur, dass Nelson hier und an dieser Stelle durch eine Mutprobe die Offiziere für seine *Victory* ausgewählt hätte.

Schönes Histörchen, aber den Briten zuzutrauen.

Die Autofahrt am nächsten Morgen verlangte uns leicht Verkaterten auf der langen Strecke vom Süden Englands bis nach Schottland alle Kräfte ab. Nolle als eifriger Navigator bugsierte mich und den bis unter die Decke beladenen Ford um unzählige „Roundabouts" herum vom Aufgang der Sonne bis zu ihrem Niedergang auf kurvenreichen Straßen bis vor die Tore des am Morayshire Firth gelegenen Flugplatzes bei Lossiemouth, ans Ziel der Reise.

Irgendwo in den schottischen Highlands ging es kräftemäßig nicht mehr voran. In einem Pub streckten wir die Beine aus. Unser ungewöhnlich großer Appetit weckte die Aufmerksamkeit der wenigen Gäste, die erst argwöhnisch schweigend, aber dann doch interessiert den fremdartigen Lauten lauschten, bis einer an unseren Tisch herantrat und fragte, wo wir denn herkämen.

Ah Germany, ja wir wären wohl die ersten Germanen, die in ihrem gottverlassenen Nest mal eine Pause eingelegt hätten, was? Navy people seid ihr und nach Lossie zum Fliegen wollt ihr. Los, Jungs, bleibt hier, wir machen ein Fass auf.

Nur mit Mühe und vielen nicht ganz überzeugenden Argumenten gelang es, davon zu kommen. Alle begleiteten uns bis vor die Tür. Von den kahlen Bergkuppen wehte kalter Wind, also Jacke aus und Pullover anziehen. Die störende Brieftasche aufs Autodach gelegt, umgezogen, die Jacke wieder drüber und mit den Schotten palavert.

„Alles klar?" Nolle nickte. „Willst du fahren?" Nolle nickte abermals und setzte sich hinter das Lenkrad. Bye bye, ihr lieben Schotten, das war ja wirklich ein herzlicher Empfang in diesem kargen Land. Herrlich diese eine Type. Nie zuvor hatte ich einen Mann in einem Rock gesehen, einem Kilt, unter dem bleiche behaarte krumme Beine daherkamen. Beim letzten Blick in den Rückspiegel geschaut und Abschiedswinken bot sich ein eigentümliches Bild.

Vor dem Pub wurde auch gewinkt, aber wie, unsere Kneipenfreunde sprangen dabei von einem Bein auf das andere und ruderten mit den Armen. Der Mensch mit dem Kilt rannte im Irrsinnstempo auf uns zu und drohte mit etwas Schwarzem in der hoch gehaltenen Hand. Wir hatten doch bezahlt, was war da los?

„Nolle, halt mal an!" Er bremste. Ich stieg aus und ging zögernd auf den näher Kommenden zu. Von weitem hörte ich den mit wehenden Rockschößen herbeieilenden Highländer japsend rufen: „Sir, your valet, your valet!"

Es bedurfte keiner Übersetzung. Das war meine Brieftasche. Ich hatte sie nach dem Ausziehen des Pullovers auf dem Wagendach vergessen. Siedend heiß fuhr ein Stromstoß durch den Körper, während das Herz in die Hose rutschte. Mir wurde übel.

Beim Anfahren war sie vom Autodach runtergerutscht und dem ehrlichen Finder vor die Füße gefallen. Was hätte die lustige Kneipengesellschaft alles damit anfangen können, der bisher mit Sorgfalt an der Brust behütete Inhalt war eine stattliche hohe Summe und zum allergrößten Teil gar nicht mein Geld. Der Verlust wäre eine Katastrophe gewesen, besonders für mich.

Vor der Abfahrt von Portsmouth hatte mir die Botschaft in London einen Umschlag mit 5.000 DM anvertraut, die ich dem in Lossiemouth bereits eingetroffenen Oberwerkmeister zu übergeben hatte. Das technische Vorkommando wartete dort seit Tagen auf uns Piloten. Die Technik benötigte Geld für so genannte logistische Kleineinkäufe. Unbürokratisch und schnell sollte es übergeben werden, und ich hätte beinahe alles verloren. Unvorstellbar, woher ich diesen Betrag so schnell wieder hätte herzaubern können.

Mit zitternden Händen die überreichte pralle Ledertasche aufklappen – alles noch drin – muss ich meinen schottischen Retter mit wässrigen Augen angeschaut haben, fingerte vom Glück überwältigt einen Hunderter heraus und streckte ihm den Schein entgegen Ein gestammeltes „Thank you my friend, thank you" kam mir über die Lippen. Der Mann im Kilt erschrak, starrte auf den Schein, hob abwehrend beide Hände, ein Lächeln huschte über sein zerfurchtes Gesicht, er schüttelte den Kopf und ich hörte einen unvergesslichen Satz. Der harte schottische Dialekt klingt noch in meinen Ohren. „No Sir, you are in Scotland, not in England, no money, we try to find friends the other way!"

Danach schüttelten wir uns stumm die Hände. Er machte eine fast militärische Kehrtwendung und marschierte davon.

Was hatte der Kiltträger gesagt. Geld wollte er nicht haben. Er meinte, Freunde würde er auf andere Art und Weise finden, aber seine südlichen Nachbarn, die Engländer, schien er nicht zu mögen. Den hintergründigen Sinn dieses Ausspruchs zu erforschen bedurfte einer längeren Zeit im Lande. Tatsächlich trennte Nord von Süd, wie bald erfahren, mehr als man bisher als Ausländer wusste. Alltäglich geisterte der Unterschied zwischen Schotten und Engländern durch die Medien. Waren das zwei Nationen? Vielleicht, es gab ja auch zwei international anerkannte Fußballteams. Da bestand offenbar ein ethnischer Graben, der beide Volksstämme trennte. Dagegen ist das, was bei uns als Preußisch und Bayerisch bezeichnet wird, eher ein harmloses Wortgeplänkel.

Für den Rest der in die immer tiefer sinkende Sonne hineinführenden Autofahrt lag ich erschöpft auf dem Beifahrersitz und krallte meine Finger in die fast verlorene Geldtasche.

Nolle schwieg vor sich hin. Die vielen Kurven durchs die Highlands nagten an seinen Kräften. Die baumlos gewordene Landschaft versank bald in schwarzer Nacht. Nur ein einziges Auto schien dem Ende der Welt entgegenzuschaukeln, und das war ein deutsches.

Endlos zogen sich die letzten Kilometer bis Elgin hin. Das war die letzte Stadt, dahinter würden wir nach ein paar Kilometern gleich an der Küste endlich in Lossiemouth sein. Elgin lag bereits in tiefem Schlaf. Der Scheinwerfer bestrich hohe Mauern und dunkle geduckte graue Häuser. Der Asphalt spiegelte Nässe. Einige müde im Wind schaukelnde Straßenlaternen begleiteten die Fahrt durch menschenleere Straßen. Dann wieder stockfinstere Nacht. In der Ferne zog beim Näherkommen größer werdender Lichtfleck an den tief hängenden Wolken die Aufmerksamkeit auf sich. Das musste der Flugplatz sein.

Zu spätnächtlicher Stunde landete Nolle und sein müder Kollege vor der Wache von Lossie. Kurzes Checken der Papiere, danach winkte ein Sergeant uns zu, ihm in seinem Jeep zu folgern. Links und rechts sah es nicht sehr einlandend aus. Flache Baracken, die an ein Flüchtlingslager nach dem Kriege erinnerten, düster und abweisend. Vor einem dieser Prachtgebäude stoppte der Jeep. Das hell erleuchtete Schild am Eingang wies aus, dass dies die Unterkunft für Offiziere sei. "Here, Gentlemen, your quarters!"

Kurzes zackiges Salutieren, der Motor heulte auf. Weg war er, und wir standen fröstelnd in der Dunkelheit vor unserem neuen Domizil.

Es nieselte, Nolle schimpfte: „Scheißkalt bei den Tommies und Sauwetter dazu!"

Als wäre „Sauwetter" ein Stichwort, zuckte hinter Hannes Wetterleuchten über den Horizont. Er unterbrach seinen Redefluss und blickte in die Runde. Der Wind schien einzuschlafen. Die blauschwarze, sternenlos gewordene Nacht und das noch ferne Aufleuchten ließ ein aufziehendes Gewitter vermuten.

Brodersen war aufgestanden und sah um sich, viel zu sehen gab es nicht. Wann würde der erste Windstoß aus vorher nicht berechenbarer Richtung einfallen?

„Soll ich für heute Schluss machen" fragte Hannes den Skipper.

„Nee, "war dessen Antwort, „aber lasst uns die Genuas bergen; wir werden unter Motor weiter laufen, das ist sicherer, dann kann das Gewitter kommen. Es ist so herrlich warm, wenn's anfängt zu gießen gehen wir unter Deck", und an Hannes gewandt: „Bis dahin hören wir dir gern weiter zu."

Der seit zwei Wochen nicht genutzte Motor sprang willig an. Im grellen Schein der Decksbeleuchtung fielen die Segel der ausgebaumten Genuas an Deck und wurden verzurrt. Nach wenigen

310

Minuten hockte die Crew wieder erwartungsvoll im Cockpit. Die Zeit des Segelbergens hatte der Smut genutzt, eine für die herrschende Temperatur ungewöhnliche Überraschung anzubieten. Auf einem von Mann zu Mann gereichten Tablett servierte er Schwarzbrot mit Schmalz, dazu ein kühles Dosenbier und den Spruch: „Leute, in 14 Tagen gibt es daheim den Gänsebraten, dann ist Weihnachten!" Die lustige Gesellschaft wurde schlagartig still. Die „Esperanza" wiegte in der See, das Blubbern des austretenden Kühlwassers übertönte die Kaugeräusche und das Biergluckern.

Ja, Mensch, Weihnachten und wir schippern hier irgendwo im Atlantik, eigentlich sollte man zu Hause sein und Geschenke einkaufen.

Brodersen machte der nachdenklichen Stimmung ein Ende mit dem Ausruf: „Komm Hannes mach weiter, sonst fängt noch einer an zu flennen!"

Vor dem Hintergrund des häufiger gewordenen Wetterleuchtens bezog der Vortragende wieder hinter dem Ruderrad Position und erzählte:

23

„Also, wenn ich mich recht erinnere, waren die strammen Jetpiloten gerade auf dem englischen Flugplatz angekommen und bezogen ihre Quartiere.

Die Dielen im langen Korridor knarrten. Eine einsame Glühbirne baumelte von der Decke und versuchte den langen Flur auszuleuchten. Wände, Decke und Türen schienen kürzlich frisch weiß angestrichen worden zu sein. Es roch nach Farbe. Nach der langen ermüdenden Autofahrt verkündeten die Namenzeichen an der Tür das Ende der Reise. Wir waren angekommen Die Koffer ins Zimmer gestellt, Klamotten über den Stuhl, oberflächliche Katzenwäsche und Schluss für heute, hinein in das ersehnte Bett. Mensch, das Ding ist ja gar nicht militärisch hart, super gefedert. Aber selbst eine Eisenplatte wäre nicht abgelehnt worden.

Nur einen Wunsch gab es noch – Schlafen.

Kari und Ernesto waren sicherlich auch schon eingetroffen. Doch daran wurde kein weiterer Gedanke verschwendet. Todmüde sackten die Erschöpften in die Betten.

Nach heftigem Klopfen mit gleichzeitigem Knarren der aufspringenden Tür stand plötzlich ein älterer Herr freundlich lächelt vor dem Bett, in der Hand ein großes Tablett, von dem er einen dampfenden Topf nahm und auf das Nachttischchen stellte, daneben eine großvolumige Tasse. „Good morning Sir, your tea!"

Ich sah ihm überrascht zu, als er ans Fenster eilte, den Vorhang beiseite zog und das Fenster aufriss. Kühler Wind fegte herein und Regentropfen sprühten aufs Bett. Er strahlte, machte eine Verbeugung, deutete hinaus und grinste ermunternd: "It´s lovely weather outside, Sir!"

Nach ein paar weiteren schnellen Schritten ums Bett herum ergriff der morgendliche Schreck den Topf und die Tasse auf dem Nachttischchen, goss Tee ein und gleich dazu aus einem Kännchen einen Schuss Milch, machte wieder seinen butlerhaften Diener, drehte ab, die Tür fiel ins Schloss und weg war der morgendliche Spuk.

Wer war das und was war das für ein Service?

Am nächsten Morgen wartete ich, ob so etwas wieder geschehen würde. Ja, er kam pünktlich und wurde zum verlässlichen Wecker. In der deutschen Marine hatte man diese Weckzeremonie mit Abdankung des Kaisers abgeschafft, hier verdienten sich altgediente Unteroffiziere nach der Pensionierung damit ein Zubrot. Das gab es nur noch bei der Royal Navy.

Für unsere Baracke war Mr. Harper zuständig. Er putzte auch auf Wunsch gegen Aufgeld die Schuhe und brachte die Wäsche zur Reinigung. Alles sehr angenehm!

Auf dem Tisch lag am ersten Morgen ein Willkommensgruß der 764. Staffel, die uns Deutsche erwartete, sowie eine Kladde mit Hinweisen, eine Lokalbeschreibung, Wegeskizzen und die nicht zu umgehende Eintrittserklärung für den „Officers' club".

Mit dem Frühstück in der Messe begann ein völlig neuer Abschnitt der Fliegerei. Die trostlos heruntergekommenen Baracken, erbaut 1938, wirkten alle sehr mürbe und erinnerten an Flüchtlingslager. Innen allerdings sah es ganz anders aus. In der Offiziermesse Ledersessel, Teppiche, goldgerahmte Bilder des Königshauses, eifrig dahineilende Stewards in schneeweißen Jacketts, die Essen und Drinks servierten.

Beim ersten Frühstück fiel auf, dass niemand mit seinem Nachbarn sprach. War jemand gestorben? Sich zunickend aber schweigend nahm man an dem großen Tisch Platz. Hinter den aufgedeckten Tellern stand so etwas wie Notenständer, auf denen Zeitungen lagen, in denen hin- und hergeblättert wurde. Das einzige Geräusch im Raum, das die heilige Morgenstille unterbrach. Die Stewards schlichen heran und fragten flüsternd, ob ein gebratenes Ei, etwas Toast oder ein Kipper, ein geräucherter Hering, recht sei.

Der Mittags- und Abendbetrieb ging lauter vonstatten. Jede Mahlzeit begann mit der gleichen Suppe, immer dieselbe bräunliche Färbung, immer derselbe Geschmack, nur die Bezeichnung auf der sorgfältig ausgefüllten Menükarte wechselte. Mal hieß die Flüssigkeit Soup Madame Pompadour, mal Königinsuppe oder Mockturtle. Stets elegant serviert, Servietten auf dem Tisch und edles Porzellan, aber die Qualität des Essens rangierte weit hinter dem, was wir von zu Hause kannten. Was an den Fleischgerichten zu benörgeln war, entsprach der englischen Küche. Die Tommies kennen kein abgehangenes Fleisch und ihre Schlachterläden außer Schinken keinen Aufschnitt. Zumindest in Schottland musste man bis Aberdeen fahren, um in einem „Continental Shop" eine teure Rügenwalder zu erstehen.

Wir vier saßen oft abends zusammen und diskutierten über das Neuland der Erfahrungen, über bisher unbekannte Sitten und Gepflogenheiten. An der Schule in

Portsmouth hatte es sich um einen internationalen Schulbetrieb. Hier hingegen herrschte britischer Frontbetrieb, hier trafen sich Offiziere, um darauf vorbereitet zu werden, für Ihre Königin in den Krieg zu ziehen, „Officer and gentleman", Diener Ihrer Majestät. „God bless the Queen!" Jeder, der vorbeiging, schien sich dieser Würde und der hohen Verpflichtung bewusst zu sein.

Wir fühlten uns dem nicht zugeordnet. Wir wollten nur fliegen, und das ließ nicht lange auf sich warten.

Von einer „Tilly", einem offenen Mannschaftstransportwagen, an der Messe abgeholt, ging es am Mittag des ersten schottischen Tages zur Flightline, zu den Maschinen, vor einigen Tagen von Jageler Kollegen herübergeflogen, die aber sofort mit einem Transportflugzeug nach Hause zurückgekehrt waren.

Die Begrüßung durch den englischen Staffelchef erfolgte, damit wir gleich an das Lossiemouth-Wetter gewöhnt würden, draußen vor der Tür einer noch schäbigeren Baracke mit Vorstellung der Lehroffiziere. Nieselregen aus tief dahin jagenden Wolken umwehte die Gruppe. Mit ein paar Witzen über das Wetter begann die zwanglose und freundliche Unterhaltung. Von Dienstgraden und Fluglehrern sprach niemand hier, sondern vom „mate", was soviel bedeutete wie Gefährte, Kumpel, Kamerad. Man titulierte sich mit Vornamen, mit Ausnahme des Chefs. Er als Vorgesetzter war der Sir, und jeder nahm ihm gegenüber eine gewisse, nicht übertriebene ehrerbietige Haltung nahm an.

Commander Anderton, ein rauschebärtiger Wikinger, glich eher einem gemütlichen Seebären als einem Jetpiloten, aber er entpuppte sich als vorbildlicher Fachmann und Fliegerass. Tat hart und unerbittlich, agierte aber als gerechter Menschenführer. Eben noch finster dreinschauend und mit dem Finger drohend, schlug er einem gleich darauf auf die Schulter, dabei vulkanartig berstend auflachend und seinen Bart zwirbelnd. Ein ehrlicher und beim Fliegen verlässlicher Kumpel. Seine Staffel glich einem fröhlichen Familienbetrieb, den er bei aller Großzügigkeit absolut diszipliniert führte.

Wie anders ging man hier zur Sache als in Jagel, wo jeder darauf achtete, nicht einen Zacken aus der eigenen Krone zu verlieren. Hier herrschten andere Sitten, man lebte anders, leichter, ungezwungener. Erleichtert entdeckte ich Ernesto, der bei der Begrüßung im Hintergrund wartete und von Anderton gleich herbei gewinkt wurde „Come on, join the club!"

Ernesto war die Nacht zuvor durchgefahren und hatte schon mit dem deutschen technischen Team Kontakt aufgenommen, dessen Leiter ich schnellstens das Botschaftsgeld in die Hand drückte, gegen Quittung versteht sich. Von dem Vorfeld blinkte das regennasse Graugrün und das Eiserne Kreuz unserer Sea Hawks herüber. Es konnte losgehen. Nur Kari fehlte noch, er wollte auf dem Weg nach Norden seine in Edinburg landende Nancy mit ihrem drei Monate alten Robby abholen.

Die Waffeneinsatzausbildung in Lossiemouth bescherte jeden Tag neue Erkenntnisse. Die Art und Weise, wie der Flugdienst betrieben wurde, überraschte, locker, aber profihaft ging es zu, individuelle Freiheiten waren erlaubt, nicht gegängelt durch bürokratische Fesseln. Die erfolgreiche Durchführung eines Flugauftrages rechtfertigte die Mittel.

Ganz anders als beim Ami in Arizona und völlig anders als bei der Bundeswehr.

Oberleutnant Fred de Labilliere, trotz des französischen Namens ein Brite durch und durch, nahm die vier Germanen unter seine Fittiche. Der „mate" wies uns Unerfahrene ein und exerzierte vor, was kriegsnahes Fliegen bedeutete. Fast jeder Flug ging an die Grenze des Machbaren. No risk no fun!

Als Hanno mich zu Hause verabschiedete, er hatte ja Lossiemouth kurz vorher kennengelernt, gab er mir noch auf den Weg: „Der Freddy lässt euch den Arsch auf Grundeis gehen, aber er holt jeden wieder raus!" Was für ein Hinweis, aber er sollte Recht behalten.

Zwei Tage später ging es los. Wir waren komplett. Kari hatte im Dorf über das von einem weiblichen Offizier geführte Fürsorgeoffice eine kleine möblierte Wohnung angemietet, eine schreckliche Behausung, nein, ich würde für Elisabeth und mich dann doch lieber auf eigene Faust versuchen, etwas Besseres zu finden Aber das hatte ja noch Monate Zeit.

Freddy bereitete uns vier für den ersten Flug vor. Er wollte die Gegend zeigen, selbstverständlich im Tiefstflug, seine Spezialität, die er seinen „mates", die wohl doch mehr seine Schüler waren, in stets niedriger werdenden Flughöhen, in verfeinerter Form, wie er es nannte, bis zum letzten Tag einzuverleiben bemüht war. Die Schotten rührten die rasenden Tiefflieger nicht und die Schafe störte es nicht mehr. Touristen allerdings erschraken zu Tode und rätselten, warum diese Flegel ihre Flugzeuge mit Eisernen Kreuzen bemalt hatten.

Schon der Einführungsflug ließ ahnen, was Freddy seinen deutschen Freunden in den folgenden Monaten abverlangen würde. Am Boden mimte er Verlegenheit, schien eher ein schüchterner Mensch zu sein, kaum jedoch in der Luft und ein röhrendes Triebwerk unter dem Hintern, mutierte er zu einem seelenlosen Roboter, der seine Maschine an die Grenze des fliegerisch Machbaren führte. Und was den Umgang mit seinen ihm anvertrauten Fliegerkameraden betraf, traf die Bezeichnung „zynischer Sklaventreiber" treffend zu.

Freddy verfügte über zwei völlig unterschiedliche Gesichter. Erst erschraken wir über ihn, später verehrten wir ihn fast, weil letztlich jeder erfuhr, dass hier jemand am Werke war, der genau wusste, was er tat und was er von seinen „mates" fordern konnte. Obwohl wir anfangs glaubten, fliegerisch gut zu sein, zeigte er uns, was alles noch fehlte. Und das war viel.

Bereits der erste Flug in seiner Begleitung glich einer Offenbarung.

Wir in lockerer Viererformation und er in einer Hunter seitlich abgesetzt jagten durch Senken und über die menschenleeren, baumlosen Hügel der Highlands, über das Loch Ness hinaus zu den Hebriden, mit einem Abstecher zu den Shetlands, danach um die Nordspitze Schottlands, das Kap Wrath, zurück zum Morayshire Firth mit Blick auf den uns unvergesslichen Schießplatz „Tain Range" gleich vor der Haustür des Flugplatzes Lossiemouth.Die unbekannte Landschaft kennen zu lernen, dazu ließ Freddy seinen Mitfliegern gar keine Chance. Darauf konnte niemand einen Blick riskieren, denn über Sprechfunk bemäkelte er ständig die Flughöhe seiner Schützlinge: „Lower lower!" Keiner wollte als Memme oder Weichei bezeichnet werden, jeder drückte den Vogel noch tiefer in Richtung Grasnarbe. Schließlich huschte donnerndes Ungewitter in fast Schafsrückenhöhe über das karge Gelände. Schatten glitten über ein einsam gelegenes Hochmoor, von dem zarten Rosarot blühender Heideflächen bedeckt. Am Unterrumpf meines Nebenmanns spiegelte sich die Farbe wider, so gering war die Flughöhe, und was hörte man im Kopfhörer: „Lower lower!"

Auf Deutsch knurrte jemand: „Du Arsch!" Wer immer das sagte, er sprach allen aus der Seele. Freddy verstand kein Deutsch, der Ausspruch hätte ihn auch nicht gekränkt, er wusste wer er war.

Nach der Landung, noch gar nicht im Briefingraum angekommen, begann Freddy bereits während der Rückfahrt mit dem Pickup, der Tilly, mit seinem Kommentar: „Jungs, das müssen wir noch üben, so überlebt ihr im Ernstfall keinen Angriff. Ihr müsst das gegnerische Radar unterkriechen, nur so geht es!"

Kari muckte auf: „Mein Lieber, ich habe den Schafen direkt in die Augen sehen können."

Niemand nahm ihm die Übertreibung ab, aber Freddy hielt dagegen und verkündete mit steifer britischer Oberlippe: „Viel zu hoch, my friend; du musst dem Vieh unter den Beinen durchschauen können."

Hanno hatte in seinem Urteil über Mr. de Labilliere nicht zu viel versprochen.

Nach dem Lunch sollte jeder noch einmal dahinfliegen, wo es ihm am besten gefallen hatte. Ernesto juxte, er wolle zu den Shetlands, zum Scapa Flow, um zu sehen, ob dort noch etwas von der damals selbst versenkten kaiserlichen Flotte zu sehen sei. Kari und Nolle verabredeten sich zu einem gemeinsamen Trip zu den Hebriden und mich zog es dieses Mal in gemütlicher Flughöhe südwärts in die Highlands zum Balmoral Castle.

Freddy gab uns eine Flugzeit von eineinhalb Stunden auf den Weg, nicht ohne dabei die Bemerkung zu vergessen: „Tieffliegen heißt überleben!" Fast zur selben Zeit zurück und von den weibliche Offizieren der Staffel, den so genannten WRNs (Women Royal Navy) mit cremigem Milchkaffee verwöhnt, erzählten wir unserm Freddy von dem Ausflug. Nur Ernesto fehlte noch. Na ja, der flog wie immer bis zum letzten Tropfen. Nach und nach verflachte das Gespräch, die Wanduhr zog immer häufiger die Blicke an, der Kaffe schmeckte plötzlich nicht mehr. Waren nicht schon zwei Stunden vergangen? Ach, Ernesto startete sicherlich später! Komm, keine Panik!

Freddy schlich aus dem Raum, ich hörte ihn im Flur das Telefon wählen, wir lauschten, er sprach mit dem Tower, legte auf, kam zurück, schüttelte den Kopf und sagte nur ein Wort: „Nix.“

Daraufhin rutschte Nolle vom Stuhl und verschwand durch die Tür. Draußen sah man ihn hinüber zur Technik laufen. Verschwitzt kam er zurück. "Nee, die wissen auch nicht genau, wann er weggerollt ist." Ja verdammt noch, mal wo steckt Ernesto bloß? Zweieinhalb Stunden waren vorbei. Dafür reichte das Kerosin nicht, niemals.

Freddy fragte, wo er hin wollte: „Scapa Flow?“ Wir nickten.

Anderton gesellte sich schweigend zu uns, kaute auf seinem Bart herum, bis er plötzlich abrupt aufsprang und in sein Chefzimmer rannte. Man hörte ihn durch die Wand mit großem Wortschwall palavern, der mitten im Satz abbrach. Ein scharfes Klacken ließ vermuten, dass er den Hörer hart aufgelegt hatte. Da stand er schon im Türrahmen, fixierte jeden von uns, zeigte auf Tim Bolt, einen der britischen Piloten und dann auf mich: „Ihr beiden fahrt in die Ortschaft Banff, ein Fischer hat dort den Hafenkapitän über Sprechfunk informiert, dass nicht weit von ihm ein Jet ins Wasser gestürzt sei. Der Wagen des Kommandeurs holt euch gleich ab. Los!“

Ein eleganter Austin fuhr vor, vierkantig, schwarz. Tim Bolt und ich kochen auf die Hintersitze. Mit schweigenden Passagieren ratterte der Wagen nach Osten über die holperige Küsterstraße durch kleine Fischerorte, entlang hoher grauer Mauern und vorbei an kleinen Häuschen, gebaut aus dem bräunlichen Felsgesteins der Umgebung. Am Ortsausgang von Banff warteten ein paar bärbeißige Gestalten mit Ballonmützen, die Hände tief in den Hosentaschen vergraben. „Das sind typische Fischer“, erklärte Tim. Er bat den Fahrer zu halten. Die wussten offenbar, warum wir kamen. Ich drehte die Scheibe herunter und Tim fragte an mir vorbei den am nächsten Stehenden: „Können Sie mir sagen, wo Jubilee Terrasse ist?“

Das war die Adresse des zu suchenden Mannes.

Der Alte nahm die Pfeife aus dem Mund zeigte nach vorn und was hörte ich. Er sagte es in mir bekanntem Plattdeutsch: „Liek ut.“

Ohne weiter zu fragen rief ich dem Fahrer zu: „Gerade aus!“

Mein Mitfahrer staunte und fragte: „Wie so verstehst du Schottisch, bist doch erst ein paar Tage hier? Ich aus Yorkshire habe seit Jahren mit der hiesigen Sprache mein Problem.“

Liek ut sagen auch die Fischer von Neidum, wenn sie Kurs Geradeaus meinen. Wie doch die Sprachen in alter Zeit, als es noch keine Sattelitenkommunikation gab, miteinander verwandt waren. Weiter darüber zu sprechen verbot der unangenehme Auftrag.

Schließlich fanden wir den Fischer, der den Unfall gemeldet hatte. Gleich führte er uns hinunter zum Hafen und zeigte an Deck seines Kutters den geborgenen zerrissenen Kunststofftank aus der Tragfläche eines Flugzeuges. Kein Zweifel, das musste von Ernestos Sea Hawk sein. Tim ließ sich alles Weitere beschreiben, mich zwang es hinter die Hafenmauer, ich musste mich übergeben. Mir war so flau. „Mensch Ernesto, so eine Scheiße!"

Die folgenden Tage ging es dem deutschen Team dreckig. Alle trauerten um unser Fliegerass. Ernesto der ruhige, immer ausgeglichene Pilot und zuverlässige Leithammel bei Formationsflügen, war ohne Vorwarnung abgestürzt, ihn gab es nicht mehr. Im Tiefstflug den Fischer überfliegend, dabei wohl die Größe des Bootes falsch einschätzend, hatte er im Abflug in einer leichten Kurve mit der Tragfläche das Wasser berührt. Danach war alles zu spät. Und das musste Ernesto passieren.

Das Wrack wurde in großer Tiefe geortet, nie gehoben und Ernesto nie gefunden.

Trotz alledem zwang uns Freddy sofort wieder zum Fliegen. „Wenn ihr jetzt anfangt nachzudenken, klettert ihr nie wieder in ein Cockpit, los ihr faulen Säcke, es geht weiter!" Recht hatte er.

Schrecklich nur, Ernestos Frau das Unglück mitzuteilen. Wer fühlte sich zuständig? Übermorgen sollte sie mit ihrem kleinen Kind mit einer Verkehrsmaschine in Edingburgh ankommen. Wer würde sie dort abholen? Wo könnte sie gerade jetzt sein? Heute Morgen vor dem Flug hatte Ernesto erzählt, dass sie bereits unterwegs sei, um bei verschiedenen Verwandten Abschiedsbesuche zu machen. Sie freute sich so sehr auf Schottland.

Alle Bemühungen, die arme Frau vor dem Abflug in Deutschland zu erreichen, schlugen fehl. Auch der Versuch, auf die Schnelle mit deutschen Dienststellen eine Lösung herbeizuführen, verlief im Sand. Sollte ich als Dienstältester nach Edinburgh fahren? Commander Anderton spürte, wie mich das plagte. Er würde nach einer anderen Lösung suchen. Ein Stein fiel mir vom Herzen, gleichzeitig zuckte siedend heiß der Gedanke durchs Hirn: Wer benachrichtigt unsere Frauen, dass es niemanden von uns erwischt hat? Die Telefonzentrale war großzügig, jeder bekam fünf Minuten für ein Auslandsgespräch auf Kosten der Queen.

Elisabeth war in ihrer Freude nicht zu bremsen, wie herrlich, endlich mal statt Briefen die Stimme des Geliebten zu hören, Klein-Christian würde prächtig gedeihen und die Eltern seien so lieb, das Wetter sei gut und bald würde ja auch sie nach Schottland kommen. Das Ticket hätte sie schon. Ich versuchte immer wieder anzusetzen, um meine eigentliche Message los zu werden. Endlich gelang es. Sie stutzte nur kurz, klagte nicht, sondern tröstete mit der ihr eigenen zuversichtlichen Stimme: „Junge, sei nicht zu traurig, freue dich und sei dankbar, dass es nicht dir und uns

passiert ist. Gott segne uns". Und dann waren auch schon die fünf Minuten vorüber.

„Küsschen mein Schatz, bis bald." Das tat gut. Jetzt ging es mir besser.

Nicht ein Vertreter der deutschen Botschaft empfing in London bei der Zwischenlandung auf dem weiteren Flug nach Schottland Ernestos Frau, um ihr schonend die traurige Mitteilung zu machen, sondern die Frau des englischen Geschwaderkommodore fuhr mit einem Dienstwagen nach Edinburgh und übernahm die
grausame Aufgabe, die Ahnungslose unter ihre Fittiche zu nehmen. Abends im
Haus von Captain Kirk waren auch wir zum gemeinsamen Essen eingeladen. Die
blasse Anke blieb nur einige Tage bei den Kirks. Vor ihrem Abflug besuchte sie die
Staffel und verabschiedete sich von uns. Niemand sprach ein Wort, jeden nahm sie
in den Arm. Begleitet wiederum von der Frau des britischen Kommodore, aber
dieses Mal in einer VIP-Maschine der Royal Navy, flog das Paar direkt von Lossiemouth nach Jagel.

In Jagel soll lediglich der Kommandeur der Fliegenden Gruppe die kleine
Trauergesellschaft in Empfang genommen haben, weil der Kommodore bereits im
Führungsstab der Marine mit Verwaltungsbeamten zusammen saß, die darüber verhandelten, ob nicht Anklage erhoben werden konnte, den Absturz grobfahrlässig
herbeigeführt zu haben, was zur Kürzung der Witwenrente geführt hätte. Das britische Unfalluntersuchungsteam, von uns auf diesen seelenlosen Bürokratenirrsinn
hingewiesen, schrieb einen Abschlussbericht, der schließlich zu Gunsten der Witwe
ausging.

Kaum hatten wir mit dem Fliegerei bei den Tommies angefangen, und schon
der Verlust eines der talentiertesten Piloten der Staffel. Nicht der Tod bedrückte uns
verbliebene drei, denn das gehörte zum Job. Schon mehrfach in Jagel erlebt. „Losses
have to be exspected", sinngleich mit dem deutschen Ausspruch „Wo gehobelt wird
fallen Späne". Und wie sonst auch beruhigten sich die Gemüter schnell, als die Un-
fallursache aussagte: Fehler von Ernesto, zu tief geflogen, kein technischer Fehler
hat ihn gekillt. Auffallend jedoch, wie anders die Briten im Vergleich mit unseren
Dienststellen den Unfall handhabten. Unauffällig, ruhig, einfühlungsvoll und ohne
den typisch deutschen Wust von Formularen und sonstigem administrativen Aufwand. Da gab es mit Rücksicht auf die Hinterbliebenen keine Anträge der Witwe auf
Mitfluggenehmigung zum Unfallort ihres Mannes, keine Rechnungen über beanspruchte Dienstfahrten und festgelegte Kostensätze für Größe der Kränze und den
Grabschmuck. Widerlich!

Hätte sich die Frau eines deutschen Geschwaderkommodores um die Frau eines ihr unbekannten Piloten gekümmert, hätte die Witwe bei sich aufgenommen,
betreut und persönlich nach Hause begleitet? Ich habe das in den vielen Jahren meiner Fliegerkarriere nicht erlebt.

Souverän, locker und selbstverständlich managten Captain Kirk und seine Gattin das Drumherum von Ernestos Tod, danach kehrte der fliegerische Alltag wieder ein. Von Commander Anderton in sein Dienstzimmer gebeten, wurde uns Deutschen die Frage gestellt, ob irgendjemand zu Hause etwas dagegen hätte, wenn auf dem Friedhof neben den Gräbern deutscher Kriegsgefallener ein gleichartiger Gedenkstein gesetzt würde und ob dafür die deutsche Seite die Kosten tragen würde.

Oberhalb des Dorfes Lossiemouth lag auf einem kahlen Plateau, von einer Steinmauer umgeben, der Friedhof, von Moos und Heidekraut überwucherte Gräber und dazwischen eine Reihe gepflegter Kriegsgräber einer deutschen Bomberbesatzung, die 1941 über der Küste abgeschossen worden war. Die Briten dachten an einen Gedenkstein für Ernesto, daneben in der derselben Grabgestaltung aufgestellt. Wir fanden die Geste großartig und nickten beifällig, ohne lange nachzudenken.

Die Einweihung des Steines geschah ein paar Monate später. Längst flogen wir wieder in unserem Geschwader. Auf die Bezahlung hat der schottische Steinmetz lange warten müssen.

Zwei Jahre später muss wohl im Bonner Verteidigungsministerium einem Verwaltungsbeamten neben der britischen Rechnung über unsere Ausbildung auch die Rechnung des Steinmetzen in die Finger gefallen sein. Nun galt es den Auftraggeber zu finden und zu belangen, denn hier waren nicht nur Formfehler begangen worden, es fehlte der Genehmigungsantrag, so dass der korrekten Gang durch die Instanzen nicht zurückverfolgt werden konnte.

Ohne dass einer von Ernestos ehemaligen Gefährten mit dabei sein durfte, ist drei Jahre nach dem Unfall eine vielköpfige Delegation zur Begutachtung des Gedenksteins nach Lossiemouth geflogen. Einen Kranz oder Ähnliches dort niederzulegen ist denen nicht eingefallen, es ging lediglich um die Beurteilung des Preis-Leistungsverhältnisses der geleisteten Friedhofsarbeit.

Was in Lossiemouth geschah, nahm mir schon recht früh die Unbekümmertheit und Freude am Dienst in der Bundeswehr. Die Jungfräulichkeit der Begeisterung schwand dahin.

Für einen britischen Soldaten war die Existenz von Streitkräften selbstverständlich, gestützt auf die Gewissheit, von seinen Vorgesetzten geschützt und getragen zu sein. In der Bundesrepublik ließ die Erfahrung, von den Politikern und der Öffentlichkeit allgemein als notwendiges Übel betrachtet zu werden, das Gefühl wachsen, im dienstlichen Tun und Handeln ständig von Juristen beargwöhnt zu werden.

Weniger der Tod eines Fliegerkameraden bedrückte uns, sondern vielmehr das, was verwaltungstechnisch danach folgte. Die heilsam frühe Erkenntnis war die, dass der Feind nicht der war, auf den sich unsere fliegerischere Ausbildung bezog, sondern in den eigenen Kommandobehörden lauerte. Es galt auf der Hut zu sein!

Die Nachwehen über die „fahrlässige und unbotmäßige Zustimmung zur Gedenksteingestaltung" von Ernesto, so die Beurteilung der Bundeswehrverwaltung, plagten die Betroffenen erst viel später, da lag die ungezwungene Fliegerei in Lossiemouth schon lange zurück.

Ein paar Tage nach Ernestos Tod fing die fliegerische Routine jeden von uns wieder ein. Man stürzte sich in die Arbeit, für die der seine Piloten scharf beäugende Vater Staat zahlte.

Ganz anders als während der Ausbildung in den USA, hockten wir vor jedem Flug vor Tabellen und rechneten mit Formeln, so gelernt in Portsmouth auf der Waffenschule, um die Abwurfhöhen und Flugbahnen der verschiedensten Projektile zu berechnen. Mal kleine Übungsbömbchen, mal 250 lbs-Bomben, auch das Bordkanonenschießen war nicht ohne. Gleitwinkel und Schussentfernung standen in einer Wechselbeziehung.

Die 764. Staffel glich eher einem Rechenzentrum der Flugzeugindustrie.

24

Mit dem Bordkanonenschießen begannen die Flüge hinüber zur Tain Range, nur 20 Meilen hinüber auf der anderen Seite des Morayshire Firth.

Die Sea Hawk verfügte über vier Kanonen des stattlichen Kalibers von 20 mm, installiert unterhalb der Nase. Wenn die feuerten, roch es im Cockpit nach verbranntem Pulver, was den Jagdinstinkt anheizte.

Commander Anderton wollte als Chef mit seinen ihm verbliebenen drei deutschen Hanseln den Einweisungsflug durchführen. Seinen Worten hörten seine Germans nur halb zu, denn an Flugdienst war heute bestimmt nicht mehr zu denken. Regen schüttete seit dem Morgen gegen die Scheiben, die Wettervorhersage war katastrophal. Man konnte genüsslich den Kaffee schlürfen.Anderton malte mit Kreide die Take-off Positionen auf die Tafel. Start zu zweit, kurz hintereinander und gleich tief bleiben bis rüber zum Schießplatz.

„Hannes you are an meiner Seite, und Kari mit Nolle sind die zweite Section. Auf geht´s!"

Wir sahen uns fassungslos an. Der meinte das wirklich so. Bei diesem Sauwetter!

Nach dem Take-off blieb er in seiner Hunter knapp über der Wasseroberfläche, denn die Wolkenuntergrenze lag nicht höher als 100 bis 200 Fuß. Dabei goss es in Strömen. Schlierig wahrnehmbar huschten die Schatten der Mitflieger links, rechts und voraus durch die graue Suppe. „Tain range here we come!"

Mein Gott, das war gewöhnungsbedürftig, diese britische Fliegerei, verdammt nervig.

Als schwarzes Band unter den Wolken tauchte die Gegenküste auf.

Anderton sprach den Vermessungsstand des Schießplatzes an, der antwortete nur kurz mit „Roger". Sicherlich würde Anderton den Platz nur überfliegen und bei diesen miserablen Wetterbedingungen das Unternehmen abbrechen. Viel zu tief die Wolken!

Im Überflug ließen sich die betttuchgroßen schräg aufgestellten Zielscheiben kaum erkennen. Anderton gab nicht auf. Er befahl seinen zögerlichen Zöglingen, hinter ihm in eine lockere Kiellinie zu gehen. In väterlichem Ton kam die Anweisung: „Go distant trail!"

Hinter ihm auf Abstand zu fliegen, ohne ihn aus den Augen zu verlieren, verlangte höchste Konzentration. Damit Kari und Nolle achteraus klar kamen, lag es an mir, mich an die Fersen von Nummer eins zu heften. Nur schemenhaft, ich war direkt hinter ihm, sah ich die Hunter einschwenken und traute meinen Ohren nicht:

„In live."

Der muss doch verrückt sein, bei diesem Wetter etwas treffen zu wollen, die Flughöhe stimmte nicht, der Winkel vom Flugzeug zur Scheibe auch nicht. Warum hatten wir vorher die Tabellen gewälzt?

Was hatte der Bursche vor? Flach über das Moor raste die Hunter auf die Scheibe zu, weiße Pulverfahnen voraus, und dem abrupten Hochziehen folgte die fröhliche Mitteilung der Bodenstelle:

„On the target!"

Anderton hatte getroffen. Fasziniert, erschrocken, schon gar nicht den Gedanken bemühend, den Kanonenschalter auf Scharf zu stellen, raste ich über die Scheibe hinweg. Ich kroch Anderton näher auf den Pelz. Das wollte ich auskundschaften, wie er es managte, nach vorne durch die vom Regen völlig zugeschlagene Frontglasscheibe das Ziel überhaupt zu erkennen. Wie machte er das?

Abgesehen davon, dass er nur wenige Meter über den Boden flog, schob die Maschine schräg auf das Ziel zu, so dass die Schießscheiben seitlich durch die am gewölbten Cockpitglas auseinanderziehenden Regentropfen erstaunlich deutlich wurden.

Beim nächsten Anflug kroch ich fast in meinen Vordermann hinein. Der alte Fuchs trat im Anflug ins Seitenruder, kurz vor dem Feuern richtete er die Hunter auf das Ziel aus, schoss eine Salve, riss den Vogel hoch, und was sagte die Bodenstimme wieder:

„On the target."

Beim nächsten Anflug folgte ich ihm in größerer Entfernung, wild entschlossen, ihm gleich zu tun: „Tain range, number two in live!"

„Wird auch Zeit", kam knurrend Andertons Stimme im Kopfhörer.

Kanonenschalterschalter umgelegt, runter aufs Moor, Seitenruder leicht gedrückt, ja es wirkte, durchs gebogene Seitenglas der Kanzel viel besser zu sehen als durch die vom Regen zugeschmierte Frontscheibe rasten die weißen Konturen der

Zielscheibe heran. Kurz davor mit Tritt ins Seitenruder den Vogel ausgerichtet, Hebel am Knüppel gedrückt, der Vogel schüttelte, es donnerte, die Kanonen sprachen – und hochziehen über die Scheibe, es können nur ein paar Meter gewesen sein. Na und, was würde Tain Range sagen? Nicht zu glauben: "On the target."

Wie die anderen Kameraden an dem Tag mit der Situation klar kamen, weiß ich nicht mehr. Bei der Nachbesprechung erhoffte ich ein Lob des Chefs. Doch stattdessen schnauzte Anderton mich an, vor dem grinsenden Freddy und einigen Wrens, die den Kaffee brachten: „Sie haben gegen alle Sicherheitsbestimmungen verstoßen, gegen alle Regeln und alle Erkenntnisse, die Sie aus ihren Formeln doch wohl errechnet haben müssen. Gefeuert wird aus einem Anflugwinkel von mindestens fünf Grad, und was haben Sie gemacht? Im Tiefstflug sind Sie in das Target beinahe hineingeflogen, ich hab das alles gesehen, mein Lieber. Sind Sie wahnsinnig, so tief und im Direktflug auf die Scheibe zuzuhalten?"

Betretenes Schweigen. Der hatte gut reden, ich tat nur das, was mir vorexerziert worden war. Spannung im Raum. Alle warteten auf meine Antwort. „Ich bin nur ihrem Beispiel gefolgt, Sir!"

Langsam wendete Anderton den Kopf, kam auf mich zu, zwirbelte mit der einen Hand seinen Bart und legte die andere auf meine Schulter und muffelte: „Das ist strengstens verboten, aber die einzige Möglichkeit zum Erfolg", lächelte verschmitzt und verschwand winkend mit der Kaffeetasse in sein Dienstzimmer.

Wo waren wir hingeraten? Zu Hause galt es vor dem Start, die Tat des Fliegens zu bedenken. Erst einmal sich zurücklehnen und grübeln, was man alles verkehrt machen könnte, nicht handwerklich, sondern juristisch, wenn man mit einem Flugzeug den bundesrepublikanischen Luftraum benutzen wollte. Nicht dass die Briten ihre Regeln nicht kannten, aber sie legten sie großzügiger aus und folgten zumeist der Devise: Der Zweck heiligt die Mittel!

Tieffliegen über dem menschenleeren schottischen Hochland und über der See gefährdete oder belästigte niemanden, jedoch die Fliegerei bei unmöglichem Wetter, bei Sichtverhältnissen und Wolkenuntergrenzen weit unter den international zulässigen Minima berührte die Grenzen der eigenen Sicherheit. Freddy und seine Kollegen sahen das gelassener und predigten: „Je fürchterlicher das Wetter, desto weniger erwartet der Gegner einen Angriff. Das wiederum bedeutet Sicherheit für den Angreifer. Schönwetterfliegen wie die Amis kann jeder."

Um ungewöhnlichen Situationen gewachsen zu sein, um diese Erfahrung zu sammeln, deswegen seid ihr hier in der 764. Squadron. Seht euch mal das Wappen der Staffel genau an! Unter den austarierten goldenen Waagschalen steht der lateinische Spruch: „Experientia Expertus", Experte aus Erfahrung.

Nach diesem freundlichen Hinweis begann das tägliche Scheuchen.

Zu den Bombenabwurfplätzen flog man nicht im Geradeausflug, wie bisher gelernt: Takeoff, Hinfliegen, Eier abwerfen und zurück. Vielmehr bastelten die Experten daraus ein Angriffsszenario mit vorher abgesprochenen taktischen Tricks. An der Einweisung nahmen alle Piloten der Staffel teil, auch die, die als gegnerische Abfangjäger mit ihren Huntern vor dem zu erreichenden Zielgebiet die anfliegenden Jagdbomber abfangen und letztlich im Luftkampf so lange beschäftigen sollten, dass sie aus Kerosinmangel aufgeben und zurückfliegen mussten. Das war peinlich und galt als Blamage.

Wie und auf welchem Weg wir zum Bombenabwurfgebiet gelangen würden, in welcher Flughöhe und wie aufgeteilt, das wurde erst besprochen, wenn die Angreifer den Raum verlassen hatten. Die verrücktesten Strecken bot man uns an.

Zu viert, aber pärchenweise, auf gleicher Höhe und in einem Abstand, dass die eine Zweierformation die andere gut im Auge behielt, führte die Route durch Täler, entlang der schottischen Seen um Berge und Klippen herum, änderte dabei in Kurven schnell die Positionen, dabei wechselten die Paare die Seiten. In allen Cockpits vibrierte höchste Anspannung, denn überall lauerte der Gegner.

Der zweite Mann, der „wingman“, flog als Beschützer hinter seinem „leader“, beobachtete dabei ständig den Luftraum hinter dem parallel in der Entfernung fliegenden Pärchen. Nahte der böse Feind, begann die Kurverei, während der Jagdbomber weiterstrebte.

Der Wingman nahm den Kampf auf, es galt den Angreifer auszumanövrieren, hinter ihn zu gelangen, um mit der Kanonenkamera Erfolgsaufnahmen zu erzielen.

Die Sea Hawk zeigte sich wendiger als die moderne Hunter, aber die Burschen verfügten über die größere Erfahrung.

Diese hochinteressante Kurverei des Luftkampfes forderte viel Geschick und fliegerisches Können. Wir hatten das zuvor nie geübt, entsprechend beschämend zeigte der Film aus der Kamerasicht des Gegners uns nur allzu oft als Verlierer.

Ein Lernprogramm, zuerst in großer Höhe absolviert, brachte uns die Kunst der hautnah und eng geflogenen Manöver näher. Zu dem Ziel, die Kreise enger zu ziehen, gab es unterschiedliche Techniken. Über die Fläche abzukippen, gleich darauf hochzuziehen, den Jet auf den Schwanz zu stellen und bis zur Geschwindigkeit Null ausschießen zu lassen, danach wie ein welkes Blatt herunterzufallen oder im immer enger gezogenen Kreis vor dem Gegner im Yo-Yo-Effekt steil in der Kurve liegend ein ums andere Mal das eine und das andere Seitenruder zu treten. Dieser Tanz des Verfolgten mit stark variierenden Geschwindigkeiten wirkte meistens entnervend auf den Jäger, zwang ihn zur Aufgabe. Er schoss vorbei, und so gelang es, sich ihm an die Fersen zu heften.

Wenn das gelang, ausgepumpt, verschwitzt und durch die wechselnde Fliehkraft von der Druckschütze durchgeknetet, brüllte der Sieger in den schottischen Äther: „Tellihoe, ich hab ihn!“

Große Freude, doch danach setzte schlagartig Ernüchterung ein.

Wo war die Nummer 1 geblieben, die es zu beschützen galt? Den Gegner hatte man verjagt, diese Aufgabe war erfüllt. Aber wo steckte der „leader? Und überhaupt, wo befand ich mich über Schottland? Der Sinn für Ort und Zeit ging während der Kurverei verloren.

Nach Lossie jedoch fand jeder wieder zurück.

Diese abwechselungsreiche Fliegerei verlangte viel, viel Kopf und viel Kraft und stets höchste Konzentration, so dass man abends kaputt heimkehrte. Da blieb vom Feierabend nichts mehr übrig. Kari zog ab zu seiner Nancy. Nolle der Sparsame hockte auf der Bude, und ich war oft so müde, dass mir nach dem dienstlichen Abendbrot und einem Pint Bier die Augen zufielen.

Die Fliegerei der Royal Navy geschah in kriegsnaher Art und Weise, professionell und für den britischen Steuerzahler überzeugend. Auf seine Jungs konnte ein britischer Staatsbürger sich im Erntfall verlassen. Der Flugdienst mit mehreren Einsätzen am Tag schlauchte bis zur Erschöpfung, die auch bei wachsender Routine nur langsam wich.

Wie würde wohl der Abend ablaufen, wenn die quirlige Elisabeth, den ganzen Tag ausgespannt auf mich wartend, nach Dienst immer nur einen Halbtoten in die Arme nehmen konnte?

An Wochenenden ruhte der Flugbetrieb. Auf dem Flugplatzgelände bot lediglich die Offiziermesse einige Annehmlichkeiten. Wir waren an neu erbaute Kasernen mit einigem Komfort gewöhnt, Lossiemouth dagegen bestand ausschließlich aus barackenähnlichen Holzbauten der Vorkriegszeit. Selbst die Flugzeughallen, ähnlich großen Nissenhütten, stammten aus dieser Ära, oft nur oberflächlich repariert, die Faulschäden mit grüner Farbe übertüncht.

Die Baracke der Offiziermesse bestand aus zwei Flügeln. Links für die Herren, rechts der Eingang zu den Räumlichkeiten der weiblichen Offiziere, der Wrens. Für die Männer bestand striktes Zutrittsverbot. Niemand hätte gewagt, die Eingangstür zu testen, ob sie verschlossen sei.

Wenn es überhaupt mal zu einer gemeinsamen Party kam, dann nur im Herrenteil der Messe. Dämliche, weil gequält harmlose gemeinsame Unterhaltungsspiele fanden geteilte Begeisterung. So z.B. das „Apple ducking“. In einer wassergefüllten Zinkwanne schwammen Äpfel. Jeweils ein Mann und eine Wren, die Arme auf dem Rücken verschränkt, versuchten mit dem Mund Äpfel aus dem Wasser zu fischen. Wenn dabei, als höchst frivol empfunden, die Partner sich mit dem Wangen berührten oder gar engeren Kontakt miteinander aufnahmen, fuhr gleich der Chef der Damen dazwischen, ein fülliger bärbeißiger Rotkopf, und trennte die beiden, ähnlich wie bei einem Boxkampf, aber hier mit einem Griff ins Genick. Die Aufpasserin selbst sorgte dabei für das eigentliche, belachte Vergnügen.

Einige der Wrens sahen in ihrer kostümähnlichen Uniform ganz adrett aus, aber zum Anbändeln mangelte es an Gelegenheiten. Es fehlte wohl beiden Seiten

324

außerdem die Zeit und wohl auch die Lust. Dienstlich stellten die Damen eine angenehme Begleiterscheinung dar. Zuständig für die Verwaltungsarbeit, tätig im Flugzeugkontrolldienst und im logistischen Bereich, entlasteten sie den männlichen Part. Außer der Bewältigung des in den fliegenden Staffeln anfallenden Büroaufwandes kümmerten sie sich um das Wohl der Piloten, nein, nicht sexuell, aber als wohltuend empfand man es, servierten sie mit einem Lächeln nach dem Flug einen frisch gebrauten Kaffee, individuell zubereitet, mit Cream und etwas Zucker, um dann die knackigen Waden schwingend mit einem gerundeten Hintern davon zu rollen. Magen und Augen freuten sich.

Schnell hatten wir herausgefunden, dass die britische Männlichkeit in einer eigenen Welt lebte, in die sie die Weiblichkeit nur gelegentlich hineinließ. Ohnehin in Gesellschaftsklassen eingeteilt, fand die Eingewöhnung in die Herrenrolle schon früh während der Erziehung in den Internaten statt, wohin jede Familie, die sich besser dünkte, ihre Söhne schickte. Gedachte einer der Söhne Offizier zu werden, so fiel die Wahl auf die Marine, schließlich hat diese Teilstreitkraft der Seefahrernation England die größten Ehren gebracht.

Mit Inbrunst singen Tausende jedes Jahr bei den „Last Night of the Proms" die immer noch ernst gemeinten Strophen von „Britannia rules the Waves."

Und dieser Herrschaftsanspruch war und ist männlich. Traditionell ist es in englischen Offiziermessen üblich, dem weiblichen Geschlecht nur an gewissen Tagen und zu gewissen Gelegenheiten Zugang zu erlauben. In Lossiemouth geschah das an Mittwochnachmittagen, an Wochenenden und zu Bällen.

Man wollte unter sich bleiben, diskutieren und vor allem im Lesezimmer Ruhe haben und nicht, wie es hieß, aus jeder Ecke Weibergequatsche hören. Vor allem abends an der Bar verbot die strenge Erziehung, im Beisein von Damen sich mal vorbeibenehmen zu können. Also blieben sie draußen. Um vor Frauen nicht das Gesicht zu verlieren, benötigte ein britischer Gentleman dann und wann einen Ort, wo er die in ihm steckende wilde Sau rauslassen durfte und konnte, wohl als Hormonregulativ. Die Ehefrauen erfuhren nie, was im Herrenclub vor sich ging. Redselige Stewards wären disziplinar bestraft worden.

Auf der monatlichen Messerechnung gab es neben den Rubriken Getränke, Essen und Wäscherei eine Kolumne, überschrieben mit „mess damages". Da alle Offiziere automatisch Messemitglieder waren, wurden Veranstaltungskosten und mutwillig entstandene Schäden grundsätzlich auf alle umgelegt. Folglich versuchten alle Mitglieder bei jeder Fete, bei jedem Besäufnis dabei zu sein. Wenn man schon für mess damages belangt wurde, dann wollte man auch als Schadensverursacher mitmachen. Ohne Frauen, versteht sich!

Die Offiziermesse verfügte über einer Einrichtung, die man östlich des Englischen Kanals nicht kennt. Gleich links neben dem Eingang führte eine Tür in einen elegant eingerichteten Salon, ausgestattet mit Sofas, Teppichen, Mahagonimöbeln und Vitrinen, in denen das Tafelsilber des Flugplatzes bewundernde Blicke auf sich zog. An den Wänden wertvolle Gemälde, und alles überstrahlend in goldenem Rahmen übergroß das Bildnis der Königin Elisabeth II. Ein Museum? Nein, aber das schönste Zimmer weit und breit. Das Zimmer hieß der „Anteroom", gedacht als Empfangsraum für Damenbesuche.

Frauen, sowohl die weiblichen Offiziere als auch die Ehefrauen, konnten sich hier außerhalb der ihnen zugestandenen Zeiten mit ihrem Partner verabreden.

Diese Einrichtung sah niemand als frauenfeindlich, eher im Gegenteil als Schutzmaßnahme gegen den Einblick in die verrohte Männerwelt. Außerhalb des militärischen Bereichs und außer in einigen zivilen Herrenclubs existierte die Geschlechtertrennung nicht. In den Pubs, auf Grillfesten und Hausparties holte man das Versäumte nach. Männlein wie Weiblein gingen da erstaunlich schnell zur Sache. Wie ausgehungert fielen die dienstlich Ausgebremsten übereinander her.

Dass die lieben Fliegerkameraden der Royal Navy keine Freunde der Traurigkeit waren, davon zeugten insbesondere die Festivitäten unter Ausschluss der zivilen Öffentlichkeit und selbstverständlich der Damenwelt. Nach einer fliegerisch anspruchsvollen Woche gehörte der Freitagabend selten der Familie, sondern der Marine.

Bisher mit den Vergnügungsriten unseres Gastlandes noch spärlich vertraut, lockte uns die erste Einladung des Messepräsidenten zu einer "Messnight", zu einem Herrenabend. Freddy würde uns einführen, meinte er.

Zum ersten Mal dabei, betraten wir auf dem Flugplatz einen ungewöhnlich festlich dekorierten Saal. Von blühenden Rhododendronzweigen und Flaggenschmuck überdeckt, wirkten die Wände des ansonsten schmuddeligen Kinoraums völlig verändert. In seiner Mitte zog ein mit blauem Samt gedeckter überdimensional großer Tisch die Blicke auf sich. Darauf hohe dreiarmige Silberleuchter und Blumengebinde in silbernern Schalen. Vor jedem Stuhl auf silbernem Platzteller mit kunstvoll gefalteter blütenweißer Stoffserviette das Gedeck aus feinstem Porzellan, verziert mit königlichem Wappen, Silberbesteck aufgelegt für mehrere Gänge, daneben drei oder gar vier unterschiedlich hohe Gläser, gedacht für den Aperitif über Wein bis zum abschließenden Madeira. Über allem lag der Schimmer brennender Kerzen. Edel, Edel. Wie in einem Fünf-Sterne-Restaurant.

Uns tumpe Teutonen, die so etwas nicht kannten und keine Ahnung hatten, wie stark sich eine Mess Night von der bisher erlebten Alltäglichkeit unterscheiden würde, hatte Freddy vorsorglich darauf hingewiesen, in der feinsten Uniform zu erscheinen.

In der Bundeswehr hielten es zu der Zeit die Wächter über die Einhaltung angeblich demokratischer Gepflogenheiten für angebrachter, ihre Offiziere bei internationalen gesellschaftlichen Anlässen in Arbeitsuniformen auftreten zu lassen, was letztlich auf diplomatischer Ebene zu Irritationen führte und daraufhin im Laufe der Jahre, wenn auch zögerlich, eine Änderung erfuhr.

In gedämpfter Stimmung begann das Zeremoniell. Stewards in goldbetressten, kurzschößigen weißen Jacketts, Affenjäckchen genannt, huschten hin und her und schenkten die ersten Getränke ein. Im Hintergrund spielte ein Kammerorchester Weisen von Mozart und Haydn.

Hinter den Stühlen nahmen die Gäste Aufstellung, bis der Kommodore erschien. Er blickte in die Runde, machte eine kurze Handbewegung, und man setzte sich. Alles geschah in absoluter Stille, nur die Hintergrundmusik beherrschte die Szene.

Nun begann der eigentliche Herrenabend mit Reden, eine witziger als die andere, unterbrochen von zumeist geistvollen Zwischenrufen, ein Essensgang folgte dem anderen, die Getränke strömten reichlich, die Stimmung stieg, und die Ansprachen wurden deftiger, bis nach dem Dessert und dem obligatorischen Madeira der Kommodore um Ruhe bat, aufstand, mit steifer Geste das Glas erhob, hoheitsvoll in die Runde schaute und nur zwei Worte sagte: „The Queen“.

Den Höhepunkt und gleichzeitig das Ende des prachtvollen Dinners krönte der Toast auf das Staatsoberhaupt. Wie aus einer Kehle schallte es durch den Raum: „Her Majesty the Queen, God bless her, God bless her, God bless her!”

Das Glas absetzend, knöpfte der Kommodore sein Galajakett auf und rief in die Menge: „Und nun, meine Herren, auf zu schlichteren Getränken und schlichterem Tun!“ „Over to ordinary drinks!“

Schlagartig fiel die Steife der bisherigen Festlichkeit von allen ab. Die Stewards, eben noch auf leisen Sohlen hinter den Stühlen daherschleichend, rannten mit einem Male wie aufgescheucht herum, sammelten hastig Silber, Geschirr und Besteck ein, rafften die wertvollen geschliffenen Gläser von den Tischen, retteten was zu retten war. Das Kerzenlicht erlosch, die hochbeinigen Leuchter verschwanden durch eine Tür. Die weniger anheimelnde Deckenbeleuchtung flammte auf. War das Fest bereits zu Ende?

Falsch, es ging jetzt erst richtig los.

Auf Tabletts trugen die Stewards, die ihre weißen Affenjäckchen abgelegt hatten, Batterien von einfachen Gläsern herein, dazu körbeweise Flaschen der verschiedensten Prozentgehalte, vorzugsweise Whisky. Man zog die Uniformjacken aus, legte die müden Beine auf den Tisch. Zigarrenkästchen und Zigarettenpackungen machten die Runde. Süßlicher Pfeifenqualm quoll auf.

Der feierlich begonnene Abend endete morgens in Sodom und Gomorrha.

Es tagte bereits, als Halbnackte, sich mit einer Hand an dem Fußknöchel des Vordermannes festhaltend und mit der anderen Hand krötenähnliche Kriechbewegungen nachahmend, als Kette über den großen Tisch und dann unter ihm hindurch krochen. An der Bar, die während des Besäufnisses mit einbezogen worden war, warteten bereits die britischen Staffelkameraden auf ihre Germans, listig grinsend. Anderton zwirbelte seinen Bart und pickte sich den Nüchternsten von uns, den guten Nolle, heraus. Längst hatte er ihn als Langweiler durchschaut und als den für ihn wohl typisch Deutschen: Immer pingelig genau, immer überpünktlich, übervorsichtig, stets auf den Pfennig bedacht, immer beherrscht und so das wohlfeile Opfer für ein derbes Späßchen.

So beiläufig fragte man ihn: „Do you know the Madagaskar game?" Ob er das Madagaskar-Spielchen kenne. Nein, er kannte es nicht. Ob er es aber mitspielen würde. Nun, Nolle war klug genug, nicht Nein zu sagen. Also nahmen sie den leicht Zögernden in ihre Reihe. Als Nolle merkte, nicht einen Drink springen lassen zu müssen, hellten sich seine Gesichtszüge auf. Madagaskar schien etwas anderes zu sein. Alle am Spiel Beteiligten hielten sich am Handlauf des Bartresens fest. Nolle nahmen sie in die Mitte. Der Außenstehende begann damit, ein Seil das Hosenbein hoch zu führen und am anderen wieder herunter zu lassen. Der Nächste zog es weiter und machte dasselbe. Schließlich kam der Tampen durch Nolles Hose beim letzten an, der stellte sich auf das Seil, blickte hinüber zum ersten, der ebenfalls mit dem ganzen Gewicht auf den Anfang des Hosenwurmes trat. Anderton, der neben Nolle stand, gab das Zeichen. Alle riefen im Chor: „Madagaskar here we come" und beim Wort „come" sprangen rechts und links von Nolle die Nebenleute zur Seite. Mit einem unüberhörbaren Ratsch fetzte das Seil Nolles Hose entlang der Naht vom Zwickel bis zum Boden in zwei wedelnde Fahnen. Brüllendes Gelächter der Zuschauer. Nolle der Sparsame, zur Salzsäule erstarrt, stand da mit bloßen Beinen, umwickelt mit einem rockähnlichen Gewand. Seine gute Hose war dahin. Ein mühsam erzwungenes Lächeln kehrte zurück. Nur gut, dass er schnell begriff, worum es hier ging. Die Tommies wollten ihn testen, ob er über eine Portion Humor verfügen würde. Nolle zeigte Stil, er heuchelte überzeugend, noch nie ein so schönes Spiel mitgemacht zu haben, ja, nach mehreren ihm gespendeten Whiskys lachte er sogar und genoss es, in seinem geschlitzten Rock herumzulaufen, schließlich trug man als Mann in Schottland einen Kilt. Damen wären bei einer derartigen Veranstaltung sicherlich schockiert und fehl am Platze gewesen.

Nach einem ruhigen Freitag, einmal nicht von dem Junggesellen Freddy zu lustigem Tun in der Bar verführt, fiel am nächsten Tag auf dem Weg zum Frühstück auf, dass die Stirnseite der Offiziermesse völlig verändert aussah. Vom Dachfirst bis zum Boden lag der Frontteil der Baracke nach vorn umgefallen flach auf dem Parkplatz, die Fenster zersplittert und herausgebrochen. Man sah direkt in das Lesezimmer, völlig offen nach außen und dem leichten Regen ausgesetzt. Die gesamte Außenwand fehlte, was drinnen einige Leser nicht störte, wie gewohnt nach dem Frühstück, tief in den durchgesessenen Ledersofas vergraben, die Times nach wichtigeren Weltereignissen durchzustöbern. Dass sie dabei fast schon im Freien saßen, störte offenbar nicht. Niemand schien Anstoß an der Baulücke zu nehmen oder sich gar darüber aufzuregen.

328

Quer auf dem schon feuchten Teppich des Lesezimmers lagerte ein massiver Telegraphenpfahl. Der sei letzte Nacht von Barbesuchern als Ramme benutzt worden, um die Stirnseite der Offiziermesse zu fällen, flüsterte beim Frühstück der Tee eingießende Steward.

Ein kostenträchtiger Scherz, der auf der nächsten monatlichen Messerechnung in der Rubrik „mess damages" tüchtig ins Geld ging, sonst aber keine Konsequenzen für die Beteiligten nach sich zog, nicht einmal eine Rüge des Kommodore.

Tage zuvor war nämlich bekannt geworden, dass aus London die Mitteilung gekommen sei, den seit Jahren geplanten Neubau wieder um zwei Jahre hinauszuschieben. Immer wieder hatte der Kommodore Eingaben gemacht: Jetzt wurde der Bruch einem Sturm zugeschrieben.

Wie mürbe und wackelig die alten Baracken auf ihren Holzpfählen standen, demonstrierte eines Tage unser Tausendsassa Freddy. Eine NATO-Tagung von Admirälen und Generälen ab drei Sternen aufwärts lähmte seit Tagen Zu- und Abfahrten des Flugplatzes. Abends von den hohen Herrschaften in der Offiziermesse ins Abseits gedrängt, gelangte kaum noch jemand in die Nähe des Bartresens, um ein Pint Bier bestellen zu können. Selbst die freitägliche Belagerung der Bar blieb den hoch dekorierten Gästen vorbehalten. Nach einem Galadinner wollten sie unter sich bleiben. Das konnte nicht widerspruchslos hingenommen werden.

Freundlich zu bitten, bis zur Bar durchgehen zu dürfen, hätte kein jüngerer britischer Offizier gewagt und wir als Ausländer ohnehin nicht. Hilfe suchend stand man im Lesezimmer herum und beratschlagte, was zu tun sei. Freddy drehte eines seiner Ohrläppchen und bohrte in der Nase, was er immer tat, wenn er nach ausgefallenen Ideen suchte, dabei fiel sein Blick auf die quadratischen Flächen der Pappdecke und vor allem auf die Luke:

„Leute, ich hab's. Da gibt es doch die biblische Geschichte, dass jemand zu Jesus wollte und nicht konnte, weil die Menge ihn im Haus nicht durchließ. Daraufhin ist er auf den Dachboden gekrochen und durch die Decke zu ihm gelangt. Helft mir mal da oben rein. Wer hat ne Taschenlampe?" Die Tür des Lesezimmers fiel leise ins Schloss, Freddy, von Tim Bolt geschultert, zerrte an dem Lukenriegel, die Klappe ging auf, und als erstes rutschte ihm ein großer Fladen Mäusedreck, Staub und graue Spinnengewebe entgegen. Hier musste Jahrzehnte lang niemand auf dem Boden gewesen sein. Ein breiter Balken führte bis zur gegenüberliegenden Wand genau über die Fläche vor dem Bartresen. Links und rechts des Balkens, wie bei Baracken üblich, hingen an Lattenrosten die fingerdünnen Pressspandecken. Von hinten wurde eine Taschenlampe nach oben gereicht und Freddy machte sich kriechend auf den Weg. Er robbte mit seiner blauen Uniform bäuchlings durch den Dreck, immer vorsichtig, die Decken nicht zu berühren. Mit einer Handbewegung befahl er die Luke zu schließen. Gesagt, getan.

Die Tür zum Barraum wieder öffnend, beäugte das neugierige Häuflein die vergnügten älteren Herren in ihren betressten roten und farbigen Galauniformem, die Generäle mit blitzenden Sternen auf den Schulterklappen und die Admiralität mit goldenen Kolbenringen am Arm bis fast hoch bis zum Ellenbogen. Goldene Schärpen, Kordeln und Epauletten erinnerten an Sissy-Filme und die Unmenge Orden an der Brust an die alliierten Siege über die deutsche Wehrmacht. Die High Society beachtete ihr Fußvolk nicht, sie war mit sich selbst beschäftigt. Wir dagegen starrten stumm auf die Decke über dem Bartresen. Freddy müsste doch längst in Position sein. Da! Die Decke beulte sich, riss, eine Staubfahne wehte herab, es rieselte auf die Köpfe. Die Konversation brach ab, alle sahen gespannt nach oben, doch niemand ergriff die Flucht und, bewundernswert, als einzige Sicherungsmaßnahme deckte jeder mit der Hand das Glas ab. Das war das letzte was vom Lesezimmer aus zu erkennen war, bevor alles in einer weißen Wolke verschwand. Wie von einer Explosion aufgerissen, klaffte die Decke auf, ein dunkles Etwas fiel herab, mit sich den Schutz und Staub vieler Jahrzehnte herabreißend.

Weißgrauer Staubnebel wallte durch den Raum. Gehüstel, sonst Schweigen. Die Wolke fiel zu Boden, Gestalten wurden wieder sichtbar. Alle trugen einheitlich gefärbte Uniformen, mausgrau, wie von Mehl überpudert, aus den Gesichtern leuchteten nur die Augen und rote Lippen. Ansonsten einheitlich aschfahle Gesichter. Man starrte fassungslos auf das schwarze Loch in der Decke und dann auf das dunkle vom Himmel gefallene Bündel zu den Füßen, das sich aufrappelte. Einer der Generäle half Freddy auf die Beine und dann geschah etwas, was es nur in England gibt.

Es fielen keine bösen, anklagenden Worte, sondern der humorvolle Satz: „Wohin des Weges, junger Freund?

Freddy antwortete schlagfertig. „Es war der einzige Weg, um durch so viele Sterne an die Bar zu kommen, Sir!"

Das fand Verständnis, wurde gelobt, belacht, und wir wurden aus dem Hintergrund herbeigewinkt.

Niemanden kümmerte der Dreck auf den Uniformen und niemand wischte den Schmutz aus den Gesichtern. Alle lachten über den Gag, eine großartige Idee, dem Abend eine besondere, ausgefallene Note zu geben. Mit in die weitere Unterhaltung einbezogen, genossen wir alle unsere Drinks auf Kosten der zufriedenen hohen Gäste.

Was haben die an diesem Abend nicht beteiligten Messemitglieder am Monatsende geflucht, für die Reparaturkosten mit aufkommen zu müssen, zum andern aber auch sehr bedauert, nicht dabei gewesen zu sein.

Wir fragten uns, ob Freddys biblische Dachdurchsteigung bei unserem heimischen Kommodore nicht anders geahndet worden wäre. Sicherlich wäre er als Rüpel gemaßregelt, seine Handlungsweise als einem Offizier nicht angemessen verurteilt worden. Wahrscheinlich hätte er alle Kosten selbst tragen müssen, vielleicht hätte man ihm sogar einen disziplinaren Verweis erteilt.

Nach über zwei Monaten auf der Insel schien Deutschland weiter weg zu sein als auf der Karte dargestellt. Deutsche Zeitungen gab es nicht, die britischen Nachrichten erwähnten nur inländische Ereignisse und solche aus dem Commonwealth. Die Wetterkarte auf dem TV-Schirm zeigte lediglich Großbritannien, nicht einmal die Konturen der anderen europäischen Länder.

Ein Nachrichtensprecher sprach sogar einmal anlässlich eines schweren Sturmes, der über Nordeuropa raste: „Wir haben ein Unwetter über dem Kanal, der Kontinent ist isoliert". Dabei verzog er keine Mine, der meinte das wirklich so. England gehörte nicht zu Europa, England war etwas Besonderes, eben ein souveränes Königreich, eine See- und Weltnation, die durch geschickte Politik immer auf der Seite der Sieger endete.

In dieser Überzeugung lebten alle, mit denen wir täglich zu tun hatten, die Fischer unten am Hafen, Freddy und seine Freunde, deren Ehefrauen und besonders stramm die weiblichen Soldaten, die Wrens.

Wie gut, dass ich von Elisabeths fast wöchentlichen Briefen erfuhr, was zu Hause geschah. Beruhigend schrieb sie, dass es ihr bestens ginge, dem Kleinen auch, die Nachbarn und unsere engsten Freunde Werner und Heidrun Palau kümmerten sich um sie, und das Verhältnis mit den Eltern sei unverändert herzlich.

Eines Tages las ich die freudige Überraschung, dass ihre Regel zweimal ausgefallen sei und unser letztes heftiges Zusammensein wohl dazu geführt hat, dass, wie sie spaßhaft in urbayrisch schrieb, ich sie befruchtet hätte. Ach, war das eine Freude, wie lange hatten wir geübt und uns für Christian ein Schwesterchen oder Brüderchen gewünscht. Umso mehr sehnten wir uns danach, einander bald wieder in die Arme schließen zu können, und das hier in Lossiemouth.

25

Seit dieser Nachricht kroch die Zeit dahin, aber Abwechslung gab es genug, nicht nur im Flugdienst, sondern auch durch neue Eindrücke und Erlebnisse mit Land und Leuten.

Am Monatsende herrschte beim Betreten der Offiziermesse entgegen der gewohnten, fast betretenen Stille helle Aufregung. Überall lautes Herumgerödel, Lachen, freudige Gesichter, am helllichten Tag Belagerungszustand am Bartresen. Der Flugdienst endete bereits am Mittag. Vor der Messe erstaunlich viele Wagen, davor miteinander tuschelnde Frauen, die erwartungsvoll auf den Eingang schauten.

Was war los?

Vor der Tür zum Anteroom standen, zur Warteschleife formiert und lässig an die Wand gelehnt, rauchend oder schwätzend, Offiziere aller Dienstgrade. Nach lautem Aufruf des Namens ging einer nach dem andern hinein und trat vor den großen Mahagonitisch, auf dem eine größere, mit Messing beschlagene Kiste thronte. Dahinter saß gewichtig eine bärtige Gestalt mit Nickelbrille, gekleidet in eine bisher nie gesehene Uniform mit viel Gold und viel Rot, vor ihm lag ein überdimensional großes, in Leder gebundenes Buch, in das eifrig Eintragungen gemacht wurden. Hinter der aufgeklappten Kiste wartete ein hagerer, nicht ganz so bunt uniformierter Mensch, der jedem nach Unterschrift in dem großen Buch ein Päckchen in die Hand drückte. Der Nächste bitte! Zwei Meter weiter gab es eine weitere Anlaufstation. Um einen zerbeulten Zinnkrug, darauf das königliche Emblem, deckte den Tisch eine Unzahl von kleinen Zinnbechern. Trat einer der Offiziere an diesen Tisch heran, hielt er kurz wie zum Gruß sein Päckchen hoch, was ihn offenbar berechtigte, von dem Messepräsidenten ein Becherchen Rum aus dem Krug eingeschenkt zu bekommen. Man nickte sich wortlos zu. Getrunken wurde in einem Schluck, abgesetzt, „Thank you", und damit war für den Empfänger der Zahltag beendet.

Trotz aller modernen Überweisungsmethoden hielt die Royal Navy an der Tradition der im 18. Jahrhundert von Admiral Horatio Nelson eingeführten Entlohnung seiner Seeleute fest. Das bis zum Ende der 60er Jahre des 20. Jahrhundert, weltweit, an Bord, auf allen Landstationen bis hinauf zum 1. Sealord im Ministerium der höchsten Admiralität in London. Auch er musste vor die Zahlkiste treten.

Wenn es um die Bewahrung alter Traditionen ging, sah sich die Marine als älteste und immer erfolgreiche Streitkraft des Landes, als der „senior service", berufen, alte Zöpfe zu flechten, auch wenn ihr Sinn und Zweck nicht mehr gegeben war.

Aber auch im zivilen Leben blühte die Pflege alter Vergangenheitszeremonien fort, aus kontinentaler Sicht bisweilen als albern und übertrieben beurteilt.

Da kommt mir der Besuch des Towers in London während unserer Portsmouth-Zeit in Erinnerung. Ernesto, Kari und ich warteten unter den Zuschauern, als das Festungstor am Abend mit großem Bimbamborium geschlossen wurde, mit einer Vorführung des Wachpersonals, der Beafeaters in ihren Traditionsuniformen, als Touristenattraktion. Ein Trompetensignal forderte Aufmerksamkeit. Eine Gruppe dieser älteren Herren, sicherlich pensionierte Militärs, warteten regungslos vor dem weit geöffneten Tor und blickten mit steinernen Gesichtern in Richtung des auf das Tor zulaufenden Kiesweges. Einer von ihnen hielt in der Hand eine mächtige blitzende Hellebarde.

Vielleicht 30 m entfernt am Ende des mit markelosem weißen Kies ausgelegten Weges wartete eine andere Gruppe Beafeaters, die, sich gemächlich formierend, gemeinsam Schritt aufnahm, angeführt von dem Oberbeafeater, der in vorgestreckten Händen auf einem großen blauen Samtkissen einen überdimensionalen goldig schimmernden Schlüssel trug. Atemlose Stille herrschte, nur das Klicken japanischer Kameras begleitete den stummen Anmarsch der Schlüsselträger, der Kies knirschte im Rhythmus des langsamen, fast zeitlupenhaften Gleichschritts. Als sie bis auf gute

10 m heran waren, erschreckte wieder ein scharfes Trompetensignal. Die anmarschierende Gruppe hielt an, stampfte mit einem geschlossenen Tritt in den Kies und wartete. Wieder die Trompete von der Zinne des Towers. Daraufhin kam Bewegung in die Beafeaters vor dem Tor.

Dreimal krachte das Ende der Hellebarde auf die steinerne Stufe des Towertores, und mit löwenartigem Gebrüll schallte die erstaunliche Frage des bewaffneten Beafeaters über den Vorhof: „Who is there, who is there, who is there?"

Als wenn man nicht schon seit längerem hätte erkennen können, wer da anrückte.

Der Schlüsselträger wusste die Antwort und schrie zurück, dabei jedes einzelne Wort wie ein Gummiband auseinander ziehend: „The keys, the keys, the keys of the Queen."

Auch das war aus der geringen Entfernung und bei der Größe des Schlüssels deutlich auszumachen, bedurfte also der Antwort nicht. Aber vielleicht war die Erklärung erforderlich, um darauf hinzuweisen, dass der Schlüssel vom Schlüsselbund der Königin stammte.

Darauf schlug der fragende Torbeafeater wieder dreimal mit seiner Hellebarde auf den Boden und antwortete mit Kommandostimme: „Aha, aha, aha, the keys, the keys, the keys of the Queen."

Diese Erkenntnis gab der sich wieder in Gang setzenden und weitermarschierenden Beafeater-Truppe den Weg in den Tower frei. Die Wache folgte dem Schlüssel. Knirschend fielen die Pforten des Towers zu. Beifall brandete auf. Schluss der Vorführung. Bei uns wäre nach Geschäftschluss des Museums der Hausmeister im schlichten Berufskleid gekommen, hätte das Tor wortlos zugeschoben und von innen den Schlüssel umgedreht.

Freddy, nach diesen mit Hingabe gepflegten Riten befragt, wusste noch eine andere Geschichte zu erzählen, die sogar einen maritimen Bezug hatte. Nicht weit von der Südwestspitze Englands in Cornwall liegt im Meer, bei Ebbe zu Fuß zu erreichen, ein Fels, auf dem seit Jahrhunderten eine adlige Familie lebt, mit Schloss, Festung, Kirche und einem gepflegten Garten. Obwohl das Anwesen längst in die Hände des königlichen Museumsvereins, des National Trust, übergegangen ist, hat die Königin dieser Familie kürzlich das Bleiberecht für weitere 900 Jahre zugestanden.

Im Jahre 1588 verschlief auf der Wache hoch oben auf dem Turm ein Vorfahre dieses Adelsgeschlechts die Ankunft der feindlichen spanischen Armada, die die Invasion Englands plante, aber das Unternehmen wegen eines Sturmes abbrechen musste. Das rettete dem schlafmützigen Wachhabenden seinen Kopf, aber als Strafe muss seit diesem Tag, seit 1588, der älteste der männlichen Inseladligen morgens um fünf Uhr auf den Turm, um nach der möglichen nochmaligen Ankunft der Armada Ausschau zu halten.

Obwohl heutzutage Radarstationen, Satelliten und moderne Kommunikationsmittel in der Lage sind, der britischen Königin ohne Zeitverzug zu melden, was vor ihren Küsten und weltweit geschieht, keucht immer noch jeden Morgen ein alter Mann steile Treppen hoch, blickt über den Mauerrand nach Süden und trägt in ein großes in Leder gebundenes Buch mit Uhrzeit und Datum den alltäglichen Satz ein „No Armada". Für diese mühsame, aber als ehrenvoll gewertete Tätigkeit erhält der Turmsteiger jedes Jahresende aus der Hand der Königin persönlich überreicht einen Geldbetrag, in Eurowährung umgerechnet etwa € 1,30.

Ein wenig wurde diese Tradition belächelt, vielleicht auch nicht ganz erst genommen, jedoch würde kein Einheimischer auf die Idee kommen, sich darüber lustig zu machen. Das würde bedeuten, an den Säulen der britischen Geschichte zu rütteln.

Die auffallende Leichtfüßigkeit in der Pflege und Überlieferung geschichtlicher Ereignisse und der damit verbundenen traditionellen Zeremonien beruht auf der britischen Sicht der Dinge. Die Bewahrung der Tradition steht außerhalb jeglicher Diskussion, sie zielt darauf ab, ständig an die einstige Größe des Imperiums und an die ungebrochene Geschichte des Königreiches zu erinnern.

Diese unbekümmerte englische Art, Traditionen zu pflegen, nötigte uns jungen deutschen Offizieren der Nachkriegsgeneration Bewunderung und zugleich Skepsis ab. Vieles schien ohne Sinn zu sein, wie leere Gefäße ohne Wein, anderes ließ sich ehrfurchtsvoll bestaunen.

Die Briten unterschieden nicht zwischen sinnvoller Tradition und nichtssagender Konvention. Bevölkerung und Militär gingen gleichermaßen locker damit um. Wie gequält dagegen blickte man bei uns zu Hause auf Versuche der Streitkräfte, positiv besetzte Eigenschaften der Vergangenheit formell wieder zu beleben. Die breite Öffentlichkeit und gewisse Parteien rückten jeglichen Versuch der Bundeswehr, unbelastet Traditionelles zu beleben, in die Naziecke. Am schwersten fiel es den neu aufgestellten Streitkräften, sich mit der Geschichte der Wehrmacht in Verbindung zu bringen, die kollektiv als Verbrecherorganisation gebrandmarkt worden war. Noch im Jahre 2005 gingen, als vor dem Reichstag anlässlich des 50. Geburtstages der demokratischen Armee der traditionelle, seit 200 Jahren fast unveränderte Zapfenstreich erklang, immer noch an einigen Stellen die Wellen der Empörung hoch.

Zurück in die Zeit der 60er Jahre. Damals glaubten in Bonn Generäle um den Grafen Baudissin, mit Begriffen wie Inneres Gefüge, später Innere Führung genannt, an eine neue Führungsphilosophie, die zwar bereit war, zeitlose soldatische Tugenden zu übernehmen, aber das darum gewachsene Zeremoniell als davon abgetrennt betrachtete. Diesen Spagat hat die Bundeswehr bis heute nicht geschafft.

Wir, damals gerade von der Schulbank, unverbraucht und unbelastet, sahen uns als die Versuchskaninchen dieser neuen Philosophie. Scherzhaft die Männer der

ersten Stunde genannt, hieß es von uns: „Das sind die ersten Selbstgestrickten!"
Gemeint war: „Das sind die unbedarften Offiziere unserer Demokratie!" Selbst
gestrickt ja, aber erzogen und unterwiesen nicht im Sinne Baudissins, des Vaters der
Inneren Führung, die unter Berücksichtigung der sozialen und individuellen Aspekte
des Menschen geschehen sollte. Dazu, so der Auftrag, war eine neue, Sinn stiftende
Tradition zu begründen.

Das klang gut, aber wer sollte das in die Wege leiten?

Ständig wurde dagegen verstoßen. An Bord herrschte ein ganz anderer Ton.
Und was die Bemühungen betraf, eine neue Tradition wachsen zu lassen, so scher-
ten sich Politiker und Führungsstäbe herzlich wenig darum. Ungeniert tauften Generäle Kasernen und Admirale ihre Schiffe auf den Namen ehemaliger Nazigrößen.

Das waren unsere Vorgesetzten, die Lehrmeister und Vorbilder der Nachkriegsgeneration!

In den Anfangsjahren der Bundeswehr mieden Politiker den Kontakt mit Adenauers Armee. Verteidigungsminister zu werden galt als Bewährung auf einem
Schleudersitz. Manches Regierungsmitglied hatte ja selbst während der Hitlerzeit auf
systemdienlichen Positionen gesessen. Parallel dazu erzogen kriegsgediente Offiziere
ihren Nachwuchs, aus dem so mancher Zögling in die Gesinnungsfußstapfen der
Alten trat, weil das karriereförderlich war.

Hanno, der, bevor er zur Marinefliegerei überwechselte, Schnellboot gefahren
war, konnte unglaubliche Geschichten erzählen. Alle Kommandanten, ehemalige
Leutnante und Oberleutnante unter dem Hitler-Nachfolger Großadmiral Dönitz,
lebten weiterhin in der Tradition der Kriegsmarine. Aber nicht nur das, sie hielten
die neue Marine, die Bundesmarine, für einen schlappen Haufen, was sie dem „demokratischen Gesabbel" anlasteten. Sie fühlten sich berufen, das zu ändern. Unter
Ausschluss der Öffentlichkeit, am liebsten abseits der Küste auf Reede vor Anker,
floss der Alkohol in Strömen. Damit in Hochstimmung versetzt, fand jemand rein
zufällig unter der Koje eine Kriegsflagge zur Dekorierung der Kommandanten-
kammer. Markige Reden, begleitet von hemmungsloser Druckbetankung, glorifizier-
ten die Heldentaten des Dritten Reiches, gefolgt von Kampfliedern, vom Horst-
Wessel-Lied bis zu unappetitlichen Judenhassgesängen.

Im Morgengrauen, beim kollektiven Pinkeln über die Bordkante, links den
Kleinen in der Hand und rechts den Arm zum Gruß erhoben, hallte ein mehrfaches
Sieg Heil, Sieg Heil und „Deutschland erwache!" über das stille Wasser. Wer da von
den Jungen nicht mitmachte, fand später in seiner Beurteilung, er sei unkamerad-
schaftlich, borduntauglich und nicht teamfähig. Ein Urteil, das jede weitere Verwendung an Bord von Schiffseinheiten der Bundesmarine ausschloss.

Große Hemmungen und Verlegenheit zeigten die Alten bei Begegnungen mit
ihren ehemaligen Kriegsgegnern. Wenn außerdem Sitten und Gebräuche anders
waren und man zuvor nicht darüber informiert war, blieben Peinlichkeiten nicht aus.

So bei einer deutsch-englischen Begegnung beim Frühstück in Lossiemouth. Vorweg sei erzählt, wie das bei der Royal Navy zelebriert wird:

Die Einnahme des Frühstücks in einer englischen Messe glich und gleicht auch heute noch dem Essenseinnahmezeremoniell in einem Kloster. Vor dem Eintritt in das turbinenheulende Tagesgeschäft begann der Tag mit Schweigen. Kari, Nolle und ich, die wir den lärmenden deutschen Kantinenbetrieb kannten, hatten uns schnell der hiesigen Gepflogenheit angepasst.

Gedämpftes Licht und ein eingedeckter Tisch empfingen den morgendlichen Gast, der behutsam den Raum betrat, nur die Flügeltüren knarrten. Duft von Kaffee lag in der Luft. Man nahm eine der vielen Zeitungen von einer Auslage, klemmte sie unter den Arm, nahm Platz. Auf dem Tisch wartete hinter dem Gedeck eine Art Notenständer, auf der die raschelnd auszubreitende Zeitung ihre Ruhe fand. Ein Brite musste erst einmal wissen, was in der Welt über Nacht geschehen war. Es wurde nicht als unhöflich empfunden, sein Gegenüber zu verdecken, er tat ja dasselbe, und eine Unterhaltung war ohnehin nicht erwünscht. Umherschleichende Stewards fragten flüsternd, ob Tea or Coffee, Toast, Bacon and Egg oder der als Frühstücksdelikatesse hochgeschätzte Kipper, ein geräucherter Hering, genehm sei.

Jeder las, trank oder stocherte in dem Kipper herum und holte als Dessert, leise den Stuhl nach hinten schiebend, von der Anrichte etwas von den beiden Käsesorten Cheddar oder Stilton.

Keine Begrüßung, kein lautes Wort störten die heilige Handlung. Kommen und Gehen geschahen in Stille, selbst das Klappern des Geschirrs erregte Unwillen. Zum Knarren der Tür machte der Eintretende eine bedauernde Geste. Eines Morgens, wir saßen bereits, knarrte die Tür nicht nur auffallend laut, ein Flügel schlug sogar an die Zeitungsauslage und federte geräuschvoll zurück. Dem folgte verlegenes Räuspern und Hüsteln. Ein leicht angedeutetes Klacken aneinander geschlagener Hacken ließ eine Ahnung hochkommen – Landsleute?

Kaum gedacht, da hallte wie von Trompeten geblasen ein fröhliches Good morning, mehr ein „Gut Mornink" durch den Raum, gleich aus drei Kehlen mehrfach wiederholt.

Zeitungen sanken herab, entsetzte Gesichter blickten auf. Die Stewards blieben wie angewurzelt stehen. Da standen drei Uniformierte, der eine ein wenig zu dick, der andere am Kopf hoch geschoren und der Dritte hager mit Schnurbart. Sekundenlang Erstarrungszustand bei den neuen Gästen und dasselbe an den Tischen. In die wieder eingekehrte Stille knurrte ein älterer Commander: „Aha, Germans!"

An den schlichten und anders geschnittenen Marineuniformen ließ sich festmachen, dass es eindeutig Deutsche waren, zwei Korvettenkapitäne und ein Kapitänleutnant, alle drei ältere Jahrgänge.

Stewards wiesen ihnen Plätze zu, von denen aus das Palaver weiter ging. Lautstark und in holperigem Englisch setzte eine längere Diskussion darüber ein, was zu essen sei. Stühle wurden gerückt. Der Kapitänleutnant lachte besonders laut und amüsierte sich mit entsprechenden Kommentaren, dass der Steward kein Deutsch verstand.

Vorzeitig das Frühstück abbrechend verließen die englischen Tischnachbarn den Raum. Einer kam bei uns vorbei und murmelte: „Sagt ihnen, wo sie sich befinden, please!"

Wir schworen uns, das zu tun, spätestens abends an der Bar. Die drei gehörten, wie zu erfahren war, zu einem Team, das drei Tage lang von einem Hubschrauber zum Schießplatz nach Cape Wrath geflogen wurde, um das Artillerieschießen der Fregatte *Scharnhorst* zu vermessen.

Als kleine Erklärung sei erwähnt, dass die Royal Navy den Namen *Scharnhorst* gleich in Verbindung mit der für sie großartigen Versenkung des gleichnamigen Schlachtschiffes Ende 1943 vor dem Nordkap brachte, und nun amüsierte es, dass die Wiedergeburt als kleines Artillerieschulschiff der Bundesmarine nicht nur in ihren Gewässern fuhr, sondern ursprünglich als britisches Kriegsschiff 1944 auf einer englischen Werft gebaut worden war.

Der Tag verstrich, ohne die Scharnhorstleute getroffen zu haben. Am nächsten Morgen flogen mitten hinein in die Frühstücksstille wieder die Flügeltüren auf und die drei schmetterten ihr „Gut Mornink" über die hochzuckenden Köpfe. Dasselbe laute Spektakel wie am Vortag setzte ein. Strafende Blicke trafen unsere Tischseite. Wenn wir nicht bleibenden Ärger haben wollten, musste heute etwas geschehen. Nach dem Frühstück die höheren Dienstgrade auf dem Flur abfangend, stellten wir uns vor, bereits in Fliegerkombination mit Schulterstücken, dem Staffelabzeichen und an mit dem schwarz-rot-goldenen Abzeichen darüber deutlich als deutsche Marineoffiziere erkennbar.

Großes Erstaunen ergriff die Herren: „Sie sprechen ja ausgezeichnetes Deutsch, wo haben Sie das gelernt?"

Es gelang in der Kürze nicht, ihnen verständlich zu machen, dass wir als deutsche Piloten in einer englischen Staffel flogen. „Da müssen Sie doch Englisch verstehen können." Sie hielten uns für Briten, die ihnen als Ausländern einen Bären aufbinden wollten. Die zweifelnden Züge auf den erstaunten Gesichtern wichen nicht. Wie sollten wir wohl auch mit den kleinen Düsenjägern von Deutschland bis nach Schottland gekommen sein, wo sie doch dazu über See mehrere Tage gebraucht hätten. Ob die überhaupt wussten, dass die Bundesmarine über eigene Seeluftstreitkräfte verfügte? Nein, Sea Hawks hätten sie noch nie gesehen, Hubschrauber schon.

Das eigentliche Thema anzusprechen wollte nicht gelingen, wurde schon im Ansatz erstickt. Der dicke Korvettenkapitän winkte ab mit dem Satz, die Briten seien schon immer anders gewesen, die sollten erst mal Europäer werden. Zustimmendes Nicken der beiden anderen. Danach packe sie die Eile: „Auf Wiedersehen, meine Herren, Sie sprechen wirklich gut deutsch."

Da gingen sie dahin, die Artilleristen, in der Marine Bumsköpfe genannt. Abends im Lesezimmer berichteten wir dem zufällig dort sitzenden Messepräsidenten über den mäßigen Ausgang der uns aufgetragenen Mission. Zumindest sollte er wissen, dass wir uns ohne großen Erfolg bemüht hatten, das Gewünschte zu übermitteln.

Der dritte Tag der Begegnung nahte. Kaum jemand las in der vor dem Gedeck aufgeschlagenen Zeitung, Die meisten blickten gespannt auf die Flügeltüren. Es dauerte nicht lange, Deutsche galten als pünktlich, als die Schwingtüren wieder in heftige Bewegung gerieten. Bevor die zum Feindbild gewordenen Gäste mit ihrem morgendlichen Zeremoniell beginnen konnten, schnellte der an der Tischstirnseite sitzende Messepräsident hoch und rief mit heller Kommandostimme durch den Raum: „Good morning, good morning, good morning, and I hope that is enough for your stay in Britain."

Die Reaktion erfolgte sofort, aber ganz anders als erwartet. Die drei machten verdutzte Gesichter, beleidigt machten sie, für Briten ungewöhnlich, eine devote Verbeugung, drehten auf der Hacke um und marschierten hinaus. Lange noch pendelten die Türen knarrend, bis weder genüssliche Stille eintrat.

Unsere eigentümlichen Landsleute haben wir nicht wieder gesehen. Es berührte schon peinlich, im Ausland auf derartige Gestalten „deutscher Seegeltung" zu treffen.

Mehr und mehr wuchs man in die englische Lebensart hinein, die sich gelassener, zufriedener gab und nicht hinter jedem Baum ein Problem witterte. Der Mentalitätsunterschied bei Engländern und Deutschen liegt offenbar in der Beurteilung der Gegebenheiten. Der Deutsche sieht alles Zukünftige bedrohlicher. Dafür ein schlichtes Beispiel: Begrüßt wird der Kunde in einem englischen Laden mit der Floskel: „Ist es nicht ein wunderschönes Wetter?" Er bekommt die Antwort: „Indeed, ja wirklich!" Auf diese Frage reagiert ein Deutscher mit: „Ja wirklich, aber es wird sicherlich nicht so bleiben!"

Mit der Zeit angepasster und von Freddy freundlicherweise in seiner Freizeit bei den ersten Ausflügen begleitet, nahmen Kari, seine Nancy und ich mit Land und Leuten außerhalb der Flugplatzeinzäunung Kontakt auf. Einladungen zu Grillfesten am Strand oder zu sonntäglichen Dudelsackkonzerten in den Gemäuern verfallener Burgen weiteten den Blick und den Bekanntenkreis. Die anfänglichen Berührungsängste waren verflogen, weil mangelnde Sprachkenntnisse kein Hindernis mehr darstellten. Der fliegerische Dienst, abgeschliffen zur Routine, bewegte nur noch selten den Adrenalinspiegel. Wir fühlten uns integriert, Deutschland lag in weiter Ferne.

Gemeinsame Fahrten führten in die Highlands mit Bed-&-Breakfast-Übernachtungen. Großzügige Gastfreundlichkeit und Herzlichkeit ließen die oft ärmliche Kargheit der Gaststätten vergessen. Auf geizige Schotten sind wir nie gestoßen, aber sparsam und ärmlich lebten sie. Unbegreiflich blieb, wie die Sieger des letzten Krieges nicht nur in Schottland, sondern in ganz Großbritannien auf einem wirtschaftlichen Niveau lebten, dass weit unter dem der Bundesrepublik angesiedelt war, und das fast 20 Jahre nach dem Krieg.

Der Sommer zog über das Land, die Sonne zauberte aus dem Boden bunte Wiesenblumen auf kurzen Stängeln, an denen der ständige Wind zerrte. Auf den Klippen entfaltete der Gorse, ein butterfarben blühender Stachelginster, seine betäubend duftende Pracht. Breite einsame Strände luden ein zum Baden, jedoch die Wassertemperaturen um10 Grad schreckten ab.

Im Bereich des Flugplatzes ging es englisch zu, draußen vor dem Tor schottisch, selbst das schottische Geld sah anders aus, es war weniger wert als das englische, und das Bild der Königin hatte die schottische Münze in Edinburgh kleiner gedruckt. Freddy und Tim Bolt, die beide aus Yorkshire stammten, lästerten oft über die Schotten in einer Weise, wie es zu Hause die Bayern über die Preußen zu tun pflegten.

Je vertrauter die Umgebung wurde, desto häufiger ging ich meine eigenen Wege. Meine Suche nach einer geeigneten Unterkunft begann im angrenzenden Dorf Lossiemouth, denn in einem Monat würde ich Elisabeth in Edinburgh am Flughafen abholen. Es sollte schon etwas Vernünftiges sein, denn so primitiv unterzukommen wie Kari, Nancy und ihr kleiner Robby, das wollte ich Elisabeth ersparen, gerade jetzt, wo sie unser zweites Kind erwartete.

Als erste empfohlene Anlaufstelle sah mich der Tante-Emma-Laden gleich gegenüber der Flugplatzeinfahrt vor dem Tresen stehen. Um mit der Verkäuferin ins Gespräch zu kommen, schien ein kleiner Einkauf angebracht. Von einem Regal über ihrem Kopf leuchtete eine Reihe der bunten Dosen mit den beliebten Mackintosh´s Toffees. Das wäre doch für meine Naschkatze eine geeignete Begrüßungskleinigkeit. Mit dem mir möglichen besten Englisch bat ich um eine Dose dieser herrlichen Süßigkeit.

Kaum das Wort „Mackintosh" ausgesprochen, entstand Unruhe im Laden. Andere Kunden kicherten, einige ältere Frauen lachten sogar. Die Verkäuferin versteinerte, lief im Gesicht rot an, rang nach Luft, machte eine abwehrende Handbewegung und sagte schroff: „So etwas führen wir hier nicht!"

„Wie bitte?" Ich zeigte nach oben. „Da auf dem Regal, da steht doch eine ganze Reihe davon."

Sie entkrampfte. „Ach, Sie meinen „Mackintosh", und dehnte dabei das „a" wie Maaaakintosh, begleitet jetzt von schallendem Gelächter im Hintergrund. Was hatte ich verkehrt gesagt oder falsch betont?

Weshalb war ich eigentlich in diesen Laden gegangen? Die unfreiwillig und nicht zu begreifende komische Nummer mit den Toffees verwirrte so sehr, dass ich gar nicht mehr wagte, meine Frage vorzubringen. Was hatte mich aus der Bahn geworfen? Ich betrachtete die gekaufte Dose von allen Seiten. Nichts an ihr war auffällig.

Am nächsten Morgen kurz vor dem Start fragte ich zaghaft Freddy, was wohl bei meinem Einkauf falsch gelaufen sein könnte. Er hörte mir andächtig zu, grinste und bat darum, dass ich das Wort „Mackintosh" noch einmal deutlich aussprechen sollte.

Gut, kein Problem. Langsam und bedächtig in drei Silben aufgeteilt kam es über die Lippen: „Mek-kin-tosch"

Freddy kriegte große Augen und regierte wie die Tanten im Laden. Er schlug sich auf die Schenkel und hörte nicht auf zu lachen.

Wut stieg in mir auf. Verdammt noch mal, was war das Besondere an dieser Scheißdose?

Mit Tränen in den Augen prustete Freddy die Erklärung heraus.

„Mein Lieber die Betonung macht den gewaltigen Unterschied. Es ist der lausige Buchstabe a in dem Wort Mackintosh."

„Und was ist daran so besonders?"

Freddy nahm eine Position ein wie ein Vater, der seinem Sohn den Sachverhalt von Biene und Blume versucht zu erklären. „Ein Mackintosh, dabei das „a" als „ä" gesprochen, ist eigentlich ein Regenmantel, ein dünner Überzieher, und wird auch verstanden als Kondom, als eine Pimmeltüte."

Die fehlerhafte Aussprache hatte die Ladies und die prüde Verkäuferin durcheinander gebracht.

Als bessere Idee, Mieteradressen zu finden, verwies man mich an den Pub am Hafen. Nein, nicht den an der hinteren Mole, wo allabendlich die lower ranks, die Matrosen und die Fischerjungs, aufeinander einprügelten, wenn es um die Verteilung der wenigen Dorfschönheiten ging, sondern den am Leuchtturm, da waren die feineren Leute anzutreffen.

Einen alten Kornspeicher hatte die Gemeinde in ein knuffiges Lokal umgewandelt, sehr gemütlich und verräuchert. Im Parterre der Bierkneipe betranken sich die Unteroffiziere und Fischerbooteigner, und eine Treppe hoch in der so genannten Lounge verkehrte die Oberklasse. Dazu zählten der Pastor, der Bürgermeister, der Internatsleiter des nahe gelegenen Elitegymnasiums Gordonstown, wo Prinz Charles gedrillt worden war, der Dorfsheriff und natürlich die Herren Offiziere. Dann und wann, so erzählte man sich, würde auch seine Lordschaft hier sein Bier trinken, dessen Adelsgeschlecht seit Jahrhunderten die weitere Umgebung von Lossiemouth besaß.

Niemand sah in der säuberlichen Trennung nach Rang und Würden durch die Treppe sozialen Sprengstoff. Die englische Klassengesellschaft war gottgegeben. Keiner störte die Kreise des anderen.

Kein Zweifel, wir German Pilots gingen die Treppe hoch, zählten zur Upper Class. Gleich mit offenen Armen aufgenommen, stellt man sich mit Vornamen vor, was aber keineswegs das „Du" bedeutete.

Eine Sperrstunde kannten wir zwar schon aus Portsmouth, aber hier rief der Wirt sie viel früher aus. Die Stahljalousie ratterte bis auf einen schmalen Schlitz vor dem Bierausschank herunter.

„Gentlemen, last orders, please!" Das bedeutete, in fünf Minuten würde es nichts mehr zu trinken geben. Das beschleunigte die Gesellschaft. Wie abgerissen versiegte jede Unterhaltung, alle stürmten auf den Wirt zu. Mit Windeseile musste jetzt für die nächsten Stunden vorgesorgt werden.

Im Akkord setzte Bierzapfen ein. Gläser, reihenweise bis zum Rand schaumlos gefüllt, dekorierten Fensterbänke, Regale, Mauervorsprünge und Tische. Wer keine Hand mehr frei hatte, deponierte links und recht in den Jackentaschen die Gläser mit dem edlen Gerstensaft. Niemand verließ die „Blue Seagull", bevor nicht der letzte Tropfen sein Ziel fand.

Nach ein paar Abenden in diesem Laden – bisher war ich mit meiner Adressensuche erfolglos geblieben – kam ein älterer Herr auf mich zu, streckte mir lächelnd die Hand entgegen und sagte: „Ich heiße John." Eigentlich hatte ich keine Lust, mit dem schmuddelig aussehenden alten Mann ins Gespräch zu kommen. Er trug ein verschlissenes Jackett mit abgeschabten Lederflecken auf den Ellenbogen und ausgebeulte Hosen, die nackten Füße steckten in ausgelatschten Sandalen. Schlohweißes wirres Haar umrahmte im Halbkreis die weit nach hinten reichende Stirn, aber listige Augen leuchteten aus dem gegerbten unrasierten Gesicht, und aus dem Munde sprudelte auffallend gepflegtes Englisch, ohne einen Hauch von schottischem Dialekt. Wer war dieser Mann? Schwer abzuschätzen, aber vorgewarnt von misslichen Erfahrungen, Engländer in die falsche Schublade eingeordnet zu haben, blieb ich zurückhaltend. Er könnte Landstreicher sein, aber dann hätte er sich nicht hierher gewagt – oder stand vor mir ein gesellschaftlich ganz hohes Tier, dass sich hier in den Pub verirrt hatte.

Er hätte davon gehört, dass meine Frau bald kommen würde und ich auf Wohnungssuche sei. „Yes, Sir, dem ist so."

John erzählte wenig von sich, wollte dagegen viel von mir erfahren, lud mich ein zu einem Bier, das ihm nach Sichtkontakt mit dem Wirt sofort gebracht wurde. Das war auffällig, denn alle anderen Gäste mussten selbst zum Ausschank gehen.

Bevor er zurückschlenderte zu seinen älteren Freunden, fummelte John aus den Tiefen seiner Jacke eine Zettel heraus und hielt ihn mir hin. „Da gehen Sie mal vorbei, die Robertson sind angenehme Leute, die vermieten, good luck – und hope to see you again."

„Thank you, Sir!"

Am nächsten Tag am späten Nachmittag, die „Teatime" abgepasst, begann die Suche. Parallel zur High Street, der dörflichen Hauptstraße, verlief die angegebene Straße, holperig, mit einer seit Jahrzehnten vernachlässigten Asphaltdecke und dem wenig freundlichen Namen „Dead Man´s Cove". Mannshohe bemooste Gartenmauern trennten die Grundstücke von den tristen grauen Betonfußwegen.

Die Robertsons zu finden war gar nicht so einfach. Die Straßen menschenleer. Wen sollte man fragen? Hausnummern gab es nicht, dafür trugen die Häuser Namen. Robertsons wohnten in „Ben Braggie", nach einem hohen Berg in den Highlands benannt, wie wir später belehrt wurden.

Graubraun, geduckt hinter Felsmauern lag zur Straßenseite hin mit zwei Erkern versehen das mögliche Heim für die nächsten Monate. Kaum stand ich davor, da ging die Tür auf, und eine ältere Frau in einer bunten Kittelschürze eilte mit aufblühendem Lächeln auf mich zu, freundlicher als die vielen Rosen links und rechts des Gartenweges. Was für ein unerwarteter Empfang. Sie begrüßte mich Fremden fast wie einen nach vielen Jahren heimgekehrten Sohn. Ihr schottisches Englisch klang hart und unverständlich, aber sie freute sich über mein Kommen. Lord McIntyre hätte sie schon angerufen und ich sei herzlich willkommen.

Wer bitte hat angerufen? „Well John, kennen Sie doch, und er uns auch. Seine Lordschaft und mein Mann spielen oft Golf zusammen, das ist für meinen Mann eine große Ehre, denn der ist nur Koch auf einem Fischdampfer und John der Herr des ganzen Distrikts."

Wer von Lord McIntyre als Mieter empfohlen worden war, musste allerbeste gesellschaftliche Verbindungen haben. Sie wusste es, ich kannte ihn lediglich von der minutenlangen Begegnung im Pub. Sie schwärmte von dem Mann, ihre Augen leuchteten: „Das ist ein hochdekorierter Kriegsheld, Großgrundbesitzer, das Gelände des Flugplatzes hat er der englischen Krone für 99 Jahre verpachtet. Als Reeder besitzt er eine Tankerflotte mit Heimathafen Aberdeen und in Inverness die größte Werft. Obwohl steinreich und zur absoluten Oberklasse gehörig, spricht er sogar mit uns und spielt mit den Fischern manchmal Golf."

Dass er sich mit mir, dem ehemaligen, Feind eingelassen hat, verschlug ihr fast die Sprache. Sie vermutete offenbar in mir einen Menschen mit Verbindungen zu den höchsten Kreisen. Ihr darauf zurückzuführendes untertäniges Gehabe konnte die gute Frau bis zu unserem letzten Tag in Lossie nicht aufgegeben.

Während sie den John in den Himmel hob, überkam mich Scham und ich empfand Ärger über meine miserable Menschenkenntnis und fast begangene Vorverurteilung. Nur wegen seines schäbigen Aufzugs hätte ich mich beinahe geweigert, ihm die Hand zu geben. Da er es war, der mich zu dieser Adresse geschickt hatte, behandelte Mrs. Robertson mich mit devotem Respekt, bat mich hinein, zeigte gleich die rechts vom engen Flur gelegenen zu vermietenden Räumlichkeiten. Zuerst das Schlafzimmer, viktorianisch eingerichtet mit einem dunkelblau überdachtem Himmelbett mit kunterbunten Bezügen, an den Wänden großblumige Tapeten in schreiendsten Farben; andere, aber ebenso farbenfrohe zierten das Wohnzimmer. Teppiche, Wände und das Sofa bissen sich. Als nicht zu übersehende Attraktion der guten Stube zog ein Gemälde mit einem Rudel röhrender Hirsche die Blicke an. Auf der Kommode zusammengedrängt, zeugten Porzellanfigürchen aller Größen und Mitbringsel aus vielen Herren Länder von der einstigen Reisetätigkeit der Robertsons. Geheizt wurde mit einem Kamin, aber wir wollten ja nur diesen Sommer bleiben.

Durch eine Schiebetür vom Wohnzimmer Abgetrennt existierte eine Küchenzeile mit Gasherd, Kühlschrank und einer kleinen Anrichte. Gas und Strom waren über einen Geldautomaten an der Wand zu beziehen. Wenn es klickte, fielen Strom oder Gas aus. Ein Sixpence, in den Schlitz gesteckt, brachte beides zurück.

Ein gewitzter Schotte soll den Apparat außer mit Münzen dann und wann mit gestanzten Eisplättchen genarrt haben. Die Behörde brauchte lange, um herauszufinden, warum der angezeigte Verbrauch in keinem Verhältnis stand zu der Zahl der eingeworfenen Münzen.

Der Mann sei bestraft, danach aber gefeiert worden, wusste meine Vermieterin zu berichten, allerdings mit dem Unterton, ich sollte das nicht versuchen.

Ein wirkliches Bad gab es nicht, Toilette ja und daneben und darüber montiert ein kleines Waschbecken. Dusche? No sorry, aber dafür sei bei ihr drüben nach rechtzeitiger Anmeldung einmal in der Woche ein Wannenbad möglich. Dazu musste in der Küche der Kamin auf volle Leistung gebracht werden, damit der darüber befindliche Wasserboiler in Fahrt kam. Sie und ihr Mann, der zur See fuhr und nur selten auftauchte, beengten sich nebenan, und das hauptsächlich in der Küche. Ihre Kinder schrieben selten aus Australien, sagte sie mit wässrigen Augen. Wichtiger als die Mieteinnahme schien Mrs. Robertson der Kontakt mit Menschen zu sein, und so freute sie sich auf uns und vor allem auf Elisabeth. Das gefiel mir sehr gut, denn in der Woche war ich von früh morgens bis in die Abendstunden auf dem Flugplatz und wusste so meine kontaktfreudige Frau in guter Obhut. Bei aller Schlichtheit der Unterkunft, sie war blitzsauber und gemütlich.

Hinter dem Haus gackerten Hühner, und in dem von einer Mauer umgebenen Garten blühten windgeschützt an uralten Stöcken wunderschöne Rosen.

Hier würde sich Elisabeth wohl fühlen, und die Frau Robertson würde ihr sicherlich behilflich sein, sich einzuleben.

In der Küche unterschrieb ich am selben Tag den Mietvertrag, und ein Telegramm meldete den Erfolg nach Neidum.

Ein letzter Briefkontakt mit Elisabeth bereitete ihren Flug ins für sie unbekannte Schottland vor. „Keine Angst, mein Schatz, in Edinburgh fang ich dich auf!"

Englische Bekannte arrangierten in Edinburgh für die erste Nacht eine Hotelbleibe in der Nähe der gewaltigen Firth-of-Forth-Eisenbahnbrücke, draußen vor der Stadt, damit wir am nächsten Morgen gleich mit der ersten Fähre in Richtung Norden übersetzen konnten.

Allein zu Hause ohne männliche Unterstützung schien Elisabeth erstaunlich selbstständig geworden zu sein. Alle Vorbereitungen für die längere Trennung von unserem Kleinen traf sie mit Übersicht und Gelassenheit. Die Eltern würden für die drei Monate ihrer Abwesenheit Christian in Pflege nehmen. Elisabeth schrieb im letzten Brief, dass meine Mutter sich in letzter Zeit sehr liebevoll um den Jungen gekümmert hätte, und selbst der ansonsten spröde Großvater sei über sich hinausgewachsen und würde von seinem Enkel akzeptiert. Sie könne unbeschwert reisen und auch für längere Zeit ohne den Kleinen auskommen. Besser hätte es nicht sein können.

26

Zurückdenkend sehe ich mich in Edinburgh im Flugplatzgebäude mit einer roten Rose in den Fingern wie ein Löwe im Käfig vor der Gepäckausgabe hin- und herstreichen. Als wenn ich zum ersten Mal ein „Blind Date" hätte, dabei war es meine schwangere Frau, auf die ich sehnsüchtig wartete. Ob sie schon einen Bauch vor sich hertrug? Die Maschine müsste doch schon längst gelandet sein. Immer wieder glitt die Schiebetür zur Gepäckausgabe auf und zu und immer noch keine Elisabeth. Endlich, mir flatterten schon die Hände, ging die Sonne auf. Mein Muschelchen lag mir in den Armen, wir umklammerten uns und zerdrückten beinahe das von mir mitgebrachte Blümchen. Keiner von uns beiden hatte Interesse, die Stadt zu sehen, nur eiligst hinein ins Hotelzimmer, Vorhänge zu, und was dann geschah, war, als tränken ausgedörrte Wüstenwanderer in der Oase den Brunnen leer. Als ich sattgetrunken erschöpft auf der Bettkante saß, habe ich mit Heißhunger, aber mit Andacht das von Elisabeth mitgebrachte, mit Salami belegte Schwarzbrot gegessen, denn weder das eine noch das andere war mir ich seit Monaten zwischen die Zähne gekommen. Aufschnitt und Schwarzbrot kannte man zu der Zeit auf der Insel noch nicht.

Im Morgengrauen weckte uns ein stärker werdendes Rauschen. Metallisches Rumpeln brodelte in der Ferne, das wie eine Walze herangrollte. Erst vibrierten, dann klirrten die Scheiben, es krachte, klapperte und bebte, blieb eine Zeit lang auf monoton gleichbleibender ohrenbetäubender Klanghöhe, bis es langsam abebbte bis hin zu absoluter Stille. Elisabeth hielt fest meine Hand umklammert und fragte ängstlich: „Was war das?" Der Blick aus dem aufgerissenen Fenster ging über Dächer hinunter zum Wasser, nichts, kein Anzeichen für eine Krachquelle. Den Kopf bereits einziehend, fiel mir ein Schatten auf. Ach ja, die Hochbrücke, gestern nur flüchtig wahrgenommen, führte genau über dass Dach des Hotels. Mit Tagesbeginn

344

donnerte ein endloser Güterzug nach dem anderen über den Firth of Forth. Kaum hatte ich mich wieder ins Bett zurückgezogen, da setzte dasselbe ohrenbetäubende Geräusch wieder ein. Mein Gott, was für eine beschissene Lage für ein Hotel. Elisabeth machte ein vorwurfvolles Gesicht, ich zuckte mit den Schultern, hatte ich nicht gewusst, war mir in Lossie empfohlen worden. Nichts wie weg hier, ab in die ruhigen Highlands!

Gerade hatten wir das Geratter des zweiten Zuges überstanden – oder war es schon der dritte? – da klopfte es kurz an der Tür, und ein junger Mann mit dampfendem Teetopf stand im Zimmer.

Elisabeth quiekte kurz auf, riss sich die Bettdecke unters Kinns und starrte den Kellner an, der an die Nachttischchen eilte, die dort bereits stehenden Teetassen vollgoss, dabei sein Verslein mit „Good morning" und dem guten Wetter aufsagte, mit Schwung die Teekanne absetzte und schwupp! wieder durch die Tür verschwand.

„Und was war das?"

„Mein Schatz, hätte ich dir gestern noch sagen sollen. Das ist britischer Morgenservice." „Und warum hast du die Zimmertür nicht abgeschlossen, wo wir doch so schön geschmust haben, der hätte doch daneben stehen können." „Nee, abschließen gilt hier als Misstrauensvotum, hätte den Keller außerdem aus der Arbeitsroutine geworfen, und morgens wird in Schottland nicht geliebt."

Eine blödsinnige Erklärung, aber offenbar überzeugend dargeboten. Elisabeth schüttelte den Kopf und murmelte etwas von komischen Sitten. So begann ihr erster Tag auf der Insel.

Das Frühstück versöhnte wieder. Die Fahrt mit der Fähre über den nebligen Firth parallel zu der riesigen geschwungenen Brücke stimmte auf die lange kurvenreiche Fahrt durch die einsame Landschaft ein. Zur Begrüßung schien für mehrere Stunden die Sonne.

Erschöpft kamen wir spätabends an, wurden von Mrs. Robertson herzlich zu einem Abendessen in ihrer Küche begrüßt; aber dann fielen wir sogleich todmüde in das schottische Himmelbett. Mit dem nächsten Tag begann Elisabeths Entdeckungstour. Zusammen mit Nancy und ihrem Robby erkundete sie die Umgebung. Langeweile kam nicht auf. So lernten Kari und ich durch unsere Frauen das zivile Schottland kennen. Eifrig mischte Mrs. Robertson mit, erarbeitete Touren zu geschichtsträchtigen Stätten, erzählte mit Schluchzen von dem Untergang der schottischen Clans, die zusammen mit ihrem Anführer, dem Stuart Bonnie Prince Charles im Moor von Culloden von den fiesen Engländern schändlich vernichtet worden waren. Sie klagte darüber, als wenn es gestern gewesen wäre.

Wir fuhren hin, aber dort gab es kaum noch etwas zu sehen von dem mörderischern Desaster, nur ein paar bemooste Gedenksteine mit der Jahreszahl 1746.

Ausflüge zum legendären und geheimnisvollen Loch Ness bis in den Schatten des Ben Nevis, des höchsten Berges der Region, ließen erhoffen, die berüchtigte Nessie zu sehen, aber das Wasser blieb still; nur der Regen platschte an die Wagenscheiben. Von den erstandenen Souvenirs ist bis heute eine Wolldecke übrig geblieben – unverwüstliche schottische Schafswollqualität.

Nachdem alle verfallenen Ruinen und Schlösser uns gesehen hatten, begann die Phase des Shopping, nicht immer zum Vergnügen der männlichen Begleitung. In Aberdeen und Inverness schleppten uns die Frauen stundenlang durch die Budiken. Aus Neugier und touristischem Interesse sind Kari und ich ihnen gefolgt. Nolle, der Strohwitwer, wollte nie mit. Er schien ein Problem mit sich herum zu schleppen. War er krank, hatte er Heimweh? Die Diagnose lautete: „Krankhafter Pfennigfuchser!"

Er sonderte sich ab, um nicht in Verlegenheit zu geraten, einen Sixpence zu viel auszugeben. Wie bereits in Amerika nutzte unsere einst so fröhliche Berliner Schnauze den gut bezahlten Auslandsaufenthalt als Spardose. Der asketische Geizkragen verbrachte die meiste Zeit im Bett, sah nichts vom Land und lebte nur für den Dienst. Er war ein Sonderling geworden.

Das Geheimnis lüftete sich nach unserer Rückkehr. Ein Mädchen, seine spätere Frau, hatte ihm den Floh ins Ohr gesetzt, eine Pferdezucht aufzumachen. Er selbst hatte davon keine Ahnung, sie dafür umso mehr, war zwar mittellos, glaubte aber an Riesengewinne, wenn er das Kapital dazu zusammensparen würde.

Schade eigentlich, in Schottland begann er uns die kalte Schulter zu zeigen. Er hielt uns für Verschwender. Kari und ich dagegen genossen es, mit unseren Frauen oder ohne sie, nicht nur die britische Lebensart kennen zu lernen, sondern auch mit den Menschen außerhalb des Flugplatzes in Kontakt zu kommen.

Ein Tor dazu ging auf mit dem alljährlich mit größtem Prunk gefeierten Sommerball. Während der Vorbereitungen veränderte die baulich schäbige Offiziermesse ihr Gesicht. Am Ende glich die Baracke einem Herrensitz. Gärtner, Leute aus dem Dorf und Soldaten schleppten Zweige, Kübel mit Palmen, Bauholz für Stellagen, Blumengebinde und Girlanden herbei. Die graue Alltägliche verschwand hinter farbenfrohen Kulissen. Das festlichste Ereignis am Morayshire Firth warf wochenlang seine Schatten voraus. Alles, was im zivilen Bereich der weiteren Umgebung Rang und Namen hatte, versäumte nicht, darauf zu pochen, eingeladen zu werden.

Vorgewarnt suchten unsere Frauen nach einem langen Ballkleid.

Derartige Garderobe von Deutschland mitzubringen, daran hatte niemand gedacht. Selbst im weiteren Umkreis von Lossiemouth gab es keine Geschäfte, die Gesellschaftskleidung anboten.

Wie lösten die englischen Frauen das Problem? Auf Grillparties, privat oder im Pub waren die Ehefrauen der Offiziere und selbst die Kommandeuse bisher schlicht, eher sogar schäbig gekleidet aufgetreten. Von Eleganz keine Spur. Die meisten sahen aus wie gerade aus einem Zelt hervorgekrochen, ohne Make-up, und einen Damenfriseursalon kannten wohl die wenigsten.

Das große Ereignis jedoch verlangte ein anderes Erscheinungsbild.

Der Damentreffraum in der Offiziermesse, der „Anteroom", verwandelte sich in einen Markt der Eitelkeit. Der Frauenclub zog ein und machte daraus ein Kaufhaus oder eher eine Kleiderbörse mit angeschlossenem Beautyshop, eine Mischung aus Flohmarkt und Second-Hand-Budike. Sie nannten es „Thrift shop", ein Tausch- und Handelsplatz von Kleidern, Schuhen und Schönheitsartikeln.

Elisabeth, erst ein wenig zögerlich, aber ermuntert von den dort in der Garderobe wühlenden Engländerinnen, fand ein wunderschönes Kleid, und selbst die füllige Nancy konnte zufrieden dem Ball entgegensehen. Man konnte leihen oder sehr preisgünstig kaufen. Viele der geliehenen Kleider gingen anschließend bis zum nächsten Jahr in den Fundus des Thrift-Shops zurück.

Die Planungen liefen wochenlang vorher auf Hochtouren. Nach jedem Flugdienst kamen mehr Helfer hinzu, schon deshalb, weil wir dort zwischen den Stellagen und Blumentöpfen unsere Frauen fanden, die mit Hand anlegten und dekorierten.

Ob das Wetter mitspielen würde, darüber entstand keine Diskussion.

Obwohl der Ball als Open-Air-Veranstaltung begann, blieb der Wetterfaktor unberücksichtigt, schließlich würde ja jeder einen Regenschirm dabei haben. In England schien immer die Sonne, selbst wenn es regnete, dann eben über den Wolken.

Der große Tag rückte heran. Nachmittags rissen Regenschauer und böige Westwinde an den Flaggen und der Dekoration, aber als die Sonne hinter den Bergen verschwand und die ersten Wagenkolonnen der Gäste vorfuhren, legte sich der Wind. Der wolkenlose weißblaue Abendhimmel versprach lang währendes Licht, und die für Schottland schon fast tropische Temperatur von 15 Grad hätte keine bessere Voraussetzung für ein gutes Gelingen sein können.

Die große Tribüne, im Halbrund wie ein Amphitheater um den Parkplatz vor der völlig verwandelten Offizierheimbaracke aufgebaut, füllte ein buntes Publikum.

Viele der Frauen unserer englischen Kameraden waren nicht wiederzuerkennen. Bleiche, unauffällige, graue Rollkragenpullover tragende graue Mäuse erschienen in gewagtem Hauch von etwas. Bisher verborgen gehaltene Rundungen leuchteten auf. Einige Damen mutierten zu Grace Kellys oder Liz Taylors, andere scheiterten beim Versuch, dem Model Heidi Klum nahe zu kommen. Aber immerhin! Grell gekleidet, leuchtend geschminkt, gepudert, aufgedonnert und aufgebrezelt saßen da die gestrigen Aschenputtel als strahlende Schönheitsköniginnen, daneben nicht minder herausgeputzt in ihren Galauniformen die Gastgeber. Unsere Frauen konnten sich ebenfalls sehen lassen, wir in unseren biederen Uniformen dagegen wirkten ein wenig fehl am Platze. Aber das schmälerte die Freude nicht.

Der Blick über die Menge der Uniformierten und der Damen, manche behütet von riesigen breitkrempigen Gebilden, versetzte zurück in die britische Kolonialzeit. Nach der launigen Ansprache des Kommandeurs defilierten Musikkorps benachbarter Regimenter vorbei, gekleidet in ihre Traditionsuniformen. Vergleichsweise hätte hier das Bundeswehrmusikkorps in den Uniformen Friedrich des Großen auftreten müssen. Great Britain lebte in einer anderen Welt. Oder war das alles die Performance einer TV-Show? Nach den schmissigen Klängen der Kapelle der Royal Airforce drangen klagende Laute von Dudelsäcken ans Ohr.

Diese Musik sollte ein Unkundiger weniger hören, sondern vielmehr ansehen, wie sie zelebriert wird. Vorneweg der „Pipemajor", eine hünenhafte Gestalt, die Backen aufgeblasen bis zum Platzen, feuerrot der Kopf, das mit vielerlei bunten Troddeln behängte Instrument vor sich herhaltend, dazu die weißlichen nackten Beine unter dem schwingenden Kilt, silbern glänzende Schuhschnallen und in einen der kniehohen Wollstrümpfe der glitzernde „Skindue", der Dolch. Die Schotten schrieben ihn Sgian dubh. Ruckartige Formationswechsel der marschierenden Truppe, eine Reihe vorwärts, die andere rückwärts, verwischten die Töne einer Melodie, die antreibend und zwingend selbst bisher nie bewegte Findlinge ins Rollen zu bringen vermocht hätte. Dazu passte die Geschichte, dass im Krieg eine schottische Kompanie, die im Sturm auf die gegnerischen Gräben liegen geblieben war, durch ihren Dudelsackpfeifer wieder auf die Beine gekommen war.

Andächtige Stille lag über der Tribüne. Selbst die Einheimischen lauschten ergriffen dem Zauberklang. Kaum verklungen, dröhnte ohrenbetäubender Lärm heran. Aus der Dunkelheit nahte die Band der Royal Marines. Gekleidet in dunkle, mit breiten roten Biesen besetzte Hosen, darüber schneeweiße hochgeschlossene Jacketts, protzige Epauletten auf den Schultern; farbenfroh in funkelndem Gold, Silber und leuchtendem Rot, dazu schimmernd der goldene Knopf auf den weißen Tropenhelmen, gehalten mit einem unters Kinn geschnallten panzerkettenähnlichen Gurt – das löste bei den Damen Begeisterungsstürme aus. Im Schein der Tribünenbeleuchtung blitzten die Lackschuhe. Der Tambourmajor schleuderte seinen Stab in den Nachthimmel, bis er fast verschwand, und fing ihn mit sicherer Hand wieder auf. Durchschneidend die Töne der Piccoloflöten, dahinter Fanfaren und die abgrundtiefe Stimme der Tubas. Alles übertönt von der riesigen Trommel, die der arme Kerl weit nach hinten gebeugt auf dem Bauch balancierte, gebettet auf ein Leopardenfell, und heftigst mit Schlägen traktierte. Tommelwirbel und Pfeifenklang dröhnten über das nächtliche Lossiemouth. Die Presse berichtete später, es sei wieder einmal das größte gesellschaftliche Ereignis in der Region gewesen. Hohe und höchste Würdenträger bevölkerten alle Räume der Offiziermesse. Getanzt wurde bis zum Morgengrauen. Immer nur englisch zu palavern kostete uns Ausländer doppelt so viel Kraft wie die Einheimischen. Nancy als Amerikanerin fiel es leichter. Für sie und Elisabeth wurde der Ball zum Türöffner für Bekanntschaften, die Einladungen zur Folge hatten zu Partys und Ausflügen mit den Frauen der englischen Fliegerka-

348

meraden. An diesem Abend knüpfte mancher manchen noch fehlenden Kontakt. Kurz nach Mitternacht verkündete ein grandioses Feuerwerk das offizielle Ende. Eng umschlungen sind Elisabeth und ich zu Fuß nach Hause geschlendert. In Ben Braggie blieb das Fenster offen, auch als die Fledermäuse einige Male übers Bett flatterten. Auf dem Wasser des Morayshire Firth ruhte glänzend der Mond. Ein tolles Fest.

Wenn ich unter der Woche abends todmüde durch die Haustür stolperte und erst einmal ins Bett fiel, konnte mich Elisabeth nur noch zu einem kurzen Spaziergang am Hafen mit einem Abstecher in den Pub überreden. Auf dem von der Sonne angewärmten Asphalt lagen die großen Mantelmöwen auf ihren Bäuchen, die schwarzen Schwingen weit ausgebreitet, um die Restwärme des Bodens aufzunehmen. Sie zu verscheuchen hätte zu Schnabelhieben geführt. Einen großen Bogen um sie herum zu machen war empfehlenswert. Ein anderes Abendvergnügen bot der Minigolfplatz gleich hinterm Haus. Ich verlor immer.

Wenn es regnete, sorgte das Dorfkino für Abwechslung. Außer den beiden Kneipen hatte Lossie nicht viel zu bieten. Kein Wunder, dass der einzige große muffige Saal des Ortes stets bis auf den letzten Platz ausverkauft war. Hier am Ende der Welt wurde jeder Film mit Begeisterung angeschaut. In der Pause lockten vor dem Kinoeingang die besten „Fish & Chips", die Great Britain anzubieten hatte. Wer als Einheimischer in Lossie lebte, verdiente sein Geld mit dem Fischfang, also konnte Henry der Fishmonger nur die feinsten zart panierten Fischstücke über den Ladentresen schieben. Irritierend allerdings, dass sich die Kunden Essig über die knusprigen Pommes frites spritzten, was die Chips in weiche Maden verwandelte.

Oft folgten wir der Empfehlung der Mrs. Robertson. Zum Nachspann jedes Movies gehört das Absingen der Nationalhymne und das Glockenspiel des Big Ben. Aufrechte Schotten verließen dabei unter lautem Protest den Saal, die Königstreuen sangen um so lauter.

Mit langen Spaziergängen entlang der Küste wiederum wäre Elisabeth, mittlerweile im dritten Monat, überfordert gewesen. Kaum wagte ich noch, mit ihr in einen heißen Clinch zu gehen, obwohl sie mir dazu Mut machte. Wir diskutierten bereits über Namen, sicherlich würde es wieder ein Junge werden. Gordon sollte er heißen, weil der Papa so gerne im Sommer Gordons Dry Gin als Gin Tonic trank.

Den letzten Satz wiederholte Hannes gleich drei Mal, bis einer von den Zuhörern im Cockpit den Hintern hob, unter Deck kletterte, nach ein paar Minuten wieder mit einem Gin Tonic erschien und ihn dem dürstenden Vortragenden reichte.

In die eingetretene Pause hinein blickte Brodersen ein wenig sorgenvoll in das herankriechende Gewitter. Das Wettererleuchten durchzuckten dann und wann bereits einige Blitze. Hannes, der das Glas fast mit einem Schluck geleert hatte, blickte den Skipper an und fragte: „Soll ich weitermachen?"

„Ja mach mal, wir bleiben an Deck, bis entweder die erste Bö einsetzt oder es zu nieseln anfängt."

Hannes nahm den Faden wieder auf und plauderte weiter:

„Die Wochenenden trieben uns hinaus in die Landschaft.

„Besucht uns doch mal auf unserer Minkfarm" hatte uns der Ball-Galaessen-Tischnachbar angeboten. Nerze zu züchten, dicht an der Futterquelle, dem Fischerhafen Lossiemouth, galt damals als boomende Einnahmequelle. Ein älterer Kapitänleutnant, verheiratet mit einer Dänin lud uns ein, seinen Betrieb zu besichtigen. Der Weg vor seinem Haus führte entlang flach gestreckter überdachter Käfigbehausungen, aus denen es erbärmlich stank. Kaum hatten wir das Fenster zugedreht, da stürmte aus den Büschen eine riesige Dogge auf das Auto zu. Erschrocken hielten wir an, die an die Scheibe gedrückte Schnauze verdunkelte die Aussicht. Ein scharfer Pfiff vom Haus her trieb den Wachhund auf Distanz. Die freundlichen Begrüßungsworte des Hausherrn ließen das gewaltige Tier sympathischer erscheinen, aber ganz wohl fühlten wir uns nicht. Ein dänisches Holzhaus mit großen Fenstern zu sehen überraschte, eine Seltenheit in Schottland, fast schon eine Kuriosität zwischen den zumeist einheitlich zweistöckigen, braunen Steinbauten mit ihren vielen kleinen Fenstern. Im Innerern eingerichtet wie wir daheim in Neidum mit Teakmöbeln.

Elisabeth bekam feuchte Augen.

Auf dem liebevoll gedeckten flachen Couchtisch warteten Kaffeegeschirr und allerlei Knabbersachen auf die Gäste. Eine voluminöse Teekanne dampfte auf einem Stövchen. Draußen an der großen Scheibe entlang rieb die Dogge mit ihrer feucht triefenden Schnauze einen Schnodderstreifen auf das Glas, offenbar sauer, nicht mit ins Zimmer zu den Gästen gebeten worden zu sein.

„Ach lass den Hund herein", bat die Gastgeberin ihren Mann. Der schob den Riegel auf. Die Dogge betrat majestätisch den Raum und trottete zielsicher auf Elisabeth zu, die sich ängstlich tiefer in die Kissen des ohnehin schon tief liegenden Sofas drückte. Über ihr nun stand der große Hund mit einem Kopf fast doppelt so groß wie der ihrige, die Lefzen hingen herab, und er sah aus, als wenn er die kleine Frau gleich fressen wollte. In die eingetretene Stille fiel der aufmunternde Satz des Hausherrn: „Nein, der tut nichts, Captain ist eine Seele von Tier, er möchte hinter den Ohren gestreichelt werden, machen Sie mal!" Elisabeth reckte zögerlich die Hand hoch und kraulte den Hund hinter den Ohren. Darauf hatte das Tier offensichtlich sehnsüchtig gewartet, machte grunzende Laute, rollte mit den Schultern und fuhr auf Elisabeth gezielt sein Genital aus, leuchtend rot, feucht und spitz. Vor lauter Begeisterung über das Kraulen an aufreizender Stelle schwang das ganze Hinterteil hin und her und geriet in wilde Bewegung. Weit ausholend fegte der peitschende Schwanz über den Tisch, erfasste alles, was darauf stand. Hinter dem Hund fielen klöternd und klirrend Tassen, Gläser und Teller auf den Boden. Tee ergoss

350

sich über das auf den Teppich verstreute Gebäck, dazwischen Sahne und Spritzer der gereichten typisch britischen „Clotted Cream".

Nach dieser Heldentat blickte der Hund wie ein siegreicher Captain herrisch in die Runde und ließ sich danach in voller Länge vor Elisabeths Füßen fallen, drehte den Kopf beiseite und fing an zu schnarchen.

„Er ist eben ein Hundeflegel!", meinte die Dänin und tischte neu auf.

Die anschließende Besichtigung des Betriebes begann mit einer Führung durch Haus. Auf der Treppe stellte ich fest, dass Elisabeth verloren gegangen war. Im Wohnzimmer saß sie immer noch auf dem Sofa, Angesicht zu Angesicht mit dem Hund, der sich mit unserem Aufstehen ebenfalls auf die Beine gestellt hatte, die Vorderpfoten jetzt beiderseits von Elisabeths Schoß auf das Sofa presste und sie fixierte, als wollte er sagen: „Du bleibst hier!" Die mächtige Dogge mit über 60 Kg Gewicht ließ sie nicht aufstehen. Sobald sie dazu Anstalten machte, boxte das Tier sie zurück in die Kissen.

Erst dem Hausherrn gelang es mit einem scharfen Kommando und mit einem Griff an das Stachelhalsband das ungleiche Pärchen zu trennen. Captain folgte uns danach auf Schritt und Tritt, ließ dabei seinen weiblichen Gast nicht aus den Augen, suchte ständig den Körperkontakt. Ich dagegen fand überhaupt keine Beachtung.

Beim Abschied hoppste die Dogge neben dem Wagen auf und nieder, winselte, jaulte und blieb schließlich, wie ich im Rückspiegel erkannte, mit glasig uns folgenden Blicken zurück.

Elisabeth hatte einen neuen Verehrer. Wer liebte sie nicht?

Wenn wir je uns einen Hund anschaffen würden, so groß dürfte er nicht sein.

Mehr und mehr Platz nahm Wichtigeres in unseren Gedanken ein, obwohl es noch Monate dauern würde. An einem Freitag, die Bank Holidays bescherten ein paar unbeschwerte Tage, stand der Besuch der königlichen Sommerresidenz Balmoral Castle auf dem Besichtigungsplan. Übrigens ein Schloss von herber Schönheit in einer einsamen Landschaft, nicht besonders auffällig und protzig wie viele Herrenhäuser und Schlösser im Süden Englands.

Die Fahrt durch diesen Teil Schottlands führte zeitweise über Schotterstraßen durch Haarnadelkurven aus tiefen Tälern steil hinauf über weitaus höhere Bergrücken als im Norden des Landes. Während Elisabeth von der Landschaft schwärmte, sah ich andere Bilder vor mir. Gerade in den letzten Tagen hatte uns Freddy durch diese Region gejagt, immer hinter uns mit der ständigen nörgelnden Forderung, nicht so hoch zu fliegen.

In letzter Zeit, zwei Monate trennten uns noch vom Lehrgangsende, hatte Commander Anderton das Programm verschärft.

Bei der Flugvorbesprechung lag eine Geländekarte auf dem Tisch mit eingezeichneter Route und angekreuztem Zielpunk, den es nicht nur zu überfliegen galt, sondern von dem mit der Bord-Kamera ein blitzsauberes Foto zu schießen sei.

Zehn Minuten, mit einer Eieruhr gemessen, blieben der Vorbereitung. Die Geländebeschaffenheit, die Breite der zu durchfliegenden Schluchten und Täler, die Berghöhen und die Lage des zu fotografierenden Objekts aus den topographischen Linien der Karte zu erarbeiten machte keine Mühe, aber die Realität da draußen sah ganz anders aus.

In der heutigen Jetfliegerei mit einem zweiten Mann im Cockpit, mit Computer und Satellitennavigation lässt sich ein Flug von Wegepunkt zu Wegepunkt bereits am Boden programmieren. Vor dem Start wird auf einen Gridpunkt gerollt, das Knöpfchen „Enter" gedrückt, und danach wird das hochgeforderte Zweierteam von der Bordtechnik ohne viel Eigeninitiative sicher zum Zielpunkt gebracht. Wir dagegen waren nicht nur Einzelkämpfer im Cockpit, sondern navigierten hauptsächlich mit Augen und fliegerischem Gefühl.

So eine vom Regen verhangene Bergwand anzufliegen, in der unter den tief hängenden Wolken ein nur vermuteter flacher Geländeeinschnitt lag, durch den man bei miserablen Sichtverhältnissen ins nächste neblige Tal gelangte, sorgte für Kribbeln in der Magengegend und einen stets hohen Adrenalinspiegel.

Freddy jagte seine drei Germans zu den unterschiedlichsten Zielen, alle von ihm ausgewählt. Jeder flog mal als Leithammel, in Kiellinie folgten die anderen als Begleitschutz, Abstand vom Vordermann keine hundert Meter, und dahinter der „Instructor" in seiner Hunter als „Chaser", als der Jäger der Meute. So donnerten wir im Tiefstflug bergauf, bergab durch die schottischen Highlands.

Ein paar Tage vor den Bank Holidays suchte Freddy ein, wie er es nannte, lächerlich einfaches Ziel aus und drückte mir die Unterlagen in die Hand: „Heute bist du dran!"

Er grinste dabei, schnalzte mit der Zunge: „Ist ein wirklicher Bonbon und dicht beim Balmoral Castle gelegen, da wollt ihr doch am Wochenende hin."

Der Auftrag lautete, eine Wasserturbinenanlage unterhalb eines Staudamms zu fotografieren. Schwierig war es schon, in den engen Kessel hineinzufinden, schwieriger noch, wieder herauszukommen. Nach der Karte bot gleich hinter dem Turbinenaustritt eine mit scharfer Kurve zu nehmende Schlucht den einzigen Ausweg.

Hineinzufliegen verlangte, mit geringer Geschwindigkeit die niedrigste Bergkuppe anzusteuern, sich dicht an der Bergwand in das Tal hineinfallen zu lassen, dabei das Fotoziel ins Visier zu nehmen, rechtzeitig wieder Power zu geben, die besagte Schlucht zu finden, mit Volldampf in sie hinein und an der Geröllhalde zwischen den Bäumen zu steigen, steigen, steigen, ohne dabei in einen überzogenen Flugzustand zu geraten oder zu viel Geschwindigkeit zu verlieren. Wenn man diese haarigen Manöver allein hätte fliegen sollen, OK, aber hinter mir würden die andern hängen, die alles dransetzten in der Formation zu bleiben. Würde ich aus diesem Kessel nicht wieder herausfinden, wären wir alle dran, selbst Freddy unser Experte.

Vor dem Start war alles theoretisch eindeutig, jedes Manöver detailliert besprochen, es konnte nur gut gehen. Aber der Anruf beim Meteorologen ließ die gute Laune sinken. Im Zielgebiet lagen Wolken auf den Bergkuppen, nur flache Mulden dazwischen würden ein Hindurchschlüpfen unter Sichtflugbedingungen ermöglichen. Es regnete Bindfäden. Beschissener hätte es gar nicht sein können. Sollte man besseres Wetter abwarten?

Freddy machte überhaupt keine Anstalten zu zögern. „Was steht ihr hier herum? Erst mal hinfliegen, dann werden wir schon sehen. Die Wetterfrösche liegen so oft völlig daneben, also los jetzt."

Über dem Zielgebiet, wie konnte es anders sein, lauerten saumäßige Bedingungen. Auf den Knien die Karte, von Checkpunkt zu Checkpunkt mit der Stoppuhr die Strecke fest im Auge, führte ich die Formation tiefer in die Berge, sorgfältig die herunterwabernde Wolkenuntergrenze vermeidend, die, je näher das Zielgebiet heranrückte, von oben immer mehr aufs Cockpit zukroch. Noch tiefer fliegen ging bald nicht mehr. Der übersehbare Luftraum voraus zwischen Boden und der grauen Masse darüber glich einem enger werdenden Schacht. Die lockere Nebeneinanderformation war längst aufgelöst. Jetzt hintereinander herjagend zogen die Flugzeuge Regenstaubfahnen hinter sich her, die an den Flügelenden durch den Druck in den scharf geflogenen Kurven in weißlichen Wellen abrollten. Das Herz schlug mir bis zum Halse. Die in der Karte angekreuzte Wegekreuzung kam in Sicht, raste heran. Kurzer Blick auf Karte und Uhrzeit: Kein Zweifel, es war exakt der Punkt, von dem aus der Abstieg in den Kessel beginnen musste. Ja, eindeutig das war er, auch die Zeit stimmte. Drüben links in den Wolken fiel für einen Sekundenbruchteil die Krone des Staudamms ins Blickfeld.

„Es geht los", klang meine Stimme im Kopfhörer. Gas weg, kurz scharf in die Rückenlage gezogen über die Bergkuppe hinweg, schnell wieder ausgerollt und hinab. Voraus Dunkelheit, drohende Tiefe, ganz unten, kaum zuerkennen, lag die Turbinenanlage, davor der sprudelnde Wasseraustritt.

Dicht an der Felswand entlang, links ins Seitenruder getreten und den Knüppel nach rechts, slippte der fliegende Fotograf mit seinen Begleitern in den Abgrund dicht am Abhang der Felswand entlang.

Was dann folgte, verlief automatisch. Beim Hineinziehen und Auf-steigen in der Schlucht brannte die Frage, ob der Auslöser der Kamera betätigt worden war.

Mit zitternden Knien saß ich in Lossie im Abholwagen, Kari und Nolle schweigend gegenüber. Nur Freddy feixte und meinte: „Nicht so übel, das Wetter hätte besser sein können." Unsere Reaktion: „Ha, Ha."

Ein Unteroffizier brachte die Fotos von der Auswertung herein. Die meisten zeigten Bergwände und Felsen, auf zweien ließ sich die Anlage erkennen. Na wenigstens etwas. Ich musste wohl den Dauerauslöser gedrückt haben.

Elisabeth setzte mir abends eine Suppe vor, ich konnte den Löffel nicht halten, mir zitterten die Hände, nachts im Schlaf soll ich wirres Zeug erzählt haben.

Die Bank Holidays überraschten mit herrlichstem Sommerwetter. Nichts konnte schöner sein, als dem Flugplatz für einige Tage zu entfliehen und zu vergessen, was einem in den letzten Tagen fliegerisch abverlangt worden war.

Vor unserer Abfahrt ins Grüne erfuhr die Frage an Mrs. Robertson, warum sie die Haustür ausgehakt und in den Hof geschleppt habe, die erstaunliche Antwort: „Schließlich sei ja Sommer!"

Die Tür ersetzten herunterbaumelnde, dicht aneinander geknöpfte, bis zum Boden reichende bunte Plastikbänder. Das sollte bei den für Schottland fast schon wahnwitzigen hohen Temperaturen von 18 Grad den Eindruck vermitteln, an der italienischen Riviera zu sein.

Nach den vielen Regentagen endlich einen seit Wochen nicht mehr gesehenen blauen Himmel ohne Wolken zu erleben mit Elisabeth neben mir brachten Glückshormone ins Wallen:

Die Highlands zeigten ein ganz anderes Gesicht. Zwei Tage zuvor noch hatte Freddy uns hier durch das schrecklichste aller Wetter hindurchgejagt.

Die Berge lagen lichtüberflutet im Sonnenschein. Ein warmes Lüftchen wehte durch die Täler, an deren Hängen als weiße Tupfen die Schafe grasten, unsere Tiefflugfreunde. Was für eine Sicht! Auf den Parkplätzen ausgebreitet lagerten die Sommerfrischler, die Picknickkörbe ausgepackt. In der Nähe von Balmoral Castle beherbergte uns ein knuffiges Hotel. Es war das frühere Haus des Pastors, wie der neue Hausherr, ein pensionierter Oberst, seinen Gästen erklärte. Die Chefin lief bereits zum Frühstück im langen Kleid herum und bot die Menukarte für das abendliche Essen an mit dem Hinweis, die Herren möchten doch bitte mit Krawatte erscheinen und die Damen bitte nicht in langen Hosen. Sie rühmte sich der Kenntnis der französischen Küche.

Das ließ aufhorchen und die Bereitschaft wachsen, jeglichen Preis zu zahlen für ein gepflegtes Dinner. In diesem Teil der Welt eine Herausforderung an den Gaumen eines Menschen, der die kontinentale Küche gewöhnt war und dem unerwartet die Chance geboten wurde, britischen Köchen zu entkommen. Endlich mal abgehangenes Fleisch und zum Frühstück ein gekochtes Ei, Schwarzbrot und echte Rügenwalder Wurst. In Aberdeen gebe es ein „Continental Shop", verriet uns die begnadete Köchin. Auf dem Rückweg ließen wir im Laden keine der auf Eis lagernden, lange entbehrten Köstlichkeiten unberücksichtigt. In Ben Braggie angekommen, stellte Elisabeth gleich eine Wurstplatte zusammen und reichte sie Mrs. Robertson, die mit großen Augen den bunten Teller musterte: Was konnte das sein? Elisabeth bemerkte ihr Zögern und bemerkte spitz: „Das ist essbar!" So etwas kannte eine Schottin nicht. Am nächsten Tag, gefragt, wie das uns vom Munde Abgesparte gemundet hätte, meinte sie verlegen, das sei alles nicht so nach ihrem Geschmack!

Oh, hätten wir doch nicht Perlen vor die Säue geworfen.

Mrs. Robertson, der ehrlichen Seele, war Derartiges noch nie begegnet. Wir wiederum hatten Schwierigkeiten mit der hiesigen Fleischverarbeitungskultur. Schlachterläden roch man von weitem, die waren komischerweise geheizt. Den Fußboden bedeckte ausgestreutes Sägemehl, oft von Blutstreifen durchzogen. An den Haken hinter der Theke hingen Fleischhälften, zumeist vom Hammel und Rind, aus denen je nach Wunsch Teile herausgesäbelt wurden.

In der Auslage war kein Fitzelchen Wurst zu entdecken, dafür alle Arten von Schinken, Speck und Innereien. Einmal vergriff ich mich an als Sonderangebot deklarierten so genannten Braties, einer Spezialität zur sommerlichen Grillzeit. Die Dinger glichen Nürnberger Würstchen, aber sie schmeckten entsetzlich, mit grauer Grütze, viel Mehl und wenig Fleisch zubereitet. Selbst der Terrier von nebenan lehnte das ihm als Leckerli Angebotene ab, ja, er war sogar beleidigt und bepinkelte seitdem jeden Morgen den rechten Vorderreifen unseres Autos.

Am Kirchenportal im benachbarten Elgin soll der Küster einen Zettel angeheftet gefunden haben, auf dem zu lesen war: „Lieber Gott, gib den britischen Köchen einen Kursus in French Cuisine und ihren Autofahrern mehr Selbstvertrauen!“ Wahrscheinlich der Hilfeschrei eines verzweifelten Festlandstouristen.

Ein Glücksfall für uns, in der alten „Vincerage“ gelandet zu sein. Wir ließen uns verwöhnen. Als hervorragendste Köstlichkeit verstand die Chefin ein Gericht zuzubereiten, das unser gemeinsames Lieblingsgericht geblieben ist: Zartes Lamm, mit Knofi gespickt, zuvor in Rotwein eingelegt, gereicht mit gedünsteten Bohnen, von einem Speckmantel umgeben, dazu Rosmarinkartoffeln und anstatt einer fetten Sauce würziges Mintjelly, eine grüne Pfefferminzmarmelade.

Jeden Abend zum Dinner wurde das Essen im Salon zelebriert. Wie empfohlen, erschienen die Herren mit Jackett und Krawatte, einige Damen sogar in lang. Das uralte, fast festungsähnliche Haus bot dazu den gepflegten Rahmen. Die Einrichtung vermittelte den Eindruck, in die Zeit Queen Victorias zurückversetzt zu sein. Dielen, Treppen und Betten knarrten und knirschten, kein Schritt, keine Bewegung blieben ungehört. Auf den Zimmern unterblieb der Gedanke, irgendetwas zu tun, was mit Rhythmus zu tun hatte.

An der Toilette, an den Wasserhähnen und Lichtschaltern hingen kleine handgeschriebene Hinweise, mit allem ganz vorsichtig umzugehen. „Be careful, unsere Leitungen sind sehr sensibel, machen Sie bitte alles in Ruhe!“

Am letzten Abend nahmen am Nebentisch mehrere ältere Herren Platz, nach der Sprache zu urteilen Schweizer, entweder geschäftlich oder als Kegelklub unterwegs, die ebenso wie wir dieses idyllische Gasthaus zufällig gefunden hatten. Beim gepflegten Prawn-Essen und, man sollte es nicht glauben, einem vorzüglichen

Weißwein, angebaut auf der Isle of Wight, drangen Sprachfetzen ans Ohr, zunächst ungewollt, die dann aber hellhörig werden ließen und neugierig machten auf das Thema der angeregt geführten schweizerischen Unterhaltung. Man sprach über Flugzeuge, Düsenflugzeuge, über haarsträubend tief fliegende Düsenflugzeuge.

Die Lauscher hochgestellt, langsamer gekaut und Elisabeth angefleht, mich nicht zu stören, und hingehört.

Der eine: „Vorgestern bei der Wanderung oben am Staudamm, das Wetter war fürchterlich, da kamen sie angerast, hoch den Hang, drei graublaue Jets mit Hakenkreuzen dran, und gejagt worden sind sie von einem Briten, die bunten Ringe am Rumpf habe ich deutlich gesehen.“

„Was, du spinnst“, wurde ihm entgegen gehalten, „du hast von der Vergangenheit geträumt, der Krieg ist doch schon fast 20 Jahr vorbei.“

Elisabeth, die eifrig mithörte, grinste, ich auch, wir wussten, wer gemeint war. „Nein, nein, das waren moderne Düsenjäger mit eisernem Kreuz und hinten einem Hakenkreuz dran.“

Wo mochte der wohl das Hakenkreuz gesehen haben? Sollte ich mich in die Unterhaltung einmischen? Ich fragte meine liebe Frau, die winkte energisch ab. Lieber weiter zuhören und abwarten, was da noch für ein Schmarrn rauskam. Ein Dritter kroch fast über den Tisch und tuschelte: „Ich hab lange kein Radio mehr gehört. Vielleicht gibt's schon wieder Krieg und wir wissen's nit.“

Den Tellfreunden reifte der Wunsch, den Wirt zu fragen.

Dummerweise hatte ich mich am ersten Tag dem Hausherrn, dem pensionierten Oberst, vorgestellt und erzählt, was uns Deutsche nach Schottland verschlagen hatte. Umringt von seinen Schweizer Gästen, lachte er herzhaft, winkte mir zu und verwies die Gruppe an mich.

Entsetzt aufgerissene Augen starrten herüber, wie angewurzelt standen sie da. Ob sie den alten Oberst richtig verstanden hatten? Elisabeth ergriff schlagartig die Flucht und rief mir im Gehen zu: „Lass mich nicht zu lange warten, morgen liegt eine lange Fahrt vor uns.“

Sich vorsichtig an mich angeblichen Hakenkreuzträger herantastend, begriff der Kegelverein erst nach mehreren Whiskys, dass alles ganz anders war. Es wurde sehr spät.

Erleichtert geseufzt, dass die Knittelfinger nur zum Spaß hier herumflogen, nahm mich beim Abschied der Furchtsamste in den Arm und erklärte bedeutsam: „Sonst säßen Sie sicherlich hier nicht mit uns am Tisch!“

Am kristallklaren Abschiedsmorgen wehte frischer Wind durchs weit geöffnete Fenster. Wieder begann ein Tag mit strahlend blauem Himmel. Die Seniorenresidenz hatte Elisabeth und mir geruhsame Bank Holidays beschert. Nach all den aufregenden Tagen zuvor eine wunderschöne Zeit. Nach dem Lunch hatten wir Good bye gesagt, der Wagen zuckelte langsam nach Norden. Das ausgedehnte Hoch über

Schottland versprach für weitere Tage Sonne und Wärme. Statt des gewohnten Anblicks düsterer, regenverhangener Berge lag die Landschaft im Gold der untergehenden Sonne, als wir durch Elgin auf die Straße nach Lossiemouth einbogen. Voraus schimmerte silbern der Morayshire Firth. Kein Verkehr außer uns auf der Straße, die langweilig gerade durch welliges Heideland führte. Links auf einer Anhöhe blitzten von einem von dort herunterführenden Sandweg im letzten Sonnenlicht die Scheiben eines Autos auf, das gleich darauf wieder zwischen Büschen verschwand. Kurz darauf wischten Scheinwerfer voraus über das Gelände, offenbar jemand, der vor uns auf die Straße nach Lossiemouth einbiegen würde. Kein Problem, Platz war genug da und wir hatten die absolute Vorfahrt. Dann sah ich das schwarze Auto kurz noch einmal, eine Staubwolke auf dem sandigen Nebenweg hinter sich herziehend. Eine Wand von Ginsterbüschen geriet dazwischen. Aus der Sicht verschwand auch der Gedanke daran. Müde von der langen Fahrt lockte nur das Bett bei Mrs. Robertson.

Plötzlich flog ein schwarzer Schatten gleich einer Fledermaus auf uns zu. Gellend schrie Elisabeth auf. Bremsen jaulten auf, metallisches Krachen, Knistern, ich spürte einen harten Schlag auf der Stirn, sackte in Dunkelheit.

Kreiselnd drehte sich die Umgebung. Langsam kamen die Sinne zurück. Ein sommersprossiges weißes Gesicht tauchte verschwommen vor meinen Augen auf. Der Mund bewegte sich, ich hörte erst leise, dann dröhnend laut werdend seine Schreie. Er rief verzweifelt: „Haben Sie sich verletzt, haben Sie sich verletzt?" Mit der Hand über den brummenden Kopf gefahren – alles voller Blut. - Wo war Elisabeth? Auf dem Nebensitz zusammengesunken wimmerte sie und hielt krampfhaft ihren Schoß, die Hände zwischen die Beine gedrückt. Zwischen ihren Fingern hindurch sickerte es dunkelrot.

Panische Angst kroch in mir hoch, mein Gott, unser Kind. Was nun, was tun? Was saß ich hier gelähmt herum, wer konnte helfen?

Raus aus dem Wagen, der Schaden interessierte nicht, links lag ein schwarzer Schrotthaufen, um den ein blasser Jüngling kopflos Kreise zog. In der Ferne tauchten Lichter auf, kamen näher, ein roter Wagen hielt. Eine Frau und ein Mann sprangen heraus, erkannten sofort, was los war. Sie riss die Wagentür auf, er holte eine Decke aus seinem Auto und legte die Wimmernde auf die Erde. Ich muss wie gelähmt daneben gestanden haben. Sie stieß mich an und stellte in akzentfreiem Deutsch die kurze Frage: "Schwanger?"

Ich nickte: „Ja, im dritten Monat."

Sie kommandierte: „Los, packen Sie mit an!"

Zu dritt schleppten wir die Blutende auf der Decke zum Rücksitz, sie sprang hinter den Lenker, startete, riss den Wagen herum in Richtung Elgin, und weg war sie. Ihr Mann blieb neben mir stehen. Das wirkte beruhigend. Nachdem wir britische Höflichkeitsfloskeln ausgetuscht hatten mit dem obligatorischen „How do you do" und der Namensnennung, er hieß Harald, bemerkte er in brüchigem Deutsch: „Sie macht das schon, sie ist Ärztin im Krankenhaus in Elgin."

Ich hätte Harald küssen können. Trudy war Freiburgerin, dort hatten sie sich vor einigen Jahren kennen gelernt. Ihn hätte ich eigentlich an seiner Stimme erkennen müssen, denn Oberleutnant Harald Libscomb war einer der „Towercontroller", die im Flugdienst die Anweisungen für Start und Landungen gaben. So lernten wir uns durch diesen Unfall persönlich kennen. Dass die beiden zufällig zur Stelle waren, war zwar ein Glücksfall, jedoch nicht ganz, denn Elisabeth verlor das Kind, es wäre ein Mädchen geworden.

Eine Woche blieb sie im Elginer Krankenhaus. Wann immer Trudy es zeitlich ermöglichen konnte, saß sie bei Elisabeth tröstend am Bett. Ich selbst durfte wegen der Kopfverletzung einige Tage nicht fliegen. So blieb Zeit, meinen armen Schatz oft zu besuchen und die Tränen zu trocknen.

Zurückblickend glich es einem Einbruch in eine sorglose Zeit. Nur langsam heilte diese tiefe Wunde in unserem Eheleben. Erstaunliche Erkenntnisse stellten sich ein. Eine weitere, bisher nicht erlebt Facette unseres Gastgeberlandes lernten wir kennen, die Hilfsbereitschaft fremder Menschen. Wie eine Feuermeldung muss die Nachricht von dem Unfall durchs Dorf und über den Flugplatz geeilt sein. Wildfremde Leute standen plötzlich in der Tür, legten Elisabeth Blumen und Konfekt in den Schoß, hatten freundliche tröstende Worte, Fischer brachten fangfrische Schollen, der Dorfschlachter zarteste Steaks. Die Gattin des Kommodore lud uns zum Essen ein, eine Geste des Mitgefühls, die einem kleinen Dienstgrad daheim nicht zuteil geworden wäre.

Mrs. Robertson umflatterte ihre Mieterin und las ihr jeden Wunsch von den Lippen ab. Ein Damenklub lud zu einer Kaffeefahrt und einem Dudelsackkonzert nach Inverness ein.

Von dort kam sie endlich mal wieder lächelnd zurück und erzählte, dass sie nun wisse, dass die Schotten unter ihrem Kilt keine Hose tragen würden. Da die Einheimischen darüber nicht sprächen, hätte das eine Amerikanerin mit folgender Anekdote berichtet:

Der Hütehund eines schottischen Schäfers gewann bei einem Wettbewerb den ersten Preis. Die Jury band dem Hund die vielfarbige Papierrosette an den Hals. Stolz auf sein Tier, betrank sich McLaudon im örtlichen Pub. Morgens fanden ihn zwei amerikanische Touristinnen vor der Stadt schnarchend im Heidekraut liegen, daneben saß der Hund, dekoriert mit der weit leuchtenden Siegerrosette am Halsband. Niemand war weit und breit zu sehen, und so nutzten die beiden Mädchen die Gelegenheit, den Kilt hochzuheben, um das Geheimnis zu lüften. Der Hund hatte nichts dagegen.

Nach Stunden wachte der Schäfer auf, weil ihn ein drängendes Rühren packte. Als er den Kilt hochhob, entdeckte er an dem, was er anfasste, eine wunderschöne

Papierrosette. Der Schotte kam ins Grübeln, dann huschte ein Lächeln über sein Gesicht, und er tat den Ausspruch: „Ich weiß nicht, wo du heute Nacht gewesen bist, aber ich bin stolz, dass du den ersten Preis gemacht hast!"

Was die schottische Gerichtsbarkeit aus der Schadensregulierung des Unfalls machte, glich einer mühsam dahinkriechenden Schnecke. Hiesige Werkstätten vermochten den deutschen Wagentyp nur provisorisch zu reparieren, dafür zahlte die Versicherung einen höheren als den üblichen Betrag. Elisabeth erhielt als Schmerzensgeld 700 Pfund, eine erfreuliche Summe, die jedoch den Verlust nicht wettmachte, der noch lange beweint wurde.

Der Unfallverursacher ist nie mehr in unser Gesichtsfeld getreten. Der Jüngling besaß keinen Führerschein.

Die rettenden Engel Trudy und Harald blieben an unserer Seite bis zur Abfahrt im August. Ich sehe die beiden noch heute vor mir. Ach wo seid ihr geblieben? Kurz nach unserer Rückkehr nach Deutschland wurden die Libscombs irgendwo in den Pazifik versetzt. Danach brach der Kontakt ab. Briefe kamen als unzustellbar zurück. Schade!

Das Fliegen lenkte ab von dem Erlittenen. Beide Elternteile erfuhren zunächst nichts davon. Nachdem die ablenkenden Einladungen spärlicher geworden waren, suchte mein trauriger Schatz Abwechselung im Lesen, in ausgedehnten Strandspaziergängen, half im Thrift Shop mit aus oder traf sich mit Nancy, die, wie Kari erzählte, zunehmend unter Heimweh litt und Elisabeth damit ansteckte. Wenn ich sie ausgepowert abends in Ben Braggie in die Arme schloss, versuchte ich übertrieben freundlich zu sein, was nicht immer gelang, denn die durch ein flapsiges Wort oder durch die Müdigkeit schnell erreichte Reizschwelle bewirkte oft das Gegenteil. Das Minigolfspielen auf dem Feld gleich hinter dem Haus brachte auch keinen Spaß mehr. Nur die wenigen noch verbleibenden Wochenenden schufen Erleichterung. Wegfahren und der damit verbundene Ortswechsel bescheunigten das Vergessen.

Der Besuch einer Whiskydestille mit dortiger Übernachtung verhalf zu einem Schub in die gewünschte Richtung. Nicht dass der Stoff so gut schmeckte, sondern die vielen neuen Eindrücke bewirkten es.

Als einzige Gäste wurden wir durch die Produktion geführt und abends üppig bewirtet, wenn auch nicht mit allen Geheimnissen vertraut gemacht, wie ein guter Whisky entsteht. Langsam kehrte Elisabeths Fröhlichkeit zurück.

Als wir den Schotten von dem daheim gern getrunkenen „Racke Rauchzart" erzählten, der zu der Zeit auf allen Partys als gängiges Modegetränk galt, wollten die sich wohl totlachen. Von den Aufkäufern aus der Bundesrepublik getrieben, waren einige Destillen dazu übergegangen, das süffige Gold der Highlands in Windeseile ohne Reifungsablagerung zu produzieren, mit Farbstoffen versetzt und in Schiffscontainern als billige Massenware nach Deutschland zu exportieren. Übrigens kommt das Wort Racke von „to rack" und heißt so viel wie Futter zusammenkehren. Und das war Racke Rauchzart. Was uns vorgesetzt wurde, schmeckte ganz anders und köpfte auch nicht. Erst ein 15 Jahre lang in alten Sherryfässer gelagerter und dadurch eingefärbter, unverpanschter Whisky, ohne Eis und Wasser in geringen Dosen genossen, ließ das schottische Nationalgetränk uns zum Freund werden.

Während mein liebes Weib langsam wieder in die Normalität zurückkehrte, zarte Versuche, ihr näher zu kommen, wieder mit lange vermisster Weichheit und Zuneigung beantwortete, stellte der fliegerische Dienst immer härtere Anforderungen. Es ging spürbar dem Lehrgangsende entgegen. Kari, Nolle und ich flogen im letzten Teil des Programms nur noch in Zweierformation mit häufig wechselnden und höchst unterschiedlichen britischen Kollegen. Konnte man am Boden die Macken der anderen Staffelkameraden nur oberflächlich wahrnehmen, bot das Fliegen eine ganz andere Perspektive. Obwohl uniform gekleidet, gehörte es offenbar bei einem britischen Offizier zur Hervorkehrung der Individualität, sowohl im Aussehen als auch im Gehabe einen auffallend persönlichen Stil zu entwickeln. Das galt für das Verhalten am Boden als auch in der Luft. Auf diese Typen sich einzustellen fiel nicht immer leicht. Die Burschen liebten die Exzentrik. Der Hang zu leichter Verrücktheit zeigte sich bei allen Dienstgraden. Freddys Macke bestand darin, in Wettersituationen zu fliegen, in denen es als sträflicher Leichtsinn galt. Er genoss die Anerkennung seines Wagemutes, solange kein Schaden entstand. Die Vorgesetzten ließen ihn ungehemmt gewähren. Seine hoch gebürsteten Locken, das Zupfen am Ohr, hingebungsvolles Nasenbohren und das Zucken in den Mundwinkeln gehörten zum Repertoire seiner Imagepflege. Wenn er zur Flugvorbesprechung vor die Staffel trat, das Uniformjackett aufgeknöpft und an den breiten feuerroten Hosenträgern darunter ziehend, hieß Freddy nicht nur Freddy , sondern „Freddy the hawk", der Falke.

Eines Montagmorgens fand ich Freddy im Lesezimmer der Offiziermesse tief schlafend in einem Ledersessel, neben ihm, liebevoll umarmt, sein Fliegerhelm mit Sauerstoffmaske. Hingestreckt in Fliegerkombination und Druckschürze, umhüllt von einer heftigen Alkoholfahne, schnarchte er weit hörbar. Komischerweise stand nirgendwo ein Glas oder eine Flasche. Draußen tobte ein Gewittersturm, seit gestern ging das schon so. Es goss wie aus Kübeln. Geballte Wolkenmassen jagten knapp über die Barackendächer.

Am Tor wehte die rote Flagge. Das bedeutete, erst mal vom Telefon der Offiziermesse in der Staffel anzurufen, was heute fliegerisch drin sei. Andere Offiziere kamen ins Lesezimmer, nahmen kaum Notiz von dem Schlafenden, gingen kommentarlos wieder hinaus oder nahmen eine Zeitung vom Regal. Der Anruf in der Staffel ergab, dass der Flugdienst möglicherweise später anfangen würde, denn Freddy sei noch nicht da. Ah, das wusste das deutsche Team besser und erzählte, in der Staffel-Lounge angekommen, dass der Gute in der Offiziermesse seinen Rausch ausschlafe, sicherlich sei er gestern spät von einem Überlandflug zurückgekehrt und an der Bar hängen geblieben.

Commander Anderton kam hinzu und bemerkte unbeeindruckt: „No, no, der ist heute früh gegen sieben Uhr gelandet, der war gestern auf einer Party auf der Naval Base Culdrose unten in Cornwall, der kommt heute später.“

Uns blieb der Mund offen stehen. Daheim hätte ihn der Staffelchef zitiert. Diziplinar und strafrechtlich wäre da manches drin gewesen. Hier galten andere Maßstäbe, schließlich war er ja heil angekommen. Jeder der Herumstehenden ahnte oder wusste sogar, dass Freddy stockbesoffen geflogen sein musste und das vom Start bis zur Landung bei Sicht Null, bei einem Wetter, das selbst die Möwen veranlasste, am Boden zu bleiben.

Dem Hawk lastete niemand das Vergehen an, er konnte damit umgehen, denn keiner beherrschte seinen Jet besser als er. Er flog eben wie ein Falke, unfallfrei und sicher.

Andere Draufgänger erlebten wir weniger fliegerisch als bei ihrem Auftreten am Boden. Die 764. Squadron umwehte die Aura einer Eliteeinheit, sie pflegte diesen Ruf. Jeden Piloten zeichnete eine besondere Marotte aus. „Henry the scarf“, der Schal, trug zur Fliegerkombination, zum Zivil und auch zur dunkelblauen Marineuniform stets einen glänzend weißen Seidenschal. „Tim the jumper“ sprang bei jeder Strandparty voll bekleidet ins eiskalte Wasser, und was er dabei so toll fand, er blieb den weiteren Abend klitschnass unter den Gästen. Wenn das keine Macke war! Da gab es noch „Kevin the gambler“, einen Engländer, der mehr einem Texaner glich, ein Mensch mit pockennarbigem Pokergesicht, der jeden zu Glücksspielen verführte, die er alle gewann. „John the ball“ hatte seinen Namen erarbeitet durch zwei rote Bälle auf den oberen Wangenknochen. Schwer zu beschreiben, aber das waren rund geschnittene Barthaare, die dem rothaarigen Oberleutnant wie zwei aufgesetzte Golfbälle oberhalb der Sauerstoffmaske aus dem Gesicht ragten. Diese Gesichtsdekoration erregte auch bei den Damen höchste Bewunderung. Bei der Royal Navy gab es ein eisernes Gesetz über die Art und Weise, wie man seinen Körper verunstalten durfte. Die Gesichtsbälle erreichten bereits die Grenze des Duldbaren, denn einen Marinesoldaten zierte seit Nelsons Zeiten entweder ein Vollbart oder gar keiner. Um einen Bart wachsen lassen zu dürfen, bedurfte es der schriftlichen Genehmigung des Vorgesetzten. Tätowierungen, in England seit jeher in viele Häute gepiekst, wären im Offizierkorps diszplinar geahndet worden, galten als gesellschaftlich unmöglich und geschmacklos. Man sah einen Offizier Ihrer Majestät mit dieser körperlichen Verunzierung herabgewürdigt auf die Stufe von Nutten, Hafenarbeitern und einfachsten Matrosen.

Bei vielen Gelegenheiten lernten wir unsere englischen Staffelkameraden im privaten und zivilen Bereich näher kennen. Trotz ihrer mickerigen Gehälter waren sie immer fröhliche und großzügige Gastgeber. Im Vergleich mit uns Deutschen legten sie die Latte der Ansprüche an Objekte der Lebensqualität nicht so hoch, fuhren klapprige alte Autos, in die sie bei jeder Versetzung ihr Hab und Gut packten, um zum neuen Standort zu fahren. In der gesamten Dienstzeit wohnte man möbliert und schleppte lediglich die wertvollsten Dinge von einem Ort zum anderen, bestehend aus dem geerbten Familiensilber, wertvollen Büchern, Bildern und der wenig umfangreichen Garderobe.

Um den Kindern eine angemessene Ausbildung angedeihen zu lassen, steckten Vater und Mutter, unterstützt von den Großeltern, jeden vom Munde abgesparten Penny in die Kassen von hochgestochenen Internaten, meistens Häuser, in den bereits die Vorfahren ihre royalistische Erziehung erfahren hatten.

Erst nach der Pensionierung und wenn die Kinder standesgemäß verheiratet oder beruflich vielversprechend untergebracht waren, begann auf dem Lande die Suche nach einer wackeligen alten Kate, die dann bis zum Tode mühsam baulich hochgepäppelt wurde.

Britische Offizieren zählten zur gehobenen Gesellschaftsschicht, finanziell dagegen rangierten sie tiefer als das kaum existierende Mittelfeld. Erst ab Oberst aufwärts vermochte der Staatsbedienstete nach der Pensionierung ein Leben ohne zusätzlichen Gelderwerb führen.

Wie schon staunend festgestellt, auf dem großen Sommerball gewaltig aufgeputzte Garderobe beeindruckte, fiel der zivile Aufzug dahinter weit zurück. Auf Partys erschienen schäbig gekleidete Gestalten mit ausgebeulten schlotterigen Hosen und geflickten Tweedjacketts. Elisabeth studierte besonders die Frauen. Sie glichen grauen Mäusen, sahen verknittert aus, blieben zurückhaltend und wurden erst geistvoll gesprächig, wenn die anderen ehelichen Hälften auf Distanz standen. Auffällig überließen sie ihren Männern das Feld. Von Emanzipation keine Spur, sie lebten in der überlieferten Vorstellung, dass die Frau hinter den Herd gehöre.

Trudy als Ausländerin war die einzige Frau, die als Ärztin einem Beruf nachging. Insgeheim von einigen ihre Geschlechtsgenossinnen bewundert, musste sie jedoch leidvoll zur Kenntnis nehmen, von der Männerclique geschnitten zu werden. Gesellschaftlich galt zumindest in den 60er Jahren noch die Regel, dass es nicht standesgemäß sei, seiner Frau zu erlauben, Geld zu verdienen, obwohl dies, nach der Kleidung zu urteilen, zwingend erforderlich gewesen wäre. Im Alltag liefen die Frauen grundsätzlich ohne Strümpfe herum, käseweiße Arme froren in bunten kurzärmlichen Blusen, nur bei allerkältestem Wetter umhüllten grobwollige lange Röcke hagere Leiber, denen die zumeist mangelhafte Ausbildung kleinster appetitlicher Törtchen als zur Weiblichkeit zuordnendes Indiz versagt geblieben war. Schlank zu sein bedeutete, zur Oberschicht zu gehören. Einige der uns bekannten Damen litten wohl unter Magersucht, bleich, pferdegesichtig, hochgeknöpft und ohne jeglichen Liebreiz blieben sie im Hintergrund, während vorn ihre Männer Charme versprühend laut lachten, Witze rissen und sich als Herren des Commonwealth aufspielten. Fernab der männlichen Welt in Mädcheninternaten aufgewachsen, die zwar keine Klosterschulen waren, aber konservativ puritanisch zu einer spröden Haltung gegenüber allem Lustvollen erzogen, machte aus den gehobenen Töchtern Menschen, die mit gebremstem Schaum liefen.

Was für einen Offizier an ihnen attraktiv wirkte, war entweder der Dienstgrad des väterlichen Admirals, in dessen Fahrwasser eine eigene Karriere winkte, oder die Heirat mit einem gut gepolsterten Konto. Zur Lebenseinstellung einer Offiziergattin gehörte nicht die Bekundung von Lustgefühlen. Der ehelichen Verpflichtung, Kinder zu empfangen, wurde offenbar in finsterster Nacht Genüge getan.

Wie erschrak Mrs. Robertson, als wir zum einmal wöchentlich zugebilligten warmen Wannenbad zu zweit ins Wasser steigen wollten – und das ganz nackt! Sie wandte sich kopfschüttelnd ab und murmelte: „Both together, unbelievable – nicht zu fassen!"

Was englische Ehepaare sympathisch machte, war die Tatsache, dass sie nie privat über dienstliche Angelegenheiten sprachen, ganz anders als bei uns im Geschwader. Da vergaßen die Herren Piloten gleich nach der Begrüßung, sehr zum Ärgernis der Frauen, nicht mehr in der Luft zu sein. In Lossiemouth, wenn schon vereint mit den Ehefrauen, genoss man bei schnell inszenierten Ausflügen, bei Barbecues, bei Feten am Strand oder in häuslicher Atmosphäre unterschiedlichste Küchengenüsse. Bohnen auf Toast, Yorkshire Pudding oder warme Scones mit Erdbeersauce und Clotted cream. Zur nächtlichen Stunde am knisternden Kaminfeuer gab es zum Zähneausbeißen harte Cracker und als Versöhnung dazu den König aller Käse, den Stilton, und erlesenen Whisky.

Längere Urlaube oder gar ein Flug ins Ausland kamen aus finanziellen Gründen nicht in Betracht. Um keine Langeweile aufkommen zu lassen, erfanden die Männer das Schild „No ladies!" Schon seit früher Jugend war die Herrenriege in Internaten, Colleges, Herrenclubs und Kadettenschulen daran gewöhnt worden, ohne Frauen auszukommen. Das gipfelte im Cricket, einer eigentümlichen höchst britischen Sportart, deren Regeln nicht nur kein normaler Europäer begreift, sondern die einzig und allein der Herrenwelt vorbehalten ist. Selbst als Zuschauer sind Ladies nicht erwünscht.

An der Spitze aller frauenlosen Lossievergnügen, exklusiv für Offiziere, rangierten Ausflüge an Bord des flugplatzeigenen Flugsicherungsbootes. Fernab der ehelichen Aufsicht führten die Übernachtfahrten nach Aberdeen oder Inverness, wo lebhafte Hafenviertel mit dicktittigen, lustvollen Weibern das versprachen, was zu Hause nur sporadisch geboten wurde. Beim Montagabendbierchen an der Bar schwelgten die Ausflügler von ihren Erlebnissen. Endlich mal wieder herzhaft gevögelt zu haben! Die dicke Farbige aus Jamaika: „Mensch, die hat mir den Schwanz verbogen, dass es eine Pracht war", oder „Herrlich, diesen blonden Fleischberg von

hinten zu besteigen und so in Schwingungen zu versetzen, dass die prallen Euter nur
so schaukelten. Ach tat das gut.“

Abseits der Ehefrauen fielen rüde und zotige Worte. In den Augen der Erzähler glomm ein Feuer. Daheim ging die Frauen ihren häuslichen Pflichten oder ihrem
sittsamen Hobby nach, dem Patiencelegen, tranken Tee mit der Nachbarin, kultivierten Rosen, malten die Wände des örtlichen Kindergartens oder arbeiteten ehrenamtlich in karitativen oder kirchlichen Kreisen, organisierten Bazare und Kinderkleidungsbörsen oder halfen ehrenamtlich aus als Verkäuferinnen im Thrift Shop.

Elisabeth, neugierig geworden, versuchte bei ihren englischen Geschlechtsgenossinnen zu erfahren, ob ein derartiges Leben die Erfüllung bedeutete. Sie stieß
damit auf Verständnislosigkeit. Als allgemeingültige Antwort erfuhr sie, das sei
schon immer so gewesen, und daran sollte man nichts ändern. Für die Engländerinnen war die Welt damit in Ordnung.

Freddy, unser Vertrauensmann für alle Dinge, offenbarte, von Elisabeth zur
Emanzipation der britischen Frau befragt, seine Junggeselleneinstellung und verkündete: „Wenn eine in der Küche angekettete Ehefrau im Herrenzimmer erscheint,
dann ist die Kette zu lang gewesen!“ Auch wenn er dazu zwinkerte, nach all den
Erlebnissen kroch in Elisabeth das Bedürfnis hoch, bald nach Hause zurückzukehren. Ich fühlte dasselbe, aber mehr aus dem Grunde, weil das pausenlose Fliegen bei
schlechtesten Wetterlagen anfing nervig zu werden, und weil die fliegerische Abschlussprüfung nahte, ein Einsatz unter kriegsmäßigen Bedingungen.

In den nächsten Tagen würden die Vorbereitungen dazu beginnen.

27

Wir Deutsche waren nicht die einzigen Auszubildenden, von britischen Jet-
Geschwadern kam mehr als die Hälfte der Staffelangehörigen, die hier mit Verleihung der roten Hosenträger die letzten hohen Weihen als Waffeneinsatzoffiziere
erhielten. Für die nächsten Wochen stand zum Abschluss auf dem Programm:
Bombeneinsätze auf das Abwurfziel Kap Wrath.

An jedem der kommenden Tage startete eine Formation, zusammengesetzt aus
vier Lehrgangsteilnehmern und dem dazugehörigen Instruktor. Die Vorbereitungen
begannen morgens im Briefingraum. Die Wrens verringerten, nur knapp hüftenschwingend, die Prüfungserregtheit mit Kaffee und Kuchen. Wenn alles bedacht,
durchgerechnet und gründlich noch einmal überprüft worden war, bat die im engsten Kreis des Teams ausgeknobelte Nr. 1 die Staffelführung und Vertreter des Geschwaders herein.

Sonst ging es immer leger zu, jetzt herrschte feierliche Stimmung, um die Prüfungsangst zu schüren. Die Gäste und Prüfenden saßen wie die Eisheiligen mit unbewegten Gesichtern auf den Bänken und machten Notizen, während das jeweilige
Dreiergespann die Vorbereitung und Durchführung erläuterte.

Mit langem Zeigestock begann die Erklärung der auf den Wandtafeln mit verschiedenfarbiger Kreide dargestellten Angriffsverfahren, dann die Vorstellung der aus Büchern, Tabellen und Nachschlagewerken errechneten Abwurfhöhen und Gleitwinkel, dazu die Navigation für den absoluten Tiefstflug, der zuerst durch die Berge führte und im Endanflug über See.

Es ähnelte der Übung in den USA über der Arizona-Wüste, nur dass dieses Mal keine Übungsbömbchen, sondern zwei großkalibrige Ungeheuer unter den Flugzeugen aufgehängt wurden, kriegsmäßig, jede mit der Sprengkraft von 500 kg.

Fairerweise führte vor dem großen Event ein Aufklärungsflug zu dem Abwurfplatz. Das Kap Wrath machte seinem Namen alle Ehre. Das Kap des Zorns, wie es übersetzt heißt, glich und gleicht immer noch einem in die tosende See hineinstechendem Schiffsbug, um den ein Gezeitenstrom mit 14 Meilen in der Stunde setzt.

Das Gelände, im Vorbeiflug eingeschätzt, stieg von der zerklüfteten steilen Küste landeinwärts sanft an. Die Steigung verschwand in den Wolken, genau da, wo die Taleinschnitte der Anflugrouten sein mussten. Da brodelte die Wettersuppe am dichtesten. Das Zielgebiet selbst, seit Jahrzehnten durch Beschuss schwerer Schiffsartillerie und Bombenwürfe in eine Kraterlandschaft verwandelt, zeigte, aus der Luft deutlich auszumachen, die mit Kalk auf nackte Felsen gemalten Kreise der zu treffenden Fläche. Links und rechts in sicherem Abstand thronten auf Bergkuppen die Vermessungsstellen. Die Gegend rundherum kannte weder Bäume noch Buschwerk, erst mehr als 100 km entfernt gab es die ersten Ortschaften. Der Sage nach sollen die nordischen Götter mit dem Gedanken gespielt haben, ihren Sitz auf das oft umnebelte Kap Wrath zu verlegen. Kein Wunder, dass sie es nicht taten, denn hier war das wirkliche Ende der Welt, menschen- und götterfeindlich, leer, einsam und abweisend.

Während die britischen Staffelkameraden die für sie letzten Flüge des Lehrgangs abhakten, jagte uns Freddy täglich vier bis fünf Mal zur nahe liegenden Tain Range, um simulierte Bombenangriffsflüge durchzuführen. Die Prozedur des Anfliegens und Abstürzens im Winkel von 30 Grad empfanden seine ihm Anempfohlenen als längst begriffenen Lehrstoff. Freddy aber wollte sich mit uns brüsten, wollte uns als Lehrgangsbeste vorführen, besser als seine Landsleute.

Was ihm und uns zu Hilfe kam, das ehrgeizige Ziel zu erreichen, war der von uns geflogene Flugzeugtyp. Bedingt durch ihr Flächenprofil, war die Sea Hawk wohl einer der letzten modernen Jets, der wie eine Spitfire oder Me 109 oder gar wie ein Stuka engste Kurven zu fliegen vermochte. Die Briten, die ihre elegantere Hunter flogen, waren zwar schneller, aber wie schon mal erwähnt weniger kurventüchtig.

Freddy bimste uns ein, in engster Formation das Ziel im Tiefstflug zu erreichen, gemeinsam und fast in den Vordermann hineinkriechend zum Scheitelpunkt hochzuschießen, im Looping auf den Rücken zu drehen, auszurollen, als Pulk auf das Ziel zu stechen und dabei gemeinsam die Bomben zu lösen.

Je mehr diese Nummer trainiert wurde, desto besser sah sie aus. Freddy, der als scharfäugiger Falke aus der Nähe unseren Auf- und Abschwung beobachtete, sparte nicht mit Lob. Das machte Mut.

Der Kalender zeigte den 18. Juli, Wetter wie nur zu häufig regnerisch, dennoch gute Sicht, allerdings mit der Vorhersage, dass zum Nachmittag die Wolkengrenze absinken würde, aber Kap Wrath bliebe frei.

Kari als Leader der Formation lieferte vor dem Prüfungsteam eine Ansprache in mehrfach zu Hause vor dem Spiegel geübtem bestem „Queen's English" ab und beeindruckte Commander Anderton und die Übrigen mit gelerntem englischen Humor. Als Anwärter auf den roten Hosenträger hatte er sich zur Fliegerkombination einen grünen angelegt, der gewendet Rot zeigte, den Kari mehrfach mit dem Daumen herumflippte und rot aufleuchten ließ. Das brachte die Herren zum Schmunzeln und lockerte auf. Wir folgten Karis Ausführungen und kommentierten das eine oder andere auf Zuruf. Freddy saß im Hintergrund, fummelte nervös am rechten Ohrläppchen und fieberte mit.

Dem gut überstandenen theoretischen Teil, die Eisheiligen schienen zufrieden zu sein, folgte der spannendste Teil. Zum ersten Mal in der fliegerischen Karriere würde unter uns dreien die Sprengkraft von sechs mal 500 kg hochgehen. Ob man das spüren würde?

Unheimlich anzusehen, leuchteten unter den Tragflächen die schwarz lackierten riesigen Bomben. Ungewohnt der Anblick. Bis jetzt hatten unter den stromlinienförmigen Abstandshaltern, von den Engländern „pylons" genannt, langgestreckte Zusatztanks gehangen, stattdessen jetzt angeschient Hochexplosives, nur von Haken gehalten und beim Abwurf von zwei Bolzen abgestoßen. Ohne die Zusatztanks reduzierte sich die Flugzeit ganz erheblich. Scharf durchkalkuliert blieb mit Hin und Zurück nur eine Reserve von knapp 15 Minuten.

Angeschnallt, alle Griffe zum Start des Triebwerks routinemäßig erledigt.

Es knisterte im Kopfhörer: „Ready?"

„Klar, auf geht´s."

Alle Griffe saßen, hundertmal probiert.

Noch in lockerer Formation, Freddy in seiner Hunter hinterher, führte der Kurs nach Norden bis die Nordspitze Schottlands durch einen der Talabschnitte erreicht war. Voraus die offene See, am Horizont die Bergkette der Shetlands, das Scapa Flow, das Grab der Kaiserlichen Flotte.

Ernesto kam mir in den Sinn. Das war sein Ziel beim ersten Flug gewesen, aber er scheiterte auf dem Weg dorthin. Der Gedanke an ihn machte traurig und wütend zugleich. Ach Ernesto, wie schön wäre es gewesen, dich jetzt bei unserem Abschlussflug dabei zu haben, warum hast du nur so einen Mist gebaut und bist ohne Not ins Wasser gestürzt. Komm, steig zu mir ins Cockpit, und wir fliegen gemeinsam den Angriff gegen das Kap Wrath. Ich spürte ihn plötzlich im Cockpit, er lächelte, legte sanft seine Hand auf die meinige und begann den Steuerknüppel zu führen. Wieder, wie damals in den USA bei dem Manöverflug gegen den angeblichen feindlichen Flugplatz, begann es in mir zu kribbeln, zu brennen, das Blut wurde heiß, es pochte in den Schläfen.

Dieses Mal als Nummer drei kroch ich dichter an Nolle heran. „Komm Ernesto, nimm du den Knüppel, wir werden deinen Tod an den schwarzen Felsen rächen. Mit zwei Krachern dem Kap des Zorns das Herz zerreißen!"

Verrückte Gedanken wirbelten wie Mücken vor den Augen.

Karis Stimme brachte die Wirklichkeit zurück: „Over to Channel 2!" Das war die Frequenz der Vermessungsstelle. Kari gab die Ankunftsmeldung, die irgendwo da unten antworteten nur kurz mit: „Ok, cleared live in."

Etwas höher als der brandungsschäumende Küstenstreifen, noch nicht einsehbar, lauerte auf dem Plateau der große tiefe Trichter der Abwurfstelle. Die innere Temperatur stieg, nur Sekunden fehlten, ich fing an zu zittern und hörte mich murmeln: „Los Kari, los!" Erlösung im Kopfhörer: „Get in close, seconds to go!"

Da vorn an Backbordseite, von einem Aufklärungsflug bekannt, winkte eine fingerähnliche Klippe die heranstürmende Formation heran. Diese Stelle ausfindig gemacht zu haben kühlte die angestrengten Nervenstränge. Dementsprechend lässig fomulierte Kari seine letzte Mitteilung vor dem Angriff. Ohne Rücksicht auf Freddy, von dem seit längerem nichts mehr zu hören gewesen war, alles weitere in Deutsch: "Los Jungs, Waffenschalter an und hinauf und hinein in den schwarzen Höllenschlund!"

Abrupt riss er seinen Vogel hoch, Nolle hinterher und ich als letzter noch mehr gezogen, bis es fast schwarz vor Augen wurde. Die Druckschürze blies auf, krampfte Beine und Unterleib, den Throttle zum Vollgas ganz nach vorn gedrückt und hinauf, langsam drehte Kari auf den Rücken und zog wieder stark, Nolle wippte hinterher und ausgerollt. Da unten deutlich die Kreise, Gas zurück, die Fluglage wieder stabilisiert, dicht an dicht wie Kletten ging es steil hinab. Der Höhenmesser drehte wie wild nach unten, 1000 Fuß liefen durch. Mensch Kari komm nicht zu tief, 800 Fuß und sein Schrei: „Weg die Eier!"

Es rumpelte unter dem Bauch, und erleichtert abdrehend preschten drei Sea Hawks im Messerflug der offenen See zu.

„Mission completed". Jeder mag das hinter der feucht gewordenen Sauerstoffmaske geseufzt haben.

Im Spiegel stiegen über dem Abwurfgebiet braungelbe Wolken auf, über die Trefferlage würde man nach der Landung etwas erfahren. Nur keine Zeit vertun mit irgendwelchen fliegerischen Mätzchen, denn wie zuvor errechnet reichte das Kerosin für den Rückflug nach Lossie nur knapp.

Nolle schwenkte nach links aus, hatte die Sauerstoffmaske beiseite geklappt, zeigte ein lachendes Gesicht und hob unentwegt die Hand mit dem Daumen nach oben. Ja, in diesem Moment fiel aller Stress ab. Dieser anstrengende Lehrgang wäre geschafft. Der rote Hosenträger war uns allen sicher.

Ich staffelte an Kari heran. Der winkte mir zu, aber das Winken glich mehr einem Zeigen nach unten. Da sah ich es auch. Als mein Blick von Karis Cockpit heruntergleitend auf die Rumpfunterseite fiel, blieb mir fast das Herz stehen. Rechts unter der Tragfläche in der Aufhängung zeigte eine Bombe mit den Steuerflossen schräg nach unten. Das Mistding hatte sich nicht gelöst. Noch schlimmer, die vordere Aufhängung musste verbogen sein, weil der hintere Abstoßbolzen gewirkt hatte und das gefährliche Ding jetzt schräg unter dem Rumpf baumelte, wie an einem seidenen Faden, jeder Zeit in der Lage, herunterzufallen.

Eine Landung damit kam nicht in Frage, wäre undenkbar. Schon beim Aufsetzen würde das Bombenendstück den Boden berühren, sich von dem verbogenen Haken lösend und abfallen, damit scharf werden und in nächster Nähe des Flugzeugs alles in Stücke reißen.

Eine Horrorvorstellung. Verdammt noch mal, wo steckte Freddy? Nach der Prüfungsauflage hatte er uns bis zum Ziel als Beobachter zu begleiten, ohne dabei Ratschläge oder Weisungen zu erteilen. Jetzt aber war doch alles vorbei, wo trieb der Bursche sich herum?

Immer noch auf Channel 2 rief ich Kari an, er schaute herüber, ich tippte an meinen Helm. das bedeutete, dass ich den weiteren Sprechverkehr übernehmen würde. Die Vermessungsstelle lag zu weit weg, der Kontakt bestand nicht mehr, und Freddy schwieg. Totenstille im Äther, eine verhakte Bombe unterm Bauch und eine Treibstoffanzeige, die die baldige Neige ankündigte.

Ok, rüber auf die Towerfrequenz und ohne Rücksicht auf den heftigen Sprechverkehr nach Freddy gerufen.

Ja, da kam seine Stimme, aber gar nicht so fröhlich wie gewohnt. Er schien mit sich selbst beschäftigt zu sein. Die Meldung von Karis Bomb-Hangup interessierte ihn nur am Rande: „Seht zu, dass ihr nach Hause kommt, schüttelt das Ding ab. Mein Vogel ist ein Krüppel und ich muss mich selbst quälen!“

Weg war er. So muffig wie der brummelte, das bedeutete nichts Gutes. Nolle blieb auf Distanz, ich hing unter Kari und versuchte dichter und dichter an die Bombe heranzukommen, um den Grund für die Malesche herauszufinden.

Nur an dem verbogenen Haken ging das schwere Ding, der Pylon war tatsächlich teilweise nach oben hochgedrückt und verbeult.

Von hinten und unten herankriechend, um den Schaden näher zu begutachten, bemerkte ich, dass die Unterseite der Tragfläche viele unterschiedlich große Flecken aufwies. Von einem neben der Fahrwerkklappe schmierte ein Band bis zu den Landeklappen.

Da rief ich Kari auf einer Frequenz, die niemand sonst geschaltet hatte, auf Deutsch an: "Check mal, ob irgendein Warnlicht anzeigt?“

„Nee, warum fragst du?"

„Du scheinst Hydraulikflüssigkeit zu verlieren:"

„Was? Du spinnst, außer dass mir der Sprit langsam ausgeht, ist alles normal, ganz normal!"

Noch dichter unter die rechte Fläche geflogen, um Kari nichts Falsches zu sagen: die nächste Überraschung. Die Flecken entpuppten sich als Löcher, ins Metall hineingerissen, am häufigsten an der Flächenspitze und fortgesetzt bis zum Rumpf, einige handflächengroß, andere ähnelten einem Sieb. Ganz eindeutig Splitterwirkung von den Bomben. Waren wir zum Abwurf zu tief gewesen?

Sollte ich das Kari auch noch sagen? Da ihm die Scheißbombe genug Probleme bescherte, hielt ich die Klappe. So einigten wir uns, auf die Towerfrequenz zu gehen und pflichtbewusst den Tower anzurufen und anzufragen, was mit dem Bomb-Hangup zu machen sei.

Dem Weisung, die da folgte, war wenig sinnvoll: „Bleibt, wo ihr seid, und werdet das Ding über See los, oder steigt auf Höhe und der Pilot steigt aus, wir fischen ihn raus!"

Welch tröstliche Mitteilung!

Der Martin-Baker-Schleudersitz galt als verlässlich, aber nachdem zum Lehrgangsschluss bisher alles bis auf den dämlichen Bomben-Hangup so gut über die Bühne gegangen war, verlangte der Ehrgeiz, durchzuhalten. Ich blickte zu Karis Cockpit hinüber, sah ihn heftig den Kopf schütteln, sein Helm schien fast zu rotieren, und mit fester Stimme verkündeter er: „Nix da mit aussteigen. Eine Fallschirmlandung wäre das Blamabelste."

Zurück auf Channel 2 stiegen Kari und ich auf 3000 Fuß, Nolle sollte allein zurückkehren, was er offenbar sehr erleichtert zur Kenntnis nahm, schwupp weg war er.

Auf 3000 Fuß angekommen, begann die radikale Schüttelkur. Steil hochreißen, negativ drücken. Die Bombe wackelte wie ein Lämmerschwanz, hielt aber wie verbissen am Haken fest. Wie wäre es mit eine seitlichen Schüttelmanöver? Hart im schaukelnden Wechsel ins linke und rechte Seitenruder zu treten, was normalerweise in einem Jet wenig bringt, versetzte den Lämmerschwanz in pendelnde Bewegung, stärker und stärker schwingend.

„Kari, du tanzt Mambo."

„Blödmann", kam es zurück.

Ich wieder ernsthaft: „Komm, reiß den Vogel noch einmal hoch und gleich dazu ins rechte Seitenruder, ich glaube das schwarze Ding zeigt Ermattungserscheinungen!"

Kari schob schräg nach oben und plötzlich – nach unten sauste das gefährliche Anhängsel, fiel vornüber und verschwand.

Halleleluja, das wäre geschafft. Sekunden später stieg aus dem Meer eine gewaltige schmutziggraue Wasserfontäne empor, die kreisförmig einen schäumenden Wellenkreis um die Aufschlagstelle aufwarf. „Kari, gut gemacht!" Tiefes Durchatmen.

Der Erleichterung folgte gleich der Schock. Er und ich hatten seit Minuten — oder war es eine halbe Stunde gewesen? — nicht mehr auf den Treibstoffvorrat geachtet.

„Verdammt", brüllte Kari mit sich überschlagender Stimme, „meine Anzeige leuchtet rot, und was ist mit dir?" Ein kurzer Blick: „Scheiße, meins flackert auch! Los, auf die Towerfrequenz!"

Klick, klick. Ok, wir waren wieder zusammen.

Voraus lag der helle Sandstreifen vom Lossiemouthstrand, hinter dem die Anflugbefeuerung bereits leuchtete, denn über der Landebahn türmte ein gewaltiger Gewitterkumulus seine drohenden Wolken auf. Auch das noch! Ein blauschwarzes Wolkenband, keine 1000 Fuß über Grund, lauerte über dem Flugfeld.

In den sich anbietenden Spalt zwischen dem Strand und der heimtückischen Regenwalze hineinzufliegen beunruhigte nicht, dafür aber um so mehr, ob wir überhaupt dorthin gelangen würden.

Es blieb nur das Absetzen einer Notmeldung, nur eine einzige Landung würde möglich sein, kein Durchstarten, keine zusätzliche Kurve, nur der Direktanflug und das, um den Luftwiderstand zu verringern bis kurz vor der Landung ohne ausgefahrenes Fahrwerk.

„Lossie Freddy flight Pan Pan Pan long Final!" Direkter Anflug.

Der Tower reagierte sofort: „Verstanden, euch gehört die Landebahn, Vorsicht, an der ersten Intersektion liegt eine Hunter!"

Das interessierte nicht, schweißnass und mit feuchten Händen Gashebel und Steuerknüppel zart führend, glitten zwei einsame Sea Hawk-Piloten aus 3000 Fuß Höhe fast segelnd auf die näher kommende Landebahn zu.

„Kari, denk ans Fahrwerk!"

Abgesprochen war, dass er zuerst und weit links landen sollte und ich in weiterem Abstand hinter ihm auf der rechten Seite.

Der Strand huschte unter den Tragflächen durch, dann die Dünen, die Schwellenlichter flammten auf, ich zog das Gas zurück, um dem Vordermann Raum zu lassen.

Die Routinemeldung an den Tower, das Fahrwerk betätigt zu haben, wurde mit „Roger" beantwortet. Alles klar zur Landung.

Gott sei Dank, es hatte gereicht!

Kari landete. Die aufsetzenden Räder verursachten bläulichen Qualm, ein Anzeichen für eine harte Landung. Im selben Augenblick knickte sein Vogel nach rechts weg, die rechte Tragfläche berührte den Boden. Funken sprühten, Metallteile

370

wirbelten durch die Luft. Die lädierte Bombenaufhängung war abgerissen und sprang, sich mehrfach überschlagend, hinter dem Flugzeug her, zerbarst in Stücke und streute auf meine Landeseite. Wo sollte ich jetzt hin? Hineinrollen in die Trümmer oder durchstarten?

Letzteres war unmöglich, nicht dran zu denken. Bösartig warnte das fest rot aufleuchtende Licht der Treibstoffuhr, die Anzeige ruhte auf Null - überhaupt ein Wunder, dass das Triebwerk noch lief.

Fasziniert hatte ich viel zu lange auf das Feuerwerk voraus geschaut; jetzt drückte ich meinen Vogel zur Landung herunter riss den Gashebel nach hinten, aber verdammt, warum kam der Horizont plötzlich so hoch, da knirschte es auch schon, erst seidenweich, dann rumpeliger, rutschender, härter werdend. Ein schneller Blick auf die Fahrwerksleuchten, die zeigten rot. Siedend heiß brannte es den Rücken herunter, und ein Gedanke durchzuckte mich: „Junge, nach all dem, was dir der heutige Tag geboten hat, legst du dich jetzt ohne Fahrwerk an Deck. Himmel Arsch und Zwirn!"

Das schabende Geräusch nahm zu, fing anzupoltern. Im Rückspiegel folgte dieser Scheißlandung eine weißglühende Flamme. Wenn die ausglühende Rumpfunterseite bloß nicht den Resttreibstoff im Tank entzündet! Der Hobel rutschte weiter, wurde langsamer, nebenher rasten Feuerwehrwagen.

Vorbei ging die Rumpelpartie an Karis Wrack, dessen abgebrochene Tragflächen wie ein abgerissenes Hundeohr aussah. Rechts an der mittleren Abrollbahn, der Intersektion, lag am Rand eine Hunter, die Nase im Dreck mit weggebrochenem Bugrad.

Das musste Freddy sein.

Drei zu Schrott verarbeitete Jets nach einem Übungsflug!

Abrupt der Stillstand. Knistern und Knacken um mich herum. Das Canopy aufgerissen, Gurte ab, über die Cockpitkante abgerollt und gelaufen, gelaufen, bis mich Hände griffen und festhielten. Ein nach Luft schnappender Feuerwehrmann nahm mir den Helm ab und fragte: „Sir, are you alright?

War ich das? Der Schädel brummte, der Puls raste.

Der Rückblick offenbarte ein Bild des Jammers. Flach wie eine Flunder, vom Schaum der Feuerwehr eingesprüht, lag meine Glanzleistung am Boden, eine bauchgelandete Sea Hawk.

Im Feuerwehrwagen begann eine rasende, bockende Fahrt quer über das Flugfeld bis zum Sanitätsbereich. Der Fliegerarzt und ein Psychologe baten mich auf einen Stuhl, leuchteten mir in die Augen, tasteten den Körper ab, und immer wieder die Frage, wie ich mich denn fühle. Äußerlich fehlte nichts, aber innen sah es anders aus, ein Gemisch von Wut und Scham wühlte im Gedärm.

Wieder im Auto, dieses Mal allein, führte die Fahrt zur Staffel, aber nicht zu einer ermunternden Tasse Kaffee, sondern gleich zu einer Sea Hawk, deren Triebwerk bereits lief. Commander Anderton stieg aus, gab mir meinen Helm, nahm mich in die Arme und sagte: „Los steig ein und flieg dir mit ein paar Runden deinen Frust ab, das ist übrigens ein gutes Mittel, einem eventuellen nachträglichen Schock vorzubeugen."

Das drohende Gewitter hatte sich verflüchtigt. Locker ging der Start vorbei an den drei Wracks. Aus der Höhe sah das Elend da unten bedeutungslos aus.

Großes Hallo bei der Rückkehr im Staffelgebäude.

In der Staffel lagerte Freddy, einen Kaffeepott in der Hand, seine Beine auf einem Tisch und wirkte locker wie immer. Doch aus Gründen der Imagepflege täuschte der Falke das vor, denn der rote Fleck, der durch seinen Kopfverband sickerte, warf Fragen auf. Er zierte sich lange bis er endlich zugab, unmittelbar hinter uns dreien beim Bombenabwurf durch den Detonationskegel geflogen zu sein.

Karis Kopf nahm bei der Erzählung verlegene Röte an, denn er als Leader und wir mit ihm hatten die Bomben zu tief ausgelöst, so dass Freddy, der in einer Kurve, wie er sagte, unter uns durchzog, offenbar die Höhe über Grund falsch einschätzte.

Bei späterer Betrachtung der Schäden an der Hunter wuchs das Grausen. Die eine Tragfläche zeigte Splitterrisse. Das Glasdach, das Canopy, war zerschlagen, davon rührte Freddys Kopfwunde, eine Scherbe hatte seinen Helm durchdrungen. Die Flugzeugnase glich einem Sieb, was bei der Landung zur Blockierung des Bugfahrwerks führte und am Ende den Jet auf die Nase stellte. Freddys Hunter konnte man abschreiben.

Auf die Frage, ob der Vertreter einer Unfallkommission ihn schon nach dem Hergang des Geschehens befragt hätte und was Anderton dazu gesagt hatte, winkte er nur ab.

„Ich musste lediglich einer Schadensmeldung unterschreiben, dazu einige Details des Fluges. Ihr habt doch so ein Sprichwort, das da heißt: Wo gehobelt wird, fallen auch Späne."

Kari und ich seufzten. Freddy ahnte, woran wir dachten. Er knüllte sein Ohrläppchen und tröstete: „Macht euch keine Sorgen über das, was mit euren Sea Hawks passiert ist. Wir schreiben einen Heldenbericht. Keiner wird in die Pfanne gehauen. Wäre doch gelacht, wenn da jemand euch einen Strick drehen würde. Habe schon gehört, dass das bei euch in Deutschland anders gehandhabt wird, aber keine Bange."

Das tat gut. Damit war für unseren Instruktor das Thema beendet. Man kehrte zur Tagesroutine zurück. Wie ein Lauffeuer rauschte die Meldung über die Verschrottung von gleich drei Flugzeugen an einem Tag durchs Dorf. Natürlich erreichte die Neuigkeit auch Elisabeth, dass niemand verunglückte, erfuhr sie auch.

Das gemeinsame Abendessen in der guten Stube von Ben Braggie mit Fischdelikatessen aus Mrs. Robertsons Küche verlief in absoluter Ausgeglichenheit, nur der Suppenlöffel zitterte erbärmlich in der Hand. Ansonsten umgab mich Erleichterung.

Beruhigend hatten die Behandlung der Fliegerärzte gewirkt, die väterliche Art des Staffelchefs und die Vertrauen erweckenden Worte von Freddy.

Der nächste Tag verging mit Beschreibung des Unfalls. Kari und ich verfassten unsere Berichte sowohl in Deutsch als auch Englisch. Der beigefügte Beitrag der Royal Navy-Unfallüberprüfungskommission schrieb, wie Freddy versprochen hatte, die Havarie den Umständen und nicht einem Pilotenfehler zu. Es gab sogar lobende Passagen, dass schwierige Situationen gemeistert worden seien, ohne dass Menschen zu Schaden kamen.

Wochen würde es dauern, bis der Bericht über die britischen Dienststellen und die deutsche Botschaft in London schließlich in Bonn im Verteidigungsministerium eintreffen würde.

Dagegen ging bereits am Tag des Unfalls als Fernschreiben kurz und knapp eine so genannte erste Meldung von Lossiemouth an das heimische Geschwader. Es war ein technischer Rapport, der den Umfang des Schadens darstellte und aussagte, dass Karis Sea Hawk so verzogen sei, dass sie verschrottet werden musste, während meinem Vogel bis auf die verglühten Bodenplatten nichts weiter geschehen sei. Allerdings würde die Aufarbeitung etwa DM 1.35 Mio. kosten.

Dass der Kontrollturm nicht gesehen hatte, dass ich ohne ausgefahrenes Fahrwerk zur Landung ansetzte, und auch meiner Meldung nicht widersprochen hatte, gehörte nicht zur ersten Meldung und schon gar nicht, aus welcher verzweifelten Lage nach dem Bomb Hangup unmittelbar vor dem Triebwerksausfall mit dem letzten Tropfen Haus und Hof erreicht wurde.

Davon ausgehend, dass man zu Hause uns selbst erst mal dazu anhören würde, vergaßen wir den Unfall schnell. Der Verleihung der roten Hosenträger und des Zertifikats des Waffeneinsatzoffiziers folgten zwei gediegene Feste, das erste ohne Frauen als großes Besäufnis und das zweite als stilvolles Dinner mit Damen im Anteroom unter dem Bild Ihrer Majestät unter Vorsitz des Geschwaderkommodores und seiner Frau. Gereicht wurde das von uns Deutschen gewünschte Menü mit Mulligatawnysoup und Lammbraten, dazu erlesene Getränke. Die bekannt langweilige Küche der Offiziermesse bot alle Kräfte auf, ihren Gästen den Abschied schwer zu machen.

Der nächste Tag stand im Zeichen des Aufbruchs. Bevor unter Beisein der gesamten Staffel und Einbeziehung des deutschen Bodenpersonals mit Schulterklopfen und feuchten Augen Adieu gesagt wurde, rief mich Commander Anderton in sein Office.

Keine Ahnung was er wollte.

„Was möchten Sie zuerst hören, die gute oder die schlechte Nachricht?" „Fangen Sie mal mit der guten an."

Er übergab mir eine von der Botschaft zugesandte Urkunde. Den gelblichen Karton mit dem aufgedruckten goldenen Bundesadler aufklappend, lies er mich lesen, dass der Oberleutnant zur See Hannes Färber zum Kapitänleutnant befördert sei. Unterschrift: Der Verteidigungsminister. Donnerschlag, das war eine unerwartete Überraschung. Ich musste mich beherrschen, nicht laut zu werden, denn das wäre britisch unfein gewesen.

Anderton bemerkte den Glanz in meinen Augen und verstand auch das Glücksgefühl, trotzdem schüttelte er den Kopf, knebelte seinen Vollbart und bemerkte grinsend: „Ihr seid ein komisches Volk, zum einen wird man bei euch befördert und zur selben Zeit angeschissen." Was meinte er damit? Wies das auf die zweite, auf die schlechte Nachricht hin? Was konnte das sein?

„Da haben wir gleich zwei Fernschreiben, lesen sie selbst, die sind in Ihrer Sprache."

Schon das erste war ein Hammer. Kurz und bündig hatte das Geschwader den seit längerem eingereichten Urlaub nach Beendigung des Lehrgangs abgelehnt und gefordert, dass anlässlich der Verabschiedung des Kommodore Kapitän zur See Klempner das gesamte Lossiemouthkontingent innerhalb von vier Tagen zurück zu sein hatte.

Dahin der lang ersehnte, wohlverdient geglaubte Urlaub mit langsamer Rückfahrt durch England, kein Sightseeing, kein Bed & Breakfast. Das bedeutete sofortiges Aufbrechen, pausenloses Fahren, nur um der Eitelkeit des weißen Schalträgers zu dienen, der seine Truppen zahlreich um sich vereint sehen wollte. Bis heute habe ich dem Kerl nicht verziehen.

In dem zweiten Fernschreiben kam es noch dicker und persönlicher.

Geschwaderkommodore Klempner verfügte auf Grund der ersten Meldung in der nun wirklich schlechten Nachricht, dass der Kapitänleutnant Färber sofort vom Fliegen abzulösen sei, weil er grob fahrlässig vergessen habe, bei der Landung das Fahrwerk auszufahren.

Der bisher angenommene Schaden von DM 1.35 Mio geht zu seinen Lasten. Da blieb mir die Luft weg.

Anderton sah mich bleich werden und bat um eine Übersetzung.

Er hörte andächtig zu und winkte ab: „Ihr Chef sollte es eigentlich besser wissen. Bevor der Hergang des Unfalls nicht als Untersuchungsbericht in allen Details vorliegt, kann er keine juristisch relevanten Entscheidungen fällen. Der Mann tickt nicht sauber!"

Trotzdem war ich weich in den Beinen, als Commodore Anderton mich entließ. Nolle, Kari und ich saßen am letzten Abend noch lange zusammen, mehr schweigend als diskutierend. Nancy und Elisabeth wussten nicht recht, ob sie sich über meine Beförderung freuen sollten, denn die Fernschreiben ließen nichts Gutes nach der Rückkehr ahnen. Gewöhnt und angepasst an die legere britische Lebensart und das erlebte Selbstverständnis, dass Vorgesetzte stets schützend vor die ihnen

Anvertrauten hintreten, fürchtete ich umso mehr, zwischen die Mühlensteine der deutschen Bürokratie zu geraten.

Schweigend, eng umschlungen sind Elisabeth und ich zum letzten Mal durch das graue Dorf geschlendert, vorbei am Kino, hinüberwinkend zur Fish & Chips-Bude, unten an der Kaimauer den Möwen nachschauend, den aparten Kabeljauduft einsaugend und die salzige Luft spürend. Ade Lossie, du wirst uns beiden ein unauslöschliches Erlebnis bleiben.

Am nächsten Morgen nahmen wir Mrs. Robertson zum Abschied in die Arme, ein wehmütiger Blick hinüber zum Hafen, und vorbei am Tor des Flugplatzes ging die eilige Fahrt südwärts. Nolle mit seinem kleinen Köfferchen, der auf der Abschiedsparty den Mund voll nahm, alles richtig gemacht zu haben, verschwand grußlos mit dem Schnellzug, dem „Caledonian" von Inverness nach London, wir dagegen hatten mit unserem voll gepackten Wagen in einem Tag die gesamte Insel von Schottland bis zur Dover Fähre zu durchmessen. Was Elisabeth und mich mit Freude vorwärts trieb, war die Sehnsucht nach unserem kleinen Christian. Ob der uns wieder erkennen würde? Ob ihm der kleine Kilt schon passen könnte?

Auf der englischen Seite bei Glasgow fuhr ich den vorn immer noch zerbeulten Ford in eine Tankstelle. Auf einen Teil des Kotflügels hatte ich mit rotem Fettstift in großen Lettern geschrieben „Scottish Souvenir". Darüber konnten das Tankstellenpersonal und weiter südwärts alle, die diesen Spruch entdeckten, herzlich lachen und sich amüsieren. Wieder einmal die Bestätigung, dass Schotten und Engländer nicht einer gemeinsamen Nation angehörten

- oder?

Alles, was wir zu besuchen und uns anzusehen geplant hatten, rauschte vorüber. Kotzig erging es Elisabeth während der Fahrt über den Kanal, dafür erwies sich der Stopp bei den zuvor angeschriebenen Tengelmanns im westfälischen Ahlen als Balsam für Gaumen und Seele. Tante Else, noch dicker geworden, tischte alles auf, wonach wir ein halbes Jahr gelechzt hatten: Aufschnitt aller Art, knackige Brötchen, Schwarzbrot, herrliches Bier und zart gebratenes Rumpsteaks. Wir haben gefuttert und gebechert, bis irgendwann das Bett vorbeikam.

Morgen würden die Färbers in Neidum wieder vereint sein.

Mit der Rückkehr in die dienstliche Heimat trat bereit am Kasernentor Ernüchterung ein. Die angenommene britische Lässigkeit und die Art des schwarzen Humors kamen hier nicht an. Außerdem erfuhr die Vorfreude, das Erlernte im Geschwader an den Mann zu bringen, gleich einen erheblichen Dämpfer. Im Herbst würde das Marinefliegergeschwader 1 als erstes in der Bundesrepublik mit dem neuen Traumflugzeug, dem Starfighter F 104 ausgerüstet werden. Die Sea Hawk und ihre taktischen und waffentechnischen Belange seien nicht mehr gefragt. Die Frage durfte berechtigt sein: „War das nicht schon vorher bekannt, und warum hatte man uns dennoch zur Royal Navy geschickt?"

Mich traf es besonders hart, denn in der vollgestopften Ablage des dienstlichen Postfachs wartete bereits die Anklage meines Dienstherrn, Eigentum der Bundesrepublik Deutschland grob fahrlässig beschädigt zu haben. Der ausgesonderte Flugzeugtyp Sea Hawk war in jeder Hinsicht abgeschrieben, aber der Kopf des den Unfall überstandenen Piloten wurde gefordert.

War in der Royal Navy Fluglehrer Freddys im Ausbildungseinsatz zerstörtes Flugzeug als Kollateralschaden abgetan worden, so machten die Rechtsverdreher des deutschen Verteidigungsministers aus meinem Fall ein nationales Unglück. So wie die Medien jede Gelegenheit nutzten, die Bundeswehr als notwendiges Übel darzustellen, Fehler, menschliches Versagen und Schäden in den Streitkräften in gehässiger Weise zu publizieren, so geriet auch mein Flugunfall in die Öffentlichkeit. Ohne, dass bisher von England immer noch nicht der Flugunfallbericht eingetroffen war, hatten offenbar von der Geschwaderführung bis hinauf ins Verteidigungsministerium und so die Medien schon ihr Urteil gesprochen. Selbst meine nichtsahnenden Eltern waren von Reportern belästigt worden. Dass sich mein Kommodore nicht vor mich stellte, mir Rechthilfe anbot, enttäuschte zutiefst. Der im Dritten Reich mit Ritterkreuz Gedienten, der an der Bar große Reden schwang und die im Krieg bewährte Fliegerkameradschaft in höchsten Tönen lobte, versagte jetzt kläglich. Kapitän Klempner sah, wie Eingeweihte besser wussten, bei Parteinahme seine mögliche Beförderung gefährdet. Erstmalig verspürte ich, wie in mir der mich bisher nach vorn treibende Flutstrom der beruflichen Hingabe zu kentern drohte, abflachte und in einen Ebbstrom umschlug. Die Begeisterung für das Fliegen blieb ungebrochen, aber ich nahm mir vor, alles, was von mir zukünftig abverlangt würde, nachdenklicher und abwägender zu betrachten."

Hannes winkte ab und rief über Deck in die Nacht:

„Gute Nacht, schlaft gut, vielen Dank, dass ihr mir so lange geduldig zugehört habt. Morgen werde ich Euch erzählen, welches Nachspiel zu dem Flugunfall in Lossiemouth von meinen Altvorderen inszeniert wurde."

Im Cockpit saß die Crew wie gelähmt, schwieg. Irgendwo im Top knarrte es. Die „Esperanza" wiegte, rollte leicht, achteraus schäumte die Hecksee.

Als wenn Petrus rücksichtsvoll auf das Ende des heutigen Vortrags gewartet hätte, setzte leichter Nieselregen ein und die ersten Böen fegten heran. Das Gewitter nahte. Erstmals auf dieser Fahrt legte die Mitternachtswache Regenzeug an, die allgemein übliche Wetterkleidung wäre in diesen Breiten zu warm gewesen.

Hannes der Bruchpilot verließ das Steuerrad, seine Rednertribüne, strebte dem Niedergang zu und verschwand wortlos.

Der sechzehnte Tag auf dem Atlantik

12. 12. 2006

Die letzte Nacht wurde zu einer der unangenehmsten dieser Seefahrt. Die *Esperanza* taumelte in der See, die Wellen krachten gegen das Schiff, und waagerecht fegte ein Tropensturm durch das Rigg, erst von achtern, dann schnell drehend plötzlich mit voller Wucht von vorn, stundenlang anhaltend.

Wir erlebten einen Gefahrenzustand, ähnlich wie ihn Hannes zuvor beim Fliegen geschildert hatte.

Bis Mittag blieb der Himmel bedeckt. Nach Abklingen des Sturms, sicherlich eine Art Hurrikan, lebte die Mannschaft wieder auf. Unter Deck musste aufgeklart werden Die Genuas wurden wieder gesetzt. Es weht wieder eine schiebende Brise.

Ernüchterung und Erstaunen, als die Position überprüft wurde. Wir hatten in der Nacht keine Meile gut gemacht, nur am Tage vor dem Unwetter, aber als der Sturm von vorn kam, sind wir trotz der 4 Knoten durchs Wasser unter Motor schlichtweg wieder nach Osten verschoben worden.

Fast wie gestern trennten uns noch mehr als 700 Seemeilen von Barbados. Nur das vom Smut gezauberte Mittagessen und zwei Bier pro Nase minderten die Traurigkeit über das miserable Etmal.

Der heraufziehende Abend entschädigte mit einem Naturschauspiel für die zuvor erlittene Schlappe.

Zurzeit des Zwielichts funkelte der Atlantik rubinrot im sanften Nachglühen der Sonne. Die anschließend rauchblaue Färbung der dahinschwindenden Dämmerung verlieh dem Beginn von Hannes´ abendlichem Vortrag einen magischen Hauch.

Hannes stand schweigend hinter dem Ruderstand, bis die brandrote Sonne langsam hinter der Kimm versank. Nur ein blassgoldener Streifen säumte den Horizont.

Erst als, und das geschieht in den tropischen Gewässern plötzlich, die Nacht wie ein dunkles Tuch über das Schiff einschwebte, erhob Hannes seine Stimme:

„Ihr Lieben, was ich euch heute zu berichten gedenke, dem fehlt der romantische Touch des eben Erlebten, es ist weitaus nüchterner und ist eher angelehnt an die unruhige Seefahrt heute Nacht.

Ich nenne es mal:

Die Luft wird dichter

28

Dieses Mal glich die Rückkehr nach Neidum der Heimkehr des verlorenen Sohnes. Als wir bei den Eltern vorfuhren, stürmte uns auf dem Kiesweg ein kleiner Junge entgegen. „Christian", schrie Elisabeth auf, „wie bist du groß geworden!" Er flog ihr in die Arme. Sie fing ihn auf, schwenkte ihn in die Luft, dem Kleinen perlte Geplapper über die Lippen und immer wieder das Wort Mammi, Mammi. Das rührte alle Herumstehenden zu Tränen; wieder abgesetzt, schaute der Kleine ernst an mir hoch, sah zur Oma hin, zeigte auf mich und rief: „Oma, wen hat Mammi da mitgebracht?" Alle lachten. Trotz aller Aufklärung hat mich mein Sohn noch tagelang als Onkel angesprochen.

Oh, oh, ich hatte viel aufzuholen. Mutter herzlich umarmt, die vergoss Freudentränen, Vater schluchzte vor Freude. So hatte ich ihn noch nie erlebt. Er wirkte fröhlicher, sicherlich durch den Umgang mit seinem Enkel. Nachbar Henningsen brachte Blumen und zeigte auf den Flaggenmast in seinem Garten. Daran wehten die schleswig-holsteinischen Farben. Er ergriff Elisabeths Hand und sagte: „Das ist für euch als Willkommensgruß!"

Am nächsten Tag großes Hallo in der Staffel. Mit „Unsere Tommies sind wieder da" wurden wir empfangen, mussten gleich berichten und versuchten die vielen Fragen zu beantworten, hatten aber selbst ebenso viele Fragen, denn manches schien sich in dem halben Jahr unserer Abwesenheit verändert zu haben.

Einige neue Gesichter vergrößerten die Runde, Umschüler aus der amerikanischen Fliegerschulung stellten sich vor.

Nach unseren Stories waren die Daheimgebliebenen dran, uns in die Neuerungen am Platze einzuweihen.

Während in Jagel sich die zwei Jagdbomberstaffeln etabliert sahen, wartete die vor zwei Jahren nach Nordholz bei Cuxhaven verlegte Gruppe als Grundstock des 2. Marinefliegergeschwaders auf die Verlegung zum Flugplatz Eggebek, aber mit gedämpfter Freude. Von der Luftwaffe 1962 fertig gestellt, dann aber nicht genutzt, war der Platz der Marine angeboten worden, die ihn bedenkenlos übernahm. Die jüngere Generation, inzwischen gediegene Jetpiloten, erkannte sofort den Pferdefuß der großzügig erscheinenden Überlassung. Zwischen Flensburg und Schleswig als schmales Handtuch ins Gelände gelegt, war die Start- und Landebahn in Nord-Süd-Ausrichtung gebaut worden.

Was war daran so verkehrt?

Nun, entsprechend den vorwiegend in Schleswig-Holstein vorherrschenden Windrichtungen hatte man seit Anbeginn der Fliegerei Flugfelder sowie Start- und Landebahnen bisher in westöstlicher Ausrichtung gebaut. Die späte Erkenntnis im Führungsstab der Luftwaffe in Bonn, dass hier ein anderes Konzept, gepaart mit fachlicher Inkompetenz, in ein Millionengrab zu führen drohte, veranlasste den

Verteidigungsminister, diesen unsinnigen Flugplatz der Marine anzudienen, die in ihrem damaligen Führungsstab keinen erfahrenen Piloten hatte und daher mit diesem Danaergeschenk bis zur schmerzlichen Auflösung des Tornado-Geschwaders im August 2005 vorlieb nehmen musste.

Freund Hanno gehörte zu den ersten Piloten, die dorthin versetzt wurden. Wir Englandheimkehrer sahen uns in unserer Staffel in Jagel besser aufgehoben und hofften mit unseren Erfahrungen und roten Hosenträgern künftig jüngere Kameraden beeindrucken zu können. Schließlich hatte man uns zu diesem Zweck auf die Insel geschickt.

Die kopfschüttelnden Zuhörer konnten nicht glauben, dass uns Kommodore Klempner den seit langem eingereichten Urlaub in England gestrichen hatte, nur um uns drei Hanseln zu seiner Verabschiedung für 10 Minuten in Reih und Glied stehen zu sehen.

Als wir davon erzählten, brach großes Gelächter aus. Dazu gab es die Erklärung: „Ihr armen Schweine, die Verabschiedung ist bereits vorige Woche gewesen. Klempner ist vorzeitig nach Bonn in den Führungsstab versetzt worden, und Melanchthon, unser Schnellaufsteiger, sitzt bereits in seinem Sessel.“

Dass niemand in der Geschwaderführung auf den Gedanken gekommen war, uns in England von der Änderung zu unterrichten, das verschlug uns die Sprache und ließ Zorn aufkommen, der sich schnell verflüchtigte, denn alle wollten ganz genau wissen, wie es denn zu Karis Bomb Hangup und zu meiner Bauchlandung gekommen sei.

Brühwarm habe Klempner tags darauf beim morgendlichen Briefing, das Fernschreiben in der Hand, vor dem gesamten fliegenden Personal die herbe Neuigkeit, wie er sagte, verbreitet und geendet mit dem Ausspruch: „Das wird noch Konsequenzen haben!“

Das ließ Böses ahnen, denn hier galten die großzügigen Spielregeln der Royal Navy nicht mehr. Das Personalkarussell hatte sich zurzeit unserer Abwesenheit erheblich gedreht. Melanchthon war Staffelkapitän, als ich ins Geschwader kam, danach ein paar Monate Kommandeur der Fliegenden Gruppe, zwischendurch dreimal befördert worden und entglitt jetzt als Kommodore und Kapitän zur See zu olympischen Höhen.

Was für eine steile Karriere!

Die Berichterstattung beim Staffelkapitän, der aus den Reihen der älteren Staffelkameraden aufgerückt war, verlief in wohltuender freundlicher Atmosphäre und ließ nicht ahnen, was als nächstes bei der Rückmeldung beim frisch gebackenen Kommodore Melanchthon zu hören sein würde.

Melanchthon ließ uns lange warten, eine seiner bereits bekannten menschlichen Eigenschaften, offenbar die Taktik, seine Besucher zu verunsichern und nachdenklich zu machen.

Seine Vorzimmerdame peinigte schmerzvolle Hässlichkeit, sie glich einer Vogelscheuche, hielt sich aber für einen unüberwindbaren Vorzimmerdrachen, der über den Terminkalender des höchsten Offiziers des Geschwaders zu befinden hatte. Keinen Blick an uns vergeudend, als wir drei freundlich grüßend in ihre heilige Halle eindrangen, hämmerte sie vornübergebeugt auf der Schreibmaschine herum. Irgendwo tickte dazu eine Uhr, und an den Fenstern irrten Fliegen hin und her. Auf einer harten Bank saßen die bestellten Besucher, warteten und warteten.

Endlich summte aufschreckend das Telefon. Sie ergriff den Hörer sah uns an, zeigte auf die Tür und flötete: „Herr Kapitän zur See Melanchthon ist gesprächsbereit!"

Kari murmelte im Vorbeigehen aus dem Mundwinkel, für den Vorzimmerdrachen unhörbar: „Blöde Kuh, Schreckschraube!"

Die wir Melanchthons Verhalten und seine Wutausbrüche kannten, wussten, wie man sich ihm gegenüber verhielt. Wie nicht anders erwartet, saß er mit versteinerter Miene in seinem Sessel hinter dem Schreibtisch, musterte seine Besucher und schnarrte los: „Erzählen Sie, schießen Sie los, aber kurz und bündig!"

„Jawohl, Herr Kapitän." Keiner machte viele Worte.

Am Ende schickte er Nolle hinaus und bot Kari und mir einen Stuhl an. Und dann kam das Unerhoffte und Unerwartete.

„Meine Herren, auf Grund Ihrer Flugunfälle werden Sie beide bis auf weiteres nach Kiel zum Kommando der Marineflieger abkommandiert, um zum einen der Unfallkommission zur Verfügung zu stehen und zum anderen eine Dokumentation über das in England Erlernte zu verfassen. Fliegen können Sie weiter als Inübungshalter. Wenden Sie sich dazu an meine Fliegende Gruppe. Das wär´s. Danke."

Halb erstarrt, gelang uns die anerzogene Ehrenbezeugung, und draußen, vorbei am Vorzimmerdrachen, schnappten zwei Erschütterte nach frischer Luft. „Was will er mit uns machen?"

Dass jeder Flugzeugführer irgendwann einmal an den Schreibtisch geraten würde, war vorauszusehen, aber dass es uns so früh erwischen würde und das unter diesen Umständen, das machte betroffen. Kari und ich werteten diese Abkommandierung zur vorgesetzten Dienststelle als vorauseilende Aburteilung.

Schon einmal hatte Kari als angeforderter Berater des Organisationsreferenten, kurz A 3 genannt, für einige Wochen dem Fliegen Adieu sagen müssen. Dieses Mal würde man uns sicherlich länger vereinnahmen. Wir jungen Piloten mieden die vorgesetzte Dienststelle, die einem Elefantenfriedhof glich, fernab jeglichen Düsenlärms, wo nur leises Rascheln wichtiger Papiere die Ruhe störte, wo graue Köpfe der Kriegsgeneration sich mühten, der modernen Fliegerei sinnvolle Weisungen zu erteilen.

Als frisch gebackene Leutnante waren wir noch mit Respekt durch die Hallen des Kommandos der Marineflieger zum Vorstellungsgespräch gegangen, jetzt aber mit gewachsenem Widerwillen zu einer dienstlich verordneten Tätigkeit, deren Sinn und Zweck schwerlich zu erkennen war.

Nach drei Wochen lag die gewünschte Dokumentation über das in Lossiemouth Erlernte auf dem Tisch des A 3. Der gute Mann, um die 50, ein näselnder Sachse, der sich offenbar zu Höherem berufen sah, wusste mit dem ihm Vorgelegten wenig anzufangen, tat überrascht über die schnell erledigte Arbeit und verfügte, wie uns der Bote der Registratur später verriet, die mit Herzblut geschriebene Dokumentation auf Wiedervorlage ohne Datum. Wir hatten wirklich geschuftet, um uns der gestellten Auflage zu entledigen, denn es galt Freiraum zu schaffen, um als Inübungshalter im Geschwader Flugstunden einzuheimsen, was manchmal einer Bettelei glich. Kari und ich blieben hartnäckig, schließlich winkte am Horizont die Hoffnung, bald zur Umschulung auf die F 104 Starfighter nach Nörvenich abkommandiert zu werden. Hanno war gerade von der Ausbildung zurückgekommen, Nolle und ihn hatten sie kürzlich mit einigen anderen dorthin geschickt. Wenn auch zwar erst wenige der Edelvögel von der Industrie an die Marinefliegerei ausgeliefert worden waren, flogen sie doch bereits über Jagel ihre Runden. Wenn beim Nachbrennertest vor dem Start die Luft voller Heulen war und dann beim Anrollen mit Gewitterdonner die Schweißflamme im Hintern der F 104 aufleuchtete, dann weideten sich alle Augen an dem Anblick. Der silbrige Pfeil mit seinen Stummelflügeln ging ab wie eine Rakete, ein neues Zeitalter der Fliegerei schien angebrochen zu sein. Und wir beide, aus England zurückgekehrt, hoch motiviert und fliegerisch, wie wir uns sahen, auf dem Zenit der Erfahrung, standen zwischen zwei Sea Hawks, die im Vergleich zu dem steil in den Himmel aufsteigenden Ikarus schwerfälligen Dinosauriern glichen.

Warum ließ uns die Flugunfalluntersuchungskommission so lange hängen?

Zur Befragung reisten aus dem Verteidigungsministerium und vom Flottenkommando fliegerisch fachunkundige Rechtsberater und angeblich wohlwollende Gutachter an, die, wie wir herausbekamen, zwar im Krieg eine Me 109 geflogen, aber von der modernen Jetfliegerei keine Ahnung hatten. Manche dieser Sitzungen glichen den Verhören von Kriminellen.

Die Herren führten von oben herab, einen Vernehmungsstil im immer deutlicher spürbaren Niedermacherton, um uns in England gestrandeten Würstchen Schuldgefühle einzujagen.

Wochen gingen dahin, inzwischen beschäftigte unser A 3 seine beiden Piloten mit dem Auftrag, für Waffenübungen der F 104 in der westlichen Ostsee ein Schießgebiet auszumachen.

Dieser Auftrag war schnell als leere Verlegenheitsbeschäftigung zu erkennen; das löste noch mehr Frust aus. Zu Hause maulte Elisabeth, weil ihr Mann immer unzufriedener vom Dienst nach Hause kam, und Nancy beschwerte sich über Karis lauter werdendes Geschimpfe. Wir fühlten uns von unserm Verteidigungsminister, damals Kai Uwe von Hassel, als Opferlämmer der Justiz vorgeworfen. Wir hatten so gehofft, er hätte sich vor uns gestellt.

Mal wieder im Geschwader, als zufällig der Herr Verteidigungsminister eine Visite durchführte, nahm ich an einem Essen in der Offiziermesse teil, nicht allein, weil es zum Mittag Salzhering und Pellkartoffeln gab, sondern weil Kommodore Melanchthon seinem hohen Gast demonstrativ vorführen wollte, wie stoisch das fliegenden Personal die spartanisch karge Truppenverpflegung einnahm. Von der Geschwaderführung an seinen Platz begleitet, während wir, eingeweiht, in das was geschehen würde, in Erwartung hinter den Stühlen standen, winkte er freundlich in die Runde, stutzte und staunte, auf dem Tisch ohne Tischdecke lediglich einen Teller, darauf einen Hering, Messer und Gabel und ein Küchenmesser vorzufinden. Von Hassel machte eine joviale Handbewegung, man setzte sich. Zwei Köche schleppten einen riesigen dampfenden Aluminiumtopf herein, kanteten ihn an der Stirnseite der Tischreihe an, ein kurzes Kommando hallte durch den Saal. Die Pilotenschar winkelte die Unterarme an, Ellenbogen an Ellenbogen mit dem Nachbarn entlang der Tischkante als Wall, und schon rollten, hüpften und purzelten Hunderte von Pellkartoffeln vorbei. Als die kullernden Erdäpfel zur Ruhe gekommen waren, empfahl Melanchthon dem verdutzten Verteidigungsminister zuzugreifen. Das Schälen und Pellen mit den Küchenmessern erwies sich als ungeahnte Schmiererei. Überall klebten Schalen und Kartoffelreste. Kai Uwe von Hassel machte schnell gute Miene zu dem Spiel und hatte die Message dieser Einladung auch begriffen. Danach soll die Truppenverpflegung tatsächlich im Etat höher angesetzt worden sein. Anschließend bot sich in der Bar bei einem für alle Anwesenden von ihm gespendeten Bier die Gelegenheit, ihm, wie er sagte, persönliche Wünsche vorzutragen. Kaum hatte er das ausgesprochen, glich der Mann einer belagerten Festung, nicht von uns Piloten umringt, sondern von Stabsoffizieren des Geschwaders, die kaum jemand von uns Flugzeugführern kannte. Die gaben einem Subalternen keine Chance durchzukommen. Sollte ich aufgeben? Sollte eine nicht wiederkehrende Möglichkeit vertan werden, Karis und mein Anliegen vorzutragen? Ich musste es versuchen, doch die Menschenmauer schien undurchdringlich. Da sah ich Melanchthon abseits stehen, sofort zu ihm hin, ein paar Worte, er nickte und zog mich durch die Menge. Vor dem Kommodore wichen die drängelnden Bittsteller zurück. Kurz dem Verteidigungsminister vorgestellt, durfte ich den Sachverhalt und vor allem den bürokratischen Schleichgang der Bearbeitung vortragen. Das veranlasste ihn, einen seiner Begleiter heranwinken, der einige Notizen zu machen hatte. Danach schüttelte mir mein höchster Chef die Hand mit den Worten: „Ihnen wird Recht geschehen, so wie es die Unfallakte offenbar zu erkennen gibt."

Fittiche der Erleichterung über dieses Versprechen trugen mich als erstes zu Kari, der seit einigen Tagen mit einer Grippe das Bett hütete. „Junge, komm hoch, es wird alles gut werden!"

Ein paar Tage später traf vom Übersetzerdienst aus Euskirchen ein Paket im Kommando ein, die deutsche Version und das britische Original der Unfallakte. Der Herr Kapitän, der A 3, der es liebte, alle Türen seiner Abteilung offen stehen zu haben, rief laut aus seinem Zimmer, dass es über den Gang hallte: „Färber!"

Ich wusste von der Registratur, dass er die Akten seit Stunden studierte. Nochmals schallte es durch alle Räume: „Färber!"

Zählte ich zu seinen Hunden, sollte ich in Demutshaltung hinlaufen?

Den Boten der Registratur titulierte er mit „Herr Gefreiter Möllemann", und ich durfte nur einen Nachnamen haben? Nicht mit mir. Aus dem Faust zuckte mir eine Passage durch den Sinn und ich rief, ohne meinen Hintern vom Stuhl zu lüften: „Wer ruft mir?"

Stille, dann Getrappel und im Türrahmen erschien mein Chef, sah mich mit aufgerissenen Augen staunend an und sächselte los:

„Färber gönnen se gein Deitsch, das heißt mich!"

„Nein, - mir - Herr Kapitän, lesen Sie bitte Goethes Faust."

Er schüttelte den Kopf und machte abwinkend eine Entschuldigungsgeste: „Ah, nu, den meinen Se, der an der Wartburg die 10 Gebote angeschlagen hat, na dann gommen Se mal mit!"

Was lag da auf dem Schreibtisch? Besonders heiß ersehnt, die englische Akte, knapp einen Zentimeter dick. Die deutsche Übersetzung dagegen maß Brockhausumfang. Darin hatte sich der A 3 vergraben; selbst kein Flieger, des Englischen nicht sonderlich mächtig, hatte er die englische Version beiseite geschoben, doch nach der griff meine Hand.

„Nee, nee, mein Lieber, hier zählt nur die deutsche Übersetzung, und die geht gleich an den Rechtsberater im Flottenkommando, aber wenn Sie glauben, das Englische lesen zu müssen, dann machen Se mal, deutsche Piloten sprechen ja ohnehin nur noch diese Sprache."

Diese Gehässigkeit überhörend, zog ich wortlos mit der englischen Version ab. Und wie gut auch die Idee, die gesamte Akte klammheimlich zu fotokopieren und dem Freund meines Schwiegervaters zuzuschicken, der sich als Anwalt und Sportflieger angeboten hatte, mich vor Gericht zu vertreten, denn darauf schien alles zuzusteuern.

Kari und ich, anfangs hoffend, nun würde endlich der Stein ins Rollen kommen, wurden bitter enttäuscht.

Auf Weisung von Bonn galt nur die deutsche Übersetzung, Der britischen unterstellte die deutsche Untersuchungskommission, ihr sei nur der Wert einer kameradschaftlichen Gefälligkeitsbeurteilung beizumessen. Im Übersetzungstext wimmelte es von unverständlichen Wortgebilden. Nicht tätigkeitsspezifische Begriffe und Terminologien offenbarten, dass hier nach dem Wörterbuch und nicht mit fachlichem Sachverstand gearbeitet worden war.

Uns schwoll die Zornesader bei der sich aufdrängenden Frage: Warum setzte der Dienstherr alles dran, uns ans Messer zu liefern? Gegen zwei bisher der Republik mit Leib und Leben untadelig dienende Berufssoldaten boten die Rechtsverdreher des Ministeriums alles auf, um sie als Sünder ans Kreuz zu nageln.

Mit einem schriftlichen Gesuch an den Inspekteur der Marine in Bonn boten Kari und ich noch einmal alles auf, unsere Situation zu schildern mit dem zarten Hinweis auf die misslungene deutsche Übersetzung, verbunden mit dem Vorschlag, Hilfestellung bei der Interpretation der Lossiemouthdarstellung leisten zu wollen. Eine Antwort blieb aus. Noch viel härter traf uns die Mitteilung des Geschwaders, dass der Flugbetrieb mit Sea Hawks eingestellt sei. Die noch flugfähigen Maschinen würden demnächst an die Indische Marine ausgeliefert werden.

Kein Fliegen mehr bedeutete, innerhalb kürzester Zeit den Flugzeugführerschein zu verlieren und damit die lukrative Fliegerzulage und vor allem die Chance verspielt zu haben, auf den Wundervogel, den Starfighter, umgeschult zu werden

Kari fehlte bereits seit Tagen an meiner Seite, eine Grippe fesselte ihn daheim ans Bett. Ich besuchte ihn mit einer teilweise erfreulichen Mitteilung. Unterzeichnet von einem Beamten des Bundesrechnungshofes stand zu lesen, dass Karis Maschine abgeschrieben worden sei und gegen ihn keine Regressansprüche mehr erhoben werden, allerdings empfahl das Schreiben, die Schadensursache diziplinar zu ahnden. Mir teilte man mit, dass auf Grund der Aussonderung des Flugzeugtyps Sea Hawk die bestehende Forderung von DM 1.35 Mio. auf DM 135.000,-- abgesenkt worden sei.

Was hatte das zu bedeuten? Würde das Verfahren eingestellt werden? Seit fast einem Jahr ging nun dieser Zirkus. Karis mildes Lächeln ist mir im Gedächtnis geblieben. Er wirkte schlapp und mutlos. Zwei Tagen später erschien er in Kiel, lief grußlos an meiner Tür vorbei. Ich erwischte ihn auf der Treppe hinauf in die Chefetage:

„He Sportsfreund, was ist los?" Er blieb stehen, schaute mich traurig an, hatte Tränen in den Augen und flüsterte: „Ich hau in Sack, ich kündige, Nancy und ich haben seit Tagen alles durchgesprochen, ich gehe mit ihr in die USA zurück nach Idaho zu ihren Eltern. In diesem Theater möchte ich nicht länger Statist sein."

Wir beide haben uns noch einmal getroffen, beim Abschied zum Abflug auf dem Flugplatz Hamburg-Fuhlsbüttel. Elisabeth und Nancy schluchzten, lagen sich in den Armen.

Wir beide sahen einander lange stumm an, nahmen uns an die Schultern. „Mach´s gut", und plötzlich, wie abgesprochen, kam es uns gleichzeitig über die Lippen, ein Verslein aus der gemeinsamen Jagdbomberzeit in Arizona:

This is to me in my sober days
when I ponder sit and think
and this is to me in my drunken days
when I gamble, sing and drink
and when my flying days are over
and from this happy world I pass
I want them to bury me upside down
that the world can kiss my arse.

Eine Übersetzung erübrigt sich, Fliegerlyrik ist nichts für sensible Ohren. Sicherlich hätte der Sprachübersetzungsdienst in Euskirchen daraus etwas ganz anderes gemacht. Doch daran dachte niemand beim Abschied, der ein endgültiger werden sollte. Kari studierte Geschichte in den USA. Drei Jahre später muss es wohl gewesen sein, hielt mir Elisabeth abends nach der Rückkehr vom Dienst einen Brief entgegen, von Nancy. Ihr Mann, mit dem ich in der Luft so manche haarige Situation gemeinsam gemeistert hatte, war überraschend am heimtückischen Krebs gestorben.

Am Tag darauf, nachdem die beiden auf Nimmerwiedersehen verschwunden waren, bin ich mit Wut im Bauch von Neidum nach Kiel mit dem festen Vorsatz gefahren, reinen Tisch zu machen. Diese Hinhaltetaktik musste ein Ende haben. Lauthals habe ich im Wagen meine Rede, Argumente und Vorhaltungen geübt, zuletzt laut herausgebrüllt.

Die Überlegung und   Frage quälten, wohin zuerst: Zum Chef des Stabes, dem Disziplinarvorgesetzten der Offiziere, oder an ihm vorbei gleich zum Admiral? Kari hatte sich beim Chef des Stabes abgemeldet und mir anschließend von ihm berichtet. Er sei ein freundlicher, um Selbstprofilierung bemühter Mann, die wenigen Haare mit Brillantine an den Kopf geklebt, sehr gesprächig und ohne Grund immer lächelnd, - eine komische Type!

Die Stabsangehörigen im Hause der Marineflieger kannten ihn nur flüchtig und waren ihm zumeist zufällig begegnet, wenn er am späten Vormittag mit Getöse zum Dienst erschien und durch das Treppenhaus rauschte. Dem Herrn Kapitän im aufgeknöpften wehenden Mantel folgte sein Fahrer und Aktenträger in devot abgebeugter Haltung. Oben klappte dann eine Tür, danach Ruhe. Minutenlang noch waberte durch den Flur der Duft eines leicht süßlichen Rasierwassers. Wir Jüngeren kamen mit diesem Mann, der eigentlich unser Sorgenvater sein sollte, nur zweimal In Kontakt. Beim ersten Tag des Dienstbeginns in der Kommandobehörde und zur nächsten Versetzung bei der Abmeldung oder vielleicht zwischendurch, wenn man diziplinar von dem dann nicht mehr so freundlichen Herrn zusammengefaltet wurde. Oder auch wie bei Kari, wenn jemand vorstellig wurde, wie wir sagten, um „in den Sack zu hauen" zu kündigen.

Kari war von dem Lackaffen, wie er ihn nannte, enttäuscht. Mit großväterlichem Gehabe hätte ihn der Pomadige mit zum Segen ausgebreiteten Armen wortreich verabschiedet, aber weder nach dem Grund der Kündigung, noch dem weiteren beruflichen Weg gefragt. Es ging alles sehr schnell, offenbar war der Besucher bei der Lektüre eines spannenden Romans gestört worden, der als einziges Stück Papier auf dem sonst leeren Schreibtisch lag.

Aus dieser Ecke war nicht viel Zuspruch oder gar Hilfe zu erwarten, dann wohl doch lieber unter Umgehung des Dienstweges gleich direkt zum höchsten Chef vordringen, dem ehrwürdigen Flottillenadmiral Maletzke.

Beim Fliegen spürte ich keine Erregung mehr, jetzt aber vor den Thron des Allerhöchsten zu treten, ließ je näher das Vorzimmer heranrückte, den Adrenalinspiegel steigen. Bloß nicht nervös werden, cool bleiben!

Gemessenen Schrittes hinein zur Vorzimmerdame. Ohne mich eines Blickes zu würdigen, hörte ich sie sagen: „Zu wem möchten sie bitte, sind sie angemeldet?" Innerlich ohnehin schon am Siedepunkt, und dazu diese blöde Frage, muss ich wohl ein wild entschlossenes Gesicht gezeigt haben; denn als sie von ihrer Schreibmaschine aufsah, federte die Hochblondierte erschrocken zurück. Ich wunderte mich über meine eigene Courage. Wenn auch in gedämpften Ton pfiff ich sie an: „Da will ich rein, jetzt und sofort, sonst ist hier die Hölle los!"

Sie glaubte, dass ich sie bei Verweigerung würgen würde, sprang auf, eilte zur Admiralstür, riss sie auf und schlüpfte durch einen kleinen Spalt ins Hochheiligtum. Mit einem erleichterten Lächeln kam sie zurück, hielt dem Besucher sogar die Tür auf.

Der Admiral, oberster Marineflieger, übrigens ein von der Luftwaffe herübergeholter und in Marineblau umgekleideter Brigadegeneral, drückte in dem bereits überquellenden Aschenbecher seine Zigarette aus, bot mir den vor seinem Schreibtisch stehenden Ledersessel an und fragte leutselig nach meinem Anliegen. Bewundert glitten meine Augen durch den holzgetäfelten Raum. In derartigen Gemächern also residierten die Spitzen der Marine, gewaltige Gemälde an den Wänden, verächtlich von uns Jungen als Ölschinken belächelt, ein breiter, ausladender Eichenschreibtisch, sicherlich aus Kaisers Zeiten, und darüber schwebte als bläuliche Wolke heftiger Tabakmief.

Mein Gegenüber, ein gepflegter älterer Herr, den ich als meinen Admiral bisher nur aus etwa 100 Metern Entfernung hatte wahrnehmen dürfen, schmunzelte freundlich, rückte sich auf seinem Sessel in eine gemütliche Stellung, nahm mir so die Scheu und ließ mich plaudern.

Nach einigen Sätzen wurden die Admiralsaugen ernster und größer, dann ging langsam die Hand hoch, unterbrach meinen Redefluss und fast tonlos erfolgte leise die Frage: „Sie gehören doch zu den beiden Lossiemouth-Lehrgangsteilnehmern, die hier im Kommando lediglich die Dokumentation ihrer Erfahrungen niederschreiben und abliefern sollen. Stattdessen erzählen sie mir, dass sie zur Anhörung und das bereits seit Monaten, ihrer in England missglückten Landung beim A 3 hocken, statt in Jagel zu fliegen. Davon weiß ich nichts, das hat der A 3 bisher mit keinem Wort erwähnt. – Dazu meine Frage: „Warum zieht sich die Entscheidung über den Unfallhergang so lange hin?

Ich witterte Morgenluft. Jedes weitere Wort, sorgsam platziert, müsste dem A 3, der offenbar Karis und mein Problem nie vor den Admiral gebracht hatte zur Halsschlinge werden. Maletzke zeigte mit einem Male hochgradiges Interesse und bohrte nach: „Und wo steckt ihr Fliegerkamerad?“

„Sie meinen den Oberleutnant Kernmayer?“

„Ja, wo ist der heute?“

„Entschuldigung Herr Admiral, das wissen sie nicht? Der hat vor einigen Tagen gekündigt und ist gestern mit seiner Familie in die USA abgeflogen. Ich habe ihn verabschiedet.“

„Wie bitte?“ Der Admiral war blass geworden, wiegte den Kopf hin und her und murmelte vor sich hin: „Das kann nicht wahr sein, das muss mein Chef des Stabes abgewickelt haben“ und lauter: „Da lassen wir einen teuer ausgebildeten, erfahrenen Einsatzpiloten, ausgestattet mit einer gediegenen Spezialausbildung, sang- und klanglos gehen, - nicht zu fassen!“

Die Stirn des nachdenklich Gewordenen kräuselte, er wirkte bleicher als zuvor, erhob sich mit einem Ruck, riss das Fenster auf und ich hörte, wie er wütend durch die Zähne zischte: „Da ist alles völlig an mir vorbeigegangen, verdammt noch mal!“

Er versuchte, vor mir seine Erregung zu verbergen, darum bemüht, nicht laut zu werden. Mit zitternden Händen fummelte Maletzke aus der auf dem Schreibtisch stehenden Silberschatulle eine Zigarette heraus, steckte sie an, zog hastig den Qualm ein und drückte auf das Knöpfchen am Telefon. Es knackte. Hüstelnd fordernd befahl er: „Hildchen, schicken sie mir den A 3 hoch, aber subito“, und zu mir gewandt: „Sie Färber, verlassen mich jetzt, heute Nachmittag werde ich sie wieder zu mir bestellen.“

Auf dem Weg nach unten keuchte der A 3 die Treppe hoch, sah mich entsetzt an, blieb kurz stehen und giftete: „Sind sie gerade bei ihm gewesen, und das ohne mich zu fragen?“

„Jawoll, Her Kapitän!“

„Und weswegen?“

„Das wird er ihnen wohl selbst sagen.“

Der A 3 pumpte: „Mein lieber Färber, das wird eine Nachspiel haben!“ - und hastete weiter. Unten im Flur angekommen, ging ein älterer Oberstabsbootsmann vorbei, grinste und fragte:

„Na, dicke Luft, ei, ei, wer ist denn da zum Alten gerufen worden?“

Mir war danach zu antworten: „Ein Arschloch!“

Zu dieser Äußerung wurde zustimmend genickt: „Aha, Herr Kaleu, dann weiß ich Bescheid, ein sächsisches!"

Selten hat mir das Mittagessen in der Messe so gut geschmeckt. Das lag wohl an der guten Laune, die mich trug. Zwar gab es nur verkochte Kohlrouladen mit viel Kohl und wenig Füllung, aber es hätte auch schlechter sein können. Mich durchflutete Stolz und Freude, eigenes Schulterklopfen wäre angesagt gewesen: Mensch Färber, das mit dem Admirals haste gut gemacht! Kurz nach 16 Uhr schrillte mein Telefon. Seit Stunden wartete ich bereits darauf. Das schreckhafte Hildchen rief an: „Sie sollen bitte zum Admiral kommen!" Im Eilschritt gleich zwei Stufen auf einmal genommen, stand ich vor Hildchen, sie nickte und öffnete die mir wichtige Tür. Hinter seinem Schreibtisch stehend wartete Admiral Maletzke, er zeigte auf den Ledersessel, den ich schon kannte.

„Setzen sie sich, ich habe gerade in ihrer Angelegenheit ein Schreiben an den Staatssekretär verfasst, hat mir meine Vorzimmerdame gerade geschrieben". Er deutete vor sich hin und bemerkte: „Hier liegt es, - aber Moment, ich habe etwas vergessen, bin gleich wieder da", eilte auf die gepolsterte Zwischentür zu, ging raus und zog sie von außen hörbar ins Schloss. Ich saß allein in dem verqualmten Zimmer, stierte erst an die Decke und dann auf den Schreibtisch. Da lag das besagte Schreiben. Ich wartete, er kam nicht gleich zurück. Waren es Sekunden oder Minuten, die verstrichen. Die Neugier wuchs. Plötzlich durchzuckte mich ein Gedanke. Hat er nicht sehr auffällig auf das Schreiben hingewiesen, bevor er unverständlicherweise nicht sein Hildchen rief, sondern sich zu ihr auf den Weg machte? Glühendheiß durchzuckte die Erkenntnis: Ach Hannes, du Spätzünder, Du sollst lesen, was er dem Staatsekretär geschrieben hat, das, was er dir nicht sagen kann, nicht darf und nicht möchte. Zur Tür sichernd räkelte ein Spätbegreifender aus dem Sessel, fingerte mit schweißfeuchter Hand nach dem Papier und las Erstaunliches, ja Unerwartetes. Die wichtigsten Zeilen sind in Erinnerung geblieben. Da stand unter anderem:

„Ich bitte mich von meinem Posten als Kommandeur der Marineflieger abzulösen, wenn nicht dem Kapitänleutnant Färber in der Angelegenheit......... unverzüglich eine gerechte Beurteilung seines angeblichen Vergehens widerfährt.......Außerdem sehe ich nicht ein........"

Weiter kam ich nicht, es knackte in der Tür. Der Neugierige sank höchst befriedigt in den Ledersessel zurück, um gleich darauf wieder aufzuspringen und ehrfurchtsvolle Haltung anzunehmen.

Der alte Maletzke muss wohl die Bewunderung in meinen feucht glänzenden Augen wahrgenommen haben. Er schmunzelte, ahnte, dass sein Angebot angenommen worden war. „Tut mir leid, Färber, dass ich sie warten ließ. Ich möchte ihnen noch mit auf den Weg geben, dass ich heute Vormittag mit Ihrem A 3 ein paar Worte gewechselt habe. Ich verspreche ihnen, es wird alles gut!"

Seine Hand streckte sich mir entgegen, dahinter am Ärmel der balkendicke Goldstreifen des Admirals. Ich spürte erstmals den Händedruck meines höchsten Vorgesetzten. Ein gestammeltes „Danke Herr Admiral" muss mehr gehaucht als gesprochen worden sein. Wie auf Federflaum gebettet, schwebte ein Kapitänleutnant an Hildchen vorbei auf den Korridor.

29

In einem Schleswiger Hotel saßen 14 Tage später drei Leute zusammen und berieten über den Ablauf des kommenden Tages. Was da besprochen wurde, sollte über mein fliegerisches Schicksal entscheiden. Mein Schwiegervater, von München angereist, hatte seinen Freund, den mir empfohlenen Anwalt und Sportflieger mitgebracht.

Vor dem Verwaltungsgericht Schleswig war für den nächsten Tag die Sache Bundesrepublik Deutschland gegen den Kapitänleutnant Färber, wie es so schön zu lesen war, anberaumt worden.

Der Anwalt, mein Verteidiger, stets von allen Fortschritten und Hemmnissen, von den sich hinziehenden Anhörungen und der Beurteilung meines Unfalls durch die höchsten Gremien von mir unterrichtet, meinte ein Ass in der Tasche zu haben. Bei seiner Sportfliegerei sei er bekannt geworden mit einem Oberstleutnant Kubicki, dem er, beiläufig erwähnt, über seinen neuen Fall mit einem Marinefliegerpiloten erzählte. Kubicki konnte sich an seinen Flugschüler Färber in Fürstenfeldbruck erinnern.

Der alte Haudegen wusste, was man mit mir bisher angestellt hatte. Das veranlasste ihn zuzusagen, bei der morgigen Verhandlung als Zeuge aufzutreten. Schließlich sei er jetzt als Kommandeur der Fliegenden Gruppe eines Starfightergeschwaders kompetent genug, die zum Unfall führende Situation darstellen zu können. Ich sollte so wenig wie möglich bei der Befragung äußern und wenn, dann auf die englische Version des Unfallberichtes hinweisen.

Der entscheidende Tag begann, mir war schon ein wenig mulmig, Schmetterlinge flatterten im Magen.

Auf dem Weg hinauf über die Stufen zum Oberlandesgericht wirkten die roten Ziegelsteinmauern des mehrstöckigen Gebäudes abweisend, irgendwie bedrohlich. Hier tagte auch das Verwaltungsgericht. Links und rechts hasteten Menschen die Treppen hoch, viele in Uniform, hohe Dienstgrade, kaum dass ich jemanden kannte, nein, mein Admiral war nicht dabei.

Durch die zum Himmel aufstrebenden gewölbten Flure hallten die Schritte. Türen groß wie fürstliche Pforten und hohe Fenster sollten den Eintretenden wohl die staatliche Macht einschüchternd spüren lassen. Die Einlasspforte zum Verhandlungssaal stand weit offen. Wir wurden hinein gebeten, Schwiegervater zog es zu den Zuhörern. Dort in den Bänken drängelte sich Marine und erstaunlich viel Luftwaffe. Als ich eintrat, standen einige auf, darunter erkennbar Staffelkameraden. Sie klatschten im Takt und riefen als Chor: „Telliho, go, go, go!"

Was für ein ermunternder Empfang. Was die da riefen, verstand nur ein Flieger der neueren Generation. Es bedeutete für einen Abfangjäger, den Gegner zu erfassen und niederzukämpfen. Ganz klar, dass damit die Rechtsverdreher des eignen Dienstherren und deren Gutachter, die gefügigen Mietmäuler, gemeint waren. Ich konnte davon ausgehen, dass hier ein Musterprozess lief, spürte auch, dass Karis und mein Fall vor der Öffentlichkeit besonders der fliegenden Bundeswehr nicht verborgen geblieben war.

Die Beifallklatscher wurden von einem Gerichtsbüttel scharf zur Ordnung gerufen, einige Herren in der ersten Reihe sahen sich bemüßigt, die Sympathiekundgebung durch Drohgebärden zu tadeln. Sie blickten böse nach hinten und schüttelten mit den Köpfen.

Und wer waren die Erbosten?

Mein geliebter A 3 und, ihm fast auf dem Schoß sitzend, der mir übel gesinnte ehemalige Kommodore Klempner, extra von Bonn angereist, das Ritterkreuz unter dem weißen Schal so freigelegt, das es jeder sehen konnte. Er gedachte hier zu erleben, dass sein damals nach England geschickter, voreiliger Funksspruch, der mich wegen des Unfalls vorauseilend verdammte, hier seine Bestätigung finden würde.Die Anklage lautete auf vorsätzliche, grob fahrlässige Beschädigung von Bundeswehreigentum.

Die Verlesung endete in höhnischem Gelächter und Buhrufen aus dem hinteren Teil des Gerichtsaales. Nach seinem Aufruf zur Ordnung gerufen, zitierte der Vorsitzende in die einkehrende Ruhe hinein den Angeklagten nach vorn und bat ihn um die Darstellung aus seiner Sicht.

Beim kurzen Blick zum Verteidiger erinnerte mich seine Geste an unsere Absprache, den Mund zu halten und nur auf den Bericht der englischen Unfallkommission hinzuweisen.

Die Anklage versuchte, den Unfall so hinzustellen, als wenn der unaufmerksame Flugzeugführer Färber nach einem genüsslichen Überlandflug aus Jux und Tollerei, völlig ohne Druck und Zwang nur mal so eben aus Schusseligkeit vergessen hatte, das Fahrwerk auszufahren. Die wirkliche dem Unfall vorangegangene Situation blieb unerwähnt. Mein Verteidiger durchschaute die Absicht. Karis Bruchlandung von meiner Bauchlandung abzutrennen ließ der Anklage mehr Spielraum. Warum aber verstrichen Monate bis zu der Erklärung, Karis von Splittern verursachtes Einknicken des rechten Fahrwerks als offenbar ihn nicht belastenden Übungsschaden hinzustellen und ihm dennoch eine Disziplinarstrafe anzudrohen? Seit einem Jahr saßen zwei Piloten, einer davon hatte bereits aufgegeben, in der Kommandobehörde wie in einem Untersuchungsgefängnis ohne Ausgangssperre und waren bis zum heutigen Tag hingehalten worden.

Die Verteidigung versuchte Letzteres zu erfragen. Wurde abgewiesen. Zunächst fuhr die Bundesrepublik Deutschland, vertreten durch das Verteidigungsministerium, das wiederum vertreten durch ihre Rechtsabteilung, aus ihrem reichhaltigen Reservoir von Rechtsanwälten und Gutachtern ihre Geschütze auf, um einen der ihren, den kleinen Kapitänleutnant Färber, in einem Kugelhagel der Anklage niederzustrecken.

Als erstes rief die Anklageseite den aus ihren eigenen Reihen mitgebrachten Gutachter in den Zeugenstand. Der ältere, fast weißhaarige Herr im grauen Anzug sprach geschraubt von den unheilvollen Folgen einer Bauchlandung, von bedingt durch Routine nachlassender Achtsamkeit und endete schließlich wie die Anklage bei grober Fahrlässigkeit. Er gab sich als Psychologe aus und versuchte mir, dem Verunfallten, ein gewisses Maß an Unzurechnungsfähigkeit anzuheften. Bevor mein Verteidiger zu Worte kam, bemühte sich der Richter herauszufinden, woher der Herr Gutachter sein Wissen bezöge, ob er und wann er selbst als Pilot ein Flugzeug geflogen sei und ob er sich in die in der Unfallakte beschriebene Lage hineinversetzen könne.

Mit einem zornigen, ja beleidigten Unterton folgte die schnelle Antwort: „Selbstverständlich, sonst hätte ich mich nicht als Gutachter zur Verfügung gestellt."

Der Verteidiger bat um das Wort: „Was für einen Flugzeugtyp sind Sie denn geflogen und wann? Der Graue wand sich ein wenig: „Ich war bei der Besetzung Norwegens 1940 dabei, als Kommandant einer Ju 52, aus dieser Zeit kenne ich den hier anwesenden Kapitän Klempner."

Hinten im Saal anschwellendes Gemurmel, Gekicher, schließlich Gelächter, bis der Richter mit der Hand auf den Tisch schlug: „Ruhe dahinten" rief er den Zuhörern zu und an den Verteidiger gewandt: „Noch weitere Fragen?" Der erwiderte: „Nein danke, im Moment nicht."

Jetzt erschien Oberstleutnant Kubicki, auf den ich alle Hoffnungen setzte. Er selbst einer der älteren Generation, uns Piloten bekannt als hoch dekorierter Jagdflieger des letzten Krieges mit unzähligen Abschüssen, Dutzenden von Bruchlandungen und in der Bundesluftwaffe wieder Flugzeugführer modernster Jets.

Alle Augen richteten sich auf ihn.

Nach einigen Höflichkeitsfloskeln fand Kubicki zum Thema. Zuerst blickte er hinüber zum Gutachter, lächelte ein wenig und fand Worte, die wie Befreiungsglocken läuteten: „Gestatten Sie mir, dass ich feststelle, dass Sie hier zum einen als nicht unbefangener Gutachter auftreten und zum anderen ihr Gutachten vor vielleicht einem Vierteljahrhundert in diesen Gerichtssaal gepasst hätte. Wer hat Sie nur beauftragt, hier aufzutreten? Einem Piloten einer Ju 52, die übrigens ein starres Fahrwerk hat und zu keiner Bauchlandung fähig ist, anzutragen, eine Beurteilung über die heutige Fliegerei abzugeben, ist schlichtweg eine Unverschämtheit. Hier gehört als Gutachter ein Jagdbomberpilot her, der einen Jet der heutigen Generation fliegt und kein fast in der Luft stehendes Fliegerdenkmal des letzten Krieges. Sind Sie schon jemals in die Situation geraten, in Bruchteilen von Sekunden eine Entscheidung zu fällen, in der es um Leben und Tod geht?"

Kubicki pausierte kurz, er genoss die eingetretene Stille und knisternde Aufmerksamkeit, selbst die Anklageseite hielt es für angebracht, ihn nicht zu unterbrechen. Er fuhr fort: „Nein, sicherlich nicht. Sie und die Herren Ankläger haben am Schreibtisch monatelang daran geknökt, was ihrer fliegerfachlich und tätigkeitsspezifisch inkompetenten Meinung nach falsch oder richtig gemacht worden ist."

Mit jedem weiteren Wort machte sich der alte Haudegen zum Vermittler zwischen uns jungem fliegenden Volk und der Bundeswehrverwaltung.

„Es kann nicht sein, die teuere Ausbildung eines Flugzeugführers aufs Spiel zu setzen, ihn monatelang am Fliegen zu hindern, nur weil Verwaltung und Justiz nicht in der Lage sind, eine Anklage zu formulieren." Mein Anwalt stieß mich an und flüsterte: „Er ist von mir bestens informiert worden, er hat noch mehr im Köcher."

Der Oberstleutnant wechselte die Zielscheibe. Ohne Kapitän Klempners Namen zu nennen, geißelte er die voreilige Verurteilung eines Unfalls, die ohne Prüfung des Sachverhaltes stattgefunden hatte. Außerdem warf er dem damaligen Kommodore meines Geschwaders vor, die britische Darstellung aus Überheblichkeit unterdrückt zu haben. Kubicki hatte sich in Rage geredet, er glühte, wischte sich den Schweiß von der Stirn. Kaum hatte er das letzte Wort gesprochen, dröhnte der Saal, trampelnder und klatschender Applaus ließ das Gestühl erbeben. Der gesamte Zuschauerbereich bis auf die vordere Reihe der Honoratioren riefen: „Färber, Färber, Färber."

Weder der Gerichtsdiener noch der Richter wehrten die Sympathiekundgebung ab. Der Beifall ebbte ab.

Was aber half die Sympathiebezeugung bei der Klärung, weshalb es zur Bauchlandung gekommen war?

Der Verteidiger bat, einen Überraschungszeugen befragen zu dürfen. Und wer kam herein? Nolle, der frischgebackene Kapitänleutnant Nollenhauer, der sparsame Lossiemouthkamerad. Was wollte der hier? Er sollte doch froh sein, damals heil davongekommen zu sein, er war doch längst gelandet, als Kari und ich unsern Ringelpietz auf der Landbahn veranstaltet haben. Was konnte er wohl aussagen?

Kurz zusammengefasst, hatte Nolle uns beide gleich nach unserer Rückkehr aus England in Jagel beim Kommodore angeschwärzt, besser gesagt denunziert und Karis Bruch darauf zurückgeführt, dass er die Bomben zu spät ausgelöst habe, dadurch die Splitterbeschädigung und als Folge davon die Bruchlandung. Außerdem seien wir zu lässig mit der Rückflugzeit umgegangen.

Den gefährlichen Bombenaufhänger, der das verursacht und später mehr oder weniger zur Landung mit dem letzten Tropfen Kerosin geführt hatte, hatte er bei seiner Berichterstattung unter den Tisch fallen lassen. Was bezweckte Nolle? Kari belasten und mich entlasten? Warum, ohne gefragt worden zu sein, gab er Details preis, die die Engländer zum Schutz der Piloten bewusst verschwiegen hatten?

Jetzt ging allen das Licht auf. Wegen Nolles Verrat war Kari wegen grober Fahrlässigkeit zusammen mit seinem bauchgelandeten Staffelkameraden zur Kommandobehörde zur Vernehmung geschickt worden. Da jedoch sowohl in der englischen Akte als auch in der deutschen Übersetzung keine Zeile darauf hinwies, zu tief über dem Bombenziel gewesen zu sein, war Karis Bruch-Fall nach langen Diskussionen im Untersuchungsausschuss von meinem abgetrennt worden, und damit auch die Ursache. Doch mein Verteidiger stellte alles wieder zusammen und überzeugte das Gericht, dass mir wegen der Bauchlandung kein Strick gedreht werden konnte. Kubickis Ausführungen, die das Gericht beeindruckten, zielten in dieselbe Richtung. Schade, dass er gleich nach seinem Auftreten die Heimreise antreten musste. Ich hätte ihm zu gern gedankt.

Das Urteil umfasste nur wenige Sätze. Der Gutachter wurde als unglaubwürdig und als befangen hingestellt. Keiner der Anklagepunkte reichte zu einer strafrechtlichen Verfolgung.

Den Aussagen der britischen Unfalluntersuchungskommission hatte sich das Gericht angeschlossen. Freispruch auf der ganzen Linie. Tosender Beifall und anschließendes Schulterklopfern, während Kapitän Klempner sein Ritterkreuz wieder mit dem weißen Seidenschal bedeckte und gebeugten Hauptes hurtigen Schrittes mit dem steifgesichtigen A 3 im Gefolge den Flur entlang dem Ausgang zustrebte.

Abends saßen drei müde Männer in der Schleswiger Hotelbar, tranken mehrere Biere und diskutierten noch lange über den siegreichen Prozessausgang. Doch die Stimmung blieb gedämpft. Das Abschlussplädoyer des Vorsitzenden fand herbe Kritik. Seine Ausführungen endeten mit dem Satz, dass nach Entscheidung des Bundes der Streitwert zu Gunsten meines Anwalts nunmehr mit DM 1.350,-- angesetzt worden sei. Also nicht mehr wie am Tage des Unfalls mit DM 1.350.000,-- Mio. und auch nicht, nachdem alle Sea Hawks auf dem Schrott lagen oder nach Indien verkauft waren, mit DM 135.000,-- sondern eben nur mit DM 1.350,--.

Weil der Fall für sie verloren ging, verfügte die Bundesgerichtsbarkeit unangefochten und selbstherrlich den Streitwert. Sie beeinflusste untere Instanzen und legte willkürliche Sätze fest.

Die fliegerisch für mich verlorene Zeit, die durch das Hinausschleppen des Prozessbeginns bedingt war, und das lange Warten auf das Urteil schmerzten lange nach. Ich fühlte mich betrogen und war bitter enttäuscht. Der immer lustige, unbekümmerte Kari fehlte zur Aufmunterung.

Ein fader Geschmack lag mir auf der Zunge. Hätte ich nicht in dem Freund meines Schwiegervaters juristischen Beistand gefunden, wären nicht als einziger Admiral Maletzke, der Kommandeur der Marineflieger und der Oberstleutnant

Kubicki gewesen, man hätte mich über den Haufen gerollt. Kari war ohnehin vorher niedergestreckt worden.

Von keiner weiteren Seite kam Unterstützung, Hoffnung oder gar Hilfe. Der Bundeswehrverband, der in seinen Broschüren vollmundig jedem Soldaten Rechtsbeistand signalisierte, flüchtete ins Schneckenhaus und verwies auf das Verteidigungsministerium, wo der Pulk der Rechtberater des Ministers schon seit Monaten die Messer für ihren Chef wetzte, um das Pilotenwürstchen zu zerteilen. Selbst die Staffelkameraden mieden das Gespräch, und warum Nolle stets einer Begegnung ausgewichen war, klärte seine Aussage im Gerichtssaal. Mein Dienstherr bot nicht die Möglichkeit, sich ihm anzuvertrauen und ließ mit keiner Geste kennen, bereit zu sein, vor einem Gestrauchelten schützend Stellung zu beziehen. Widerlich, wie mein sächsischer Vorgesetzter, der A 3, hurtig das Thema wechselte, wenn es auf die Tagesordnung zu kommen drohte. Ich überlegte, ihm zu meinem Abschied für seinen Schreibtisch die kleine Affengruppe zu schenken, wo der eine Schimpanse sich die Augen zuhält, der andere die Ohren und der dritte den Mund.

Und Nolle, den ich bisher meinen Freund nannte, hatte dafür gesorgt, dass ich nicht mehr an Fliegerkameradschaft glaubte.

Er entpuppte sich als Karrierist, der mögliche Nebenbuhler, die ihn auf der Leiter des Erfolgs nach oben behindern könnten, aus dem Wege zu räumen versuchte. Wenn ich beim Eintritt in die Bundeswehr geglaubt hatte, hier in einem selbstlosen Kreis Gleichgesinnter, ohne mich einer Seilschaft anschließen zu müssen, einen nur nach meinen Fähigkeiten beurteilten Aufstieg zu finden, so erlag diese Vorstellung mit dem Tage des Prozessausgangs einem Infarkt.

Mit Nolle stieß ich erstmalig auf einen Menschen, der selbst Freunde opferte, wenn es um das eigene Vorwärtskommen ging, ein hinterhältiger Rufmörder, der mich schlagartig im Umgang mit meiner beruflichen Umwelt vorsichtig werden ließ. Ebenfalls bescherte mir die Erfahrung mit der Bundeswehrverwaltung die Erkenntnis, in dieser Institution nicht einen wohlwollenden Partner sehen zu können. Nicht der kommunistische Ostblock, mit dem wir im Zustand des kalten Krieges lebten, war der eigentliche gefährliche Gegner, sondern das konkretere Feindbild lieferte die Bundeswehrverwaltung selbst.

Nolles Auftreten tat weh. Mehr aber noch erschütterte uns Jüngere etwas viel Schwerwiegenderes: Der Prozessverlauf vermittelte eine bittere Erkenntnis. Die seit Jahren in der demokratischen Bundesrepublik tätige Justiz, der Verwaltungsapparat und die Führungsspitzen der Bundeswehr lebten immer noch in dem Wertesystem der abgestreift geglaubten Rechtsaußen-Vergangenheit. Wer sich ihren Normen nicht unterwarf, geriet zwischen die Mahlsteine der Ewiggestrigen. Bis in die heutige Zeit, meine ich, ist das zu spüren.

Nolles Rechnung ging auf. Ihm gelang es, zwei Konkurrenten im Wettbewerb um den Posten des Staffelkapitäns auszustechen. Ob Kari aus Schuldbewusstsein kündigte? Nur die Beteiligten wussten, nur die Engländer konnten es nachvollziehen, dass er und damit wir an seiner Seite die Bomben viel zu tief ausgelöst hatte. Alles, was danach folgte, führte zum Crash und hat mich letztlich in die Bauchlandung hineingezogen. Das wiederum führte letztlich zu meinem Freispruch von der Anklage, was sicherlich nicht im Sinne meines Exfreundes Nolle gewesen war.

Nichts in meinem bisher fröhlichen, ungezwungen Fliegerdasein knickte für längere Zeit mein Selbstbewusstsein so sehr wie die bundeswehreigentümliche Zirkusvorstellung und das Theater um die Bauchlandung in Lossiemouth.First Lieutenant Freddys Bruchlandung war von der britischen Untersuchungskommission innerhalb von 24 Stunden zu Gunsten des Piloten als „Kollateralschaden" beurteilt und zu den Akten verfügt worden. In der Abschlussbeurteilung hieß es, die Übung sei unter Kriegsbedingungen durchgeführt worden, und damit seien entstehende Schäden einzukalkulieren gewesen.

Unser Freddy kam als Hero aus der Sache heraus, seine deutschen Staffelkameraden dagegen wurden vors Gericht gezerrt.

Bis heute hat sich daran nichts geändert. Entstandene Schäden oder materielle Verluste werden Bundeswehrangehörigen als grundsätzlich vorsätzlich herbeigeführt unterstellt. Wer ein Flugzeug fliegt, einen Panzer führt oder ein Kriegsschiff, hinter dem steht als Schatten bereits der Richter. Dieses im internationalen Vergleich andersartige Verhalten der Bundesrepublik Deutschland brachte und bringt noch heute beispielsweise in Afghanistan deutsche Soldaten in arge Bedrängnis und Gewissensnöte.

Und welches Vertrauen, sich demokratisch und rechtsstaatlich verhalten zu können, wird der Bundestag künftig den Kommandanten den Marineeinheiten entgegenbringen, die sich in weltweiten Einsätzen terroristischer Übergriffe erwehren müssen? Keins, eher Misstrauen. Sich vorstellen zu müssen, bei einer blitzschnell zu treffenden Entscheidung - Schießen ja oder nein – vom Kommandanten zu verlangen, zuerst den an Bord mitfahrenden Rechtsberater zu befragen, ist mehr als eine Beleidigung des Berufsstandes und ähnelt der Tätigkeit eines Politruks bei den Marinen des ehemaligen Warschauer Paktes.

Da treten in unseren heutigen Streitkräften Soldaten auf, die von Fall zu Fall erst einmal einer Rechtsbelehrung bedürfen, bevor sie ihr Handwerk durchführen dürfen. Das alles musste ich bereits in jungen Jahren am eigenen Leibe erfahren. Deshalb der etwas längere Bericht.

Ich hätte nach dem Prozess dem Rat meines Anwalts folgen sollen, mich bei der Lufthansa zu bewerben.

Alle nachfolgenden beruflichen Entscheidungen fielen vor dem Hintergrund dieser Erfahrung, alles ist seitdem hinterfragt und durch die Brille des Skeptikers betrachtet worden. Wirkliche Freunde, vor denen ich mein Herz hätte ausschütten können, habe ich mich in meiner Berufswelt nicht mehr zu finden bemüht.

30

Als Sieger unter Beifall hatte der Kapitänleutnant Färber den Gerichtsaal verlassen, aber die Kommandierung zur F 104-Umschulung in Nörvenich konnte der Gepeinigte erst um ein Jahr verspätet aus den Händen seines süffisant grinsenden A 3 in Empfang nehmen. „Nu, schaun Se Färber, da hat das doch noch geklappt."

Ich blieb wortlos und war froh, ihn los zu sein.

Hanno und mein jetzt besonderes gemiedener Nolle flogen bereits den schnellen Vogel im Verband, und viele Jüngere waren in der Umschulung an der Waffenschule 10 an mir vorbeigezogen. Schöne Scheiße! Jetzt aber galt es, das Versäumte nachzuholen.

Mühsames Wochenendgefahre zwischen Neidum, Jagel und dem fernen Nörvenich, zumeist im „Carpool" mit anderen, und dazwischen endlose Wochen wieder auf der Schulbank, um die komplizierte Technik der F 104 zu pauken, zogen sich wie Gummi dahin.

Wann würde endlich das Fliegen losgehen?

Den Schulbetrieb umgab eine besondere Atmosphäre. Abends ging niemand in die Offiziermesse, sondern flüchtete nach Einnahme der Truppenverpflegung hastig hinter die Lehrbücher. Mein Fluglehrer, ein Luftwaffenoberleutnant, in seinem Auftreten der Herr der Lüfte und wie er sich gab längst schon mindestens Oberst, mimte kalte Hundeschnauze. Den morgendlichen Händedruck vermied er. Auffällig schlank, schon asketisch hager, blassblaue Augen, bleiches Gesicht, den Kopf hoch geschoren, verkehrte er mit seinem Mitmenschen nur mit abgehackten Sätzen und von oben herab. Oberleutnant Schultheiß glich einem metallischen Roboter, dessen Herz mit Kerosin angetrieben wurde.

In seiner Nähe sank die Temperatur. Bei der ersten gemeinsamen Begegnung mit dem Wundervogel glaubte man, ihn mit der Technik verschmelzen zu sehen. Zur Einweisung und Vorstellung des für Schultheiß offenbar göttlichen Wesens durften wir unbedarften Schüler nur in respektvollem Abstand der heiligen Handlung der Startvorbereitung eines Fluges beiwohnen. Mit demonstrativ gezeigter überlegener Miene schritt Seine Majestät der Fluglehrer an den metallisch glänzenden Vogel heran, deutete mit weißen Handschuhen auf verschiedene Teile der F 104 und erklärte ihre Bedeutung. Um ihn herum wuselte die Menge der technischen Warte, schlossen Kabel und Leitungen an den Rumpf des Flugzeuges an, ein großes Aggregat startete, Schläuche wurden prall. Dazwischen stolzierte herbei im Druckanzug, den Helm bereits auf dem Kopf, der Lenker der Flugmaschine, erklomm die Leiter zum Cockpit, begleitet von Helfern, die ihn im Schleudersitz festzurrten.

In Jagel war ich bisher nie bei derartigen Vorbereitungen dabei gewesen, die Vögel hatte ich nur starten und landen gesehen. Was hier an technischem Aufwand erforderlich war, überraschte auch die Luftwaffenkameraden, die als Piloten der F 84 und F 86 staunende Kommentare von sich gaben.

Bei den Sea Hawk-Turbinenstarts standen zwei Techniker neben der Maschine, davon hatte einer den Feuerlöscher in der Hand, alles andere erledigte der Pilot. Bei der Vorführung hier drängte sich der Vergleich mit einer Intensivstation auf, wo ein Patient, an vielerlei Schläuche und Belebungsaggregate angeschlossen, dem Tod oder dem Leben entgegendämmerte. Im Unterricht sprachen die Lehrer von einer neuen Ära, von der neuen Dimension des Fliegens, fanden Worte größter Hochachtung und nannten Schwindel erregende Daten. Der Entwicklungssprung von einem Traktor zu einem Ferrari wurde aufgezeigt. Wenn der Nachbrenner zündete, gäbe es einen Tritt ins Kreuz, und nach 20 Sekunden würde der Donnerbock schon an die 650 Stundenkilometer auf der Uhr haben. Wer da das Fahrwerk nicht drin hat, sieht schlecht aus. Es bei reduzierter Geschwindigkeit endlich hereinzuwürgen war ein Fehler, der die Performance des Himmelstürmers entwürdigte. Wer jedoch nach dem Abheben schnell reagierte und dann bei vollem Nachbrenner die F 104 im Steigwinkel von 35 Grad auf den Schwanz stellte, fand sich nach 130 Sekunden auf einer Höhe von über 15.000 m wieder.

Da blieb einem die Spucke weg, das ist ja eine Rakete!

Diese Werte trafen nur auf zwei der einkauften Flugzeuge zu.

Das waren zwei zweisitzige TF 104 F, ohne Außenstationen und ohne die für die Germany-Version „G" durchgeführten Einbauten. Dieser Vogel ähnelte dem, was die US-Flugzeugfirma Lockheed im Regierungsauftrag als überschallschnellen Abfangjäger für größere Höhen mit einem Milliarden-Dollar-Aufwand entwickelt hatte. Als jedoch die Produktion anlief, war die militärpolitische Forderung für die Anschaffung dieses Flugzeugtyps nicht mehr gegeben.

Ein weltweiter US-Werbefeldzug begann für den Absatz dieses als Traumflugzeug hingestellten Flugapparates. Später aufgedeckte Bestechungen von Staatsmännern und Königshäusern zeugten von der Notwendigkeit und dem Ausmaß der Kampagne.

Wie dabei die Amis mit der deutschen Regierung umgegangen sind, ist bereits vorgetragen worden.

Wir jungen Offiziere erfuhren erst viel später von diesen Zwängen. Noch bewegte uns die Illusion, unser Bündnisbruder Amerika würde uns nur das Beste zuteil werden lassen, und dazu zählte das fliegende Wunder, der Starfighter.

916 Starfighter nahm die Bundeswehr den amerikanischen „Freunden" ab, am Ende (1987) waren mehr als ein Drittel abgestürzt, 112 Piloten fanden den Tod, über 20 allein in den beiden Geschwadern der Marine.

Doch zurück nach Nörvenich in die Mitte der 60er Jahre.

Der F 104 mit ihren messerscharfen Stummelflügeln und schlanken Silhouette konnte man bereits im Ruhezustand ansehen, in großen Höhen zweifache Schallgeschwindigkeit erreichen zu können, aber wenn im Schulgebäude alle aufsprangen, zum Fenster liefen, um den Start einer F 104 G des Nörvenicher Einsatzgeschwaders zu verfolgen, bot sich ein anderes, ein ernüchterndes Bild. Höllenlärm verursachend, kroch nur lahm beschleunigend, lange Zeit am Boden klebend, eine F 104 G bis fast ans Ende der Startbahn dahin, um den mühsamen Takeoff hinzukriegen.Das Nörvenicher Jagdbombergeschwader flog mit der aus Beton nachempfundenen Atombombe unter dem Bauch, denn zu der Zeit hatte die Luftwaffe unter Aufsicht amerikanischer Offiziere noch den nuklearen Einsatzauftrag. Der mühsame Start offenbarte selbst einem fliegerischen Laien, dass eben ein Ferrari nicht zu einem landwirtschaftlichen Nutzfahrzeug umzubiegen war. Statt dass der Jäger wie im Lehrbuch dargestellt in die Höhe schoss, glühte noch minutenlang flach über den Horizont kriechend die blauweiße Schweißflamme des Nachbrenners.

Die bundesdeutsche Umrüstung von einem „Airsuperiorityfighter" zu einem Mehrzweckflugzeug, das konstruktionsmäßig der Vielfalt der Aufgaben gar nicht gerecht werden konnte, glich dem Versuch eine Eier legende Wollmilchsau zu züchten.

Die Schulmaschinen flogen ohne Zusatzlasten und kamen in ihrer Performance dem nahe, was die schwärmenden Fluglehrer erzählten. Bei den Sitzproben im Cockpit war man schnell mit dem Instrumentarium vertraut, aber das Äußere schürte Bedenken. Zumindest erging es mir so. Was für ein Unterschied zu der klobigen Sea Hawk oder der noch klobigeren F 84 F. Allein die messerähnlichen Tragflächen.Um im Bereich der Landegeschwindigkeit in der Luft zu bleiben, klappten nicht nur die üblichen Landeklappen nach unten, sondern an den Vorderkanten der für den Überschall ausgelegten Tragflächen schoben sich zusätzlich Vorflügel heraus, aus denen ein Luftstrom das Tragflächenprofil eines konventionellen Flugzeuges simulierte.

Beim ersten vom Fluglehrer überwachten Start hatte ich den Knüppel viel zu spät am Bauch und das Fahrwerk viel zu spät einzufahren versucht. Vielleicht war ich durch den Tritt des Nachbrennerschubs ins Kreuz so überrascht, dass alle Reaktionen zu langsam kamen. Mit den nächsten Flügen wuchsen Sicherheit und Selbstvertrauen, aber insgesamt beschlich mich das Gefühl, der Geschwindigkeit hinterherzuhängen. Probleme tauchten beim Landen auf. Diese lang hergeholte Kurve zum Endanflug, sich an die Aufsetzgeschwindigkeit herantastend, empfohlen mit 180 Knoten, flog auch der schneidige Herr Oberleutnant lieber mit 200 Plus. Die Landung glich einem kontrollierten Absturz, und nach dem Aufsetzen zügelte ein Bremsfallschirm den erfolgreich von den Sternen zurückgekehrten Himmelsstürmer. Jedem Flugschüler bot die Umschulung in dem hoch polierten Edelzweisitzer die Erstürmung des Himmels. Es war eines meiner größten fliegerischen Erlebnisse. An einem kristallklaren Novembertag demonstrierte Oberleutnant Schultheiß mir die Leistungen des Paradevogels. Wie versprochen, sah ich, kaum dass das Fahrwerk eingeklappt war, voraus nur blauen Himmel, links und rechts blieb die Landschaft zurück. Ab wie eine Rakete raste der Vogel steil in die Höhe. Im Rücken röhrte der

Nachbrenner. Es müssen keine zwei Minuten vergangen gewesen sein, die Bläue des Himmels war einem dämmerungsähnlichen Indigo gewichen, als Schultheiss die F 104 langsam auf den Rücken legte, wieder drehte und ein milchiger, leicht gebogener Horizont sichtbar wurde. Der Höhenmesser zeigte 55.000 Fuß. Weit höher als alle Verkehrsmaschinen, weich wie ein Kissen, ohne die Geschwindigkeit spüren zu lassen, jagte der Starfighter mit über 1,5 Mach dahin. In dem ungewöhnlich tief-dunklen Blau über dem Cockpit blinzelte hier und da das Licht eines Sterns, und das am helllichten Tag.

Ein erhebendes Gefühl. Den typischen Überschallknall am Boden spürte man am Flugzeug nicht. Hier oben war der Vogel in seinem Element, der amerikani-schern Übertreibung gar nicht so fern, ein Flugzeug, das den Sternen nahe kam, der Starfighter. Je dichter sich allerdings der Traumvogel der Erde näherte, desto mehr büßte er an Vertrauen ein und ruinierte sein Image.

Scharfe Kurven behagten ihm nicht, schnell stellte sich der überzogene Flugzu-stand ein, in Bodennähe eine tödliche Gefahr. Bei jedem Wochenendurlaub rief ich im Geschwader an oder befragte Hanno nach seinen Erfahrungen. Seine Begeiste-rung hielt sich in Grenzen. Die Klagen nahmen zu. Beim Übungsbombenwerfen oder Kanonenschießen sackte die F 104 über dem Ziel erheblich durch, weil die mickerigen Tragflächen die Last nicht trugen.

Schnell erreichte überzogene Flugzustände und das Durchsacken beim Abfan-gen eines steileren Anfluges führten zu vielen Unfällen.

Anfang November war einer der erfahrenen Piloten der 1. Staffel bei einer Schießübung auf der holländischen Insel Texel umgekommen. Im selben Monat kehrten zwei F 104 meines Geschwaders von einem Übungsflug über der Nordsee nicht zurück. Monatelanges Suchen nach Wrackteilen blieb erfolglos. Keine 10 Tage später fiel der Oberleutnant zur See Remler, bereits im sicheren Landeanflug, wie ein Stein vom Himmel. Der Starfighter explodiert kurz vor einer Straße, auf der zu der Zeit dichter Feierabendverkehr entlang flutete.

Im Flur des Kommandos der Marineflieger nahm die Zahl der mit Trauerflor gerahmten Fotos der Umgekommenen zu. Vor Weihnachten verfügte Amiral Ma-letzke schließlich, die Bilder abzuhängen und ins Archiv zu geben. Er und alle ande-ren konnten die wachsende Galerie nicht mehr ertragen.

Der Starfighter spaltete die Gefühle, sowohl die der Flieger als auch der Nicht-betroffenen. Die einen liebten den heißen Ofen, die anderen, unterstützt von den über die F 104 lästernden Medien, sparten nicht mit makaberen Bezeichnungen wie Sargfighter, Erdnagel oder Witwenmacher. Wer waren die Schuldigen? Die Suche begann.

Viele der Abstürze wurden der mangelnden Erfahrung des Wartungspersonals und den logistischen Schwierigkeiten zugeschrieben. Hinzu kamen ständig durchzu-führende technische Änderungen und Erneuerungen, als Modifikationen bezeichnet, oder unerwartet hohe Verschleißerscheinungen, die bis zur Behebung zur tagelangen, oft sogar wochenlangen Einstellung des Flugbetriebs führten. Allein im ersten Halbjahr nach Einführung des Starfighter in die Seeluftstreitkräfte verbuchte die Technische Gruppe mehr als 400 Modifikationen.

Die häufigen Flugunterbrechungen minderten die Erfahrungen der Piloten mit der F 104. Im Schulbetrieb in Nörvenich lag darüber das Tuch des Schweigens, nur keine Verunsicherung verbreiten. Aber wenn es gekracht hatte oder wieder einmal ein unerklärlicher Zwischenfall das weitere Fliegen untersagte, wusste es die Bildzeitung mit einem blutrünstigen Aufmacher auf der Titelseite im Detail zu berichten. Auch wenn wir mit dem Spruch ulkten: „BILD sprach als erste mit den Toten", so verlief der Flugdienst nach einem solchen Vorfall doch in stilleren Bahnen und mit der verbissenen Einstellung: Jetzt extra!

Schreckliches Wetter und technische Ausfälle zogen die Umschulung über den Weihnachtsurlaub hin. Die vielen Unterbrechungen der Schulung und die großen Pausen zwischen den Flügen machten aus jedem Flug fast wieder einen Neubeginn.

Kurz vor dem Start in den ersehnten Urlaub schreckte mich eine Hiobsbotschaft auf. Hanno sei bei einem schlichten Navigationstiefflug über dem Teutoburger Wald ausgestiegen. Das Triebwerk sei plötzlich stehen geblieben, wohl durch Vogelschlag.

Nur durch sofortiges Ziehen des Schleudersitzes habe er überlebt. Kurz darauf sei die F 104 in ein Haus eingeschlagen und habe dort ein Kind getötet. Hanno landete in einer Eiche, aus der der Fahrer eines zufällig vorbeifahrenden britischen Jeeps ihn von den Strippen des Fallschirms befreite. Ein gefundenes Fressen für die Medien.

Statt den geschockten und leicht verletzten Hanno erst einmal zu schützen und vor der aufgebrachten Öffentlichkeit in Sicherheit zu bringen, brüstete sich die aufgesuchte Polizeistelle mit ihrem Starfighterpiloten und gab alle seine persönlichen Daten preis. Wochenlang ist Hanno daheim mit Schmähbriefen bombardiert worden, mit Verunglimpfungen, die ihn als Mörder anprangerten.

Die Weihnachtstimmung litt erheblich darunter. Unsere beiden Familien kannten sich von vielen Partys, Bällen und Ausflügen. Hannos Frau und Elisabeth sah man oft zusammen. Nie war bisher der Job ihrer Männer ein Thema gewesen, jetzt zog er sich wie ein roter Faden durch alle Gespräche. Auch daheim, wenn wir beide abends Händchen haltend auf dem Sofa saßen, führte jede Unterhaltung letztlich dorthin.

Elisabeth spürte, dass mich etwas drückte, aber ich bemühte mich um Verdrängung, schließlich sollte in den Tagen der Weihnachtszeit nichts Negatives den häuslichen Frieden stören. Alles konzentrierte sich auf das bevorstehen Fest. Im Gefrierfach zeigte mein liebes Weib auf die unverschämt große Gans, im Schrank auf die vielen weihnachtlich verpackten Geschenke. Obwohl ich lange Zeit nicht geübt hatte, brachte ich auf der Geige noch einige Lieder zusammen.

Elisabeth sang mit lauter Stimme, und der kleine Christian krähte dazu schräge Töne. Bei Freunden hatten wir einen Baum aus einer Tannenschonung schlagen dürfen, den wir beide gerade andächtig mit den tags zuvor in einem Kunstgewerbeladen erworbenen farbigen Glaskugeln schmückten, als unser Kleiner hinter uns auf dem flachen Couchtisch auf den Adventskranz zukrabbelte, daran fummelte und plötzlich eigentümlich zu grunzen anfing. Wir fuhren erschrocken herum. Was war geschehen? Er saß still aufrecht, sein Gesicht verfärbte sich erst rot dann blau. Der Herrgott muss mir eine Erleuchtung gegeben haben. Ich wusste sofort was los war.

Auf dem Adventskranz fehlte eine der kleinen silbernen Kugeln, die hatte der Junge sicherlich im Hals. Ihn hochgerissen, an den Beinen gepackt, Kopf nach unten und ein paar Mal kräftig auf den Rücken geschlagen – flupp! In weitem Bogen flog etwas rundes Silbernes durch den Raum. Elisabeth schlug die Hände vors Gesicht, Christan brüllte aus Leibeskräften, erhielt gleich seine Streicheleinheiten, und Vater musste sich erst einmal mit zittrigen Händen einen Cognac einschenken. Mein Gott, das war knapp, Sekunden später wäre unser Kleiner erstickt!

Weitab von allem Dienstlichen genossen wir das Fest. Neben elterlichen Besuchen und Gegenbesuchen in der Deichstraße, über die sich besonders Oma Hedwig freute, die in letzter Zeit auffallend kümmerlicher in ihrem Lehnstuhl saß, wurde viel zu viel genascht und zu fett gegessen.

Die Spannung der letzten Wochen fiel ab. Zu schön, in den eigenen vier Wänden auch mal in Abwechslung zu dem Trubel die Zweisamkeit spüren zu dürfen. Elisabeth fühlte sich so weich an. Und nachdem es nach langer Pause wieder wunderschön mit uns gewesen war, führte sie meine Hand auf ihr Bauchknöpfchen, in ihren Augen schimmerte ein samtener Glanz und sie flüsterte: „Da drinnen wird sich bald etwas bewegen." „Was du nicht sagst, bist du sicher?"

„Ja, mein Schatz, da gibt es eine besondere Probe, und mein Arzt hat es mir bestätigt, seit mehr als einem Monat bin ich mit meiner Regel überfällig."

Das war das größte Weihnachtsgeschenk. Viele Tränen flossen, der Verlust in Schottland nach dem Autounfall bedrückte uns endlich nicht mehr. Noch am selben Tag gelang es mir, obwohl die Geschäfte geschlossen waren, ein paar Straßen weiter bei Kaufmann Matuschka eine Flasche Sekt zu erstehen.

Als in der Neujahrsnacht die Raketen in den Himmel stiegen, Böller krachten und über Neidum bunte Blitze zuckten, an mich gekuschelt Elisabeth mit Ah und Oh das Feuerwerk begrüßte, kroch ein eigentümliches Gefühl in mir hoch. War es die winterliche Kühle? Nein, es kam von innen.„Liebste, lass uns reingehen, es ist kalt geworden, du wirst dich erkälten", wisperte ich meiner Kleinen ins Ohr. Den entspannten Schlaf des kleinen Christian haben wir noch kurz bewundert und sind und danach miteinander eng umschlungen ins wärmende Bett gekrochen. Draußen verebbte das Krachen der Feuerwerkskörper, deren Nachhall in meine Träume einfiel und mich mit eigentümlichen, ja gespenstischen Bildern zu quälen begann. Ich sah Hanno als Sack in einem Baum hängen, er baumelte im Wind. Ihn verdrängend tauchte mit käseweißem Gesicht und schwarzen Augenhöhlen der kürzlich abgestützte Oberleutnant Remler aus einer Jauchegrube auf. Darüber flogen Motten, die Stummelflügel glänzten silbrig, darauf eiserne Kreuze. Vor der Grube tanzte in feuerroter Fliegerkombination Fluglehrer Schultheiß, sein Mund bewegte sich bis zu den Ohren, aber man hörte keinen Ton, immer wieder zeigte er nach oben. Eine blasse Nonne mit wehender, überlanger schwarzen Kutte stieß vom Himmel herab, hinter ihr öffnete sich ein Bremsfallschirm und schon stand sie vor mir. Aus ihren Augen schossen Tränen, als sie aus ihren Händen zwei Pakete zu Boden fallen ließ. Ich griff danach, riss die Bindfäden auf, und heraus fielen zwei nackte schlafende Säuglinge, beide auf den Köpfen überdimensionale Fliegerhelme und vor dem Gesicht Sauerstoffmasken. Ein Engel im weißen Hemd mit Admiralsstreifen an den ausgestreckten nackten Armen schob die Nonne beiseite. Admiral Maletzkes Gesicht verformte sich zur Totenfratze, seine knochige Hand griff nach meinem Hals.

Irgendwo muss jemand aufgeschrieen habe. Schlagartig wach, fand ich mich aufrecht sitzend im Bett, zitternd und schweißnass. Elisabeths Nachttischlampe brannte, sie schaute entgeistert und fragte: „Was ist mit dir los, ist dir schlecht, hast du geträumt?"

In die ausgebreiteten Arme der mich tröstenden Elisabeth kuschelte ich mich unter ihre Decke an ihren warmen Körper und knipste die Lampe aus. Sie schlief schnell wieder ein, während ich hellwach geworden in die Dunkelheit starrte und nachdachte. Der Alptraum blieb nicht ohne Wirkung. Verstärkt durch die letzten fliegerischen Erlebnisse, Hannos Unfall und den darum entfachten Presserummel, erschrocken über das Versäumnis, den kleinen Christian zu wenig beaufsichtigt zu haben, so dass er beinahe an der Weihnachtskugel erstickt wäre, und dazu Elisabeths Schwangerschaft, drängte sich die Frage auf, ob ich überhaupt den mir unsympathisch gewordenen Vogel, die F 104, weiter fliegen sollte. Zugegeben, das war schon kein vorsichtiger Respekt mehr, was mir dieses utopische Fluggerät abnötigte, mich beschlich Furcht.

Ein Woche später wieder in Nörvenich, Schultheiß lag mit Grippe im Bett, saß ein lässiger und Vertrauen einflößender Hauptmann mit mir im Cockpit, um einen ganz gewöhnlichen Flug zu machen. Ich hatte gepaukt, mich sorgfältig für diesen Flug vorbereitet, und siehe da, er ließ mich gewähren, sagte ruhig die jeweiligen Manöver an. Leicht und richtig wohl fühlte ich mich hinter dem Steuerknüppel, alles gelang bestens. Mehrere Landeanflüge mit angesagten „Touch-and-goes" liefen prächtig. Teilweise verlangte die Wetterlage, nach Instrumenten zu fliegen, sauber die Flughöhe zu halten, Kurven mit 30 Grad Schräglage durchzuziehen. Besser als zuvor gelang das dem Umschüler Abgeforderte. Ach wie erbaulich klangen die Lobesworte des Fluglehrers in den Ohren.

Ehrgeizig, ihm auch den letzten Anflug wie im Lehrbuch zu servieren, schwebte ich mit gut abgepasster Schräglage zum „Final", zur Endgerade ein, ausgerollt, die Klappen gesetzt, das Fahrwerk gecheckt, die „Speed" stimmte, vielleicht ein Deut zu hoch, aber von hinten kam kein Kommentar, und dann ein bisschen zu weit, zu spät auf der Runway aufgesetzt, „Power" weg und Bremsfallschirm gezogen, aber der Ruck blieb aus, das Ding ging nicht raus. Das Bremsen mit den Rädern brachte anfangs gar nichts, Regenschauer hatten die Bahn unter Wasser gesetzt. Aquaplaning ließ die Räder nicht fassen. Viel zu schnell flogen die Runwaybegrenzungsleuchten vorbei. Das Ende der Piste rauschte bedrohlich näher heran. Er trat wie wild in die Bremsen, ich tat verzweifelt dasselbe. Der Bock schlidderte mal nach links, mal nach rechts. Verdammt, wenn er doch endlich stehen bleiben würde! Voraus wuchsen größer werdend die Pfähle der Landesbahnlichter aus der Wiese. Noch ein paar Tritte in die Bremsen, dann ein gewaltiger Ruck, vor mir schoss der Horizont hoch, die Nase senkte sich, ein erst schabendes, dann metallisch kreischendes Geräusch nahm zu, ebbte wieder ab. Rumpeln, Pumpeln. Nach einem letzten harten, knackenden Schlag trat rundherum eigentümliche Stille ein. Cockpitdach hochgefahren, Gurte ab. Umringt von der Feuerwehr half man uns aus den Sitzen. Diagnose: Bugrad weggebrochen, die Nase in den Dreck gebohrt und angeknackst. Mindesten 10 m hinter dem Flugzeug lag das Ende der Landebahn.

Beim Debriefing fand der Hauptmann erfrischende Worte für den Flug: „Färber, das war ein technischer Fehler, nicht unserer, machen sie sich keine Gedanken, der Flug selbst war ok und zufriedenstellend, machen Sie weiter so."

Auf der Fahrt mit dem Jeep von der gestrandeten F 104 zum Schulgebäude gedieh die Entscheidung und verfestigte sich: Ich steige aus!

Zuvor eine fliegerisch lobenswerte Leistung abgeliefert zu haben befreite mich von dem Vorwurf an meine Eitelkeit, als Versager von dannen zu gehen. Zu überdeutlich war die Bruchlandung eine Warnung, nicht rückfällig zu werden und aus neu aufgeflammtem Übermut weitermachen zu wollen. „Der Mensch versuche die Götter nicht", erinnerte ich aus dem Lateinunterricht.

Eine innere Stimme hörte ich sagen: „Hannes, lass die Finger von dem Silbervogel, sieh das, was dir heute geschehen ist, als Menetekel, als unheilvolles Zeichen für Geschehnisse an, die dir das Genick brechen könnten!"

Erst viel später ist mir aufgegangen, dass göttliche Fügung mich geleitet hat. Es sollte so sein, obwohl noch lange Zeit, wenn das unverkennbare Geräusch eines nahenden Starfighters über den Himmel zog, meine Blicke ihn sehnsuchtsvoll zu erfassen suchten.

31

Als Jetjockey abgelöst zu sein, bedeutete nicht das Ende der Fliegerei.

Von vorgesetzter Stelle kam das Angebot, im Auswahlverfahren für Flugzeugführer mitzuwirken. Da die Marine keine teilstreitkrafteigene Pilotenschulung durchführte, geschah das bei der Luftwaffe, und der erste Schritt dazu war die Auswahl nordwestlich von Hamburg auf einem kleinen Feldflughafen. Fähnriche, die flugmedizinisch für tauglich befunden wurden, mussten dort auf einer zweisitzigen Propellermaschine, überprüft von Fluglehrern und am Boden getestet von einem Psychologen, unter Beweis stellen, ob es das Geld des Steuerzahlers wert war, sie in die weitere fliegerische Ausbildung zu gehen.

Ob ich in dem damals so genannten Fluganwärterregiment als „Checker" und „Vater" der Marinefähnriche eine Aufgabe sehen würde? Hätte ich das abschlagen sollen oder können? Zumindest bot sich diese Tätigkeit als Zwischenstation an, bis in Nordholz bei Cuxhaven der in Frankreich entwickelte Seefernaufklärer und U-Bootjäger Breguet Atlantic fliegen würde.

Den Turboprop Breguet danach fliegen zu können, ein Flugzeug in der Größe der Verkehrsmaschine Boeing 737, reizte sehr. Doch die mir zunächst gestellte Aufgabe war eine ganz andere. Bisher Düsenlärm gewohnt, jetzt auf die kleine Propellermaschine vom Typ Piaggio umzusteigen glich einem Wechsel von einem feurigen Araber auf ein Islandpferd.

Der zukünftige Fliegervater der Marinefähnriche reiste an und fand eingebettet zwischen altem Baumbestand und von Wald umrandet Kasernen, Flugzeughallen und Bauten aus Hermann Görings Zeiten. Zum Vorstellungsgespräch parkte der Angereiste den Wagen vor einer Villa mit großer Terrasse und einem gepflegten Garten. Hier also residierte der Kommandeur des Fluganwärterregiments. Allein schon die Bezeichnung Regiment weckte Erinnerungen an die Fliegerei des 1. Weltkriegs, an Manfred Richthofen und andere.

Aber die Herren, die mich erwarteten, trugen die weniger auffälligen Uniformen der Bundeswehr. Überaus herzlich öffnete man mir den Weg in die neue Tätigkeit. Der Oberst selbst schenkte Tee aus, danach Sherry, und dazu gab es Bienenstich. Mein neuer Chef, ein Major Rechte, ein etwas dicklicher, rundköpfiger Mensch mit zartem roten Haarkranz um seine leuchtende Glatze wurde mir als Staffelkapitän der 1. Staffel vorgestellt und mit ihm dessen rechte Hand und Einsatzoffizier, der Hauptmann Tönsberg, mit dem ich lustige Stunden verbringen sollte, dazu einige Oberleutnante als Fluglehrerkollegen.

Anwesend war auch, bärbeißig dreinschauend, der Chefarzt der hiesigen Zahnstation, der allen Fluganwärtern die Weisheitszähne zog, weil diese hohlen Dinger angeblich bei Druckverlust in großen Höhen platzen würden. Wer, stöhnend einen Eisbeutel ins Gesicht pressend, abends in der Offiziermesse erschien, kam gerade vom Behandlungsstuhl des Oberfeldarztes Bötticher, der als Vorstand der Offiziermesse den geplagten Fähnrichen empfahl, die Wunde mit Cognac zu spülen.

Nur für ein Jahr auf diese Stelle kommandiert, blieb mir nichts anderes übrig, als die von Nörvenich gewohnte Wochenendehe fortzusetzen. Neidum lag nur drei Fahrstunden entfernt, aber häufiger Spätdienst, viele nachdienstliche Sorgengespäche mit meinen Marinefähnrichen und zu lange Abende in der Offiziermesse ließen es sinnvoll erscheinen, unter der Woche die angebotene militärische Unterkunft zu nutzen.

Kannte ich bisher die Kasernenwohnmöglichkeiten neueren Baudatums, nüchtern, praktisch, klein und übersichtlich, so bezog ein Bundeswehroffizier in diesem Fliegerhorst der ehemaligen großdeutschen Luftwaffe eine suiteähnliche Zimmerflucht mit zwar altmodischem Bad, kleiner Küchenzeile, aber mit reduzierter Gemütlichkeit, neuzeitlich möbliert und nicht mehr ausgestattet mit Perserteppichen und Ledersofas vor dem Kamin. Als einem Exoten auf einem Luftwaffenplatz hatte Herr Oberst seinem Marineoffizier eine erstaunlich geräumige militärische Unterkunft bereitgestellt, und, noch erstaunlicher, jeden Tag kam eine Putzfrau zum Saubermachen.

Frau Röder lernte ich bereits an meinem zweiten Tag in der Staffel kennen. Major Rechte hatte alle Staffelangehörigen im Briefingraum zusammengerufen und mich vorgestellt. Als der Neue durfte ich wie einst an Bord mit zwei Kästen Bier, oder waren es drei, und zwei Flaschen Hochprozentigem meinen Einstand geben. Dazu hatte Frau Röder, Schlachtersgattin aus dem Nachbardorf, leckere belegte Brötchen aufgetischt. Die mollige Frau zählte zum lebenden Inventar der 1. Staffel. Bei der Begrüßung der Fluglehrer fiel auf, dass hier eine ganz andere Generation als in Nörvenich werkelte. Keine Gleichaltrigern, sondern wehrmachtsgediente Unteroffiziere aus altem Schrot und Korn. In den letzten Kriegsjahren als blutjunge Piloten an die Front geworfen, einige wie der Oberstabsfeldwebel Beckmann hoch dekoriert als Me-263-Pilot, bestimmten sie jetzt den Ton bei der Ausbildung der im Vergleich zu ihnen zerbrechlich wirkenden Fähnriche. Dem rauen Ton fiel so mancher der sensiblen Fluganwärter zum Opfer. Ich konnte schnell erahnen, warum ich als Fähnrichsvater des Marinekontingents hier wirken sollte.

Meine Umschulung auf die Piaggio, die übrigens gar nicht so harmlos war, mit der man außer brav geradeaus zu fliegen auch giftige Kunstflugfiguren drehen konnte, ging in drei Flugstunden über die Bühne. Umgeschult von einem der Raubeine fand der in Marineuniform aus dem einheitlichen Luftwaffenblau hervorstechende „Kaleu" schnell freundliche Aufnahme, wurde wie der Hauptfeldwebel Egon, der angeblich zu Hause zu wenig zu essen bekam, auch von Frau Röder jeden Morgen im Staffelgebäude mit einem großartigen Frühstück versorgt. Wo ich doch Strohwitwer sei und trotz meiner Küchenzeile sicherlich morgens allein nicht klar kommen würde, meinte sie mütterlich fürsorglich. Ich habe es genossen. Während die 1.

Staffel zusammen mit einem Psychologen mit der Auswahl der Offizieranwärter befasst war, schulten andere Staffeln Unteroffiziere für die Hubschrauberfliegerei sowie Nigerianer, Sudanesen und Libyer für die weitere Ausbildung auf größere Propellermaschinen.

Dieses Gemisch und dazu die kernigen Fluglehrer bedurften oft eines Entlüftungsventils.

Zunächst die Nigerianer. Es war das Jahr 1966. In Nigeria tobte der Biafra-Krieg. Die Stämme der christlichen Ibos und der moslemischen Haussa befehdeten einander dort bis aufs Messer.

Wer von den afrikanischen Gästen war nun Ibo oder Haussa? Die immer wieder aufbrandenden Streitigkeiten führten zur Trennung und Unterbringung in zwei weit auseinander liegenden Wohnblöcken. Nur durch diese Maßnahme gelang es, den aufmüpfigen Verein zumindest auf dem Fliegerhorst auch nach dem Dienst voreinander zu schützen. Täglich kursierten neue Gerüchte über unglaubliche afrikanische Besonderheiten. Mindestens einmal wöchentlich besuchte der buntgekleidete nigerianische Generalkonsul aus Hamburg den Kommandeur und forderte Sonderregelungen für seine schwarze Truppe. Die Haussa-Boys legten ihrem Staffelchef eines Morgens einen geschlachteten Hammel vor den Schreibtisch, den sie an einem extra für sie reservierten Ort im Hinblick auf das Fastenfest Ramadan nach Sonnenuntergang zu verspeisen dachten. Der Flugdienst wurde für den Tag abgesetzt, und vor dem Haussa-Wohnblock entstand in einem Waldteil eine afrikanische Hütte mit Zeltdach nach den Riten der Moslems. Die Kosten für das Baumaterial und die Arbeitsstunden wurden dem Generalkonsul in Rechnung gestellt. Die zuständige Standortverwaltung bewilligte die Baumaßnahme mit der Absprache, dass nach dem Fastenmonat alles wieder zurückgebaut würde.

Die Haussa nahmen diese Auflage nicht ernst. Sie feierten nach Ramadan weiter und veranstalteten in dem Zelt nachts lautstarke Fressgelage. Aus den Abfallcontainern des Platzes quollen Ballen von Schafswolle. Rund um das Zelt wehte Verwesungsgeruch von achtlos in den Wald geworfenen Hammelknochen, über die sich Ratten hermachten. Bauern in der Umgebung klagten über rätselhafte Verluste in ihren Herden. Nur unter Polizeischutz fand das Treiben im Wald ein Ende.

Die nigerianische Botschaft in Bonn hatte sich ausbedungen, dass alle ihre Fluganwärter im Offizierheim zu beköstigen seien. Oh oh, das gab weitere Probleme, die einen aßen nichts Schweinisches und die anderen gierten danach. Alle trugen deutsche Luftwaffenuniformen ohne Rangabzeichen, alle sahen gleich schwarz aus, wem nun konnte Schweinisches vorgesetzt werden, wem nicht? Wer war Ibo, wer war Haussa? Für das Küchenpersonal sahen die Burschen alle gleich aus. Als einziges Gemeinsames aßen sie zum Frühstück ausschließlich Rosinenbrot. Marmeladen wurden gern genommen, der aufgetragene Aufschnitt dagegen löste großes Gezeter aus. Entdeckte ein Haussa eine Wurst auf seinem Teller, entstand sofort Tumult.

Verdammt, wie ließ sich das vermeiden! Eines Tages wurde ich zum Kommandeur gerufen. Die Nigerianer interessierte meine andersgeartete Uniform. Sie wollten auf ihren Schulterklappen auch so schöne goldene Streifen haben. Warum nicht, aber nach welchem Prinzip sollte das geschehen? Auf keinen Fall zur Unterscheidung von Ibo und Haussa. Nach langem Palaver einigte man sich darauf, die Streifen nach der Position des Anwärters in seinem Stamm zu vergeben, nach Unter-, Haupt- und Oberhäuptlingssöhnen. Dementsprechend fiel die Zahl der Streifen aus. Haussaangehörige verlangten breitere. Bei Karstadt als Meterware gekaufte 100 mm breite gelbe Klebebänder lagen zugeschnitten auf dem Tisch, vorbei defilierte die 30-köpfige Truppe und ließ sich je nach Wunsch dekorieren. Jeder bestand auf seiner persönlichen Note. Einer verlangte, die gesamte Schulterklappe dicht zu bekleben. Schließlich sei er Sohn eines Oberhäuptlings, der Regierungsmitglied sei.

In der Küche legte der Koch eine Liste an, zu welchen Streifen Huhn oder Schwein zu reichen sei. Endlich kehrte Frieden ein, doch der währte nicht lange. Eines Sommertages glühten zwischen Bonn und dem Schulkommandeur die Telefondrähte. Der angereiste Verteidigungsattaché der nigerianischen Botschaft Major Ique hatte den in einer Woche stattfindenden Besuch seines Botschafters im Fliegerhorst angekündigt. Seine Exzellenz möchte einen seiner jungen Landsleute auf der Piaggio solo fliegen sehen. Ein Irrsinnsanliegen, denn das Schulprogramm sah etwas Derartiges nicht vor, schon versicherungstechnisch ein undenkbares Ansinnen.

Bonn jedoch stimmte dem Wunsch zu. Einer der erfahrensten Feldwebel der Fluglehrer bekam den Auftrag, demjenigen, dem er es zutraute, innerhalb einer Woche das Solofliegen beizubringen. Dann kam der große entscheidende Tag, der Vortag des Botschafterbesuchs, die Generalprobe.

Dem Stabsfeld Junger, einem vierschrötigen, aber geduldigen Fluglehrer, gelang das Unmögliche. Einen seiner ihm Anvertrauten hatte er so weit getrimmt, allein eine Platzrunde hinzukriegen. Die Spannung stieg. Der Soloflug stand unmittelbar bevor. Rund um das Flugzeug drängelten Neugierige, natürlich auch wir von der 1. Staffel. Egon Balz, unser Hauptfeldwebel, bemerkte hinter mir: „Der Bimbo fällt schon beim Start auf die Fresse!" Ich fiel ihm ins Wort: „Aber Egon, nenn sie doch Farbige."

„Ja, Ja, Ok, Farbige, ja das passt besser, der ist ja vor Angst blau im Gesicht, und sehen Sie seine Augen an, die fallen ihm gleich aus dem Kopf, der hat Schiss, kein Wunder, zu Hause ist selbst ein Fahrrad für ihn ein hochtechnisches Gerät, und nun soll die arme Bimbosau für die Eitelkeit des Botschafters geopfert werden." Wie Egon dachten wohl viele der zweifelnden Herumstehenden.

In 100 m Abstand von dem Flugzeug, dicht gedrängt wie in einem Schafspferch gestikulierte laut schreiend die farbige Truppe. War das Beifall oder eine Missfallenskundgebung?

Junger gurtete seinen Auserkorenen in den Sitz, sprach freundlich lächelnd auf ihn ein, startete den Motor, gab seinem Zögling einen väterlichen Klaps auf die Schulter und wollte gerade das Cockpitdach von außen zuschieben, als aus dem lärmenden afrikanischen Haufen einer auf die Piaggio zurannte, sich neben dem erstaunten Fluglehrer auf die Tragfläche drängte und den Piloten gellend anschrie. Der nickte verständnisvoll und unterwürfig, löste die Gurte und stieg wortlos zur anderen Seite aus, während der andere in den Sitz rutschte, den Kopfhörer aufsetzte und dem verdutzt daneben stehenden Feldwebel mit einem Wink zu verstehen gab, zu verschwinden. Was ging da vor?

Jeder, der laufen konnte, fiel über das Flugzeug her, riss den Burschen aus dem Cockpit, irgendjemand stellte den Motor aus, und aus aller Munde kam die Frage: Was ist hier los, was soll das. Ist hier ein Wahnsinniger am Werk?

Nein, aus afrikanischer Sicht geschah das Natürlichste. Der aus dem Cockpit Gezogene, einer der unfähigsten Fluganwärter, tippte auf seine Schulterstücke, es war der ganz gelb Beklebte, und erklärte strahlend: „Me son of chief, he not son of chief, when solofly only me."

Damit endete das Unternehmen. Nur Egon zeigte Unzufriedenheit. Er maulte: „Warum hat man den Oberhäuptlingssohn nicht auf die Fresse fallen lassen, ein Bimbo weniger."

Der Oberst wirkte abends in kleiner Runde im O-Heim, wie wir das Offizierheim nannten, zum einen bekümmert, weil er dem Herrn Botschafter aus Nigeria am kommenden Tag seinen Wunsch nicht erfüllen konnte, zum anderen zeigte er Erleichterung.

Mercedes-Karossen der Spitzenklasse, schwarz glänzende, gepanzerte Limousinen rauschten durchs Kasernentor. Behelmte Polizei voran auf Motorrädern. Vor der Wache am Flaggenmast wehte die nigerianische Nationale. Herr Oberst in seiner besten Uniform empfing Seine Exzellenz, gekleidet in langes, mit Goldbrokat besetztes grünes Gewand, dahinter ein ebenso farbenfreudiges Gefolge und natürlich der bereits bekannte Major Ique in einer khakifarbenen Paradeuniform mit gold-, rot- und blaubesetzten Epauletten. Er schritt wie ein Pfau daher, goldgrüne Kordeln schwangen vor der Brust. Bemerkungen der zu diesem Ereignis aus allen Ecken des Fliegerhorstes Herbeigeeilten betitelten die afrikanische Parade als Karnevalsumzug. Wir, die zum Empfang der hohen Gäste ins O-Heim geladen waren, glichen dagegen in unseren bescheidenen Uniformen eher den Angestellten der Müllabfuhr. Was bei uns zu mickerig, war bei denen zu viel.

Nach der langer Begrüßungszeremonie kam des Kommandeurs große Minute, es galt, vorsichtig den Satz zu formulieren, dass er nun leider keinen Solisten präsentieren könne, weil es nicht gelungen sei, den am höchsten in der Stammeshierarchie angesiedelten Flugschüler zu bewegen, den Soloflug selbst vorzuführen. Ein niederer Stammesangehöriger hätte das vielleicht geschafft, sei aber aus Rücksichtnahme auf den gesellschaftlichen Stand des anderen nicht ausgewählt worden.

Der Oberst verbeugte sich. Wie lange musste er wohl an diesem Satz gefeilt haben. Beachtlich, eine Notlüge so elegant zu verpacken!

Alle starrten in der eingetretenen Redepause auf das Gesicht des Botschafters. Wie würde er reagieren?

Dessen Mund wurde breiter und breiter. Ein zähneblitzendes Lächeln überspannte das dunkle glänzende Gesicht, die Augen funkelten. Waren es Tränen? Seine Arme falteten sich weit auseinander, und so schritt er auf den Oberst zu, umarmte den Überraschten, küsste ihn auf beide Wangen, und zu den Umherstehenden gewandt verkündete der Goldbrokatete mit bebender Stimme in fließendem Deutsch:

„Meine Herren, ich bin gerührt, ich danke Ihnen. Erstmalig ist mir in Europa in Ihrem Kulturkreis derartiges Verständnis widerfahren. Sie haben verstanden, wie unsere Gesellschaft denkt und fühlt und haben sich nach unseren Stammesregeln gerichtet. Allergrößte Hochachtung!"

Raunen schwappte durch den Saal. Dem Obersten hörte man ein Stein vom Herzen fallen. Wenn auch nur Orangensaft und Joghurt serviert wurden, so verlief der weitere Abend doch recht gemütlich und in zuvor nicht erwarteter entspannter Atmosphäre.

Ganz anders, fast unauffällig versahen die Libyer und Sudanesen ihren Dienst. Keiner von ihnen verursachte Probleme. Fliegerisch diszipliniert und gelehrig, fielen sie nie auf. Ihre dunkelhäutigen Kollegen mieden sie wie der Teufel das Weihwasser, selbst mit ihren Glaubensbrüdern, den moslemischen Haussa, bestand kein Kontakt. Dagegen suchten sie zum Mittag in der Offiziermesse und auch abends die Nähe von uns Deutschen. Einer der Libyer, als Fluganwärter erstaunlicherweise schon im Range eines Oberleutnants und nicht wie die Nigerianer in der deutschen Leihuniform, sondern in der seines Landes, saß bei einem Eisbeinessen neben mir, schlabberte das fette Schweinefleisch durch den Senf und genoss die einem Muslim verbotene Kost in vollen Zügen. Ich konnte mir nicht verkneifen, schmunzelnd den Zeigefinger zu heben und zu sagen: „Allah ist watching you!"

Er konterte mit abwehrend lächelnder Geste: „Sir, not today in Germany!" Daraus gedieh eine an vielen Abenden fortgesetzte Unterhaltung, die zumeist ins Politische führte und bei der er seine Ablehnung gegenüber allem Amerikanischen nicht verhehlte.

Nach der anfänglich englisch geführten Konversation drangen immer mehr deutsche Worte durch, bis ich ihn bei einer Redewendung enttarnte und er zugab, unsere Sprache problemlos zu sprechen.

Der Wüstensohn scheute weder Bier noch Wein, trank, wenn auch weniger begeistert, mal einen Schnaps. Er sah seinen Glauben nicht durch Dogmen gefährdet.

Interessant sein Werdegang. Der gut aussehende hochgeschossene Libyer mit kantigem Gesicht, der Schwarm aller Mädchen der Umgebung, erzählte von seiner bisherigen Ausbildung, die so ganz anders war als erwartet. Angefangen hatte er im Gussstahlwerk Witten an der Ruhr als einfacher Arbeiter, danach in einem internationalen Studiengang an der technischen Hochschule Mannheim das Studium mit Bachelorgrad abgeschlossen und war anschließend für zwei Jahre im Volkswagenwerk Wolfsburg im logistischen Management tätig gewesen, jetzt strebte er an, über das Fluganwärterregiment nach Wunstorf zu kommen, um dort die Fluglizenz für mehrmotorige Maschinen zu erwerben.

„Und was wird danach?" war meine neugierige Frage.

Saif, so nannten ihn alle, richtete sich auf und strahlte: „Nun, man hat mir zugesichert, nach der Heimkehr zunächst als Oberst die Regierungsluftflotte meines Landes zu übernehmen." Saif al Islam Gaddafi hieß der Mann, ein Name, der zu der Zeit niemandem etwas sagte. Erst als zwei Jahre später in Libyen ein Oberstleutnant namens Moamar al Gaddafi sich an die Macht putschte, ist manchem das Licht aufgegangen, dass der Saif als Verwandter des neuen Machthabers von Zuhause her sorgfältig vorbereitet worden war, zukünftig im Stabe und Gefolge seines Onkels eine wichtige Rolle zu spielen.

32

Weniger spektakulär verlief die Fliegerei in der 1. Staffel. Marine- und Luftwaffenfähnriche hockten auf der Schulbank und ließen sich in die Geheimnisse der Fliegerei im Allgemeinen und in die des Schulflugzeuges Piaggio im Besonderen einweisen.

Jeder der Fluglehrer kümmerte sich um drei Zöglinge. Nach drei oder vier Demonstrationsflügen durfte man erwarten, dass der Fluganwärter schon ein wenig Eigeninitiative entwickelte. Geradeausfliegen, Kurven, ohne gleich ein paar hundert Fuß zu verlieren, später selbständig das Fahrwerk einfahren, die Propellerverstellung verändern. Klappen einfahren, und beim Landeanflug das Ganze andersherum.

Erstaunlich, wie unterschiedlich die Menschen reagierten, und zwar am Boden ganz anders als in der Luft. Einer meiner Flugschüler, von Anfang an der selbst ernannte Sprecher der Gruppe und quirliger Tausendsassa mit großem Mundwerk, erfror in dem Moment zum Eiszapfen, als das Flugzeug keinen Bodenkontakt mehr hatte. Bei mehrfachen Flügen, zuletzt mit anderen Fluglehrern, zeigten sich dieselben Symptome. In der Luft erstarrt fast wie im Koma, und sobald die Räder den Boden berührten, fiel die Lähmung von ihm ab und er redete wie ein Buch. Ein anderer flog alle Manöver exakt, aber er tat sie alle nur auf Zuruf. In der Piaggio als Schüler und Lehrer nebeneinander zu sitzen erleichterte die Kommunikation. Um dem Schüler nach entsprechender Anweisung die Entscheidungsfreiheit zu geben, das Flugzeug nach links oder rechts, nach oben oder nach unten zu bewegen, hatte ich mir eine Zeitung mitgenommen, sie weit ausgebreitet, um meine Sorglosigkeit und mein Vertrauen zu zeigen, und auch, dass ich nicht gewillt war, in irgendein Manöver einzugreifen. Natürlich ließ sich durch ein kleines Loch die Veränderung auf den Instrumenten verfolgen. Dieser psychologische Trick erwies sich als hilfreich.

Manche Karriere als Pilot scheiterte an dem Phänomen des Drucks auf den Körper in einer härter geflogenen Kurve. Auf Grund der Konstruktion war es bei der Sea Hawk möglich gewesen, im Kurvenflug den Druck bis zum Blackout zu steigern, während bei der

F 104 zu hohe G-Kräfte eher in den überzogenen Flugszustand führten. Die Piaggio ließ die Demonstration des Kurvendrucks zu, was manche Flugschüler jedoch das Handtuch werfen ließ. Sie schrieen, ließen den Knüppel los, konnten sich nicht daran gewöhnen und kamen als künftige Flugzeugführer nicht in Frage.

Wie in einer Schule rief der Staffelchef bei besonders schwierigen Fällen seine Fluglehrer zusammen. Die Diskussionen verliefen nicht immer friedlich, denn das härtere Urteil fällten zumeist die älteren Unteroffiziere, die des Öfteren mit den Fähnrichen, die fast ihre Söhne hätten sein können, auf Kriegsfuß standen. Aber zur gütlichen Einigung langte es immer, denn die Älteren sprachen zumeist eine gerechte und zutreffende Beurteilung aus, die durch die Testergebnisse des Psychologen ihre Bestätigung fanden.

Die Fachkenntnis des Psychologen überraschte mich jedes Mal, denn am Ende eines Lehrgangs deckte sich die Beurteilung der Fluglehrer fast immer mit den Testergebnissen.

Das faszinierte mich so sehr, dass ich den Herrn Schaper aufsuchte und mich einweisen ließ, anhand welcher tätigkeitsspezifischen Tests er so treffsicher herausfand, ob jemand für die weitere Ausbildung zum Flugzeugführer geeignet war. Er konnte mich unter anderem überzeugen, dass ein untersetzter Mensch mit kräftigem Gesicht, er nannte den Typus einen Pykniker, sowohl im Test als auch beim Fliegern anders an die Sache herangeht als ein schmalgesichtiger, schlanker Mensch, den er als Leptosomen bezeichnete. Ersterer zog in einem hier nicht näher zu erläuternden Testprogramm flüchtig, schnell mit vielen Fehlern die gestellte Aufgabe in der gegebenen Zeit durch, während der andere gewissenhaft und langsam arbeitete, fast fehlerlos endete, aber auch zeitlich nicht fertig wurde. Das psychologische Programm umfasste eine Vielzahl unterschiedlichster Tests.

Um auf die beiden Typen zurückzukommen: Beide brachten grundsätzlich das Zeug mit, gute Piloten zu werden, der Flüchtige war mehr der Draufgänger, für den im unerlaubten Tiefflug ein Betonmast im Wege stehen könnte, jedoch der Gewissenhaftere sich an die Regeln hielt und die Begabung besaß, bei schlechtestem Wetter ein exzellenter Instrumentenflieger zu werden.

Ich hätte nicht gedacht, dass mir diese Ausbildertätigkeit so viele Freude und Zufriedenheit bringen würde. Ich fühlte mich in der Rolle als Fähnrichsvater sehr wohl, das Klima in der Staffel und im O-Heim behagte mir sehr, und dass die Wochenendfahrten nicht mehr unter dem F104-Stress litten, kam dem entspannteren Familienleben zu Gute. Elisabeths Bauch nahm immer rundlichere Formen an. Schwiegervater kam aus München zur Begutachtung. Ich nahm ihn mit zum Neidumer Segelclub, wir liehen uns eine Jolle. Bei prächtigstem Wetter ging es hinaus ins Wattenmeer, und abends, wieder zurück auf der Terrasse bei lauem Sommerwind und spanischem Rioja, meinte Vater Reimann, ob ich nicht Interesse hätte, mir selbst eine Jolle zu kaufen. 4.000 DM würde er dazu geben. Elisabeth kannte meine Segelvernarrtheit und seufzte, aber sie nickte. Es bedurfte keiner langen Überlegung, eine Piratenjolle sollte es sein. Noch bevor der Sommer dahinging, holten mein Nachbar Ingo und ich auf einem Trailer einen Bünner-Piraten aus Hamburg ab, hochlackiert, aus Spruce gebaut, ein Maserati unter den Jollen, ein Regattaboot, mit dem wir alle Rennen gewinnen wollten. Elisabeth bezeichnete uns als Spinner.

Ingo und ich begingen die Dummheit, fast jedes Wochenende auf dem Wasser zu verbringen. Kaum zu Hause angekommen, die Uniform an den Haken gehängt, sonnabends und sonntags gesegelt, Küsschen, Küsschen und weg wieder in Richtung Hamburg. Es dauerte nicht lange, bis meiner lieben Frau der Kragen platzte:

„Gut mein Schatz, dann segle doch bitte mit mir!" Und mit ihrem Bäuchlein sind wir dann gesegelt und das bei viel zu viel Wind. Das Herumhüpfen bei jeder Wende war nicht ihr Ding, also ließen wir es, zumal im Herbst das Boot in der Halle verschwand. Als ich zur Weihnachtszeit bei Raureif die von Wehen geplagte Elisabeth in die Klinik brachte und Stunden später eine gesunde Tochter im Arm hielt, überkamen mich so starke väterliche Gefühle, dass ich meiner Liebsten das Zugeständnis machte, im kommenden Frühjahr das Boot zu verkaufen.

Es fiel mir furchtbar schwer, von meinem Hobby Abstand zu nehmen. Aber alles hat seine Zeit, sicherlich würde sich später die Gelegenheit bieten, irgendwo als Mitsegler einzusteigen, vielleicht einmal sogar den Atlantik zu überqueren.

Bei der Erwähnung des Atlantiks unterbracht Hannes seinen Redefluss, hob die Arme und rief: „Na, und wo bin ich jetzt, genau da!", und hingebeugt zu Brodersen fügte er hinzu: „und wem verdanke ich das? - Unserem Herr Kapitän!"

Brodersen winkte ab, stand auf und verkündete mit theatralischer Geste: „Und ich bedanke mich bei dem „Vortragenden Rat", dass er uns jeden Abend nicht nur an seinem Leben teilnehmen lässt, sondern uns mit den bunten Erzählungen jegliche Langeweile vertreibt. Hannes, ich hoffe, dass ist die Atlantiküberquerung, die du dir gewünscht hast. Komm steig wieder in die Bütt und mach weiter!"

Mit der Bemerkung: „Also dann von meiner kleinen Piratenjolle zurück auf die Planken der „Esperanza" nahm Hannes den Faden wieder auf.

„Den Verkauf der geliebten Jolle, eingetauscht gegen ein bezauberndes Töchterlein, die wir Julchen tauften, habe ich nie bereut. Elisabeth, die Realistin, hat mich Träumer stets zum richtigen Zeitpunkt beraten, von einer Sache, von einer Idee Abstand zu nehmen, die der Familie hätte Schaden zufügen können.

Mit Ingo die Wochenenden zu verbringen wäre auf die Dauer nicht gut gegangen. Er verfolgte nämlich neben dem Segeln noch weitere aushäusige Interessen. Seine Frau fand Trost in anderen Armen, ließ ihn schließlich sitzen und zog mit ihrem Lover in die Nachbarstadt, Ingo fand schnell woanders Trost.

Oh nein, da wollte ich nicht hingeraten. Das Boot ging weg wie warmes Brot, und Vater Reimann bekam sein Geld zurück.

Statt das Haus am Wochenende zu betreten, um schnell in die Segelklamotten zu wechseln, schritt neuerdings Vater Hannes mit einem Blumensträußchen über die Schwelle. Man notiere den ungeheuren Wandel! Die Wochenenden mit der gewachsenen Familie und einem Vater, der spät am Freitag, oft erst an Samstagen eintraf und abends am Sonntag wieder abfuhr, verliefen stets hoch intensiv.

Auf Elisabeths Schultern lag die gesamte Last. Um nicht wie ein Pascha nur mal eben bei der Geliebten vorbeigeschaut zu haben, versuchte ich wenigstens liegen gebliebene handwerkliche Dinge zu regeln oder im Garten zu wühlen, vor allem aber strittige Themen zu vermeiden, was nicht immer gelang. Das kleine Töchterlein war ein Schreikind. So bemühte ich mich, Elisabeth nachts zu entlasten und unser Julchen in den Schlaf zu wiegen.

Elisabeth wuchs über sich hinaus, erst viel später ist mir bewusst geworden, was die junge Frau als fast Alleinerziehende während meiner oft wochenlangen dienstlichen Aushäusigkeit geleistet hat. Noch heute staune ich darüber, wie sie damals als blutjunge Mutter, noch keine 25, fernab von ihrem geliebten München im kargen, wortarmen Norden unsere Ehe gemeistert hat. Sie brauchte sich nicht wie junge Mütter heute nebenbei beruflich zu profilieren, sie war brillante Hausfrau, Finanzminister, Fachfrau in der Logistik, Erzieherin, Geliebte und Kamerad. Nicht zu vergessen, dass meine am Ort wohnenden Eltern für Elisabeth immer zu jeglicher Hilfeleistung bereit waren.

Die Kinder machten riesigen Spaß, besonders der kleine Christian, der viel plapperte und neue Wortschöpfungen kreierte, Gebilde aus aufgeschnappten Sätzen seiner Eltern, von den Großeltern, der Oma Deichstraße, die oft einhütete, oder von Nachbarskindern wie dem gleichaltrigen Ralfi, Sohn eines Lehrerehepaares, das gleich nebenan wohnte, und wer weiß wo sonst her. Bei seinen fast drei Jahren galt es, darauf zu achten, was man in seiner Gegenwart sagte, besonders wenn über andere gelästert wurde.

Da hatte sich Elisabeth über den Kaufmann Matuschka geärgert. Beiläufig erzählte sie am Frühstückstisch, dass es bei ihm an der Käsetheke stinke, war es der Käse oder war er das Stinktier. Es muss Wochen später gewesen sein, als Matuschka die schwere Einkaufstasche bis vor unsere Haustür schleppte, sie öffnete und die Last im Flur abstellte. Elisabeth lobte ihn und dankte, als plötzlich von oben vom Treppenabsatz eine Kinderstimme fröhlich rief: "Matuschka du Stinktier, Matuschka du Stinktier!", wobei das „i" genüsslich in die Länge gezogen wurde.

Ein anderes Mal stand ich nackt im Bad vor dem Spiegel und rasierte mich, Christian übte das Sitzen auf der Klobrille, dabei beäugte er abwechselnd mal mich, mal Elisabeth, die sich in der Dusche, den Vorhang beiseite geschoben, abtrocknete. Man spürte, wie es in dem kleinen Kopf arbeitete. Dann sprudelte das Ergebnis seiner Gedanken: Er hob den Zeigefinger vor die kleine Nase, als wenn er damit etwas antippen wollte, und wies auf das, was mich von Elisabeth unterschied: „Mama, krieg ich später auch soon Baumel wie Vati? Eine Pinselmuschi wie du hast will ich nicht haben!"

Frau Nachbarin berichtete von einer Peinlichkeit, die sie sich als Eltern selbst anlasteten, aber der Urheber hieß Ralfi, ihr Sohn. Zu einem gehobeneren Abendessen erwartete der Ehemann seinen Chef nebst Gattin. Bei den Vorbereitungen und dem Eindecken des Tisches spielte der Kleine im Zimmer und musste wohl eine Bemerkung aufgeschnappt haben, mit der der Hausherr seine Frau teils rügte, teils lobte. Stunden später, die Gastgeberin reichte gerade den Nachtisch, stand plötzlich der verschlafene Kronsohn daumenlutschend mit seinem Teddy im Arm im Zimmer. Der Herr Direktor schaute den Kleinen an, fand ein paar liebevolle Worte und nutzte gleich die Gelegenheit, lobende Worte für das großartige Abendessen an die Gastgeber zu richten: „Na mein Kleiner, da hat deine Mutti aber heute Abend Großartiges geleistet, so wunderbare Leckereien aufgefahren, wirklich köstlich, außerordentlich köstlich, und dazu der edle Wein."

Ralfi, inzwischen hellwach, schaute den älteren Herrn durchdringend an, und von den Wänden echote ein Satz, der die Eltern fast betäubte: „Was du da isst ist und deine Tante, dafür müssen Mammi und Pappi sich anschließend wochenlang ganz schön querlegen!" Harmloser dagegen und belustigend kamen Christians Wortkonstruktionen daher. Eben aus der kalten Nordsee heraus, stand einmal am Strand ein schmächtiger Junge vor ihm, der fror und zitterte wie Espenlaub, dass ihm die Zähne aufeinander schlugen. Unser Naseweis starrte ihn an und kommentierte traurig: „Der hat den Schnatterabimini!"

Damit unser Sohn groß und stark würde, setzte ihm seine fürsorgende Mutter jeden Morgen einen mit Honig gesüßten Haferflockenbrei vor, den er willig wegputzte. Wie nannte er es: Hattitottisuppe. Joghurt oder Quark hießen bei ihm Schlammguri.

Nach und nach schwand der Kontakt mit den alten Jageler Staffelkameraden, nur mit Hanno nicht. Oft saßen wir bei ihm und seiner Frau, meinem früheren Faschingsschwarm aus Landsberg, auf der Terrasse oder er war mit seiner Frau bei uns. Natürlich ließ sich das Thema Fliegen nicht vermeiden. Viele der Geschichten aus dem Geschwader belustigten, aber sie bedrückten auch, insbesondere unsere Frauen.

Melanchthon, von seinem Geschwadersessel nach nur kurzer Verweilzeit als Kommodore auf einen höhern Thron ins Ministerium gehievt, machte den Platz frei für einen von allen geschätzten älteren Haudegen, einen lustigen und lebensfrohen Burschen, der zwei Gesichter zeigte. Vom Flugdienst und Bürokratiewust ermüdet, suchte der Geplagte oft den Ausgleich auf seine Weise. In einer nahe liegenden Kirche pflegte er auf der Orgel gekonnt und hingebungsvoll die Toccata und Fuge d-moll von Bach zu spielen, um sich anschließend in einer Hafenkneipe volllaufen zu lassen und die wildesten Gedichte zu grölen.

Der ehrwürdiger Herr Kapitän fiel völlig aus der Rolle. Der Versuch, ihn heimzubringen, endete zumeist in einer wüsten Prügelei. Vorgesetzte blickten weg, Freunde gaben es auf, ihm zu helfen. Zu dem Repertoire des Verlassenen gehörten endlose Verse wie: „Da sprach der Nonnen zwanzig, von Kenigsbarch bis Danzig kenn jeden zweiten Schwanz ich ..“ oder: „Vorgebeugt stand diese Gute, die sein Kommen überhört…..“, und ausgefallener noch: „Frau Wirtin hatte einen Admiral, der trieb's in der Periode, und wenn er in dem Blute schwamm, träumt er vom Heldentode.“

Nach einem dieser einsamen Saufabende stieg der Herr Kapitän in seinen Wagen, raste durch Schleswig, pflügte ein paar Fahrradständer um, danach eine Jugendgruppe, ließ zwei Tote liegen und beging Fahrerflucht. Irgendwann muss ihm wohl seine Tat bewusst geworden sein. Der Kommodore flüchtete ins Flugplatzgelände, befahl der Wache, keine Polizei in den militärischen Bereich hineinzulassen. Als sich am Morgen die Ordnungshüter mit richterlichem Entscheid dennoch Einlass verschafften, lebte der Verzweifelte bereits nicht mehr. Man fand ihn in der Kirche tot auf der Orgelbank, erschossen, die Dienstpistole noch in der Hand.

Eine Woche nach dem Medienwirbel um den Selbstmörder, an einem Sonnabend, rief Hannos Frau an. Sie beide könnten nicht zum Grillabend kommen. „Warum denn nicht?“ „Ja, Hanno ist schon wieder ungewöhnlich gelandet, mit dem Fallschirm, aber dieses Mal nicht in einem Baum, sondern fast im Schoß einer Bäuerin!“

Wir fuhren sofort zu ihnen hin. Das saß der Gute bleich im Sessel, beide Wangenknochen blau angeschwollen. Der Helm ihm muss beim Rausschießen des Schleudersitzes durch den Luftaufprall vom Kopf gedreht worden sein, aber sonst seien alle Knochen heil.

„Gott sei Dank!“ „Was hast du denn für einen Scheiß gebaut? fragten wir erleichtert. Hanno schlürfte am Rotweinglas: „Das war so:

Mit Zenner, dem Starfighter-Testpiloten, Fluglehrer und Mitglied des ehemaligen Kunstflugteams der Sea Hawks hatte ich die Ehre, zu einem Formationsflug in größerer Höhe aufzusteigen. Ich sollte mal von links unter ihm auf die andere Seite durchschwingen und dasselbe wieder zurück. Das klappte mehrere Male wunderbar, jedes Mal dichter unter Zenner hindurch, bis ich seinen Vogel bei einem dieser Manöver nicht mehr sah. Da bumste es auch schon, ich muss unter ihm hängen geblieben sein. Es ruckte, blitzte über mir, aber ich sah keine F 104.“

Nie ist eindeutig geklärt worden, wer in wen hineingeflogen ist. Hanno muss wohl beim Unterdurchfliegen mit dem hohen Leitwerk von unten den Rumpf des über ihm Fliegenden im Cockpitbereich aufgeschlitzt haben. Darauf ist Zenners Vogel auseinandergebrochen. Er selbst erinnerte sich später nicht mehr, was geschehen war. Erst vor einem Graben am Boden neben dem Fallschirm liegend kehrte dem unsanft Gelandeten das Bewusstsein zurück, als Hanno noch immer in 30.000 Fuß über Schleswig-Holstein seinen Kumpel suchend herumirrte. Im Spiegel erkennbar fehlte eine Hälfte des Seitenleitwerks. Beim Versuch, auf Landegeschwindigkeit zu reduzieren, drohte die F 104 abzuschmieren. Die Bodenstelle meldete, man habe die „Two Six Six Zero“ auf dem Radar und jemand sei unterwegs, den Schaden näher zu begutachten. Da kam der heiß Ersehnte schon heran, erst vorsichtig weiter weg bleibend, dann dichter. Der schüttelte den Kopf: „Nee Hanno, den bringt niemand heil nach unten, steuer auf die See zu und nichts wie raus, ich trete aus dem Kinken.“ Und schwupp schwang der Beobachter weg.

Tja, aussteigen in dieser Höhe? Saukalt um minus 50 Grad, obendrein Sauerstoffprobleme? Muss nicht unbedingt sein! Also langsam hinuntermogeln bis unter 20.000 Fuß. Schweißperlen rannen von der Stirn. Die Bodenstelle schwieg. Denen da unten fiel nichts Besseres ein. Die Flughöhe erreicht, schön gerade ausgerichtet, Speed zurückkommen lassen. Da, schon wieder dieses Zucken und Rütteln. Kein Zweifel, unter 300 Knoten machte die lädierte F 104 das Fliegen nicht mehr mit.

Hanno erzählte, er hätte die Beine angezogen, alle Gurte überprüft, den Throttle, ach ja auf Deutsch den Gashebel zurückgenommen, Fahrt weg, nach oben über dem Kopf den Reißbügel des Schleudersitzes umklammert, Augen zu und „Pull!“ – Nichts geschah.

Lähmendes Entsetzen, das Herz pochte zum Zerspringen. Warum funktionierte das Ding nicht? Die Hände griffen den Bügel fester. Der heiße Atem pulste stoßend unter der Sauerstoffmaske. Er hörte sich schreien: „Himmel, Arsch und Zwirn, warum feuert der Scheißsitz nicht?“ Noch einmal die Hände jetzt flehend in den Griff gepresst. Mit aller Kraft gerissen – zuerst nichts, dann können es bloß Bruchteile von Sekunden gewesen sein. Ein Pferd trat Hanno in den Hintern, er meinte einen Donnerschlag gehört zu haben. Kühle Luft ließ ihn die Augen aufschlagen, zuerst sah er seine Füße und darunter grüne Wiesen. An beiden Seiten führten dünne Bänder nach oben. Wo bin ich? Minuten mussten vergangen sein. Ach Mensch ja. Junge, du baumelst an einem Fallschirm! Waren da nicht eben im Blickfeld noch intakte Instrumente in einem Cockpit gewesen? Und nun? Wo ist mein Vogel?

416

Ein über ihm wölbender Baldachin glitt der sicheren Erde entgegen. Der Aufprall neben einem Güllewagen verlief glimpflich. Es duftete nach Leben. Kaum, dass Bruchpilot wieder auf den Füßen stand, stürmte eine Bäuerin auf ihn zu, schlug die Hände über dem Kopf zusammen und fragte erstaunt: „Wo kümmt Se denn her?"

„Ach du Schöne, wenn du wüsstest", entfuhr es dem Glücklichen.

Keine Stunde später saß man in der Staffel einander gegenüber, Hanno und Zenner. Über die Schuldfrage zu diskutieren, dafür schien es zu früh. Beide schwiegen und hingen ihren Gedanken nach. Die übliche Befragung der schlauen Experten der Flugunfallkommission, geführt aus unfallsicheren Sesseln, brachte kein Ergebnis. Nach tagelangen Verhören durften die beiden Unglücksraben wieder den Donnerbock besteigen. Hanno kam wiederum nicht heil zurück. Bei einer zu kurz angesetzten Landung verfehlte der Vogel den Anfang der Piste, ditschte davor in den weichen Boden, der dem Starfighter das Bugrad wegriss.

Jetzt forderte die Obrigkeit Maßnahmen. Ab zum Rapport beim Admiral nach Kiel. Dort wartete bereits die Schar der Theoretiker und Psychologen auf ihn. Schnell fand man eine abstrafende Beurteilung für die Häufigkeit der Unfälle. Und außerdem, hatte dieser Mensch nicht auch schon einmal einen Wagen zu Schrott gefahren? Da müssen summa summarum bisher verborgene charakterliche Fehler ans Licht getreten sein, oder war dem Angeklagten gar die fliegerische Begabung abhanden gekommen? Die Empfehlung lautete: Unterziehen sich erst einmal einem EEG, einer Gehirnstrommessung.

Zur Urteilsfindung empfahl wiederum Freund Nolle seine Dienste. Als Gutachter hatte er diese Marktlücke entdeckt, die ihm zum Gedeih der Eigenprofilierung bestens geeignet schien. Nolles Übereifer verdankte Hanno schließlich, wegen so genannter "Unfallaffinität", also krankhafter Unfallanfälligkeit, den Verlust der Fluglizenz und die Versetzung nach Bonn zum Führungsstab in ein Rüstungsreferat, wo er dem Schreibtisch noch so viel Gas geben konnte – der hob dennoch nicht ab.

Wie dankbar konnte ich sein, in einem ruhigeren Ambiente die unkomplizierte Piaggio durch die Lüfte zu bewegen und frei von Karrierenöten meinen Fähnrichen das Fliegen näher bringen zu dürfen.

33

Seit Tagen quälten mich Zahnschmerzen. „Gehen Sie mal rüber ins Sanitätsrevier", empfahl der Staffelchef Major Rechte, „bei dem heutigen Sauwetter wird sowieso nicht geflogen".

Im Wartezimmer des raubeinigen Oberfeldarztes hockten dicht an dicht gedrängt Fähnriche, die angstvoll das Herausreißen ihrer als unnötig befundenen Weisheitszähne erwarteten. Abseits, auffallend durch seine Uniform, saß jemand in Marineblau mit Exerzierkragen, mit „Wäsche achtern", wie die Marine es nennt.

Uns beide in der Diaspora fühlend, strahlten wir einander an. Ich ging auf ihn zu und fragte: „Was machen Sie denn hier?" Kopeka hieß er, Obermaat Kopeka. „Ich bin hier in einer der Staffeln zur Vorauswahl für die Hubschrauberausbildung, bin der Einzige von der Marine." Ganz beiläufig fiel die Frage nach dem Heimatort. „Neidum, Herr Kaleu", sagte er. „Na so ein Zufall", hörte ich mich sagen.

Daraus erwuchs die Selbstverständlichkeit, alle künftigen Wochenendfahrten nur mit einem Auto durchzuführen. Das gab daheim unseren Frauen die Möglichkeit, unabhängiger zu sein. Bei den gemeinsamen Fahrten lernten wir uns näher kennen, ohne dass daraus privat näherer Kontakt entstand. Unter der Woche trafen wir uns nicht, da die Dienste zu unterschiedlich waren und jeder in seinem eigenen Dunstkreis lebte. Obermaat Kopeka sollte mir jedoch bald aus einer Verlegenheit helfen. Der Kapitänleutnant Färber kollidierte nämlich mit einem Oberstleutnant der Luftwaffe. Und dazu kam es, wie bald nach folgender Einführung berichtet wird.

Ein Auswahllehrgang endete mit gemeinsamen Abschlussessen und anschließendem Trinkgelage wie üblich im Hermann-Göring-Keller. Natürlich hieß der Raum offiziell nicht mehr so, aber die Spuren der mühsam aus den teuren Kachelwänden herausgebrochenen Hakenkreuze konnten die vergangene Zeit nicht verleugneten. Unvorstellbar aufwändig hatte der ehemalige Reichsluftmarschall seine Offizierheime bauen lassen. Stuckverzierte Decken zierten Empfangshalle, Esssaal und Treppenaufgänge. Überall mit Schnitzwerk versehene hohe eichene Türen, Säulen und Fußböden aus Solnhofener Platten verbreiteten vergangene Hochherrschaftlichkeit. Selbst im Kellerbereich überraschten gemütliche Räume mit getäfeltem Holz oder bunt gekachelten Wänden. Jeden Raum zierte ein wunderschöner hochgemauerter Kachelofen, umgeben von einer dickbohligen Holzbank. Gedämpftes Licht von fackelähnlichen schmiedeeisernen Leuchtern fiel auf dunkel lackierte Holzkassettendecken, die in ihren Feldern die Wappen aller deutschen Gaue des „Dritten Reiches" zeigten, gediegene Malereien, die niemand zu entnazifizieren wagte. Die Hauptlampe unter der Decke des für die Abschlussfeier gewählten Raumes glich einer nach unten durchgebeulten marmorierten Schale. Sah so ähnlich aus wie die kreisrunde Deckenschüssel im Schlafzimmer meiner Eltern. Diese anfänglich nicht beachtete Deckenbeleuchtung sollte zu später Stunde zum Ende des zum Saufabend ausartenden Festes von Bedeutung sein.

Mutter Hempel, die Seele und Dragonerin des Küchenbereiches, ließ sich auf Bitten des Lehrgangsältesten erweichen, die hochstieligen Weingläser im Göringkeller aufzudecken. Der Abend begann sehr stilvoll. Major Rechte begrüßte und lobte die Teilnehmer, gratulierte zum erfolgreichen Abschluss und dankte dem Fähnrich Müller-Thurgau dafür, dass dessen Vater mit mehreren Kästen köstlichen Weißweines seines Binger Winzerbetriebes zum Wohlgelingen der Feier beigetragen habe. Bereits vor Beginn des Hauptgangsessens brachten die Helfer aus der Küche einen

Wildschweinbraten herein. Lustig klimperten die Gläser. Man stieß an und goss den Wein in die durstigen Kehlen.

Mancher hat dabei wohl Biersaufen mit Weingenuss verwechselt, denn der edle Stoff lief literweise. Nach dem Hauptgang meinte Hauptmann Tönsberg, leicht angelallt, noch etwas sagen zu müssen, was wiederum Major Rechte bewegte, seinem Mariner das Wort zu erteilen. Obwohl ich nicht damit gerechnet hatte, fielen mir Fliegerwitze ein, die bestens ankamen und beklatscht wurden. „Kennen Sie den?" Ein ehemaliger holländischer Spitfirepilot, während des Krieges auf britischer Seite fliegend, war von einem Kaffeekränzchen älterer Damen eingeladen worden, über seine Kriegserlebnisse zu berichten. Anfangs verhalten, dann jedoch bald weggetragen von seinen Erinnerungen, immer wilder mit den Armen herumfuchtelnd, befand er sich im Luftkampf mit dem deutschen Gegner. „Ich flog hier und plötzlich aus dem Nichts hingen hinter mir drei dieser German Fucker."

Die bisher andächtig zuhörenden Damen schlugen die Hände vor den Mund, eine stand auf, bremste den Redefluss des Vortragenden und rief erregt in die Gruppe: „Liebe Freundinnen, er meint Fokker, Fokker, das ist ein Flugzeugtyp."

Der Holländer, ärgerlich, unterbrochen worden zu sein, schob die Alte beiseite und brüllte durch den Raum: "No, no, ladies, diese Fucker flogen fuckin´ Messerschmitts!"

Ein erzähltes Histörchen gab das Stichwort für das nächste. Das häufige Zuprosten verführte zum Nachfüllen der hochbeinigen Gläser. Der Alkoholpegel stieg. Viele der jungen Offizieranwärter ließen ahnen, bisher von der Kultur des Weintrinkens ferngehalten worden zu sein. Sie kippten den Stoff wie Wasser in sich hinein. Diese Art der Druckbetankung zeigte zunehmend Wirkung.

Nach einem weiteren nicht mehr sauberen Trinkspruch setzte meine schwer gewordene Hand das Glas so hart auf, dass der Boden abbrach. Alle Augen betrachteten neugierig das kastrierte Trinkgefäß, es wurde still rundherum. Alle dachten wohl, was macht er nun? Absetzen ließ sich das Glas nicht mehr. Nur der dünne Stiel und die mit Müller-Thurgau gefüllte rundliche Schale schauten provozierend in die Menge, als wenn sie fragen wollten. „Na, was geschieht jetzt?"- Es gab nur eine Lösung: In einem Zug runter mit dem Edelstoff und das Übrige wegschmeißen! Aber stilvoll sollte es sein, vielleicht sogar die Luftwaffenfähnriche davon überzeugen, dass in der Marine hochbeinigen Gläser in vorgerückter Stunde immer die Füße abgebrochen und sie anschließend auf angeblich russische Weise entsorgt werden. Gesagt, getan!

In mir, weinumnebelt, erwuchs eine russische Seele. Mein Arm streckte das Glas aus, der Blick ging rundherum und es echote von den Wänden: „Strastwuitje Rossia. Nastrowje, prost liebe Freunde, auf dass ihr immer heil zur Erde zurückfindet!"

Das Glas geleert, noch mal den Blick schweifen lassen und schwupp! über die Schulter geworfen flog der wertlose Glasrest an die Kachelwand. Es schepperte, klirrte. Kurzes Staunen, dann die Reaktion. Wie auf Kommando sprangen die anderen Mitsäufer auf und taten dasselbe. Unter großem Gejohle flogen die wertvollen Gläser über die Schultern und zerschellten an den Wänden und auf den Fliesen. Mutter Hempels ganzer Stolz, die Repräsentationsgläser des Offizierheims lagen zerstückelt in tausend Scherben am Boden.

Da ich offenbar bereits zu weit weggetreten war, plagten mich keine Schuldgefühle, eher beschäftigte der Gedanke, aus welchen Gemäßen man weiter den schmackhaften Saft inhalieren könnte.

Wein stand in Kästen noch jede Menge zur Verfügung, zwar schon pipiwarm, trinkbar, aber woraus? Wer fand die Lösung? Die Blicke konzentrierten sich auf die große, gewölbte Deckenbeleuchtung. Schon stand jemand schwankend auf dem Tisch und montierte das Ding ab. Ein paar tote Fliegen herausgepustet, Wein hineingegossen und die schwere Schale wanderte von Hand zu Hand, von Mund zu Mund. Es schwappte über den Rand, lief manchem beim Trinken in die Halskrause, aber das Zeug schmeckte immer noch. Major Rechte, nach der zweiten Runde nicht mehr zu ermuntern, die Schale anzunehmen, sackte nach vorn, schnarchte und nahm nur noch als Schlafender teil. Über seinen Kopf weitergereicht ging das immer wieder aufgefüllte zum Pokal erklärte Gefäß herum, bis mir gegenüber ein Fähnrich die Saufschüssel über der matt leuchtenden Glatze des Staffelchefs hielt. Was hatte er vor? Eingreifen gelang nicht mehr. Mit geführtem leichtem Abwärtsschwung landete der Glaskörper auf dem kahlen Kopf des Eingeschlafenen, wohl zu hart, denn es knackste, Scherben polterten auf den Tisch, und ein Schwall sprudelte über die Schulterstücke und die Uniformjacke des Herrn Major. Brüllendes Gelächter. Umgeben von einem zersplitterten Glasrand, nur noch eingefasst von der metallischen Umrandung, mild lächelnd, aber nicht ganz anwesend, schaute der aufgewachte Schnarcher über die Lampenkante. Nach der anfänglichen Begeisterung trat lähmende Stille ein. Ganz langsam, behutsam hob Hauptmann Tönsberg das mit scharfen Glassplittern auf den Hals zeigende Ungetüm hoch und warf es in die Ecke. Wie unser Chef ins Bett fand, dessen konnte sich am nächsten Tag niemand mehr erinnern, er auch nicht.

Dem Fastattentat folgte keine Ernüchterung, aber die gute Laune war verpufft. Die Verkündung des Endes des Festes schied die Teilnehmer in zwei Lager. Die Harten killten als Flaschentrinker weitere Müller-Thurgaus, die Weicheren nebenan umarmten die Klobrillen oder hatten unter dem Tisch auf dem Glassplitterteppich eine piekige Lagerstätte aufgesucht.

Nach dieser großartigen Feier und den dortigen Geschehnissen erhielt der Keller einen neuen Namen. Nicht mehr Hermann-Göring-Keller, sondern Barbarenkeller.

Wir Älteren, Tönsberg und ich, im Alkoholkonsum verhaltener gewesen, aber doch ganz schön angeduhnt, stolperten eingehakt die Treppe hoch in die Halle und steuerten auf die übergroße irdene Vase zu, in der seit Jahren zur Dekoration des sonst so kahlen Foyers ein riesiges Bündel mannshoher vertrockneter Reetkolben steckten.

Tönsberg griff einen der langen Halme, warf auch mir einen zu, nahm Fechtposition ein und forderte zum Duell.

Da konnte ich mithalten. Früher in der Penne hatte ich an einem Florettkurs teilgenommen. Mit einem Ausfallschritt sprang ich ihn an, und schon federte ein Primschlag über seinen Kopf, dass der pudertrockene Reetkolben zerplatzte und uns beide in eine braune Wolke einhüllte. Diese unerwartete Auswirkung des so harmlos aussehenden Reetkolbens, dessen Samenbüschel in weichen Flocken durch die Luft flogen, überall kleben blieben, auf den Haaren, im Gesicht und an der Uniform, reizte zu weiteren lustigen Gefechten. Bald lagen auf dem Fußboden viele abgedroschene Halme. Immer wieder griff der eine oder andere nach einem neuen Halm aus der Vase. Tönsberg drängte den Zweikampf in Richtung Lesezimmer. Dort saßen zu später Stunde ein paar ältere Oberstleutnante und Majore, die, vom andächtigen Zeitungslesen ablenkt, immer lauter werdende Missfallenskundgebungen absonderten. Ich erinnere an den zuvor gemachten Hinweis auf das Ärgernis mit einem Oberstleutnant. Jetzt bahnte sich das an! Diese Herren, damals für uns uralte Daddies, besuchten am Standort Englischkurse, sie wohnten in einem Wohnblock nicht weit neben meiner Unterkunft.

Die Zeitungen sanken herab, ungläubige Augen verfolgten unser unbotmäßiges Tun. Jetzt sprang Tönsberg auf einen der flachen Couchtische, ich hinterher, das Gefecht wurde heftiger. Dicht am Kampfgeschehen, fast unter uns, tief in den Sessel eingesunken, die Zeitung schützend vor der Brust, fiel mir ein hoher Dienstgrad mit kahlem Kopf auf. Den breiten Scheitel, auf dem das Licht einer Lampe spiegelte, umrandete ein Haarkranz, ähnlich wie bei einem Mönch. Davon wie magisch angezogen, führte meine Hand den nächsten Fechthieb nicht in Richtung Tönsberg aus, sondern zielsicher landete ein aus dem Handgelenk gedrehter Schlag auf der hochpolierten leuchtenden Glatze.

Das schimpfende Opfer verschwand unter einer Wolke des aufplatzenden Reetkolbens, und wir nutzten die allgemeine Verwirrung, das Gefechtsfeld schleunigst zu verlassen.

Betroffenheit trat erst am nächsten Tag ein.

Am Morgen stand im Oheim bereits der Messeoffizier, ein älterer Major, neben Tönsberg und mir und hielt seine Predigt. Nicht das gestrige Reetkolbengefecht, sondern die Sauerei im Hermann-Göring-Keller sei eine Barbarei gewesen. Der Major jammerte weiter: „Wie stellen Sie sich die Schadensregulierung vor? Das wird nur mit Ausnahmegenehmigung und Sonderzuweisung möglich sein. Mutter Hempel hat geweint, und der Kommandeur denkt bereits über Maßnahmen nach.

Diese wertvollen Gläser sind auf dem Bundeswehrbeschaffungsweg nur sehr schwer zu kriegen, und in dem Repräsentationsfond des Kommandeurs ist kein Geld mehr. Sie werden einen Schadensbericht einreichen müssen, und Sie wissen, wie üblich 16-fach!" Schließlich drohte der Aufgeregte: „Eine Disziplinarstrafe dürfte auch ins Haus stehen." Er tobte, als hätten zwei Schwerverbrecher seine hauseigene Glasvitrine zerstört, und das so lange, bis Tönsberg ihn an der Uniform zupfte. Der Major guckte irritiert und fragte schnippisch: „Was wollen Sie?" Mein gestriger Weingenießer zeigte auf mich und legte los: „Wir beide denken teilstreitkraftübergreifend und lösen das Problem gemeinsam. Wir greifen in das reich gefüllte Reservoir unserer Einkünfte und begleichen den Schaden aus eigener Tasche. - Sind Sie damit zufrieden?"

Tönsberg und ich, der eigentliche Verursacher des Schadens, sowie der Major Rechte, der das Werfen von Gläsern nicht erinnern konnte, taten uns zusammen und fanden in einem Auktionshaus in Hamburg fast identische Gläser in der derselben Anzahl zu einem erstaunlich günstigen Preis. Der Tipp kam von unserer staffeleigenen Frühstücksfrau. Die Beschaffung der Lampe dauerte länger. Schließlich konnten Tönsberg und sein Marinekollege dem Herrn Oberst Meldung machen, dass die Angelegenheit zur Zufriedenheit geregelt worden sei.

Der Kommandeur lächelte, stand hinter seinem Schreibtisch auf, drückte uns die Hände und sagte nur: „Meine Herren, habe nichts anders von meinen Offizieren erwartet, wir haben früher ähnlichen Bockmist gemacht, sind aber wie Sie dafür aufgekommen. Schwamm drüber!"

Damit war das Finanzielle geregelt und eine Disziplinarstrafe abgewendet, aber dass es außerdem noch einen beleidigten Oberstleutnant gab, der Wiedergutmachung fordern würde, wurde mir erst nach einigen Tagen bewusst. Tönsberg und ich flogen längst wieder mit unseren Schülern. Die englische Sprachkursus befand sich für eine Woche in Zivil auf einer Fortbildungsreise und wir glaubten die Reetkolbenfechterei vergessen zu können.

Nun waren die älteren Herren zurückgekehrt.

Der Hauptfeldwebel Egon, den Nachnamen weiß ich nicht mehr, und ich bekamen gerade von unserer Schlachtersfrau Röder das zweite Frühstück vorgesetzt, als in der Staffel das Telefon schrillte. Ulla, so hieß die uns bemutternde Seele, nahm das Gespräch an, machte ein fragendes Gesicht, wies auf mich und flüsterte, den Hörer weit von sich haltend: „Ein ganz hohes Tier ist dran und will den Mariner sprechen!"

Nicht ahnend, wer es sein könnte, hatte ich die Muschel ans Ohr gesetzt, da schäumte es bereits aus der Röhre. Ein Oberstleutnant Meiering war dran, hielt eine ebenso lange Predigt wie zuvor der Messeoffizier, redete und redete, tat beleidigt, schimpfte, bis er endlich zum Thema kam. Seine Uniform wollte er von mir gereinigt haben, sie sei versaut, verklebt und überall behaftet mit Reetkolbenbüscheln. Der Luftwaffenstabsoffizier sendete pausenlos, da gedieh in meinem Hirn ein sonderbarer Gedanke und ohne weiter nachzudenken, entfleuchte dem Munde ein wahnwitziges Angebot: „Sehr geehrter Herr Oberstleutnant, Ihnen die Uniform zu reinigen ist für mich kein Problem, ich schicke Ihnen meinen Burschen. Wann möchten Sie, dass er bei Ihnen antritt?"

Sendepause und Schweigen auf der anderen Seite des Hörers, dann hörte ich ihn zweifelnd nachfragen: „Ihren Burschen meinten Sie? Ich dachte, das sei in der Bundeswehr gar nicht wieder eingeführt worden?" „Nun ja, Herr Oberstleutnant, bei der Marine ist und war schon immer alles anders!"

Leichtes Stottern auf der anderen Seite: „So so ah na denn, wenn Sie meinen, dann schicken Sie ihn mal zu mir, also ja hm hm, dann bitte heute so eben nach Dienstschluss, geht das?"

„Geht in Ordnung, wo soll er sich melden, wo wohnen Sie?"

„Eh eh, na wo, ach ja, in Block 14, Zimmer 105."

„Wird gemacht, Herr Oberstleutnant."

Siedend heiß zog es den Rücken hinauf und hinunter, die den Hörer auflegende Hand zeigte feuchte Flecke. Ins Bewusstsein kroch die Feststellung, mich wieder in den Schlamassel hineinmanövriert zu haben. Oh Hannes, wie kommst du da wieder raus!

Die Frau Röder, die Ulla, wippte Hüften schwingend mit dem Putzeimer vorbei. Andächtig hatte sie dem Gespräch gelauscht, grinste frech und sang: „Hänschen klein ging allein in die weite Welt hinein, fiel vom Reck in den Dreck, da war die Nase weg."

Innerlich schäumte es in mir, Frechheit, mich so zu veräppeln. Ihr nachsehend, was bisher nie der Fall gewesen war, musste ich feststellen, dass das Weib einen erstaunlich wohlgeformten sexy Hintern in der Hose trug. Aber daran weiterführende Gedanken zu knüpfen verbot die verfahrene gegenwärtige Situation. Minutenlang Grübel, Grübel, bis ein Blitz der Erleuchtung durchs Hirn zuckte.

Nachmittags endlich erreichte ich Kopeka am Telefon:

Ich schilderte ihm meine Verlegenheit und konnte ihn überreden, mir den Gefallen zu tun und aus der Patsche zu helfen, ein Kasten Bier wäre drin und dazu eine schöne Buddel Köm. Er lachte, was mich sehr befreite, er sah das als Gag.

„Wird gemacht, Herr Kaleu. Ich habe noch eine Bluse ohne Dienstgradabzeichen. Als Matrose werde ich dem Luftwaffenmenschen zeigen, was in der Marine alles möglich ist. Nein, das macht mir großen Spaß."

Spätabends, an wenigen Tischen im Restaurantbereich des O-Heims wurde gegessen. Ich saß allein, Mutter Hempel servierte „Russische Eier", damals mein Lieblingsgericht, bestehend aus drei gekochten Eier auf Fleischsalat, darüber unechter

Kaviar und dazu getoastetes Weißbrot. Erst gar nicht wahrgenommen, klappte die Saaltür auf, dahinter Gemurmel, eine Gruppe älterer Offiziere drängte herein, erst zögerlich, als wenn einer dem anderen den Vortritt lassen wollte. Vorne weg, wie hineingeschoben, stand im Türrahmen mein Freund, der mit dem Reetkolben traktierte Oberstleutnant Meiering.

In fast devoter Haltung schritt er auf dem Teppich daher, gefolgt von seinen Kollegen. Ein Dutzend müssen es gewesen sein.

Nicht dass der Oberstleutnant vor mir einen Diener machte, aber eine Ehrfurchtshaltung schien es zu sein, zu erkennen an der nach vorn geneigten Körperhaltung und dem dazu mitschwingenden Zustimmungsschlupf von mindestens zwei Grad.

Er steuerte auf mich zu. Ich erhob mich, er winkte schon von weitem ab: „Ach, bleiben Sie sitzen, Herr Kapitänleutnant. Ich komme lediglich, um mich bei Ihnen für die vorzüglichen Dienste Ihres Burschen bedanken.“

Das ging runter wie Honig. Kopeka hatte offensichtlich eine großartige Show abgeliefert. Mittlerweile umringten den Tisch alle ihm Gefolgten, benickten jeden Satz ihres Kameraden Meiering, dessen Bewunderung über die ihm erwiesenen Burschendienste darin gipfelte auszurufen: „Dass die Marine das herübergerettet hat, Respekt, Respekt!“ „Ja Ja“, kommentierte rundherum der Chor der Kriegsgedienten: „Erstaunlich, erstaunlich, dass es der Marine gelungen ist, in unserer stillosen Demokratie so etwas wieder aufleben zu lassen, Donnerwetter, alle Achtung!“

Die Herren verbeugten sich, gingen gemessenen Schrittes von dannen, nickten mir an der Tür winkend zu. Die Saaltür fiel ins Schloss und vor mir warteten die russischen Eier darauf, weggeputzt zu werden. Einen Stein hätte man plumpsen hören können, einen Stein von meinem Herzen.

Als erste Maßnahme des folgenden Tages galt es, den Kopeka zu erreichen. Wir trafen uns in der Fliegerhorst-Cafeteria. Er lachte, als er mich näher kommen sah. Kaum an den Tisch gesetzt, präsentierte er seine Geschichte.

„Also, ich zur vereinbarten Zeit mit Bügeleisen und Schuhputzkasten bewaffnet dem Herrn Oberstleutnant auf die Bude gerückt, Meldung gemacht: „Matrose Kopeka meldet sich zu Diensten.“ Die mitgebrachte Schürze umgebunden, habe ich ihm nicht nur die Uniform ausgebürstet, sondern selbstverständlich auch auf dem Tisch hingelegt die Hose gebügelt. Er wirkte furchtbar verunsichert, zögerte, als ich ihn fragte, ob er die Schuhe auch gewienert haben möchte. Schulterzucken, habe ich dennoch gemacht, er sah mich stets entgeistert an und schüttelte laufend den Kopf, dabei vor sich hinsagend: „Dass es das noch gibt, das es dass noch gibt!“

Zum Schluss ist ihm von mir das Bett aufgeschüttelt und die Frage gestellt worden: „Herr Oberstleutnant, haben Sie noch einen Wunsch?“ Ich meine Tränen in seinen Augen gesehen zu haben. „Nein, nein, vielen Dank“, hat er geflüstert und mir ein Fünf-Mark-Stück in die Hand gedrückt. Mein Abgang war übertrieben militärisch. Zackig gegrüßt und die Hacken zusammengehauen. Der Gute zeigte Gerührtheit. Mir ist es ein Vergnügen gewesen!"

Ich war ebenso gerührt.

„Mensch, Kopeka, Sie glauben gar nicht, aus welcher Verlegenheit Sie mir heraus geholfen haben, in die ich mich mit angesoffenem Kopf hineingeredet habe."

Dann erzählte ich von der Reaktion der Herren und der gestrigen Begegnung im Offizierheim.

Häufig ist auf unseren gemeinsamen Wochenendfahrten der Burschenstreich Thema der Unterhaltung gewesen.

Kopeka gibt es leider nicht mehr. Viele Jahre ist er in einem der Marinefliegergeschwader als Pilot von Hubschraubern und Verbindungsflugzeugen geflogen. Nach der Pensionierung verdiente er gutes Geld als Chefpilot eines Industriebosses. Nach 1990 geriet seine Maschine im Landeanflug auf den Flugplatz Laage, nahe Rostock in die unsichtbare Luftwirbelschleppe einer zuvor gestarteten vierstrahligen Boing. Vom Luftsog zu Boden gerissen, brannte das kleine Flugzeug aus. Alle Insassen starben.

Eindeutig ist Kopeka die Landerlaubnis zu früh erteilt worden, doch alle Regressansprüche verliefen im Sande.

34

Je tiefer es in den Herbst hinein ging, desto häufiger behinderten Sturm und Regen den Flugbetrieb. Die Piaggio durfte nicht unter Schlechtwetterbedingungen geflogen werden, dafür reichte die Instrumentierung nicht aus. Wenn die regenschwangeren Wolken von der Nordsee über die Marsch heranjagten, versank der Staffelchef in grübelndes Nachdenken, kaute am Bleistift und versuchte eine ansprechendes Ausweichprogramm zu Papier zu bringen. Es ging weniger darum, die Fluglehrer, sondern vielmehr die Flugschüler zu beschäftigen. Zur Weihnachtszeit bot die Post Arbeit an, denn sie bat um Hilfspersonal zur Bewältigung der Verfrachtung der Weihnachtspakete. Major Rechte war dafür sehr dankbar, denn ihm fiel zur Gestaltung des Betätigungsplanes als Alternative zum Flugdienst nur Marschieren, Marschieren und Sport ein. Die älteren Feldwebel hatte er eingeteilt, die Leitung bei diesem Ausweichdienst zu übernehmen. Das stieß auf wenig große Begeisterung. Wenn morgens bereits die Wetterlage Bodendienst erwarten ließ, saßen unsere Kriegshelden im Sanitätsbereich auf der Bank und gaben vor, fürchterlich krank zu sein.

So blieb denn manches an Tönsberg und mir hängen. In der Staffel, im für Flugschüler nicht betretbaren abgegrenzten Bereich des „Lehrkörpers", so ähnlich wie in einem zivilen Lehrerzimmer, hockte die Fluglehrerelite, die Uniformjacke aufgeknöpft, zumeist die Schuhe abgestreift, die Krawatte auf halbmast, und drosch einen Dauerskat. Damit die Herren das Spiel nicht wegen der Mittagspause aus der

Hand legen und schon gar nicht durch den Regen zum Essen gehen mussten, tischte die gute Ulla deftige Gerichte auf, bestückt mit Gebratenem, alles aus der Schlachterei ihres Mannes. Ob der wusste, dass seine Frau uns so verwöhnte? Niemand fragte sie danach. Sie fühlte sich als Putzfrau aufgewertet, wenn man sie als die tüchtigste Köchin der nördlichen Hemisphäre lobte.

Wenn die Schlechtwetterperiode länger anhielt, rückten der eine und andere mit Fotoalben an. Erstaunlich, welche Reiseziele da geboten wurden. Urlaubsorte und Hotels, die mir unerschwinglich für einen Offizier vorkamen. Selbst der Staffelchef vermied, seine Unteroffiziere zu befragen, wie sie das finanziell managten.

Einen Einblick bot ein Superachtfilm unseres Egons.

Er hatte ihn schon mehrfach vorgeführt. Da ich den Streifen noch nicht kannte, animierten ihn seine Feldwebelkameraden: „Los, Egon, zeig doch mal dem Kaleu, wo und wie du deinen Jahresurlaub verbringst!" Hauptfeld Egon galt in der Staffel als der Geschickteste, den offiziell zustehenden Urlaub mit Brückentagen, Migräneanfällen, Zahnschmerzen oder einer hausgemachten Grippe zu verbinden und daraus eine Bandwurmfreizeit zusammenzubasteln. Seine Dienstgradgleichen witzelten hinter seinem Rücken, sie sagten ihm nach, er würde 11 Monate darben, überall schnorren, den Pfennig mehrmals umdrehen, Flaschen sammeln, armselig essen, seine Frau würde putzen, in einer nahe gelegenen Baumschule arbeiten und in Hamburg spät abends in einem Hotel Klofrau sein, nur um einmal im Jahr tüchtig auf den Putz hauen zu können.

Egons Uniform glänzte wie mit Speck eingerieben. Ulla stopfte ihm die Strümpfe, nähte Knöpfe an und schnitt Egon die Haare. Für die Luftwaffe wenig repräsentativ, gab der Mann ein Bild des Jammers ab. Selbst die Wehrpflichtigen an der Wache feixten, wenn der Armselige mit dem verrosteten Fiesta vorbeiklapperte.

Er konnte einem Leid tun.

So kannte ich ihn. Jetzt führte er seinen Urlaubsfilm vor, vertont mit Sprache und Musik, Titel: Viva la Vida. Was da über die Leinwand flimmerte, machte mich sprachlos. Egon, braungebrannt, kaum zu erkennen, gepflegt mit kurz geschnittenen Haaren, schwarzem Hemd mit silbriger Fliege und weißem Smokingjackett, begrüßte vor einer feudal gedeckten Tafel elegant gekleidete Damen und höhere spanische Offiziere. Neben ihm gickernd in viel zu eng anliegendem langen Lurexkleid, das zum Halse hin zwei stramme Halbkugeln hervorpresste, seine Frau, wie Egon sie vorstellte. Die auffallend mit Wasserstoffperoxyd blondierten Haare und ein übertriebenes Make-up konnten den Betrachter verlegen machen. Mit Ketten behängt, mit einem übergroß aufgemalten Kussmund, aufleuchtend wie eine rote Verkehrsampel, zeigte sich die Urlauberin als Mittelpunkt einer Gartengesellschaft. Blühende Hibiskushecken im Hintergrund wiesen auf den Austragungsort hin. Es war eine Edelcampinganlage im Süden von Barcelona, wo Egon und Frau, bereits alteingesessen, einmal im Jahr einen Monat lang als Mensch lebten, wie er selbst sagte, in einem Super-Hyper-Wohnwagen und davor geparktem BMW-Sportcoupe der C-Klasse.

Als die Kamera mit den letzten Bildern über mit spanischem Cava gefüllte Gläser und die mit Austern belegten silbernen Platte hinaus aufs Meer schwenkte und das von Bougainvilleablüten umsäumte Wort „Ende" auf der Leinwand flimmerte, warf mir Egon einen triumphierenden Blick zu, als wollte er sagen: „Das machen Sie mir erst mal nach, mein lieber Kaleu!"

Ich glaube, ich habe ihn verkrampft angelächelt, bin aufgestanden, nach draußen in den Regen gegangen und habe dort eine Zigarette geraucht. Verrückt! War das ein Comicfilm oder Realität?

Das flugarme Winterhalbjahr bescherte mir viel Zeit, mich auf den so genannten Stabsoffizierlehrgang vorzubereiten. Vom Kommando der Marineflieger flatterte ein Schreiben auf den Tisch mit der Aufforderung, mich im nächsten Herbst in der Marineschule Mürwik einer Prüfung zu stellen, um den Nachweis zu erbringen, zu höheren Ehren aufsteigen zu dürfen. Allein das Wort Prüfung jagte mir ungeheuren Schrecken ein.

Hätte eigentlich nicht sein dürfen, denn seit Dienstbeginn in der Bundeswehr verging kein Jahr, ohne dass irgendeine Prüfung abverlangt worden war. Was aber jetzt bevorstand, entschied darüber, ob man bis ans Ende der Dienstzeit im selben Dienstgrad bleiben würde oder eben als geeignet befunden wurde, weiterzukommen.

Hauptmann Tönsberg nannte die Prüfung die Majorsecke.

Wer wollte schon an dieser Ecke scheitern?

Ende mit Lustig! Als erstes ließ ich mich nicht mehr von den älteren Offizieren der Sprachschule verführen, ihnen als Mariner die Große Freiheit in Hamburg zu zeigen. Nach dem Abendessen saß ich auf der Bude, las militärpolitische Schriften, Magazine, wehrtechnische Bücher, wühlte in der Geschichte, machte seitenweise Stichworte, schrieb Aufsätze, stellte mir selbst Fragen und befragte natürlich auch bereits glücklich Geprüfte, wie das Ganze in Mürwik ablief.

Einige verbreiteten grausame Geschichten, nannten ihnen gestellte Themen, zu denen mir kein einziges Wort eingefallen wäre, andere empfanden die Prüftage als Zirkusvorstellung. Eine Gruppe, die davon überzeugt war, die Majorsecke ohne Anstrengung zu umrunden, zog das Ausleseverfahren ins Lächerliche. Da seien Testfragen dabei, die lauteten: „Ergänzen Sie sinngemäß: Ohne Flei- kein Prei-!" Ha ha.

Was machte diese lieben Kameraden so sicher, diese beruflich entscheidende Hürde mit Leichtigkeit und ohne Mühen zu nehmen?

Es gab da gewisse Anzeichen, die nachdenklich machten.

Fast einheitlich erzählten alle bisherigen Absolventen von dem während des Prüfungslehrgangs entstandenen Konkurrenzdruck. Da zumeist Jahrgangsgleiche teilnahmen, hätten bisher im Kameradenkreis harmlos aufgetretenen Zeitgenossen sich plötzlich als Karrieristen entpuppt. In Diskussionen vor den drei Prüfoffizieren sei ein gnadenloser Verdrängungswettbewerb entfacht worden. Gewisse Typen hätten alle Register der Selbstprofilierung gezogen.

Einige, so hieß es, lebten wie Eremiten in der Furcht, es sei schädlich, den Nachbarn teilhaben zu lassen an neuen Erkenntnissen. Sie schotteten sich ab, unterstützten niemanden, ihnen zufällig zugegangenes Wissen wurde gebunkert. Böse Vergleiche machten die Runde, mit säuerlicher Miene weitererzählt, wie: „Wem es gelungen war, dem Prüfoffizier in den Arsch gekrochen zu sein, der drehte sich sofort um und verteidigte den Eingang, damit keiner nachdrängen konnte." Da fiel mir Nolle ein. Er war als Fliegerkamerad immer lieb und freundlich gewesen, aber als es ums Weiterkommen ging, schwänzelte er vor Melanchthon herum und hatte bewusst vermieden, für seine Nebenleute einzutreten. Kari und mich hätte er vor dem Oberverwaltungsgericht mit Leichtigkeit herauspauken können.

Hanno, der einen Lehrgang vor mir teilgenommen hatte, berichtete von den jüngsten Erfahrungen. Auffällig sei das Verhalten derjenigen Kameraden gewesen, deren Väter in höheren Stäben saßen und ihre Söhne mit Herrschaftswissen und aktueller Thematik versorgten, die dann in Seminararbeiten und bei Lagevorträgen zu Buche schlugen und die Prüfoffiziere beeindruckten. Ich litt plötzlich an Magendrücken wie ein Pennäler. Was würde mein Vater mir bei dem Gang zur Beförderungsguillotine mitgeben können?

Nichts. Da half nur zu pauken, jede politische Fernsehsendung anzuschauen und einschlägige Literatur zu wälzen.

Ich wollte mich nicht im Vorfeld nicht verrückt machen lassen. Der Flugdienst ging weiter, blieb abwechslungsreich. Mehrere Marinelehrgänge gingen durch meine Hände. Während einer Alarmübung verlegten alle Piaggios auf den Flugplatz in Sylt. Aus einer Bierlaune heraus ordnete der Kommandeur an, dass wir als geschlossenes Geschwader zurückfliegen sollten.

Da der erste Kurs entlang der Nordseeküste bis zur Elbmündung übers Meer führen sollte, fiel der Blick und der Auftrag auf mich, 24 Piaggios in lockerer Formation heimzubringen. Als Mariner sollte ich den Herren der Luftwaffe zeigen, dass man auch über Wasser fliegen konnte. Sehr lustig, aber wer von den Fluglehrern des Fluganwärterregiments hatte gelernt, in enger Formation zu fliegen? Vielleicht die älteren Kriegsgedienten, das jedoch lag lange zurück.

Der theoretischen Einweisung folgte auf der breiten Startbahn jeweils der Start mit vier Flugzeugen. Nach mehreren Runden über dem Platz als Riesenschwarm versammelt, hing der Himmel voller Piaggios, die recht und schlecht wie ein großer Pfannekuchen über der Nordsee verteilt die Küste nach Süden entlang flogen. Beim Rundblick aus dem Cockpit mag mancher unserer älteren Herren erinnert worden sein an die Zeit der Me 109 oder Stuka-Verbände, und so blieb nicht aus, dass auf unserer sorgfältig gewählten eigenen Frequenz erst eine Stimme und bald ein ganzer Chor sang: „...denn wir fliegen, denn wir fliegen gegen Engeland, Engeland."

Daheim, vom Kommandeur begrüßt, der glücklich und zufrieden war, nach der Alarmübung seinen Flugpark wieder wohlbehalten am Boden zu haben, zogen die Sieger nach erfolgreichem Feindflug in die Staffelgebäude, wo unter Ausschluss der Öffentlichkeit, hier waren die Flugschüler gemeint, der Rest des Tages äußerst feierlich begangen wurde.

Ulla hatte nicht nur gewaltig aufgetischt, sondern sich auch zur Feier des Tages toll aufgebrezelt, war beim Friseur gewesen, wippte mit tief ausgeschnittenem Kleid um die Tische und servierte. Wenn sie mir etwas vorsetzte, meinte ich zu spüren, dass Ulla bewusst mit ihrem fülligen Busen über meine Schulter glitt, auch war ihr Lächeln heute irgendwie anders, so verschleiert fragend, oder war ich schon beschwipst? Ich ertappte mich, ihr nachzusehen, in dem eng anliegenden Kleid rollte der Hintern mehr als sonst, und hatte sie schon jemals so hochhackige Schuhe getragen? Wie und wo mögen wohl die Beine oben unter dem Kleidsaum versteckt zusammenfinden?

Ein verrückter Gedanke kroch wie ein Wurm ins Gehirn. Seit Monaten machte die Gute morgens, wenn ich zum Dienst gegangen, mein Zimmer. Nie hatte ich sie dort gesehen. Ob ich nicht einfach mal morgens liegen bleiben sollte. Der Lehrstab würde zur Manöverkritik beim Obersten sitzen, da ich nicht dazugehörte, könnte ich also auf Ulla warten.

Der Abend klang in herrenabendlicher Manier auf feuchtfröhliche Weise aus.

Zunächst verstohlen, später offensichtlicher muss ich wohl Ulla mit immer hungrigeren Augen verfolgt haben, denn Tönsberg gab mir einen Rempler in die Seite und sagte kopfschüttelnd: „Nicht doch, lass die Finger davon! Ne Putze vögelt man nicht!"

Putze, die Bezeichnung gefiel mir nicht, aber er lag nicht verkehrt. Sollte ich meiner geliebten Elisabeth das antun? Nein, weg mit dem Gedanken! Ich überließ dem Egon das knackige Würstchen zum Verzehr. Als ich am nächsten Morgenz in der Staffel mit dem Fallschirm auf dem Buckel an ihr vorbeistreifte, würdigte die müde wirkende Schlachtersfrau mich keines Blickes. Ulla nähte Egon gerade einen Kopf an die Uniform.

35

Vom Mutterhaus, dem Kommando der Marineflieger, war ein Brieflein gekommen, hoffentlich eine positive Antwort auf mein Schreiben an die Personalstelle. Ich hatte mich beworben bzw. gebeten, nach Umschulung auf größeren Propellermaschinen Flugzeugführer auf der Breguet Atlantic zu werden, die bereits seit Monaten von Nordholz aus flog und deren Werdegang ich seit Monaten interessiert verfolgte. Als ewiger Fähnrichsvater nur noch die Piaggio zu fliegen, das schien mir keine Zukunftsperspektive zu haben.

Der Inhalt des dienstlichen Schreibens veränderte schlagartig die Gemütslage. Was stand da?

Beendigung der Kommandierung zur Luftwaffe, zurück in den Schoß der Marine. Teilnahme am Stabsoffizierlehrgang zum 1. August und danach Kommandierung zur Umschulung auf mehrmotorige Flugzeuge in Wunstorf am 1. Oktober.

Was für eine erfreuliche Mitteilung! Zwei Herzen pochten in der Brust, das eine ein wenig besorgt. Blieb noch genug Zeit, sich auf den von Gerüchten umwaberten Lehrgang in Mürwik vorzubereiten? Das andere Herz hüpfte vor Freude. Der Wunstorf-Lehrgang bei der Luftwaffe galt als vorbereitender Sprung auf die Breguet Atlantic, beinhaltete aber auch den Abschied vom liebgewordenen Heim in Neidum und Umzug der Familie nach Nordholz.

Elisabeth überraschte ich am Wochenende mit einem riesigen Blumenstrauß. Wenn so etwas geschah, ahnte sie, dass irgendeine freudige Änderung ins Haus stand. Dieses Mal gab es Tränen, viele tröstende Worte mussten als Pflaster herhalten.

In Neidum hatte sie ihre neue Heimat gefunden. Kaum, dass die Familie hier Wurzeln gefasst hatte, sollten diese bereits nach ein paar Jahren aus der Erde gerissen werden.

Ach Schatz, woanders findest du auch freundliche Menschen!

Kaum hatte ich die Versetzungsverfügung gelesen, glitt die Freude an der bisherigen Tätigkeit als Fähnrichsvater und Fluglehrer von den Schultern ab wie ein nasses Badetuch. Plötzlich winkten neue Ufer. Meinen Nachfolger einzuarbeiten übernahm der unvergessene Hauptmann Tönsberg. Der Fliegerpsychologe Dr. Schaper, dessen Arbeitsergebnisse ich bewunderte, gab mir noch einige wertvolle Tipps mit für den weiteren beruflichen Weg. Bei der Abschiedsfeier bot mir der Staffelchef Major Rechte in vorgeschrittener Stunde an, ihn auf die Glatze zu küssen. Die alten Feldwebel betätigten sich im Schulterklopfen. Ulla weinte ergriffen vor sich hin und Egon, den Spanienurlaubsexperten, ließ ich gewähren, mir zwei Packungen Zigaretten abzuschnorren. Mit Blei in den Beinen führte mich der nächste Morgen zum Zahnarzt Böttcher in dessen Fliegerhorstpraxis. Gestern bei dem Trinkgelage pochte es bereits in einem der oberen Backenzähne. Böttcher, selbst eingeladen, wollte mich, so duhn wie er war, noch in der derselben Nacht auf den Stuhl bringen, aber es gelang mir, ihm einen Termin für den nächsten Morgen abzuringen. Der Tag begann mit Schmerzen. Kopf und Kiefer brummten. An Frühstücken war nicht zu denken. Bevor der Patient in die Hände seines Operateurs fiel, stolperte er die Treppen zur Verwaltung hoch, um die Abschiedspapiere abzuholen, in der Offiziermesse galt es bei Mutter Hempel die letzte Rechnung zu begleichen. Major Rechte, wieder stramm auf den Beinen, übergab seinem Kaleu, von sal-

430

bungsvollen Worten begleitet, das Führungszeugnis. Danach bin ich einen Block weitergehetzt. Das Warten im Vorzimmer des Kommodore verstärkte den Zahnschmerz. Endlich ging die Tür auf, das Wappen des Geschwaders wurde als obligatorisches Abschiedsgeschenk überreicht, begleitet von ein paar Dankesworten für die der Bundesrepublik geleisteten Arbeit. Beinahe hätte der Alte „Vaterland" gesagt, aber das war zu der Zeit noch verpönt. Der sonst immer freundliche Mann schien gestresst, war kurz angebunden und wirkte verärgert. Es schien mit dem Besuch zweier Herren Schwierigkeiten gehabt zu haben, die, bevor ich zu ihm hinein durfte, aus seinem Zimmer herausgestürmt waren, zwei elegant gekleidete Farbige, die schimpfend vorbeieilten.

Bei Böttcher auf dem Stuhl erwartete der Patient auf die Wirkung der erlösenden Betäubungsspritze, währenddessen erzählte der Assistent, dass seit Tagen, von allen anderen abgeschirmt, in den Blöcken der Nigerianer wüste Prügeleien zwischen Ibos und Haussa stattfanden. Im fernen Afrika war der Biafrakrieg ausgebrochen, ein blutiges Gemetzel zwischen den einflussreicheren Stämmen um den Besitz der Erdölgebiete, ein Streit, der jetzt unter den nigerianischen Flugschülern fortgesetzt wurde. Der Oberst hatte sich nicht anders zu helfen gewusst als die Feldjäger zu rufen und das nigerianische Konsulat um Hilfe zu bitten. Der uns allen bekannte bunt uniformierte Militärattaché Major Ique sei in Bonn ermordet worden, hieß es. Und das alles zu meinem Abschied.

Mein Problem lag mir näher. Als Böttcher sich über mich beugte, wehte es alkoholisch. Werkzeug klapperte. Er selbst setzte noch eine Spritze, es knackte im Gebälk, mir schwanden langsam die Sinne. „Tja mein Lieber", hörte ich meinen Peiniger über mir keuchen, „den oben rechts müssen wir ziehen." Er schien auf mir zu knien, es knirschte in meinem Mund. „Ah, da haben wir den Schweinehund!" Etwas Blutiges in einer Zange glitt vorbei. Er half mir aus dem Stuhl. Noch benommen, spürte ich vom Hals bis zur Nasenspitze nur betäubtes Fleisch.

Böttcher schüttelte mir viel zu stark die Hand, er lachte wie ein Pferd, zeigte seine vom Pfeifenrauch gebräunten Zähne - und das als Zahnarzt. Ich vermochte nicht zu beurteilen, ob ich zurückgelächelt habe. Die angeschwollenen Gesichtszüge hätten es sicherlich nicht zugelassen, vielleicht waren sie gar nicht mehr vorhanden. Der Oberfeldarzt witzelte, wohl um mir Mut zu machen. „Mein Lieber, nicht auf die Zunge beißen, sonst ist die weg. Wenn die Betäubung verschwindet, wird es noch einmal kurzfristig schmerzen, aber dann ist es vorbei. Na, so ein Abgang von der Luftwaffe wird nicht jedem Mariner zelebriert, ha, ha, und vor allem ein paar Stunden nicht Auto fahren und mindestens 24 Stunden keinen Tropfen Alkohol, könnte tödlich enden, ha, ha."

Ich taumelte bereits über den Korridor, als er hinterherwinkte. Seine letzten Worte hallten über den Flur, jetzt eher väterlich: „Junge, mach´s gut, alle Zeit gute Landung!" Nicht Auto fahren, hatte er gesagt. Genau das tat ich jetzt. Voll geladen mit meinem Krempel schnurrte der Müffi, übrigens seit zwei Wochen Nr. 2, ein kastenförmiger, weißer Ford, in Richtung Neidum.

Als große Errungenschaft verfügte der Wagen über ein Radio und das trötete unbeachtet schmachtende Schlager, die plötzlich von einer Sondermeldung unterbrochen wurden. Was verkündete der Nachrichtensprecher?

Israelische Jagdbomber hatten ohne Vorwarnung ägyptische Stellungen angegriffen. Sie seien mit einem Präventivschlag gegnerischen Absichten zuvorgekommen. Das weckte das Interesse eines Fliegers. Daraus entstand der Sechs-Tage-Krieg, in dem der Fallschirmjägergeneral Mosche Dajan seinem Land den Zugang zur Westmauer des ehemaligen Tempels in Jerusalem erkämpfte. Wer hätte das gedacht, die Juden als kämpferisches Volk. Da wird wohl mancher der Kriegsgedienten in der Bundeswehr zusammengezuckt sein. Die Feindseligkeiten begannen am 5. Juni 1967, exakt an meinem Reisetag. Für einen Bundeswehrsoldaten, der nur auf die Konfrontation mit dem kommunistischen Osten ausgerichtet war, eine eigentümlich berührende und bedrückende Überraschung. Auf dem Fliegerhorst hatte der tägliche Dienst davon abgehalten, intensiv Zeitungen zu lesen. Manches Außenpolitische war unbeachtet an einem vorbeigerauscht. Nach der Meldung schwirrten die Gedanken hin und her, weit mehr, als vor Tagen die Nachricht durchs Radio kam, dass in Berlin ein Student von einem Polizisten erschossen worden war, weil er gegen die Obrigkeit aufgemuckt hatte.

Der Tod des von einem Vertreter der Staatsmacht niedergestreckten Demonstranten brachte die seit geraumer Zeit schwelende Glut der oppositionellen Studentenbewegung zum Aufflammen.

Sie wollte, wie sie rief, den unter den Talaren verbliebenen Staub des Faschismus wegblasen. Die daraus erwachsene 68-Generation wagte es, gegen die in vielen Bereichen der Behörden und staatlichen Institutionen wieder eingestellten Nazis zu rebellieren. Bei uns war die Besetzung nicht anders, insbesondere in den höchsten Rängen, doch darüber gab es in den Offiziermessen keine Diskussionen.

Wer hätte es gewagt, den Mund aufzumachen, um damit das eigene Fortkommen zu gefährden, und außerdem, wer in der konservativ rechtsgeordneten Bundeswehr betrachtete die aufmüpfigen Demonstranten und Schreier nicht als linke Bazillen? Als Regel galt, Politik und Religion in der Truppe als Thema auszuklammern, besonders linke Politik. Wenn jemand hätte erkennen lassen, mit dem Programm der SPD zu sympathisieren, wäre ihm im Personalamt ein roter Reiter auf die Karteikarte gesetzt worden. Sehr karriereschädigend!

Ein Oberleutnant Dutschke wäre sogar fristlos entlassen worden.

Auf der Heimfahrt und im Blick auf das auf mich zukommende Neue spürte ich, dass die Zeit des Lebens in einem geschützten dienstlichen Ghetto vorbei sein könnte. Ein unruhiger werdendes Leben schien auf die Färberfamilie zuzukommen.

Zu Hause, eben hatte ich die Haustür hinter mir geschlossen, staunte Elisabeth nicht schlecht über meine aufgeblasene Hamsterbacke. Meine Leidensgeschichte jedoch wollte sie nicht hören. Aufgeregt flitzte sie hin und her und bat flehentlich: „Beeil dich, oben liegt dein Anzug, zieh dich um, wir sind eingeladen bei einer meiner Turnfreundinnen. In deren Geschäftsräumen stellt die Firma Fisch-Nansen eine neuartige Marinade oder so etwas Ähnliches vor. Essen und Trinken frei. Deine Mutter kommt gleich, um einzuhüten, nun mach schon!“

Der Ansatz zum bedauernden Lächeln misslang. Essen und trinken frei, dass ich nicht lache, wenn das gegangen wäre. Die Lippen waren zwar schon wieder zu spüren, aber im Gaumen ertastete die Zunge ein riesiges Loch, und obendrein bremste der Hinweis des Arztes, bis zum nächsten Tag jeglichen Alkohol zu meiden. Sollte ich abwinken, Elisabeth enttäuschen? Nein, wir sind hingegangen und oh Wunder, das Fischzeug schmeckte vorzüglich und dazu der trockene Weißwein, der gleich die Betäubung ablöste, auch nicht zum Tode führte, ja die angekündigten Schmerzen gar nicht erst aufkommen ließ.

Was mochte Fisch-Nansen bewogen haben, den kleinen Kapitänleutnant und Gemahlin eingeladen zu haben, den Sohn eines unbedeutenden Bürgers und selbst in der Stadt ein Hinzugezogener ohne politischen Einfluss? Sollte uns das Tor zum Eintritt in die städtische High Society Neidums aufgestoßen worden sein?

Der alte Nansen zählte zu den reichsten Männern in der Region, nannte große Teile des Hafengeländes sein eigen, besaß in der Hauptgeschäftsstraße mehrere Häuserzeilen, war der Patriarch einer alteingesessenen Familie, die bereits vor Jahrhunderten zu den Hoflieferanten des dänischen Königs zählte, und er selbst rühmte sich, als Leutnant in der Leibstandarte Adolf Hitler gedient zu haben.

Nansens Wort in der Ratsversammlung zählte, seine ihn umschwärmenden politischen Freunde und Speichellecker drängten ihn, Bürgermeister zu werden. Wem es gelungen war, auf seinen Schoß zu kriechen, der wusste vor allen anderen, wo demnächst preisgünstiges Bauland zu erwerben war. Schon allein die Neugierde drängte, in diesen Kreis einmal hineinsehen zu dürfen. Was Fisch-Nansen veranstaltete, wird heute als Promotion bezeichnet. Es entsprach einer gediegenen Werbekampagne für eines seiner neuen Produkte, vom Juniorchef inszeniert, aber von seinem grantigen Vater als „niemodscher Tüdelkrom“, also nichtnutzer Unsinn abgetan. Der alte Nansen galt als extrem geizig. Dass wir dazu geladen worden waren, geschah dank der Verbindung meiner lieben Frau zu ihrer Turnfreundin, der Mitinhaberin einer Eisenwarenhandlung, ansonsten sah man nur Neidumer Geschäftswelt, der man nachsagte, gesellschaftlich keinen Fremden in ihrem Dunstkreis zu dulden.

Es wurde wieder Erwarten ein erfreulich entspannter Abend. Elisabeth gewann in ihrer offenen Art, mit bayrischem Dialekt und Charme die Herzen der nach einigen Schnäpsen nicht mehr steifen Honoratioren, und auch mir fiel die Kontaktaufnahme nicht schwer.

Im Gedächtnis geblieben aber ist die Einladung zu diesem Ereignis aus einem anderen Grunde.

Da der Juniorchef nicht sicher war, ob alle seine Gäste mit Begeisterung sein fischiges Produkt essen würden, hatte er vom führenden Hotel am Platze 150 Portionen Ragout fin bestellt, die abseits auf einem Tisch auf Wärmeplatten dampften. Kaum jemand nahm Notiz davon, niemand aß davon, allen schmeckte das Fischige viel besser. Schließlich war man ja deshalb zu den Nansens gegangen. Irgendwann zupfte mich Elisabeth am Ärmel, wir verabschiedeten uns artig vom Gastgeber, und ab ging es nach Hause.

Tage später flatterte durch den Postschlitz in der Tür ein Brief mit Aufdruck „Firma Fisch-Nansen", Inhalt eine Rechnung über den Verzehr von 3,5 Ragout fin. Wie bitte?

„Komm, ruf deine Turnfreundin an, was das bedeuten soll", rief ich Elisabeth zu, „wir haben doch das Zeug gar nicht angefasst, frag sie, ob sie auch eine derartig witzige Rechnung bekommen hat!"

Das Telefongespräch ging in Gickern und Gelächter unter. Nach etwa einer halben Stunde legte Elisabeth den Hörer auf, wischte sich die Lachtränen aus den Augenwinkeln, nahm mich neugierig Gewordenen an der Hand, zeigte auf den nächsten Sessel und prustete heraus: „Setz dich erstmal hin. Der Nansen ist verrückt, die Geschichte ist unglaublich, du lachst dich tot, es ist einfach zu lächerlich. Die Remmers haben ebenfalls die gleiche Rechnung, sie werden nicht zahlen, und hier kommt die Begleitstory der Rechnung."

Am Morgen nach der Veranstaltung sah der alte Nansen kummervoll, dass von den zusammengefallenen Ragout-fin-Pastetchen nicht eines fehlte. Daraufhin fuhr er damit zur Küche des Hotels, schob dem Koch die vollen Bleche mit der Bemerkung auf den Tisch: „Wir haben die Dinger nicht gebraucht, hier habt ihr sie zurück und kommt nicht auf die Idee, uns eine Rechnung zu schreiben!" Die Hoteldirektion sah das anders und soll sinngemäß geantwortet haben: „Sind Sie wahnsinnig, Sie glauben doch wohl nicht, dass wir die von Ihnen bestellte Ware zurücknehmen oder gar unseren Hotelgästen aufgewärmt vorsetzen werden."

Daraufhin ist dem alten Pfennigfuchser Nansen bei der Suche nach Schadensminimierung eine Lösung eingefallen, die ihm nicht nur seine Gäste übel nahmen. Anhand der Einladungsliste zerstückelte er anteilsmäßig die Hotelrechnung und wollte damit andere belasten.

Mit der Schnelligkeit der in Neidum üblichen Gerüchteverbreitung eilte Nansens Geschäftsidee durch die Straßen. Die Folge war verheerend. Die über die Stadt hinaus seit Jahrzehnten bekannte Fischdelikatessengroßhandlung meldete nach zwei Jahren des Dahinkrebsens Insolvenz an. Kein Neidumer mehr war seit der Marinadenvorstellung über die Schwelle des Ladens getreten. Fast alle Großhändler mieden seitdem Neidum.

Ja, Friesen sind unerbittlich und nachtragend!"

Das war für den heutigen Abend der Schlusssatz des Vortragenden.

Hannes hatte die Hand gehoben und abgewinkt. Ins Cockpit kam Bewegung, einige waren aufgestanden und vertraten sich die Beine, andere blieben an Deck auf den bequemen Polstern liegen, schauten in den Sternenhimmel und genossen den warmen Wind, der über die „Esperanza" fächelte.

Und das Mitte Dezember, wo zu Hause Schnee oder eiskalter Regen durch die Straßen peitscht.

Brodersen war an Hannes herangetreten und überreichte ihm, ohne dass er ihn darum gebeten hatte, einen Gin Tonic und fragte: „Sag mal, wie fühlst du dich heute in deiner Heimatstadt als Pensionär?"

Der Befragte zögerte, als er einwenig nachdenklich geworden antwortete: „Nun, ich bin älter und die Stadt ist schöner geworden, die Menschen jedoch haben sich nicht verändert!"

Weitere Ausführungen machte er nicht. Das Gespräch verebbte. Hannes dankte dem Skipper für den Drink, rief den Umstehenden zu: „Morgen Abend geht es weiter, da steige ich wieder in den Marineklüngel ein, gute Nacht und verschwand unter Deck. "

Der siebzehnte Tag auf dem Atlantik

13. 12. 2006

Der ruhigen gestrigen halben Nacht folgte eine heftige Wetterveränderung. Nach Mitternacht zogen vor dem klaren Sternenhimmel Schauer und Gewitterwolken auf, verteilt über den ganzen Horizont. Wie in der vorherigen Nach schlug das Wetter innerhalb weniger Stunden um.

Ab 02.00 Uhr war die *Esperanza* umringt von Blitzen, einige davon taghell. Um 05:00 Uhr Allemannsmanöver, Bergen der Segel. Aus Südwest überfiel eine Gewitterbö das Schiff, heftiger Regen. Mit Maschine nur 2 Meilen über Grund gegen hohe See.

07:00 Uhr nur Groß gesetzt, hoch am Wind. Kurs 300 Grad. Maschine aus.

15:00 Uhr Wind rückdrehend. Wieder auf Passatbedingungen, Genuas ausgebaumt.

Das Etmal zeigt, dass wir fast wie gestern in Zielrichtung in 24 Stunden nur wenige Seemeilen vorwärts gekommen sind, insgesamt nur 85. Das bedeutet weitere zwei bis drei Tage in See bis Barbados.

Die Crew nahm diese Mitteilung gelassen hin. Zum Abend hin wieder klarer Himmel.

Das Sternbild des Orion verschwand in den Nächten früher, dafür leuchtete der Abendstern, die Venus heller. Die nächtliche Sturmfahrt war vergessen.

Zum Sonnenuntergang wartete die Freiwache bereits vollzählig auf den zur Routine gewordenen Vortrag von Hannes. Nach den kalten und feuchten Morgenstunden umfächelte wieder tropische Wärme das Schiff, begleitet von fliegenden Fischen, die wieder eintauchend klatschend die monotonen Geräusche aus dem Rigg und der Hecksee musikalisch untermalten.

Der Skipper hatte als Sundowner neben dem obligatorischen Dosenbier einen Brandy bewilligt, mit dem Hannes johlend begrüßt wurde.

Er leerte den Brandy mit einem Zug und rief über Deck in die Dunkelheit: „Das ist mein heutiges Thema.“

Auf zu neuen Ufern

36

Nach einem geruhsamen Wochenende in Neidum karrte ich zu meiner Dienststelle, dem Kommando der Marineflieger, um zu erfahren, was man mit mir bis zum Beginn des Stabsoffizierlehrgangs am 1. August anzustellen gedachte, schließlich waren bis dahin noch fast zwei Monate.

Nun, der Personalmensch schreckte auf, als ich vor seinem Schreibtisch stand, tat ein wenig überrascht, hatte mich wohl vergessen und empfahl erst einmal den Jahresurlaub einzureichen, danach könnte ich mich dann und wann mal bei ihm sehen lassen. Nach einigem Grübeln fiel ihm ein, dass ein Korvettenkapitän Noack für einen dienstlich angeordneten Segeltörn ein weiteres Besatzungsmitglied suchte. Ja, so etwas gab es damals noch. Vergnügungsreisen mit der Bezeichnung Ertüchtigung der Seemannschaft und maritime Kenntniserweiterung, für die man sogar Tagegelder erhielt. Ob ich da nicht mitmachen möchte? Was für eine Frage?

Kurz darauf saß ein weiteres Crewmitglied der *Taifun* beim alten Noack auf dem Stuhl. Mit Handschlag besiegelt war abgemacht, im Juli für vier Wochen auf dem Zweimaster der Marineschule in der Ostsee bis hoch zu den Aalandinseln mitsegeln zu können.

Für mich, wieder zurück im Schoß der Marinefliegerei, sah die Zukunft mit einem derartigen Beginn rosig aus. Wenn nur nicht der Druck des bevorstehenden Stabsoffizierlehrgangs zunehmend beunruhigend in den Nacken gedrückt hätte. Daheim in Neidum, für Elisabeth seit langem ungewohnt, wuselte ihr Hannes von morgens bis abends und natürlich erfreulicherweise auch nachts stets um sie herum. Im Handumdrehen erfand sie viele häusliche Tätigkeiten, die sie an ihren unerwartet zur Häuslichkeit gezwungenen Ehemann delegierte.

Sie steuerte mich und ich ließ mich willig steuern. Mal etwas anderes! Es machte sogar Freude, einkaufen zu gehen, mit den Kindern herumzutollen, Staub zu saugen, den Frühstückstisch zu decken. Nur mit dem Ansinnen, das Hemdenbügeln zu übernehmen, da biss sie bei mir auf Granit. Dafür übernahm ich die Gartenarbeit, brachte die Kinder zu den Großeltern und genoss das Leben fast eines Frühpensionärs.

So gern Elisabeth mich einerseits in ihrer Nähe sah, so ließ sie doch andererseits erkennen, mich als Störfaktor in ihrer Selbstständigkeitsentwicklung zu empfinden. Meine Allgegenwart war ihr fremd geworden. Mit anderen Worten: Ein tägliches siamesisches Zwillingsdasein missfiel ihr. Meine beruflich bedingte häufige Abwesenheit hatte meine Elisabeth zu einem autarken Wesen gemacht. Nicht, dass es darüber Zoff gegeben hätte, aber eine Aussprache darüber wurde erforderlich und erbrachte eine Lösung, die wir auch heute noch praktizieren. Damit keiner in die individuelle Sphäre des anderen hineinwirkte, entwickelten die Färber das Modell der halbtäglich getrennten Zweisamkeit. Das bedeutete: Der Vormittag stand im

Zeichen des gemeinsamen Wirkens für Haus und Hof, jeder übernahm dabei Tätigkeiten entsprechend der Fähigkeiten, aber nicht ausgesucht nach Beliebigkeit. Jeder musste zum Beispiel mal das Klo schrubben. Nach dem einstündigen Mittagsschläfchen, alle vier verschwanden in den Betten, ging jeder getrennt seinen Interessen nach, und zum Abendbrot fand die Familie wieder zusammen. Diese Programmgestaltung galt für die Alltäglichkeit.

In den Urlaub, zu Konzert-, Theater-, Kino-, Freundes- und Theaterbesuchen, Ausflügen und zu anderen aushäusigen Aktivitäten gingen wir Hand in Hand. Meine Nachmittage brauchte ich für die Vorbereitung und zur Stoffsammlung für den Stabsoffizierlehrgang, der wie ein Damoklesschwert über meinem Kopf hing.

Ich hockte in Bibliotheken, las Zeitungen wie „Die Zeit", die „Frankfurter Allgemeine", den „Spiegel", paukte Geschichte, entlieh schlaue Bücher von militärischen Dienststellen, schrieb mir selbst ein Büchlein mit möglichen Prüfungsthemen und reiste eines Tages zu meinem Fliegerpsychologen Schaper, der mir für das frei zu wählende Thema der Seminararbeit Unterlagen gab und mir manches erklärte, wie das Thema zu behandeln sei, das sich mit den Kriterien für die Auswahl des Fliegenden Personals auseinandersetzte.

Eine willkommene Abwechslung in dieses studentenähnliche Dasein brachte der Telefonanruf des Schwiegervaters aus München. Er schlug vor, mit der gesamten Familie, mit uns Nordlichtern und der bayrischen Verwandtschaft, 14 Urlaubstage in Jesolo an der Adria zu verbringen. Er würde die Zimmer bezahlen. Was für ein großzügiges Angebot! Klein Julchen blieb bei den Neidumer Großeltern, Christian kam mit. Als wir uns in dem italienischen Hotel „Cavallo" zum ersten Abendessen trafen, saß eine elfköpfige Großfamilie am Tisch.

Es wurde ein wunderschöner Urlaub.

Christian litt zwei Tagelang unter Brechdurchfall, und eine der Cousinen verstauchte sich den rechten Daumen, was die ausgelassene Urlaubsstimmung nicht beeinträchtigte. Elisabeth genoss die Wärme, briet in der Sonne, glänzend vom Allgäuer Nussöl, was ihr bald die Bräune einer Mulattin einbrachte.

Ihr Bruder zog am Strand auf und ab und traf dabei die Frau seines Lebens. Schwiegervater wachte und verfügte gebieterisch als Pascha über seine Lieben, wir alle fügten uns willig, schließlich zahlte er die Zeche. Abends saßen die von ihm Eingeladenen versammelt auf der Hotelterrasse, umweht vom seidigen Wind der Adria und schlürften mit ihrem Gönner dessen Lieblingsgetränk Pernod. Tagsüber hockte der künftige Prüfling zurückgezogen am Strand unter dem Sonnenschirm, durchblätterte sein Notizbuch mit den schlauen Sprüchen und Eintragungen, die zur Nutzung bei der näher rückenden Prüfung Anwendung finden könnten. Ja, so richtig frei den Urlaub zu genießen gelang mir nicht. Elisabeth ulkte und fragte: „Hast du Schiss?" Schiss weniger, aber ein bedrückendes Gefühl. Nicht zu vergleichen mit den vielen bisher absolvierten Prüfungen, entschied der Stabsoffizierlehrgang, ob ich bis zum Ende meiner Tage Kapitänleutnant bleiben würde oder nicht.

Braungebrannt, aber todmüde, der quengelnde Christian war erst auf den letzten Kilometern auf dem Rücksitz eingeschlafen, parkten wir vor unserm Haus in Neidum. Als Willkommensgruß stürmte ein regnerischer Westwind. Die Koffer im Flur abgestellt, unsern Kleinen ins Bett getragen, kurze Katzenwäsche und fast bewusstlos ins Bett gefallen, so endete die lange strapaziöse Fahrt von München, auf der Hälfte der Strecke gab es damals noch keine Autobahn. Am nächsten Morgen spät mit bleiernen Knochen aufgewacht, der Sturm rüttelte noch immer an den Fensterjalousien, schlich ich die Treppe hinunter in die Küche, um meine Frau im Bett mit einem frisch gebrauten Kaffee zu überraschen.

Unten im Flur bot sich ein eigentümliches Bild, unter der geschlossenen Wohnzimmertür sahen einige Papierseiten hervor. Komisch, als wir das Haus letzte Nacht betraten, hätte das eigentlich auffallen müssen. Mit vorsichtigem Griff drückte ich die Klinke herunter, die Tür ließ sich nicht öffnen. Ein unregelmäßiges Rollen, mehr ein Poltern, dann wieder ein schabendes Geräusch schärfte die Sinne. Sollte ein Einbrecher im Wohnzimmer herumwühlen? Siedend heiß lief mir ein Schauer den Rücken herunter. Nur nicht zu laut atmen, der Bursche könnte noch drinnen sein. Auf dem Bauch liegend und durch den unten an der Tür befindlichen Lüftungsschlitz schauend, erspähte ich ein chaotisches Bild. Die Terrassentür stand halbweit offen, der Wind zerrte an den Gardinen Pflanzen und Erde aus vom Fensterbrett heruntergefallenen Blumentöpfen lagen auf dem Teppich zerstreut, dazwischen rollten Tassen und Vasen hin und her. Aus den herausgerissenen Schubläden verstreut bedeckte ein Wirrwarr von Briefen, Büchern, Elisabeths Strickzeug, Schallplatten und Kindersachen den Boden. Von dem Kerl keine Spur. Ob er draußen noch herumlungerte oder ums Haus schlich? Was tun?

„Hannes, beherrsch deine Wut!" ermahnte ich mich innerlich, war aber schon auf dem Weg nach oben mit einem klaren Ziel. Im Schlafzimmerschrank ruhte auf oberstem Regal versteckt die aus den USA geschmuggelte Pistole, eine belgische 9 mm. Elisabeth schlief tief und fest, auch aus dem Kinderzimmer kam kein Laut, auf Zehenspitzen holte ich vorsichtig die Kanone herunter, unten im Flur das Magazin hinein, durchgeladen und barfuß im Schlafanzug Sprung auf marsch, marsch, wie gelernt von Gebüsch zu Gebüsch, sprang ich bis vor unsere Terrasse. Ein bedrückender Anblick, die aufgebrochene Tür zu sehen, dazu die Gewissheit, dass hier ein Fremder in unseren Sachen herumgestöbert und geklaut hatte. Wie in einem Krimi nach allen Seiten sichernd drang der selbst ernannte Kommissar mit der Pistole in Vorhalte ins Zimmer ein und gleich wieder hinaus, blickte herum, nichts. Hier sollte die Polizei weiter suchen. Mit dieser Erkenntnis kehrte auch Nüchternheit des Denkens zurück. Beschämt fiel der Blick auf die Pistole. Wäre mir der Kerl begegnet, ich hätte ihn in meiner Erregung wahrscheinlich umgelegt, sicherlich auch beim Weglaufen auf ihn geschossen. Entsichert unterm Pyjama verborgen, verschwand die Waffe bis zum Verkauf an einen Waffenhändler auf dem Dachboden.

Viel später beichtete der Beinaheschütze einem Juristen von seiner Tötungsabsicht, der jedoch erklärte ohne große Umschweife, dass ich bei diesem Delikt ins Zuchthaus geraten wäre. Wie bald bekannt wurde, entpuppte sich der bald gefasste Dieb als Geistesgestörter, der zu Hause im Keller ein Lager aller gestohlenen Dinge eingerichtet und sogar über Ort und Zeit des Diebstahls Buch geführt hatte. Zunächst erstattete die Versicherung den Verlust, später konnten wir bis auf einige verloren gegangene Erzgebirgsfigürchen das gesamte Diebesgut sehr preisgünstig wieder erwerben.

Elisabeth und die Polizei erfuhren von mir kein Wort von meiner rachsüchtigen bewaffneten Killermission. Ich habe auch seitdem nie wieder einen Pistolenschießstand betreten.

Zum Kaffeeaufsetzen war mir die Lust vergangen, und so setzte ich mich auf die Bettkante, weckte meinen Schatz und berichtete schonend die Wohnzimmertragödie, die als Reaktion lediglich die Frage auslöste: „Haste die Polizei schon gerufen?"

Richtig, die Polizei, wie heißt es doch, sie ist dein Freund und Helfer. Nicht dass ich die Staatsmacht vergessen hätte, aber mit meinem Vorgehen hatte ich erhofft, schneller zum Erfolg zu kommen. Gleich nachdem mir die Sinnlosigkeit meiner Verbrecherjagd bewusst geworden war, hatte ich die Einsatzzentrale der Polizei angerufen.

Am Telefon antwortete eine mürrische Stimme, hörte wortkarg zu und versprach demnächst vorbeizukommen. Ich versuchte ihn zu einer schnelleren Gangart zu animieren, dramatisierte die Situation, sprach von Geräuschen im Wohnzimmer und äußerte den Verdacht, dass der Dieb noch im Hause sein könnte.

Elisabeth und ich saßen in den Betten und horchten auf die Straße. Nichts geschah. Es blieb ruhig bis plötzlich die Szene wechselte. Nach einer Stunde des Wartens brachte ein weißgrüner VW-Käfer das Wohnviertel in Aufruhr. Von weitem zu hören kündigte das grell jaulende Martinshorn den Besuch der Ordnungshüter an. Ein scharf bremsender Wagen wirbelte Staub auf und hielt vor dem Haus. Die Tröte erstarb, das Zucken des Blaulichts geisterte weiter im Kreise an den Häuserwänden entlang. Bedächtig stieg ein Uniformierter aus. Gemächlichen Schrittes nach der Hausnummer suchend, kehrte er zu seinem Käfer zurück, hob eine pralle Aktentasche heraus und knipste das rotierende Blaulicht aus. Es klingelte bei den Färbers. Na endlich! Als ich ihn einließ, sah ich rundherum Haustüren offen stehen, sah in fassungslose Gesichter und offene Münder, an den Fensterscheiben klebten die platt gedrückten Nasen der Kinder, hinter den sich bewegenden Gardinen lugten neugierige Augen. Was hatte das zu bedeuten? Ein Ehedrama bei den Färbers, wo er doch seit Wochen immer zu Hause ist? Mord und Totschlag, oder ist den Kindern etwas geschehen, verunglückt oder so?

Den eintretenden Wachmeister interessierte der Tatort nicht, er ging auch nicht ums Haus herum, um das Durcheinander im Wohnzimmer zu begutachten, fragte auch nicht, ob wir etwas von dem Einbruch mitgekriegt hatten, nichts dergleichen, nein, er nahm am Küchentisch Platz, klappte seine Aktentasche auf, holte einen Block mit Formularen heraus, setzte ein dienstliches Gesicht auf und fing an, mich und Elisabeth zu verhören: „Wie heißen Sie, wie alt sind Sie, wann und wo geboren usw."

Wir antworteten wie die Automaten, konnten nicht fassen, dass er nicht eine Sekunde darauf verwandte, nach dem eigentlichen Vorgang oder unserem Befinden zu fragen. Als er aufstand fiel die Bemerkung, dass er eigentlich gar nicht zuständig sei, ein Kriminalbeamter würde später kommen, nichts anfassen und so. Auf Wiedersehen. Er ist sogar ohne Blaulicht weggefahren. Wir blieben sprachlos zurück. Mussten viele Tage danach den Fragen der Nachbarschaft Stand halten.

Bekanntschaften mit Polizeibeamten erhöhen seitdem meinen Adrenalinspiegel. Auch spätere Begegnungen mit ihnen verliefen niemals für mich akzeptabel. Für die Polizei war der Einbruch offenbar eine Lappalie gewesen – und ich hätte den Dieb beinahe erschossen.

Wir räumten das Wohnzimmer auf und beseitigten den in der Regalwand entstandenen Schaden, entstanden durch das Herausreißen der Musikanlage. Bald war der Verlust vergessen, ein weitaus schöneres Gerät ließ wunderbare Klänge aus den neuen Lautsprechern erklingen.

Zur Musik tänzelnd balancierte Elisabeth ein Tablett mit dampfenden Hawaitoasts auf den Couchtisch und strahlte mich an: „Ist doch großartig, dass wir beklaut worden sind, nie hätten wir uns die neue Anlage leisten können, alles von der Versicherung bezahlt."

Was konnte ich dazu sagen, ich sah vor meinem inneren Auge einen davonlaufenden Einbrecher und einen ihn totschießenden Hannes.

Der Alptraum verflog. Familiär lief alles wieder seinen gewohnten Gang. Der Sommer ließ sich gut an. Vor dem Deich am Strand trafen wir uns bei gutem Wetter oft mit Bekannten. Die drei kleinen Jungen unserer besten Freunde spielten gern mit Julchen und Christian, entweder am Strand beim Plantschen im warmen Nordseewasser, bei uns auf der Terrasse oder bei Opa und Oma in der Deichstraße unter dem Kirschbaum, an dem mein Vater eine Schaukel angebracht hatte. Ja, seine Enkelkinder liebte er mehr als seine Frau. Wir wussten das zu kompensieren. Elisabeth verstand sich prächtig mit meiner Mutter, und so fiel mir und auch ihr der Abschied nicht schwer, als der alte Noack mich abholte zur großen Segeltour nach Schweden.

37

Mit dem Seesack auf dem Buckel ging es die vielen Stufen hinab zum Hafen der Marineschule Mürwik. Ach wie lange war ich nicht hier gewesen! Dort lag am Steg die *Taifun*, von weitem gesehen ein eleganter, weiß lackierter Zweimaster, mindestens 20 Meter lang. An Deck wimmelte es von Leuten, Kisten verschwanden in den Luken. Gelächter schallte über den Hafen. Als Noack und ich das Schiff betraten, zelebrierte die schnell angetretene Crew mit Seitepfeifen das übliche Marinezeremoniell. Rundherum strahlende, erwartungsvolle Gesichter. Alle waren Fähnriche und zwei Oberleutnante, Lehroffiziere der Schule.

„Wo möchten Sie das müde Haupt betten", wurde ich gefragt. Nun, ich liebte den Zugang zur frischen Luft und wählte die so genannte Hundekoje gleich an Backbordseite neben dem Niedergang. Die frisch zusammengewürfelte Besatzung kannte sich nur aus dem Schulbetrieb, war nie zuvor gemeinsam gesegelt. Noack, von mir darauf angesprochen, winkte ab, er vertraute auf sein Können und die ihm nachgesagte Begabung, mit Menschen gepflegt, aber erzieherisch zielsicher umgehen zu können. Er zählte zu den Offizieren der alten Garde, unverfälscht gradlinig, kriegsgedient, zweimal mit dem U-Boot im Atlantik abgesoffen, eine Seele von Mensch, rüde und weich zugleich, begeisterter Seemann und für diese Fahrt mit unerfahrenen Fähnrichen genau das, was die jungen Leute brauchten. Was ich für den fliegenden Nachwuchs zu sein hatte, war der alte Noack für die seefahrende Fakultät.

Auf dem Weg durch die dänischen Inseln wurde das Schiff auf Herz und Nieren geprüft.

Die Untersuchung im Hafen erbrachte zwar einige Beanstandungen, aber erfahrungsgemäß treten schwerer wiegenden Mängel erst bei Fahrt in See auf. Skipper Noack verglich die *Taifun* mit einer Hure. Viele Auszubildende benutzten das Schulschiff, niemand nahm Rücksicht, niemand liebte die schöne Jacht oder pflegte sie, sie wurde bestiegen und nach dem Vergnügen wieder verlassen.

Die Marineschule Mürwik hatte den 30 Jahre alten Zweimaster einem Bremer Kaufmann abgekauft in der Hoffnung, mit dieser Erwerbung bei ihren Kadetten die Freude an der Seefahrt auf vergnüglichere Weise wecken zu können. Im Schiffsinneren muffelte es nach Fäulnis. Der Motor überraschte durch seinen eigentümlichen Einbau. Die Installierung war bedenklich. Die Schraubenwelle lag höher als die Motorwelle, im Antrieb verbunden durch einen Dreierpack von Keilriemen. Das war ungewöhnlich und technisch nicht ganz unproblematisch, denn wenn das Schiff mehr als fünf Knoten segelte, sprang im Cockpit der Gashebel aus der Halterung. Als Folge drehte die Schraube und trieb den Motor über die Keilriemen an. So drehte im Leerlauf die Schraube den Motor, anstatt andersherum.

Seit zwei Jahren bewegte die Marineschule bereits die *Taifun*. Im aufwändig in Leder gebundenen und mit aufgedruckten goldenen Lettern verzierten Logbuch ließ sich keine Zeile über diese Eigentümlichkeit finden. Der ehemalige U-Bootingenieur Noack knurrte und murmelte etwas von Schlampigkeit. Das zu beherrschen hätte längst veranlasst werden müssen. Er fand Abhilfe mit einfachsten Mitteln. In einer Schublade unter meiner Koje lagerten Mastkeile und Leckstopfen. Einer der Keile, als Bremsklotz zwischen die Antriebsriemen geklemmt, verhinderte das Mitlaufen der Schraube. Zum Test wurde die „U-Boot-Bremse" entfernt und der Motor gestartet: Nach einigen Minuten hüllte dichter werdender Dampf das Achterschiff ein. Motor Stopp!

Die Problemsuche fand ein gebrochenes völlig durchoxydiertes Kupferrohr der Kühlwasserleitung. Ein Ersatzrohr ließ sich nicht finden, stattdessen musste ein Stückchen Wasserschlauch herhalten, der, über die Bruchstelle gezogen, von Schellen befestigt, mit Klebeband eingebunden und Segelgarn straff umwickelt, bis zum Ende der Fahrt durchhalten solle. Noack machte eine entsprechende Eintragung ins Bordbuch. Das fing ja gut an!

Die beiden Lehroffiziere, blasse Typen, die, was Handarbeit betraf, höfliche Zurückhaltung zeigten, glaubten offenbar, ihre Würde als Vorgesetzte zu verlieren, wenn sie mit den Fähnrichen zusammen ebenfalls Kartoffeln schälten. Noack wusste die feinen Pinkel zu nehmen. Er setzte sie auf den Wachplan der so genannten Hundewache von Mitternacht bis zum Morgen, die zu den unangenehmsten zählte. Am Tag ließ er sie bevorzugt das Klo schrubben oder in der kleinen Pantry den Abwasch besorgen.

Wie Flugschüler in der Luft, so offenbarten junge Leute ihren wahren Charakter und ihre Fähigkeiten erst beim Seegang auf einem kleinen Segelschiff. Von der Natur, den technischen oder physischen Gegebenheiten unter Stress gesetzt, fiel die anerzogene Schutzschicht ab. Einige der Fähnriche erwiesen sich als prächtige Burschen, ihre Lehroffiziere dagegen blieben bis zum letzten Tag Ballast. Im Gedächtnis ist mir besonders der Oberleutnant zur See Tetzner geblieben. Das „zur See" hätte man bei ihm streichen sollen. Abgesehen davon, dass den armen Kerl ständig die Seekrankheit plagte, goss der Tölpel beim mittäglichen Herumreichen der Schüsseln fast planmäßig den Inhalt seinem Tischnachbarn in den Schoß oder stolperte an Deck über Tauwerk, Eimer, Fender oder Winschkurbeln. Zuletzt nur noch eingeteilt, nachts den Wetterbericht abzuhören, verschlief er meistens die ihm gestellte Aufgabe, aber dafür las er im Lichte seiner Kojenlampe Kafka und den Philosophen Heidegger.

Tetzner traf ich zufällig viele Jahre später im Vorbeigehen auf dem Flur des Planungsstabes im Führungsstab der Marine. Er erkannte mich nicht, wäre mir auch peinlich gewesen. In der Erinnerung an unser gemeinsames Segelunternehmen hätte ich beim Anblick seines Dienstgrades als Flottillenadmiral verkniffene Freundlichkeit heucheln müssen.

Es dauerte Tage, bis die Crew einigermaßen zueinander gefunden hatte. Die Planung, mit langen Tag- und Nachttörns schnell nach Osten zu gelangen, musste aufgegeben werden. Die Herren Lehroffiziere, als Steuerleute verantwortlich zu den Nachtwachen eingeteilt, kamen weder seglerisch noch navigatorisch mit dem Schiff klar. Statt sich an Leuchtfeuern, Landmarken und anderen terrestrischen Mitteln zu orientieren, hantierten sie mit dem Sextanten herum, suchten am Himmel den Stern Aldebaran oder den Beteigeuze, um danach mit Hilfe von Tabellen und Tafeln die Position zu ermitteln. Sie meinten an Bord eines Schlachtschiffes mitten im Atlantik zu sein und fuhren dabei unbemerkt durch Fischerzeichen und entgingen mit Manövern des letzten Augenblicks der Kollision mit küstennahen Untiefentonnen.

Der gute Noack konnte einem Leid tun. Als dem für die Fahrt Verantwortlichen vermasselten ihm einige der Mitsegler die erhoffte Ferienstimmung. Selbst das Wetter drückte die anfänglich gute Laune. Wir gerieten in einen Sommer, der kalt, nass und stürmisch daherkam. Schwerer Sturm aus Südwest begleitete die Fahrt in Richtung Kalmar/Schweden. Die ersten Tage krachte die schwerfällige Jacht durch bockige Seen, die mehrfach übers Heck von achtern ins Schiff einstiegen. Die Marine kannte damals noch keine Wetterkleidung, wie sie heutzutage auf Jachten üblich ist.

Nach Minuten am Ruder hatte die Feuchtigkeit das sperrige, kratzige und körperunfreundliche Ölzeug durchdrungen. Wohl von einem Modedesigner extra für die Bundesmarine entworfen, verfügten die Jacken über einen großzügigen Ausschnitt wie bei einem Smoking. Auch die nach Teer stinkenden Südwester schützten vor gar nichts.

Tagelang blieb die Kombüse geschlossen. An der Reling hing das junge Volk und kotzte die Seele aus dem Leib. Bei schlechtem Wetter führte Noack das Schiff selbst, und ich wich nicht von seiner Seite. In Schwimmwesten eingepackt und durch Karabinerhaken an den Relingstützen gesichert, lagerten die Seekranken an Deck. Noack, der Seebär, blickte oft besorgt und leicht kopfschüttelnd in die Runde, zählte seine Lieben, die er ein Bild deutscher Seegeltung titulierte, wobei er halblaut die Frage stellte, ob der Inspekteur wirklich wisse, was er sich für Seeleute eingehandelt habe.

Um die Belastung der Mitsegler zu verringern, segelte die *Taifun* in schwedischen Gewässern kurze Tagestörns. Das tat allen gut. Legte die *Taifun* in einem der Häfen an, schwärmten die Helden aus, meistens schick in weiß, wohlriechend weg und mit einer anders riechenden Fahne spät abends den Niedergang hinunterpolternd zurück an Bord.

Noack und ich machten meistens gemeinsame Spaziergänge, zum Hafenmeister, zur Kirche, zum Marktplatz, zu den sanitären Anlagen und zum Bäcker, um für den nächsten Morgen Brötchen zu bestellen. Oberleutnant zur See Tetzner fand dann nach seinem Landgang den entsprechenden Auftragszettel auf seiner Koje. In

444

jedem Städtchen liefen wir fast die gleiche Runde und saßen danach an Bord bis tief in die Nacht im Cockpit bei einem Bier oder auch mehreren.

Hier hielt Hannes plötzlich in seinem Vortag inne. Alle schauten ihn an. Fragende Gesichter.

„Na Leute, wovon habe ich gerade erzählt, mir ist die Kehle trocken gefallen!"

Skipper Brodersen lächelte leutselig, schwenkte mit der Hand über die Köpfe seiner Crew und rief:„Dann für alle, Smut, hol eine paar Dosen an Deck, schließlich segeln wir hier in tropischer Wärme und nicht wie Hannes berichtet in der scheißkalten Ostsee. Das habe ich selbst lange genug praktiziert."

Überall knackten die Dosen. „Na denn prost!"

Hannes setzte die Bierdose ab, stellte sie ins „Schwalbennest" neben die Backskiste und fragte: „Soll's weiter gehen?"

Eifriges Nicken gab ihm das Freizeichen.

Wo war ich stehen geblieben, ach ja bei den gemeinsamen Spaziergängen.

„Bei einem der Hafenliegetage hatte mir Noack das Du angeboten. Ich war ihm durch viele Segelstunden und abendliche Gespräche vertraut geworden. Das brachte mich dazu, von dem drückenden Gefühl zu erzählen, das der bevorstehende Stabsoffizierlehrgang verursachte. Er zeigte Verständnis. Als Fossil der Kriegsgeneration, wie er sich schmunzelnd bezeichnete, war dieses Auswahlverfahren an ihm vorbeigegangen. Man hatte ihn auch ohne Prüfung befördert. Aber er wusste, wie es in Mürwik zuging, und, noch wertvoller, er kannte zwei der drei wichtigen Fregattenkapitäne, die dort die Urteile fällten. „Wir sind als junge Spunde zusammen 1944 in der U-Bootausbildung gewesen, der eine ist ein Weichei und der andere ein stinkkonservativer Knochen, der trägt sicherlich noch das Parteiabzeichen unter dem Revers."

Er empfahl, auf gewisse Verhaltensnormen zu achten, nicht aufzufallen, auf keinen Fall abends in der Offiziermesse den dicken Mann zu markieren, die Herren Prüfoffiziere würden überall mit ihren Spitzeln lauern. Noack verwies auf mögliche Themen, auf denen geritten werden könnte. Das wirkte alles sehr tröstlich und verringerte das Flattern im Bauch. Mir auf die Schultern klopfend, beendete der Fürsorgliche oft den besagten Themenkreis mit dem Satz: „In der angeblich demokratischen Bundesmarine wird das nicht anders sein als in der dönitzschen Kriegsmarine, Wasser kocht bei 100 Grad! Wenn du in Mürwik in die Mangel gerätst und irgendwelche Hilfe brauchst, ruf mich an, vielleicht kann ich dir ein paar Tipps geben."

Danach verlief der Rest der Reise für mich unbeschwerter. Das unaufhörlich schlechte Wetter steigerte die Sehnsucht nach Weib und Kind und erweckte sogar das Verlangen, die Angelegenheit mit der Prüfung nun so schnell wie möglich erfolgreich zu erledigen.

Bis zum Ende der Dienstzeit als Kapitänleutnant herumlaufen, nein, das wollte Hannes Färber nicht.

Im kleinen Hafen Gudhjem auf Bornholm bugsierte die *Taifun* morgens um sieben Uhr an die Kaimauer. Steif geworden vom langen Sitzen, versuchte ich eine Leine über den nächsten Poller zu werfen, rutschte aus und fiel wie ein Sack ins Hafenbecken. Von der stürmischen Nachfahrt gebeutelt und fast erfroren, empfand ich es sogar als angenehm, das durch die vielen Pullover eindringende, sich warm anfühlende Wasser auf der Haut zu spüren. In den feuchtklammen Kojen auszuruhen oder gar genüsslich zu schlafen gelang bereits seit langem nicht mehr. Nur in Ölzeug eingewickelt entkam man der Nässe.

Das Schiff zog durch die Planken viel zu viel Wasser. Nur tägliches langes Pumpen verhinderte das Überlaufen der Bilgen. Jede überkommende See erzeugte unter Deck einen Monsunregen. Der schon zu Beginn der Reise festgestellte Fäulnisgeruch war einem süßlichen Modermief gewichen, zwei zerrissene und spakige Vorsegel füllten das Vorschiff. Seit Tagen köchelte der Brenner auf einer Flamme. Die Kombüse servierte nur noch Trockenfutter, was kaum jemanden störte, denn bei Seegang kotzten die Fähnriche immer noch.

Jeder ersehnte auf seine Weise das baldige Ende der Tortur.

Noacks Eintragungen formulierten im Logbuch bissiger werdende Sätze. Er bezeichnete die Lustjacht der Marineschule als Seelenverkäufer, als verwahrlosten Lotterdampfer und fand herbe Worte bei der Beurteilung der Seetauglichkeit einiger der ihm Anvertrauten.

Die vorletzte Etappe führte vom dänischen Gedser nach Burg auf Fehmarn. Schon beim Auslaufen Gedser wärmte die Morgensonne. Ungewöhnlich. Zum ersten Mal kein Regen, kein Sturm, nein, eine leicht östliche Brise schob die erschöpfte *Taifun* durch eine bis zum Horizont ausgebreitete ölig anmutende See. Sollte zum Ende der beschwerlichen Reise der längst fällige Sommer ausgebrochen sein? Mit einem Male schwanden Müdigkeit, Gedrücktheit, Schweigsamkeit und die schon eingetretene Leidensbereitschaft. Ausgelassenheit und gute Laune setzten sich durch. Aus allen Ecken krochen bleiche Fähnriche hervor. Die Lehroffiziere fanden zu ihrer Kommandostimme zurück und waren kurz vor der Heimkehr bemüht, die hierarchische Ordnung wieder herzustellen. Noack ließ sie gewähren. „Was soll´s", kam es ihm über die Lippen. Was er sah, belustigte ihn, und kopfschüttelnd fügte er hinzu: „Mit denen möchte ich nicht auf einem U-Boot oder sonstwas fahren, ich glaube, das ist nicht mehr meine Marine!"

Nach einer gemächlichen Flautenfahrt unter wolkenlosem blauen Himmel und bei strahlendstem Sonnenschein glitt die *Taifun* der im Abendlicht auftauchenden Insel Fehmarn entgegen. Fast umsäuselte Südseestimmung das Schiff. Es fehlten nur noch tanzende Hula-Hula-Mädchen mit Baströckchen an Deck.

446

Kurz nach Sonnenuntergang, als die *Taifun* in Burg auf der Ferieninsel Fehmarn festgemacht hatte, gab es nur ein Ziel, eine Kneipe, ein Restaurant oder ähnliches zu finden, wo man ein riesiges Steak verzehren konnte. Die wieder auf die Beine geratene Besatzung hatte auf den letzten Meilen von nichts anderem mehr gesprochen.

Gleich gegenüber dem Anlieger winkte einladend das erleuchtete Aushängeschild des „Holsten-Stübchens". Oberleutnant Tetzner, auf festem Boden der große Guru, eilte voraus, um in der Kneipe die Wirtin mit unserem Wunsch zu überfallen. Wir brachen wie hungrige Wölfe ein. "Wie viele Steaks wollt ihr denn haben?" schallte es aus der Küche.

„Wir sind acht, aber machen Sie mal mehr!" rief die hungrige Meute zurück.

Von berlinernden und westfälischen Touristen vereinnahmt, fand jeder seinen Platz. „Mensch dat sind ja Mariners, wo kommen Se denn her?" Den von ihren Heldentaten erzählenden Fähnrichen spendeten die staunenden Touristen ein Bier nach dem anderen.

Auf Tellern häuften sich die Knochen, auf den Tischen klapperten Flaschen und Gläser, der Geräuschpegel stieg. Dem Essen folgte Schunkeln und Singen. „He Sie da von der Marine, Sie müssen doch die Reeperbahn nachts um halb eins kennen." Natürlich kannten die Fähnriche den Schlager und verrieten den kreischenden Muttis, selbstverständlich die Hamburger Lustmeile zu kennen. Sie sangen aus vollem Halse, und gleich danach versuchten alle gemeinsam lautstark herauszufinden, warum es am Rhein so schön sei. Tetzner kletterte auf einen Stuhl, rezitierte Ringelnatz und mimte den nach Seefahrt sich sehnenden Hans Albers. Ja, an Land hatte der Junge was drauf, da vermochte er Eindruck zu schinden. Die ihn anhimmelnden Verehrerinnen hätten ihn mal auf See erleben sollen.

Als eine vollbusige Blonde Noack auf den Schoß rutschen wollte, winkte er mir zu: „Komm Hannes, es wird küssig, wir gehen lieber."

Es muss zwei Uhr morgens gewesen sein, als wir beide in vollen Klamotten in unsere wasserdichten Bundeswehrschafsäcke krochen, gesättigt und hundemüde. Wie die Steine haben wir geschlafen.

Durch die Bulleyes spielte die Morgensonne in die muffige Kammer. Ich hatte bemerkt wie Noack an meiner Hundekoje vorbei den Niedergang hoch an Deck geklettert war. Als er sah, dass ich ihm gefolgt war, zeigte er auf den Himmel und flüsterte: „Hätte dieses Wetter nicht früher eintreffen können? Komm, lass uns einen Ausnüchterungsspaziergang machen."

Heraus aus der muffeligen Luft der *Taifun*, half die Frische des über den Hafen streichenden Seewindes, den öligen Kopf zu lüften.

Zielsicher strebte Noack auf ein paar umgebaute Fischkutter zu. Wie oft hatte er mir bereits von seinem Traum vorgeschwärmt, ein altes, ausgemustertes Fischereifahrzeug aufzukaufen und zu einem wohnlichen Tourenschiff umzubauen. Vor uns lagen einige dieser Prachtexemplare. Was man doch aus diesen seetüchtigen Schiffen machen konnte!

Auf keinem der Kutter schien jemand zu sein, so ließen sich die unterschiedlichten Umbauten zumindest von der Pier genauer betrachten. Noack schwärmte, jonglierte mit Zahlen, eine wohlhabende Tante hätte ihm zur Erfüllung seines Traumes eine nicht zu verachtende Summe zugesagt. Ja, damit wäre so ein Umbau zu finanzieren. Er wies hierhin und dorthin, sprach von Motorleistungen, die den mickerigen Motor der *Taifun* vergessen ließ, sprach von fernen zu erreichende Zielen. Helmut Noack schwebte auf Wolken und blieb doch Realist. Der Alte war Fachmann und wusste, was er wollte. Mich vermochte er nicht zu begeistern, Elisabeth hätte dieser Art von Freizeitgestaltung nichts abgewinnen können, zumal sie schon beim Anblick eines schwankenden Dampfers Übelkeit verspürte.

Am meisten interessierte die auffällige Verwandlung eines ehemaligen Fischkutters. Er glich mehr einer schwimmenden Gartenlaube. Die aufgesetzten hohen Aufbauten erdrückten den Schiffsrumpf. Die übergroßen Fenster würden keinem Wellenschlag standhalten, und auf dem glänzenden hochlackierten Deck würde bei Seegang niemand Halt finden.

Hier musste ein absoluter seemännischer Laie am Werk gewesen sein. Wie man einen so gediegenen Schiffsrumpf verhunzen konnte. Wir amüsierten uns, beschäftigten uns damit, lästerliche Bemerkungen über das Wohnschiff zu machen, da nahte mit lautem Wortgeplänkel eine bunte Truppe. Die morgendliche Ruhe war dahin.

Angetan mit weißem Pullover, roter Hose, dazu schwarze Lackschuhe, auf dem Kopf eine hellblaue Schlappmütze mit goldenem Anker als leuchtende Kokarde, führte ein Wohlbeleibter den Verein an. Er zeigte wie die Damen, die ihm geschmeideklimpernd folgten, sonnenverbranntes Fleisch. Der Auftritt glich dem Aufmarsch zum Casting der Apotheker-Seniorenzeitschrift. Parfümduft überlagerte die salzigfrische Morgenbrise.

Wie sahen wir dagegen aus? Eben aus der feuchten Koje gekrabbelt, übernächtigt, verlottert. ungekämmt, bleichgesichtig, bärtig, sicherlich übel riechend, bekleidet mit ölverschmiertem olivfarbenem Parker und abgeschabten Jeans, die über ausgeblichenen Bordschuhen als abgetretene Fransen endeten, boten wir wahrhaftig keinen repräsentativen Anblick! Uns störte es nicht.

Noack witterte in dem jetzt vor ihm stehenden Dicken den Eigner des eben bewunderten Fischkutters und fragte, ohne wahrzunehmen, dass er angewidert betrachtet wurde: „Guten Morgen, sind Sie der Eigner dieses herrlichen Schiffes?"

Diese einfache Frage brachte die Gruppe schlagartig zum Schweigen, nach wenigen Sekunden räusperten sich die Herren in der Runde, einige Damen kicherten. Alle schauten erwartungsvoll auf ihren Leitbullen, der jetzt die Hände in die feisten Hüften stemmte, uns abwechselnd von oben bis unten musterte, losprustete, sich auf die Oberschenkel schlug, gellend lachte und lachte. Er kriegte sich gar nicht wieder ein. Mit Gesten ermunterte er seine Schar, es ihm gleich zu tun. Lachsalven rollten über das Wasser, bis der Dicke japsend aufgab. Wir blieben stumm, schauten einander verständnislos an. Was mochte die Frage Witziges beinhalten, warum diese Reaktion?

Abrupt hielt die hellblaue Wollmütze inne, wischte die Tränen aus dem Gesicht und legte los: „Mensch Männeken, wat meinen Se, wat son Schiff kostet, wolln Se dat kaufen oder wat. Dat kann son heruntergekommener Hänfling wie Sie doch gar stemmen, ich lach mich dot."

Zustimmung heischend sah er seine Gruppe an und geiferte weiter: „Guckt euch die beiden Hungerleider an, eener schlimmer als de andere. Dat Penner überhaupt auf solche Gedanken kommen. Solln wir für euch sammeln, geht ma zum Arbeitsamt, wohl zu faul wa? Kommt, verpisst euch. Ich kann solche Typen nich vor meinem Schiff sehen, dat vergrault mir die Stimmung. Also macht die Fliege!"

Uns fast beiseite stoßend, bestieg die Gesellschaft den von uns zuvor begutachteten und als seeuntüchtig beurteilten Fischkutter. Der zuvor Wortgewaltige half seinen Damen über die Reling, umfasste eine nach der andern übertrieben liebevoll, damit keine mit ihren hochhackigen Schuhen hängen blieb. Zwischendurch warf der Kapitän des Lustkutters uns Pennern wütende Blicke zu. Komisch, weder Noack noch ich fühlten uns durch die Beleidigungen angesprochen, sondern sahen eher amüsiert der ungelenken Bordbesteigung zu.

Als der Dicke gereizt und bereits puterrot im Gesicht wieder anfing zu brüllen: „Haun Se ab, haun Se doch endlich ab", verließen wir heruntergekommenen Gestalten die Szene, um den Erregten nicht in den Herzinfarkt zu treiben. Kaum abgewendet, ertönte eine weibliche Stimme von Bord, die unsere Schritte zum Lauschen stoppen ließ: „Guckt mal da drüben im andern Hafenbecken, da liegt eine riesige Jacht mit ganz hohem Mast, ich glaube, die hat sogar zwei, wolln wir nich nachm Kaffee da mal hin?"

Noack zuckte zusammen, grinste fröhlich und sagte: „Hast du das gehört, wenn die tatsächlich heute Nachmittag kommen, werde ich dem Großmaul einen gepflegten Empfang bereiten!" Danach beschleunigte er die Schritte. Bald standen wir vor der *Taifun*. An Bord lagen alle noch im tiefen Schlaf. Aus den aufgeklappten Skylights sägte emsiges Schnarchen ans Tageslicht. Der Skipper sprang, ganz gegen seine Gewohnheit, mit hartem Sprung an Deck, stieß die Niedergangsluke krachend gegen den Anschlag und brüllte ins Schiff: „Reise, Reise, aufstehen, ich reiße euch allen den Arsch auf, wenn ihr nicht in einer Minute auf der Pier steht!"

So hatte ich meinen Herrn Kapitän noch nicht erlebt. Seine Augen funkelten. Er schien wild entschlossen zu sein, das eben Gesagte in die Tat umzusetzen. Die altersschwache *Taifun*, so erbärmlich das Schiff auch war, äußerlich machte sie für den Laien viel her. Welche Jacht in der Ostsee maß schon über 20 Meter? Damit wollte er der Berliner Schnauze imponieren und zeigen, hoch in der Gesellschaft angesiedelt, wohlhabend, wenn nicht sogar Millionär zu sein. Nur so konnte es gelingen, dem Dickwanst eins auf den Deckel zu geben. Protzen war angesagt.

Die Crew, verstört von den ungewohnten Tönen ihres Skippers, stolperte hastig vom Cockpit hinauf auf die Pier, einige in Schlafanzügen, andere fast nackt, wieder einige in den biergetränkten Klamotten, mit denen sie letzte Nacht aus der Kneipe gekommen waren. Freund Tetzner glaubte, kraft seines Dienstgrades das Ganze langsamer angehen zu können, bis Noack ihm Beine machte: „Auch Sie, Herr Oberleutnant, flott, flott auf die Pier!"

Noacks Ansprache fiel kurz und bündig aus: „Meine Herren, folgender Tagesablauf: Frühstück wie gehabt, gleich anschließend, Tetzner holt Brötchen, danach Reinschiff innen, Deck und Bordwand, alle feuchte Klamotten zum Trocknen dort hinten auf die Dalben. Wehe dem, der sich drücken will. Um zwölf ist Schluss, dann Duschen, alle rasieren sich, und um 15 Uhr im Cockpit Anzug, weißes Uniformhemd ohne Dienstgradabzeichen und dunkle Hose." Noack blickte sein müdes Häuflein und fragte: „Bin ich verstanden worden?"

Wie auf dem Kasernenhof brandete es ihm entgegen: „Jawoohl Herr Kaptän."

Noack und ich packten selbst mit an. Als wir im Cockpit den Klapptisch montierten, eine noch aufgefundene weiße Tischdecke auflegten, darauf die letzten Bierflaschen aufstellten, waren alle Vorbereitungen für den Besuch getroffen. Und tatsächlich, wie geahnt, zur Kaffeezeit hielt eine auffallend bunte Gruppe, begleitet von herrlichstem Sonnenschein, auf den Liegeplatz der *Taifun* zu.

Der Kapitän rieb sich die Hände: „Hannes, sieh dir das an, da kommt der Leitbulle mit seiner Herde, das Schauspiel beginnt."

Der ins Cockpit gerufenen Crew erzählte der Skipper von der am Morgen erlebten Begegnung und vor allem wie wir angegiftet worden waren. Es folgte die Erklärung: „Und das, meine Herren, ist der Grund, weshalb ich Sie heute Morgen so gescheucht habe. Wollen wir uns als Mariner von solchen selbstgefälligen Typen anmachen lassen? Meine Absicht ist, vor denen mit unserem Auftreten den Eindruck zu erwecken, dass ich und mein Sohn, der Kapitänleutnant Hannes Färber, millionenschwere Großindustrielle und Sie die reichen Söhne meiner Generaldirektoren sind.

Der Bursche soll glauben, wir vertreten das große Kapital, das ist wohl das einzige, womit man dem Kerl imponieren kann.

Den Dicken, der da angeschlendert kommt, möchte ich vor seinem Damenflor blamieren als Strafe, dass er uns heute Morgen als Penner bezeichnet hat."

Erstmalig schien die Besatzung ein Herz und eine Seele zu sein. Ohne Generalprobe begann das unvorbereitete Schauspiel. Tetzner rief für die Herankommenden deutlich vernehmbar über Deck:„Ist Krupp von Bohlen und Halbach schon von Land zurück?" „Nein, er ist mit dem Grafen Perponger unterwegs, um Champagner zu holen", wurde ihm zugerufen.

Noack, am Großbaum lehnend und den Dicken bereits fest im Blick, brachten die Fähnriche fast in Verlegenheit, als sie ihm aus dem Cockpit zuprosteten. „Zum Wohl, Herr Beitz!" Noack mit seinen grauen Haaren hatte wirklich Ähnlichkeit mit dem Krupp-Manager Berthold Beitz.

Alles so laut vorgetragen, dass die Wirkung bei der staunenden Gesellschaft nicht ausblieb, die in zwischen längsseits der *Taifun* auf der Kaimauer angekommen war. Ihr Leithammel, der Dicke, erkannte uns beide sofort, schluckte heftig und rang nach Worten, man spürte, dass er lieber im Boden versunken wäre.

„Guten Tag, meine Herren, es ist ja wunderbar, ein so großes Schiff hier im Hafen zu sehen, ein Schwan der Ostsee, sicherlich Abertausende wert, ein herrliches großes Schiff und so sauber, ja wirklich." Er blickte hilfesuchend seine Lieben an, die eifrig zustimmend nickten. Er laberte, laberte, krampfte nach Worten, darum bemüht, seine am Morgen abgesonderten Verbalinjurien rückgängig zu machen. Noack genoss die Darbietung.

Genüsslich, aber schweigend sah die Besatzung zu, wie der anfangs Aufgeblasene die Luft verlor. Noch nicht genug des grausamen Spiels, zeigte einer der Fähnriche auf die andere Seite des Hafens, wo vor einem Schuppen zwei Männer in dunklen Anzügen zufällig vor einem der damals seltenen Porsche standen. „Herr Beitz, Herr Beitz, schauen Sie mal, da drüben steht der Krupp und der Graf, ich glaube die winken."

Nun musste dem Dicken endgültig klar geworden sein, wen er vor sich hatte, denn zu der Zeit war der Krupp-Konzern in aller Munde. In zufälligem Zusammentreffen berichteten die Medien einige Tage nach der Rückkehr der *Taifun* in Flensburg-Mürwik über den Tod des Alfried Krupp von Bohlen und Halbach.

Von uns acht, die den auf der Kaimauer vor seinen peinlich berührten, schweigsam gewordenen Damen vor Scham Dahinsinkenden bewegungslos anstarrten, fiel kein weiteres Wort mehr. In der Ferne schrie eine Möwe in die knisternde Stille. Als unserem Gegenüber, von einem Fuß auf den anderen tretend, keine weitere Lobhudelei mehr einfiel, stand abrupt neben mir der Fähnrich Nikolaus auf, winkte dem schwitzenden Plauderer zu, der ihn Erlösung erwartend zulächelte. Was folgte, glich mehr einer Hinrichtung.

Eine schneidende Stimme hallte über den in der Nachmittaghitze brütenden Hafen: „He Dicker, schau mich an und hör gut zu", eine lange Pause verbreitete Spannung und dann fiel das Beil: „Hau ab, du protziges Arschloch, und nimmt deinen Hühnerhof gleich mit, sieh zu, dass du Land gewinnst!"

Wie bei der Wirkung einer explodierenden Handgranate zerplatzte die Gruppe der Kaffeebesucher und zerstob in alle Winde.

Noack fauchte Nikolaus an: „Sind sie wahnsinnig, so etwas zu sagen, aber besser hätte es nicht gesagt werden können."

Am nächsten Tag noch vor Morgengrauen warf die *Taifun* die Leinen los, und ab ging es nach Flensburg.

Nachdem die Crew das mürbe Schiff im Hafen der Marineschule Mürwik festgemacht hatte, zerstob sie schnell in alle Winde. Noack blieb noch mehrere Stunden. Er saß an der Erarbeitung einer Mängelliste, beschrieb die Schäden, besonders den Trouble mit dem Motor, vergaß auch nicht, dem Schulkommandeur eine Beurteilung der beiden Oberleutnante und der Fähnriche zukommen zu lassen.

Noack und ich verabschiedeten uns mit dem Versprechen, Kontakt zu halten. So endete eine strapaziöse Seefahrt, allerdings mit der Freude, einen guten Freund gewonnen zu haben.

Was aber war schöner als in die warmen, weichen Arme meiner Elisabeth zu fallen, die meine blauen Flecken am Körper zählte.

Nur wenige Tage blieben, um mich auszuruhen, mit den Kindern zum Strand zu gehen und abends Elisabeth von Noack und der Segeltour zu erzählen.

38

Am 1. August verstummte das Begrüßungspalaver der in der Aula der Marineschule zum Stabsoffizierlehrgang eingefundenen Crewkameraden, als gewichtigen Schrittes drei höhere Offiziere das Podium hinaufstiegen und dort hinter aufgestellten Tischen Platz nahmen.

Gewaltige Ölgemälde rundherum, darunter Bronzebüsten einstiger Seehelden und Admirale, über den Köpfen von der hohen bemalten Holzdecke hängend die riesigen stählernen Lüster und vorn die drei ergrauten Herren, flankiert von den Ehrentafeln der Gefallenen, das erzeugte eine Stimmung wie die Aussegnung in einer Kirche oder wie in einem Gerichtssaal.

Das da vorne waren also die drei gefürchteten, über Tod und Leben der Prüflinge entscheidenden Eisheiligen, denen in die Hand gegeben war, über unser aller weiteres Vorwärtskommen den Stab zu brechen. Ein heiliger Schauer durchwehte den Saal.

Dann wurde es nüchterner. Ein Schwall von Verhaltensregeln, über Nutzung von Dienstvorschriften, Hinzuziehung von Bibliotheken, Erlassen und andere administrative Hinweise übergoss die Zuhörer. Einige jetzt schon Eifrige machten fleißig Notizen. Namentlich aufgerufen erhielt jeder eine Mappe, deren Inhalt erst auf den Zimmern zur Kenntnis genommen werden durfte.

In einem Einzelzimmer mit Blick auf die Förde, fast in heimischer Atmosphäre, fand ich mein Zuhause, meine Studierstube, mein Arbeitszimmer für einen kurzen, aber für das berufliche Weiterkommen entscheidenden Zeitraum.

Neugierig habe ich den Umschlag mit dem mir zugeteilten Themen der zu erstellenden Seminararbeit aufgerissen und fand den Hinweis, dass der Prüfling außerdem zu bestimmten Situationen, zu so genannten Lagen befragt werden wür-

452

de. Hier sollten offenbar Kenntnisse und Erfahrung ohne Vorbereitung abgefragt werden.

Fast jeder begriff schnell, dass zur Erstellung der Seminararbeit oder bei Langzeitlagen alle die Kameraden großen Vorsprung haben müssten, deren Väter als höhere Stabsoffiziere, über Nacht befragt, die erwarteten Antworten zur gestellten Thematik präsentieren konnten. Das Handwerkliche des Schreibens spielte eine untergeordnete Rolle, vielmehr sollte die Behandlung des Themas deutlich erkennen lassen, ob mit dem Geprüften jemand gefunden worden sei, der im Sinne der konservativen Marineführung versprach, entsprechendes Gedankengut weiter zu tragen. In der Seminararbeit die gewünschte Glocke anzuschlagen, darauf kam es an.

Wie konnte es Eckehard, dem Förstersohn, oder Bodo, der von einem Bauernhof stammte, oder auch mir gelingen, dieses Herrenwissen von ihren zivil orientierten Vätern zu erfahren?

Kurz nachdem die Themen der Seminararbeiten bekannt waren, gab es um die Marineschule stundenlang keine freie Telefonzelle mehr. Wie viel leichter hätten es die Admiralssöhne gehabt, wenn es zu der Zeit schon Handys gegeben hätte.

Die Bezeichnung „Lehrgang" entsprach nicht dem, was es war. Hier wurde nichts gelehrt, keine Kenntnisse vermittelt, sondern der Umfang des Vorhandenen abgerufen.

Viele Crewkameraden, die man seit den ersten Fachlehrgängen nicht mehr gesehen hatte, traf man zum ersten Mal wieder. In den Reihen saßen auch ältere Semester. Einige stellten sich der Prüfung zum zweiten oder zum dritten Mal, andere waren zur Bundesmarine übergewechselte Handelsmarineoffiziere. Dass diese weltmeererfahrenen Kapitäne hier noch einmal in die Mangel genommen wurden, verstand niemand.

Wie von Hanno erfahren und von anderen bestätigt, mieden die Prüflinge die ansonsten in der Marine übliche Kontaktpflege. Jeder fühlte sich als Einzelkämpfer und witterte im Nebenmann den Feind im Kampf um die Sprossen auf der Karriereleiter. Am scheuesten, hinter jeder Frage eine Hinterhältigkeit witternd, verhielten sich die Wiederholer. Der lockenköpfige Ewald, der als Fähnrich an der Marineschule durch die Leutnantsprüfung gefallen war, sie bei der Wiederholung nur mit Krampf bestanden hatte, saß nun wieder in demselben Gemäuer und bibberte der Stabsoffizierprüfung entgegen. Niemandem blieb verborgen, dass seine hochrangigen in der Bundesmarine tätigen Freunde des in der Kriegsmarine verehrten Vaters alles dransetzten, dem Armen zu helfen, ihm sogar den Zugang zur Führungsakademie ermöglichten und ihn letztlich bis in die Chefetage des Marineinspekteurs hinaufhievten.

Zur Hälfte des Prüfungsverfahrens waren die besagten Seminararbeiten abzugeben, jeder hatte das gewählte Thema vor den anderen Teilnehmern vorzutragen und sich anschließend der Diskussion zu stellen.

Die drei Eisheiligen saßen mit gefrorenen Gesichtern an einem Tisch neben dem Vortragspult und notierten die gestellten Fragen mit der Benotung zutreffend, nicht zutreffend, am Thema vorbei oder wohl auch, ob ein Teilnehmer eine Frage stellte, um Aufmerksamkeit zu erregen. Die Bemühung mancher Fragesteller lag darin, den Vortragenden aufs Glatteis zu führen, zumeist mit der Absicht der Selbstprofilierung. Die bis dahin in der Marine hoch gepriesene und auch erfahrene Kameradschaft und Hilfsbereitschaft waren unter die Füße geraten. Hart angegriffene Prüflinge, die mit Schweißperlen auf der Stirn versuchten, ihre Haut zu retten, fanden weder vor dem Prüfungsteam noch von den Zuhörern Gnade. In jede erkennbare Wunde flogen weitere Giftpfeile.

Wie gut, dass ich mich nicht an einem der mir vorgeschlagenen Themen vergriffen, sondern an das frei wählbare gewagt hatte. Zu meinem Vortrag über das psychologische Testverfahren bei der Auswahl des fliegenden Personals fielen meinen Zuhörern mangels tätigkeitsspezifischer Kenntnisse keine tief schürfenden Fragen ein. Fliegerpsychologe Schaper hatte mich gründlich in seine Arbeit eingeführt, so dass ich, wenn auch nur oberflächlich in der Materie zu Hause, doch mit den angelernten Spezialkenntnissen überzeugend glänzen konnte, ohne in die Gefahr zu geraten, Schaden durch einen Besserwisser zu nehmen.

Wie wäre ich auf den Bauch gefallen, hätte ich zum Beispiel eines der mir angebotenen Themen gewählt, das da hieß: „Die technische Ausbildung als Problem soldatischer Erziehung".

Zum Wochenende nach meinem gut überstandenen Vortrag mit dem Zug zu Weib und Kindern gereist, zündete ich aus Dankbarkeit in der Kirche nach dem Gottesdienst eine Kerze an.

Von Elisabeth liebevoll umhätschelt, stets mit der Auflage, bitte kein Wort über den Lehrgang oder die Marine zu sagen, das unser Familienwochenende trüben könnte, fuhr ich anschließend mit neuer Kraft in die nächste Woche zur nächsten Etappe.

In Erinnerung sind mir einige Situationen und auch komische Momente geblieben. Nicht nur die vorbereitenden Seminararbeiten zählten, sondern auch interessante vom Prüfungsteam gestellte Fragen, die den Charakter journalistischer Fallgruben hatte.

Zu der Zeit sah die Öffentlichkeit mehr denn je in der Bundeswehr ein kaum erträgliches, notwendiges politisches Übel. Die Medien hackten auf ihr herum, prangerten lautstark jede kleinste Verfehlung an und sympathisierten mit den an den Universitäten randalierenden Studenten, die gegen alles opponierten, was ihrer Meinung nach mit dem Mief der Vergangenheit behaftet war.

Sie hatten nicht ganz Unrecht, denn manchen der älteren kriegsgedienten Vorgesetzten umwehte dieser Hauch. Aber keiner von uns Nachkriegsoffizieren hätte gewagt, eine Bemerkung in dieser Richtung fallen zu lassen, und in einer Prüfungssituation schon gar nicht.

Kurzlagen und Interviews zielten bewusst darauf ab, studentisch beeinflusstes Denken zu orten, vielleicht einen Wolf im Schafspelz zu entlarven, der später im Führungsstab als störender Querdenker Einfluss nehmen könnte. Mit provozierenden Kurzinterviews überfielen die Eisheiligen das vor ihnen sitzende Gremium. Einzeln namentlich aufgerufen und nach vorn zitiert, sah sich der Prüfling einer aus dem Stegreif zu beantwortenden Frage gegenüber. Eine Minute dreißig stand für die Bewältigung der von uns so bezeichneten Blutsturzfrage zur Verfügung. Gar mancher rang nach Luft. Plötzlich war man in die Rolle eines hohen Offiziers gedrängt, gezwungen, Unverschämtheiten beherrscht, ruhig und überlegt zu begegnen, denn die Äußerungen, mit denen man konfrontiert wurde, entsprachen dem damaligen Jargon der Medien und der Öffentlichkeit. Hier nur zwei Bespiele:

„Nun verraten Sie doch mal unseren Lesern, warum die Marine jetzt schon wieder nach U-Booten verlangt, mit denen wir im letzten Krieg so fürchterlich versagt haben?"

Oder, in beleidigender Absicht mit verhunztem Dienstgrad angesprochen:

„Herr Bombettenkapitän, wie denken Sie darüber, dass sie lieber hätten Volksschullehrer werden sollen, anstatt den jungen Wehrpflichtigen das Töten beizubringen?"

Besonders die älteren Kameraden und die von der Handelsmarine Übergewechselten gerieten dabei vor Wut aus dem Häuschen, vergaßen, dass das Ganze nur ein Spiel war, und kassierten damit Minuspunkte.

Die mir gestellte Frage lautete: „Erklären Sie einem amerikanischen Zivilisten, warum deutsche Flugzeuge nicht in der ADIZ fliegen dürfen!"

In dem Thema war ich als Flieger zu Hause, die ADIZ als „Air Indentification Zone" verlief als 50 km breiter, der DDR-Grenze nach Westen vorgelagerter Gebietsstreifen, in dem nur Alliierte das Sagen hatten. Wir Piloten bewerteten das als Souveränitätseinschränkung, was aber vor NATO-Freunden nicht geäußert werden durfte.

Als ich gerade schön im Thema war, fiel mir der Prüfoffizier ins Wort mit dem Hinweis: „Ihr Gegenüber versteht kein Deutsch, der kommt aus Texas! Erklären Sie ihm, wie sie die Ihrer Meinung nach bestehende Einschränkung der fliegerischen Souveränität empfinden!" Jetzt wollten die auch noch mein Englisch testen. Aber da halfen mir meine Ausbildungszeit in Arizona und der Lehrgang in England. So ging die Kurzlage für mich glimpflich aus. Als Schlag vor dem Kopf dagegen empfand ich das Thema der so bezeichneten 24-Stunden-Lage: „Welche Traditionswerte bleiben für den Soldaten der Marine gültig?"

Was für ein Thema in einer Zeit, wo das Suchen nach Traditionswerten höchst verpönt war. Alles sollte neu empfunden werden. Nur ja keinen Griff in die Geschichte! Weder Friedrich der Große, der Kaiser und oder gar das Dritte Reich durften Anknüpfungspunkte liefern. Die Tugenden der militärischen Vergangenheit und deren Traditonsbegriffe lagerten in der Mottenkiste. Natürlich musste ein derartiges Thema im Stabsoffizierlehrgang kommen, aber warum musste es ausgerechnet den Kapitänleutnant Färber treffen. Himmel sakra! Bisher war doch alles so gut gelaufen, und jetzt?

Was da auf mich zukam, dem glaubte ich nicht gewachsen zu sein. Nie war bisher über dieses Thema dienstlich gesprochen worden, Vorgesetzte schoben entsprechende Fragen beiseite. Eine Diskussion mit den Altvorderen über das misslungene Attentat auf Hitler am 20. Juli 1944 endete stets schnell mit der scharfen Ablehnung, vor uns Jüngeren Stellung zu beziehen. Selbst Segelfreund Noack, der offen und ehrlich über die Gräuel des letzten Krieges und seine anfangs begeisterte Beteiligung sprach, auch über die Grenzen des soldatischen Treueides, weigerte sich, über den 20. Juli zu sprechen.

Natürlich gab es darüber zeitgemäße Schriften, ein wenig vorbereitet war man schon, aber das Suchen in den Notizen brachte nicht viel zu Tage. Sollte ich bei Horaz anfangen mit dessen Ausspruch „Dulce et decorum est pro patria mori!“ Fürs Vaterland zu sterben als tugendhafte Tradition eines Offiziers? Schon das Wort Vaterland klebte am Gaumen.

Dagegen wirkte der Ausspruch des kriegsgedienten Admiral Rogge verwendungsfähiger. Er sah die Traditionen nicht im Soldatsein begründet, sondern im soldatischen Eintreten für den Staat, und das nicht als Soldaten in der Demokratie, sondern als wehrhafte Bürger der Demokratie. Der Admiral sprach davon, dass ein Staat von einem Reichtum traditioneller Formen, von Sitten und Gebräuchen erfüllt sei. Ja, gehörte dazu nicht auch der bis heute umstrittene Zapfenstreich mit dem Choral „ Ich glaube an die Macht der Liebe“?

Wenn auch verständlich, so empfand ich die Deutung des Admirals doch als pflaumenweich und an den Haaren herbeigezogen. Gab es nirgendwo eine Aussage, was wert war, als Tradition in der Bundeswehr weitergepflegt zu werden?

Mir brummte der Kopf. Herr Gott, womit sollte ich eine Gliederung beginnen. Der Pierkorb quoll über von verworfenen Versuchen.

Da las ich, dass nur der radikale Bruch mit der Vergangenheit das Heil bringen würde, dann wieder, dass es geschichtslos sei, traditionell bewährte Werte nicht wieder aufzugreifen.

Es gelte die Grenzen der Pflege traditioneller Formen zu erkennen, keine Konvention wieder zu beleben, wo die Hülsen leer sind.

An anderer Stelle war zu lesen: Die Formen seien abgeschürft, die traditionelle Substanz wäre im Dritten Reich verbraucht worden. Auf dem Wege in eine neue Zeit würde Fortschrittsglaube gegen traditionelle Werte anbranden, die jedoch in ihrem Bestand einer 1000 jährigen abendländischer Überlieferung nicht unbeachtet bleiben sollten.

Widersprüchliche Deutungen verwirrten mehr als dass sie halfen.

Empfehlungen aller Art, wie die Truppe ihren Platz in der Gegenwart finden könnte, ohne den geschichtlichen Anschluss zu verlieren, schwirrten durch die Blätter, einige verpackt in schleimige hochtrabende Sätze, deren Sinn mir nicht einging und deren Redeweise der meinen nicht entsprach.

Sollte ich die philosophisch anmutenden Ergüsse anderer schlichtweg abpinnen und als mein Machwerk anbieten?

Schließlich stieß ich auf einen bildhaften Satz, der mir gefiel. Da hieß es: Eine Brücke zu den wertvollen Beständen der Tradition freitragend über die Kluft der misslichen jüngsten Vergangenheit zu schlagen sei nicht möglich, außer man triebe solide Pfähle in die Sedimente der verflossenen Jahre.

Wie daraus ein 30-minütiges Elaborat fertigen? „Morgen um neun Uhr Vortrag Kapitänleutnant Färber" stand auf dem schwarzen Brett.

Um 22 Uhr hatte ich noch keine vernünftige Zeile aufs Papier gebracht, aber plötzlich durchschoss mich ein Gedanke. Hatte der alte Noack sich nicht angeboten, mir zu helfen, was immer geschehen würde. Gott sei Dank, in der Telefonzelle vor der Wache hockte niemand und telefonierte mit einem Admiralsvater. Meine Hoffnung ruhte auf der Unterstützung eines Korvettenkapitäns der alten Schule. Es tutete und tutete. „Mensch Noack hoffentlich biste zu Hause". Es knackte, halleluja, er war dran: „Na Hannes, wie geht's, was ist los, bist spät davor!" Ich jammerte ihm mein Leid. Er unterbrach mich: „Junge, in zwei Stunden bin ich von Kiel aus bei dir, ich hab was für dich."

Von der Turmuhr der nahen Kirche schlug es zwölf Mal, als zwei einsame Wagenscheinwerfer heranschlichen. Noack, unrasiert und sichtlich müde, fand nicht viele Worte, als er das Fenster heruntergekurbelt hatte: „Hier, mein Lieber, wie versprochen."

Er übergab mir ein in Zeitungspapier eingewickeltes Päckchen: „Mach es erst auf deinem Zimmer auf, es ist ein Buch, da drin steht, womit du das Prüfungsteam begeistern wirst!", winkte kurz, gab Gas. Rote Lichter verschwanden in der Dunkelheit. Ich hastete aufs Zimmer, schloss sorgfältig ab und packte aus. In den Händen hielt ich ein in marineblaues Leinen gebundenes Buch. Vorn drauf thronte auf goldenem Hakenkreuz der Reichsadler, darunter der Titel in gotischen Lettern, auch goldgeprägt: Traditionswerte der deutschen Kriegsmarine, innen mit Bild ein Grußwort des Führers und ein Vorwort des später von Dönitz verdrängten Großadmirals Raeder.

Erst wiegte ich den Band nachdenklich hin und her, las dann immer interessierter, und zuletzt schrieb ich einen Vortrag nieder, der ganz und gar im Stil nationalsozialistischer Darlegung von Traditionsbegriffen und soldatischen Tugenden abgefasst war.

Die Morgensonne blinzelte durch die Scheiben, eine Drossel auf dem Mauersims begrüßte mit ihrem Gesang den neuen Tag, als endlich der letzte Satz aufs Papier gebracht war.

Wachgehalten von einem mit einem Tauchsieder in einer verbeulten Blechkanne gebrauten Kaffee und beflügelt durch manchen Schluck aus der im Papierkorb vergrabenen Schnapsflasche, legte ich um fünf Uhr das Schreibgerät aus der Hand.

Was hatte ich da zusammengebastelt? Eingeleitet ganz unverfänglich mit dem Bild des Brückenschlages von der Vergangenheit bis in die Gegenwart und des Hinüberziehens zeitgemäß anmutender Traditionen bei gleichzeitiger punktueller Abstützung auf den, wie es hieß, Sedimenten der verflossenen Jahre.

Danach folgten kernige Sätze aus Noacks Kriegmarinebuch. Der Schreiber war der Empfehlung der Traditionsfibel gefolgt, den Vortrag als Rede vor seinen Gefolgsleuten zu formulieren. Kein Wischiwaschi, kein Verstecken althergebrachter Begriffe vor möglicher Gegenwartskritik, sondern immer voll drauf. Zu lesen als eine mit viel gefühlsduseliger Fantasie ausgeschmückte Ansprache eines Geschwaderkommandeurs, der seine Schnellboote zu einem aufopferungsvollen Einsatz gegen die sowjetische Flotte in die Ostsee hinausschickte. Gegen Ende der 60er Jahre ein denkbares und in Manövern geübtes Kriegsszenario.

Entweder würde ich mit der so behandelten Thematik untergehen oder aufsteigen wie ein Adler, denn das, was ich vortragen würde, müsste die Prüfoffiziere berühren, vielleicht sogar Erinnerungen wecken.

Nach einer Mütze voll Schlaf würgte ich das Frühstück herunter. Den Vortragssaal mit weichen Beinen betretend, fühlte ich mich wie auf dem Weg zum mittelalterlichen Schafott.

Die drei Eisheiligen hatten Platz genommen und den Hinzurichtenden im Blick. Eine magere Handbewegung forderte auf, loszulegen. Vor mir erwartungsvolle Gesichter. Ich hörte mich reden.

In die Stille drang hier und da ein Seufzen. Was war davon zu halten? Bei einem Seitenblick zum Richtertisch entdeckte ich Überraschendes, Unerwartetes. Der ansonsten steif dreinblickende Kapitän Meyer wischte sich die Augen. Sein Nachbar strahlte mich an, und der dritte nickte pausenlos zustimmend. Er war es auch, der am Ende aufstand und laut und bestimmt in den Raum rief: „Ein vorzüglicher Vortrag des Kapitänleutnant Färber", und an die Zuhörer gewandt: „Ich glaube, dazu gibt es keine Fragen!" Mit dem knorrigen Schlusssatz „Tradition ist nicht das Aufbewahren der Asche, sondern das Weiterreichen des Feuers" waren die Herzen nicht nur der Kriegsgedienten bewegt worden.

Statt am Wochenende nach Hause zu fahren, zogen Noack und ich durch die Kieler Kneipen. Ich habe ihn aus Dankbarkeit frei gehalten. „Mensch Helmut, ich hätte nicht gedacht, dass dein Buch heute auf Alt und Jung noch so viel Wirkung zeigt."

Er grinste: „Habe ich dir doch gesagt, unser Verein ist unverändert derselbe."

Jeder Tag des Staboffizierlehrgangs bereitete ein Wechselbad der Gefühle: Im Hinblick auf den Ausgang bangte die Frage: „Sein oder Nichtsein". Sich gebildeter dünkende Kameraden sprachen von dem über den Köpfen schwebendem Damoklesschwert.

Apropos Bildung!

Hoch im Kurs stand die Verwendung von Fremdworten und hochgeistigen Zitaten. Da stilisierten sich einige hinauf zu unerreichbaren Höhen. Vorträge klangen an die Ohren, die kleinlaut machten. Wenn die Hörerschaft von der Fremdwortflut erschlagen und zu feige war, die Blöße zu offenbaren, nicht ausreichend humanistisch geschult worden zu sein, verebbten nachhakende Diskussionen nach derartigen „Performancen" sehr schnell.

Da das Prüfungskomitee eher beeindruckt schien, als dass es davor einen Riegel schob, bemühten sich die nachfolgenden Redner um so mehr, ihre Ansprachen mit bombastischen Worthülsen zu verzieren.

Zu einer dieser Spitzenleistungen machte ich mir Notizen.

Ich erinnere zwar nicht mehr im Einzelnen, wie das wortgewaltigste Vortagsthema lautete, es handelte von der Veränderung in der Gesellschaft. Dabei sollten zwei totalitäre Systeme verglichen werden, das des Nationalsozialismus und des Kommunismus.

Als hochgestochenes Sujet serviert – das Wort musste ich im Duden nachschlagen. Es bedeutet so viel wie „Stoff" – soff die Menge der Zuhörer ab unter dem unverständlichen, griechisch-lateinisch gemixten Wortschwall des Vortragenden, übrigens dem Sohn eines Vizeadmirals, der sicherlich von seinem Papa auf diese Schiene gesetzt worden war.

Es begann wie gewohnt. Der Vortragende betrat das Podium, lächelte ein wenig verlegen, und nach einem höflichen Geräusper legte er los, beginnend mit einer kleinen Verbeugung in Richtung des „Richtertisches". Nach der Einleitung mit den Worten „Meine Herren" – dem letzten, das mein Hirn erreichte – fasste der Dozent das Pult fest mit beiden Händen, ließ über die Zuhörer einen Aufmerksamkeit heischenden Blick schweifen, und was danach folgte glich der alles ertränkenden Wasserflut nach einem Dammbruch.

Hannes unterbrach seine Darbietung mit den Worten: „Ich habe mir damals einige dieser protzigen Sätze aufgeschrieben und nach langem Suchen im Brockhaus und Duden herausgefunden, was den Zuhörern zugemutet worden war.

Nur zwei Sätze, als Kostprobe in meinem Tagebuch jener Zeit verewigt, möchte ich zur Unterhaltung beisteuern. Selbst beim Vorlesen bedarf es höchster Konzentration, um sich nicht zu verhaspeln."

Er griff in die Hosentasche und holte ein Büchlein heraus, blätterte darin herum, hielt es dicht an die Kompassbeleuchtung und fing an zu lesen:

„Die psychoanalytische Metamorphose einer Gesamtsozialstruktur stellt ein metaphysisches Phänomen dar. Sie gleicht der Apotheose eines ideologischen Systems, das bei dem Successus des nationalsozialistischen Chiliasmus den Indoktrinierten zuvor Expropriierten hätte aszendieren und selbst zum Expropriator mutieren lassen, ganz konträr zur marxistischen Referenz und Dialektik der revolutionär angestrebten Egalität des Kommunismus.“

Hannes endete und blickte seine kleines Schar an: „Ja Freunde, da bleibt einem staunend der Mund offen stehen. Das sind schreckliche Wortgebilde. Schlicht und einfach hätte die Aussage lauten können: Im Zusammenleben gibt es Erstaunliches. Wäre das Dritte Reich mit seiner Lehre erfolgreich gewesen, wäre mancher von ganz unten nach oben geraten, ganz im Gegensatz zur Zielsetzung des Kommunismus, der die Gleichheit aller Menschen predigt.“

Es sei dahingestellt, ob der Vortragende das wirklich sagen wollte. Aber immerhin, es beeindruckte, und das Kauderwelsch ließ schützenderweise keine bohrenden Fragen zu.

Aber zurück in die Prüfungsveranstaltung!

Hannes verfiel wieder in seinen Plauderstil:

„Nur zwei der längeren Vorträge sind mir im Gedächtnis geblieben. Ein trauriger und ein lustiger. Den traurigen lieferte ein älterer, schon weißhaariger Kapitänleutnant, der weit ab von der Küste im Schwäbischen in einem Wehrbereichskommando Akten hütete. Zum dritten Mal aufgefordert, den Stabsoffizierlehrgang zu absolvieren, dieses Mal hoffentlich erfolgreich, wurde der Arme zu einem Häufchen zitternden Espenlaubs. Jeden Morgen, wenn der Sturmlauf auf die Besoldungsgruppe A 13 begann, kämpfte er mit Übelkeit. Was ihm hier abverlangt wurde, drohte ihn zu zerbrechen. Sein Vortrag bescherte ihm den Rest. Aufgeregt ans Pult geklammert, kämpfte er sich mit bebender Stimme durch die Seiten seines Manuskripts, bis er plötzlich wie vom Schlag getroffen bewusstlos umfiel. Erst im Krankenhaus erwachte er aus dem Koma. Alle zeigten Verständnis, dass er uns vorzeitig und ohne Abschied Richtung Schwaben verließ.

Lustig war und unvergessen geblieben ist der Vortag unseres Seebären, Käppen Hörmann, wie wir Jungen ihn respektvoll ansprachen, von der Handelsschifffahrt kommend. Er fühlte sich unter uns als Fossil, lachte selbst darüber und nahm alles, was den Stabsoffizierlehrgang betraf, nicht sehr ernst. Den ihn erwartenden Vortrag würde er, wie er sagte, aus der Tasche fahren. Käppen Hörmann sah die Welt mit anderen Augen. Gewaschen mit dem Salzwasser aller sieben Weltmeere, hatte er mehr Seeerfahrung als manch andere an der Küste. Viele der Geschichten kannten wir Mitstreiter bereits von seinen Erzählungen bei Tisch. Unbegreiflich, dass dieser Seebär mit seinem A6-Kapitänspatent auf Großer Fahrt hier noch einmal eine Prüfung ablegen musste, um in die höhere Gehaltsklasse vorgelassen zu werden.

Es war zu erwarten, dass er seinen Vortrag nutzen würde, die Prüfoffiziere in Verlegenheit zu bringen. Und so kam es auch. Gegen alle Regel betrat er das Podium mit offenem Jackett, winkte jovial in die Menge, streifte die drei angestrengt wirkenden Eisheiligen nur mit einem Seitenblick, packte das Vortragspult mit seinen kräftigen Pranken und stellte es krachend beiseite. Als nächstes zog Hörmann das Jackett aus und warf es auf das Pult, griff umständlich in die Hosentasche und holte ein kleines Schnupftabaksfläschchen heraus. Eine kleine Prise des Inhalts, von der Hand in die Nasenflügel verrieben, führte zu einem von den Wänden echoenden Nieser. Nachdem der Unerschrockene seinen Auftritt so mit Genuss eröffnet hatte, zeigte er auf die Fenster und bat einen der Prüfoffiziere, Luft herein zu lassen. „Ist ja nicht auszuhalten in diesem Mief, süßlich wie in einem Puff, machen Se mal den Lukenviz und klappen Se de Bulleyes auf!“ Kleine Pause, dann schwang seine Frage durch den Raum: „Also los, liebe Kameraden, was möchtet ihr hören? Ach ja mein Thema, von der Jury genehmigt, heißt "Schlepperfahrt vor Chittagong“, meine Erlebnisse mit der Seefahrt im Golf von Bengalen.“ Der untersetzte, kräftige Mann mit grauen Schläfen, mit von Wind und Wetter gegerbtem Gesicht, aus dem wie von Salzwasser ausgewaschene blassblaue Augen furchtlos und doch väterlich leuchteten, sprach zu uns wie zu seinen Söhnen, hatte kein Stück Papier in der Hand, erzählte aus dem Stegreif, eine Lachsalve nach der anderen überschüttete die Prüfoffiziere, die ihre Reserviertheit schließlich aufgaben und wohl feststellen mussten, dass hier jemand aus einem Berufsleben sprach, an das niemand von uns heranreichen konnte. Was für Erfahrungen, Erlebnisse und Wissen um die Dinge konnte dieser Seebär vermitteln! Schlepperfahrt im Indischen Ozean mit Eingeborenen als Stammbesatzung, Kentern im Taifun, Überfälle durch Piraten, Mord und Totschlag an Bord und von Sari umhüllte hübsche Singhalesinnen, die dem Kapitän die tropischen Nächte versüßten.

Käppen Hörmann, niemand hätte gewagt, ihn despektierlich als Kapitänleutnant Hörmann anzusprechen, stieg im Ansehen auf zur Seefahrtsikone, zu einem Vorbild. Die Marine ließ ihn den Stabsoffizierlehrgang bestehen, gab ihm als Schiffskommandanten die Führung eines Versorgers, aber über den Rang eines Korvettenkapitäns haben sie den Boss von Chittagong nicht hinauskommen lassen.

Zu Hause wurde das Ereignis mit unseren Frauen ausgiebig gefeiert. Hanno zuvor und ich jetzt hatten eine der entscheidendsten Berufsklippen glücklich umschifft. Keinem von uns beiden war es allerdings gelungen, das höchste Ziel zu erreichen, das der Zulassung zur Führungsakademie. Zur Begründung gab man Hanno und mir bei der Abschlussbeurteilung zu verstehen, wir hätten im Allgemeinen und im Besonderen in der Bearbeitung und Auswahl der Themen zu sehr die truppenartspezifische Eigentümlichkeit der Marinefliegerei in den Vordergrund gestellt und nicht die der schwimmenden Seestreitkräfte. Unverständlich, denn der Inspekteur der Marine tönte überall, wie großartig es sei, über eine starke und vor allem zu jeder Zeit für ihn verfügbare fliegende Komponente der Seestreitkräfte zu verfügen, schließlich müsste er jetzt nicht mehr wie einst zu Görings Zeiten den Herrn Reichsmarschall erfolglos bitten, der Flotte Luftunterstützung zu gewähren.

Ein Lippenbekenntnis? Dass Jahrzehnte später die seefahrende Marine ihre eigene Marinefliegerei auf ein Minimum zurückschrauben würde, um ihre großen Schiffe finanzieren zu können, saß sicherlich als planerischer Gedanke, von den einflussreichen Kriegsgedienten verfolgt, von Anbeginn der Bundesmarine in den Hirnen der neuen Führung fest.

Wer von uns jungen Piloten wusste das damals schon?

39

Ein paar Tage später saß der Kapitänleutnant Färber wieder auf der Schulbank. Dieses Mal in Wunstorf, wo die Luftwaffe die Umschulung auf mehrmotorige Flugzeuge betrieb. Für mich begann hier der Abschnitt, der zur U-Bootjagdfliegerei mit der Breguet Atlantic führte.

Wieder erlebten Elisabeth und ich die Annehmlichkeiten einer Wochenendehe. Dieses Mal sollte es nur von kurzer Dauer sein. Innerlich hatten wir beide schon Abschied genommen von dem auch ihr und den Kindern lieb gewonnenen Neidum. Im Oktober des folgenden Jahres würden wir in Nordholz unsere neue Heimat finden, einem Einödstandort auf dem platten Marschland dicht am Flugplatz südlich von Cuxhaven. Elisabeth graute davor.

Von München ins kleine spießige Neidum war schon ein gewaltiger Schritt gewesen, aber jetzt der aufs Dorf?

Zur Umschulung zwängte ich mich in das Cockpit des zweimotorigen Schulterdeckers vom Typ Pembroke, einem britischen Transport- und Kurierflugzeug. Verglichen mit der zuletzt geflogenen F 104 glich der Vogel einem lahmen Flugdrachen aus fossiler Zeit. Das Fluggerät pflegte seine Macken. Eine Druckkabine hatte es nicht, so dass, wenn die seitlichen Cockpitfenster selbstständig aufratterten, im höheren Wolkenflug dem Piloten der Schnee um die Ohren flog. Zu dieser Harmlosigkeit gesellte sich bei entsprechenden Temperaturen gern die Vereisung der Vergaserklappen in den Motoren, weniger lustig, aber der Fluglehrer winkte nur müde ab, wenn einer der Propeller stotterte: „Schließlich haben wir ja zwei davon!"

Hinterhältig und störrisch benahm sich der Bock beim Rollen am Boden. Eine nicht sehr verlässliche Pneumatik steuerte die Bremsen und Räder gern in eigenwillige Richtungen. Mit einem Hauptmann der Luftwaffe, den vor jedem Flug das Bedenken quälte, zu wenig Leistung zu bringen und möglicherweise abgelöst zu werden, ferner einem Leutnant meiner Waffenfarbe, einem anfänglich scheuen Burschen, und mir, dem ehemalige Jetpiloten, musste sich ein mit allen Wassern gewaschener derber Stabsfeldwebel abmühen. Diese kriegsgedienten Fluglehrertypen kannte ich aus meiner Fähnrichsvaterphase und Piaggio-Zeit.

Herr Fleischhauer kehrte gern den alten Haudegen heraus, draußen unerbittlich, innen krümelig weich wie Biskuit. Durch seine Adern lief kein Blut, sondern Flugbenzin. Ich verstand mich mit ihm gleich von der ersten Stunde an, die beiden anderen brauchten mehr Zeit. Da in der mehrsitzigen Pembroke die Ausbildung mit Wechsel im Cockpit während des Fluges mit uns dreien gleichzeitig ablief, bescherte uns diese Gemeinsamkeit bald ein Teambewusstsein, man kam sich näher. Dafür sorgte besonders ein Missgeschick des Fluglehrers, der bei einem simulierten beidseitigen Motorenausfall die Propeller nicht wieder zum Drehen kriegte. Dicht über dem Boden, musste der alte erfahrene Hase Fleischhauer mit der Start- und Segelstellung der Propeller etwas vermurkst haben. Über den Tannenwald schwebte die Pembroke eben noch hinweg. Das Fahrwerk blieb besser drin, denn voraus lag eine offenbar sumpfige Wiese, auf die der Vogel rumpelnd aufsetzte, schlitterte und die Propeller verbog. Als er endlich zum Stillstand gekommen war, saßen vorn der ängstliche Hauptmann, regungslos, weiß wie eine Wand, und der tobend fluchende Stabsfeldwebel: „Ich könnt mir in den Arsch beißen, Himmel Donnerwetter, Sakra, merde, Affensteiß, verfluchte Scheiße und das mir", und an seine Flugschüler gewandt: „Wenn ihr vor der Unfallkommission ein Wort sagt, dass ich hier vorn Kacke gebaut habe, reiße ich euch die Klöten ab, ist das klar." Selbst froh, nicht verletzt worden zu sein, antworteten seine drei Hanseln fast im Chor: „Wir werden das Maul halten, die Quirle sind eben nicht wieder angesprungen, sicherlich Vergaservereisung."

Tage später kam Fleischhauer aufgeheitert von der Vernehmung zurück, seine Flugschüler konnten ihn entlasten, war ja eisiges Wetter gewesen. Das abgesprochene Verslein, zum richtigen Zeitpunkt vorgetragen, führte zu einem Freispruch unseres Meisters in allen Anklagepunkten. Als Zeuge vor die Kommission zitiert, musste ich ständig an meinen Sea Hawk-Prozess zurückdenken. Gemeinsam so erfolgreich für den Fleischhauer gelogen zu haben schweißte die Vierergruppe zu einer verschworenen Gesellschaft zusammen, ungeachtet der unterschiedlichen Dienstgrade.

Wie in der Jetausbildung stand eines Tages ein Auslandsflug auf dem Programm. Der Fluglehrer hatte sich Sizilien ausgesucht. In der Nähe von Palermo sollte der Flugplatz Punta Raisi angeflogen werden. Dorthin hatten die Wunstorfer im Jahr zuvor mit ihren Transportmaschinen vom Typ Noratlas nach dem dortigen Erdebeben Medikamente, Wolldecken und Zelte geflogen. „Leute", verkündete Fleischhauer vor dem Start in den Süden, „die Azzurris werden uns begeistert empfangen." Er hatte nicht übertrieben. Als die Pembroke mit dem eisernen Kreuz am Rumpf vor dem Abfertigungsgebäude ausrollte, überfielen die Italiener ihre Gäste mit großem Freudengeschrei. In Erinnerung an die deutsche Hilfe begann der Reigen mit der Begrüßung im Amtssitz des Bürgermeisters, danach verschleppten uns wildfremde freundliche Menschen einzeln oder gemeinsam zu ihren Familien, reichten die köstlichsten Gerichte und ließen die Spumantekorken knallen.

Keiner von uns verstand Italienisch, die großzügigen Gastgeber sprachen weder Englisch noch Deutsch. Mit Händen und Füßen und lautmalerisch unterstützt, verlief die Verständigung jedoch prächtig. Wünsche wurden von den Lippen abgelesen. Fleischhauer meinte, gern im Meer baden zu wollen, doch der Anblick des Strandes ließ ihn schaudern. Er kehrte um. Im Wasser trieb Plastik, im Sand lagen angeschwemmte verrostete Dosen. Im stinkenden Seetang, vermischt mit Zigarettenkippen, viele Katzen- und Hundeleichen.

Fleischhauers missbilligender Augenaufschlag genügte, um ein paar Italiener zu beflügeln, als schnell zusammengestelltes Reinigungskommando den tedeschi einen hundert Meter langen geharkten, fast klinisch steril reinen, weißen Sandstrand anzubieten. Auf einem Schild, unten das Eiserne Kreuz gemalt und oben in falscher Folge Gold-Rot-Schwarz, stand in eilig hingekritzelten Lettern geschrieben: „per i nostri amici tedeschi" – „für unsere deutschen Freunde". Das rührte uns fast zu Tränen.

Mit Schulterklopfern und hingehauchten Mädchenküssen verabschiedet, noch leicht betäubt bestiegen wir drei Tage später eine mit Chiantiflaschen und Wassermelonen beladene Pembroke und starteten in den sizilianischen Morgenhimmel in Richtung Norden. Der Flug währte nicht lange. Im Anblick der korsischen Berge fing der rechte Motor an kräftig zu stottern.

Zur Zwischenlandung schien der Flugplatz Solenzara geeignet, am Strand an der Ostküste der Insel gelegen. Vielleicht könnte da ein französischer Techniker das Problem beheben. Das Radebrechen mit dem Tower kostete Nerven. Fleischhauer überließ mir, ich war gerade auf den linken, den Kommandantensitz, geklettert, die schweißtreibende Arbeit, die Landegenehmigung auszuhandeln. Die Burschen da unten im Tower sprachen kaum Englisch, dafür ein für mich kaum zu deutendes Französisch. Die Landerichtung hatte ich bald begriffen, aber was bedeuteten die wiederholten Worte "tumultueuse" und „tourbillon?

Die Schweißperlen auf der Stirn wuchsen. Fleischhauer angeschaut - der zuckte mit den Schultern, nach hinten die dösenden Passagiere befragt: auch keine Erkenntnis.

Nie hätte ich gedacht, dass die Insel so gebirgig ist. Solenzara, zwischen dem Strand und dem steil ansteigenden Gebirgsmassiv gelegen, empfing die Pembroke im Landeanflug mit heftigen Fallböen aus glasklarer Luft. Der Vogel schaukelte heftig, fiel und stieg ohne Zutun des Piloten, manchmal mit harten Schlägen. Da ging uns das Licht auf. Die da unten warnten vor Turbulenzen.

Nichts davon war vorherzusehen, überhaupt am Himmel zu erkennen. Von Norden angeflogen bis zu den beschneiten Gipfeln hinauf glitt die Felswand harmlos vorbei und links in der Sonne glitzerte einladend zum Bade das Mittelmeer. Als

Begleitmusik rumorte der rechte Motor in unterschiedlichen Tonhöhen, abwechselnd flackerten Warnlichter im Cockpit auf.

Die hinabzuzwingende widerwillige Pembroke benahm sich wie ein springender Ziegenbock. Voraus die Landebahn. In den letzten Minuten war es ruhiger geworden. Im Cockpit herrschte erwartungsvolle Stille, der Franzose sagte nichts mehr, alles schien perfekt zu laufen. Nur ein paar Meter fehlten noch bis zur perfekten Landung, als wie von einem Hammer geschlagen eine Fallböe so hart aufprallte, dass der Vogel mit dem Fahrwerk auf den Beton krachte.

Auf dem Abstellplatz ausgestiegen, schritt die Crew erst einmal zur Schadensbesichtigung. Aus einem Fahrwerkschacht leckte Hydrauliköl, die Leitung zeigte Risse, und eine der Vergaserklappen hing herunter, sicherlich auf Grund der harten Landung abgerissen.

Zunächst Bestürzung, dann nach dem Anruf in Deutschland eitel Freude. Ersatzteile und Techniker würde man erst nächste Woche einfliegen können. Daraus gestaltete die Besatzung einen herrlichen Urlaub auf Staatskosten. Der französische Quartiermeister brachte die überraschend eingefallenen Deutschen in den unmittelbar am Strand liegenden Offizierunterkünften unter. Das war´s denn auch schon, niemand kümmerte sich weiter um uns. Warum auch? Niemand störte die uns aufgezwungenen Ferienidylle. Auf dem Flugplatz herrschte wenig Betrieb, zeitweise beschlich einen das Gefühl, auf der Insel von Robinson Crusoe zu sein.

Für uns Nordländer erschreckend und sehr gewöhnungsbedürftig waren die hier eingeführten arabischen Hockklos. Mit entsetztem Gesicht kam Leutnant Leibel beim ersten Mal unverrichteter Dinge aus der Toilette herausgeschossen, zeigte auf das Loch im Boden und rief: „Die Franzmänner haben die Brillen abgerissen oder noch nicht montiert!"

Andere Besonderheiten fielen auf. Waren wir von der Bundeswehr gewöhnt, einheitliche Truppenverpflegung vorgesetzt zu bekommen, lief das in der Kantine der französischen Streitkräfte ganz anders. In einer langgestreckten Baracke, über den Köpfen drehten Kühle zufächelnde Ventilatoren, passierte man beim Durchgehen die nach Dienstgradgruppen abgeteilten Essbereiche, links vom Gang befand sich der Küchentresen, rechts Tische, Stühle oder Bänke. Wir durften hindurchgehen bis in die Offizierssektion, ausgestattet mit rotem, wenn auch verschmiertem Sisalteppich, gepolsterten Stühlen und Bildern an weiß gekalkten Wänden. Was für ein Unterschied zu der Abfütterungsstelle der Mannschaftsdienstgrade. Viele davon waren dunkelhäutige Afrikaner, die sich aus dem auf dem Küchentresen gestellten Bottich das Kuskus mit einer Kelle auf bereitgestellte Aluminiumteller kippten und auf harten Bänken hockend das trockene Zeug in sich hineinmampften. In der Offizierabteilung dagegen bediente ein Kellner. Er reichte als Vorgericht escargots, in Knoblauchbutter zubereitete Weinbergschnecken, Steaks, einen undefinierbaren süßen Nachtisch und natürlich dazu jede Menge Rot- oder Schaumwein.

Stabsfeldwebel Fleischhauer hätte nach französischem „règlement" mindestens zwei Abteilungen niedriger rangiert und sicherlich auch minderwertigere Kost zu sich nehmen müssen. Natürlich blieb er bei uns, eher wären wir in ein Esslokal gezogen. Dazu verkniff er sich nicht die Bemerkung: „Gut, dass ich damals nicht in französischer Kriegsgefangenschaft gelandet bin!"

Eingewiesen in den Essbereich der „Officiers subalternes" wurden wir hier bedient von einem Burschen in einem nicht mehr ganz sauberen Dinnerjacket. Wann immer er an den Tresen herantrat, um die vom Koch gereichten Teller oder Terrinen abzuholen, wedelte der Küchenchef heftig mit einem Handtuch. So unerträglich warm war es doch gar nicht. Die Luftquirle verbreiteten angenehme Kühle. Weshalb also die wilden Handbewegungen? Beim genaueren Hinsehen huschten flache Insekten über die Tresenfläche, oder ihr granniger Fühler tastete hinter der Kante der Essensausgabe hervor. Nachdem aus dem Gemüse oder der Suppe mitgekochte Kakerlaken herausgepickt und am Tellerrand aufgereiht waren, lag die Erklärung auf der Hand.

Das fleißige Handtuchgewirbel hielt das Ungeziefer unter der Tresenplatte, wenn es nicht gerade im Kochtopf als Beigabe verendete.

Wie sollten wir den Tag totschlagen? Auf dem Flugplatz regte sich nicht viel, heiße stickige Luft flimmerte über der Rollbahn, kaum dass mal eine Maschine landete oder startete. Zur See hin erstreckte sich meilenweit entlang der Küste ein als militärisches Sperrgebiet eingezäunter naturbelassener Strand mit makellos weißem Sand, unterbrochen von Buschinseln, Pinienwäldchen und blaugrünem Strandhafer. Weit und breit kein Mensch außer uns Deutschen. Im Schutze einiger harzduftender Pinien hatten die Franzosen eine reetgedeckte Hütte gebaut. Aus der von der gleißenden Sonne durchglühten Pembroke herangeschleppt, lagerten hier, tief im kühlen Sand vergraben, die aus Punta Raisi mitgebrachten Schätze, der Chianti und die Wassermelonen, deren Bestand allerdings rapide schrumpfte.

Wer nicht gerade badete, jagte in den Dünen Eidechsen oder an der Brandungskante die überaus schnellen Winkerkrabben. Zum Mittagschlaf nach dem Besuch der „salle à manger" der „Officiers subalternes" schallte aus der Hütte germanisches Schnarchen über den Strand. Die vom warmen Wind umfächelten Abende am Meer und auch das frühe Baden, wenn blutrot die Sonne aus dem Meer stieg, sind unvergesslich geblieben.

Auf der in der Kantine erstandenen Grillkohle schmurgelten zum Sonnenuntergang auf einem gefundenen rostigen Fußabtreter, gelegt auf ein paar Ziegelsteine, herrliche korsische Lammsteaks. Zu dieser Papptellermahlzeit schenkte der für den Tag eingeteilte Butler Chianti, der Stunden zuvor, in eine angefeuchtete Wollsocke verpackt, auf dem Dach der Hütte in der Sonne erstaunlich heruntergekühlt war. Leutnant Leibel, im Abizeugnis in Physik eine Eins, überzeugte mit dieser Kühlungsmethode.

Bis in die tiefe Nacht hockte die Besatzung zusammen, es gab viel zu erzählen, oder im Lichte einiger Kerzen jagte ein Skatspiel das andere. Jeder fürchtete sich vor dem morgendlichen Anruf in Deutschland, der die Idylle des Aufenthalts stören könnte. Welche Freude, wenn der Anrufende von Ferne bereits signalisierte, dass die Ersatzteile immer noch nicht unterwegs seien. Nach einer Woche jedoch musste die Pembroke Adieu sagen.

In Wunstorf landeten die braungebrannten Heimkehrer mitten hinein in die Vorbereitungen des alljährlichen Sommerballs der Offizierheimgesellschaft. Als Flugschüler gehörte man nicht zum erlauchten Kreis der Eingeladenen, aber zur Mitarbeit stellten die Staffeln ihre Schüleroffiziere frei, also als Arbeitsbienen. Gärtnereien lieferten Zitronenbäumchen zur Ausschmückung des Eingangportals des zurzeit Hermann Görings gebauten prächtigen Offizierheims.

Blumenschmuck, Tischdekoration, weiße Stoffservietten und Kerzen auf hochbeinigen silbernen Ständern versprachen ein niveauvolles Fest. Bis zur letzten Minute huschten dienstbare Geister umher, alles zum Besten zu richten. Erstaunlich nur, dass in dem Nebensaal, wo das angekündigte große mediterrane Büffet aufgetischt werden sollte, nichts davon zu sehen war. Selbst als Herr Oberst und Frau Gemahlin im Foyer die ersten Gäste begrüßten, war nebenan auf den weiß eingedeckten Tischen außer Tellertürmen und Essbesteckkästen nichts Essbares aufgetragen.

Ich griff mir eine der Ordonnanzen, die gelangweilt am Türpfosten lehnte, und fragte, ob das Catering versagt hätte. Er grinste, schaute auf die Uhr und sagte: „Nee, nee, das Zeug muss gleich eintreffen."

Draußen im Hinterhof quietschten Bremsen, kurz zuvor war vom Flugfeld das Abstellgeräusch von Flugzeugmotoren herübergehallt, es rumpelte vor der großen Tür, sie flog auf, und noch in ihrer Fliegerkombination trug eine Noratlasbesatzung eine große Platte nach der anderen herein. Säuberlich in Zellophan und Alupapier eingepackt, landeten die köstlichsten Schweinereien auf den Tischen, Austern, Hummer, große Garnelen, Wurst-, Schinken- und Käseplatten, Variationen von Tapas und herrlich belegten Canapés, umrandet von farbenfreudigen Früchtetellern.

Der Spuk der eingefallenen Noratlasbesatzung verschwand, wie auf Kommando flatterten Küchenfrauen herein, zupften hier und da an dem Hereingebrachten herum, entfernten die Verpackungen, öffneten einige der Weinflaschen, schenkten ein paar Dutzend Gläser ein und liefen schwupp! wieder hinaus. Kaum dass die letzte die Tür zur Küche schloss, öffnete ein älterer Hauptmann die Saaltür, und an ihm vorbei strömte die feierlich gekleidete Gästeschar herein, Ah- und Oh-Töne verbreitend, als sie das großartige Büffet bewunderten.

Ich konnte es nicht abwarten, meinen Stabsfeldwebel zu befragen, wie das so ginge.

„Ja", meinte er, „das machen wir als Portepees auch, wenn wir unser Jahresfest haben. Mallorca heißt die Lieferadresse. Dort hat das Geschwader Kontakt zu einem deutschen Hotelier. Der braucht Stereoanlagen, Kühlschränke, Elektronik aller Art, Autoreifen und Ähnliches, und im Tausch bestellen wir bei ihm die Fressereien für unsere Partys, die dann eingeflogen werden, stets knackig frisch. Der Lastraum der Noratlas ist der beste Kühlschrank. Das Timing stimmt auch, hast ja gesehen, klappt immer minutiös, da hat Wunstorf seine Erfahrungen drin. Einmal hatten wir sogar einen Esel mitverfrachtet, so als Dekoration zu Hause für ein Gartenfest. Dem ist es da oben zu kalt geworden. Als er zu toben anfing, hat der Kommandant die Ladeluke aufgefahren, und der Losgebundene stürzte sich aus mehreren tausend Metern Höhe ins Mittelmeer."

Als Marineoffizier fühlte ich mich nicht allein, denn als Verbindungsoffizier und als Fluglehrer traf ich den Grafen. Er stellte den ersten Kontakt zu meinem neuen Arbeitsplatz her, dem Marinefliegergeschwader 3 in Nordholz. Da flog er bereits die Atlantic, war aber zwischenzeitlich abgestellt als Verbindungsoffizier zur Luftwaffe. Als Dunkelblauer mit goldenen Knöpfen spielte er dort als Exot eine ähnliche Rolle wie ich zuvor in dem Ausbildungsgeschwader in der Nähe von Hamburg. Wir freundeten uns an. Er besorgte mir die Handbücher der Atlantic, erzählte von seinen Erfahrungen mit der großen Maschine, die er wegen der leisen Rolls-Royce-Triebwerke liebevoll den flüsternden Riesen nannte, sezierte die Vorgesetzten, auf die ich treffen würde, und tratschte natürlich auch über manches Aparte. Er bezeichnete sich als verkommenen Etagenadel, verfügte, wie er vorgab, über keine wertvollen Latifundien, Schlösser oder Adelsgüter, erst wenn er pensioniert sein würde, könnte ihm eine Wasserburg im Münsterland zufallen.

Er hieß Maximilian von Graafen. das doppelte „a" in seinem Namen verstand er dahin zu kultivieren, dass alle Welt glaubte, einen wirklichen Grafen vor sich zu haben. Zur richtigen Zeit ins Gespräch eingeflochten, hätte das bisher stets gewirkt, gab er grinsend zum Besten.

Eines Morgens fand ich die Notiz vor: „Sofort beim Kommandeur melden!" Gleich mahnte das schlechte Gewissen. Dort im Vorzimmer wartete bereits der Graf. Hatten wir etwas ausgefressen, keine Ahnung. Hereingebeten wurden wir freundlich begrüßt. Zu unserer Überraschung und völlig unerwartet überreichte der Oberst uns beiden im Auftrag des Verteidigungsministers die Beförderungsurkunde zum Korvettenkapitän. Händeschütteln und ein Glas Sekt.

„Herzlichen Glückwunsch, meine Herren, weiterhin alles Gute!"

Der damalige Verteidigungsminister Gerhard Schröder (CDU), für uns junge Offiziere bisher ein unauffälliger Mensch, muss wohl plötzlich viel Geld im Etat gehabt haben, anders ließ sich nicht erklären, warum eine Beförderungswelle uns erfasste. Bei mir lag der Stabsoffizierlehrgang erst ein halbes Jahr zurück. Ob ich zuerst Elisabeth die freudige Nachricht übermittelte, dass ihr Haushaltsgeld erhöht worden sei, oder ob der Graf und ich bis zum Morgen abgesackt sind, lässt sich heute nicht mehr rekonstruieren. Unauslöschlich im Gedächtnis geblieben ist mir unser Auftreten vor dem Kommandeur an einem der folgenden Tage, nicht freiwillig, sondern hinbefohlen. Was hatten wir verbrochen?

Hier die Geschichte:

Im Offizierheim lud ein gemütlicher, holzgetäfelter Kaminraum neben der Bar zum längeren Verweilen ein. Der protzig aus Sandstein gefügte Kamin beherrschte die Frontseite. Hatte die Bundeswehrverwaltung ansonsten kein Gefühl dafür entwickelt, die alten Offizierheime wieder mit gediegenen Möbeln einzurichten, so musste für dieses repräsentative Kommandeurszimmer offenbar eine Sonderbemöbelungsgenehmigung wirksam geworden sein.

Außerdem hatte eine aus den Frauen der älteren Offiziere gebildete Interessengemeinschaft Tischler beauftragt, aus den in den Kellerräumen des Offizierheims aufgefundenen Resten des ehemaligen Chippendale-Mobiliars mit zwei Sitzecken, einer Vitrine und einigen Tischchen und Lampen in dem Kaminzimmer die Atmosphäre der Vergangenheit wieder aufleben lassen. Wir jungen Offiziere, die in den 60er Jahren in die Stilrichtung der nüchternen, gradlinigen Teakholzmöbelkultur hineingeheiratet hatten, fanden damals die Konservierungsbestrebungen unserer Altvorderen albern. Vor dem Kamin stand ein flacher, wuchtiger eiserner Tisch, dessen schwarze Marmorplatte goldglänzende Adern durchzogen. Neben den zierlich wirkenden Chippendale-Stühlen beherrschten vor dem Kamin wuchtige wulstige Ledersofas und Sessel im Chesterfieldstil das Vorzeigezimmer des Kommandeurs. Selten gelang es jüngeren Dienstgraden, da hineinzukommen. Immer ausgebucht oder bereits besetzt. Der Graf ließ seine Verbindungen zum Heimoffizier spielen, und so gehörte das Kaminzimmer für einen Abend der Marine, für uns beide gedacht als Beförderungsfeier.

Auf der Einladungsliste standen alle, die in Wunstorf dunkelblaues Tuch und goldene Knöpfe trugen, wer von den blassblau Uniformierten nützlich gewesen war und selbstverständlich das Pembroke Team, vorneweg Stabsfeldwebel Fleischhauer. Wider alle Vorschrift erschien der Graf in einer von ihm selbst kreierten Marineuniform. Das Jackett, vom Schneider gefertigt, zeigte hinten die so genannten Golfeinschnitte, und innen war es mit feuerroter Seide ausgeschlagen, darunter lugte eine dunkelblaue Weste mit enger goldener Knopfreihe hervor. Ein Kavalierstuch, das zart wie ein Dessous wirkte, quoll üppig aus der oberen äußeren Brusttasche. Dazu trug der Snob eine schwarze Fliege, es fehlte eigentlich nur noch der kaiserliche Knickkragen. Die Aufmachung hatte etwas, fanden wir, sah gar nicht so übel aus, belebte die triste Uniform ganz ungemein, sollte man generell einführen – oder?

Da in der Flugzeugführerschule der Luftwaffe niemand die Uniformvorschriften der Marine so genau kannte und selbst der Kommandeur davon ausging, dass der Graf wusste, was er tat, nahm niemand in Wunstorf Anstoß an den Eigentümlichkeiten des von der Marine ausgeliehenen stets selbstsicher auftretenden adligen Fluglehrers, schließlich war er ja der Graf. - Und er genoss es.

Von der Marine bestellt und von der Heimküche liebevoll angerichtet, servierte eine Ordonanz im Kaminzimmer zu Beginn der Feier herrliche Canapés, belegt mit den feinsten Delikatessen, und dazu gereicht wurde ein Sekt der oberen Preisklasse. Die spätere Rechnung tat richtig weh!

Zu späterer Stunde, als die Uniformjacken am Nagel hingen, beflügelte Bier und Schnaps das weitere Geschehen. Jeder wusste Geschichten zu erzählen. Vor dem prasselnden Kaminfeuer berichtete Fleischhauer von Luftschlachten mit den Tommies. Als Bomberpilot mehrfach abgeschossen und notgelandet und später umgestiegen auf Me 109, erzählte er von einem Kriegserlebnis ganz besonderer Art. Im Sommer 1944 verfolgte eine in Nordfrankreich stationierte Me-109-Staffel waidwund geschossene Bomber der Amerikaner und Briten, die nach Einsätzen über Deutschland versuchten, über den englischen Kanal nach Westen zu entkommen. Der Auftrag der deutschen Staffel lautete, diese feindlichen Flugzeuge abzuknipsen, ein grausiger Auftrag.

Alle hörten gespannt zu. Fleischhauer sprach von der späten Offenbarung eines seiner Staffelkameraden, der sein Geheimnis erst nach dem Krieg preisgab.

Was hatte der Staffelkamerad unseres Stabsfeldwebels erlebt?

Als einzelner Jäger stellte er über den südlichen Niederlanden einen in geringer Höhe fliegenden britischen Lancaster-Bomber, der erstaunlicherweise nicht auf West-, sondern extrem langsam auf Südkurs dahindümpelte. Nach vorsichtigem Heranpirschen bot sich dem deutschen Piloten ein eigentümliches Bild. Da hing ein Wrack in der Luft. Teile des Rumpfes der Lancaster fehlten, durch manche Löcher sah man hindurch, zwei der vier Motoren waren ausgefallen, einer davon hatte keinen Propeller mehr. Hinter der Bordkanone kauerte offensichtlich tot der Schütze.

Dicht ans gegnerische Cockpit heranfliegend, erkannte der deutsche Jägerpilot, dass der britische Copilot zusammengesunken im Sitz hing und der Kommandant um den Kopf einen mit Blut durchtränkten Verband trug. Der Bomber irrte orientierungslos durch die Gegend, die Instrumentierung musste zerschossen sein, an Bord war Blut geflossen, die deutsche Flak hatte den Briten erheblich zugerichtet, aber noch flog er.

Jetzt gestellt, sollte dieses Bomberpack, das deutsche Städte vernichtete und abertausend unschuldige Zivilisten umbrachte, wie Schmeißfliegen rücksichtslos mit einem Gnadenschuss vom Himmel geholt werden. Nachdem der verwundete Lancasterkommandant müde herübergewinkt hatte, war dem Me 109-Piloten der Mut vergangen, seinen Auftrag befehlsgemäß zu vollstrecken. Was von denen da drüben übrig geblieben war, glich nicht angriffslustigen Bestien, sondern armen Schweinen, die der Schlachtbank entronnen waren, selbst Opfer eines gnadenlosen Krieges. Die Me 109 dreht erst mal ab, kehrte aber nach einigen Minuten zurück, flog dicht an

470

der linken, der Kommandantenseite der Lancaster vorbei, wackelte mit den Tragflächen, setzte sich vor das gegnerische Flugzeug, leitete eine weite Kurve nach Westen ein und flog richtungsweisend auf das offene Meer zu. Den Tommi auf Kurs England gebracht, kurvte der hilfreiche Navigator zurück, den lädierten Bomber direkt von vorn anfliegend, wackelte wieder grüßend mit den Tragflächen und verschwand mit Kurs Heimatflugplatz, schoss vorher wohlweislich das Magazin der Bordkanone leer und meldete nach der Landung seinem Hauptmann den erfolgreichen Abschuss eines britischen Bombers 10 Meilen westlich des holländischen Ijmuiden.

Als Fleischhauer schwieg, schwieg die ganze Gesellschaft und blickte, von der Story ergriffen, in die lodernden Flammen des Kaminfeuers.

Ließen sich meine Geschichten aus der Jetfliegerei, die in Jagel, Lossiemouth oder Nörvenich gemachten Erfahrungen mit denen der Kriegsgeneration vergleichen? Gott sei Dank nicht! Wir vermochten nur von waghalsigen Flugmanövern zu berichten, von der Jagd auf kleine nackte Mädchen am Sylter oder auf dem Amrumer Strand.

Je später der Abend, desto fantastischer die Flugfiguren. Das erinnerte mich so sehr an Hanno, der mich, leicht angeschickert, während der Sea Hawk-Fliegerei immer wieder überreden wollte, mit ihm am nächsten Tag in Rückenlage einen Sandwich zu fliegen. Wie mochte es dem armen Kerl, der wegen angeblicher „Unfallaffinität" nicht mehr fliegen durfte, auf der Hardthöhe als Aktenträger im Ministerium wohl ergehen?

Der Graf erzählte von seiner Fliegerei mit dem Vorgänger der Atlantic, der dicken, schwerfälligen Gannet. Ein fliegerischer Leckerbissen sei die Abschiedsparade für Adenauer am 12. Oktober 1963 in Wunstorf gewesen. 120 Flugzeuge hatten in einer geschlossenen Formation am Vorbeiflug an der Ehrentribüne teilgenommen. Für die über 100.000 Zuschauer muss es vom Boden aus ein großartiges Schauspiel gewesen sein, für die fliegenden Teilnehmer dagegen verlangte der Masseneinsatz als ungeübter Beitrag eine schweißtreibende Leistung. Flugzeuge der unterschiedlichsten Geschwindigkeitsbereiche mussten sich arrangieren, vom Starfighter F 104 bis zur lahmen Pembroke, dazwischen Fiats G 91, die letzten der zusammengekratzten noch flugfähigen Sea Hawks, einige schon versehen mit den Hoheitsabzeichen des Käufers Indien, und unter allen in Bodennähe als Gefolge Schwärme von Hubschraubern des Heeres.

Gashebel nach vorn und gleich wieder voll zurück, so hangelt sich der Flugzeugpark der Bundeswehr an der Ehrenloge ihres scheidenden höchsten Oberbefehlshabers vorbei. Was für die Jets leicht zu händeln war, gelang den schweren Transportmaschinen nur bedingt. Wann flogen Noratlas schon mal in enger Formation?

Auch die Gannets nahmen im Viererpack daran teil. Sie hatten tags zuvor nach Wunstorf verlegt, eine von ihnen flog als „leader" Achim Fuchs, mir bekannt seit

Neidums Zeiten, den ich wieder in Nordholz treffen würde, und als „Wingman" in der Formation der große Erzähler, unser Graf.

Lassen wir ihn berichten:

„Wir schaukelten im Düsenabwind der etwas höher fliegenden Fiat G 91 gerade über dem Flugplatz, versuchten krampfhaft zusammenzubleiben, die Turbulenzen waren grauenhaft. Mit dem Gashebel musste man hin- und hersägen, um nicht aus der Formation zu fallen oder den Anschluss zu verlieren. Plötzlich das andere Extrem. Die Gannets holten zu schnell auf.

Füchschen rief, „Speedbrakes!" Zur abrupten Geschwindigkeitsdrosselung nutzten die U-Bootjäger ihre Bombentore unter dem Bauch, die kurz nach unten aufgefahren wurden.

Der Graf, den Leader fest im Auge, sah wohl, wie die so genannte Bombbay unter dem Rumpf aufklappte, aber auch, wie bei Füchslein mehrere sackähnlich Gebilde herausfielen, die im Fahrtwind zerplatzten und sich in viele undefinierbare Teile auflösten.

Was konnte das sein? Löste sich Füchleins Flugzeug direkt über Adenauer auf? „Leader, you lost something!" Als Antwort darauf folgte ein geflüsterter Fluch: „Ach du verdammte Scheiße, so ein Mist, auch das noch!" Danach auf der Frequenz eisiges Schweigen, denn das ganz große Geschwader konnte mithören.

Nach der Adenauerparade direkt zum Flugplatz Nordholz zurückgekehrt, sei Füchslein auf dem Abstellplatz angekommen, habe zuvor die Bombbay aufgefahren, sei in ungewohnter Eile aus dem Cockpit gestiegen und stand nun ratlos davor. Von den Mitfliegern gefragt, was ihn so irritierte, schwieg er zunächst. Erst als am Abend in der Tagesschau über die Abschiedsparade berichtete wurde und der Nachrichtensprecher ulkte, man habe versucht, Adenauer aus der Luft mit Kartoffeln zu attackieren, musste Füchslein seinen ihn bedrängenden Kameraden beichten. Nie ist in Nordholz wieder so gelacht worden.

Als am nächsten Morgen die Regenbogenpresse noch einen draufsetzte und mit großem Aufmacher auf der Titelseite bracht: „Attentatversuch auf den Kanzler gescheitert, statt Bomben fielen Kartoffeln auf den Kanzler", musste Füchslein zum „Alten", zu seinem Kommodore, dem siedend heiß bereits von andern die Neuigkeit unterbreitet worden war, und berichten. Füchslein hatte die Übernachtung der vier nach Wunstorf verlegten Gannets genutzt, abends seinen Onkel in Klein Heidorn zu besuchen, der dicht am Flugfeld als Bauer die angeblich besten Kartoffeln der nördlichen Hemisphäre anbaute. Also holte sich der Pilot dort für seine vielköpfige Familie den Wintervorrat, der ihm in der Nacht in mehreren Säcken ans Flugzeug gebracht wurde und in der geräumigen Bombbay verschwand.

Dass nun gezwungenermaßen bei der Luftparade die Bombentore als Speedbrakes aufgefahren werden mussten, konnte er nicht ahnen, er gab auch zu, im Fluge so angespannt gewesen zu sein, dass er die Kartoffeln vergessen hatte.

472

Obwohl ein Antiterrorkommando die teilweise vor der Tribüne auf dem Asphalt aufgeschlagenen und zerbröselten Erdäpfel vorsichtig heranschleichend und dann missbilligend begutachtet hatte, ist anschließend daraus kein größerer Zirkus gemacht worden, es wurde auch nicht untersucht, aus welchem Vogel die Eier heruntergefallen sein könnten.

Den Gästen gefiel die Story des Grafen.

Je später der Abend, desto lustiger die Beiträge. Die Ordonnanzen hatten schon längst Feierabend gemacht. Die Offizierheimleitung war um die Bereitstellung weiterer Bierkästen und Schnapsflaschen gebeten worden und danach gegangen. Im Kaminzimmer stieg der Geräuschpegel stetig. Der Kamin drohte zu erlöschen, aber des Feuers wegen waren wir ja gerade hier. Woher weiteres Brennmaterial nehmen? Die Party wurde kurz unterbrochen. Der Auftrag lautete: Ausschwärmen, Brennholz sammeln! Der Graf und ich drangen in den Keller vor und landeten in einem Lager der Standortverwaltung, genauer gesagt in einer hinter Türen versteckten Tischlerei. Vielleicht waren hier vor einigen Jahren die Chippendale-Teile des Kaminzimmers als begrenzt legaler Auftrag gefertigt worden. Was sich aber vor unseren Augen auftat, war ein illegaler Betrieb, der mit Erzeugnissen aus abgeschriebenen Bundeswehrmöbeln und den Hermann-Göring-Möbel-Resten ganz offensichtlich den Antiquitätenmarkt belieferte, und das auf Kosten der Bundeswehr. Wer steckte die Erlöse ein?

In Regalen lagerten vorgefertigte Stuhl- und Tischbeine, alles nachgeahmtes Chippendale. Halbfertige Rohteile standen herum. Hier lief etwas, was bestimmt nicht dem Wunsch der Geschwaderführung entsprach. Oder wurde es vielleicht sogar geduldet?

Umso freudiger und ungehemmter schleppte die nicht mehr nüchterne Gesellschaft alles, was im Keller an Holz zu greifen war, ins Kaminzimmer und stapelte einen mehrere Meter hohen Berg neben der Feuerstelle auf, die bis zum Morgen loderte, bis auch das letzte Tischbein zu Asche zerfallen war.

Selbst die feuchteste Beförderungsfeier ging einmal zu Ende. Für mich war es gleichzeitig die Abschiedsvorstellung von Wunstorf. Zuletzt sollen Fleischhauer und ich uns in den Armen gelegen und ewige Fliegerfreundschaft geschworen haben.

Und hier folgt die Antwort, warum die Korvettenkapitäne von Graaf und Färber zwei Tage danach zum Kommodore gerufen wurden und nun im Vorzimmer des Kommandeurs der Flugzeugführerschule standen, beide zum Rapport und zum Empfang eines Anschisses, vielleicht sogar einer Disziplinarstrafe.

Kaum dass wir in das große Zimmer hineingebeten, vielmehr befohlen worden waren, begann die Standpauke.

Wie nicht anders erwartet, hatte die Standortverwaltung dem Obersten vorgejammert, dass wertvollstes reparables Gestühl aus Görings Zeiten verbrannt und unwiederbringliche Traditionswerte sinnlos verheizt worden seien. Dementsprechend zur Rede gestellt und befragt, wie das finanziell gutzumachen sei, wuchs der Graf mit einer eleganten Lüge über sich hinaus.

„Herr Oberst, die Chose ist schnell abgehakt. Ich lasse Anweisung geben, in meinen Wäldern ein paar wertvolle Eichen zu schlagen. Den Verkaufserlös werde ich Ihnen dann umgehend auf den Tisch blättern.“

Der Oberst, sichtlich erleichtert, kam mit nicht mehr so strenger Miene hinter seinem Schreibtisch hoch und bat uns, an einem Couchtisch in den Sesseln Platz zu nehmen.

Der Graf hatte noch einen Pfeil im Köcher, den galt es abzuschießen, denn schließlich konnte der verarmte Adel unmöglich die großspurige Zusage einhalten. Kaum saß er, legte er wieder los: „Wenn Ihnen, sehr geehrter Herr Oberst, so viel an Hermann Görings Müll gelegen ist, werde ich natürlich den Schaden begleichen, aber ich muss Ihnen gestehen, leicht fällt es mir nicht, schon rein ideell, der heutige Adel steht weit über der nationalistischen Vergangenheit und möchte mit den unsäglichen Dingen, selbst Möbeln aus dieser Zeit nichts mehr zu tun haben.“

Nachdem der Satz verklungen war, folgte nach einer kleinen Pause die wohl wirksamste Aussage: „Und übrigens, das was wir da unten im Keller vorgefunden und verbrannt haben, hat wenig mit Restaurierungsarbeiten zu tun. Da sollten Sie mal genau hinschauen!“

Der Oberst geriet in Verlegenheit, wusste wohl, was da unten im Keller des O-Heimes fabriziert wurde, und dass er obendrein als Kriegsveteran mit seiner fliegerischen Tätigkeit im „Dritten Reich“ in Verbindung gebracht wurde, veranlasste ihn, heftig abzuwinken. Besonders die letzte Bemerkung schien ihn aus der Fassung zu bringen: „Nein, nein, mein lieber Graf, lassen Sie davon ab, Ihre Eichen zu fällen, ich kenne Sie ja als verlässlichen Mann. Schwamm drüber.“

Der Oberst krampfte sichtlich nach Worten, er wollte uns schnellstens loswerden.

Oft ist noch später über das Wunstorfer Erlebnis gelacht worden. Wenn wir beide gemeinsam im Cockpit einer Atlantic in stundenlangen Aufklärungsflügen über die See pirschten, kam das Thema des Öfteren hoch. Er liebte es, wenn ich ihn dafür lobte, wie er uns damals vor dem Oberst aus der Affäre gezogen hatte.

40

Mit der Ankunft in Nordholz begann ein neuer Lebensabschnitt. Der Graf hatte mich auf die vielerlei zwischenmenschlichen und technischen Eigentümlichkeiten sowie besonderen Gegebenheiten des Marinefliegergeschwaders 3 gut vorbereitet. Der Kommodore entsprach exakt dem Typ, den er mir beschrieben hatte, respektvoll nannten ihn die Geschwaderangehörigen den Schwarzen Adler. Hoch aufgerichtet, rank und schlank gebaut und Respekt heischend, betrachtete er prüfend den vor ihm stehenden Neuankömmling. Die dunklen Haare wie Kopffedern fest gekämmt, mit stechend hellblauen Augen und einer auffällig großen Hakennase glich er tatsächlich dem kaiserlichen Wappentier. Als er zur Begrüßung krächzende Laute von sich gab, war das Bild perfekt: „Der schwarze Adler". Außerdem hatte man ihn mir als Zyniker beschrieben, auch das konnte ich gleich erfahren, als er losschnarrte: „Aha der Färber, mit Jet is wohl nix mehr, jetzt wollen Se bei uns einsteigen und Karriere machen?" Was sollte ich darauf antworten?

„Jawohl Herr Kapitän, dem ist so!" Ihm gefiel meine Reaktion.

Südlich von dem manchmal nervtötend nach Fischkütt stinkenden Cuxhaven auf einem Geestrücken lag weitläufig hingestreckt der wohl einsamste Flugplatz der Welt. Mir hatte man neben der in der Wildnis gerade eingeweihten Offiziermesse in einem noch nach Farben riechenden Wohnblock ein karges Zimmer zugewiesen. Vor dem Fenster duckten vom Seewind geschorene Krüppelkiefern ihre Kronen bis fast zum Boden, am grauen Horizont verlief als grünlicher Strich erkennbar der Deich. Platt und eben wie ein Brotbrettchen umgab eine trostlose Landschaft die Start- und Landebahn. Das war an einem Regentag der erste Eindruck.

Zusammen mit einigen wenigen Umschülern, einige sogar älter als ich, begann der Dienst im Stabsgebäude, das abseits des Flugfeldes in einem ehemaligen Krankenhaus nahe dem Dorf Nordholz untergebracht war.

Von hier war der Weg nicht weit zu der Baustelle, auf der die Familie Färber spätestens im Oktober in einer Wohnung der zwei neu errichteten zweistöckigen Blöcke ihre Bleibe finden sollte. Auf einem Acker neben einer verlandeten Kiesgrube, weitab von Busch und Baum, ragten die zwei Häuser wie Türme aus der Einsamkeit hervor.

Ob sich Elisabeth hier je eingewöhnen würde? Die Gegend ähnelte der Umgebung von Neidum, aber das Neubaugebiet glich eher der Besiedlung in einem Niemandsland.

Es war die Zeit des Aufbaus des Geschwaders, dessen Entwicklung bisher im Schneckentempo dahingekrochen war, aber seit kurzem von dem energiegeladenen neuen Kommodore, dem Schwarzen Adler, vorangetrieben wurde. Ihm verdankte die Marine das fliegende Waffensystem mit dem Langtitel Breguet 1150 Atlantic.

Das vorherige U-Bootjagdflugzeug vom Typ Fairy Gannet war bereits bei der Einführung veraltet gewesen. Die Entscheidung zu Gunsten der französischen Atlantic, die, gemessen an den der deutschen Marine von der NATO zugewiesenen Seegebieten, überdimensioniert war und auch waffentechnisch weit über die Erfordernisse hinausging, fiel auf ungewohnte Art und Weise.

Der jetzige Kommodore, als Fregattenkapitän und U-Bootjagdexperte in dem Comité directeur Atlantic tätig, hatte es verstanden, die maritim ungebildeten deutschen Politiker von der Notwendigkeit der Anschaffung dieses großdimensionierten modernen Flugzeuges zu überzeugen. Das geschah so:

Nach einem reichhaltigen, von Rotwein unterstützten Mittagessen nutzte der Schwarze Adler die sich erfahrungsmäßig einstellende Dämpfung der Konzentrationsfähigkeit dazu aus, der deutschen Delegation die entscheidende Unterschrift unter den Kaufvertrag abzuluchsen, ohne dabei auf Widerstand zu stoßen. Auch gegenüber den Amis gelang es der heimischen Lobby, sich durchzusetzen. Natürlich war die Entscheidung für das französische U-Bootjagdflugzeug nicht gleichbedeutend mit der Ablehnung amerikanischer Systemkomponenten, dafür hatte die US-Rüstungsindustrie ihren deutschen Vasallen viel zu fest an der Leine, aber es muss ein geniales Team am Werk gewesen sein, dem es gelang, den Ankauf von US-Ladenhütern zu umgehen.

Heutzutage ist es offenkundiger, dass unser großer NATO-Partner jenseits des Atlantiks neueste Technologie nicht an Verbündete weitergibt, um so den eigenen Rüstungsvorsprung nicht zu gefährden.

Als ich Anfang 1968 ins Geschwader kam, mangelte es noch an vielem, aber mit viel Improvisation und Eigeninitiative wurden manche Hürden überwunden, die technischen leichter als die bürokratischen. Noch war nicht alles, wie heute, reglementiert. Es wurden Wege beschritten nach dem Motto: Erlaubt ist alles, was nicht ausdrücklich verboten ist. Wie zuvor bei der Einführung der Sea Hawk und des Starfighters F 104 hatten auch bei der Breguet Atlantic die Anfangsjahre ihren besonderen Reiz.

Der Geschwaderkommodore Gaibel setzte alles dran, sein Kind, wie er es nannte, bekannt zu machen und vor allem der Luftwaffe zu zeigen, wie zwingend notwendig der Beitrag einer eigenständigen Marinefliegerei sei. Schließlich erinnerte er sich als kriegsgedienter und ehemaliger Luftwaffenoffizier daran, dass eigene Flugzeuge deutsche Kriegsschiffe angegriffen hatten. Mit knarrender näselnder Stimme fügte der Schwarze Adler abends beim Bier in der Offiziermesse den Berichten seiner Heldentaten hinzu: „So dusselig war Hermann Görings Truppe, heute wollen wir unsern Scheiß alleine machen!" Um das Gesagte zu unterstreichen, bereitete der Listige einen Coup vor, dessen Vorbereitung und Durchführung bis zum erfolgreichen Abschluss unter „Streng Geheim" liefen.

Als Sensation informierte er auf einer einberufenen Pressekonferenz die überraschten Journalisten, dass am 14. Mai 1968 um 17:04 Uhr Nordholzer Zeit eine Breguet Atlantic des MFG 3, Langtitel: Marinefliegergeschwader 3 mit dem Logo „Graf Zeppelin", den Nordpol überquert habe und nach einem 20-stündigen Nonstopflug mit der 15-köpfigen Crew wieder auf dem Heimatflugplatz gelandet sei. Der Inspekteur der Luftwaffe soll geschnauft haben; hätte das nicht auch eine seiner Boeing 707 der Flugbereitschaft leisten können?

Und nun hatte die Marine, die doch sonst nur schwimmt, diese fliegerische Glanzleistung vollbracht. - Unverschämtheit!

Wie nicht anders zu erwarten, gesellte sich zum Lob der politische Tadel. Es war das Jahr des „Prager Frühlings", in dem die Spannungen zwischen Ost und West wieder einmal einem Höhepunkt zustrebten. Zu diesem Zeitpunkt des „Kalten Krieges" befürchtete die Regierung offenbar diplomatische Verwicklungen, wenn Flugzeuge der Bundeswehr in einer Gegend erschienen, die nicht unbedingt zu ihrem Einsatzgebiet gehörten.

Doch so bewies dieser arktische Ausflug des neuen Waffensystems bundesweit seine Qualität als Seefernaufklärer. Mit 20.000 Litern Kerosin im Bauch und einer Marschgeschwindigkeit von 350 km/h vermochte es fast einen Tag lang in der Luft zu sein, jedoch einsatzmäßig blieb es generell bei 8 bis 10 Stunden. Der Vogel mit seiner Flügelspannweite von 36 m und seinem 11 m hohen Leitwerk nötigte jedem der Umschüler Respekt ab. Meine Umschulung führte mich mit einem Altbekannten zusammen. Der Graf, von Wunstorf zurückgekehrt, brachte mir das Fliegen auf dem „Flüsternden Riesen" bei, einem Flugzeug das mit seinen beiden je 6.000 PS starken Rolls-Royce-Turboprop-Motoren neue fliegerische Perspektiven eröffnete.

Allein schon im Cockpit vier Meter über dem Boden zu sitzen und eine makellose Landung zu erarbeiten war eine Herausforderung. Hinzu kam für den Piloten, nicht mehr wie auf einem Jet für sich allein verantwortlich zu sein, sondern für eine Crew, die aus zwei Piloten und zwei Operationsoffizieren bestand, einem Bordfunker und Bordmechaniker sowie sechs Operationsbootleuten für Unter- und Überwasserortung. Die Aufgabe, mit diesem gewaltig anmutenden Vogel, gespickt mit Elektronik vom Feinsten, ausgestattet mit Torpedos, Ortungsbojen, Kameras und vielfältigem hochsensiblem Gerät, die riesigen, rätselhaften und stets getaucht fahrenden U-Boote der Sowjetunion in der Norwegensee aufzuspüren zu können, beflügelte jeden der neu ins Geschwader Versetzten. Da schmerzte es keinen, wieder auf der Schulbank sitzen zu müssen, um Handbücher und die Dokumentation zu wälzen, die letztlich befähigten, den apart weißgrau angestrichenen Vogel auch theoretisch in den Griff zu bekommen.

Die Wochen der Einarbeitung vergingen wie im Fluge. Dienstschluss im eigentlichen Sinne nahm in der Anfangsphase kaum jemand in Anspruch. Wo es im technischen oder fliegerischen Bereich noch etwas zu tun gab, brannte das Licht bis tief in die Nacht.

Der Wochenendbeginn dagegen wurde pünktlich wahrgenommen. Da die meisten Verheirateten noch keine Bleibe in oder um Nordholz herum gefunden hatten, begann mit Dienstschluss der große Run in die Freiheit. Das Tor des Flugplatzgeländes glich einem Taubenschlag. Die über die Elbe nach Norden strebten, trafen sich alle wieder vor der Fährüberquerung Wischhafen-Glückstadt. Zwei Kategorien von Marinefliegern, die sich zumeist wegen der Weitläufigkeit und unterschiedlichen Tätigkeiten bisher nicht kannten, trafen in der Enge der Fähre aufeinander. Da gab es die jüngeren Unbekümmerten und die kriegsgedienten zumeist

Verknöcherten. Der Altersunterschied war nicht das Auffälligste, sondern die Kleidung und der Schuhkarton unter dem Arm, mit dem die älteren Herren an Deck der Fähre aus dem Auto stiegen. Um in der Öffentlichkeit nicht als Soldaten aufzufallen, hatten die älteren Kameraden nur die Uniformjacke abgelegt und einen schäbigen Pullover übergestreift, von uns, die wir in Jeans und bunten Hemden daneben saßen, als Univil belästert. Zum Umziehen vor Verlassen des Flugplatzgeländes nahmen sich die Alten keine Zeit, ein ganz besonderer Zwang schien sie zu treiben, der erst nach mehrmaliger Auffälligkeit seine Deutung erfuhr. Die Schuhkartons zogen die Aufmerksamkeit auf sich. Vor der Offiziermesse parkten die Wochenendfahrer in Kolonne, heraus sprangen Univilgekleidete, hasteten in den Esssaal, wo bereits die Küche am späten Nachmittag das Abendessen auftischte. Das wurde dem Personal buchstäblich aus den Händen gerissen. Ein Schwarm älterer Herren rannte herum. Sie sammelten wie Kinder beim Ostereiersuchen in einem Schuhkarton die ihnen, wie sie sagten, zustehende Wochenendverpflegung ein, hier ein paar Brotscheiben, dort ein Stückchen Rügenwalder Mettwurst, da zwei Klacks Butter ins Pergament, drei hart gekochte Eier, vom Nachbartisch gleich mehrere geöffnete, schmierige Tunfisch- oder Sardinendosen. Kam ihnen beim Einsammeln eine der Küchenfrauen mit dem Käse- oder Fleischsalattablett in die Quere, wurde da auch noch einmal zugelangt.

Während der Überfahrt hockten unter Deck in der Kantine, in den Autos oder an die Reling gelehnt, eigentlich in allen Ecken, die so genannten Schuhkartonfresser, alias gediegene Marineoffiziere, alle angetan mit weißen Hemden, schwarzem Schlips, der Uniformhose und darüber wie bereits gesagt einem ausgeleierten zivilen Pullover. Jeder hielt in Vorhalte den besagten gefüllten Schuhkarton, aus dem eifrig gemampft wurde, ein repräsentatives Bild bundesrepublikanischer Marineflieger. Wir haben uns geschämt, uns abgewandt, weil die herumstehenden Zivilisten sich amüsierten.

Warum unterschieden wir uns so grundsätzlich voneinander?

Wir hatten in der Messe gegessen und fühlten uns für die Heimfahrt gestärkt. Warum gebärdeten sich die Alten so? Hatten sie Angst, auf der Fahrt ins Wochenende unterwegs zu verhungern, oder zu Hause nichts Essbares vorzufinden?

Es muss wohl dem fürchterlichen Kriegsende zuzuschreiben sein, ein 1945er-Bewusstsein. Wir Lästermäuler haben das erst später begriffen.

Außer dem „Grafen", dem auch in seinem Hausgeschwader eine Sonderrolle zugebilligt wurde, fand ich nach und nach im Bereich der Fliegenden Gruppe mir wohlgesonnene Bekannte, ja sogar Freunde. Einige andere machten mir den Anfang schwer. Das waren Gleichaltrige, die in dem angeblich versnobten abgebrochenen Jet-Fuzzi einen Konkurrenten auf der Karriereleiter sahen.

Füchslein, den alten Bekannten aus Neidum, vermutete ich unter den Flugzeugführern zu finden. Zur Frage, wo denn Achim das Füchslein zurzeit sei, fielen die Antworten sehr abweichend und ausweichend aus. Komisch, der Sunnyboy blieb verschollen. Aber ich fand es heraus. Füchslein hatte sich bei der Lufthansa beworben, war angenommen worden und Hals über Kopf nach Hamburg verzogen. Die Sekretärin des Schwarzen Adlers hatte er mitgenommen und auf der Stelle geheiratet.

Darüber sprach man im Geschwader nicht gern, schon gar nicht, wenn der Kommodore in Reichweite stand. Der alte Charmeur soll, obwohl verheiratet, seiner blonden Sekretärin aufdringlich den Hof gemacht haben, bevor Füchslein sie ihm wegraubte und entführte. Als der Schwarze Adler von der Affäre erfuhr, soll für Füchslein eine unerträgliche Leidenszeit angebrochen sein. Der Alte wirkte auf alles ein. Flüge wurden seinem Konkurrenten gestrichen, der Urlaub versagt, er wurde zu unangenehmen Wachdiensten eingeteilt. Der attraktiven Schönheit und ihrem Lover blieben letztlich nur Kündigung und Flucht.

Die Geschichte der beiden als Romeo und Julia erzählte man hinter vorgehaltener Hand. Die Geschwadergerüchteküche hatte so manches zu bieten, doch mich interessierte mehr, hier eine neue fliegerische Heimat zu finden, und zwar mit meiner Familie.

Endlich hielten wir die Mitteilung in den Händen, am 1. Oktober in die untere Wohnung rechts außen im Fichtenweg 37 einziehen zu können. Übrigens wuchs auf dem Baugelände an der Kiesgrube und entlang der Straße nicht eine einzige Fichte. Ob die noch auf dem matschigen Acker angepflanzt würden?

Bisher lebte der Wochenendfahrer aus dem Koffer. Die Unterkunft, eine Studentenbude, wohnlich zu gestalten, dazu fehlte ihm die Lust. In der Offiziermesse gleich nebenan war es gemütlicher, und dort herrschte mehr Leben. Vom Kiefernwäldchen eingeschlossen, baulich großzügig angelegt mit Festsaal, Bar, Leseraum, Kegelbahn und einem windgeschützten Innenhof zog das Gebäude die Strohwitwer und auch die Ortsverheirateten wie ein Magnet an. Oft holten die Ehefrauen ihre Männer nach den Einsatzflügen hier ab, nicht ohne dass ein wenig gefeiert wurde.

Abendliches Grillen im Innenhof des Offizierheimes brachte alle einander näher. Sympathische, weniger sympathische und auch skurrile Typen waren dabei. Dem Kommodore lag viel daran, niemanden in dem Einödstandort verrohen zu lassen. Wie in der Fähnrichszeit erlebt, jetzt in Neuauflage, gestaltete die Chefetage des Geschwaders Lehrabende. Das Angebot umfasste kulturelle Veranstaltungen, Literatur- und Musikabende sowie Vorträge über Form und Stil in der Gesellschaft. Letzteres ein Steckenpferd des Schwarzen Adlers. Das führte so weit, dass er sich hineinwagte in die Privatsphäre seiner Offiziere. So verlangte er, heute kaum vorstellbar, dass jeder, der zu heiraten gedachte, ihn um einen Termin zu bitten hatte, die Verlobte vorstellen zu dürfen, und dass bitte im Kostüm und mit Hut.

Und das in einer Zeit, als auf den Universitäten aufmüpfige Studenten am Werke waren. Aber dazu später noch einiges!

Das Ansinnen des Schwarzen Adlers fand wenig Anklang, zumal im Geschwader mehr geschieden als geheiratet wurde.

Erfolgreicher gelang ihm, die Zechgelage einzudämmen. Junge Ärzte, zu einer dreimonatigen Wehrübung im Sanitätsbereich zum Nichtstun eingezogen, betranken sich täglich und randalierten so unverschämt, dass die Geschwaderführung einschreiten musste.

Um die Bier- und Schnapstrinkerei zurückzudrehen, sollten in der Offiziermesse deutsche Weine angeboten werden.

Dazu arrangierte der Kommodore höchstpersönlich eine Weinprobe. Laut Geschwaderbefehl mit Datum und Uhrzeit hinzitiert, saß eines Tages das Offizierkorps an einem langen Tisch und lauschte der Ansprache des Kapitän zur See Gaibel und den schwülstigen einführenden Worten des Weinhändlers.

Vor jedem stand ein klitzekleines Probiergläschen und auf der Mitte des Tisches einige größere irdene Töpfe, ähnlich Gurkeneinmachfässchen. Die Etiketten der Weinflaschen zeigten Nummern, sonst nichts. Auf Zuruf des Weinhändlers schenken die Stewards den Rebensaft aus. Dann wurde auf Kommando geprobt. Auf einen Zettel hatte jeder seine Meinung kund zu tun, wie denn der Wein gemundet habe.

„Nur ein Schlückchen bitte, damit der Gaumen nicht erlahmt, und den Rest in die vor Ihnen stehenden Töpfe", empfahl der Weinexperte. Einige schauten hilflos in die Gegend und kupferten entweder vom Nachbarn dessen Urteil ab oder notierten des Weinhändlers wohlklingenden Kommentar.

Das ehrlichere Urteil wäre gewesen: „Wein! Na ja, schmeckt irgendwie alles gleich, meist zu sauer, oder?"

Der Weinhändler dagegen schwärmte von Südlagen, schmatzte, gurgelte und kaute den Wein, erzählte von fruchtigem Geschmack, sanfter Süße und edlem Aroma. Was taten wir? Wir staunten, nippten wie befohlen an den Gläsern und kippten das meiste in die albernen Gurkenfässchen.

Der Kommodore Gaibel muss wohl bald an den gelangweilten Mienen erkannt haben, dass hier Perlen vor die Säue gekippt wurden und ein gediegenes Urteil nicht herauszuholen war. Also ergriff er die Initiative und übte seine Kommandogewalt aus. Jedes Mal, wenn der Verkäufer nach der jeweiligen Probe die Litanei seiner Weinlobpreisung beendet hatte, stand der Schwarze Adler auf, hob zum Beispiel bei der Beurteilung eines der Weißweine das Glas und schnarrte mit Zorn in der Stimme: „Meine Herren, gute Sorte, wird eingeführt, und was diese Flüssigkeit betrifft, konstatiere Weißwein!"

Den Statisten überließ er, die irdenen Töpfe zu leeren. Ganz erstaunlich, dieses Weingemisch schmeckte den angelernten Nordholzer Weinkennern am besten. Lief wie Wasser, das Zeug, aber rächte sich an jedem am kommenden Morgen mit brummenden Schädeln.

Die Gewöhnung an das U-Bootjagdleben und insbesondere an die langen Flugzeiten bedurfte eines gewissen Trainings. Die Einsatzflüge deckten einen ganzen Tag ab, angefangen mit dem morgendlichen Briefing, Einholen der Wetterlage, dem Startklarmachen, den navigatorischen Vorbereitungen, über den stundenlangen Flug in die Seegebiete bis zur Aufbereitung des abgeflogenen Auftrags nach der Heimkehr. Das reichte für einen durchweg 14- bis 16-stündigen Arbeitstag. War es ein Nachtflug gewesen, fiel die Crew für den folgenden Tag in die Betten.

Ein derartiger Flugdienst wirkte nicht förderlich für das Familienleben. Wie notwendig deshalb, die Lieben in nächster Nähe zu haben, um mit Frau und Kindern die wenige Freizeit gemeinsam zu gestalten.

Die wochenendliche Fahrerei nach und von Neidum, eingeschlossen das langweilige Fährerlebnis der Elbeüberquerung, hingen einem zum Halse heraus, besonders als die herbstliche Zeit die Nächte länger werden ließ. Endlich kam der Tag, dass wir unsere neue Wohnung in Nordholz besichtigen durften. Christian und Julchen blieben bei den Großeltern in der Deichstraße, Elisabeth und ich machten uns erwartungsvoll auf den Weg zum neuen Standort. Es stürmte, die Fähre wackelte schauerlich, es regnete, ein fürchterliches Wetter zum Empfang, Elisabeth schmollte, wurde immer stiller, schwieg schließlich, schien bockig zu sein. Kullerten nicht über ihre Wangen die ersten Tränen?

„Ach mein Schatz, es kann nur besser werden", versuchte ich sie zu trösten. Doch das Wetter blieb abweisend. Schlimmer noch, die Besucher versanken im Schlamm auf der noch nicht gepflasterten Zuwegung zu den Wohnblöcken, die abweisend und wie verloren vor dem grauen Himmel in der wie platt gewalzten Einöde lagen. Elisabeth drückte sich schluchzend in meinen Arm und zeigte in das gleich neben den Häusern liegende Wasserloch: „Sieh mal die verlassene Kiesgrube, da werden unsere Kinder drin ersaufen, nirgendwo ein Baum, man kann ja bis nach England sehen, und dieser ekelhafte Wind, schlimmer als in Neidum."

Dann blitzte es zornig in ihren Augen und, lange nicht mehr erlebt, die bayrische Seele brach aus ihr heraus. Erfrischend hörte ich sie fluchen, ja sie schrie es in den peitschenden Regen: „Himmel, Arsch und Zwirn, in was für eine Scheißgegend hast du uns verschleppt."

Wir befanden uns in diesem Elend nicht allein. Andere, die am Halse hochgeschlagenen Mantelkragen krampfhaft festhaltend, eilten kurz grüßend vorbei, eindeutig künftige Nachbarn und Leidensgenossen. Eine Frau, die Elisabeth hatte schimpfen hören, drehte sich um, lächelte, kam näher und rief im schönsten schwäbschen Dialekt: „Ich komm zur Wohnungsbesichtigung gerad aus dem sonnigen Freiburg, machen Sie sich nichts draus. Wir werden die Scheißgegend mit gutem Kaiserstühler schön trinken, bis dann." Winkte, lief ihrem Mann hinterher, der im Nebenblock verschwunden war.

Dieser erste Umzug war, als zöge man Wurzeln aus dem Boden. Alle mühsam aufgebauten Verbindungen gingen verloren, besonders für Elisabeth und die Kinder ein grausamer Vorgang. Wir ließen gute Freunde zurück. Ein Ehepaar jedoch ist uns bis auf den heutigen Tag treu geblieben, Heidrun und Werner, die uns vor Jahren Hilfe angeboten hatten, als wir in Neidum durch den Neubau kletterten. Christian, gerade eingeschult, hatte seine Schultüte noch gar nicht leer gefuttert, als er nach kurzer Zeit in Nordholz gleich zum zweiten Mal auf eine ihm völlig fremde Welt stieß. Zum Trost war er nicht der einzige, der als Neuer verlegen in die Schulbank kroch. Denn mit Belegung der Wohnblöcke zogen viele junge Familien mit Kindern in die dörfliche Gegend. Nach kurzen scheuen ersten Grüßen trafen Elisabeth und die Nachbarsfrauen zum Tee und zum angekündigten Kaiserstühler zusammen. Der über die Marschen fegende Herbststurm vereinigte sie. Wir Männer kannten einander bereits aus dem Dienst und fanden schnell auch privaten Kontakt, wir brauchten ja nicht nach Frauenärzten, Gemüsehändlern, Kindergärten und Ähnlichem zu suchen. Da unsere besseren Hälften bis auf wenige Ausnahmen nicht aushäusig berufstätig waren, gelang die Eingewöhnung erstaunlich schnell. Geborgen im Schoß der Familie bei einer Mutter, die allezeit ansprechbar war, fanden die Kinder stets eine Partnerin, die auch dem Ehemann den Rücken von häuslichen Problemen frei hielt und ihm ermöglichte, unbeschwert das nicht immer leicht verdiente Geld nach Hause zu bringen.

Christian und das kleine Julchen empfanden die neue Umgebung eher als aufregend und spannend. Noch als frischer Erstklässler brauchte der Junge nicht zu befürchten, dass sich bei ihm der in der Bundeswehr gängige Spruch bewahrheitete: Vater versetzt, Kind sitzen geblieben. Denn schon damals scheiterten die Kinder oft bei der Umschulung an den unterschiedlichen Unterrichtsmethoden und Schulsystemen der Länder, und es ist nicht besser geworden.

Wir haben es immer gepackt. Elisabeth wirkte oft in der Rolle der Nachhilfelehrerin, um einer Gefährdung der Versetzung von Christian oder Julchen zuvorzukommen.

Zum Zeitpunkt, als beide Kinder ihren Schulabschluss hatten, konnten sie auf zehn Ortswechsel zurückblicken. Es hat ihnen nicht geschadet, sondern sie eher toleranter und weitblickender gemacht.

Doch zurück ins stürmische Nordholz. Die Umschulung auf das große Flugzeug und die ersten Einsatzflüge als Copilot lagen hinter mir, als gegen Ende des Jahres der Flugbetrieb erlahmte. Wie das?

Korrosionserscheinungen an den Leitwerken einiger der nagelneuen Atlantics wurden entdeckt. Die zur Gewichtsersparnis in Wabenbauweise hergestellten Teile zeigten sich gegenüber der salzhaltigen Luft als längst nicht so beständig wie von der französischen Herstellerfirma gepriesen. Feine an den Fahrwerken festgestellte Haarrisse vergrößerten das Übel. Es war falsches Material verwendet worden.

Schleppende Ersatzteilversorgung legte zeitweise die gesamte Atlantic-Flotte aus 20 Maschinen still.

Der Schwarze Adler tobte. Ausweichdienste aller Art als Beschäftigungstherapie standen zum Ausgleich fürs Fliegen auf dem Dienstplan. Noch ausgestattet mit der Lizenz, auf Piaggio als Fluglehrer tätig zu sein, war ich plötzlich sehr gefragt. Die Chefetage verfügte, dass alle Atlantikflugzeugführer, um fliegerisch nicht zu versauern, auf diesem kleinen Vogel die Fluglizenz zu erwerben hatten. Das Geschwader besaß vier dieser kleinen Piaggios als viersitzige Verbindungsflugzeuge.

Wann immer das Wetter mitspielte, saß ich als Lehrmeister im Cockpit zusammen mit den unterschiedlichsten Leuten. Einige der erfahrenen „Atlanten" empfanden es als popelig, aus dem großvolumigen vier Meter hohen Cockpit umsteigen zu müssen in die Enge und Erdnähe des außerdem ungewohnt lauten Futzelflugzeugs.

Anstatt dem Schwarzen Adler das vorzumaulen, ließen sie ihre schlechte Laune an mir aus. Wenn im Flugtraining deren Sprüche zu arrogant und dämlich ausfielen, war die Anwendung erzieherischer Maßnahmen nicht mehr zu umgehen, ohne Rücksicht auf den Dienstgrad. Eine schlichte Fliegermethode brachte die Meckerer zur Einsicht. Ich bat die Herren, auf größere Höhe zu steigen, übernahm dann, oben angelangt, den Steuerknüppel und zelebrierte eine Kunstflugfigur nach der anderen, bis die schweigsam gewordenen Atlantic-Profis mit dicken Backen abwinkten. Na also, geht doch!

Als Flugschüler besonders in Erinnerung geblieben ist mir der Kommandeur der Fliegenden Gruppe, ein ansonsten freundlicher Mann älteren Jahrgangs, den wir Piloten nur aus der Ferne kannten. Er zählte im Marine-U-Jagd-Geschäft zu den Männern der ersten Stunde, war Pilot auf dem Vorgängermuster, der Gannet, gewesen und als einer der ersten in Frankreich in die Atlantic fliegerisch eingewiesen worden. Er hielt nicht mit Missfallensbekundungen zurück, empfand es als entwürdigend, auf einem derartig pimmeligen Flugapparat Stunden sammeln zu müssen.

Er sprach von Gesichtsverlust. Und was sein Gesicht betraf, gab es da eine Besonderheit. Wenn ihn etwas erregte, drängten seine ohnehin schon eng beieinander stehenden Augen auffällig an den Nasenrücken heran, was ihm den Spitznamen Zyklop einbrachte.

Der Schwarze Adler hatte ihn, den Kleinen Adler, auf seine Vorbildfunktion hingewiesen und ihn zum Fliegen auf der Piaggio genötigt. So geriet er mir in die Hände.

Fliegerisch zeigte er keine strahlende Leistung. An der Art und Weise seiner Fliegerei Gefallen zu finden fiel schwer. Ihm, dem direkten Vorgesetzten beider Fliegenden Staffeln, zu bescheinigen, hier und da ungenügende Leistung zu bieten, wagte ich nicht. So kämpften wir uns beide durch das Programm.

Schweißnass musste ich manchmal mit ihm um die Macht am Steuerknüppel ringen.

Eine Woche nachdem ich aus der Pflicht entlassen war, ihn zu schulen, klingelte in der Staffel das Telefon. Leutnant Mayer legte die Doppelkopfkarten aus der Hand und schlenderte an den Apparat. Er horchte hinein, hielt mir den Hörer hin und flüsterte: „Der Zyklop möchte Sie sprechen."

Ich übernahm das Gespräch: „Korvettenkapitän Färber."

„Hier Schuster, ihr Chef. Färber, ich muss nach Flensburg, Flugplatz Schäferhaus, wir treffen uns vor Hangar B. Machen Sie den Flugplan bei Baseops. Wir haben an Bord zwei Passagiere, verdiente Feuerwehrleute, denen ich den Flug geschenkt habe, Bis dann."

Klack, das Telefon war aufgelegt.

An die Scheiben klatschte starker Regen, es goss in Strömen, tief hetzten von der See her Wolkenfetzen über den Platz, pressten vor dem Staffelgebäude die welken Grashalme an den Boden. Verrückt, ein Flugzeug anzufassen, das auf Grund der Instrumentierung bei diesen Wetterverhältnissen gar nicht starten durfte! Die Piaggio, in der Fliegersprache ausgedrückt, war für IMC, für die herrschenden meteorologischen Verhältnisse nicht tauglich.

Was tun? Erst einmal unseren Chefmeteorologen anrufen. Antwort: „Sind sie ein Selbstmörder, die Wolkenuntergrenze über dem Platz liegt bei knappen 100 Metern, und im Zielgebiet im Norden Schleswig-Holsteins herrscht Bodennebel." Der nächste Anruf galt der Flugsicherung. Die teilten mir mit, der Kapitän Schuster sei schon da gewesen und hätte den Flugplan abgegeben. Das war eindeutig gegen die Absprache, ich sollte das machen. Die Baseops-Leute sagten weiter, dass sie ihm abgeraten hätten und ihn haben unterschreiben lassen, diesen Flug in eigener Verantwortung anzutreten, das ganze sei ein Schwachsinn.

Er sei ganz giftig geworden und habe zyklopisch geguckt.

Die Staffelkameraden starrten mich ungläubig an, als ich in die Fliegerkombination stieg „Wo willst du hin?"

„Zum Hangar B, da steht jemand, der mich nach Schäferhaus bringen möchte." Fast im Chor rief die Skatrunde mir nach: „Bleib hier, lass doch den Arsch allein auf die Fresse fallen."

Vom Staffelbus vor dem Hangar B abgesetzt, musste ich feststellen, dass der Propeller bereits lief. Schuster hockte auf dem Pilotensitz, obwohl er rechts auf den Platz des Copiloten gehört hätte. Auf den Rücksitzen in ihren Ausgehuniformen lächelten ein wenig gequält zwei dicke Feuerwehrleute. Musste bei diesem Sauwetter der zusätzliche Ballast sein?

Kaum hatte ich das Cockpitdach aufgeschoben und war hineingeklettert, legte der Zyklop gleich los: „Nun mal flott, wo bleiben Sie denn, Färber, den Flugplan musste ich schon selber machen. Setzen Sie den Kopfhörer auf und melden Sie uns beim Tower an." Ich spürte ein mulmiges Gefühl in der Magengegend, kannte ich nicht seine Flugkünste? Oh oh! Jetzt wollte er als Number One fliegen, und ich sollte ihn offensichtlich nur begleiten.

So war auch das nicht abgesprochen. Befehl ist Befehl, also fügte ich mich in die Assistentenrolle.

Einsam verlor sich meine Message im regnerischen Äther. Nirgendwo wurde offensichtlich geflogen. „Nordholz Tower Piggi two four eight, position Hangar B." Der Tower schien vorgewarnt.

„Two four eight, QNH 985 mb, you may roll into takeoff position, the weather is deteriorating."

Was, das Wetter sollte noch schlechter werden, es langte doch schon.

Die übermittelte Millibarangabe deutete auf Sturm. Schuster blickte mich funkelnd mit fast nur einem Auge und polterte: „Blödes Gequatsche von schlechtem Wetter!"

Er hatte die Warnung wohl nicht verstanden. Oder vielleicht doch? Denn nun fiel ihm ein, mir die Verantwortung aufzudrücken und er forderte: „Machen Sie mal weiter, you have control." Damit legte er die Hände demonstrativ in den Schoß. Das war wenigstens eine klare Entscheidung, jetzt durfte er mir nicht mehr dazwischen fummeln.

An der Startbahn stehend, rief der Tower. Dieses Mal in Deutsch: „Sehr geehrter Herr Kapitän Schuster, wir weisen Sie darauf hin, dass die Wetterminima für ihren Flug nicht gegeben sind. Sie starten auf eigene Verantwortung, dieser Hinweis wird aufgezeichnet!"

Schuster riss mir den Knüppel aus der Hand und fauchte den Towercontroller an: „Ready für Takeoff" und rollte an. Jetzt mimte er wieder den Chef.

Voraus schimmerte schlierig durch die Frontscheibe die klitschnasse Startbahn, die zum Ende hin in schwarzen Wolken zu versinken schien. Schuster puschte den Gashebel nach vorn und auf ging´s, raps! in die Luft gerissen, Propellerstellung geregelt, jedoch nur mühsam gewann der Vogel an Höhe. Herr Kapitän musste darauf aufmerksam gemacht werden, das Fahrwerk einzufahren. Ich fuhr es ein, er nickte dazu und meinte lediglich: „Ach ja, kann ja mal passieren!"

Sekunden später rundherum nur dunkelgraue Masse. Es schien an der Zeit ihn zu fragen, wer denn nun an Bord zuständig sei.

Diese Frage beantwortete er mit dem Ausruf: „Verdammt noch mal, wir sind ja in der dicken Suppe. Was hat die Meteorologie für einen Mist erzählt. Los, nichts wie wieder unter die Wolken!"

Dabei legte er den Vogel im Messerflug auf die Seite, riss das Gas heraus und kurvte steil nach unten, der Höhenmesser raste bergab, er zog wieder an, vergaß aber Gas zu geben, die Geschwindigkeitsanzeige rotierte zurück Die Maschine schüttelte, er drückte wieder nach unten, so kräftig, dass die Feuerleute hinten aus den Sitzen gehoben wurden, nach oben federten und laut aufschrieen.

Das war mir zu viel. Ich schlug ihm die rechte Hand vom Gashebel, führte sorgfältig, damit der Motor nicht verreckte, den Hebel nach vorn und würgte ihm den Steuerknüppel aus der verkrampften Hand, was gar nicht so leicht war, denn er wollte seinen Knüppel der Doppelsteuerung nicht freigeben. Das erste, was vom Boden sichtbar wurde, war das flache Dach des Heizwerkes am Rande des Flugfeldes, erschreckend nah die fast runde Öffnung des Schornsteins, die vorbeihuschte. Der Höhenmesser zeigte keine 30 Meter. Schuster schwieg und hinten wimmerte die Feuerwehr.

Als die Sichtverhältnisse und der normale Flugzustand weitere Gefahrenzustände nicht erwarten ließen, meldete sich der Herr Kommandeur wieder zu Wort und schrie erregt: „So wie Sie mit mir umgegangen sind, Unverschämtheit, das wird noch ein Nachspiel haben", und gleich darauf der nächste protzige Satz: „Eine Sauerei, uns bei derartigem Wetter starten zu lassen. Färber, landen Sie und rollen sie gleich durch bis vor Baseops, zur Flugabfertigung, den Herren muss ich mal die Leviten lesen."

Ich habe dazu nichts gesagt, lohnte wohl auch nicht.

In der Kurve zur Landbahn drückte der stärker gewordenen Wind das leichte Flugzeug aus dem Anflugwinkel. Eine heranrollende Nebelwand bedeckte bereits den westlichen Teil des Flugplatzes. Durchzustarten schien nicht ratsam, selbst die Befeuerung der Landebahn und Taxiwege verschwammen im peitschenden Regen.

„Tower, ich lande auf dem Taxistrip!"

Ich sprach bewusst deutsch, denn niemand war sonst auf der Frequenz. „Ok", kam es zurück. „Wir haben ihren Sprechverkehr mitgeschnitten, landen Sie, wo Sie wollen."

Kurz nach dem Aufsetzen griff Schuster wieder ein: „I have it!" Mir sollte es rechts sein, Unheil ließ sich nicht mehr anrichten.

Am Boden hatte er die Kontrolle über das Flugzeug übernommen, hielt verbissen auf das Gebäude der Flugabfertigung zu. Dort sprang er demonstrativ sportlich aus dem Vogel, verabschiedete sich von den Feuerwehrleuten mit der Bemerkung: „Hat wohl nicht sollen sein, aber nächstes Mal", und an mich gewandt: „Bringen Sie die Maschine zum Hangar B zurück, wir sprechen uns noch!"

Meister Schuster schnaubte davon ins Gebäude, wo ihn später sicherlich der Dienstwagen abholte.

Bevor die schwerfällig aus ihren Sitzen herausgekletterten Feuerwehrleute mit sichtlich weichen Beinen davongingen, nahm mich einer von ihnen am Arm, die Augen noch angstgeweitet, und bat darum, ihn und seinen Kollegen von der Liste der verdienstvollen Möchtegernmitflieger zu streichen: „Wissen Sie, wenn dat immer so doll zugeht, dann möchten wir lieber drauf verzichten."

Ich spazierte vom Hangar B durch den Regen zur Staffel. Selten so tief die kühle Nordseeluft durchgeatmet. Schuster blieb noch einen Monat im Geschwader. Zu dem angedrohten Gespräch ist es nie gekommen. Man rief ihn ab zu höheren Ehren in den Führungsstab der Marine in Bonn. Ihm folgte ein kleiner Dicker, ein Busenfreund des Schwarzen Adlers. Als der Kommodore seinen neuen Kommandeur Fliegende Gruppe bei einer Geschwadermusterung vorstellte, ging ein Raunen durch die Truppe. Durch die Reihen lief die schnell gefundene Bezeichnung für das ungleiche Paar: Don Quichote und Sancho Pansa.

Am selben Tag geriet ich dem Neuen beim Willkommenstrunk an der Bar der Offiziermesse zufällig in die Arme. Es muss bereits Mitternacht gewesen sein. Nüchterne, ernsthafte Gespräche gelangen zu dieser späten Stunde nicht mehr, und so gewährte der Dicke uns einen tiefen Einblick in sein Seelenleben. Er sprach einen rücksichtslosen kölschen Dialekt, fernab von deutscher Grammatik, der im angeduhnten Zustand kabarettistische Formen annahm: „Wann Se misch fragen Färber, Se sin doch verheiratet, dat wird auch ihre Frau feststelln, dat wat meine Frau is, de hatt mit Sicherhaid de dieksten Tiettn in dat Geschwader, dat will ich Se sagn!"

Mit dem Klarstand der Breguet Atlantic haperte es weiterhin, aber das Leben in dem Einödstandort gefiel den hinzugezogenen Familien besser als erwartet. Wir lebten auf einer Insel der Glückseligkeit. Zu Feiern gab es immer etwas. Cuxhaven und Bremerhaven lagen zu weit entfernt, um häufiger dorthin zu fahren, das Angebot der dörflichen Gemeinschaft reichte aus.

Was draußen in der weiten Welt geschah, berührte nicht persönlich. Im Fernsehen blieben die Themen an der Scheibe kleben. Man nahm das Gesehene zur Kenntnis. Wir im Geschwader plagten uns mit der Bewältigung hautnaher Probleme, um die militärisch geforderte Einsatzbereitschaft zu erbringen, und im fernen Bonn buhlten unsere Altvorderen um die Gunst der Politiker, die das dazu erforderliche Wehrmaterial zu bewilligen hatten. Wir meinten, der untergegangene Prager Frühling hätte bestätigt, dass Verteidigungsbereitschaft ihren Sinn habe. Jeden Abend flimmerte auf dem Fernsehschirm die Bilder, wie der sowjetische Panzerkommunismus in Prag den letzten Versuch der Reform eines verrotteten Systems niedergemacht hatte. Schreckliche Szenen!

Gemessen an diesem Leid und der Bedrohung blieben die Unruhen der Studentenbewegung der so genannten 68er-Generation uns Nordholzern fremd. Was daheim, in der Staffel oder im O-Heim über dieses Thema in den Medien erschien, fand keine Unterstützung, eher Unverständnis. Was soll damit erreicht werden? Dass ein gesellschaftlicher Wandel mit Krawallen herbeizuführen sei, daran glaubte wohl niemand in der Marine. Wir Jüngeren wankten zwiespältig in unseren Gefühlen hin und her, denn auch aus den Amtsstuben der Bundeswehr dünstete der Mief des Dritten Reiches über die nach demokratischen Spielregeln suchenden Streitkräfte hinweg.

Aber Partei zu nehmen für die außerparlamentarische Opposition, für ihre Anführer Dutschke, Langhans und Co., das verbot die Loyalität gegenüber dem Dienstherrn. Was nicht verhinderte, insgeheim darauf zu hoffen, dass alles anders werden würde, wenn die bisher in allen Bereichen noch tätige Kriegsgeneration biologisch abgetreten sei.

Die von den Studenten verbreiteten Thesen zündeten in der Bundeswehr nicht, sie wurden eher belacht. Da umtanzten während einer Vorlesung den vortragenden Adorno barbusig drei Studentinnen. BHs galten als reaktionär. Oder ein gewisser Cohn-Bendit und Studenten bauten sich vor dem Werfttor in Kiel auf und riefen durchs Megaphon: „Arbeiterbrüder, vereinigt euch mit uns!" Als Reaktion schallte ihnen entgegen: „Ihr faulen Säcke, schafft erst mal was!"

Viele der Aktionen fanden wenig Sympathie. Als die Staatsgewalt die Bewegung niederzuprügeln versuchte und dabei ihren Rädelsführer Rudi Dutschke lebensgefährlich verletzte, da setzte in den Offizierheimen Nachdenklichkeit ein. Mir verhalf ein besonderes Erlebnis dazu. Aus einem nicht mehr nachzuvollziehenden Grund sollte ich zu einer Besprechung im Kommando der Marineflieger in Kiel mit dem Zug anreisen. Auf der Ostseite des Hauptbahnhofs würde mich ein Dienstwagen erwarten. Um nicht pöbelnden Studenten in die Hände zu fallen, trat ich die Fahrt in Zivil an. Auf dem Kieler Bahnhof eingetroffen, verliefen sich die Reisenden schnell. Auf der Treppe nach unten ins Freie dröhnte mir gewaltiger Krach entgegen, Geschrei und Geschimpfe. Aus Megaphonen hallten Parolen über den Platz. Vor mir lag eine freie Fläche. Ich sah auf die Rücken einer breiten Front von Polizisten, die gegen eine tobende Menge drängte, angeführt von wild sprühenden panzerähnlichen Wasserwerfern.

Ich hatte wohl die aufgeheizte Situation nicht richtig eingeschätzt, denn ich ging harmlos gemessenen Schrittes, voraus die Rücken der Beamten, in die Richtung, wo ich jenseits der Polizeikette den Dienstwagen vermutete, tippte den einen von hinten auf die Schulter und bat freundlich durchgelassen zu werden. Die darauf folgende Polizeireaktion und -aktion sitzt mir heute noch in den Knochen. Die Köpfe der nächststehenden Ordnungshüter flogen herum, aus bleichen wutverzerrten Gesichtern starrten mich hasserfüllte funkelnde Augenpaare an, plötzlich überall gezückte schwingende Gummiknüppel. Ich rannte um mein Leben, hinter mir folgten aufs Pflaster knallende Stiefel. Eine Hundertschaft jagte einen Hasen, der in den Bahnhof zurücklief. Die Treppen hätte ich nicht mehr geschafft, deshalb gleich rechts ab in den Toilettentrakt und dort, welch göttliche Eingabe, hinein ins Damenklo, Tür zu und auf die Brille gesprungen, mühsam bemüht den keuchenden brennenden Atem unter Kontrolle zu bringen. Aus der Herrentoilette nebenan, nur durch dünne Wände getrennt, dröhnte wütendes Geschimpfe, Getrappel, Türen krachten. Aber dabei blieb es nicht. Ich hörte Angstgebrüll, Hilfegeschrei, dumpfe Schläge, dann schleifende Geräusche und Stille. Nach etwa zwanzig Minuten verließ ich mit klopfendem Herzen meine Sicherheit. Vor der Tür der Herrentoilette Blutspuren und rote Spritzer an den Wänden. Unbeteiligte Menschen waren hier brutal zusammengeschlagen und anschließend abgeführt worden. Mir wäre es genau so ergangen. Seitdem habe ich ein gestörtes Verhältnis zu einer gewissen Berufsbranche.

Es mag Ausnahmen geben, aber Vorsicht ist geboten!

Das Kieler Erlebnis, von mir in Nordholz erzählt, glaubte zunächst niemand, aber weitere Fernsehsendungen überzeugten die Zweifler. Allgemein erlosch nach und nach das Interesse an politischen Sensationsmeldungen. Vom Schwarzen Adler immer angemahnt, sollten Themen aus Kirche und Politik gemieden werden, um das Geschwaderleben nicht zu belasten.

Warum auch die Familie damit in Unruhe versetzen, Entspannung war angesagt, wenn das Fernsehen bei Einschaltquoten von 80% die Sendung von „Einer wird gewinnen" Hans-Joachim Kulenkampff oder als Straßenfeger das Volksstück "Tratsch im Treppenhaus" mit Henry Vahl und Heidi Kabel aus dem Ohnesorg-Theater zeigte.

Der Dienst bot genug Abwechselung, Diskussionsstoff und Ängste, so die, bei der alljährlich im Flugmedizinischen Institut in Fürstenfeldbruck stattfindenden Untersuchung fluguntauglich befunden zu werden und damit die attraktive Fliegerzulage zu verlieren. Dazu gehörten im Geschwader die Leistungsüberprüfung im Simulator, der Testflug und die theoretische Wiederholungsprüfung. Da unterschied sich die Marinefliegerei nicht von der Lufthansa.

Mehre Jahre vielseitig interessanter, abenteuerlicher, schwieriger, auch unangenehmer und langweiliger Flüge auf der Atlantic gingen ins Land. Elisabeth fand einen neuen Freundeskreis, die Kinder genossen die Freiheit auf dem Lande, und wenn wir in lustiger Runde zusammensaßen, nahm mich Elisabeth in den Arm und meinte, sie sei glücklich, hierher gekommen zu sein.

Wenn Vater Färber nach langem Flug tief übers Haus rauschte, wusste der heimische Herd, dass der Göttergatte in einer halben Stunde zum Abendbrot daheim sein würde. Oft brachte er etwas mit. Zum Beispiel einmal zwei lebende Hummer. Julchen sprang an der Haustür erschreckt zurück, als ich vor ihrem Gesicht mit den Krustentieren wedelte. Wo kamen die her? Aus Norwegen!

Viele der Aufklärungsflüge über der Norwegensee, dem Nordatlantik und im Seegebiet zwischen dem Nordkap und Island verlangten eine Zwischenlandung auf norwegischen Flugplätzen.

Dazu gehörten Sola bei Stavanger, hoch im Norden Bardufoss und auf der Nordspitze der Lofoten der einsame Platz Andøya. Meistens blieben wir über Nacht, was abends, da wir mit den norwegischen Kollegen nach mehrfachen Zusammentreffen bekannt geworden waren, zu kleineren Geschäften führte. Wir brachten Autoreifen, Elektronik, Wein oder andere Spirituosen. Als Gegenleistung nahmen wir Fischiges oder geräuchertes Rentierfleisch mit oder das Angebot, in den Sommerferien in einer „Hytte" im Gebirge oder am Meer Urlaub zu machen.

Um nicht noch nachträglich belangt zu werden, sei hier fürs Protokoll festgehalten: „Obwohl die Atlantic über die Ladekapazität eines Frachtflugzeugs verfügte, blieben die Tauschgeschäfte im vertretbaren Rahmen."

Die Einsatzfliegerei im hohen Norden, von Anfang September bis in den Juni unter winterlichen Bedingungen, war kein leicht verdientes Brot. In blauschwarzer Nacht von Schneeboen geschüttelt nach Bardufoss hinein zu landen, verlangte zunächst, ein schwach strahlendes Funkfeuer zu finden und danach im letzten Teil des Anflug über eine Bergkuppe hinweg die Maschine anzudrücken, um das Ende der relativ kurzen Landebahn zu erwischen, deren Lichter oft, im Schnee verschwunden, die Richtung nicht erkennen ließen.

Die interessantesten Seeaufklärungsflüge gingen von Andøya aus. Von Murmansk nördlich an Schottland vorbei in Richtung Atlantik führte die Einsatzroute der sowjetischen U-Boote.

Selbst wenn über den Geheimdienst, von norwegischen Flugzeugen oder den Aufklärern der auf Island stationierten Amerikaner die Meldung vorlag, im Seegebiet XY einen aufgetauchten Iwan gefunden zu haben, verlief die Suche der deutschen Atlantics zumeist ergebnislos.

Einmal, oh Schreck, glitt zwischen Wolkenbänken im Tiefflug über der See völlig überraschend ein großes Flugzeug mit aufgemaltem roten Stern hautnah vorbei, ein „Bear", wie die NATO-Bezeichnung lautete. Ob die uns geortet hatten? Wir sie nicht!

Das beklagten die Besatzungen vor den norwegischen U-Bootjagdexperten, die daraufhin die Deutschen an ihre Erfahrungen teilnehmen ließen. Sie flogen als Seeaufklärer die amerikanische PC Orion, die mit einer fast identischen Ortungselektronik wie die Atlantic ausgestattet war, aber sie setzten diese Intelligenz erst dann ein, wenn sie einen Gegner erfasst hatten. „Kein Wunder", hieß es, „dass ihr nichts findet, ihr fliegt ja wie ein strahlender Tannenbaum, die Freunde aus Murmansk entdecken euch frühzeitig an eurer üppig arbeitenden Elektronik, und weggetaucht sind sie." Und tatsächlich, die Norweger hatten Recht. Danach unterblieb sowohl vor dem Start aus Andøya als auch im Anflug auf die Seegebiete jegliche Strahlung, keine Tests am Boden wurden durchgeführt, kein Funkkontakt mit dem Tower aufgenommen. Über den Platz huschte zur Verständigung lediglich ein grünes Licht. Die Atlantic rollte zum Startpunkt. Die Freigabe zum Takeoff geschah wieder mit dem grünen Licht vom Tower, und, gleich in etwa 10 m Flughöhe geblieben, strebte der elektronisch schweigsame Flug hinaus in den Atlantik. Und wir fanden sie, die stählernen Atomgiganten, aufgetaucht und in rauschender Fahrt in Richtung USA. Brillante Fotos überraschten den Führungsstab in Bonn, eingefangen ohne Anwendung der kostspieligen Entdeckungsapparaturen.

Viele Manöver fanden im Skagerrak und in der Nordsee statt. Das lag zwar direkt vor der Haustür, aber die Gewässer erwiesen sich als schwierig für das Auffinden von U-Booten. Unterschiedliche saline Schichten und Temperaturschwankungen machten die Ortungsbojen taub. Wie ist das einem Laien zu erklären?

Soll ich hier über Thermoklinale und/oder über isothermische Schichten sprechen? Nein, ich will niemanden langweilen!

41

Sieben Jahre nach der Englandzeit führte ein Manöverflug unerwartet nach Lossiemouth.

Lossiemouth, welche Erinnerungen kamen da hoch! Vor der Verlegung mit zwei Atlantics auf den schottischen Flugplatz der Royal Navy saßen Elisabeth und ich zusammen und ließen die Monate unserer Schottlandzeit mit all dem dort Erlebten noch einmal gedanklich vorbeistreifen. Wir beschlossen, dass ich auf dem Friedhof in Lossiemouth am Gedenkstein für Ernesto einen Kranz niederlegen sollte, ganz still, ganz allein, und ein Foto machen, um es seiner Frau mitzubringen. Am Tag vor dem Abflug übergab mir die Nordholzer Friedhofsgärtnerei den bestellten aus einer Art Lorbeerblättern gebundenen Kranz, darum geschlungen eine marineblaue Schleife mit einem goldeingewirkten Spruch. Auf dem einen Band war zu lesen „Für Ernesto“ und auf dem anderen „Ein Gruß aus der Heimat“.

Oberleutnant zur See Leibl, wir kannten uns seit der Umschulung in Wunstorf, war als mein Copilot nicht mehr so reserviert wie zu dem Zeitpunkt, als wir gemeinsam mit dem Fluglehrer Fleischhauer die Pembroke flogen. Er hatte auf einer der Kojen in der Atlantic den Kranz bemerkt und fragte auf dem Kurs nach Lossiemouth nach dem Grund. Ich erzählte ihm die ganze Story und dass ich am nächsten Tag, der als Ruhetag vor dem Manöver vorgesehen war, dort zum Friedhof wollte. Er bat, mitgehen zu dürfen.

Spätnachmittags auf dem schottischen Platz gelandet, rollten wir vorbei an den altbekannten Hangars und Baracken. Überall standen bereits die Flugzeuge der anderen Nationen, die an dem groß angelegten NATO-Manöver teilnehmen würden. Auf dem Abstellplatz nicht weit von dem Tower, dort freundlich eingewinkt von dem Wartungspersonal, wartete bereits ein Mannschaftsbus. Der Fahrer stieg aus, blieb stehen, stutzte, als er mich sah, breitete die Arme aus und rief „Sir, welcome back to Lossie!“

Mister Spruce, den Fahrer der 764. Squadron, der uns Deutsche vor sieben Jahren hin- und hergefahren hatte, ihn gab es noch. Wir machten Shake Hands. „Wie geht es Ihnen? Noch bei der 764. Squadron?“ „Mir geht es prächtig, ich fahre jetzt für den Basecommander.“ Er sammelte das Gepäck ein, entdeckte den Kranz, ein verstehendes Lächeln glitt über sein Gesicht. Es bedurfte keiner längeren Erklärungen mehr. Ich weihte ihn ein in mein morgiges Programm und fragte, ob er nicht nach dem Frühstück so gegen neun Uhr einen Wagen zur Offiziermesse schicken könnte, der Leibl und mich hinauf auf das Bergplateau zum Friedhof fahren könnte.

„All right!“

Auf der Fahrt zu den Unterkünften saß ich neben ihm, britisch wortlos, aber vor unseren Augen lief ein Film ab, den nur wir beide kannten. Ernesto abgestürzt, Kari und ich bruchgelandet, Fred mit dem Kopfverband, mein Wagencrash und Elisabeths Verletzung. Beim Aussteigen vor der Offizierbaracke nahm Mr. Spruce mir den Kranz aus den Händen. „Sir, have a nice evening, morgen früh um neun Uhr stehe ich vor dem wardroom.“

Die Baracken waren noch baufälliger geworden. Seit Jahren hätten sie längst Steinbauten weichen sollen, erzählten die Briten. Abends an der Bar, an der herrliche Erinnerungen hafteten, fragte ich nach mir bekannten Offiziere der 764. Squadron. Kopfschütteln, die Auskünfte betrafen nur zwei. Commander Anderton sei pensioniert und würde im Dartmoor Schafe züchten und Fred, ja Fred de Labilliere sei in Whitehall in London auf dem Weg zum Admiral.

Den frühen Abend schlenderte ich allein in Zivil durch das Dörfchen Lossiemouth. Wie ehedem, grau die Straßen, grau die von Mauern umsäumten Feldsteingebäude. No change!

Vor Ben Braggie, dem nach dem Berg genannten kleinen Häuschen, wo Elisabeth und ich abends vor dem Zubettgehen die Fledermäuse aus dem Zimmer jagten, blieb ich stehen. Ob es die Vermieterin Mrs. Robertson noch gab? Ja, sie freute sich, lebte seit zwei Jahren allein, ihr Mann war auf einem Fischkutter verunglückt. Von dem Besuch gibt's ein Foto. Der weitere Bummel durch das Fischernest endete in der wie früher lauten Hafenlounge. Das Bier schmeckte immer noch so fad wie damals.

Zurück auf dem Flugplatzgelände angekommen, verkroch ich mich nach kurzem Barbesuch in die Koje. Dem halbdienstlichen Begrüßungsabend blieb ich fern, zu viele, auch schmerzliche Erinnerungen bewegten die Gedanken.

Leibl und ich saßen beim Frühstück. Hier lief dasselbe Zeremoniell ab wie vor Jahren. Stille herrschte im Raum, nur das knisternde Gefummel in den auf Notenständern vor den Suppentellern gelesenen Zeitungen irritierte. Stewards schlichen um die Gästen herum und servierten Tea und Morningtoast. Leibl grinste, das kannte er nicht. Ein Steward beäugte uns unablässig. Als ich die Serviette auf den Tisch legte, eilte er herbei. beugte sich herab und flüsterte: „Sir, ein Fähnrich, der Adjutant des Kommodore, steht im Flur und möchte Sie sprechen.“

Ich schaute rauf die Uhr, ah ja, es war neun Uhr, mal sehen, was Mr. Spruce erreicht hat. Der Fähnrich salutierte und führte Leibl und mich in den Anteroom, den Empfangsraum der Offiziermesse. Dort wartete auf uns unbedeutende deutsche Piloten, nicht zu fassen, ein Vierstreifer, der Kommodore von Lossiemouth.

Wir machten die Ehrenbezeigung, er aber streckte uns beide Hände entgegen, stellte sich vor und lud uns an einen der Tische zu einem Tea ein. Von seinem Vorgänger, dem Captain Kirk, hätte er von dem Unglück des deutschen Kapitänleutnants gehört. Mr. Spruce, einer seiner Fahrer, hätte ihn von unserem Vorhaben unterrichtet. Der höchste Dienstgrad in der Region bot an, uns in seinem Dienstwagen zum Friedhof zu begleiten. Ihm sei alles bekannt, und es sei ihm eine Verpflichtung, das zu tun.

Das hatte ich nicht erwartet, nicht zu hoffen gewagt. Wo in Deutschland wäre das geschehen? Welcher Kommodore hätte bei einem ähnlichen fast privaten Vorgang eines auf seinem Platz gelandeten ausländischen Flugzeugs davon Notiz genommen?

Wie benommen folgten Leibl und ich ihm an die frische Luft. Vor dem Eingang wartete eine große schwarze Bentley-Limousine auf den Kommodore, in die er uns hineinwinkte.

Dahinter stand ein Pritschenwagen, am Lenker Mr. Spruce. Die Seitenklappen des Transporters waren heruntergelassen, die Ladefläche bedeckte ein blaues Samttuch, wahrscheinlich eines der großen Tücher, die bei Messdinners in der Offiziermesse die Tische bedeckten, darauf in der Mitte, die Schleifenbänder sorgfältig auseinandergebreitet, lag der mitgebrachte Kranz.

Gerührt stieg ich in das elegante Auto. Leibl saß vorn, ich neben dem Kommodore. An Ginsterbüschen vorbei kurvte der Bentley die steile Straße hinauf zu dem kargen, felsigen Plateau, einer busch- und strauchlosen steinigen Fläche, bedeckt von gerade in Blüte stehendem Heidekraut. Dort lag, von einer aus Felsbrocken grob aufgeschichteten Steinmauer umgeben, der einsame Friedhof, von dem nach allen Seiten der Blick frei war weit hinein in das schottische Hochland, hinunter auf den Flugplatz und über die Dächer von Lossiemouth hinweg aufs Meer hinaus, wo im Morayshire Firth seit sieben Jahren die Wellen das Grab von Ernesto deckten.

Vor der Eingangspforte des Friedhofs wartete eine größere Zahl Zivilgekleideter. Der Kommodore stellte uns vor, es waren der Bürgermeister und Honoratioren des Dorfes Lossiemouth. Selbst der Chefarzt des Elginer Krankenhaus, der damals Elisabeth behandelt hatte, drückte mir die Hand. So viel Aufmerksamkeit meines so still und unauffällig beabsichtigten Besuches bei Ernesto machte mich weich.

Aus dem Wagen von Mr. Spruce sprangen zwei Kapitänleutnante der Royal Navy, die den Kranz in ihre Mitte nahmen und im schleppenden Gleichschritt voraus gingen. Im Seewind flatterten die Bänder. Vorbei an bemoosten Gedenksteinen führte der Weg über knirschende Kiesel, Möwen kreischten.

Am Gedenkstein angelangt, fiel auf, dass die Stelle frisch gärtnerisch behandelt worden war. Wer hatte das in der Kürze der Zeit gemacht und vor allem, welches

Organisationstalent gehörte dazu, das alles innerhalb eines Nachmittags zu arrangieren?

Zu beiden Seiten von Ernestos Stein, typisch für das britische Zeremoniell, wachten zwei in Paradeuniform gekleidete Royal Navy Matrosen in Trauerhaltung, den Karabiner mit der Mündung auf eine der Stiefelspitzen gestellt, die Hände übereinander auf den Kolben des Gewehrs gelegt, dabei die Ellenbogen abgespreizt und den Kopf geneigt.

Die beiden Offiziere legten den Kranz ab und traten zurück, ich ordnete die Schleifen, mehr eine Geste, als dass es notwendig gewesen wäre, als aus dem Hintergrund ein Hornist die den Engländern nicht bekannte Melodie blies „Ich hatt´ einen Kameraden…"

Über die Trauergesellschaft, über die Friedhofsmauern hinweg verloren sich die Töne in der Ferne. Ernesto muss sie gehört haben.

Rundherum Schweigen, selbst vom Flugplatz schallte im Moment zufällig kein Lärm die Hänge hinauf, nichts störte die Ruhe, nur der Wind raschelte zu Füßen im Heidekraut. Da war es mit meiner Fassung vorbei. Ich musste die Zähne zusammenbeißen, um nicht loszuheulen. Tränen perlten über die Wangen.

Die Blicke des Kommodore und die meinigen trafen sich. Er nickte.

Damit war nach dem Verklingen der Melodie das Zeremoniell vorbei. Nicht genug der britischen Aufmerksamkeit, luden der Chef des Fluglatzes und seine Frau uns zum Abendessen in deren Dienstvilla ein.

Tage später auf dem Heimflug bewegten im Cockpit nicht die Einzelheiten des abgeleisteten Manövers die Diskussion, sondern eine ganz bestimmte Frage zu dem Trauererlebnis: Hätte ein deutscher Kommodore so viel Form und Stil bewiesen, es dem Briten gleich zu tun? Einhelliges Urteil: Nein, dafür sind wir Germanen gesellschaftlich zu klopsig oder haben dazu den feinfühligen Zugang verloren. Oberleutnant Leibl gab dazu den schlichten Kommentar ab: „Da sind uns die Tommies über!"

Flügen zu englischen Plätzen haftete stets etwas Besonderes an. Bevor die NATO-Gemeinschaft der Seeaufklärer und U-Bootjäger von Schottland aus zu Manövern im Nordmeer herumkurvte, war der Flugplatz Ballykelly in Nordirland das Mekka dieser Seefliegerei gewesen. Ein Platz, der von See her bei schlechtem Wetter schwer anzufliegen war. Vor der Küste stauten sich am Gebirge oft unendlich hoch aufgetürmte Wolkenberge, die im Tiefflug durch ein Tor eng zusammen liegender Felswände zu durchfliegen waren, um dahinter die Landebahn zu erreichen. Mit den bescheidenen Navigationsmitteln der Gannet, des Vorläufers der Atlantic, ein prickelndes Erlebnis. Auf Grund der politischen Unruhen wurde der Platz Ende der 60er Jahre nicht mehr angeflogen. Was außerdem von Ballykelly im Gedächtnis geblieben ist, war die Besonderheit, dass eine Bahnlinie das Flugfeld überquerte. Da der Schienenverkehr ältere Rechte hatte, musste sich der Flugverkehr nach dem Fahrplan der Züge richten. Nicht nur darauf war Rücksicht zu nehmen, sondern auch auf eine nur in England denkbare Vereinbarung. Seine Lordschaft überließ einst der britischen Krone seinen Grund und Boden zum Ausbau eines Flugplatzes nur unter der Bedingung, dass seine riesige Schafsherde weiterhin auf dem Gelände weiden durfte. Das führte zu der Kuriosität, dass vor Start und Landung erst einmal Soldaten die wild durcheinander laufende blökende Herde zusammentreiben mussten.

42

Daheim gab es viel zu erzählen. Christian hatte sich als Sechsjähriger in seine Lehrerin verliebt und Julchen lief mit einer großen Schramme im Gesicht herum. Beim Dreiradrennen im Wettstreit mit Gleichaltrigen war sie aus der Kurve getragen worden und aufs Pflaster geschlagen. Zum Trost bekam sie den gewünschten Hamster geschenkt, der jedoch nur kurze Zeit überlebte. Sie ließ ihn im Wohnzimmer frei laufen, was das Tier ermunterte, die Gardine hochzuklettern und von oben in den mehrere Tage lang beweinten Tod zu stürzen. In einem Schuhkarton ausgepolstert mit rosa Kleenextüchern wurde das arme Tier, begleitet von der großen Trauergemeinde der allerkleinsten Nachbarskinder, in der Kiesgrube beigesetzt. Christian der Erstklässler musste in lange geübter Schrift den Namen des Gestorbenen auf ein schnell gezimmertes Holzkreuz malen. Lunki hieß der Selbstmörder. Nach kurzer Trauerzeit drehte ein neuer Hamster im Laufrad seine Runden. Der Käfig musste unbedingt in der Küche stehen. Die Lebenszeit auch dieses Tierchens blieb kurz. Ich kam mittags vom Dienst. Aus dem angestellten Küchenfenster quoll weißer dichter Qualm. Sturm geklingelt, machte mir Elisabeth auf, fragte entsetzt: „Was ist los?" Da merkte sie es selbst, im Bratofen brannten die Hähnchen, die sie für mich warm gestellt, aber dabei die Flamme auf Volldampf gedreht hatte. Die Küche von dem alles überdeckenden Ölfilm zu befreien, dauerte Tage. Der wirkliche Verlust bestand darin, dass der Hamster die Qualmattacke nicht überlebte, Diagnose Rauchvergiftung.

Danach lief eine kurze Episode mit der Anschaffung eines Hundes, mit dem die Kinder nicht klar kamen, Elisabeth schon gar nicht, und da ein Nachbar den kleinen Terrier so niedlich fand, blieb er gleich bei seinem neuen Herrchen. Damit galt bei den Färbers die Ära der Tieranschaffungen zunächst als abgeschlossen.

Die nachbarlichen Kontakte gediehen prächtig, die zahlreiche Kinderschar wirkte als Vermittler. Der Tag begann mit einer Duftnote, wenn aus der Haustür im Nebenblock der dort mit seiner italienischen Freundin lebende Chefmeteorologe mit blütenweißem, gestärktem Hemd, dazu eine farbenfreudige Fliege, heraustrat und gewichtig an der Häuserfront vorbeischritt. Durch unser Küchenfenster wehte der würzige Rauch einer Havanna herein, der mit Elisabeths Kaffeeduft den Tagesbeginn beweihräucherte.

Ein von allen Nachbarn organisiertes Kinderfest trug im ersten Jahr an einem sonnigen Wochenende dazu bei, einander kennen zu lernen. Jeder in der Hausgemeinschaft lieferte einen Beitrag. Kabel führten aus einem Zimmer im Erdgeschoss nach draußen zu der herbeigeschleppten Musikanlage. Bunte Sonnenschirme und Gartenstühle belebten den Rasen, Fähnchen und Ballons schaukelten am Kiesgrubenzaun. Für die Kleinen gab es Softdrinks, für die Väter Bier und Stärkeres. Die Frauen überboten sich mit Selbstgebackenem. An einem Grill drehte unser Wohnungsgegenüber Würstchen. Frau Lehmann aus dem ersten Stock keuchte unter der Last der mitgebrachten Kartoffelsalatschüssel. Dreiradrennen, Sackhüpfen und Eierlaufen fanden bei den Kindern kreischende Begeisterung. Diese sportliche Betätigung fand zu später Stunde, als das kleine Volk längst ermattet in den Betten lag, ihre Nachahmung bei den Vätern.

Das gelungene Kinderfest gedieh zu einer festen Einrichtung, von Jahr zu Jahr immer aufwändiger gestaltet mit Zelt, Bierzapfanlage, großen Grills, nachmittags mit Kuchenbüfett. Gegen Mitternacht tanzten schmusige Pärchen zu noch schmusigerer Musik unter einer ausgespannten Fallschirmkuppel oder gerieten im angrenzenden Kornfeld außer Sicht.

Die zumeist gleichaltrige Hausgemeinschaft wuchs zusammen.

Die Feste an der Kiesgrube lockten auch Nichtnordholzer an. „Können wir nicht bei euch mal mitmachen", lautete die penetrante Frage. Selbst angenehme Staffelkameraden gelang es abzuwimmeln. Bei dem Kommodore allerdings wagte es niemand. Also drang er in unseren familiären Kreis ein. Wie so oft zu derartigen Feten erschien er ohne seine Frau, tat jovial oder jugendlich, sprühte Charme aus nach allen Seiten, bis sich ihm einige Damen zuneigten und buchstäblich auf den Schoß rückten. Er nannte sie seine Gämsen.

Mit der einen oder anderen Gämse soll er, karriereförderlich für den Ehemann, auch mal verreist gewesen sein. So schluderten die Nichterwählten hinter vorgehaltener Hand. Natürlich waren das nur unhaltbare Gerüchte.

Die schärfsten Sommerfeste fanden hinter dem ehemaligen Krankenhaus statt, jetzt war es das Stabsgebäude des Geschwaders. Dort lag, ein wenig abseits des Weges, die ehemalige Chefarztvilla mitten im Wald. Seit kurzem wohnte hier der Leiter des Flugsimulators. Er und seine tiefreligiöse Frau hatten darum gebeten, auch mal ein Nordholzer Sommerfest ausrichten zu dürfen. Es sollte sittsam und gepflegt mit ausgewählter Musik begangen werden. Was immer seine Frau damit meinte, die großartige Idee endete erst früh am Morgen im sündigen Babylon. Zur Ernüchterung gab es zum anschließenden Frühstück gebratene Eier mit Speck, serviert von der Betschwester, die im Lauf der Nacht ihren Heiligenschein verloren hatte. Dem ungewöhnlich warmen Wetter schob die Gastgeberin die Schuld zu, dass das Fest aus dem Ruder gelaufen sei. Oder war es gar der Teufel Alkohol?

Das Dorf Nordholz lag weit weg, niemanden störte die in den Wald dröhnende Musik. Die Schlagertexte entsprachen dem, was die Dunkelheit verbarg. „Where is your mama gone, where is your papa gone" oder „Hotschi, kaka o, go, go, go!" – was wiederum manche Begegnung zu schnellerem Rhythmus antrieb.

Der harmlos beginnende Sommerabend im Wald gedieh zu einer rauschenden Ballnacht. Meine katholische Elisabeth tanzte eng mit dem katholischen Standortpfarrer, und ich fand Gefallen an meiner sonst so prüde wirkenden Nachbarin, die mich immer wieder vom Bier in den Wald zog. Sie wollte unbedingt an hocherogenen Zonen gestreichelt werden, aber bitte nicht mehr als das, denn drei Kinder seien ihr schon genug. So bearbeiteten wir uns gegenseitig, ohne wirklich sündig zu werden.

Mir gelang es stets, unbeschadet wieder an den Biertresen zurückzukehren. Andere verloren den Pfad der Tugend aus den Augen. Nach drei Jahren dieser ausgelassenen Feten waren zwei Ehen auseinander geplatzt. Auch wo man bloß mal das „Bäumchen wechsle dich" im Geheimen spielte, gingen weitere Verbindungen in die Brüche. Manchmal halfen da nur Ortswechsel, dienstliche Versetzungen, die Strafversetzungen gleichkamen. Elisabeth und ich fanden auf den Festen häufig zusammen und berieten die Lage, allzu oft fassten wir uns an die Hand und verließen vorzeitig den Ort des Geschehens.

Wenn heute im Radio Oldies aufgelegt werden, erinnern die Melodien an die wilde Tanzerei zu den Klängen, die den Nordholzer Wald belebten. Elisabeth und ich schauen uns dann verklärt an und hören gut zu, wenn unter anderem der Schlager dudelt: „Die rote Sonne von Barbados, sie scheint für uns heute immer noch".

Kaum war das Wort Barbados gefallen, sprang einer der Mitsegler auf, unterbrach Hannes, tanzte herum und sang: "Barbados, Barbados, ja wann sind wird denn endlich da, dass uns die Sonne von Barbados auch auf den Bauch scheint". Alle lachten: „Komm hock dich nieder, lass Hannes weiter erzählen". Doch der Skipper hob die Hand und rief dem Navigator zu: „Check mal, wie lange wir ab jetzt noch unterwegs sein werden."

Unten über dem Navigationstisch flammte Licht auf, und kurz darauf lautete die Message: „Zwei Tage, wenn der Wind durchhält, schlechtestenfalls drei."

„Ok", schallte es aus dem Cockpit, alle schauten Hannes an, was so viel aussagte wie:„Entschuldigung für die Unterbrechung, mach bitte weiter mit deinem Vortrag!"

Der räusperte sich: „Nein, nein, ganz in Ordnung, ich wollte sowieso zum Thema Fliegerei zurückkehren, sonst glaubt ihr, wir hätten nichts anderes getan, als volle Gläser in den Händen zu halten und Frauen auf den Knien zu balancieren."

Das rauschend am Rumpf vorbei gleitende dunkle Wasser, voraus die Schatten der geblähten Segel, darüber die Unendlichkeit des mit Sternen übersäten Himmels und die nächtlich sanfte tropische Wärme ließen uns die Nähe des Zieles Barbados ahnen.

Hannes spürte den Gedankengang der ihm aus dem Cockpit Zuhörenden. Er nahm den Faden auf und sagte: „Ich werde euch in meinen Geschichten mit ins Flugzeug nehmen, dann sind wir schneller da, lasst uns abheben und fliegen."

„Das Langstreckenflugzeug Breguet Atlantic kannte zwar die Gewässer des Atlantiks vor Barbados nicht, wohl aber die nördlichere Strecke von Europa in die USA. Auf halbem Wege unterhielten die Amerikaner auf der portugiesischen Azoreninsel Terceira den viel angeflogenen Flugplatz Lajes, ausgebaut als US-Stützpunkt mit der dazugehörigen Infrastruktur, ein Ghetto mit Kneipen, Cafeterias, Kirche, Wohnviertel, Hospital, Radar, Wetterstation, aber was uns Nordholzer dorthin zog, lag auf halbem Weg den Hügel hinauf vom Flugplatz zur Offiziermesse. Dort stolperte man über ein an den Hang gebautes, lang gestrecktes Gebäude mit dem Namen „Glass Six Store", in dem es alle Alkoholika dieser Welt zollfrei gab zum Einheitspreis von einem Dollar pro Flasche. Folglich verlangte die dringlich erforderliche Weiterbildung unserer Navigationsoffiziere nach häufigeren Flügen zu dieser schwer zu findenden Inselgruppe.

Wer von den Piloten drängelte sich bei diesen Flügen nicht allzu gern mit hinein ins Cockpit? Selbstverständlich nur der Flugstunden wegen. Zu oft gesellte sich während der Vorbesprechung, des Briefings für diese begehrten Flüge unser Dicker hinzu, der neue Kommandeur der Fliegenden Gruppe, um nach der Einsatzbesprechung des „Spritfluges" dem einen oder anderen seinen Bestellzettel in die Hand zu schieben. Die Heimkehr erfolgte sicherheitshalber stets nach Mitternacht, wenn kein Vertreter der örtlichen Zollaufsichtsbehörde Lust verspürte, auf den Beinen zu sein zu. Nach geglückter Einfuhr der Schmuggelware mangelte es weder in der Offiziermesse, im Unteroffizierheim noch am heimischen Herd an Hochprozentigem.

Wie schon von Norwegen berichtet, bereicherten Hummer die Speisekarte, und die apartesten Spirituosen, von den Azoren eingeflogen, lagerten auf den Kellerregalen. Jeder wusste von der Illegalität des Handelns, zumindest das gesamte fliegende Personal, angefangen vom Kommodore bis hinunter zum jüngsten Unteroffizier der Atlanticbesatzungen. Andere profitierten auch davon, niemand sprach darüber. Das ging mehrere Jahre gut, aber wie sagt das Sprichwort: „Der Krug geht so lange zum Brunnen, bis er bricht."

Übermütig geworden, hatten einige jüngere Unteroffiziere in Cuxhavener Kneipen einen Teil ihres reichlichen Vorrats zu Freundschaftspreisen angeboten, was dem Zoll nicht verborgen blieb.

Eines Tages hieß es im Geschwader: „Alle Angehörigen des fliegenden Personals zur Zollbelehrung ins Lehrgebäude 24." Dort warteten bereits der Kommodore, sein Kommandeur der Fliegenden Gruppe, der Dicke, und, verdächtig genug, ein grün gekleideter Uniformierter auf die schnell schweigsam gewordene Fliegerschar.

498

Jeder ahnte, warum es ging, aber jeder wusste auch, dass die beiden aus der Chefetage nicht ohne Sünde waren, jetzt aber ohne Augenzwinkern mit eisernen Gesichtern auftraten, als ob sie beabsichtigten, das Jüngste Gericht abzuhalten. Nach minutenlanger Vorlesung von Paragraphen durch den Grünen brach das Donnerwetter los. Hausuntersuchungen drohten, von Ablösung vom Fliegen redeten unsere Altvorderen, drohten mit dem Verlust der Lizenz und anderen Angst einjagenden Maßnahmen. Dass diese Heuchler Derartiges von sich gaben, verstand wohl keiner, oder war das bloß eine Theaterinszenierung, um dem Gesetz Genüge zu tun? Leicht betäubt und verunsichert verließen die Zuhörer die Versammlung. Alle schworen, nie wieder schuldig zu werden.

Ein viertel Jahr lang standen keine Flüge nach Lajes mehr auf dem Flugplan. Eines Tages hieß es, und das ohne zusätzlichen Kommentar: „Ab sofort wieder Navigationsflüge nach Lajes." Großes Erstaunen und Schmunzeln, aber auch Betroffenheit zugleich, denn rückfällig zu werden könnte Folgen haben.

Zuvor muss ich einflechten, dass Kommodore Gaibel mir kurz zuvor eine der fliegenden Staffeln als Staffelkapitän anvertraut hatte, was mit der Beförderung zum Fregattenkapitän verbunden war. Abgesehen von der großen Freude darüber im Familienkreis, sah der Geschwaderboss in mir frisch Gekürten den Aufseher über die Einhaltung der Zollbestimmungen. Mit allen gebotenen disziplinaren Mitteln sollten Verstöße geahndet werden.

Kein Wunder, dass mir als erstem die Ehre zuteil wurde, den Reigen der Lajesflüge erneut zu eröffnen. Ich griff mir meine Crew und als Copiloten den mir sehr vertrauten Kapitänleutnant Silberstern. Auf den konnte ich mich verlassen, er würde in der Besatzung den Denunzianten herausfischen, der den unumgänglichen Besuch des „Glass Six Store" verpetzen könnte.

Alle waren sich einig, dieses Mal das erlaubte Quantum voll auszuschöpfen, aber nicht zu übertreiben.

Alle Vorkehrungen, alle Bedenken und Hoffnungen zerstoben im Wind, als der Kommodore und sein Dicker sich als Don-Quichotte- und Sancho-Pansa-Gespann als Mitflieger in die Bordliste eintrugen. Abgesehen davon, dass die beiden uns als Piloten die Hälfte der zu verbuchenden Flugstunden wegnahmen, schwand die Hoffnung, endlich mal wieder in Lajes ausgiebig in die Regale greifen zu können. Niemand würde wohl wagen, in dieser Begleitung über die Stränge zu schlagen. In Lajes sollte übernachtet werden. Die Chefetage verschwand in der Edelabteilung der amerikanischen Offizierunterkünfte. Erst abends trafen wir uns wieder im Restaurant. Don Quichotte und Sancho Pansa saßen abseits an einem Tisch und schienen uns zu beäugen. Als wir als Crew gerade beim Steward „Cesar´s Salad" bestellten und dazu eine Runde Bourbon Seven Up, kam der Dicke an unseren Tisch geschlendert, fragte nach dem allgemeinen Wohlbefinden und letztlich nach dem Schlüssel für das Einsteigeschott der Atlantic. Er hätte im Flugzeug seine Pfeife vergessen. Bereitwillig rückte der Bordmechaniker das Gewünschte heraus. Abgelenkt von dem üppigen Salat, der aufgetragen wurde, entging unserem Tisch das Verschwinden der beiden.

Es bedurfte keines langen Nahdenkens, Silberstern pfiff es durch die Zähne: „Freunde, die sind garantiert auf dem Weg in den „Glass Six Store". Unglaublich, uns anzuscheißen und danach selbst straffällig zu werden."

Kurzer Wink hinüber zum Steward signalisierte, dass wir gleich wieder kommen würden. Wie Indianer auf einem nächtlichen Kriegspfad schlich eine neugierige Gesellschaft den halben Hang hinab bis vor die Pendeltür des Ladens. Ob wir Recht behalten würden? Durch die großen Bullaugen in den Türen fiel der Blick in den langen, hell erleuchteten Korridor sowie auf die zu beiden Seiten mit Flaschen gefüllten Regale. Ja, und was bot sich da dem Betrachter für ein erfreuliches Bild! Gespreizte Hände uns wohlbekannter Vorgesetzter gebeugt über ihre Einkaufswagen, fuhren in die Regalwand und hoben Dutzende von Flaschen heraus, und zwar in einer Menge, die zollmäßig die erlaubte Mitbringseldosis mehrfach überstieg. Silberstern schnaubte und wollte gleich hineinstürmen. Ich hielt ihn zurück: "Nee, nee bleib hier, lass die erst einmal an der Kasse stehen!"

Es dauerte nicht lange, bis die Dollars in die Hände des farbigen Shopmanagers flatterten. Das war das Zeichen zum Angriff. Gleich den Bremer Stadtmusikanten brach die Crew durch die Pendeltür ein, fröhlich die beiden Verdutzten grüßend: „Guten Abend die Herren Kapitäne", und Silberstern mit gereizter und süffisanter Stimme an den Dicken gewandt: „Ach, Sie haben den Glenmorangie gewählt, sehr guter Stoff, heute mal selbst hier eingekauft, sonst lassen Sie sich den doch immer von Lajes mitbringen."

Der ertappte Dicke schnaufte. Eine lustige von jeder Hemmung befreite Meute zog an ihren schweigenden, verkniffen lächelnden Chefs vorbei, jeder griff nach einem der größeren Einkaufswagen und folgte den ehrenwerten Vorbildern.

Am nächsten Morgen hob eine Breguet Atlantic schwerfällig in Lajes ab, nie zuvor ist der Bauch eines Flugzeugs mit so viel Sprit beladen gewesen. Beim Anflug auf Nordholz saß der Kommodere links im Kommandantensitz, ich rechts als Copilot. Die Uhrzeiger gingen auf drei Uhr, nur der Towerkontroller störte mit seinen Anweisungen die angespannte Ruhe des anfliegenden Spritlasters. Grünlich vom schwachen Licht der Instrumente angetupft blickte der Schwarze Adler zu mir herüber, grinste und schnarrte in der ihm eigentümlichen Weise: „Landen Sie mal Färber, damit nichts kaputtgeht!" Voraus, angestrahlt von den Scheinwerfern, tauchte die regennasse Landbahn auf. Vom Aquaplaning unterstützt gelang ein fast unbemerktes Aufsetzen.

Dem Alten gefiel es, er schlug mir auf die Schulter und näselte: „Übrigens Färber, dass Sie die Schnauze halten, das weiß ich, wir trinken mal etwas Besseres als einen Glenmorangie zusammen, was halten Sie davon." „Yes Sir!" - Tolle Geste.

Nie wieder hat es zu meiner Zeit in Nordholz unter Kommodore Gaibel eine Zollbelehrung gegeben.

Der Versorgungsflug nach Lajes gerade zur Vorweihnachtszeit beseitigte den Mangel an gediegenem Stoff und steigerte die Freude auf das Fest. Der über den Dachfirst heulende, regenklatschende Seewind trieb die Menschen von der Straße und verstärkte die „Indoors activities". Elisabeth mit hochroten Wangen und die Kinder, zuckerverklebt, produzierten in der Küche Weihnachtsgebäck. Die Weihnachtsgans versprach mein Spieß von einem nahen Bauernhof zu beschaffen. „Ich werde Ihnen ein kapitales Tier liefern."

Als er damit vor der Haustür stand, war Elisabeth allein zu Hause. Sie erzählte mir später, sie sei zu Tode erschrocken gewesen, als ihr ein unbekannter Mann in triefendem Regenzeug einen nackten Vogel am langen Halse hochgehalten entgegenstreckte, der vom Kopf bis zu den herabhängenden Patschern der Größe nach einem toten Vogel Strauß glich. Der Spieß sei ohne langes Zaudern an ihr vorbei in die Küche gegangen, hätte die Gans auf dem Tisch aufgebahrt und sei dann mit kurzem Gruß gegangen. Als ich kurz darauf nach Hause kam, saß die Familie schweigend um das herum, was ich als große Überraschung hatte bringen lassen. Begeisterte Gesichter hatte ich erwartet, stattdessen begegneten mir traurige Augen, Julchen streichelte der Gans liebevoll den Kopf und den halbgeöffneten Schnabel. Christian verstand die Welt nicht mehr, als ich erklärte, dass das unser Weihnachtsbraten sei. Die beiden Kleinen schüttelten den Kopf und meinten: „Die wollen wir nicht, die ist doch verunglückt und dabei gestorben. Ach, bring sie lieber zum Friedhof."

Auch Elisabeth wirkte hilflos. Sie kannte Weihnachtsgänse in einer ganz anderen Dimension, nicht nur kleiner, sondern ohne Kopf und ohne Füße und vor allem ausgenommen.

„Was machen wir mit dem Ding", fragte sie mich. „Nun", war meine Antwort, „ausnehmen und vorbereiten für die Gefriertruhe, und zwar so, dass der Vogel am ersten Weihnachtstag in der Röhre brutzelt." Mein Schatz sah mich ungläubig an und fragte: „Kannst du das?"

Meine liebe Frau Gemahlin erzählt noch heute davon, wie ich großspurig behauptet habe: „Ein Marineoffizier kann alles außer Kinder gebären!", mir eine Schürze umgebunden, nach dem größten Messer gegriffen, ein Schlachtefest veranstaltet und dabei die gesamte Küche verschmiert hätte. Die Kinder standen auf den Stühlen und verfolgten interessiert jeden Schnitt des Chefchirurgen. Die anfängliche Abscheu schwand dahin, und so erhielten die beiden den ersten Biologieunterricht an einer Vogelleiche. Vater schnippelte den Bauch auf und zog alles heraus, was drin war, hielt es hoch und dozierte: „Hier, das ist die Leber, essbar und auf den Teller, das ist der Magen, auch essbar, aber wollen wir erst mal sehen, was die Gans zuletzt gefressen hat und was jetzt kommt, ist das Gekröse, iiih , wie das stinkt, ja das ist genau so, als wenn ihr auf dem Klo sitzt, kommt nicht auf den Teller, sondern in den Abfalleimer."

Als Laie mit einer höchst ungewohnten Arbeit beschäftigt zu sein verlangte nach periodischer Stärkung. Elisabeth verabfolgte ihrem Ehemann dann und wann einen Schnaps, bis endlich nach mehreren Stunden aus dem vermeintlichen Vogel Strauß ein stattlicher Weihnachtsbraten vorgefertigt war, nun auch als solcher erkennbar.

Nie wieder haben wir eine Gans im Rohzustand erworben und auch nicht einen Karpfen zum Neujahrstag, der einige Tage zuvor zum Entmodern in der Badewanne zum geliebten Haustier der Kinder geworden wäre.

Erstmalig hatten sich zum Fest beide Elternpaare angesagt. Im Bahnhofshotel ergatterten wir die letzten beiden Doppelzimmer. Dabei zeigte der Kalender noch nicht einmal den zweiten Advent.

Zum Nikolaustag war es üblich, dass die Staffelkapitäne abwechselnd, als Nikolaus verkleidet, in der Offiziermesse die Kinder beglückten. Die Eltern brachten die Geschenke, versehen mit einigen Notizen, was den lieben Kleinen gesagt oder vorgehalten werden sollte. Der Kommodore zeigte Großzügigkeit und bewirtete die Eltern mit Gebäck und Glühwein. Dieses Jahr fiel die Verpflichtung auf mich, den Nikolaus zu spielen. Abends vor dem Gutenachtkuss trug mir Julchen ihr Gedicht vor, das sie dem Nikolaus vorzutragen gedachte. Christian lachte darüber, gab sich als aufgeklärter Erstklässler und winkte ab: „Was für ein Blödsinn, Weihnachtsmann und Nikolaus gibt es gar nicht, das hat die Lehrerin gesagt."

Ich hätte die Frau treten können, eine bekennende Vertreterin der antiautoritären Erziehung, die die Kinder gewähren ließ, wenn sie im Unterricht über Tische und Stühle tobten, letztlich sogar in der Nachbarschaft ungerügt das Moor anzündeten. Beim häufigen gemeinsamen Sonntagsessen im Offizierheim fiel selbst unseren Kleinen auf, dass selbst Kinder von konservativ eingeschätzten Offizieren mit dem Essen herumferkelten. Aha, also auch hier antiautoritäres Gehabe. Noch höre ich den kleinen Christian beim Anblick der Essgewohnheiten eines seiner gleichaltrigen Freunde durch den vollbesetzten Speisesaal rufen: „Frau Lindemann, sehen Sie sich das mal an, ihr Sohn der Stefan frisst wie ein Schwein."

Jetzt würde ich als Nikolaus zum ersten Mal der Saat dieser Erziehungsmethode begegnen.

Als die Geschenke wie abgesprochen im Staffelbüro abgeliefert wurden, ließ sich anhand der beigefügten Zettel erkennen, wen man vor sich haben würde. Da las ich Bemerkungen wie „Kommen Sie nicht auf die Idee, meinen Sohn zu maßregeln, auch wenn er Ihnen ans Schienenbein tritt!"

Das durchschnittliche Alter meiner kleinen Besucher schätzte ich auf vier bis fünf ein. Im Umgang mit diesen kleinen Rackern müssten Knecht Ruprecht und der Nikolaus eigentlich klar kommen.

Die von den Eltern abgegebenen Nikolauspakete verschwanden in zwei großen Kartoffelsäcken. Knecht Ruprecht, mein Spieß, zog eine schwarze Kutte mit Kapuze an und bastelte eine riesige Besenrute. Ich hatte mir aus dem Fundus des Bremerhavener Theaters ein Originalweihnachtmannkostüm ausgeliehen, dazu eine Nickelbrille, Schminke, Kleber und wallenden Bart und anzuklebende mächtige weiße Augenbrauen. Als Knecht Ruprecht und der Nikolaus am 6. Dezember in den Spiegel schauten, glaubten selbst die Herumstehenden, die wahren himmlischen Gestalten seien tatsächlich auf die Erde gekommen.

Hinter dem Offizierheim lag als geeignete Umzugsmöglichkeit ein Gebäude der Technik, dazwischen ein dichtes Krüppelkieferngehölz. Das war der Ausgangspunkt des nikolausischen Unternehmens. Da trafen wir den Bauern Nissen, der uns für den Nachmittag einen seiner Haflinger lieh, ein kurzbeiniges blondes Pferd, das sich willig die Säcke auf den Rücken schnallen ließ. Draußen herrschte weihnachtliche Stimmung. Als ein in diesen Breiten an ein Wunder grenzendes Ereignis schneite es, und zwar nicht pfeifend von der Seite, sondern in sanften senkrecht vom Himmel fallenden Flocken, es war feierlich windstill und das seit Stunden, die Topkulisse für unseren Auftritt. Knecht Ruprecht führte das brave Pferd am Zaumzeug, und ich folgte im leuchtend roten Gewand. Wir stapften durch den Schnee. Von den berührten Kiefern abgestreift, staubte die weiße Pracht über die kleine Gruppe. Wie arrangiert, wartete die Kinderschar auf das große Ereignis hinter den großen Fenstern des Offizierheims, die zum Wald hin zeigten.

Als ich zu Hause vor meiner Kostümierung Abschied nahm, waren die Kinder bitter enttäuscht, dass ich offenbar schon wieder zum Fliegen weg musste.

Elisabeth erzählte mir später, wie viele Mütter zu Tränen gerührt waren und wie die Kinder gekreischt und aufgejuchzt hätten, als aus dem verschneiten Gehölz das zottelige, mit Geschenken beladene Pferd heraustrottete, geführt von Knecht Ruprecht mit tief ins Gesicht gezogener Kapuze, und dahinter in fast unnatürlichem Rot, von Schneeflocken umwirbelt, freundlich winkend der Nikolaus vorbeizog.

Vor der Tür, nicht einsehbar von der erwartungsvollen Schar, übernahm Bauer Nissen sein Pferd wieder, während Knecht Ruprecht mit viel Gestöhne die Säcke vor den Tannenbaum schleppte, auf dessen roten Kugeln und silbernem Lametta das sanfte Licht vieler Kerzen schimmerte. Als der Nikolaus den Saal betraf, verstummte schlagartig jeglicher Laut, eine himmlische Ruhe trat ein, ängstliche, ergriffene, erwartungsvolle Augen verfolgten jeden meiner Schritte. Nie wieder ist mir soviel Respekt entgegengebracht worden wie in diesem Moment. Auch mein verkleideter Spieß genoss diese Atmosphäre der Autorität.

Hinter den Eltern entdeckte ich Offiziere der Geschwaderführung, unter anderem auch den Kommodore. Knecht Ruprecht drohte mit der Rute und rief ihnen zu: „Heute sind nur die Lieblinge der Götter gefragt, wer auf Erden in diesem Jahr andere gequält hat, wird nicht mit einem Geschenk bedacht werden, ja, ja meine Herren!"

Wieder fuchtelte er mit der Rute. Das war zwar nicht abgesprochen, lockerte aber die Zuhörer auf. Allgemeines Gelächter. Als ich vor die Kinder trat, sah ich in Hunderte Augen, angestrahlt vom Lichterglanz des Tannenbaums. Die Kleinsten klammerten sich ängstlich an die Kleider ihrer Mütter.

Sahen wir beide wirklich so Furcht erregend aus?

„Hoh hoh, liebe Kinder, heute komme ich zu euch, um zu hören, ob ihr das Jahr über auch immer artig gewesen seid." Am Theater hatte man mir empfohlen, mit abgrundtiefer Stimme und wortgewaltig die Autorität des himmlischen Boten herzustellen und mit diesem dümmlichen Anfangssatz zu beginnen.

Nun, das kam erstaunlicherweise gut an. Wie beim Kasperletheater, wenn der Kasper in die Menge ruft: „Seid ihr alle da?", so schrieen dir Kinder auch hier: „ Jaaaaa."

Damit war die anfängliche Ergriffenheit überwunden. Beifall und Sympathie gewann der Nikolaus, als er Knecht Ruprecht die Rute abnahm, sie über die Schulter nach hinten warf und verkündete: „Auch im Himmel ist die Prügelstrafe abgeschafft!" Aber ich konnte mir eine zusätzlich auf die Eltern gezielte Bemerkung nicht verkneifen und rief den Kindern zu: „Da heutzutage Vater und Mutter keine Erziehungsprobleme mit ihren Kindern mehr haben, ist ja auch jedes Mittel der Erziehung hinfällig geworden," und hinuntergebeugt zu den Kleinen stellte ich die Frage: „Ihr dürft doch alles tun und machen was ihr wollt – oder?"

Das Oppositionsgemurmel der Erwachsenen ging in dem zustimmenden Geschrei der Kleinen unter, die der Aufforderung gerne nachkamen, zu meinen Füßen Platz zu nehmen.

Knecht Ruprecht schlug die große Kladde auf, darin lagen die Zettel mit den von den Eltern gewünschten Bemerkungen. Er rief die Namen auf und reichte mir das dazu gehörige Päckchen. Nachdem ich mich an die 25 Mal nach unten gebeugt, meine große Hand in ein zerbrechlich kleines Patscherchen gelegt und das Gedicht angehört hatte, schmerzte mir das Kreuz, und unter dem dicken Kostüm lief das Schwitzwasser den Rücken herunter. Hoffentlich hielt der Kleber den Bart und die Augenbrauen fest. Es müssen über fünfzig Kinder gewesen sein, um die ich mich bemühte, und das mit wachsender Freude, denn was konnte mehr beglücken, als in so viele einem Zuneigung entgegenbringende glänzende Augen zu schauen.

Selbst die Älteren, die Rabauken aus dem Wohnblock nebenan, gaben sich zahm und blickten weich. Stefan, der wegen seiner Essmanieren von Julchen als Schwein tituliert worden war, und sein Bruder, der als Anführer einer Bande das Moor in Flammen versetzt hatte, glichen sanften Engeln. Sie staunten nicht schlecht, dass der Nikolaus ihre Unarten kannte und Besserung forderte.

504

Auch mein lieber Sohn, gestern noch großmäulig als Weihnachts-
mannverächter, drohte mir fast zusammenzubrechen, als ich ihn befragte, ob er
auch immer freundlich zu seiner kleinen Schwester gewesen sei. Julchen sah den
Nikolaus an, als hätte sie noch nie in meine Augen geschaut, nach zwei Zeilen ihrer
gestern noch fließend dahergebrabbelten Verse versagte die schwache Stimme.
Selbst als ich sie tröstend auf dem Arm wiegte, entkam ihr kein Lächeln.

Als alle Kinder ihr Paketchen in den Händen hielten, niemand übersehen worden war und rundherum Friede, Freude, Eierkuchen herrschte, fielen dem Nikolaus
einige Worte ein, die er dank seiner Autorität als Vertreter der himmlischen Macht
seinen Vorgesetzten unterjubeln konnte: „Und ihr dahinten, seid immer lieb zu
eurer Frauen, besonders zu den eigenen, verirrt euch nicht in fremden Gefilden,
vermeidet den Kontakt mit dem Teufel Alkohol und vor allem produziert mehr
Flugstunden für eure Besatzungen.“

Von hinten wurde zustimmend gewinkt und fast im Chor rief die Geschwaderführung: „Lieber Nikolaus, wir werden uns bessern, wir werden uns bessern!“

Natürlich traf ich zu Hause später ein, gleich überfallen von Christian und Julchen. Christian hing mir am Hals, seine Augen leuchteten als er loslegte: „Pappi,
Pappi, du hättest dabei sein sollen. Es gibt wirklich einen Nikolaus. Die Lehrerin ist
blöd, wenn sie das nicht glaubt. So wie der aussah, wird es auch einen Weihnachtsmann geben.“

Julchen log mir vor, ihr Gedicht vorzüglich aufgesagt zu haben, was Christian
energisch bestritt, womit er sein Schwesterchen zu Tränen trieb. Der Ex-Nikolaus
ermunterte sie: „Aber dein Verslein kannst du jetzt hier aufsagen, der Nikolaus hört
das, auch wenn jetzt über den Wolken nach Bremerhaven unterwegs ist.“

Julchen zerdrückte die letzte Träne und schnurrte das Erlernte herunter. „Na,
wer sagt´s denn, geht doch prima!“, ermunterten sie ihre Zuhörer.

Mir taten von dem ungewohnten Auftritt die Knochen weh, ich fühlte mich
wie gerädert, aber es war ein fröhlich zu ertragender Schmerz. Mit so vielen fröhlichen Kindern zusammen zu sein machte mich so glücklich, dass Elisabeth und ich
beim späteren nikoläusischen Kuscheln darüber sinnierten, vielleicht doch noch
einen dritten Nachwuchs-Färber auf Stapel zu legen.

Mit diesem Auftakt begannen die weihnachtlichen Tage, auch wenn die erhoffte Schneepracht im Dezember ausblieb. Die Flocken des Nikolauswetters kehrten
nicht wieder. Umso gemütlicher machten es sich drei Generationen unter dem Tannenbaum. Unvergesslich wohl auch für die Gans, wie sie von drei Köchinnen zubereitet wurde.

Mit meinen beiden Alten bin ich auf dem Flugplatz herumgefahren, habe sie
ins Cockpit gesetzt, ihnen den technischen Bereich und Sonstiges gezeigt. Ihnen
gefiel es, sie waren beeindruckt.

Mit dem Januar verflog die rührselige Stimmung. Für Elisabeth setzte der Alltag wieder ein, Christian trabte zur Schule, Julchen hockte im Kindergarten, und der Vater verschwand in die Lüfte und fiel nur unregelmäßig ins Ehebett.

43

In der Ostsee übten die Russen mit ihrer „Baltischen Flotte". Unter dem Codenamen „Eastern Express", einer vom Grafen erfundenen Bezeichnung, verfolgten die Atlantics die Bewegungen der Sowjets. Diese Flüge boten fliegerisch nichts Außergewöhnliches. In erster Linie galt es, in dem engen Seegebiet der Ostsee keine Grenzverletzungen zu begehen. Ein unaufmerksamer Schlenker vor Gotland – und schon lag zwei Tage später, von der Botschaft zugestellt, die vom schwedischen Radar erfasste Flugroute im Stab des Marinefliegergeschwaders 3 auf dem Tisch. Der Vorgang war mit einer formellen Rüge des Piloten abgetan. Bonn entschuldigte sich in Stockholm.

Sicherlich verfolgte die sowjetische Luftüberwachung unsere Route noch genauer und wusste zu jeder Minute, wo die westdeutsche Aufklärungsmaschine herumkurvte.Vor Danzig schwang eine polnische MIG heran und flog mit der Atlantic in Formation. Wie sich das gehörte, staffelte sie auf der Seite des Kommandanten heran. Wir nahmen Blickkontakt auf, winkten. Unsere Fachleute an Bord hatten den Vogel rechtzeitig erfasst und das Herannahen des östlichen Jets ins Cockpit gemeldet, Zeit genug, mir von hinten von der Anrichte eine Tasse Tee nach vorn bringen zu lassen, mit der ich dem polnischen Piloten zuprostete. Der aber zuckte mit den Schultern, tippte auf seine Sauerstoffmaske, um zu verstehen zu geben, dass er leider mit einem Willkommensgetränk nicht antworten könnte. Von den von uns angeflogenen polnischen Marineeinheiten grüßte die Besatzung herauf und die Atlantic antwortete mit Wackeln der Flügel. Die Polen bewerteten unser Erscheinen vor ihrer Küste gelassen, die Sowjets dagegen schossen warnend rote Signalmunition, wenn wir eines ihrer Schiffe in Längsrichtung und dabei sehr tief überquerten, denn sie wussten, das senkrecht geschossene Fotos vom westlichen Geheimdienst sorgfältig ausgewertet wurden. Vertikalfotos vermittelten den Experten Erkenntnisse über Größe und Bedeutung der unterschiedlichsten Anlagen im Inneren der gegnerischen Kriegschiffe.

Die Ostseeflüge waren Routinesache. Hauptsächlich im Tiefstflug absolviert, führte dann und wann ein Einsatz zu grenzwertigen Situationen. Nebellagen oder spiegelglatte Wasserflächen verführten zu der Sinnestäuschung, dass Schiffe als fliegende Objekte erschienen. Obwohl unter Sichtflugbedingungen, verlangten derartige Wetterlagen die Konzentration eines Blindfluges. Man haftete an den Instrumententen, besonders am Höhenmesser. Gewöhnt an die Verhältnisse, stundenlang keine 10 Meter über der See dahinzugleiten, sah der Pilot sich verleitet, beim Rückflug über Schleswig Holstein erst spät über der Küste auf Höhe zu gehen.

Dem „Flüsternden Riesen" mit seinen klangvollen Triebwerken winkten die Leute zu, statt erschreckt davonzulaufen. Besonders im Sommer machte es Spaß, von See kommend die Strände tief zu überfliegen. Damals war der Vorschriftenwald noch nicht so dicht, dass dem Piloten jedes Flugmanöver vorgeschrieben war.

Einmal im äußersten Osten der Ostsee, drohte eines der Triebwerke zu überhitzen. Triebwerk abgestellt, Propeller in Federstellung gebracht – damit war die unmittelbare Gefahr beseitigt. Die Atlantic blieb auch mit einem Triebwerk in der Luft, aber es war empfehlenswert, die „Mission" abzubrechen und auf dem nächsterreichbaren Flugplatz zu landen. Der sofort angetretene Heimflug verlief zunächst ohne Komplikationen. Die benachrichtigte Bodenstelle wies an, den Flugplatz Eggebek anzufliegen. Es stürmte von West. Für die Landung in Eggebek mit der Nordausrichtung der einzigen vorhandenen Runway die ungünstigste Windrichtung. Mit hängender Fläche und seitlich schiebend begann der Anflug. Als ich in der Endphase die Geschwindigkeit herausnahm, Fahrwerk und Landeklappen draußen waren, drohte die Atlantic steuerlos über die Fläche des toten Triebwerks abzukippen. Die Trimmung versagte, nur mühsam mit viel Gas gelang es, das Flugzeug wieder in Normallage aufzurichten. Ein zweiter Anflug wurde fällig.

Warum machte der Vogel solche Mätzchen? Landungen mit einem Triebwerk gehörten zum Schulungsprogramm und hatten nie Schwierigkeiten bereitet. Warum jetzt? Hinter mir stand der Bordmechaniker und fingerte über seinem Kopf herum. Mit Schweißperlen auf der Stirn und mit schuldhaftem Hundeblick raunte er mir zu: „Ich habe fälschlicherweise den Brennstoff statt in die lebende Fläche auf die Seite des toten Triebwerks gepumpt."

Nun kämpfte er, seinen Fehler zu beheben. Wir wären wegen der Falschbelastung beinahe auf den letzten Metern abgeschmiert. Beim nächsten Anflug parierte der flügellahme Vogel. Jedoch nach dem Aufsetzen schlug der Seitenwind so zu, dass mit der Regulierung des lebenden Triebwerks nicht verhindern werden konnte, auf den Seitenstreifen der Landebahn abgedrängt zu werden. In die linke Bremse massiv getreten, rutschte die Atlantic wie ein Schwamm um die nächsten Landelampen herum, Gott sei Dank ohne sie niederzuwalzen. Erst nach mehreren erfolgreichen Slalombögen um die Lichter gelang die unbeschadete Rückkehr auf die Mittellinie.

Einwinken lassen auf den Abstellplatz und den noch laufenden Quirl abstellen – puuh! Leicht pustend kam ich aus dem durchgeschwitzten Sitz. Vor mir stand mit traurigen, fragenden Augen mein Bordmechaniker. Erwartete er, dass ihm den Kopf abgerissen würde? Meine Wut war längst verflogen, er würde diesen Fehlgriff sicherlich nie wieder machen, was sollte ich ihn jetzt rügen. Aber etwas musste ihm gesagt werden. Niemand außer mir und dem Co hatte die Ursache des Abkippens mitbekommen.

Ich zog den Reumütigen an mich ran und flüsterte ihm zu: „Ist ja alles gut gegangen, es war der Wind, über das andere kein weiteres Wort!"

Er stöhnte erleichtert auf und strahlte: „Jawoll Herr Kapitän, danke!"

Der Copilot sah geradeaus, tat, als ob er nicht zugehört hätte, grinste aber still vor sich hin.

Dieser haarigen Geschichte kann ich noch eine draufsetzen. Sie ist krasser und erzählt von einem fliegerischen Ereignis, das mich mit meinem damaligen Copiloten bis heute erinnerungsreich verbindet. Wann immer wir beide bei einem Event der Marineflieger aufeinandertreffen, nehmen wir uns erst einmal wortlos in die Arme und klopfen einander auf die Schultern.

44

Septembermonat, Manöverzeit. Take-off in Nordholz am Nachmittag um 14 Uhr mit dem Auftrag, bis tief in die Nacht im Skagerrak U-Boote des Gegners aufzuspüren. Gleich in den Tiefflug gehend, pirschte eine einsame Atlantic entlang der dänischen Westküste nach Norden. Alle möglichen U-Jagd-Verfahren wurden im Auftragsgebiet durchgeführt. Von hinten, von dem am Operationstisch wirkenden Tactical Coordinator, kurz TACO genannt, bekam das Cockpit die Anweisungen, dieses oder jenes Suchverfahren zu fliegen. Einige Stunden lang war das eine spannende Herausforderung, aber als das Skagerrak kein U-Boot hergeben wollte, fanden der nach vorn gereichte Kaffee und der von unserem Jüngsten an Bord, einem Obermaaten, auf seinem ersten Flug gespendete Bienenstich größere Beachtung.

Trotz der Erfolglosigkeit stand vorzeitiges Aufgeben nicht im Flugauftrag, so gurkten wir weiter bis in den Abend im Seegebiet herum. Nach gut fünf langweiligen Stunden ohne das geringste Ergebnis beklatschte die Besatzung die lang erwartete Äußerung des Kommandanten: „Schluss jetzt, ab gehts´s nach Hause in die Heia."

Wenn nicht im Einsatz vom Beobachter und Fotografen besetzt, galt die Glaskuppel an der Nase der Atlantic als die schönste Aussichtsplattform. Der Platz weit vor dem Glasrahmen vermittelte den Eindruck, im Freien zu sitzen. Jetzt in 28.000 Fuß, Kurs Süd auf dem Airway Amber 7, einer Route westlich entlang der jütischen Halbinsel, genoss ich die sternenklare Nacht auf dem begehrten Sitz. Übrigens durften alle einmal während des Fluges dorthin. Nun aber saß ich erst mal da. Von unten funkelten die Lichter der Städte, Autoscheinwerfer huschten über die Straßen. Ganz Dänemark war zu übersehen. Selbst die Feuer der Leuchttürme entlang der schwedischen Kattegattküste reichten bis in die Höhe hinauf. Unten das Geglitzer menschlicher Machart und von oben das Lichtergewimmel des Firmaments, das besonders in der heutigen klaren Nacht einem funkelnden Diamantenhaufen glich.

Die faszinierende Fernsicht in das Lichtermeer ließ mich vergessen, in einem Flugzeug zu sein. Die Triebwerksgeräusche verschwanden ins Unterbewusstsein.

508

Der Gedanke, auf dem märchenhaften Fliegenden Teppich durch die Lüfte zu segeln, kam mir in den Sinn.

Eine herrliche Nacht und ein wunderschönes Erlebnis.

Der fliegende Teppich ist wieder freigegeben. Der nächste hockte sich drauf. Ich kletterte zurück in den real existierenden Pilotensitz. Kaum, dass ich mich angeschnallt hatte, machte der Co aufmerksam auf eine eigentümliche Wetterentwicklung. Je weiter wir nach Süden gelangten, desto größer deckten weiße Schleier die Lichter zu, auf denen sich der noch tief stehende aufgehende Vollmond spiegelte. Das Bordchronometer zeigte 22 Uhr. In Gedanken saß die Besatzung schon zu Hause in heimischer Runde.

Die Flugaufsicht des oberen Luftraums verwies unsere Breguet Atlantic, Seitennummer 6017, an die Nordholzer Frequenz. Das klang nach baldiger Landung, doch der Tower überraschte mit der ernüchternden Mitteilung, dass auf Grund dichten Nebels daheim eine Landung nicht möglich und als Ausweichflugplatz Valkenburg in Holland anzufliegen sei.

Seit dem Überfliegen Helgolands lag ein weißes Tuch über der Nordsee, das auch die Küste einhüllte. Eine typische sanfte Herbstwetterlage, wie sie es fliegerisch häufig mit sich brachte, bei Auswärtslandungen nicht im eigenen Bett zu enden.

Das war die einzige Unbequemlichkeit.

Von der Landung in heimischen Gefilden abgewiesen worden zu sein gefiel der Besatzung zunächst nicht sonderlich. Wer hatte schon eine Zahnbürste dabei? War nicht morgen Mittwoch? Eine Übernachtung in Valkenburg und das Bleiben dort bis zur Mittagszeit an einem Mittwoch war nicht das Schlechteste, denn an diesem Tag servierte die holländische Marineküche „Indonesische Reistafel". Äußerst lecker, spitzenmäßig und qualitativ meilenweit entfernt von der deutschen Truppenverpflegung. Mit dieser meiner Ankündigung ebbte das Maulen ab, ja sogar Freunde über den ungeplanten Abstecher kam auf. Die 6017 flog durch massige Wolkenbänke hindurch, befand sich im Blindflugverfahren auf Valkenburg zu, da erklärte unerwartet die holländische Bodenkontrolle mit hastiger Stimme, dass der Anflug abzubrechen sein, weil man am Platz nicht mehr die Hand vor Augen sehen könnte, so dicht sei plötzlich der Nebel geworden.

Dem Abbruch des Anfluges folgte die Frage: „Wohin?" Köln Wahn wurde angeboten. Die nächste Frage hatte der Bordmechaniker zu beantworten: „Wie viel Stoff haben wir noch?"

„Reicht, mindestens noch für fünf Stunden, Herr Kapitän!"

Die Flugkontrolle des oberen Luftraumes übergab an Köln Control, und von dort kam die unerfreuliche Ansage, dass sie uns nicht annehmen könnten. Der Flugverkehr sei gerade wegen Nebels eingestellt worden. Der Platz war geschlossen. Nach den tröstenden Worten, das bayrische Fürstenfeldbruck hätte noch passables Wetter anzubieten, verschwand Köln aus der Frequenz. Das geschah zur mitternächtlichen Stunde. Müdigkeit durchkroch den Körper, die langweilige Hin- und Herfliegerei ließ die Sinne erlahmen und zerrte am Aufmerksamkeitsvermögen, nur der Kaffee hielt wach und die in der Kombi gefundene Tafel Schokolade. Um den in seinem Sitz zusammengesunkenen Copiloten aufzumuntern, stimmte ich das Kinderlied an: „Hänschen klein, ging allein…" Er grinste, sang aber willig mit. Das wirkte ansteckend. Jedem der 12 Besatzungsmitglieder fiel dazu etwas ein. Andere Lieder folgten, leider reichte es textlich nicht weiter als bis zur zweiten Strophe. Aber immerhin, diese albern anmutende Aktivität zur späten Stunde vertrieb die bleierne Müdigkeit. Dennoch, die Zeit verging langsamer, schleppte sich träge dahin und schien bald stillzustehen.

Die zivile Luftfahrt hatte bis auf wenige Frachtflugzeuge niemanden mehr in der Luft. Da störte es nicht, Fürstenfeldbruck an der Strippe auf deutsch anzusprechen.

Im anheimelnd klingenden Dialekt witzelte der Bayer, ob wir heute noch auf die Wiesn wollten, für die Preißen sei extra neu ozapft worden.

„Nein danke, ein paar weiche Betten täten es für den Anfang auch."

„Passt scho", meinte der „Fürstycontroller".

Gähnend sich räkelnd glaubte jeder an Bord, den Nachtirrflug bald abgehakt zu haben. Aber es kam anders.

Nach einer kleiner Pause klang die bayrische Stimme nicht mehr so vielversprechend: „Freunde, wir müssen den Platz schließen. Seit Minuten überwälzt eine breite Nebelwand das Feld, und der Meteorologe verspricht für die nächsten Stunden keine Besserung, Sorry."

Sekundenlang eisiges Schweigen im Cockpit, bis der Copilot herausplatzte und wütend brüllte: „Ze fix, Halleluja, verdammte Scheiße, wo ist denn in Europa noch ein Plätzchen für uns!"

Er sprach uns allen aus der Seele.

Nach dem verständlichen Tobsuchtsanfall meines bisher geduldigen Cos fragte ich die Bodenstelle nach der Alternative.

„Ja, Valkenburg oder Soesterberg versprechen Wetterbesserung."

„Da kommen wir doch gerade her."

„Nun, das ist das zurzeit das einzige Gebiet, das wieder klar ist, viel Glück."

Also den Vogel umgedreht und wieder nach Norden.

Der Hinweis auf Valkenburg und die langsam aufkommende Wut über die himmlische Irrfahrt verdarben die Lust an weiterer Unterhaltung. Bisher waren aus dem Munde des Copiloten Oberleutnant Lauer feingeistige Witze und Anmerkungen zu unserer Situation herausgeperlt. Er unterhielt über das Interphone die gesamte Besatzung, nannte mich Mose und die Bordcrew das Völkchen Israel, das erst nach 40 Jahren des Herumirrens im gelobten Land landen durfte. Was bedeuteten da schon die paar Stunden unserer Nachtschicht.

Seit der bayrischern Abweisung schwieg auch Lauer beharrlich, der Humor war ihm vergangen, und von den hinteren Sitzen drang kein Mucks mehr nach vorn. Das zuverlässige monotone Singen der Turbinen wirkte wie ein Schlafmittel. Vor 12 Stunden hatten wir Nordholz verlassen. Der Kampf gegen das übermächtig werdende Schlafbedürfnis setzte ein und damit krochen erst unbemerkt, dann deutlicher spürbar die Anzeichen eines Angstgefühls wie Ameisen am Körper hoch. Der Nebel, das Erlköniggespenst, umhängt mit einem Leichentuch. Die Halluzination, von einer Naturgegebenheit eingewickelt, ihr bis zur Ohnmacht ausgeliefert zu sein, oben am Himmel wer weiß wie lange noch machtlos, ja hilflos auf die Erlösung oder eine göttliche Eingebung zu warten, ließ die Handflächen feucht werden. Die Augenlider trugen Bleiwimpern, die Schultern schmerzten, selbst Kniebeugen auf dem Boden hinter dem Cockpit halfen wenig, das vom langen Sitzen erlahmte Gehgestell erneut zu beleben.

Etwa in der Höhe Frankfurt winkte ich den Bordmechaniker heran und fragte ihn: „Wie steht es mit dem Tankinhalt?" Er wiegte den Kopf, blickte auf die Anzeige und murmelte etwas von einer Stunde und ergänzte, „Es ist noch nie bis zum letzten Tropfen geflogen worden. Nach der Tabelle könnte es zeitlich auch weniger sein. Ich bin mir nicht im Klaren, wie lange ein Restbestand nach Aufleuchten der Warnlampen die Turbinen am Laufen hält." - Was für eine vage Auskunft!

Erstmalig durchlief mich ein Schaudern, mein Nachbar wirkte gelassener, oder lag er schon apathisch im Sitz? Ich nahm den Kopfhörer ab, zupfte ihn am Arm und machte eine Geste, dass auch er den Kopfhörer abnehmen sollte. Die folgende Unterhaltung wollte ich der übrigen Crew ersparen. Erstmals ertappte ich mich, meinen Co nicht mit Co, sondern mit Namen anzusprechen, was auch ihn überraschte: „Oberleutnant Lauer, ich werde Soesterberg vorziehen. Egal was die für ein Wetter haben, wir werden mit der üblichen Notlageerklärung Pan Pan nicht abgewiesen werden können. Sie machen wie gehabt den Sprechverkehr, und ich werde den Bock herunterzirkeln."

Er nickte: „Wird schon gut gehen" und gleich flapsig hinterher, „besser als im Watt auf dem Bauch durch den Schlick zu rutschen." Diese Bemerkung wirkte wie ein Hallo Wach.

So blöd war der Gedanke gar nicht. Wenn Soesterberg tatsächlich seinen Laden geschlossen hatte, blieb nur noch die Küste. Der Nebel würde nicht über der Nordsee sein, und der Vollmond stünde leuchtend über dem Watt. Auf dem Schlick, das Fahrwerk nicht ausgefahren, entlangzurutschen, das wäre mal etwas Neues!

Als letzte Lösung nicht die schlechteste, aber auch die riskanteste und ungewöhnlichste.

Lauer und ich diskutieren alle Möglichkeiten und Gefahrenzustände.

„Checken sie mal die Distanz von Soesterberg bis hinaus aufs Watt und das aus einer Höhe von 20.000 Fuß." Er stand auf und zog den Navigationsoffizier ins Gespräch. Ich saß allein im Cockpit. Um mich herum lähmende Leere. Der Vollmond strahlte auf eine tief unten liegende einheitlich weiße Fläche. Gibt es da drunter für uns eine Bleibe? Weg mit diesen irren Gedanken!

Doch die drückten verstärkt auf den Brustkasten. Schlagartig einsetzende wirre gedankliche Emsigkeit verdrängte die bisherige Schläfrigkeit, aber dafür glitt eine kalte Hand an meine Kehle und fing an sie zuzudrücken. Die Schläfen pochten.

Mein Gott, wie lange hatte ich nicht mehr gebetet. Ich hörte mich murmeln: „Herr bewahre uns und bring uns heil herunter!“

Der Co schien vom Navigator nicht mehr zurückzukehren. Allein im Cockpit fühlte ich mich elendig. Nie zuvor war mir so bewusst geworden wie jetzt, für 12 Leute die Verantwortung zu tragen. Das gehörte zum Job. Natürlich, aber in dieser Lage wurde das Privileg, Kommandant zu sein, zur Tonnenlast, sie drohte die Schultern zu zerquetschen und gleich das Hirn dazu. Aus der Vielzahl der mich anstarrenden Instrumente stocherten kleine weiße Nadeln in die Augen. Entlang der Fensterrahmen flackerte bläuliches Licht. Wer lachte da so hämisch und kicherte: „Jetzt, Färber, bist du dran!“

Ich fröstelte und meinte, dass viele erwartungsvolle Blicke auf meinen Rücken hafteten.

Was tuschelten die da hinten. Sagten die sich, der Alte wird´s schon machen, oder rechneten sie bereits damit, von dem Weichei da vorn an die Wand geflogen zu werden? War dem Kerl auf dem Kommandantensitz überhaupt zuzutrauen, die Crew heil herunterzubringen. Ob die bereits bemerkten, wie dem ehemaligen Jetpiloten die Hosen schlotterten? Bloß nichts anmerken lassen!

In dem spärlichen, auf die Frontscheiben reflektierenden Licht der Instrumentenanzeigen glaubte ich schemenhaft Elisabeth, die Kinder und viele Gesichter bekannter Frauen zu sehen.

Alle eingehüllt in flatternde schwarze Tücher und mit weißen Gesichtern. Heiße und kalte Schauer durchschüttelten mich. Zitterten die Instrumente? So muss es wohl sein, wenn in Endzeitstimmung der hochschnellende Adrenalinspiegel Spukgestalten vorgaukelt, den Körper lähmt und den Verstand ausschaltet. Ich sprach halblaut mit mir selbst: „Mensch Färber, reiß dich zusammen, werd nicht nervös, cool bleiben!“ und gleich darauf: „Lauer, wo stecken Sie?“

Ich muss das letzte wohl herausgebrüllt haben, denn das entsetzte Gesicht von Lauer starrte mich an und er fragte, ob es mir gut ginge. „Nein, natürlich nicht, aber hocken Sie sich endlich wieder auf Ihren Platz, was immer Sie mit dem Navigator ausbaldowert haben wegen der Wattlandung, daraus wird nichts, ist auch eine hirnrissige Idee, wir fliegen jetzt hinein in den weißen Vorhang, und Sie setzen, sobald wir auf der Soesterberg-Frequenz sind, die Pan-Meldung ab.“

Ich bemühte mich um eine ruhige Sprache und musste Fassung heucheln, er aber bemerkte meine kribbelige Angespanntheit, legte seine Hand auf meine Schulter, was ich im normalen Umgang nicht geduldet hätte, jetzt aber als wohltuend empfand wie auch seinen aufmunternden Ausspruch: „Herr Kapitän, Sie werden das Ding schon schaukeln, und ich werde mithelfen." Seine und meine Blicke trafen sich. Ich wusste, er vertraute mir, Lauer mochte mich und ich ihn seit diesem Moment umso mehr, ein Pfundskerl und nervenstark.

Viele Mal hatten wir bisher bei Einsätzen stumm nebeneinander gesessen, waren über dienstliche und fachliche Floskeln hinaus nie ins Gespräch gekommen. Dieser ungewöhnliche Flug brachte uns einander näher. Trotz aller Crewzusammengehörigkeit war der Kommandant als letzte Entscheidungsinstanz stets auf sich alleingestellt. Umso mehr bei diesem Flug, der einem beschädigten Passagierflug ähnelte und bei dem, wie ich es jetzt deutlich spürte, alles von mir abhing, den Vogel und die mir Anvertrauten heil nach Hause zu bringen.

Bis jetzt hatte ich mich allein gefühlt, jetzt waren wir zu zweit.

Befreiter, mit dem zuversichtlichen Lauer neben mir auch irgendwie sicherer, fasste ich wieder Mut und ließ mich nicht deprimieren, als der Bordmechaniker mitteilte, dass Tank Nummer eins rotes Licht zeigt. Die erregende Wirkung blieb aus.

War das nun Galgenhumor oder eine Art freudige Erwartung, dieses Abenteuer glücklich zu Ende zu bringen? Lauer und ich führten über das Interphone wieder belanglose Gespräche, schon in der Absicht, die übrige Besatzung nicht im Detail merken zu lassen, dass Soesterberg auf Gedeih und Verderb die letzte Hoffnung bedeutete.

Die Unterhaltung tat mir gut. So putschte auch die nächste Mitteilung des Bordmechanikers nicht auf, als er knapp meldete: „Tankanzeige Nummer zwei flackert rot!"

Soesterberg meldete wie erwartet Bodennebel, Sicht keine 20 Meter, Anflug nur auf eigene Verantwortung und nur bei Erklärung des Notfalls. Dem rückten wir unaufhaltsam näher. Das grelle Rotlicht der Warnlampen tünchte das Cockpit wie den Eingang eines Striptease-Lokals. Mit dem Aufleuchten des dritten wurde es noch puffiger, aber auch schweigsamer.

Wie konnte man plötzlich jetzt an so etwas denken?

Als weitere Hiobsbotschaft fügte die Bodenstelle hinzu, dass die Anflughilfe, das Tacan, ausgefallen sei, aber wir würden vom System des GCA, dem Ground Controlled Approach heruntergesprochen werden.

Frage an die Technik: „Wie lange reicht´s noch?" Antwort: „Etwa 20 Minuten, wir sind an den Limits." Das wird knapp!

Ich sah den Co an und versuchte ein Beben in der Stimme zu vermeiden: „Lauer, es geht los, melden Sie Notlage Pan, keine Warteschleife mehr, nur direkter Anflug!"

Er reagierte sofort: "Ok Soesterberg, Atlantic 6017 declares Pan Pan Pan, in direct for only one and ultimate landing!"

Vom Boden kam es freundlich zurück, dazu mit einem ruhigen Tonfall und obendrein in fließendem Deutsch. Es klang so nah, als stünde der Gute in Sichtweite.

„Wir haben euch auf dem Radar, ihr braucht nur schön brav unseren Anweisungen zu folgen. Das kühle Heineken wartet bereits in unserer Offiziersmesse auf euch."

Die Jungs da unten mussten um unsere brenzlige Lage gewusst haben, der Humor und die gute Laune, die der Soesterberg Tower verbreiteten, wirkten ein wenig künstlich aufgesetzt, denn wer konnte morgens um vier Uhr noch so fröhlich sein.

Die uns entgegengebrachte Erwartungsfreude, eher wohl als psychologische Maßnahme gedacht, drängte tatsächlich die Fieberkurve im Cockpit abwärts. Die Ruhe da unten übertrug sich und mobilisierte die letzten Kräfte.

Meine letzte Weisung an den Co bestand darin, nach vorn Ausschau zu halten, um auf der Landebahn den sehnsüchtig erwarteten weißen Mittelstreifen der Landbahn zu entdecken.

Knisternde Gespanntheit erfüllte die fliegende Röhre. Die Crew hielt den Atem inne. Keiner wagte mehr ein lautes Wort zu sagen. Der Bordmechaniker zeigte mit dem Finger nach oben und flüsterte mir ins Ohr, bevor er sich auf seinem Sitz anschnallte: „Alle sind rot."

Dazu konnte man nur nicken, Kommentar überflüssig!

Ich biss mir auf die Lippen. Nur nicht nervös werden, keine Schwäche zeigen. Die Anzeige des Gleitpfades sog meine Augen an, die Höhenmessernadel sackte nach unten, um die Ohren fächelte die Stimme des Fluglotsen, der fleißig jede Abweichung vom geführten Sinkflug ansprach. Da die neblige Herbstluft keine Böen oder Luftlöcher kennt, glitt die Atlantic mit 12 Nassgeschwitzten auf einen Punkt zu, der in der Unendlichkeit zu liegen schien. Sekunden tickten im Minutentakt.

„Fahrwerk, Landeklappen halb, Besatzung klar zur Landung. Zieht eure Strippen fest!"

Je dichter der Boden heranrückte, desto begieriger das Verlangen, die Landebahn auszumachen. Nur nicht ablenken lassen, nicht selbst hinausschauen, das machte neben mir Co Lauer, doch der schwieg. Er gierte wie ein Geier langhalsig aus dem Sitz nach vorn und versuchte, vor der Flugzeugnase den Blick zu fokussieren. Erst wenn er etwas sah, konnte ich reagieren. Der Fluglotse redete weiter:

„You are 50 feet above ground, heading excellent" – also die Richtung stimmte – beruhigend! "30 feet, 20 feet". Die Landescheinwerfer bohrten auf einer weißen Wand runde Gebilde. Nichts zu sehen. Pottendicker Nebel bis auf den Grund.

Wir müssten doch schon längst unten sein.

Da die Meldung: "Over Touchdown now!"

„Ja verdammt wo denn?" entkam es mir.

Der Co riss die Arme hoch und schrie: „Streifen, Streifen, ich sehe den Mittelstreifen eben rechts neben der Nase!"

Jetzt sah ich ihn auch, schlierig durch die Nebelfetzen erkennbar, und jetzt auch links und rechts verschwommen die Landebahnlichter. Kurz angezogen, dem sanften Aufbumsen des Fahrwerks folgte ein Aufstöhnen von den hinteren Sitzen. Man hörte, wie die drückenden schweren Steine von den Herzen herunterfielen und auf die Bodenplatten schlugen.

Gott sei Dank, safe am Boden, und wie bei einer Touristenfluglandung eines Airliners auf Mallorca erscholl Händeklatschen. Ins befreiende Lachen und Händeschütteln dröhnte oder besser stöhnte mit klatschend abebbenden Propellerschlägen das rechte Triebwerk bis zum Stillstand.

Im Abbremsen starb auch das linke. Rundherum Grabesruhe und Schweigen.

Wären wir drei bis fünf Minuten später angekommen – nicht dran zu denken, was geschehen wäre.

Der sich jetzt sich wieder einschaltende deutsch sprechende Tower empfahl, die Atlantic gleich auf der Runway stehen zu lassen.

„Wir können sowieso keinen Schritt mehr tun, beide Treibwerke sind ausgefallen", krähte der Co in sein Mikrophon. Was der Co den Soesterbergern erzählte, führte zu einer längeren Pause.

Nach etwa einer Minute kam der Tower mit Erstaunen in der Stimme zurück: „Ihr seid tatsächlich mit dem letzten Tropfen gelandet, Kompliment, herzlichen Glückwunsch zum Geburtstag. Bleibt, wo ihr seid, ihr werdet abgeholt. Unser Kommodore, der Oberst Teutjens, wird euch persönlich begrüßen. Wie viele people seid ihr an Bord und Dienstgrad des Kommandanten bitte."

Oberleutnant Lauer erledigte die Anfrage. Ich wirkte mit an der Eintragung ins Bordbuch, die dieses Mal umfangreicher ausfiel, nicht allein deshalb, weil die Kinder Israel 14 Stunden lang durch die Nebelwüste geführt worden waren.

Die Ausstiegsluke fuhr auf, herausgekrabbelt. Erfrischende kühle Luft wehte herein. Aber es war totenstill. Über den Köpfen knisterten die noch heißen Triebwerke, ansonsten kein Ton, rundherum nur weiße Masse, Nebel, die Flügelspitzen verschwanden darin.

Lauer und ich stiegen als letzte aus, schweigend stand die übrige Besatzung vor uns und schien auf eine Geste vom Cockpit zu warten. Wir sahen uns an. Ich ließ meinen Gefühlen freien Lauf und zog mir Lauer an die Brust, er ließ es willig geschehen.

Rundherum zufriedene Gesichter, freundliches Zuwinken und danach gymnastische Übungen.

Abseits im Halbdunkel bemerkte ich unseren Obermaaten, er war niedergekniet und küsste den Boden. Seinen Erstflug muss er wohl als Feuertaufe empfunden haben. Ich habe ihn später getröstet. Wir blieben in der Stille nicht lange allein. Motorengeräusche dröhnten heran. Scheinwerfer tauchten auf. Die Feuerwehr stand als erste neben dem Flugzeug und beleuchtete die Szene.

Als Nächster stieg ein drahtiger holländischer Luftwaffenoffizier aus seinem olivfarbenen Jeep. Das musste der angekündigte Oberst Teutjens sein, Teutjens, Teutjens, irgendwie klang mir der Name bekannt, aber heute Nacht kreiselte so vieles durchs Hirn, was nicht stimmte. Sicherlich eine Namensverwechslung. Ich ging ihm entgegen und salutierte, er ebenfalls. Ein kurzes Innehalten und dann brach es gleichzeitig aus uns beiden heraus: „Mensch Hannes, Mensch Onnen, dass wir uns nach so vielen Jahren hier wieder sehen!" Wir hatten uns zur Sea Hawk-Zeit in Jagel kennen gelernt, er flog als Hauptmann und Austauschoffizier in der Nachbarstaffel. Bei uns zu Hause wies er Elisabeth ein, wie lange man einen holländischen „First Flush Sumatratee" mit Klüntjes ziehen lassen muss. War das eine Freude nach diesem anstrengenden Höllenritt. Die Besatzung raunte hinter mir: „Der Alte scheint selbst in der Wildnis Freunde zu haben."

Teutjens setzte noch einen drauf, indem er bewusst laut zum Mithören bemerkte: „Tolle Leistung, mein Lieber, wenn ich mich hier so umsehe, bist du tatsächlich bei Sicht null gelandet. Alle Achtung!"

Soviel Lobhudelei ging mir zwar gegen den Strich, war fast peinlich, ging aber runter wie Honig.

Dass man uns Unterkunft gewähren würde und Nordholz bereits unterrichtet hatte, daran bestand kein Zweifel. Was aber der Kommodore vorbereitet hatte, ohne vorher zu wissen, dass er auf einen alten Fliegerfreund treffen würde, blieb allen unvergesslich. Im Offizierheim deckten fleißige Stewards morgens um fünf einen Tisch und fuhren ein volles Menu auf mit Steaks und allem, was dazu gehört. Der Kommodore als Gastgeber führte den Vorsitz. Nach dem Essen, vom Wein leicht besäuselt, bat er uns in die Bar. Dort warteten bereits Piloten seiner Jagdstaffeln, die heute Nacht Einsatzbereitschaft hatten, um mit uns auf Befehl ihres Kommodores tief ins Glas zu schauen, schließlich sei ein Geburtstag zu feiern. Alle Beteiligten hätten bis morgen Mittag dienstfrei.

Die Gedanken an die Strapazen verflogen mit steigendem Alkohollevel. Die Feier endete irgendwann, als die Sonne hoch stand und weit und breit kein Nebel mehr zu sehen war. Die schallschnellen Jetjockeys und wir langsamen Mehrmotorigen fanden zueinander und gelobten ewige Brüderschaft.

Bei unserer Rückankunft in Nordholz kannte bereits jeder die Geschicte unserer Odyssee. Zurück blieb die Erinnerung an diesen Flug und besonders an die

516

großzügige holländische Gastfreundlichkeit. Seitdem schlug in uns allen das Herz für die Holländer, nicht nur für die Meisjes.

Ob unser Schwarzer Adler ebenso reagiert hätte wie der Oberst Teutjens?

Hannes machte eine Redepause. In die eingetretene Stille hob Skipper Brodersen den Arm und forderte eine Unterbrechung. Er sah den Vortragenden an und rief ihm zu:

„Ich glaube, wir müssen erst alle einmal Luft holen, bevor du weiter sendest und mit uns weiter fliegst. Man kann man ja nach diesem Flug wirklich froh sein, nur 1000 Meter Wasser unter dem Kiel zu haben und nicht durch die Wolken zu irren." Die Besatzung blickte schweigend in die Nacht. Im Rigg knarrte ein Block, gurgelnd zog der Atlantik am Rumpf vorbei, aber das waren so gewohnte Geräusche, dass niemand sie mehr wahrnahm.

Brodersen ließ den Barometerstand überprüfen. Ihm wurde vom Navigationstisch zugerufen, dass in den letzten Stunden die Anzeige um mehrere Teilstriche gefallen sei. Das ließ ihn aufstöhnen mit dem Ausspruch: „Leute, wir kriegen wieder mal schlechtes Wetter, Hannes hat es mit seiner Nebelgeschichte herbeigeredet."

Der winkte ab und schmunzelte. Nur müde blähte der nachlassende Wind die ausgebaumten Genuas. Der Schiebewind schwächelte. Blauschwarze Nacht umgab die dahindümpelnde Esperanza, dicke Wolkenkissen verdeckten die Sterne, sie hatten sich zur Ruhe gelegt, aber die Crew nicht, die wollte von Hannes noch mehr hören

Brodersen gab ihm das Zeichen: „Mach weiter!"

Der Erzähler nahm den Faden wieder auf:

45

„Mein Leben verlief nicht nur im Fluge, sondern kannte auch sehr bodenständige, nicht immer lustige Abschnitte.

In Rang und Würden eines Staffelkapitäns sah ich mich täglich mit einem immer höher werdenden Papierhaufen konfrontiert, dessen Bewältigung den Verzicht auf manchen Flug erzwang. Neue Erlasse, Vorschriften, Richtlinien, Schadensberichte, Verwaltungsauflagen, Anträge, Schriftkram aller Art und obendrein die Teilnahme an den unterschiedlichsten Besprechungen stahlen die Zeit. Eine feste Besatzung konnte ich mir nicht mehr leisten. Um überhaupt nach der täglichen Büroarbeit in die Luft zu kommen, trug ich mich in Flüge ein, die abends hinausgingen und morgens zurückkamen. Dann wartete bei der Heimkehr oft schon der Wagen des Nächsthöchsten, des Kommandeurs der Fliegenden Gruppe, unter der Ausstiegsluke. Der Fahrer fuhr den Übermüdeten unter Elisabeths Fenster vorbei ins Stabsgebäude, weil dort das nächste Manöver vorzubereiten war.

Tags zuvor verteilte ich um 16 Uhr an der Haustür kurz flüchtige Küsschen an die Lieben, fiel dann nach langem Nachtflug und der anschließenden Besprechung am kommenden Tag abgeschlafft gegen 10 Uhr durch die Haustür gleich ins abgedunkelte Schlafzimmer. Das Tagschlafen brachte nicht viel, weil unter dem Fenster kreischende Kinder spielten.

Tage, an denen der Flugdienst wegen des Wetters oder aus technischen Gründen für alle ausfiel, fanden zunehmend meine Sympathie. Den startenden Metallvögeln nicht traurig nachsehen zu müssen machte die Bodentätigkeit erträglicher.

Einmal im Monat legte das Marinefliegergeschwader das Marineblau und die Fliegerkombination ab und schlüpfte in heereseigentümliches Oliv. Das Ereignis hieß Staffeltag. Entweder bauten das Fliegende Personal und die Techniker in ihrem Bereich um ihre Gebäude Schützengräben und Unterstände, oder der Tag verlief mit Marschieren durchs Gelände und anschließendem Biwak am Lagerfeuer. Letzteres machte Spaß, die im Erdreich wühlende Pionierarbeit dagegen produzierte Frust, denn für diese schweißtreibende Arbeit existierten weder Vorlagen oder Bauzeichnungen noch hatte einer der Staffelangehörigen Erfahrung. Jede Gruppe wuselte vor sich hin. Nach dem Sinn und Zweck befragt, fielen der Geschwaderführung wenig befriedende Antworten ein. Der Schwarze Adler hüllte sich in Schweigen, jedoch sein Sprecher, der Sancho Pansa, ließ erkennen, dass es als Beschäftigungstherapie an frischer Luft zu verstehen sei oder als Abwechslung zur sitzenden Tätigkeit des Fliegens. Die lustlos um das Staffelgebäude errichteten Gräben und Unterstände verfielen im Winterhalbjahr oder liefen mit Wasser voll. Die unnütze Arbeit war schnell vergessen. Die Ausmärsche dagegen boten immer wieder etwas Neues und lang anhaltenden Gesprächstoff.

An einen der herbstlichen Ausmärsche erinnere ich mich noch gut. Es wurde ein Tag der besonderen Erkenntnisse. Ich musste erfahren, dass man mich als einen von den Jets gekommenen Seiteneinsteiger nicht in alle Geheimnisse des Geschwaders eingeweiht hatte. Es gab da dunkle Stellen aus Anfangszeiten, aber auch neuerliche Ereignisse, über deren Abdunklung die so genannten Männer der ersten Stunde des Geschwaders wachten, um Neuankömmlingen den Einblick zu verwehren. Denen kam ich an einem dieser Ausmarschtage durch Zufall auf die Spur.

Bei erstem Sonnenlicht und morgendlicher Kühle marschierten beide Staffeln auf einsamen Feldwegen durch die Marsch und später durch die südlich des Platzes liegende Heidelandschaft. Diesen Ausmärschen haftete wenig Ernsthaftigkeit an. Die Truppe trottete wie der Tross eines mittelalterlichen Söldnerheeres dahin. Wenn jemand brüllte: „Tiefflieger von links", sprang niemand in den Graben. Das galt als Scherz und wurde belacht. Um dem Vergnügen mehr den Charakter eines Ausflugs zu geben, wanderten die Staffelchefs mit Wanderstöcken voran, Gewehre waren sowie so nicht ausgegeben worden. Der Fliegende Gruppenkommandeur und sein Stellvertreter nahmen an dem Ausmarsch teil, und zwar hoch zu Ross. Die Truppe staunte, denn das war bisher nicht der Fall gewesen. Sie hatten sich beim Bauer Nissen zwei Haflinger ausgeliehen, ein komisches Bild, wie die beiden störrischen Pferde unsere Vorgesetzten im Griff hatten. Von der hohen Schule der Reitkunst waren die Herren meilenweit entfernt. Um sich nicht völlig zu blamieren, galoppierte die Marinekavallerie auch bald davon.

Das Unternehmen endete in einer Kiesgrube. Vom Spieß und Soldaten der für den Flugplatz zuständigen Horstsicherungsgruppe waren Zelte aufgestellt worden, dazu ein Hilfslazarett, in dem ein Stabsarzt auf Patienten wartete, um Blasen und Wundstellen zu behandeln. Auf einem großen Grill brutzelten Würstchen, und die beiden von mir gespendeten Kloster-Andechs-Bierfässer, tags zuvor von einer Atlantic von Oberpfaffenhofen eingeflogen, waren bereits angezapft worden. Mir drückte jemand einen überschäumenden Krug in die Hand. Der heutige Abend bot die Gelegenheit, das anlässlich meiner nun schon seit Wochen zurückliegenden Beförderung erwartete Freibier auszuschenken. Die Herrenreiter standen bereits an der Zapfstelle, als wir eintrafen. Ohne eingeladen zu sein, taten sie sich gütlich an den Würstchen und dem Bier. Darüber ließ sich hinwegsehen, aber als die beiden anfingen, das köstliche Nass in einem Eimer den Pferden zu verabreichen, wagte ich unter zustimmendem Gemurmel der Umstehenden, Einspruch zu erheben.

An die Reaktion kann ich mich nicht mehr erinnern. Ich saß, oft den Platz wechselnd, am Lagerfeuer und sprach mit dem einen oder anderen, es war eine gute Möglichkeit, einander besser kennen zu lernen, auch über außerdienstliche Probleme zu sprechen, ein Abend, an dem sich jüngere Dienstgrade nicht scheuten, mit ihren privaten Sorgen zu ihrem Chef zu kommen. Ich bemühte, mich befriedigende Antworten zu finden. Irgendwann mal hinüber zur Pinkelstelle, bemerkte ich im Hintergrund, wie die Herrenreiter mit einigen der älteren Unteroffiziere in fast kumpelhaftem Ton verkehrten. Wurde da nicht sogar geduzt? Woher kannten die meine Leute so gut? Unvorstellbar eigentlich, denn wie ich die beiden kannte, hielten sie auf gesellschaftlichen Abstand selbst zu ihren Staffelkapitänen. Hier lagen sie sich mit den Portepees fast in den Armen.

Als später die Gesänge am das Lagerfeuer dürftiger wurden, war auch für mich die Zeit gekommen, in den Schlafsack zu kriechen. Zuletzt hatte ich mich lallenden Fragen erwehren müssen, wie zum Beispiel: „Warum bin ich noch nicht befördert worden?" Beim letzten Rundgang gesellte sich die Mutter der Kompanie zu mir. Der langjährige Spieß, der in stets versöhnlichem Ton, aber auch mit harter, gerechter Hand die administrativen Geschäfte der Staffel führte, hätte es als ältester Hauptbootsmann im Geschwader längst verdient gehabt, befördert zu werden. Trotz guter Führungszeugnisse stellte sich keine Veränderung ein, was ihn aber offensichtlich nicht betrübte. Er lebte in der Nähe auf einem Bauernhof und fürchtete nichts mehr, als durch eine Beförderung an einen anderen Standort versetzt zu werden.

Der Gute kannte das Geschwader von seinen allerersten Anfängen.

Ich bedankte mich bei ihm für die Ausrichtung des Biwaks, und nach kleinem Wortgeplänkel über Land und Leute drängte ich das Gespräch in die Richtung auf meine Feststellung der Kumpelei der beiden Reiter mit den älteren Unteroffizieren.

Meine Frage erzeugte in seinem Gesicht mitleidige Züge. Zweifelnde Augen schauten mich an, ob ich ihn auf den Arm nehmen wollte oder ob ich wirklich unwissend sei. Er druckste lange herum, es schien ihm unangenehm zu sein darüber zu sprechen, er spürte aber wohl, dass meine Frage eine Antwort verlangte.

Nach der Überprüfung, ob wir allein waren, öffnete mir der altgediente Spieß, abseits von dem erloschenen Lagerfeuer auf einem Baumstamm sitzend, das Geheimfach seiner Kenntnisse von den Interna des Geschwaders. Wer mit wem ins Bett ging und wie in den Ehen manches über Kreuz lief, interessierte mich weniger, wenn es auch erstaunlich war, vielmehr wollte ich erfahren, was hinter den Kulissen meiner Staffel vor sich ging.

Er schaute mich lange schweigend an, bevor es ihm über die Lippen rann: „Sie werden morgen früh bei der Musterung feststellen, dass einige unserer Älteren nicht anwesend sein werden, die liegen auch nicht hier in ihren Schlafsäcken, sondern zu Hause bei ihren Frauen. Ich habe weggeguckt und Ihnen nichts gesagt, als die Angehörigen des Bautrupps bereits in den Abendstunden von einem Dienstwagen abgeholt worden sind. Ich ging davon aus, dass die sich bei Ihnen abgemeldet hätten. Kurz darauf sah ich auch die Haflinger nicht mehr.“

Die Bezeichnung Bautrupp irritierte und führte zu der Frage: „Was heißt hier Bautrupp und warum diese Heimlichkeit? Wenn einer mich gebeten hätte, selbst wenn's gelogen gewesen wäre, unbedingt aus familiären Gründen das Biwak vorzeitig verlassen zu müssen, hätte ich es ihm nicht verwehrt.“

Der Spieß rutschte auf dem Baumstamm hin und her und meinte: „Die Chefetage wird mich killen, wenn ich weiter rede, sagen Sie niemandem etwas von unserm Gespräch!“

Ich konnte ihn beruhigen: „Nein natürlich nicht, ich bin dankbar, dass mir endlich mal jemand reinen Wein einschenkt.“

Er sah sich mehrere Male um und legte los: „Die Haupttätigkeit einiger Ihrer Unteroffiziere ist nicht das Fliegen als Ortungsunteroffiziere in einer Besatzung, das ist nur Beibrot, sondern das Bauen von Häusern für Offiziere des Geschwaders. Unsere Staffel ist die Heimat des Bautrupps. Sie sollten mal sehen, wie der ausgestattet ist. Mit einem Eineinhalbtonner und einer Ausrüstung vom Feinsten. Der Schwarzbetrieb besteht aus zwei Maurern, einem Klempner, einem Elektriker, einem Fliesenleger und dem Logistiker, der auch für die Buchführung zuständig ist. Ich dachte, Sie wüssten das. Allen in der Staffel ist das bekannt, nur Sie wissen es nicht, weil sie erst neu im Geschwader sind. Übrigens sind die Jungs erfahrene Handwerker, bevor sie zur Bundeswehr gingen, haben die ihr Fach von der Pike auf gelernt. Die sind bis in die nächste Steinzeit zugedeckt mit Aufträgen und leben unter den Fittichen des Allerhöchsten, der sie vor der Gewerbeaufsicht schützt. Die gesamte Geschwaderführung hat sich in die Hände dieser Baufirma begeben. Sie alle haben sich ihre Häuser schwarz bauen lassen. Der Bautrupp vermittelt sogar Kredite, gewährt Zahlungsaufschübe und legt Ratenzahlungen fest. Vor zwei Jahren hat sich ein Kapitänleutnant erschossen, weil er unter dem Druck dieser Mafia die fälligen Raten nicht mehr bedienen konnte.

Oft werde ich von der Chefetage angewiesen, Angehörigen des Bautrupps Sonderurlaub zu gewähren. Auch dieses Wochenende scheint ein größeres Projekt angepackt zu werden, deshalb wohl die kurze Anwesenheit der Reiter aus dem Stabe und, sicherlich damit verbunden, das vorzeitige und unentschuldigte Verschwinden meiner Kameraden." Minutenlanges Schweigen folgte den Ausführungen. Jetzt konnte ich mir auch erklären, warum während der Montagsflüge der eine oder andere Ortungsunteroffizier über seinem Gerät eingeschlafen war, sicherlich nicht vom ruhigen Wochenende erschöpft.

Wir verabschiedeten uns stumm.

Ich fühlte mich von den Burschen hintergangen und irgendwie von meinen Vorgesetzten gedemütigt. Lange ließ mich der Zorn im Schlafsack nicht zur Ruhe kommen. Ich grübelte. Da fiel mir ein, dass Elisabeth mir vor einigen Tagen auf der Rückfahrt von einer Abendeinladung in das auffällig groß dimensionierte Haus eines meiner jüngeren Offiziere die Frage gestellt hatte, warum viele der weitaus jüngerer Ränge in eigenen großen Häusern wohnten, wir dagegen zu viert in einer Etagenwohnung mit gerade mal 80 qm?

Auch wenn zwischen Cuxhaven und dem Flugplatz Anfang der 70er Jahre der Quadratmeter Baugrund nur 50 Pfennig kostete, fand sie das rätselhaft. Mich beeindruckte das weniger, ich hatte sie sogar einen Neidhammel genannt. Jetzt formte sich ein anderes Bild.

Am nächsten Morgen auf dem Heimmarsch fehlten die besagten Herren. Ich tat so, als ob ich sie nicht vermisste, und das denunzierende Gewisper einer der Offiziere fand keinen Platz in meinem Gehörgang. In weitem Abstand zur Truppe folgte der Spieß. Er sah nicht sehr glücklich aus.

Mein Entschluss stand fest, den Brüdern würde ich gehörig den Marsch blasen, um eine deftige Disziplinarstrafe würde keiner umhinkommen.

Zu Hause bestimmte die Neuigkeit das Wochenendthema. Elisabeths weibliche Intuition wies mich auf eine einfache, ja diplomatische Lösung hin. Ohne die militärischen Zusammenhänge zu kennen, empfahl sie einen erstaunlichen Weg aus der mich als Vorgesetzten quälenden Situation. „Stell dich am Montag vor deine Leute hin, lob alle, die zum Gelingen des Biwaks beigetragen haben, und bedaure, das der Bautrupp die dienstlich angeordnete Veranstaltung unerlaubt vorzeitig verlassen hat. Was die Konsequenzen daraus betrifft, würdest du mit der Chefetage sprechen."

Ein toller Vorschlag, damit war alles gesagt. Die Betroffenen würden erfahren, dass ich bestens informiert war und beim Gespräch mit der Geschwaderführung auf diejenigen stoßen würde, die mit dem illegalen Bautrupp Geschäfte machten.

Da der Kopf der Schwarzarbeiter der so genannte Vertrauensmann der Unteroffiziere war, musste ohnehin die nicht zu umgehende Disziplinarstrafe vom Fliegenden Gruppenkommandeur ausgesprochen werden – und der steckte am tiefsten im Sumpf.

Da letzte hatte mir mit fast ängstlicher Stimme mein guter Spieß verraten.

Mir gefiel Elisabeths besonnene und kluge Betrachtung der Sachlage, ohne die hätte ich wahrscheinlich, innerlich immer noch kochend, am Montag wild um mich geschlagen. Jetzt trat ich locker ans Pult und sprach Elisabeths Worte, denen die Betreffenden mit offenen Mündern lauschten.

Am Ende ging die Angelegenheit aus wie das Hornberger Schießen. Im Gespräch mit dem Schwarzen Adler und seinem Busenfreund, dem Sancho Pansa, wurde die Existenz des Bautrupps unter den Tisch gespielt und das erstmalige Vergehen, das Biwak vorzeitig verlassen zu haben, mit einem lächerlichen Verweis, ähnlich einer Abmahnung geahndet. Mir blieb bei der Verkündung des mir mehr oder weniger aufgedrückten Strafmaßes ein bitterer Beigeschmack auf der Zunge zurück. Ich hätte die Leute eher zu einer saftigen Geldstrafe, einer Spende an den hiesigen Kindergarten verdonnert und ihr Unternehmen auffliegen lassen.

Aber hätte ich darauf bestehen sollen?

Von ganz oben ließ man mich ahnen, dass mein weiterer Werdegang dann sicherlich bald in einer Sackgasse enden würde.

Ich musste damit leben, kümmerte mich auch gar nicht mehr um die Machenschaften von Bautrupp und Co., solange ihre Vertreter nicht während des Fliegens vor ihren Ortungsgeräten einschliefen. Da gab es dann immer noch andere unpopuläre Maßnahmen, Versäumtes nachzuholen.

46

An einem der Staffeltage im Herbst, dichter Novembernebel lastete über dem Flugplatz, an Außendienst war nicht zu denken, schrillte in die Stille das Telefon. Der Kommandeur der Fliegenden Gruppe war dran. Wir sollten Kampfanzug und Stiefel anziehen, wetterfest einpacken. Ein Bus würde uns nach Spieka in die Marsch fahren. Dort sei eine holländische F 104 abgestürzt. Die Polizei habe das Geschwader um Amtshilfe gebeten, die Leichenteile des Piloten einzusammeln. Was für ein Auftrag!

Der Bus ratterte über holpriges Pflaster, bog ein auf einen Feldweg und hielt vor einer Ansammlung von Polizisten und dem bereits eingetroffenen Fliegerarzt und seinen Sanitätern. Ohne viele Worte zu machen wurde jedem Aussteigenden ein Paar Gummihandschuhe und ein Plastiksack in die Hand gedrückt. Im ersten Moment war von einem Unfallort nichts zu sehen. Der Blick schweifte über die Ebene, rundherum graue Wiesen, darüber tiefhängend, in der Ferne bis zum Boden feucht-wabernder Nebel. Irgendjemand gab die Richtung vor. Der Truppe folgte dem an-führenden Polizisten durch den matschigen Acker. Nach etwa 100 Metern deutli-cher wahrzunehmen tauchten die erste Schleifspuren auf, weiter weg erste Metallfet-zen und fast am Horizont, wohl gute zwei Kilometer entfernt sichtbar stieg bräunli-cher Rauch auf. Ein Schwarm Kiebitze flatterten kreischend vorbei, in die friedhofs-ähnliche Windstille mischte der Geruch von verbranntem Kerosin.

Ganz klar, hier war der Pilot gescheitert, weil er versucht hatte, den Nebel zu unterfliegen, kam dem Boden zu nah, schlug mit voller Geschwindigkeit auf und zerbröselte. Solange der Suchtrupp nicht auf Rumpf- oder größere Flugzeugreste stieß, blieb das Auffinden von menschlichen Spuren erfolglos. Erst als nach vielen hundert Metern der Verfolgung der immer tiefer eingepflügten Schleifspur in einer Senke aus einem Krater und darüber hinaus das kaum noch als solches zu erken-nende Cockpitdach herausragte und Reste des Leitwerks sowie der Flügelflächen, begann der Übelkeit erregende Abschnitt des Suchens. Es musste den Piloten förm-lich zerrissen haben. In Rutschrichtung wie aus einandergespritzt lagen kleinge-hackte Fleischteile, blutige Knochen und Innereien herum. Es würgte im Halse.

Ich hielt mich an den Fliegerarzt, unseren Pathologen, der irgendwie froh ge-stimmt zu sein schien, endlich mal auf seinem Fachgebiet mit medizinischen Kennt-nissen glänzen zu können. Zu jedem Stückchen Knochen oder eingesammeltem glitschigen Eingeweide wusste er den Hergang der Zerstörung zu berichten. Für ihn war es auf der langen Strecke, vorbei an rauchenden zerrissenen Flugzeugteilen, wie beim Ostereiersuchen. Triumpfhierend hielt er jedes Fundstück in die Höhe. Wäh-rend um ihn herum von all dem angewidert schweigend gesammelt wurde, munterte er seine Umgebung auf mit dem Zuruf: „Für die Obduktion ist alles wichtig, da müssen etwa 60 kg zusammen kommen, dann haben wir den Holländer so gut wie total eingesammelt!

Gar mancher hätte ihn treten mögen, aber dafür fehlte die Kraft und vor allem war wohl jedem speiübel.

Die Suche endete an einerm zusammengeschobenen Wirrwarr von kleinen Turbinenschaufeln davor aufgespießt durch die Masse des noch vor Hitze knistern-den Triebwerks der Schleudersitz, der die Instrumentierung durchschlagen hatte. Dazwischen hatte der Pilot gesessen. Aus den Ritzen tropfte Blut. Niemand wagte sich dem Grauen zu nähern außer Dr. Abel. Er bat einen nahestehenden Polizisten um ein Spaten, stocherte vor dem Schleudersitz in das Metallgewirr hinein und zog Fetzen einer durchtränkten Fliegerkombination heraus, daran hängend zwischen zerbrochenen Rippen ein dunkelrotes fast purpurfarbenes Gebilde. Fast hätte er gejauchzt, als er freudig erregte seinen Fund wie ein Sieger hochhielt und der ent-setzt ihn anstarrenden Menge seine Diagnose zurief: „Das ist das Herz, unten der

Beutel vom Aufprall zerrissen, ein Zeichen wie hart der Aufprall gewesen sein muss und messbar wird nachträglich auch die Menge des Adrenalin sein. Möglicherweise ist der A-Spiegel schon kurz vor dem Absturz so hochgewesen, dass es ihn erwürgt hat!"

Mehr wurde von dem armen Kerl nicht gefunden, doch später noch auf komischerweise halber Strecke die Pilotenstiefel mit den darin steckenden abgerissenen Füßen.

Ein fürchterlicher, ein trauriger Tag!

Aber es gab auch erfreuliche Anlässe. Einer meiner Vorgänger als Staffelkapitän, ein gediegener Bayer, hatte mit der 222. Gebirgsjägerkompanie in Mittenwald eine Art Patenschaftsverhältniss angefangen. Eines stürmischen Regentages im Februar, als die Wetterprognose auf wochenlange fliegerisch grenzwertige Nebelperioden hinwies und im Alpenraum viel Schnee gefallen war, belagerten mich die Besatzungen mit dem Vorschlag, für eine Woche die Edelweißtruppe heimsuchen zu dürfen.

Man kann sich keine extremere Begegnung denken als die zwischen Marinefliegern und Gebirgsjägern. Bei uns hochfeine, durch die Luft bewegte Elektronik, und dort in Stallungen auskeilende, um sich beißende Maultiere und eine archaisch anmutende Skiausrüstung als modernes Fortbewegungsmittel. Da trafen zwei Welten aufeinander. Beim ersten Kameradschaftsabend lernte man sich näher kennen. Sprachlich gab es anfangs einige Verständigungsschwierigkeiten, die nach einigen zugeprosteten Halben schnell überwunden waren. Meine Unteroffiziere hatten als Gastgeschenk ein Fässchen mit Salzheringen mitgebracht, das vor der anschließend servierten Kalbshaxe geleert wurde. Den Toast des Mittenwalder Kommandeurs auf die zugesicherte ewig während Verbrüderung der beiden Truppengattungen, unterstützt von einem zünftigen Enzian, konnte ich artig erwidern, begleitet von mitgebrachtem norddeutschen Aquavit. Wechselseitiges Kosten der beiden Schnäpse, abgelöscht mit bayrischem Bier, veranlasste manchen Anwesenden zu unterschiedlich geistvollen Ansprachen. Der Kompaniechef der 222. rühmte sich, ein Nachfolger von Andreas Hofer zu sein. Zu mitternächtlicher Stunde, als er wieder einmal anhob, eine vaterländische Rede zu halten, winkte mich der Jägerkommandeur hinaus aufs Klo und empfahl, wie auch er es beabsichtigte, klammheimlich der aus dem Ruder laufenden Veranstaltung den Rücken zuzukehren.

Morgens erfuhr ich von einem meiner Offiziere, dass es zu als peinlich empfundenen Szenen gekommen sei, die bei uns in Nordholz undenkbar gewesen wären. Unter Beifallsgeklatsche und johlender Unterstützung durch seine Truppe hätte Hofer Nazikampflieder angestimmt und entsprechendes Vokabular in den Saal gebrüllt.

Der zweite Tag stand im Zeichen des Skilaufens. Viele von uns hatten noch nie Bretter unter den Füßen gehabt, ich auch nicht. Der bullige Hauptmann Hofer, noch leicht schwankend und bläulich im Gesicht, dirigierte seine Marinegäste zur Ausgabestelle. Weiße Skier, unendlich lang, gerieten unter die Füße, die in klobigen Stiefeln verschwanden. Ein Gefreiter streifte jedem von uns weißes Drillichzeug über. „Passt scho!", meinte er grinsend dazu. Nach der Anprobe wurde das wieder abgeschnallte und ausgezogene Zeug auf einen Unimog-Laster verladen, die Marine kletterte mit hinein, und ab ging es auf einer steil ansteigenden Bergstraße hinauf ins Übungsgelände der Mittenwaldkaserne. Den Namen dieses Gebietes, genannt der Luttensee, hat wohl keiner bis heute vergessen und auch nicht die Tortur, die uns dort bereitet worden ist.

Es fing so fröhlich und harmlos an. Die verschneiten Hänge leuchteten glitzernd weiß in der Morgensonne. Über den Bergspitzen strahlte ein tiefblauer Himmel. Links und rechts der sich hinaufwindenden Straße glitten in flotten Schwüngen buntgekleidete Skihaserl die Pisten herunter. Gelächter wehte herüber.

Uns aber schickte der Hauptmann Hofer nicht dorthin, sondern zur anderen Seite in die Wildnis. Er wies uns Ungeübten einen erschreckend abfallenden Hang zu, gespickt mit aus dem meterhohen Schnee herausragenden Tannen und dazwischen drohenden nackten Felsbrocken. „Dor geht's nunter", brüllte er, „seht´s da unten das Dach der Hütten, dor treffen wir uns", machte einen Hupfer auf den Skiern und entschwand mit einem eleganten Schwung um die nächste Tanne bergab, eifrig gefolgt von seinen Getreuen in dem Laien waghalsig erscheinender Geschwindigkeit.

Die Marine blieb allein zurück, mühte sich immer noch, die unbequemen Holzlatten unter die Füße zubekommen. Schon das Anschnallen führte zu Schweißausbrüchen. Stand man auf dem einen Bein, flupp, rutschte das andere weg mit dem Erfolg, dass man wie ein Sack umfiel. Entweder versackte der Hintern im Schnee oder der Versuch des kleinsten Anrutschens riss den Anfänger ungebremst seitlich in den Schnee. Daraus immer tiefer hineingewühlt wieder in die Senkrechte zu gelangen, bedurfte intensiver Nachbarschaftshilfe. Jeder war bereits nach ein paar Metern durchnässt. Von der Fallsucht gepeinigt und erschöpft wanderten die ängstlichen Blicke der Marineskiexperten zu Tal, Lippen formten die bange Frage: „Wer bringt uns da heil hinunter?"

Es gab kein Zurück. Die Edelweißkollegen mussten schon fast unten sein. Ihr übermütiges Gejohle hallte von fern den Hang hinauf. Jeder kämpfte auf seine Weise schrittsuchend und tastend den Berg hinab. Ein wenig rutschend, um dann gleich an einer Tanne Halt zu finden, schlugen ihm peitschend die Zweige um die Ohren oder der Ski verhakte im Tiefschnee. Stolpernd, fluchend von Halt zu Halt gehangelt, von Schweiß überströmt, zuletzt mit vielen Schrammen im Gesicht, schlug sich die allein gelassene Truppe zu Tal, von Meter zu Meter wütender. Längst waren die Skier abgeschnallt, die Übung glich einem Überlebenstraining.

Als wir schließlich aus dem steilen Waldhang heraus waren und nur noch eine kurze Strecke bis zur Hütte zurückzulegen war, siegte der Ehrgeiz. Jeder schnallte mit klammen Fingern die störrischen langen Bretter unter die nassen Schuhe, um auf dem flachen Gelände zumindest auf Skier stehend den guten Willen zu zeigen. Vor der Hütte im bloßen Oberkörper mit Bierhumpen in Vorhalte in der Sonne sitzend wurde die geschundene Marine von Herrn Hofer und Kumpanen mit frotzelnden Bemerkungen und Gelächter begrüßt. „Na wo kommt ihr denn her?"

Zum Scherzen war niemand von uns aufgelegt, eher gelang ein verkniffenes Lächeln. Jeder dachte dasselbe: „Wartet, wenn ihr zum Gegenbesuch nach Nordholz kommt!"

Todmüde versanken an diesem Abend die erschöpften norddeutschen Gäste in einen traumlosen Schlaf. Niemand erfuhr, dass der Kommandeur in dieser Nacht die 222. überraschend zu einer Gefechtsübung ins Gelände schickte, vielleicht als Dämpfer dafür, dass der Hofer und seine Mannen uns am Berg so schmählich allein gelassen hatten. Für uns eine kleine Genugtuung.

Der Abschied von Mittenwald fiel nicht schwer.

Vielleicht hatten wir Flieger uns gegenüber den Gebirgsjägern zu arrogant aufgeführt und ihren sportlich-militärischen Dienst nicht gewürdigt. Hofer hatte uns oben am Luttensee eine Lektion erteilen wollen. Diese Erkenntnis gedieh während der langen Zugheimfahrt.

Mein skifahrerisches Erlebnis ließ in mir den Wunsch wachsen, diese Sportart als Spätanfänger zu erlernen. Meine bayrische Frau fiel mir um den Hals, als ich ihr eröffnete, mich für den nächsten Winterurlaub in ihrer geliebten Heimat für einen entsprechenden Kursus anzumelden. Sie hatte schon gar nicht mehr damit gerechnet, jemals wieder ihre auf dem Dachboden verstaubenden Skier bewegen zu können.

Mit großer Freude haben wir uns danach viele Jahr lang in den französischen Alpen sogar an schwarz bezeichnete Abfahrten herangewagt.

47

Auch über einen ganz anders gearteten Besuch der Marinefliegerei südlich des Weißwurstäquators lässt sich Amüsantes berichten.

Marine im Süden: da klappten nicht nur die Türen und Herzen auf. Dieses Mal waren die Nordholzer zu Gast bei der Luftwaffe.

Auch wenn die Breguet Atlantic am bayrischen Himmel keine Unbekannte war — schließlich erfolgte ein Teil der sich wiederholenden technischen Überprüfung dieses Flugzeugtyps bei Dornier in Oberpfaffenhofen — so wurde der große Vogel nach Landungen auf süddeutschen Luftwaffenplätzen doch zumeist als Exot bestaunt.

So auch in Neuburg an der Donau. Eines Tages lag unserem Kommodore die Einladung zur Teilnahme an einem Flugtag des dort stationierten Starfighter-Geschwaders auf dem Tisch, gleichzeitig dazu aus Bonn vom Informations- und Pressestab der Marine der Hinweis, die Chance nicht zu verpassen, bei den zahlreich zu erwartenden zivilen Besuchern dort für die Marinefliegerei zu werben, dezent versteht sich, um den Gastgeber nicht zu verärgern.

Die Teilnahme der Atlantic sollte sich auf das so genannte „Static display" beschränken, also keine Flugvorführung, nur zur Show als Besichtigungsobjekt auf einem Abstellplatz stehen.

Wir hatten, in einheitlich sommerlicher Marineuniform, der interessierten Bevölkerung Sinn und Zweck der Marineflieger nahe zu bringen und natürlich auch die neben den in der Nachbarschaft aufgestellten Jets imposant alles überragende große Atlantic von innen und außen zu zeigen und zu erklären. Auf Tischen um das Flugzeug herum durften Informationsmaterial und Aufkleber ausgelegt werden.

Der Graf und ich erhielten den Auftrag, mit kleiner Besatzung dort hinzufliegen. Die Neuburger galten wie ihr Schwestergeschwader in Jever als etwas Besonderes.

Nach der Landung und einem stilvollen Empfang im Offizierheim mit gleichzeitiger Einladung zu einem abendlichen Essen und anschließendem gemütlichen Beisammensein sortierten wir im Flugzeug das mitgebrachte Informationsmaterial. Besonders ein Aufkleber, auffallend in Form und Farbe, reizte uns, ihn an markanten Stellen anzubringen. Der Aufkleber zeigte auf weißem Feld, leuchtend rot umrandet, in blauer Schrift die beiden Worte „Fly Navy". Offensichtlich ein US-Produkt, ein ansprechendes Design.

Sollten wir das wirklich neben den dagegen mickrig wirkenden und schwarz-weiß gehaltenen Informationshinweisen des Gastgebers aushängen? Einerseits verführerisch, andererseits schon fast eine Frechheit, damit die Luftwaffe zu ärgern.

Der Teilnehmerkatalog betonte die Internationalität der Veranstaltung.

Die Kunstflugteams der Italiener und die „Red Arrows" der britischen Royal Airforce würden gewagte Flugfiguren an den Himmel zaubern, die Schweden ihren modernen Jägertyp Draken vorführen, die Franzosen die Mirage, und eine besondere Flugdemonstration bot eine amerikanische Fünferformation an, die „Blue Angels" in den offiziellen Farben der US-Navy mit ihren F-4J Phantom II.

Letzteres würde nicht nur ein fliegerisches Highlight werden, sondern man würde auch annehmen können, deren Bodentruppe hätte unsere Aufkleber verteilt. Die Farben und der Text passten. Also weg mit den Bedenken. Nachmittags, als der Graf und ich in der internationalen Flugvorbesprechung saßen, schwärmten unsere Unteroffiziere aus und bepflasterten innerhalb des Flugplatzgeländes alle möglichen und unmöglichen Stellen, selbst auf den Klos prangte der Aufkleber „Fly Navy".

Der Flugtag stand wettermäßig unter keinem guten Stern. Tiefe Wolkenfelder waren vorhergesagt; das dahinter von Westen anrückende Hochdruckgebiet könnte den Himmel zwar aufklaren lassen, aber ob das zeitlich für den Nachmittag, die Zeit der angesagten Kunstflugvorführungen, eintreffen würde, vermochte der Meteorologe nicht zu prophezeien.

Während des gemeinsamen Essens des bunt uniformierten Haufens am Vorabend spürte niemand die Anspannung des Veranstaltungsleiters. Der Kommodore des einladenden Geschwaders gab sich gekünstelt gelassen, obwohl einer seiner Offiziere später am Bartresen verriet, dass die Wetterlage, die den morgigen Tag fliegerisch vermiesen könnte, ihn wohl auch karrieremäßig plagte. Der Mann sei furchtbar ehrgeizig und bereits seit Tagen gereizt. Er knüpfte offenbar seinen weiteren Aufstieg an das Gelingen des Flugtages. Aus Bonn hätte sich der Verteidigungsminister Helmut Schmidt angesagt, was den Obersten innerlich offenbar noch stärker aufwühlte. Die internationalen Teilnehmer dagegen verbreiteten Heiterkeit, einige vergnügten sich bereits seit den Nachmittagsstunden an der Bar. Unbekümmerte fröhliche Ausgelassenheit, die nach dem offiziellen Abendessen weiter aufdrehte, erfasste bald selbst den letzten Langweiler.

In vorgerückter Stunde luden die Briten ein zu Spielchen, wie ich sie aus Lossiemouth kannte, nur geeignet, wenn keine Damen anwesend waren. Mit den US-Marinern trafen wir uns am mitternächtlichen Weißwurststand und Bierausschank. Die Burschen kippten das Bier literweise in sich hinein, obwohl sie doch morgen heftig fliegen sollten. Wir konnten bedenkenlos mithalten, schließlich brauchte die Atlantic nicht mehr bewegt zu werden.

Ein weiteres Bierfass wurde angestochen, vor der Plakatsäule brandete lautes Palaver und Gelächter In seiner Begrüßungsansprache hatte der Kommodore seine Gäste gebeten, zur Erinnerung an den Flugtag ihre Geschwaderwappen auf diese Säule zu kleben, war Usus, wohin man flog, das Zeichen seiner Zugehörigkeit zu hinterlassen.

Aus den Taschen fielen kleine Sticker, Aufkleber oder Buttons mit heroischen oder auch schlichten Emblemen Die holländischen und britischen zierte grundsätzlich eine Krone, die amerikanischen ließen Raubtiere durch einen Ring springen oder stellten den fliegenden Donald Duck dar. Auf dem Logo des 3. Marinefliegergeschwaders „Graf Zeppelin" bohrten von einem geflügelten Anker aus zwei gekreuzte Dreizacks des Meeresgottes Neptuns in blaue Wellen.

Eine bunte Palette kam da zusammen. Der Gastgeber stand plötzlich zwischen uns. Der Zweimetermensch war nicht zu übersehen, klatschte in die Hände und forderte seine Gäste auf, die Sticker anzubringen, erst in amerikanischem Englisch, gleich darauf in Französisch und in Deutsch: „Auf geht´s meine Herren, hinterlassen Sie Ihre Handschrift, damit wir noch lange wissen, wer uns besucht hat."

Beneidenswert, wie elegant und souverän er es verstand, sich überall, wo er auftauchte, in Szene zu setzen. Sein sportlich gestählter Körper steckte in einer sorgfältig auf den Körper geschneiderten Uniform, vielleicht in der Farbe zu taubenblau, und leuchtend dazu die Spiegel des Generalstäblers, ein Aushängeschild der Luftwaffe. Das musste der Neid ihm lassen.

Der Graf hatte gerade unter Beifall der Umstehenden unser aufgeklebtes Wappen mit der Hand glatt gestrichen, als aufgeregt eine eigentümliche Gestalt in den Kreis hineinsprang, zum Obersten lief und ihm etwas zuflüsterte.

Das Auffällige an dem in eine Gefreitenuniform der Luftwaffe gekleideten Menschen war sein Kopfputz, der von den umherstehenden Ausländern als komische Einlage des Abends gedeutet und belacht wurde. Den übermäßigen Wust von Haaren bedeckte ein auf dem Scheitel geknotetes, olivfarbenes Netz, das die neugierigen Blicke auf sich zog.

Was den Gästen auch später nicht glaubhaft zu erklären war, sei hier kurz erwähnt:

Das Bundesverteidigungsministerium hatte 1971 den modetrendigen Soldaten ihre schulterlangen Mähnen zugestanden, sie aber per Erlass aufgefordert, diese unter einem eng zu bindenden Haarnetz zu verbergen. Damals ließ das Bundeswehrbeschaffungsamt 740.000 Haarnetze fertigen. Übrigens überlebte dieser witzige Erlass nur ein Jahr und galt als Ausdruck der allgemeinen Liberalisierung unter der sozialliberalen Koalition des Kanzlers Willy Brandt.

Doch zurück zu dem die Runde Störenden, der dem Obersten am Ohr hing. Der Kopfputz verschwand wieder und hinterließ seinen Chef mit einer verfinsterten Miene, dessen Augen im Kreis herumirrten und schließlich am Grafen und mir hängen blieben. Wir standen uns nur knapp zwei Meter von einander entfernt gegenüber, als er den Arm ausstreckend an uns vorbei auf die Plakatsäule zeigte und mit schriller Stimme das allgemeine Palaver übertönte: „Nehmen sie sofort Ihr Wappen von der Säule, reißen Sie es ab. So war das nicht gemeint. Das ganze Geschwader ist mit ihren blöden Fly Navy zugeklebt, selbst mein Dienstwagen ist damit verunziert worden."

Er geriet völlig aus der bisher gezeigten hoheitsvollen Fassung, drohte fast handgreiflich zu werden, schimpfte und schimpfte. Abrupt versiegten Gelächter und das den Raum füllende Wirrwarr von lauten Gesprächen. Rundherum betretenes Schweigen. Die Ausländer blickten verunsichert um sich. Gab es einen Unfall, eine Katastrophe? Wohl niemand verstand, was plötzlich diesen Wutanfall ausgelöst haben könnte. Wir ahnten es.

Offensichtlich hatte man einen unserer Unteroffiziere auf frischer Tat ertappt. Die verqualmt und vom Bierdunst geschwängerte Luft knisterte. Die folgende theatralische Szene entbehrte nicht einer gewissen Lächerlichkeit, als der Graf und ich unseren gerade angeklebten runden Sticker sorgfältig von der Wand abpellten. Die

Herumstehenden hatten mittlerweile begriffen, was hier vorging, feixten, grinsten und sparten nicht mit Bemerkungen, die dem Herrn Obersten nicht sonderlich gefallen konnten. Das abgetrennte Ding hielt der Graf dem Herrn Oberst hin, dann zeigte er es in die Runde und legte das kleine Ärgernis auf den Bartresen, amüsiert betrachtet von allen, die sich herangedrängt hatten, um das Ungewöhnliche mitzuerleben.

In mir rumorte es bereits schon, als ich das Wappen abfummelte. Ohne einen Kommentar durften wir uns nicht geschlagen geben, schon gar nicht vor den internationalen Teams, die spürbar eine Reaktion forderten. Die sollten uns als kleine Marinegruppe in Erinnerung behalten, und der aufgeregte Oberst auch. Sicherlich würde der unser Fehlverhalten am nächsten Tag unserem Kommodore mitteilen.

Ich schaute den Grafen an, wir verstanden uns ohne Worte. Er nickte. Das hieß soviel wie „Mach den Mund auf!" Erwartungsvolle Gesichter und das Überlegenheit ausstrahlende Gesicht des Herrn Oberst verlangten das. Zweifellos beflügelte und enthemmte der hohe Promillegehalt im Blut zu dieser Tat. Um von allen Zuhörern verstanden zu werden, suchte ich das in England gelernte feinste Queens Englisch zu sprechen, unterstützt mit der Machart von „stiff upperlip". Ich machte eine kurze Handbewegung, eine kleine Verbeugung in Richtung Oberst, und alle lauschten: „Sir, dear Colonel, vielleicht wissen Sie nicht, dass die Marine zu Petrus einen ganz besonderen Draht hat, was Wasser, Wolken und deren Zähmung betrifft. Wenn das Wappen der Marine nicht wieder an die Säule kommt, wird Petrus Ihnen zürnen. Es wird morgen cats und dogs regnen und Ihr Flugtag wird ausfallen."

Was ihm da geboten wurde, veranlasste den Obersten, sich abrupt umzudrehen, seine Umgebung mit den Händen auseinander zu treiben und mit großen Schritten davonzueilen.

Auch dem Grafen und mir war die Lust vergangen, länger zu bleiben. Tröstendes Schulterklopfen und freundliche Worte begleiteten unseren Abgang.

Vor der Tür wies mein Begleiter nach oben: „Sieh mal, keine Sterne mehr, Wolken, das sind die Vorboten der Regenfront, ich könnt mir einen greifen, wenn das morgen mit der Fliegerei in die Hose geht."

Spätheimkehrer rumorten auf dem Gang, aus der Ferne herüberhallendes trunkenes Gejohle hinderte nicht daran, in einen traumlosen Schlaf zu fallen. Es war schon hell, als es an der Tür klopfte. Der Stimme nach war es der Graf. „Hannes, steh auf und sieh mal aus dem Fenster!"

Ich ahnte die Bestätigung meiner gestrigen Prognose. Die Gardine rutschte beiseite, der fiel Blick auf klitschnasse Scheiben, an denen strömender Regen herunterperlte, dahinter grau in grau tief hängende vorbeihetzende Wolken.

Eine wohl bösartige, aber doch belustigende Schadenfreude erfrischte mich. Na, da bin ich mal gespannt auf die Kommentare beim Frühstück. Im großen Saal vernahm man nur Teller- und Geschirrgeklapper. Gedrückte Stimmung eröffnete den Tagesbeginn, sicherlich nicht allein durch das Sauwetter bedingt.

Der Blick hinüber durch die offen stehende Flügeltür in den gestrigen Veranstaltungsraum fiel auf ein Chaos, auf umgestürzte Stühle neben mit Gläsern und überquellenden Aschenbechern verschmutzten Tischen, am Boden Papier und anderer Müll, Scherben, und draußen auf der Terrasse auf einem glänzenden schwarzen Fleck häufte sich ein Knäuel verschlungener Drähte zwischen verkohltem Holz. Moder- und Brandgeruch wehte herüber, vermischt mit Kaffeeduft. Was war da geschehen? Der Tischnachbar wusste es und sagte: „Da ist zum Ausklang des gestrigen Besäufnis das Klavier abgefackelt worden."

Jemand zupfte mich am Ärmel, ich erkannte einen der Briten, der letzte Nacht meine Ansprache gehört hatte. Er deutete auf die Tür und rief überlaut: „Look your yesterday friend!"

Im Türrahmen stand der Oberst, er schien kleiner zu sein als gestern, wirkte wie zusammengesunken und sah fahl aus. Ohne von seiner Umgebung Notiz zu nehmen, steuerte er auf die Tür zum Barraum zu. Irgendetwas bewegte mich, aufzustehen und ihm zu folgen. Er erreichte vor mir den im Halbdunkeln liegenden Bartresen, seine Hand suchte nach etwas und fand ein zerknittertes Röllchen, nahm es und versuchte es auf dem Tisch zu glätten. Was sollte das? Er hielt inne, leicht erschrocken über mein Auftauchen, lächelte gequält, fühlte sich ertappt, hielt mir das hin, was seine Hand umkrampfte. Es war das gestern abgerissene Wappen.

Es durfte nicht wahr sein. Der gestern noch strahlende, sich selbstsicher gebende, alle anderen überragende Chef des Geschwaders sah offensichtlich bei dem Sauwetter buchstäblich seine Felle davonschwimmen und griff nun in letzter Verzweiflung nach dem verstandesmäßig nicht Fassbaren.

Als er in den Morgenstunden den prasselnden Regen hörte, müssen ihm wohl der gestrige Vorfall und vor allem die warnenden Worte seiner Marinegäste in den Sinn gekommen sein und zur Frage geführt haben, ob nicht doch vielleicht ein wenig Wahrheit an dem sein könnte, was der Marinemensch letzte Nacht von sich gegeben hatte. Nun sah er mich wie eine himmlische Erscheinung vor sich stehen. Verlegen rollte der Oberst den zerknitterten Sticker in der Hand und meinte: „Es kann ja nicht schaden, wenn ich es wieder anbringe!" „Ach Herr Oberst", versuchte ich das von ihm Gesagte herunterzuspielen, „natürlich ist das Ganze ein Witz. Gestern, das war eine provozierende Bemerkung, ich bedaure." Irgendwie tat er mir leid, ihn so geknickt zu sehen. Er horchte nach draußen. Unaufhörlich rauschte es draußen, wolkenbruchartig pladderte der Regen auf die Terrasse.

„Nein, nein, Ihr Geschwaderwappen kommt wieder an die Wand und das mit der Fly Navy-Reklame verzeihe ich Ihnen."

Ich hatte zu Reklamezwecken immer einige dieser Geschwaderwappen in der Jackentasche, von denen ich jetzt eines herausholte und dem Oberst anbot. Dankbar nahm er es entgegen, zog fast zärtlich die Schutzfolie ab, als wenn er das schon immer gern getan hätte, und schon klebte das MFG 3 „Graf Zeppelin", friedlich neben all den anderen. Eben von ihm liebevoll glatt gedrückt, damit es auch wirklich für immer fest saß, sah er mich an und fragte: „Wie heißen Sie?" „Färber, Hannes Färber, Herr Oberst."

„Danke, Kapitän Färber", antwortete er, „wir treffen uns heute Abend hier an der Bar, dann werden wir erlebt haben, ob Ihre Wetterprognose mir geholfen hat oder nicht."

„Jawohl Herr Oberst, ich komme gerne."

Danach ging jeder seine Wege. Der Vormittag schlich dahin, nur zögerlich hob sich die Wolkendecke, der Regen nahm merklich ab, mittags rissen die Wolken auf. Um 13 Uhr stand die Marine an ihrer Atlantic und erwartete den Besucheransturm. Als um 13:30 die erste Formation aufstieg, es waren die weniger wetterscheuen Briten, gab es bereits keine tiefen Wolken mehr, nur noch vereinzelte Felder entlang der südlicheren Berghänge.

Unvergesslich! Meine hoffärtige, prahlerische Ankündigung hatte mir der Herrgott nicht übel genommen, sondern sogar der Luftwaffe überzeugend bewiesen, dass die angeblich christliche Seefahrt eben doch den besseren Draht nach oben hat. Petrus schenkte dem Kommodore einen gelungenen Flugtag. Ich konnte mich abends an der Bar kaum der Lobesreden des Obersten und seines Stabes erwehren. Dem unmittelbar nach der Show abgereisten Verteidigungsminister soll der gut aufgelegte Kommodore gesagt haben, für das gute Wetter hätte einer aus dem Norden gesorgt. Helmut Schmidt habe daraufhin sein breitestes Grinsen aufgesetzt und durch die Zähne gezischelt: „Was für großen Einfluss wir Preußen doch schon im CSU-Ländle haben!"

Auf dem Neuburger Flugtag hatte uns neben dem fliegerischen Teil am meisten die internationale Ungezwungenheit imponiert. So etwas hatten wir in Nordholz noch nicht erlebt. Wenn dann und wann ein kleines Grüppchen französischer Ingenieure der Flugzeugherstellerfirma Breguet Atlantic oder höhere NATO-Offiziere für kurze Zeit das Geschwader besuchten, wehte zwar am Haupttor die Flagge der Gäste, aber wir als gemeines Volk kamen mit ihnen nicht in Kontakt. Das blieb Sache der Chefetage.

48

Der Graf und ich, noch beseelt von den Erlebnissen in Neuburg, verbreiteten die Idee und schlugen unserm Schwarzen Adler vor, über die Flugeinsatzzentralen der mit uns verkehrenden Hauptquartiere Kontakt mit den fliegenden Verbänden anderer Nationen aufzunehmen. Wir dachten an die Gestaltung eines Wochenendprogramm: Am Freitag einfliegen, gemütlicher Herrenabend in der Offiziermesse, am Sonnabend Verteilung der Besatzung als Gäste auf deutsche Familien, am Sonn-

tag begleitete Herrentour nach Hamburg, wenn es sein musste auch mit Nacht-
bummel auf der Reeperbahn.

Als erste kamen die Briten. Das lief ganz prima, genau so, wie die Gastgeber
gedacht hatten. Als nächste fielen die Norweger ein. Der Freitag endete in einem
abgrundtiefen Besäufnis, so dass das Sonnabendprogramm komplett ausfiel und der
späte Sonntag bereits zum Heimflug genutzt wurde. Dann kündete sich amerikanischer Besuch aus Island an, von der dort stationierten 18th Group.

Mit großer Neugier erwartete das Geschwader die Gäste. Sie kamen mit dem
viermotorigen Turpoprop-U-Bootjäger Typ Orion. Schon des Öfteren hatte die eine
oder andere Atlantic in der Norwegensee funkmäßig mit ihnen zu tun gehabt und
auch im dortigen Seegebiet die Verfolgung getaucht fahrender sowjetischer U-Boote
entweder an sie abgegeben oder von ihnen übernommen. Die Kameraden jetzt von
Angesicht zu Angesicht kennen zu lernen und mit ihnen zu fachsimpeln müsste
interessant werden.

Das Geschwader setzte alles dran, ein ansprechendes Programm anzubieten.
Als die Gäste am Montag abgeflogen waren, trafen sich die deutschen Gastgeber zur
so genannten Manöverkritik im Stabsgebäude. „Wie seid ihr mit den Amis klar gekommen, gab es Sprachschwierigkeiten oder sonstige Auffälligkeiten?“, wollte der
Schwarze Adler wissen.

Schließlich bewertete ein forscher Leutnant zutreffend den Besuch mit der la-
pidaren Bemerkung, dass die gute Absicht ein Schiss in den Ofen gewesen sei. Wie
das?

Auffällig sei die Übervorsichtigkeit der Gäste gewesen, sie hätten sich offenbar
in der fremden Umgebung unsicher gefühlt. Der Abend in der Offiziermesse hätte
keine Fröhlichkeit aufkommen lassen. In den Familien, wo die Kinder ihnen ungehemmt begegnet seien, ihre Teddies und Meerschweinchen vorführten, war den
Gastgebern die Verklemmtheit der jungen Amerikaner aufgefallen. Der gemeinsame
Ausflug nach Hamburg sei abgelehnt worden, stattdessen hätte der Commander für
seine Crew um einen Bus nach Bremerhaven gebeten, um in dem dortigen US-
Stützpunkt den Sonntag unter Landsleuten zu verbringen.

Es blieb bei dem einmaligen Kontaktbesuch der Amerikaner. Nicht dass die
US-Marine nicht wieder in Nordholz landete, sie kamen jetzt sogar häufiger, nicht
aber als unsere Gäste. Hatte sich ein US-Seeaufklärer angesagt, fuhr kurz vor der
Landung ein US-Militärbus aus Bremerhaven bis an den Abstellplatz der Maschine
und sammelte die Besatzung ein, die dann bis zum Abflug hinter den Mauern des
amerikanischen Ghettos in Bremerhaven verschwand.

Was hatten wir verkehrt gemacht?

Bei einer Besprechung im Geschwaderstab wurde das Thema behandelt. Der
Kommodore hörte andächtig zu, ließ alle ausreden und glaubte am Ende zu wissen,
wer die Antwort geben könnte: Bremerhaven, die dortige US-Dienststelle. Und

gleich darauf stellte er die Frage: „Wer hat eigentlich zu ersten Mal den Wunsch nach mehr Internationalität geäußert?"

Dabei blieb sein Blick am Grafen und an mir hängen.

Wir erhielten den Auftrag, als „Ghostwriter" für unseren Chef einen höflichen Brief aufzusetzen an den US Kommandeur in Bremerhaven, in dem der Wunsch formuliert war, dass zwei deutsche Marinefliegeroffiziere zu einem familiären Abendessen jeweils ein amerikanisches Ehepaar einladen möchten.

Elisabeth fand die Idee großartig, und auch die Frau vom Grafen schwärmte, was sie auf den Tisch zaubern würde.

Viele Tage später nahm mich auf dem Korridor nach der Flugeinsatzbesprechung der Kommodore beiseite und schnarrte: „Mein Lieber, die Sache mit den Amis, da haben Sie mir aber ein Ding ins Nest gesetzt, heute habe ich wieder meinem Bremerhavener Gesprächspartner einen Brief schreiben müssen, meine neue Sekretärin macht das, spricht ganz vernünftig englisch. Seit jetzt drei Wochen geht die Post hin und her, immer noch wegen der Einladung". Da konnte man nur staunen. Was gab es denn da außer der persönlichen Kontaktaufnahme noch zu besprechen oder vorzubereiten? Der Alte zog mich in sein Dienstzimmer. Auf dem Tisch lag ein Wust von Briefen, die er mir anbot zu lesen.

Unglaublich, die US-Behörde hatte die Einsicht in meinen Lebenslauf und in den des Grafen verlangt, in einem anderen die Bestätigung, dass dort, wo wir wohnten und die Einladung stattfand, auch der Personenschutz gewährleistet sei. Über die Familienverhältnisse der Gastgeber war Auskunft angefordert worden, über Alter, Dienstgrad und Funktion im Geschwader. Nicht zu überlesen war die Bitte der Amerikaner, an dem Abend keine politischen Themen zu behandeln.

Als ich das las, dämmerte mir, warum die Orionbesatzung sich bei uns so unwohl gefühlt hatte: Alle diese Fragen waren nicht vorher beantwortet worden. Der Graf meinte schließlich: „Vielleicht sollten wir der Einladung die Menükarte beilegen und oder wie im Mittelalter einen Vorschmecker zum Abendessen einladen."

Unsere Frauen weihten wir nicht ein in das Vortheater, wohl aber schien der Hinweis angebracht, sie sollten das Gespräch über den beruflichen Hintergrund der Gäste meiden. Darauf reagierte meine Elisabeth eher ungehalten mit der Bemerkung: „Dieser Schmarrn interessiert mich ohnehin nicht, das ist doch euer business!"

Wieder einige Tage später erhielt jeder von uns aus Bremerhaven einen Brief, sehr freundlich geschrieben mit Anschrift eines dienstgradgleichen Offiziers, der gerne mit seiner Frau eine Einladung zu einem „German Dinner" annehmen würde. Na also! Wir sollten einen Offizier des Heeres nebst Gemahlin zu Gast haben.

An dem besagten Tag rumorte Elisabeth seit Stunden in der Küche, beide Kinder fragten immer wieder, wann die Gäste kommen und wie Amerikaner aussehen würden. Kommt da ein Neger? Christan stand vor dem Spiegel und übte das ihm von mir beigebrachte „Good evening, how do you do."

Elisabeth wollte nur „Hi" oder „Hallo" sagen. „Das reicht ja auch", war mein Kommentar, „mach dir keine Sorgen, dein bayrisches Englisch ist doch charmant. Ich habe herausgefunden, dass das Ehepaar bereits seit fünf Jahren in Deutschland lebt und er als Verbindungsoffizier ständig mit deutschen Dienststellen zu tun hat. Beide werden gut verständliches Deutsch sprechen. Wir glaubten, gut vorbereitet zu sein.

Es herrschte im Hause Färber bis zum Klingeln an der Tür angespannte Aufgeregtheit. Wie wird der Abend wohl verlaufen?

Der kleine Christian konnte von seinem Kinderzimmer den Parkplatz übersehen. Dort hing er in der Dunkelheit am Fensterbrett mit dem Auftrag, das Eintreffen der Gäste in die Küche zu melden. Endlich fuhr eine dunkelblaue Limousine in die Parklücke. Ein schriller Schrei durchdrang die Wohnung: „Die How-do-you-do sind da!" Ich schlich zu ihm hinein und stellte fest, dass nicht nur ein Ehepaar ausgestiegen war, sondern außerdem zwei Uniformierte, von denen der eine das Paar um die Hausecke begleitete und der andere in entgegen gesetzter Richtung um den Häuserblock lief. Eindeutig Security-Leute!

Bim Bam, ah, jetzt waren sie da. Elisabeth öffnete. Vor ihr stand in tadellos sitzender Uniform, die Brust geschmückt mit einer Palette bunter Orden, die Bügelfalten der Hose scharf wie ein Messer, mit lackglänzenden Schuhen, ein hoch aufgewachsener sportlicher Typ, ein Vorzeigeoffizier. Toll sah der Mann aus. Neben ihm seine Frau, in einem busenbetonten weißen Kleid, betupft mit riesigen roten Blumen, mit wallender blonder Haarpracht, die ein sorgfältig geschminktes Gesicht umrahmte, aus dem ein strahlendes Lächeln den Gastgeber fast blendete. Nach den Begrüßungsfloskeln trafen wir uns im Wohnzimmer zu einem Gläschen Sekt. Die anfangs holperig geführte Konversation erfuhr beim anschließenden Essen einen erheblichen Auftrieb, weil der Abend offenbar nur mit Englisch zu bestreiten war. Meine der guten Elisabeth gemachte Andeutung, Deutsch wäre bei denen nach fünf Jahren drin, erwies sich als falsch Das einzige Fremdwort, das Mrs. Collins beherrschte, über das sie sich selbst köstlich amüsierte, klang mit texanischem Slang vorgetragen so ähnlich wie „Rosenkohl".

Elisabeths Kochkunst erzielte eine in höchsten Tönen vorgebrachte Belobigung, und was für beautiful children wir hätten – beide durften zur Begrüßung dabei sein – und wie beautiful die Tischdekoration sei. Die Unterhaltung plätscherte dahin.

Nach dem Dinner lud ich zu Kaffee und Cognac in die bequemeren Sessel des Wohnzimmers ein. Der angebotene Cognac stieß auf fast angewiderte Ablehnung. Wie sie zum Essen Wasser mit Eis wünschten und meinem extra für diesen Abend besorgten teuren Rotwein höflich abgelehnt hatten, so durfte ich ihnen jetzt wenigstens Orange Juice anbieten. Nur mühsam gelang mir bei John mit dem einen oder anderen Thema die Unterhaltung aufzulockern. Er hatte uns als Gastgeschenk ein Buch über die Naturschönheiten Amerikas gegeben, ein guter Aufhänger und auch ergiebig für das Gespräch. Wann immer jedoch ich mich bemühte, etwas über seine Person oder seine Frau zu erfahren, fand er stets schnell den Schlenker zurück zu den beaches in California oder den Niagarafällen.

Zu gern wäre ich bei meinem Gast ins Militärpolitische eingedrungen, aber darüber hielt er eisern den Bunkerdeckel geschlossen. Der Rückzug auf das für Amerikaner beliebte Thema „Sightseeing" und die dazu gestellte Frage, was sie denn bisher von Germany gesehen hätten, endete ebenfalls in einer Sackgasse. Vor einigen Jahren sei ihr Club mit sicherer Begleitung zur Besichtigung des Kölner Doms unterwegs gewesen, nein, im eigenen Wagen würden sie nicht außerhalb ihres „Compounds" in Bremerhaven fahren, sie hätten da ja alles, ihre eigenen Geschäfte, Schule, Kirche, Landsleute, Kindergarten, und während der Sommerschulferien sei es üblich, in die Staaten zu fliegen, damit die Kinder mal ein bisschen Auslauf haben. Die mitgebrachten Fotos zeigten zwei hübsche kleine Mädchen. Der Hinweis auf die Naturschönheiten in Old Germany glich einem Weckruf. „Oh yes. oh yes, mit einem Militärbus – es war wiederum der bereits erwähnte Club - fuhren wir, aber das ist schon lange her, mit Freunden zu einem Picknick in die Lüneburger Heide." Das sei „great" gewesen.

Selten habe ich so oft verstohlen auf die Uhr geschaut und gehofft, dass der Abend zu Ende gehen möge. Abrupt stand kurz vor 23 Uhr John auf, bedanke sich überschwänglich für die großartige Party, seine wie ein Blitz an seine Seite geeilte Frau drückte Elisabeth fest an ihre Brust und versprach ein baldiges Wiedersehen. Küsschen hier, Küsschen da, Bye Bye.

„Nein, vielen Dank, den Weg hinaus finden wir selbst, danke, danke, thank you, thank you!"

Kaum dass die Tür ins Schloss gefallen war, eilte ich ins dunkle Kinderzimmer vorbei am schlafenden Christian und schaute neugierig nach draußen. Unter der Straßenlaterne lief bereits der Motor eines großen Dienst-Buicks. Zwei bullige Soldaten begrüßten John und Catherine, ließen die beiden einsteigen, der Wagen fuhr an, und weg waren sie.

Zurück blieb ein fader Geschmack auf der Zunge. Gleiches empfand der Graf. Seine Erfahrung mit den amerikanischen Gästen deckte sich mit der unseren. Als wir uns am nächsten Morgen vor dem Flugdienst trafen, winkte er bereits von Weitem ab und sagte kopfschüttelnd: „Ich dachte, wir wären gleichwertige und vertrauenswürdige Verbündete, aber so wie die unter ihrem Maulkorb gelitten haben, glaubt man eher, die fühlten sich in Feindesland. Wir sollten das in Zukunft sein lassen. Das bringt gar nichts!"

Sollte die Einladung überhaupt etwas bringen?

Nein, darauf waren die Gastgeber gar nicht aus gewesen, wir wollten Gastfreundlichkeit anbieten. Wenn überhaupt, sollte in einem lockeren Gespräch herausgefunden werden, warum unsere Geschwaderbemühungen, amerikanische Flugzeugbesatzungen an Wochenenden zu betreuen, nicht angenommen worden waren. Zu diesem Thema vorzudringen, gelang weder dem Grafen noch mir; wohl aber verfestigte sich die Erkenntnis, dass dem überzogene Sicherheitsbedenken im Wege standen. Die wollten offensichtlich keinen Kontakt mit uns Germans.

49

Feiern taten wir in Zukunft nur noch unter uns, da gab es so viele Möglichkeiten. Im Sommer traf man sich mit den Familien hinter dem Deich in dem kleinen Watthafen Spieka. Auf einer kleinen grünen Wiese neben dem Priel hatte die Gemeinde einige Strandkörbe aufgestellt und eine Dusche installiert. Letzteres ermöglichte das Baden auch bei Ebbe in dem schlammigen Salzwasser. Jedes Mal endete das Badevergnügen mit einer Schlammschlacht. Blauschwarzer weicher Schlick klatschte auf die Leiber, verschmierte das Gesicht und trocknete zu einer Kruste.

Es gibt herrliche Photos, die zeigen, wie ausgewachsene Männer sich im Watt wälzen und danach bis zur Unkenntlichkeit verschlammt ihre nichts ahnend in der Sonne liegenden Frauen umarmend überraschen.

Liefen von See kommend Fischkutter durch den Priel in den Hafen, von denen man gleich von Bord frisch gekochte Krabben kaufen konnte, in einem Literkrug für eine Mark, dann saß die Badegesellschaft einträchtig nebeneinander auf der Kaimauer, pulte und spuckte die Schalen ins Wasser. Dazu gab es Picknickbrot, und meistens traf rein zufällig ein Verkaufswagen ein, der entweder Eis anbot oder gekühltes Bier.

Wenn in der unangenehmen Winterzeit die sommerliche Idylle des Hafens im peitschenden Regen verödet lag, lud in der Nähe eine reetgedeckte Kate zum Aalessen ein. Bauer Hansen hatte sich aufs Räuchern verlegt. Jeden Donnerstag verwöhnte er seine Gäste in der kleinen Stube an nur vier Tischen mit frisch geräuchertem Fisch. Hemdsärmlig, die Stallhose von Hosenträgern gehalten, reichte er das Tablett herum, auf dem die Delikatesse glänzte. Dazu wurde Schwarzbrot gereicht. Jeder Aal trug einen Preiszettel im Maul. Gegessen wurde aus der Hand, Besteck gab es nicht. Runter mit der Pelle und den Fisch quer durch den Mund gezogen. Das Fett triefte, es schmeckte herrlich. Wir vergnügten uns wie Landsknechte.

Um das Fett von den Händen los zu werden, goss der Wirt verdünnten Schnaps in die Handflächen, und ein weiterer, der jedoch nicht verdünnt, verteilte anschließend im Magen das Fett, abgelöscht mit oft zu vielen Bieren. Hierher fand in dieser Jahreszeit kein Tourist den Weg. Die hinter dem Deich geduckte Räucherkate galt bei den Fliegern als Geheimtipp. In vorgerückter Stunde wagte Frau Nachbarin ein Tänzchen auf dem Tisch, das tiefe Blicke ermöglichte, oder eine bisher nicht denkbare Neupaarung verschwand für ein halbes Stündchen im nahe liegenden Heuschober. Plötzlich rannten aus dem Stall entführte Ferkel quietschend durch die Gaststube, was die Frauen wiederum kreischend auf die Tische trieb.

Den manchmal schmerzhaftesten Blödsinn erfand unser oberster Techniker. Mit den Armen den Körper in Balance haltend rutschte die angeduhnte Meute nebenan im Silohaus das Treppengeländer herunter. Wohl dem, der zuvor herunterfiel, denn am Ende verstellte dem Rutschenden auf dem Endpfosten des Geländers ein gedrechselter Holzknopf den Weg, über den es mit einem Hupfer hinüberzukommen galt. Wehe dem, dem es nicht gelang. Wenn die weniger gefährdeten Frauen den Spaß mitmachten, nahmen die am Treppenende stehenden Herren die Hände horchend an die Ohren. Fragten die heruntergerutschten Damen, was das solle, rief der Chor der Neugierigen: „Wir wollten hören, ob es flupp macht!"

Polizei verkehrte zur nächtlichen Stunde nicht mehr auf den Straßen, Oft gelang es, den Dorfwachtmeister, ein Freund des Bauern Hansen, in die lustige Gesellschaft einzubeziehen. Wenn er den Kopf hinter seinem Bier schnarchend auf der Tischplatte abgelegt hatte, garantierte das eine unproblematische Heimfahrt.

Nicht weniger ausgelassen ging es bei den Staffelfesten auf dem Flugplatz zu. Was hatte der Kölner Fasching schon zu bieten im Vergleich mit dem Nordholzer Karneval. Da drehten die in den hohen Norden verschlagenen Rheinländer so richtig auf.

Ein Anlass zum Feiern ließ sich immer finden. Periodisch musste die Pudelkasse der Kegelbruderschaft geleert werden. Der Duft des seit den Morgenstunden am Spieß gedrehten Ochsen lockte nicht nur anteilberechtigte Esser an, sondern auch ältere verhungerte Stabsoffiziere, die sich gerne selbst einluden. Dazu zählte regelmäßig der Fliegerarzt, der Pathologe, der sich beim Leichenteilsammeln des abgestürzten Holländers profilieren konnte und der evangelische Militärgeistliche.

Wer die lustige Fressparty erst bei anbrechendem Tageslicht verließ, stolperte über zwei Gestalten, die vor dem Haus auf der Treppe saßen, weil sie den Heimweg nicht mehr schafften. Arzt und Pastor klagten jedem Vorbeikommenden ihr entsetzliches Leid. Sie hätten wieder mal zuviel getrunken und gegessen, aber es sei ja auch umsonst gewesen.

Der Einödstandort entwickelte über die Jahre einen eigenständigen Charakter. Nicht nur in der Marine, sondern in der gesamten Bundeswehr nahm das Geschwader auf Grund seines militärischen Auftrags eine Sonderrolle ein. Wenn gewollt, gelang es jedem Spezialisten, sich bis zur Pensionierung in Nordholz beruflich festzubeißen. Stand auch mir, stand Elisabeth der Sinn danach? Christian wuchs heran, Julchen war gerade eingeschult worden, die Zeit lief davon. Gegen das Bleiben sprach, dass vielerlei Routinemäßiges den Alltag gestaltete und dass es dabei nicht immer lustig zuging.

Rangeleien um Beförderungen und Dienststellungen erzeugten Unmut. Einen der Offiziere wählte die Nachbargemeinde zu ihrem Bürgermeister. Zur Ausübung dieses Amtes war der offenbar im Dienst nicht Ausgelastete freigestellt worden, seinen militärischen Dienstposten jedoch durfte er auf dem Papier behalten. Die Arbeit musste ein Dienstgradniedriger erledigen, der allerdings auf der blockierten Stelle nicht befördert werden konnte.

Einer unserer Hausbewohner, ein intelligenter Bursche, konnte das Saufen nicht sein lassen. Mal fiel er aus dem ersten Stock vom Balkon, mal mussten ihn seine Kinder auf einem Leiterwagen am helllichten Tag aus der Dorfkneipe nach Hause karren. Niemand wagte dem Gerücht Glauben zu schenken, dass der Schwarze Adler sich mit Kollegenfrauen verlustierte, oder dass es stimmte, dass Sancho Pansa während der Mittagspause seine Sekretärin im nahen Fichtenwäldchen vögelte. Was immer auch an den Halbwahrheiten dran war, das Geschwader konnte sich rühmen, die höchste Rate der Ehescheidungen in der Marine aufweisen zu können. Vielleicht lag es an der Lage des Flugplatzes als anerkannten Einödstandorts in der Nähe von Dörfern, die eigentümliche Namen wie Fickmühlen und Hodenhagen führten.

Mich als Staffelkapitän quälten ganz andere Sorgen, die Einsatzbereitschaft betreffend. Lufthansa und Swiss Air warben die Piloten mit Traumgehältern ab. Beim Militär fliegerisch vorzüglich ausgebildet und deshalb in der zivilen Luftfahrt nur kurze Zeit als Copilot und dann als Flugkapitän eingesetzt, sah ein Militärpilot nach einem solchen Umstieg eine glänzende Zukunft vor sich. Einer, der sich von mir verabschiedete, überlebte 1977 an Bord der Lufthansa-„Landshut" als Copilot die Geiselnahme in Mogadischu.

Unruhe brachte eine Kampagne ins Geschwader, losgetreten von den Operationsoffizieren, die die englische Bezeichnung Tactical Coordinator, kurz TaCo führten. Sie erhoben Klage wegen der ihrer Meinung nach ungerechten Behandlung bei der Zahlung der Fliegerzulage. Die Operateure, die den taktischen Einsatz leiteten und mit den Piloten in demselben Flugzeug flogen, erhielten eine wesentlich geringere Zulage, auch Aufwandsentschädigung genannt.

Während der U-Jagdeinsätze, bei denen über abgeworfene Bojen die elektronische Erkennung und Verfolgung getauchter U-Boote von den taktischen Koordinatoren aus dem hinteren Bereich des Flugzeugs geleitet wurde, flog das Cockpit nach den Einsatzweisungen aus der Operationszentrale.

Die Wertigkeit hielt sich die Waage. Was von hinten kam, konnte nur von Erfolg gekrönt sein, wenn die Piloten die Verfahren korrekt und fliegerisch gekonnt ausführten.

Auf mich drangen die Operateure ein. Man erkor mich zum Wortführer. Da ich sowohl das Jetfliegen als auch das langsamere Turboprop-Fliegen kennen gelernt hatte und wohl verstand, wie die Wechselbeziehung von Pilot zum TaCo sich verhielt, reiste ich nach Bonn, stritt mich mit fliegerisch fachlich inkompetenten Verwaltungsbeamten, musste Abhandlungen bewerten usw.

Es würde zu weit führen, in Einzelheiten zu gehen. Letztlich drohte ich schlichter Pilot im juristischen Gestrüpp zu ersticken.

Mir stahlen die Verhandlungen wertvolle Flugstunden, obendrein warf mir der Kommodore vor, ich hätte mich, wie er sagte, vor den Wagen des aufgeblasenen fliegenden Hilfspersonals spannen lassen.

„Eine Frechheit von denen, die Vorherrschaft des Pilotenstandes anzuzweifeln. Wer trägt denn letztendlich im Fluge die Verantwortung?" Das Hin- und Hergezerre drohte das Geschwader in zwei Lager zu spalten. Beide hatten gute Argumente. Der Lokalpresse blieb das Gerangel nicht verborgen. Schlagworte wie Revolution im Aufmacher erweckten die Aufmerksamkeit über die Region hinaus.

Am Ende erhielten die Herren hinter dem Cockpit eine höhere Zuwendung. Ihr jedoch im Wert weitaus höher einzustufender Erfolg war, dass künftig nicht nur Piloten, sondern auch Operateure bis hinauf zum Kommodore aufsteigen durften.

Dem Schwarzen Adler gefiel diese Entscheidung ganz und gar nicht, er berannte erfolglos den Inspekteur. Tagelang dröhnten seine Wutausbrüche über die Flure des Stabsgebäudes. Er tobte so lange, bis die Bonner Personalpäpste ihn weglobten, zum Flottillenadmiral beförderten und ins Verteidigungsministerium auf die Hardthöhe holten, was ihn beschwichtigte. Und wer wurde seine Nachfolger?

Das Exempel machte Schule. Der Chef des so genannten Personalgutachterausschusses der Marine, selbst Jahre zuvor auf der Gannet, dem Vorgänger der Atlantic, als Navigator geflogen, übernahm das Geschwader als Kommodore.

Dem hageren, schlitzohrigen, manchmal groben und schnarrenden Schwarzen Adler folgte ein gepflegter, hochgebildeter Jesuitenschüler, ein, wie bald festgestellt, nur äußerlich gemütlich wirkender untersetzter Typ mit roten Wangen, der eher hinter den Schreibtisch einer Diözese gepasst hätte.

Sancho Pansa als Kommandeur der Fliegenden Gruppe, jetzt von seinem Admiralsbusenfreund allein gelassen und sicherlich in dessen Auftrag, ließ keine Gelegenheit aus, seinem neuen Chef Schwierigkeiten zu bereiten. Die Stänkerei brach ihm schließlich den Hals.

Ihn sollte bald das Schicksal der Versetzung ereilen, weg von der geliebten Fliegerei. Wir in den Staffeln hielten uns kommentarlos zurück.

Der neue Kommodore besuchte uns auf der Flightline, wirkte locker und gewann schnell die Herzen seiner Leute. Mit seinem Namen Krone spielte er auf den bekannten Zirkus an und bezeichnete sich selbst als neuen Zirkusdirektor der großen Geschwaderfamilie. Bei dem Willkommensumtrunk im Offizierheim stellte er seine Frau vor, ein beeindruckendes Novum. Die Frau des Schwarzen Adlers und die des Sancho Pansa hatte niemand von uns kennen gelernt. Eine neue Ära begann.

Nach NATO-Kriterien und bei den jährlichen Überprüfungen durch ein internationales Team schnitt das Geschwader einsatzmäßig mit Bestnoten ab. Das öffnete der Atlantic den Zugang zu Unternehmungen zusammen mit Seeaufklärern und U-Bootjägern anderer Nationen.

50

Die meisten Flugstunden brachten die Manöverflüge. Sie führten zu Zwischenlandungen unter anderem auch im benachbarten Ausland.

Vor einem Flug von einem Flugplatz in der Nähe von Lorient hinaus in die Biskaya saß die Besatzung in einer Art Cafeteria zusammen und stärkte sich. Es schmeckte vorzüglich, alles Leckereien, die man von zu Hause nicht kannte, wie escargots, in Knoblauchsauce schwimmende Weinbergschnecken, und vor allem der Rotwein, den der Steward, hier in Frankreich „serveur" betitelt, dem fliegenden Personal willig nachschenkte, bis plötzlich der Co aufsprang und entsetzt ausrief: „Leute hört auf, wir bekacheln uns hier, und in einer halben Stunde sollen wir in der Luft sein!"

Niemand hatte mehr an den Flug gedacht, jeder hatte sich dem herrlichen Wein hingegeben.

Als die Crew aus der airconditionedgekühlten Cafeteria in die sommerliche Sonne kam, stellte diese bisher nicht gepflegte Flugvorbereitung sie vor ungewohnte Probleme. Keiner schwankte zum Flugzeug, aber während des Fluges ging es ungewöhnlich fröhlich zu, es herrschte eine Bombenstimmung. Gott sei Dank beinhaltete der Flugauftrag nur Fotoaufklärung in einem wolkenfreien Seegebiet. Der in der Bugkanzel sitzende Fotograf war gefordert, Bilder von Schiffen zu machen, das Cockpit flog die Kurven, und die anderen erzählten Witze. Der Flug zurück nach Lorient gestaltete sich weniger lustig. Über der Küste wartete dickes Wetter auf die fröhliche Gesellschaft. Der französische Funksprechverkehr in holperigem Englisch verlangte manche Nachfrage. Im Endanflug, umhüllt von dunklen Wolken, meldete sich der Controller, der uns auf dem Gleitpfad heruntersprechen sollte. Wie ein Maschinengewehr ratterte er seine Sprüchlein herunter, und das in hastigem Französisch. Sein Wortschwall ließ keine Lücke zu, ihm mitzuteilen, dass wir Germanen dieser Sprache nicht kundig waren und nichts verstanden. Als der da unten mal Luft holen musste, brüllte ihm der Co seinen mühsam aus schulischen Restbeständen zusammengebastelten Französischsatz entgegen, dass man an Bord nur englisch und deutsch verstünde, kein französisch: „Nous ne comprenons que l´allemand et l'anglais ! »

Das verschlug dem Franzosen die Sprache, statt einer Antwort drangen aus dem Kopfhörer Hintergrundgeräusche, die auf eine heftige Diskussion hinwiesen. Nach einer Pause folgte die spaßige Mitteilung: „Bitte warten!"-„Attendez, s'il vous plaît!"

541

Attendez? Was sollte das heißen? Ja, glaubten die da unten, wir dachten geduldig an eine Telefonverbindung von Haus zu Haus? Verdammt noch mal, wir hingen blind in der Luft und das im Sinkflug! Überall in der Welt sprach man im Flugverkehr englisch, nur offenbar in Frankreich nicht. Wertvolle Sekunden verstrichen. Keine 500 Fuß hoch befand sich die Atlantic über dem Boden, als endlich in annähernd verständlichem Englisch ein Fremdsprachler uns zur Landebahn herunterführte. Viel länger hätten wir dieses Spielchen nicht ohne Durchzustarten treiben dürfen.

Übrigens hat die Crew, weil es so schön war, den Abend wieder in der Cafeteria verbracht, natürlich mit dem gleichen Rotwein. Der nächste Flug, die Heimkehr nach Nordholz, sollte erst am nächsten Abend stattfinden. Also dann „à votre santé!"

Ein anderes Mal endete ein Auftrag hinauf in das Seegebiet nördlich der Shetlands mit einer Ausweichlandung in Jever. Der Platz hatte 24-Stunden-Dienst. Von Nordholz wegen schlechten Wetters abgewiesen, landete eine einsame Atlantic morgens um drei auf dem Starfighter-Flugplatz. Hier waren die Jäger zu Hause, das Schnellste, was die Luftwaffe zu bieten hatte, die Kavallerie der Lüfte. Die Herren fühlten sich als elitäres Völkchen.

Selbst der Towercontroller näselte seine Anweisungen mit einem gewissen Ton der Überheblichkeit, als wir müde Krieger nach einem 12-Stundentrip um Landegenehmigung für unseren langsamen Turboprop baten. Dagegen überraschte die Freundlichkeit des Bodenpersonals trotz der frühen Morgenstunde. Warte und Techniker kümmerten sich rührend um unseren Vogel. Kaum hatten wir die Turbinen abgestellt, das Flugzeug verlassen und die Luken zugeschlagen, da wartete schon ein Pritschenwagen, um die Besatzung zu den bereitgestellten Unterkünften zu fahren. Nee, da wollte niemand hin. Nach stundenlangem Flug an der frischen Luft wieder munter geworden, entschied die Crew einhellig, irgendwo hingekarrt zu werden, wo noch was los sei. Der Fahrer maulte zwar ein wenig, aber der Bordmechaniker, ein Hüne von Mensch, klopfte dem kleinen Gefreiten auf die Schulter und log, der Wachhabende Offizier hätte über Funk die Fahrerlaubnis erteilt. Der Wagen rumpelte über Frieslands raue Straßen und endete vor einer grellen Leuchtreklame, einem Stripteaseladen. Die Meute in roten Kombinationen, im umgeschnallten Gurtzeug steckten Pistolen, das war bei Manöverflügen so üblich, stürmte polternd das Lokal. Bei dem kriegerischen Anblick fiel dem erstarrenden Kellner fast das Tablett aus der Hand, erschreckte Blondinen quietschten, und ein paar ältere Herren in den Plüschsofas musterten die vermeintlichen Terroristen mit ängstlichen Blicken.

Bei dem Ruf: „Gibt es hier noch Bier?" löste sich die Starre. Hinter dem Tresen erschien ein weißliches Gesicht, das verklemmt lächelte und sagte: „Natürlich meine Herren, aber meine Damen haben Dienstschluss". Plötzlich umringt, sah er in drohende Gesichter, wohl aus Versehen fiel dabei einem die Pistole aus dem Halfter scheppernd in das Gläserwaschbecken. Der erschrockene Wirt hob die Hände und stotterte: „Jawohl, meine Mädchen kommen sofort."

Warum nicht gleich so! Das eilig gezapfte Bier lief durch durstige Kehlen, und auf der Bühne zeigten die Püppchen, was sie drauf hatten, ein wenig lustlos, aber zufriedenstellend.

Selbst die alten Herren freuten sich über die verlängerte Late-Night-Show, so dass sie eine Runde Korn spendierten. Das ging so lange, bis jeder einsah, dem Etablissement sei die verdiente Ruhe zu gewähren. Die Truppe, nicht müde geworden, eher aufgekratzt, verlangte, nach der Rückfahrt vor dem Offizierheim anzuhalten. Drinnen in der Bar brannte Licht. Nichts wie hinein!

Bekittelte Frauen mit Kopftüchern schrubbten gerade den Fußboden und schoben die Barhocker hin und her.

Auf den Zuruf: „Gibt es hier noch was zu trinken?" zuckten die überraschten Putzfrauen mit den Schulten und wiesen auf eine Tür. Dort hinter hockte jemand, der zur frühen Stunde glaubte, ungestört die Messerechnungen durchsehen zu können. Davon abgebracht, gelang es ihm nicht, die Bitte abzuwehren, den Morgen als Barkeeper zu beginnen. Zum Tagesbeginn zu einem fröhlichen Trunk eingeladen zu werden ließ die Damen kichern, um so mehr, als man ihnen die Schrubber aus den Händen nahm und sie auf die Barhocker hob. Einige wurden sogar schmusig. Nur gut, dass bald die blutrot aufgehende Sonne durch die Fenster blinzelte und zum Aufbruch mahnte.

Zur Unterkunft, um zu schlafen, nein, das lohnte nicht mehr. Ich schlug vor, in die Atlantic zu klettern und dort in den Kojen, in den Sitzen oder auf den Flurplatten ungestört und unbemerkt von den neugierigen Blicken der Luftwaffenkameraden den Rausch auszuschlafen. Fast waren wir aus dem Offizierheim heraus, da stand im Vorraum plötzlich senkrecht aufgestellt ein mehrere Meter langer Propellerflügel eines Zeppelins im Weg. „Der gehört doch gar nicht hierher. Damit können Jetfuzzis gar nichts anfangen. Nicht die, sondern wir sind die Propellermenschen. Heißt nicht unser Verein „Das Zeppelingeschwader"?"

Keinerlei Bedenken hielten sechs trunkene Gestalten auf, das bleischwere Teil geschultert zur Atlantic zu schleppen, die Bombentore aufzufahren und den Propellerflügel im Schacht fachgerecht festzuzurren, damit er als Trophäe nach Nordholz geflogen werden konnte.

Mit Sonnenaufgang war Jever aufgewacht. Zum Früheinsatz fuhren in offenen VW-Bussen die ersten Jetpiloten zu den Stellplätzen ihrer Maschinen, einige hielten kurz an und wollten wissen, wohin denn der Leichnam gebracht werden sollte, andere fragten gehässig, ob das Ding ein Ersatzteil für die Atlantic sei. Niemand nahm Anstoß daran, dass wir das Stück entführten.

Die Helden zogen hinter sich die Einstiegsluke zu und versanken gleich an ihrem Arbeitsplatz in einen nicht lange währenden Schlaf. Es muss wohl gegen halb neun Uhr gewesen sein, als es heftig am Rumpf klopfte. Als Kommandant sah ich mich gefragt, den Lärmverursacher festzustellen, und stieg über das ausgefahrene Luk an die viel zu frische Luft.

Unrasiert, sicherlich mit einer Fahne, übelriechend, mit wuscheligen Haaren, in verschwitzter Fliegerkombination, wurde ich zackig von einem glatt rasierten, nach Haarwasser duftenden sportlich schneidigen Oberleutnant der Luftwaffe begrüßt, mit der Aufforderung, unverzüglich mit ihm zu seinem Kommodore Herrn Oberst Kallerdorf zu fahren.

Während der Tour um das Flugfeld fiel kein einziges Wort. Der Oberleutnant blickt stur, fast angewidert nach vorn. Ich spürte auch nicht das Bedürfnis, ihn anzusprechen. Ihn von der Seite betrachtend, fiel mir die Bezeichnung arroganter Lackaffe ein.

Wie mochte sich wohl sein Oberst aufführen, was der mir alles vorzuwerfen hatte: Missbrauch der Gastfreundschaft. Nötigung des Fahrers zu einer außerdienstlichen Fahrt. Belästigung der Offizierheimbedienung, dass wir den Rechnungsführer gezwungen hatten, kostenlos Bier auszuschenken, und nicht zuletzt die Unverschämtheit des Versuchs, die Geschwaderreliquie zu entwenden.

Der Oberst sah genau so gepflegt aus wie sein Oberleutnant. Älter, graumeliert, mit kantigen Gesichtszügen gehörte er sicherlich der Fliegergeneration an, die bei Hermann Göring gedient hatte. Bestimmt hatte er vor ein paar Minuten noch am Frühstückstisch gesessen, bei heißem Kaffee, Honig, dreierlei Marmelade, leckerer Salami, einem weich gekochten Ei und dazu knackig frischen Brötchen. Bei dem Gedanken wurde mir fast schwindelig vor Hunger. Obendrein musste ich befürchten, gleich fürchterlich zur Brust genommen zu werden.

Ich riss mich zusammen und machte Meldung, stellte mich vor. Name, Dienstgrad, Geschwader, und wo wir herkamen.

Er ließ mich freundlicherweise nicht stehen, sondern zeigte auf den Stuhl vor seinem Schreibtisch.

Nichts anderes kam zur Sprache als der Propeller, nicht dass er schimpfte, aber er bestand darauf, zu erfahren, warum die Marine ihn beklauen wollte. Nur dadurch, dass der von uns zum Schankdienst genötigte Angestellte ihm den Vorgang gemeldet habe, sei die Marineaktion vereitelt worden. Vor kurzem hätten einige hier übernachtende Fiat-G-91-Piloten aus dem Schrank der Offiziermesse silberne Becher geklaut, und jetzt das. Er klagte über die Moral der jungen Leute in der Bundeswehr, früher in der alten Wehrmacht sei Diebstahl mit Erschießen geahndet worden.

Während er redete, suchte ich in meinem Hirn nach einer sinnvollen Erklärung und Entschuldigung.

Der Kommodore wirkte nicht wie ein vierschrötiger Beamter, auch nicht wie ein Haudegen. In seinen Augen meinte ich ein schlitzohriges Flackern zu entdecken, das eine gewisse Sympathie für unser Tun verriet. Was aus seinem Mund als Vorwurf über mich plätscherte, schien für ihn mehr eine dienstlich erforderliche Pflichtübung zu sein. Schließlich hielt er inne, musterte sein Gegenüber und forderte mich auf, zu meiner Rechtfertigung überzeugende Argumente vorzubringen. „Schießen Sie los, Herr Färber!"

„Herr Oberst, warum haben Sie uns nicht gewähren lassen, das Ding nach Nordholz zu entführen. Sollten Sie nicht eher Ihre Piloten tadeln, die heute Morgen feixend an uns vorbeigefahren sind, uns nicht angesprochen und nichts unternommen haben?"

Er staunte und fiel mir ins Wort: „Nee, das hat mir bisher niemand gesagt, aber erzählen Sie weiter!"

Ich spürte Aufwind und fuhr fort: „Ihre Piloten wegen Unachtsamkeit anzuweisen, ihre Reliquie in Nordholz einzulösen gegen ein Fass Bier, das wir gemeinsam auf unserem Platz geleert hätten, wäre doch eine teilstreitkraftverbindende Gaudi geworden. Den Propellerflügel hätte die Marine Ihnen danach mit eigenem Lufttransport wieder zugestellt und fachgerecht im O-Heim am zugedachten Ort aufgestellt, ein Anlass zu einer weiteren gemeinsamen Feier. Jetzt wird nichts mehr daraus werden."

Oberst Kallerdorf wiegte den Kopf hin und her, lächelte sogar.

„Sie sagen es, die Chance ist verpasst. Ach Herr Färber, wer kommt denn heute noch auf derartige Ideen. Ich weiß gar nicht mal, ob meine jungen Offizier da mitmachen würden. Auf Grund der Umstände damals an der Front waren wir eine verschworene Gemeinschaft, die das unberechenbare Tagesgeschehen mit solchen Streichen auflockerte. Heutzutage läuft alles steifer und unpersönlicher bürokratisch überwacht ab, typischer Friedensbetrieb, da bleibt wenig Platz, um mal aus dem Ruder laufen zu dürfen."

Nachdenklich geworden machte er eine Pause. Seine Blicke wanderten über die Wand, an der die Wappen ehemaliger Jagdgeschwader hingen, im Ständer davor die Geschwaderflagge Schwarz-Rot-Gold.

Er erhob sich langsam aus seinem Schreibtischsessel, ging um den Tisch herum, ergriff fast feierlich meine Hand, drückte sie sagte: „Freut mich, einen der Nachfolgegeneration kennen gelernt zu haben, dem noch etwas einfällt." Oh, ich fühlte mich geschmeichelt. Welch ein glücklicher Ausgang der anfangs so gefürchteten Begegnung. Kallerdorf fuhr fort: „Ihnen weiterhin viel Fliegerglück. Lassen Sie sich und Ihren Männern im O-Heim ein gediegenes Frühstück servieren. Ich werde gleich dort anrufen. Alles Gute und auf Wiedersehen." Ich salutierte, ein kurzer Blick, draußen wartete der Fahrer, der immer noch glatte, wohlduftende Oberleutnant.

Als Staffelkapitän oft ins Stabsgebäude zitiert, begegnete ich jetzt häufiger dem Grafen. Mit seiner Erfahrung, nicht nur als Fluglehrer, und der Berechtigung, die alljährlich wiederkehrenden Pilotenchecks im Flugsimulator und beim Überprüfungsflug zu überwachen, war er neuerdings ernannt worden, die von der NATO geforderten Einsatzkriterien, kurz als TACEVAL Tactical Evaluation bezeichnet, zu überwachen.

Eine dieser Begegnungen bot die Gelegenheit, den anderen gemeinsam einen besonderen Flug wegzuschnappen. Von Köln aus sollte ein Ärzteteam auf die Azoren geflogen werden, leider nicht zum Glass Six Store in Lajes auf der Insel Terceira, sondern zur Nachbarinsel Sao Miguel, wo im Hafen von Ponta Delgada das Segelschulschiff „Gorch Fock" lag. An Bord war eine undefinierbare Krankheit ausgebrochen, deshalb der eilige Transport von Militärärzten dorthin und mögliche Rückführung einiger Ernsterkrankter.

51

Während der nicht aufregenden Anreise hatten wir uns im Cockpit viel zu erzählen oder lasen. Der Flug glich dem einer Passagiermaschine, George, wie der automatische Pilot hieß, übernahm die Steuerung. Die übrige Minimumcrew, bestehend aus Navigator, Bordmechaniker und Funker, lag in den Sitzen oder stand kaffeetrinkend in Unterhaltung mit den Ärzten: Alles blutjunges Volk, einige davon äußerst besorgt, ob wir sie sicher und unbeschadet nach Ponta Delgada bringen würden, zwei oder drei flogen zum ersten Mal in ihrem Leben.

Abends in Köln-Wahn gestartet, führte der Flug in die Nacht über das funkelnde Lichtermeer von Paris hinaus auf die finstere, lichtlose See, Kurs Südwest. Im schummerigen Licht der Cockpitinstrumente dösten wir beide vor uns hin. Es muss wohl Mitternacht gewesen sein, als mich der Bordmechaniker aus den Träumen holte und mitteilte, dass der Funker dabei sei, in der klitzekleinen Bordküche für alle Spiegeleier zu braten, ich sei als erster dran. Ich tippte meinen Co an, der Graf grunzte, übernahm mit Knopfdruck die automatische Steuerung und sank wieder zurück. Hinten servierte der Funker am kleinen Tischchen seinen schnell wechselnden Gästen die willkommene Abwechslung. Es ergab sich ein dahinplätscherndes Gespräch mit meinem Gegenüber.

Plötzlich großer Tumult vorn im Cockpit. Eine aufgeregte Stimme rief Unverständliches, kam näher und stand in der Gestalt eines blassen Stabsarztes zitternd vor dem Tisch, blickte verzweifelt suchend herum, bis seine angsterfüllten Augen an mir und meinem Gesprächspartner hängen blieben. Fassungslos schrie er überkicksend: „Die Piloten sind weg, beide Piloten sind weg, da vorn sitzt keiner mehr."

Stille trat ein. Alle starrten auf mich dann auf mein Gegenüber, und wer saß da? Der Graf! Seit mindestens 20 Minuten flog der brave Vogel durch die Nacht, vom

546

eisernen George sorgfältig und vielleicht besser als von uns gesteuert. Wie konnte das geschehen?

Der Co war aufgestanden, vermutete mich wieder im Kommandantensitz liegend, aber das war der Bordmechaniker, der meine Abwesenheit nutzte, ein wenig bequemer zu schlafen.

Dem Grafen und mir muss während des Gesprächs in der Bordküche das Bewusstsein abhanden gekommen sein, dass einer von uns da vorn hätte sitzen sollen. Aber es war die Aufregung nicht wert. Die Atlantic hielt ausgetrimmt brav Kurs und Höhe, jede Veränderung der Geräuschkulisse hätten unsere Ohren wahrgenommen, und eine Korrektur wäre schnell erfolgt. Der junge Stabsarzt jedoch muss den sicheren Tod vor Augen gesehen haben. Es bedurfte einer längeren Tröstungsphase, schon allein um dem Gepeinigten die Lust zu nehmen, nach der Heimkehr daraus eine für uns halsbrecherische Geschichte aufzutischen.

Wie bei Anflügen auf Lajes bedurfte das Auffinden der Azoren weder des Radars noch anderer navigatorischer Hilfsmittel. Voraus glitzerte in der Morgensonne das Meer, wolkenlos unendlich der Himmel, und über den Inseln, bereits aus großer Entfernung zu erkennen, thronten kumulusartige Wolkentürme.

Die anzusteuernde Insel Sao Miguel bedeckte ein weißes Gebilde, das aussah wie ein wulstiger übergestülpter Kaffeepottwärmer. Die Insel darunter war nicht zu sehen. Die spärlich vorhandenen Flugunterlagen boten wenig Information über den Landeort. Von einem steil ansteigenden Bergmassiv nordwestlich der Hafenstadt war die Rede. Der Flugplatz lag unmittelbar am Stadtrand auf einer höher gelegenen Ebene, darauf eine relativ kurze wellige Start- und Landebahn.

Beim Anflug von West, parallel eng an der Felswand entlang, würde der Platz nach Überfliegen einer steil aus dem Meer aufsteigenden 50 Meter hohen Felskante zu finden sein. Die steinerne Wandfläche unterhalb des Beginns der Landebahn zwischen der See und der Oberkante sei mit einem großen weißen „W“ gekennzeichnet.

Der Graf und ich würfelten, wer den Anflug durchführen sollte, der Graf gewann. In Sprechfunkreichweite angemeldet, sprach uns der portugiesische Controller an, zwar freundlich, aber seine Anweisungen galten offensichtlich einem anderen Objekt auf seinem Radarscope. Ihn allerdings davon zu überzeugen, dass er verkehrt lag, gelang nicht, also cancelten wir den Flugplan und teilten ihm mit, unter Sichtflugbedingungen anzufliegen. Erleichtert stimmte er dem zu.

Der Graf umflog von Nordosten kommend die Insel im Tiefflug. Nochmals meldet sich Ponta Delgada Tower und verlangte eine Linkskurve, die in Richtung auf die nahe Felsküste geführt hätte.

No no, der Bursche hatte uns tatsächlich nicht auf der Platte. Dichter an der Küste sank die Wolkenuntergrenze herab. Steil aufsteigend verschwand der dunkle Küstenstreifen an der linken Seite in tief hängenden Wolken, die sich zur offenen

See hin in der Ferne auflösten. Dort glitzerte das Meer in der Sonne. Wir aber flogen unter einer der Insel aufgesetzten Wolkenhaube, die zwischen ihrer Unterseite und der Wasseroberfläche einen nur schmalen Spielraum für Sichtflugbedingungen bot. Immer knapp unter den Wolken, die wie eine solide Zimmerdecke über dem Flugzeug hingen, suchten eifrige Augen im Cockpit das Flugfeld auf dem der Küste vorgelagerten Plateau, das allerdings nach der Fluginformation genau so hoch über dem Meeresspiegel lag, wie der Höhenmesser anzeigte.

„Scheiße, diese tiefbaumelnden Wolken" entkam es mir, der Graf nickte. Um die letzte Felsecke herum, jetzt auf Ostkurs, musste voraus etwas Markantes zu sehen sein.

Nach dem Signal des Funkfeuers, das jetzt deutlicher durchkam: Entfernung keine Meile mehr. „Na also!" Aber in Sichtweite nur Dunkelheit, die sich zunehmend dunkler färbte. Was war das?

Wir rasten auf eine Wand zu, die aus dem Meer aufsteigend an der oberen Kante wie glühend durch ein dahinter blendenden Licht angestrahlt war, das musste die Stirnseite des Felsplateaus sein, auf dem der Flugplatz lag. Im Höherziehen schlug von vorn wie ein Scheinwerfer die Morgensonne ins Cockpit. Zwischen der jetzt messingfarben angestrahlten Wolkenuntergrenze und der Plateaukante blieb nur ein kleiner erleuchteter Briefkastenschlitz, durch den wir hineinschlüpfen konnten. Im Schatten der Felswand kaum zu erkennen, genau vor der tief anfliegenden Maschine, huschte unter dem Bug das alle Zweifel beseitigende „W" hindurch.

Ein nochmaliger Blick bestätigte: Fahrwerk ausgefahren, Landeklappen gesetzt. Das fliegerisch Kuriose folgte. Nicht wie gewohnt im Sink-, sondern im Steigflug hüpfte der Graf mit uns und der Ärztefracht über die Felskante.

Große Erleichterung, direkt voraus im gleißenden Sonnenlicht lag das heiß erhoffte Betonband, auf dem gleich bei den ersten Streifen die Räder aufsetzten, um auf der erstaunlich kurzen Landbahn mit Gewalt abzubremsen.

Zur Bestätigung, dass wir tatsächlich auf dem Zielflughafen gelandet waren, begrüßte der Tower den ersten Gast des Tages mit der belächelten, nicht mehr erforderlichen Mitteilung: „You are welcome at Ponta Delgada and cleared for landing!"

Ja danke, das hatten wir gerade hinter uns.

Die Wolkenbank lastete keine 20 Meter hoch über dem Flieger. Man hatte das Gefühl, in eine erleuchtete Flughalle hinein gelandet zu sein. Im Ausrollen wandte sich der Graf mir zu und scherzte: „Das ist übrigens ist das erste Mal, dass ich einen Platz unterhalb der Grasnarbe angeflogen habe." Nicht nur er, wir alle an Bord!

Was danach mit den Ärzten und auf der „Gorch Fock" geschah, fiel nicht in unseren Aufgabenbereich, interessierte auch nicht. An Bord in Zivil umgezogen, schlenderte die Crew gemeinsam durch die nichtssagende Stadt und wurde abends, wieder in Uniform, zusammen mit Honoratioren der Stadt, Vertretern des portugiesischen Militärs und der Polizei sowie Offizieren der „Gorch Fock" zu einem Büffet ins deutsche Konsulat eingeladen. Das war ganz amüsant. Hübsche dunkelhaarige Mädchen, herausgeputzt und auf Schwindel erregend hohen Absätzen daherschreitend und Hüften schwingend, servierten gebratene Garnelen in Knoblauchsauce mit gerösteten Mandelsplittern. Bier gab es nicht, dafür Sekt bis zum Abwinken. Kurz vor Ende der Veranstaltung störte ein Mann beim Garnelenessen, der sich als deutscher Geschäftsmann vorstellte.

Der Kerl gefiel mir nicht, sah schmuddelig aus, war schlecht rasiert, und seine nackten Füße steckten in ausgetretenen Sandalen. Er sprach hessischen Dialekt, plauderte und plauderte, bis er endlich zur Sache kam. Er müsse dringend morgen nach Deutschland, Geschäfte, wissen Sie, heute ist mir die letzte Passagiermaschine der TAP-Airlines durch die Lappen gegangen, ob er nicht als braver Steuerzahler, der ja auch die Bundeswehr finanziert, mal ohne Ticket nach Köln mitgenommen werden könnte.

Argumente aller Art halfen nicht, ihn los zu werden, er redete immer heftiger auf mich ein. Irgendwann konnte ich ihn abschütteln, leider gelang mir nicht, den Konsul zu erreichen, um zu erfahren, wer dieser Gast gewesen war. Schließlich im Bett, der Graf und ich teilten uns im schäbigen Flughafenhotel ein Doppelzimmer, streifte der Gedankenaustausch über den ereignisreichen Tag auch den eigentümlichen Gesprächspartner. Meinem Bettnachbarn hatte er dieselbe Story erzählt, die schnell vergessen war. Es gab vor dem Einschlafen Wichtigeres zu besprechen.

Die Startstrecke reichte nicht, um vollgetankt sicher abzuheben. Als freudig beklatschte Lösung bot sich an, von Ponta Delgada mit Minimumtreibstoff nach Lajes hinüber zu fliegen, um dort für den Rückflug zu tanken, nicht nur Kerosin, sondern auch Flüssiges im lange nicht mehr besuchten Alkoholparadies, dem Glass Six Store.

Selbst wenn der Zoll uns in Köln flöhen würde, kämen wir, verteilt auf die Kopfzahl der Ärzte an Bord, die wir nicht einzuweihen gedachten, ungeschoren davon.

Der nächste Tag lud zum längeren Verweilen ein. Ein weicher Wind fächelte auf dem Weg zum Flugzeug um die Ohren, die Insel lag im hellen Sonnenschein, nur auf dem Pico, dem Berg gleich hinter der Stadt, turnte das letzte kleine Wölkchen von gestern. Was für ein Unterschied zu dem gestrigen kriminellen grauen Flugwetter!

Tourist müsste man sein.

Vor uns erhielt eine Boing 727 der TAP Starterlaubnis. Erstaunlich, dass die Portugiesen diesen mit uns fast gleichgroßen Vogel auf einer so kurzen Piste abheben ließen, vollbetankt und voller Passagiere.

Ganz offensichtlich kannten die Piloten die Macken des Platzes und boten uns, die wir deren Start neugierig aus unserem Cockpit verfolgten, eine kribbelnde, schon unangenehme Show. Weit hinter den Startpunkt zurückgerollt bis der Schwanz über die Felskante hinausragte, gab die 727 tief in den Bremsen stehend Vollgas, das nach hinten ein Dreckfahne und Gesteinsbrocken davon wirbelten. Dann ging´s los: Mühsam nahm der Vogel Fahrt auf, humpelte an der Atlantic vorbei, nach unserem Empfinden viel zu langsam.

Schwerfällig rollte die Passagiermaschine dem Ende der Startbahn entgegen, hinter der, tiefer gelegen, die verschachtelten Häuser der Stadt bis an das Flugfeld heranreichten.

Schweigsam, ja bestürzt, erwarteten wir das Unvermeidliche. Längst über die Marke hinaus, an der es hätte in der Luft sein müssen, hob das Flugzeug endlich wie hochgerissen auf den letzten Metern ab, um gleich darauf unterhalb des Hangs aus dem Blickfeld zu verschwinden. Jetzt müsste es gleich einen riesigen Feuerball geben, nein, Gott sei Dank. da war sie schon wieder. Als wenn die 727 aus der Stadt herausgestartet wäre, gewann der Vogel schleichend Höhe, lahm ansteigend. Man konnte sich angewidert schütteln. Der Graf und ich warfen uns Blicke zu, die soviel sagten wie: „Hier kommen wir nicht wieder her!"

Unsere Ärzte meldeten Vollzähligkeit. Kein Kranker brauchte mitgenommen zu werden. An Bord der „Gorch Fock" sei alles nicht so schlimm gewesen. Eine Influenza, die auch im örtlichen Krankenhaus hätte auskuriert werden. Somit haushaltsmäßig eine unnötige und kostenträchtige Flugreise.

Wieder in der Luft, Kurs auf Lajes, flog die Atlantic in mittlerer Höhe zum Zwischentanken nach Terceira, als der Funker nach vorn gehastet kam und mitteilte, dass die Klotür von innen verrammelt sei. Ich begleitete ihn nach hinten. Tatsächlich, die Tür ließ sich nicht öffnen. Keine Reaktion trotz mehrfachen Anklopfens. Der Funker und ich wechselten die Blicke: Ok. Aufbrechen!

Wer saß auf der Brille? Mein angeblicher Geschäftsmann von gestern, die Hände vors bleiche Gesicht geschlagen.

In Lajes übernahm die amerikanischen Security den Mann. Auf dem weiteren Heimflug beschäftigte die Frage, auf welche Art und Weise der blinde Passagier an Bord gekommen sein könnte. Eine befriedigende Antwort gab es nicht.

Ponta Delgada sollte gemieden werden!

Die Zeit, nach vielen enthaltsamen Wochen endlich wieder in Elisabeths Armen auszuruhen blieb kurz bemessen. Nicht allein, dass uns nachts die Kinder störten. Da krabbelte, höchst unpassend, der gar nicht mehr so kleine Christian ins Bett, um seinem Vater die eben gerade in der Schule erlernte Mengenlehre zu erklären, oder das unter die Bettdecke geschlüpfte Julchen war erst dann gewillt, den ihr noch nicht zu erklärenden ehelichen Vorgang nicht zu stören, als ihr versprochen wurde, dass der liebe Vati gleich morgen den lang gewünschten Zwerghamster kaufen würde.

Plötzlich Stille. Hannes hatte aufgehört zu reden, blickte stumm in die Runde und bemerkte halblaut: „Ich glaube, der Vati geht jetzt auch an Bord der „Esperanza" in seine Koje."

Er wollte sein Rednerpult, den Steuerstand, verlassen. Doch heftig aufbrausendes Oppositionsgemurmel bremste ihn: „Nee, komm mach weiter, es ist so schön an Deck, wir hören dir gern zu."

Man ließ ihn nicht abtreten und schob den Unterhalter zurück Die offenbar noch nicht müden Zuhörer gönnten ihm eine Zigarettenlänge und ein Bier.

Danach ging es weiter. „Ok, wenn ihr wollt!"

52

„Kaum in Nordholz zurück, fand ich eine Kommandierung in die USA auf dem Tisch, die mich und einige Kollegen aus dem Stabe für sechs Wochen nach Norfolk auf die Schulbank brachte.

Zusammen mit amerikanischen Marineoffizieren übten wir in Simulatoren neuartige U-Jagd-Verfahren. Am Virginia Beach blühten unter hohen Pinien in großen Feldern violette Azaleen, und am Strand servierten Ausflugslokale fangfrischen Hummer, der gar nicht mal so überwältigend schmeckte; da zog ich die Neidumer Krabben vor.

Abends in den Kneipen verteilten Wirte Liedtexte, alle Gäste sangen mit, wenn der vorsingende Klavierspieler loslegte. Das nannte sich ein „Singalong".

Jeder Lehrgangstag endete im „Breezy Point", einer im Marinestützpunkt gelegenen, auch für die Zivilbevölkerung zugänglichen Offiziermesse. Hier ging es hoch her. Es war die Zeit des unglückseligen Vietnamkrieges, den die amerikanische Öffentlichkeit Anfang der 70er längst als verloren sah. An der Bar, wo die Longdrinks literweise über den Tresen gingen, bestand darüber kein Diskussionsbedarf. Vietnam jedoch war auch hier zu Hause und zeigte eine unerwartete Seite des fernen Geschehens. Auffällig bunt gekleidete Weiblichkeit der nach Vietnam verschlagenen Krieger schwirrte herum, liebeshungrige Ehefrauen, die, wie uns die amerikanischen Lehrgangskollegen zuraunten, mit ihrer Aufdringlichkeit manchen der späten Zecher zu Fall brachten. Kaum vorstellbar, aber hier offenbarte das bekanntlich prüde Amerika ein völlig anderes Verhalten. Der Barkeeper warnte uns Neuankömmlinge: „Seid auf der Hut, die wollen ihren Stau in einem One Night Stand los werden, ausländische Lehrgangsteilnehmer, weil nur für kurze Zeit in den Staaten, sind bevorzugte Zielobjekte, schließt bloß nachts eure Zimmer zu. Die Weiber kungeln mit den Hausmeistern und dem philippinischen Hauspersonal der Offizierwohnblöcke. Da liegst du nichts ahnend in der Koje, plötzlich fliegt die Tür auf, ein geiles Frettchen steht vor dir, reißt sich das Fähnchen vom Leib und schon bist du fällig."

Bei dieser Warnung konnte man schon heiße Bäckchen kriegen.

551

Und tatsächlich drang nachts oft hemmungslos lautes Gegicker durch die hellhörig dünnen Wände, begleitet von eindeutigen Geräuschen, dass man sich die Ohren zuhalten musste, um nicht selbst unruhig und brunftig zu werden.

Norfolk als riesiger Marinehafen lockte zu einer Besichtigung, die von der Schulleitung arrangiert wurde. Beim Durchgang durch die Werfthallen fiel uns Deutschen auf, dass der Großteil der Maschinen, der Drehbänke und Kräne den Hoheitsadler des Dritten Reiches trugen, darunter eine Jahreszahl vor 1945, eindeutig Kriegsbeute aus der deutschen Industrie.

Beim Besuch des Bürgermeisters fielen lobende Worte auf die deutsch-amerikanische Freundschaft. Jeder erhielt eine versilberte Krawattennadel. Besonders stolz wies anschließend ein jugendlicher Stadtführer hin auf eines der älteren Häuser von Norfolk, wirklich sehr alt und aus Backstein erbaut. Am Giebel prangte die Jahreszahl. Was stand da? Die golden übermalten Mauerhaken, zur Zahl gebogen, ließen die Ziffern 1935 erkennen. Wir Älteren schauten uns an. „Mensch Leute, für amerikanische Geschichtsvorstellungen gehören unsere Jahrgänge bereits in die Zeit der Antike."

Die Stadtbesichtigung endete vor einem eigentümlichen Gebäude, halb Villa, halb Kirche. Es war das Mausoleum des Generals Douglas McArthur, des berühmten Befehlshabers der US-Streitkräfte im Korea-Krieg. Mit ehrfürchtig zittriger Stimme deutete ein herbeigeeilter bunt uniformierter Guide auf die Ehrwürdigkeit des zu betretenden Heiligtums der Nation hin. Er führte seine ausländischen Gäste durch die mit Flaggen geschmückten Flure und Säle des nach der Witwe des Generals benannten „Jean McArthur Research Center", einer Stiftung mit angeschlossener Bibliothek, und danach in den musealen Bereich, vorbei an Vitrinen, in denen wie Reliquien eine der Maiskolbenpfeifen, eine zerbrochene Brille, die vom Schweiß geschwärzte Schirmmütze des Generals, seine zuletzt getragenen lehmbeschmutzten Springerstiefel und andere uns bedeutungslos erscheinende Utensilien zur Schau gestellt wurden.

Die Führung endete mit dem Durchgang durch eine abgedunkelte Rundhalle. Nachgeahmte griechische Säulen umsäumten im Kreis eine größere Ausnehmung im Boden. Dort ruhte in einem Marmorsarkophag auf der einen Seite der General, die neben ihm freigelassene Fläche war gedacht für die Grablegung seiner Witwe, wie der Guide ergreifend zu schildern wusste.

Untereinander flüsterten wir uns unsere Meinung zu. Dieser Pomp und das kitschig anmutende Gewese um den Kriegshelden erschienen uns unzeitgemäß und übertrieben.

Anschließend in einen Konferenzsaal gebeten, wurde die deutsche Gruppe bereits von einigen zuvor nicht in Erscheinung getretenen Damen und Herren erwartet. Nach wenigen freundlichen Floskeln begann die Befragung zu dem, was wir gesehen hatten.

Da die amerikanischen Fragesteller sich salopp gaben, glaubte einer unserer jüngeren Kapitänleutnante die treffliche Bemerkung machen zu müssen, dass eine derartige Heldenverehrung in Germany nicht denkbar wäre. Auf den Gesichtern der Gegenseite schwand das Lächeln, und nachdem Raddatz, so hieß unser junger Mann, noch einen draufsetzte mit seiner Meinung, dass heutzutage niemand in Germany selbst für den von Hitler in den Selbstmord getriebenen General Rommel solchen Kult gut finden würde, da sprang ein bisher im Hintergrund sitzender älterer Mann auf, schlug mit der flachen Hand an seine Brust und fuhr mit der anderen durch das graue lockige Haar. In seinen Augen blitzte Feuer als er in einem eigentümlichen Deutsch jammerte:

„Hab ich, der Moshe Cohen, iberlebt Treblinka und Auschwitz, muss ich heren deitsche Nazistimmen, wollen feiern Mörder und Macher von Holocaust, weg mit eich, weg mit eich, will nich sähen Gesichter merr !"

Mit vor dem Gesicht gehaltenen Händen stolperte er aus dem Saal, krachend fiel die Tür zu, zurück blieb betretenes Schweigen.

Mir als Ältestem fiel die Rolle zu, die nicht beabsichtigte Beleidigung herunterzuspielen und den Sachverhalt richtig zu stellen, den unglücklichen Vergleich selbst nicht gut zu finden und vor allem das Missverständnis mit den geringen englischen Sprachkenntnissen des freimütigen Raddatz zu erklären.

Es half nicht, auch nicht der Hinweis, dass die deutsche Marine kürzlich einen der drei in den USA gekauften Zerstörer auf den Namen Rommel getauft hatte. Sicherlich wäre das unterblieben, wenn auch nur der geringste Verdacht aufgekommen wäre, dass der General etwas mit den KZs zu tun gehabt hätte.

Meine Bemühungen verliefen im Sand. Man ließ uns stehen. Die so ungezwungen begonnene Unterhaltung endete mit einem bitteren Geschmack auf der Zunge. Nach nur noch kurzem Blick auf die Bronzefigur des McArthur im Eingangsbereich der großen und protzigen Ehrenhalle - so Unrecht hatte der junge Raddatz mit seiner Bemerkung gar nicht - fuhr der Bus eine schweigende Gesellschaft zurück in den Marinestützpunkt.

Am nächsten Tag wurde ich mitten aus dem Unterricht zum amerikanischen Basecommander gerufen, einem älteren Herrn, die Brust übersät mit Orden; am Arm bis hinauf zum Ellenbogen zierten den Mann goldglitzernde Admiralsstreifen. Bei ihm wartete bereits eine Abordnung der jüdischen Gemeinde, begleitet von Vertretern des McArthur Centers .

Wieder habe ich mir den Mund fusselig geredet, wieder ergebnislos, denn wiederum einen Tag weiter erschien, aus Washington gekommen, der deutsche Marineattaché zur Anhörung. Er endete mit der Aussage, dass ein höherer US-Regierungsbeamter der Botschaft bereits den Wunsch signalisiert habe, den Kapitänleutnant Raddatz als „Persona non grata" vor Lehrgangsende nach Deutschland zu schicken. Und so kam es dann auch.

Trotz aller Bekundung der US-Navy-Kameraden, in dem Ganzen ein Missverständnis zu sehen, sehnten wir uns plötzlich alle, nach Hause zu kommen. Die Atmosphäre war vergiftet. In mir erwachten ähnliche Erinnerungen an die Zeit in Arizona. Der Eindruck schlich sich ein, dass die weltweit orientierte USA in einer Verbindung mit dem unbedeutenden Deutschland lediglich ein Zweckbündnis pflegt und je nach Erfordernis die Schandtaten des Dritten Reiches als politisches Druckmittel anwendet.

Der Lehrgang endete ohnehin in einer Woche. In dem kantinenähnlichen großen Essenssaal, genannt die „Ely hall", war es üblich gewesen, ein Gespräch mit bereits am Tisch sitzenden Amerikanern anzufangen, allein, um Land und Leute kennen zu lernen. Dieser Bedarf bestand nicht mehr. Wir suchten einen freien Tisch, die nicht besetzten Stühle wurden angeklappt.

Für die Gestaltung des unvermeidlichen Abschiedsabends erging bei den deutschen Lehrgangsteilnehmern die Parole, die bekanntlich nicht trinkfesten US-Kollegen und den eingeladenen Schulstab unter den Tisch zu saufen. Schickte man uns mit spürbar aufgetragenen Schuldgefühlen nach Hause, so wollten wir wenigstens aus dem letzten Gefecht am Bartresen als Sieger hervorgehen.

Der Abschiedstag fiel auf den St. Patrick´s Day. Den Tag des irischen Heiligen feierte „Breezy Point" mit der Devise: Alles muss grün sein. So schmückten nicht nur grüne Girlanden die Wände, die Beleuchtung erhielt grüne Glühbirnen, die am Küchenbüffet ausgestellten Torten und Kuchen zeigten grüne Marzipanübergüsse, selbst dem stets eiskalt servierten Bier hatten die Geschmacksvernichter eine grünliche Essenz beigemischt.

Wie gut, dass der deutsche Gastgeber mit anderen Getränken aufwarten konnte; entsprechend unerwartet groß war der Zulauf. Der Barkeeper erhielt seine Weisung. Um dem amerikanischen Geschmack zu entsprechen, sollten die Getränke bunt sein, aber dieses Mal ohne das viele Eis, einfach nur pur.

Um die Verbindung mit der Seefahrt erkennen zu lassen, hieß die Erfindung „Running lights", die Navigationslichter, grün für Steuerbord, rot für Backbord und weiß für die Toplaterne.

Wer möchte die Zusammensetzung des Cocktails wissen?

Drei große Gläser, jedes halb voll Wodka, das eine rot eingefärbt mit Grenadine, grün das andere mit Creme de menthe green und das dritte mit Creme de menthe white, stets im Dreierpack, zu trinken. Lustiges Zuprosten, eine witzige Ansprache des Schulkommandeurs, danach deftige Trinksprüche eröffneten die „German Night". Ungebetene Frauen bemühten sich vergeblich, den Barkeeper zu überreden, ihnen auch den ungewöhnlichen „German Triple Set" einzuschenken. Nein, wir wollten unter uns bleiben. Bald hielt man sich am Handläufer des Tresens fest, Gesänge folgten, ein Witzeerzähler erbat Ruhe und legte los: „Kennt ihr den? Wer kennt von euch den amerikanischen Ohmegoolybird? Also der männliche Vogel hat ein tief herunterhängendes Gehänge, die Goolies, und wenn er auf dem Eis landet, klatschten ihm seine Goolies zuerst auf die harte Fläche und deshalb schreit er dann herzzerreißend: ‚Oh me goolies'." Tosender Beifall belohnte den Erzähler für seinen Beitrag.

Dazu wusste ein anderer eine Ergänzung: „Oben am Nordpol ist eine Vogelart vom Aussterben bedroht. Weil der Bird einen kürzeren rechten Flügel hat, kann er nur Rechtskurven fliegen. Wenn er dem Pol näher kommt, werden seine Kreise immer enger, enger und enger bis er zuletzt in seinem eigenen „arsehole" verschwindet".

Dazu brüllendes Gelächter. Ein Rothaariger fuchtelte in der Luft herum, bat um Aufmerksamkeit und fragte in die sich ihm zuwendende Runde:

„Wer hat schon mal von dem Indianerstamm der Fuckawees gehört? Niemand? Ist auch eine Neuendeckung. In der Prärie haben Volkskundler einen zwergwüchsigen bisher unbekannten Indianerstamm ausfindig gemacht und ihn die Fuckawees genannt. Warum, wollt ihr wissen? Die sind so klein, dass sie nicht über das Präriegras gucken können. Wenn sie auf ihrem Kriegpfad auf einen größeren Stein stoßen, dann klettert der Häuptling drauf, um über die weite Grasfläche sehen zu können und ruft „Fuck where are we?" Seitdem heißen die so!"

Die Beiträge erschütterten unser Zwerchfell nicht. Wo war der Witz? Unsere Gäste dagegen amüsierten sich köstlich. Der Wodka, nicht mit dem üblichen Eis verlängert und als Triple in die Kehlen geschüttet, blieb nicht ohne Wirkung.

Während der deutschen Equipe, den hochprozentigen Stoff dosiert genießend, die Wangen nur langsam heiß wurden, lagerten manche Vertreter der US-Navy bereits am Boden, Jacken hingen an den Haken oder über den Barhockern, die Krawatten gleich daneben; damit war der Zustand erreicht, bei dem unsere transatlantischen Freunde sich anschickten, mit dem ehemaligen Kriegsgegner auf Brüderschaft anzustoßen.

Es war deutlich zu spüren, dass dieses eine Herzensangelegenheit der Älteren aus dem Schulstab war, die das Theater um Raddatz miterlebt hatten.

Ein Commander, schon sturztrunken, nicht mehr ganz Herr seiner Zunge, wohl aber seiner Sinne, rückte mit einer Art von Visitenkarten heraus, die er an uns Deutsche verteilte und mit viel Pathos in der Stimme verkündete: „Damit seid ihr unverbrüchlich Mitglieder unserer geheimen Bruderschaft, die sich die Turtles, die Schildkröten, nennen. Ausschließlich Marineangehörige gehören dazu, wir sind überkonfessionell und international, nun gehört ihr dazu mit allen Rechten und Pflichten, weltweit haben wir unsere Freunde. Wenn ihr irgendwo einen Marineoffizier trefft und ihn fragt: „Are you a turtle?" und er antwortet mit dem Codesatz: „You bet your sweet ass I am", gibt er damit zu erkennen, dass er ein Clubmember ist und damit sich verpflichtet sieht, euch aus jeder Patsche heraus zu helfen."

Im hinteren Bereich des Breezy Point" erloschen nach und nach die Lichter. Der um einen Tisch herumsitzende Damenzirkel, der ständig versucht hatte, in unseren Kreis einzudringen, hatte diese Absicht aufgegeben und war verschwunden.

Danach begann die Phase des Wegknickens. Ungeachtet dessen schleppte der Barkeeper auf Zuruf weitere Abfüllungen heran. Gegen Mitternacht stand niemand mehr auf den Beinen. Die Party lagerte vor dem Bartresen und ließ in die hoch erhobene Hand das vom Barkeeper heruntergereichte Glas gleiten. Trotz des Besäufnisses fiel niemand aus der Rolle. Es wurde stiller und friedlicher. Die Stimmung wechselte hinüber ins Melancholische, als einige Amerikaner uns wohlbekannte Lieder anstimmten, Volklieder mit deutschem Text. Zu später Stunde gedieh daraus ein „Singalong". Beschämt mussten wir als Gastgeber feststellen, dass nicht wir, sondern die alle Strophen kannten von „Am Brunnen vor dem Tore, oder „Muss I den, muss I denn zum Städele hinaus…", „Guten Abend, gute Nacht" und auch den Song „Vor der Kaserne vor dem großen Tor".

Manchem standen Tränen in den Augen, und mit einem Male umringten uns deutsch sprechende US-Bürger.

„Ja mein Großvater kam aus Frankfurt." – „Und meinem Vater ist 1938 gelungen, aus Berlin zu fliehen, er war Oberarzt an der Charité."

Die anfängliche Absicht, die uns nach dem Besuch des McArthur-Heiligtums unsympathisch gewordenen Norfolker unter den Tisch zu trinken, schwand dahin. Wie Pfandfinder ums Lagerfeuer saßen oder lagerten alle, die bisher durchgehalten hatten, am Boden, manche Rücken an Rücken. In dem kleiner gewordenen Kreis öffneten sich die Herzen zu tiefschürfenden Gesprächen, die im nüchternen Zustand sicherlich nicht stattgefunden hätten.

Die Erfindung der „Running Lights" hatte Gutes bewirkt. Buchstäblich am letzten Lehrgangstag fanden wir zueinander.

Nach und nach lähmte Müdigkeit die Unterhaltung. Der Schulkommandeur, der bis zuletzt geblieben war, schaute auf die Uhr und wollte gerade zu einem Schlusssatz ansetzen, als von draußen Stiefelgetrappel hereindröhnte. Aus der Dunkelheit stürmten Gummiknüppel schwingende schwarz gekleidete Gestalten herein und umstellte die erstaunt aufblickende Säufergruppe. Was wollte die Polizei von uns?

Einer der Stiernackigen riss den Barkeeper am Genick hinter seinem Tresen hervor und zwang ihn zwischen uns auf die Knie. Einer der Offiziere stand auf und versuchte beschwichtigend eine Erklärung abzugeben, ohne Erfolg. Der Cop hob den Gummiknüppel und bedrohte ihn brüllend „You shut up, you sit down!"

Was war hier los, wer hatte uns die Cops auf den Leib geschickt und warum?

Besondere Aufmerksamkeit widmete die Truppe den bunten Getränken, der Barkeeper musste sie uns aus den Händen nehmen und auf den Tresen stellen, aus einem Aluminiumkoffer zog einer der Beamten eine Sonde heraus und tauchte sie in

556

das eine oder andere Glas ein, testete rot, grün und weiß, schnüffelt daran, fand es verdächtig, dass kein Eis darin zu finden war, rührte mit dem Finger in den Getränken herum und lutschte ihn prüfend ab.

Was machten die Burschen da?

Leicht amüsiert und wieder fast nüchtern geworden, verfolgte die am Boden hockende Gesellschaft schweigend die Aktion der bitterböse dreinschauenden Akteure. Schließlich wurde es dem Schulkommandeur zu bunt, er stand auf, was gleich den Boss des Kommandos veranlasste, den Colt aus dem Halfter zu reißen und ihm die Mündung auf den Bauch zu setzen. Es knisterte im Raum. Doch der sah seinen Peiniger strafend an, griff nach seiner Uniformjacke auf dem nahe stehenden Stuhl und zog sie an. Die vielen goldenen Kolbenringe und die mehrfache Ordensspange des hohen Offiziers beeindruckten doch so sehr, dass der Colt verschwand und der Herr Polizist mit großzügiger Geste ein Gespräch zuließ.

Wir Ausländer staunten; wie die Polizei sich hier benahm, das hätte in Deutschland sicherlich ein gerichtliches Nachspiel gehabt, aber bereits in den Vorjahren hatten wir erfahren, wie Amerikas Cops mit ihrem unverschämten Auftreten der USA zu dem Ruf verhalfen, ein Polizeistaat zu sein.

Nachdem die nächtlichen Plagegeister den Platz geräumt hatten, war die Lust verflogen, weiter zusammenzusitzen und schon gar, die befummelten Gläser nachfüllen zu lassen.Beim Hinausgehen erfuhren wir den Grund für den eigentümlichen Besuch. Die Weiber, denen verwehrt worden war, bei uns mitzumachen, überzeugten beim Hinausfahren aus dem Marinestützpunkt die Wache, dass im „Breezy Point" an eine kleine Gruppe drogenhaltige Getränke ausgeschenkt würden, einige der Partygäste lägen bereits betäubt am Boden.

Am darauf folgenden Tag, einem Sonntag, weckte von der nahen Kirche nicht ein Glockengeläut, sondern, immer noch befremdlich, obwohl oft gehört, die Melodie der deutschen Nationalhymne aus einem Lautsprecher rief die Gläubigen zum Gottesdienst. Auch wenn bei der Melodiewahl die Pastoren wohl eher an das von Joseph Haydn komponierte Kaiserlied gedacht hatten, so verstärkten die Klänge das Verlangen, in die Heimat zurückzukehren.

53

Als Passagiere der Flugbereitschaft mit der 707-Luftwaffen-Boeing an einem frühen Samstagvormittag in Köln-Wahn gelandet, zuckelten die Amerikaheimkehrer, geplagt von vielen Zugverspätungen und mehrfachem Umsteigen, in Richtung Norden. Der dörfliche Nordholzer Bahnhof glich zwar eher dem von Nowosibirsk, aber jeder atmete erleichtert auf, endlich zu Hause zu sein. Elisabeth hatte daheim den Tisch festlich gedeckt, eine Hirschkeule mit allem, was dazu gehörte, aufgefahren, Sekt stand bereit, Kerzen brannten, die Kinder sprangen im Kreis herum, freuten sich über Papis Mitbringsel. Was für eine Begrüßung!

Hätte doch nicht nötig getan! Dieser typisch norddeutsche Ausspruch wäre angebracht gewesen. Elisabeth lächelte verschmitzt, es machte mich unsicher. Was ist hier los, gibt es was zu feiern? „Ja", schrie Julchen, „weil du zurück bist, aber es gibt noch viel, viel mehr!" Christian hielt seiner Schwester den Mund zu und wetterte: „Du sollst nichts erzählen, hat Mama gesagt." Aha, doch etwas Besonderes. Ich verfolgte Elisabeth mit den Augen, ob sie schwanger wäre. Sie erahnte meine Gedanken und schüttelte den Kopf: „Nein, nicht was du denkst, mein Schatz." Sie ließ sich nicht erweichen, mit dem Geheimnis herauszurücken, lediglich eine mir auch nicht hilfreiche Bemerkung kam über ihre Lippen: „Morgen am Montag wirst du es erfahren!"

Es wurde ein wunderschöner gemütlicher Abend, und es blieb nicht beim Sekt. Die Kleinen zeigten wenig Begeisterung, in die Betten geschickt zu werden, standen immer wieder im Türrahmen und maulten: „Wir können nicht schlafen!" Sie störten. Auf den Sekt folgte ein herrlicher Rotwein. Ein wohliges Gefühl kroch in mir hoch. Wie angenehm, sich daheim an Elisabeths Seite auf der Couch auszustrecken und nicht mehr abends im Breezy Point zu hocken.

Wir hatten uns im ländlichen Nordholz eingelebt. Unser phantasievolles Julchen spielte zwar in der Schule ein bisschen verrückt, aber das würde sich nach der ersten Klasse sicherlich legen, hatte die Lehrerin beteuert. Christian schwärmte weiterhin von der Schule. Elisabeth hatte ihren Bekanntenkreis gefunden, sie erzählte von ihren letzten Erlebnissen, ich von meinen amerikanischen. Irgendwann, ganz anders als wohl von uns beiden gewünscht, zog mir der „Jetlag" die Beine weg. Ich muss wohl an Elisabeths warmen Busen eingeschlafen sein.

Der Morgen blinzelte durch die Gardinen. Durch das aufgestellte Küchenfenster wehte frische Nordseeluft herein, der Kaffee duftete, lang vermisste, knackige Brötchen standen auf dem Tisch, draußen ging gerade hereinwinkend in seinem auffällig rosafarbenem Hemd der Meteorologe vorbei. Wie jeden Morgen zog er eine Wolke von Parfüm und den wohlriechenden Dampf der Havanna hinter sich her. Ja, hier waren wir zu Hause!

In unserem kleinen Marineghetto mitten auf dem platten Lande kannte jeder jeden und respektierte auch dessen persönliche Macken. Was für ein Unterschied zu dem in Norfolk üblichen oberflächlichen Umgang miteinander.

Elisabeth fischte gerade die gekochten Eier aus dem Topf, Christian war schon weg zur Schule, und Julchen saß in ihrem Stühlchen und schmuste mit ihrem Hamster, als es klingelte. Der Fahrer des Kommodore stand draußen und fragte höflich, ob ich schon mit dem Frühstück fertig sei. Er hätte den Auftrag, mich zu seinem Chef abzuholen.

Elisabeth küsste mich hingebungsvoll und lächelte dabei allwissend wie die Mona Lisa. „Ich wünsche dir einen erfolgreichen Tag."

Das hatte sie bisher nie gesagt, eher „Ich wünsch dir einen guten Flug" oder Ähnliches. Heute klangen die Abschiedsworte recht vielsagend. Warum sollte ich vor dem Zirkusdirektor Krone erscheinen? Vermutlich zur Anhörung in der Sache Raddatz oder zur Berichterstattung über den Lehrgang in den USA. Vor dem Stabsgebäude grüßten mich zwei vorbeieilende Piloten der anderen Staffel sehr förmlich und überaus höflich, bisher hatte ein kurzes Antippen an den Mützenschirm gereicht. Was war in die gefahren?

Im Vorzimmer stand die Tür offen. Die heute ins feierlich Schwarze gekleidete Sekretärin fummelte mit Sektgläsern herum, und da hörte ich auch schon unseren neuen Kommodore von weitem rufen: „Kommen sie rein Färber, nehmen Sie erst mal Haltung an, wohl da drüben völlig lasch geworden", nein, das meinte er nicht so, entsprach nicht seinem Stil im Umgang mit Untergebenen. Fast der ganze Geschwaderstab bevölkerte das Zimmer und strahlte mich freudig erregt an. Kurzer Rundblick: Sancho Pansa, unser Dicker fehlte. Mit gewichtiger Miene holte der Alte einen Aktendeckel vom Schreibtisch, klappte ihn auf und verkündete mit einem knappen Satz: „Sie sind ab heute mein Kommandeur Fliegende Gruppe. Gratuliere!"

Mir lief es heiß und kalt den Rücken herunter. Er trat auf mich zu, ergriff meine Hand drehte sich dabei seinem Stabe zu und rief: „Dem Kapitän Färber ein dreifaches Hipp, Hipp, Hurra, Hipp, hipp, Hurra, Hipp, Hipp Hurra". Klopfte mir auf die Schulter, winkte seiner Sekretärin zu mit der Aufforderung: „Nun, Frau Molzen, Sekt für die Herren!"

Nachdem alle genippt hatten, ergriff der Kommodore wieder das Wort, sah mich dabei an und erklärte: „Ihren werten Vorgänger habe ich leider nach Bonn gehen lassen müssen, er ist ans Ministerium versetzt worden." Obwohl er dies emotionslos vortrug, zog über die Gesichter der Zuhörer ein verständnisvolles Grinsen. Jeder wusste, der Zirkusdirektor hatte den unbequem gewordenen Dicken auf den Weg gebracht. Mir konnte es nur recht sein. Aus dieser Position würde man mich nicht so schnell herauslösen, allerdings würde ich wegen der nun vermehrten lästigen Schreibtischtätigkeit wohl auf manche Flugstunde verzichten müssen.

Zunächst begann es mit Abschieds- und Begrüßungsfeiern, angefangen daheim ganz intim, dann mit der Nachbarschaft, in der Staffel, im Offizierheim, im Unteroffizierheim und zuletzt im Stabsbereich, meiner künftigen Umgebung.

Was ich arbeitsmäßig von meinem Vorgänger übernahm, unterschied sich von der bisherigen Tätigkeit lediglich in der höheren Verantwortung jetzt für zwei Staffeln und für den operativen Einsatz der Atlantic. Dafür stand mir in der benachbarten Einsatzzentrale als Leiter mein ehemaliger Mitflugschüler aus Wunstorf, der unlängst zum Kapitänleutnant beförderte Leibel, zur Seite. Den kannte ich gut, auf den konnte ich mich verlassen.

Aus dem Nachlass meines Vorgängers jedoch hatte ich etwas Besonderes zu übernehmen, die Sekretärin des Dicken, von der jeder im Stabe wusste, dass sie für viele Monate die Gespielin ihres Chefs gewesen war. Was würde meine neue Umgebung von mir erwarten? Würde sie sich als ganz normale Sekretärin gebärden oder würde mir die Aufgabe erwachsen, eine scharfe Granate zu entschärfen?

Mir war irgendwie mulmig, auf diese Frau zu treffen. Bei meinen bisherigen kurzen Besuchen beim Sancho Pansa war mir seine aufgetakelte Schreibkraft nur im Vorbeigehen aufgefallen, jetzt sollte ich täglich mit ihr zu tun haben.

Am ersten Arbeitstag begleitete mich der Kommodore wie ein Vater und stellte die neuen Mitarbeiter vor, auch die Frau Schönhuber, ein für die Wesermarsch ungewöhnlicher Name, andere Ortskräfte hießen Thomsen, Lohsen, Molzen oder Marksen. Darauf angesprochen sagte sie, dass ihre Familie schon seit Jahren im nahen Cuxhaven zu Hause sei. Nur schüchtern kam das über ihre Lippen. Sie wirkte so scheu, so zerbrechlich, war blass geschminkt und hatte ihre Haare züchtig als straff gebundenen Knoten im Nacken gebändigt. In einem nicht körperbetonten dunklen Kleid stand vor mir eine alltägliche Frau. Das aus der Geschwadergerüchteküche herausbrodelnde Gerücht, der Dicke sei einer unersättlichen Nymphomanin in die Hände gefallen, konnte nur als eine Unverschämtheit bezeichnet werden.

Meine ihr zur Begrüßung hingestreckte Hand ergriff sie nur zögerlich, blickte schamhaft zu Boden und machte einen Knicks. Mir schoss es durch deren Kopf: Mein Gott, sehe ich bereits so ehrwürdig aus, dass das junge Volk einen Knicks vor mir macht. Abends teilte ich Elisabeth meine noch nicht abgeebbte Erschütterung mit.

Der Tag in der neuen Umgebung begann mit dem Durchlesen der Mappe mit der gestrigen Dienstpost. Auf den Gängen herrschte noch kein Betrieb. Die Herren der Operationszentrale befanden sich wie jeden Morgen um diese Zeit bei einer Besprechung im Untergeschoss. Himmlische Ruhe umgab mich. Im oberen Stockwerk war ich offensichtlich der Einzige. Frau Schönhuber schien auch noch nicht anwesend zu sein.

Wie der Dienstbetrieb hier lief, würde ich wohl bald erfahren.

Ein zartes Klopfen schreckte mich auf, und kaum dass ich Herein! gerufen hatte, flog die Tür auf und gleich wieder zu.

Wer stand da? Das musste Frau Schönhuber sein, jedoch völlig verändert sah sie aus. Gestern noch das Mauerblümchen, jetzt aufgebrezelt als verführerische Lolita. Im kurzen sommerlichen Röckchen und einem freizügigen eng anliegenden Pullover, der mehr freigab als verdeckte. Die Haare nicht mehr zum Knoten gebunden, sondern als wallende Goldmähne, viel zu viel Farbe im Gesicht. Was da vor mir stand, war hereingeschwebt auf nicht enden wollenden Beinen, die bis an die Knie in hochhackigen roten Lackstiefeln steckten. Betäubendes Parfüm umwehte die Gestalt, die in ihrer Aufmachung eher in einer Nachtbar die Kunden verwirrt hätte.

560

Mir muss wohl der Kiefer heruntergefallen sein. Alles hätte ich erwartet, aber das nicht. Schon gar nicht, dass dieses zweifellos hübsche Weib mit einem Augenaufschlag darum zu bitten schien, gleich auf dem Schreibtisch zur Sache zu kommen. Wie hypnotisiert nahm ich ihr die mitgebrachten Akten aus der Hand. Sie flötete ein „Bitteschön und einen schönen Morgen" und ich keuchte in den Stuhl zurücksackend ein heiseres „Dankeschön". Schon klappte die Tür und der Spuk war vorbei.

Wer konnte dieser Anmache, diesem Angebot auf die Dauer widerstehen? Schweißperlen befeuchteten die Stirn. Nein, ich wollte nicht wie mein Vorgänger zum Gespött im ganzen Geschwader werden. Hatte ich das überdies nötig bei einer Frau, die Elisabeth hieß! Und doch, es verging kein Tag, an dem nicht der Teufel an den Lenden juckte

Ich musste wegsehen, wenn sie, beim Diktat gleich in die Schreibmaschine tippend, den wohlgeformten Busen mit den Handrücken in Bewegung setzte. Von Tag zu Tag, es lag wohl an den sommerlichen Temperaturen, ermöglichte das größer werdende Dekollete tiefere Einblicke. Gut auszunutzen oder einzusetzen verstand sie die damals beliebte Mode der Miniröcke.

Unter dem ultrakurzen Miniröckchen winkte aparte Unterwäsche. Sie trug ihre blonden Haare jeden Tag anders wild um den Kopf geschlungen, stahlblaue Augen suchten nach Feindberührung, und das Schmollmündchen glich dem des französischen Filmstars Brigitte Bardot. Leila hieß sie, und die Frage stand im Raum: Was mag eine derartig erotische Sexbombe in die Wesermarsch verschlagen haben? Vom Dicken erzählte man, die beiden wären oft in der Mittagspause in der nahen Heide nackt herumspringend gesichtet worden. Spaziergänger hätten im hinter dem Stabsgebäude liegenden Kieferwäldchen Leilas glockenhelles Gelächter und das kölsche Gegrummel ihres Chefs gehört. Das wusste ich bereits.

Nach ihrer Rückkehr aus der Natur hätte sie als Vorzimmerlöwe niemanden zu ihm vorgelassen, wenn der Dicke auf der Couch in seinem Zimmer, zugedeckt mit der Bildzeitung, erschöpft den Erholungsschlaf tätigte.

Mir gelang es nicht, Leila aus dem Wege zu gehen, aber mein betont dienstliches Interesse an ihrer Arbeit hat sie wohl überzeugt. Um des lieben Friedens willen war sie clever genug, keine Signale mehr auszusenden, mich als Lustobjekt in ihre Fangarme ziehen zu wollen. Neuerdings zog sie es vor, in dezenterer, mehr bürohafter Kleidung zu erscheinen, die Miniröckchen blieben im Schrank.

Die Alltäglichkeit nahm ihren Gang. Die Tür zum Vorzimmer blieb stets offen stehen, das ermöglichte mir, vom Schreibtisch aus an dem Blondschopf vorbei durch eine große Glasscheibe die Veränderungen auf den Wandtafeln der Operationszentrale zu sehen.

Dabei nahm ich mit großer Genugtuung wahr, dass Einsatzleiter Leibel immer häufiger nach der Sekretärin sah und, wenn er mir irgendwelche Papiere vorlegte, rein zufällig bei der Leila zu einem Pläuschchen hängen blieb. Mir war es nur recht, denn damit verschwand ich aus ihrer Schusslinie. Junggeselle Leibel und sie, das konnte ich mir gut vorstellen, warum auch nicht.

Nach einem für Nordholz ungewöhnlich heißem Sommertag überraschte die Operationszentrale ihren Chef mit der spontanen Idee, nach Dienst an den Deich von Spieka und anschließend zum Aalessen in die Kate von Bauer Hansen zu fahren, alle würden mitmachen, auch die Telefonistinnen des Stabsgebäudes, in Zivil natürlich, locker und leicht, Anzug „Kleiner Biertrinker".

Leibel ließ ich den Dienstwagen fahren, er brachte mich kurz zu Hause vorbei, wo ich mich umzog und Elisabeth mir zum Abschied die Worte auf den Weg gab: „Junge, komm nicht unter die Räder!"

„Ach was!" Winkend fuhren wir ab.

Wie konnte es anders sein und werden als die bereits nach einem Ritual ablaufenden Abende beim Aalessen. Erst kamen die Aale auf den Tisch, dann Schnäpse und Biere, und zu guter Letzte rutschte die angesäuselte Gesellschaft im Silo das Treppengeländer hinunter und das mit den üblichen Kommentaren.

Statt dass der Leibel die Chance nutzte, sich an die Leila heranzumachen oder, neudeutsch gesagt, sie anzubaggern, ging er ihr aus dem Weg. Sie, die bereits übermäßig gickerte, schoss sich auf mich ein, machte mich zum Objekt ihrer Hoffnungen. Nicht allein, dass sie am Tisch trotz aller meiner Ausweichmanöver immer wieder an meine Seite geriet, mir schon fast auf dem Schoß saß, war lästig, sondern vor allem, dass nicht nur ich, sondern auch alle anderen Gäste die fordernde Fummelei unter der Tischkante wahrnahmen. Wollte ich nicht verloren gehen, blieb mir keine andere Wahl als Leibel aufzufordern, mich vorzeitig nach Hause zu fahren.

Wir schlichen uns von dannen, ohne dass es jemand merkte - außer Leila, die bereits auf dem Rücksitz auf uns wartete. Na, das konnte ja lustig werden! Sollte das ein flotter Dreier werden?

„Hallo ihr Süßen, seid ihr auch schon da?" flötete eine bekannte Stimme. „Ohne eure kleine Leila wollt ihr euch doch nicht aus dem Staube machen? Nun fahrt mal los, ich zeig euch wo es lang geht!"

Mir war es egal, wo die Fahrt anschließend ohne mich enden würde. Leibel erhielt den eindeutigen Auftrag, mich vor der Haustür abzusetzen. Er nickte. Ab ging es. Nach den Wiesen der Marsch tauchte das vom Mondlicht beschienene Kiefernwäldchen auf, das die Straße zum Stabsgebäude säumte. Kaum hatte der Wagen die ersten Bäume passiert, als von hinten Leila laut aufkreischte und rief: „Ich muss mal Pipi machen, fahrt doch hier gleich links die Auffahrt rein." Leibel reagierte sofort.

Woher mochte sie wohl die von Büschen verdeckte Einfahrt gekannt haben? Die Frage beantwortete sich selbst. Mit meinem Vorgänger muss sie wohl des Öfteren hier ihr Mittagsschäferstündchen verbracht haben.

Die Scheinwerfer leuchteten in einen sandigen Feldweg hinein. Leibel stoppte abrupt, der Wagenschlag flog, auf und vor dem Kühler verschwand mit aufreizend wackelndem Popo die junge Dame hinter einer dickstämmigen Eiche. Höflich schaltete Leibel die Lichter aus, hinter uns auf der Straße huschten Autos vorbei, sicherlich die anderen Aalesser.

Für die Küstenregion ungewöhnlich, umfächelte uns die Wärme eines italienisch anmutenden Sommerabends. Durch die heruntergedrehten Fenster drang das Zirpen der Grillen herein, ein sanfter Wind wehte von See her, aus dem Wäldchen schrie ein Kauz in die nächtliche Stille. Wo bleibt bloß die Leila?

Wir unterhielten uns über belanglose Dinge, als Leibel plötzlich schwieg und geradeaus starrte. Er atmete schwer. Wie abwesend tippte er mich an und zeigte nach vorn. Fast tonlos keuchend presste er die Worte heraus: „Herr Kapitän, sehen Sie mal da, was ist das?" „Wo? - Ach ja da."

Ich bemühte mich, das weißliche Gebilde vor dem dunklen Waldesrand zu erkennen, vergeblich. Das Mondlicht reichte nicht.

„Komm Leibel, machen Sie den Scheinwerfer an!"

Der Lichtkegel des Fernlichts, umflutete eine Skulptur, nein ein Gemälde - oder war es ein Großphoto aus dem Playboy? Heiße Wellen rauschten durch die Sinne der überraschten Betrachter, das Grillengezirpe verwandelte sich in Getöse, die Schläfen pochten. Sprachlos geworden hefteten die Wageninsassen ihre Blicke auf eine alle männlichen Sexträume erfüllende Gestalt. An die Eiche gelehnt hob sich vor dem dunklen Hintergrund ein elfengleiches Wesen ab, von gleißendem Licht umflutet lud der splitternackte wohlgeformte Leib einer Waldfee zu irrsinnigen Gedanken ein. Die Lippen des Schmollmundes formten einen verführerischen Kuss, der jedem Mann in die Samenstränge fahren musste.

Hätte Michelangelo an die Wand der sixtinischen Kapelle gemalt, was da vorn als angestrahlte, Fleisch gewordene große Barbiepuppe lustvoll die Hüfte rollte, es hätte ihn den Kopf gekostet.

Die Verkörperung aller Sünden dieser Welt bewegte und hob leicht das linke Bein, mehr verlangend als abwehrend, um den Anblick des zarten Flaums ihres Venushügels zu verstellen. Die blonde Mähne streichelte die Schultern. Als Leila noch dazu eine ihrer wohlgestalteten Brüste anhob und mit ihrem Mund darüber strich, hörte ich wie von fern Leibel brüllen: „Ich halt das nicht aus, ich halt das nicht aus!"Er schlug mit der Faust auf das Lenkrad, blickte mich nur kurz an, sprang aus dem Wagen. riss sich dabei die Hose vom Leib.

Vor mir im Scheinwerferlicht fiel von ihm das Hemd ab, andere Teile folgten. Mit erhobenen, wild rudernden Armen stolperte der sich weiter Entblößende auf die Lichterscheinung zu, die vor ihm hinsank und gierig seinen Unterleib umklammerte.

Mit einem Fingertipp erlosch der Scheinwerfer. Im Mondlicht voraus lagen, hingesunken auf den Waldboden, verschlungen zu einem Knäuel, zwei Liebende.

Nur schemenhaft ruhte das Mondlicht auf dem wogenden Ereignis. Selbst aufgewühlt und schweißnass geworden, spürte ich plötzlich höchsten Drang zu Elisabeth zu kommen. Nur weg von hier! Ich kroch leise aus dem Wagen, ließ die Wagentür offen stehen und stahl mich davon, lief und lief, hinter mir schluckte die Nacht das Stöhnen und Jauchzen. Hätte Leibel mich nicht gerettet, wäre ich sicherlich verloren gewesen.

Elisabeth nahm mich liebevoll in die Arme, als ich ihr mein Erlebnis erzählte. Sie fand den mich von meinen Qualen erlösenden Weg.

Am nächsten Tag betrat Leila leicht irritiert um sich blickend das Vorzimmer, äugte fragend zu mir herüber und hauchte ein leises Guten Morgen. Dankbar hellte sich ihr Gesicht auf, als ich weder mit Gestik noch mit Worten die vergangene Nacht andeutete.

Sie wirkte in ihrem hoch geschlossenen Kleid unberührbar nonnenhaft und keusch.

Wie lange Leibel an ihr dran geblieben ist, erfuhr ich erst viele Jahre später. Daraufhin angesprochen, winkte er ab mit der Bemerkung: „Das Aas wollte nur spielen."

Mir ist sie seit diesem Abend nie mehr anders als eine tüchtige Bürokraft und Vorzimmerdame aufgefallen.

54

Die Gelegenheiten, im Cockpit zu sitzen, wurden immer seltener. Die Bürokratie fraß mich auf. Um überhaupt in die Luft zu kommen, nahm ich mir heraus, die interessantesten Einsätze auszuwählen und die führten ins Nordmeer, wo das edle Wild, die modernen sowjetischen Atom-U-Boote, sich tummelten.

Hier bestand die Gelegenheit, die der Atlantic gegebene U-Bootjagdtechnik und Elektronik taktisch voll einzusetzen und mit Sucherfolgen die Besatzungen für ihre Tätigkeit zu motivieren.

Noch bevor es die riesigen, aus Titanstahl gebauten U-Boote der sowjetischen Typhoon-Klasse gab, die durch den Bestseller „Jagd auf Roter Oktober" weltweit bekannt wurden, jagten die NATO-Marinen im Seegebiet um Island die kleineren Typen der Yankee- und Delta-Klasse. Wenn ein Einsatzbefehl das Geschwader aufforderte, an der Suche oder Verfolgung dieser schnellen sowjetischen U-Boote teilzunehmen, maulten alle enttäuscht, die nicht dabei sein konnten.

Eine fiebernde Spannung erfasste die Besatzung, wenn zu einem derartigen Sucheinsatz zuvor auf einen norwegischen Flugplatz verlegt wurde, um tags darauf bis vor Island vorzustoßen.

Wie oft zuvor, begann auch das Unternehmen, von dem ich jetzt berichten will, von Andøya/Lofoten aus in völliger elektronischer Stille, vom Tower nur mit

Grünlicht freigegeben, zum Tiefflug in die graue Unendlichkeit der norwegischen See hinaus, Kurs Nordwest.

In Zusammenarbeit mit norwegischen Kontrollstellen, der Heimatbasis Nordholz und der Einsatzzentrale des britischen MHQ (Maritime Headquarter) Pitreavie bei Edinburgh löste die Atlantic in Sichtweite der Insel Jan Mayen eine der auf Island stationierten P3-Orions der US-Navy ab. Sie verfolgte seit Stunden ein allein nach Geräuschen identifiziertes Atom-U-Boot der Delta-Klasse auf Kurs Südwest. Ein kurzer Funkaustausch im Seegebiet brachte die beiden U-Bootjäger auf Sichtweite zusammen, ein Blinken mit den Navigationslichtern deutete die Übergabe an.

Der Abgelöste flog kurz voraus, zeigte damit die Laufrichtung des getauchten U-Bootes an und verschwand danach mit Heimatkurs.

Jetzt begann im hinteren Teil an den Such- bzw. Ortungsgeräten und auf dem Plottisch die Arbeit der taktischen Operateure, die kürzlich erfolgreich für die Erhöhung ihrer Fliegerzulage gefochten hatten. Jetzt galt es den Beweis ihres Wertes anzutreten. Das Cockpit wartete auf ihre Angaben, um die gewünschten Flugmanöver durchzuführen. Im Wettstreit mit dem Vorgänger lag das ehrgeizige Bestreben darin, das U-Boot ja nicht zu verlieren, um nach 6 Stunden Position, Fahrt und Kurs des getaucht fahrenden Iwan an den in Kinloss/Schottland gestarteten Kollegen des britischen Coastal Commands zu übergeben.

Die Hydrophone der von den Amerikanern abgeworfenen Suchbojen zeichneten eindeutige Linien auf dem so genannten Jezabel-Gerät der Atlantic. Die harmonisch verlaufenden, oft sehr typischen und individuellen Schwingungsausschläge der von dem U-Boot ins Wasser gebrachten Geräusche wiesen, abgeglichen mit einem an Bord geführten Erfahrungskatalog, die Kennzeichen der Aggregate eines Delta-U-Bootes auf.

Im geheimdienstlichen Austausch mit anderen Nato-U-Bootjägern vervollständigten sich von Flug zu Flug die Daten des potentiellen Gegners. Besonders geschulte Fachkräfte auch bei uns an Bord konnten im Vergleich mit den Unterlagen und den jetzt aufgefassten Informationen sogar die persönliche Handschrift des getauchten Fahrzeuges feststellen. Ins Cockpit gelangte die mit Stolz präsentierte Meldung: „Den kennen wir, das ist ein Altbekannter, es muss die K 641 sein. Delta Typ, Heimathafen Murmansk. Vor drei Wochen haben wir den schon einmal nördlich des Nordkaps erfasst!"

Am markantesten verliefen die Linien des Antriebsbereichs, des Atomreaktors, einiger Hilfsgeneratoren und nicht zuletzt der Schraube, des größten Lärmverursachers, deren Kavitation im Flugzeug über die Bordlautsprecher hörbar gemacht werden konnte.

Was in diesem Zusammenhang Kavitation bedeutet, sei schnell erklärt:

Wenn eine Schiffsschraube mit hoher Geschwindigkeit im Wasser dreht, entsteht an der Rückseite der Schaufeln Unterdruck, der zur Bläschenbildung führt.

Diese Blasen sind wegen des Wasserdrucks nur kurzlebig, und wenn sie sich lösen, schlägt das Wasser ungehemmt gegen die Propellerschaufeln. Das verursacht Lärm und führt zu Vibrationen, die mit aus der Luft abgeworfenen Lauschbojen über die ins Wasser abgesenkten Hydrophone zu orten sind. Im Flugzeug abgehört, klingt die Schraubenkavitation wie ein jaulendes Zwitschern.

Nun galt es, das Boot nicht zu verlieren. Vom Cockpit aus sah man in der finsteren Nacht gar nichts, voraus nur Schwärze. Die Augen klebten an den Instrumenten wie beim Blindflug in den Wolken. Die Piloten hingen an den Lippen des alles jetzt steuernden Taktischen Koordinators, des TaCo, dem seine Ortungsleute die Daten zuspielten. Die Aufzeichnungen der von der abgeflogenen PC 3-Orion übernommenen Bojen schwächelten; deswegen wurde eine neue Reihe dieser Ortungsgeräte vor dem angenommenen Kurs des Verfolgten ins Wasser geworfen. Kurz darauf erfolgte die Bestätigung der Bojen, den Gegner erfasst zu haben. Keine der sonst häufigen unterschiedlichen Salz- oder Temperaturschichtungen störte oder beeinflusste heute die Aufzeichnungen. Es herrschten ideale Bedingungen. Als nächstes lag dem TaCo daran, die exakte Position und daraus die Fahrtgeschwindigkeit des getauchten Bootes zu ermitteln.Das Metall der großen sowjetischen U-Boote verursachte auffällig große Störungen der erdmagnetischen Wellen, die durch das in dem langen, nach hinten gestreckten Schwanz der Atlantic installierte Gerät erfasst und auf einem Bildschirm sichtbar gemacht werden konnten.

Vom TaCo über einen Ablaufpunkt gebracht, begann in einem in eine vorgegebene Richtung sich fortsetzenden Flugmanöver das Auffinden der besagten erdmagnetischen Störung. Zu Hause im Simulator zwar vielfach geübt und gedrillt, aber nur hier war die Realität gegeben. Keine 30 m über der Meeresoberfläche flog die Atlantic die Figur eines Kleeblattes. Hier waren jetzt die Piloten gefordert, die Schräglage sauber einzuhalten und die Kurven präzis zu fliegen. Die Kleeblätter wollten dicht über dem Wasser in blauschwarzer Nacht sauber gleichmäßig ausgebreitet werden. In den Kurven warnten, kurz durchs Seitenfenster wahrgenommen, aufleuchtende Schaumkronen, ja schön brav die Höhe zu halten und nicht mit den Flügelenden einzuditschen.

So anstrengend diese Fliegerei auch war, der von achtern ins Cockpit dringende Ruf „Bingo" bestätigte, dass die Jäger nach jedem Kleeblättchen wieder über dem getauchten Wild angekommen waren. Damit, abwechselnd dieses Manöver zu fliegen und dann zur Erholung die Bojen wieder im Geradeausflug abzuhören, verging die Nacht buchstäblich im Fluge.

Mal selbst fliegend, mal hinter dem TaCo am Plottisch stehend, konnte ich mich überzeugen, dass unser Geschwader einen hohen Ausbildungsstand erreicht hatte und sich mit anderen NATO-Partnern erfolgreich zu messen vermochte.

Im Kriegsfall, den niemand ersehnte, wären auf diesem Flug alle Voraussetzungen gegeben gewesen, den U-Jagdtorpedo fallen zu lassen, um den Gegner zu knacken.

Da unten den Gegner zu wissen, der, da das Ortungsverfahren passiv war, gar keine Ahnung hatte, dass wir ihm wie Spürhunde auf den Fersen folgten, erzeugte in der Besatzung Frontstimmung. Vielleicht mag es befremden und als steinzeitliche Jägermentalität bewertet werden, wenn ich sage, dass im Rausch der Verfolgung niemand mehr in der Lage war, Ernstfall und Übung auseinander zu halten Mich packte ein ähnliches Gefühl wie bei den Trainingsflügen aus Jet-Zeiten in Lossiemouth, als wir Bomben auf Cape Wrath warfen. Die Spannung fiel erst ab, als im Morgengrauen die Übergabe an den britischen U-Bootjäger vom Typ Nimrod geglückt war. Der Anblick des Supervogels, beim Coastal Command seit 1966 in Dienst gestellt, ließ uns staunen über die Größe des aus einem Passagierflugzeug entwickelten Seeaufklärers, der später auch in beiden Golfkriegen eingesetzt wurde.

Mit stolzgeschwellter Brust über den gelungenen Flug meldete sich „German mission 6115" beim MHQ Pitreavie ab, wir stiegen auf Höhe, überflogen auf Südostkurs Schottland, um etwa ab Mitte der Nordsee die letzte Strecke in mittleren Höhe zurückzulegen.

Der Bordmechaniker brachte Kaffee und Kekse nach vorn. Während des Einsatzes waren derartige Gelüste abhanden gekommen, aber nach der abgefallenen Anspannung stellte sich das Verlangen umso stärker ein. Der Radiooperator fand auf der Langwelle einen unterhaltsamen Musiksender, und der junge Obermaat am abgestellten Radar unterhielt die Crew mit Histörchen und Witzen.

Cockpit und Navigator errechneten Landfall bei Sylt, danach sollte in 1000 Fuß Flughöhe und in Sprechreichweite mit Nordholz-Tower der Endanflug ein Klacks sein.

Der Würfelwurf, wer von uns drei Piloten landen durfte, bescherte mir die höhere Punktzahl. Ich machte es mir im Kommandantensitz gemütlich. Voraus musste die Küste sein, eindeutig zeigte die Radiostation den Überflug an. Kleiner Schlenker nach Süden, die Morgensonne verfing sich in einem milchigen Schleier, vielschichtige Wolkenbänke standen plötzlich im Weg, ein dunstiges Gemenge, das sich jedoch noch nicht so dicht fügte, dass es die Sichtflugbedingungen in Frage stellte.

Welch unnötiger Mist! Die ersten Nebelfetzen jagten vorbei. Muss das denn auf den letzten Metern noch sein! Meine Augen versuchten das dichter werdende Grau zu durchbohren. Sollte ich tiefer gehen oder höher? Über der ebenflächigen Marsch, die nur bruchstückhaft und immer weniger häufig von oben durch die Wolkenlöcher zu erkennen war, dürfte das Tiefergehen kein Problem sein. Noch mit diesem Gedanken beschäftigt, ließ mich ein halswürgender Schreck den Vogel hochreißen. Voraus raste, plötzlich aus dem Nebel auftauchend, in Augenhöhe ein

Hochspannungsmast auf mich zu wie ein sich in den Weg aufspannender Regenschirm.

Bis 2000 Fuß gestiegen und leicht in den Beinen flatternd, muss ich wohl den Co fassungslos angestarrt haben. Was war das? Wir flogen doch nach Anzeige des Höhenmessers messerscharf auf 1000 Fuß. So hoch sind doch keine Hochspannungsleitungen!

Von hinten lästerte die Crew: „Hallo Cockpit, wolltet ihr uns mit dem Ruck die Tassen aus der Hand reißen?"

Wenn die da achtern gesehen hätten, was mir noch im Hirn brannte.

„Los Co, rufen Sie Nordholz, lassen sie sich das QNH geben. Die sollen uns mit GCA, mit Blindflugverfahren reinholen!"

Kurzer Einwurf. Die Frage an den Flugplatz nach dem QNH bedeutet: „Sag mir, wie der Höhenmesser einzustellen ist, um die Platzhöhe anzuzeigen."

Nordholz Tower tönte fröhlich und ausgeschlafen im Kopfhörer. Was er dienstbeflissen über die Platzverhältnisse bekannt zu geben hatte, interessierte weniger, das QNH jedoch schockierte. Nordholz hatte 1000 hPa (Hektopascal). Waren wir im Nordmeer mit der Einstellung von 1030 hPa herumgekurvt, waren es jetzt nur noch 1000 hPa. Das klärte den Schreck in der Morgenstunde. Nach der Regel „Höhendifferenz von 1 hPa gleich 30 ft" befanden wir uns über der Küste in einem Tiefdruckgebiet tatsächlich 900 Fuß tiefer als angezeigt. In Wirklichkeit flog die Atlantic statt in 300 nur in 30 Meter über dem Boden. Mir lief es heiß und kalt den Rücken herunter. Wie konnte ich einen derartigen Anfängerfehler begehen, nicht schon lange vorher eine Bodenstation nach der Wetterlage befragt zu haben, und das nach meiner langjährigen Flugerfahrung.

Die schlichte Ansage „Vom Hoch ins Tief geht's schief" fand ihre fast grausame Bestätigung. Bei Nacht angeflogen, wäre der Hochspannungsmast nicht zu erkennen gewesen.

Skipper Brodersen hätte zur Unterhaltung seiner *Esperanza*-Crew einen anderen verpflichten müssen!

Der Vortragende legte eine längere Pause ein, keiner der Zuhörer rührte sich. Seit Stunden hatten sie ihm zugehört, obwohl die Fliegergeschichten streckenweise sehr ins fachliche abzudriften drohten, aber mit der Leila-Story wieder erwartungsvolle Hoffnungen weckten.

Hannes beugte sich vor und fragte: „Soll ich aufhören, es ist schon spät geworden."

„Nee, nee, mach weiter", rief die Crew ihm zu.

Die „Esperanza" glitt dahin. Die Geräusche rundherum nahm niemand mehr wahr, sie waren zur alltäglichen Begleitmusik geworden. Während am Tag die Sonne oft stechend brannte, fächelte nachts der tropische Wind Kühlung über die Jacht und verleitete dazu, länger an Deck zu bleiben.

Hannes lächelte: „Gut, ich gebe mir und euch noch eine halbe Stunde", und redete weiter.

568

55

„Mit dem Geschwaderstab verheiratet zu sein brachte mich immer weiter von der eigentlichen Fliegerei fort. Den Papierkrieg galt es nicht nur im Geschwader auszufechten, sondern auch mit der Vielzahl vorgesetzter Stellen und nicht zuletzt auch mit der Nordholzer Kommune, die an einem Tag über den Fluglärm klagte und am anderen Tag beantragte, einem Großhändler zu erlauben, dessen Hühnereiertransportflugzeug Start- und Landerechte einzuräumen.

Zirkusdirektor Krone bezog mich in seine Arbeit ein, wenn es um fliegerische Fachfragen ging, er war ja selbst kein Pilot, aber auch gesellschaftliche Pflichtveranstaltungen, denen ich als Staffelkapitän hatte entkommen können, stahlen mir die Zeit, ins Cockpit zu gelangen. Elisabeth dagegen freute sich, wenn es irgendwo etwas zu feiern gab oder sie auf einem Empfang im langen Kleid, das musste ich anerkennen, eine äußerst repräsentative Figur abgab. Ja, mit meiner Frau konnte ich mich sehen lassen.

Im Sommer waren Veranstaltungen wie das Grillfest der Hausgemeinschaft, die Waldfete hinter dem Stabsgebäude, Kegelabende im Offizierheim und der große Ball fester Bestandteil in der Jahresplanung geworden. Bis ins Morgengrauen wurde getanzt. Gar mancher landete dabei im falschen Bett. Wenn heute Evergreens aus dem Radio klingen, schauen Elisabeth und ich uns lächelnd an, versinken in süßen Erinnerungen oder denken im Stillen, wie schön, dass man damals nicht verloren gegangen ist. Es waren und sind heute noch alberne Songs mit noch blödsinnigeren Texten, so dass man sich insgeheim schämt, derartige Schmachtfetzen nachgeträllert zuhaben

Das Winterhalbjahr zwang uns dazu, die Festlichkeiten in geschütztere Areale zu verlegen.

Anlässe ließen sich immer finden. So animierte der Name des Kommodore dazu, den Rosenmontag unter das Motto zu stellen „High life im Zirkus Krone".

Den großen Saal des Offizierheims wandelten pfiffige Dekorateure zum Zirkuszelt um. Das Zelt bildete ein unter der Decke aufgespannter Lastenfallschirm, die Umgrenzung der Arena formten Strohballen. Wer in das Zirkusrund hinein wollte, krabbelte durch einen engen Kriechgang hinein, geformt wie das Laufgatter bei Raubtierdressuren. Da es im Inneren weder Tische noch Stühle gab, lagerten die farbenfrohen Narren auf den Strohballen, die bald zu Matten plattgedrückt waren. Getränke wurden von einem Holzkarren ausgeschenkt. Aus dem Hintergrund verleitete die geschwadereigene, wild kostümierte Combo zu noch wilderen Tänzen, bei denen zum Morgen hin manche Tänzerin Teile ihrer Faschingskleidung verlor. Was waren die Pappnasen vergnügt – und das im angeblich unterkühlten Norddeutschland!

Mir fiel es oft schwer und Elisabeth noch schwerer, jedes Mal, wenn die Wogen begannen höher zu schlagen, den Ort der Lustbarkeit vorzeitig zu verlassen. Es mag vielleicht heutzutage als antiquiert erscheinen, aber als Vorgesetzter konnte ich mir nicht leisten, in vorgerückter Stunde in einem Saufgelage unterzugehen. Unser Zirkusdirektor, der gepflegte Gentleman, achtete besonders darauf, dass seine engsten Mitarbeiter nicht in den Strudel gerieten.

Er tat gut daran, denn selbst sein Stellvertreter, der als Junggeselle bei keiner Fete die Chance ausließ, mit lustigen Spielen an der Bar die Trinkfestigkeit der jüngeren Offiziere zu testen, ging nicht nur selbst dabei unter, sondern verlor seine Autorität und endete letztlich in der Entziehungskur.

Im Offizierheim endeten nicht alle Vergnügungen in einem Sündenpfuhl, nein. Oft vom Kommodore dienstlich verpflichtet, an hochgeistigen Kundgebungen und Vorträgen eingeladener Dichter, Schriftsteller und Professoren teilzunehmen, bemühten sich seine Offiziere, Interesse an deutschem Kulturgut zu bekunden. Auch erinnere ich mich an stilvolle Feste, zum Beispiel die Sommerbälle. Von Jahr zu Jahr pompöser ausgestattet, zählten sie zu den feinsten gesellschaftlichen Anlässen, zu denen die Honoratioren aus der Region die Einladungen gern annahmen, ja sogar erwarteten.

Einer dieser Sommerbälle scheiterte fast am kalten Büffet.

Von der Marineversorgungsschule in Sylt rückten zu diesem Fest Spitzenköche heran. Fast jedes Blumengeschäft der Umgebung war eingebunden, die Veranstaltung zu beliefern. Zitronenbäumchen zierten die Auffahrt. In allen Räumen des Offizierheims verströmten riesige Blumenbuketts ihren Duft. Die Wachmannschaft am Tor war für diesen Abend besonders ausgewählt worden. Große blonde Matrosen in frisch gebügelten Uniformen sollten nicht mürrisch nach Ausweisen oder dem Fliegerhorstbetretungsberechtigungsschein fragen, sondern freundlich lächelnd die einfahrenden Gäste durchwinken.

Als ich mit Elisabeth bei dem wachhabenden Matrosen das Fenster herunterkurbelte, fiel mir auf, dass er sich bei dem vor mir anhaltenden Auto des Bürgermeisters steil aufrichtete, die Hacken zusammenschlug und danach leicht angebückt einen längeren Spruch ins Wageninnere absonderte. Jetzt kamen wir dran, der junge Mann erkannte meine Uniform und nahm eine noch steilere Haltung an als zuvor, und wie aus einem Automaten heraus kam der Spruch: „Der Kommodore des Marinefliegergeschwaders 3, Herr Kapitän zur See Krone, wünscht Ihnen und ihrer Offizierfraugemahlin einen vergnüglichen Abend. Übrigens, Herr Kapitän, das Essen soll sehr gut sein, bitte durchzufahren."

Danach nahm sein Gesicht gleichgültige Züge an, er trat zurück, riss den Karabiner an die Schulter, erstarrte und blickte unbeteiligt über das Wagendach. So wartete er auf den nächsten einfahrenden Wagen. Später habe ich den Fliegerhorstkommandeur gefragt, was er seinen Jungs für den Dienst an der Wache an dem Balltag aufgetragen hatte. „Oh", meinte der, zwei Tage lang hätte er die Truppe gebimst, sowohl was das Auftreten als auch das Erlernen von Begrüßungssprüchen betraf.

Aus Kiel angereist, unterhielt eine auserlesene Kapelle die tanzenden Gäste. Smokings und lange Kleider schwebten durch den Saal. Niemand wagte, zu vorgerückter Stunde das Jackett über den Stuhl zu legen, wie heuzutage leider üblich.

Zu diesem Ball erschien als Ehrengast mit Frau unser höchster Chef, der mir vom Jetfliegen her bekannte Melanchthon.

Kometenhaft aufgestiegen und mit 48 Jahren der jüngste Admiral der Marine, führte er seit kurzem als Kommandeur der Marineflieger eine Luftflotte von 220 Flugzeugen und die ihm anvertraute Truppe von 7.500 Mann.

Melanchthon war gefürchtet von denen, denen der Sachverstand fehlte und die viel laberten. Wer in der Materie zu Hause war, hatte nicht unter ihm zu leiden. Aber auch seinen engsten Mitarbeitern begegnete er abweisend und eingehüllt in den Mantel der Unnahbarkeit, er verkehrte mit seinen Untergebenen in knarrschem Ton, ein Lächeln über sein Gesicht gleiten zu sehen gehörte zu den Seltenheiten. Eine seiner Eigentümlichkeiten, bestens im Gedächtnis geblieben, war seine schnelle Erregbarkeit, sein Trotz und, wenn es ganz arg wurde, seine aus dem Nichts hervorbrechende Brüllerei. Nun, das war sicherlich heute nicht zu erwarten.

Nun erschien er auf dem Sommerball in Nordholz. Der gewandte Krone verstand ihn zu nehmen, begrüßte ihn herzlich und wies dem Ehepaar die besten Plätze im Saal an.

Melanchthon wirkte ein wenig unbeholfen, als der Kommodore ihm andiente, den Ball mit einem langsamen Walzer zu eröffnen. Außer der Musik begleitete ehrfurchtsvolle Stille das tanzende Paar. Aber das währte nicht lange, bald setzte sich die Nordholzer Fröhlichkeit durch, und die hohe Admiralität fand nur noch am Tisch der Chefetage Beachtung.

Dann kam der große Moment, die Eröffnung des Büffets. Zur Würdigung ihrer Arbeit ließ der Kommodore die Küchenmannschaft in Reihe vor den Gästen antreten, lobte mit freundlichen Worten ihre Leistung und erklärte das Büffet für eröffnet. Zunächst jedoch sollte an den im großen Halbkreis in der Vorhalle aufgebauten Leckereien eine Polonaise vorbeiführen.

Während im Saal getanzt worden war, hatte das Küchenpersonal nach Anweisung des Heimoffiziers den gesamten Eingangsbereich in ein Theaterfoyer umgestaltet und dekoriert und im Halbkreis vor den großen Fenstern auf blütenweiß gedeckten Tischen nach hinten in Terrassen aufsteigend ein vielseitiges Festmahl aufgebaut mit allem, was den Gaumen zu reizen vermochte.

So hätte es sein sollen, wie der Küchenchef, am nächsten Tag vor den Schreibtisch des Gastgebers zitiert, berichtete. Allerdings gelangte von denen, die im Saal saßen, an dem Abend keiner an das angepriesene Büffet heran. Warum?

Als der Kommodore Herrn Admiral und Frau bat, die Polonaise anzuführen, das Paar stand bereits vor der Saaltür, versuchte der Gastgeber, mit elegantem Aufschwingen der Tür den Weg frei zu geben. Doch die rührte sich nicht. Nur zentimeterweise gab sie nach, um gleich wieder zugedrückt zu werden. Krone stemmte mit aller Kraft dagegen, verzweifelt blickte er mit Schweißperlen auf der Stirn seinen hohen Gast an, der von einem Bein aufs andere trat, gelangweilt mal zu Decke mal auf den Boden schaute und hier wohl einen eklatanten Organisationsfehler erkannte, etwas, was er gar nicht duldete. Krone, unterstützt von einigen herbeigeeilten Helfern, umstanden von Neugierigen, versuchte krampfhaft, aus dem Saal herauszukommen. Melanchthon, angewidert abgewandt, saß bereits wieder am Tisch mit dem Rücken zum Geschehen und zog hastig an einer Zigarette.

Stewards, die durch die Bar hinausgelangt und zurückgekommen waren, flüsterten dem verärgerten Kommodore zu, dass Gäste aus den anderen Räumen bereits das Büffet belagerten und im Foyer kein Durchkommen mehr sei. Die Saaltür war blockiert.

Von der Lautsprecherdurchsage, dass das Büffet eröffnet sei, hatten die hungrigen Leutnante und andere dort platzierte Gäste nur die erste Hälfte mitbekommen. Im Aufbruch, beim Run auf das Büffet, war die Ankündigung der Polonaise dort nicht mehr gehört worden.

Melanchthon soll an dem Abend nichts zu sich genommen haben, seine Frau, mühsam lächelnd, hätte an zwei Lachschnittchen geknabbert, auflockernde Gesprächen seien an dem hohen Tisch nicht mehr geführt worden. Schon sehr frühzeitig hätte der Amiral den Dienstwagen geordert, um ins Hotel gefahren zu werden. Ach wie gut, dass wir nicht dort haben sitzen müssen. Als die Melanchthons gegangen waren, stieg schlagartig die Stimmung auf gewohntes Nordholzer Niveau, und ehe wir uns versahen, war es bereits drei Uhr, als die Färbers in der Garderobe ihre Mäntel suchten. Rund herum Stille. Das niedergemachte Büffet gar nicht beachtend und schon fast am Ausgang, hörte ich hinter uns eine immer wieder überkieksende Stimme, die halblaut Unverständliches vor sich hinlallte.

Neugierig geworden, woher die Laute kamen, drehten wir uns um und entdeckten den letzten hungrigen Gast.

Auf der kahl gefutterten Anrichte lag im Smoking ausgestreckt auf dem Bauch zwischen umgestürzten Gläsern, Schalen, glitschig gewordenen Lachsscheiben und zusammengeschobenen, verschmierten Tischtüchern der für das Catering des heutigen Abends verantwortliche Heimoffizier. Mit den Schuhen hinter der Tischkante festgehakt, was sein Kopf ihm nicht mehr mitteilte, versuchte er mit ausgestrecktem Arm und suchenden Fingern an den großen Puter heranzukommen, der auf einer silbernen Platte an höchster Stelle dekorativ aufgestellt im absterbenden Licht eines verbliebenen Kerzenleuchters seine pralle Brust zeigte.

Mit Grünzeug im Bauch und knusprig gebraten, reckte der Vogel seine mit
weißen Manschetten bestückten Keulen in die Höhe. Von der Schlacht am Büffet
war das Kunstwerk verschont geblieben, weil er vom Tischrand nicht zu erreichen
gewesen war. Jetzt bemühte sich der Heimoffizier darum. Da es ihm nicht gelang,
seinem Ziel näher zu kommen, hielt er Zwiesprache mit dem Objekt seiner Begierde. Wieder und wieder lispelte er das Sprüchlein: „Komm, du Admiralsvogel, du
sollst gefressen werden von Melanchthon diesem Arsch. Frisst der dich nicht, fress
ich dich und den Admiral als Nachtisch dazu, du blödes arrogantes Riesenhuhn!"

Er tat mir leid, tagelang zuvor hatte man ihn mit hochrotem Kopf daran arbeiten sehen, dem Admiral ein Meisterstück im Aufbau des kalten Büffets vorzuführen
und dann von ihm hoffentlich ein lobendes Wort zu hören. Die eigenen Kameraden
vermiesten ihm das, und Melanchthon sah nichts von alledem. Nun lag der Traurige
lallend da, seine Enttäuschung in Hochprozentigem ertränkt.

56

Jedes Jahr brachte neue fliegerische Überraschungen und Herausforderungen. Einige der Atlantics sollten in den USA zu Abhorchflugzeugen umgerüstet werden, die
Fachsprache nannte es SIGINT, Signals Intelligence. Seit Monaten liefen im Führungsstab in Bonn hinter verschlossenen Türen Verhandlungen mit den Amerikanern und der eigenen Rüstungsindustrie über die Gerätebestückung der Flugzeuge. Wir als Piloten würden über das, was hinter dem Cockpit eingebaut und dort
von Spezialisten veranstaltet wurde, wie es hieß, nur marginal informiert werden.
Nach Weisungen des mitfliegenden Einsatzleiters einer Fernmeldeorganisation würde es zu Flügen im oberen Luftraum bevorzugt über der Ostsee kommen, um an
Bord Fernmelde- und elektronische Aufklärung des Ostblocks zu betreiben. Das
Cockpit würde degradiert sein zu bloßen Befehlsempfängern, die Piloten zu Chauf-
feuren.

Im deutschen Sprachgebrauch hießen die Vögel Messflugzeuge; was sie taten,
lief unter der Bezeichnung „Peace Peek".

Doch bis es so weit war, sollte die erste von fünf umgerüsteten Atlantics aus
den USA über den Teich geflogen werden. Die Cockpitcrew bestand wie gewohnt
aus fünf Mann und ich sollte den Vogel als Kommandant herüberbringen. Einige
Tage später saßen wir erwartungsvoll in der Besucherhalle des zivilen Flugplatzes in
Greenville in Texas und warteten darauf, von den Ingenieuren der zuständigen Firma E-Systems abgeholt zu werden. Wer immer vor die automatischen Hitzeschleu-
sen des Eingangsbereiches nach außen trat und nach ihnen Ausschau hielt, schoss
gleich wieder in die angenehm temperierte Halle zurück. Draußen flimmerte die
Luft, es war brüllend heiß, sofort klebte das Hemd am Leibe. Aus dem september-
kühlen Deutschland schlagartig der gleißenden, steil von oben brennenden Sonne
ausgesetzt zu sein nahm einem den Atem.

Die Begegnung mit dem ungewohnten texanischen Wetter ist das einzige, was von der Abholung des Flugzeuges in Greenville im Gedächtnis geblieben ist.

Am nächsten Tag übergaben uns die Amerikaner einen Haufen Handbücher und Papiere, machten eine kleine Einweisung, verabschiedeten sich mit Schulterklopfen und wünschten „Good flight home!" Die Minicrew stieg wie gewohnt über die Heckklappe ein, der Weg führte durch einen schmalen Gang vorbei an unbekannten Konsolen, Geräten und von Bildschirmen umstandenen Arbeitsplätzen. Unser Arbeitsplatz im Cockpit wies keine Veränderungen auf. Es war geplant, nach kurzem Flug auf Cecil Airfield bei Jacksonville in Florida zu landen, um tags darauf voll getankt nonstop den Atlantik heimwärts in etwa 10 Stunden zu überqueren.

Wie vor Jahren bei den Schulflügen über Arizona begleitete kristallklares Wetter den dreistündigen Flug von Greenville bis an die Atlantikküste. Kein Wölkchen trübte den Himmel. Deutlich leuchteten unten die lang gezogenen weißen Strände vor dem tiefblauen Meer, und schon von weitem zeigte ein hellgraues Band die Landebahn von Cecil an. Im Handbuch stand, sie sei mit vier Kilometer Länge und der Breite eines Fußballfeldes die größtdimensionierte in den südlichen US-Staaten. „Na da wird ja Platz genug sein, um heil runterzukommen", witzelte der Co. Was uns besonders zusagte: Cecil war als Marinefliegerbasis Ausbildungsstätte sowohl für die auf Flugzeugträgern stationierten Jets der US-Navy als auch Heimat unseres Gewerbes der Seeaufklärer und U-Bootjäger. Da würden wir sicherlich willkommen sein.

In Sichtweite der Küste und der Stadt Jacksonville stieß ich den Co an: „Auf geht's, melde uns an!" Er nickte und führte das Mikrophon dichter an den Mund. „Cecil, Navy 6103...." und sagte danach, was für die Erteilung einer Landegenehmigung angemeldet sein wollte.

Bevor der Tower unten reagieren konnte, rief ich dem Co zu, hinzuzusetzen, dass wir Germans seien. So flickte er an seinen Spruch noch an. „German Navy."

Eigentlich überflüssig, denn nach dem in Greenville aufgegebenen Flugplan hätte Cecil darauf vorbereitet sein müssen, dass ein German Aircraft um Landeerlaubnis anfragen würde.

Dieser kleine Zusatz jedoch stiftete Verwirrung.

Die Sprechfunkkverbindung war ohnehin nicht die beste. Was von Cecil zu hören war, erreichte uns als verwischte Wortfetzen, dargeboten in routiniert schnell dahingesprochenem Slang. Mitten im Satz unterbrach der Tower den Kontakt, nach ein paar Sekunden kam er wieder mit der in der Stimme mitschwingend zweifelnden Anfrage: „You have got germs on board?"

Der Co bestätigte gleich mit: „Yes Sir".

Wieder trat Stille ein, dann Cecil: „Aircraft calling, do you need germicide after landing?"

Wir schauten uns verwundert an, einer fragte den anderen: Was meinte der Towercontroler? Der Navigator blätterte hastig im Lexikon. Germicide, germicide, was heißt das auf Deutsch?

„Hier ich hab´s gefunden. Germicide heißt Desinfektionsmittel und germs heißt Bazillen.“

Cecil hatte den Co nicht verstanden, statt „Germans“ war bei dem da unten „germs“ angekommen. Es bedurfte einer längeren Klarstellung. Auf der Frequenz wurde es lustig, andere Flugzeuge in der Luft machten ihre Bemerkungen. Zu der Sprachverwirrung bis zur Landung begleitete uns, aus dem Hintergrund des mit der 6103 sprechenden Controllers zu hören, immer wieder aufflammendes Gelächter. Die Germans als mit germs behaftete Gäste wurden in Cecil zum Gespräch des Tages.

Kurz vor dem Aufsetzen fragte der Tower an, wie viele „souls“, wie viele Personen, an Bord seien und auf die Anfrage nach dem höchsten Dienstgrad antwortete ich: „Commander senior grade“. Das galt in der NATO als offizielle Bezeichnung des Fregattenkapitäns.

Nachdem die Atlantic vom Bodenpersonal auf einen Abstellplatz eingewinkt und die „Afterlanding checks“ durchgeführt waren, hoffte die Crew im Schatten des Rumpfes auf baldige Abholung durch das über Funk angekündigte Flugplatztaxi.

Nach ein paar Minuten Wartezeit rauschte eine elegante, schwarz glänzende Limousine heran, stoppte, heraus sprang ein Marineoffizier in schneeweißer Uniform, nach den Schulterstücken erkennbar ein Dreistreifer, vergleichbar mit unserem Korvettenkapitän. Er kam auf mich zu, riss den Arm hoch, salutierte, musterte mich kurz, grüßte wieder, drehte auf der Hacke um, rannte zum Wagen zurück, schlug den Schlag zu, und mit aufheulendem Motor jagte die Limousine wieder davon. Von oben brannte die Sonne, allein gelassen schauten wir uns fragend an. Was war hier verkehrt, warum haute der wieder ab? Es dauerte nicht lange, bis dasselbe Fahrzeug wie vorhin mit quietschenden Reifen hinter dem nächstliegenden Flugzeughangar hervorschoss, hinter dem es kurz zuvor verschwunden war, auf uns zuraste und hielt. Wieder sprang in makelloser weißer Uniform ein Marineoffizier heraus, ging, dieses Mal in gemäßigtem Schritt, direkt auf mich zu, grüßte, wesentlich jovialer als das erste Begrüßungskommando, streckte mir die Hand entgegen und tat so, als wenn wir uns schon seit Jahren bestens kannten.

„My name is John, welcome to Cecil.“

Vier Streifen zierten seine Schulterstücke. Sein Vorgänger hatte bei mir vier Streifen ausgemacht, deswegen die wohl wichtig erscheinende Auswechselung des zur Begrüßung Abgeteilten. Die amerikanische Marine kennt nicht den dreieinhalbstreifigen Fregattenkapitän, sondern nach dem dreistreifigen Commander gleich den vierstreifigen Captain. Das führte hier zu einem zweifellos unwichtigen Missverständnis, veranlasste, wie später erfahren, in den multinationalen NATO-Stäben jedoch manche überempfindliche Seele, damit protokollarische Hürden zu errichten.

Während die übrige Crew in großzügig eingerichteten Quartieren Unterkunft fand, führte mich der freundliche amerikanischer Kollege in ein besonderes Gästehaus, wo ich mich in einer Suite in mehreren Zimmern hätte verlaufen können. Ich kam aus dem Staunen nicht heraus. Die Blicke schweiften über Stuckdecken, üppige Sessel, Vitrinen, gefüllt mit zahlreichen für meinen Geschmack zwar zu bunten, aber offenbar wertvollen Nippesfiguren. Im Schlafzimmer stand ein breites aufgeschlagenes Bett, darauf ein weißer Bademantel. Überall an den Wänden hingen goldgerandete Ölgemälde, und das saalartige Bad zierten Kacheln, die eine historische Seeschlacht wiedergaben. Verschnörkelt eingefasste Spiegel und goldglänzende Armaturen hoben diese militärische Übernachtsstelle auf die Ebene eines Fünf-Sterne-Hotels. Am Boden lagen marineblaue dickflauschige Teppiche, und im Foyer wartete ein mit allen Alkoholika dieser Welt gefüllter riesiger Kühlschrank, außen mit dem Aufkleber versehen: „It´s all yours Sir, you are welcome. Help youself!"

Womit hatte ich diesen Luxus verdient, für wen hielten die Leute in Cecil mich? Ich war doch kein Admiral oder hoher Regierungsvertreter. Die Vermutung gedieh, dass die Geschäftsführung der E-Systems in Greenville hier die Finger im Spiel hatte und dem Kommandanten der ersten für Millionen in den USA umgerüsteten SIGINT-Atlantic etwas Gutes tun wollte; davon konnte er zu Hause werbeträchtig für die Firma erzählen konnte – was er auch tat.

Die eingeladenen Kameraden durften die Pracht meiner Unterbringung bewundern. Eine Flasche Chivas Regal aus dem reichhaltigen Angebot ging dabei drauf, aber weiter wagte ich mich nicht, die Gastfreundschaft zu überziehen. Anschließend verbrachte die Crew den Abend getrennt, die US-Navy achtete sehr genau darauf, dass Unteroffiziere und Offiziere sich an unterschiedlichen Vergnügungsstätten verlustierten.

Der Navigator, der Co und ich bestellten uns als erstes einen Cesar´s Salad, den kannte jeder von uns, der diese Spezialität schon mal in der Offiziermesse Breezy Point zurzeit des Norfolk-Lehrganges gegessen hatte. In dem Cecil Offizierheim ging es bereits hoch her. Wegen der freitäglichen Happy Hour säumten viele zumeist junge Offiziere den langen Bartresen. Wir hatten uns vorgenommen, mit denen in interessante Gespräche zu kommen, schließlich rühmte sich Cecil, der Schulbetrieb zu sein, wo die Piloten den letzten Schliff erhielten, um von hier aus auf die Flugzeugträger versetzt und hinaus auf die Ozeane dieser Welt geschickt zu werden. Die Kontaktaufnahme hakte. Sobald einer von uns versuchte, im Gedrängel bei der Bestellung eines Drinks an der Bar mit ein paar Worten anzubändeln, wich der Angesprochene wie eine keusche Nonne zurück, dabei spürte man, dass rundherum Blicke die ihnen fremd erscheinende Uniform abtasteten, aber niemand wagte zu fragen, wer wir waren oder woher wir kämen. Möglicherweise lag es daran, dass die

576

Leutnante und Oberleutnante den Kontakt mit ausländischen Dienstgradhöheren scheuten, also musste der Weg über Dienstgradgleiche eingeschlagen werden. Irgendwann, als nach mehreren Drinks die Hemmschwelle abgesunken war, fand ich einen Commander, der gewillt war, zuzuhören.

Um den Erstaunten, ja Verblüfften, dass er in seiner Muttersprache angesprochen wurde und das von einem German, bildete sich gleich eine Traube von Neugierigen. Germans und das in Marineuniformen, das hatte es in Cecil noch nie gegeben.

„Was, Sie fliegen von hier direkt nach Germany, das ist doch da irgendwo in Asien oder im Pacific Ocean."

Diese und ähnliche geographischer Zuordnungen waren wohl witzig gemeint… oder? „Und eine Navy habt ihr auch, auch Flugzeugträger?"

Die Unterhaltung stellte uns drei als Exoten in den Mittelpunkt des Abends.

„Warum sprecht ihr so gut englisch, klingt eine bisschen funny, aber zu verstehen seid ihr."

Umlagert, gerieten drei deutsche Marineoffiziere in die Rolle als Mischung von Botschafter und Good-Will-Missionaren, die aus einer fernen Welt wie Aliens in Cecil aufgeschlagen waren und Ungewöhnliches zu berichten hatten.

„Ja jenseits des Atlantiks weit im Norden, nein, Eisbären gibt es da nicht, leben auch liebenswerte Menschen, die bereits seit Jahren als Verbündete der USA gegen den bösen Russen in Europa die Stellung halten." Da blieb den Jungs vor Verwunderung der Mund offen stehen, davon hatten sie noch nie etwas gehört.

Der Vormittag des nächsten Tages stand im Zeichen des Abfluges, beabsichtigt war, in die Nacht hinein zu fliegen, um am Vormittag über der französischen Küste zu sein. Jeder hatte seine Aufgabe. Nach den Flugvorbereitungen traf die Besatzung vor dem BX zusammen, dem flugplatzeigenen Einkaufsladen von Kaufhausgröße, jeder wollte aus den USA etwas nach Hause mitbringen. Elisabeth schwärmte schon seit langem von einem Hartschalenkoffer, also kaufte ich einen Samsonite, als leeres Teil schon bleischwer, voll gepackt mit Geschenken für die liebe Kleinen daheim kaum anzuheben.

Um den Platz herum verkehrte im 10-Minuten-Takt ein Shuttlebus, der uns zur abgestellten Atlantic brachte. Bereits in der roten Fliegerkombination, die Amerikaner flogen in Dunkelblau, fielen wir als fremdländische Passagiere auf.

Der Bus hielt alle naselang, ein und aus stiegen Uniformierte aller Art und Hautfarbe, Frauen, Mütter mit Kindern, Putzfrauen mit Besen und Eimern, Handwerker, Jetpiloten mit Helmen in der Hand und Schulkinder, die zerfledderte Bücher unter dem Arm trugen.

Zwei davon besetzten die Bank vor uns. Ihr eifriges Gerede erstarb schnell, es wurde ganz still, bis hinter der Rücklehne langsam zwei sommersprossige Stupsnasen auftauchten und zwei Augenpaare uns fragend anschauten. Die beiden, geschätzt 8 bis 9 Jahre alt, hatten wohl unserem Gespräch gelauscht und festgestellt, dass sie kein Wort verstanden. Sie hörten weiterhin aufmerksam zu, bis in eine Pause hinein der eine sich weit über die Sitzlehne uns zuwandte und flüsternd, fast ängstlich fragte: „Are you from Outer Space?"

In unser Gelächter und die Beteuerung: „Nein, nein, wir kommen nicht aus dem Weltraum", fiel der nebenan sitzende Bordmechaniker erklärend mit ein. Der Gute galt im Geschwader als derjenige, der das deutscheste und für Parodien geeignete Englisch sprach und das jetzt an die Kleinen gewandt hervorbrachte: „ nooh nooh, wie ar Schärmanns."

Erschreckt wichen die Kleinen zurück. Deutsche zu sehen, das musste die beiden erschüttert haben, sie sackten in sich zusammen und flüsterten leise miteinander. Dieses Mal war der andere mutiger, kam wieder hoch, betrachtete musternd die fünf roten Fliegerkombinationen - (in den USA werden Strafgefangene roteingekleidet) – und stellte die unerwartete Frage, ob wir gerade ins Gefängnis gebracht würden.„Are you brought to jail?" Kopfschütteln bei den Befragten. Wieder trat eine Pause ein. Rundherum zeigten sich die anderen Fahrgäste unbeteiligt. Die nächste Haltestelle nahte, es war die Schule. Kurz bevor die Kinder ausstiegen, warfen beide uns ihre eingepackten Sandwichs in den Schoß mit der leisen Bemerkung: „You might need it, there is no food in jail."

Auf dem langen Flug über dem Atlantik in die Nacht hinein kreiste unser Gespräch um die beiden Kinder und das, was sie von uns Deutschen wussten. Was für Filme und TV-Sendungen mögen den beiden täglich vorgesetzt werden? Dreißig Jahre nach dem Krieg vermitteln offenbar alte Propagandafilme immer noch die Fratze des bösen Nazi-Deutschen und zeigen, dass Deutsche ins Gefängnis gehören, wo es nichts zu essen gibt.

Der Navigator vertrieb sich die nächtliche Zeit damit, für die geflogene Höhe von 28.000 Fuß die exakte Position und den sekundengenauen Zeitpunkt des Sonnenaufgangs zu berechnen. Je näher dieser Moment heranrückte, desto enger saßen wir im Cockpit zusammen, blickten gebannt weit voraus auf den Punkt, aus dem die Sonne aus dem Meer steigen würde und verfolgten die wechselnden Farben des langsam aufhellenden Himmels. Nach einer kristallklaren Nacht trennte der wie mit einem Lineal gezogene Horizont den vergangenen Tag von dem neuen.

Umgeben von einem sternenklaren, von keiner Wolke getrübten Himmel, wartete jeder auf das Anbrechen des neuen Tages. Aus fast 10 Kilometer Flughöhe gesehen, müsste das Aufblitzen der aufgehenden Sonne direkt voraus zu einem sensationellen Naturereignis werden. Trotz vieler Flüge und Erfahrungen mit Flügen in Sonnenaufgänge hinein verursachte das heute zu erwartende Lichtspiel eine besondere Spannung an Bord. Nur das eintönige Brummen der Turbinen umgab uns. Unter uns das schwarze Meer wie ewige Nacht. Doch im Osten hinter der Linie drängte mit Macht aus der Tiefe erst bläulich flackernd, dann die Szene blutrot eintauchend, bald scharlachrot werdend die Sonne hervor, die Energiequelle allen Lebens dieser Welt. Erst zögerlich, dann deutlicher vernehmbar und zur Überraschung aller summten die bisher schweigsamen Betrachter gemeinsam dieselbe Melodie. Es war Harry Belafontes Calypso-Song „Daylight come and me wanna go home".

Über der verblassenden Scharlachfarbe verflüchtigte sich die weichende Nacht in blassem Blau. Nur Sekunden fehlten noch bis zum Feuerwerk. In das nächste jetzt laut angestimmte Lied „The world is waiting for the sunrise" schlug der Jüngste Tag hinein. Gleich einem angezündeten Schweißbrenner schob sich ein glühender Ball über den Horizont und brannte als weißlich, alles überblendendes Licht ins Cockpit. Ein Freudenschrei hallte durchs Flugzeug, ein Jubel, der zur selben Zeit aus allen hervorbrach, der danach ein wenig betroffen belächelt wurde, als wenn wir noch nie einen Sonnenaufgang erlebt hätten. Nein, heute war das etwas anderes gewesen, ein Blitz aus der Ewigkeit.

57

Nach den ereignisreichen Tagen in den USA wieder im Stabsgebäude hinter dem Schreibtisch zurückgefallen in einen Sessel, der nicht flog, erfasste mich eine eigentümliche Traurigkeit. Zum Turm aufgestapelt wartete eine Unmenge Akten und Papier auf Durchsicht und Bearbeitung. Der Alltag bedrängte den Heimgekehrten. Ich fühlte mich wie Julchens Hamster in das Laufrad gezwängt.

Die aufregende Zeit des Aufbruchs zu neuen Ufern, die Eingliederung des neuen Waffensystems Breguet Atlantic schien nach den ersten Jahren der Einführungen einer gemächlicheren Routine gewichen zu sein. Ich meinte das deutlich zu spüren. Überall gab es Anzeichen dafür. Es bedeutete kein Abenteuer mehr, nach Nordnorwegen zu fliegen, um dort auf unbekannten Flugplätzen der einsamen Finnmark zu landen, das Nordkap zu umfliegen oder vor Island sowjetische U-Boote zu jagen. Die Aufklärungsflüge über der Ostsee, genannt „Eastern Express", gehörten zum Einsatzalltag.

Das nach den Einsätzen bisher gepflegte fröhliche Beisammensein in der Offiziermesse verflachte, weil die nachgerückten jüngeren Besatzungsangehörigen lieber bei ihren Muttis sein wollten.

Auch das außerdienstliche Leben in Nordholz hoppelte neuerdings in ruhigeren Bahnen dahin. Die Gerüchteküche brachte über das Sexualleben im Geschwader nur noch Dürftiges auf den Tisch, das Kegeln in der Offiziermesse drohte einzugehen, und die Häufigkeit der Feiern mit den Nachbarn hatte abgenommen, offenbar kannte man sich in dem Einödstandort schon zu gut. Es gab keine Abwechselung mehr. Aber es gab Schlimmeres.

Die über uns wohnende Frau des Personalsachbearbeiters lag mit einem Herzproblem seit Tagen auf der Intensivstation, und der jeden Morgen am Fenster vorbeigehende nach Pfeife und Haarwasser duftende Wetterfrosch war mit Verdacht auf Herzinfarkt ins Krankenhaus eingeliefert worden.

Zu Hause dagegen herrschte uneingeschränkte Fröhlichkeit, was mich stets wieder aufmunterte. Elisabeth lebte in einem fest gefügten Freundeskreis, einem Damenclub, der Ausflüge unternahm. Sie half im Kindergarten aus, betreute ältere Menschen. Zur Weihnachtszeit sammelte sie mit Tombolas und auf Bazaren Spenden ein für Obdachlose. Die Frauen verstanden aber auch zu feiern. Das Familienleben florierte. Elisabeth lebte für unsere Kinder, die in der Schule und in der ländlichen Nachbarschaft mit vielen Freunden verkehrten. Ich fand sie bewundernswert. Wir waren glücklich und zufrieden. Meinen Lieben ging es erfreulicherweise gut, mir dagegen von Monat zu Monat weniger. Ich ließ niemanden merken, dass mich zunehmend das Gefühl plagte, jemand stünde hinter mir und flüsterte: „Junge, es reicht, es gibt außer Nordholz noch anderes!"

Um diese Gedanken zu verjagen, nutzte ich das Kommandeursprivileg, mir die vielversprechendsten und ungewöhnlichsten Flüge auszuwählen, aber dennoch wuchs das unangenehme Gefühl der Übersättigung und der Langeweile.

Dabei ging es im Geschwader keineswegs ruhig zu. Unruhe stiftete der absinkende technische Klarstand des Flugzeugparks. Wieder plagten Korrosionserscheinungen an den Rümpfen und noch mehr der schleppende Versorgungsgang für die dringend erforderlichen Ersatzteile aus dem Herstellungslager in Toulouse. Im Bereich der Flugsicherung häuften sich die Ausfälle bei den elektronischen Geräten.

Ein Operationsoffizier starb über Nacht plötzlich an Lungenkrebs, ein anderer endete tödlich an einem Baum. Eine Grippeepidemie legte fast beide Staffeln lahm, und ein übermütiger Pilot versuchte eine Kurzlandung, wobei er dem Vogel das Fahrwerk und damit beide Beine wegriss. Die Atlantic endete auf dem Schrotthaufen.

Der Kommodore, sonst stets bemüht um eine gepflegte sprachliche Bezeichnung der Dinge, bediente sich, als alle diese Hiobsbotschaften auf den Tisch kamen, der unflätigsten Ausdrücke. Das verbesserte die Lage nicht.

Als Staffelkapitän hatte ich mich lediglich um Einsatzfragen und Besatzungsprobleme zu sorgen gehabt, als Kommandeur der Fliegenden Gruppe erfuhr jetzt ich beim wöchentlichen Chefgespräch auch von den Anliegen der Technik, der Fliegerhorstgruppe, der Flugbetriebsstaffel und der Flugsicherung, der Sanität sowie der Standortverwaltung.

Dem Kommodore wurden auch unglaubliche Kuriositäten vorgetragen, Vorgänge im Geschwader, die manchmal den Besuch der Polizei, Staatsanwaltschaft und des militärischen Abschirmdienstes MAD erforderten. Davon einige Kostproben:

Der Zulauf der fünf zu SIGINT-Flugzeugen umgerüsteten Atlantics führte zum Bau einer Sonderhalle und eines speziell abgesicherten technischen Bereiches

580

innerhalb des militärisch bewachten Flugplatzgeländes. Was dort geschah, wurde so sehr in Geheimnis gehüllt, dass selbst der Geschwaderstab in der baulichen Entstehungsphase das Gelände nur durch eine Sicherheitsschleuse mit Sonderpass betreten durfte. Nicht die eigene Fliegerhorstgruppe und der Sicherheitsoffizier stellten die Wachen, sondern eine zivile Securityfirma, deren schwarzuniformierte Stiernacken dem Besucher die Maschinenpistole unter die Nase hielten.

Die Sicherheitsauflagen waren eine Erfindung der Oberverdachtschöpfer in Bonn. Auf dem Papier machten die Weisungen einen guten Eindruck, in der Realität versagten sie kläglich. Während die Geschwaderangehörigen in ihrem eigenen Haus strengstens kontrolliert wurden, fuhren die Fahrzeuge der Bauunternehmer und die zahlreichen zivilen Zulieferer durch die sich automatisch öffnenden Stahltore unkontrolliert ein und aus. Hier stand keiner der Security-Leute. Das ging so lange gut, bis eines Tages mehrere Laster mit für den Objektschutz erforderlichem Material in den Hochsicherheitstrakt rollten. Zufällig war der Sicherheitsoffizier dort zu Besuch. Er traute seinen Augen nicht, olivfarbene Tieflader fuhren an ihm vorbei mit der Aufschrift „VEB Produktionskombinat"; hinten neben dem fremdartigen Nummernschild prangte das ovale Schildchen DDR. Die Ladung bestand aus Stacheldrahtrollen. Es waren Stahlblechzäune „Made in GDR", das Produkt, an dessen scharfen Stacheln und Zacken mancher Republikflüchtling verblutete. Noch heute wird die als NATO-Draht bekannte Scheußlichkeit von einer Berliner Firma vertrieben.

Die zufällige Entdeckung führte zu nur einer kurzen Vernehmung des Bauunternehmers durch den MAD. Nichts drang an die Medien, dem Geschwaderstab wurde ein Maulkorb umgebunden. Schwamm drüber und das DDR-Produkt als Objektschutz eingebaut.

Ein anderes Mal legte der Kommandeur der Technischen Gruppe bei einer Besprechung dem Kommodore eine Pistole auf den Tisch und fragte in die Runde, ob jemand diese Waffe kenne. Sie ähnelte der uns bekannten Walther PPK, aber das helle Griffstück irritierte.

Um es kurz zu machen: Es handelte sich um eine russische Pistole Typ Makarow, 9 mm. Aus dem Herstellungsbereich der Atlantic in Toulouse waren Ersatzteile angefordert worden. In einer der Kisten fanden die Techniker über hundert dieser Handfeuerwaffen, fabrikneu und in Ölpapier eingepackt, versehen mit Lieferschein des VEB Fahrzeug- und Jagdwaffenwerks „Ernst Thälmann" aus Suhl, DDR.

Ob der abermals ins Haus gerufene MAD klären konnte, warum und auf welchen Irrwegen diese Lieferung im Einödstandort Nordholz endete, ist nie bekannt geworden.

Die von dem Standortveraltungsbeamten berichtete Story klang dagegen harmlos. Der Bereich Cuxhaven hatte eine Ausschreibung gestartet. In Büros, militärischen wie zivilen, in Kasernenanlagen, Kantinen, Offizier- und Unteroffizierheimen sollten die Wände neu tapeziert werden. Damals war als Neuheit die preisgünstige Raufasertapete der große Renner. Offensichtlich nicht genau hinschauend, hatte der zuständige Beamte einer äußerst günstig anbietenden Firma den Zuschlag gegeben, und schon rollten aus Erfurt kommende Lieferwagen in Bereiche ein, die eigentlich dem Klassenfeind nicht zugänglich sein sollten. Was allerdings erheblich Verwirrung auslöste und neben dem MAD den Bundesnachrichtendienst, den BND, das Bundeskriminalamt und die Staatsanwaltschaft auf den Plan rief, war eine höchst brisante Entdeckung. In einem Sonderbereich der Technischen Gruppe trafen in unregelmäßigen Abständen aus den USA kommend, Lieferungen mit elektronischen Geräten ein, einige unterlagen höchster Geheimhaltung. Wie bei Filmmaterial, optischen und feuchtigkeitsempfindlichen Messgeräten üblich, lagen den Lieferungen in den Kisten Silikatpäckchen bei, die unbeachtet in den Papierkorb wanderten. Irgendeinem Neugierigen war ein geplatztes dieser Päckchen aufgefallen, er leckte daran, es schmeckte nicht nach Salz oder Ähnlichem, eher süßlich. Er glaubte, sich vergiftet zu haben, und rannte mit dem Päckchen zum Sanitätsbereich, wo eindeutig das Urteil fiel, auf Heroin der besten Qualität gestoßen zu sein.

Unkontrolliert, da militärisches Gut, gelangten so aus den USA über die Verteilerstelle Marinefliegergeschwader 3, von ein paar harmlos wirkenden Soldaten gemanagt, seit Überführung der in Texas umgerüsteten SIGINT-Atlantics hochwertige Drogen an großstädtische Dealerkreise.

Die damit verbundenen Vernehmungen des gesamten Fliegerhorstpersonals legten den Flugbetrieb für Wochen lahm. Die Hoffnung, mit dem Zulauf der nach und nach aus den USA überführten SIGINT-Maschinen eine weitere und interessante Art des Flugbetriebs aufzunehmen, wurde enttäuscht. Nicht allein der Drogenskandal führte zu Verzögerungen. Es mangelte an einem Einsatzkonzept, es fehlte die Durchführungsbestimmungen, die so genannte Operations-Order.

Welch ein Wahnsinn! Flugzeuge, für Millionen umgerüstet, standen auf dem Platz und durften nicht bewegt werden.

Es war versäumt worden, zuvor die Unterlagen für das Fliegen dieser militärpolitisch sensiblen Flüge zu erarbeiten.

Die SIGINT-Atlantics mit ihrer geheimnisumwitterten Aufklärungskapazität, 2010 ausgesondert, waren die Vorgänger der 2003 aus den USA kommend in Nordholz gelandeten unbemannten „Global Hawk" und der 2013 wegen eines nicht bedachten und deshalb mangelnden Flugsicherheitskonzeptes zunächst gescheiterten Einführung der Drohne „Euro Hawk".

Damals vor 40 Jahren wurde ebenfalls nach Schuldigen gesucht.

Das Geschwader blickte auf das zuständige Referat im Führungsstab der Marine nach Bonn. Doch der schob die Verantwortung dafür schnell über Zwischeninstanzen bis hinunter auf die Ebene des Endverbrauchers. Der Kommodore wehrte sich mit Händen und Füßen, dass der Mangel bei ihm behoben werden sollte, aber es nützte nichts. Ihm wurde von oben aufgedrückt, die Voraussetzungen zu schaffen, die SIGINTs in die Luft zu bringen. Irgendjemanden würde er schon finden, die Operation Order erarbeiten zu lassen und baldigst beim Flottenkommando zur Begutachtung vorzulegen.

Wir Älteren fürchteten, angesprochen zu werden. Der Graf als Hüter aller Operationsbefehle, Offiziere des „Tactical Evaluations Teams", einige der „Tactical Coordinators", die beiden Staffelkapitäne und natürlich ich als Kommandeur der Fliegenden Gruppe.

Jeder erwartete von der Wochenflugdienstbesprechung, an der fast die gesamte Geschwaderführung teilnahm, dass der Kommodore eines Tages seinen Blick auf das Opferschaf richten würde. Jedes Mal ging ein Aufatmen ging durch den Raum, wenn der Kelch vorbei gegangen war.

Häufiger den je besuchte mich neuerdings der Kommodore, saß vor meinen Schreibtisch, um zu erfahren, wie es denn Weib und Kind erginge, ob wir gesund seien, uns in Nordholz wohl fühlten und Ähnliches. Diesen Besuchen haftete, schnell erkannt, eine besondere Absicht an, ich roch förmlich die mit jesuitischer Eleganz zielsicher betriebene Bekehrung, ich sollte mich vom Fliegen abwenden und nach Höherem streben. Er schien sich an mir festgebissen zu haben, geleitet von dem Gedanken, mich in ein Team einzuschleusen, mit dem Auftrag, an dem ungeliebten SIGINT-Projekt Gefallen zu finden.

Mittlerweile war ruchbar geworden, dass dieses Team beim Flottenkommando im Referat „Admiralstabsoffizier Marineflieger" gebildet werden sollte. Den Posten im fernen Glücksburg bei Flensburg besetzte bisher ein älterer Marineflieger, der, nach ein paar Flügen auf der Sea Hawk wegen gesundheitlicher Gründe abgelöst, weder zu operativen Fragen der weiterentwickelten Marine-Jetfliegerei noch gar zur U-Jagd und Seeaufklärung gediegene Antworten zu liefern im Stande war. Der Flottenchef pochte auf eine Neubesetzung dieses Postens, mit dem Wunsch, die Einsatzgrundsätze für die SIGINT-Einsätze über der Ostsee in seinem Stabe festlegen zu lassen.

Das Damoklesschwert senkte sich tiefer und tiefer ab über das Geschwader, mehr und mehr gerieten der Graf und ich in den Fokus der Begehrlichkeit.

Zum Flottenkommando versetzt zu werden, würde bedeuten, der Fliegerei so gut wie Ade sagen zu müssen. Bis zur Zuweisung einer Wohnung hätte ich erst einmal Elisabeth und die Kinder wochenlang ohne Auto in Nordholz, dem Ort der langen Wege, zurücklassen müssen. In meiner Seelenot suchte ich den Personalbearbeiter des Geschwaders auf, der selbst mit seiner kranken Frau genug Probleme am Hals hatte. Nach den Versetzungsgerüchten befragt, machte er eine weit wegwerfende Handbewegung, nein, er komme gerade von der Personalgutachterkonferenz aus Bonn zurück. Meine Person sei überhaupt nicht im Gespräch gewesen, nein, Gedanken an einen Dienstpostenwechsel brauchte ich mir für die nächste Zeit nicht zu machen. Der an der Quelle Sitzende musste es ja schließlich wissen.

Erleichtert ging ein Gutgelaunter nach Hause.

Am Abend desselben Tages überraschte Elisabeth mich mit einem festlich gedeckten Abendbrottisch. Rotweingläser standen bereit, Stoffservietten lagen neben den Tellern, eine Kerze brannte. Sie war nachmittags in Cuxhaven gewesen, hatte in einem Feinkostladen delikate kleine Schweinereien eingekauft, Oliven, meine Lieblingsleberwurst und verschiedene Käsesorten.

Was sollte gefeiert werden?

Warum waren die Kinder heute schon vorzeitig im Bett?

Sie bemerkte mein erstauntes Gesicht: „Bin heute bei der Kommandeuse, bei Frau Krone, zum Kaffee eingeladen gewesen und habe gleich die Gelegenheit genutzt, in der Stadt einzukaufen. Die Kinder waren nebenan bei den Müllers gut aufgehoben. Sind todmüde vom Toben gleich ins Bett gefallen.“

Das klang zwar überzeugend, letztlich jedoch befriedigte mich ihre Aussage nicht. Das konnte nicht die Begründung gewesen sein, mitten in der Woche dem gemeinsamen Abendbrot diesen festlichen Rahmen zu geben.

Wenn meine liebe Frau gedachte, mich auf die Eröffnung eines gehüteten Geheimnis vorzubereiten, geschah das stets mit nicht alltäglichem Aufwand, begleitet von einem versonnenen Lächeln wie dem der Mona Lisa.

Ich ahnte Außergewöhnliches, nahm sie in den Arm und fragte: „Wir bekommen Nachwuchs. Bist du schwanger?“

Sie löste sich aus meiner Umarmung, schnippte mir mit dem Finger an die Nase. „Hast mich vor kurzem schon mal gefragt, nein, mein Schatz, setz dich hin, ich habe eine ganz andere Neuigkeit. Lass uns erst einmal mit dem Rotwein anstoßen.“

Wir sahen uns beim Trinken tief in die Augen.

Das Glas noch nicht ganz von den Lippen, griff Elisabeth quer über den Tisch nach meiner Hand und verkündete mit strahlendem Gesicht: „Im Oktober fängst du in Glücksburg beim Flottenkommando an. Wir werden versetzt.“

Beinahe hätte ich beim harten Aufsetzen dem Glas den Boden abgebrochen. Ich muss Elisabeth angestarrt haben wie das hypnotisierte Karnickel die Schlange: „Wer hat dir diesen Blödsinn erzählt. Gerade heute hat mir der Personalmensch das Gegenteil versichert. Verdammt noch mal, woher hast du das?“

„Von Frau Krone, sie hat mir unter dem Siegel der Verschwiegenheit, wie sie sagte, an der Tür beim Abschied die Neuigkeit mit auf den Weg gegeben. Sie als die Frau deines Chefs muss es schließlich besser wissen“.

Besser wissen, besser wissen! Wer nun? Die liebenswerte Gattin des Herrn Kommodore oder der Personalpapst?

Ich hätte platzen können, nicht weil Elisabeth mich schonend darauf vorbereiten wollte, sondern ärgerlich darüber, dass die Weiber beim Kaffeekränzchen die

Personalpolitik des Geschwaders durchhechelten. Das schien bei den Krone-Damen-Nachmittagen der wichtigste Punkt der Tagesordnung geworden zu sein. Ekelhaft.

Elisabeth sah mich Verblüfften an. Sie wusste ja nicht, dass mich seit längerem insgeheim die Absicht bewegte, aus dem langweilig gewordenen Trott des Geschwaders herauszufinden. Das verhalf mir schnell, zur Gelassenheit zurück zu finden und die Gegenfrage zu stellen: „Und was hältst du davon?"

Sie wirkte unbeschwert und plauderte los: „Vielleicht haben wir uns schon so sehr eingewöhnt, die Wurzeln tief in den Boden wachsen lassen in der Aussicht, für immer hier zu bleiben. Warum nicht weiterziehen? An einen anderen Ort verpflanzt, finden wir neue Freunde, andere Sehenswürdigkeiten. Ich bin nicht berufstätig, und Schulen für die Kinder gibt es überall. Mein Schatz, auf geht's, wie sagst du immer, „Auf zu neuen Ufern".

Ich konnte mich glücklich schätzen, eine Frau zu haben, die das so locker sah. Sie spürte, wie mir ein Stein vom Herzen gefallen war. Von Kameradenfrauen wusste ich, dass sie ein Klagegeheul anstimmten, wenn der Mann an einen anderen Dienstort versetzt wurde. Schließlich brachte das der Beruf mit sich, bei uns nun zum zweiten Mal. Auch bei zehn weiteren Umzügen hat Elisabeth später nie gemault und stets für uns alle daraus das Beste gemacht.

Wie heißt die Redewendung: Mit dieser Frau kann man Pferde stehlen.

Noch lange hab ich wach gelegen, sie schnurrte wie eine Katze neben mir, schlief fest, während mir viele Gedanken durch den Kopf schwirrten. Kurz vor dem Eindämmern meinte ich, durch die Wände aus der Nachbarwohnung den Schlager der Saison trällern zu hören, dessen Text auf Elisabeth zutraf.

„Sie ist offen und ehrlich, zärtlich und gefährlich, schön und stolz wie ein Pfau, sanft und kantig, ab und zu grantig, kühl wie der Morgentau. Stur wie tausend Rinder. Mutter meiner Kinder. Ja, ich mag diese Frau!"

Ich beschloss, morgen beim Frühstück eine meiner Lieblingsplatten aufzulegen und die Stelle zu finden, wo Rod Stewart singt: "Have I told you lately that I love you?" Ein paar Blumen sollte ich auch mal wieder für meinen Schatz kaufen!

Der erste Weg führte mich am nächsten Tag zum Kommodore.

„Was möchten Sie von ihm?", hätte die den Vorhof des Chefs hütende Frau Molzen zu gern gewusst. „Etwas sehr Privates", heuchelte ich. Sie meldete mich an. Die Tür ging auf, ich machte sie sanft aber fest hinter mir zu. Er saß erwartungsvoll in seinem Sessel, verfolgte aufmerksam jede meiner Bewegungen. Übermäßig militärisch grüßte ich mit Handanlegen an den Mützenschirm. Die Mütze hatte ich bewusst nicht abgenommen. Haute die Hacken zusammen, was völlig aus der Mode gekommen war und deshalb fast erschreckend und albern wirkte. Überlaut dröhnte es aus mir hervor: „Fregattenkapitän Färber meldet sich mit Wirkung 1. Oktober vom Marinefliegergeschwader 3 zum Flottenkommando versetzt."

Mein von mir geschätzter Zirkusdirektor Krone sackte zusammen, wurde bleich. Mit weit aufgerissenen Augen schaute er sein Gegenüber fassungslos an, und eine schwache Stimme fragte: „Hannes, um Gottes willen, woher haben Sie das?"

Auf diese Reaktion war ich gefasst: „Nicht die Spatzen pfeifen es von den Dächern, sondern ihr Damenzirkel."

Er war aufgesprungen, stützte sich mit geballten Fäusten auf den Schreibtisch und bekannte zähneknirschend: „Verdammt, meine Alte hat gequatscht. Das war eine brühwarme Nachricht gestern aus Bonn, die mich zu Hause beim Mittagessen erreichte. Das Telefon war auf Mithören gestellt. Ich hätte es Ihnen heute Morgen eröffnet, diese Weiber, nichts können sie an sich halten."

Nun war es heraus, er plumpste in seinen Sessel zurück, griff zum Telefon und rief sein Vorzimmer an: „Frau Molzen bringen sie uns beiden einen trockenen Sherry!"

58

Als Abschiedsgeschenk, mir selbst gemacht, brachte mich ein Flug mit Fernsehreportern zum amerikanischen Stützpunkt Thule auf Grönland. Eine Fernsehsendung sollte der deutschen Öffentlichkeit die Tätigkeit unseres Geschwaders näher bringen. Über den Informations- und Pressestab in Bonn hatte eine der öffentlichen Fernsehgesellschaften angekündigt, über die Tätigkeit unseres Geschwaders einen werbeträchtigen Film zu drehen.

Das kam der Marinefliegerei sehr entgegen, denn schon eben südlich von Bremen kannte kaum jemand unser Tun oder den Flugzeugtyp Breguet Atlantic. Das sollte nun anders werden.

Das Fernsehteam stieg in Nordholz ein. Nach Zwischenlandung auf dem Flugplatz Bardufoss in der nordnorwegischen Wildnis, von dort um das Nordkap herum, stellte sich zufällig werbewirksam ein sowjetisches U-Boot in den Weg. und danach begann für alle an Bord der sensationelle Flug über das ewige grönländische Inlandeis. Die Natur bot ein bisher nicht erlebtes herrliches Schauspiel.

Um dem Überflug eine gewisse Dramatik, einen gewissen Hauch einer Polarexpedition zu geben, auch im Sinne der Kameraführung, huschte die Atlantic relativ niedrig über bizarr geklüftete Eisformationen und dann wieder über weite in der Sonne glitzernde Flächen. Geblendet von so intensiv leuchtendem Weiß, verlor sich im Cockpit schnell das Gefühl für die eigentliche Flughöhe. Was da unten bis zum graublauen Horizont wie Diamanten aufflimmerte, darüber ein makelloser stahlblauer Himmel, verführte zu dem Trugschluss, von hoch aus der Stratosphäre auf einen Teil unseres blauen Planeten zu blicken. Schließlich deutete am Horizont ein tiefblauer Strich das Meer und damit die Westküste Grönlands an. Nach der Landung führte eine amerikanische Gruppe die Besonderheiten des wohl einsamsten Stützpunktes der Welt vor. Tief in das ewige Eis geschlagen überraschte das kathedralartige Gewölbe einer Kirche, die hochragenden Eiswände glänzten im Lichterschein vieler Kerzen. Andächtig folgten die Besatzung und das Fernsehteam einem gerade stattfindenden Gottesdienst. Hinter dem zelebrierenden Geistlichen glitzerte ein Altaraufsatz, bestehend aus Gebilden miteinander verschlungener Eisskulpturen, die biblische Szenen darstellten. Die Umgebung erweckte das Gefühl, nicht mehr auf dieser Welt zu sein.

Steil aufragend säumten am Platzrand graue zerrissene Eiswände das Flugfeld, zum Meere hin führten glatt geschliffene felsige Flächen. In dieses vom Permafrost durchdrungene Gestein hineingesprengt hielten Anker die Gebäude fest, alle in Kastenform gebaut, verbunden mit einem Wirrwarr von isolierten Rohren und Kabeln. Die Anlage glich eher einer Raumstation. Jedes Bauteil, jede Schraube, jeder Salatkopf und jede Dose Bier erreicht Thule nur in der Zeit der zwei Monate im Sommer Juli und August, wenn Eisbrecher die Station anfahren oder entsprechendes Wetter Transportflüge ermöglicht. Wir waren im August eingefallen, bei bestem Wetter, Windstille und Temperaturen um 20 Grad. Kaum vorzustellen, dass zwei Monate später orkanartige Stürme, Eis und Schnee den Flugplatz ersticken und die Menschen sich, um nicht weggeblasen zu werden, an gesteckten Laufleinen von Karabinerhaken geführt von Wohncontainer zu Wohncontainer hangeln mussten.

In einem solchen Container über Nacht untergebracht, machte wohl niemand ein Auge zu, die Aircondition heulte, und da die Fenster sich nicht öffnen ließen, trockneten die Kehlen aus. Dagegen half nur der Inhalt der Eisbox und der Coca-Cola Schrank auf dem Flur.

Es fehlt in Thule nichts, für alles war gesorgt, die Belegschaft wechselte in einem einjährigen Turnus, die meisten gingen mit erheblichem Übergewicht. Das und anderes erfuhren wir abends in der Offiziermesse. Auf dem Weg dorthin, die Sommernacht in dieser hohen Breite bescherte selbst um Mitternacht herrlichsten Sonnenschein, hopsten plötzlich schmuddeligbräunliche und weißfarbene spitznasige putzige Tiere um uns herum, setzten sich aufs Hinterteil und bettelten wie Hunde um ein Leckerli. Ja, das waren Polarfüchse, die ihre Scheu vor den Menschen verloren hatten. Entweder hockten sie im Rudel vor den Ausgängen der Küche oder folgten jedem, den sie sahen.

Die Offiziermesse, von außen ein Blechkasten, glich innen ganz und gar der Einrichtung, wie ich sie von Lajes und von Jacksonville kannte, offenbar eine weltweit verteilte Einheitskonstruktion, auch die Speisekarte war identisch. Cesar´s Salad stand drauf und die unverzichtbaren Cheeseburger with everything on. An der Bar schmeckte der Bourbon seven up wie ehedem. Am Pol und in der Südsee findet ein Amerikaner stets sein Zuhause. Nur keine Veränderung!

Jedoch ganz anders als bei früheren Begegnungen mit unseren amerikanischen Freunden verhielten sich die Soldaten in Thule. Lange hatten sie nicht mit Fremden gesprochen, sie umlagerten uns, wollten wissen, woher wir kamen und wann wir wieder abfliegen würden, einige fragten sogar, wie lange wir noch an der Bar zu bleiben gedächten. Je später der Abend wurde, desto stärker drängte sich das Gefühl auf, dass sie ihre Gäste ins Bett schicken wollten. Doch die Germanen zeigten Dickfelligkeit, und siehe da, mit einmal lüftete sich der Vorhang vor unserer Verständnislosigkeit. Angekündigt mit einem Tusch erschien auf einer Bühne ein pomadiger Conferencier, der ein schauerliches Englisch mit hartem skandinavischem Akzent sprach. Egal was er sagte, es ging in Zwischenrufen unter, die Menge keilte sich nach vorn. Wir standen verlassen im Hintergrund.

Eine Gruppe grell geschminkter, spärlich bekleideter Damen älteren Jahrgangs tänzelte herein und wurde brüllend bejubelt. Jetzt wurde offenbar, was der neben der Atlantic auf dem Flugfeld abgestellte dänische Privatjet mitgebracht hatte, eine Stripteasegruppe aus Kopenhagen. Den nach Sex ausgehungerten Jungs verschaffte ein offizielles Fürsorgeprogramm dann und wann ein fronttheaterähnliches Vergnügen, mit Schwerpunkt Entlastung der angespannten Samenstränge. Schlagartig wechselten die Szene und die Stimmung. Aus dem biederen Offizierheim war ein Vergnügungslokal des Rotlichtviertels geworden für eine dienstlich befürwortete Veranstaltung, angesiedelt zwischen Swinger Club und Puff.

Wir waren just an diesem Abend und besonders zur späten Stunde nicht willkommen, zum einen als gefürchtete mögliche Nebenbuhler oder als Spanner, die über die später an den Bühnenauftritt anschließende Massenvögelei berichten könnten. Schließlich war zuvor ein deutsches Fernsehteam begrüßt worden.

Was wir da sahen, bot folgendes eigentümliches Bild: Die Tänzerinnen strippten einzeln. Rückte der musikalisch unterstützte Moment näher, zu dem der letzte Fummel fiel, nahm das Lustgeheul zu. Die nackte Dame sprang dann mit einem Juchzer, das war ihr Bühnenabgang, direkt in die dicht gedrängte Menge, landete in vielen ausgestreckten Armen, wanderte über die Köpfe, von unzähligen Händen begrabscht, zu einem Ausgang, wo der Pomadige sie empfing und den ihr nachfolgende Kunden gierig aus den hoch gehaltenen Händen die Dollarscheine entriss.

Wem es nicht gleich gelang, dabei zu sein, der stürmte wieder zurück vor die Bühne, wo die nächste Nummer als nackte Schöne herumgeilte. Der Abend stand unter dem Motto: Next fuck, better luck.

Uns hatten die Thulaner längst vergessen. Hemmungslos genossen sie das seltene Vergnügen, einige liefen bereits ohne Hosen herum. Ähnlich muss es in Thule wohl Jahrhunderte früher bei den hier hausenden Wikingern zugegangen sein.

Am nächsten Morgen beim Frühstück zeugte in der Offiziermesse nichts mehr von der gestrigen Orgie, nur der dänische Jet wartete still auf seine strapazierte Crew, während wir uns für den Heimflug vorbereiteten.

Längst der Westküste Grönlands führte der Tiefflug bis zur Südspitze über und durch eine bizarre Landschaft vorbei an kalbenden Gletschern, die ihre bläulich schimmernde Last ins Meer entluden, so dass die Gischt hoch aufschäumte. Der

Farbkontrast machte uns sprachlos. Aus dem tiefblauen Wasser ragten weiß glänzende Eisberge hervor, jeder anders geformt, da einer mit weit spannendem Torbogen, dort ein rechteckiges Plateau oder ein steiles Aufbäumen gleich dem Turm einer Kirche, an den Rändern giftgrün und in die gläserne Tiefe absinkend in den unterschiedlichsten Blautönen.

Ich wertete diesen Flug als das meine bisherige Fliegerei krönende Abschiedsgeschenk. Von allem war etwas dabei gewesen.

Die Reporter zeigten sich ebenfalls beeindruckt von dem Gebotenen. Besser und werbewirksamer hätte es nicht sein können. Ob die Flüge immer so interessant und abwechslungsreich seien, interviewten unsere Gäste die Besatzung.

„Ja, immer!" bestätigten die Befragten. Über die zahlreichen grauen Tage der Fliegerei fiel kein Wort. Mit Händeschütteln und vielen Dankesworten nahm das Fernsehteam in Nordholz von uns Abschied. Immer noch begeistert von dem Flug und voller Lob für die Gastfreundlichkeit bestätigte jeder, dass sei Spitze gewesen. Sie hätten großartiges Material eingefangen, um daraus einen abendfüllenden Film entstehen zu lassen, bestimmt bald zur besten Sendezeit zu sehen.

Der Kommodore gab unsere Erfolgsmeldung gleich am nächsten Tag an den Führungsstab weiter. Alle, die mit der Marinefliegerei zu tun hatten, warteten seitdem gespannt auf die Fernsehsendung.

Erst Wochen später, nachts, zu ungünstiger Sendezeit, in der TV- Programmzeitschrift unter ferner liefen erwähnt, überraschte eine nur 20-minütige Reportage. Kaum war zu erkennen, dass es sich um einen Flug der Atlantic handelte. Die Rede war vielmehr davon, dass die Bundeswehr ihren Einflussbereich unnötigerweise bis an den Polarkreis ausgedehnt hätte. Die Aufnahmen zeigten das Grönlandeis, die Eiskathedrale in Thule, einige Polarfüchse, überflogene Eisberge, den dänischen Jet und als Großaufnahme einmal die Atlantic sowie die Container des Unterkunftsbereiches, begleitet von eher flapsigen Kommentaren. Gemessen an dem Aufwand und den Bemühungen um das Team, servierte der flimmernde Bildschirm eine schon fast gehässige Reportage, die den Eindruck vermittelte, dem Steuerzahler würde hier durch Lustflüge Schaden zugefügt.

Sowohl der Bildwahl als auch dem dazu Gesagten haftete Negatives an, Ablehnendes mit dem deutlichen Touch, salopp gesagt, der Bundeswehr im Allgemeinen und der Marine im Besonderen ans Bein zu pinkeln. Das war nicht allein die Feststellung empfindsamer Seelen, sondern hielt auch einer nüchternen Betrachtung stand.

Eine gallenbittere Enttäuschung für die Atlantic-Crew, für mich eine Lehre, in Zukunft mit Journalisten unserer Republik vorsichtiger umzugehen.

In Nordholz packten die Färbers innerlich schon die Koffer. Über Marinefreunde in Glücksburg spannen sich die ersten Fäden. Elisabeth suchte über weibliche Kontakte bereits nach Schulen, Wohnmöglichkeiten, nach einem sympathischen Gynäkologen und einem guten Friseur.

59

Hatte der Kommodore mir mit dem Thule-Flug ein schönes Abschiedsgeschenk gemacht, so sann ich im Gegenzug seit langem darüber nach, wie ich mich mit etwas Besonderem für längere Zeit im Geschwader positiv in Erinnerung halten könnte, um, wenn ich später als so genannter Inübungshalter vom Flottenkommando anreiste, bevorzugt genügend Flugstunden zu ergattern, damit die Lizenz nicht verloren ging. Auf einer Besprechung reifte eine Idee.

Seit etwa zwei Monaten krankte der Flugbetrieb an dem Mangel, dass dem Fluglotsen die Frequenz zum Heruntersprechen der Flugzeuge auf dem Gleitpfad, dem „Ground controlled approach" (GCA), nicht mehr zur Verfügung stand. Für den Sprechfunkbetrieb im Frequenzbereich um die 120 Megahertz war der Quarzkristall ausgefallen, ein kleines Steinchen, allerdings mit hoch komplizierten Innereien. Über zwei kleine Steckstifte mit dem System verankert, entfalteten sie die wundersame Eigenschaft, dem Fluglotsen am Radar zu ermöglichen, Flugzeuge bei schlechtem Wetter bis auf die Landbahn zu geleiten.

Wie lebensverlängernd das sein konnte, hatte ich vor nicht langer Zeit beim Landeanflug auf Soesterberg im dichtesten Nebel selbst erfahren.

Die bei den Wochenflugdienstbesprechungen wiederholt befragten anwesenden Herren der Flugsicherung zuckten mit den Schultern und kannten nur die wenig tröstliche Antwort, dass der besagte Quarz seit langem im Beschaffungsgang sei.

Mich reizte das zu der Frage, ob denn die Beschaffung auch auf nicht militärischem Wege möglich sei.

„Kein Problem", war die Antwort, „schließlich ist das ein handelsübliches Produkt."

Diese Aussage ließ mich nicht mehr los.

Nach mehreren Nachfragen bei den Experten lagen alle Informationen und Unterlagen auf dem Tisch, unter anderem der Name der Lieferfirma und deren Telefonnummer.

Angewählt und angefragt, ob der Quarz mit der entsprechenden Frequenz an mich als Privatmann geliefert werden könnte. Das bedeutete keine Hürde. Die Dame flötete ins Telefon: „In drei Tagen ist die Sendung gegen Nachnahme bei Ihnen, Preis inklusive Mehrwertsteuer DM 125,--. Möchten Sie gleich bestellen?

Mir schlug es fast den Hörer aus der Hand.

So einfach war das. Die militärische Bürokratie mit ihrem lausigen zeitaufwändigen Beschaffungsgang ließ uns mit dem Flugsicherheitsrisiko allein, beeinträchtigte über viele Wochen die Einsatzbereitschaft eines Millionen teuren Flugzuges, weil

DM 125,-- nicht sofort aus irgend einem anderen Titel bereitgestellt werden durften oder konnten. Nicht zu fassen!

Kapitän Krone lud zur Verabschiedung seiner Offiziere im Offizierheim zu einem stilvollen Essen ein, nicht wie sonst üblich ohne die Ehefrauen, sondern dieses Mal mit ihnen. Das gab auch den gehaltenen Reden ein ganz anderes Niveau, und anschließend glitt die Fröhlichkeit nicht ab in den Keller. Mit mir wurden der Graf und der Chef-TaCo verabschiedet.

Der Graf verschwand zum Kommando der Marineflieger in Kiel, und der OberTaCo, genannt Schiethusmeier, zur Seetaktischen Lehrgruppe nach Wilhelmshaven. Dem guten Meier war die Ergänzung seines Namens zugewachsen, nicht allein zur Unterscheidung, weil außer ihm noch weitere 12 Meiers im Geschwader herumliefen, sondern weil er zum Nachdenken immer aufs Klo ging.

Der Graf und ich sollten uns bald zur Erledigung einer gemeinsamen Aufgabe wieder treffen.

Mit diesem Abend gingen für mich 15 Jahre Pilotendasein zu Ende. Eine Rückkehr, vielleicht als Kommodore, stand in den Sternen. Ich musste jetzt lernen, einen Schreibtisch zu bewegen, der jedoch selbst bei Vollgas oder gar mit der Schubkraft eines Nachbrenners nicht in die Luft zu bringen war.

Mit einem weinenden und einem lachenden Auge genoss ich die Abschiedsfeier, neben mir tat Elisabeth dasselbe.

Stets hatte sie mich freudig, liebevoll getröstet und versorgt, wenn ich bei den häufigen Nachtalarmen zu unmöglichsten Zeiten aus dem Bett gerissen wurde oder wenn uns der Urlaub versaut worden war. Jetzt hoffte sie wie ich, dass nun ein Lebensabschnitt folgen würde, der einen geregelten, ruhigeren, beamtentätigkeitsähnlichen Tagesablauf erwarten ließ.

Vor dem Dessertgang des vielseitigen Menüs nutzte ich die Pause, dem Kommodore mein Geschenk zu überreichen. Elisabeth hatte ein Kissen genäht, überzogen mit marineblauem Samt, auf dem klitzeklein schwarz glänzend ein steinchenähnliches Gebilde thronte, in dem geschützt von einer metallenen Hülle ein stecknadelkopfgroßer Kristall aus albasterfarbenem Quarz verborgen war.

Ankündigung und Ansprache über die von diesem Geschenk ausgehende magische Kraft, den Flugbetrieb zu beleben, und vor allem darüber, wie einfach es gewesen sei, den schwerfälligen und archaisch anmutenden bundeswehreigentümlichen Beschaffungsgang zu unterlaufen, wurden zum Thema des Abends und sollen sogar den Inspekteur zum Schmunzeln veranlasst haben.

Am nächsten Tag gelangte der Stein des bisherigen Anstoßes in einer feierlich dahinschreitenden Prozession, ich voran auf den Händen das Kissen tragend, neben mir der Kommodore, dahinter feixend einige aus den fliegenden Crews, zur Flugsicherung, wo er mit großem Hallo empfangen und in das System eingesetzt wurde.“

Hannes unterbrach, schnäuzte ins Taschentuch, ein Zeichen, dass er seinem heutigen Vortag ein Ende zu setzen gedachte. Er wandte sich seinen Zuhörern zu, die spürten, dass ihn seine eigene Story zum Ende hin rührselig bewegte.

Fast flüsternd endete er mit dem Satz: „An der Bar im Offizierheim nahm ich an diesem Abend Abschied von all dem, was ich heute Nacht berichtet habe. Ich freue mich, dass ihr wieder Mal nicht aufgegeben habt, meinen Erzählungen zuzuhören. "

Ohne dass Hannes den Wunsch nach einem „night cap" geäußert hatte, war der Skipper bereits unter Deck gegangen und reichte ihm jetzt seinen geliebten Gin Tonic mit den Worten: „Danke, mein Lieber, prost. "

Die „Esperanza" dümpelte durch die Nacht, viel Fahrt machte sie nicht. Über dem schwankenden Mast, durch keinen Industriestaub gestört, funkelte ein diamantenes Meer von Myriaden zählender Sterne.

Jan Becker, Aufgewühltes Wasser

Band 1:
Die Flut

Prolog
Die Heimkehr
Jugend unterm Hakenkreuz
Die Freuden einer Panzersperre
Stunde Null und danach
Meine schönen Flegeljahre
Fernweh und Seelenschmerz
Sie hieß Katja
Marine als Berufswahl
Zeit der ersten Bewährung

Band 2:
Die Welle

Nur Fliegen ist schöner
Die Entscheidung
Der himmlische Alltag
Verheiratet und der Düsentrieb
Die Luft wird dichter
Auf zu neuen Ufern

Band 3:
Die Ebbe

In der Höhle des Löwen
Mit gestutzten Flügeln
Das glatte Parkett
Der Abgesang

Carola Hartmann Miles-Verlag

Politik, Gesellschaft, Militär

Rüdiger Schönrade, *General Joachim von Stülpnagel und die Politik,* Berlin 2007.

Uwe Hartmann, *Innere Führung. Erfolge und Defizite der Führungsphilosophie für die Bundeswehr,* Berlin 2007.

Dietrich Ungerer, *Militärische Lagen. Analysen – Bedrohungen – Herausforderungen,* Berlin 2007.

Klaus M. Brust, *Söldner – Ausverkauf der Exekutive,* Berlin 2007.

Ingo Werners, *Fahren, Funken, Feuern. Hinweise für die Einsatzvorbereitung,* Berlin 2010.

Peter Heinze, *Bundeswehr „erobert" Deutschlands Osten,* Berlin 2010.

Reinhard Schneider, *Neuste Nachrichten aus unseren Kolonien. Pressemeldungen von den Aufständen in Deutsch-Ostafrika und Deutsch-Südwestafrika 1905-1906,* Berlin 2010.

Dieter E. Kilian, *Politik und Militär in Deutschland. Die Bundespräsidenten und Bundeskanzler und ihre Beziehung zu Soldatentum und Bundeswehr,* Berlin 2011.

Hans Joachim Reeb, *Sicherheitskultur als kommunikative und pädagogische Herausforderung – Der Umgang in Politik, Medien und Gesellschaft,* Berlin 2011.

Reiner Pommerin (ed.), *Clausewitz goes global. Carl von Clausewitz in the 21st Century,* Berlin 2011.

Hans-Christian Beck, Christian Singer (Hrsg.), *Entscheiden – Führen – Verantworten. Soldatsein im 21. Jahrhundert,* Berlin 2011.

Dieter E. Kilian, *Adenauers vergessener Retter – Major Fritz Schliebusch,* Berlin 2011.

Ingo Pfeiffer, *Gegner wider Willen. Konfrontation von Volksmarine und Bundesmarine auf See,* Berlin 2012.

Eberhard Birk, Heiner Möllers, Wolfgang Schmidt (Hrsg.), *Die Luftwaffe zwischen Politik und Technik. Schriften zur Geschichte der Deutschen Luftwaffe, Bd. 2,* Berlin 2012.

Eberhard Birk, Winfried Heinemann, Sven Lange (Hrsg.), *Tradition für die Bundeswehr. Neue Aspekte einer alten Debatte,* Berlin 2012.

Holger Müller, *Clausewitz' Verständnis von Strategie im Spiegel der Spieltheorie,* Berlin 2012.

Dieter E. Kilian, *Kai-Uwe von Hassel und seine Familie. Zwischen Ostsee und Ostafrika. Militär-biographisches Mosaik,* Berlin 2013.

Angelika Dörfler-Dierken, *Führung in der Bundeswehr,* Berlin 2013.

Peter Heinze, *Berliner Militärgeschichten,* Berlin 2013.

Cornelia Fedtke, Kai-Uwe Hellmann, Jan Hörmann, *Migration und Militär. Zur Integration deutscher Soldaten mit Migrationshintergrund in der Bundeswehr,* Berlin 2013.

Torsten Konopka, *Afrikanische Wehrsysteme und ihre Entwicklung zwischen 1990/91 und 2011,* Berlin 2014.

Ingo Pfeiffer, *Seestreitkräfte der DDR. Abriss 1950-1990,* Berlin 2014.

Reihe: Jahrbuch Innere Führung

Uwe Hartmann, Claus von Rosen, Christian Walther (Hrsg.), *Jahrbuch Innere Führung 2009. Die Rückkehr des Soldatischen,* Eschede 2009.

Helmut R. Hammerich, Uwe Hartmann, Claus von Rosen (Hrsg.), *Jahrbuch Innere Führung 2010. Die Grenzen des Militärischen,* Berlin 2010.

Uwe Hartmann, Claus von Rosen, Christian Walther (Hrsg.), *Jahrbuch Innere Führung 2011. Ethik als geistige Rüstung für Soldaten,* Berlin 2011.

Uwe Hartmann, Claus von Rosen, Christian Walther (Hrsg.), *Jahrbuch Innere Führung 2012. Der Soldatenberuf zwischen gesellschaftlicher Integration und suis generis-Ansprüchen,* Berlin 2012.

Uwe Hartmann, Claus von Rosen (Hrsg.), *Jahrbuch Innere Führung 2013. Wissenschaften und ihre Relevanz für die Bundeswehr als Armee im Einsatz,* Berlin 2013.

Einsatzerfahrungen

Kay Kuhlen, *Um des lieben Friedens willen. Als Peacekeeper im Kosovo,* Eschede 2009.

Sascha Brinkmann, Joachim Hoppe (Hrsg.), *Generation Einsatz, Fallschirmjäger berichten ihre Erfahrungen aus Afghanistan,* Berlin 2010.

Schwitalla, Artur, *Afghanistan, jetzt weiß ich erst... Gedanken aus meiner Zeit als Kommandeur des Provincial Reconstruction Team FEYZABAD,* Berlin 2010.

Heinz Dietrich Minkewitz, *Aus dem Tagebuch eines Nachrichtensoldaten. Mit dem Panzer-Pionier-Bataillon auf den Schauplätzen des Krieges,* Berlin 2014.

Erinnerungen

Blue Braun, *Erinnerungen an die Marine 1956-1996,* Berlin 2012.

Harald Volkmar Schlieder, *Kommando zurück!,* Berlin 2012.

Harald Volkmar Schlieder, *Opa Willy. 1891 Dresden – 1958 Miltenberg. Von einem, der aufsteigen wollte. Eine sächsisch-deutsche Lebensgeschichte in Frieden und Krieg,* Berlin 2012.

Harald Volkmar Schlieder, *Mein Vater – Musiker und Offizier. 1918 Dresden – 1998 Miltenberg,* Berlin 2013.

Reinhart Lunderstädt, *Aus dem Leben eines Hochschullehrers. Persönlicher Bericht,* Berlin 2012.

Wulf Beeck, *Mit Überschall durch den Kalten Krieg. Mein Leben für die Marine,* Berlin 2013.

Jan Becker, *Aufgewühltes Wasser,* 3 Bde., Berlin 2014.

Romane

Christoph Karich, *Bewährung im Grünen Meer,* Berlin 2009.

Robert B. Thiele, *Die Treuhänderin,* Berlin 2012 (als Taschenbuch 2014 unter dem Titel *Der General* neu erschienen).

Neue Reihe: Standpunkte und Orientierungen

Daniel Giese, *Militärische Führung im Internetzeitalter – Die Bedeutung von Strategischer Kommunikation und Social Media für Entscheidungsprozesse, Organisationsstrukturen und Führerausbildung in der Bundeswehr,* Berlin 2014.

www.miles-verlag.jimdo.com